Alexandre Dumas (Davy de la Pailleterie, père), geboren am 24. Juli 1802 in Villers-Cotterêts, ist am 5. Dezember 1870 in Puys bei Dieppe gestorben.

Edmond Dantès wird wegen angeblicher Konspiration zugunsten des exilierten Napoleon ohne richterliches Verfahren auf dem Marseille vorgelagerten Château d'If gefangengehalten. Im Kerker kann er mit dem Leidensgenossen Abbé Faria Kontakt aufnehmen. Dieser berichtet von einem sagenhaften Schatz auf der kleinen Insel Monte Christo nahe Korsika. Nach Farias Tod läßt sich der Held als dessen vermeintliche Leiche in einem Sack ins Meer werfen und entkommt. Dank der auf Monte Christo gefundenen Reichtümer begibt sich Dantès Jahre später als geheimnisumwitterter Graf von Monte Christo nach Paris, wo er seine Feinde als Spitzen der Gesellschaft wiederfindet und schließlich Rache an ihnen nimmt.

insel taschenbuch 3060
Alexandre Dumas
Der Graf von Monte Christo

Alexandre Dumas
Der Graf von Monte Christo

Nach einer alten Übersetzung
aus dem Französischen von
Meinhard Hasenbein
Mit Illustrationen von Pavel Brom
und Dagmar Bromova

Insel Verlag

insel taschenbuch 3060
Erste Auflage 2004
Insel Verlag Frankfurt am Main und Leipzig

Hinweise zu dieser Ausgabe am Schluß des Bandes
Vertrieb durch den Suhrkamp Taschenbuch Verlag
Umschlag: Michael Hagemann
Druck: Nomos Verlagsgesellschaft, Baden-Baden
Printed in Germany
ISBN 3-458-34760-7

1 2 3 4 5 6 – 09 08 07 06 05 04

Der Graf von Monte Christo

Ludwig XVIII.

Napoleon Bonaparte

Mercedes

Staatsanwalt Villefort

Erstes Buch

1. Marseille – Ankunft

Am 25. Februar 1815 signalisierte die Hafenwache von Marseille die Ankunft des Dreimasters Pharao. Wie gewöhnlich war die Plattform des Forts Saint-Jean mit Neugierigen bedeckt, denn die Ankunft eines Schiffes ist in Marseille immer eine große Angelegenheit, besonders wenn es einem Reeder der Stadt gehört.

Das Schiff näherte sich dem Hafen, aber so langsam und mit einem so traurigen Gang, daß die Neugierigen sich fragten, was für ein Unfall sich an Bord ereignet haben könnte. Nichtsdestoweniger erkannten die Erfahrenen, daß dies nicht der Fall war, denn es nahte mit allen Bedingungen eines vollkommen gesteuerten Schiffes. Sein Anker war zum Grundfassen gerichtet, seine Bugsprietwände waren losgehakt, und neben dem Lotsen, der die Pharao durch den schmalen Eingang des Hafens von Marseille zu lenken hatte, stand ein junger Mann mit rascher Gebärde und lebhaftem Auge, überwachte jede Bewegung des Schiffes und wiederholte jeden Befehl des Lotsen.

Die unbestimmte Unruhe, die über der Menge schwebte, hatte besonders einen von den Zuschauern so stark berührt, daß er die Einfahrt des Schiffes in den Hafen nicht erwarten konnte. Er sprang in eine kleine Barke und befahl, der Pharao entgegenzurudern, die er auch bald erreichte. Als der junge Seefahrer diesen kommen sah, verließ er seinen Posten neben dem Lotsen, nahm den Hut in die Hand und legte sich über die Brüstung des Schiffes.

Es war ein junger Mann von 18 bis 20 Jahren, mit schwarzen Augen und Haaren. In seiner ganzen Person war Ruhe und Entschlossenheit sichtbar, die den Menschen eigentümlich sind, welche seit ihrer Kindheit mit der Gefahr kämpfen.

»Ah, Sie sind es, Dantes«, rief der Mann in der Barke, »was ist geschehen, und was bedeutet das traurige Aussehen des Schiffes?«

»Ein großes Unglück, Herr Morel«, antwortete der junge

Mann. »Auf der Höhe von Eivita Becchia haben wir den braven Kapitän Leclère verloren.«
»Und die Ladung?« fragte lebhaft der Reeder.
»Ist glücklich angelangt, Herr Morel, und ich glaube, Sie werden in dieser Hinsicht zufrieden sein; aber dieser arme Kapitän Leclère...«
»Was ist ihm denn geschehen?« fragte der Reeder, sichtbar erleichtert, »was ist ihm denn geschehen, diesem braven Kapitän?«
»Er ist tot.«
»In das Meer gefallen?«
»Nein, Herr, er starb an einer Hirnentzündung.« Dann, sich zu seinen Leuten umwendend, rief er: »Holla, he! Jeder an seinen Posten zum Ankern!«
Als der junge Seemann sah, daß seine Befehle vollführt wurden, kehrte er zu dem Manne in der Barke zurück.
»Und wie ist das Unglück gekommen?« fragte der Reeder.
»Mein Gott, Herr, ganz unversehens. Nach einer langen Unterredung mit dem Hafenkommandanten verließ der Kapitän Leclère Neapel in sehr aufgeregtem Zustand. Nach 24 Stunden faßte ihn das Fieber, drei Tage nachher war er tot... Er ruht in einer Hängematte, eine Kugel an den Füßen und an dem Kopf, auf der Höhe der Insel Giglio. Wir werden der Witwe sein Ehrenkreuz und seinen Degen zurückbringen. War es wohl der Mühe wert«, fuhr der junge Mann mit einem schwermütigen Lächeln fort, »zehn Jahre gegen die Engländer Krieg zu führen, um endlich wie jedermann in seinem Bett zu sterben?«
»Verdammt! Wir sind alle sterblich, und die Alten müssen den Jungen Platz machen, und von dem Augenblick an, wo Sie mir versichern, die Ladung...«
»Befindet sich in gutem Zustand, Herr Morel, dafür stehe ich. Das ist eine Reise, die ich Ihnen nicht für 25 000 Franken Nutzen zu diskontieren rate.« Dann, als man um den Leuchtturm am Hafeneingang fuhr, rief er: »Alle Segel gestrichen!«
Der Befehl wurde mit der gleichen Geschwindigkeit ausgeführt wie auf einem Kriegsschiff, und das Schiff rückte nur noch langsam vorwärts.
»Wenn Sie heraufkommen wollen, Herr Morel«, sagte Dantes,

die Unruhe des Reeders wahrnehmend, »hier ist Ihr Rechnungsführer, Herr Danglars, der wird Ihnen jede Auskunft geben. Ich meinesteils muß für die Ankerung sorgen.«

Der Reeder ließ sich das nicht zweimal sagen und erstieg behende das Schiff; während Dantes an seinen Posten zurückkehrte, ging Danglars dem Reeder entgegen.

Danglars war ein Mann von etwa 25 Jahren, unterwürfig gegen seine Obern, barsch gegen seine Untergebenen. Dadurch war er allgemein von der Mannschaft ebenso gehaßt, wie Edmond Dantes von derselben geliebt wurde.

»Nun, Herr Morel«, sagte Danglars, »Sie wissen bereits von dem Unglück, nicht wahr?«

»Ja, ja, der arme Leclère! Ein braver, ehrlicher Mensch!«

»Und ein trefflicher Seemann, ergraut zwischen Himmel und Wasser, wie es sich geziemt für einen Mann, dem die Interessen eines so wichtigen Hauses, wie des Hauses Morel und Sohn, anvertraut sind.«

»Aber«, versetzte der Reeder, mit den Augen dem jungen Dantes folgend, der seinen Ankergrund suchte, »aber es scheint mir, man braucht nicht gerade ein so alter Seemann zu sein, um sein Handwerk zu kennen, und unser Freund Edmond hier treibt das seinige, wie mir dünkt, als ein Mensch, der niemand um Rat zu fragen nötig hat.«

»Ja«, antwortete Danglars, auf Dantes einen Blick des Hasses werfend, »ja, der ist jung und fürchtet nichts. Kaum war der Kapitän tot, so übernahm er das Kommando, ohne jemand um Rat zu fragen, und ließ uns anderthalb Tage auf der Insel Elba verlieren, statt unmittelbar nach Marseille zurückzukehren.«

»Was das Übernehmen des Kommandos betrifft«, sprach der Reeder, »so war dies seine Pflicht als Sekond; was aber das Verlieren von anderthalb Tagen auf der Insel Elba betrifft, so hatte er unrecht, wenn man nicht das Schiff Haverie ausbessern mußte.«

»Das Schiff befand sich so gut, wie ich mich befinde, und diese anderthalb Tage dienten bloß, um das Vergnügen zu haben, ans Land zu steigen.«

»Dantes«, sagte der Reeder, sich zu dem jungen Mann umwendend, »kommen Sie hierher.«

»Ich bitte um Entschuldigung«, erwiderte Dantes, »ich stehe sogleich zu Diensten.« Dann, sich an die Mannschaft wendend, sprach er: »Anker geworfen!«
Sogleich fiel der Anker, und die Kette wurde mit Geräusch nachgelassen. Dantes blieb auf seinem Posten, trotz der Gegenwart des Lotsen, bis dieses letzte Manöver beendigt war. Dann rief er: »Hißt die Flagge halbmast! Kreuzt die Segelstangen!«
»Sie sehen«, sagte Danglars, »auf mein Wort, er hält sich bereits für den Kapitän.«
»Gott verdamme mich, warum sollen wir ihn nicht auf diesem Posten lassen?« entgegnete der Reeder; »ich weiß wohl, er ist jung, aber er scheint mir ganz bei der Sache und in seinem Fach sehr erfahren zu sein.«
Eine Wolke des Zornes trübte die Miene von Danglars.
»Um Vergebung, Herr Morel«, sagte Dantes nähertretend, »nun, da das Schiff geankert hat, stehe ich zu Befehl.«
Danglars machte einen Schritt rückwärts.
»Ich wollte Sie fragen, warum Sie an der Insel Elba angehalten haben?« begann der Reeder.
»Ich weiß es nicht, mein Herr; es geschah, um einen letzten Befehl des Kapitäns Leclère zu vollziehen, der mir sterbend ein Paket für den Großmarschall Bertrand übergab.«
»Sie haben ihn also gesehen, Edmond?«
»Wen?«
»Den Großmarschall.«
»Ja.«
Morel schaute um sich, zog Dantes beiseite und fragte lebhaft: »Wie geht es dem Kaiser?«
»Gut, soviel ich mit meinen eigenen Augen sehen konnte.«
»Haben Sie mit ihm gesprochen? Was sagte er?«
»Er stellte Fragen an mich über das Schiff, über die Zeit und den Weg seiner Fahrt nach Marseille und über die Ladung. Ich glaube, wenn ich der Herr des Schiffes gewesen wäre, so hätte er es zu kaufen beabsichtigt. Aber ich sagte ihm, ich sei nur einfacher Sekond, und das Schiff gehöre dem Haus Morel und Sohn. Ah, erwiderte er, ich kenne das Haus. Die Morels sind Reeder von dem Vater auf den Sohn, und es gab einen Morel, der

in demselben Regimente mit mir in Valence in Garnison war.«

»Das ist bei Gott wahr!« rief der Reeder ganz freudig, »es war Policar Morel, mein Oheim, der später Kapitän geworden ist. Dantes, Sie werden meinem Oheim sagen, daß der Kaiser sich seiner erinnert hat, und der alte Murrkopf wird weinen. Gut, gut«, fuhr der Reeder, dem jungen Menschen vertraulich auf die Schulter klopfend, fort. »Sie haben wohl daran getan, Dantes, den Auftrag des Kapitäns Leclère zu erfüllen und an der Insel Elba anzuhalten. Doch wenn man wüßte, daß Sie dem Marschall ein Paket übergeben und mit dem Kaiser gesprochen haben... Es könnte Sie gefährden.«

»In welcher Hinsicht sollte mich dies gefährden?« entgegnete Dantes. »Ich weiß nicht einmal, was ich überbrachte, und der Kaiser richtete nur Fragen an mich, die er an den ersten besten gemacht haben würde. Doch um Vergebung, hier sind die Zollbeamten. Sie erlauben... nicht wahr?«

»Gewiß, mein lieber Dantes.«

Der junge Mann entfernte sich, und je mehr er sich entfernte, desto näher kam Danglars.

»Nun«, fragte er, »er scheint Ihnen gute Gründe dafür angegeben zu haben, daß er in Porto Ferrajo ankerte?«

»Vortreffliche Gründe«, antwortete der Reeder, »und es läßt sich nichts dagegen einwenden. Kapitän Leclère erteilte ihm den Befehl anzuhalten.«

»Ah! Was den Kapitän Leclère betrifft... Hat Dantes Ihnen nicht einen Brief von ihm zugestellt?«

»Nein! Hatte er denn einen?«

»Ich glaubte, der Kapitän Leclère hätte ihm außer dem Paket auch einen Brief anvertraut.«

»Von welchem Paket sprechen Sie, Danglars?«

»Von dem, das Dantes in Porto Ferrajo abzugeben hatte.«

»Woher wissen Sie, daß er ein Paket in Porto Ferrajo abzugeben hatte?«

Danglars errötete und sagte: »Ich ging an der halbgeöffneten Tür des Kapitäns vorüber und sah, wie er den Brief und das Paket Dantes einhändigte.«

»Er hat mir nichts davon gesagt«, entgegnete der Reeder; »aber

was den Brief betrifft, so wird er ihn mir wohl übergeben.«
Danglars überlegte einen Augenblick und erwiderte: »Dann bitte ich Sie, Herr Morel, nicht mit Dantes davon zu sprechen; ich werde mich getäuscht haben.«
In diesem Augenblick kehrte der junge Mann zurück. Danglars entfernte sich.
»Nun, mein lieber Dantes, sind Sie frei?« fragte der Reeder.
»Jawohl, alles ist in Ordnung.«
»Sie können mit mir zu Mittag speisen.«
»Ich bitte, entschuldigen Sie mich, Herr Morel; mein erster Besuch gehört meinem Vater. Doch ich bin darum nicht minder dankbar für die Ehre, die Sie mir erzeigen.«
»Das ist richtig, Dantes, ganz richtig. Ich weiß, daß Sie ein guter Sohn sind, aber nach diesem ersten Besuch zählen wir auf Sie.«
»Entschuldigen Sie abermals, nach diesem ersten Besuch habe ich einen zweiten zu machen, der mir nicht minder am Herzen liegt.«
»Ah! Das ist wahr, Dantes, ich vergaß, daß es unter den Kataloniern jemand gibt, der mit nicht geringerer Ungeduld auf Sie wartet als Ihr Vater. Es ist die schöne Mercedes.«
Dantes errötete.
»Ah, ah!« sprach der Reeder, »ich wundere mich gar nicht mehr, daß sie dreimal zu mir gekommen ist und mich um Nachricht über die Pharao gebeten hat. Edmond, Sie sind nicht zu beklagen, Sie haben eine hübsche Braut. Doch da fällt mir ein, hat Ihnen nicht der Kapitän Leclère sterbend einen Brief für mich gegeben?«
»Es war ihm unmöglich, zu schreiben. Nun möchte ich mir noch auf einige Tage Urlaub erbitten.«
»Um zu heiraten?«
»Einmal, und dann, um nach Paris zu gehen.«
»Gut, gut, Sie nehmen sich soviel Zeit, wie Sie wollen, Dantes. Zum Löschen des Schiffes bedarf man wohl sechs Wochen, und vor drei Monaten stechen wir nicht wieder in See. Sie müssen also erst in drei Monaten hier sein. Die Pharao«, fuhr der Reeder, dem jungen Mann auf die Schulter klopfend, fort, »könnte nicht ohne seinen Kapitän abgehen.«

»Ohne seinen Kapitän?« rief Dantes mit funkelnden Augen, »Sie entsprechen den geheimsten Hoffnungen meines Herzens. Es wäre also Ihre Absicht, mich zum Kapitän der Pharao zu ernennen?«

»Wenn ich allein wäre, würde ich Ihnen die Hand reichen, mein lieber Dantes, und sagen: Es ist abgemacht! Aber ich habe einen Associé, und Sie kennen das italienische Sprichwort: Che a compagno a padrone. Doch die Hälfte des Geschäftes ist wenigstens abgeschlossen, denn von zwei Stimmen haben Sie bereits eine. Überlassen Sie es mir, Ihnen die andere zu verschaffen, ich werde mein möglichstes tun!«

»Oh, Herr Morel!« rief der junge Seemann und ergriff, Tränen in den Augen, die Hände des Reeders, »Herr Morel, ich danke Ihnen im Namen meines Vaters, im Namen von Mercedes.«

»Es ist gut, Edmond, es gibt einen Gott im Himmel für die braven Leute! Besuchen Sie Ihren Vater und Mercedes, und kommen Sie dann zu mir zurück.

»Soll ich Sie nicht an das Land führen?«

»Nein, ich danke, ich bleibe hier, um meine Rechnung mit Danglars zu ordnen. Sind Sie während der Reise mit ihm zufrieden gewesen?«

»Das kommt auf den Sinn an, in dem Sie diese Frage an mich richten, mein Herr. In bezug auf den guten Kameraden, nein; denn ich glaube, er liebt mich nicht mehr seit dem Tage, wo ich infolge eines kleinen Streites die Dummheit beging, ihm vorzuschlagen, zehn Minuten an der Insel Monte Christo anzuhalten, um den Streit auszumachen, ein Vorschlag, den er mit Recht zurückwies. Richten Sie diese Frage in bezug auf den Rechnungsführer an mich, so glaube ich, daß nichts zu sagen ist, und daß Sie mit der Art und Weise, wie er sein Geschäft betrieben hat, zufrieden sein werden.«

»Doch lassen Sie hören«, sagte der Reeder, »wenn Sie Kapitän der Pharao wären, würden Sie Danglars gern behalten?«

»Kapitän oder Sekond«, antwortete Dantes, »ich werde stets die größte Achtung vor denjenigen haben, die das Vertrauen meiner Reeder besitzen.«

»Schön, schön, Dantes, ich sehe, daß Sie in jeder Beziehung ein

braver Junge sind; ich will Sie nicht länger aufhalten, denn Sie stehen gewiß wie auf glühenden Kohlen.«
»Auf Wiedersehen, Herr Morel, und tausend Dank.« Der junge Seemann sprang in den Kahn und gab Befehl, an der Cannebière zu landen.
Der Reeder folgte ihm lächelnd mit den Augen bis zum Kai, sah ihn aussteigen und sich unter der buntscheckigen Menge verlieren, die von neun Uhr morgens bis neun Uhr abends die berühmte Rue de la Cannebière durchströmt, auf welche die Marseiller so stolz sind, daß sie mit dem größten Ernst von der Welt sagen: »Wenn Paris die Cannebière hätte, so wäre Paris ein kleines Marseille.«
Sich umwendend, erblickte der Reeder Danglars hinter sich, der dem Anschein nach seine Befehle erwartete, in Wirklichkeit aber dem jungen Seemann mit dem Blick folgte. Nur war ein großer Unterschied in dem Ausdruck dieses doppelten Blickes, der demselben Menschen folgte.

2. Vater und Sohn

Lassen wir es den gehässigen Danglars versuchen, eine boshafte Mutmaßung gegen seinen Kameraden dem Reeder ins Ohr zu flüstern, und folgen wir Dantes, der den Weg in die Rue de Noilles einschlägt, in ein kleines auf der rechten Seite der Allee de Meillan gelegenes Haus tritt, rasch die vier Stockwerke einer dunkeln Treppe hinaufsteigt und, sich mit der einen Hand am Geländer haltend, mit der andern die Schläge seines Herzens zurückdrängend, vor einer halbgeöffneten Tür stehenbleibt.
Hier wohnte sein Vater.
Die Nachricht von der Ankunft der Pharao war noch nicht bis zu dem Greis gedrungen, der, auf einem Stuhl sitzend, mit zitternder Hand einige Kapuziner, vermischt mit Rebwinden, die sich am Gitter seines Fensters hinaufrankten, durch Stäbe zusammenzuhalten suchte. Plötzlich fühlte er sich von Armen umfaßt, und eine wohlbekannte Stimme rief hinter ihm: »Mein Vater, mein guter Vater!«
Der Greis stieß einen Schrei aus und wandte sich um; dann, seinen Sohn erblickend, warf er sich bebend und bleich in seine Arme.

»Was hast du denn, Vater?« rief der junge Mann unruhig, »solltest du krank sein?«
»Nein, nein, mein lieber Edmond, mein Sohn, mein Kind, nein, ich erwarte dich nicht, und die Freude bei deinem unvorhergesehenen Anblick... Ach, mein Gott, ich glaube, ich sterbe.«
»Beruhige dich doch, mein Vater, ich bin es, ich! Man sagt, die Freude könne nicht schaden, und darum bin ich hier ohne Vorbereitung eingetreten. Ich komme zurück, und wir werden nun glücklich sein.«
»Ah, desto besser, mein Junge«, versetzte der Greis; »aber wie werden wir glücklich sein? Du verläßt mich also nicht mehr? Erzähle mir von deinem Glück.«
»Der Herr verzeihe mir«, erwiderte der junge Mann, »daß ich mich über ein mit der Trauer einer Familie erkauftes Glück freue, aber Gott weiß, daß ich dieses Glück nicht gewünscht habe. Der brave Kapitän Leclère ist gestorben, und durch die Protektion von Herrn Morel bekomme ich wahrscheinlich seinen Platz. Begreifst du, Vater, Kapitän mit zwanzig Jahren... mit hundert Louisd'or Gehalt und einem Anteil am Nutzen! Ist das nicht mehr, als ein armer Matrose wie ich hoffen durfte?«
»Ja, mein Sohn, ja, das ist ein großes Glück.«
»Von dem ersten Geld, das ich verdiene, sollst du auch ein Häuschen mit einem Garten bekommen, um deine Reben und deine Kapuziner zu pflanzen. Aber was hast du denn, Vater? Man könnte glauben, du wärst unwohl.«
»Geduld, Geduld, es wird nichts sein.«
Es schwanden dem Greis die Kräfte, und er sank rückwärts.
»Rasch, rasch, ein Glas Wein wird dich wiederbeleben; wo verwahrst du deinen Wein?« sagte der junge Mann, und er öffnete zwei oder drei Schränke.
»Vergeblich«, sprach der Greis, »es ist kein Wein mehr hier.«
»Wie, kein Wein mehr hier?« rief ebenfalls erbleichend Dantes, indem er abwechselnd die hohlen Wangen des Greises und die leeren Schränke anschaute. »Wie, kein Wein mehr hier? Sollte es dir an Geld gefehlt haben?«
»Es fehlt mir an nichts, da du jetzt hier bist.«
»Ich habe dir doch bei meiner Abreise vor drei Monaten zwei-

hundert Franken zurückgelassen«, stammelte Dantes, sich den Schweiß abtrocknend, der von seiner Stirn lief.
»Ja, ja, Edmond, das ist wahr; aber du hattest bei deinem Abgang eine kleine Schuld bei dem Nachbar Caderousse vergessen; er erinnerte mich daran und sagte, wenn ich nicht für dich bezahlte, so würde er sich von Herrn Morel bezahlen lassen; du begreifst, aus Furcht, es könnte dir schaden...«
»Aber ich war ihm 140 Franken schuldig!« rief Dantes. »Und du hast sie ihm von den 200 Franken gegeben, die ich dir zurückließ?«
Der Greis machte ein Zeichen mit dem Kopf.
»Du lebtest also drei Monate lang von sechzig Franken?«
»Du weißt, wie wenig ich bedarf«, sagte der Greis.
»Oh, mein Gott, mein Gott, vergib mir«, rief Edmond und warf sich vor dem alten Mann auf die Knie.
»Bah! Du bist hier«, erwiderte lächelnd der Greis, »und nun ist alles vergessen, denn alles ist gut.«
»Ja, ich bin hier«, versetzte der junge Mann, »ich bin hier mit einer schönen Zukunft und mit einigem Geld; hier, Vater, nimm, nimm, und lasse sogleich etwas holen.«
Er leerte auf den Tisch seine Taschen aus, die ein Dutzend Goldstücke und einige Münzen enthielten.
»Sachte, sachte«, sprach der Greis lächelnd, »mit deiner Erlaubnis werde ich deine Börse nur bescheiden benutzen; wenn man mich zu viele Dinge auf einmal kaufen sehen würde, könnte man glauben, ich wäre genötigt gewesen, zu diesem Behuf deine Ankunft abzuwarten.«
»Mache es, wie du willst; aber vor allem nimm eine Magd an. Du sollst nicht länger allein bleiben. Ich habe geschmuggelten Kaffee und vortrefflichen Tabak in einem Kistchen auf dem Schiff; morgen erhältst du beides. Doch still, hier kommt jemand.«
»Es ist Caderousse, der wohl deine Ankunft erfahren hat.«
»Gut, abermals Lippen, die etwas sagen, während das Herz etwas ganz anderes denkt!« murmelte Edmond.
»Doch gleichviel, es ist ein Nachbar, der uns einst Dienste geleistet hat, darum mag er willkommen sein.«
In dem Augenblick, wo Edmond seinen Satz mit leiser Stimme

vollendete, sah man wirklich den schwarzen bärtigen Kopf von Caderousse durch die Tür des Vorplatzes erscheinen; es war ein Mann von etwa 35 Jahren, seines Standes ein Schneider.

»Ah! Du bist endlich zurückgekehrt, Edmond?« sagte er mit einem scharfen Marseiller Akzent und mit einem breiten Lächeln.

»Wie Sie sehen, Meister Caderousse, und bereit, Ihnen angenehm zu sein«, antwortete Dantes, seine Kälte nur schlecht unter diesem Anerbieten verbergend.

»Ich danke, ich danke, zum Glück bedarf ich nichts, und es gibt sogar zuweilen andere, welche meiner bedürfen.«

Dantes machte eine Bewegung.

»Ich sage das nicht deinetwegen, mein Junge. Ich habe dir Geld geliehen; du hast mich bezahlt; das geschieht unter guten Nachbarn, und wir sind quitt.«

»Wir sind nie quitt gegen diejenigen, welche uns Dienste geleistet haben«, antwortete Dantes, »denn wenn man ihnen nicht mehr Geld schuldig ist, so ist man ihnen doch Dankbarkeit schuldig.«

»Wozu davon sprechen? Was geschehen ist, ist geschehen. Sprechen wir von deiner glücklichen Rückkehr, mein Junge. Ich war an den Hafen hinausgegangen, als ich dem Freund Danglars begegnete, der mir erzählte, daß ihr gut angekommen seid; und dann eilte ich hierher, um dir die Hand zu drücken. Nun, du stehst also aufs beste mit Herrn Morel, du Schlaukopf?«

»Herr Morel hat stets viel Güte für mich gehabt, und ich hoffe, sein Kapitän zu werden«, antwortete Dantes.

»Desto besser, desto besser! Das wird allen alten Freunden Freude machen, und ich kenne jemand da unten hinter der Zitadelle Saint-Nicolas, der nicht ärgerlich darüber sein wird.«

»Mercedes?« sprach der Greis.

»Ja, mein Vater«, versetzte Dantes, »und jetzt, da ich gesehen habe, daß du dich wohl befindest und alles hast, was du brauchst, bitte ich dich um Erlaubnis, bei den Kataloniern Besuch zu machen.«

»Geh, mein Kind, geh«, sagte der alte Dantes, »und Gott segne deine Frau, wie er mich in meinem Sohn gesegnet hat.«

»Seine Frau!« rief Caderousse, »wie Ihr rasch zu Werke geht, Vater Dantes. Es scheint mir, sie ist es noch nicht.«
»Nein, aber aller Wahrscheinlichkeit nach«, antwortete Edmond, »wird sie es bald werden.«
»Gleichviel, gleichviel«, sprach Caderousse, »du hast wohl daran getan, dich zu beeilen, mein Sohn.«
»Warum?«
»Weil die Mercedes ein hübsches Mädchen ist, und es den hübschen Mädchen nicht an Liebhabern fehlt. Ihr besonders laufen sie zu Dutzenden nach.«
»Wirklich?« sagte Edmond mit einem Lächeln, unter dem eine leichte Schattierung von Unruhe hervortrat.
»Oh, ja«, antwortete Caderousse, »und sogar schöne Partien; aber du begreifst, du sollst Kapitän werden, und man wird sich wohl hüten, deine Hand auszuschlagen.«
»Still«, sprach der junge Mann, »ich habe eine bessere Meinung als Ihr von den Frauen im allgemeinen und von Mercedes insbesondere, ich bin überzeugt, daß sie mir, mag ich Kapitän sein oder nicht, treu bleiben wird.«
»Desto besser, desto besser«, versetzte Caderousse, »wenn man sich verheiraten will, ist es immer ein gutes Ding um den Glauben. Doch was liegt daran, folge mir, mein Junge, verliere keine Zeit, melde ihr deine Ankunft und teile ihr deine Hoffnungen mit.«
»Ich gehe«, sagte Edmond und umarmte seinen Vater, grüßte Caderousse und entfernte sich.
Caderousse blieb noch einen Augenblick, nahm dann von dem alten Dantes Abschied, ging ebenfalls die Treppe hinab und suchte Danglars wieder auf, der ihn an der Ecke der Rue Senac erwartete.
»Nun«, sagte Danglars, »hast du ihn gesehen? Hat er von seiner Hoffnung, Kapitän zu werden, mit dir gesprochen?«
»Er spricht davon, als ob er es bereits wäre.«
»Geduld! Geduld!« sagte Danglars, »es scheint mir, er eilt gar zu sehr. Und er ist immer noch in die Katalonierin verliebt?«
»Wie verrückt, soeben ist er zu ihr gegangen. Doch wenn ich mich nicht sehr täusche, wird er Unannehmlichkeiten von dieser Seite haben.«

»Sag einmal, du liebst Dantes nicht, wie?«
»Ich liebe die Anmaßenden nie.«
»Nun also, was weißt du von der Katalonierin?«
»Nichts Bestimmtes; nur habe ich gesehen, daß Mercedes, sooft sie in die Stadt kommt, von einem großen schwarzen Katalonier, einem glühenden Burschen, den sie Vetter nennt, begleitet wird.«
»Ah, wirklich? Und glaubst du, dieser Vetter mache ihr den Hof?«
»Ich denke wohl. Was zum Teufel kann ein großer Bursche von 21 Jahren mit einem hübschen Mädchen von 17 machen?«
»Und du sagst, Dantes sei zu den Kataloniern gegangen?«
»Ja, wenn wir ihm folgen, so können wir in der Reserve bei einem Glas Wein auf Nachrichten warten.«
Beide begaben sich mit raschen Schritten nach dem bezeichneten Ort und ließen sich eine Flasche Wein bringen. Der Vater Pamphile, der sie bewirtete, hatte Dantes vor kaum zehn Minuten vorübergehen sehen.

3. Die Katalonier

Hundert Schritte von der Laube, wo die zwei Freunde den sprudelnden Lamalgue-Wein tranken, erhob sich hinter einem nackten, sonnigen Hügel das kleine Dorf der Katalonier.
Eines Tages brach eine geheimnisvolle Kolonie von Spanien auf und landete hier, wo sie sich noch heutigentags befindet. Man wußte nicht, woher sie kam, und sie sprach eine unbekannte Sprache. Einer von den Führern, der das Provencalische verstand, bat die Gemeinde Marseille, ihnen dieses nackte, unfruchtbare Vorgebirge zu geben, auf das sie, wie die Matrosen des Altertums, ihre Schiffe gezogen hatten. Die Bitte wurde bewilligt, und drei Monate nachher entstand um ihre etwa 15 Fahrzeuge ein kleines Dorf. Seit drei bis vier Jahrhunderten waren sie ihrem kleinen Vorgebirge treu geblieben, ohne sich mit der Bevölkerung von Marseille zu vermischen, denn sie heirateten unter sich und behielten die Sitten, die Tracht und die Sprache ihres Mutterlandes bei.
An der Wand einer der einfachen Hütten stand ein junges Mädchen mit rabenschwarzen Haaren und Augen. Ihre bis an die

Ellbogen entblößten Arme, die zwar gebräunt, aber schön geformt waren, bebten von einer gewissen fieberhaften Ungeduld, und sie schlug mit ihrem geschmeidigen, schön gebogenen Fuß auf die Erde, so daß man halb die reine stolze kühne Form ihres in einem baumwollenen Strumpf eingeschlossenen Beines sah. Drei Schritte von ihr, auf einem Stuhl sitzend, betrachtete sie ein großer Bursche von 20 Jahren mit einer Miene, in der sich Unruhe und Trotz bekämpften. Seine Augen fragten, aber der feste, entschiedene Blick des jungen Mädchens beherrschte den Jüngling.

»Laßt hören, Mercedes«, sagte der junge Mann, »Ostern kommt, es ist die Zeit, Hochzeit zu machen, antwortet mir!«

»Ich habe Euch hundertmal geantwortet, Fernand, und Ihr müßt in der Tat Euer eigener Feind sein, daß Ihr mich noch einmal fragt!«

»Nun, wiederholt es, ich bitte Euch, wiederholt es noch einmal, daß ich es endlich glauben kann. Sagt mir zum hundertstenmale, daß Ihr eine Liebe ausschlagt, die Eure Mutter billigte. Macht mir begreiflich, daß Ihr mit meinem Glück Euer Spiel treibt, daß mein Leben und mein Tod nichts für Euch sind. Ach, mein Gott, zehn Jahre lang geträumt haben, Euer Gatte zu werden, und diese Hoffnung verlieren, die der einzige Zweck meines Lebens war!«

»Ich bin es wenigstens nicht gewesen, die Euch in dieser Hoffnung ermutigt hat, Fernand«, antwortete Mercedes. »Ihr habt mir keine einzige Koketterie in dieser Hinsicht vorzuwerfen. Stets sagte ich Euch: Ich liebe Euch wie meinen Bruder, fordert aber nie mehr von mir, denn mein Herz gehört einem andern.«

»Ja, ich weiß es wohl, Mercedes«, antwortete der junge Mann. »Ja, Ihr habt Euch mir gegenüber das grausame Verdienst der Offenherzigkeit gegeben. Aber vergeßt Ihr, daß bei den Kataloniern das heilige Gesetz besteht, sich nur untereinander zu heiraten?«

»Ihr täuscht Euch, Fernand, es ist kein Gesetz, es ist eine Gewohnheit und nichts weiter. Führt diese Gewohnheit nicht zu Euren Gunsten an. Ihr seid zur Aushebung vorgemerkt; jeden Augenblick könnt Ihr zur Fahne gerufen werden. Seid Ihr einmal Soldat, was würde aus mir werden! Aus einem armen, traurigen, vermögenslosen Mädchen, das als einzige Habe nur eine baufällige Hütte besitzt, in der ein paar abgenutzte Netze hängen... Die elende Erbschaft von meinem Vater und meiner Mutter? Seit einem Jahr, da sie tot ist, lebe ich beinahe von der öffentlichen Wohltätigkeit. Zuweilen gebt Ihr Euch den Anschein, als ob ich Euch nützlich wäre, um das Recht zu haben, Euren Fischfang mit mir zu teilen. Ich nehme es an, Fernand, weil Ihr mein Vetter seid, weil wir miteinander erzogen worden sind, und mehr noch als alles dies, weil es Euch zu viel Kummer machen würde, wenn ich es ausschlüge; aber ich fühle wohl, daß der Fisch ein Almosen ist.«

»Und was liegt daran, Mercedes, wenn Ihr, arm und allein, mir besser zusagt, als die Tochter des stolzesten Reeders und des reichsten Bankiers von Marseille? Was brauchen wir Leute? Ein ehrliches Weib, eine gute Hauswirtin. Wo kann ich da etwas Besseres finden als Ihr seid?«

»Fernand«, antwortete Mercedes, den Kopf schüttelnd, »man wird eine schlechte Hauswirtin und kann nicht dafür stehen, daß man eine ehrliche Frau bleibt, wenn man einen andern Mann liebt als seinen Gatten. Begnügt Euch mit meiner Freundschaft, denn ich wiederhole Euch, das ist alles, was ich Euch versprechen kann, und ich verspreche nur das, was ich halten kann.«

»Ja, ich begreife«, sagte Fernand, »Ihr ertragt geduldig Eure Armut, aber Ihr habt Furcht vor der meinigen. Nun wohl, Mercedes, von Euch geliebt, werde ich mich aufzuschwingen suchen. Ihr bringt mir Glück, und ich werde reich. Ich kann mein Fischergewerbe ausdehnen, ich kann als Kommis in ein Kontor eintreten, ich kann sogar Kaufmann werden!«

»Ihr könnt von alledem nichts versuchen, Fernand, Ihr seid Soldat, und wenn Ihr noch unter den Kataloniern weilt, so ist dies nur der Fall, weil gegenwärtig kein Krieg geführt wird. Bleibt also Fischer und – begnügt Euch mit meiner Freundschaft, da ich Euch nichts anderes geben kann.«

»Oh, Mercedes, Ihr seid nur so grausam und hart gegen mich, weil Ihr einen anderen erwartet, aber jener ist vielleicht unbeständig wie das Meer.«

»Fernand«, rief Mercedes, »ich hielt Euch für gut, aber ich täuschte mich! Ihr habt ein schlechtes Herz, daß Ihr mit Eurer Eifersucht den Zorn des Himmels herabruft. Nun wohl, ja, ich verstelle mich nicht: ich erwarte und liebe denjenigen, welchen Ihr meint.«
Der junge Katalonier machte eine Gebärde der Wut.
»Ich verstehe Euch, Fernand, Ihr werdet Euch dafür rächen, daß ich Euch nicht liebe, Ihr werdet Euer katalonisches Messer mit seinem Dolch kreuzen! Wohin soll Euch das führen? Dahin, daß Ihr meine Freundschaft verliert, wenn Ihr besiegt werdet, daß Ihr meine Freundschaft in Haß verwandelt, wenn Ihr Sieger seid. Glaubt mir, Streit mit einem Mann suchen, ist ein schlechtes Mittel, der Frau zu gefallen, die diesen Mann liebt. Nein, Fernand, Ihr werdet Euch nicht so durch Eure schlimmen Gedanken hinreißen lassen. Da Ihr mich nicht als Frau besitzen könnt, so werdet Ihr Euch begnügen, mich zur Freundin und zur Schwester zu haben. Und überdies«, fügte sie mit unruhigen, tränenfeuchten Augen bei, »wartet, Fernand, Ihr habt soeben gesagt, das Meer sei treulos; und er ist schon vier Monate abgereist, seit vier Monaten habe ich viele Stürme gezählt.«
Fernand blieb unempfindlich. Er suchte nicht die Tränen zu trocknen, die über die Wangen von Mercedes herabrollten, und dennoch hätte er für jede ihrer Tränen ein Glas von seinem Blut gegeben; aber diese Tränen flossen nicht für ihn. Er stand auf, ging in der Hütte umher, kehrte zurück, blieb mit düsterem Auge und geballten Fäusten vor Mercedes stehen und sagte: »Laßt hören, Mercedes, noch einmal, antwortet: Steht Euer Entschluß fest?«
»Ich liebe Edmond Dantes«, antwortete kalt das junge Mädchen, »und kein anderer als Edmond soll mein Gatte werden.«
»Und Ihr werdet ihn immer lieben?«
»Solange ich lebe.«
Fernand ließ das Haupt sinken wie ein entmutigter Mensch und stieß einen Seufzer aus. Dann, plötzlich die Stirn wieder erhebend, rief er: »Aber wenn er tot ist?«
»Wenn er tot ist, sterbe ich.«
»Aber wenn er Euch vergißt?«

»Mercedes!« rief eine freudige Stimme vor dem Haus, »Mercedes!«

»Ah«, rief das junge Mädchen, aufspringend und vor Entzükken errötend, »Ihr seht, daß er mich nicht vergessen hat, denn er ist da! Herein, Edmond, hier bin ich!«

Fernand wich bleich und bebend zurück und sank auf seinen Stuhl nieder.

Edmond und Mercedes lagen einander in den Armen. Die glühende Sonne von Marseille drang durch die Öffnung der Tür und übergoß sie mit einer Woge von Licht. Anfangs sahen sie nichts von dem, was sie umgab. Ein unermeßliches Glück trennte sie von der Welt, und sie sprachen nur in den abgebrochenen Worten, die die Ergüsse einer so lebhaften Freude sind, daß sie der Ausdruck des Schmerzes zu sein scheinen.

Plötzlich erblickte Edmond das düstere Antlitz von Fernand, wie es bleich und drohend aus dem Schatten hervortrat. Durch eine Bewegung, von der er sich vielleicht selbst nicht Rechenschaft gab, hielt der junge Katalonier die Hand an das Messer, das in seinem Gürtel stak.

»Ah! Um Vergebung«, sagte Dantes, ebenfalls die Stirn faltend, »ich hatte nicht bemerkt, daß wir zu dritt sind!« Sich sodann zu Mercedes umwendend, fragte er: »Wer ist dieser Herr?«

»Dieser Herr wird dein bester Freund sein, Dantes, denn es ist auch mein Freund; es ist mein Vetter, es ist mein Bruder, es ist Fernand, der Mann, den ich nach dir, Edmond, am meisten in der Welt liebe. Erkennst du ihn nicht mehr?«

»Ah, gewiß!« sprach Edmond, und ohne Mercedes zu verlassen, deren Hand er in der seinigen hielt, reichte er mit einer herzlichen Bewegung seine andere Hand dem Katalonier.

Aber Fernand, weit entfernt, diese freundschaftliche Gebärde zu erwidern, blieb stumm und unbeweglich wie eine Statue. Da ging Edmond mit seinem forschenden Blick von der bewegten, zitternden Mercedes zu dem düsteren, drohenden Fernand über. Dieser einzige Blick sagte ihm alles. Der Zorn stieg ihm zu Kopf.

»Als ich mit so großer Eile zu Euch lief, Mercedes, wußte ich nicht, daß ich einen Feind hier finden würde«, sagte er.

»Einen Feind!« rief Mercedes, mit einem zornigen Blick auf ihren Vetter; »einen Feind bei mir, sagst du, Edmond? Wenn ich das glaubte, so nähme ich dich beim Arm, ginge nach Marseille und würde dieses Haus verlassen, um nie mehr dahin zurückzukehren.«
Das Auge von Fernand schleuderte einen Blitz.
»Und wenn dir Unglück widerführe, mein Edmond«, fügte sie mit einer unversöhnlichen Kälte hinzu, die Fernand bewies, daß das Mädchen in der Tiefe seiner finsteren Gedanken gelesen hatte, »wenn dir Unglück widerführe, so stiege ich auf das Kap Morgion und stürzte mich über die Felsen hinab.«
Fernand wurde furchtbar bleich.
»Aber du hast dich getäuscht, Edmond«, fuhr sie fort, »du hast keinen Feind hier, es ist nur Fernand, mein Bruder, der dir die Hand wie ein ergebener Freund drücken wird.«
Und bei diesen Worten heftete Mercedes ihren gebieterischen Blick auf den Katalonier, der, als würde er von diesem Blick bezaubert, sich langsam Edmond näherte und ihm die Hand reichte. Aber kaum hatte er die Hand von Edmond berührt, als er fühlte, daß er alles getan, was er tun konnte, und aus dem Haus stürzte.
»Oh!« rief er, wie ein Wahnsinniger fortrennend und mit seinen Händen in den Haaren wühlend, »oh! Wer wird mich von diesem Menschen befreien! Wehe mir! Wehe mir!«
»He, Katalonier, he, Fernand! Wohin läufst du?« rief eine Stimme.
Der junge Mann blieb stehen, schaute umher und erblickte Caderousse, der mit Danglars unter einer Laube an einem Tisch saß.
»He!« sagte Caderousse, »warum kommst du nicht? Hast du so große Eile, daß es dir an Zeit gebricht, deinen Freunden einen guten Morgen zu wünschen?«
Fernand schaute die zwei Männer mit einer einfältigen Miene an und antwortete nicht.
»Er scheint ganz verblüfft«, sagte Danglars, und stieß dabei Caderousse mit dem Knie. »Sollten wir uns getäuscht haben und sollte Dantes gegen unsere Voraussicht siegen?«
»Verdammt! Man muß doch sehen!« erwiderte Caderousse.

Dann, sich zu dem jungen Mann umwendend, sagte er: »Nun, Katalonier, willst du dich entschließen?«
Fernand trocknete den Schweiß von seiner Stirn ab und trat langsam unter die schattige Laube, deren Frische seinem erschöpften Körper etwas Wohlbehagen zu geben schien.
»Guten Morgen«, sagte er, »Ihr habt mich gerufen, nicht wahr?« Und er fiel mehr, als er sich setzte, auf einen von den Stühlen.
»Ich rief dich, weil du liefst wie ein Narr, und weil ich befürchtete, du könntest dich in das Meer stürzen«, erwiderte lachend Caderousse. »Was Teufels, wenn man Freunde hat, so ist dies nicht nur der Fall, um ihnen ein Glas Wein anzubieten, sondern auch, um sie zu hindern, drei bis vier Pinten Wasser zu trinken!«
Fernand stieß einen Seufzer aus, der einem Schluchzen glich, und ließ seinen Kopf auf seine zwei Fäuste sinken, die er kreuzweise auf den Tisch gelegt hatte.
»Willst du, daß ich es dir sagen soll, Fernand«, versetzte Caderousse, das Gespräch mit der gemeinen Plumpheit der Leute aus dem Volke anknüpfend, »du siehst aus wie ein gänzlich geschlagener Liebhaber.«
Und er begleitete diesen Spaß mit einem schwerfälligen Gelächter.
»Bah!« sagte Danglars, »ein Junge von diesem Schnitt ist nicht gemacht, um in der Liebe unglücklich zu sein. Du scherzst, Caderousse.«
»O nein«, erwiderte dieser, »höre nur, wie er seufzt. Ruhig, Fernand«, fügte Caderousse bei, »die Nase hochgehalten und geantwortet. Es ist nicht liebenswürdig, Freunden nicht zu antworten, die sich nach unserer Gesundheit erkundigen.«
»Meine Gesundheit ist gut«, antwortete Fernand, seine Fäuste krampfhaft zusammenziehend, aber ohne den Kopf zu heben.
»Oh, siehst du, Danglars«, sagte Caderousse, und machte dabei seinem Freund aus einem Augenwinkel ein Zeichen, »das ist die Sache: Fernand, den du hier siehst, ein guter, braver Katalonier, einer der besten Fischer von Marseille, ist in ein schönes Mädchen, namens Mercedes, verliebt. Doch leider scheint das junge Mädchen seinerseits in den Sekond der Pharao verliebt zu

sein. Und da die Pharao heute in den Hafen eingelaufen ist, so verstehst du...«

»Nein, ich verstehe nicht«, erwiderte Danglars.

»Der arme Fernand wird seinen Abschied bekommen haben«, fuhr Caderousse fort.

»Wohl, und dann?« sprach Fernand, das Haupt erhebend, und schaute Caderousse wie ein Mensch an, welcher einen sucht, um seinen Zorn auf ihn fallenzulassen. »Mercedes hängt von niemand ab, nicht wahr? Es steht ihr frei zu lieben, wen sie will!«

»Ah! Wenn du es so nimmst«, entgegnete Caderousse, »so ist es etwas anderes. Ich hielt dich für einen Katalonier, und man hatte mir gesagt, die Katalonier wären nicht die Männer, die sich durch einen anderen ausstechen lassen, man fügte sogar bei, Fernand besonders wäre furchtbar in seiner Rache.«

Fernand lächelte mitleidig und erwiderte: »Ein Verliebter ist nie furchtbar.«

»Armer Junge!« versetzte Danglars, der sich den Anschein gab, als beklagte er den jungen Mann aus der Tiefe seines Herzens. »Was willst du? Er war nicht darauf gefaßt, Dantes so plötzlich zurückkommen zu sehen. Er hielt ihn vielleicht für tot, für ungetreu, wer weiß? Man ist bei dergleichen Dingen um so empfindlicher, je mehr sie uns unerwartet begegnen.«

»Ah! Meiner Treu, in jedem Fall«, sagte Caderousse, auf den der Wein seine Wirkung zu tun anfing, »in jedem Fall ist Fernand nicht der einzige, den die glückliche Ankunft von Dantes ärgert! Nicht wahr, Danglars?«

»Nein, du sprichst die Wahrheit, und ich glaube beinahe behaupten zu können, daß ihm dies Unglück bringen wird.«

»Doch gleichviel«, versetzte Caderousse, goß Fernand ein Glas Wein ein und füllte zum zehntenmal sein eigenes Glas, während Danglars nur an dem seinigen genippt hatte; »gleichviel, mittlerweile heiratet er Mercedes, die schöne Mercedes, er kommt wenigstens deshalb zurück.«

Während dieser Zeit betrachtete Danglars mit einem durchdringenden Blick den jungen Mann, auf dessen Herz die Worte von Caderousse wie geschmolzenes Blei fielen.

»Und wann soll die Hochzeit sein?« fragte er.

»Oh! Sie ist noch nicht gemacht«, murmelte Fernand.

»Nein, aber sie wird sich machen«, entgegnete Caderousse, »so gewiß, als Dantes Kapitän sein wird; nicht wahr, Danglars?«
Danglars bebte bei diesem unerwarteten Stiche und wandte sich zu Caderousse um, dessen Gesicht er ebenfalls studierte, um zu sehen, ob ihm der Stich mit Vorbedacht versetzt worden wäre. Aber er sah nichts als Neid auf dem durch die Trunkenheit bereits albernen Gesicht.
»Nun wohl«, sagte er, die Gläser wieder füllend, »trinken wir also auf die Gesundheit des Kapitäns Edmond Dantes, des Gatten der schönen Katalonierin!«
Caderousse setzte mit einer schweren Hand sein Glas an den Mund und leerte es auf einen Zug. Fernand nahm das seinige und schleuderte es auf die Erde.
»He, he, he!« rief Caderousse, »was erblicke ich da oben auf dem Hügel in Richtung der Katalonier! Sieh doch, Fernand, du hast ein besseres Auge als ich. Ich glaube, ich fange an doppelt zu sehen, und du weißt, der Wein ist ein Verräter. Man sollte glauben, es wären zwei Liebende, welche Hand in Hand nebeneinander gingen. Gott vergebe mir! Sie vermuten nicht, daß wir sie sehen, und umarmen sich sogar.«
Danglars verlor keine von den schmerzlichen Bewegungen von Fernand, dessen Gesicht sich augenscheinlich entstellte.
»Oho, Dantes, oho, schönes Mädchen!« rief jetzt Caderousse, »kommt ein wenig hierher und sagt uns, wann die Hochzeit sein wird.«
»Willst du wohl schweigen«, sprach Danglars, der sich den Anschein gab, als wollte er Caderousse zurückhalten, der sich mit der Halsstarrigkeit der Trunkenen aus der Laube hervorneigte. »Suche dich aufrecht zu halten und laß die Verliebten sich ruhig lieben. Sieh, schau Herrn Fernand da, und nimm dir ein Beispiel an ihm! Er ist vernünftig.«
Vielleicht war Fernand, auf das äußerste gebracht, von Danglars aufgestachelt wie der Stier durch die Bandilleros, im Begriff hinauszustürzen, denn er hatte sich bereits erhoben und schien sich auf sich selbst zusammenzudrängen, um seinem Nebenbuhler entgegenzuspringen; aber lachend und mutig erhob Mercedes ihr schönes Haupt und ließ ihren klaren Blick strahlen. Da erinnerte sich Fernand ihrer Drohung, zu sterben, wenn

Edmond sterben würde, und er fiel völlig entmutigt auf seinen Stuhl zurück.
»Holla«, schrie Caderousse, halb aufgestanden und mit den Fäusten auf den Tisch gestützt, »holla, Edmond! Siehst du die Freunde nicht, oder bist du bereits zu stolz, um mit ihnen zu sprechen?«
»Nein, mein lieber Caderousse«, antwortete Dantes, »ich bin nicht zu stolz, ich bin glücklich, und das Glück blendet, glaube ich, noch mehr als der Stolz.«
»Das lasse ich mir gefallen; das ist eine Erklärung«, sprach Caderousse. »Ei, guten Morgen, Madame Dantes.«
Mercedes grüßte ernst und erwiderte: »Das ist noch nicht mein Name, und in meinem Lande bringt es, wie man sagt, Unglück, die Mädchen mit dem Namen ihres Bräutigams zu nennen, ehe dieser ihr Gatte geworden ist; ich bitte Sie also, nennen Sie mich Mercedes.«
»Die Hochzeit soll also ungesäumt stattfinden, Herr Dantes?« fragte Danglars und begrüßte die zwei jungen Leute.
»Sobald als möglich, Herr Danglars. Heute die Verträge bei dem Papa Dantes, und spätestens übermorgen das Hochzeitsmahl hier in der Reserve. Die Freunde werden sich hoffentlich dabei einfinden; das heißt, Sie sind eingeladen, Herr Danglars, und du bist es ebenfalls, Caderousse.«
»Und Fernand?« versetzte Caderousse mit einem ekelhaften Gelächter; »Fernand auch?«
»Der Bruder meiner Frau ist mein Bruder, und wir könnten es nur mit tiefem Bedauern sehen, Mercedes und ich, wenn er sich in einem solchen Augenblick von uns entfernen würde.«
Fernand öffnete den Mund, um zu antworten; aber seine Stimme erstickte in seiner Kehle, und er vermochte nicht ein Wort hervorzubringen.
»Heute der Vertrag, übermorgen die Hochzeit! Teufel, Sie sind sehr eilig, Kapitän! Was zum Teufel, wir haben Zeit; die Pharao wird nicht vor drei Monaten in See stechen.«
»Man hat stets Eile glücklich zu sein, Herr Danglars, denn wenn man lange gelitten hat, fürchtet man sich, an das Glück zu glauben. Es ist jedoch nicht die Selbstsucht, die mich handeln läßt; ich muß nach Paris reisen.«

»Ah, wirklich, nach Paris, und Sie kommen zum erstenmal dahin, Dantes?«
»Ja.«
»Sie haben Geschäfte dort?«
»Nicht für meine Rechnung; es ist ein letzter Auftrag von unserem armen Kapitän Leclère, den ich zu erfüllen habe. Seien Sie übrigens unbesorgt, ich werde mir nur so viel Zeit nehmen, als ich zur Hin- und Herreise brauche.«
»Ja, ja, ich verstehe«, sagte Danglars laut; dann fügte er leise bei: »Nach Paris, ohne Zweifel, um den Brief, den ihm der Großmarschall gegeben hat, an seine Adresse abzuliefern. Bei Gott, dieser Brief bringt mich auf einen vortrefflichen Gedanken. Ha, Dantes, mein Freund! Du bist in der Liste der Pharao noch nicht als Nr. 1 eingetragen.«
Dann, zu Edmond gewandt, der sich bereits entfernte, rief er diesem zu: »Glückliche Reise!«
»Ich danke«, antwortete Edmond, drehte den Kopf um und begleitete diese Bewegung mit einer freundschaftlichen Gebärde. Hierauf setzten die zwei Liebenden ihren Weg fort, ruhig und freudig, wie zwei überaus Glückliche.

4. Komplott

Danglars folgte Edmond und Mercedes mit den Augen, bis die zwei Liebenden an einer Ecke des Forts Saint-Nikolas verschwanden. Dann gewahrte er, daß Fernand bleich und zitternd auf seinen Stuhl gesunken war, während Caderousse die Worte eines Trinkliedes stammelte.
»Ah! Mein lieber Herr«, sagte Danglars zu Fernand, »das ist eine Heirat, die mir nicht alle Leute glücklich zu machen scheint.«
»Sie bringt mich in Verzweiflung«, erwiderte Fernand.
»Sie lieben also Mercedes?«
»Solange wir uns kennen, habe ich sie stets geliebt.«
»Und Sie reißen sich die Haare aus, statt ein Mittel dagegen zu suchen? Den Teufel, ich glaubte nicht, daß die Leute Ihrer Nation so handelten!«
»Was soll ich tun?« fragte Fernand.
»Was weiß ich! Geht das mich an? Ich bin nicht in Made-

moiselle Mercedes verliebt, wie es mir scheint, wohl aber Sie. Suchet, so werdet Ihr finden, sagt das Evangelium.«

»Ich wollte den Menschen erdolchen; aber sie sagte mir, wenn ihrem Bräutigam ein Unglück widerführe, so würde sie sich töten.«

»Dummkopf!« murmelte Danglars, »sie mag sich umbringen oder nicht, wenn nur Dantes nicht Kapitän wird.«

»Und ehe Mercedes stirbt«, versetzte Fernand mit dem Ton einer unerschütterlichen Entschlossenheit, »würde ich selbst sterben.«

»Das nenne ich eine Liebe«, sprach Caderousse mit einer immer weinschwereren Zunge, »oder ich verstehe mich nicht darauf.«

»Sie scheinen mir ein braver Junge zu sein«, sagte Danglars, »und der Teufel soll mich holen, ich möchte Sie gern Ihrer Pein entziehen, aber ...«

»Was sagen Sie, mein Herr?« sprach Fernand, der begierig auf die Fortsetzung des unterbrochenen Satzes wartete.

»Was sagte ich? Ich erinnere mich nicht mehr! Durch diesen Trunkenbold von Caderousse habe ich den Faden meiner Gedanken verloren.« Caderousse hatte die zwei letzten Verse eines zu dieser Zeit sehr beliebten Liedes zu singen angefangen:

Alle Schlechten trinken Wasser,
Wie die Sündflut uns beweist.

»Sie sagten, mein Herr«, versetzte Fernand, »Sie möchten mich gern meiner Pein entziehen; aber, fügten Sie bei ...«

»Ja, aber, fügte ich bei, um Sie der Pein zu entziehen, genügt es, daß Dantes nicht diejenige heiratet, welche Sie lieben, und die Heirat kann, wie es mir scheint, wohl unterbleiben, ohne daß Dantes stirbt.«

»Der Tod allein wird sie trennen«, erwiderte Fernand.

»Sie urteilen wie eine Schnecke, mein Freund«, sagte Caderousse, »und Danglars hier, der ein feiner Bursche, ein Schlaukopf, ein wahrer Grieche ist, wird Ihnen beweisen, daß Sie unrecht haben. Beweise es ihm, Danglars, ich habe mich für dich verbürgt. Sage ihm, es sei nicht nötig, daß Dantes sterbe. Überdies wäre es unangenehm, wenn Dantes stürbe, er ist ein guter Jun-

ge... Ich liebe ihn, diesen Dantes... Auf die Gesundheit von Dantes!«
Fernand erhob sich ungeduldig.
»Lassen Sie ihn sprechen«, versetzte Danglars, den jungen Menschen zurückhaltend. »Übrigens, so betrunken er auch ist, so irrt er sich doch nicht so gewaltig. Die Abwesenheit trennt ebensogut als der Tod. Denken Sie sich, es wären zwischen Edmond und Mercedes die Mauern eines Gefängnisses, so werden sie nicht mehr und nicht weniger getrennt sein, als wenn ein Grabstein zwischen ihnen läge.«
»Ja, aber man kommt aus dem Gefängnis zurück«, sagte Caderousse, der mit den Trümmern seines Verstandes sich an dem Gespräch anklammerte, »und wenn man aus dem Gefängnis heraus ist und Edmond Dantes heißt, so rächt man sich.«
»Gleichviel«, murmelte Fernand.
»Überdies, warum sollte man Dantes in ein Gefängnis stecken? Er hat weder geraubt noch gemordet«, versetzte Caderousse und leerte abermals ein Glas Wein.
Danglars folgte in den trüben Augen des Schneiders den Fortschritten der Trunkenheit und sagte sodann zu Fernand: »Begreifen Sie nun, daß es nicht nötig wäre, ihn zu töten?«
»Nein, gewiß nicht, hätte man ein Mittel, um Dantes, wie Sie sagten, festnehmen zu lassen. Aber besitzen Sie dieses Mittel?«
»Wenn man gut suchen würde«, erwiderte Danglars, »so könnte man es wohl finden. Doch zum Teufel, worein mische ich mich? Geht das mich an?«
»Ich weiß nicht, ob das Sie angeht«, sprach Fernand und faßte ihn beim Arm; »aber ich weiß, daß Sie irgendeinen Grund des Privathasses gegen Dantes haben. Wer selbst haßt, täuscht sich nicht in den Gefühlen der andern.«
»Ich, einen Grund des Hasses gegen Dantes? Keinen, auf mein Wort. Ich sah Sie unglücklich, und Ihr Unglück erregte meine Teilnahme, das ist das Ganze. Aber, sobald Sie glauben, ich handle für meine eigene Rechnung, Gott befohlen, mein lieber Freund! Ziehen Sie sich aus dieser Geschichte, wie Sie können...«
Und Danglars stellte sich, als wollte er ebenfalls weggehen.
»Nein«, sagte Fernand, ihn zurückhaltend, »bleiben Sie! Es

liegt mir am Ende wenig daran, ob Sie Dantes grollen oder nicht. Ich hasse ihn und gestehe es laut. Finden Sie das Mittel, so führe ich es aus, vorausgesetzt, daß es nicht der Tod dieses Menschen ist, denn Mercedes hat gesagt, sie würde sich umbringen, wenn man Dantes tötete. Also das Mittel – schnell das Mittel!«

»Ja«, versetzte Danglars. »Die Franzosen sind hierin den Spaniern überlegen. Die Spanier bedenken und erwägen, die Franzosen erfinden. Kellner, eine Feder, Tinte und Papier!«

»Wenn man bedenkt«, sagte Caderousse und ließ seine Hand auf das Papier fallen, das der Kellner gebracht hatte, »daß hier etwas ist, womit man einen Menschen sicherer töten kann, als wenn man ihm an der Ecke eines Waldes auflauerte, um ihn zu ermorden! Ich habe immer mehr Furcht vor einer Feder, einer Flasche Tinte und einem Blatt Papier gehabt, als vor einem Degen oder einer Pistole.«

»Der Bursche ist noch nicht so betrunken wie er aussieht. Schenken Sie ihm ein, Fernand!«

Fernand füllte das Glas von Caderousse.

»Also, ich sagte Ihnen«, fuhr Danglars fort, als er sah, daß der Überrest der Vernunft von Caderousse unter diesem letzten Glas Wein vollends zu verschwinden anfing, »wenn z.B. nach einer Reise, wie sie Dantes gemacht hat, wobei er die Insel Elba berührte, jemand ihn bei dem Staatsanwalt als bonapartistischen Agenten anzeigen würde...«

»Ich würde ihn anzeigen, ich«, sagte lebhaft der junge Mann.

»Ja, aber dann läßt man Sie Ihre Erklärung unterschreiben. Man stellt Sie demjenigen, welchen Sie angezeigt haben, gegenüber. Zwar liefere ich Ihnen das, was Sie zur Unterstützung Ihrer Anklage brauchen; aber Dantes kann nicht ewig im Gefängnis bleiben; eines Tages verläßt er dasselbe, und dann wehe dem, der ihn hineingebracht hat.«

»Oh, ich verlange nichts anderes«, sprach Fernand, »er mag nur kommen, um Streit mit mir anzufangen.«

»Ja, und Mercedes, die Sie schon haßt, wenn Sie nur das Unglück haben, die Haut ihres geliebten Edmond zu ritzen!«

»Das ist richtig«, versetzte Fernand.

»Nein, nein«, sagte Danglars, »wenn man sich zu dergleichen entschlösse, so wäre es besser, ganz einfach, wie ich dies tue, mit

der linken Hand, damit die Schrift nicht erkannt wird, eine kleine, folgendermaßen abgefaßte Denunziation zu schreiben.«
Und das Beispiel mit dem Rat verbindend, schrieb Danglars mit der linken Hand und mit einer Schrift, die keine Ähnlichkeit mit seiner gewöhnlichen Handschrift hatte, folgende Zeilen, die er Fernand übergab:

»Der Herr Staatsanwalt wird von einem Freund des Thrones und der Religion benachrichtigt, daß Edmond Dantes, Sekond des Schiffes Pharao, heute morgen von Smyrna angelangt ist, nachdem er Neapel und Porto Ferrajo berührt hat, von Murat mit einem Brief für den Usurpator, und von dem Usurpator mit einem Brief für das bonapartistische Komitee in Paris beauftragt worden ist. Den Beweis von seinem Verbrechen wird man bekommen, wenn man ihn verhaftet; denn man findet diesen Brief entweder bei ihm, oder bei seinem Vater, oder in seiner Kajüte an Bord der Pharao.«

»So ist Ihre Rache vernünftig«, fuhr Danglars fort, »denn sie wird auf keine Weise auf Sie zurückfallen, und die Sache macht sich ganz von selbst. Man muß diesen Brief nur noch adressieren, dann wäre alles abgemacht.«
Und Danglars schrieb die Adresse.
»Ja, alles wäre abgemacht«, rief Caderousse, der durch eine letzte Anstrengung des Geistes dem Vorlesen gefolgt war und durch den Instinkt begriff, was für unselige Folgen eine solche Anzeige nach sich ziehen könnte. »Ja, alles wäre abgemacht; aber das Ganze wäre eine Schändlichkeit.« Und er streckte den Arm aus, um den Brief zu nehmen. Danglars aber stieß ihn außer dem Bereich seiner Hand und erwiderte: »Was ich sage und hier mache, geschieht auch nur im Scherz, und es würde mir vor allem leid tun, wenn Dantes, dem guten Dantes etwas widerführe. Seht selbst...« Und er zerknitterte den Brief, und warf ihn in eine Ecke der Laube.
»So ist es gut«, sprach Caderousse, »Dantes ist mein Freund, und ich will nicht, daß man ihm Böses zufügt.«
»Ei, wer zum Teufel denkt daran, ihm Böses zuzufügen? Ich nicht, Fernand nicht«, sprach Danglars, stand auf und sah den jungen Mann an, welcher sitzengeblieben war, aber beständig das in die Ecke geworfene verräterische Papier anschielte.

»Dann gebe man uns Wein«, sprach Caderousse, »ich will auf die Gesundheit von Edmond und der schönen Mercedes trinken.«
»Nein, für heute haben wir genug, es ist Zeit, nach Haus zu gehen. Gib mir den Arm und laß uns weitergehen«, sprach Danglars und zog Caderousse in der Richtung von Marseille fort.
Als Danglars zwanzig Schritte gemacht hatte, wandte er sich um und sah, daß sich Fernand auf das Papier stürzte, das er sogleich in seine Tasche steckte. Dann entfernte sich der junge Mann eiligst aus der Laube und wandte sich dem Pillon zu.
»Gut, gut«, murmelte Danglars, »die Sache ist im Gang, und man muß ihr nur ihren Lauf lassen.«

5. Das Verlobungsmahl

Am anderen Morgen erhob sich die Sonne rein und glänzend, und ihre purpurnen Strahlen übergossen wie mit Rubinen die schäumenden Spitzen der Wellen.
Das Mahl war im großen Saal des ersten Stockes derselben Reserve bereitet worden, mit deren Laube wir bereits Bekanntschaft gemacht haben. In der Mitte der langen Tafel saß auf der einen Seite die reizende Mercedes, rechts von ihr im Sonntagsstaat der alte Dantes, während zu ihrer Linken ihr Vetter Fernand Platz genommen hatte. Ihnen gegenüber saß der Bräutigam, ihm zur Seite Herr Morel, der das Verlobungsmahl seines zukünftigen Kapitäns mit seiner Gegenwart beehrte.
In ihrer Nähe waren auch Danglars und Caderousse, den die Hoffnung auf ein gutes Mahl vollends mit Dantes ausgesöhnt hatte, und in dessen Gedächtnis nur eine schwankende Erinnerung von dem blieb, was am Tage vorher sich zugetragen hatte.
Außer diesen uns bereits bekannten Gästen waren zahlreiche Freunde des Bräutigams, Seeleute und Soldaten anwesend, die bereits anfingen, dem reichlichen Essen zuzusprechen.
Schon liefen um die Tafel her Würste von Arles mit dem starken, eigentümlichen Geruch, Seekrebse mit der blendenden Schale, Prayres in der rosenfarbigen Muschel, Seeigel, die Kastanien glichen, und alle die Leckerbissen, welche die Wellen

auf das sandige Ufer wälzen und die dankbaren Schiffer mit dem allgemeinen Namen Seefrüchte bezeichnen.
»Ein schönes Stillschweigen«, sprach Dantes' Vater, ein Glas Wein, gelb wie Topas, schlürfend. »Sollte man glauben, es wären hier dreißig Personen, die nur zu lachen wünschten?«
»Ei, ein Bräutigam ist nicht immer heiter«, erwiderte Caderousse.
»Es ist wahr«, sagte Dantes, »ich bin zu glücklich in diesem Augenblick, um heiter zu sein. Die Freude bringt zuweilen eine seltsame Wirkung hervor, sie drängt zurück, wie der Schmerz. Es scheint mir, der Mensch ist nicht geschaffen, um so leicht glücklich zu werden. Man muß kämpfen, um das Glück zu erobern, und ich weiß nicht, wodurch ich das Glück, der Gatte von Mercedes zu sein, verdient habe.«
»Der Gatte, der Gatte«, rief Caderousse lachend; »noch nicht, mein Kapitän; versuche es ein wenig, den Gatten zu spielen, und du wirst sehen, wie man dich aufnimmt.«
Mercedes errötete.
Fernand quälte sich auf seinem Stuhl, bebte bei dem geringsten Geräusch und wischte sich von Zeit zu Zeit große Schweißtropfen ab. Manchmal schaute er gegen Marseille und schien irgendein großes Ereignis zu erwarten.
»Meiner Treu, man braucht mich nicht Lügen zu strafen; Mercedes ist allerdings noch nicht meine Frau«, sagte Dantes und zog seine Uhr. »Aber in anderthalb Stunden wird sie es sein.«
Jeder stieß einen Schrei des Erstaunens aus, nur der Vater Dantes' nicht, der durch ein breites Lachen seine noch immer schönen Zähne zeigte. Mercedes lächelte und errötete nicht mehr. Fernand faßte krampfhaft nach dem Heft seines Messers.
»Ja, meine Freunde«, fuhr Dantes fort, »durch das Ansehen von Herrn Morel, dem Mann, dem ich nach meinem Vater am meisten auf dieser Welt zu verdanken habe, sind alle Schwierigkeiten beseitigt. Wir haben die Ausrufungen bezahlt, und um halb drei Uhr erwartet uns der Maire von Marseille auf dem Rathaus.«
Fernand schloß die Augen; eine feurige Wolke brannte auf seinen Augenlidern; er stützte sich auf den Tisch und konnte sich eines dumpfen Seufzers nicht erwehren, der sich in dem Ge-

räusch des Gelächters und der Glückwünsche der Versammlung verlor.

»So ist es gut«, sprach der Vater Dantes'. »Gestern morgen hier angekommen, heute um drei Uhr geheiratet! Die Seeleute gehen rasch ans Geschäft.«

»Aber die anderen Förmlichkeiten?« wandte Danglars schüchtern ein, »der Vertrag, die schriftlichen Sachen?«

»Der Vertrag?« entgegnete Dantes lachend, »der Vertrag ist vollkommen gemacht. Mercedes hat nichts, ich habe auch nichts. Das bedurfte keines langen Schreibens und wird nicht schwer zu bezahlen sein...« Dieser Scherz veranlaßte einen Ausbruch der Freude und der Bravos.

»Was wir für ein Verlobungsmahl hielten, ist also einfach ein Hochzeitsmahl«, sagte Danglars.

»Nein«, erwiderte Dantes, »seid unbesorgt! Ihr sollt nichts dabei verlieren. Morgen früh reise ich nach Paris. Vier Tage hin, vier Tage her, einen Tag, um gewissenhaft meinen Auftrag zu vollziehen, und am ersten März bin ich zurück; am zweiten also findet das wahre Hochzeitsmahl statt.«

Die Aussicht auf einen neuen Schmaus verdoppelte die Heiterkeit dergestalt, daß der Vater Dantes', der sich im Anfang über die Stille beklagt hatte, mitten im allgemeinen Gespräch vergebliche Versuche machte, seinen Glückwunsch für das zukünftige Ehepaar anzubringen. Es fand um die Tafel her die geräuschvolle freie Heiterkeit statt, die bei den Leuten von den untern Ständen das Ende des Mahles bezeichnet. Alle sprachen zu gleicher Zeit, und niemand antwortete auf das, was man ihm sagte, sondern jeder beschäftigte sich nur mit seinen eigenen Gedanken.

Die Blässe von Fernand war beinahe auf die Wangen von Danglars übergegangen; Fernand selbst schien ein Verdammter im Feuersee zu sein. Er hatte sich zuerst erhoben, ging im Saal umher und bemühte sich, sein Ohr von dem Geräusch der Lieder und des Zusammenstoßens der Gläser abzuwenden. Caderousse näherte sich ihm in dem Augenblick, wo Danglars ihn in einer Ecke des Saales aufsuchte.

»In der Tat«, sprach Caderousse, dem das freundliche Wesen von Dantes und besonders der gute Wein von Vater Pamphile den ganzen Überrest des Hasses benommen hatten, dessen Keim durch das unerwartete Glück von Dantes in seine Seele geworfen worden war, »in der Tat, Dantes ist ein vortrefflicher Junge, und wenn ich ihn neben seiner Braut sitzen sehe, sage ich mir, es wäre schade gewesen, wenn man ihm den schlechten Streich gespielt hätte, den ihr gestern miteinander verabredet habt.«

»Du hast auch gesehen«, erwiderte Danglars, »daß die Sache ohne Folgen blieb. Herr Fernand war anfangs so niedergeschmettert, daß er mich besorgt machte; aber von dem Augenblick an, wo er seinen Entschluß so fest gefaßt hatte, daß er als erster Brautführer bei der Hochzeit seines Nebenbuhlers auftrat, war nichts mehr zu sagen.«

Caderousse schaute Fernand an, er war leichenbleich.

»Gehen wir«, sagte jetzt Mercedes mit sanfter Stimme, »es ist zwei Uhr, und man erwartet uns um halb drei Uhr.«

»Laßt uns gehen!« riefen alle Gäste im Chor. In demselben Augenblick sah Danglars, wie Fernand, der auf dem Fenstersims saß, plötzlich seine verstörten Augen weit aufriß, mit einer krampfhaften Bewegung sich erhob und dann wieder auf das Gesims zurückfiel. Beinahe gleichzeitig vernahm man ein dumpfes Geräusch auf der Treppe. Dieses Geräusch schwerer Tritte, der verworrene Lärm von Stimmen, vermischt mit dem Klirren von Waffen, übertönten die Rufe der Gäste und erregten die allgemeine Aufmerksamkeit, die sich alsbald durch ein ungewöhnliches Stillschweigen kundgab. Der Lärm näherte sich, drei Schläge ertönten an der Tür, jeder schaute seinen Nachbar mit erstaunter Miene an.

»Im Namen des Gesetzes!« rief eine scharfe Stimme, der niemand antwortete. Sogleich öffnete sich die Tür, und ein Kommissar mit seiner Schärpe trat, gefolgt von vier bewaffneten Soldaten unter Anführung eines Korporals, in den Saal. Die Unruhe machte dem Schrecken Platz.

»Was gibt es?« sagte der Reeder, dem Kommissar, den er kannte, entgegengehend. »Es handelt sich hier sicherlich um einen Irrtum.«

»Wenn es ein Irrtum ist, Herr Morel«, antwortete der Kommissar, »so glauben Sie nur, daß er schleunigst wieder gutgemacht

werden wird. Mittlerweile bin ich der Überbringer eines Verhaftungsbefehles, und obgleich ich mit Bedauern meinen Auftrag erfülle, so muß ich ihn nichtsdestoweniger vollziehen. Wer von Ihnen, meine Herren, ist Edmond Dantes?«
Alle Blicke wandten sich dem jungen Mann zu, der sehr bewegt, aber seine Würde behauptend, einen Schritt vorwärts machte und erwiderte: »Ich bin es, mein Herr, was wollen Sie von mir?«
»Edmond Dantes«, sprach der Kommissar, »ich verhafte Sie im Namen des Gesetzes.«
»Sie verhaften mich?« sagte Edmond mit einer leichten Blässe. »Warum verhaften Sie mich?«
»Ich weiß es nicht, mein Herr; aber Ihr erstes Verhör wird Sie darüber belehren.« Herr Morel begriff, daß sich nichts gegen die Unbeugsamkeit der Verhältnisse tun ließ. Ein Kommissar mit seiner Schärpe umgürtet, ist nicht mehr ein Mensch, er ist die Statue des kalten, tauben, stummen Gesetzes.
Der Greis aber stürzte dem Beamten entgegen: Es gibt Dinge, welche das Herz eines Vaters oder einer Mutter nie begreifen wird. Er bat, er flehte; Bitten und Tränen vermochten nichts; aber seine Verzweiflung war so groß, daß der Kommissar dadurch gerührt wurde.
»Mein Herr«, sagte er, »beruhigen Sie sich, Ihr Sohn hat vielleicht irgendeine Zoll- oder Sanitätsförmlichkeit vernachlässigt, und wenn man die Auskunft von ihm erhalten hat, die man zu haben wünscht, wird er aller Wahrscheinlichkeit nach in Freiheit gesetzt werden.«
»Ei, was soll das bedeuten?« sagte Caderousse zu Danglars, der den Erstaunten spielte.
»Weiß ich es?« entgegnete Danglars; »ich bin wie du: ich sehe, was vorgeht, begreife nichts davon und bleibe ganz verwirrt.«
Caderousse suchte mit seinen Augen Fernand; er war verschwunden. Die ganze Szene vom vorhergehenden Tag stellte sich nun mit einer furchtbaren Klarheit vor ihn.
»Oh, oh!« sagte er mit dumpfer Stimme, »sollte dies die Folge des Scherzes sein, von dem ihr gestern spracht, Danglars? In diesem Fall wehe dem, der ihn gemacht hat, denn er ist sehr schlecht!«

»Keineswegs«, rief Danglars, »du weißt, daß ich das Papier zerrissen habe.«
»Du hast es nicht zerrissen, du warfst es in eine Ecke.«
»Schweig, du hast nichts gesehen, du warst betrunken.«
»Wo ist Fernand?« sagte Caderousse.
»Weiß ich es?« antwortete Danglars. »Ohne Zweifel geht er seinen Geschäften nach.«
Während dieses Gesprächs drückte Dantes allen seinen Freunden die Hand und gab sich mit den Worten in Haft: »Seid ruhig, der Irrtum wird sich aufklären, und wahrscheinlich komme ich nicht in das Gefängnis.«
»Ganz gewiß nicht, dafür wollte ich stehen«, sagte Danglars, der sich in diesem Augenblick der Hauptgruppe näherte.
Der Kommissar ging vor Dantes die Treppe hinab. Ein Wagen, dessen Schlag geöffnet war, wartete vor der Tür. Er stieg ein. Der Schlag wurde geschlossen, und der Wagen fuhr nach Marseille.
»Adieu, Edmond«, rief Mercedes, ans Fenster stürzend.
Der Gefangene hörte diesen letzten Schrei, der wie ein Schluchzen aus dem zerrissenen Herzen der Braut hervordrang. Er fuhr rasch mit dem Kopf zu dem Schlage hinaus und rief:
»Auf Wiedersehen, Mercedes«, und verschwand an einer von den Ecken des Forts Saint-Nikolas.
»Erwartet mich hier«, sagte der Reeder, »ich nehme den ersten Wagen, den ich treffe, eile nach Marseille und bringe euch bald Nachricht.«
»Gehen Sie«, riefen alle Stimmen, »und kommen Sie bald zurück.«
Nach diesem doppelten Abgang herrschte einen Augenblick eine gewisse Betäubung unter allen Zurückgebliebenen. Der Greis und Mercedes verharrten eine Zeitlang allein, jeder in seinen eigenen Schmerz versunken; endlich aber begegneten sich ihre Augen; sie erkannten sich als zwei von demselben Schlag getroffene Opfer und warfen sich einander in die Arme.
Mittlerweile kehrte Fernand zurück, schenkte sich ein Glas Wasser ein, leerte es und setzte sich auf einen Stuhl. Zufällig war es ein Stuhl in der Nähe von dem, auf welchem Mercedes in

die Arme des Greises sank Mit einer instinktartigen Bewegung rückte Fernand seinen Stuhl zurück.
»Er ist es«, sagte zu Danglars Caderousse, der den Katalonier nicht aus dem Gesicht verloren hatte.
»Ich glaube es nicht«, erwiderte Danglars, »er ist zu albern; in jedem Fall mag der Streich auf den zurückfallen, der ihn ausgeführt hat.«
»Du sprichst nicht von demjenigen, von welchem der Rat dazu gegeben worden ist«, sagte Caderousse.
»Ah! Meiner Treu, wenn man verantwortlich für das wäre, was man in die Luft spricht!« rief Danglars.
»Ja, wenn das, was man in die Luft spricht, mit der Spitze auf das gewünschte Ziel zurückfällt.« Während dieser Zeit stellten die Gruppen allerlei Vermutungen über die Verhaftung an.
»Und Sie, Danglars, was denken Sie von diesem Ereignis?«
»Ich«, versetzte Danglars, »ich denke, daß er einige Ballen verbotene Waren zurückgebracht hat.«
»Oh, nun erinnere ich mich«, murmelte der arme Vater, sich an diese armseligen Trümmer anklammernd; »er sagte mir gestern, er hätte für mich eine Kiste mit Kaffee und eine Kiste mit Tabak.«
»Seht, das ist es«, sprach Danglars, »die Zollbeamten werden in unserer Abwesenheit einen Besuch an Bord der Pharao gemacht und den Rosentopf entdeckt haben.«
Mercedes glaubte an alles dies nicht; bis jetzt unterdrückt, brach plötzlich ihr Schmerz in gewaltiges Schluchzen aus.
»Ruhig, ruhig, Hoffnung!« sagte der Vater Dantes', ohne zu wissen, was er sprach. »Hoffnung!« wiederholte Danglars. »Hoffnung!« suchte Fernand zu murmeln, aber das Wort erstickte auf seinen Lippen.
»Meine Herren«, rief einer von den Gästen, der als Schildwache an den Fenstern geblieben war, »meine Herren, ein Wagen.
Es ist Herr Morel. Mut, Mut! Ohne Zweifel bringt er uns gute Nachricht.«
Mercedes und der alte Vater liefen dem Reeder entgegen, dem sie an der Tür begegneten. Herr Morel war sehr bleich.
»Nun?« riefen sie gleichzeitig.

»Meine Freunde«, antwortete der Reeder, »die Sache ist ernster als wir dachten.«
»Oh, Herr«, rief Mercedes, »er ist unschuldig!«
»Ich glaube es«, antwortete Herr Morel, »aber man klagt ihn an, ein bonapartistischer Agent zu sein.«
Wer die Geschichte dieser Zeit kennt, wird sich erinnern, wie furchtbar eine solche Anklage war.
Mercedes stieß einen Schrei aus; der Greis sank auf einen Stuhl.
»Oh! Du hast mich hintergangen, Danglars«, murmelte Caderousse, »und der Scherz ist ausgeführt worden; aber ich will diesen Greis und dieses Mädchen nicht vor Schmerz sterben lassen, und ich werde ihnen alles sagen.«
»Schweig, Unglücklicher!« rief Danglars, »oder ich stehe für dich selber nicht, wer sagt dir, daß Dantes nicht wirklich schuldig ist? Das Schiff hat die Insel Elba berührt, er ist an das Land gestiegen und einen ganzen Tag in Porto Ferrajo geblieben; wenn man einen Brief bei ihm fände, der ihn kompromittierte, so müßten diejenigen, welche ihn unterstützt hätten, für seine Mitschuldigen gelten!«
Mit dem raschen Instinkt der Selbstsucht begriff Caderousse die ganze Haltbarkeit dieses Schlusses; er schaute Danglars mit Augen voll Furcht und Schmerz an.
»Gehen wir, ich kann nicht länger hier weilen«, sagte er.
»Ja, komm«, versetzte Danglars erfreut, einen Rückzugsgefährten zu finden; »komm, sie mögen sich herausziehen wie sie können.«
Sie entfernten sich. Fernand, der wieder die Stütze des jungen Mädchens geworden war, nahm Mercedes bei der Hand und führte sie zu den Kataloniern zurück. Die Freunde von Dantes führten den beinahe ohnmächtigen Greis nach den Allées de Meillan. Bald verbreitete sich das Gerücht, Dantes sei als bonapartistischer Agent verhaftet worden, durch die ganze Stadt.
»Hätten Sie das geglaubt, mein lieber Danglars?« sagte Herr Morel, als er seinen Rechnungsführer und Caderousse wieder einholte, denn er eilte selbst in die Stadt zurück, um etwas von Edmond durch den Substituten des Staatsanwaltes, Herrn von Villefort, zu erfahren, den er kannte; »hätten Sie das geglaubt?«

»Bei Gott, Herr!« erwiderte Danglars, »ich sagte Ihnen, Dantes habe ohne allen Grund einen Aufenthalt auf der Insel Elba gemacht, und dieser Aufenthalt war mir verdächtig vorgekommen.«

»Haben Sie Ihren Verdacht irgend jemand außer mir mitgeteilt?«

»Ich hütete mich wohl«, erwiderte Danglars ganz leise; »Sie wissen, wegen Ihres Oheims, des Herrn Policar Morel, der unter dem andern gedient hat und seine Gesinnung nicht verborgen hält, stehen Sie im Verdacht, Napoleon zu beklagen; ich hätte befürchtet, Edmond zu schaden, und infolge davon auch Ihnen; es gibt Dinge, die ein Untergeordneter seinem Reeder mitzuteilen und allen andern zu verbergen verpflichtet ist.«

»Gut, Danglars, gut!« sagte der Reeder; »Sie sind ein braver Mann; auch habe ich an Sie gedacht für den Fall, daß dieser arme Dantes Kapitän der Pharao würde, ich fragte Dantes, was er von Ihnen dächte und ob es ihm widerstrebte, Sie an Ihrem Posten zu behalten, denn ich weiß nicht, warum ich eine gewisse Kälte zwischen euch wahrzunehmen wähnte.«

»Und was hat er Ihnen geantwortet?«

»Er glaube wirklich unter Umständen, die er auch nannte, unrecht gegen Sie gehabt zu haben, aber jeder, der das Vertrauen des Reeders besitze, besitze auch das seinige.«

»Der Heuchler!« murmelte Danglars.

»Armer Dantes!« sprach Caderousse, »er ist offenbar ein vortrefflicher Junge.«

»Ja, aber mittlerweile ist die Pharao ohne Kapitän«, versetzte Herr Morel.

»Oh«, sagte Danglars, »da wir erst in drei Monaten abreisen, so läßt sich hoffen, daß Dantes um diese Zeit in Freiheit gesetzt sein wird, und bis dahin bin ich da, Herr Morel. Sie wissen, daß ich die Führung eines Schiffes so gut kenne wie ein Kapitän, der nach den entferntesten Ländern reist, und wenn Edmond aus dem Gefängnis kommt, brauchen Sie niemand zu danken. Er nimmt seinen Platz wieder ein und ich den meinigen, und damit ist die ganze Sache abgemacht.«

»Ich danke, Danglars, dadurch ist wirklich alles geordnet. Übernehmen Sie also das Kommando, ich bevollmächtige Sie

dazu, und beaufsichtigen Sie das Löschen; welches Unglück auch dem einzelnen begegnen mag, die Geschäfte dürfen nie darunter leiden.«
»Seien Sie unbesorgt; aber kann man ihn denn wenigstens sehen, diesen guten Edmond?«
»Ich werde Ihnen das bald sagen, Danglars; ich will versuchen, Herrn von Villefort zu sprechen und zu Gunsten des Gefangenen in das Mittel zu treten. Ich weiß wohl, daß jener ein wütender Royalist ist; aber obgleich Royalist und Staatsanwalt, ist er doch auch ein Mensch, und ich halte ihn nicht für bösartig.«
»Nein, aber ich hörte, er wäre ehrgeizig, und das ist sich sehr ähnlich.«
»Nun, wir wollen sehen«, sagte Morel mit einem Seufzer; »gehen Sie an Bord, ich komme zu Ihnen.« Und er verließ die zwei Freunde, um den Weg nach dem Justizpalast einzuschlagen.
»Du siehst die Wendung, welche die Sache nimmt«, sprach Danglars zu Caderousse. »Hast du noch Lust, Dantes zu unterstützen?«
»Gewiß nicht, aber es ist doch etwas Furchtbares, daß ein Scherz solche Folgen hat.«
»Zum Teufel! Wer hat ihn gemacht? Weder du noch ich, sondern Fernand. Du weißt, daß ich das Papier in einen Winkel geworfen habe; ich glaubte sogar, ich hätte es zerrissen.«
»Nein, nein«, erwiderte Caderousse.
»Fernand wird es aufgehoben haben«, sagte Danglars; »er hat es wahrscheinlich kopieren lassen... vielleicht hat er sich nicht einmal diese Mühe genommen; wenn ich bedenke, mein Gott!... Er hat am Ende meinen eigenen Brief abgeschickt. Zum Glück hatte ich meine Handschrift verstellt.«
»Ich gäbe viel, wenn diese Sache nicht vorgefallen wäre«, versetzte Caderousse; »oder wenn ich wenigstens in keiner Beziehung zu derselben stände. Du wirst sehen, daß sie uns Unglück bringt, Danglars.«
»Wenn sie einem Unglück bringen soll, so ist es dem wahren Schuldigen, und der wahre Schuldige ist Fernand, wir sind es nicht. Was für ein Unglück soll uns begegnen? Wir haben uns nur ruhig zu verhalten, nicht von der ganzen Geschichte zu reden, und das Gewitter geht vorüber.«

»Amen«, sprach Caderousse, machte Danglars ein Zeichen des Abschieds und wandte sich nach den Allées de Meillan, wobei er jedoch beständig den Kopf schüttelte und mit sich selbst sprach, ganz mit peinigenden Gedanken erfüllt.
»Gut«, sagte Danglars, »die Sache nimmt die von mir vorhergesehene Wendung; ich bin einstweilen Kapitän, und wenn dieser Dummkopf von einem Caderousse schweigen kann, für immer Kapitän. Es kann also nur der einzige Fall dazwischentreten, daß das Gericht Dantes freilassen würde. Doch«, fügte er lächelnd bei, »die Justiz ist die Justiz, und ich verlasse mich auf sie.«
Und hernach sprang er in eine Barke und gab den Schiffern Befehl, ihn zu der Pharao zu rudern.

6. Der Substitut des Staatsanwalts

In der Rue du Grand-Cours, in einem der alten aristokratischen Häuser, feierte man zu derselben Stunde ebenfalls ein Verlobungsmahl. Nur gehörten die Gäste nicht dem Volk, sondern der Spitze der Marseiller Bevölkerung an. Es waren ehemalige Beamte, die unter dem Usurpator ihren Abschied genommen hatten, alte Offiziere, die aus den Reihen des französischen Heeres desertiert waren, um zu der Armee von Condé überzugehen; junge Leute aus hoher Familie, in dem Haß gegen den Mann erzogen, aus dem fünf Jahre der Verbannung einen Märtyrer und fünfzehn Jahre der Restauration einen Gott machen sollten.
Man saß bei Tisch, und das Gespräch war im Schwung, glühend von allen den Leidenschaften der Zeit, von den Leidenschaften, die um so lebendiger und erbitterter im Süden brausten, als seit fünf Jahren der religiöse Haß den politischen unterstützte.
Der Kaiser – Fürst der Insel Elba, nachdem er der unumschränkte Beherrscher eines Weltalls gewesen war, eine Bevölkerung von fünf- bis sechstausend Seelen regierend, nachdem er: Es lebe Napoleon! von hundertundzwanzig Millionen in zehn verschiedenen Sprachen hatte rufen hören, wurde hier wie ein auf immer für den Thron von Frankreich verlorener Mensch behandelt. Die Beamten enthüllten politische Mißgriffe, die Militärs sprachen von Moskau und Leipzig, die Frauen von sei-

ner Scheidung von Josephine. Dieser freudigen, nicht über den Fall des Mannes, sondern über die Vernichtung des Prinzips triumphierenden royalistischen Welt kam es vor, als begänne das Leben wieder für sie, als erwachte sie aus einem peinlichen Traum. Ein mit dem Sankt-Ludwigskreuz geschmückter Mann erhob sich und schlug die Gesundheit des Königs Ludwigs XVIII. seinen Gästen vor. Es war der Marquis von Saint-Meran. Bei diesem Toast entstand eine gewaltige Begeisterung. Die Gläser wurden emporgehoben, die Frauen machten ihre Sträuße los und bestreuten das Tischtuch damit.

»Sie müßten zugeben, wenn sie da wären«, sprach die Marquise von Saint-Meran, eine Frau mit trockenem Auge, dünnen Lippen, mit aristokratischer und trotz ihrer fünfzig Jahre noch zierlicher Haltung, »alle diese Revolutionäre, die uns vertrieben haben, und die wir unsererseits ganz ruhig in ihren alten Schlössern, die sie unter der Schreckensregierung für ein Stück Brot erkauften, Meutereien anzetteln lassen, sie müßten anerkennen, sage ich, daß die wahre Ergebenheit auf unserer Seite war, denn wir hielten an der einstürzenden Monarchie, während sie im Gegenteil die aufgehende Sonne begrüßten und ihr Glück machten, indem wir das unsere verloren; sie müßten anerkennen, daß unser König Ludwig der Vielgeliebte wirklich gut war, während ihr Usurpator nie etwas anderes gewesen ist als Napoleon der Verfluchte, nicht wahr, Villefort?«

»Sie sagen, Frau Marquise?... Verzeihen Sie, ich war nicht bei dem Gespräch...«

»Ah, lassen Sie die Kinder, Marquise«, versetzte der Greis, der den Toast ausgebracht hatte; »diese Kinder wollen heiraten und haben natürlich von etwas anderem miteinander zu sprechen, als von Politik.«

»Ich bitte um Vergebung, meine Mutter«, sagte eine junge hübsche Dame mit blonden Haaren und mit Sammetaugen, »ich gebe Ihnen Herrn von Villefort zurück, den ich für eine Minute in Anspruch genommen hatte. Herr von Villefort, meine Mutter spricht mit Ihnen.«

Die Marquise begann, zärtlich lächelnd: »Ich sage, Villefort, die Bonapartisten hätten weder unsere Begeisterung noch unsere Überzeugung noch unsere Ergebenheit.«

»Ah! Madame, Sie haben wenigstens etwas, das alles dies ersetzt, es ist der Fanatismus. Napoleon ist der Mohammed des Westens, er ist für alle diese aus dem Volke abstammenden, aber ehrgeizigen Menschen nicht nur ein Gesetzgeber und Herr, sondern auch das Musterbild der Gleichheit.«
»Napoleon das Musterbild der Gleichheit«, rief die Marquise, »und was werden Sie dann aus Herrn Robespierre machen? Es scheint mir, Sie stehlen ihm seinen Platz, um ihn dem Korsen zu geben.«
»Nein, Madame«, antwortete Villefort, »ich lasse jeden auf seinem Piedestal, Robespierre auf seinem Schafott, Napoleon auf der Vendome-Säule; nur hat der eine eine Gleichheit gemacht, die erniedrigt, der andere eine Gleichheit, die erhöht; der eine hat die Könige auf das Niveau der Guillotine, der andere hat das Volk auf das Niveau des Thrones erhoben. Damit will ich nicht sagen«, fügte er lachend bei, »es seien nicht alle beide heillose Empörer, und der 9. Thermidor und der 4. April 1814 seien nicht glückliche Tage für Frankreich und würdig, durch die Freunde der Ordnung und der Monarchie gleich festlich begangen zu werden; aber dies erklärt auch, wie Napoleon, obgleich gefallen, um, wie ich hoffe, nie mehr aufzustehen, seine Anhänger, seine Freunde behalten hat.«
»Wissen Sie, daß das, was Sie da sprechen, auf eine Meile nach der Revolution riecht? Aber ich vergebe Ihnen. Man kann nicht Sohn eines Girondisten sein, ohne einen Erdgeschmack beizubehalten.«
Eine lebhafte Röte bedeckte die Stirn von Villefort.
»Mein Vater war Girondist, Madame«, sagte er, »das ist wahr; aber mein Vater hat nicht für den Tod des Königs gestimmt. Mein Vater war geächtet durch dieselbe Schreckensregierung, welche Sie ächtete, und es fehlte nicht viel, so hätte er sein Haupt auf dasselbe Blutgerüst legen müssen, welches das Haupt Ihres Vaters fallen sah.«
»Ja«, sprach die Marquise, ohne daß diese blutige Erinnerung irgendeine Veränderung in ihren Gesichtszügen zur Folge hatte, »nur mit dem Unterschied, daß beide aus geradezu entgegengesetzten Gründen den Kopf verloren hatten. Zum Beweis mag dienen, daß meine ganze Familie den verbannten Prinzen

anhänglich geblieben ist, während sich die Ihrige eiligst mit der neuen Regierung verband, und daß, nachdem der Bürger Noirtier Girondist gewesen war, der Graf Noirtier Senator geworden ist.«

»Meine Mutter«, rief Renée, »Sie wissen, daß es verabredet war, nicht mehr von allen diesen schlimmen Erinnerungen zu sprechen.«

»Madame«, versetzte Villefort, »ich verbinde mich mit Fräulein von Saint-Meran, um Sie demütig um Vergessenheit des Vergangenen zu bitten. Wozu soll es nützen, über Dinge zu klagen, vor denen selbst der Wille Gottes ohnmächtig ist? Gott kann die Zukunft verändern, aber an der Vergangenheit vermag er nichts zu ändern. Ich habe mich nicht nur von den Ansichten, sondern auch von dem Namen meines Vaters getrennt. Mein Vater war und ist vielleicht noch jetzt Bonapartist und heißt Noirtier; ich bin Royalist und heiße von Villefort.«

»Bravo, Villefort«, sagte der Marquis, »bravo, gut geantwortet! Ich habe auch der Marquise immer Vergessenheit des Vergangenen gepredigt, ohne es je von ihr erlangen zu können; Sie werden hoffentlich glücklicher sein.«

»Ja, es ist gut«, sagte die Marquise, »vergessen wir die Vergangenheit. Aber Villefort soll wenigstens für die Zukunft unbeugsam sein. Vergessen Sie nicht, Villefort, daß wir bei Sr. Majestät uns für Sie verantwortlich gemacht haben, daß Se. Majestät ebenfalls die Gnade hatte, auf unsere Empfehlung zu vergessen«, sie reichte ihm die Hand, »wie ich auf Ihre Bitte vergesse. Nur bedenken Sie, wenn irgendein Meuterer in Ihre Hände fällt, daß die Augen um so mehr auf Sie gerichtet sind, als man weiß, daß Sie einer Familie angehören, die vielleicht mit diesen Meuterern in Verbindung steht.«

»Ah, Madame«, sprach Villefort, »mein Amt, und besonders die Zeit, in welcher wir leben, gebieten mir streng zu sein, und ich werde es sein. Bereits hatte ich einige politische Anklagen aufrechtzuerhalten, und ich habe in dieser Beziehung meine Probe abgelegt.«

»Oh, Herr von Villefort«, rief eine hübsche, junge Dame, die Tochter des Grafen von Salvieur und eine Freundin von Fräulein von Saint-Meran, »suchen Sie, solange wir in Marseille sein

werden, einen schönen Prozeß zu bekommen. Ich habe nie einen Assisenhof gesehen, und man sagt, es sei etwas Seltsames.«
»In der Tat, sehr seltsam, mein Fräulein«, erwiderte der Substitut, »denn statt einer scheinbaren Tragödie findet man ein wirkliches Drama; statt gespielter Schmerzen sind es wirkliche Schmerzen. Statt, wenn der Vorhang herabgelassen ist, nach Hause zu gehen, mit seiner Familie zur Nacht zu speisen und sich ruhig niederzulegen, um am anderen Tag wieder anzufangen, kehrt mancher Mensch in das Gefängnis zurück, wo er den Henker findet. Sie sehen, daß es für nervige Personen, die Aufregungen suchen, kein Schauspiel gibt, das diesem gleichkommt. Seien Sie unbesorgt, mein Fräulein, wenn sich Gelegenheit zeigt, werde ich es Ihnen verschaffen.«
»Oh, mein Gott!« rief Renée düster, »sprechen Sie im Ernst, Herr von Villefort?«
»In vollem Ernst, mein Fräulein«, erwiderte der Beamte lächelnd. »Und durch die schönen Prozesse, die das Fräulein wünscht, um seine Neugierde zu befriedigen, und die ich wünsche, um meinen Ehrgeiz zu befriedigen, wird sich die Lage der Dinge nur erschweren. Glauben Sie, daß diese Soldaten von Napoleon, gewohnt, blindlings dem Feind entgegenzugehen, überlegen, wenn sie eine Patrone abbrennen oder mit dem Bajonett angreifen? Werden sie mehr überlegen, um einen Mann zu töten, den sie für ihren persönlichen Feind halten, als um einen Russen, einen Österreicher oder einen Ungarn zu töten, den sie nie zuvor gesehen haben? Überdies muß das so sein, sonst hätte unser Handwerk keine Entschuldigung. Ich selbst, wenn ich in dem Auge des Angeschuldigten den leuchtenden Blitz der Rache zucken sehe, fühle mich ermutigt, begeistert; es ist nicht mehr ein Prozeß, es ist ein Kampf, ich fechte gegen ihn, er macht seine Stöße, ich mache meine Gegenstöße, und der Kampf endigt, wie alle Kämpfe, durch einen Sieg oder durch eine Niederlage. Denken Sie an das Gefühl des Stolzes, das einen von der Schuld des Angeklagten überzeugten Staatsanwalt erfaßt, wenn er den Schuldigen unter dem Gewicht der Beweise, unter den Blitzen der Beredsamkeit sich niederbeugen sieht. Dieser Kopf beugt sich, er wird fallen.«
Renée stieß einen leichten Schrei aus.

»Bei Ihrer letzten Angelegenheit«, sagte einer von den Gästen, »sind Sie auch vortrefflich gewesen, Herr von Villefort. Sie wissen, den Mann, der seinen Vater ermordet hatte, haben Sie buchstäblich getötet, ehe ihn der Henker nur berührte.«
»Ah, für Vatermörder, das lasse ich mir gefallen«, versetzte Renée, »es gibt keine Strafe, die für solche Menschen groß genug wäre; aber für die unglücklichen politischen Angeklagten? Sie versprechen mir Nachsicht für diejenigen, welche ich Ihnen empfehlen werde, nicht wahr?«
»Seien Sie unbesorgt«, erwiderte Herr von Villefort mit seinem reizenden Lächeln, »wir machen meine Requisitorien miteinander.«
»Meine Liebe«, sprach die Marquise, »kümmere dich um deine Vögel und um dein Hündchen, und lasse deinen zukünftigen Gatten seine Geschäfte abmachen.«
»Ich glaube, ich würde es vorziehen, wenn Sie ein Arzt wären«, sprach Renée; »der Würgeengel, obgleich er ein Engel ist, hat mich stets erschreckt.«
»Gute Renée!« murmelte Villefort und schaute dabei das Mädchen mit einem liebevollen Blick an.
»Meine Tochter«, sagte der Marquis, »Herr von Villefort wird der moralische und politische Arzt dieser Provinz werden; glaube mir, es ist ihm eine schöne Rolle übertragen.«
In diesem Augenblick trat ein Kammerdiener ein und sagte Villefort einige Worte ins Ohr. Villefort stand, sich entschuldigend, vom Tisch auf und kam einige Minuten nachher mit heiterem Antlitz und lächelnden Lippen wieder zurück. Renée schaute ihn liebevoll an; denn so gesehen, mit seinen blauen Augen, mit seiner matten Gesichtsfarbe und seinem schwarzen Backenbart, war er ein wahrhaft zierlicher junger Mann. Der ganze Geist des jungen Mädchens schien an seinen Lippen zu hängen und die Erklärung seines augenblicklichen Verschwindens zu erwarten.
»Nun, mein Fräulein«, sagte Villefort, »Sie wünschten soeben zum Gatten einen Arzt zu besitzen. Ich habe mit den Schülern des Äskulap die Ähnlichkeit, daß nie die Gegenwart mir gehört, und daß man mich sogar an Ihrer Seite, sogar beim Verlobungsmahl stört.«

»Und aus welcher Veranlassung stört man Sie, mein Herr?« fragte das Mädchen mit einer leichten Unruhe.
»Ach, wegen eines Kranken, der, wenn man dem glauben darf, was man mir sagt, in der höchsten Gefahr schwebt. Diesmal ist es ein schwerer Fall, und die Krankheit berührt das Schafott.«
»Oh, mein Gott!« rief Renée erbleichend.
»Wirklich?« fragte einstimmig die ganze Versammlung.
»Es scheint, man hat ganz einfach ein bonapartistisches Komplott entdeckt.«
»Ist es möglich?« sprach die Marquise.
»Hier ist die Denunziation.« Und Villefort las den Brief, den Danglars geschrieben, vor.
»Diesen Brief«, sagte Renée, »der überdies nur anonym ist, hat man doch an den Staatsanwalt adressiert und nicht an Sie.«
»Ja, aber der Staatsanwalt ist nicht hier; in seiner Abwesenheit gelangte das Schreiben an den Sekretär, der die Briefe zu öffnen beauftragt war; er hat also diesen geöffnet, mich suchen lassen, und da er mich nicht fand, Befehl zur Verhaftung gegeben.«
»Der Schuldige ist verhaftet?« fragte die Marquise.
»Das heißt der Beklagte«, versetzte Renée.
»Ja, Madame«, erwiderte Villefort, »und wie ich soeben dem Fräulein Renée zu bemerken die Ehre hatte, findet man den fraglichen Brief, so ist der Kranke sehr krank.«
»Gehen Sie, mein Freund«, sprach der Marquis, »versäumen Sie Ihre Pflichten nicht, um bei uns zu verweilen, wenn Sie der Dienst des Königs ruft.«
»Oh! Herr von Villefort«, sagte Renée, die Hände faltend, »seien Sie nachsichtig, es ist heute unser Verlobungstag.«
Villefort ging um den Tisch und sprach, dem Stuhl des jungen Mädchens sich nähernd, auf dessen Lehne er sich stützte: »Um Ihnen eine Unruhe zu ersparen, werde ich alles tun, was ich vermag; aber wenn die Anzeigen sicher sind, wenn die Beschuldigung wahr ist, so muß man wohl dieses schlimme bonapartistische Kraut abschneiden.«
Renée bebte bei dem Wort abschneiden, denn das Kraut, um welches es sich handelte, hatte einen Kopf.
»Bah, bah!« rief die Marquise, »hören Sie nicht auf dieses junge Mädchen, Villefort.«

Und die Marquise reichte Villefort die trockene Hand, die er küßte, während er Renée ansah und dieser mit den Augen sagte: »Ihre Hand ist es, die ich küßte oder wenigstens in diesem Augenblick zu küssen wünschte.«
»Traurige Auspizien«, murmelte Renée.
»In der Tat, mein Fräulein«, sprach die Marquise, »Sie sind verzweiflungsvoll kindisch; ich frage Sie, was kann das Geschick des Staates mit den Empfindeleien Ihrer Einbildungskraft und Ihres Herzens gemein haben?«
»Oh, meine Mutter«, murmelte Renée.
»Gnade für die schlechten Royalisten, Frau Marquise«, sagte von Villefort, »ich verspreche Ihnen meine Aufgabe als Substitut des Staatsanwalts gewissenhaft zu erfüllen, das heißt furchtbar streng zu sein.«
Aber während der Beamte diese Worte an die Marquise richtete, warf er zu gleicher Zeit verstohlen seiner Braut einen Blick zu, und dieser sagte:
»Sei unbesorgt, Renée, um deiner Liebe willen werde ich nachsichtig sein.«
Renée erwiderte diesen Blick mit ihrem süßesten Lächeln, und Villefort entfernte sich mit dem Paradies im Herzen.

7. Das Verhör

Kaum hatte Villefort den Speisesaal verlassen, als er seine heitere Miene ablegte, um die ernste Maske eines Mannes anzunehmen, der zu der erhabenen Funktion, über das Leben von seinesgleichen zu entscheiden, berufen ist. Trotz der Beweglichkeit seiner Gesichtsbildung, die der Substitut, wie es ein geschickter Schauspieler tun muß, wiederholt vor seinem Spiegel studiert hatte, war es diesmal eine Arbeit für ihn, seine Miene zu halten und seine Züge zu verdüstern. Abgesehen von der Erinnerung an die politische Laufbahn seines Vaters, die seiner Zukunft in den Weg treten konnte, war Gérard von Villefort in diesem Augenblick so glücklich, als es einem Menschen zu sein vergönnt ist. Bereits durch sich selbst reich, nahm er mit 27 Jahren einen hohen Posten in der Magistratur ein. Er heiratete eine junge hübsche Person, die er liebte. Neben ihrer Schönheit gehörte seine Braut einer von den Familien an, die im besten Einvernehmen mit dem Hofe jener Zeit standen, und, außer dem protegierenden Einflusse ihrer Eltern, brachte sie ihrem Gatten eine Mitgift von 50000 Talern, die sich eines Tages mit einer Erbschaft von einer halben Million vermehren würde. Alle diese Elemente bildeten im Verein für Villefort eine Gesamtsumme von so blendender Glückseligkeit, daß es ihm vorkam, als erblickte er Flecken in der Sonne, wenn er lange Zeit sein inneres Leben mit dem Gesicht der Seele betrachtet hatte.

Vor der Tür fand er den Polizeikommissar, der auf ihn wartete. Bei dem Anblick des schwarzen Mannes fiel er alsbald aus der Höhe des dritten Himmels auf die materielle Erde, auf der wir einhergehen. Er brachte sein Gesicht in die gehörige Haltung, näherte sich dem Beamten und sprach zu ihm: »Hier bin ich, ich habe den Brief gelesen, und Sie taten wohl daran, diesen Menschen zu verhaften. Geben Sie mir nun über ihn und über die Meuterei alle einzelnen Umstände an, die Sie in Erfahrung gebracht haben.«

»Über die Meuterei, mein Herr, wissen wir noch nichts; alle Papiere, die man bei ihm bekommen hat, sind in Ihrem Bureau versiegelt niedergelegt worden. Was den Angeschuldigten betrifft, so haben Sie aus dem Brief, der denselben denunziert, ersehen, daß er Edmond Dantes heißt und Sekond an Bord des Dreimasters Pharao ist, welcher Baumwollhandel mit Alexandrien und Smyrna treibt und dem Haus Morel und Sohn in Marseille gehört.«

»Hat er bei der Militärmarine gedient, ehe er bei der Handelsmarine diente?«

»Oh, nein, mein Herr, er ist ein ganz junger Mensch.«

In diesem Augenblick, als Villefort, an die Ecke der Rue des Conseils gelangt war, sprach ihn ein Mann an, der ihn im Vorbeigehen zu erwarten schien: es war Herr Morel.

»Ah, Herr von Villefort!« rief der brave Mann, als er den Substitut erblickte, »ich bin sehr glücklich, Sie zu treffen. Denken Sie, daß man den seltsamsten, den unerhörtesten Mißgriff begangen hat; man hat den Sekond meines Schiffes, Edmond Dantes, verhaftet.«

»Ich weiß es, mein Herr«, antwortete Villefort, »und werde ihn sogleich verhören.«

»Oh, Herr«, fuhr Morel, hingerissen von seiner Freundschaft für den jungen Mann, fort, »Sie kennen denjenigen nicht, welchen man anklagt, aber ich kenne ihn. Denken Sie sich den sanftesten, den redlichsten Menschen, und ich wage wohl zu behaupten, einen der besten Seeleute bei der ganzen Handelsmarine. Oh, Herr von Villefort, ich empfehle Ihnen denselben aufrichtig und von ganzem Herzen.«

Villefort gehörte, wie man sehen konnte, der adeligen Partei der Stadt an und Morel der plebejischen. Der erste war Ultraroyalist, der zweite des Bonapartismus verdächtig. Villefort schaute Morel bedächtig an und antwortete ihm mit kaltem Ton:

»Sie wissen, mein Herr, daß man sanft im Privatleben, ehrlich in seinen Handelsverbindungen, geschickt in seinem Beruf, und darum nicht minder, politisch zu sprechen, ein großer Verbrecher sein kann. Sie wissen das, nicht wahr, mein Herr?«

Der Beamte legte auf diese letzten Worte einen besondern Nachdruck, als wollte er sie auf den Reeder selbst anwenden, während sein forschender Blick bis in die Tiefe des Herzens dieses Mannes zu dringen schien, welcher so kühn war, für einen andern in das Mittel zu treten, obwohl er wissen mußte, daß er selbst der Nachsicht bedurfte.

Morel errötete, denn er fühlte, daß sein Gewissen in bezug auf seine politische Gesinnung nicht ganz rein war, und überdies beunruhigte seinen Geist einigermaßen die vertrauliche Mitteilung, die ihm Dantes hinsichtlich seiner Zusammenkunft mit dem Großmarschall gemacht hatte, und die Worte, die vom Kaiser an Dantes gerichtet worden waren. Er fügte indessen mit dem Ton der tiefsten Teilnahme bei: »Ich bitte Sie inständig, Herr von Villefort, seien Sie gerecht, wie Sie es sein müssen, gut, wie Sie es immer sind, und geben Sie uns schleunigst diesen armen Dantes zurück.«

Das »geben Sie uns« klang in dem Ohr des Substituten des Staatsanwalts ganz revolutionär.

»Ei, ei«, sagte er ganz leise zu sich selbst, »geben Sie uns... Sollte dieser Dantes zu irgendeiner Carbonari-Verbindung gehören, daß sein Beschützer, ohne daran zu denken, sich der Kollektivform bedient? Man hat ihn in einer Schenke verhaftet,

wie mir der Kommissar sagte, in zahlreicher Gesellschaft; das wird wohl eine Zusammenkunft gewesen sein«, dann antwortete er laut: »Mein Herr, Sie können vollkommen ruhig sein. Sie werden nicht vergeblich an meine Gerechtigkeit appelliert haben, wenn der Angeklagte unschuldig ist. Ist er dagegen schuldig, werde ich genötigt sein, meine Pflicht zu tun.«
Und hernach, da er die Tür seines unmittelbar an den Justizpalast anstoßenden Hauses erreicht hatte, grüßte er mit einer eisigen Höflichkeit den unglücklichen Reeder, der wie versteinert auf dem Platz blieb, und trat majestätisch in seine Wohnung. Das Vorzimmer war voll von Gendarmen und Polizeiagenten. Mitten unter ihnen stand, streng bewacht, ruhig und unbeweglich der Gefangene.
Villefort schritt durch das Vorzimmer, warf einen flüchtigen Blick auf Dantes, nahm ein Bündel Akten, das ihm ein Agent überreichte, und verschwand mit den Worten: »Man führe den Gefangenen vor.«
So rasch dieser Blick auch gewesen war, so genügte er doch für Villefort, um ihm einen Begriff von dem Menschen zu geben, den er verhören sollte. Er hatte den Verstand in dieser breiten, offenen Stirn, den Mut in dem festen Auge und die Treuherzigkeit in den dicken, halbgeöffneten Lippen erkannt, die eine doppelte Reihe von Zähnen, so weiß wie Elfenbein, erschauen ließen.
Einen Augenblick nach ihm trat Dantes ein. Der junge Mann war immer noch bleich, aber ruhig und lächelnd. Er verbeugte sich vor seinem Richter mit ungezwungener Artigkeit und suchte dann mit den Augen einen Stuhl, als wäre er in dem Salon des Reeders Morel.
Jetzt erst begegnete er dem trüben Blick von Villefort, dem Blick, der den Männern des Justizpalastes eigentümlich ist, die nicht in ihren Gedanken lesen lassen wollen. Dieser Blick belehrte ihn, daß er sich vor der strengen Justiz befand.
»Wer sind Sie und wie heißen Sie?« fragte Villefort, in den Akten blätternd, die bereits sehr umfangreich geworden waren.
»Ich heiße Edmond Dantes und bin Sekond an Bord des Schiffes Pharao.«
»Was taten Sie in dem Augenblick, als Sie verhaftet wurden?«

»Ich wohnte meinem Verlobungsmahl bei, mein Herr«, sagte Dantes mit einer leicht bewegten Stimme, so schmerzlich war der Kontrast jener Augenblicke der Freude mit der traurigen Zeremonie, die sich hier erfüllte, so sehr machte das düstere Gesicht von Herrn von Villefort das strahlende Antlitz von Mercedes in seinem ganzen Licht erglänzen.
»Sie wohnten Ihrem Verlobungsmahl bei?« sprach der Substitut unwillkürlich zitternd. So unempfindlich Villefort gewöhnlich war, so wurde er doch heftig von diesem Zusammentreffen berührt, und die bewegte Stimme von Dantes sollte eine sympathische Fiber im Grunde seiner Seele erwecken: er heiratete auch, er war auch glücklich, wie Dantes, und man hatte ihn in seinem Glück gestört, damit er zur Vernichtung der Freude eines Menschen beitrüge, der, wie er, seiner Seligkeit so nahe stand.
»Man sagt, Sie haben sehr auffallende politische Ansichten?« fuhr nach einigen Augenblicken Villefort fort, der gern die Frage stellte, wie man eine Anklage stellt.
»Meine politischen Ansichten, mein Herr? Ach, ich schäme mich beinahe, es zu gestehen, aber ich habe das nie gehabt, was man eine Ansicht nennt. Ich bin kaum 19 Jahre alt, ich weiß nichts, ich bin nicht bestimmt, irgendeine Rolle zu spielen; das wenige aber, was ich weiß und sein werde, wenn man mir die Stelle bewilligt, nach der ich trachte, habe ich Herrn Morel zu verdanken. Alle meine Ansichten, ich sage nicht politische, sondern Privatansichten, beschränken sich auf folgende drei Gefühle: ich liebe meinen Vater, ich ehre Herrn Morel und bete Mercedes an. Das ist alles, mein Herr, was ich dem Gericht sagen kann, und Sie sehen, daß es nicht sehr interessant für dasselbe ist.«
Während Dantes so sprach, schaute Villefort sein zugleich so sanftes und so offenes Gesicht an und fühlte in seinem Geist die Worte von Renée zurückkehren, die, ohne den Gefangenen zu kennen, um Nachsicht für ihn gebeten hatte. Mit dem gewohnten Scharfblick, welchen der Substitut bei Erforschung des Verbrechens und der Verbrecher bereits besaß, sah er bei jedem Wort von Dantes den Beweis seiner Unschuld hervortreten.

»Bei Gott«, sagte Villefort zu sich selbst, »das ist ein reizender Junge, und ich werde hoffentlich nicht viel Mühe haben, mich bei Renée willkommen zu machen, wenn ich ihrer Empfehlung Folge leiste. Das trägt mir einen guten Händedruck vor aller Welt und einen herzlichen Kuß in einem Winkel ein.«

Bei dieser doppelten Hoffnung erheiterte sich das Antlitz von Villefort dergestalt, daß, als er seine Blicke von seinem Gedanken auf Dantes übertrug, Dantes, der allen Bewegungen in der Physiognomie seines Richters gefolgt war, lächelte wie sein Gedanke.

»Mein Herr«, sprach Villefort, »ist Ihnen bekannt, daß Sie einige Feinde haben?«

»Feinde, ich?« erwiderte Dantes, »ich habe das Glück, noch zu wenig zu sein, als daß mir meine Stellung Feinde gemacht haben sollte. Was meinen vielleicht etwas lebhaften Charakter betrifft, so suche ich denselben stets gegen meine Untergeordneten zu mildern. Ich habe zehn bis zwölf Matrosen unter meinem Befehl, man befrage sie, mein Herr, und sie werden Ihnen sagen, daß sie mich lieben und achten, nicht wie einen Vater, dazu bin ich noch zu jung, sondern wie einen Bruder.«

»Aber in Ermangelung von Feinden haben Sie vielleicht Neider; Sie sollen mit neunzehn Jahren zum Kapitän erwählt werden, das ist ein hoher Posten in Ihrem Stande; Sie sollen ein hübsches Mädchen heiraten, das Sie liebt, das ist ein seltenes Glück bei allen Ständen der Erde. Diese zwei Vorzüge des Schicksals konnten Ihnen Neider zuziehen.«

»Ja, Sie haben recht. Sie müssen die Menschen besser kennen als ich, und das ist möglich. Sollten aber diese Neider unter meinen Freunden sein, so gestehe ich, daß ich sie lieber nicht kennenlernen will, um sie nicht hassen zu müssen.«

»Sie haben unrecht, mein Herr, man muß soviel als möglich klar um sich her sehen. In der Tat, Sie scheinen mir ein so würdiger Mann zu sein, daß ich von der gewöhnlichen Regel des Gerichtsverfahrens abgehen und Ihnen zum Licht verhelfen will, indem ich Ihnen die Anzeige mitteile, durch die Sie vor mich gebracht worden sind. Hier ist das anklagende Papier. Erkennen Sie die Handschrift?« Villefort zog den Brief aus seiner Tasche und reichte ihn Dantes. Dieser schaute und las. Eine

Wolke zog über seine Stirn hin, und er sagte: »Nein, mein Herr, ich kenne diese Handschrift nicht, sie ist verstellt, und dennoch hat sie eine sehr freie Form. Jedenfalls ist es eine geschickte Hand, die dies geschrieben hat. Ich bin sehr glücklich«, fügte er, Villefort dankbar anschauend, bei, »daß ich es mit einem Mann, wie Sie sind, zu tun habe, denn in der Tat, mein Neider ist ein wahrer Feind.«

Und an dem Blitz, der in den Augen des jungen Mannes zuckte, als er diese Worte sprach, konnte Villefort erkennen, wieviel heftige Energie unter dieser Sanftmut verborgen war.

»Und nun antworten Sie mir offenherzig, mein Herr«, sagte der Substitut, »nicht wie ein Angeklagter seinem Richter, sondern wie ein Mensch in einer falschen Stellung einem andern Menschen antwortet, der sich für ihn interessiert. Was ist wahr an dieser anonymen Anklage?«

Villefort warf mit Widerwillen den Brief, den ihm Dantes zurückgegeben hatte, auf den Schreibtisch.

»Alles oder nichts, mein Herr. Hören Sie die reine Wahrheit, bei meiner Seemannsehre, bei meiner Liebe für Mercedes, bei dem Leben meines Vaters. Als wir Neapel verließen, wurde der Kapitän Leclère von einer Hirnentzündung befallen. Unerwartet rasch verschlimmerte sich seine Krankheit, so daß er nach drei Tagen sein Ende herannahen fühlte und mich zu sich berief. Er ließ mich schwören, alles zu tun, was er von mir verlange, befahl mir nach der Insel Elba zu steuern, dort dem Großmarschall einen Ring und Brief zu überbringen und schließlich eine Sendung zu erfüllen, mit der mich der Großmarschall beauftragen würde. Es war die höchste Zeit; zwei Stunden nachher erfaßte ihn das Delirium; am andern Tage war er tot. Ich steuerte also nach der Insel Elba, wo ich am andern Tage anlangte, und stieg allein ans Land. Unverzüglich sandte ich dem Großmarschall den Ring, der mir als Erkennungszeichen dienen sollte, und alle Türen öffneten sich vor mir. Er empfing mich, fragte mich nach dem Tod des unglücklichen Leclère und übergab mir, als hätte er es geahnt, einen Brief, den er mich persönlich nach Paris zu bringen beauftragte. Ich versprach es ihm, denn das hieß den letzten Willen meines Kapitäns erfüllen. Ich stieg hier ans Land, ordnete rasch alle Schiffsangelegenheiten und lief dann zu meiner Braut, die ich liebevoller und schöner als je wiederfand. Ich feierte endlich, wie ich Ihnen sagte, mein Verlobungsmahl, sollte mich in einer Stunde verheiraten und gedachte morgen nach Paris abzureisen, als ich auf die Denunziation hin verhaftet wurde.«

»Ja, ja«, murmelte Villefort, »alles dies erscheint mir der Wahrheit gemäß, und wenn Sie schuldig sind, so sind Sie nur einer Unklugheit schuldig, und diese wird noch durch die Befehle Ihres Kapitäns gleichsam gesetzlich. Geben Sie uns den Brief, den man Ihnen auf Elba eingehändigt hat. Verpfänden Sie mir Ihr Ehrenwort, sich bei der ersten Vorladung zu stellen und kehren Sie zu ihren Freunden zurück.«

»Ich bin also frei!« rief Dantes im Übermaß der Freude.

»Ja, nur geben Sie mir den Brief.«

»Er muß vor Ihnen liegen, mein Herr, denn man hat ihn mir mit meinen anderen Papieren genommen.«

»Warten Sie«, sprach der Substitut zu Dantes, der seine Handschuhe und seinen Hut nahm; »warten Sie. An wen war er adressiert?«

»An Herrn Noirtier, Rue Coq-Héron in Paris.«

Wäre der Blitz auf Villefort gefallen, er hätte nicht rascher und unvorhergesehener treffen können. Er sank auf seinen Stuhl zurück, von dem er sich bald erhoben hatte, um den Stoß Papiere, die man Dantes abgenommen, zu erreichen, und denselben rasch durchblätternd, zog er den unseligen Brief hervor, auf den er einen Blick voll unsäglichen Schreckens warf.

»Herr Noirtier, Rue Coq-Héron Nr. 13«, murmelte er, immer mehr erbleichend.

»Ja, mein Herr«, antwortete Dantes erstaunt. »Kennen Sie ihn?«

»Nein«, versetzte Villefort lebhaft; »ein treuer Diener des Königs kennt keine Verschwörer.«

»Es handelt sich also um eine Verschwörung?« sagte Dantes, der von einer noch größeren Angst als zuvor erfaßt wurde. »Jedenfalls wußte ich, wie ich Ihnen vorhin sagte, durchaus nichts von der Depesche, deren Träger ich war.«

»Ja«, versetzte Villefort mit dumpfem Tone, »aber Sie wissen den Namen des Adressaten.«

»Um ihm selbst den Brief zu überbringen, mußte ich ihn wohl wissen.«

»Und Sie haben diesen Brief niemand gezeigt?« fragte Villefort, während er las und immer mehr erbleichte.

»Niemand, mein Herr, auf Ehre!«

»Niemand weiß, daß Sie der Träger eines von Elba kommenden und an Herrn Noirtier adressierten Briefes waren?«

»Niemand, mit Ausnahme desjenigen, der mir denselben zugestellt hat.«

»Das ist zuviel, das ist noch zuviel!« murmelte Villefort, und seine Stirn verdüsterte sich immer mehr, je näher er dem Ziele kam. Seine bleichen Lippen, seine zitternden Hände, seine glühenden Augen erregten sich im Geist von Dantes die traurigsten Befürchtungen. Nachdem Villefort vollends ausgelesen hatte, ließ er sein Haupt in seine Hände sinken und blieb einen Augenblick unbeweglich.

»Oh, mein Gott! Was ist Ihnen denn?« fragte Dantes schüchtern.

Villefort antwortete nicht; aber nach einer Minute richtete er seinen bleichen, verstörten Kopf wieder auf und las den Brief zum zweitenmal und sagte dann: »Und Sie sagen, Sie wissen nichts von dem Inhalt des Briefes?«

»Ich wiederhole Ihnen bei meiner Ehre, ich weiß nichts davon«, antwortete Dantes; »aber mein Gott, was haben Sie denn? Sie sind unwohl! Soll ich läuten? Soll ich rufen?«

»Nein, mein Herr«, antwortete Villefort rasch aufstehend, »rühren Sie sich nicht, sprechen Sie kein Wort. Ich brauche nichts, ein vorübergehender Schwindel, nicht mehr. Antworten Sie!«

Dantes erwartete das Verhör, welches diese Frage ankündigte, aber vergebens. Villefort fiel auf seinen Stuhl zurück, fuhr mit einer eisigen Hand über seine mit Schweiß bedeckte Stirn, las den Brief zum drittenmal und sagte zu sich selbst: »Ah, wenn er weiß, was dieser Brief enthält, und wenn er je erfährt, daß Noirtier mein Vater ist, so bin ich verloren, auf immer verloren.«

Und von Zeit zu Zeit schaute er Edmond an, als hätte sein Blick die unsichtbare Schranke durchbrechen können, welche in dem Herzen die Geheimnisse einschließt, die der Mund bewahrt.

»Wir dürfen nicht mehr daran zweifeln!« rief er plötzlich.
»Aber in des Himmels Namen, mein Herr!« sprach der unglückliche junge Mann, »wenn Sie an mir zweifeln, wenn Sie einen Verdacht gegen mich haben, so fragen Sie mich, und ich bin bereit zu antworten.«
Villefort machte eine heftige Anstrengung gegen sich selbst und sagte mit einem Ton, dem er Sicherheit verleihen wollte: »Mein Herr, die schwersten Anschuldigungen entspringen für Sie aus Ihrem Verhör. Es steht also nicht in meiner Gewalt, wie ich anfangs gehofft hatte, Sie in Freiheit zu setzen. Ehe ich eine solche Maßregel nehme, muß ich mich mit dem Untersuchungsrichter beraten. Mittlerweile haben Sie gesehen, wie ich gegen Sie verfahren bin.«
»O ja, mein Herr!« rief Dantes, »und ich danke Ihnen, denn Sie sind für mich eher ein Freund als ein Richter gewesen.«
»Nun wohl, mein Herr, ich werde Sie noch einige Zeit, doch so kurz als nur immer möglich, gefangenhalten. Die Hauptanklage gegen Sie liegt in diesem Brief, und Sie sehen...«
Villefort näherte sich dem Kamin, warf ihn in das Feuer und blieb dabei stehen, bis er völlig in Asche verwandelt war.
»Und Sie sehen«, fuhr er fort, »daß ich ihn vernichte. Doch hören Sie mich, nach einer solchen Handlung müssen Sie natürlich Zutrauen zu mir haben, nicht wahr?«
»Oh, mein Herr, befehlen Sie, ich werde Ihre Befehle befolgen!«
»Nein«, sagte Villefort, sich dem jungen Mann nähernd, »nein, ich will Ihnen keinen Befehl, sondern einen guten Rat geben: Ich will Sie bis heute abend hier im Justizpalast behalten; vielleicht wird ein anderer kommen und Sie befragen. Sagen Sie ihm alles, was Sie mir gesagt haben, aber kein Wort von diesem Brief.«
»Ich verspreche es Ihnen, mein Herr.«
Villefort schien zu bitten; der Angeklagte beruhigte den Richter.
»Sie begreifen«, sagte er, einen Blick auf die Asche werfend, die noch die Form des Papiers bewahrte und über den Flammen flackerte, »nun, da dieser Brief vernichtet ist, wissen nur Sie und ich allein, daß er bestanden hat, und man kann Ihnen denselben

nicht vorlegen; verleugnen Sie ihn, wenn man davon spricht, verleugnen Sie ihn keck, und Sie sind gerettet.«
»Seien Sie unbesorgt, ich werde leugnen«, sagte Dantes.
»Gut, gut«, versetzte Villefort, und fuhr mit der Hand nach einer Klingelschnur. In dem Augenblick aber, wo er läuten wollte, hielt er wieder inne und sagte: »Es war der einzige Brief, den Sie hatten?«
»Der einzige.«
»Schwören Sie?«
Dantes streckte die Hand aus und sagte: »Ich schwöre.«
Villefort läutete. Der Polizeikommissar trat ein.
Villefort sagte dem Beamten einige Worte ins Ohr. Der Kommissar antwortete mit einem einfachen Zeichen des Kopfes.
»Folgen Sie dem Herrn«, sprach Villefort zu Dantes.
Dantes verbeugte sich, warf einen Blick der Dankbarkeit auf Villefort und ging ab.
Kaum war die Tür hinter ihm geschlossen, als Villefort die Kräfte schwanden, und er fiel beinahe ohnmächtig auf einen Stuhl.
Nach einem Augenblick aber murmelte er: »Oh, mein Gott! Woran hängen Leben und Glück. Wäre der Staatsanwalt in Marseille gewesen, hätte man den Untersuchungsrichter statt meiner gerufen, so wär ich verloren, und dieses Papier, dieses verfluchte Papier stürzte mich in den Abgrund. Oh, mein Vater, wirst du denn immer ein Hindernis gegen mein Glück auf dieser Erde sein? Muß ich denn ewig mit deiner Vergangenheit kämpfen?«
Dann schien plötzlich ein unerwarteter Strahl seinen Geist zu durchzucken, sein Antlitz erleuchtete sich, ein Lächeln umspielte seine noch zusammengepreßten Lippen, seine Augen gewannen wieder ihre Festigkeit und schienen an einem Gedanken zu haften.
»Ja, das ist es«, sagte er, »ja, dieser Brief, der mich zugrunderichten sollte, wird vielleicht mein Glück machen. Auf, Villefort, ans Werk!«
Und nachdem er sich versichert hatte, daß der Angeschuldigte sich nicht mehr im Vorzimmer befand, entfernte sich der Substitut des Staatsanwalts ebenfalls und ging rasch nach dem Haus seiner Braut.

8. Das Kastell If

Das Vorzimmer durchschreitend, machte der Polizeikommissar zwei Gendarmen ein Zeichen. Man öffnete eine Tür, durch die die Wohnung des Staatsanwalts mit dem Justizpalast in Verbindung stand, und folgte einem durch die ganze Länge des Justizgebäudes führenden Gang nach dem Gefängnis. Endlich kam man an eine Tür mit einem eisernen Gitter, an die der Polizeikommissar dreimal mit einem eisernen Hammer klopfte. Die Tür öffnete sich, und die zwei Gendarmen stießen den Gefangenen, der abermals zögerte, leicht vorwärts. Dantes überschritt die furchtbare Schwelle, und die Tür schloß sich hinter ihm. Man führte ihn in ein ziemlich reines, aber mit Gittern und Riegeln versehenes Zimmer. Der Anblick seiner neuen Wohnung machte ihn nicht zu sehr bange. Die Worte des teilnehmenden Substituten klangen in seinem Ohr wie ein süßes Versprechen der Hoffnung.

Es war bereits vier Uhr, als Dantes in sein Zimmer geführt wurde. Es war der erste März. Die Tage neigten sich bald. Der Gefangene befand sich frühzeitig in Dunkelheit. Der Gehörsinn vermehrte sich nun bei ihm durch den erlöschenden Gesichtssinn. Bei dem geringsten Geräusch erhob er sich lebhaft und machte, überzeugt, man käme, um ihn in Freiheit zu setzen, einen Schritt zu der Tür; aber bald erstarb das Geräusch in einer andern Richtung, und Dantes fiel wieder auf seinen Schemel zurück.

Endlich, gegen zehn Uhr abends, in dem Augenblick, wo Dantes die Hoffnung zu verlieren anfing, ließ sich ein neues Geräusch vernehmen, und diesmal schien sich dasselbe seinem Zimmer zuzuwenden. Es erschollen wirklich Tritte im Gang und hielten vor seiner Tür an. Ein Schlüssel wurde im Schloß gedreht, die Riegel klirrten, die massive Schranke von Eichenholz öffnete sich und ließ plötzlich in dem düsteren Zimmer das blendende Licht von zwei Fackeln erscheinen.

Bei dem Schimmer dieser Fackeln sah Dantes die Säbel und Musketen von vier Gendarmen glänzen. Er hatte zwei Schritte vorwärts gemacht, blieb aber nun auf der Stelle, als er diese Menschen gewahrte, und fragte: »Wollt ihr mich holen?«

»Ja«, antwortete einer von den Gendarmen.

»Auf Befehl des Herrn Substituten des Staatsanwalts?«
»Ich denke wohl.«
»Gut«, sagte Dantes, »ich bin bereit, Euch zu folgen.«
Die Überzeugung, daß man ihn auf Befehl von Herrn von Villefort hole, benahm dem unglücklichen Mann jede Furcht; er schritt ruhig im Geist, frei im Gang vorwärts und stellte sich selbst mitten unter seine Eskorte. Ein Wagen erwartete ihn vor der Tür auf der Straße. Der Kutscher war auf seinem Sitz, ein Gefreiter saß neben dem Kutscher; der Kutschenschlag wurde geöffnet, und er fühlte, daß man ihn hineinschob. Es blieb ihm weder die Möglichkeit, noch hatte er die Absicht, Widerstand zu leisten. In einem Augenblick saß er im Hintergrund des Wagens zwischen zwei Gendarmen; die andern setzten sich auf den Vordersitz, und der schwere Wagen rollte mit dumpfem Lärmen vorwärts.
Der Gefangene warf seine Augen auf die Öffnungen: sie waren vergittert. Er hatte nur sein Gefängnis verändert; doch dieses rollte und brachte ihn vollends nach einem unbekannten Ziel. Er konnte durch die nahe aneinander gefügten Gitterstangen kaum seine Hand strecken. Dantes erkannte jedoch, daß man durch die Rue Tamaris zu dem Kai hinabfuhr.
Bald sah er durch seine Gitter die Lichter der Consigne glänzen. Der Wagen hielt stille, der Gefreite stieg ab und näherte sich der Wachstube. Ein Dutzend Soldaten kamen heraus und stellten sich in Reih und Glied. Dantes sah bei dem Schimmer der Lichter ihre Flinten glänzen.
»Sollte man meinetwegen eine solche militärische Macht entwickeln?« sprach er zu sich selbst.
Den Schlag öffnend, beantwortete der Gefreite diese Frage, obgleich er kein Wort sprach, denn Dantes sah zwischen den zwei Reihen von Soldaten einen Weg, der ihm von dem Wagen nach dem Hafen vorbehalten war. Die zwei Gendarmen, die auf dem Vordersitz saßen, stiegen zuerst aus, dann ließ man ihn aussteigen, und endlich folgten diejenigen, welche an seiner Seite gesessen hatten. Man ging zu einer Barke, die ein Schiffer des Zolls an dem Kai mittelst einer Kette befestigt hielt. Die Soldaten sahen Dantes im Vorübergehen mit einer Miene alberner Neugierde an. In wenigen Augenblicken befand er sich

im Hinterteil des Schiffes, immer zwischen den vier Gendarmen, während sich der Gefreite auf dem Vorderteil hielt; ein heftiger Stoß entfernte das Fahrzeug vom Land, und vier Ruderer arbeiteten kräftig vorwärts. Bei einem von der Barke aus ausgestoßenen Schrei senkte sich die Kette, die den Hafen schließt, und Dantes befand sich außerhalb desselben.

Die erste Bewegung des Gefangenen, als er sich in freier Luft sah, war eine Bewegung der Freude. Die Luft ist beinahe die Freiheit. Er atmete also mit voller Brust den Wind ein, der auf seinen Flügeln alle die unbekannten Gerüche der Nacht und des Meeres bringt. Bald jedoch stieß er einen Seufzer aus. Er kam an der Reserve vorüber, wo er am Morgen desselben Tages während der Stunde vor seiner Verhaftung so glücklich gewesen war, und durch die Öffnung von zwei Fenstern drang der freudige Lärm eines Balles zu ihm.

Dantes faltete die Hände, schlug die Augen zum Himmel auf und betete. Die Barke setzte ihren Weg fort. Sie war an der Tête-de-More vorübergefahren und befand sich vor der Bucht der Pharao. Sie war im Begriff, um die Batterie zu rudern; Dantes konnte dieses Manöver nicht begreifen und sagte daher:

»Wohin führt Ihr mich?«

»Sie werden es sogleich erfahren.«

»Aber...«

»Es ist untersagt, Ihnen eine Erklärung zu geben.«

Dantes war halb Soldat; Untergeordnete zu befragen, denen es verboten war zu antworten, kam ihm albern vor, und er schwieg. Die seltsamsten Gedanken durchkreuzten nun seinen Geist. Da man in einer solchen Barke keine lange Fahrt machen konnte, da kein Schiff in der Richtung, in der man fuhr, vor Anker lag, so dachte er, man würde ihn an einem entfernten Punkt der Küste an das Ufer setzen und ihm bedeuten, er wäre frei. Er war nicht gebunden, dies erschien ihm als ein gutes Vorzeichen. Hatte ihm nicht überdies der Substitut, der sich vortrefflich gegen ihn benahm, gesagt, wenn er den unseligen Namen Noirtier nicht ausspräche, hätte er nichts zu befürchten? Hatte nicht Villefort in seiner Gegenwart den gefährlichen Brief, den einzigen Beweis, der gegen ihn vorlag, vernichtet? Er wartete also stumm und in Gedanken versunken und versuchte mit dem an

die Finsternis gewöhnten Auge des Seemanns trotz der Dunkelheit der Nacht den Raum zu durchschauen.
Man hatte die Insel Ratonneau, auf der ein Leuchtfeuer brannte, zur Rechten gelassen und war, an der Küste hinfahrend, bis zu der Höhe der Bucht der Katalonier gelangt. Hier verdoppelten die Blicke des Gefangenen ihre Kraft, hier wohnte Mercedes, und es kam ihm jeden Augenblick vor, als erschaute er auf dem düsteren Ufer die schwankende, unbestimmte Form eines weiblichen Wesens.
Warum sagte Mercedes nicht eine Ahnung, ihr Geliebter komme auf dreihundert Schritte vorüber? Ein einziges Licht brannte bei den Kataloniern. Die Stellung dieses Lichtes erforschend, erkannte Dantes, daß es das Zimmer seiner Braut beleuchtete. Mercedes war die einzige Person in der ganzen Kolonie, die noch wachte. Einen kräftigen Schrei ausstoßend, konnte der junge Mann von seiner Verlobten gehört werden. Eine falsche Scham hielt ihn zurück. Was würden die Menschen sagen, die ihn bewachten, wenn sie ihn wie einen Wahnsinnigen schreien hörten? Er blieb also stumm, die Augen auf das Licht geheftet. Mittlerweile setzte die Barke ihren Weg fort; aber der Gefangene dachte nicht an die Barke, er dachte an Mercedes. Eine Veränderung des Terrains ließ das Licht verschwinden. Dantes wandte sich um und bemerkte, daß die Barke das Weite gewann.
Während er, in seine eigenen Gedanken versunken, hinausschaute, hatte man die Ruder durch Segel ersetzt, und die Barke rückte, vom Wind getrieben, vor. Obgleich es Dantes widerstrebte, neue Fragen an den Gendarmen zu richten, näherte er sich ihm doch, nahm ihn bei der Hand und sagte: »Kamerad, bei Ihrem Gewissen, bei Ihrer Eigenschaft als Soldat beschwöre ich Sie, haben Sie Mitleid und antworten Sie mir. Ich bin der Sekond Dantes, ein guter und rechtschaffener Franzose, obgleich irgendeines Verrats angeklagt; wohin führen Sie mich? Sprechen Sie, und auf Seemanns Wort, ich unterziehe mich meiner Pflicht und füge mich in mein Schicksal.«
Der Gendarm kratzte sich hinter dem Ohr und schaute seinen Kameraden an. Dieser machte eine Bewegung, die ungefähr sagen wollte: »Aber mein Befehl?«

»Der Befehl verbietet Ihnen nicht, mir mitzuteilen, was ich in zehn Minuten, in einer Stunde vielleicht erfahren werde. Nur ersparen Sie mir bis dahin Jahrhunderte der Ungewißheit. Ich frage Sie, als ob Sie mein Freund wären. Glauben Sie mir, ich will weder mich empören noch fliehen. Übrigens kann ich das auch gar nicht. Wohin führen Sie mich?«

»So schauen Sie um sich her.«

Dantes stand auf und blickte natürlich zuerst nach dem Punkt, nach dem das Fahrzeug sich zu richten schien, und sah auf hundert Klafter vor sich den schwarzen Felsen, auf welchem sich das düstere Kastell If erhebt. Diese seltsame Form, dieses Gefängnis, um welches her ein so tiefer Schrecken herrscht, diese Feste, welche seit dreihundert Jahren Marseille einen so reichen Stoff an unseligen Überlieferungen bietet, machte auf Dantes, als es so plötzlich vor ihm erschien, ohne daß er daran dachte, die Wirkung, welche auf den zum Tode Verurteilten der Anblick des Schafotts hervorbringt.

»Ah, mein Gott!« rief er, »das Kastell If! Was sollen wir dort machen?«

Der Gendarm lächelte.

»Aber man führt mich doch nicht dahin, um mich einzukerkern?« sprach Dantes. »Das Kastell If ist ein Staatsgefängnis und nur für große politische Verbrecher bestimmt. Ich habe kein Verbrechen begangen. Gibt es dort Untersuchungsrichter, Beamte?«

»Wie ich glaube«, antwortete der Gendarm, »findet man dort nur einen Gouverneur, Kerkermeister, eine Garnison und gute Mauern. Gehen Sie, Freund, spielen Sie nicht den Erstaunten; denn in der Tat, Sie machen mich glauben, Sie wollen meine Gefälligkeit dadurch belohnen, daß Sie meiner spotten.«

Dantes drückte dem Gendarmen die Hand zum Zerquetschen.

»Sie behaupten also«, sagte er, »man führe mich nach dem Kastell If, um mich einzukerkern?«

»Das ist sehr wahrscheinlich«, erwiderte der Gendarm.

»Ohne Untersuchung, ohne Förmlichkeiten?«

»Die Förmlichkeiten sind erfüllt, die Untersuchung ist fertig.«

»Also trotz des Versprechens von Herrn von Villefort?«

»Ich weiß nicht, ob Herr von Villefort Ihnen etwas versprochen

hat, aber ich weiß, daß wir nach dem Kastell If fahren. Nun, was machen Sie denn? Holla, Kameraden, herbei!«
Mit einer Bewegung so schnell wie der Blitz, der jedoch das geübte Auge des Gendarmen zuvorgekommen war, hatte sich Dantes in das Meer stürzen wollen. Aber vier kräftige Fäuste hielten ihn in dem Augenblick zurück, als seine Füße den Boden des Schiffs verließen. Er fiel brüllend vor Wut in die Barke nieder.
»Schön«, rief der Gendarm, indem er ihm das Knie auf die Brust setzte, »schön, so halten Sie Ihr Seemannswort! Man traue doch den freundlichen Leuten! Machen Sie nur noch die geringste Bewegung, mein lieber Freund, so jage ich Ihnen eine Kugel durch den Kopf. Ich bin meinem ersten Befehle untreu gewesen, ich werde den zweiten wortgetreu befolgen.«
Und er senkte seinen Karabiner gegen Dantes, der das Ende des Laufes an seiner Schläfe fühlte. Einen Augenblick hatte dieser wirklich den Gedanken, die verbotene Bewegung zu machen, und so auf eine gewaltsame Weise das unerwartete Unglück zu endigen, das sich auf ihn geworfen und ihn plötzlich mit seinen Krallen gepackt hatte. Aber gerade weil dieses Unglück so unerwartet gekommen war, dachte Dantes, es könnte nicht lange währen. Dann erinnerte er sich wieder der Versprechungen von Herrn von Villefort, und endlich kam ihm der Tod auf dem Boden eines Fahrzeugs von der Hand eines Gendarmen häßlich, ekelhaft vor. – Er fiel also nieder auf den Grund der Barke, stieß ein Geheul der Wut aus und zernagte sich wie ein Wahnsinniger die Hände.
Beinahe im gleichen Augenblick erschütterte ein heftiger Stoß das Schiff. Einer von den Ruderern sprang auf den Felsen, den das Vorderteil der Barke berührt hatte. Ein Seil ächzte, sich um einen Block abwindend, und Dantes begriff, daß man angelangt war und das Schiff anband.
Seine Wächter, die ihn zugleich am Arm und Kragen seines Kleides hielten, nötigten ihn aufzustehen, zwangen ihn an das Land zu steigen und zogen ihn zu den Stufen, die nach dem Tor der Zitadelle führen. Dantes leistete übrigens keinen Widerstand. Sein langsamer Gang rührte eher von Trägheit als von Widerstreben her. Er war betäubt und schwankte wie ein Be-

trunkener, er sah abermals Soldaten, er fühlte Stufen, die ihn nötigten, seine Füße aufzuheben, er bemerkte, daß er unter einen Torweg kam und daß das Tor sich hinter ihm schloß; aber alles dies nur mechanisch, wie durch einen Nebel, ohne etwas Bestimmtes zu unterscheiden. Er sah sogar das Meer nicht mehr, denn es faßte ihn der ungeheure Schmerz der Gefangenen, die den Raum mit dem furchtbaren Gefühl anschauen, daß sie ohnmächtig sind, denselben zu durchdringen.

Es fand ein Halt von einem Augenblick statt, währenddessen er seine Geister zusammenzuraffen suchte. Er befand sich in einem viereckigen, von vier hohen Mauern gebildeten Hof. Man hörte den langsamen, regelmäßigen Tritt der Schildwachen und sah den Lauf ihrer Flinten funkeln. Hier wartete man ungefähr zehn Minuten. Gewiß, daß Dantes nicht mehr entfliehen konnte, hatten ihn die Gendarmen losgelassen.

»Geh«, sagten die Gendarmen, Dantes fortschiebend. Der Gefangene folgte seinem Führer, der ihn in ein unterirdisches Gemach geleitete, dessen nackte schwitzende Wände von Tränen geschwängert zu sein schienen. Eine Art von Lampe auf einem Schemel, deren Docht in einem stinkenden Fett schwamm, beleuchtete die glänzenden Mauern dieses abscheulichen Aufenthaltes und zeigte Dantes seinen Führer, einen schlecht gekleideten, gemein aussehenden Gefangenenwärter.

»Das ist Ihr Zimmer für diese Nacht«, sagte er, »es ist schon spät, und der Herr Gouverneur hat sich bereits zu Bett gelegt. Wenn er morgen erwacht und von den Sie betreffenden Befehlen Kenntnis genommen hat, wird er Ihnen vielleicht eine andere Wohnung anweisen. Mittlerweile finden Sie hier Brot, Wasser in diesem Krug und Stroh in einem Winkel da unten. Das ist alles, was ein Gefangener wünschen kann.«

Und ehe Dantes daran dachte, seinen Mund zu einer Antwort zu öffnen, ehe er bemerkte, wohin der Kerkerknecht dieses Brot gelegt hatte, hatte der Gefangenenwärter die Lampe genommen und dem Gefangenen, die Tür verschließend, den bläulichen Widerschein entzogen, der ihm, wie der Schimmer eines Blitzes, die feuchten Wände seines Gefängnisses gezeigt hatte. Er befand sich nun allein in der Finsternis und in einer Stille, so

stumm und so düster wie diese Gewölbe, deren eisige Kälte er auf seine glühende Stirne sich herabsenken fühlte.
Als die ersten Strahlen des Morgens etwas Klarheit in diese Höhle gebracht hatten, kam der Gefangenenwärter mit dem Befehl zurück, den Gefangenen zu lassen, wo er war. Dantes hatte den Platz nicht verändert. Eine eiserne Hand schien ihn an die Stelle genagelt zu haben, auf der er am Abend zuvor stillgestanden war.
So hatte er die ganze Nacht stehend und ohne einen Augenblick zu schlafen zugebracht. Der Gefangenenwärter näherte sich ihm, ging um ihn her, aber Dantes schien ihn nicht zu sehen. Er schlug ihm auf die Schulter. Dantes bebte und schüttelte den Kopf.
»Haben Sie denn nicht geschlafen?« fragte der Gefangenenwärter.
»Ich weiß es nicht«, antwortete Dantes.
Der Gefangenenwärter schaute ihn erstaunt an. »Haben Sie keinen Hunger?« fuhr er fort.
»Ich weiß es nicht«, antwortete Dantes abermals.
»Wünschen Sie etwas?«
»Ich wünsche den Gouverneur zu sehen.«
Der Gefangenenwärter zuckte die Achseln und entfernte sich. Dantes folgte ihm mit den Augen, streckte die Hände nach der halbgeöffneten Tür aus, aber die Tür schloß sich wieder. Dann schien sich seine Brust in einem langen Schluchzen zu zerreißen. Seine Tränen, welche seine Augenlider aufschwellten, flossen reichlich. Er warf sich mit der Stirn auf die Erde, betete lange, durchlief in seinem Geist sein ganzes vergangenes Leben und fragte sich, welches Verbrechen er, noch so jung, begangen hätte, das eine so grausame Bestrafung verdiente. So ging der Tag hin. Kaum aß er einige Bissen Brot und trank ein paar Tropfen Wasser. Bald saß er in seine Gedanken versunken, bald lief er in seinem Gefängnis umher wie ein wildes Tier, das in einem eisernen Käfig eingeschlossen ist.
Ein Gedanke besonders machte ihn immer wieder auffahren: der, daß er während der Überfahrt, wo er in seiner Unkenntnis des Ortes, nach welchem man ihn führte, so ruhig geblieben, zehnmal imstande gewesen wäre, sich in das Meer zu werfen,

einmal im Wasser, durch seine Geschicklichkeit im Schwimmen, unter dem Wasser zu verschwinden, seinen Wächtern zu entgehen, die Küste zu erreichen, zu fliehen, sich in irgendeiner verlassenen Bucht zu verbergen, ein genuesisches oder katalonisches Schiff zu erwarten, Italien oder Spanien zu erreichen und von dort aus Mercedes zu schreiben, sie möge zu ihm kommen. Über sein Fortkommen brauchte er in keinem Land unruhig sein; überall sind gute Seeleute gesucht. Er sprach italienisch wie ein Toskaner, spanisch wie ein Kind von Altkastilien. Er hätte frei und glücklich mit Mercedes und seinem Vater gelebt, denn sein Vater wäre ihm auch nachgefolgt, während er nun als Gefangener im Kastell If eingeschlossen war und nicht wußte, was aus seinem Vater, was aus Mercedes wurde, alles dies, weil er an das Wort von Villefort geglaubt hatte. Dantes wälzte sich wütend und wie wahnsinnig auf dem frischen Stroh, das ihm der Gefangenenwärter gebracht hatte.

Am andern Tag erschien dieser zu derselben Stunde.

»Nun«, sagte er, »sind Sie heute vernünftiger als gestern?«

Dantes antwortete nicht.

»Auf«, sprach der Gefangenenwärter, »Mut gefaßt. Wünschen Sie etwas, worüber ich zu verfügen habe, so sagen Sie es.«

»Ich wünschte den Gouverneur zu sprechen.«

»Ei«, erwiderte der Gefangenenwärter ungeduldig, »ich sagte Ihnen bereits, es wäre dies unmöglich. Nach der Vorschrift des Gefängnisses ist eine solche Bitte den Gefangenen nicht gestattet.«

»Und was ist denn hier erlaubt?« fragte Dantes.

»Eine bessere Kost gegen Bezahlung, ein Spaziergang und zuweilen Bücher.«

»Ich brauche keine Bücher, ich habe keine Lust spazierenzugehen und finde meine Nahrung gut. Ich will also nur eines: den Gouverneur sehen.«

»Wenn Sie mich dadurch ärgern, daß Sie beständig dasselbe wiederholen«, sagte der Gefangenenwärter, »so bringe ich Ihnen nichts mehr zu essen.«

»Gut«, erwiderte Dantes, »wenn du mir nichts mehr zu essen bringst, so sterbe ich vor Hunger.«

Der Ton, mit welchem Dantes diese Worte aussprach, bewies

dem Schließer, daß sein Gefangener glücklich wäre, wenn er sterben könnte. Da nun jeder Gefangene seinem Wärter ungefähr zehn Sous täglich einträgt, so faßte der von Dantes das Defizit in das Auge, das sein Tod für ihn zur Folge haben würde, und versetzte freundlicher: »Hören Sie: Was Sie wünschen ist unmöglich, verlangen Sie es also nicht mehr von mir, denn es gibt kein Beispiel, daß der Gouverneur in das Zimmer eines Gefangenen auf dessen Bitte gekommen wäre. Seien Sie nur vernünftig, und man wird Ihnen den Spaziergang erlauben, dann ist es möglich, daß eines Tages, während Sie spazierengehen, der Gouverneur vorüberkommt. Sie mögen ihn hierbei anreden, und wenn er antworten will, ist es seine Sache.«

»Aber, wie lange kann ich warten, bis dieser Zufall eintritt?« sagte Dantes.

»Oh, bei Gott! Einen Monat, drei Monate, sechs Monate, ein Jahr vielleicht.«

»Das ist zu lange«, erwiderte Dantes, »ich will ihn sogleich sehen.«

»Erschöpfen Sie sich nicht in einem einzigen, unmöglichen Wunsch«, sprach der Gefangenenwärter, »oder Sie sind, ehe vierzehn Tage vergehen, ein Narr.«

»Ha, du glaubst!« rief Dantes.

»Ja, ein Narr; so fängt die Narrheit immer an, wir haben hier ein Beispiel davon. Das Gehirn des Abbés, der vor Ihnen dieses Zimmer bewohnte, verrückte sich, indem er unablässig dem Gouverneur, wenn man ihn freilassen würde, eine Million bot.«

»Wann hat er dieses Zimmer verlassen?«

»Vor zwei Jahren.«

»Hat man ihn in Freiheit gesetzt?«

»Nein, man hat ihn in einen Kerker gebracht.«

»Höre«, sprach Dantes, »ich bin kein Abbé, ich bin kein Narr; vielleicht werde ich es; zu dieser Stunde aber habe ich leider noch meinen Verstand und will dir einen andern Vorschlag machen: Ich werde dir keine Million bieten, denn ich könnte sie dir nicht geben; aber ich biete dir hundert Taler, wenn du das erstemal, wo du nach Marseille gehst, dich zu den Kataloniern begeben und einem jungen Mädchen, namens Mercedes, nur zwei Zeilen geben willst.«

»Wenn ich diesen Brief überbrächte, und man entdeckte es, würde ich meine Stelle verlieren, die tausend Livres jährlich einträgt, abgesehen von dem Kostgeld. Sie sehen also, daß ich ein großer Tor wäre, wenn ich tausend Livres wagen wollte, um dreihundert zu gewinnen.«

»Nun, so höre und behalte es wohl in deinem Gedächtnis: Wenn du dich weigerst, den Gouverneur davon in Kenntnis zu setzen, daß ich ihn zu sprechen wünsche, wenn du dich weigerst, Mercedes zwei Zeilen zu bringen, oder wenigstens sie davon zu benachrichtigen, daß ich hier bin, so erwarte ich dich eines Tages hinter meiner Tür und zerschmettere dir in dem Augenblick, wo du eintrittst, den Schädel mit diesem Schemel!«

»Drohungen!« rief der Kerkermeister, einen Schritt zurückweichend und sich in Verteidigungsstand setzend; »offenbar ist es in Ihrem Kopf nicht richtig. Der Abbé hat angefangen wie Sie, und in drei Tagen sind Sie ein Narr, daß man Sie binden muß. Zum Glück gibt es noch Kerker im Kastell If.«

Dantes nahm den Schemel und schwang ihn um seinen Kopf.

»Gut, gut«, sprach der Kerkermeister, »gut, da Sie durchaus wollen, so wird man den Gouverneur benachrichtigen.«

»Dann ist es recht«, sagte Dantes, stellte seinen Schemel auf den Boden und setzte sich darauf, den Kopf gesenkt, die Augen starr, als ob er wirklich wahnsinnig würde.

Der Gefangenenwärter entfernte sich und kehrte einen Augenblick nachher mit vier Soldaten und einem Korporal zurück.

»Auf Befehl des Gouverneurs«, sagte er, »bringt den Gefangenen ein Stockwerk unter dieses, man muß die Narren mit den Narren zusammensperren.«

Die vier Soldaten ergriffen Dantes, der in eine Art von Stumpfsinn verfiel und ihnen ohne Widerstand folgte. Man ließ ihn fünfzehn Stufen hinabsteigen und öffnete eine Tür, durch welche er eintrat.

»Er hat recht«, murmelte er, »man muß die Narren mit den Narren zusammensperren.«

Die Tür schloß sich wieder, und Dantes ging mit ausgestreckten Händen vorwärts, bis er die Mauer fühlte. Dann setzte er sich in eine Ecke und blieb unbeweglich, während seine Augen, sich allmählich an die Dunkelheit gewöhnend, die Gegenstände zu unterscheiden anfingen. Der Gefangenenwärter hatte recht, es bedurfte nicht viel, und Dantes wurde ein Narr.

9. Der Verlobungsabend

Herr von Villefort war nach Dantes' Verhör wieder zu seinem unterbrochenen Verlobungsmahl zurückgekehrt, hatte die zahlreichen Fragen seiner Braut und ihrer Verwandten nur kurz und ausweichend beantwortet und verabschiedete sich schleunigst von der erstaunten Familie, um sofort mit Extrapost eine – wie er sagte – für seine Zukunft ungemein wichtige Dienstreise nach Paris anzutreten.

Als er eben den Wagen besteigen wollte, erblickte er aber eine Gestalt, die unbeweglich seiner harrte. Es war die schöne Katalonierin, die, da sie keine Nachricht von Edmond erhielt, bei Einbruch der Nacht sich selbst nach der Ursache der Verhaftung ihres Geliebten erkundigen wollte. Als Villefort sich näherte, entfernte sie sich von der Mauer, an die sie sich gelehnt hatte, und versperrte ihm den Weg. Dantes hatte bei dem Substituten seine Braut erwähnt, und Mercedes brauchte sich nicht vorzustellen, um von Villefort erkannt zu werden. Er war erstaunt über die Schönheit und Würde von Mercedes, und als sie ihn fragte, was aus ihrem Geliebten geworden, kam es ihm vor, als wäre er der Angeklagte und sie der Richter.

»Der Mann, von dem Sie sprechen«, sagte Villefort mit raschem Ton, »ist ein großer Verbrecher, und ich kann nichts für ihn tun, Mademoiselle.«

Mercedes schluchzte, und als Villefort an ihr vorüberzugehen versuchte, hielt sie ihn zum zweitenmal zurück.

»Aber sagen Sie mir doch wenigstens, wo er ist«, fragte sie, »ich will mich nur erkundigen, ob er lebt, ob er tot ist.«

»Ich weiß es nicht, er gehört nicht mehr mir an.«

Und beunruhigt durch den zarten Blick und die flehende Haltung, schob er Mercedes zurück, bestieg den Wagen und schloß eiligst die Tür, als wollte er den Schmerz, den man ihm brachte, außerhalb lassen. Doch der Schmerz läßt sich nicht so zurückstoßen. Da entstand im Grunde dieses kranken Herzens der erste Keim zu einem tödlichen Geschwür. Dieser Mensch, den er seinem Ehrgeiz opferte, dieser Unschuldige, welcher für seinen schuldigen Vater bezahlte, erschien ihm bleich und drohend, seiner ebenfalls bleichen Braut die Hand reichend, und den Gewissensbiß nach sich schleppend, nicht denjenigen, welcher den Kranken wie rasend aufspringen macht, sondern den dumpfen, schmerzlichen Klang, der in gewissen Augenblicken das Herz berührt und es mit der Erinnerung einer vergangenen Handlung peinigt – eine Pein, deren nagende Qualen ein Übel graben, das sich bis zum Tod immer mehr vertieft.

Dann trat in der Seele dieses Mannes noch ein Augenblick des Zögerns ein. Schon mehrere Male hatte er, und zwar ohne andere Regung, als die des Kampfes eines Richters mit den Angeklagten, die Todesstrafe gegen die Angeschuldigten gefordert. Die Hinrichtung dieser Angeschuldigten, infolge seiner niederschmetternden Beredsamkeit, welche die Richter oder die Jury hinriß, vollzogen, hatte nicht einmal eine Wolke auf seiner Stirn zurückgelassen, denn diese Angeklagten waren Schuldige, oder Villefort hielt sie wenigstens für solche. Aber diesmal war es etwas ganz anderes; er hatte die lebenslängliche Gefängnisstrafe auf einen Unschuldigen angewendet, der glücklich werden sollte, und dem er nicht nur seine Freiheit, sondern sein Glück zerstörte: diesmal war er nicht mehr Richter, sondern Henker.

Dies bedenkend, fühlte er das dumpfe Klopfen im Grunde seines Herzens, das ihm bis dahin unbekannt geblieben war; es erfüllte seine Brust mit einer unbestimmten Bangigkeit. So wird durch ein instinktartiges, heftiges Leiden der Verwundete benachrichtigt, der nie, ohne zu zittern, den Finger seiner offenen, blutenden Wunde nähert, ehe sich diese Wunde wieder geschlossen hat. Aber die Wunde, die Villefort erhalten, gehörte zu denjenigen, welche sich nie schließen oder sich nur schließen, um sich noch blutiger, noch schmerzlicher als zuvor zu öffnen.

Wenn in diesem Augenblick die sanfte Stimme von Renée an sein Ohr geklungen wäre, um Gnade zu erbitten, wenn die schöne Mercedes eingetreten wäre und zu ihm gesagt hätte: Im Namen Gottes, der uns sieht und richtet, geben Sie mir meinen Bräutigam wieder, ja, dann würde diese halb unter die Notwendigkeit gebeugte Stirn sich gänzlich gebeugt haben, und er hätte ohne Zeifel mit seinen eisigen Händen, alles wagend, was daraus für ihn entspringen konnte, den Befehl unterzeichnet, Dantes in Freiheit zu setzen. Aber keine Stimme bat in der Stille, und der unglückliche Dantes blieb verurteilt.

Die arme Mercedes hatte an der Ecke der Rue de la Loge Fernand wiedergefunden, der ihr gefolgt war. Sie kehrte zu den Kataloniern zurück und warf sich in Verzweiflung auf ihr Bett. Vor dieses Bett kniete Fernand nieder, und er drückte ihre eisige Hand, ohne daß Mercedes daran dachte, sie zurückzuziehen. Er bedeckte sie mit brennenden Küssen, die Mercedes nicht einmal fühlte.

So brachte sie die Nacht hin. Die Lampe erlosch, als kein Öl mehr darin war. Sie bemerkte ebensowenig die Dunkelheit, als sie das Licht wahrgenommen hatte, und der Tag kehrte zurück, ohne daß sie ihn sah. Der Schmerz hatte eine Binde um ihre Augen gelegt, die sie nur Edmond sehen ließ.

»Ah! Ihr seid hier«, sagte sie endlich, nach Fernand sich wendend.

»Seit gestern habe ich Euch nicht verlassen«, antwortete Fernand mit einem schmerzlichen Seufzer.

Herr Morel hielt sich nicht für geschlagen; er erfuhr, daß man Dantes infolge eines Verhörs in das Gefängnis gebracht hatte; da lief er zu allen seinen Freunden, besuchte die Personen in Marseille, welche Einfluß haben konnten; aber bereits hatte sich das Gerücht verbreitet, der junge Mann wäre als bonapartistischer Agent verhaftet worden, und da selbst die Verwegensten damals jeden Versuch von Napoleon, den Thron wieder zu besteigen, als einen wahnsinnigen Traum betrachteten, so fand er nur Kälte, Furcht, Weigerung und kehrte voll Verzweiflung nach Hause, gestand sich aber dabei, die Lage der Dinge sei sehr ernst und niemand vermöge dabei etwas zu tun.

Caderousse war äußerst unruhig und von den peinlichsten Gefühlen gequält; statt auszugehen, wie es Herr Morel getan hatte, statt etwas zugunsten von Dantes zu versuchen, für den er übrigens nichts zu tun imstande war, schloß er sich mit zwei Flaschen Wein ein und trachtete danach, seine Unruhe in der Trunkenheit zu ersäufen.

Danglars allein war weder gequält noch beunruhigt; er war sogar freudig, denn er hatte sich an einem Feind gerächt und seinen Platz an Bord der Pharao gesichert, den er zu verlieren befürchtete; Danglars war einer von den berechnenden Menschen, die mit einer Feder hinter dem Ohr und einem Tintenfaß an der Stelle des Herzens geboren werden. Alles war für ihn in dieser Welt Subtraktion oder Multiplikation, und eine Zahl erschien ihm viel kostbarer als ein Mensch, wenn diese Zahl die Summe zu vermehren imstande war, die dieser Mensch vermindern konnte.

Der Vater Dantes' starb beinahe vor Schmerz und Unruhe.

10. Der Werwolf von Korsika

Drei Tage nach Villeforts Abreise saß König Ludwig XVIII. in einem Salon der Tuilerien und hörte ungläubig auf die Erzählung des Herzogs von Blacas, der ihn vergeblich davon zu überzeugen suchte, daß sich im Süden Frankreichs etwas Geheimnisvolles vorbereite, daß er vermute, ja fast gewiß sei, Napoleon wolle von Elba entfliehen. Alle diese Nachrichten habe er von einem Boten, der soeben erst von Marseille eingetroffen sei. Aber der König wollte von alledem nichts hören und las dem mißtrauischen Höfling einen erst am selben Morgen vom Polizeiminister Dandré eingelaufenen Bericht über Napoleons Leben und Treiben auf Elba vor. Darin wurde der Kaiser als krank, melancholisch und vollständig harmlos dargestellt. Endlich gelang es dem Herzog, die Aufmerksamkeit des Königs dadurch zu erregen, daß er sagte, sein Gewährsmann aus Marseille sei Herr von Villefort. Der König, der Villefort als einen ehrgeizigen, durchaus ergebenen Royalisten kannte, gab seine Einwilligung, ihn zu empfangen.

Als Villefort eintrat, redete ihn Ludwig XVIII. gnädig an und fragte, ob denn auch die Sache wirklich so ernst sei, wie man ihm vorrede.

»Sire«, sagte Villefort, sich verbeugend, »ich halte die Sache für sehr dringend; aber bei der Eile, die ich angewendet habe, scheint mir das Übel nicht unüberwindlich.«

»Sprechen Sie ausführlich, wenn Sie wollen, mein Herr«, sagte der König, der sich selbst der Aufregung zu überlassen begann, die das Gesicht von Herrn von Blacas verstört hatte und die

Stimme von Villefort beben machte. »Sprechen Sie und gehen Sie besonders vom Anfang aus; ich liebe in allen Dingen die Ordnung.«

»Sire, ich bin so rasch als möglich nach Paris gereist, um Eurer Majestät mitzuteilen, daß ich nicht eines von den gewöhnlichen und folgelosen Komplotten, wie sie täglich im Volk und der Armee angezettelt werden, sondern eine wirkliche Verschwörung entdeckt habe, die nichts weniger als den Thron Eurer Majestät bedroht. Sire, der Usurpator bemannt drei Schiffe. Er beabsichtigt die Ausführung eines vielleicht wahnsinnigen Planes, der jedoch furchtbar ist, so irre er auch sein mag. Zu dieser Stunde muß er die Insel Elba verlassen haben, sicherlich, um eine Landung in Neapel, an der toskanischen Küste oder gar in Frankreich zu versuchen. Eurer Majestät ist es nicht unbekannt, daß der Souverän der Insel Elba Verbindungen mit Italien und Frankreich unterhalten hat.«

»Ja, mein Herr, ich weiß es«, sprach der König sehr bewegt, »und noch kürzlich habe ich Kunde erhalten, daß bonapartistische Versammlungen in der Rue Saint-Jaques stattgefunden haben. Doch fahren Sie fort, ich bitte Sie. Woher wissen Sie diese einzelnen Umstände?«

»Sire, aus einem Verhör, dem ich einen Menschen aus Marseille unterworfen habe; ich überwachte denselben seit langer Zeit und ließ ihn am Tag meiner Abreise verhaften. Dieser Mensch, ein unruhiger Seemann und von einem mir verdächtigen Bonapartismus, war insgeheim auf der Insel Elba; er hat dort den Großmarschall gesehen, von dem er mit einer mündlichen Sendung für einen Bonapartisten in Paris beauftragt wurde, dessen Namen zu nennen ich ihn nicht bewegen konnte. Die Sendung bestand aber darin, daß er den Bonapartisten veranlassen sollte, die Geister auf eine Rückkehr vorzubereiten, auf eine Rückkehr, die unfehlbar demnächst stattfinden werde.«

»Eine Verschwörung in dieser Zeit«, sprach Ludwig XVIII. lächelnd, »die ist leicht anzuspinnen, aber schwer zu einem Ziel zu führen; seit zehn Monaten verdoppeln meine Minister ihre Wachsamkeit, um die Ufer des mittelländischen Meeres vor jeder Gefahr zu bewahren. Stiege Bonaparte in Neapel an das Land, so wäre der ganze Bund auf den Beinen, ehe er Piombino erreicht hätte. Landete er an der Toskana, so würde er den Fuß in ein feindliches Gebiet setzen; landete er in Frankreich, so geschieht es mit einer Handvoll Menschen, und wir werden leicht mit ihm zu Ende kommen. Beruhigen Sie sich also, mein Herr, rechnen Sie aber darum nicht minder auf meine königliche Dankbarkeit!«

»Ah! Hier ist Herr Dandré«, rief der Graf von Blacas.

In diesem Augenblick erschien wirklich auf der Türschwelle der Herr Polizeiminister, bleich, zitternd, mit unsteten Blicken. Villefort machte einen Schritt, um sich zu entfernen, aber ein Händedruck von Herrn von Blacas hielt ihn zurück.

Einer unüberwindlichen Verzweiflung nachgebend, war der Polizeiminister im Begriff, sich Ludwig XVIII. zu Füßen zu werfen, aber dieser wich, die Stirn faltend, zurück und sagte: »Werden Sie wohl sprechen?«

»Oh! Sire, welch ein furchtbares Unglück, nie werde ich mich mehr zu trösten wissen! – Der Usurpator hat am 26. Februar die Insel Elba verlassen und ist am 1. März gelandet.«

»Wo? In Italien?« fragte rasch der König.

»In Frankreich, Sire, in einem kleinen Hafen bei Antibes, im Golf Juan.«

»Der Usurpator ist in Frankreich, 250 Meilen von Paris, am 1. März gelandet, und Sie erfahren dies erst heute, am 3. März? – Mein Herr, was Sie mir da sagen, ist unmöglich; entweder hat man Ihnen einen falschen Bericht gegeben oder Sie sind ein Narr.«

»Ach! Sire, es ist nur zu wahr!«

Ludwig XVIII. machte eine Gebärde des Zorns und Schreckens und richtete sich hoch auf, als ob dieser unvorhergesehene Schlag ihn tief ins Herz getroffen hätte. »In Frankreich!« rief er, »der Usurpator in Frankreich! Man bewachte also diesen Menschen nicht? Doch, wer weiß, man war vielleicht mit ihm einverstanden.«

»Oh! Sire!« rief der Herzog von Blacas, »einen Mann wie Herrn Dandré kann man eines solchen Verrates nicht anklagen. Sire, wir waren alle blind, und der Polizeiminister hat diese allgemeine Blindheit geteilt.«

»Aber...«, sprach Villefort, dann plötzlich innehaltend, »ah!...

Vergebung... Sire!« sagte er, sich verbeugend, »mein Eifer reißt mich fort... Eure Majestät wollen mir gnädig verzeihen.«
»Sprechen Sie, mein Herr, sprechen Sie offen«, sagte Ludwig XVIII. »Sie allein haben das Übel vorhergesehen. Helfen Sie mir, ein Mittel dagegen zu suchen.«
»Sire«, sagte Villefort, »der Usurpator ist im Süden verhaßt; man kann leicht die Provence gegen ihn aufbringen.«
»Ja, allerdings«, sagte der Minister, »aber wenn er durch Gap und Sisteron vorrückt?«
»Er rückt vor!« rief Ludwig XVIII., »er marschiert also gegen Paris!« Der Polizeiminister beobachtete ein Stillschweigen, das dem vollständigsten Zugeständnisse gleichkam.
»Und die Dauphiné, Herr von Villefort«, fragte der König, »glauben Sie, daß man sie, wie die Provence, zur Schilderhebung bringen kann?«
»Sire, es tut mir leid, Eurer Majestät eine grausame Wahrheit sagen zu müssen; aber der Geist der Dauphiné ist bei weitem nicht soviel wert, als der der Provence und der Languedoc. Die Bergbewohner sind Bonapartisten, Sire.«
»Er war also gut unterrichtet«, murmelte Ludwig XVIII. »Und wieviel Mann hat er bei sich?«
»Sire, ich weiß es nicht«, sagte der Polizeiminister.
»Wie, Sie wissen es nicht? Sie haben vergessen, über diesen Umstand Erkundigungen einzuziehen? Es ist allerdings von geringer Bedeutung«, fügte er mit einem resignierten Lächeln bei.
»Sire, ich konnte hierüber nichts erfahren. Die Depesche brachte einfach die Nachricht von dem Landen des Usurpators und von dem Weg, den er eingeschlagen hat.«
Ludwig XVIII. machte einen Schritt vorwärts und kreuzte die Arme, wie es Napoleon getan hatte.
»Also«, sprach er, vor Zorn erbleichend, »also sieben verbündete Heere haben diesen Mann gestürzt, ein Wunder des Himmels hat mich nach 25jähriger Verbannung auf den Thron meiner Väter gesetzt, damit, wenn ich an das Ziel meiner Wünsche gelangt, eine Gewalt, die ich in meinen Händen hielt, losbreche und mich niederwerfe! – Was unsere Feinde von uns sagen, ist also wahr: Nichts gelernt und nichts vergessen. Wenn ich noch verraten wäre, wie er, wollte ich mich trösten; aber mitten unter

Leuten zu sein, die durch mich zu ihren Würden erhoben worden sind und sorgfältiger über mich wachen sollten als über sich selbst! Denn mein Glück ist das ihrige; vor mir waren sie nichts, nach mir werden sie nichts sein. Elend umkommen durch Unfähigkeit, durch Albernheit, das ist schauderhaft!«

Der Minister stand wie gebeugt unter diesem furchtbaren Anathem. Herr von Blacas trocknete sich seine mit Schweiß bedeckte Stirn ab. Villefort lächelte in seinem Innern, denn er fühlte die Zunahme seiner Wichtigkeit.

»Fallen«, fuhr Ludwig XVIII. fort, der mit dem ersten Blick den Abgrund ermessen hatte, an dem die Monarchie stand. »Oh, ich wollte lieber auf das Blutgerüst meines Bruders, Ludwigs XVI., treten, als so die Treppe der Tuilerien hinabsteigen, vertrieben durch die Lächerlichkeit. – Nähern Sie sich, Herr von Villefort«, fuhr der König fort, sich an den jungen Mann wendend, der unbeweglich im Hintergrund den Gang dieses Gesprächs verfolgt hatte, in dem halbverloren die Zukunft eines Königreichs wogte, »nähern Sie sich und sagen Sie diesem Herrn, daß man im voraus alles wissen konnte, was er nicht gewußt hat.«

»Sire, es war unmöglich, die Pläne zu erraten, welche dieser Mann vor aller Welt verbarg.«

»Unmöglich! Das ist ein großes Wort, mein Herr, leider gibt es große Worte, wie es große Männer gibt, ich habe sie ermessen. Unmöglich für einen Minister, der eine Verwaltung, Bureaux, Agenten und fünfzehnmal hunderttausend Franken geheime Fonds hat, zu wissen, was auf sechzig Meilen von Frankreich vorgeht? Hier steht ein Herr, der über keines von diesen Mitteln zu verfügen hatte, ein einfacher Beamter, der mehr wußte, als Sie mit Ihrer ganzen Polizei, der meine Krone gerettet haben würde, hätte er wie Sie das Recht gehabt, einen Telegraphen zu benutzen.«

Der Blick des Polizeiministers richtete sich mit einem Ausdruck des tiefsten Ärgers auf Villefort, der das Haupt mit der Bescheidenheit des Triumphes neigte.

»Ich sage dies nicht in bezug auf Sie, Blacas«, fuhr Ludwig XVIII. fort, »denn wenn Sie auch nichts entdeckten, so waren Sie doch wenigstens so gescheit, in Ihrem Argwohn zu verharren; ein an-

derer als Sie hätte vielleicht die Enthüllung von Villefort als unbedeutend betrachtet.«
Villefort begriff das Spiel des Königs. Ein anderer hätte sich wohl durch die Trunkenheit des Lobes hinreißen lassen; aber er befürchtete, sich aus dem Polizeiminister einen unversöhnlichen Feind zu machen, obgleich er fühlte, daß dieser verloren hatte. Der Minister, der im vollsten Besitz seiner Macht das Geheimnis von Napoleon nicht zu erraten gewußt hatte, konnte in den Konvulsionen seines Todeskampfes das Geheimnis von Villefort durchdringen: er brauchte nur Dantes zu befragen. Villefort kam also dem Minister zu Hilfe, statt ihn vollends niederzudrücken, und sagte: »Sire, der rasche Gang des Ereignisses beweist, daß Gott allein dasselbe verhindern konnte. Was Eure Majestät als die Wirkung einer tiefen Scharfsichtigkeit von meiner Seite betrachtet, habe ich ganz einfach dem Zufall zu verdanken; als ergebener Diener benutzte ich diesen Zufall, und nichts weiter. Bewilligen Sie mir nicht mehr als ich verdiene, Sire.«
Der Polizeiminister dankte dem jungen Mann mit einem beredten Blick, und Villefort begriff, daß ihm sein Plan gelungen war, das heißt, daß er, ohne die Dankbarkeit des Königs zu verlieren, sich einen Freund gemacht hatte, auf den er kommendenfalls zählen konnte.
»Es ist gut«, sagte der König. »Und nun, meine Herren fuhr er, sich an Herrn von Blacas und den Polizeiminister wendend, fort, »nun bedarf ich Ihrer nicht mehr, und Sie können Sich entfernen, was noch zu tun ist, geht den Kriegsminister an.«
»Zum Glück, Sire, können wir auf die Armee zählen«, sprach Herr von Blacas. »Eure Majestät weiß, wie sehr sie alle Berichte als ihrer Regierung ergeben schildern.«
»Sprechen Sie mir nicht von Berichten; ich weiß nun, welches Vertrauen man ihnen schenken darf. Doch nun halte ich Sie nicht länger zurück, Herr von Villefort, Sie müssen von der langen Reise müde sein, ruhen Sie sich aus!«
»Sire, die Güte, die mir Eure Majestät erweist, ist eine Belohnung, die alle meine Wünsche in so hohem Grade übersteigt, daß ich nichts mehr von dem König zu fordern habe.«
»Gleichviel, mein Herr, wir werden Sie nicht vergessen, seien

Sie unbesorgt. Mittlerweile – der König machte das Kreuz der Ehrenlegion los, das er gewöhnlich neben dem St. Ludwigs-Kreuze trug und gab es Villefort –, mittlerweile nehmen Sie immerhin dieses Kreuz.«
In den Augen von Villefort schwammen Tränen stolzer Freude. Er nahm das Kreuz und küßte es.
»Und nun«, sagte er, »mit welchen Befehlen beehrt mich Eure Majestät?«
»Gönnen Sie sich die Ruhe, die Ihnen notwendig ist, und bedenken Sie, daß Sie, während es Ihnen an Macht gebricht, mir in Paris zu dienen, in Marseille von dem größten Nutzen für mich sein können.«
»Sire«, antwortete Villefort, sich verbeugend, »in einer Stunde werde ich Paris verlassen haben.«
»Gehen Sie, mein Herr«, sprach der König, »und sollte ich Sie vergessen, so fürchten Sie sich nicht, Ihren Namen bei mir in Erinnerung zurückzurufen. Herr Baron, geben Sie Befehl, den Kriegsminister aufzusuchen.«
»Ah, mein Herr«, sagte der Polizeiminister zu Villefort, als sie die Tuilerien verließen, »Sie treten durch die gute Tür ein, und Ihr Glück ist gemacht.«
»Wird es lange währen?« murmelte Villefort, während er sich vor dem Minister, dessen Laufbahn beendet war, verbeugte. Ein Fiaker kam vorüber, Villefort warf sich in den Wagen und überließ sich seinen ehrgeizigen Träumen. In zehn Minuten hatte er sein Hotel erreicht. Er bestellte Pferde auf zwei Stunden nachher und befahl ein Frühstück. Er war im Begriff, sich zu Tisch zu setzen, als die Glocke erscholl. Der Kammerdiener ging hinaus, um zu öffnen, und Villefort hörte eine Stimme, die seinen Namen aussprach Erstaunt fragte sich der junge Mann, wer wohl bereits von seiner Anwesenheit wissen könne. Der junge Kammerdiener kam zurück, und Villefort sagte: »Nun, wer verlangt nach mir?«
»Ein Fremder, der seinen Namen nicht nennen will.«
»Wie sieht er aus?«
»Es ist ein Mann von fünfzig Jahren, hat schwarze Haare und Augen und trägt einen blauen Rock mit der Dekoration der Ehrenlegion.«

»Er ist es«, murmelte Villefort erbleichend.
»Ei, bei Gott!« sprach der Mann, dessen Signalement wir eben gegeben haben, auf der Schwelle erscheinend, »was für Umstände macht man hier! Ist es in Marseille Gewohnheit, daß die Söhne ihre Väter in den Vorzimmern warten lassen?«
»Mein Vater!« rief Villefort, »ich täuschte mich also nicht... ich vermutete, Sie wären es.«
»Ah, wenn du es vermutetest«, erwiderte der Ankommende, während er seinen Stock in eine Ecke stellte und seinen Hut auf einen Stuhl legte, »so erlaube mir, dir zu bemerken, mein lieber Gérard, daß es nicht liebenswürdig von dir ist, mich so warten zu lassen.«
»Laß uns allein, Germain«, sagte Villefort.
Der Bediente entfernte sich mit sichtbaren Zeichen des Erstaunens.

11. Vater und Sohn

Herr Noirtier folgte mit den Augen dem Bedienten, bis er die Tür zugemacht hatte; dann, ohne Zweifel befürchtend, er könnte im Vorzimmer horchen, öffnete er die Tür noch einmal hinter ihm. Diese Vorsicht war nicht überflüssig, und die Geschwindigkeit, mit der sich Meister Germain zurückzog, bewies, daß er von der Sünde nicht frei war, die unsere Ureltern in das Verderben stürzte. Herr Noirtier nahm sich hierauf selbst die Mühe, die Tür des Vorzimmers zu schließen, schloß auch die des Schlafzimmers, kam dann zurück und reichte Villefort die Hand, der alle seine Bewegungen mit großem Erstaunen verfolgt hatte.
»Weißt du wohl, mein lieber Gérard«, sagte er lächelnd, »daß du nicht aussiehst, als wärest du entzückt, mich zu sehen?«
»Doch, mein Vater, aber ich gestehe, ich war so weit entfernt, Ihren Besuch zu erwarten, daß er mich einigermaßen betäubte.«
»Mein lieber Freund«, sprach Noirtier, sich setzend, »es scheint mir, ich könnte dir dasselbe sagen. Wie? Du kündigst mir deine Verlobung in Marseille auf den 28. Februar an und bist am 3. März in Paris?«
»Wenn ich hier bin, mein Vater«, erwiderte Gérard, sich Herrn

Noirtier nähernd, »so beklagen Sie sich nicht darüber, denn ich bin Ihretwegen hierhergekommen, und diese Reise rettet Sie vielleicht.«

»Ah, wirklich?« sprach Herr Noirtier, sich nachlässig in dem Lehnstuhl ausstreckend. »Erzählen Sie mir das doch ein wenig, mein Herr Beamter... es muß seltsam sein!«

»Mein Vater, Sie haben von einem gewissen bonapartistischen Klub sprechen hören, der in der Rue Saint-Jacques gehalten wird?«

»Nr. 53? Ja, ich bin Vizepräsident desselben.«

»Mein Vater, Ihre Kaltblütigkeit macht mich schaudern.«

»Was willst du, mein Lieber? Wenn man unter Robespierre geächtet worden ist, wenn man Paris in einem Heuwagen verlassen hat und in den Heiden von Bordeaux von den Spürhunden des Konvents umstellt wurde, gewöhnt man sich an allerlei Dinge. Fahre fort! Was ist mit dem Klub der Rue Saint-Jacques vorgefallen?«

»Es fiel vor, daß man den General Quesnel kommen ließ, der um neun Uhr abends sein Haus verließ, und am zweiten Tag nachher in der Seine gefunden wurde.«

»Nun wohl, im Austausch für deine Geschichte will ich dir eine Neuigkeit mitteilen.«

»Mein Vater, ich glaube bereits zu wissen, was Sie mir mitteilen wollen.«

»Ah! Du weißt die Landung Sr. Majestät des Kaisers?«

»Still, mein Vater, ich bitte, einmal für Sie und dann für mich. Ja, ich wußte diese Neuigkeit und sogar vor Ihnen; denn seit drei Tagen jage ich mit den Postpferden von Marseille nach Paris, wütend, den Gedanken, der mir das Hirn zermartert, nicht zweihundert Meilen vorausschleudern zu können.«

»Seit drei Tagen bist du ein Narr? Vor drei Tagen war der Kaiser noch nicht gelandet.«

»Gleichviel, ich kannte durch einen Brief, der von der Insel Elba an Sie gerichtet war, seinen Plan.«

»An mich?«

»Ja, an Sie, ich habe ihn im Portefeuille des Boten erwischt. Wenn dieser Brief in die Hände eines andern gefallen wäre, hätte man Sie bereits erschossen.«

Der Vater von Villefort brach in ein Gelächter aus und erwiderte: »Es scheint, die Restauration hat von dem Kaiserreich die Art und Weise gelernt, wie man die Angelegenheiten schnell abmacht. Erschossen, mein Lieber? Wie rasch du zu Werke gehst! Und wo ist dieser Brief?«

»Ich habe ihn verbrannt, damit kein Bruchstück davon zurückbleibe; denn dieser Brief war Ihre Verurteilung.«

»Und der Verlust deiner Zukunft«, erwiderte Noirtier kalt; »ja ich begreife dies; aber ich habe nichts zu befürchten, da du mich beschützt.«

»Ich tue noch mehr als dies, ich rette Sie!«

»Ah! Zum Teufel, das wird immer dramatischer; erkläre dich doch.«

»Mein Vater, ich komme auf den Klub der Rue-Saint-Jacques zurück.«

»Es scheint, dieser Klub liegt der Polizei sehr am Herzen. Warum suchten sie nicht besser? Sie hätten ihn gefunden.«

»Sie haben ihn nicht gefunden, sind ihm aber auf der Spur, und man hat einen Leichnam gefunden; der General ist getötet worden, und in allen Ländern der Welt nennt man das einen Mord.«

»Einen Mord, sagst du? Nichts beweist, daß der General das Opfer eines Mordes geworden ist. Man findet täglich Leute in der Seine, die sich aus Verzweiflung hineingestürzt haben oder ertrunken sind, weil sie nicht schwimmen konnten.«

»Mein Vater, Sie wissen sehr wohl, daß sich der General nicht aus Verzweiflung ertränkt hat, und daß man um diese Jahreszeit nicht in der Seine badet. Nein, nein, täuschen Sie sich nicht, dieser Tod ist mit Recht als Mord bezeichnet worden.«

»In der Politik, mein Lieber, das weißt du so gut wie ich, gibt es keine Menschen, sondern Ideen, keine Gefühle, sondern Interessen. Man tötet nicht einen Menschen, sondern man beseitigt einfach ein Hindernis. Willst du wissen, wie sich die Sache verhält? Man glaubte, auf den uns von der Insel Elba aus empfohlenen General Quesnel zählen zu können; einer von uns geht zu ihm, lädt ihn ein, sich in die Rue Saint-Jacques zu einer Versammlung zu begeben, wo er Freunde finden werde. Er kommt dahin, und man entwickelt ihm den ganzen Plan, die Abreise von der Insel Elba, die beabsichtigte Landung. Nachdem er alles gehört und begriffen hat, erklärt er, er sei ein Royalist. Da schauen sich alle an; man läßt ihn einen Eid leisten, er leistet ihn, aber auf eine so unangenehme Weise, daß auf diese Art schwören Gott versuchen heißt. Dessenungeachtet ließ man den General vollkommen frei weggehen, er ist aber nicht nach Hause zurückgekehrt und wird sich auf dem Weg verirrt haben. Ein Mord? In der Tat, es setzt mich in Erstaunen, Villefort, daß du, der Substitut des Staatsanwaltes, eine Anklage auf so elende Beweise bauen willst! Ist es mir je eingefallen, wenn du dein Royalistenhandwerk treibst und einem von meinen Freunden den Kopf abschneiden läßt, dir zu sagen: Mein Sohn, du hast einen Mord begangen? Nein, ich sage dir: Sie haben siegreich gekämpft, morgen die Wiedervergeltung.«

»Aber, mein Vater, seien Sie auf der Hut, die Wiedervergeltung wird furchtbar sein, wenn wir sie nehmen.«

»Ich verstehe dich nicht.«

»Sie zählen auf die Rückkehr des Usurpators? Sie täuschen sich, mein Vater, er wird nicht sechs Meilen im Innern von Frankreich machen, ohne verfolgt, umstellt, wie ein wildes Tier eingefangen zu werden.«

»Mein lieber Freund, der Kaiser befindet sich in diesem Augenblick auf dem Weg nach Grenoble; am 10. oder 12. ist er in Lyon, am 20. oder 25. in Paris.«

»Die Bevölkerung wird sich erheben...«

»Um ihm entgegenzugehen.«

»Er hat nur ein paar Mann bei sich, und man wird Heere gegen ihn schicken.«

»Die seine Eskorte bei der Rückkehr in die Hauptstadt bilden werden. In der Tat, mein lieber Gérard, du bist noch ein wahres Kind; du glaubst dich gut unterrichtet, weil dir ein Telegraph drei Tage nach der Landung gesagt hat, der Usurpator sei in Cannes mit ein paar Mann gelandet, und man würde ihn verfolgen. Aber wo ist er? Was tut er? Man verfolgt ihn, das ist alles, was du weißt.«

»Grenoble und Lyon sind getreue Städte und werden ihm eine unübersteigbare Schranke entgegensetzen.«

»Grenoble wird ihm begeistert seine Tore öffnen, ganz Lyon

wird ihm entgegengehen. Glaube mir, wir sind ebensogut unterrichtet als du, und unsere Polizei ist soviel wert als die eurige. Willst du einen Beweis hierfür? Du wolltest mir deine Reise verbergen, und dennoch habe ich deine Ankunft eine halbe Stunde, nachdem du durch die Barriere gefahren, gewußt. Du hast deine Adresse niemand gegeben als dem Postillon, und ich kenne deine Adresse, dafür bürgt, daß ich in dem Augenblick zu dir komme, wo du dich zu Tisch setzen willst. Läute also und bestelle ein zweites Gedeck, und wir speisen miteinander zu Mittag.«

»In der Tat«, antwortete Villefort und schaute dabei seinen Vater erstaunt an, »in der Tat, Sie scheinen mir sehr gut unterrichtet.«

»Ei, mein Gott, die Sache ist äußerst einfach. Ihr, die ihr die Gewalt in den Händen haltet, habt nur die Mittel, die euch das Geld gibt; wir andern, die wir sie erwarten, haben diejenigen, welche die Ergebenheit bietet.«

Und der Vater von Villefort streckte selbst die Hand nach der Klingelschnur aus, um den Bedienten zu rufen, den sein Sohn nicht rief. Villefort hielt ihn am Arm zurück.

»Warten Sie, mein Vater, noch ein Wort. So schlecht die royalistische Polizei auch sein mag, so weiß sie doch das Signalement des Mannes, der am Morgen des Tages, an dem General Quesnel verschwunden ist, bei diesem erschienen war.«

»Ah! Sie weiß dies, die gute Polizei? Und wie ist das Signalement?«

»Gesichtsfarbe braun, Haare, Backenbart und Augen schwarz, Oberrock blau, bis an das Kinn zugeknöpft, Rosette des Offiziers der Ehrenlegion am Knopfloch, Hut mit breiter Krempe, Rohrstock.«

»Ah, ah! Das weiß sie«, sagte Noirtier, »und warum legte sie nicht Hand an diesen Menschen?«

»Weil sie ihn gestern oder vorgestern an der Ecke der Rue Coq-Héron aus dem Gesicht verloren hat.«

»Nun, als ich dir vorhin sagte, deine Polizei wäre eine alberne...?«

»Ja, aber sie kann ihn jeden Augenblick finden.«

»Ganz richtig«, sprach Noirtier, sorglos um sich herschauend,

»wenn dieser Mann nicht davon in Kenntnis gesetzt ist; aber er ist es und«, fügte er lachend bei, »er wird Gesicht und Kleidung verändern.« Bei diesen Worten stand er auf, legte Oberrock und Halsbinde ab, ging auf den Tisch zu, auf welchem alle Stücke aus dem Toilette-Necessaire seines Sohnes ausgebreitet waren, seifte sich das Gesicht ein, nahm ein Rasiermesser und schnitt sich mit vollkommen ruhiger Hand den ihn gefährdenden Bart ab, welcher der Polizei ein so kostbares Dokument war. Villefort schaute ihn mit Schrecken und Bewunderung an. Als der Bart abgeschnitten war, gab Noirtier seinen Haaren eine andere Form, nahm statt seiner schwarzen Halsbinde eine farbige Binde, die sich auf der Oberfläche eines geöffneten Koffers zeigte, zog statt seines blauen einen kastanienbraunen Rock von Villefort an, versuchte vor dem Spiegel den Hut mit aufgestülpter Krempe des jungen Mannes, schien mit der Art, wie er ihm stand, zufrieden, ließ das Rohr in dem Winkel des Kamins stehen, in den er es gestellt hatte, und schwang mit seiner nervigen Hand ein kleines Bambusstöckchen.

»Nun!« sagte er, sich zu seinem erstaunten Sohn umwendend, als diese Verwandlung bewerkstelligt war, »glaubst du, die Polizei wird mich jetzt erkennen?«

»Nein, mein Vater«, stammelte Villefort, »ich hoffe es wenigstens.«

»Ja, ja«, fuhr Noirtier fort, »nun glaube ich, daß du recht hast, und daß ich dir vielleicht das Leben zu verdanken haben dürfte; aber ich werde es dir demnächst zurückgeben.«

Villefort schüttelte den Kopf.

»Willst du in den Augen des Königs für einen Propheten gelten«, sagte Noirtier, »so gehe und sage ihm folgendes: Sire, man täuscht Sie in Beziehung auf die Stimmung von Frankreich, auf die Meinung der Städte, auf den Geist des Heeres. Derjenige, welchen sie in Paris den Werwolf von Korsika nennen, den man in Nevers noch den Usurpator nennt, heißt in Grenoble bereits Bonaparte und in Lyon der Kaiser. Sie halten ihn für umstellt, verfolgt, auf der Flucht begriffen; er marschiert rasch wie der Adler, den er zurückbringt. Die Soldaten, die Sie, vor Hunger und der Anstrengung niedergebeugt, zum Desertieren bereit glauben, vermehren sich wie der Schnee um den Ball, der vom

Gebirge herabstürzt, Sire, reisen Sie, überlassen Sie Frankreich seinem wahren Herrn, demjenigen, welcher es nicht erkauft, sondern erobert hat! Reisen Sie, Sire, nicht als ob Sie Gefahr liefen, denn Ihr Gegner ist stark genug, um Ihnen Gnade angedeihen zu lassen, sondern weil es demütigend für einen Enkel des heiligen Ludwig wäre, wenn er sein Leben dem Mann von Marengo und Austerlitz verdanken müßte. – Sage ihm dies, Gérard, oder vielmehr gehe und sage ihm nichts. Verbirg deine Reise, rühme dich dessen nicht, was du tun wolltest und in Paris getan hast. Nimm Postpferde und fahre, daß die Räder rauchen. Geh bei Nacht nach Marseille, dringe durch die Hinterpforte in deine Wohnung und bleibe dort demütig und geheim, besonders sehr harmlos. Denn diesesmal, das schwöre ich dir, werden wir als kräftige Männer, als Leute, die ihre Feinde kennen, handeln. Geh, mein lieber Sohn, und mittelst dieses Gehorsams gegen die väterlichen Befehle werden wir dich auf deinem Posten erhalten. Vielleicht«, fügte Noirtier lächelnd bei, »vielleicht wird dies für dich ein Mittel sein, mich zum zweitenmal zu retten, wenn der politische Waagbalken euch eines Tages wieder emporhebt und mich hinabsinken läßt, Gott befohlen, mein lieber Gérard, bei deiner nächsten Reise steige bei mir ab.«

Und Noirtier entfernte sich nach diesen Worten mit der Ruhe, die ihn nicht einen Augenblick während der Dauer dieser so schwierigen Unterredung verlassen hatte. Bleich und erschüttert lief Villefort an das Fenster und sah ihn ruhig mitten durch mehrere Menschen von verdächtigem Aussehen gehen, die sich an den Straßenecken aufgestellt hatten und vielleicht dazu bestimmt waren, den Mann mit dem schwarzen Backenbart, dem blauen Oberrock und dem breitkrempigen Hut zu verhaften. Eine halbe Stunde später war Villefort auf dem Weg nach Marseille; unterwegs erfuhr er, daß Napoleon siegreich in Grenoble eingezogen war.

12. Die hundert Tage

Herr Noirtier war ein guter Prophet, und die Dinge nahmen, wie er es vorhergesagt hatte, einen raschen Gang. Jedermann kennt die seltsame, wunderbare Rückkehr von der Insel Elba, die in der Vergangenheit kein Beispiel hat. – Ludwig XVIII. versuchte es nur schwach, diesen harten Schlag zu parieren. Das geringe Vertrauen, das er zu den Menschen hatte, benahm ihm auch sein Vertrauen zu den Ereignissen. Die Monarchie zitterte, kaum durch ihn wiederhergestellt, auf ihrer unsicheren Grundlage, und eine einzige Gebärde des Kaisers ließ das ganze Gebäude, eine gestaltlose Mischung von Vorurteilen und neuen Gedanken, einstürzen.

Villefort besaß also von seinem König nicht nur einen für den Augenblick unnützen, sondern sogar gefährlichen Dank, und er war so klug, das Offizierskreuz der Ehrenlegion niemand zu zeigen. Napoleon hätte gewiß Villefort ohne den Schutz von Noirtier abgesetzt, der an dem Hofe der hundert Tage sowohl durch die Gefahren, denen er Trotz geboten, als durch die Dienste, die er geleistet hatte, allmächtig geworden war. Der Staatsanwalt allein wurde, der Lauigkeit im Bonapartismus verdächtigt, abgesetzt.

Villefort war trotz des Sturzes seines Vorgesetzten an seiner Stelle geblieben, seine Verheiratung aber wurde, obwohl man sie als entschieden betrachtete, auf glücklichere Zeiten verschoben. Behielt der Kaiser den Thron, so bedurfte Gérard einer anderen Verbindung, und sein Vater übernahm es, sie für ihn zu finden; führte eine zweite Restauration Ludwig XVIII. nach Frankreich zurück, so verdoppelte sich der Einfluß von Herrn von Saint-Meran, wie der seinige, und die beabsichtigte Verbindung wurde wünschenswerter als je.

Der Substitut des Staatsanwaltes war also für den Augenblick der erste Beamte von Marseille, als eines Morgens seine Tür sich öffnete und man ihm Herrn Morel ankündigte, der durch seine Unabhängigkeit an Napoleon jetzt ein ganz anderes Ansehen als früher besaß.

Herr Morel erwartete Villefort niedergeschlagen zu finden; er fand ihn aber ruhig, fest und voll jener kalten Höflichkeit, der unübersteigbarsten von allen Schranken, die den erhabenen Menschen vom gewöhnlichen Menschen trennen.

Er war in das Kabinett von Villefort gekommen, überzeugt, der Beamte würde bei seinem Anblick zittern, und er war es im Gegenteil, der sich ganz schaudernd und bewegt der richterlichen

Person gegenüber befand, die ihn, den Ellbogen auf den Schreibtisch und das Kinn auf die Hand gestützt, erwartete. Er blieb an der Tür stehen. Villefort schaute ihn an, als ob er Mühe hätte, ihn wiederzuerkennen. Endlich, nach einigen Sekunden des Stillschweigens und der Prüfung, während der Herr Morel seinen Hut in den Händen hin und her drehte, sagte Villefort: »Herr Morel, wenn ich mich nicht täusche?«
»Ja, mein Herr«, antwortete der Reeder.
»Nähern Sie sich«, fuhr der Beamte fort, indem er mit der Hand ein Protektorszeichen machte, »und sagen Sie mir, welchem Umstand ich die Ehre Ihres Besuches zu verdanken habe?«
»Mein Herr«, sagte der Reeder. »Sie erinnern sich, daß ich einige Tage, ehe man die Landung Sr. Majestät des Kaisers erfuhr, zu Ihnen kam, um Sie um Nachsicht für einen unglücklichen jungen Menschen, einen Seemann, Sekond an Bord meiner Brigg, bat; man hatte ihn angeklagt, er stehe in Verbindung mit der Insel Elba; eine solche Verbindung, die damals ein Verbrechen war, ist gegenwärtig ein Titel auf Bevorzugung. Sie dienten zu jener Zeit Ludwig XVIII. und haben ihn nicht geschont; das war Ihre Pflicht. Heute dienen Sie Napoleon, und Sie müssen ihn in Schutz nehmen; das ist abermals Ihre Pflicht. Ich komme also, um Sie zu fragen, was aus ihm geworden ist?«
Villefort machte eine gewaltige Anstrengung gegen sich selbst und erwiderte: »Der Name dieses jungen Mannes? Haben Sie die Güte, mir seinen Namen zu sagen.«
»Edmond Dantes.«
Villefort hätte offenbar lieber in einem Zweikampf gegen das Feuer seines Widersachers standgehalten, als diesen Namen so geradezu aussprechen zu hören; er veränderte jedoch keine Miene. »Dantes? Edmond Dantes, sagen Sie?« wiederholte er und öffnete ein dickes Register, das in einem nahen Fach lag, ging hernach an einen Tisch, von dem Tisch zu einem Haufen von Aktenfaszikeln und sagte, sich zu dem Reeder umwendend, mit äußerst unschuldiger Miene:
»Warten Sie, ich habe es. Es ist ein Seemann, nicht wahr, der eine Katalonierin heiraten wollte? Ja, ja; oh, ich erinnere mich jetzt, die Sache war sehr ernster Natur.«
»Wieso?«

»Sie wissen, daß er, als er von mir wegging, in das Gefängnis des Justizpalastes geführt wurde, acht Tage darauf wurde der Gefangene weggeführt, und man wird ihn nach Fenestrelles, nach Pignerol oder auf die Sainte-Marguerite-Inseln transportiert haben, und an einem schönen Morgen werden Sie ihn zurückkehren und das Kommando seines Schiffes übernehmen sehen.«

»Er mag kommen, wann er will, seine Stelle bleibt ihm vorbehalten. Doch warum ist er noch nicht zurückgekehrt?«

»Man muß in allen Dingen auf gesetzlichem Weg verfahren«, erwiderte Villefort. »Der Einkerkerungsbefehl war von oben gekommen, der Freilassungsbefehl muß auch von oben kommen. Napoleon aber ist erst seit vierzehn Tagen zurückgekehrt, und die Begnadigungsbriefe können kaum ausgefertigt sein.«

»Gibt es denn kein Mittel«, fragte Morel, »um die Förmlichkeiten zu beschleunigen, jetzt, da wir triumphieren? Ich habe verschiedene Freunde und einigen Einfluß; ich vermag die Aufhebung des Spruches zu erlangen.«

»Es fand kein Spruch statt.«

»Aber es muß doch eine Gefangenenliste geben.«

»Bei politischen Dingen gibt es keine Gefangenenlisten. Die Regierungen haben oft ein Interesse, einen Menschen verschwinden zu lassen, ohne daß eine Spur von seinem Vorhandensein übrigbleibt.«

»Dies war unter den Bourbonen so, doch jetzt...«

»Das ist zu allen Zeiten so, Herr Morel. Die Regierungen folgen sich und gleichen sich. Die unter Ludwig XIV. in Tätigkeit gesetzte Strafmaschine ist noch heutigentags bis auf die Bastille in Gang. Der Kaiser war stets strenger in bezug auf die Vorschriften seiner Gefängnisse, als es der große König selbst gewesen ist, und die Zahl der Eingekerkerten, von denen die Listen keine Spur bewahren, ist unberechenbar.«

Morel hegte nicht den geringsten Verdacht mehr und fragte: »Welchen Rat würden Sie mir zum Behuf der Beschleunigung der Rückkehr des armen Dantes geben?«

»Einen einzigen, mein Herr: Machen Sie eine Bittschrift an den Justizminister.«

»Und Sie wollen es übernehmen, diese Bittschrift an ihre Stelle gelangen zu lassen?«

»Mit größtem Vergnügen. Dantes konnte damals schuldig sein, heute ist er unschuldig, und es ist meine Pflicht, demjenigen die Freiheit wiederzugeben, den ich in das Gefängnis zu setzen verpflichtet war.«

Villefort kam auf diese Art der Gefahr einer nicht sehr wahrscheinlichen, aber doch möglichen Untersuchung zuvor, die ihn zugrunde gerichtet haben würde.

»Setzen Sie sich also hierher, Herr Morel«, sprach Villefort, dem Reeder seinen Platz abtretend, »ich will Ihnen diktieren.«

Villefort bebte bei dem Gedanken an den in der Stille und Finsternis ihn verfluchenden Gefangenen; aber er war zu weit gegangen, um zurückweichen zu können. Dantes sollte in dem Räderwerk seines Ehrgeizes zermalmt werden.

Villefort diktierte nun eine Bittschrift, in der er in einer vortrefflichen Absicht, woran sich gar nicht zweifeln ließ, den Patriotismus von Dantes und die von ihm der bonapartistischen Sache geleisteten Dienste übertrieb. In dieser Bittschrift war Dantes einer der tätigsten Agenten für die Rückkehr von Napoleon geworden; wenn der Minister dieses Papier in die Hände bekam, mußte er ihm notwendig sogleich Gerechtigkeit widerfahren lassen.

»Und diese Eingabe wird bald abgehen?« fragte Morel.

»Noch heute.«

»Mit einem Beibericht von Ihnen?«

»Der beste Beibericht, den ich anzufügen imstande bin, mein Herr, besteht darin, daß ich alles, was Sie in dieser Bittschrift sagen, bestätige.«

Villefort setzte sich nun ebenfalls und schrieb auf eine Ecke der Eingabe sein Zertifikat.

»Was soll ich nun weiter tun?« sagte Morel.

»Warten«, versetzte Villefort, »ich stehe für alles.«

Diese Versicherung gab Morel die Hoffnung wieder. Er verließ entzückt den Substitut und kündigte dem alten Vater von Dantes an, er würde seinen Sohn bald wiedersehen. Villefort aber, statt diese Botschaft nach Paris zu schicken, behielt sie in seinen Händen. Er verwahrte sorgfältig ein Papier, das, um Dantes in der Gegenwart zu retten, ihn so furchtbar für die Zukunft gefährdet haben würde, wenn man eines voraussetzte, was das

Angesicht von Europa und die Wendung der Ereignisse bereits vorauszusehen gestatteten, das heißt, eine zweite Restauration. Dantes blieb also gefangen; verloren in der Tiefe seines Kerkers, hörte er nicht das furchtbare Geräusch von dem Sturz des Thrones von Ludwig XVIII., und das noch furchtbarere von dem Zusammenbrechen des Kaiserreiches. Villefort aber hatte alles mit wachsamem Auge verfolgt, alles mit aufmerksamem Ohr gehört. Zweimal war während dieser kurzen kaiserlichen Erscheinung, die man die hundert Tage nannte, Morel, auf die Freilassung von Dantes dringend, zu Villefort gekommen, und jedesmal hatte er ihn durch Versprechungen und Hoffnungen beschwichtigt. Dann trat Waterloo ein. Morel zeigte sich nicht mehr bei Villefort. Der Reeder hatte für seinen jungen Freund alles getan, was einem Menschen zu tun möglich war. Neue Versuche unter dieser zweiten Restauration machen, hieß sich unnütz zu gefährden.

Ludwig XVIII. bestieg wieder den Thron. Villefort, für den Marseille voll von Erinnerungen war, die ihm zuweilen zu Gewissensbissen wurden, erbat sich und erhielt die unbesetzte Stelle des Staatsanwalts in Toulouse. Vierzehn Tage später heiratete er Fräulein von Saint-Meran, deren Vater bei dem Hofe höher als je in Gunst stand.

So verharrte Dantes während der hundert Tage und nach Waterloo hinter Schloß und Riegel.

Danglars fühlte das ganze Gewicht des Schlages, den er Dantes beigebracht hatte, seine Denunziation hatte das Ziel nicht verfehlt, und er nannte dieses seltsame Zusammentreffen einen Beschluß der Vorsehung. Als aber Napoleon wieder in Paris war und seine Stimme abermals mächtig und gebieterisch ertönte, hatte Danglars Angst. Er erwartete jeden Augenblick, Dantes wieder erscheinen zu sehen, Dantes, der alles wußte, Dantes, drohend und stark zu jeder Rache. Er eröffnete deshalb Herrn Morel seinen Wunsch, den Seedienst zu quittieren und reiste nach Madrid ab; von da an hörte man nichts mehr von ihm.

Fernand begriff nichts von allem. Dantes war abwesend, mehr brauchte er nicht. Was war aus ihm geworden? Er suchte es nicht zu erfahren. Nur sann er während der ganzen Frist, die ihm seine Abwesenheit gewährte, beständig auf Mittel, teils um Mercedes über die Beweggründe seiner Abwesenheit zu täuschen, teils um Auswanderungs- und Entführungspläne ins Werk zu setzen. Von Zeit zu Zeit setzte er sich wohl auch auf die Spitze des Kaps Pharao und schaute traurig und unbeweglich wie ein Raubvogel hinaus, ob er nicht den jungen Mann mit dem freien Gang und hoch aufgerichteten Kopf erblicken würde, der auch für ihn der Bote einer schweren Rache geworden war. Dann war der Plan von Fernand fest. Er wollte Dantes mit einem Flintenschuß den Schädel zerschmettern und sich hernach selbst töten, wie er sich sagte, um seinen Mord zu beschönigen.

Mittlerweile und unter so schmerzlichen Vorgängen rief das Kaiserreich einen neuen Heerbann auf, und alles, was sich in Frankreich an waffenfähiger Mannschaft vorfand, eilte auf die mächtige Stimme des Kaisers herbei. Fernand ging wie die andern ab. Er verließ seine Hütte und Mercedes, zermartert von dem grausamen Gedanken, daß sein Nebenbuhler vielleicht hinter ihm zurückkommen und die, welche er liebte, heiraten würde.

Seine Aufmerksamkeiten für Mercedes, das Mitleid, das er ihrem Unglück zuteil werden zu lassen schien, die Sorge, mit der er ihren geringsten Wünschen zuvorkam, hatten die Wirkung hervorgebracht, die auf edle Herzen der Schein der Ergebenheit immer hervorbringt. Mercedes hatte stets eine freundschaftliche Zuneigung für Fernand gehegt; ihre Freundschaft für ihn vermehrte sich durch ein neues Gefühl, durch die Dankbarkeit. »Mein Bruder«, sagte sie, den Ranzen des Rekruten auf den Schultern des Katalaniers befestigend, »mein Bruder, mein einziger Freund, laßt Euch nicht töten, laßt mich nicht allein in dieser Welt, wo ich weine und völlig allein sein werde, sobald Ihr nicht mehr lebt.«

Diese Worte, im Augenblick der Trennung gesprochen, gewährten Fernand wieder einige Hoffnung. Wenn Dantes nicht zurückkam, konnte Mercedes eines Tages die Seinige werden. Mercedes blieb allein auf dieser kahlen Erde, die ihr nie so unfruchtbar vorgekommen war, allein, mit dem unermeßlichen Meere als Horizont. Ganz in Tränen gebadet, sah man sie beständig um das kleine Dorf der Katalonier irren. Bald stand sie unter der glühenden Sonne des Südens, unbeweglich, stumm wie eine Bildsäule, und schaute nach Marseille; bald saß sie am Rande des Gestades, horchte auf das Stöhnen des Meeres, so ewig wie ihr Schmerz, und fragte sich, ob es nicht besser wäre, sich vorwärts zu beugen, sich ihrem eigenen Gewicht zu überlassen, den Abgrund zu öffnen, und sich darein zu versenken, statt alle die traurigen Wechselfälle einer hoffnungslosen Erwartung zu ertragen. Es fehlte Mercedes nicht an Mut, dieses Vorhaben zu verwirklichen, aber die Religion kam ihr zu Hilfe und bewahrte sie vor dem Selbstmord.

Caderousse wurde aufgerufen wie Fernand; da er jedoch verheiratet und acht Jahre älter war als der Katalonier, gehörte er zu dem dritten Aufgebot und wurde nach der Küste geschickt.

Der alte Dantes, den nur die Hoffnung aufrechterhalten hatte, verlor diese bei dem Sturz des Kaisers. Gerade an dem Tag, fünf Monate, nachdem er von seinem Sohn getrennt worden war, und beinahe zu der gleichen Stunde, wo man Edmond verhaftet hatte, gab er in den Armen von Mercedes den Geist auf. Herr Morel übernahm alle Kosten seiner Beerdigung und bezahlte die armseligen Schulden, die der Greis während seiner Krankheit gemacht hatte. Es war mehr als Wohltätigkeit, so zu handeln, es gehörte Mut dazu. Der Süden stand in Flammen, und den Vater eines so gefährlichen Bonapartisten wie Dantes selbst auf dem Totenbett unterstützen, war ein Verbrechen.

13. Der wütende Gefangene und der verrückte Gefangene

Ungefähr ein Jahr nach der Rückkehr von Ludwig XVIII. fand ein Besuch von seiten des Herrn Generalinspektors der Gefängnisse statt. Er besuchte wirklich hintereinander alle Zellen und Kerker. Mehrere Gefangene des Kastells If wurden vernommen: der Inspektor fragte sie über die Nahrung, die sie erhielten, und welche Bitten oder Forderungen sie etwa anzubringen hätten. Sie antworteten einstimmig, das Essen wäre abscheulich, und sie forderten ihre Freiheit.

Der Inspektor fragte sie, ob sie ihm nichts anderes zu sagen hätten. Sie schüttelten den Kopf; was konnten Gefangene anderes verlangen als die Freiheit?

Der Inspektor wandte sich um und sagte zu dem Gouverneur: »Ich weiß nicht, warum man uns die unnützen Rundreisen machen läßt. Wer ein Gefängnis sieht, sieht hundert; wer einen Gefangenen hört, hört tausend. Es ist stets dasselbe: schlecht genährt und unschuldig. Haben Sie noch andere?«
»Ja, wir haben gefährliche Gefangene oder Narren, die wir im Kerker bewachen.«
»Wir wollen sie sehen«, sagte der Inspektor mit einer Miene tiefen Überdrusses, »wir wollen unser Geschäft zu Ende führen.«
»Warten Sie«, sagte der Gouverneur, »man muß wenigstens zwei Mann holen. Die Gefangenen begehen zuweilen, und wäre es nur aus Lebensüberdruß und um sich zum Tode verurteilen zu lassen, unnütze Akte der Verzweiflung, und Sie könnten das Opfer einer solchen Handlung werden.«
Man holte zwei Soldaten und stieg eine feuchte, übelriechende, schimmelige Treppe hinab.
»Oho!« rief der Inspektor, auf der Hälfte der Treppe stehenbleibend, »wer zum Teufel kann hier wohnen?«
»Einer der gefährlichsten Meuterer, ein Mensch, der uns als zu allem fähig besonders empfohlen ist.«
»Wie lange ist er hier?«
»Seit ungefähr einem Jahr, nachdem er den Schließer hatte töten wollen, hat man ihn in diesen Kerker gesetzt.«
»Der Bursche ist also ein Narr?«
»Er ist noch viel schlimmer«, sprach der Schließer, »er ist ein Teufel.«
»Wollen Sie, daß ich Klage über ihn führe?« fragte der Inspektor den Gouverneur.
»Es bedarf dessen nicht, mein Herr, er ist so hinreichend bestraft. Überdies grenzt sein Zustand gegenwärtig an Narrheit, und nach der Erfahrung, die unsere Beobachtungen uns an die Hand geben, wird er, ehe ein weiteres Jahr vergeht, verrückt sein.«
»Meiner Treu, desto besser für ihn«, sagte der Inspektor. »Ist er einmal ein völliger Narr, so wird er weniger leiden.«
»Sie haben recht«, sagte der Gouverneur, »so haben wir in einem Kerker, der von diesem nur durch etwa zwanzig Fuß getrennt ist, einen alten Abbé, einen ehemaligen Parteiführer in

Italien. Er ist seit 1811 hier, wurde gegen das Ende des Jahres 1813 verrückt, und seit dieser Zeit ist er körperlich nicht mehr zu erkennen; früher weinte er, jetzt lacht er; früher magerte er ab, jetzt wird er fett.«

Bei dem Klirren der schweren Schlösser, bei dem Ächzen der verrosteten Angeln, die sich auf ihren Zapfen drehten, erhob Dantes sein Haupt.

Bei dem Anblick eines unbekannten Mannes, der von zwei fakkelbringenden Schließern und von zwei Soldaten begleitet war und mit dem der Gouverneur sprach, erriet Dantes, um was es sich handelte, und sprang, da er sah, daß sich ihm endlich eine Gelegenheit bot, eine höhere Behörde anzuflehen, mit gefalteten Händen vorwärts. Die Soldaten kreuzten sogleich das Bajonett, denn sie glaubten, der Gefangene stürze in böser Absicht auf den Inspektor los.

Der Inspektor selbst machte einen Schritt rückwärts.

Als Dantes sah, daß man ihn als einen zu fürchtenden Menschen dargestellt hatte, sammelte er in seinem Blick alles, was das Herz des Menschen an Sanftheit und Demut zu enthalten vermag, und suchte, sich mit einer gewissen frommen Beredsamkeit ausdrückend, welche die Anwesenden in Erstaunen setzte, die Seele des hohen Beamten zu rühren.

Der Inspektor hörte die Rede von Dantes bis zum Ende an.

»Er wird zur Frömmigkeit übergehen«, sprach er hierauf, sich zum Gouverneur umwendend, mit halber Stimme; »bereits ist er geneigt zu sanfteren Gefühlen. Sehen Sie, die Furcht bringt ihre Wirkung auf ihn hervor; er ist vor den Bajonetten zurückgewichen; ein Narr aber weicht vor nichts zurück; ich habe über diesen Gegenstand in Charenton genaue Beobachtungen angestellt.« Dann, sich an den Gefangenen wendend, fragte er diesen: »Was verlangen Sie im ganzen?«

»Ich verlange zu wissen, welches Verbrechen ich begangen habe; ich verlange, daß man mir Richter gibt; ich verlange, daß mein Prozeß eingeleitet wird; ich verlange, daß man mich erschießt, wenn ich schuldig bin, aber auch, daß man mich in Freiheit setzt, wenn ich unschuldig bin.«

»Bekommen Sie gute Speise?« fragte der Inspektor.

»Ja, ich glaube, ich weiß es nicht. Doch daran ist wenig gelegen.

Aber was nicht allein mich, den armen Gefangenen, sondern auch alle Justizbeamten und sogar den König, der regiert, berühren muß, ist, daß ein Unschuldiger nicht das Opfer einer schändlichen Denunziation sein und nicht seine Henker verfluchend eingekerkert bleiben soll.«

»Sie sind heute sehr demütig«, sagte der Gouverneur, »Sie waren nicht immer so. Sie sprachen ganz anders, mein lieber Freund, an dem Tag, als Sie Ihren Wärter ermorden wollten.«

»Das ist wahr, mein Herr«, antwortete Dantes, »und ich bitte diesen Mann um Verzeihung, denn er ist stets gut gegen mich gewesen; aber was wollen Sie? Ich war verrückt, ich war wütend.«

»Und Sie sind es nicht mehr?«

»Nein, mein Herr; denn die Gefangenschaft hat mich gebeugt, gebrochen, vernichtet... Es ist schon so lange, daß ich hier bin!«

»So lange... Wann sind Sie denn verhaftet worden?«

»Am 28. Februar 1815 um zwei Uhr nachmittags.«

Der Inspektor rechnete: »Wir haben den 30. Juli 1816; was sagen Sie? Sie sind erst seit siebzehn Monaten gefangen.«

»Siebzehn Monate! Oh, mein Herr, Sie wissen nicht, was siebzehn Monate Gefängnis sind; siebzehn Jahre, siebzehn Jahrhunderte, besonders für einen Menschen, der, wie ich, seinem Glück so nahe war; für einen Menschen, der, wie ich, ein geliebtes Wesen heiraten sollte, für einen Menschen, der eine ehrenvolle Laufbahn vor sich sah, und dem jetzt alles entrissen ist, der mitten aus dem schönsten Tag in die tiefste Nacht fällt; der seine Zukunft zerstört sieht, der nicht weiß, ob diejenige, welche er liebte, ihn noch liebt; der nicht weiß, ob sein alter Vater gestorben ist oder lebt! Siebzehn Monate Gefängnis für einen Menschen, der an die Luft des Meeres, an die Unabhängigkeit des Seemannes, an den freien Raum, an die Unermeßlichkeit, an die Unendlichkeit gewöhnt ist, mein Herr! Siebzehn Monate Gefängnis, das ist mehr als alle Verbrechen verdienen, welche die menschliche Sprache mit den gefährlichsten Namen bezeichnet! Haben Sie daher Mitleid mit mir, mein Herr, und verlangen Sie für mich nicht Nachsicht, sondern Strenge, nicht Gnade, sondern ein Gericht; Richter, mein Herr, ich verlange

nur Richter; man kann einem Angeklagten die Richter nicht verweigern.«
»Es ist gut«, sprach der Inspektor, »man wird sehen. In der Tat, der arme Teufel dauert mich; wenn wir hinaufkommen, werde ich mir die Gefangenenliste zeigen lassen.«
»Ganz gewiß!« antwortete der Gouverneur; »aber Sie werden furchtbare Noten über in finden.«
»Mein Herr«, fuhr Dantes fort, »ich weiß, daß Sie mich nicht durch eigene Entscheidung freilassen können; doch Sie sind imstande, meine Bitte der Behörde zu übergeben, Sie können eine Untersuchung hervorrufen, mich vor ein Gericht stellen; ein Gericht, das ist alles, was ich fordere: ich will wissen, welches Verbrechen ich begangen habe und zu welcher Strafe ich verurteilt bin. Denn sehen Sie, die Ungewißheit ist die schlimmste von allen Strafen.«
»Leuchtet mir ein«, sagte der Inspektor.
»Mein Herr«, rief Dantes, »ich entnehme dem Ton Ihrer Stimme, daß Sie bewegt sind. Mein Herr, sagen Sie mir, daß ich hoffen darf.«
»Ich kann Ihnen das nicht sagen«, antwortete der Inspektor, »ich verspreche Ihnen nur, daß ich die Sie betreffenden Akten untersuchen werde.«
»Oh, dann bin ich frei, dann bin ich gerettet!«
»Wer hat Sie verhaften lassen?« fragte der Inspektor.
»Herr von Villefort«, antwortete Dantes, »sehen Sie ihn, und verständigen Sie sich mit ihm.«
»Herr von Villefort ist seit einem Jahr nicht mehr in Marseille, sondern in Toulouse.«
»Ah! Dann wundere ich mich nicht mehr«, murmelte Dantes; »mein einziger Beschützer ist entfernt.«
»Hatte Herr von Villefort irgendeinen Grund des Hasses gegen Sie?« fragte der Inspektor.
»Keinen, mein Herr, er benahm sich sogar sehr wohlwollend gegen mich.«
»Ich kann mich also auf die Noten verlassen, die er über Sie gemacht hat oder mir geben wird?«
»Vollkommen, mein Herr.«
»Es ist gut. Warten Sie.«

Dantes fiel auf die Knie und murmelte ein Gebet, worin er Gott diesen Mann empfahl, der in sein Gefängnis herabgestiegen war wie der Heiland, um die Seelen aus der Hölle zu erretten. Die Tür schloß sich wieder; aber die Hoffnung, die mit dem Inspektor herabgekommen war, blieb ebenfalls im Kerker von Dantes eingeschlossen.

»Endigen wir vollends mit den Kerkern«, sagte der Inspektor; »wer kommt jetzt dran?«

»Oh, ein drolliger Narr«, antwortete der Gouverneur, »er hält sich nämlich seltsamerweise für den Besitzer eines ungeheuren Schatzes. Im ersten Jahr seiner Gefangenschaft ließ er der Regierung eine Million anbieten, wenn sie ihn in Freiheit setzen wollte, im zweiten Jahr zwei Millionen, im dritten Jahr drei, und so fort. Jetzt ist er im fünften Jahr seiner Gefangenschaft, wird Sie bitten, insgeheim mit Ihnen sprechen zu dürfen, und Ihnen fünf Millionen anbieten.«

»Oh, das ist sonderbar«, sagte der Inspektor, »und wie heißt dieser Millionär?«

»Abbé Faria.«

Der Schließer öffnete eine Tür, und der Inspektor warf einen neugierigen Blick in den Kerker des närrischen Abbés. Mitten im Zimmer, in einem mit einem Stück von der Mauer abgelösten Kalk auf der Erde gezogenen Kreis lag ein beinahe nackter Mensch, so sehr waren seine Kleider in Lumpen zerfallen. Er zeichnete in den Kreis sehr eifrig seine geometrische Linie und schien ebensosehr mit der Lösung seines Problems beschäftigt, wie es Archimedes war, als er von einem Soldaten des Marcellus getötet wurde. Er rührte sich nicht bei dem Geräusch, das das Öffnen des Kerkers veranlaßte, und schien erst zu erwachen, als das Licht der Fackeln mit einem ungewohnten Glanz den feuchten Boden übergoß, auf welchem er arbeitete. Dann wandte er sich um und sah mit Erstaunen die zahlreiche Gesellschaft, die in seinen Kerker herabgestiegen war.

Sogleich stand er lebhaft auf, nahm eine Decke, welche am Fuße seines elenden Bettes lag, und wickelte sich darein, um in einem schicklicheren Zustand in den Augen der Fremden zu erscheinen.

»Was wünschen Sie?« sprach der Inspektor, »ich bin Agent der

Regierung und habe den Auftrag, die Forderungen der Gefangenen anzuhören.«
»Oh, dann hoffe ich, wir werden uns verständigen«, rief der Abbé.
»Sehen Sie«, sagte leise der Gouverneur, »fängt es nicht an, wie ich gesagt habe?«
»Mein Herr«, fuhr der Gefangene fort, »ich bin der Abbé Faria, geboren zu Rom, und war zwanzig Jahre Sekretär des Kardinals Rospigliosi; ich wurde, ohne zu wissen warum, am Anfang des Jahres 1811 verhaftet. Ich bin sehr glücklich, Sie zu sehen, obgleich Sie mich in einer sehr wichtigen Berechnung gestört haben, in einer Berechnung, welche, wenn sie gelingt, vielleicht das System von Newton verändert. Können Sie mir die Gunst einer geheimen Unterredung bewilligen?«
»Mein Herr, was Sie von mir verlangen, ist unmöglich.«
»Wenn es sich jedoch darum handelte«, versetzte der Abbé, »die Regierung eine ungeheure Summe gewinnen zu lassen, fünf Millionen zum Beispiel?«
»Meiner Treu«, sagte der Inspektor zu dem Gouverneur, »Sie haben alles, sogar bis auf die Summe vorhergesagt.«
»Mein lieber Herr«, sagte der Gouverneur, »leider wissen wir zum voraus und auswendig, was Sie uns sagen wollen; es handelt sich um Ihre Schätze, nicht war?«
Faria schaute diesen spöttischen Mann mit Augen an, worin ein unbeteiligter Beobachter den Blitz der Vernunft und der Wahrheit hätte leuchten sehen können, dann sagte er: »Allerdings, wovon soll ich sprechen, wenn nicht von diesen?«
»Herr Inspektor«, fuhr der Gouverneur fort, »ich kann Ihnen diese Geschichte ebensogut erzählen als der Herr Abbé selbst; denn seit vier oder fünf Jahren muß ich immer und ewig dasselbe hören.«
»Das beweist, mein Herr«, sagte der Abbé, »daß Sie wie die Menschen sind, von denen die Schrift spricht, welche Augen haben und nicht sehen, welche Ohren haben und nicht hören.«
»Mein lieber Herr, die Regierung ist reich und bedarf, Gott sei Dank, Ihres Schatzes nicht. Behalten Sie ihn also für den Tag, wo Sie dieses Gefängnis verlassen werden.«
Das Auge des Abbés erweiterte sich; er ergriff die Hand des In-

spektors und sagte: »Aber wenn ich das Gefängnis nicht verlasse, wenn ich gegen jede Gerechtigkeit in diesem Kerker zurückgehalten werde, wenn ich hier sterbe, ohne mein Geheimnis irgend jemand vermacht zu haben, so ist also dieser Schatz verloren? Ist es nicht besser, wenn die Regierung daraus Nutzen zieht und ich ebenfalls? Ich werde bis zu sechs Millionen gehen, mein Herr, ja, ich werde sechs Millionen abtreten und mich mit dem Rest begnügen, wenn man mir die Freiheit schenken will.«
»Auf mein Wort«, sprach der Inspektor mit halber Stimme, »wenn man nicht wüßte, daß dieser Mensch ein Narr ist, so müßte man glauben, er sage die Wahrheit, denn in einem so überzeugenden Ton spricht er.
»Ich bin kein Narr, mein Herr und sage die Wahrheit«, versetzte Faria, der mit der den Gefangenen eigentümlichen Feinheit des Gehörs jedes von den Worten des Inspektors gehört hatte. »Der Schatz, von dem ich spreche, ist wirklich vorhanden, und ich erbiete mich, einen Vertrag mit Ihnen zu unterschreiben, kraft dessen Sie mich an den von mir angegebenen Ort führen; man wird die Erde unter unsern Augen aufgraben, und wenn ich lüge, wenn man nichts findet, so bin ich ein Narr, wie Sie sagen, und Sie bringen mich in diesen Kerker zurück, wo ich ewig bleiben und sterben werde, ohne von irgend jemand mehr etwas zu verlangen.«
Der Gouverneur brach in ein Gelächter aus und sagte: »Die Sache ist nicht übel ersonnen; wenn alle Gefangenen sich damit belustigen wollten, ihre Wärter auf hundert Meilen spazierenzuführen, so wäre es ein vortreffliches Mittel für die Gefangenen, das freie Feld zu gewinnen, sobald sie eine Gelegenheit fänden, und während einer solchen Reise würde sich die Gelegenheit sicherlich bieten.«
»Es ist ein bekanntes Mittel«, sagte der Inspektor, »und der Herr hat nicht einmal das Verdienst der Erfindung.«
»Mein Herr«, antwortete Faria, »schwören Sie mir bei Christus, mich zu befreien, wenn ich Ihnen die Wahrheit gesagt habe, und ich werde Ihnen den Ort nennen, wo mein Schatz vergraben liegt. Sie wagen dabei nichts, und Sie sehen, daß ich mir dadurch nicht eine Gelegenheit verschaffen will zu flüchten, da ich in dem Gefängnis bleibe, während man die Reise macht.«

»Sind Sie mit Ihrer Kost zufrieden?« fragte der Inspektor, um zu Ende zu kommen.
»Gehen Sie!« rief der Abbé. »Seien Sie also verflucht wie die andern Wahnsinnigen, die mir nicht glauben wollten! Sie wollen nichts von meinem Golde; ich werde es behalten. Sie verweigern mir die Freiheit, Gott wird sie mir schicken. Gehen Sie, ich habe nichts mehr zu sagen.«
Und seine Decke zurückwerfend, faßte der Abbé wieder sein Gipsstück, setzte sich abermals mitten in seinen Kreis und fuhr mit seinen Linien und Zahlen fort.
Sie gingen weg. Der Gefangenenwärter schloß die Tür hinter ihnen.
»Er muß in der Tat einige Schätze besessen haben«, sagte der Inspektor, die Treppe hinaufsteigend.
»Er hat wohl von dem Besitz derselben geträumt«, antwortete der Gouverneur, »und am andern Morgen ist er als Narr erwacht.«
»In der Tat«, versetzte der Inspektor mit der Naivität der Verdorbenheit, »wenn er wirklich reich gewesen wäre, so säße er nicht im Gefängnis.«
So endigte das Abenteuer für den Abbé. Er blieb Gefangener, und infolge dieses Besuchs vermehrte sich noch sein Ruf als lustiger Narr.
Was Dantes betrifft, so hielt der Inspektor sein Wort. Als er in die Wohnung des Gouverneurs kam, ließ er sich die Gefangenenliste geben.
Die den Gefangenen betreffende Note lautete:

Edmond Dantes	Wütender Bonapartist, hat tätigen Anteil an der Rückkehr von der Insel Elba genommen. Im geheimsten Gewahrsam und unter der strengsten Aufsicht zu halten.

Diese Note war von einer andern Handschrift und mit einer andern Tinte geschrieben, woraus hervorging, daß man sie während Dantes' Gefangenschaft beigefügt hatte.
Die Anklage war zu bestimmt, um sie anzufechten. Der Inspektor schrieb an den Rand: »Nichts zu machen.«
Dieser Besuch hatte Dantes gleichsam wiederbelebt. Seitdem

er in das Gefängnis gekommen war, hatte er die Tage zu zählen vergessen; aber der Inspektor gab ihm ein neues Datum, und Dantes vergaß es nicht. Hinter ihm schrieb er an die Wand mit einem Stück von der Decke abgelösten Kalks den 30. Juli 1816, und von diesem Augenblick an machte er jeden Tag eine Kerbe, damit ihm das Maß der Zeit nicht entgehe.

Die Tage verliefen, dann die Wochen, dann die Monate; Dantes wartete. Er hatte damit angefangen, daß er für seine Befreiung einen Termin von vierzehn Tagen festsetzte. Als diese vierzehn Tage abgelaufen waren, sagte er sich, es wäre albern von ihm, zu glauben, der Inspektor würde sich vor seiner Rückkehr nach Paris mit ihm beschäftigen; seine Rückkehr könnte aber nicht eher stattfinden, als bis er seine Rundreise vollendet hätte, und diese Rundreise dürfte einen bis zwei Monate dauern. Er gab sich also drei Monate, statt der vierzehn Tage. Als die drei Monate abgelaufen waren, bewilligte er sechs Monate. Als aber diese sechs Monate abgelaufen waren, fand es sich, daß er zehn und einen halben Monat gewartet hatte. Während dieser zehn Monate hatte sich nichts in bezug auf seine Behandlung im Kerker verändert; keine tröstliche Nachricht war zu ihm gelangt; der Gefangenenwärter blieb bei seinen Fragen stumm wie gewöhnlich. Dantes fing an, an seinen Sinnen zu zweifeln und zu glauben, das, was er für eine Erinnerung des Gedächtnisses hielt, wäre nichts als die tolle Ausgeburt seines Gehirns, und der tröstende Engel, der in seinem Gefängnis erschienen, sei auf den Flügeln eines Traumes herabgekommen.

Nach Verlauf eines Jahres wurde der Gouverneur versetzt und nahm den Schließer von Dantes mit. Ein neuer Gouverneur kam. Es wäre für ihn zu zeitraubend gewesen, sich nach allen Namen der Gefangenen zu erkundigen; er ließ sich nur ihre Nummern vorlegen. Das furchtbare Hotel garni bestand aus fünfzig Zimmern; ihre Bewohner wurden mit der Nummer des Zimmers, das sie inne hatten, vorgerufen, und der unglückliche junge Mann hörte auf, seinen Vornamen Edmond oder seinen Namen Dantes zu führen; er hieß Numero 34.

14. Nummer 34 und 27

Dantes durchlief alle Stufen des Unglücks, dem sich die in einem Kerker der Vergessenheit überantworteten Gefangenen zu unterziehen haben.

Er fing mit dem Stolz an, der eine Folge der Hoffnung und eines unschuldigen Gewissens ist. Dann kam er dazu, daß er an seiner Unschuld zweifelte, was die Ansichten des Gouverneurs über eine Geistesstörung einigermaßen rechtfertigte. Er fiel aber von der Höhe seines Stolzes herab, er flehte noch nicht zu Gott, sondern zu den Menschen. Der Unglückliche, der mit dem Herrn anfangen sollte, gelangt erst dazu, auf ihn zu hoffen, wenn er alle andern Hoffnungen erschöpft hat.

Dantes flehte also, man möchte ihn aus seinem Kerker ziehen, um ihn in einen andern zu bringen, und wäre er auch finsterer und tiefer gewesen. Eine Veränderung, und wenn auch eine unvorteilhafte, war doch immer eine Veränderung und verschaffte Dantes wenigstens eine Zerstreuung von ein paar Tagen. Er bat, man möchte ihm den Spaziergang, die Luft, Bücher, Instrumente bewilligen. Nichts von allem wurde ihm bewilligt; aber gleichviel, er flehte immer. Er hatte sich daran gewöhnt, mit seinem neuen Gefangenenwärter zu sprechen, obgleich dieser womöglich noch stummer war als der vorhergehende; aber mit einem Menschen zu sprechen, sogar mit einem stummen, war noch ein Vergnügen. Dantes sprach, um den Ton seiner eigenen Stimme zu hören. Er hatte es versucht zu sprechen, wenn er allein war, aber dann hatte er vor sich selber Angst.

Er bat eines Tages den Kerkermeister, er möge einen Gefährten für ihn begehren, und wäre dieser Gefährte auch der verrückte Abbé, von dem er hatte sprechen hören. Man schlug ihm seine Bitte ab.

Dantes hatte den Kreis menschlicher Hilfsmittel erschöpft und kehrte, wie dies kommen mußte, zu Gott zurück. Alle frommen, in der Welt zerstreuten Gedanken, welche die unter dem Geschick gebeugten Unglücklichen zusammenlesen, erfrischten nun seinen Geist. Er erinnerte sich der Gebete, die ihn seine Mutter gelehrt hatte, und fand in ihnen einen ihm früher unbekannten Sinn, er betete aber nicht mit Inbrunst, sondern mit Wut. Während er laut betete, erschrak er nicht mehr über seine

Worte, sondern er geriet in Ekstase; er sah Gott bei jedem Wort erscheinen, das er aussprach. Alle Handlungen seines bescheidenen Lebens bezog er auf den Willen dieses mächtigen Gottes, entnahm sich Lehren daraus und stellte sich Aufgaben, die er erfüllen wollte, und am Ende jedes Gebetes schlich sich der eigennützige Wunsch ein, den die Menschen viel öfter an ihre Mitmenschen als an Gott zu richten Gelegenheit haben: Und vergib uns unsere Schuld, wie wir vergeben unsern Schuldnern! Trotz seiner heißen Gebete blieb Dantes gefangen.

Sein Geist wurde nun düster. Die Wolke vor seinen Augen wurde immer schwerer. Dantes war ein einfacher Mensch ohne Erziehung und ohne größeres Wissen, das ihm in seiner Einsamkeit hätte Trost und Unterhaltung bieten können. Auf seine schwärmerisch-religiöse Aufregung folgte die Wut. Edmond schleuderte Gotteslästerungen von sich, bei denen der Kerkermeister vor Abscheu zurückwich. Er raste mit seinem Leib gegen die Mauern des Gefängnisses, er griff in voller Wut nach allem, was ihn umgab, und besonders nach sich selbst bei dem geringsten Ärger, den ein Sandkorn, ein Strohhalm, ein Windhauch bei ihm erregte. Dann erinnerte er sich des denunzierenden Briefes, den er gesehen, den ihm Villefort gezeigt, den er berührt hatte, und jeder Buchstabe kam wie ein leckendes Feuer aus der Mauer hervor. Er sagte sich, es wäre der Haß der Menschen und nicht die Rache Gottes, die ihn in diesen Abgrund gestürzt. Er übergab diese unbekannten Menschen allen Strafen, die seine glühende Einbildungskraft zu ersinnen vermochte, und fand, daß die furchtbarsten noch zu sanft und besonders zu kurz für sie wären; denn nach den Strafen kam der Tod, und der Tod war, wenn nicht die Ruhe, doch wenigstens die Unempfindlichkeit, die ihr gleicht.

Dadurch, daß er sich in Beziehung auf seine Feinde immer wieder sagte, die Ruhe wäre im Tod, und derjenige, welcher grausam bestrafen wolle, bedürfe anderer Mittel als des Todes, verfiel er in Selbstmordgedanken. Wehe dem, der auf dem Abhang des Unglücks bei diesen unseligen Gedanken stillsteht! Einmal auf diese Weise gefaßt, ist alles vorbei, und jeder Versuch, den er unternimmt, reißt ihn nur noch mehr in die Arme des Todes.

Sobald dieser Gedanke in dem Geist des jungen Mannes gekeimt hatte, wurde er sanfter, freundlicher, er fügte sich selber in sein hartes Bett und in sein schwarzes Brot, aß weniger, schlief nicht mehr und fand diesen Rest des Daseins, den er, wann er wollte, von sich zu werfen sicher war, beinahe erträglich. Es gab zwei Mittel zu sterben. Das eine war einfach: er durfte nur sein Sacktuch an eine Fensterstange binden und sich hängen; das andere bestand darin, daß er sich stellte, als äße er, und sich Hungers sterben ließ. Das erste widerstrebte Dantes. Er war im Abscheu vor den Seeräubern aufgezogen worden, vor diesen Menschen, die man an den Rahen aufhängt; das Hängen war für ihn eine Art von entehrender Strafe, die er nicht an sich selbst vollziehen wollte. Er wählte also das zweite Mittel und begann die Ausführung noch an demselben Tag.

Es waren beinahe vier Jahre hingegangen. Am Ende des zweiten hatte Dantes die Tage zu zählen aufgehört und war wieder in der Ungewißheit der Zeit verfallen. Dantes hatte gesagt: Ich will sterben und hatte sich sodann seine Todesart gewählt; er hatte sie wohl ins Auge gefaßt und aus Furcht, er könnte von seinem Entschluß abgehen, sich selbst einen Eid geleistet, so zu sterben. »Wenn man mir mein Frühstück und mein Abendbrot bringt, so werfe ich die Speisen zum Fenster hinaus, und man wird glauben, ich habe sie verzehrt.«

Er tat, wie er zu tun sich gelobt hatte. Zweimal des Tages warf er durch die kleine, vergitterte Öffnung, die ihn nur den Himmel schauen ließ, die Speisen, anfangs heiter, dann mit Überlegung und endlich mit Bedauern. Die Lebensmittel, die ihn einst angewidert hatten, ließ ihm der Hunger mit den spitzigen Zähnen appetitlich für das Auge und ausgesucht für den Geruch erscheinen. Zuweilen hielt er eine Stunde lang die Platte, auf der sie lagen, in der Hand, das Auge starr auf ein Stück faules Fleisch, auf den übelriechenden Fisch und auf das schwarze, schimmelige Brot gerichtet. Es waren dies die letzten Instinkte des Lebens, die noch in ihm kämpften und zuweilen seinen Entschluß niederwarfen. Dann erschien ihm sein Kerker nicht mehr so düster und sein Zustand minder verzweiflungsvoll. Er war noch jung, er mußte erst fünf- oder sechsundzwanzig Jahre alt sein, es blieben ihm noch fünfzig Jahre zu leben übrig, das

heißt, zweimal so viel, als er bereits gelebt hatte. Welche Ereignisse konnten während dieses unermeßlichen Zeitraumes die Türen sprengen, die Mauern des Kastells If umstürzen und ihn der Freiheit wiedergeben! Dann näherte er seine Zähne dem Mahl, das er, ein freiwilliger Tantalus, selbst von seinem Mund entfernte. Doch er erinnerte sich seines Schwures wieder, und diese edelmütige Natur hatte zu sehr Angst, sich selbst zu verachten, als daß sie ihren Schwur verletzt hätte. Er verbrauchte also streng und unbarmherzig das wenige Leben, das ihm noch übrigblieb, und es kam der Tag, wo er nicht mehr die Kraft hatte, aufzustehen, um das Abendbrot, das man ihm brachte, durch das Luftloch zu werfen.
Am andern Tag sah er nicht mehr, hörte er kaum. Der Kerkermeister glaubte an eine ernste Krankheit, Edmond hoffte auf den nahen Tod. So verlief der Tag. Edmond fühlte, daß eine unbestimmte Erstarrung, der es nicht einem gewissen Wohlbehagen mangelte, sich seiner bemächtigte. Die Zuckungen seines Magens hatten sich gemildert. Wenn er die Augen schloß, sah er eine Menge von glänzenden Punkten, den Irrlichtern ähnlich, die in der Nacht über den sumpfigen Boden hinlaufen. Es war die Dämmerung des unbekannten Landes, das man den Tod nennt.
Plötzlich vernahm er abends um 9 Uhr ein dumpfes Geräusch an der Wand, an der er lag. – Es hatten so viele abscheuliche Tiere in diesem Gefängnis Lärm gemacht, daß Edmond allmählich seinen Schlaf daran gewöhnte, sich nicht mehr durch solche Kleinigkeiten stören zu lassen. Aber mögen nun seine Sinne durch die Enthaltsamkeit exaltiert gewesen sein, war der Lärm wirklich stärker als gewöhnlich – Edmond erhob sich, um besser zu hören.
Es war ein Kratzen, das eine ungeheure Kralle oder einen mächtigen Zahn, oder den Druck irgendeines Werkzeuges auf die Steine anzuzeigen schien.
Obgleich geschwächt, wurde das Gehirn des jungen Mannes durch den beständig dem Geiste der Gefangenen gegenwärtigen Gedanken, durch den Gedanken an die Freiheit berührt. Dieses Geräusch kam so gerade in dem Augenblick, als alles Geräusch bei ihm aufhören sollte, daß es ihm schien, als wollte

sich Gott endlich barmherzig gegen seine Leiden zeigen und ihm dieses Geräusch zuschicken, um ihm zu verkündigen, er solle am Rand des Grabes, an dem bereits sein Fuß wankte, stillstehen. Wer konnte wissen, ob nicht einer von seinen Freunden, eines von den geliebten Wesen, an die er so oft gedacht hatte, daß sein Geist beinahe völlig dadurch abgenützt worden war, sich in diesem Augenblick mit ihm beschäftigte und die Entfernung, die sie von einander trennte, aufzuheben suchte?

Aber nein, Edmond täuschte sich ohne Zweifel, und es war einer von den Träumen, die an der Pforte des Todes schweben. Edmond hörte jedoch immer noch dieses Geräusch. Es dauerte ungefähr drei Stunden; dann vernahm Edmond eine Art von Rollen, und das Geräusch hörte auf. Einige Stunden darauf hörte er es wieder näher und stärker.

Edmond nahm bereits Anteil an dieser Arbeit, die ihm Gesellschaft leistete; plötzlich trat der Gefangenenwärter ein.

Seit den acht Tagen, da er zu sterben sich entschlossen hatte, hatte Edmond mit diesem Menschen kein Wort gesprochen. Er antwortete ihm nicht, als er ihn fragte, von welcher Krankheit er befallen sei, und wandte sich zu der Mauer um, wenn er zu aufmerksam betrachtet wurde. Aber heute könnte der Gefangenenwärter das dumpfe Geräusch vernehmen, sich darüber beunruhigen, demselben ein Ende machen und auf diese Art irgendeine Hoffnung zerstören, die schon in der Vorstellung die letzten Augenblicke von Dantes bezauberte.

Dantes erhob sich in seinem Bett und begann, seine Stimme erhebend, über alle möglichen Gegenstände zu sprechen, über die schlechten Speisen, die man ihm brachte, über die Kälte, an der man in seinem Kerker litt; er murrte und brummte und ermüdete die Geduld des Gefangenenwärters, der gerade an diesem Tag sich für den Gefangenen Fleischbrühe und weißes Brot erbeten hatte. Zum Glück glaubte er, Dantes deliriere; er stellte die Speisen auf den schlechten, wackligen Tisch und entfernte sich.

Nun wieder frei, fing Edmond abermals an, freudig zu horchen. Das Geräusch wurde so deutlich, daß er es jetzt ohne die geringste Anstrengung hören konnte.

»Es unterliegt keinem Zeifel mehr«, sagte er zu sich selbst; »da dieses Geräusch, obgleich es bereits Tag ist, fortdauert, so muß es ein unglücklicher Gefangener wie ich sein, der an seiner Befreiung arbeitet. Oh, wenn ich bei ihm wäre, wie wollte ich ihn unterstützen?« Dann schwand plötzlich die Hoffnung in diesem Gehirn, das an das Unglück gewöhnt war und sich nur schwer in menschliche Freuden schicken konnte. Es entstand in ihm der Gedanke, dieses Geräusch werde durch einige Arbeiter verursacht, die der Gouverneur zur Ausbesserung in einem benachbarten Zimmer verwende.

Er konnte sich leicht hiervon überzeugen; aber wie sollte er eine Frage wagen? Es war allerdings ganz einfach: die Erscheinung des Kerkermeisters abzuwarten, ihn das Geräusch hören zu lassen und seine Miene zu beobachten, wenn er es hörte. Aber hieß eine solche Befriedigung nicht die kostbarsten Interessen für einen kurzen Genuß zu verraten? Edmond fand nur ein Mittel, seiner Überlegung Genauigkeit und seinem Urteil Klarheit zu geben: er wandte seine Augen nach der noch dampfenden Fleischbrühe, die der Gefangenenwärter auf den Tisch gestellt hatte, ging wankend hin, setzte die Tasse an den Mund und schlürfte den Trank mit einem unbeschreiblichen Gefühl des Wohlbehagens.

Dann hatte er den Mut, hierbei zu bleiben: er erinnerte sich, gehört zu haben, daß unglückliche Schiffbrüchige, die man vor Hunger entkräftet gefunden hatte, daran gestorben waren, daß sie heißhungrig eine zu substantielle Speise verschlangen. Edmond setzte das Brot auf den Tisch, das er bereits vor seinem Mund hielt, und legte sich wieder nieder. Bald fühlte er, daß Klarheit in sein Gehirn zurückkehrte; er konnte wieder denken und seine Gedanken ordnen.

Dann sagte er zu sich selbst: »Man muß die Probe machen, aber ohne jemand zu gefährden. Ist derjenige, dessen Geräusch ich vernehme, ein gewöhnlicher Arbeiter, so brauche ich nur an die Mauer zu schlagen, und er wird sogleich sein Geschäft einstellen und zu erraten suchen, wer der Schlagende ist und in welcher Absicht er schlägt. Da aber seine Arbeit befohlen ist, so wird er sie alsbald wieder fortsetzen. Ist er im Gegenteil ein Gefangener, so wird ihn der Lärm erschrecken. Er wird befürchten, entdeckt worden zu sein, seine Arbeit aufgeben und erst am Abend, wenn er jedermann eingeschlafen glaubt, von neuem beginnen.«

Sogleich erhob sich Edmond zum zweitenmal. Diesesmal wankten seine Beine nicht mehr, und seine Augen waren nicht mehr geblendet. Er ging in eine Ecke seines Gefängnisses, machte einen durch die Feuchtigkeit unterhölten Stein los und schlug gerade an der Stelle, wo das Geräusch am deutlichsten war, an die Mauer.

Er klopfte dreimal. – Schon bei dem ersten Schlag hörte das Geräusch wie durch einen Zauber auf. Edmond horchte mit aller Anstrengung. Eine Stunde verging, zwei Stunden vergingen, kein neues Geräusch ließ sich vernehmen. Voll Hoffnung aß Edmond einige Bissen von seinem Brot, trank ein paar Schluck Wasser, und bei der mächtigen Körperbeschaffenheit, mit der ihn die Natur begabt hatte, befand er sich beinahe wieder wie zuvor.

Der Tag verging, die Stille dauerte fort. Die Nacht kam, ohne daß das Geräusch wieder begonnen hatte.

»Es ist ein Gefangener«, sagte Edmond mit unbeschreiblicher Freude zu sich selbst. Von dieser Zeit an erhellte sich sein Kopf, und das Leben kehrte mit voller Tätigkeit zurück. Die Nacht ging vorüber, ohne daß sich das geringste vernehmen ließ. Edmond schloß die Augen in dieser Nacht nicht.

Der Tag erschien, und der Gefangenenwärter brachte die gewöhnlichen Mundvorräte. Edmond hatte die vorhergehenden bereits verschlungen; er verschlang auch die neuen, horchte unablässig auf das Geräusch, das nicht wiederkam, fürchtete, es könnte für immer aufgehört haben, machte fünf bis sechs Meilen in seinem Kerker, rüttelte zwei Stunden lang an den eisernen Stangen seines Luftloches und gab seinen Gliedern dadurch die längst entwöhnte Elastizität und Stärke wieder. In den Ruhezeiten dieser fieberhaften Tätigkeit horchte er, ob das Geräusch nicht wiederkehrte, und er ärgerte sich über die Klugheit des Gefangenen, der nicht vermutete, daß er in seinem Befreiungswerk von einem andern Gefangenen gestört worden war, der wenigstens ebenso große Eile hatte, frei zu werden, als er selbst.

Es vergingen drei Tage, zweiundsiebzig tödliche Stunden, Minute für Minute abgezählt.
Endlich eines Abends, als der Gefangenenwärter seinen letzten Besuch gemacht hatte, als Dantes zum hundertstenmal sein Ohr an die Wand hielt, schien es ihm, als ob eine unmerkliche Erschütterung dumpf in seinem Kopf, den er mit den schweigenden Steinen in Verbindung gesetzt hatte, widerklänge.
Dantes wich zurück, um sein erschüttertes Gehirn zu beschwichtigen. Er machte einige Schritte im Zimmer und hielt dann sein Ohr an denselben Ort. Es unterlag keinem Zweifel mehr, es ging etwas auf der anderen Seite vor. Der Gefangene hatte die Gefahr erkannt und etwas anderes gewählt und, um seine Arbeit sicherer fortzusetzen, statt eines Meißels ein Hebeisen genommen.
Durch diese Entdeckung ermutigt, beschloß Edmond, dem unermüdlichen Arbeiter zu Hilfe zu kommen. Er fing damit an, daß er sein Bett wegrückte, hinter dem ihm das Befreiungswerk ausgeführt zu werden schien; dann suchte er einen Gegenstand, mit dem er die Wand aufritzen, den feuchten Mörtel herausbrechen und einen Stein losmachen könnte.
Nichts zeigte sich seinem Auge. Er besaß weder ein Messer noch irgendein anderes schneidendes Instrument. Eisen war nur an seinen Stangen vorhanden, und er hatte sich so oft versichert, daß sie zu fest eingemauert waren.
Das ganze Gerät seines Zimmers bestand aus einem Bett, einem Stuhl, einem Tisch, einem Eimer und einem Krug. An dem Bett waren wohl eiserne Bänder, aber diese waren durch Schrauben an das Holz befestigt. Man hätte einen Schraubenzieher haben müssen, um sie loszumachen. An dem Tisch und dem Stuhl war nichts. An dem Eimer fehlte der Henkel. Es gab für Dantes nur noch ein Mittel: seinen Krug zu zerbrechen und mit einem Scherben sich an die Arbeit zu machen. Er ließ seinen Krug auf den Boden fallen, und er zerbrach in Stücke. Dantes wählte einige spitze Scherben, verbarg sie in seinem Strohsack und ließ die andern auf der Erde liegen. Das Zerbrechen seines Kruges war nichts Ungewöhnliches, als daß man sich hätte darüber beunruhigen können.
Edmond hatte die ganze Nacht zum Arbeiten; doch in der Dun-

kelheit ging das Geschäft schlecht, denn er mußte tastend arbeiten, und er fühlte bald, daß er sein schwaches Werkzeug an einem Sandstein abstumpfte, der härter war als das Instrument. Er stieß also sein Bett wieder zurück und wartete den Tag ab. Mit der Hoffnung war auch die Geduld zurückgekehrt. Die ganze Nacht hindurch hörte und horchte er auf den unbekannten Gräber, der sein unterirdisches Werk fortsetzte.

Der Tag erschien, und der Gefangenenwärter trat ein. Dantes erzählte ihm, er habe am Abend zuvor aus dem Krug getrunken; er sei seinen Händen entschlüpft, auf den Boden gefallen und zerbrochen. Der Gefangenenwärter ging brummend weg, um einen neuen zu holen, ohne daß er sich nur die Mühe gab, die Stücke des alten zusammenzulesen und mitzunehmen.

Dantes hörte mit unsäglicher Freude das Klirren des Schlosses, das ihm, so oft es sich früher schloß, das Herz zusammenschnürte. Er vernahm, wie die Schritte sich nach und nach entfernten. Sobald das Geräusch völlig erloschen war, sprang er nach seinem Bett, das er von seiner Stelle rückte, und bei dem Schein des schwachen Tageslichtes, das in seinen Kerker drang, konnte er die unnütze Arbeit sehen, die er in der Nacht vorher gemacht hatte; denn er hatte sich an den Körper des Steines gewendet, statt an den Kalk der denselben umgab. Dieser Kalk war durch die Feuchtigkeit zerreibbar geworden. Dantes sah mit freudigem Herzklopfen, daß er sich in Bruchstücken ablöste, und nach Verlauf einer halben Stunde hatte er ungefähr eine Handvoll losgemacht. Ein Mathematiker hätte berechnen können, daß man mittelst zweijähriger Arbeit, vorausgesetzt, man würde nicht auf einen Felsen stoßen, sich einen Gang von zwei Quadratfuß und von zwanzig Fuß Tiefe zu graben imstande gewesen wäre.

Der Gefangene machte sich es nun zum Vorwurf, daß er die vielen abgelaufenen, immer länger gewordenen Stunden, die er in der Hoffnung, im Gebet und in der Verzweiflung verloren, nicht zu dieser Arbeit verwendet hatte. In den sechs Jahren, die er ungefähr in diesem Kerker eingeschlossen war, welche Arbeit hätte er nicht, so langsam sie auch vor sich ging, vollendet! – Dieser Gedanke verlieh ihm neuen Mut.

In drei Tagen gelang es ihm mir unerhörter Vorsicht, allen Kalk wegzubringen und den Stein bloßzulegen. Die Wand war von Bruchsteinen gemacht, unter die man, um ihr mehr Festigkeit zu geben, von Zeit zu Zeit einen behauenen Stein eingefügt hatte. Es war gerade einer von den behauenen Steinen, woran er gearbeitet hatte, und es handelte sich nun darum, ihn in seinem Gefüge zu erschüttern. Dantes versuchte es mit seinen Nägeln, aber seine Nägel waren hierfür ungenügend. Die Scherben von dem Krug, wenn man sie in die Zwischenräume einschob, zerbrachen, sobald sich Dantes derselben als Hebel bedienen wollte. Nach einer Stunde fruchtloser Versuche erhob sich Dantes, Angstschweiß auf der Stirn.

Sollte er schon am Anfang seiner Arbeit gehemmt werden, und mußte er träge und unnütz warten, bis sein Nachbar, der ebenfalls müde werden konnte, alles getan hatte?

Der Gefangenenwärter brachte die Suppe von Dantes jeden Tag in einer blechernen Kasserolle. Diese Kasserolle enthielt seine Suppe und die eines zweiten Gefangenen, denn Dantes hatte bemerkt, daß dieselbe entweder ganz voll oder halb leer war, je nachdem ob der Schließer die Verteilung der Lebensmittel bei ihm oder seinem Gefährten anfing. Die Kasserolle hatte einen eisernen Stiel. Nach diesem Stiel trachtete Dantes, er hätte ihn, wenn man es von ihm gefordert haben würde, mit zehn Jahren seines Lebens bezahlt. Der Gefangenenwärter goß den Inhalt der Kasserolle auf den Teller von Dantes.

Am Abend stellte Dantes seinen Teller auf halbem Weg zwischen der Tür und dem Tisch auf den Boden. Als der Gefangenenwärter eintrat, setzte er den Fuß auf den Teller und zerbrach ihn in tausend Stücke. Diesmal war nichts gegen Dantes zu sagen. Er hatte unrecht, seinen Teller auf den Boden zu lassen; aber von dem Gefangenenwärter war es unvorsichtig gewesen, nicht vor seine Füße zu schauen. Der Gefangenenwärter brummte, dann schaute er um sich her, um einen Gegenstand zu suchen, in den er die Suppe gießen könnte; das Mobiliar von Dantes beschränkte sich auf diesen einzigen Teller, und es gab keine Wahl.

»Lassen Sie die Kasserolle hier«, sagte Dantes, »Sie können sie wieder mitnehmen, wenn Sie morgen mein Frühstück bringen.«

Dieser Vorschlag gefiel der Trägheit des Gefangenenwärters.

Er hatte nicht nötig, hinaufzusteigen, wieder herabzusteigen und abermals hinaufzusteigen. Er ließ die Kasserolle zurück. Dantes bebte vor Freude Diesmal verschlang er rasch seine Suppe und das Fleisch, das darin lag. Nachdem er eine Stunde gewartet hatte, um sicher zu sein, der Gefangenenwärter würde nicht andern Sinnes werden, rückte er sein Bett zur Seite, nahm seine Kasserolle, schob den Stiel zwischen den bloßgelegten Stein und die benachbarten Bruchsteine und fing an, sich desselben als eines Hebels zu bedienen. Nach Verlauf einer Stunde war wirklich der Stein aus der Mauer gezogen, in der er eine Aushöhlung von mehr als anderthalb Fuß im Durchmesser ließ. Dantes sammelte sorgfältig allen Kalk, trug ihn in die Ecken seines Gefängnisses, kratzte die graue Erde mit einem von den Bruchstücken seines Kruges auf und bedeckte den Kalk damit. Da er diese Nacht benützen wollte, in der ihm der Zufall, vielmehr die geistreiche Kombination, die er ersonnen, ein so kostbares Werkzeug in die Hände gab, so fuhr er mit aller Anstrengung zu graben fort. Bei Tagesanbruch setzte er den Stein wieder in sein Loch, stieß sein Bett an die Wand und legte sich nieder.

Sein Frühstück bestand aus einem Stück Brot. Der Gefangenenwärter trat ein und legte das Brot auf den Tisch.

»Wie, Sie bringen mir keinen andern Teller?« sagte Dantes.

»Nein«, sagte der Schließer, »bei Ihnen wird alles zerbrochen, Sie haben den Krug zertrümmert und sind schuld, daß ich Ihren Teller in Stücke trat. Wenn alle Gefangenen soviel Schaden anrichten würden, so könnte es die Regierung nicht mehr bezahlen. Man läßt Ihnen Ihre Kasserolle und gießt die Suppe hinein; auf diese Art werden Sie das Geschirr vielleicht nicht mehr zerbrechen.«

Dantes schlug die Augen zum Himmel auf und faltete seine Hände auf dem Bett. Dieses Stück Eisen, das ihm nun blieb, erzeugte in seinem Herzen ein Gefühl der Dankbarkeit, wie es ihm in seinem früheren Leben die größten Güter, die ihm zugeflossen waren, nie veranlaßt hatten. Nur war es ihm nicht entgangen, daß, seitdem er zu arbeiten begonnen, der andere Gefangene nicht mehr arbeitete. Gleichviel, das war kein Grund, zurückzuweichen. Kam sein Nachbar nicht zu ihm, so

würde er zu seinem Nachbar gehen. Er arbeitete den ganzen Tag ohne Unterlaß. Am Abend hatte er mit Hilfe seines neuen Werkzeuges mehr als zehn Hände voll Trümmer von Bruchsteinen und Kalk aus der Mauer gezogen.
Als die Stunde des Besuches kam, richtete er, so gut er konnte, den gebogenen Stiel der Kasserolle wieder auf und stellte das Gefäß an seinen gewöhnlichen Platz. Der Schließer schüttete die vorgeschriebene Ration hinein, dann entfernte er sich wieder. Diesmal wollte Dantes sich vergewissern, ob sein Nachbar wirklich seine Arbeit eingestellt hätte. Er horchte. Alles blieb still, wie während der drei Tage, als die Arbeiten unterbrochen worden waren. Dantes seufzte. Sein Nachbar mißtraute ihm offenbar. Er ließ sich jedoch nicht entmutigen und setzte seine Arbeit die ganze Nacht fort; doch nach zwei bis drei Stunden stieß er auf ein Hindernis. Das Eisen faßte nicht mehr, sondern glitt aus; Dantes berührte das Hemmnis mit seinen Händen und bemerkte, daß es ein Balken war, der das Loch gänzlich versperrte, das Dantes angefangen hatte. Nun mußte man darüber oder darunter graben. Der unglückliche junge Mann hatte nicht an dieses Hindernis gedacht.
»Oh, mein Gott, mein Gott! Ich habe dich doch so sehr gebeten, daß ich hoffte, du würdest mich erhören! Mein Gott, nachdem du mir die Freiheit des Lebens, nachdem du mir die Ruhe des Todes genommen, der du mich zum Dasein zurückgerufen hast, mein Gott! Habe Mitleid mit mir und laß mich nicht in Verzweiflung sterben!«
»Wer spricht zugleich von Gott und von Verzweiflung?« ließ sich eine Stimme vernehmen, die unter der Erde hervorzukommen schien und wie die Stimme aus einem Grab zu dem jungen Mann gelangte.
Edmond fühlte, wie sich die Haare auf seinem Haupte sträubten und wich auf den Knien zurück.
»Ah!« murmelte er, »ich höre einen Menschen sprechen.«
Seit vier oder fünf Jahren hatte Edmond nur die Stimme seines Kerkermeisters gehört, und für den Gefangenen ist der Kerkermeister kein Mensch. Er ist eine lebende Tür, ein Riegel von Fleisch.
»Im Namen des Himmels!« rief Dantes, »Sie, der Sie gespro-

chen haben, sprechen Sie weiter, obgleich Ihre Stimme mich erschreckt hat. Wer sind Sie?«

»Wer sind Sie selbst?« fragte die Stimme.

»Ein unglücklicher Gefangener«, versetzte Dantes.

»Ihr Name?«

»Edmond Dantes.«

»Wie lange sind Sie hier?«

»Seit dem 28. Februar 1815.«

»Ihr Verbrechen?«

»Ich bin unschuldig.«

»Wessen klagt man Sie an?«

»Für die Rückkehr des Kaisers konspiriert zu haben.«

»Wie? Für die Rückkehr des Kaisers? Der Kaiser ist also nicht mehr auf dem Thron?«

»Er hat in Fontainebleau im Jahre 1814 entsagt und ist auf die Insel Elba verbannt worden. Aber wie lange sind Sie denn hier, daß Sie alles dies nicht wissen?«

»Seit 1811.«

Dantes bebte; dieser Mann war vier Jahre länger im Gefängnis als er.

»Es ist gut, graben Sie nicht mehr«, versetzte die Stimme schnell sprechend; »sagen Sie mir nur, auf welcher Höhe sich die Aushöhlung befindet, die Sie gemacht haben.«

»Dem Boden gleich.«

»Wie ist sie verborgen?«

»Hinter meinem Bett.«

»Wohin geht Ihr Zimmer?«

»Nach einem Gang, der in den Hof mündet.«

»Ach!« murmelte die Stimme.

»Oh, mein Gott, was gibt es denn?« rief Dantes.

»Ich habe mich getäuscht, die Unvollkommenheit meiner Zeichnungen hat mich betrogen, der Mangel eines Kompasses hat mich zugrunde gerichtet; eine Linie des Irrtums auf meinem Plan kommt fünfzehn Fuß in der Wirklichkeit gleich, und ich hielt die Mauer, die Sie durchhöhlen, für die der Zitadelle.«

»Aber dann wären Sie an das Meer gekommen!«

»Das wollte ich, ich hätte mich dann in die See geworfen,

schwimmend eine von den Inseln oder auch die Küste erreicht, und wäre gerettet.«
»Hätten Sie so weit schwimmen können?«
»Gott würde mir die Kraft verliehen haben; doch nun ist alles verloren.«
»Alles?«
»Ja. Stopfen Sie Ihr Loch wieder vorsichtig zu, arbeiten Sie nicht mehr, bekümmern Sie sich um nichts mehr, und erwarten Sie Kunde von mir.«
»Sagen Sie mir doch wenigstens, wer Sie sind.«
»Ich bin... ich bin die Nummer 27.«
»Sie mißtrauen mir also?« fragte Dantes.
Edmond glaubte ein bitteres Lachen zu hören, das das Gewölbe durchdrang und bis zu ihm gelangte. »Oh, ich bin ein guter Christ!« rief er, denn er fühlte instinktartig, daß dieser Mensch ihn zu verlassen gedachte; »ich schwöre Ihnen, daß ich mich eher töten lasse, als daß Ihre Henker und die meinigen durch mich einen Schatten der Wahrheit zu sehen bekommen. Doch im Namen des Himmels, berauben Sie mich nicht Ihrer Gegenwart, berauben Sie mich nicht Ihrer Stimme, oder ich schwöre Ihnen, denn meine Kräfte gehen zu Ende, ich zerschmettere mir den Schädel an der Wand, und Sie haben sich meinen Tod vorzuwerfen.«
»Wie alt sind Sie? Ihre Stimme scheint die eines jungen Mannes zu sein.«
»Ich weiß mein Alter nicht, denn ich habe die Zeit, seitdem ich hier bin, nicht gemessen. Ich weiß nur, daß ich neunzehn Jahre alt war, als ich am 28. Februar 1815 verhaftet wurde.
»Noch nicht ganz fünfundzwanzig Jahre; in diesem Alter ist man noch kein Verräter«, murmelte die Stimme.
»Oh, nein! Ich schwöre es Ihnen«, wiederholte Dantes. »Ich habe Ihnen schon einmal gesagt und wiederhole es, ich lasse mich eher in Stücke zerhauen, als daß ich Sie verrate.«
»Sie haben wohl daran getan, mit mir zu sprechen, Sie haben wohl daran getan, mich zu bitten; denn ich war im Begriff, einen andern Plan zu entwerfen und mich von Ihnen zu entfernen. Aber Ihr Alter beruhigt mich; ich werde wieder zu Ihnen kommen, warten Sie auf mich.«

»Wann?«
»Ich muß unsere Chancen berechnen und werde Ihnen das Zeichen geben.«
»Doch Sie verlassen mich nicht? Ich muß nicht allein bleiben? Sie kommen zu mir, oder Sie erlauben mir, zu Ihnen zu gehen? Wir fliehen miteinander, und wenn wir nicht fliehen können, so sprechen wir, Sie von Menschen, die Sie lieben, und ich von Menschen, die ich liebe. Sie müssen irgend jemand lieben?«
»Ich bin allein auf der Welt.«
»Dann lieben Sie mich! Sind Sie jung, so werde ich Ihr Kamerad; sind Sie alt, so bin ich Ihr Sohn. Ich habe einen Vater, der siebzig Jahre alt sein muß, wenn er noch lebt. Ich liebte nur ihn und ein junges Mädchen, namens Mercedes. Mein Vater hat mich nicht vergessen, dessen bin ich sicher; aber sie, Gott weiß, ob sie noch an mich denkt. Ich werde Sie lieben, wie ich meinen Vater liebte.«
»Es ist gut«, erwiderte der Gefangene, »morgen!«
Diese Worte wurden mit einem Ton ausgesprochen, der Dantes überzeugte. Er verlangte nicht mehr, stand auf, traf dieselben Vorsichtsmaßregeln in Beziehung auf die aus der Mauer gezogenen Trümmer, wie er sie früher angewendet hatte, und stieß sein Bett wieder an die Wand.
Von diesem Augenblick an überließ sich Dantes ganz und gar seinem Glück. Er sollte sicherlich nicht mehr allein sein, er sollte vielleicht sogar frei werden. Im schlimmsten Fall hatte er, wenn er Gefangener blieb, einen Gefährten. Geteilte Gefangenschaft aber ist nur eine halbe Gefangenschaft. Den ganzen Tag ging Dantes freudigen Herzens in seinem Kerker auf und ab. Er setzte sich auf sein Bett und preßte seine Brust mit der Hand. Bei dem geringsten Geräusch, das er in dem Hausflur vernahm, sprang er nach der Tür. Ein paarmal stieg ihm die Furcht, man könnte ihn von diesem Mann trennen, den er nicht kannte und dennoch wie einen Freund liebte, zu Gehirn. Dann war er entschlossen: in dem Augenblick, wo der Kerkermeister sein Bett wegrücken und sich bücken würde, um die Öffnung zu untersuchen, wollte er ihm mit dem Boden seines Kruges den Schädel einschlagen. Man würde ihn zum Tode verurteilen, das wußte er wohl; sollte er aber nicht vor Zorn und Verzweiflung

in dem Augenblick sterben, als ihn dieses wunderbare Geräusch dem Leben zurückgegeben hatte?«
Am Abend kam der Wärter. Dantes lag auf seinem Bett; es kam ihm vor, als bewachte er von da aus die unvollendete Öffnung besser. Ohne Zweifel betrachtete er den ungelegenen Besuch mit einem sonderbaren Auge, denn der Wärter sagte zu ihm: »Wie, sollten Sie wieder ein Narr werden?«
Dantes antwortete nicht, er fürchtete, die Aufregung seiner Stimme könnte ihn verraten, und der Mann entfernte sich, den Kopf schüttelnd. – Als die Nacht eingetreten war, glaubte Dantes, sein Nachbar würde die Stille und Dunkelheit benützen, um das Gespräch wieder mit ihm anzuknüpfen. Aber er täuschte sich, die Nacht verlief, ohne daß irgendein Geräusch seiner fieberhaften Erwartung entsprach. Am andern Tag aber, nach dem Morgenbesuch und nachdem er sein Bett von der Wand entfernt hatte, hörte er drei Schläge in gleichen Abständen. Er stürzte auf die Knie.
»Sind Sie es?« sagte er; »ich bin hier.«
»Ist Ihr Kerkermeister weggegangen?« fragte die Stimme.
»Ja«, antwortete Dantes, »und er wird erst am Abend wiederkommen. Wir haben zehn Stunden Freiheit.«
»Ich kann also handeln«, sagte die Stimme.
»Oh, ja, ja, ohne Zögern, auf der Stelle, ich bitte Sie!«
Sogleich schien der Teil der Erde, auf den Dantes, halb in der Öffnung verborgen, seine Hände stützte, unter ihm zu weichen. Er warf sich zurück, während eine Masse von Erde und abgelösten Steinen in ein Loch stürzte, das sich unter der von ihm geschaffenen Öffnung ausgehöhlt hatte. Dann sah er im Hintergrund dieses düstern Loches, dessen Tiefe er nicht ermessen konnte, einen Kopf, Schultern, und endlich einen ganzen Menschen erscheinen, der mit ziemlich viel Behendigkeit aus der Höhlung hervorkam.

15. Ein gelehrter Italiener

Dantes schloß diesen neuen, so lange und so ungeduldig erwarteten Freund in seine Arme und zog ihn nach seinem Fenster, damit ihn das wenige Licht, das in seinen Kerker drang, völlig beleuchtete.

Es war ein Mann von mittlerem Wuchs, mit Haaren, mehr durch Leiden als durch das Alter gebleicht, mit einem unter dichten, grau werdenden Brauen verborgenen, durchdringenden Auge und einem noch schwarzen Bart, der auf seine Brust herabfiel. Die Magerkeit seines durch tiefe Runzeln ausgehöhlten Gesichts, die kühne Linie seiner charakteristischen Züge zeigten einen Mann, der mehr gewohnt war, seine moralischen Fähigkeiten als seine körperlichen Kräfte zu üben. Die Stirn des Unbekannten war mit Schweiß bedeckt.

Was seine Kleidung betrifft, so ließ sich ihre ursprüngliche Form nicht unterscheiden, denn sie zerfiel in Lumpen. Er schien wenigstens 65 Jahre alt zu sein, obgleich eine gewisse Stärke in seinen Bewegungen andeutete, er zähle vielleicht weniger Jahre, als seine lange Gefangenschaft seinem Äußeren verliehen hatte.

Er nahm mit einem gewissen Vergnügen die enthusiastischen Beteuerungen des jungen Mannes auf. Seine vereiste Seele schien einen Augenblick bei der Berührung mit dieser glühenden Seele sich zu erwärmen und zu schmelzen. Er dankte ihm für seine Herzlichkeit mit einem gewissen Feuer, obgleich seine Enttäuschung groß gewesen war, als er einen zweiten Kerker da fand, wo er die Freiheit zu finden gehofft hatte.

»Wir wollen zuerst sehen«, sagte er, »ob wir ein Mittel haben, vor den Augen Ihrer Gefangenenwärter die Spuren meines Durchbruchs verschwinden zu lassen. Unsere ganze zukünftige Ruhe hängt davon ab, daß nicht bekannt wird, was vorgefallen ist.« Dann bückte er sich nach der Öffnung, nahm den Stein, hob ihn trotz seines Gewichtes leicht auf und schob ihn in das Loch. »Dieser Stein wurde auf eine sehr nachlässige Weise ausgebrochen«, sagte er, den Kopf schüttelnd; »Sie haben also keine Werkzeuge?«

»Und Sie?« fragte Edmond erstaunt, »haben Sie welche?«

»Ich habe mir einige gemacht: außer einer Feile besitze ich alles, was man braucht, Meißel, Beißzange, Hebel.«

»Oh, ich wäre sehr neugierig, diese Erzeugnisse Ihrer Geduld und Ihrer Geschicklichkeit zu sehen«, sagte Dantes.

»Sehen Sie, hier ist vor allem ein Meißel.«

Und er zeigte ihm eine starke, scharfe Klinge, mit einem Heft aus einem Stück Buchenholz bestehend.

»Aus was haben Sie dies gemacht?«
»Aus einem von den Bändern meines Bettes. Mit diesem Werkzeug habe ich mir den ganzen Weg ausgehöhlt, der mich bis hierher führte, ungefähr fünfzig Fuß.«
»Fünfzig Fuß!« rief Dantes mit einer Art von Schrecken.
»Sprechen Sie leiser, junger Mann, sprechen Sie leiser; es geschieht oft, daß man an den Türen der Gefangenen horcht.«
»Und Sie sagen, Sie haben fünfzig Fuß durchhöhlt, um hierher zu gelangen?«
»Ja, dies ist ungefähr die Entfernung, die mein Zimmer von dem Ihrigen trennt; nur habe ich in Ermangelung von geometrischen Instrumenten meine krumme Linie schlecht berechnet; statt vierzig Fuß Ellipse fanden sich fünfzig. Ich hoffte, wie ich Ihnen gesagt habe, bis zur äußeren Mauer zu gelangen, diese Mauer zu durchhöhlen und mich in das Meer zu werfen. Ich habe längs des Flurs hin, an den Ihr Zimmer stößt, gearbeitet, statt unter demselben durchzudringen. Meine ganze Arbeit ist verloren, denn dieser Flur geht auf einen Hof, der voll von Wachen ist.«
»Das ist wahr«, sagte Dantes, »aber der Flur läuft nur an einer Seite meines Zimmer hin, und mein Zimmer hat vier.«
»Ja, richtig, aber hier ist vor allem eine, deren Mauern der Felsen bildet. Es bedürfte einer zehnjährigen Arbeit von zehn mit allen ihren Werkzeugen versehenen Gräbern, um den Felsen zu durchdringen. Die andere muß sich an den Grund der Wohnung des Gouverneurs lehnen; wir würden in den Keller fallen, der offenbar mit dem Schlüssel verschlossen wird, und man würde uns wieder gefangennehmen. Die dritte Seite, warten Sie, wohin geht die dritte Seite?«
Diese Seite war diejenige, in der man das Luftloch angebracht hatte, durch welches das Tageslicht eindrang. Dieses Luftloch, das sich immer mehr verengte, bis zu der Stelle, wo es dem Tageslicht Eingang gewährte, und wo ein Kind nicht hätte durchkommen können, war überdies von drei Reihen von eisernen Stangen versehen, die auch den argwöhnischsten Kerkermeister über die Furcht einer Entweichung beruhigen konnten.
Der Unbekannte aber zog, während er diese Frage stellte, den

Tisch unter das Fenster und sagte zu Dantes: »Steigen Sie auf diesen Tisch.«
Dantes gehorchte, stieg auf den Tisch, lehnte, die Absicht seines Gefährten erratend, seinen Rücken an die Mauer und bot ihm seine zwei Hände. Der andere stieg nun behender, als sein Alter erwarten ließ, zuerst auf den Tisch, dann auf die Hände von Dantes und von seinen Händen auf seine Schultern. Halb gebückt, denn das Gewölbe des Kerkers hinderte ihn, sich aufzurichten, steckte er den Kopf danach zwischen die erste Reihe der Stangen, und er konnte von da hinabschauen.
Einen Augenblick später zog er rasch den Kopf zurück und sprang auf die Erde.
»Oh, oh!« sagte er, »ich hatte es vermutet.«
»Was hatten Sie vermutet?« fragte der junge Mann ängstlich und sprang ebenfalls herab. Der alte Gefangene überlegte, dann sagte er: »Die vierte Seite Ihres Kerkers geht auf die äußere Galerie, auf eine Art von Rundengang, über den die Patrouillen kommen und wo Schildwachen stehen. Ich habe den Tschako eines Soldaten gesehen und zog mich nur aus Furcht, er könnte mich wahrnehmen, so schnell zurück; es ist also unmöglich, durch Ihren Kerker zu entfliehen.«
»Was nun?« fragte der junge Mann.
»Nun geschehe der Wille Gottes!«
Und ein Ausdruck tiefer Resignation verbreitete sich über die Gesichtszüge des Greises. Dantes schaute diesen Mann, der mit so viel Philosophie auf eine seit langer Zeit genährte Hoffnung Verzicht leistete, mit einem mit Bewunderung gemischten Erstaunen an.
»Wollen Sie mir nun sagen, wer Sie sind?« fragte Dantes.
»Oh, mein Gott, ja, wenn es Sie noch interessieren kann, jetzt, da ich zu nichts mehr für Sie gut bin.«
»Sie können mir dazu gut sein, daß Sie mich trösten und aufrechterhalten, denn Sie scheinen mir ein Starker unter den Starken zu sein.«
Der Alte lächelte traurig und sprach: »Ich bin der Abbé Faria, Gefangener seit 1811 im Kastell If, war jedoch drei Jahre lang in der Festung Fenestrelle eingesperrt. Im Jahr 1808 brachte man mich von Piemont nach Frankreich. Damals erfuhr ich, daß

das Schicksal, dem ihm zu jener Zeit untertan zu sein schien, Napoleon einen Sohn gegeben hatte, und daß dieser Sohn in der Wiege zum König von Rom ernannt worden war. Ich war weit entfernt zu vermuten, was Sie mir vorhin sagten, nämlich, daß vier Jahre später der Koloß gestürzt wäre. Wer regiert denn in Frankreich? Napoleon II.?«

»Nein, Ludwig XVIII.«

»Ludwig XVIII., der Bruder Ludwigs XVI.! Die Beschlüsse des Himmels sind seltsam und geheimnisvoll. Was war die Absicht der Vorsehung, als sie den Mann erniedrigte, den sie erhoben hatte, und denjenigen erhob, den sie erniedrigt hatte?«

Dantes folgte mit den Augen diesem Mann, der einen Moment sein eigenes Schicksal vergaß, um sich mit dem Geschick der Welt zu beschäftigen.

»Ja«, fuhr der Abbé fort, »es ist wie in England; nach Karl I. Cromwell, nach Cromwell Karl II. und vielleicht nach Jakob II. irgendein Schwiegersohn, ein Verwandter, ein Prinz von Oranien, ein Staathouder, der sich zum König machen wird, und dann neue Einräumungen für das Volk, dann eine Konstitution, dann die Freiheit! Sie werden dies sehen, junger Mann«, sagte er, wandte sich gegen Dantes und schaute ihn mit glänzenden, tiefen Augen an, wie sie die Propheten gehabt haben mußten. »Sie sind noch in einem Alter, um zu sehen, und werden es sehen.«

»Ja, wenn ich von hier wegkomme.«

»Ah, das ist richtig«, sprach der Abbé Faria, »wir sind Gefangene; es gibt Momente, wo ich es vergesse, und mich in Freiheit glaube, weil meine Augen die Wände durchdringen, die mich umschließen.

»Aber warum sind Sie eingesperrt?«

»Ich? Weil ich im Jahr 1807 von dem Plan träumte, den Napoleon im Jahre 1811 verwirklichen wollte, weil ich wie Macchiavelli mitten unter diesen Fürstlein, die aus Italien ein Nest tyrannischer, schwacher Königreiche machten, ein einziges und großes Reich wollte, weil ich meinen Cesare Borgia in einem einfältigen gekrönten Haupt zu finden glaubte, das sich den Anschein gab, als verstünde es mich, um mich besser verraten zu können. Es war der Plan von Alexander VI. und von Clemens

VII.; er wird ewig scheitern, da sie diese Sache vergeblich unternommen haben und Napoleon dieselbe nicht zu Ende führen konnte; Italien ist offenbar verflucht.«
Und der Greis neigte sein Haupt. Dantes begriff nicht, wie ein Mensch sein Leben für solche Interessen wagen konnte. War ihm Napoleon bekannt, weil er ihn gesehen und mit ihm gesprochen hatte, so wußte er dagegen allerdings nichts von Clemens VII. und Alexander VI.
»Sind Sie nicht«, sagte Dantes, der die Meinung seines Gefangenenwärters, die die allgemeine im Kasteff If war, zu teilen anfing, »sind Sie nicht der Priester, den man für... krank hält?«
»Den man für verrückt hält, wollen Sie sagen, nicht wahr? Ja, ja«, fuhr Faria mit einem bittern Lachen fort, »ja, ich gelte für einen Narren. Ich belustige seit geraumer Zeit die Gäste dieses Gefängnisses, und würde die kleinen Kinder belustigen, wenn es Kinder an diesem Wohnort des trostlosen Schmerzes gäbe.«
Dantes blieb einen Augenblick unbeweglich und stumm vor Erstaunen, ehe er fragte: »Sie leisten also Verzicht auf die Flucht?«
»Ich sehe, daß die Flucht unmöglich ist. Das versuchen, was nach Gottes Willen nicht geschehen soll, hieße Gott versuchen.«
»Warum lassen Sie sich entmutigen? Mit dem ersten Schlag siegen zu wollen, wäre zuviel von der Vorsehung verlangt. Können Sie nicht in einer anderen Richtung wieder anfangen, was Sie in dieser getan haben?«
»Wissen Sie, was ich getan habe, daß Sie von Wiederanfangen sprechen? Wissen Sie, daß ich vier Jahre brauchte, um die Werkzeuge zu verfertigen, die ich besitze? Wissen Sie, daß ich seit zwei Jahren eine Erde auskratze und aushöhle, die so hart ist wie Granit? Wissen Sie, daß ich Steine lösen mußte, die ich früher nicht bewegen zu können glaubte, daß ganze Tage in dieser Titanenarbeit vergingen, und daß ich zuweilen am Abend glücklich war, wenn ich einen Quadratzoll von diesem alten Kalk weggebrochen hatte, der so hart geworden war wie der Stein selbst? Wissen Sie, daß ich, um all diese Erde und all diese Steine unterzubringen, das Gewölbe einer Treppe durchbrechen mußte, unter welcher nach und nach alle diese Trümmer

begraben wurden, so daß der früher leere Raum gänzlich voll ist, und daß ich nicht wüßte, wohin ich nur noch eine Handvoll Staub legen sollte? Wissen Sie endlich, daß ich das Ziel aller meiner Arbeiten zu berühren glaubte, daß ich gerade nur die Kraft in mir fühlte, dieser Aufgabe zu entsprechen, und daß Gott dieses Ziel nicht nur zurückrückt, sondern es, ich weiß nicht wohin, versetzte? Ah! Ich wiederhole Ihnen, ich werde fortan nichts mehr versuchen, um meine Freiheit zu erringen.«

Der Abbé Faria ließ sich auf das Bett von Edmond nieder, Edmond aber blieb stehen. Der junge Mann hatte nie an Flucht gedacht. Es gibt Dinge, die so unmöglich erscheinen, daß man sie instinktartig vermeidet. Fünfzig Fuß unter der Erde graben, dieser Operation eine Arbeit von drei Jahren widmen, um, wenn sie gelingt, an einen senkrecht nach dem Meer laufenden Absturz zu gelangen, sich fünfzig, sechzig, hundert Fuß vielleicht hinabwerfen, um sich beim Fallen den Schädel auf irgendeinem Felsen zu zerschmettern, wenn man nicht bereits von der Kugel der Schildwache getötet worden ist; entgeht man allen diesen Gefahren, schwimmend eine Meile zurücklegen zu müssen, das war zu viel, um nicht darauf Verzicht zu leisten, und wir haben gesehen, daß Dantes seine Resignation beinahe bis zum Tode trieb.

Jetzt aber, da der junge Mann einen Greis erblickte, der sich so mächtig an das Leben anklammerte und ihm ein Beispiel verzweiflungsvoller Entschlüsse gab, fing er an nachzudenken und seinen Mut zu messen. Ein anderer hatte versucht, was zu tun ihm nicht einmal in den Sinn kam; ein anderer, minder jung, minder stark und gewandt als er, hatte sich durch Geschicklichkeit und Geduld all die Werkzeuge verschafft, deren er für seine unglaubliche Arbeit bedurfte, die nur eine schlecht getroffene Maßregel scheitern machen konnte. Faria hatte fünfzig Fuß durchgraben, er würde hundert durchgraben, Faria hatte in einem Alter von fünfzig Jahren drei Jahre zu seinem Werk verwendet, er war nur halb so alt als Faria und würde sechs dazu verwenden. Faria, ein Abbé, ein Gelehrter, ein Mann der Kirche, hatte sich nicht vor dem Wagnis gefürchtet, schwimmend vom Kastell If das Land zu erreichen; er, der Seemann, der kühne Taucher, sollte zögern, eine Meile schwimmend zurückzulegen? War er nicht oft ganze Stunden im Meer geblieben? Nein, nein, Dantes bedurfte nur der Ermutigung durch ein Beispiel. Alles was ein anderer getan hat oder hätte tun können, würde auch Dantes tun...

Der junge Mann überlegte einen Augenblick, ehe er zu dem Greis sagte:

»Ich habe gefunden, was Sie suchten.«

»Sie?« sprach Faria, indem er den Kopf mit einer Miene emporrichtete, die andeutete, daß, wenn Dantes die Wahrheit sprach, die Entmutigung seines Gefährten nicht von langer Dauer sein sollte; »lassen Sie hören, was haben Sie gefunden?«

»Den Flur, den Sie durchgraben haben, um von Ihrer Zelle aus hierher zu kommen, läuft in derselben Richtung wie die äußere Galerie, nicht wahr?«

»Ja.«

»Sie kann also höchstens fünfzehn Schritt davon entfernt sein, und wir graben gegen die Mitte des Flurs einen Weg, der gleichsam den Zweig eines Kreuzes bildet; diesmal nehmen Sie Ihre Maßregeln besser. Wir münden nach der äußern Galerie aus. Wir töten die Wache und entfliehen. Damit dieser Plan gelingt, bedarf es nur des Mutes, und Mut haben Sie; es bedarf nur der Stärke, und daran fehlt es mir nicht. Ich spreche nicht von der Geduld, Sie haben Proben davon abgelegt, und ich werde die meinigen auch ablegen.«

»Einen Augenblick«, antwortete der Abbé, »Sie wußten nicht, mein lieber Gefährte, von welcher Art mein Mut ist, und wie ich meine Kraft anzuwenden gedenke. Was die Geduld betrifft, so glaube ich allerdings, geduldig genug gewesen zu sein, indem ich jeden Morgen die Aufgabe der Nacht, und jede Nacht die Aufgabe des Tages wieder anfing. Aber hören Sie wohl, junger Mann, es kam mir vor, als diente ich Gott, indem ich eines von seinen Geschöpfen befreite, das, insofern es unschuldig war, nicht hatte verdammt werden können.«

»Nun?« fragte Dantes, »steht die Sache nicht auf demselben Punkt, und haben Sie sich als schuldig erkannt, seit Sie mich trafen?«

»Nein, aber ich will es nicht werden. Bis jetzt glaubte ich es nur mit den Dingen zu tun zu haben; bei dem, was Sie mir vorschlagen, hätte ich es mit Menschen zu tun. Ich habe eine Mauer durchbohrt und eine Treppe zerstört; aber ich werde nicht eine Brust durchbohren und ein Dasein zerstören.«

Dantes machte eine leichte Bewegung des Erstaunens.

»Wie«, sagte er, »da Sie frei werden können, lassen Sie sich durch eine solche Bedenklichkeit zurückhalten?«

»Warum haben Sie nicht selbst eines Abends Ihren Kerkermeister mit dem Fuß Ihres Tisches totgeschlagen und dann seine Kleider angezogen und sind damit entflohen?« entgegnete Faria.

»Weil mir dieser Gedanke nicht gekommen ist«, sagte Dantes.

»Weil Sie einen so starken instinktmäßigen Abscheu vor einem solchen Verbrechen hatten, weil Sie einen solchen Abscheu hatten, daß Sie nicht einmal daran dachten«, versetzte der Greis; »denn bei einfachen und erlaubten Dingen belehrt uns unser natürliches Gefühl, daß wir nicht von der Linie unseres Rechtes abgehen. Der Mensch hat einen Widerwillen gegen das Blut. Es sind nicht die gesellschaftlichen Gesetze, welche dem Mord widerstreben, es sind die natürlichen Gesetze.«

Dantes blieb ganz verblüfft, es war dies wirklich die Erklärung dessen, was, ohne daß er das Bewußtsein davon hatte, in seinem Geiste oder vielmehr in seinem Gemüt vorgegangen war, denn es gibt Gedanken, die vom Kopf kommen und andere, die vom Herzen kommen.

»Und dann«, fuhr Faria fort, »seit den zwölf Jahren, die ich im Gefängnis bin, bin ich in meinem Innern alle berühmten Entweichungen durchgangen; gewaltsame Entweichungen sah ich aber nur selten gelingen. Die glücklichen Entweichungen, die mit einem gänzlichen Erfolg gekrönten Entweichungen sind die sorgfältig überdachten und langsam vorbereiteten. So entkam der Herzog von Beaufort aus dem Schloß Vincennes, der Abbé Dubuquoi aus dem Fort L'Eveque und Latude aus der Bastille. Es gibt noch andere, welche der Zufall bieten kann, aber diese sind die besten. Glauben Sie mir, wir wollen auf eine Gelegenheit warten, und wenn sich eine solche bietet, sie benützen.«

»Sie konnten warten«, sprach Dantes seufzend, »diese lange Arbeit gab Ihnen jeden Augenblick Beschäftigung, und hatten

Sie nicht Ihre Arbeit, um sich zu zerstreuen, so hatten Sie Ihre Hoffnung zum Trost.«

»Ich beschäftigte mich nicht allein mit diesem.«

»Was taten Sie sonst?«

»Ich schrieb oder studierte.«

»Man gab Ihnen also Papier, Feder und Tinte?«

»Nein«, sagte der Abbé, »aber ich machte mir dies alles.«

Dantes schaute diesen Mann mit Bewunderung an; nur hatte er Mühe, an das zu glauben, was er ihm sagte. Faria bemerkte seinen leichten Zweifel. »Wenn Sie zu mir kommen«, sagte er, »werde ich Ihnen ein vollständiges Werk zeigen, das Resultat von Gedanken, von Nachforschungen und Betrachtungen meines ganzen früheren Lebens, ohne daß ich vermutete, meine Kerkermeister würden mir einst die Muße lassen, meine Gedanken zwischen den vier Mauern des Kastells If auszuführen. Es ist eine Abhandlung über die Möglichkeit einer allgemeinen Monarchie in Italien und wird einen Band in Quart geben.«

»Und Sie haben dies bereits geschrieben?«

»Auf zwei Hemden. Ich habe ein Verfahren erfunden, welches das Weißzeug glatt und eben macht wie Pergament.«

»Sie sind also Chemiker?«

»Ein wenig. Ich habe Lavoisier kennengelernt und stand mit Cabanis in Verbindung.«

»Doch zu einem solchen Werk mußten Sie geschichtliche Forschungen machen. Sie besaßen also Bücher?«

»In Rom hatte ich in meiner Bibliothek ungefähr fünftausend Bände. Dadurch, daß ich dieselben las und wieder las, entdeckte ich, daß man mit hundertundfünfzig gut ausgewählten Werken, wenn nicht den Gesamtinhalt aller menschlichen Kenntnisse, doch wenigstens das besitzt, was einem Menschen zu wissen frommt. Ich habe drei Jahre dazu verwendet, um diese hundertundfünfzig Bände zu lesen und wieder zu lesen, und wußte sie so beinahe auswendig, als man mich verhaftete. In meinem Gefängnis erinnerte ich mich derselben mit einer leichten Anstrengung des Gedächtnisses. Ich könnte Ihnen Thukydides, Xenophon, Livius, Tacitus, Strabo, Dante, Montaigne, Shakespeare, Spinoza und Macchiavelli auswendig hersagen. Ich nenne Ihnen hier nur die wichtigsten.«

»Sie verstehen also mehrere Sprachen?«
»Ich spreche fünf lebende Sprachen: deutsch, französisch, italienisch, englisch und spanisch.«
Immer mehr erstaunt, fing Edmond an, die Fähigkeiten dieses seltsamen Mannes beinahe für übernatürlich zu halten. Er wollte in irgendeinem Punkt einen Mangel bei ihm finden, und fuhr fort: »Aber wenn man Ihnen keine Federn gegeben hat, womit konnten Sie eine so umfangreiche Abhandlung schreiben?«
»Ich habe mir vortreffliche gemacht, man zöge sie den gewöhnlichen Federn vor, wenn man den Stoff kennen würde. Sie bestehen aus den Knorpeln der großen Merlane, die man uns an Fasttagen zu essen gibt. So sehe ich immer mit Vergnügen denselben entgegen, weil sie mir die Hoffnung geben, meinen Federvorrat zu vermehren, denn meine geschichtlichen Arbeiten sind meine liebste Beschäftigung. Wenn ich in die Vergangenheit hinabsteige, vergesse ich die Gegenwart; schreite ich frei und unabhängig in der Geschichte umher, so erinnere ich mich nicht mehr, daß ich ein Gefangener bin.«
»Aber, womit haben Sie die Tinte gemacht?«
»Früher war ein Kamin in meinem Gefängnis«, sagte Faria, »dieser Kamin wurde ohne Zweifel einige Zeit vor meiner Ankunft verstopft, aber man hatte wohl viele Jahre lang Feuer darin gemacht, und so ist das ganze Innere mit Ruß bedeckt. Ich löse diesen Ruß mit einer Portion Wein auf, den man mir jeden Sonntag gibt, und das liefert mir vortreffliche Tinte. Für besondere Noten, welche die Augen auf sich ziehen sollen, steche ich mir die Finger auf und schreibe mit meinem Blut.«
»Und wann kann ich all dies sehen?« fragte Dantes.
»Wann Sie wollen«, antwortete Faria.
»Oh, sogleich!« rief der junge Mann.
»Folgen Sie mir also«, sagte der Abbé und kehrte in den unterirdischen Gang zurück, wo er verschwand; Dantes folgte ihm.

16. Das Zimmer des Abbés

Nachdem Dantes, sich bückend, aber doch mit ziemlicher Leichtigkeit, den unterirdischen Gang durchschritten hatte, gelangte er an das entgegengesetzte Ende der Aushöhlung, welche in das Zimmer des Abbés führte. Hier verengte sich der Gang und bot kaum Raum genug, daß ein Mann kriechend hineinschlüpfen konnte. Das Zimmer des Abbés war mit Platten belegt. Eine in dem dunkelsten Winkel liegende Platte aufhebend, hatte der Abbé die mühsame Arbeit begonnen, an deren Ende er mit Dantes zusammengetroffen war. Sobald der junge Mann drinnen war und sich wieder aufgerichtet hatte, betrachtete er das geheimnisvolle Zimmer mit der größten Aufmerksamkeit. Bei dem ersten Blick bot sich ihm nichts Besonderes dar.

»Gut«, sagte der Abbé, »es ist erst ein Viertel auf ein Uhr, und wir haben noch ein paar Stunden vor uns.« Dantes schaute umher und suchte, auf welcher Uhr der Abbé die Stunde hatte so genau lesen können.

»Schauen Sie diesen Strahl des Tages an, der durch mein Fenster dringt, und sehen Sie an der Wand die Linien, die ich gezogen habe. Mittelst dieser Linien weiß ich die Stunde genauer, als wenn ich eine Uhr hätte, denn die Uhr gerät in Unordnung, während Sonne und Erde nie in Unordnung geraten.«

Dantes verstand nichts von dieser Erklärung. »Ich bitte«, sprach er, »es drängt mich, Ihre Schätze zu betrachten.«

Der Abbé ging zu dem Kamin und hob mit dem Meißel, den er beständig in der Hand hielt, den Stein aus, der einst den Herd bildete und nun eine tiefe Aushöhlung verbarg, in der alle Gegenstände eingeschlossen waren, von denen er gesprochen hatte.

»Was wollen Sie zuerst sehen?« fragte er.

»Zeigen Sie mir Ihr großes Werk über Italien.«

Faria zog aus dem kostbaren Schrank drei bis vier wie Papyrusblätter umeinander gewundene Leinwandrollen hervor. Es waren ungefähr vier Zoll breite und achtzehn Zoll lange Bänder. »Sehen Sie«, sagte er, »alles ist hier. Vor ungefähr acht Tagen habe ich das Wort ›Ende‹ unten an das hundertundachtundsechzigste Band geschrieben. Zwei von meinen Hemden und was ich an Taschentüchern besaß, wurde dazu verwendet, und werde ich je wieder frei und es findet sich in ganz Italien ein Drucker, der mein Werk zu veröffentlichen wagt, so ist mein Ruf gemacht.«

»Ja«, antwortete Dantes, »ich sehe es wohl. Und nun bitte ich Sie, zeigen Sie mir die Federn, mit welchen Sie dieses Werk geschrieben haben.«

Faria zeigte dem jungen Mann ein kleines, sechs Zoll langes Stäbchen, etwa so dick wie der Stiel eines Haarpinsels; am Ende desselben war mittelst eines Fadens einer von den Knorpeln angebunden, von denen der Abbé gesprochen hatte. Er war schnabelförmig zugeschnitten und wie eine gewöhnliche Feder geschlitzt. Dantes schaute ihn an und suchte mit den Augen nach dem Instrument, mit welchem der Abbé auf eine so feine Weise den Knorpel geschnitten haben könnte.

»Ah, ja, das Federmesser, nicht wahr? Das ist mein Meisterwerk. Ich habe es, so wie das Messer, das Sie hier sehen, aus einem alten eisernen Leuchter gemacht.«

Das Federmesser schnitt wie ein Rasiermesser; das Messer hatte den Vorteil, daß es zugleich als Messer und Dolch dienen konnte. Dantes untersuchte diese Gegenstände mit derselben Aufmerksamkeit, mit der er in den Raritätenhandlungen in Marseille die von Wilden verfertigten und von Schiffskapitänen aus der Südsee mitgebrachten Werkzeuge untersucht hatte.

»Was die Tinte betrifft«, sagte Faria, »so wissen Sie, wie ich dabei zu Werke gehe: ich mache sie nach meinem Bedürfnis.«

»Nun staune ich nur über eines«, sagte Dantes, »darüber, daß die Tage Ihnen für diese Arbeit genügten.«

»Ich hatte auch die Nächte«, antwortete Faria.

»Die Nächte? Besitzen Sie die Natur der Katzen und sehen Sie bei Nacht?«

»Nein, aber Gott hat dem Menschen den Verstand gegeben, um die Armut seiner Sinne zu unterstützen. Ich habe mir Licht verschafft: Von dem Fleisch, das man mir bringt, trenne ich das Fett, ich lasse es schmelzen und ziehe eine Art von verdicktem Öl daraus. Sehen Sie hier meine Kerze.«

Und der Abbé zeigte Dantes eine Art von Lämpchen, denjenigen ähnlich, derer man sich bei den öffentlichen Beleuchtungen bedient.

»Aber Feuer?«

»Hier sind zwei Kieselsteine und verbrannte Leinwand.«

Dantes legte die Gegenstände, die er in der Hand hielt, auf den

Tisch und neigte das Haupt, voller Bewunderung für die beharrliche Stärke dieses Geistes.
»Das ist noch nicht alles«, fuhr Faria fort; »denn man darf nicht alle seine Schätze in ein Versteck legen; verschließen wir dieses.«
Sie brachten die Platte wieder an ihre Stelle; der Abbé streute etwas Staub darauf, fuhr mit seinem Fuß darüber, um jede Spur einer Unterbrechung der Staubdecke zu verwischen, ging auf sein Bett zu und rückte es von der Stelle.
Hinter dem Kopfkissen war ein Loch, verborgen unter einem Stein, der dasselbe beinahe vollkommen hermetisch verschloß, und unter diesem Loch eine etwa fünfundzwanzig bis dreißig Fuß lange Strickleiter. Dantes untersuchte dieselbe; sie war von einer tadellosen Festigkeit.
»Wer hat Ihnen die zu diesem vortrefflichen Werk erforderliche Schnur geliefert?« fragte Dantes.
»Zuerst einige Hemden, die ich besaß, dann meine Bettücher, die ich während einer dreijährigen Gefangenschaft in Fenestrelle ausfädelte. Als man mich nach dem Kastell If brachte, fand ich Mittel, das ausgefädelte Zeug mitzunehmen. Hier setzte ich meine Arbeit fort.
Ich hatte anfangs den Gedanken, diese Stangen loszumachen und durch dieses Fenster zu entfliehen, das, wie Sie sehen, etwas breiter ist als das Ihrige, und von mir im Augenblick meiner Entweichung noch erweitert worden wäre. Aber ich bemerkte, daß dieses Fenster auf einen innern Hof geht, und leistete auf mein Vorhaben als ein zu unsicheres Unternehmen Verzicht. Ich behielt indessen die Strickleiter für einen unvorhergesehenen Umstand, für eine von jenen Entweichungen, die der Zufall verschafft, und worüber wir bereits gesprochen haben.«
Während es schien, als untersuchte Dantes die Strickleiter, dachte er an etwas ganz anderes. Ein Gedanke durchzog seinen Geist: der, daß dieser Mann, so geistreich, so tief, vielleicht in der Dunkelheit seines eigenen Unglücks zu sehen vermöchte, wo er selbst nie etwas hatte unterscheiden können.
»Woran denken Sie?« fragte der Abbé lächelnd. Er hielt die Versunkenheit von Dantes für eine auf den höchsten Grad gesteigerte Bewunderung.

»Ich denke vor allem an die ungeheure Summe von Verstand, die Sie ausgeben mußten, um zu einem solchen Ziel zu gelangen. Was hätten Sie erst getan, wenn Sie frei gewesen wären?«
»Nichts vielleicht, diese Überfülle meines Gehirns hätte sich in Kleinlichkeiten verdunstet. Es bedarf des Unglücks, um gewisse geheimnisvolle, in dem menschlichen Verstand verborgene Minen zu graben; es bedarf des Drucks, um das Pulver zum Ausbruch zu bringen. Die Gefangenschaft hat in einem einzigen Punkt alle meine dahin und dorthin flatternden Tätigkeiten vereinigt, sie sind in einem engen Raum zusammengestoßen.«
Der Abbé verschloß sein Versteck wieder und sagte: »Nun erzählen Sie mir Ihre Geschichte.«
Dantes erzählte das, was er seine Geschichte nannte, was sich jedoch auf eine Reise nach Indien und auf ein paar Reisen nach der Levante beschränkte. Endlich gelangte er zu seiner letzten Fahrt, zu dem Tode des Kapitäns Leclère, zu dem von ihm dem Großmarschall übergebenen Paket, zu seiner Zusammenkunft mit dem Großmarschall, zu dem Brief, den ihm dieser gegeben hatte, zu seiner Ankunft in Marseille, zu seiner Zusammenkunft mit seinem Vater, zu seiner Liebschaft mit Mercedes, zu seinem Verlobungsmahl, zu seiner Verhaftung, zu seinem Verhör, zu seiner vorläufigen Gefangenschaft im Justizpalast und schließlich zu seiner wirklichen Gefangenschaft im Kastell If. Sobald Dantes diesen Punkt erreicht hatte, wußte er nichts mehr, nicht einmal mehr die Zeit, die er Gefangener war. Als die Erzählung zu Ende war, versank der Abbé in Gedanken.
»Es gibt«, sagte er nach einem Augenblick des Stillschweigens, »ein Rechtsaxiom von großer Tiefe, welches auf das zurückkommt, was ich Ihnen vorhin sagte: wenn der schlechte Gedanke nicht mit einer verkehrten Organisation entsteht, so widerstrebt die menschliche Natur dem Verbrechen. Die Zivilisation hat uns indessen Bedürfnisse, Laster, scheinbare Triebe gegeben, die durch ihren Einfluß zuweilen unsere guten Instinkte ersticken und uns zum Schlimmsten führten. Daraus ist der Grundsatz hervorgegangen: Willst du den Schuldigen entdecken, so suche zuerst denjenigen, dem das begangene Verbrechen nützlich sein kann. Wem konnte Ihr Verbrechen nützen?«

»Mein Gott! Niemand, ich war zu wenig.«

»Antworten Sie nicht so, denn Ihre Antwort ermangelt zugleich der Logik und der Philosophie; alles ist aufeinander bezogen, mein lieber Freund, von dem König, der seinem Nachfolger im Wege steht, bis zu dem untersten Beamten, der dem Überzähligen als ein Hindernis erscheint. Stirbt dieser Beamte, so erbt der Überzählige zwölfhundert Franken Gehalt; diese zwölfhundert Franken Gehalt sind eine Zivilliste; sie sind ihm zum Leben ebenso notwendig als einem König seine zwölf Millionen. Jeder Mensch, von der niedrigsten bis zur höchsten Stufe der gesellschaftlichen Leiter, gruppiert um sich her eine kleine Welt von Interessen, die ihre Wirbel und ihre hakenförmigen Atome hat, wie die Welten von Descartes. Nur bekommen diese Welten immer mehr Umfang, je mehr sie steigen. Es ist eine verkehrte Schneckenlinie, die sich durch ein Gleichgewichtsspiel auf der Spitze hält. Kehren wir jedoch zu Ihrer Welt zurück. Sie sollten zum Kapitän der Pharao ernannt werden und ein hübsches junges Mädchen heiraten? Hatte jemand ein Interesse daran, daß Sie nicht Kapitän wurden, daß Sie Mercedes nicht heirateten?«

»Nein; ich war an Bord sehr beliebt. Hätten die Matrosen einen Kapitän wählen können, so würden sie sicherlich mich gewählt haben. Ein einziger Mensch hatte einen Grund, mir zu grollen; ich geriet einige Zeit vorher mit ihm in Streit und schlug ihm ein Duell vor, das er nicht annahm. Es war Danglars, der Rechnungsführer auf der Pharao war.«

»Hätten Sie ihn als Kapitän an seinem Posten erhalten?«

»Nein, wenn es von mir abgehangen hätte, denn ich glaubte einige Veruntreuungen in seinen Rechnungen wahrzunehmen.«

»Gut. Konnte jemand Ihre letzte Unterredung mit dem Kapitän Leclère hören?«

»Ja, denn die Türen waren offen und sogar ... warten Sie ... ja, Danglars ging gerade in dem Augenblick vorüber, als mir der Kapitän Leclère das für den Großmarschall bestimmte Paket übergab.«

»Gut«, sagte der Abbé, »wir sind auf dem richtigen Weg. Haben Sie jemand mit ans Land genommen, als Sie an der Insel Elba anhielten?«

»Niemand.«
»Man hat Ihnen einen Brief übergeben?«
»Ja, der Großmarschall.«
»Was taten Sie mit diesem Brief, als Sie die Pharao wieder bestiegen?«
»Ich hielt ihn in der Hand.«
»Es konnte also jedermann, auch Danglars, sehen, daß Sie einen Brief trugen?«
»Ja, jedermann.«
»Nun hören Sie wohl, drängen Sie alle Ihre Erinnerungen zusammen: Wissen Sie noch, in welchen Ausdrücken die Denunziation abgefaßt war?«
»O ja; ich habe sie dreimal gelesen, und jedes Wort ist mir im Gedächtnis geblieben.«
»Wiederholen Sie mir dieselbe.«
Dantes sammelte sich einen Augenblick und sprach:
»Der Herr Staatsanwalt wird von einem Freund des Thrones und der Religion benachrichtigt, daß Edmond Dantes, Sekond des Schiffes Pharao, der heute morgen von Smyrna angelangt, nachdem er Neapel und Porto-Ferrajo berührt hat, von Murat mit einem Brief für den Usurpator und von dem Usurpator mit einem Brief für das bonapartistische Komitee in Paris beauftragt worden ist. Den Beweis von seinem Verbrechen wird man bekommen, wenn man ihn verhaftet; denn man findet diesen Brief entweder bei ihm oder bei seinem Vater oder in seiner Kajüte an Bord der Pharao.«
»Das ist klar wie der Tag«, sagte der Abbé und zuckte die Achseln, »und Sie müssen ein sehr gutes und reines Herz haben, daß Sie es nicht von Anfang an erraten haben.«
»Sie glauben?« rief Dantes. »Ah, das wäre heillos!«
»Wie war die gewöhnliche Handschrift von Danglars?«
»Eine schöne Kursivschrift.«
»Wie war die Schrift des anonymen Briefes?«
»Eine umgekehrte Schrift.«
Der Abbé lächelte, nahm seine Feder und schrieb mit der linken Hand auf ein Stück Leinwand zwei oder drei Zahlen von der Denunziation.

Dantes schaute den Abbé erschrocken an und rief: »Oh, es ist erstaunlich, wie diese Schrift jener gleicht!«
»Die Anzeige war mit der linken Hand geschrieben. Ich habe beobachtet«, fuhr der Abbé fort, »daß alle Schriften, mit der rechten Hand gezogen, voneinander abweichen, alle mit der linken sich gleichen.«
»Sie haben alles gesehen, alles beobachtet.«
»Fahren wir fort und gehen wir zur zweiten Frage über: Hatte jemand ein Interesse daran, daß Sie Mercedes nicht heirateten?«
»Ja, Fernand, ein junger Katalonier, der sie liebt.«
»Glauben Sie, daß er fähig war, den Brief zu schreiben?«
»Nein, er hätte mir einen Messerstich gegeben und nichts sonst.«
»Das liegt in der spanischen Natur; ein Mord, ja; eine Feigheit, nein.«
»Überdies«, fuhr Dantes fort, »kannte er die in der Anzeige enthaltenen einzelnen Umstände nicht.«
»Sie haben sie niemand mitgeteilt?«
»Nicht einmal meiner Braut.«
»Es ist Danglars.«
»Oh! Nun bin ich davon überzeugt.«
»Warten Sie, kannte Danglars Fernand?«
»Zwei Tage vor meiner Hochzeit sah ich sie miteinander an einem Tisch in der Laube des Vaters Pamphile. Danglars war freundschaftlich und spöttisch, Fernand bleich und verstört.«
»Sie waren allein?«
»Nein, es war ein dritter, mir wohlbekannter Mensch bei ihnen, der sie ohne Zweifel zusammengeführt hatte, ein Schneider namens Caderousse; aber dieser war bereits betrunken. Doch halt… halt… Warum erinnerte ich mich dieses Umstandes nicht? Auf dem Tisch, wo sie tranken, waren Papier, Tinte und Federn. Oh, dort, dort wird der Brief geschrieben worden sein! Oh, die Schändlichen!«
»Wollen Sie noch etwas anderes wissen?« fragte der Abbé lachend.
»Ja, ja, da Sie alles ergründen und in allen Dingen klar sehen. Ich will wissen, warum ich nur einmal verhört worden bin;

warum man mir keinen Richter gegeben hat, und wie man mich ohne Spruch verurteilen konnte?«

»Oh, was das betrifft«, erwiderte der Abbé, »das ist ein wenig schwierig; die Justiz hat finstere, geheimnisvolle Gänge, die schwer zu durchdringen sind. Was wir bis jetzt in Betracht auf Ihre zwei Feinde getan haben, war nur ein Kinderspiel. Sie müssen mir in dieser Hinsicht genauere Andeutungen geben.«

»Ich bitte, fragen Sie mich; denn Sie sehen in der Tat klarer in meinem Leben, als ich selbst.«

»Wer hat Sie verhört? Der Staatsanwalt oder der Untersuchungsrichter?«

»Der Substitut des Staatsanwalts.«

»Jung oder alt?«

»Jung, 27 oder 28 Jahre alt.«

»Gut! Noch nicht verdorben, aber bereits ehrgeizig. Wie benahm er sich gegen Sie?«

»Mehr sanft als streng.«

»Haben Sie ihm alles erzählt?«

»Alles.«

»Hat sich sein Benehmen im Verlaufe des Verhörs verändert?«

»Einen Augenblick, als er den mich gefährdenden Brief gelesen hatte, schien er wie niedergeschmettert durch mein Unglück.«

»Wissen Sie ganz gewiß, daß es Ihr Unglück war, was er beklagte?«

»Er hat mir einen großen Beweis von Mitgefühl gegeben; er verbrannte den Brief, das einzige Stück, das mich gefährden konnte.«

»Das ist etwas anderes; dieser Mensch könnte ein größerer Verbrecher sein, als Sie wohl glauben dürften.«

»Bei meiner Ehre, Sie machen mich beben«, sagte Dantes; »die Welt ist also mit Tigern und Krokodilen bevölkert?«

»Ha, nur sind die zweifüßigen Tiger und Krokodile gefährlicher als die andern. Also hat er den Brief verbrannt, sagen Sie?«

»Ja, und er sprach dabei zu mir: Sie sehen, es ist nur dieser Beweis gegen Sie vorhanden, und ich vernichte ihn.«

»Dieses Benehmen ist zu erhaben, um natürlich zu sein. An wen war der Brief adressiert?«

»An Herrn Noirtier, Rue Coq-Héron, Nr. 13 in Paris.«

»Können Sie annehmen, Ihr Substitut habe ein Interesse am Verschwinden dieses Papiers gehabt?«
»Vielleicht, denn er ließ mich mehreremale, in meinem Interesse, wie er sagte, geloben, zu niemanden von diesem Brief zu sprechen, ja, er ließ mich sogar schwören, nie den auf die Adresse geschriebenen Namen auszusprechen.«
»Noirtier?« erwiderte der Abbé, »Noirtier? Ich kannte einen Noirtier an dem Hof der ehemaligen Königin von Etrurien, einen Noirtier, der während der Revolution Girondist gewesen war. Wie hieß Ihr Substitut?«
»Von Villefort.«
Der Abbé brach in ein Gelächter aus. Dantes schaute ihn erstaunt an. »Was haben Sie?« fragte er.
»Alles ist mir jetzt klar. Armes Kind, armer junger Mann! Und dieser Beamte ist gut gegen Sie gewesen? Dieser würdige Substitut hat den Brief verbrannt, vernichtet? Dieser ehrliche Lieferant des Henkers ließ Sie schwören, nie den Namen Noirtier auszusprechen? Dieser Noirtier, armer Blinder, wissen Sie, wer dieser Noirtier war? Dieser Noirtier war sein Vater.«
Hätte der Blitz zu den Füßen von Dantes eingeschlagen und vor ihm einen Abgrund gegraben, in dessen Tiefe sich die Hölle öffnete, er hätte keine raschere, keine niederschmetterndere Wirkung hervorgebracht, als diese unerwarteten Worte hervorbrachten. Er stand auf und nahm seinen Kopf zwischen beide Hände, als wollte er ein Zerbersten verhindern.
»Sein Vater, sein Vater!« rief er.
»Ja, sein Vater, der Noirtier von Villefort heißt.«
Ein Licht durchzuckte das Gehirn des Gefangenen; was ihm bis dahin dunkel geblieben war, wurde in einem Augenblick klar wie der Tag. Die Wendungen von Villefort während des Verhörs, der vernichtende Brief, die beinahe flehende Stimme des Beamten, der statt zu drohen, zu bitten schien, alles kam ihm ins Gedächtnis. Er stieß einen Schrei aus, wankte einen Augenblick wie ein Betrunkener, und stürzte dann nach der Öffnung, die von der Zelle des Abbés in die seinige führte. »Oh!« sagte er, »ich muß einen Augenblick allein sein, um alles zu überdenken.« Und in seinen Kerker zurückkehrend, fiel er auf sein Bett, wo ihn der Schließer am Abend sitzend, die Augen starr, das

Gesicht zusammengezogen, unbeweglich und stumm wie eine Bildsäule fand. Während dieser Stunden des Nachsinnens, die wie Sekunden verliefen, hatte er einen furchtbaren Entschluß gefaßt und einen schrecklichen Eid geleistet.

Die Stimme des Abbés, der zu Dantes kam, um ihn zum Abendbrot einzuladen, entzog ihn diesen Träumen. Seine Eigenschaft als anerkannter Narr und besonders als belustigender Narr gab dem alten Gefangenen einige Vorrechte, wie z. B., daß er ein wenig weißeres Brot und sonntags ein Fläschchen Wein bekam. Es war aber gerade Sonntag, und der Abbé wollte seinen jungen Gefährten einladen, mit ihm sein Brot und seinen Wein zu teilen.

Dantes folgte ihm. Alle Linien seines Gesichtes hatten sich wieder gelegt und ihren gewöhnlichen Platz eingenommen, doch mit einer Starrheit und Festigkeit, wodurch sich ein gefaßter Entschluß ausprägt. Der Abbé schaute ihn aufmerksam an. »Es tut mir leid, daß ich Sie in Ihren Nachforschungen unterstützt und Ihnen gesagt habe, was ich sagte«, sagte er.

»Warum dies?« fragte Dantes.

»Weil ich in Ihr Herz eine Leidenschaft brachte, die noch nicht darin war: die der Rache.«

Dantes versetzte lächelnd: »Sprechen wir von etwas anderem.«

Der Abbé schaute ihn einen Augenblick an und schüttelte traurig den Kopf. Dann sprach er, wie ihn Dantes gebeten hatte, von anderen Dingen.

Der alte Gefangene war ein Mann, dessen Unterhaltung zahlreiche Lehren in sich schloß; aber sie war nicht selbstsüchtig, und dieser Unglückliche sprach nie von seinen Leiden.

Dantes hörte jedes seiner Worte mit Bewunderung; die einen standen im Zusammenhang mit den Begriffen, die er bereits besaß, und mit den Kenntnissen, die sich auf seinen Stand als Seemann bezogen; die andern berührten unbekannte Dinge und zeigten wie jene Nordscheine, die den Schiffern in den südlichen Breiten leuchten, dem jungen Mann mit ihren phantastischen Lichtern erhellte neue Landschaften und Horizonte. Dantes begriff das Glück, dessen eine verständige Gesellschaft teilhaftig werden müßte, wenn sie diesem erhabenen Geiste auf

die moralischen, philosophischen oder gesellschaftlichen Höhen folgte, auf denen er sich zu ergehen pflegte.
»Sie sollten mich ein wenig von dem lehren, was Sie wissen«, sagte Dantes, »und wäre es nur, damit Sie sich nicht mit mir langweilen. Es scheint mir jetzt, Sie müssen die Einsamkeit einem Gefährten ohne Bildung und ohne Bedeutung, wie ich bin, vorziehen. Willigen Sie in das ein, was ich mir von Ihnen erbitte, so mache ich mich anheischig, nicht mehr von Flucht zu sprechen.«
Der Abbé erwiderte lächelnd: »Ach, mein Kind! Die menschliche Wissenschaft ist sehr beschränkt, und habe ich Sie die Mathematik, die Physik und die paar lebenden Sprachen gelehrt, die ich spreche, so wissen Sie alles, was ich weiß. Um all dieses Wissen von meinem Geiste in den Ihrigen zu ergießen, werde ich kaum zwei Jahre brauchen.«
»Zwei Jahre!« sprache Dantes, »Sie glauben, ich könnte alle diese Dinge in zwei Jahren lernen? Was wollen Sie mich zuerst lehren? Es drängt mich zu beginnen, ich habe einen Durst nach Wissenschaft.«
Die Gefangenen entwarfen noch an demselben Abend einen Lehrplan, dessen Ausführung am andern Tag begann. Dantes besaß ein wunderbares Gedächtnis, eine außerordentliche Auffassungsgabe. Die mathematische Anlage seines Geistes machte ihn fähig, alles durch Berechnung zu begreifen, während die Poesie des Seemannes das verbesserte, was die auf die Trockenheit der Zahlen und die Genauigkeit der Linien zurückgeführte und beschränkte Auseinandersetzung zu Materielles haben konnte. Er verstand überdies bereits das Italienische und etwas Neugriechisch, das er bei seinen Reisen in den Orient gelernt hatte. Mit diesen zwei Sprachen begriff er bald den Mechanismus aller andern, und nach Verlauf von sechs Monaten fing er an, Spanisch, Englisch und Deutsch zu sprechen.
Mag die Zerstreuung, die ihm das Studieren gewährte, einigermaßen die Freiheit ersetzt haben, oder war er ein Mann, der, wie wir oben erwähnten, streng an seinem gegebenen Wort hielt, er sprach, wie er es dem Abbé Faria zugesagt, nicht mehr von Flucht, und die Tage vergingen ihm rasch und lehrreich.

Nach Verlauf eines Jahres war er ein anderer Mensch. Was den Abbé Faria betrifft, so bemerkte Dantes, daß er, trotz der Zerstreuung, die seine Gegenwart in die Gefangenschaft desselben gebracht hatte, täglich düsterer wurde. Ein ewiger, unablässiger Gedanke schien seinen Geist zu belagern. Er versank in tiefe Träumereien, seufzte unwillkürlich, stand auf, kreuzte die Arme und ging finster in seinem Zimmer umher.

Eines Tages blieb er mitten in einem von den hundertmal wiederholten Kreisen stehen, die er in seinem Kerker beschrieb und rief: »Oh, wenn keine Wache da wäre!«

»Es wird keine Wache da sein, sobald Sie es nur wollen«, sprach Dantes, der seinen Gedanken gefolgt war.

»Ich habe Ihnen bereits gesagt«, versetzte der Abbé, »ein Mord widerstrebt mir.«

»Und dennoch wird dieser Mord, wenn er begangen ist, durch den Instinkt unserer Selbsterhaltung, durch ein Gefühl persönlicher Verteidigung, vollbracht worden sein.«

»Gleichviel, ich werde es nicht vermögen.«

»Sie denken noch daran?«

»Unablässig, unablässig«, murmelte der Abbé.

»Und Sie haben ein Mittel erfunden, nicht wahr«, sagte Dantes lebhaft, und wollte ihn bei diesem Gegenstand festhalten, aber der Abbé schüttelte den Kopf und weigerte sich, mehr zu antworten.

Drei Monate vergingen.

»Sind Sie stark?« fragte eines Tages der Abbé Dantes.

Dantes nahm, ohne ein Wort zu erwidern, den Meißel, bog ihn wie ein Hufeisen und bog ihn wieder zurück.

»Würden Sie sich anheischig machen, die Schildwache nur im äußersten Notfall zu töten?«

»Ja, bei meiner Ehre.«

»Dann können wir unsern Plan ausführen«, sagte der Abbé.

»Wie lange brauchen wir dazu?«

»Wenigstens ein Jahr.«

»Oh, sehen Sie, wir haben ein Jahr verloren!« rief Dantes.

»Finden Sie, daß wir es verloren haben?« sagte der Abbé.

»Ich bitte um Vergebung«, rief Edmond errötend.

»Still; der Mensch ist immer nur ein Mensch, und Sie sind von denen, die ich kennengelernt habe, einer der besseren. Vernehmen Sie meinen Plan.«

Der Abbé zeigte nun Dantes eine Zeichnung, die er entworfen hatte; es war der Plan seines Zimmers, des Zimmers von Dantes und des Ganges, der beide miteinander verband. Mitten in dieser Galerie brachte er einen Schacht an, denjenigen ähnlich, die man in den Bergwerken macht. Dieser Schacht führte die zwei Gefangenen, unter die Galerie, wo die Schildwache auf- und abging. Hier angelangt, machten sie eine breite Aushöhlung und lösten eine von den Platten, die den Boden der Galerie bildeten. Im gegebenen Augenblick fiel die Platte unter dem Gewicht des Soldaten ein, und dieser stürzte in die Höhlung. Dantes warf sich in dem Moment auf ihn, wo er, von seinem Fall betäubt, sich nicht verteidigen konnte, band, knebelte ihn, und beide drangen durch eines von den Fenstern dieser Galerie, stiegen mit Hilfe der Strickleiter an der äußeren Mauer hinab und flüchteten. Dantes schlug in die Hände, und seine Augen funkelten vor Freude; dieser Plan war so einfach, daß er gelingen mußte.

Noch an demselben Tag gingen die Gräber mit um so mehr Eifer an das Werk, als die Arbeit auf eine lange Ruhe folgte, und aller Wahrscheinlichkeit nach nur die Fortsetzung eines innigen, geheimen Gedankens von jedem derselben bildete. Nichts unterbrach sie als die Stunde, zu der sich beide zurückziehen mußten, um jeder in seinem Kerker den Besuch des Gefangenenwärters zu empfangen. Sie hatten sich übrigens daran gewöhnt, bei dem unmerklichen Geräusch von Tritten den Augenblick wahrzunehmen, wo dieser Mensch herabkam, und nie war einer oder der andere überrascht worden. Die Erde, die sie aus der neuen Galerie zogen, wurde in kleinen Teilchen und mit unerhörter Behutsamkeit durch das eine oder das andere Kerkerfenster von Dantes oder von Faria geworfen. Man machte diese Erde sorgfältig zu Staub, und der Nachtwind trug sie in die Ferne, ohne daß Spuren davon übrigblieben.

Mehr als ein Jahr verging bei dieser Arbeit, die, in Ermangelung aller anderen Werkzeuge mit einem Meißel, mit einem Messer und mit einem hölzernen Hebel ausgeführt wurde, und während dieser Arbeit fuhr Faria fort, Dantes zu unterrichten, wobei er bald in der einen, bald in der andern Sprache sich mit ihm unterhielt und ihn die Geschichte der Nationen und der großen Menschen lehrte. Der Abbé, ein Mann der Welt, und zwar der großen Welt, besaß überdies in seinen Manieren eine gewisse schwermütige Majestät, aus der Dantes durch den anschmiegsamen Geist, mit dem ihn die Natur begabt hatte, die ihm fehlende elegante Artigkeit und die aristokratischen Manieren zu ziehen wußte, die dem Menschen nur durch längeren Umgang mit den höheren Klassen oder in der Gesellschaft erhabener Männer zur Gewohnheit werden.

Nach Verlauf von fünfzehn Monaten war das Loch vollendet, die Höhlung war unter der Galerie gemacht. Man hörte bereits die Schildwache hin und her gehen, und die zwei Arbeiter, die eine dunkle Nacht ohne Mondschein abwarten mußten, um ihre Flucht zu sichern, befürchteten nur eines: es könnte der Boden zu frühzeitig von selbst unter den Füßen des Soldaten einstürzen. Man begegnete diesem Mißgeschick dadurch, daß man einen kleinen Balken, den man in den Grundfesten gefunden hatte, als Stütze aufstellte.

Dantes war eben an der Arbeit, den Balken festzustellen, als er hörte, wie ihn der Abbé Faria, der in seinem Zimmer geblieben war und sich hier damit beschäftigte, einen Pflock zuzuspitzen, der die Strickleiter halten sollte, ihn mit schmerzlichem Ton rief. Dantes kehrte rasch zurück und sah den Abbé, der bleich, Schweiß auf der Stirn und die Hände krampfhaft zusammengezogen, mitten im Zimmer stand.

»Oh, mein Gott!« rief Dantes, »was haben Sie?«

»Rasch, rasch!« sagte der Abbé, »hören Sie mich!«

Dantes erblickte das leichenblasse Gesicht von Faria, seine von einem bläulichen Kreis umzogenen Augen, seine weißen Lippen, seine gesträubten Haare, und ließ aus Schrecken den Meißel, den er in der Hand hielt, auf den Boden fallen.

»Ich bin verloren«, sagte der Abbé, »ein furchtbares, vielleicht tödliches Übel erfaßt mich. Der Anfall kommt, ich fühle es. Schon einmal wurde ich davon das Jahr vor meiner Einkerkerung ergriffen. Für dieses Übel gibt es nur ein Mittel, ich will es Ihnen nennen, heben Sie den Fuß des Bettes auf; dieser Fuß ist

hohl. Sie finden darin ein Krystallfläschchen, halb mit einer roten Flüssigkeit gefüllt.«
Dantes verlor den Kopf nicht, obgleich das Unglück, das ihn traf, ungeheuer war; er zog das Fläschchen aus dem Bettfuß und legte dann den an allen Gliedern zitternden Abbé auf das Bett.
»Das Übel tritt ein«, rief Faria, »ich verfalle in die Starrsucht; vielleicht werde ich keine Bewegung machen, keine Klage ausstoßen; vielleicht werde ich aber auch schäumen, schreien. Geben Sie sich Mühe, daß man mein Geschrei nicht hört; es ist von Wichtigkeit, denn man könnte mir dann ein anderes Zimmer geben und uns für immer trennen. Wenn Sie mich unbeweglich, kalt und gleichsam tot sehen, dann, aber auch dann erst, hören Sie wohl, drücken Sie mir die Zähne mit dem Messer auseinander, flößen Sie mir acht bis zehn Tropfen von diesem Trank in meinen Mund, und vielleicht komme ich wieder zu mir.«
»Vielleicht«, rief Dantes schmerzlich.
»Zu Hilfe, zu Hilfe!« rief der Abbé, »ich… ich… ster…«
Der Anfall kam so rasch und so heftig, daß der unglückliche Gefangene nicht einmal das begonnene Wort vollenden konnte. Eine Wolke zog schnell und düster wie die Stürme des Meeres über seine Stirn hin. Die Krise erweiterte seine Augen, verdrehte seinen Mund, färbte seine Wangen purpurrot. Er arbeitete mit Händen und Füßen, schäumte, brüllte; aber Dantes erstickte, wie er es ihm selbst empfohlen hatte, sein Geschrei unter seiner Decke. Dies dauerte zwei Stunden. Dann aber fiel er, träger als eine tote Masse, kälter als der Marmor, zurück, erstarrte in einer letzten Zuckung und wurde leichenblaß.
Edmond wartete, bis dieser scheinbare Tod den Körper erfaßt und bis zum Herzen vereist hatte. Dann nahm er das Messer, drang mit seiner Klinge zwischen die Zähne, löste mit unsäglicher Mühe die zusammengepreßten Kinnbacken, zählte, einen nach dem andern, zehn Tropfen von dem rötlichen Saft, tröpfelte sie dem Abbé in den Mund und wartete.
Es verging eine Stunde, ohne daß der Greis die geringste Bewegung machte. Dantes befürchtete, zu lange gewartet zu haben, und betrachtete ihn, beide Hände in seinen Haaren. Endlich erschien eine leichte Färbung auf Farias Wangen; beständig offen und matt geblieben, nahmen seine Augen ihren Blick wieder

an; ein leichter Seufzer entstieg seinem Mund, und er machte eine Bewegung.
»Gerettet! Gerettet!« rief Dantes.
Der Kranke konnte noch nicht sprechen, aber er streckte mit sichtbarer Angst die Hand nach der Tür aus. Dantes horchte und vernahm die Tritte des Gefangenenwärters; es war nahe an sieben Uhr, und Dantes hatte nicht Muße gehabt, die Zeit zu messen. Der junge Mann sprang hin zur Öffnung, drang in dieselbe, legte die Platte wieder über seinen Kopf und kehrte in sein Zimmer zurück. Einen Augenblck später öffnete sich seine Tür, und der Kerkermeister fand den Gefangenen wie gewöhnlich auf seinem Bett sitzend.
Kaum hatte er ihm den Rücken gewendet, kaum hatte sich das Geräusch der Tritte auf dem Flur verloren, als Dantes, von Ungeduld verzehrt, ohne an das Essen zu denken, in das Zimmer des Abbés zurückkehrte.
Dieser war wieder zum Bewußtsein gekommen; aber er lag immer noch träge und kraftlos auf seinem Bett ausgestreckt.
»Ich dachte, ich würde Sie nicht wiedersehen«, sagte er zu Dantes.
»Warum dies?« fragte der junge Mann; »glaubten Sie sterben zu müssen?«
»Nein, aber alles ist zu Ihrer Flucht bereit, und ich glaubte, Sie würden fliehen.«
Die Röte der Entrüstung färbte die Wangen von Dantes.
»Ohne Sie!« rief er. »Wähnten Sie mich wirklich dessen fähig?«
»Jetzt sehe ich, daß ich mich getäuscht habe«, sagte der Kranke.
»Ah! Ich bin sehr schwach, sehr entkräftet.«
»Mut! Ihre Kräfte werden wiederkehren«, sagte Dantes, setzte sich neben sein Bett und nahm ihn bei den Händen.
Der Abbé schüttelte den Kopf und erwiderte:
»Das letztemal dauerte der Anfall eine halbe Stunde, wonach ich Hunger hatte und allein aufstand; heute kann ich weder mein Bein noch meinen rechten Arm rühren, mein Kopf ist eingenommen, was eine Ergießung des Gehirns andeutet. Das drittemal werde ich völlig gelähmt bleiben oder auf der Stelle sterben.«
»Nein, nein, beruhigen Sie sich, Sie werden nicht sterben; der

dritte Anfall, wenn er Sie wirklich faßt, wird Sie frei finden, wir werden Sie retten, wie diesmal und besser als diesmal, denn es steht uns dann jede erforderliche Hilfe zu Gebot.«
»Mein Freund«, sagte der Greis, »täuschen Sie sich nicht, die Krise, die soeben vorübergegangen ist, hat mich zu einer lebenslänglichen Gefangenschaft verurteilt; um zu fliehen, muß man gehen können.«
»Nun, wir warten acht Tage, einen Monat, zwei Monate, wenn es sein muß; mittlerweile bekommen Sie Ihre Kräfte wieder. Alles ist zu unserer Flucht vorbereitet, und wir können nach unserem Belieben die Stunde und den Augenblick dazu wählen. Am Tag, an dem Sie sich kräftig genug fühlen, um zu schwimmen, bringen wir unsern Plan in Ausführung.«
»Ich werde nicht mehr schwimmen«, erwiderte Faria, »dieser Arm ist gelähmt, nicht für einen Tag, sondern für immer. Heben Sie ihn selbst auf und sehen Sie, wie schwer er ist.«
Der junge Mann hob ihn auf, und er fiel unempfindlich wieder zurück. Er stieß einen Seufzer aus.
»Sie sind nun überzeugt, nicht wahr, Edmond?« sagte der Abbé; »glauben Sie mir, ich weiß, was ich sage; seit dem ersten Anfall dachte ich unablässig darüber nach. Ich erwartete es, denn es ist eine Familienerbschaft; mein Vater starb an der dritten Krise, mein Großvater ebenfalls. Der berühmte Arzt Cabanis, der mir diesen Trank bereitete, weissagte mir dasselbe Schicksal.«
»Der Arzt täuscht sich«, rief Dantes; »Ihre Lähmung aber hindert mich nicht, ich nehme Sie auf meine Schultern und schwimme so mit Ihnen.«
»Kind«, entgegnete der Abbé, »Sie sind ein Seemann, Sie sind ein Schwimmer und müssen folglich wissen, daß ein Mensch mit einer solchen Last nicht fünfzig Klafter im Meer machen würde. Lassen Sie sich nicht länger durch Schimären täuschen, von denen Ihr vortreffliches Herz nicht einmal betört wird. Ich werde hierbleiben, bis die Stunde meiner Befreiung schlägt, die jetzt nur die des Todes sein kann. Was Sie betrifft … fliehen Sie! Sie sind jung, stark und gewandt; kümmern Sie sich nicht um mich; ich gebe Ihnen Ihr Wort zurück.«
»Gut«, sagte Dantes, »gut, so bleibe ich auch hier.«

Dann stand er auf, streckte feierlich eine Hand gegen den Greis aus und rief: »Bei dem Blute Christi schwöre ich, daß ich Sie nur bei Ihrem Tod verlasse!«
Faria schaute den so edeln, so einfachen, so erhabenen jungen Mann an und las in seinen von dem Ausdruck der reinsten Ergebenheit belebten Zügen die Aufrichtigkeit seiner Zuneigung und die Redlichkeit seines Schwures.
»Wohl«, sagte der Kranke, »ich nehme es an und danke.«
Hierauf Edmond die Hand reichend, fuhr er fort: »Sie werden vielleicht für diese uneigennützige Ergebenheit belohnt; zunächst müssen wir notwendig den unterirdischen Gang verstopfen, den wir unter der Galerie gemacht haben; der Soldat kann das Schallen der unterhöhlten Stelle wahrnehmen, einen Aufseher darauf aufmerksam machen, und dann würden wir entdeckt und getrennt. Vollbringen Sie dieses Geschäft, wobei ich Sie leider nicht mehr unterstützen kann; verwenden Sie die ganze Nacht dazu, wenn es sein muß, und kommen Sie erst morgen nach dem Besuch des Gefangenenwärters zurück; ich habe Ihnen etwas Wichtiges zu sagen...«
Dantes nahm den Abbé bei der Hand; dieser beruhigte ihn durch ein Lächeln, und er entfernte sich mit dem Gehorsam und der Achtung, die er für seinen alten Freund hegte.

17. Das Brevier

Als Dantes am andern Morgen in das Zimmer seines Mitgefangenen zurückkehrte, fand er Faria mit ruhigem Antlitz unter dem Sonnenstrahl sitzend, der durch das enge Fenster seiner Zelle glitt. Er hielt in seiner linken Hand ein Stück Papier und zeigte es, ohne etwas zu sagen, Dantes.
»Was ist das?« fragte dieser.
»Sehen Sie es wohl an«, erwiderte der Abbé lächelnd.
»Ich schaue aufmerksam und sehe nichts als ein halbverbranntes Papier, auf das gotische Charaktere mit einer seltsamen Tinte gezeichnet sind.«
»Dieses Papier, mein Freund, ist mein Schatz, von dem von heute an die Hälfte Ihnen gehört.«
Kalter Schweiß lief über die Stirn von Dantes. Bis auf diesen Tag hatte er es vermieden, mit Faria über diesen Schatz zu spre-

chen, von dem die auf dem armen Abbé lastende Wahnsinnsbeschuldigung hervorgegangen war. Mit seinem instinktartigen Zartgefühl zog es Edmond immer vor, diese schmerzlich vibrierende Saite nicht zu berühren; Faria schwieg ebenfalls, und er hielt das Stillschweigen des Greises für eine Rückkehr zur Vernunft. Heute aber schienen die paar Worte, die Faria nach einer so schmerzhaften Krise entschlüpften, einen schweren Rückfall in geistige Umnachtung anzukündigen.

»Ihr Schatz?« stammelte Dantes.

Faria lächelte. »Ja, Sie sind in jeder Hinsicht ein edles Herz, Edmond, und ich entnehme Ihrer Blässe und Ihrem Schauer, was in diesem Augenblick in Ihnen vorgeht. Nein, seien Sie ruhig, ich bin kein Narr, dieser Schatz besteht, Dantes, und wenn es mir nicht gegeben gewesen ist, ihn zu besitzen, so werden Sie ihn wenigstens besitzen. Niemand wollte mich hören, niemand wollte mir glauben, weil man mich für verrückt hielt; aber Sie, der Sie wissen, daß ich es nicht bin, Sie werden mir glauben.«

»Ach! Er leidet also an einem Rückfall; dieses Unglück fehlte mir noch«, murmelte Edmond und nahm das Papier, von dem die Hälfte, die ohne Zweifel durch irgendeinen Unfall zerstört worden war, fehlte und las...

»Nun!« sagte Faria, als Dantes zu Ende war.

»Ich sehe da nur verstümmelte Zeilen, Worte ohne Folge«, erwiderte Dantes; »die Schriftzeichen sind durch die Wirkung des Feuers unterbrochen und bleiben unverständlich.«

»Für Sie, mein Freund, der Sie es zum erstenmal lesen, aber nicht für mich, der ich viele Nächte hindurch darüber erbleicht bin, der ich jeden Satz wieder ausgebaut, jeden Gedanken vervollständigt habe.«

»Und Sie glauben, den verlorenen Sinn wiedergefunden zu haben?«

»Ich bin dessen gewiß; Sie sollen selbst urteilen; vernehmen Sie aber zuerst die Geschichte dieses Papiers.«

»Still!« rief Dantes; »Tritte! – Man naht – ich gehe.«

Glücklich, der Geschichte und der Erläuterung zu entgehen, die ihm unfehlbar das Unglück seines Freundes bestätigt haben würden, schlüpfte Dantes in den engen Gang, während Faria, durch den Schrecken einer gewissen Tätigkeit zurückgegeben,

mit dem Fuß die Platte zurückstieß, die er mit einer Matte bedeckte.
Es war der Gouverneur, der durch den Kerkermeister von dem Unfall Farias unterrichtet, zu diesem kam, um sich selbst von der Bedeutung desselben zu überzeugen. Faria empfing ihn sitzend, vermied jede verräterische Gebärde, und so gelang es ihm, vor dem Gouverneur die Lähmung zu verbergen, welche bereits die Hälfte seiner Person betroffen hatte. Er befürchtete hauptsächlich, von Mitleid für ihn ergriffen, könnte ihn der Gouverneur in ein gesunderes Gefängnis bringen lassen und dadurch von seinem jungen Gefährten trennen; aber es war dem glücklicherweise nicht so, und der Gouverneur entfernte sich, überzeugt, sein armer Narr, für den er im Grunde seines Herzens eine gewisse Teilnahme hegte, wäre nur von einer leichten Unpäßlichkeit heimgesucht.
Mittlerweile suchte Edmond, auf seinem Bett sitzend und den Kopf in seinen Händen, seine Gedanken zu sammeln; alles war in Faria, seitdem er ihn kannte, so vernünftig, so groß und so logisch, daß er diese erhabene Weisheit in allen Punkten in Verbindung mit der Unvernunft in einem einzigen nicht begreifen konnte, daß sich nämlich ein Faria so sehr betreffs des Schatzes täuschte. Dantes blieb den ganzen Tag in seinem Kerker, ohne daß er zu seinem Freund zurückzukehren wagte. Er wollte so den Augenblick verschieben, in dem er Gewißheit erlangen würde, daß der Abbé ein Narr wäre; diese Überzeugung müßte schrecklich für ihn sein. Doch gegen Abend, nach der Stunde des gewöhnlichen Besuches, unternahm es Faria, da er den jungen Mann nicht zurückkehren sah, den Raum zurückzulegen, der ihn von demselben trennte. Edmond schauerte, als er hörte, welche schmerzliche Anstregungen der Greis machte, um sich fortzuschleppen; sein Bein war lahm, und er konnte sich nicht mehr mit seinem Arm helfen. Edmond war genötigt, ihn an sich zu ziehen, denn er hätte nie aus der schmalen Öffnung herauskommen können, die in die Stube von Dantes ging.
»Ich verfolge Sie mit unbarmherziger Erbitterung«, sagte er mit einem von Wohlwollen strahlenden Lächeln; »Sie glaubten meiner Freigebigkeit entgehen zu können, aber dem wird nicht so sein. Hören Sie also.«

Edmond sah, daß er nicht ausweichen konnte; er ließ den Greis auf sein Bett sitzen und setzte sich zu ihm auf seinen Schemel. »Sie wissen«, sagte der Abbé, »daß ich der Sekretär, der Vertraute, der Freund des Grafen Spada, des letzten von den Fürsten dieses Namens war. Ich verdanke diesen guten Herrn jegliches Glück, das ich in diesem Leben genossen habe. Er war nicht reich, obgleich man die Reichtümer seiner Familie als Sprichwort gebrauchte und ich oft sagen hörte: Reich wie ein Spada. Aber er lebte und starb, wie die öffentliche Meinung war, nämlich im Ruf des Überflusses. Sein Palast wurde mir zum Paradies. Ich unterrichtete seine Neffen, die starben, und als er allein auf der Welt war, gab ich ihm dadurch, daß ich ihm ganz und gar nach seinem Willen lebte, zurück, was er seit zehn Jahren für mich getan hatte.

Das Haus des Grafen hatte bald keine Geheimnisse mehr für mich; oft sah ich den Gebieter emsig in alten Büchern nachschlagen und Familienhandschriften durchwühlen. Als ich ihm eines Tages die unnützen Nachtwachen und eine gewisse Niedergeschlagenheit vorwarf, die auf dieselben folgte, schaute er mich bitter lächelnd an und öffnete mir ein Buch, die Geschichte der Stadt Rom enthaltend. Hier in dem 20. Kapitel des Lebens von Papst Alexander VI. standen folgende Zeilen, die ich nie habe vergessen können:

Die großen Kriege der Romagna waren beendigt; Caesar Borgia, der seine Eroberung beschlossen hatte, brauchte Geld, um ganz Italien zu erkaufen; der Papst hatte ebenfalls Geld nötig, um mit dem König von Frankreich, Ludwig XII., der trotz seiner letzten Unfälle immer noch mächtig war, zu Ende zu kommen. Es handelte sich also darum, eine gute Spekulation zu machen, was in dem armen, erschöpften Italien eine schwierige Sache war.

Seine Heiligkeit beschloß, zwei Kardinäle zu ernennen. Wählte der heilige Vater zwei vornehme und besonders zwei reiche Personen von Rom, so ging folgendes aus seiner Spekulation für ihn hervor: zuerst hatte er die großen Stellen und herrlichen Ämter zu verkaufen, in deren Besitz diese zwei zukünftigen Kardinäle waren; sodann konnte er auf einen sehr glänzenden Preis für den Verkauf der zwei Kardinalshüte rechnen. Der

Papst und Caesar Borgia fanden vor allem die zwei zukünftigen Kardinäle; es waren dies Giovanni Rospigliosi, der für sich allein vier von den höchsten Würden des heiligen Stuhles innehatte, und Cäsar Spada, einer der edelsten und reichsten Römer. Beide fühlten den Wert einer solchen Gunst von seiten des Papstes; sie waren ehrgeizig, und es flossen 800 000 Taler in die Kassen der Spekulanten.
Nachdem der Papst Rospigliosi und Spada mit Schmeicheleien überhäuft und ihnen die Insignien der Kardinalswürde übertragen hatte, lud er sie in Gemeinschaft mit Caesar Borgia zum Mittagsmahl ein. Es war dies der Gegenstand eines Streites zwischen dem heiligen Vater und dessen Sohn. Caesar dachte, man könnte eines von den Mitteln gebrauchen, das er stets für seine innigsten Freunde bereit hielt: nämlich einmal den berüchtigten Schlüssel, mit dem man einen gewissen Schrank zu öffnen bat. Dieser Schlüssel hatte eine kleine eiserne Spitze – eine scheinbare Nachlässigkeit des Arbeiters. Wandte man Gewalt an, um den Schrank zu öffnen, dessen Schloß schwierig war, so stach man sich mit dieser Spitze und starb am andern Tag. Sodann war noch der Ring mit dem Löwenkopf vorhanden, den Caesar an den Finger steckte, wenn er gewisse Händedrücke gab. Der Löwe biß in die Oberhaut dieser begünstigten Hände, und der Biß hatte nach vierundzwanzig Stunden den Tod zur Folge. Caesar Borgia schlug nun seinem Vater vor, die zwei Kardinäle entweder den Schrank öffnen zu lassen, oder jedem von ihnen einen herzlichen Händedruck zu geben. Aber Alexander VI. erwiderte ihm: Es soll uns nicht auf ein Mittagsmahl ankommen, wenn es sich um die vortrefflichen Kardinäle Spada und Rospigliosi handelt. Es sagt mir irgend etwas, daß wir das Geld dafür wiedererlangen werden. Überdies vergeßt Ihr, Caesar, daß sich eine Unverdaulichkeit sogleich erklärt, während ein Stich oder ein Biß erst nach einem oder zwei Tagen ihre Folgen haben. Caesar fügte sich diesen Gründen, und die Kardinäle wurden zum Mittagessen eingeladen. Man bereitete die Tafel in einer reizenden Villa, die der Papst unfern von Rom besaß. Ganz betäubt von seiner neuen Würde, machte Rospigliosi seinen Magen und sein besseres Gesicht zurecht; Spada aber, ein kluger Mann, der einzig und allein seinen Neffen, einen jungen Kapi-

tän, liebte, machte sein Testament. Er ließ sodann seinem Neffen sagen, er möge ihn in der Gegend der Villa erwarten; aber es scheint, der Diener fand ihn nicht. Spada ging gegen zwei Uhr zur Villa. Der Papst erwartete ihn. Das erste Gesicht, das ihm in die Augen fiel, war das seines herrlich geschmückten Neffen, an den Caesar Borgia alle möglichen Artigkeiten verschwendete. Spada erbleichte, und Caesar, der einen Blick voll Ironie auf ihn abschoß, ließ merken, daß er alles vorhergesehen hatte, und daß die Falle gut errichtet war. Man speiste. Spada konnte nur seinen Neffen fragen: Hast du meine Botschaft erhalten? Der Neffe verneinte und begriff vollkommen das Gewicht dieser Frage. Es war zu spät, denn er hatte bereits ein Glas vortrefflichen, besonders von dem Mundschenk des Papstes für ihn aufgestellten Wein getrunken. Spada sah in demselben Augenblick eine andere Flasche kommen, von der man ihm gastfreundlich anbot. Eine Stunde nachher erklärte ein Arzt, es seien beide durch giftige Schwämme vergiftet worden. Spada starb auf der Schwelle der Villa, der Neffe verschied an seiner Tür, indem er seiner Frau ein Zeichen machte, das diese nicht verstand.

Sogleich fielen Caesar und der Papst, unter dem Vorwand, die Papiere untersuchen zu müssen, über die Erbschaft her. Aber diese Erbschaft bestand in einem Stück Papier, auf das Spada geschrieben hatte: Ich vermache meinem Neffen meine Kisten, meine Bücher, worunter mein Brevier mit goldnen Ecken, mit dem Wunsch, daß er mich im Andenken behalten möge. Die Erben suchten überall, bewunderten das Brevier, zertrümmerten die Gerätschaften und staunten, daß Spada, der reiche Mann, in Wirklichkeit der elendste der Oheime war; nirgends ein Schatz, wenn nicht in der Bibliothek oder in den Laboratorien enthaltene Schätze der Wissenschaft. Das war alles. Caesar und sein Vater suchten, wühlten, spähten; man fand nichts oder nur wenig; für tausend Taler Goldschmiederarbeiten und für ungefähr ebensoviel gemünztes Silber; doch der Neffe hatte Zeit gehabt, zu seiner Frau zu sagen: Suche unter den Papieren meines Oheims, es ist ein wirkliches Testament vorhanden.

Man suchte vielleicht noch emsiger, als es die erhabenen Erben getan hatten, aber es war vergebens. Es waren noch zwei Paläste und eine Villa hinter dem Palatino vorhanden; zu jener Zeit hatten jedoch die unbeweglichen Güter einen geringen Wert; die zwei Paläste und die Villa blieben der Familie, da der Raubgier des Papstes und seines Sohnes unwürdig. Monate und Jahre verliefen; Alexander VI. starb vergiftet, man weiß durch welchen Mißgriff; zugleich mit ihm vergiftet, wechselte Caesar nur die Haut, wie eine Schlange, und nahm eine neue Hülle an, worauf das Gift Flecken, denen ähnlich, die man an einem Tigerfelle sieht, zurückließ; endlich gezwungen, Rom zu meiden, wurde er in einem nächtlichen Scharmützel und beinahe von der Geschichte vergessen, getötet. Nach dem Tod des Papstes, nach der Verbannung seines Sohnes, erwartete man allgemein, die Familie würde wieder in dem fürstlichen Glanz erscheinen, den sie zur Zeit des Kardinals gehabt hatte; aber dem war nicht so; die Spada blieben in einem zweifelhaften Wohlstand, ein ewiges Geheimnis ruhte auf dieser finsteren Angelegenheit, und es ging das Gerücht, Caesar, ein besserer Politiker als sein Vater, habe dem Papst das Vermögen des Kardinals gestohlen. »Bis jetzt«, unterbrach sich Faria lächelnd, »nicht wahr, scheint Ihnen dieses sehr unsinnig?«

»Oh, mein Freund«, sagte Dantes, »es kommt mir im Gegenteil vor, als läse ich eine Chronik voll Interesse. Fahren Sie fort, ich bitte Sie.«

»Die Familie gewöhnte sich an diese Dunkelheit. Die Jahre verliefen. Unter den Abkömmlingen waren die einen Soldaten, die andern Diplomaten; diese Geistliche, jene Bankiers; die einen bereicherten sich, die andern richteten sich vollends zugrunde. Ich komme zu dem letzten der Familie, zu dem Grafen Spada, dessen Sekretär ich war. Oft hörte ich ihn über das Mißverhältnis seines Ranges und seines Vermögens sich beklagen und riet ihm deshalb, das Wenige, was ihm blieb, in Leibrenten anzulegen; er folgte diesem Rat und verdoppelte dadurch seine Einkünfte. Das berühmte Brevier war in der Familie geblieben, und der Graf Spada besaß dasselbe, man hatte es vom Vater auf den Sohn erhalten; denn die seltsame Klausel des einzigen Testaments, das man vorfand, hatte eine wahre Reliquie daraus gemacht, die mit abergläubischer Verehrung in der Familie aufbewahrt wurde. Es war ein mit den schönsten gotischen Fi-

guren ausgemaltes Buch und so schwer an Gold, daß es an großen Festtagen stets ein Diener vor dem Kardinal hertrug.
Bei dem Anblick von Papieren aller Art, von Titeln, Verträgen, Pergamenten, die man in den Familienarchiven aufbewahrte, und die insgesamt von dem vergifteten Kardinal herrührten, machte ich es mir, wie zwanzig Diener, zwanzig Intendanten, zwanzig Sekretäre, die mir vorangegangen waren, ebenfalls zur Aufgabe, diese furchtbaren Stöße zu durchforschen. Trotz meiner emsigen und gewissenhaften Nachsuchungen fand ich durchaus nichts; alles war vergeblich; ich verharrte in meiner Unwissenheit und der Graf in seiner Armut. Mein Patron starb. Er hatte von seiner Leibrente seine Familienpapiere, seine aus fünftausend Bänden bestehende Bibliothek und sein berühmtes Brevier ausgenommen; er vermachte mir dies alles nebst tausend römischen Talern, die er in barem Geld besaß, unter der Bedingung, daß ich alljährlich Messen lesen ließe und einen Stammbaum sowie eine Geschichte seines Hauses entwerfen würde, was ich auch gewissenhaft vollzog. Im Jahre 1807, einen Monat vor meiner Verhaftung, am 25. Dezember, las ich zum tausendstenmale diese Papiere, die ich zusammenordnete, denn da der Palast nunmehr einem Fremden gehörte, war ich im Begriff, von Rom zu scheiden, um mich in Florenz niederzulassen, wohin ich meine Bibliothek und mein berühmtes Brevier mitnehmen wollte, als ich, ermüdet durch dieses anhaltende Studieren, mißgestimmt durch ein unverdauliches Mittagsbrot, meinen Kopf in meine beiden Hände fallen ließ und entschlummerte. Es war drei Uhr nachmittags. Ich erwachte, als die Uhr sechs Uhr schlug; sobald ich den Kopf emporhob, sah ich, daß ich mich in der tiefsten Finsternis befand. Ich klingelte, damit man mir Licht brächte, niemand kam. Nun beschloß ich, mich selbst zu bedienen, nahm mit einer Hand die Kerze, die bereitstand, und suchte mit der andern ein Papier, das ich mit einem Rest im Herde glimmenden Feuers anzuzünden gedachte; aber aus Furcht, in der Dunkelheit ein kostbares Papier statt eines unnützen zu nehmen, zögerte ich, als es mir einfiel, daß ich in dem berühmten Brevier, das auf einem Tisch neben mir lag, ein altes, oben vergilbtes Papier gesehen hatte, das ohne Zweifel als Zeichen gebraucht und Jahrhunderte hindurch aus Ehr-

furcht von den Erben an seinem Platz erhalten worden war. Ich suchte tastend dieses unnütze Papier, fand dasselbe, wickelte es zusammen, streckte es nach der Flamme aus und zündete es an; doch unter meinen Fingern sah ich, je mehr das Feuer zunahm, wie durch einen Zauber gelbliche Charaktere aus dem weißen Papier hervorkommen und auf dem Blatt erschienen. Da erfaßte mich der Schrecken; ich drückte in meinen Händen das Papier zusammen, erstickte das Feuer und zündete sodann die Kerze unmittelbar am Herd an; mit einer nicht zu schildernden Bewegung öffnete ich das zerknitterte Schreiben und erkannte, daß mit einer geheimnisvollen Tinte die Buchstaben, die erst bei Berührung der lebendigen Wärme zum Vorschein kamen, gezeichnet worden waren; etwas über ein Drittel dieses Papieres hatte die Flamme verzehrt. Es ist das Papier, das Sie heute morgen gelesen haben, Dantes; lesen Sie es noch einmal, und ich werde Ihnen dann die unterbrochenen Sätze vervollständigen..«

Und triumphierend bot Faria das Papier Dantes, der diesmal gierig die mit einer rötlichen, rostähnlichen Tinte geschriebenen Worte las:

»Heute, den 25. April 1498 zum
Alexander VI. und befürchtend, nicht zu
ließ, wolle sie von mir erben und be
und Bentivoglio, welche an Gift
meinem Universalerben, daß ich vergr
mit mir besucht hat, nämlich in
Insel Monte Christo, alles was ich
Diamanten, Juwelen, bes
dieses Schatzes, der sich auf zwei Mil
allein bekannt ist, und daß er ihn find
zwanzigsten Stein von der Bucht öst
Zwei Öffnungen sind in diesen Grott
Der Schatz liegt in der entfernt
und diesen Schatz vermache ihn und trete
einzigen Erben.

25. Apr. 1498.

Caes ...«

»Nun lesen Sie das andere Papier«, sagte der Abbé und reichte Dantes ein zweites Blatt mit Bruchstücken von Zeilen.
»Und nun halten Sie die zwei Bruchstücke aneinander und urteilen Sie selbst«, fügte er bei, als er sah, daß Dantes zu der letzten Zeile gelangt war.
Dantes gehorchte; aneinander gehalten, gaben die beiden Bruchstücke folgendes:

»Heute, den 25. April 1498 zum… Mittagsessen eingeladen von Seiner Heiligkeit Alexander VI. und befürchtend, nicht zu… frieden damit, daß sie mich meinen Hut bezahlen ließ, wolle sie von mir erben und be… reite mir das Schicksal der Kardinäle Caprara und Bentivoglio, welche an Gift… starben, erkläre ich meinem Neffen Guido Spada, meinem Universalerben, daß ich vergr… aben habe, an einem Ort, den er kennt, weil er ihn mit mir besucht hat, nämlich in… den Grotten der kleinen Insel Monte Christo, alles, was ich… an Goldstangen, gemünztem Gold, Edelsteinen, Diamanten, Juwelen bes… aß, daß das Vorhandensein dieses Schatzes, der sich auf zwei Mil… lionen röm. Taler beläuft, mir allein bekannt ist, und daß er ihn find… en wird, wenn er den zwanzigsten Stein von der Bucht öst… lich angefangen weggehoben hat. Zwei Öffnungen sind in diesen Grotten… angebracht worden. Der Schatz liegt in der entfernt… esten Ecke der zweiten; und diesen Schatz vermache ich ihm und trete… ich ihm in das volle Eigentum ab, als meinen einzigen Erben.

25. Apr. 1498

Caesar Spada.«

»Nun, begreifen Sie endlich?« fragte Faria.
»Ja, tausendmal ja. Wer hat es wieder so hergestellt?«
»Ich, der ich mit Hilfe des übriggebliebenen Bruchstückes den Rest erriet, indem ich die Länge der Zeilen mit denen des Papiers maß, und in den verborgenen Sinn mittelst des sichtbaren Sinnes eindrang.«
»Und was taten Sie, als Sie diese Überzeugung erlangt zu haben glaubten?«
»Ich wollte abreisen und reiste auch sogleich ab, wobei ich den Anfang meiner großen Arbeit über die Einheit eines Königreiches Italien mit mir nahm; aber die kaiserliche Polizei, die damals, im Widerspruch mit der früheren Absicht Napoleons, seitdem ihm ein Sohn geboren ward, die Teilung der Provinzen

wollte, hatte seit langer Zeit die Augen auf mich gerichtet; meine eilige Abreise, deren Ursache sie entfernt nicht ahnte, erregte Verdacht bei ihr, und ich wurde in dem Augenblick, wo ich mich in Piombino einschiffte, verhaftet. Nun, mein Freund«, fuhr Faria fort, indem er Dantes mit einem beinahe väterlichen Ausdruck anschaute, »nun wissen Sie soviel als ich. Wenn wir je miteinander flüchten, so gehört die Hälfte meines Schatzes Ihnen; sterbe ich hier und Sie fliehen allein, so gehört er Ihnen ganz.«

»Aber«, fragte Dantes zögernd, »ist in der Welt nicht irgend jemand, der mehr rechtlichen Anspruch auf diesen Schatz hätte als wir?«

»Nein, nein, beruhigen Sie sich, die Familie ist völlig ausgestorben. Der letzte Graf von Spada hat mich überdies zu seinem Erben eingesetzt; indem er mir dieses symbolische Brevier vermachte, vermachte er mir auch, was es enthielt. Nein, nein, seien Sie unbesorgt, wenn wir von diesem Vermögen Besitz ergreifen, können wir es ohne Gewissensbisse genießen.«

»Und Sie sagen, dieser Schatz belaufe sich...?«

»Auf zwei Millionen römische Taler, ungefähr dreizehn Millionen unseres Geldes.«

»Unmöglich!« rief Dantes, erschrocken über diese ungeheure Summe.

»Unmöglich! Und warum?« versetzte der Greis. »Die Familie der Spada war eine der ältesten und mächtigsten Familien des fünfzehnten Jahrhunderts. Überdies sind in Zeiten, denen es gänzlich an Spekulation und Gewerbefleiß gebricht, solche Anhäufungen von Gold und Juwelen nicht selten; noch heutigentags gibt es römische Familien, die Hungers sterben und gegen eine Million in Diamanten und Edelsteinen besitzen, die sich durch Majorat vererbt haben und von ihnen nicht veräußert werden dürfen.«

Edmond glaubte zu träumen; er schwebte zwischen der Ungläubigkeit und der Freude.

»Ich habe die Sache nur so lange vor Ihnen geheimgehalten«, fuhr Faria fort, »einmal um Sie zu prüfen, und dann um Sie zu überraschen. Wären wir vor meinem Starrsuchtsanfall geflohen, so hätte ich Sie nach Monte Christo geführt; nun

aber«, fügte er mit einem Seufzer bei, »werden Sie mich führen. Wie, Dantes, Sie danken mir nicht?«
»Dieser Schatz gehört Ihnen, mein Freund«, antwortete Dantes; »er gehört Ihnen allein, und ich habe kein Recht darauf; ich bin kein Verwandter von Ihnen.«
»Sie sind mein Sohn, Dantes«, rief der Greis. »Sie sind das Kind meiner Gefangenschaft. Mein Zustand verurteilte mich zum Zölibat; Gott hat Sie mir geschickt, um zugleich den Mann, der nicht Vater, und den Gefangenen, der nicht frei sein konnte, zu trösten.«
Und Faria streckte den Arm, der noch gesund war, zu Dantes hin aus, und dieser fiel ihm weinend um den Hals.

18. Der dritte Anfall

Nun, da dieser Schatz das zukünftige Glück desjenigen sichern konnte, welchen der Abbé wirklich wie seinen Sohn liebte, hatte er in seinen Augen einen doppelten Wert; jeden Tag verweilte er bei dem Betrag dieses Schatzes und setzte Dantes auseinander, was ein Mensch in unseren Zeiten mit einem Vermögen von dreizehn bis vierzehn Millionen seinen Freunden Gutes tun könnte. Dann verfinsterte sich das Antlitz von Dantes, denn sein Racheschwur trat vor sein Inneres, und er bedachte, wie viel Schlimmes in unseren Zeiten ein Mensch mit einem Vermögen von dreizehn und vierzehn Millionen seinen Feinden zuzufügen vermochte.
Der Abbé kannte die Insel Monte Christo nicht, aber Dantes kannte sie, er war oft an dieser Insel vorübergekommen, welche 25 Meilen von Pianosa zwischen Korsika und der Insel Elba liegt, und einmal hatte er daselbst auch angehalten. Diese Insel ist völlig öde; sie ist ein Fels von beinahe konischer Form und ist vulkanischen Ursprungs. Dantes entwarf Faria einen Plan der Insel, und Faria gab Dantes Ratschläge über die Mittel, die anzuwenden wären, um den Schatz wiederzufinden.
Aber Dantes war entfernt nicht so enthusiastisch und vertrauensvoll wie der Greis; allerdings hatte er sich nun überzeugt, daß Faria kein Verrückter war, und die Art, wie er die Entdekkung gemacht, derzufolge man ihn für einen Wahnwitzigen gehalten hatte, vermehrte noch seine Bewunderung für ihn; er

konnte jedoch nicht glauben, daß das vergrabene Gut, angenommen, es habe bestanden, noch bestehe, und wenn er den Schatz auch nicht als eine Schimäre betrachtete, so betrachtete er ihn doch als abwesend. Doch als wollte das Geschick die Gefangenen ihrer letzten Hoffnung berauben und ihnen begreiflich machen, sie seien zu einer ewigen Gefangenschaft verurteilt, traf sie ein neues Unglück: die Galerie am Rande des Meeres, die seit langer Zeit einzustürzen drohte, war wieder aufgebaut worden; man hatte die Schichten wiederhergestellt und mit Felsblöcken das von Dantes bereits halbgefüllte Loch verstopft; ohne diese Vorsichtsmaßregel von Dantes wäre ihr Unglück noch viel größer gewesen, denn man hätte ihren Entweichungsversuch entdeckt und sie unzweifelhaft getrennt.

»Sie sehen«, sagte Dantes mit sanfter Traurigkeit, »daß mir Gott sogar das Verdienst dessen, was Sie meine Ergebenheit für Sie nennen, nehmen will. Ich habe Ihnen versprochen, ewig bei Ihnen zu bleiben, und es steht mir nun nicht mehr frei, mein Versprechen zu halten; ich werde den Schatz ebensowenig haben als Sie, und weder ich noch Sie sollen von hier wegkommen. Übrigens mein wahrer Schatz, Freund, derjenige, der mich unter den düsteren Mauern dieses Gefängnisses erwartete, ist Ihre Gegenwart, ist unser Zusammensein fünf bis sechs Stunden täglich, trotz unserer Kerkermeister. Es sind die Verstandesstrahlen, die Sie in mein Gehirn ergossen, es sind die Sprachen, die Sie in mein Gedächtnis gepflanzt haben, damit haben Sie mich reich und glücklich gemacht. Glauben Sie mir und trösten Sie sich, dies ist für mich mehr wert, als Tonnen Goldes und Kisten voll Diamanten. Sie solange als möglich bei mir haben, Ihre beredete Stimme hören, meinen Geist schmücken, mein Gemüt stählen, meine ganze Vernunft zu großen und furchtbaren Dingen fähig machen; wenn ich je frei werde, sie so gut ausführen, daß die Verzweiflung, der ich mich überlassen wollte, als ich Sie kennenlernte, keinen Platz mehr findet, das ist mein Vermögen, und dieses ist keine Schimäre, ich habe es Ihnen wirklich zu verdanken, und alle Fürsten der Erde vermöchten es mir nicht zu entreißen.«

Die darauffolgenden Tage waren auch für die zwei Unglücklichen, wenn nicht gerade glückliche Tage, doch wenigstens

Tage, die schnell vergingen. Faria, der so lange Zeit das tiefste Stillschweigen über den Schatz beobachtet hatte, kam jetzt bei jeder Gelegenheit darauf zu sprechen. Er blieb, wie er es vorhergesehen, am rechten Arm und am linken Bein gelähmt und verlor beinahe jede Hoffnung, jemals wieder davon Gebrauch machen zu können; aber er träumte beständig für seinen jungen Gefährten entweder eine Befreiung oder eine Entweichung, und er ergötzte sich dann daran für ihn. Aus Furcht, die Schrift könnte eines Tages verlorengehen, nötigte er Dantes, sie auswendig zu lernen. Zuweilen gingen ganze Stunden damit hin, daß Faria Dantes Lehren gab, die ihm am Tag seiner Freiheit ersprießlich sein konnten. So vergingen die Stunden wenigstens erträglich; ohne den Gebrauch seiner Hand und seines Beines wiedergefunden zu haben, hatte Faria doch die ganze Schärfe seines Geistes wiedererlangt und allmählich, außer den von uns erwähnten moralischen Kenntnissen, seinem jungen Gefährten das geduldige und erhabene Geschäft des Gefangenen beigebracht, der aus nichts etwas zu machen weiß.

In einer Nacht erwachte Edmond plötzlich und glaubte seinen Namen gehört zu haben. Er öffnete die Augen und suchte die dichte Finsternis zu durchdringen. Sein Name oder vielmehr eine klagende Stimme, die seinen Namen zu artikulieren sich bemühte, gelangte bis zu ihm. Er erhob sich angstvoll in seinem Bett und horchte. Die Klagelaute kamen aus dem Kerker seines Gefährten.

»Großer Gott!« murmelte Dantes, »sollte es...?«

Und er verrückte sein Bett, zog den Stein heraus, eilte in den Gang und gelangte zu dem entgegengesetzten Ende; die Platte war aufgehoben. Bei dem Schimmer der flackernden Lampe, von der wir früher gesprochen haben, sah Edmond den Greis bleich, noch stehend und sich an dem Holz seines Bettes anklammernd. Seine Züge waren verstört durch die Dantes bereits bekannten Symptome, die ihn so sehr erschreckt hatten, als er sie zum erstenmal wahrnahm.

»Nun, mein Freund«, sagte Faria gelassen, »nicht wahr, Sie begreifen, und ich brauche Ihnen nichts zu erklären?«

Edmond stieß einen schmerzlichen Schrei aus, stürzte völlig den Kopf verlierend, zu der Tür und wollte um Hilfe rufen.

Faria hatte noch die Kraft, ihn am Arm zurückzuhalten.
»Still!« sagte er, »oder Sie sind verloren. Wir wollen nur an Sie denken, mein Freund, um Ihre Gefangenschaft erträglich oder Ihre Flucht möglich zu machen. Sie brauchten Jahre, um alles das wiederherzustellen, was ich hier gemacht habe, und was auf der Stelle zerstört würde, wenn unsere Wächter von unserem Einverständnis Kenntnis bekämen. Seien Sie übrigens unbesorgt, mein Freund, das Gefängnis, das ich verlasse, wird nicht lange leer bleiben; ein anderer Unglücklicher wird meinen Platz einnehmen. Diesem anderen werden Sie wie ein rettender Engel erscheinen. Vielleicht ist er jung, stark und geduldig wie Sie und kann Sie in Ihrer Flucht unterstützen, während ich Sie verhindere. Sie werden nicht mehr einen halben Leichnam an sich gefesselt haben, der alle Ihre Bewegungen lähmt. Gott tut offenbar endlich etwas für Sie; er gibt Ihnen mehr als er Ihnen nimmt, und es ist Zeit, daß ich sterbe.«
Edmond vermochte nur die Hände zu falten und auszurufen: »Oh, mein Freund, mein Freund, schweigen Sie!«
Dann, seinen gesunkenen Mut wieder zusammenraffend, sagte er: »Oh! Ich habe Sie bereits einmal gerettet und werde Sie gewiß zum zweitenmal retten.«
Und er hob den Fuß des Bettes auf und zog die von dem roten Saft noch halb volle Flasche hervor.
»Sehen Sie, es ist noch von dem rettenden Trank übrig. Geschwind, sagen Sie mir, was habe ich zu tun?«
»Es ist keine Hoffnung mehr vorhanden«, erwiderte Faria, den Kopf schüttelnd, »doch gleichviel, Gott will, daß der Mensch, den er geschaffen hat und in dessen Herzen er die Liebe zum Leben so tiefe Wurzeln schlagen ließ, alles tue, was er vermag, um dieses zuweilen so schmerzvolle, stets aber so teure Dasein zu erhalten.«
»Oh, ja! ja!« rief Dantes, »und ich werde Sie retten.«
»Wohl! Versuchen Sie es, die Kälte übermannt mich, ich fühle, wie das Blut meinem Gehirn zuströmt, der furchtbare Schauder, der meine Zähne klappern macht und meine Knochen zu trennen scheint, beginnt an meinem Körper zu rütteln; in fünf Minuten wird das Übel ausbrechen, in einer Viertelstunde ist nur noch eine Leiche von mir übrig.«

»Oh!« rief Dantes, das Herz von Schmerzen zerrissen.
»Sie machen es wie das erstemal, nur warten Sie nicht so lange.
Alle Federn des Lebens sind zu dieser Stunde sehr abgenutzt, und der Tod«, fuhr er, auf seine gelähmten Glieder deutend, fort, »wird nur noch die Hälfte des Geschäftes zu verrichten haben. Sehen Sie, nachdem Sie mir zwölf Tropfen statt zehn eingeflößt, daß ich nicht zu mir komme, so flößen Sie mir den Rest ein. Nun tragen Sie mich auf mein Bett, denn ich kann nicht mehr stehen.«
Edmond nahm den Greis in seine Arme und legte ihn auf sein Bett.
»Mein Freund«, sagte Faria, »einziger Trost meines elenden Lebens, Sie, den mir der Himmel ein wenig spät gegeben, als ein unschätzbares Geschenk, wofür ich ihm danke, in dem Augenblick, wo wir uns für immer trennen, wünsche ich Ihnen alles Glück, die ganze Wohlfahrt, die Sie verdienen. Mein Sohn, ich segne Sie.«
Der junge Mann warf sich auf die Knie und stützte den Kopf an das Bett des Greises.
»Hören Sie wohl, was ich Ihnen in diesem Augenblick sage. Der Schatz der Spada ist vorhanden; Gott gestattet, daß es für mich weder Entfernung noch Hindernis mehr gibt. Ich sehe ihn im Hintergrund der zweiten Grotte, meine Augen durchdringen die Tiefen der Erde und sind geblendet von so vielen Reichtümern... Wenn Ihnen die Flucht gelingt, so erinnern Sie sich, daß der alte Abbé, den die ganze Welt für verrückt hielt, es nicht war. Eilen Sie nach Monte Christo, benützen Sie unser Vermögen, Sie haben genug gelitten.«
Eine heftige Erschütterung unterbrach den Greis. Dantes richtete den Kopf auf und sah, wie seine Augen sich rot unterliefen; es war, als stiege eine Blutwoge aus seiner Brust nach seiner Stirn auf.
»Gott befohlen«, murmelte der Greis, indem er krampfhaft nach der Hand des jungen Mannes griff; »Gott befohlen!«
»Oh! Noch nicht, noch nicht«, rief dieser. »Oh, mein Gott, verlaß uns nicht, steh ihm bei...«
Und mit einer letzten Anstrengung, wobei er alle seine Kräfte

zusammenraffte, sich erhebend, sprach der Abbé: »Monte Christo! Vergessen Sie Monte Christo nicht!«
Und er fiel auf sein Bett zurück.
Die Krise war furchtbar. Als Dantes glaubte, es wäre Zeit, drückte er die Zähne auseinander, die weniger Widerstand boten als das erstemal, zählte einen nach dem andern zwölf Tropfen und wartete: das Fläschchen enthielt ungefähr noch das Doppelte von dem, was er eingeflößt hatte. Er wartete zehn Minuten, eine Viertelstunde, eine halbe Stunde, nichts rührte sich. Zitternd, die Haare starr, die Stirn von kaltem Schweiß übergossen, zählte er die Sekunden an den Schlägen seines Herzens. Er dachte nun, der Augenblick wäre gekommen, um den letzten Versuch zu machen, und flößte dem Abbé den ganzen Trank ein. Das Mittel brachte eine galvanische Wirkung hervor, ein heftiges Zittern schüttelte die Glieder des Greises, seine Augen öffneten sich, er stieß einen Seufzer aus, der einem Schrei glich; dann kehrte dieser ganze bebende Körper allmählich in seine Unbeweglichkeit zurück; die Augen allein blieben offen. Eine halbe Stunde, eine Stunde, anderthalb Stunden vergingen. Während dieser bangen Zeit fühlte Edmond, wie nach und nach das immer dumpfere und tiefere Schlagen dieses Herzens erlosch. Endlich lebte nichts mehr, das letzte Beben des Herzens hörte auf, das Gesicht wurde bleifarbig, die Augen blieben offen, aber der Blick verglaste sich.
Es war sechs Uhr morgens, der Tag fing an zu grauen, und sein matter Strahl machte das sterbende Licht der Lampe erbleichen. Seltsame Reflexe zogen über das Antlitz des Leichnams hin und gaben ihm von Zeit zu Zeit einen Anschein von Leben. Solange dieser Streit zwischen Tag und Nacht währte, konnte Dantes noch zweifeln; aber sobald der Tag gesiegt hatte, begriff er, daß er mit einer Leiche allein war. Da bemächtigte sich seiner ein heftiger, unüberwindlicher Schrecken; er löschte die Lampe aus, verbarg sie sorgfältig und entfloh, indem er die Platte so gut als möglich wieder über seinem Haupt einzufügen suchte. Es war übrigens Zeit, denn der Kerkermeister kam unmittelbar nach ihm.
Dantes erfaßte nun eine unsägliche Ungeduld zu erfahren, was in dem Kerker seines Freundes vorgehen würde; er kehrte in

den Gang zurück und kam zu rechter Zeit, um die Stimme des Schließers zu hören, der nach Hilfe rief. Bald traten die andern Schließer ein; dann vernahm man den schweren Tritt der Soldaten. Hinter den Soldaten kam der Gouverneur. Edmond hörte das Geräusch des Bettes, worauf man den Leichnam hin und her bewegte; er hörte, wie der Gouverneur Befehl gab, ihm Wasser in das Gesicht zu spritzen, und als er sah, daß der Gefangene bei der Benetzung nicht zu sich kam, den Arzt holen ließ. Der Gouverneur entfernte sich, und einige Worte des Mitleids drangen vermischt mit spöttischem Lachen an das Ohr von Dantes.

»Vorwärts«, sagte der eine, »der Narr hat sich zu seinen Schätzen begeben; glückliche Reise!«

»Mit allen seinen Millionen wird er nicht so viel haben, daß er ein Leintuch bezahlen kann«, sagte der andere.

»Oh!« versetzte ein dritter, »die Leintücher vom Kastell If kosten nicht sehr viel.«

»Vielleicht wird man einigen Aufwand für ihn machen«, sagte derjenige, welcher zuerst gesprochen hatte.

»Es mag ihm die Ehre des Sackes zuteil werden.«

Edmond horchte und verlor kein Wort, verstand aber nicht viel von alledem. Bald erloschen die Stimmen, und es kam ihm vor, als ob die Leute die Zelle verließen. Er wagte es jedoch nicht, hineinzugehen, denn man konnte einen Schließer zu Bewachung des Toten zurückgelassen haben. Nach Verlauf einer Stunde belebte sich die Stille durch ein Geräusch, das bald zunahm. Es war der Gouverneur, der, gefolgt von dem Arzt und mehreren Offizieren, zurückkehrte. Es wurde wieder einen Augenblick still; der Arzt näherte sich offenbar dem Bett und untersuchte den Leichnam. Bald begannen die Fragen. Der Arzt analysierte das Übel, dem der Kranke unterlegen war, und erklärte ihn für tot. Fragen und Antworten wurden mit einer Gleichgültigkeit gemacht, die Dantes empörte. Es schien ihm, als müßte die ganze Welt für den armen Abbé einen Teil der Zuneigung fühlen, die er für ihn hegte.

»Es ärgert mich, was Sie mir da ankündigen«, sagte der Gouverneur, in Erwiderung der von dem Arzt kundgegebenen Gewißheit über den Tod des Greises; »er war ein sanfter, harmloser und mit seiner Narrheit belustigender Gefangener. Nicht wahr, Sie haben sich nie über ihn zu beklagen gehabt?« fragte er den Schließer, der dem Abbé die Lebensmittel zu bringen beauftragt gewesen war.

»Nie, Herr Gouverneur«, antwortete dieser, »nie, gar nie; er unterhielt mich im Gegenteil früher ungemein, indem er mir Geschichten erzählte; als meine Frau eines Tages krank war, gab er mir sogar ein Rezept, das sie heilte.«

»Ah, ah!« rief der Arzt, »ich wußte nicht, daß ich es mit einem Kollegen zu tun hatte; ich hoffe, Herr Gouverneur«, fügte er lachend bei, »Sie werden ihn demgemäß behandeln.«

»Ja, ja, seien Sie unbesorgt; er soll anständig in dem neuesten Sack, den man finden kann, begraben werden.«

Neues Kommen und Gehen ließ sich vernehmen; einen Augenblick später drang ein Geräusch wie von Leinwand, die aneinander gerieben wird, an das Ohr von Dantes, das Bett krachte auf seinen Federn, ein schwerer Tritt, wie der eines Mannes, der eine Last aufhebt, drückte auf die Platte, dann krachte das Bett abermals unter der Last, die man ihm zurückgab.

»Heute abend«, sagte der Gouverneur, als man damit zu Ende war.

»Soll man bei dem Toten wachen?« fragte der Schließer.

»Warum? Man schließt den Kerker, als ob er lebte.«

Hierauf entfernten sich die Tritte, die Stimmen wurden schwächer, das Geräusch der Tür mit ihrem knarrenden Schloß und ihren ächzenden Riegeln ließ sich vernehmen. Ein Stillschweigen, düsterer als das der Einsamkeit, ergriff alles, selbst die vereiste Seele des jungen Mannes. Dann hob er sachte die Platte mit seinem Kopf und warf einen forschenden Blick in die Zelle; sie war leer.

19. Der Friedhof von Kastell If

Auf dem Bett sah man einen Sack von grober Leinwand, unter dessen verworrenen Falten sich eine lange, steife Gestalt abzeichnete. Somit war alles vorbei; Dantes konnte diese Augen nicht mehr sehen, die offen geblieben waren, als wollten sie über den Tod hinaus schauen; er konnte diese fleißige Hand nicht mehr drücken, die für ihn den Schleier verborgener Dinge

gelüftet hatte. Faria, der nützliche, der gute Gefährte, an den er sich mit soviel Kraft gewöhnt hatte, war nur noch in seiner Erinnerung vorhanden. Da setzte er sich oben an sein Bett und versank in düstere, bittere Schwermut.
Allein! Er war wieder allein! Er war in das Stillschweigen zurückgefallen und fand sich abermals dem Nichts gegenüber. Allein! Nicht einmal mehr der Anblick, nicht einmal mehr die Stimme des einzigen menschlichen Wesens, durch das er noch mit der Erde zusammenhing!
»Wenn ich sterben könnte«, sagte er, »so ginge ich, wohin er geht, und würde ihn sicherlich finden. Aber wie sterben? Das ist sehr leicht«, fuhr er lachend fort. »Ich bleibe hier, werfe mich auf den ersten, der eintritt, erdrossele ihn, und man guillotiniert mich.«
Aber da bei den großen Schmerzen wie bei den großen Stürmen der Abgrund sich zwischen den zwei Wellengipfeln findet, so wich Dantes bei dem Gedanken an diesen entehrenden Tod zurück und ging plötzlich von seiner Verzweiflung zu einem glühenden Durst nach Leben und Freiheit über.
»Sterben! O nein! Es lohnt sich nicht der Mühe, soviel gelebt, soviel gelitten zu haben, um jetzt zu sterben. Sterben, das war gut, als ich den Entschluß dazu faßte, früher, vor Jahren; doch nun hieße es wahrlich mein elendes Geschick nur zu sehr unterstützen. Nein, ich will leben, ich will bis zum Ende kämpfen; ich will das Glück, das man mir gestohlen hat, wieder erringen. Ich vergaß, daß ich, ehe ich sterbe, meine Henker zu bestrafen, und, wer weiß, vielleicht auch einige Freunde zu belohnen habe; aber nun vergißt man mich hier, und ich werde meinen Kerker nur wie Faria verlassen.«
Bei diesem Wort blieb Dantes unbeweglich, die Augen starr, wie ein Mensch, der von einem Gedanken erfaßt wird. Plötzlich stand er auf, fuhr mit der Hand nach der Stirn, als ob er den Schwindel hätte, ging einigemal in der Zelle auf und ab, und blieb dann wieder vor dem Bett stehen. Und als wollte er seinem Geiste keine Zeit lassen, diesen verzweifelten Gedanken zu zerstören, neigte er sich über den häßlichen Sack, öffnete ihn mit dem Messer, das Faria gemacht hatte, zog den Leichnam heraus, trug ihn in seine Zelle, legte ihn auf sein Bett, umwik-

kelte seinen Kopf mit dem linnenen Fetzen, dessen er sich gewöhnlich bediente, bedeckte ihn mit seiner Decke, küßte zum letztenmal diese eisige Stirn, drehte den Kopf gegen die Wand, damit der Schließer, wenn er das Abendbrot brächte, glaubte, er wäre schlafen gegangen, wie er es oft getan hatte, kehrte in die Galerie zurück, zog das Bett an die Wand, ging in das andere Zimmer, holte aus dem Schrank Nadel und Faden, warf seine Lumpen ab, damit man unter der Leinwand das nackte Fleisch fühlen würde, schlüpfte in den ausgeleerten Sack, suchte die Lage, die der Leichnam gehabt hatte, und schloß die Naht wieder von innen. Man hätte sein Herz schlagen hören können, wenn man in diesem Augenblick eingetreten wäre.
Dantes würde vielleicht bis nach dem Abendbesuch gewartet haben, aber er hatte Angst, der Gouverneur dürfte bis dahin seinen Entschluß ändern, und man würde den Leichnam wegnehmen. Dann war seine letzte Hoffnung dahin. In jedem Fall war sein Plan nun fest. Er gedachte folgendermaßen zu Werke zu gehen: Erkannten die Totengräber unterwegs, daß sie einen Lebendigen statt eines Toten trugen, so ließ ihnen Dantes keine Zeit, sich zu besinnen; mit einem kräftigen Messerschnitt öffnete er den Sack von oben bis unten, benützte ihren Schrekken und entfloh; wollten sie ihn festnehmen, so wehrte er sich mit seinem Messer. Brachten sie ihn bis auf den Friedhof und legten sie ihn in ein Grab, so ließ er sich mit Erde bedecken; sobald die Totengräber den Rücken gewendet hatten, machte er sich Raum durch die weiche Erde und entfloh. Er hoffte, das Gewicht der Erde würde nicht zu groß sein, daß er es aufheben könnte. Täuschte er sich, war die Erde im Gegenteil zu schwer, so starb er erstickt, und desto besser: alles war vorbei.
Dantes hatte seit dem vorhergehenden Tag nichts gegessen; am Morgen hatte er nicht an den Hunger gedacht, und er dachte noch nicht daran. Die erste Gefahr, die Dantes drohte, war, daß der Schließer, wenn er um sieben Uhr sein Abendbrot brachte, die Verwechslung wahrnahm. Zum Glück hatte Dantes aus menschenfeindlicher Laune oder aus Müdigkeit den Schließer sehr oft im Bett liegend empfangen, und dann setzte dieser Mensch gewöhnlich sein Brot und seine Suppe auf den Tisch und entfernte sich, ohne mit ihm zu sprechen. Aber diesmal

konnte der Schließer von seiner gewöhnlichen Stummheit abgehen, mit Dantes sprechen, und wenn er sah, daß dieser ihm nicht antwortete, sich dem Bett nähern und alles entdecken.
Als sieben Uhr abends herannahte, stieg die Angst in Dantes an. An das Herz gedrückt, suchte die eine Hand dessen Schläge zurückzudrängen, während die andere den Schweiß auf seiner Stirn abwischte, der an den Schläfen herabrieselte; zuweilen durchlief ein Schauer seinen ganzen Körper und preßte ihm das Herz wie in einem eisernen Schraubstock zusammen. Dann glaubte er, er würde sterben. Die Stunden verliefen, ohne eine Bewegung im Kastell herbeizuführen, und Dantes begriff, daß er dieser ersten Gefahr entgangen war. Das galt ihm als ein gutes Vorzeichen. Zu der von dem Gouverneur bestimmten Stunde ließen sich endlich Tritte auf der Treppe hören. Edmond sah ein, daß der Augenblick gekommen war, raffte seinen ganzen Mut zusammen und hielt den Atem an... glücklich, wenn er zu gleicher Zeit wie diesen auch die hastigen Pulsschläge hätte zurückhalten können.
Man blieb an der Tür stehen, der Tritt war doppelt, Dantes erriet, daß es die zwei Totengräber waren, die ihn holen sollten. Diese Mutmaßung verwandelte sich in Gewißheit, als er das Geräusch hörte, das sie beim Niederstellen der Tragbahre machten. Die Tür öffnete sich, ein verschleiertes Licht drang zu den Augen von Dantes; durch die Leinwand, die ihn bedeckte, sah er, wie sich zwei Schatten seinem Bett näherten. Ein dritter blieb, eine Stocklaterne in der Hand haltend, an der Tür. Jeder von den Männern, die sich dem Bett genähert hatten, faßten den Sack an einem seiner beiden Enden.
»Der ist noch schwer für einen so magern Greis«, sagte einer von ihnen, indem er ihn beim Kopf aufhob.
»Man sagt, ein jedes Jahr füge ein halbes Pfund dem Gewicht der Knochen bei«, sagte der andere und faßte ihn bei den Füßen.
»Hast du deinen Knoten gemacht?« fragte der erste.
»Es wäre sehr dumm, wenn wir uns eine unnütze Last aufladen würden«, erwiderte der zweite, »ich werde ihn unten machen.«
»Du hast recht, vorwärts!«
»Warum einen Knoten?« fragte sich Dantes.

Man legte den vermeintlichen Toten vom Bett auf die Tragbahre; Edmond machte sich steif, um die Rolle des Hingeschiedenen besser zu spielen, und beleuchtet von dem Mann mit der Stocklaterne, der vorausging, marschierte der Zug die Treppe hinab. Plötzlich überströmte Edmond die frische, kalte Nachtluft. Dantes erkannte den Mistral. Es war eine rasche Empfindung, zugleich voll Wonne und Angst. Die Träger machten ungefähr zwanzig Schritte, dann blieben sie stehen und setzten die Tragbahre auf die Erde. Einer von den Trägern entfernte sich, und Dantes hörte seine Schuhe auf den Platten dröhnen.

»Wo bin ich denn?« fragte er sich.

»Weißt du, daß er gar nicht leicht ist?« sagte derjenige, der bei Dantes geblieben war, und setzte sich auf den Rand der Tragbahre.

Der erste Gedanke von Dantes war, sich zu entfernen; zum Glück hielt er an sich.

»Leuchte mir doch«, sagte der eine Träger, »oder ich finde nimmermehr, was ich suche.«

Der Mann mit der Stocklaterne gehorchte diesem Befehl.

»Was sucht er denn?« fragte sich Dantes, »vermutlich ein Spaten.«

Ein Ausruf der Zufriedenheit deutete an, daß der Totengräber gefunden hatte, was er suchte.

»Endlich«, sagte der andere, »das kostete Mühe.«

»Ja, aber er wird beim Warten nichts verloren haben.«

Bei diesen Worten näherte er sich Edmond, der einen schweren schallenden Körper neben sich niederlegen hörte; zu gleicher Zeit umgab ein Strick mit einem schmerzhaften Druck seine Füße.

»Nun, ist der Knoten gemacht?«

»Und zwar gut gemacht, dafür stehe ich dir.«

Und die Tragbahre wurde wieder aufgehoben und fortgeschleppt. Man machte ungefähr fünfzig Schritte, blieb abermals stehen, um eine Tür zu öffnen, und setzte sich dann wieder in Marsch; das Tosen der Wellen, die sich an den Felsen brachen, worauf das Kastell gebaut ist, gelangte immer deutlicher an das Ohr von Dantes, je mehr man vorrückte.

»Schlimmes Wetter!« sagte einer von den Trägern, »es wird heute nacht nicht gut in der See sein.«
»Ja, der Abbé läuft große Gefahr, naß zu werden«, sagte der andere, und sie brachen in ein schallendes Gelächter aus.
Dantes verstand den Scherz nicht, aber seine Haare sträubten sich.
»Gut! Wir sind an Ort und Stelle«, sagte der erste.
»Weiter, weiter«, rief der andere; »du weißt wohl, daß der letzte auf dem Weg geblieben und an den Felsen zerschellt ist, und daß uns der Gouverneur am andern Tag gesagt hat, wir wären Taugenichtse.«
Man machte, beständig steigend, noch fünf bis sechs Schritte, dann fühlte Dantes, daß man ihn beim Kopf und bei den Füßen nahm und schaukelte.
»Eins!« riefen die Totengräber, »zwei! drei!«
Zu gleicher Zeit fühlte sich Dantes wirklich in einen ungeheuren leeren Raum geschleudert; er durchschnitt die Luft wie ein verwundeter Vogel und fiel fortwährend mit einem Schrecken, der ihm das Herz vereiste. Obgleich durch ein Ding hinabgezogen, das seinen raschen Flug noch beschleunigte, kam es ihm noch vor, als währte sein Sturz ein Jahrhundert. Endlich schoß er mit einem furchtbaren Getöse wie ein Pfeil in das kalte Wasser, das ihm einen, in demselben Augenblick durch das Eintauchen unterdrückten, Schrei auspreßte.
Dantes war in das Meer geschleudert worden, in dessen Tiefe ihn eine an seine Füße gebundene Kugel von 36 Pfund hinabzog. Das Meer ist der Friedhof vom Kastell If.

20. Die Insel Tiboulen

Betäubt, beinahe erstickt, hatte Dantes noch die Geistesgegenwart, seinen Atem zurückzuhalten, und da seine rechte Hand, für alle Fälle bereit, sein Messer geöffnet hielt, so schlitzte er rasch den Sack auf und streckte zuerst den Arm und dann den Kopf heraus; nun aber fühlte er sich, trotz seiner Bewegungen, um die Kugel aufzuheben, fortwährend hinabgezogen; da bückte er sich, suchte den Strick, der seine Beine zusammenhielt und durchschnitt diesen mit einer äußersten Anstrengung gerade in dem Augenblick, als er ersticken sollte.

Hierauf stieg es mittelst eines kräftigen Fußstoßes frei auf die Oberfläche des Meeres, während die Kugel in unbekannte Tiefen das grobe Gewebe hinabzog, das ihm zum Leichentuch hatte dienen sollen. Dantes nahm sich nur Zeit, um Atem zu holen, und tauchte zum zweitenmal unter, denn es mußte seine erste Vorsichtsmaßregel sein, die Blicke zu vermeiden.
Als er zum zweitenmal erschien, war er bereits wenigstens fünfzig Schritte von dem Ort seines Sturzes entfernt; er sah über seinem Haupt einen schwarzen stürmischen Himmel, an dessen Oberfläche der Wind eilige Wolken hinpeitschte, während zuweilen ein Azurwinkel entblößt wurde, auf welchem ein Stern hervortrat. Vor ihm dehnte sich die düstere, tosende Fläche aus, deren Wogen wie beim Herannahen eines Sturmes zu brodeln anfingen, während hinter ihm, einem drohenden Gespenst ähnlich, der Granitriese sich erhob, dessen Spitze wie ein Arm anzuschauen war, der sich ausstreckte, um seine Beute wieder zu fassen. Auf dem höchsten Felsen erblickte er eine Stocklaterne, die zwei Schatten beleuchtete. Es kam ihm vor, als neigten sich diese zwei Schatten unruhig zum Meer herab. Die seltsamen Totengräber mußten wirklich den Schrei gehört haben, den er, den Raum durchschneidend, ausstieß. Dantes tauchte abermals unter und machte eine ziemlich lange Fahrt unter dem Wasser. Als er wieder an die Oberfläche kam, war die Laterne verschwunden. Er mußte sich orientieren. Von den Inseln, die das Schloß If umgeben, sind Ratonneau und Pomègue die nächsten; aber dieselben sind bewohnt. Die sichersten Inseln waren also Tiboulen oder Lemaire, die eine starke Stunde vom Kastell If entfernt sind. Dantes beschloß nichtsdestoweniger, eine von diesen beiden Inseln zu erreichen. Aber wie sie mitten in der Nacht finden? In diesem Augenblick sah er wie einen Stern den Leuchtturm von Planir. Wenn er sich gerade gegen diesen Leuchtturm wandte, ließ er die Insel Tiboulen etwas links; er mußte also die Insel auf seinem Weg finden. Freilich betrug die Entfernung mindestens eine Meile, aber Dantes fand zu seiner Freude, daß ihm seine erzwungene Untätigkeit nichts von seiner Kraft und Behendigkeit genommen, und er fühlte, daß er noch Herr des Elementes war, an dem er sich schon als ein kleines Kind ergötzt hatte. Die Furcht verdoppelte überdies die

Kräfte von Dantes. So oft er sich auf der Spitze einer Woge erhob, umfaßte sein rascher Blick den sichtbaren Horizont und suchte in die undurchdringliche Finsternis zu tauchen. Es verging eine Stunde, während der Dantes, begeistert durch das Gefühl der Freiheit, das sich seiner ganzen Person bemächtigt hatte, die Wellen in der Richtung, die er gewählt, zu durchschneiden fortfuhr.

»Nun schwimme ich bald eine Stunde«, sagte er zu sich selbst; »doch da mir der Wind entgegenbläst, mußte ich eine Viertelstunde von meiner Geschwindigkeit verlieren. Ich kann indessen, wenn ich mich nicht in der Richtung getäuscht habe, jetzt nicht mehr fern von der Insel Tiboulen sein. Wenn ich mich aber getäuscht hätte?«

Ein Schauer durchlief den Körper des Schwimmers. Er suchte sich einen Augenblick auf den Rücken zu legen, um auszuruhen, aber das Meer wurde immer heftiger, und er fühlte, daß dieses Erleichterungsmittel, auf das er gerechnet hatte, unmöglich war.

»Nun wohl!« sagte er, »ich werde bis zum Ende fortfahren, bis meine Arme nachlassen und meine Beine erstarren; dann sinke ich auf den Grund.«

Und er schwamm wieder mit der Kraft und dem Antrieb der Verzweiflung. Plötzlich kam es ihm vor, als ob der bereits dunkle Himmel sich noch mehr verdüsterte, und als ob eine dichte, schwere, gedrängte Wolke sich auf ihn herabsenkte. Zu gleicher Zeit fühlte er einen heftigen Schmerz am Knie, er streckte die Hand aus und berührte die Erde. Nun sah er, was der Gegenstand war, den er für eine Wolke gehalten hatte. Zwanzig Schritte von ihm erhob sich eine Felsenmasse, es war die Insel Tiboulen.

Dantes erhob sich, machte ein paar Schritte vorwärts und streckte sich aus, Gott auf den Granitspitzen dankend, die ihm zu dieser Stunde weicher schienen, als ihm je das weichste Bett vorgekommen war. Dann entschlummerte er, trotz des Windes, trotz des Sturmes, trotz des anfangenden Regens, völlig erschöpft durch die Anstrengung, zu jenem köstlichen Schlummer des Menschen, dem der Körper erstarrt, dessen Seele aber mit dem Bewußtsein eines unerwarteten Glückes fortglüht.

Nach einer Stunde erwachte Edmond wieder unter dem ungeheuren Krachen eines Donners; der Sturm war im Raum entfesselt und peitschte die Luft mit seinem geräuschvollen Flügelschlag. Dantes hatte sich mit seinem Seemannsblick nicht getäuscht: er war wirklich auf der Insel Tiboulen gelandet, er wußte, daß sie kahl und öde war und nicht den geringsten Zufluchtsort bot. Wenn sich aber der Sturm gelegt hätte, würde er sich wieder in die See werfen und nach der zwar ebenfalls unfruchtbaren, aber viel größeren und folglich gastlicheren Insel Lemaire schwimmen. Ein überhängender Fels bot Dantes einen augenblicklichen Schutz; er flüchtete sich darunter, und beinahe gleichzeitig brach der Sturm in seiner ganzen Wut los. Edmond fühlte wie der Fels zitterte, der ihn beschirmte; an dem Fuß der riesigen Pyramide sich brechend, sprangen die Wellen bis zu ihm zurück. Obgleich in Sicherheit, wurde er unter diesem furchtbaren Tosen, unter diesen blendenden Blitzen von einer Art von Schwindel ergriffen; nun erinnerte er sich, daß er seit 24 Stunden nichts gegessen, er hatte Hunger, er hatte Durst. Dantes streckte die Hände und den Kopf aus und trank das Wasser des Sturmes aus der Höhlung des Felsens.
Als er sich erhob, beleuchtete ein Blitz den weiten Raum. Bei dessen Schimmer sah Dantes zwischen der Insel Lemaire und dem Cap Croiselle, eine Viertelstunde von sich entfernt, ein kleines Fischerfahrzeug erscheinen, das zugleich vom Sturm und der Woge fortgetragen wurde. Eine Sekunde später erschien das Schiff, mit furchtbarer Geschwindigkeit sich nähernd, auf dem Gipfel einer zweiten Welle. Gleichzeitig vernahm man ein furchtbares Krachen, und Todesgeschrei gelangte zu Dantes. Dann versank alles in Nacht. Nach und nach legte sich der Wind, der Himmel wälzte gegen Westen große graue, durch den Sturm gleichsam entfärbte Wolken; der Azur erschien wieder mit Sternen, die heller funkelten als je; bald zeigte gegen Osten ein langer rötlicher Streifen am Horizont das Nahen des Morgens.
Dantes blieb unbeweglich und stumm vor diesem großen Schauspiel, als erblickte er es zum erstenmal – er hatte es in der Tat seit der Zeit, die er im Kastell If war, vergessen. Das düstere Gebäude trat aus dem Schoß der Wellen mit eindrucksvoller

Majestät hervor. Es mochte ungefähr fünf Uhr sein; das Meer beruhigte sich immer mehr. »In zwei bis drei Stunden«, sagte Edmond zu sich selbst, »wird der Schließer in mein Zimmer kommen, den Leichnam meines armen Freundes finden, ihn erkennen, mich vergebens suchen und Lärm machen. Dann wird man das Loch, die Galerie finden; man wird die Menschen befragen, die mich in das Meer geschleudert und den Schrei, den ich ausstieß, hören mußten. Sobald die Barken mit bewaffneten Soldaten gefüllt sind, werden sie dem unglücklichen Flüchtling nachsetzen, da man wohl weiß, daß er nicht fern sein kann. Die Kanone wird die ganze Küste benachrichtigen, daß sie einem Menschen, den man umherirrend, nackt und ausgehungert finden werde, keine Zufluchtsstätte geben soll. Umstellt auf dem Wasser, abgeschnitten auf dem Land, was soll dann aus mir werden? Ich hungere, ich friere, ich habe alles, selbst das rettende Messer, das mir im Schwimmen hinderlich war, weggeworfen; ich bin der Gnade des nächsten Bauern preisgegeben, der gern durch meine Auslieferung zwanzig Franken verdienen möchte; ich habe weder Kraft noch einen Gedanken noch Entschlossenheit.«

In diesem Augenblick, als Edmond in einer Art von Delirium, veranlaßt durch die Erschöpfung seiner Kräfte und die Leere seines Gehirns, seinen Blick angstvoll dem Schloß If zuwendete, sah er an der Spitze der Insel Pomègue ein lateinisches Segel vom Horizont sich abheben, und ein kleines Fahrzeug erscheinen, in dem nur das Auge eines Seemanns eine genuesische Tartane auf der noch dunkeln Linie des Meeres zu erkennen vermochte. Sie kam aus dem Hafen von Marseille und gewann das offene Meer.

»Oh!« rief Edmond, »wenn ich bedenke, daß ich in einer halben Stunde dieses Schiff erreicht hätte, befürchtete ich nicht, befragt, für einen Flüchtling erkannt und nach Marseille zurückgeführt zu werden? Was soll ich tun? Was soll ich sagen? Welche Fabel soll ich erfinden, von der sie betört werden dürften? Diese Leute sind insgesamt Schleichhändler, Halbpiraten. Unter dem Vorwand der Küstenfahrerei treiben sie Seeräuberei; sie werden mich lieber verkaufen, als eine unfruchtbare, wenn auch gute Handlung ausführen. Ich will warten... Doch das

Warten ist etwas Unmögliches; ich sterbe vor Hunger, in ein paar Stunden wird das Wenige, was mir von Kraft übriggeblieben ist, vollends verschwunden sein; überdies naht die Stunde des Besuches, man hat noch nicht Lärm gemacht, vielleicht wird man nichts vermuten, ich kann mich für einen von den Matrosen des kleinen Schiffes ausgeben, das in dieser Nacht gescheitert ist; dieser Fabel wird es nicht an Wahrscheinlichkeit gebrechen, keiner wird zurückkehren, um mir zu widersprechen, denn das Meer hat sie insgesamt verschlungen.«
Während Dantes diese Worte sprach, wandte er die Augen zu der Stelle, an der das kleine Schiff zerschellt war, und erbebte. An dem Rand eines Felsens war die phrygische Mütze von einem der schiffbrüchigen Matrosen hängengeblieben, und nahe dabei schwammen einige Trümmer vom Kiel, träge Balken, die das Meer an den Fuß der Insel warf. Der Entschluß von Dantes war auf der Stelle gefaßt, er bedeckte sich den Kopf mit der Mütze, warf sich in die See, ergriff einen von den Balken und wandte sich, um in die Linie zu gelangen, welche das Schiff verfolgen mußte.
»Nun bin ich gerettet«, murmelte er.
Indessen näherten sich Schiff und Schwimmer einander unmerklich. Da erhob er sich auf den Wellen und bewegte seine Mütze als Notzeichen, aber niemand bemerkte ihn auf dem Schiff. Dantes gedachte zu rufen, er maß jedoch mit dem Auge die Entfernung und sah ein, daß seine Stimme nicht bis zu dem Schiff gelangen würde. Er wünschte sich nun Glück, daß er so vorsichtig gewesen, sich auf einem Balken auszustrecken. Geschwächt wie er war hätte er sich vielleicht nicht auf dem Meer halten können, bis er die Tartane erreicht haben würde; und fuhr die Tartane vorüber, ohne ihn zu sehen, so wäre er nicht imstande gewesen, die Küste zu erreichen. Obgleich des Weges beinahe gewiß, den das Schiff nahm, begleitete es Dantes doch mit seinen Augen in einer gewissen Angst bis zu der Minute, als es nur noch einige hundert Meter entfernt war. Sogleich erhob sich Dantes mit einer äußersten Anstrengung, daß er beinahe auf dem Wasser stand, bewegte seine Mütze in der Luft und schrie laut um Hilfe.
Diesmal hörte und sah man ihn. Die Tartane unterbrach ihr

Manöver und drehte nach seiner Seite; zu gleicher Zeit bemerkte er, daß man eine Schaluppe in das Meer zu setzen sich anschickte; einen Augenblick später wandte sich die Schaluppe, mit zwei Matrosen bemannt, gegen ihn. Dantes ließ nun den Balken los, dessen er nicht mehr zu bedürfen glaubte, und schwamm kräftig, um denjenigen, die ihm entgegen kamen, den halben Weg zu ersparen. Der Schwimmer hatte indessen seine Kräfte überschätzt, seine Arme fingen an steif zu werden, seine Beine hatten ihre Biegsamkeit verloren, seine Bewegungen wurden hart und gestoßen, seine Brust keuchte. Er stieß einen zweiten Schrei aus, die Ruderer verdoppelten ihre Tätigkeit, und einer von ihnen rief ihm italienisch »Mut!« zu. Das Wort drang in dem Augenblick zu ihm, als eine Woge, die er zu überwältigen nicht mehr Kraft hatte, über seinen Kopf hinging und ihn mit Schaum bedeckte.

Er erschien wieder, stieß einen dritten Schrei aus und fühlte, wie er untersank, als hätte er noch die tödliche Kugel am Fuß. Das Wasser ging über seinen Kopf und durch das Wasser sah er den bleifarbigen Himmel mit schwarzen Flecken. Eine gewaltige Anstrengung brachte ihn an die Oberfläche zurück. Es kam ihm vor, als ob man ihn bei den Haaren faßte, dann sah er nichts mehr, hörte nichts mehr; er war ohnmächtig. Als er die Augen wieder öffnete, lag er auf dem Verdeck der Tartane, die ihren Weg fortsetzte; er schaute vor allem, welche Richtung sie nahm; man entfernte sich immer mehr von dem Schloß If.

Dantes war so erschöpft, daß der Ausruf der Freude, den er von sich gab, für einen Schmerzensseufzer gehalten wurde; ein Matrose rieb ihm die Glieder mit einer wollenen Decke; ein anderer schob ihm die Mündung einer Kürbisflasche durch die Lippen; ein dritter, alter Seemann, der zugleich der Patron war, schaute ihn mitleidig an. Einige Tropfen Rum, die die Kürbisflasche enthielt, belebten den geschwächten Magen des jungen Mannes, während die Reibungen, die der vor ihm kniende Matrose mit der Wolldecke an seinem Körper fortsetzte, seinen Gliedern wieder Geschmeidigkeit verliehen.

»Wer seid Ihr?« fragte in schlechtem Französisch der Patron.

»Ich bin ein maltesischer Matrose«, antwortete Dantes in schlechtem Italienisch; »wir kommen von Syrakus und hatten

Wein geladen. Der Sturm von dieser Nacht überfiel uns bei Kap Morgiou, und wir scheiterten an den Felsen, die Ihr dort seht; ich klammerte mich glücklicherweise daran an, während sich unser armer Kapitän den Kopf zerschellte. Ich bin, glaube ich, allein am Leben geblieben; ich erblickte Euer Schiff, befürchtete, zu lange auf der einsamen, öden Insel warten zu müssen, und wagte mich auf ein Stück unseres Fahrzeuges, um zu Euch zu gelangen. Ich denke, daß Ihr mir das Leben gerettet habt; ich wäre verloren gewesen, wenn mich nicht einer von Euren Matrosen bei den Haaren gefaßt hätte.«

»Das war ich«, sagte ein Matrose mit treuherzigem, von einem langen schwarzen Bart umgebenen Gesicht, »und es war Zeit, denn Ihr sankt unter.«

»Ja«, sagte Dantes, ihm die Hand reichend, »ja, mein Freund, und ich danke Euch zum zweitenmal.«

»Meiner Treu!« sagte der Matrose, »ich zögerte beinahe; mit Eurem sechs Zoll langen Bart und Euren fußlangen Haaren habt Ihr eher das Aussehen eines Räubers als das eines ehrlichen Mannes.«

Dantes erinnerte sich in der Tat, daß er sich seit seinem Aufenthalt im Kastell If weder die Haare geschnitten noch rasiert hatte.

»Ja«, sagte er, »ich habe in einem Augenblick der Gefahr der heiligen Jungfrau ein Gelübde getan, mir zehn Jahre lang weder die Haare noch den Bart zu schneiden.«

»Was sollen wir nun mit Euch machen?« fragte der Patron.

»Ach, was Ihr wollt. Die Felucke, zu der ich gehörte, ist verloren, der Kapitän ist tot. Ich bin demselben Schicksal entgangen, aber wie Ihr seht, völlig nackt. Zum Glück darf ich mich als einen ziemlich guten Matrosen betrachten. Setzt mich in dem nächsten besten Hafen, wo Ihr Euch vor Anker legt, aus, und ich werde auf einem Handelsschiff Beschäftigung finden.«

»Ihr kennt das Mittelländische Meer?«

»Ich fahre darauf seit meiner Kindheit.«

»Ihr wißt, wo gute Ankerplätze zu finden sind?«

»Es gibt wenige Häfen, selbst unter den schwierigsten, wo ich nicht mit geschlossenen Augen aus- und einzufahren vermöchte.«

»Sagt, Patron«, fragte der Matrose, der Dantes Mut zugerufen hatte, »warum soll der Kamerad nicht bei uns bleiben, wenn er die Wahrheit spricht?«
»Ja, wenn er die Wahrheit spricht«, erwiderte der Patron mit einer Miene des Zweifels; »aber in dem Zustand, in welchem sich der arme Teufel befindet, verspricht man viel und hält dann eben gerade, was man kann.«
»Ich werde mehr halten, als ich versprochen habe.«
»Oh, oh!« rief der Patron lachend, »wir werden sehen.«
»Wann Ihr wollt«, sagte Dantes aufstehend. »Wohin fahrt Ihr?«
»Nach Livorno.«
»Warum preßt Ihr nicht, statt Schläge zu tun, wobei Ihr eine kostbare Zeit verliert, ganz einfach den Wind so fest als möglich?«
»Weil wir gerade auf die Insel Rion zulaufen würden.«
»Ihr kommt auf mehr als zwanzig Faden daran vorbei.«
»So nehmt das Steuerruder«, sagte der Patron, »und wir werden Euer Wissen beurteilen.«
Der junge Mann setzte sich an das Steuerruder, überzeugte sich durch einen leichten Druck, daß das Schiff gehorsam war, und rief: »An die Brassen und Boleinen.«
Die vier Matrosen, welche die Mannschaft bildeten, liefen an ihre Posten, während ihnen der Patron zuschaute.
»Holt an!« fuhr Dantes fort.
Dieser Befehl wurde ausgeführt, und statt mit Schlägen fortzulaufen, rückte das kleine Schiff gegen die Insel Rion vor, an der es, wie dies Dantes vorhergesagt hatte, vorüberkam, indem es dieselbe auf zwanzig Faden vom Steuerbord ließ.
»Bravo!« riefen der Kapitän und die Matrosen.
Und alle schauten verwundert auf diesen Mann, dessen Blick wieder einen Geist, dessen Körper wieder eine Kraft gefunden hatte, wie man es entfernt nicht bei ihm vermutete.
»Ihr seht«, sagte Dantes, das Steuerruder verlassend, »daß ich Euch auf der Fahrt wenigstens zu etwas nütze sein könnte; wollt Ihr mich in Livorno nicht behalten, nun, so laßt Ihr mich dort, und von meinen ersten Monaten Sold entschädige ich Euch für meine Kost bis dahin und für die Kleider, die Ihr mir leihen werdet.«

»Gut, gut!« versetzte der Patron. »Die Sache läßt sich machen, wenn Ihr billig sein werdet, doch nun Jacopo, gebt dem Mann Kleider!«
Der Matrose, der Dantes das Leben gerettet hatte, schlüpfte durch die Luke hinab und kam im nächsten Augenblick mit Hemd und Hose zurück, die Dantes mit unbeschreiblicher Freude anzog.
»Braucht Ihr noch etwas anderes?« fragte der Patron.
»Ein Stück Brot und noch einen Schluck von dem vortrefflichen Rum, den ich gekostet, denn ich habe sehr lange nichts mehr zu mir genommen.«
Man brachte Dantes ein Stück Brot, und Jacopo reichte ihm die Flasche.
»Halt«, fragte der Patron, »was geht im Kastell If vor?«
Eine kleine weiße Wolke war wirklich, die Zinnen der südlichen Bastei vom Kastell If begrenzend, erschienen. Eine Sekunde später erstarb der Lärm eines entfernten Knalles an Bord der Tartane. Die Matrosen schauten einander an.
»Es wird ein Gefangener in dieser Nacht entwichen sein, und man feuert die Lärmkanone ab«, sagte Dantes.
Der Patron warf einen Blick auf den jungen Mann, der die Kürbisflasche an den Mund gesetzt hatte; aber er sah ihn den Trank mit solcher Ruhe schlürfen, daß er keinen Verdacht hegte.
»Euer Rum ist verteufelt stark«, sagte Dantes, mit dem Hemdärmel seine von Schweiß triefende Stirn abtrocknend.
»Ist er es«, murmelte der Kapitän, ihn anschauend, »desto besser, ich habe in jedem Fall einen tüchtigen Mann bekommen.«
Unter dem Vorwand von Müdigkeit bat Dantes, sich an das Steuerruder setzen zu dürfen. Sehr erfreut, seiner Funktionen enthoben zu sein, fragte der Rudergänger den Patron mit dem Auge, und dieser bedeutete ihm durch ein Zeichen, er könnte den Helmstock seinem neuen Gefährten übergeben.
»Den wievielten des Monats haben wir?« fragte Dantes Jacopo, der sich, das Kastell If aus dem Gesicht verlierend, zu ihm gesetzt hatte.
»Den 28. Februar«, antwortete dieser.
»Von welchem Jahr?« fragte abermals Dantes.
»Von welchem Jahr? Ihr fragt von welchem Jahr?«

»Was wollt Ihr«, sagte Dantes, »ich habe diese Nacht eine solche Angst ausgestanden, daß mein Gedächtnis noch völlig gestört ist, ich frage Euch also, von welchem Jahr?«
»Vom Jahr 1829«, sagte Jacopo.
Es waren auf den Tag vierzehn Jahre, daß man Dantes verhaftet hatte. Mit neunzehn Jahren war er in das Kastell If gekommen, und er verließ es mit dreiunddreißig Jahren. Ein schmerzliches Lächeln zog über seine Lippen hin; er fragte sich, was aus Mercedes während dieser Zeit, wo sie ihn hatte für tot halten müssen, geworden wäre. Dann entzündete sich ein Blitz des Hasses in seinen Augen, indem er an die drei Menschen dachte, denen er eine so lange und grausame Gefangenschaft zu verdanken hatte, und er erneuerte gegen Danglars, Fernand und Villefort den Schwur unversöhnlicher Rache, den er in seinem Gefängnis ausgesprochen hatte; und sein Schwur war keine leere Drohung, denn zu dieser Stunde hätte der beste Schnellsegler des Mittelländischen Meeres sicherlich die kleine Tartane nicht mehr einholen können, die mit voller Kraft nach Livorno fuhr.

21. Die Schmuggler

Dantes war noch keinen Tag an Bord, als er bereits wußte, mit wem er es zu tun hatte; er befand sich an Bord eines Schmugglerschiffes. Der Patron hatte ihn auch anfangs mit einem gewissen Mißtrauen aufgenommen; er war allen Zollbeamten der Küste sehr wohl bekannt, und da unter diesen Herren und ihm ein Austausch von Listen stattfand, von denen die eine immer feiner ausgedacht und geschickter ausgeführt war als die andere, so meinte er zuerst, Dantes wäre ganz einfach ein Spion; aber die glänzende Art und Weise, wie Dantes aus der Prüfung hervorgegangen war, hatte ihn völlig überzeugt; als er sodann den leichten Rauch über der Bastei des Kastells If schweben sah, dachte er einen Augenblick, er hätte denjenigen an Bord genommen, dem man, wie den Königen bei ihren Ein- und Auszügen, die Ehre der Kanone bewilligte. Dies beunruhigte ihn schon weniger, als wenn der Ankömmling ein Zollbeamter gewesen wäre; doch die zweite Mutmaßung verschwand bald wie die erste bei dem Anblick der vollkommenen Ruhe seines Rekruten.

Edmond hatte also den Vorteil zu wissen, was sein Patron war, ohne daß sein Patron wissen konnte, was er war. Von welcher Seite ihn auch der alte Seemann und seine Kameraden angriffen, er gab nicht nach und machte kein Geständnis, sondern erzählte nur viel von Neapel und Malta, das er wie Marseille kannte, und er hielt seine erste Angabe mit einer Festigkeit aufrecht, die seinem Gedächtnis Ehre machte. Er ließ sich also der Genueser, so listig er auch war, von Dantes betören, zu dessen Gunsten seine Sanftmut, seine nautische Erfahrenheit und besonders eine äußerst kluge Verstellung sprachen. In dieser gegenseitigen Stellung gelangte man nach Livorno.

Edmond mußte hier eine erste Probe machen; er mußte erforschen, ob er sich nach den vierzehn Jahren, die er sich nicht gesehen, selbst erkennen würde. Er hatte eine ziemlich genaue Erinnerung von dem bewahrt, was der Jüngling gewesen war, und wollte nun wissen, wie es sich mit dem Mann verhielt. Edmond trat bei einem Barbier ein, um sich den Bart und die Haare schneiden zu lassen. Der Barbier schaute mit Erstaunen den Mann mit den langen Haaren und dem dicken, schwarzen Bart an, der einem von den schönen Köpfen Tizians glich, und ging an die Arbeit. Als Edmond sich völlig rasiert fühlte und die Haare wieder ihre gewöhnliche Länge hatten, verlangte er einen Spiegel und beschaute sich. Er war nun 33 Jahre alt, und die 14 Jahre Gefängnis hatten eine große Veränderung in seinem Gesicht hervorgebracht. Dantes war in das Kastell If mit dem runden, lachenden, blühenden Gesicht des glücklichen Jünglings gekommen, dem die ersten Schritte im Leben leicht gewesen sind, und der auf die Zukunft rechnet. Alles dies hatte sich sehr verändert. Sein ovales Gesicht war länglich geworden, sein lachender Mund hatte die festen Formen angenommen, die Entschlossenheit andeuten, seine Brauen waren unter einer einzigen nachdenklichen Falte gebogen, seine Augen hatten das Gepräge tiefer Traurigkeit angenommen, woraus zuweilen die düsteren Blitze der Menschenscheu und des Hasses hervorsprangen; so lange von dem Licht und den Sonnenstrahlen entfernt, hatte seine Gesichtshaut die matte Farbe angenommen, die die aristokratische Schönheit der Männer des Nordens bildet. Das tiefe Wissen, das er erlangt, hatte dabei über sein ganzes Antlitz den Widerschein einer Glorie geistiger Sicherheit verbreitet. Überdies hatte er, obgleich von Natur ziemlich hoch gewachsen, jene gedrängte Stärke eines seine Kräfte beständig in sich selbst konzentrierten Körpers erlangt. Die Gebete, das Schluchzen und seine Verwünschungen hatten seine Stimme bald in einen Klang von seltener Weichheit, bald in eine rauhe, beinahe rohe Betonung verwandelt. Unablässig in einem Halblicht und in der Dunkelheit, hatten seine Augen, wie die der Hyäne und des Wolfes, die seltene Fähigkeit bekommen, die Gegenstände bei der Nacht zu unterscheiden. Edmond lächelte, als er sich sah; sein bester Freund, wenn ihm noch ein Freund übrigblieb, konnte ihn unmöglich erkennen; er erkannte sich selbst nicht mehr.

Als er den Barbier verließ, kaufte er sich einen vollständigen Matrosenanzug und erschien in diesem Gewand an Bord der Amalie. Der Patron wollte in dem zierlichen Matrosen den Mann mit dem dicken Bart und Haaren voll Seegras und mit einem von Wasser triefenden Leib nicht erkennen, den er nackt und sterbend auf dem Verdeck seines Schiffes aufgenommen hatte. Ergriffen von seinem guten Aussehen, bot er Dantes einen Vorschuß auf seinen Anteil am zukünftigen Gewinn und schlug ihm vor, bei ihm zu bleiben; aber Dantes hatte seine Pläne und willigte nur auf drei Monate ein.

Die Mannschaft der Amalie benahm sich sehr tätig und gehorsam gegen die Befehle ihres Patrons. Kaum befand er sich acht Tage in Livorno, als die runden Flanken des Schiffes von Musselinen, von verbotenen Baumwollwaren und Tabak voll waren, auf welchen die Zollbehörde ihren Stempel zu setzen vergessen hatte. Es handelte sich darum, alles dies wegzubringen und auf Korsika auszuschiffen, wo andere es übernahmen, die Ladung nach Frankreich zu schaffen. Man ging ab. Edmond durchschnitt abermals das azurblaue Meer, den ersten Horizont seiner Jugend, den er so oft in den Träumen seiner Gefangenschaft gesehen hatte. Als der Patron an andern Morgen auf das Verdeck stieg, was er immer frühzeitig tat, fand er Dantes, der an die Schiffswand gelehnt mit einem seltsamen Ausdruck einen Haufen von Granitfelsen betrachtete, welche die aufgehende Sonne mit einem rosigen Licht übergoß: es war die Insel

Monte Christo. Die Amalie ließ sie auf ungefähr drei Viertelstunden von ihrem Steuerbord und setzte ihren Weg nach Korsika fort.
Als Dantes an dieser Insel mit dem für ihn so bedeutungsvoll klingenden Namen hinfuhr, dachte er, er hätte nur in das Meer zu springen, und in einer halben Stunde wäre er auf dem gelobten Land. Aber was sollte er dort tun, ohne Werkzeuge, um seinen Schatz zu entdecken, ohne Waffen, um ihn zu verteidigen? Was würden überdies die Matrosen sagen, was würde der Patron denken? Er mußte warten. Glücklicherweise verstand Dantes zu warten; er hatte vierzehn Jahre auf seine Freiheit gewartet und konnte nun, da er frei war, auch sechs Monate oder ein Jahr auf seinen Reichtum warten. Hätte er nicht die Freiheit ohne Reichtum angenommen, würde man sie ihm angeboten haben? War überdies dieser Reichtum etwas Wirkliches? War er, in dem kranken Gehirn des Abbés Faria geboren, nicht mit diesem gestorben? Allerdings war der Brief des Kardinals Spada seltsam genug. Und Dantes wiederholte in seinem Gedächtnis, von einem Ende zum andern den Brief, von dem er kein Wort vergessen hatte.
Am andern Morgen erwachte man auf der Höhe von Aleria. Man lavierte den ganzen Tag; am Abend entzündeten sich Feuer auf der Küste, man näherte sich dem Ufer auf Schußweite und schiffte ohne weitere Fährlichkeiten die Ladung aus. Doch die Expedition war noch nicht zu Ende; man fuhr nach Sardinien. Es handelte sich darum, das Schiff, das man gelöscht hatte, wieder zu laden. Die zweite Operation ging so günstig vorüber als die erste. Für das Großherzogtum Lucca bestimmt, bestand die neue Ladung beinahe nur aus Xeres- und Malagaweinen. Hier geriet man in Streit mit dem Zoll, ein Zollbeamter blieb auf dem Platz, und zwei Matrosen wurden verwundet. Dantes war einer von diesen beiden Matrosen; eine Kugel hatte das Fleisch seiner linken Schulter durchdrungen.
Dantes war beinahe glücklich über dieses Scharmützel und beinahe zufrieden mit seiner Wunde; diese rauhen Lehren zeigten ihm, mit welchem Auge er die Gefahr betrachtete und mit welchem Mut er das Leiden ertrug. Er hatte die Gefahr lachend angeschaut, und als er den Schuß erhielt, sagte er wie der griechi-

sche Philosoph: »Schmerz, du bist kein Übel.« Dantes war auf dem Weg, den er durchlaufen wollte, und ging dem Ziel zu, das er zu erreichen gedachte. Sein Herz war im Begriff, sich in seiner Brust zu versteinern. Jacopo, der Dantes, als er ihn fallen sah, für tot hielt, stürzte auf ihn zu, hob ihn auf und pflegte ihn, sobald er einmal aufgehoben war, als vortrefflicher Kamerad. Die Welt war also nicht so gut, wie sie Doktor Pangloß ansah, aber sie war auch nicht so schlecht, wie dies Dantes glaubte, da dieser Mensch, der nichts von seinem Gefährten zu erwarten hatte, als daß er seinen Prisenanteil erben würde, einen so lebhaften Kummer darüber kundgab, daß er ihn sterben sehen sollte. Glücklicherweise war Edmond nur leicht verwundet. Edmond wollte Jacopo prüfen; er bot ihm für die Pflege, die er von ihm empfangen hatte, seinen Prisenanteil; aber Jacopo schlug es mit Entrüstung aus.

Die Folge der sympathischen Ergebenheit, die Jacopo Edmond von dem ersten Augenblick an, als er ihn sah, widmete, war, daß Edmond dem Jacopo eine gewisse Zuneigung bewilligte. Aber Jacopo verlangte nichts mehr; er hatte instinktmäßig bei Edmond die Überlegenheit wahrgenommen, die dieser vor den andern zu verbergen wußte, und der brave Seemann war mit dem Wenigen, was ihm Edmond zugestand, zufrieden. Während der langen Fahrtage machte sich Edmond, eine Seekarte in der Hand, zum Lehrer des Jacopo, wie der arme Abbé Faria sein Lehrer gewesen war. Er prägte ihm die Lage der Küsten ein und erklärte ihm den Gebrauch des Kompasses. Wenn Jacopo ihn fragte: »Wozu soll ein armer Matrose wie ich all dies lernen?« so antwortete Edmond: »Wer weiß, du wirst vielleicht eines Tages Schiffskapitän, dein Landsmann Bonaparte ist Kaiser geworden.« – Jacopo war nämlich Korse. – Man hatte bereits eineinhalb Monate in diesen aufeinanderfolgenden Fahrten zugebracht. Edmond war ein ebenso geschickter Küstenfahrer geworden, als er zuvor ein kühner Seefahrer gewesen war; er hatte mit allen Schmugglern des Gestades Bekanntschaft gemacht und war zwanzigmal vor seiner kleinen Insel Monte Christo hin- und hergefahren, hatte aber bei alledem nie Gelegenheit gefunden, daselbst zu landen. Er faßte daher einen Entschluß: sobald sein Vertrag mit dem Patron der Amalie zu

Ende wäre, wollte er eine kleine Barke für seine eigene Rechnung mieten und sich unter irgendeinem Vorwand nach der Insel Monte Christo begeben. Dort würde er in aller Freiheit seine Nachforschungen vornehmen... Nicht in aller Freiheit, denn er würde ohne Zweifel von denjenigen, die ihn geführt, beobachtet werden; aber in dieser Welt muß man wohl etwas wagen. Edmond war im Gefängnis klug geworden, und er hätte gern nichts gewagt. Aber er mochte immerhin in seiner Einbildungskraft suchen, so fruchtbar sie auch war, er fand kein anderes Mittel, auf die so sehr ersehnte Insel zu gelangen, als das, sich dahin führen zu lassen. Dantes war in diesem Zögern begriffen, als der Patron, der ein großes Vertrauen in ihn setzte und Edmond in seinem Dienst zu behalten wünschte, diesen eines Abends beim Arm nahm und ihn in eine Taverne der Via del Oglio führte, wo sich das Beste versammelte, was es in Livorno an Schmugglern gab. Diesmal war von einer großen Angelegenheit die Rede: es handelte sich um ein mit türkischen Teppichen und Stoffen beladenes Schiff, man mußte ein neutrales Gebiet finden, wo der Austausch stattfinden könnte, und dann die Gegenstände auf die französische Küste zu werfen suchen. Der Patron der Amalie schlug als Ausschiffungsort die Insel Monte Christo vor, die gänzlich verlassen war. Bei dem Namen Monte Christo bebte Dantes vor Freude; er stand auf, um seine Bewegung zu verbergen, und machte einen Gang durch die rauchige Taverne. Um Rat gefragt, drückte Edmond die Ansicht aus, es böte die Insel alle mögliche Sicherheit, und große Unternehmungen, wenn sie gelingen sollten, müßten schnell ausgeführt werden. Es wurde also beschlossen, bei Monte Christo vor Anker zu gehen und schon am folgenden Abend die Fahrt anzutreten.

22. Die Insel Monte Christo

Infolge eines unerwarteten Glücksfalles sollte also Dantes sein Ziel durch ein äußerst einfaches und natürliches Mittel erreichen und den Fuß auf die Insel setzen, ohne irgend jemand Verdacht einzuflößen. Nur eine Nacht trennte ihn noch von der so sehr ersehnten Abreise. Diese Nacht war eine der unruhigsten, die Dantes je zugebracht hatte. Alle guten und schlimmen

Möglichkeiten stellten sich abwechselnd vor seinen Geist; wenn er die Augen schloß, sah er den Brief des Kardinals Spada in flammenden Buchstaben an die Mauer geschrieben; entschlummerte er einen Augenblick, so wirbelten die unsinnigsten Träume in seinem Gehirn umher; er stieg in Grotten mit Pflastern von Smaragden, mit Wänden von Rubinen, mit Stalaktiten von Diamanten; die Perlen fielen Tropfen auf Tropfen herab, wie gewöhnlich das unterirdische Wasser sickert. Entzückt, geblendet, füllte Edmond seine Taschen mit Edelsteinen; dann kehrte er an das Tageslicht zurück, und diese Edelsteine hatten sich in einfache Kiesel verwandelt; bald versuchte er es, abermals in diese nur halberschauten Höhlen einzudringen, doch der Weg krümmte sich in endlosen Schneckenlinien; der Eingang war wieder unsichtbar geworden; er suchte vergeblich in seinem Gedächtnis das magische, geheimnisvolle Wort, das dem arabischen Fischer die glänzenden Höhlen von Ali Baba öffnete. Alles war fruchtlos; der verschwundene Schatz war wieder das Eigentum der Erdgeister geworden, denen er denselben zu entreißen gehofft hatte.

Der Tag kam beinahe ebenso unruhig, als es die Nacht gewesen war; aber er führte allmählich die Logik herbei, und Dantes vermochte einen bis jetzt unbestimmt in seinem Gehirn schwebenden Plan festzustellen. Es kam der Abend, und mit dem Abend wurden Vorkehrungen zur Abreise getroffen. Diese Vorkehrungen waren für Dantes ein Mittel, seine Aufregung zu verbergen. Im Verlauf der Zeit hatte er bei seinen Gefährten ein solches Ansehen gewonnen, daß er befehlen konnte, als ob er der Herr des Schiffes gewesen wäre; und da seine Befehle stets klar, pünktlich und leicht ausführbar waren, so gehorchten ihm seine Gefährten mit Eilfertigkeit und Vergnügen. Der alte Seemann ließ ihn gewähren; er hatte ebenfalls die Überlegenheit von Dantes über seine anderen Matrosen und über ihn selbst erkannt und sah in dem jungen Mann seinen natürlichen Nachfolger.

Um sieben Uhr abends verließ man den Hafen; das Meer war ruhig. Dantes erklärte, es könnte jedermann sich schlafen legen, er würde das Steuer übernehmen. Aus der Einsamkeit wieder in die Welt geworfen, fühlte Dantes von Zeit zu Zeit das

gebieterische Bedürfnis nach der Einsamkeit. Diesmal wurde die Einsamkeit von seinen Gedanken bevölkert, die Nacht von seinen Illusionen erleuchtet und die Stille von seinen Gelöbnissen belebt.
Als der Patron erwachte, ging das Schiff unter allen seinen Segeln; es war kein Fetzen Leinwand darauf, der nicht vom Winde aufgeblasen wurde. Man machte mehr als dritthalb Meilen in einer Stunde. Die Insel Monte Christo wuchs am Horizont. Edmond übergab das Schiff seinem Herrn und streckte sich ebenfalls in seiner Hängematte aus; aber trotz seiner schlaflosen Nacht vermochte er die Augen nicht eine Minute zu schließen. Gegen fünf Uhr abends hatte man die Insel vollkommen im Angesicht.
Edmond verschlang hoffend und bangend mit den Augen diese Felsenmasse, die durch alle Farben der Abenddämmerung zog. Es kam die Nacht. Um zehn Uhr landete man. Trotz seiner gewöhnlichen Selbstbeherrschung war Dantes nicht imstande, sich zu halten; er sprang zuerst an das Ufer.
Die Mannschaft der Amalie war mit der Insel vertraut; sie gehörte zu ihren gewöhnlichen Stationen. Dantes hatte sie zwar bei jeder seiner Reisen nach der Levante gesehen, war aber nie daselbst an das Land gestiegen. Er fragte Jacopo: »Wo werden wir die Nacht zubringen?«
»An Bord der Tartane«, antwortete der Matrose.
»Wären wir nicht besser in den Grotten?«
»Ich kenne hier keine Grotten«, sagte Jacopo.
Kalter Schweiß floß über die Stirn von Dantes. »Es gibt keine Grotten auf Monte Christo?« fragte er.
»Nein.«
Dantes blieb einen Augenblick ganz betäubt; dann dachte er, diese Grotten könnten seit kurzer Zeit durch irgendeinen Zufall ausgefüllt oder sogar aus Vorsicht von dem Kardinal Spada verstopft worden sein. Es hing in diesem Fall alles davon ab, daß man die verlorene Öffnung wiederfand; sie in der Nacht zu suchen, war unnütz; Dantes verschob daher die Nachforschung auf den andern Tag; ein Signal, das auf eine halbe Stunde in der See gegeben wurde, und das die Amalie sogleich erwiderte, deutete überdies an, daß der Augenblick, an das Geschäft zu

gehen, gekommen war. Bald erschien das zweite Schiff, weiß und schweigsam, wie ein Gespenst, und ankerte eine Kabellänge vom Ufer. Sogleich begann die Überschaffung.
Als Dantes am andern Tag, ein Gewehr, Pulver und Blei nehmend, das Verlangen äußerte, eine von den zahlreichen wilden Ziegen zu schießen, die man von Fels zu Fels springen sah, schrieb man seinen Ausflug nur der Liebe zur Jagd zu. Jacopo allein bat dringend, ihm folgen zu dürfen. Dantes wollte sich nicht widersetzen, aus Furcht durch sein Widerstreben gegen die Begleitung Verdacht zu erregen. Aber kaum war er eine Viertelstunde gegangen und hatte Gelegenheit gefunden, eine junge Ziege zu erlegen, so schickte er Jacopo mit derselben zu seinen Gefährten zurück, wobei er den Auftrag gab, sie braten zu lassen, und ihm, wenn sie fertig wäre, durch einen Flintenschuß ein Zeichen zu geben. Dantes setzte seinen Weg, sich von Zeit zu Zeit umwendend, fort. Auf der Spitze eines Felsens angelangt, sah er tausend Fuß unter sich seine Gefährten, mit denen Jacopo wieder zusammengetroffen war, bereits emsig mit der Zubereitung eines Frühstücks beschäftigt.
Edmond betrachtete sie einen Augenblick mit dem sanften, traurigen Lächeln des überlegenen Mannes und sprach: »In zwei Stunden werden diese Leute fünfzig Piaster reich wieder abfahren und ihr Leben an den Versuch setzen, weitere fünfzig Piaster zu verdienen; dann werden sie mit sechshundert Livres in der Börse zurückkehren und diesen Schatz mit dem Stolz der Sultane und dem Vertrauen der Nabobs verschleudern. Die Hoffnung macht, daß ich heute ihren Reichtum verachte, der mir das tiefste Elend zu sein scheint; morgen wird mich die Täuschung vielleicht nötigen, dieses tiefe Elend als das höchste Glück zu betrachten ... Oh, nein!« rief Edmond, »das wird nicht der Fall sein, der unfehlbare Faria wird sich nicht in dieser einzigen Sache getäuscht haben. Überdies wäre es besser zu sterben, als dieses untergeordnete, erbärmliche Leben zu führen.«
So hatte Dantes, der drei Monate zuvor nur nach der Freiheit schmachtete, bereits nicht mehr genug an dieser Freiheit, und seine ganze Sehnsucht war auf den Reichtum gerichtet.
Einem zwischen zwei Felsmauern verlorenen, wahrscheinlich durch Sturzbäche ausgehöhlten Weg folgend, den ohne Zweifel

noch kein menschlicher Fuß betreten hatte, näherte sich Dantes indessen dem Ort, wo seiner Vermutung nach die Grotten bestanden haben mußten. Während er am Meeresstrand fortwanderte und die geringsten Gegenstände mit strenger Aufmerksamkeit prüfte, glaubte er, an einzelnen Felsen von der Hand des Menschen ausgehöhlte Kerben zu bemerken.
Die Zeit schien diese Zeichen verschont zu haben, die mit einer gewissen Regelmäßigkeit und ohne Zweifel in der Absicht, eine Spur anzudeuten, gemacht waren. Von Zeit zu Zeit verschwanden jedoch die Zeichen unter Myrtengebüschen, die sich in großen, mit Blüten bedeckten Sträußen ausbreiteten, oder unter Schmarotzerpflanzen. Dann mußte Edmond die Zweige auf die Seite schieben, oder die Moose aufheben, um die Merkmale zu finden, die ihn in diesem zweiten Labyrinth leiteten. Diese Zeichen hatten übrigens Edmond frohe Hoffnung verliehen. Warum sollte sie nicht der Kardinal gemacht haben, damit sie im Falle einer Katastrophe, die er nicht hatte voraussehen können, seinem Neffen als Führer dienen möchten? Der einsame Ort mußte wohl einem Mann zusagen, der einen Schatz vergraben wollte. Doch hatten die ungetreuen Zeichen nicht andere Augen angezogen, als diejenigen, für welche sie bestimmt waren, oder hatte die Insel mit den düsteren Wundern treu ihr herrliches Geheimnis bewahrt?
Ungefähr sechzig Schritte vom Hafen kam es indessen Edmond, der durch die Gestalt des Bodens seinen Gefährten stets verborgen war, vor, als ob die Kerben aufhörten, ohne daß sie jedoch gegen eine Grotte einmündeten. Ein großer, runder, auf eine feste Grundlage gestellter Fels war das einzige Ziel, zu dem sie zu führen schienen. Edmond dachte, statt das Ziel erreicht zu haben, wäre er vielleicht im Gegenteil erst am Anfang; er nahm daher die Rückspur und kehrte auf seinem Weg um. Während dieser Zeit bereiteten seine Gefährten das Frühstück, schöpften Wasser an der Quelle, brachten Brot und Früchte an das Land und ließen die junge Ziege braten. Plötzlich gewahrten sie Edmond, der leicht und verwegen wie eine Gemse von Fels zu Fels sprang; sie feuerten eine Flinte ab, um ihm das Signal zu geben. Der Jäger veränderte sogleich die Richtung und beeilte sich, zu ihnen zurückzulaufen. Aber in der Sekunde, wo

ihm alle mit den Augen folgten, glitt Edmond aus; er strauchelte; stieß einen Schrei aus und verschwand.
Alle sprangen gleichzeitig auf, denn alle liebten Edmond, Jacopo kam jedoch zuerst an Ort und Stelle. Er fand Edmond blutend und beinahe ohne Bewußtsein ausgestreckt. Der Arme war von einer Höhe von fünfzehn Fuß herabgerollt. Nachdem man ihm einige Tropfen Rum eingeflößt hatte, schlug er die Augen wieder auf und beklagte sich über einen heftigen Schmerz im Knie, über große Schwere des Kopfes und über unerträgliche Stiche in den Lenden. Man wollte ihn an das Gestade bringen, als man ihn aber berührte, erklärte er seufzend, obgleich Jacopo die Sache leitete, er fühle sich nicht kräftig genug, den Transport zu ertragen. Edmond behauptete, er brauche für sich nur ein wenig Ruhe, und forderte seine Kameraden auf, zu ihrem Frühstück zurückzukehren. Die Matrosen ließen sich nicht zu sehr bitten, sie hatten Hunger, der Geruch der jungen Ziege gelangte bis zu ihnen, und unter Seeleuten ist man nicht zu zeremoniös.
Nach einer Stunde kamen sie zurück. Edmond hatte nicht mehr tun können, als sich durch einen Raum von etwa zehn Schritten schleppen, um sich an einen moosigen Felsen zu lehnen. Aber weit entfernt, nachzulassen, hatten die Schmerzen von Dantes eher an Heftigkeit zugenommen. Genötigt, am Morgen abzureisen, um seine Ladung zwischen Piemont und Frankreich, zwischen Nizza und Frejus niederzulegen, forderte der alte Patron Dantes dringend auf, er möge sich zu erheben suchen. Dantes machte übermenschliche Anstrengungen, um dieser Aufforderung zu entsprechen; doch bei jedem Versuch fiel er klagend und erbleichend zurück.
»Er hat sich die Lenden gebrochen«, sagte ganz leise der Patron; »gleichviel, er ist ein guter Kamerad, und wir dürfen ihn nicht verlassen; versuchen wir es, ihn auf die Tartane zu schaffen.«
Aber Dantes erklärte, daß er lieber sterben wolle, wo er war, als die grausamen Schmerzen ertragen, die ihm die Bewegung machte, so schwach sie auch wäre.
»Wohl!« sprach der Patron, »komme, was da will; man kann nicht sagen, daß wir einen braven Kameraden, wie Ihr seid,

ohne Hilfe gelassen haben. Wir brechen erst diesen Abend auf.«

Dieser Entschluß setzte die Matrosen sehr in Erstaunen, aber keiner von ihnen bekämpfte ihn, im Gegenteil. Der Patron war ein so strenger Mann, daß man ihn bei dieser Veranlassung zum erstenmal auf ein Unternehmen Verzicht leisten, oder nur dessen Ausführung verzögern sah. Dantes wollte auch nicht leiden, daß man zu seinen Gunsten einen so schweren Einbruch in die an Bord festgestellten Regeln der Disziplin machte.

»Nein«, sagte er zu dem Patron, »ich war ein Ungeschickter, und es ist billig, daß ich die Strafe für meine Ungeschicklichkeit erdulde. Laßt mir ein wenig Vorrat an Zwieback, eine Flinte, Pulver und Blei, um Ziegen zu erlegen oder um mich zu verteidigen, und eine Haue, um mir, wenn Ihr mich zu lange nicht abholen würdet, eine Art von Haus zu machen.«

»Aber du wirst Hungers sterben«, erwiderte der Patron.

»Lieber dies«, sagte Edmond, »als die unerhörten Schmerzen ertragen, welche mir die geringste Bewegung verursacht.«

Der Patron kehrte sich nach dem Schiff um, das sich, bereit in See zu stechen, in dem kleinen Hafen schaukelte.

»Was sollen wir denn tun, Malteser?« sagte er. »Wir können dich nicht so verlassen und können doch auch nicht hier bleiben.«

»Geht! Geht!« rief Dantes.

»Wir sind wenigstens acht Tage abwesend«, entgegnete der Patron, »und wir müssen auch von unserem Weg abgehen, um dich zu holen.«

»Hört«, sprach Dantes, »wenn Ihr in zwei bis drei Tagen von jetzt an irgendein Fischerboot oder ein anderes Fahrzeug trefft, das in diese Gegend kommt, so empfehlt mich demselben; ich bezahle fünfundzwanzig Piaster für meine Rückkehr nach Livorno. Findet Ihr keines, so kommt selbst.«

Der Patron schüttelte den Kopf.

»Hört, Patron Baldi, es gibt ein Mittel, alles ins reine zu bringen«, sagte Jacopo; »geht, ich bleibe bei dem Verwundeten, um ihn zu pflegen.«

»Und du leistest auf deinen Anteil am Gewinn Verzicht, um bei mir zu bleiben?« sagte Edmond.

»Ja, und zwar ohne Bedauern.«
»Du bist ein braver Bursche, Jacopo«, rief Edmond, und Gott wird dich für deinen guten Willen belohnen; aber ich brauche niemand und danke dir; ein oder zwei Tage Ruhe werden mich wiederherstellen, und ich hoffe, an diesen Felsen Kräuter zu finden, die für Quetschungen vortrefflich sind.«
Ein seltsames Lächeln zog über die Lippen von Dantes; er drückte Jacopo freundschaftlich die Hand; war aber unerschütterlich in seinem Entschluß, allein zu bleiben. Die Schmuggler ließen Edmond Proviant und das übrige zurück, was er forderte, entfernten sich sodann, nicht ohne sich wiederholt umzuwenden, und machten ihm, so oft sie sich umwandten, alle Zeichen eines herzlichen Lebewohls, das Edmond nur mit der Hand erwiderte, da er den übrigen Körper nicht bewegen konnte. Als sie verschwunden waren, murmelte Dantes lachend: »Es ist sonderbar, daß man unter solchen Menschen Beweise von Freundschaft und Handlungen treuer Ergebenheit findet.«
Dann schleppte er sich vorsichtig bis auf die Spitze eines Felsens, der ihm den Anblick des Meeres gewährte, und sah von hier aus die Tartane ihre Zurüstung vollenden, die Anker lichten und abfahren. Nach Verlauf einer Stunde war sie völlig verschwunden; wenigstens wurde es auf der Stelle, wo der Verwundete weilte, unmöglich, sie zu sehen.
Dann erhob sich Dantes, geschmeidiger und leichter als eine junge Ziege unter den Myrten und Mastixstauden auf diesem wilden Gestein, nahm seine Flinte in eine Hand, seine Haue in die andere und eilte zu dem Felsen, gegen welchen die Kerben ausliefen, die er zuvor wahrgenommen hatte.
»Und nun«, rief er, indem er sich der Geschichte des arabischen Fischers erinnerte, die ihm Faria erzählt hatte, »nun öffne dich, Sesam!«

Zweites Buch

1. Der Schatz

Die Sonne war ungefähr im ersten Drittel ihres Tageslaufs angelangt, und ihre Strahlen fielen warm und belebend auf die Felsen. Tausende von Grillen ließen im Heidekraut ihr eintöniges, unablässiges Zirpen vernehmen. Man sah in der Ferne auf den Felsen die wilden Ziegen springen, die zuweilen die Jäger dahin locken; mit einem Wort, die Insel war belebt; dennoch fühlte sich Edmond allein unter der Hand Gottes, und es erfaßte ihn etwas wie Furcht. Dieses Gefühl war so stark, daß Edmond, als er zur Arbeit schreiten wollte, innehielt, seine Haue niederlegte, seine Flinte wieder aufnahm, zum letztenmal den höchsten Felsen der Insel erstieg und einen weiten Blick über seine Umgebung warf. Alles, was er sah, beruhigte ihn; die Brigantine, die bei Tagesanbruch die Anker gelichtet hatte, war bereits am Horizont verschwunden, die Tartane fuhr in entgegengesetzter Richtung an Korsika hin. Edmond lenkte nun seine Augen auf die Gegenstände zurück, die ihn mehr unmittelbar umgaben; unter ihm kein Mensch, um ihn her keine Barke, nichts als das azurblaue Meer, das den Strand der Insel peitschte. Dann stieg er mit raschen Schritten, aber vorsichtig hinab; er hatte in diesem Augenblick gewaltige Angst vor einem Unfall, den er so geschickt und glücklich vorgegeben.

Dantes hatte, wie gesagt, die Gegenspur der in den Felsen zurückgelassenen Kerben genommen und gesehen, daß diese Linien zu einer kleinen, verborgenen Bucht führten, die tief genug war, daß ein kleines Fahrzeug darin ankern konnte. Den Vermutungen das Abbés Faria folgend, dachte er, der Kardinal Spada sei in dem Interesse, nicht bemerkt zu werden, in dieser Bucht gelandet, habe sein kleines Fahrzeug darin versteckt, die von den Kerben angedeutete Linie verfolgt und am Ende dieser Linie seinen Schatz vergraben. Dieser Gedanke hatte Dantes zu dem kreisförmigen Felsen zurückgeführt. Nur eines beunruhigte Edmond und machte ihn wankend: Wie hatte man, ohne beträchtliche Kräfte anzuwenden, diesen Felsen, der vielleicht

50 Zentner schwer war, auf die Stelle hinaufbringen können, auf der er ruhte?
Plötzlich kam Dantes ein Gedanke. Statt den Felsen hinaufzuarbeiten, hatte man ihn ohne Zweifel herabgeschafft. Und er eilte über den Felsen hinauf, um die Stelle seines ersten Standortes zu suchen. Er sah in der Tat bald, daß der Fels von seinem Ruhepunkt herabgeglitten war und an der Stelle angehalten hatte, wo ihm ein anderer Fels als Untersatz diente. Steine und Kiesel waren sorgfältig wieder an die entsprechenden Orte gelegt worden, um jede Vermutung des Zusammenhangs unmöglich zu machen; diese Arbeit hatte man mit Pflanzenerde bedeckt, das Gras war gewachsen, und das Moos hatte sich ausgebreitet. Dantes nahm vorsichtig die Erde weg und erkannte das sinnreiche Kunstwerk. Dann fing er an, mit der Haue diese durch die Zeit verkittete Zwischenmauer anzugreifen.
Nach einer Arbeit von zehn Minuten gab die Mauer nach und es war ein Loch, durch das man den Arm schieben konnte, entstanden. Dantes fällte einen starken Olivenbaum, steckte ihn in das Loch und machte so einen Hebel daraus; aber der Fels war zu schwer und zu fest durch den untern Felsen unterlegt, als daß eine menschliche Kraft ihn hätte erschüttern können. Dantes bedachte nun, daß er diese Unterlage selbst angreifen müsse, aber durch welches Mittel? Er schaute umher, wie es verlegene Menschen tun, und sein Blick fiel auf sein Pulverhorn, das ihm sein Freund Jacopo zurückgelassen hatte; er lächelte: die höllische Erfindung sollte das Werk verrichten.
Mit Hilfe seiner Haue grub Dantes zwischen dem oberen und unteren Felsen einen Minengang, dann stopfte er ihn mit Pulver voll, fädelte sein Taschentuch aus, rollte es im Salpeter und machte eine Lunte daraus. Sobald die Lunte brannte, entfernte sich Dantes. Die Explosion ließ nicht auf sich warten; der obere Fels wurde einen Augenblick durch die unberechenbare Kraft angehoben, der untere zersprang in Stücke.
Dantes näherte sich. Nunmehr ohne Stütze, neigte sich der obere Fels dem Abgrund zu. Der unermüdliche Sucher machte die Runde um ihn, wählte eine von den schwankendsten Stellen, stützte seinen Hebel an eine seiner Ecken und stemmte sich mit seiner ganzen Kraft gegen den Felsen. Bereits durch die Ex-

plosion erschüttert, wankte der Fels; Dantes verdoppelte seine Anstrengung. Der Fels gab endlich nach, rollte, stürzte nieder und verschwand, im Meere versinkend. Er ließ einen kreisförmigen Platz entblößt und brachte einen eisernen Ring an den Tag, der mitten in eine Platte von viereckiger Form gelötet war. Dantes stieß einen Schrei der Freude und des Erstaunens aus. Nie hatte ein glänzenderer Erfolg einen ersten Versuch gekrönt. Nun steckte er seinen Hebel in den Ring, hob ihn kräftig empor, wodurch die Platte geöffnet und der jähe Abhang einer Art von Treppe entblößt wurde, die sich in den Schatten einer immer dunkler werdenden Grotte vertiefte.

Dantes blieb eine Minute unbeweglich, nachdenklich, die Augen auf die finstere Öffnung geheftet.

»Jetzt, wo ich auf nichts mehr hoffe, ist die ganze Sache für mich ein interessantes Abenteuer, das ich nur aus Neugierde verfolge«, sagte er sich.

Er stieg hinab, ein Lächeln auf den Lippen, und murmelte das letzte Wort der menschlichen Weisheit: »Vielleicht...«

Aber statt der Finsternis, die er zu finden erwartet hatte, statt einer undurchsichtigen, schlechten Atmosphäre, sah Dantes nur einen sanften, in bläuliches Tageslicht zerfetzten Schimmer; Luft und Licht drangen nicht nur durch die Öffnung, die er gemacht hatte, sondern auch durch Felsspalten des oberen Bodens, durch die man das Azur des Himmels erblickte, worauf die zitternden Zweige der grünen Eichen und die dornigen Fasern der Brombeerstauden spielten. Nach einem Aufenthalt von ein paar Sekunden in dieser Höhle vermochte sein an die Finsternis gewöhnter Blick die entferntesten Winkel der Höhle zu ergründen; sie war aus glitzerndem Granit.

Dantes erinnerte sich des Testaments, das er auswendig wußte: »In der entferntesten Ecke der zweiten Öffnung.«

Dantes war aber nur in die erste Grotte gedrungen und mußte nun den Eingang in die zweite suchen. Diese zweite Grotte mußte sich natürlich in das Innere der Insel vertiefen. Er untersuchte die Steinlagen und schlug an eine von den Wänden, die ihm diejenige zu sein schien, wo die ohne Zweifel mit großer Vorsicht maskierte Öffnung sich finden mußte. Die Haue widerhallte einen Augenblick und entlockte dem Felsen einen matten Ton. Endlich kam es dem beharrlichen Gräber vor, als ob ein Teil der Granitmauer durch ein dumpferes, tieferes Echo die Töne erwiderte. Er näherte seinen glühenden Blick der Wand und erkannte mit den geschärften Augen des Gefangenen, was vielleicht kein anderer erkannt hätte, daß hier eine Öffnung sein mußte. Um sich jedoch keine unnötige Arbeit zu machen, untersuchte Dantes die anderen Wände mit seiner Haue, befragte den Boden mit dem Schaft seiner Flinte, öffnete den Sand an verdächtigen Stellen und kehrte, als er nichts fand, nichts erkannte, zu demjenigen Teil der Wand zurück, der den tröstlichen Ton von sich gab. Hier mußte er wühlen und ging kräftig an die Arbeit. Nach einigen Schlägen bemerkte er, daß die Steine nicht festgemauert, sondern nur übereinander gelegt und mit einem Anwurf bedeckt waren. Edmond steckte in eine von den Spalten das Eisen der Haue, drückte auf den Stiel und sah zu seiner großen Freude den Stein wie auf Angeln rollen und zu seinen Füßen fallen. Nun hatte Dantes nur noch jeden Stein mit dem eisernen Zahn der Haue an sich zu ziehen, und einer nach dem andern rollte zu dem ersten.

Die zweite Grotte war niedriger, düsterer und furchtbarer anzuschauen als die erste. Die Luft, die nur durch die soeben gemachte Öffnung eindrang, war von schwefligem Geruch, den Dantes zu seinem Erstaunen in der ersten nicht gefunden hatte. Er ließ der äußeren Luft Zeit, diese tote Atmosphäre wieder zu beleben, und trat dann ein. Links von der Öffnung war eine tiefe, finstere Ecke, doch für das Auge von Dantes gab es, wie gesagt, keine Finsternis. Er untersuchte die zweite Grotte: sie war leer wie die erste. Der Schatz, wenn es ihn gab, war in der düsteren Ecke vergraben.

Die Stunde der Angst war gekommen; zwei Fuß Erde zu durchwühlen, das war alles, was Dantes zwischen der höchsten Freude und der höchsten Verzweiflung blieb. Er schritt gegen die Ecke vor und griff, wie von einem plötzlichen Entschluß erfaßt, den Boden kühn an. Bei dem fünften oder sechsten Hieb erscholl der Ton von Eisen auf Eisen. Er untersuchte neben der Stelle, die er bereits untersucht hatte und fand denselben Widerstand, aber nicht denselben Ton. »Es ist eine hölzerne Kiste mit eisernen Reifen«, sagte er.

In diesem Augenblick zog ein rascher Schatten vorüber. Dantes ließ seine Haue fallen, ergriff die Flinte, schlüpfte durch die Öffnung und stürzte in den Tag hinaus. Eine wilde Ziege war über den ersten Eingang der Grotte gesprungen und weidete einige Schritte von da. Dantes schnitt einen harzigen Baum ab, entzündete ihn an dem noch rauchenden Feuer, woran die Schmuggler ihr Frühstück bereitet hatten, und kehrte mit dieser Fackel zurück. Er wollte nicht den geringsten Umstand von dem, was er sehen würde, verlieren. Er näherte die Fackel dem ungestalten, unvollendeten Loch und erkannte, daß er sich nicht getäuscht hatte. Seine Streiche hatten abwechselnd auf das Eisen und auf das Holz getroffen. Er steckte seine Fackel in die Erde und ging wieder an das Werk. In einem Augenblick war eine Stelle drei Fuß lang und ungefähr zwei Fuß breit abgeräumt, und Dantes vermochte eine Kiste zu erkennen, die mit Reifen von ziseliertem Eisen umlegt war. In der Mitte des Dekkels glänzte auf einer silbernen Platte, welche die Erde nicht hatte trüben können, das Wappen der Familie Spada, nämlich ein Schwert über einen Pfahl gelegt auf einem ovalen Wappenschild und darüber ein Kardinalshut. Dantes erkannte es leicht, der Abbé Faria hatte ihm dasselbe so oft gezeichnet. Nun gab es keinen Zweifel mehr, der Schatz war hier.

In einem Augenblick war die ganze Umgebung der Kiste abgeräumt, und Dantes sah nach und nach das mittlere Schloß, das zwischen zwei Vorlegschlössern angebracht war, und die zwei Griffe an der Seite erscheinen. Er nahm die Kiste bei den Griffen und suchte sie aufzuheben; es war unmöglich. Er wollte sie öffnen, die Schlösser waren geschlossen: diese getreuen Wächter schienen ihren Schatz nicht herausgeben zu wollen. Er schob die schneidende Seite seiner Haue zwischen die Kiste und den Deckel, drückte auf den Stiel der Haue, der Deckel krachte und zersprang.

Ein schwindelartiges Fieber ergriff Dantes, er nahm seine Flinte und stellte sie mit gespanntem Hahn neben sich. Anfangs schloß er die Augen, wie es die Kinder tun, um in der funkelnden Nacht ihrer Einbildungskraft mehr Sterne zu sehen, als sie an dem noch erleuchteten Himmel zählen können, dann öffnete er sie wieder und blieb geblendet.

Drei Abteilungen schieden die Kiste: in der ersten glänzten die Goldtaler mit ihren rötlichgelben Reflexen, in der zweiten befanden sich in guter Ordnung aufgereihte, aber schlecht geglättete Goldstangen, aus der dritten endlich, die halb voll war, zog Dantes handvollweise Diamanten, Perlen, Rubine heraus. Nachdem er berührt, betastet, seine bebenden Hände in Gold und Edelsteine getaucht hatte, erhob sich Edmond wieder und lief durch die Höhlen mit der zitternden Exaltation eines Menschen, der dem Wahnsinn nahe ist. Er sprang auf einen Felsen, von wo er das Meer überschauen konnte, und sah nichts; er war allein, ganz allein mit diesen unberechenbaren, unerhörten, fabelhaften Reichtümern, die ihm gehörten. Er war ungewiß, ob er wache oder träume. War es ein flüchtiger Traum, oder umfaßte er die Wirklichkeit?

Er mußte sein Gold wiedersehen, und dennoch fühlte er, daß er in dieser Minute nicht die Kraft hatte, diesen Anblick zu ertragen. Er drückte einen Augenblick beide Hände an den Kopf, als wollte er die Vernunft zu entfliehen verhindern: dann stürzte er über die Insel, ohne einer bestimmten Richtung zu folgen, scheuchte die wilden Ziegen auf und erschreckte die Seevögel durch sein Geschrei und seine heftigen Gebärden. Endlich kehrte er noch zweifelnd auf einem Umweg zurück, eilte von der ersten Grotte in die zweite und befand sich wieder im Angesicht der ungeheuren Gold- und Diamantenmine. Diesmal fiel er auf die Knie, preßte seine Hände krampfhaft an sein klopfendes Herz und murmelte ein für Gott allein verständliches Gebet. Bald fühlte er sich ruhiger und folglich auch glücklicher, denn zu dieser Stunde erst fing er an, an sein Glück zu glauben. Er begann sein Vermögen zu zählen; er fand tausend Goldstangen, jede von zwei bis drei Pfund; dann häufte er fünfundzwanzigtausend Goldtaler auf, von denen jeder achtzig Franken unserer gegenwärtigen Münze wert sein mochte, insgesamt mit dem Bildnis von Papst Alexander VI. und seinen Vorgängern, und er bemerkte, daß das Fach nur halb leer war; endlich maß er zweimal die Weite seiner beiden Hände mit Perlen, in Edelsteinen, in Diamanten, von denen viele, von den besten Goldschmieden ihrer Zeit gefaßt, einen großen Wert durch die Arbeit boten, abgesehen von ihrem eigenen Wert.

Dantes sah den Tag sich neigen und allmählich erlöschen. Er befürchtete, überrascht zu werden, wenn er in der Höhle bliebe, und ging, seine Flinte in der Hand, hinaus. Ein Stück Zwieback und einige Schlucke Wein waren sein Abendbrot. Dann setzte er den Stein wieder an seine Stelle, legte sich darauf und schlief, mit seinem Leib den Eingang der Höhle bedeckend, nur wenige Stunden. Diese Nacht war eine von den köstlichsten und schrecklichsten, wie sie der junge Mann mit niederschmetternden Erschütterungen schon zwei- oder dreimal in seinem Leben erfahren hatte.

2. Der Unbekannte

Der Tag erschien. Dantes erwartete ihn längst mit offenen Augen. Bei seinen ersten Strahlen erhob er sich und stieg, wie am Tag vorher, auf den höchsten Felsen der Insel, um die Gegend zu erforschen. Es war alles öde, wie am Tag vorher.
Edmond stieg wieder hinab, hob den Stein auf, füllte seine Taschen mit Edelsteinen, brachte, so gut er konnte, die Bretter und Beschläge der Kiste wieder an ihre Stelle, bedeckte sie mit Erde, stampfte diese Erde ein, warf Sand darauf, um die frisch umgewühlte Stelle dem übrigen Boden gleichzumachen. Dann trat er aus der Grotte hervor, legte die Platte wieder auf, häufte auf die Platte Steine von verschiedener Größe, stopfte Erde in die Zwischenräume, pflanzte in diese Myrten und Heidekraut, besprengte die neuen Pflanzungen, damit sie wie alte aussehen möchten, verwischte die Spuren seiner um diese Stelle her sichtbaren Tritte und erwartete mit Ungeduld die Rückkehr seiner Gefährten. Es handelte sich nun in der Tat nicht mehr darum, seine Zeit mit Beschauung dieses Goldes und dieser Diamanten hinzubringen und, wie ein unnütze Schätze hütender Drache, auf der Insel Monte Christo zu verweilen; er mußte in das Leben, unter die Menschen zurückkehren und in der Gesellschaft den Rang, den Einfluß, die Gewalt erlangen, die in der Welt der Reichtum verleiht, die erste und größte der Kräfte, worüber das menschliche Geschöpf zu verfügen hat.
Am sechsten Tag kehrten die Schmuggler zurück; Dantes schleppte sich zum Hafen wie der verwundete Philotet, und als seine Gefährten landeten, verkündigte er ihnen, während er

sich noch beklagte, daß eine merkliche Besserung in seinem Zustand eingetreten sei; dann hörte er seinerseits die Erzählung der Abenteurer. Die Fahrt war im ganzen nicht schlecht gewesen, und alle, Jacopo besonders, beklagten es, daß Dantes dieselbe nicht mitgemacht hatte, um seinen auf fünfzig Piaster sich belaufenden Anteil an dem Nutzen zu bekommen, den sie eingetragen hatte. Edmond blieb unerforschlich, er lächelte nicht einmal bei der Aufzählung der Vorteile, die ihm zugeflossen wären, wenn er die Insel hätte verlassen können; und da die Amalie nur nach Monte Christo gekommen war, um ihn abzuholen, so schiffte er sich ein und folgte dem Patron nach Livorno, wo er sich, da seine Dienstzeit abgelaufen, von dem alten Seemann verabschiedete. In Livorno ging er zu einem Juden und verkaufte für hunderttausend Franken vier von seinen kleinsten Diamanten. Der Jude hätte sich erkundigen können, wie ein Fischer zu solchen Gegenständen käme, aber er hütete sich wohl, denn er gewann mehrere tausend Franken bei jedem. Am andern Tag kaufte er eine ganz neue Barke, die er Jacopo schenkte, dem er außerdem noch hundert Piaster gab, damit er sich Leute anwerben könnte, alles unter der Bedingung, daß Jacopo nach Marseille ginge und dort über einen Greis namens Louis Dantes, der in den Allées de Meillan wohnte, und über ein Mädchen in dem Dorf der Katalonier, namens Mercedes, Erkundigungen einzöge.
Jacopo glaubte, er träume. Edmond erzählte ihm, er sei aus Eigensinn, und weil ihm seine Freunde das Geld zu seinem Unterhalt verweigert, Seemann geworden, aber bei seiner Ankunft in Livorno habe er die Erbschaft eines Oheims empfangen, der ihn zu seinem alleinigen Erben eingesetzt. Die höhere Erziehung von Dantes verlieh dieser Erzählung solche Wahrscheinlichkeit, daß Jacopo seine Angabe nicht einen Augenblick in Zweifel zog.
Am andern Morgen ging Jacopo nach Marseille unter Segel; er sollte Edmond auf Monte Christo wiederfinden. An demselben Tag reiste Dantes, ohne zu sagen wohin, nach Genua ab.
In dem Augenblick, als er ankam, probierte man eine kleine Jacht, die ein Engländer bestellt hatte. Der Engländer hatte den Preis zu vierzigtausend Franken festgestellt; Dantes bot sech-

zigtausend unter der Bedingung, daß ihm das Schiff noch an demselben Tag übergeben würde. Man wurde einig, und der Schiffsbauer bot Dantes seine Dienste an, um ihm eine Mannschaft anzuwerben; aber Dantes dankte und erwiderte, es sei seine Gewohnheit, allein zu schiffen; er wünschte nur, daß man in der Kajüte, oben am Bett, einen Geheimschrank anbrächte, in welchem sich drei ebenfalls geheime Fächer fänden; Dantes gab das Maß zu den drei Fächern, die am andern Tag ausgeführt wurden.

Zwei Stunden später verließ Dantes den Hafen, begleitet von den Blicken einer Menge von Neugierigen, die den spanischen Herrn sehen wollten, dessen Gewohnheit es war, allein zu schiffen. Dantes ging vortrefflich zu Werke; mit Hilfe des Steuerruders, das er nicht zu verlassen nötig hatte, ließ er sein Schiff alle Bewegungen ausführen, die er haben wollte, und gab in seinem Innern zu, daß die Genueser den Ruf der ersten Schiffsbauer der Welt verdienten. Niemand wußte, wohin der fremde Schiffer fahren würde. Sein Reiseziel war jedoch Monte Christo. Er kam daselbst gegen das Ende des zweiten Tages an. Das Schiff war ein vortrefflicher Segler und hatte die Entfernung in 35 Stunden durchlaufen. Dantes hatte sich die Lage der Küste sehr gut gemerkt, und statt in dem gewöhnlichen Hafen zu landen, warf er in der kleinen Bucht Anker. Die Insel war öde, niemand schien gelandet zu sein, seit Dantes abgereist war. Er besuchte seinen Schatz; alles war in dem Zustand, wie er es verlassen hatte. Am andern Abend war das ungeheure Vermögen an Bord der Jacht gebracht und in den drei Fächern des Geheimschrankes eingeschlossen. Dantes wartete noch acht Tage. Während dieser Zeit ließ er seine Jacht um die Insel manövrieren und studierte sie, wie der Stallmeister ein Pferd studiert. Am achten Tag sah Dantes ein kleines Schiff, das mit vollen Segeln auf die Insel zusteuerte; er erkannte die Barke von Jacopo, machte ein Signal, das dieser erwiderte, und zwei Stunden später lag die Barke neben der Jacht. Den zwei Fragen von Edmond wurde eine traurige Antwort zuteil; der altes Dantes war tot; Mercedes war verschwunden.

Edmond vernahm diese Nachrichten mit ruhiger Miene; aber er stieg an das Land, wo er jedermann verbot, ihm zu folgen. Nach zwei Stunden kam er zurück; zwei Mann von der Barke von Jacopo gingen auf seine Jacht über, um ihn beim Manövrieren zu unterstützen, und er gab den Befehl, nach Marseille zu segeln. Den Tod seines Vaters hatte er vorhergesehen; aber was war aus Mercedes geworden?

Ohne sein Geheimnis bekannt werden zu lassen, konnte Edmond einem Agenten keine genügenden Instruktionen geben; überdies wollte er noch andere Erkundigungen einziehen, wobei er sich nur auf sich selbst verließ. Sein Spiegel hatte ihn in Livorno belehrt, daß er nicht Gefahr lief, erkannt zu werden; auch standen ihm alle Mittel, sich zu verkleiden, zu Gebot. Eines Morgens lief also die Jacht, gefolgt von der kleinen Barke, kühn in den Hafen von Marseille ein und legte sich gerade vor der Stelle vor Anker, wo man ihn an jenem Abend unseligen Andenkens nach dem Kastell If eingeschifft hatte.

Nicht ohne ein gewisses Beben sah Dantes in dem Sanitätskahn einen Gendarmen auf sich zukommen. Doch mit der vollkommenen Sicherheit, die er erlangt hatte, reichte er demselben einen von ihm in Livorno erkauften englischen Paß und mittelst dieses fremden Ausweises, der in Frankreich viel mehr geachtet wird als der französische, stieg er ohne Schwierigkeit an das Land. Das erste, was Dantes erblickte, als er den Fuß auf die Cannebière setzte, war einer von den ehemaligen Matrosen der Pharao. Er schritt gerade auf ihn zu und richtete mehrere Fragen an ihn, die der Matrose beantwortete, ohne nur entfernt durch seine Worte oder sein Gesicht vermuten zu lassen, daß er den Fremden je gesehen zu haben sich erinnerte.

Dantes setzte seinen Weg fort; jeder Schritt, den er tat, brachte eine neue Erschütterung in seinem Herzen hervor; alle Erinnerungen aus seiner Kindheit, unvertilgbare Erinnerungen, erhoben sich in jedem Winkel eines Platzes, an jeder Ecke einer Straße. Als er an das Ende der Rue de Noailles gelangte und die Allées de Meillan erblickte, fühlte er, wie ihm die Knie zitterten, und er wäre bald unter die Räder eines Wagens gefallen. Er kam zu dem Haus, das sein Vater bewohnt hatte. Dantes lehnte sich an einen Baum und schaute einen Augenblick nachdenkend den letzten Stock dieses armseligen Häuschens an; endlich ging er auf die Tür zu, überschritt die Schwelle, fragte, ob keine

Wohnung frei wäre, und drang, obgleich das Haus besetzt war, so lange in den Hausverwalter, bis dieser hinaufstieg und die Personen, die den obersten Stock bewohnten, im Namen eines Fremden um die Erlaubnis bat, ihre zwei Zimmer sehen zu dürfen.

Die Personen, die den kleinen Raum bewohnten, waren ein junger Mann und eine junge Frau, die erst acht Tage vorher geheiratet hatten. Als Dantes diese jungen Leute sah, stieß er einen tiefen Seufzer aus. Nichts erinnerte ihn indessen an die Wohnung seines Vaters. Nur die Wände waren dieselben. Dantes kehrte sich zu dem Bett um; es stand an derselben Stelle wie das des früheren Mietsmannes; die Augen von Dantes befeuchteten sich unwillkürlich mit Tränen; auf diesem Platz mußte der Greis gestorben sein. Die zwei jungen Leute schauten voll Erstaunen den Mann mit der ernsten Stirn an, über dessen Wangen zwei große Tränen flossen, ohne daß sich sein Gesicht nur im geringsten veränderte. Aber da jeder Schmerz sein Heiligtum in sich trägt, so machten die jungen Leute keine Frage an den Unbekannten; sie zogen sich nur etwas zurück, um ihn ungestört weinen zu lassen, und als er sich entfernte, begleiteten sie ihn und sagten ihm, er könnte wiederkommen, wann er wollte, und ihr armes Haus würde ihn jederzeit gastfreundlich aufnehmen. Als er am untern Stock vorbeikam, blieb er vor einer Tür stehen und fragte, ob der Schneider Caderousse immer noch hier wohne; der Hausverwalter antwortete ihm jedoch, der Mann, von dem er spreche, habe schlechte Geschäfte gemacht und führe gegenwärtig die Gastwirtschaft zum Pont du Gard zwischen Bellegarde und Beaucaire.

Dantes ging hinab, fragte nach der Adresse des Eigentümers des Hauses der Allées de Meillan, begab sich zu ihm, ließ sich als Lord Wilmore melden (dies war der Name und Titel auf seinem Paß) und kaufte ihm das Häuschen für die Summe von 25000 Franken ab, was wenigstens 10000 Franken mehr war, als es wert sein mochte. Aber Dantes würde eine halbe Million bezahlt haben, wenn man so viel dafür gefordert hätte.

An demselben Tag wurden die jungen Leute des fünften Stokkes durch den Notar, der den Vertrag gemacht hatte, benachrichtigt, daß ihnen der neue Eigentümer eine Wohnung im gan-

zen Haus nach ihrer Wahl überlasse, ohne auf irgendeine Weise ihren Mietzins zu erhöhen, unter der Bedingung, daß sie ihm die zwei Zimmer, die sie bewohnten, abträten. Dieses seltsame Ereignis beschäftigte acht Tage lang alle Bewohner der Allées de Meillan und gab zu tausend Vermutungen Anlaß, von denen keine der Wahrheit entsprach. Was aber jedes Gehirn in Aufruhr brachte und jeden Geist in Unruhe versetzte, das war der Umstand, daß man den Mann nun in dem Dorf der Katalonier umherwandeln und in ein armseliges Fischerhäuschen eintreten sah, wo er mehr als eine Stunde blieb, um Erkundigungen über verschiedene Personen einzuziehen, die tot oder seit fünfzehn bis sechzehn Jahren verschwunden waren.
Am andern Tag bekamen die Leute, bei denen er eingetreten war, um alle diese Fragen zu machen, zum Geschenk eine ganz neue katalonische Barke, die mit zwei Schleppnetzen und allem, was man sonst bedarf, ausgerüstet war. Die braven Leute hätten gern dem großmütigen Frager gedankt, doch man hatte ihn, als er sie verließ, nachdem er einem Matrosen einige Befehle gegeben, zu Pferd steigen und aus Marseille wegreiten sehen.

3. Das Wirtshaus zum Pont du Gard

An der Straße zwischen Beaucaire und Bellegarde liegt mit der Rückseite nach der Rhone zu ein altes, verwahrlostes Gasthaus. Seit etwa acht Jahren wurde diese kleine Wirtschaft von einem Mann und einer Frau geführt, deren einzige Dienerschaft ein Stubenmädchen, genannt Toinette, und ein Hausknecht namens Pacaud, waren, die indessen für die Bedürfnisse des Dienstes genügten, seitdem ein von Beaucaire nach Aigues-Mortes gegrabener Kanal der Landstraße den Frachtverkehr entzogen hatte.
Der Mann, der diese kleine Wirtschaft führte, war ungefähr vierzig Jahre alt, groß, trocken und nervig, der wahre südliche Typus, mit seinen tiefliegenden, glänzenden Augen, seiner adlerförmigen Nase und seinen Zähnen, so weiß wie die eines fleischfressenden Tieres. Seine Haare waren, wie sein dichter, krauser Bart, kaum mit etwas Grau durchstreut, sein natürlich bräunlicher Teint hatte sich mit einer neuen Lage von Nuß-

braun dadurch bedeckt, daß sich der arme Teufel vom Morgen bis zum Abend auf seiner Türschwelle aufzuhalten pflegte, um zu sehen, ob ihm nicht zu Fuß oder zu Wagen ein Kunde zukäme, eine Erwartung, in der er beinahe immer getäuscht wurde, indes er den ganzen Tag hindurch der sengenden Sonnenhitze kein anderes Schutzmittel entgegensetzte, als ein nach der Weise der spanischen Maultiertreiber um seinen Kopf gewikkeltes rotes Sacktuch. Dieser Mann war unser alter Bekannter Gaspard Caderousse. Seine Frau sah im Gegenteil bleich, mager und kränklich aus. In der Gegend von Arles geboren, hatte sie, obwohl die ursprünglichen Spuren der bekannten Schönheit ihrer Landsleute bewahrend, ihr Gesicht langsam in einem beinahe beständigen Anfall von einem jener dumpfen Fieber, die unter den Nachbarn der Teiche von Aigues-Mortes und des Marschlandes der Camargue so gewöhnlich sind, in Verfall geraten sehen. Sie hielt sich, beinahe immer vor Kälte zitternd, in ihrem im ersten Stock liegenden Zimmer auf, entweder in einem Lehnstuhl ausgestreckt, oder an ihrem Bett lehnend, während ihr Mann an der Tür seine gewöhnliche Wache bezog, die sich um so länger ausdehnte, als ihn seine magere Ehehälfte, so oft er sich wieder mit ihr zusammenfand, mit ihren ewigen Klagen gegen das Schicksal verfolgte, die er gewöhnlich nur mit den philosophischen Worten erwiderte: »Schweig, Carconte (so nannte er seine Frau), Gott will es so!«

Trotz dieser vorgeblichen Fügsamkeit in die Beschlüsse der Vorsehung darf man indessen nicht glauben, daß unser Wirt den armseligen Zustand nicht tief erkannte, in den ihn der elende Kanal von Beaucaire versetzt hatte, und daß er unverwundbar gegen die ewigen Klagen blieb, mit denen ihn seine Frau verfolgte. Er war, wie alle Südländer, ein mäßiger Mensch und ohne große Bedürfnisse, aber eitel in äußeren Dingen. So ließ er in den Zeiten seines Wohlstandes nie eine Prozession vorübergehen, ohne sich dabei mit der Carconte zu zeigen, er in der malerischen Tracht des Südfranzosen, die die Mitte zwischen dem Andalusier und Katalonier hält, sie in dem reizenden Gewand der Frauen von Arles, das Griechenland und Arabien entlehnt zu sein schien. Allmählich aber waren Uhrketten, Halsbänder, tausendfarbige Gürtel, gestickte Leibchen, Sam-

metwesten, Strümpfe mit zierlichen Zwickeln, buntscheckige Gamaschen, Schuhe mit silbernen Schnallen verschwunden, und Caderousse, der sich nicht mehr in seinem ehemaligen Glanz zeigen konnte, hatte für sich und seine Frau Verzicht geleistet auf alles weltliche Gepränge, dessen freudiges Geräusch bis in sein armseliges Wirtshaus drang, das er mehr als ein Schirmdach als eine Einnahmequelle behielt.
Caderousse hatte sich seiner Gewohnheit gemäß einen Teil des Morgens vor der Tür aufgehalten und seinen schwermütigen Blick von einem kleinen kahlen Rasen, worauf ein paar Hühner kauerten, nach den zwei Enden der öden Landstraße spazieren lassen, die einerseits nach Süden und andererseits nach Norden lief, als ihn plötzlich die spitzige Stimme seiner Frau seinen Posten zu verlassen nötigte. Er ging brummend hinein und stieg in den ersten Stock hinauf, ließ aber nichtsdestoweniger seine Tür weit offen stehen, als wollte er die Reisenden einladen, ihn im Vorbeigehen nicht zu vergessen.
In dem Augenblick, da Caderousse hineinging, näherte sich in der Richtung von Bellegarde ein Reiter. Es war ein Priester mit schwarzem Rock und dreieckigem Hut, der vor der Tür anhielt. Der Reiter stieg ab, zog das Pferd am Zügel nach und band es an; dann schritt er, seine von Schweiß triefende Stirn mit einem roten Sacktuch abwischend, auf die Tür zu und tat mit dem eisernen Ende seines Stockes drei Schläge auf der Schwelle.
Sogleich erhob sich ein großer schwarzer Hund bellend und seine weißen, scharfen Zähne zeigend. Alsdann erschütterte ein schwerer Tritt die hölzerne Treppe, die im Hintergrund der Wirt des armseligen Hauses herabstieg.
»Hier bin ich!« sagte Caderousse ganz erstaunt, »hier bin ich. Willst du schweigen, Margotin. Haben Sie keine Angst, mein Herr, er bellt, aber er beißt nicht. Was wünschen Sie, was verlangen Sie, Herr Abbé? Ich stehe zu Diensten.«
Der Priester schaute diesen Menschen ein paar Sekunden lang mit seltsamer Aufmerksamkeit an, er schien sogar seinerseits die Aufmerksamkeit des Wirtes auf sich lenken zu wollen; als er aber sah, daß die Züge des letzteren kein anderes Gefühl ausdrückten, als ein Erstaunen darüber, daß er keine Antwort er-

hielt, sagte er mit stark italienischem Akzent: »Sind Sie nicht Monsou Caderousse?«
»Ja, mein Herr«, antwortete der Wirt noch mehr erstaunt, »ich bin es in der Tat, Gaspard Caderousse, Ihnen zu Diensten.«
»Gaspard Caderousse?... Ja... ich glaube, das ist der Vorname, nicht wahr, Sie wohnten einst in der Allées de Meillan, im vierten Stock?«
»Ja.«
»Und Sie trieben dort das Gewerbe eines Schneiders?«
»Ja, aber die Sache nahm eine schlimme Wendung. Es ist so heiß in dem spitzbübischen Marseille, daß man sich dort am Ende gar nicht mehr kleiden wird. Doch was die Hitze betrifft, wollen Sie sich nicht erfrischen, Herr Abbé?«
»Allerdings. Geben Sie mir eine Flasche von Ihrem besten Wein, und wir nehmen, wenn es Ihnen beliebt, das Gespräch wieder auf, wo wir es verlassen.«
Um die Gelegenheit nicht zu versäumen, eine von den letzten Flaschen Cahors-Wein, die ihm verblieben, anzubringen, beeilte sich Caderousse seinem Gast eine solche vorzusetzen. Als er nach Verlauf von fünf Minuten zurückkehrte, fand er den Abbé auf einem Schemel sitzend, den Ellbogen auf den Tisch gestützt, während Margotin, der Frieden mit ihm gemacht zu haben schien, auf dem Schenkel des Priesters seinen fleischlosen Hals und seinen Kopf mit dem schmachtenden Auge ausstreckte.
»Sie sind allein?« fragte der Abbé seinen Wirt, während dieser die Flasche und ein Glas vor ihn stellte.
»Oh, mein Gott, ja, allein, oder beinahe so, denn ich habe eine Frau, die mich in nichts unterstützen kann, weil sie immer krank ist, die arme Carconte.«
»Ah! Sie sind verheiratet?« sagte der Priester mit einer gewissen Teilnahme und warf einen Blick umher, der das magere Mobiliar des armseligen Haushaltes zu seinem winzigen Wert anzuschlagen schien.
»Sie finden, daß ich nicht reich bin, nicht wahr?« sagte Caderousse seufzend; »aber was wollen Sie, um in dieser Welt zu gedeihen, genügt es nicht, ein ehrlicher Mann zu sein!«
Der Abbé heftete einen durchdringenden Blick auf ihn.

»Ja, ein ehrlicher Mann, dessen kann ich mich rühmen«, sagte der Wirt, der den Blick des Abbés aushielt, »und in unseren Zeiten kann nicht jedermann so viel von sich sagen.«
»Desto besser, wenn das, was Sie von sich rühmen, wahr ist«, versetzte der Abbé; »denn ich habe die Überzeugung, daß früher oder später der ehrliche Mann belohnt und der schlechte bestraft wird.«
»Es liegt in Ihrem Stande, dies zu sagen, Herr Abbé!« sagte Caderousse mit einem bitteren Ausdruck. »Doch es steht dem Menschen frei, nicht zu glauben, was Sie sagen.«
»Sie haben unrecht, daß Sie so sprechen, mein Herr; denn vielleicht werde ich selbst für Sie der Beweis dessen sein, was ich behaupte.«
»Wie soll ich das verstehen?« fragte Caderousse mit erstaunter Miene.
»Ich muß mich vor allem versichern, daß Sie wirklich derjenige sind, mit welchem ich zu tun habe.«
»Welche Beweise soll ich Ihnen geben?«
»Haben Sie im Jahr 1814 oder 1815 einen Seefahrer namens Dantes gekannt?«
»Dantes! Ob ich ihn gekannt habe, den armen Edmond! Ich glaube wohl; er war sogar einer meiner besten Freunde!« rief Caderousse, dessen Gesicht Purpurröte überströmte, während sich das klare, sichere Auge des Abbés zu erweitern schien.
»Ja, ich glaube, er hieß wirklich Edmond.«
»Was ist aus dem armen Edmond geworden, mein Herr?« fuhr der Wirt fort; »haben Sie ihn vielleicht gekannt? Lebt er noch, ist er frei? Ist er glücklich?«
»Er ist im Gefängnis gestorben, elender und verzweiflungsvoller, als die Galeerensklaven, die ihre Kugel in dem Bagno von Toulon schleppen.«
Eine Totenblässe überflog das Antlitz von Caderousse. Er wandte sich um, und der Abbé sah, wie er eine Träne mit einer Ecke des Sacktuches trocknete.
»Armer Kleiner«, murmelte Caderousse. »Das ist abermals ein Beweis von dem, was ich Ihnen sagte, Herr Abbé, daß nämlich der gute Gott nur für die Schlechten gut sei. Oh«, fügte Ca-

derousse mit der gefärbten Sprache der Leute des Südens bei, »oh, diese Welt wird immer schlechter.«

»Sie scheinen diesen Jungen von ganzem Herzen zu lieben, mein Herr?« fragte der Abbé.

»Oh! Ich liebte ihn ungemein, obgleich ich mir vorzuwerfen habe, daß ich ihn einen Augenblick um sein Glück beneidete. Aber seitdem, das schwöre ich Ihnen, so wahr ich Caderousse heiße, ich habe sein unseliges Geschick sehr beklagt.«

Es trat ein augenblickliches Stillschweigen ein, währenddessen der feste Blick des Abbés nicht eine Sekunde die bewegliche Physiognomie des Wirtes zu erforschen aufhörte. »Und Sie haben ihn also gekannt, den armen Kleinen?« fuhr Caderousse fort.

»Ich wurde an sein Sterbebett gerufen, um ihm die letzten Tröstungen der Religion zu bieten.«

»Und woran starb er?« fragte Caderousse mit halberstickter Stimme.

»Woran stirbt man im Gefängnis, wenn man darin mit dreißig Jahren stirbt, wenn nicht am Gefängnis selbst?«

Caderousse trocknete den Schweiß ab, der von seiner Stirn floß.

»Das Seltsamste bei alledem ist«, fuhr der Abbé fort, »daß mir Dantes auf seinem Sterbebett bei dem Christus, dessen Füße er küßte, wiederholt schwur, er wisse die wahre Ursache seiner Gefangenschaft gar nicht.«

»Das ist richtig«, murmelte Caderousse, »er konnte sie nicht wissen; nein, Herr Abbé, der Kleine log nicht.«

»Darum beauftragte er mich, sein Unglück aufzuklären, was er nie selbst zu tun imstande gewesen war, und sein Andenken zu reinigen, wenn dasselbe einen Flecken bekommen hätte.«

Und der Blick des Abbés wurde immer starrer und verschlang den beinahe düsteren Ausdruck, der auf dem Antlitz von Caderousse hervortrat.

»Ein reicher Engländer«, fuhr der Abbé fort, »sein Unglücksgefährte, der das Gefängnis bei der zweiten Restauration verließ, war Besitzer eines Diamanten von großem Wert. Als er von Dantes, der ihn während einer Krankheit, die er ausgestanden, wie ein Bruder gepflegt hatte, Abschied nahm, wollte er ihm einen Beweis seiner Dankbarkeit zurücklassen und gab ihm diesen Diamanten. Statt sich desselben zu bedienen, um die Gefängniswärter zu bestechen, die den Edelstein überdies nehmen und ihn hernach verraten konnten, bewahrte er ihn stets als ein kostbares Kleinod, falls er aus dem Gefängnis käme, denn wenn ihm dies gelang, so war sein Glück durch den Verkauf dieses Diamanten allein gesichert.«

»Es war also, wie Sie sagen, ein Diamant von großem Wert?« fragte Caderousse mit glühenden Augen.

»Alles beziehungsweise«, erwiderte der Abbé, »von großem Wert für Edmond; man hat den Diamant auf fünfzigtausend Franken geschätzt.«

»Fünfzigtausend Franken!« rief Caderousse; »er war also so groß wie eine Nuß?«

»Nein, nicht ganz; doch Sie mögen selbst urteilen, ich habe ihn bei mir.« Und der Abbé zog aus seiner Tasche ein kleines Etui von schwarzem Saffianleder, öffnete es und ließ vor den geblendeten Augen von Caderousse den herrlichen Stein funkeln, der in einen Ring von bewunderungswürdiger Arbeit gefaßt war.

»Und das ist fünfzigtausend Franken wert?« fragte Caderousse gierig.

»Ohne die Fassung, die auch ihren Preis hat«, sagte der Abbé, verschloß das Etui und steckte den Diamanten, der im Innern von Caderousse zu funkeln fortfuhr, in seine Tasche.

»Aber wie kommt es, daß Sie diesen Diamanten besitzen, Herr Abbé?« fragte Caderousse; »Edmond hat Ihnen denselben also gegeben?«

»Nein, sein Testamentsvollstrecker. Ich hatte drei gute Freunde und eine Braut«, sagte er zu mir; »alle vier, ich bin davon überzeugt, beklagen mich bitterlich; der eine von diesen Freunden hieß Caderousse.«

Caderousse bebte.

»Der andere«, fuhr der Abbé fort, ohne daß er die Erschütterung von Caderousse wahrzunehmen schien, »der andere hieß Danglars; der dritte, obgleich mein Nebenbuhler, liebte mich ebenfalls...«

Ein teuflisches Lächeln erleuchtete die Züge von Caderousse, und er machte eine Bewegung, um den Abbé zu unterbrechen.

»Warten Sie«, sagte der Abbé, »lassen Sie mich vollenden, und wenn Sie etwas zu bemerken haben, so können Sie es dann sogleich tun. Der dritte, obgleich mein Nebenbuhler, liebte mich ebenfalls und hieß Fernand; der Name meiner Braut war... Ich erinnere mich des Namens der Braut nicht mehr«, sprach der Abbé.

»Mercedes.«

»Ah, ja, so ist es«, versetzte der Abbé mit einem unterdrückten Seufzer. »Die Braut heißt Mercedes; ja, so ist es. Sie werden nach Marseille gehen... Verstehen Sie? Dantes spricht immer!«

»Ich verstehe.«

»Sie verkaufen diesen Diamanten, Sie machen fünf Teile und geben sie diesen guten Freunden, den einzigen Wesen, die mich auf Erden geliebt haben.«

»Wie, fünf Teile?« fragte Caderousse; »Sie haben mir nur vier Personen genannt!«

»Weil die fünfte tot ist, wie man mir gesagt hat... Die fünfte war der Vater von Dantes.«

»Ah, ja«, sprach Caderousse, erschüttert durch die Leidenschaften, die sich in seinem Innern durchkreuzten; »ach, ja, der arme Mann, er ist tot.«

»Ich habe dieses Ereignis in Marseille vernommen«, erwiderte der Abbé, nicht ohne eine gewisse Anstrengung, um gleichgültig zu erscheinen; »aber der Tod ist schon so lange erfolgt, daß ich über die einzelnen Umstände nichts in Erfahrung bringen konnte... Sollten Sie vielleicht etwas von dem Ende des Greises wissen?«

»Ei!« erwiderte Caderousse, »wer kann das besser wissen als ich?... Ich wohnte Tür an Tür mit dem guten Mann... Ei, mein Gott; ja, ein Jahr nach dem Verschwinden seines Sohnes starb der arme Greis!«

»Woran starb er?«

»Die Ärzte nannten die Krankheit; er starb, glaube ich, an einer Art Magendarmentzündung; seine Bekannten sagten, er sei vor Schmerz gestorben; ich aber, der ich ihn beinahe verscheiden sah, sage, er starb...«

»Woran?« versetzte der Priester voll Angst.

»Hungers!«

»Hungers?« rief der Abbe, von seinem Schemel aufspringend; »Hungers! Die schlechtesten Tiere sterben nicht Hungers; die Hunde, die in den Straßen umherirren, finden eine mitleidige Hand, die ihnen ein Stück Brot zuwirft, und ein Mensch, ein Christ ist vor Hunger gestorben, mitten unter andern Menschen, die sich Christen nannten, wie er? Unmöglich! Oh, das ist unmöglich!«

»Was ich gesagt habe, habe ich gesagt«, sagte Caderousse.

»Und du hast unrecht gehabt«, rief eine Stimme auf der Treppe; »worein mischst du dich?«

Die zwei Männer wandten sich um und erblickten durch das Treppengeländer den kranken Kopf der Carconte; sie hatte sich bis hierher geschleppt und behorchte das Gespräch auf der letzten Stufe sitzend und den Kopf auf ihre Knie gestützt.

»Worein mischst du dich, Frau?« entgegnete Caderousse. »Der Herr verlangt Auskunft, die Höflichkeit heischt, daß ich ihm entspreche.«

»Ja, aber die Klugheit heischt, daß du ihm die Auskunft verweigerst. Wer sagt dir, in welcher Absicht man dich zum Sprechen veranlaßt, Dummkopf?«

»In einer vortrefflichen, Madame, dafür stehe ich Ihnen«, versetzte der Abbé. »Ihr Gatte hat nichts zu befürchten, falls er offenherzig antwortet!«

»Nichts zu befürchten... ja, man fängt mit schönen Versprechungen an, hernach beschränkt man sich darauf, zu sagen, man habe nichts zu befürchten; dann geht man und hält nichts von dem, was man versprochen hat, und eines Morgens bricht das Unglück über die armen Leute herein, ohne daß man weiß, woher es kommt.«

»Seien Sie unbesorgt, gute Frau«, erwiderte der Abbé, »das Unglück wird von meiner Seite nicht über Sie kommen, dafür stehe ich.«

Die Carconte brummelte ein paar Worte, die man nicht verstehen konnte, ließ ihren Kopf wieder auf die Knie sinken, zitterte, fortwährend vom Fieber geschüttelt, und stellte es ihrem Mann frei, das Gespräch fortzusetzen, jedoch in einer solchen Lage, daß sie kein Wort davon verlor.

Mittlerweile hatte der Abbé einige Schluck Wasser getrunken und sich etwas gesammelt.
»Dieser unglückliche Greis«, fuhr er fort, »war also dergestalt von aller Welt verlassen, daß er eines solchen Todes starb?«
»Oh, mein Herr«, antwortete Caderousse, »nicht als ob ihn Mercedes, die Katalonierin, oder Herr Morel verlassen hätten, aber der unglückliche Greis hatte einen so tiefen Widerwillen gegen Fernand gefaßt, gerade gegen den«, fügte Caderousse mit einem ironischen Lächeln bei, »den Dantes Ihnen als einen seiner Freunde bezeichnete.«
»Er war es also nicht?« sagte der Abbé.
»Kann man der Freund eines Menschen sein, dessen Frau man begehrt? Dantes, der ein Goldherz war, nannte alle diese Leute seine Freunde. Armer Edmond!... Es ist besser, daß er nichts erfahren hat;... es hätte ihn zu viel Mühe gekostet, ihnen im Augenblick des Todes zu verzeihen. Und was man auch sagen mag«, fuhr Caderousse zu seiner Sprache fort, der es nicht an einer gewissen rohen Poesie gebrach, »mir graut noch mehr vor dem Fluch der Toten, als vor dem Haß der Lebendigen.«
»Schwachkopf«, sagte die Carconte.
»Sie wissen also, was dieser Freund gegen Dantes getan hat?« fragte der Abbé.
»Ob ich es weiß! Ich glaube wohl!«
»Gaspard, tue, was du willst, es ist deine Sache«, rief die Frau oben von der Treppe herab, »doch wenn du mir Gehör schenken würdest, sagtest du nichts.«
»Diesmal glaube ich, daß du recht hast, Frau«, erwiderte Caderousse.
»Sie wollen also nichts sagen?« versetzte der Abbé.
»Wozu soll es nützen?« sprach Caderousse. »Wenn der Kleine noch am Leben wäre und zu mir käme, um einmal alle seine Freunde und Feinde kennenzulernen, dann wohl; aber er liegt unter der Erde, wie Sie mir sagen, er kann keinen Haß mehr haben, er kann sich nicht mehr rächen, folglich ausgelöscht die ganze Geschichte!«
»Ich soll also diesen Leuten, die Sie für unwürdige und falsche Freunde erklären, eine für die Treue bestimmte Belohnung geben?«

»Es ist wahr, Sie haben recht«, erwiderte Caderousse. »Was wäre überdies für sie jetzt das Legat des armen Edmond? Ein in das Meer fallender Tropfen Wasser.«

»Abgesehen davon, daß dich diese Leute mit einer Gebärde vernichten können«, sagte die Frau.

»Wieso? Diese Menschen sind also reich und mächtig geworden?«

»Sie kennen ihre Geschichten nicht?«

»Nein; erzählen Sie mir dieselbe.«

Caderousse schien einen Augenblick nachzudenken und sprach sodann: »Nein, es wäre in der Tat zu lang.«

»Sie mögen nach Ihrem Belieben schweigen, mein Freund«, versetzte der Abbé mit dem Tone der tiefsten Gleichgültigkeit, »und ich ehre Ihre Bedenklichkeiten; sprechen wir nicht mehr davon. Womit war ich beauftragt? Mit einer einfachen Förmlichkeit. Ich werde also diesen Diamanten verkaufen.«

Und er zog den Edelstein aus der Tasche, öffnete das Etui und ließ ihn zum zweitenmal vor den geblendeten Augen von Caderousse glänzen.

»Sieh doch, Frau«, sagte dieser mit heiserer Stimme.

»Ein Diamant?« sagte die Carconte aufstehend und mit ziemlich festem Schritt die Treppe herabsteigend. »Was ist es mit diesem Diamanten?«

»Hast du denn nicht gehört, Frau? Es ist ein Diamant, den uns der Kleine vermacht hat, zuerst seinem Vater, sodann Fernand, Danglars, mir und Mercedes, seiner Braut. Dieser Diamant ist fünfzigtausend Franken wert.«

»Oh, der schöne Juwel!« rief sie.

»Also gehört der fünfte Teil von dieser Summe uns?« fragte Caderousse.

»Ja, mein Herr«, antwortete der Abbé, »nebst dem Teile des Vaters von Dantes, den ich unter Euch vier zu verteilen mich berechtigt glaube.«

»Und warum unter uns vier?« fragte Caderousse.

»Weil Ihr die vier Freunde von Edmond seid.«

»Verräter sind keine Freunde«, murmelte dumpf die Frau.

»Ja, ja«, sagte Caderousse, »das sagte ich auch. Es ist eine Ent-

heiligung, ein Frevel, den Verrat, vielleicht das Verbrechen zu belohnen.«
»Sie wollten es so haben«, erwiderte der Abbé und steckte ruhig den Diamanten in die Tasche seiner Soutane; »nun geben Sie mir die Adresse der Freunde von Edmond, damit ich seinen letzten Willen vollstrecken kann.«
Der Schweiß floß in schweren Tropfen über die Stirn von Caderousse; er sah den Abbé aufstehen, sich nach der Tür wenden, als wollte er seinem Pferd einen Blick zuwerfen, und zurückkommen. Caderousse und seine Frau schauten sich mit einem unbeschreiblichen Ausdruck an.
»Der Diamant wäre ganz für uns!« sagte Caderousse.
»Glaubst du?« erwiderte seine Frau.
»Ein Geistlicher wird uns gewiß nicht täuschen wollen.«
»Tue, was du willst. Ich, was mich betrifft, mische mich nicht darein.«
Und sie ging fieberschauernd wieder die Treppe hinauf. Ihre Zähne klapperten trotz der Hitze. Auf der letzten Stufe blieb sie einen Augenblick stehen und sprach: »Bedenke wohl, Gaspard.«
»Ich bin entschlossen«, antwortete Caderousse.
Die Carconte ging, einen Seufzer ausstoßend, in ihre Stube zurück; man hörte die Decke unter ihren Tritten krachen, bis sie ihren Lehnstuhl, in den sie sich schwerfällig niederließ, wieder erreicht hatte.
»Ich glaube in der Tat, daß es das beste ist, was Sie tun können, mir alles zu sagen«, sprach der Priester; »nicht als ob mir viel daran gelegen wäre, die Dinge zu erfahren, die Sie mir verbergen wollen; aber es wird besser sein, wenn Sie mich in den Stand setzen, das Vermächtnis nach dem Willen des Erblassers zu verteilen.«
»Ich hoffe dies«, antwortete Caderousse, die Wangen von der Röte der Hoffnung und der Gier entflammt, und er ging an die Tür seines Wirtshauses, verschloß sie und schob zu größerer Sicherheit den Nachtquerbaum vor. Mittlerweile hatte der Abbé seinen Platz gewählt, um mit Bequemlichkeit zu hören; er saß so in einer Ecke, daß er im Schatten blieb, während das volle Licht auf das Gesicht von Caderousse fiel. Das Haupt geneigt,

die Hände zusammengelegt oder vielmehr krampfhaft zusammengepreßt, schickte er sich an, mit der größen Aufmerksamkeit auf jedes Wort zu lauschen. Caderousse rückte einen Schemel vor und setzte sich ihm gegenüber.
»Erinnere dich, daß ich dich zu nichts antreibe«, sagte die zitternde Stimme der Carconte, als hätte sie durch den Boden die Szene sehen können, die sich vorbereitete.
»Gut, gut!« rief Caderousse; genug, ich nehme alles auf mich.«
Und er fing an.

4. Die Erzählung

»Vor allem, mein Herr«, sagte Caderousse, »vor allem muß ich Sie bitten, mir zu versprechen, daß man, wenn Sie von den Umständen Gebrauch machen, die ich Ihnen mitteilen werde, nie erfahre, von wem diese Mitteilung herrührt; denn die Leute, von denen ich zu sprechen habe, sind reich und mächtig, und wenn sie mich nur mit dem Finger berührten, würden sie mich wie Glas zerbrechen.«
»Seien Sie unbesorgt, mein Freund, ich bin Priester, und die Bekenntnisse sterben in meiner Brust. Erinnern Sie sich, daß wir keinen andern Zweck haben als den, den letzten Willen unseres Freundes würdig zu erfüllen. Sprechen Sie also ohne Schonung, wie ohne Haß, sagen Sie die volle Wahrheit. Ich kenne die Personen nicht, von denen die Rede sein wird und werde sie wohl nie kennenlernen; überdies bin ich Italiener und nicht Franzose; ich gehöre Gott und nicht den Menschen, und kehre in mein Kloster zurück, das ich nur verlassen habe, um den letzten Willen eines Sterbenden zu vollziehen.«
Dieses bestimmte Versprechen schien Caderousse etwas Sicherheit zu verleihen. »In diesem Fall«, versetzte er, »will und muß ich Ihnen die Täuschung über die Freundschaften benehmen, die der arme Edmond für treu und redlich hielt.«
»Fangen Sie mit seinem Vater an, wenn es Ihnen beliebt. Edmond hat viel mit mir von dem Greis gesprochen, für den er eine tiefe Liebe hegte.«
»Diese Geschichte ist traurig, mein Herr«, erwiderte Caderousse, den Kopf schüttelnd. »Sie kennen wahrscheinlich den Anfang?«

»Ja«, versetzte der Abbé, »Edmond hat mir die Sache bis zu dem Augenblick erzählt, als er in einer kleinen Schenke in der Nähe von Marseille verhaftet wurde, und nie hat er eine von den fünf Personen wiedergesehen, die ich Ihnen nannte, nie hat er von ihnen sprechen hören.«

»Nun wohl, als Dantes einmal verhaftet war, lief Herr Morel weg, um Erkundigungen einzuziehen; sie fielen sehr traurig aus. Der Greis kehrte allein nach Hause zurück, legte weinend seinen Hochzeitsrock zusammen, schritt den ganzen Tag in seinem Zimmer auf und ab und ging abends nicht schlafen; ich wohnte unter ihm und hörte ihn die ganze Nacht unhergehen; ich muß sagen, ich schlief selbst auch nicht. Der Schmerz dieses armen Vaters tat mir sehr weh, und jeder von seinen Tritten zermalmte mir das Herz. Am andern Tag kam Mercedes nach Marseille, in der Absicht, Herrn von Villefort um seinen Schutz anzuflehen; sie erreichte nichts; sie besuchte zugleich auch den Greis. Als sie sah, wie er so düster und niedergeschlagen war, daß er die Nacht, ohne sich zu Bett zu legen, zugebracht und seit dem vorhergehenden Tag nichts gegessen hatte, wollte sie ihn mit sich nehmen, um ihn zu pflegen; aber der Greis willigte nicht ein. Nein, sagte er, ich werde das Haus nicht verlassen, denn mich liebt mein armer Sohn vor allen andern, und wenn er aus dem Gefängnis kommt, wird er zuerst zu mir laufen. Was würde er sagen, wenn ich ihn nicht hier erwarte? Ich belauschte alles dies durch die Wand, denn es wäre mir lieb gewesen, wenn Mercedes ihn bestimmt hätte, ihr zu folgen; der Tag und Nacht über mir erschallende Tritt ließ mir nicht einen Augenblick Ruhe.«

»Aber gingen Sie denn nicht selbst zu dem Greis hinauf, um ihn zu trösten?« fragte der Priester.

»Ah, mein Herr«, erwiderte Caderousse, »man tröstet nur diejenigen, die getröstet sein wollen, er aber wollte es nicht sein. Überdies kam es mir vor, als hätte er einen Widerwillen gegen meinen Anblick. In einer Nacht jedoch, da ich sein Schluchzen hörte, konnte ich nicht widerstehen und ging hinauf; als ich jedoch an die Tür kam, schluchzte er nicht mehr, er betete. Ich kann Ihnen nicht wiederholen, welche beredten Worte, welche erbarmenswerten Bitten er fand; es war mehr als Frömmigkeit, es war mehr als Schmerz; ich, der ich kein Heuchler bin und die Jesuiten nicht liebe, sagte mir auch an diesem Tag: Es ist ein Glück, daß ich allein bin, und daß der liebe Gott mir keine Kinder geschenkt hat, denn wenn ich Vater wäre und empfände einen Schmerz, ähnlich dem des armen Greises, und könnte weder in meinem Gedächtnis noch in meinem Herzen alles finden, was er dem guten Gotte sagt, so stürzte ich mich geradewegs in das Meer, um nicht länger zu leiden.«

»Armer Vater!« murmelte der Priester.

»Von Tag zu Tag lebte er einsamer und abgeschiedener; Herr Morel und Mercedes kamen oft, um ihn zu besuchen, aber seine Tür war verschlossen, und er antwortete nicht, obgleich ich bestimmt wußte, daß er zu Hause war. Als er eines Tages, gegen seine Gewohnheit, Mercedes einließ und das arme Kind, selbst in Verzweiflung, ihn zu trösten suchte, sagte er: Glaube mir, meine Tochter, er ist tot... und statt daß wir ihn erwarten, erwartet er uns. Ich bin sehr glücklich, denn ich bin älter und werde ihn folglich zuerst wiedersehen.

So gut man sein mag, so hört man am Ende doch auf, die Menschen zu besuchen, durch die man traurig gemacht wird. Der alte Dantes blieb zuletzt ganz allein. Ich sah nur noch von Zeit zu Zeit unbekannte Leute zu ihm hinaufgehen, die mit irgendeinem schlecht verborgenen Päckchen zurückkamen; ich begriff, welche Beschaffenheit es mit diesen Päckchen hatte; er verkaufte nach und nach, was er hatte, um zu leben. Endlich nahm es bei dem guten Mann ein Ende mit seiner armseligen Habe... Er war drei Mietzinse schuldig, man bedrohte ihn mit dem Wegschicken; er verlangte noch acht Tage, man bewilligte sie ihm. Ich erfuhr diesen Umstand, weil der Hauseigentümer bei mir eintrat, als er ihn verließ. Während der drei ersten Tage hörte ich ihn wie gewöhnlich auf und ab gehen; am vierten... vernahm ich nichts mehr... Ich ging hinauf, die Tür war verschlossen; durch das Schlüsselloch sah ich den Greis jedoch so bleich und entstellt, daß ich ihn für sehr krank hielt, Herrn Morel benachrichtigen ließ und zu Mercedes lief. Beide eilten herbei; Herr Morel brachte einen Arzt; der Arzt erkannte eine Magendarmentzündung und verordnete Diät. Ich war dabei, mein Herr, und werde nie das Lächeln des Greise bei dieser

Verordnung vergessen. Von nun an öffnete er seine Tür, er hatte eine Entschuldigung, daß er nicht mehr aß; der Arzt hatte Diät verordnet.«
Der Abbé stieß einen Seufzer aus.
»Mercedes kam wieder; sie fand ihn so verändert, daß sie ihn wie das erstemal in ihr Haus bringen lassen wollte. Es war dies auch die Ansicht von Herrn Morel, der die Überschaffung mit Gewalt durchsetzen wollte; doch der Greis schrie dergestalt, daß sie Angst bekamen. Mercedes blieb an seinem Bett. Herr Morel entfernte sich, nachdem er Mercedes durch ein Zeichen bedeutet hatte, er lasse eine Börse auf dem Kamin. Aber bewaffnet mit der Verordnung des Arztes, wollte der Greis nichts zu sich nehmen. Endlich nach neun Tagen der Verzweiflung und Enthaltsamkeit verschied der Greis, diejenigen verfluchend, die das Unglück verursacht hatten. Zu Mercedes aber sprach er noch: Wenn du meinen Edmond wiedersiehst, so sage ihm, ich sei, ihn segnend, gestorben.«
Der Abbé stand auf und ging zweimal im Zimmer auf und ab, wobei er seine zitternde Hand an seine trockene Kehle legte.
»Und Sie glauben, er starb...«
»Hungers, mein Herr, Hungers, dafür stehe ich, so wahr wir hier zwei Christen sind«, antwortete Caderousse.
Der Abbé ergriff mit krampfhafter Hand noch das halbvolle Glas, leerte er auf einen Zug und setzte sich nieder, die Augen gerötet und die Wangen bleich.
»Gestehen Sie, daß dies ein großes Unglück ist«, sagte er mit heiserer Stimme.
»Um so größer, mein Herr, als es nicht Gott herbeigeführt hat, sondern die Menschen allein schuld darin sind.«
»Gehen wir also auf diese Menschen über, doch vergessen Sie nicht«, rief der Abbé mit einer beinahe drohenden Miene, »Sie haben mir alles zu sagen versprochen; wer sind die Leute, denen es zuzumessen ist, daß der Sohn vor Verzweiflung und der Vater vor Hunger starb?«
»Zwei Menschen, die auf ihn eifersüchtig waren, der eine aus Liebe, der andere aus Ehrgeiz, Fernand und Danglars.«
»Auf welche Weise offenbarte sich die Eifersucht?«
»Sie gaben Edmond als bonapartistischen Agenten an.«

»Wer von beiden gab ihn an? Wer von beiden war der wahre Schuldige?«

»Beide, mein Herr: Danglars schrieb die Anzeige mit der linken Hand, damit man seine Schrift nicht erkennen würde, und Fernand schickte sie ab.«

»So ist es, so ist es«, murmelte der Abbé. »Oh, Faria! Faria! Wie kanntest du die Menschen und die Dinge!«

»Waren Sie auch dabei?«

»Ich?« versetzte Caderousse erstaunt, »wer hat Ihnen gesagt, daß ich dabei war?«

Der Abbé sah, daß er zu weit gegriffen hatte, und erwiderte: »Niemand; doch um alle diese Einzelheiten so genau zu kennen, müssen Sie notwendig Zeuge gewesen sein.«

»Das ist wahr«, sprach Caderousse mit erstickter Stimme, »ich war dabei.«

»Und Sie haben sich dieser Schändlichkeit nicht widersetzt. Folglich sind Sie ein Mitschuldiger.«

»Mein Herr, Sie hatten mich beide in einem Grade trinken lassen, daß ich beinahe die Vernunft verlor. Ich sah nur noch durch eine Wolke. Alles, was ein Mensch in einem solchen Zustand sagen kann, sagte ich, aber beide erwiderten, sie hätten nur einen Scherz machen wollen, und dieser Scherz hätte keine Folgen.«

»Doch am andern Tag sahen Sie, daß er Folgen hatte; Sie sagten aber nichts und waren dabei, als man ihn verhaftete.«

»Ja, mein Herr, ich war dabei und wollte alles sagen, Danglars hielt mich jedoch zurück. Wenn er zufällig schuldig ist, sprach er zu mir, wenn er wirklich an der Insel Elba angehalten, wirklich einen Brief für das bonapartische Komitee in Paris mitgenommen hat, wenn dieser Brief bei ihm gefunden wird, so werden diejenigen, die ihn unterstützt haben, als seine Mitschuldigen betrachtet werden. Ich hatte Angst vor der Politik, wie sie damals getrieben wurde, und schwieg; ich gestehe, es war Feigheit, aber kein Verbrechen.«

»Ich begreife, Sie ließen gewähren und sonst nichts.«

»Ja, mein Herr, und das ist mein Gewissensbiß bei Tag und bei Nacht. Ich schwöre Ihnen, ich bitte Gott sehr oft um Verzeihung, und zwar um so mehr, als diese Handlung, die einzige, die ich mir in meinem ganzen Leben vorzuwerfen habe, ohne Zweifel die Ursache meines Unglücks ist. Ich büße einen Augenblick der Selbstsucht und sage auch immer zu der Carconte, wenn sie sich beklagt: Schweig, Frau, Gott will es so.«

Und Caderousse neigte das Haupt mit allen Zeichen wahrer Reue.

»Gut, mein Herr«, sagte der Abbé, »Sie haben offenherzig gesprochen; sich so anklagen, heißt Verzeihung verdienen.«

»Leider ist Edmond tot und hat mir nicht verziehen.«

»Er wußte es nicht.«

»Aber nun weiß er es vielleicht«, sprach Caderousse. »Man sagt, die Toten wissen alles.«

Es trat ein kurzes Stillschweigen ein; der Abbé war aufgestanden und ging nachdenkend auf und ab; dann kehrte er zu seinem Platz zurück und setzte sich wieder.

»Sie haben mir schon zwei- oder dreimal einen gewissen Herr Morel genannt«, sagte er. »Wer war dieser Mann?«

»Der Reeder der Pharao, der Patron von Dantes.«

»Und welche Rolle spielte er bei dieser traurigen Angelegenheit?«

»Die Rolle eines redlichen, mutigen, liebevollen Mannes. Zwanzigmal verwendete er sich für Edmond; als der Kaiser zurückkehrte; schrieb er, bat er, drohte er dergestalt, daß er bei der zweiten Restauration als Bonapartist gewaltig verfolgt wurde. Zwanzigmal kam er, wie ich Ihnen sage, zu dem Vater von Dantes, um ihn in sein Haus zu nehmen, und einen oder zwei Tage vor seinem Tod ließ er, wie ich ebenfalls erwähnte, eine Börse auf dem Kamin, womit man die Schulden des guten Mannes bezahlte, und seine Beerdigung besorgte, so daß der arme Greis wenigstens sterben konnte, wie er gelebt hatte, ohne jemand unrecht zu tun. Ich habe die Börse noch, eine große Börse von roter Seide.«

»Und dieser Herr Morel lebt noch?«

»Ja.«

Dann muß er ein vom Himmel gesegneter Mann, er muß reich, er muß glücklich sein.«

Caderousse lächelte bitter und erwiderte: »Ja, wie ich.«

»Wie, Herr Morel wäre unglücklich?« rief der Abbé.

»Er ist der Armut nahe, mehr noch, er steht an der Grenze der Schande. Ja, nach 25jähriger Arbeit, nachdem er die ehrenvollste Stellung in der Handelswelt von Marseille erlangt hatte, ist Herr Morel völlig zugrunde gerichtet. Er hat fünf Schiffe in zwei Jahren verloren, drei Bankrotte erlitten, und seine einzige Hoffnung steht nun auf eben dieser Pharao, die der arme Dantes kommandierte; dieses Schiff soll mit einer Ladung Cochenille und Indigo aus Indien zurückkommen; bleibt es auch aus, wie die andern, so ist er verloren.«

»Hat der Unglückliche eine Frau, Kinder?« fragte der Abbé.

»Ja, er hat eine Frau, die sich unter allen diesen Umständen wie eine Heilige benimmt; er hat eine Tochter, die einen Mann heiraten sollte, den sie liebt, den aber seine Familie ein zugrunde gerichtetes Mädchen nicht heiraten lassen will; er hat endlich einen Sohn, der Leutnant in der Armee ist. Doch Sie begreifen: alles dies verdoppelt seinen Schmerz, statt ihn dem armen Mann zu mildern. Wäre er allein, so würde er sich die Hirnschale zerschmettern, und alles wäre abgemacht.«

»Das ist furchtbar!« murmelte der Abbé.

»So belohnt Gott die Tugend!« sprach Caderousse. »Ich, der ich, abgesehen von dem, was ich Ihnen erzählte, nie eine schlechte Handlung begangen habe, bin im Elend; nachdem ich meine arme Frau am Fieber habe hinscheiden sehen, ohne etwas für sie tun zu können, werde ich Hungers sterben, wie der alte Dantes, während Fernand und Danglars sich auf dem Gold wälzen.«

»Wie dies?«

»Weil sich bei ihnen alles zum Guten gewendet hat, wie sich bei ehrlichen Leuten alles zum Schlimmen wendet.«

»Was ist aus Danglars, dem Schuldigsten, dem Anstifter, geworden?«

»Er hat Marseille verlassen und ist auf die Empfehlung von Herrn Morel, der nichts von seinem Verbrechen wußte, bei einem spanischen Bankier als Kommis eingetreten. Zur Zeit des spanischen Krieges beteiligte er sich an den Lieferungen für das französische Heer und hatte Glück; mit diesem ersten Geld spielte er in den Fonds und verdreifachte, vervierfachte sein Vermögen; selbst Witwer von der Tochter seines Bankiers heiratete er sodann eine Witwe, Frau von Nargonne, Tochter des Herrn von Servieux, der Kammerherr des gegenwärtigen Königs ist und sich der höchsten Gunst erfreut. Er hatte es zum Millionär gebracht, man machte ihn zum Grafen, und er hat nun einen Palast in der Rue du Mont Blanc, zehn Pferde in seinen Ställen, sechs Lakaien in seinem Vorzimmer, und ich weiß nicht wie viel Millionen in seinen Kassen.«

»Ah!« rief der Abbé mit einem seltsamen Ausdruck, »und er ist glücklich?«

»Glücklich... wer kann das sagen? Ist man glücklich mit einem großen Vermögen, so ist Danglars glücklich.«

»Und Fernand?«

»Fernand? Der war noch glücklicher, er hat zugleich Vermögen und Stellung; er war einige Tage vor der Rückkehr von Dantes der Konskription verfallen; eine außerordentliche Aushebung wurde dekretiert, und Fernand sah sich genötigt, abzugehen. Ich ging auch ab, da ich aber älter war als Fernand und zuvor geheiratet hatte, so schickte man mich nur an die Küste. Fernand wurde bei den aktiven Truppen eingereiht, kam mit seinem Regiment an die Grenze und wohnte der Schlacht bei Ligny bei. In der Nacht, die auf das Treffen folgte, stand er Schildwache vor der Tür eines Generals, der eine geheime Verbindung mit dem Feind unterhielt. In derselben Nacht sollte der General mit den Engländern zusammentreffen; er schlug Fernand vor, ihn zu begleiten; Fernand willigte ein, verließ seinen Posten und folgte dem General. Was Fernand vor ein Kriegsgericht gebracht hätte, wenn Napoleon auf dem Thron geblieben wäre, diente ihm bei den Bourbonen zur Empfehlung. Er kehrte nach Frankreich mit der Epaulette des Unterleutnants zurück, und da ihn die Protektion des Generals, der in hoher Gunst steht, nicht verließ, so war er Kapitän im Jahre 1823, während des spanischen Krieges, das heißt in dem Augenblick, als Danglars seine ersten Spekulationen machte. Fernand war Spanier; er wurde nach Madrid geschickt, um den Geist seiner Landsleute zu erforschen. Er fand dort Danglars, verabredete sich mit ihm, verhieß seinem General eine Unterstützung unter den Royalisten der Hauptstadt und der Provinzen, erhielt Besprechungen, übernahm Verbindlichkeiten, führte sein Regiment auf Wegen, die nur ihm allein bekannt waren, in Schlünde, die von den Royalisten bewacht wurden, und leistete endlich in diesem kurzen Feldzug solche Dienste, daß er nach der Einnahme von Trocadero zum Obersten ernannt wurde und das Offizierskreuz der Ehrenlegion mit dem Baronentitel erhielt.«

»Verhängnis! Verhängnis « murmelte der Abbé.

»Ja, doch hören Sie, das ist noch nicht alles. Als der spanische Krieg beendigt war, fand sich die Laufbahn von Fernand durch den langen Frieden gefährdet, der voraussichtlich in Europa herrschen mußte. Griechenland allein hatte sich gegen die Türkei erhoben und seinen Unabhängigkeitskrieg begonnen. Alle Augen waren auf Athen gerichtet; die Mode heischte, die Griechen zu beklagen und zu unterstützen. Ohne sie offen in Schutz zu nehmen, duldete die französische Regierung, wie Sie wissen, teilweise Wanderungen zu ihnen. Fernand erbat sich und erhielt die Erlaubnis, in Griechenland zu dienen, während er nichtsdestoweniger in der Armeeliste fortgeführt wurde. Einige Zeit später erfuhr man, daß der Baron von Morcerf, dies war der Name, den er führte, in die Dienste von Ali Pascha mit dem Grade eines Generalinstruktors eingetreten war. Ali Pascha wurde getötet; aber ehe er starb, belohnte er die Dienste von Fernand, indem er ihm eine beträchtliche Summe zustellen ließ, mit der er nach Frankreich zurückkehrte, wo ihm sein Grad als Generalleutnant bestätigt wurde.«

»Heute also?« fragte der Abbé.

»Heute ist er Graf, Deputierter und besitzt ein prachtvolles Haus in Paris, Rue du Helder Nr. 27.«

Der Abbé öffnete den Mund, zögerte einen Augenblick und sagte dann mit einer Anstrengung gegen sich selbst: »Und Mercedes? Man hat mir versichert, sie wäre verschwunden.«

»Verschwunden, wie die Sonne verschwindet, um am andern Tag glänzender aufzugehen.«

»Sie hat also ebenfalls Glück gehabt?« fragte der Abbé mit einem ironischen Lächeln.

»Mercedes ist in diesem Augenblick eine der vornehmsten Damen von Paris«, antwortete Caderousse.

»Fahren Sie fort«, sagte der Abbé; »es ist mir, als hörte ich die Erzählung eines Traumes. Aber ich habe selbst so außerordentliche Dinge erlebt, daß mich diejenigen, welche Sie mir mitteilen, weniger in Erstaunen setzen.«

»Mercedes war anfangs in Verzweiflung über den Schlag, der ihr Edmond raubte. Ich sprach bereits von ihren Bitten bei Herrn von Villefort und von ihrer Ergebenheit für den Vater von Dantes. Mitten in ihrer Verzweiflung traf sie ein neuer Schmerz, der Abgang von Fernand, den sie, mit seinem Verbrechen nicht bekannt, als ihren Bruder betrachtete. Fernand reiste ab, Mercedes blieb allein.

»Drei Monate vergingen für sie in Tränen; keine Kunde von Edmond, keine Nachricht von Fernand; nichts vor Augen als einen Greis, der in seiner Verzweiflung hinstarb. Weder Geliebter noch Freund war ihr geblieben. Plötzlich kam es ihr vor, als hörte sie einen bekannten Tritt; sie wandte sich ängstlich um, die Tür ging auf, und Fernand erschien in seiner Unterleutnants-Uniform. Es war nicht die Hälfte dessen, was sie beweinte, aber es war ein Teil ihres vergangenen Lebens, das zu ihr zurückkehrte. Mercedes faßte die Hände von Fernand mit einem Entzücken, das dieser für Liebe hielt, während es nur die Freude war, nicht mehr allein auf der Welt zu sein und endlich nach langen Stunden einsamer Trauer einen Freund wiederzusehen; und dann muß man sagen, Fernand war nie gehaßt gewesen, er war nur nie geliebt; ein anderer besaß das ganze Herz von Mercedes; dieser andere war abwesend... verschwunden... vielleicht tot. Bei diesem letzten Gedanken brach Mercedes in ein Schluchzen aus und rang die Hände vor Schmerz; aber der Gedanke, den sie verwarf, wenn er ihr von einem andern zugeflüstert wurde, kehrte jetzt ganz allein in ihrem Geiste ein; überdies sagte der alte Dantes unablässig zu ihr: Unser Edmond ist tot, denn wenn er nicht tot wäre, käme er zu uns zurück.

Der Greis starb, wie ich Ihnen sagte; hätte er gelebt, so würde Mercedes vielleicht nie die Frau eines andern geworden sein; denn er wäre da gewesen, um ihr die Untreue vorzuwerfen. Fernand begriff dies. Als er vom Tod des Greises erfuhr, kehrte er zurück. Diesmal war er Leutnant. Bei seiner ersten Reise hatte er zu Mercedes kein Wort von Liebe gesprochen, bei der zweiten erinnerte er sie daran, daß er sie liebte. Mercedes forderte noch sechs Monate von ihm, um Edmond zu erwarten und zu beweinen.«

»Das machte wirklich im ganzen achtzehn Monate«, sagte der Abbé mit bitterem Lächeln. »Was kann der angebetetste Geliebte mehr fordern?«

Dann murmelte er die Worte des englischen Dichters: »Schwachheit, dein Name ist Weib.«

»Sechs Monate später«, fuhr Caderousse fort, »fand die Hochzeit in der Kirche des Accoules statt.«

»Es war dieselbe Kirche, in der sie Edmond heiraten sollte«, murmelte der Abbé, »nur war der Bräutigam verändert.«

»Mercedes heiratete also«, sagte Caderousse, »doch obgleich sie in aller Augen ruhig erschien, wurde sie nichtsdestoweniger ohnmächtig, als sie an der Reserve vorbeikam, wo achtzehn Monate vorher ihre Verlobung mit demjenigen gefeiert worden war, den sie noch liebte, wenn sie in den Grund ihres Herzens zu sehen gewagt hätte. Glücklicher, aber nicht ruhiger – denn ich sah ihn in jener Zeit, und er fürchtete beständig die Rückkehr von Edmond – war Fernand sogleich darauf bedacht, seine Frau aus der Gegend zu entfernen und sich selbst zu verbannen; er hatte zugleich zu viele Gefahren zu befürchten und zu viele Erinnerungen zu bekämpfen, wenn er bei den Kataloniern blieb. Acht Tage nach der Hochzeit reisten sie ab.«

»Sahen Sie Mercedes wieder?« sagte der Priester.

»Ja, zur Zeit des spanischen Krieges, in Perpignan, wo Fernand sie zurückgelassen hatte; sie beschäftigte sich damals mit der Erziehung ihres Sohnes.«

Der Abbé bebte. »Ihres Sohnes?« sagte er.

»Ja«, antwortete Caderousse, »des kleinen Albert.«

»Aber um den Sohn zu erziehen«, sprach der Abbé, »muß sie wohl selbst Erziehung erhalten haben? Es ist mir, als hätte ich von Edmond gehört, sie wäre die Tochter eines einfachen Fischers, schön, aber ungebildet gewesen?«

»Oh, kannte er denn seine Braut so schlecht?« versetzte Caderousse. »Mercedes hätte Königin werden können, wenn die Krone nur auf den schönsten und gescheitesten Köpfen getragen werden sollte. Ihr Vermögen nahm bereits zu, und sie nahm mit ihrem Vermögen zu. Sie lernte zeichnen, sie lernte Musik,

sie lernte alles. Dabei glaube ich, unter uns gesagt, daß sie alles dies nur tat, um sich zu zerstreuen, um zu vergessen, und daß sie nur so viele Dinge in ihren Kopf brachte, um das zu bekämpfen, was sie im Herzen hatte. Nun muß aber alles gesagt sein«, fügte Caderousse bei; »das Vermögen und die Ehre haben sie ohne Zweifel getröstet. Sie ist reich, sie ist Gräfin, und dennoch…«
Caderousse schwieg.
»Was dennoch?«
»Dennoch bin ich überzeugt, daß sie nicht glücklich ist.«
»Warum glauben Sie dies?«
»Als ich selbst zu unglücklich war, dachte ich, meine ehemaligen Freunde würden mich einigermaßen unterstützen. Ich begab mich zu Danglars, der mich nicht einmal empfing. Ich ging zu Fernand, und dieser ließ mir hundert Franken durch seinen Kammerdiener zustellen.«
»Also sahen Sie weder den einen noch den andern?«
»Nein, aber Frau von Morcerf hat mich gesehen.
Während ich hinausging, fiel eine Börse zu meinen Füßen! Sie enthielt fünfundzwanzig Louisd'or. Ich schaute rasch empor und erblickte Mercedes, die den Laden wieder schloß.«
»Und Herr von Villefort?« fragte der Abbé.
»Oh, er war nicht mein Freund gewesen, ich kannte ihn nicht und hatte nichts von ihm zu fordern.«
»Doch wissen Sie nicht, was aus ihm geworden ist, und welchen Teil er an dem Unglück von Edmond gehabt hat?«
»Nein, ich weiß nur, daß er einige Zeit, nachdem er Edmond hatte verhaften lassen, Fräulein von Saint-Meran heiratete und bald darauf Marseille verließ. Ohne Zweifel hat ihm das Glück gelächelt, wie den anderen, ohne Zweifel ist er reich wie Danglars, geachtet wie Fernand; ich allein bin, wie Sie sehen, arm, elend und von Gott vergessen geblieben.«
»Sie täuschen sich, mein Freund«, sagte der Abbé, »Gott kann zuweilen den Anschein haben, als vergäße er, wenn seine Gerechtigkeit ruht, aber es kommt ein Augenblick, da er sich erinnert, und hier ist der Beweis davon.«
Bei diesen Worten zog der Abbé den Diamant aus der Tasche, reichte ihn Caderousse und sprach: »Nehmen Sie diesen Diamant, er gehört Ihnen.«

»Wie, mir allein?« rief Caderousse; »oh, mein Herr, Sie scherzen?«

»Dieser Diamant sollte unter die Freunde von Edmond verteilt werden! Edmond hatte nur einen Freund, die Verteilung wird also unnötig. Nehmen Sie diesen Diamant und verkaufen Sie ihn, ich wiederhole, er ist fünfzigtausend Franken wert, und diese Summe wird hoffentlich genügen, um Sie der Armut zu entziehen.«

»Oh, mein Herr«, sagte Caderousse schüchtern, eine Hand ausstreckend und mit der andern den Schweiß abwischend, der auf seiner Stirn perlte, »oh, mein Herr, treiben Sie nicht Spott mit dem Glück, und der Verzweiflung eines Menschen.«

»Ich weiß, was Glück und was Verzweiflung ist, und werde nie mit diesen Gefühlen Kurzweil treiben. Nehmen Sie, aber dagegen...«

Caderousse, der bereits den Diamant berührte, zog seine Hand zurück.

»Dagegen«, fuhr der Abbé lächelnd fort, »geben Sie mir die rote seidene Börse, die Herr Morel auf dem Kamin des alten Dantes zurückließ.«

Immer mehr erstaunt, ging Caderousse an einen großen Schrank von Eichenholz, öffnete ihn und reichte dem Abbé eine lange Börse von erbleichter roter Seide; der Abbé nahm sie und gab dafür Caderousse den Diamanten.

»Oh, Sie sind ein Mann Gottes!« rief Caderousse, »denn es wußte in der Tat niemand, daß Edmond Ihnen den Diamant übergeben hatte, und Sie konnten ihn behalten.«

»Gut«, sagte der Abbé zu sich selbst, »du hättest es getan, wie es scheint.«

Der Abbé stand auf, nahm seinen Hut und seine Handschuhe und sagte: »Ist alles, was Sie gesagt haben, wahr, und kann ich Ihnen in allen Punkten glauben?«

»Sehen Sie, Herr Abbé«, antwortete Caderousse, »dort in jener Ecke ist ein Christus von geweihtem Holz, hier auf dieser Kiste liegt das Evangelienbuch meiner Frau, öffnen Sie dieses Buch, und ich will Ihnen darauf schwören, ich schwöre Ihnen bei dem Heile meiner Seele, bei meinem christlichen Glauben, daß ich Ihnen alle Dinge so gesagt habe, wie sie vorgefallen sind.«

»Es ist gut«, sagte der Abbé, durch den Ausdruck überzeugt, daß Caderousse die Wahrheit gesagt, »es ist gut; möge Ihnen dieses Geld Nutzen bringen. Leben Sie wohl, ich kehre zurück, um fern von den Menschen zu leben, die so viel böses tun.«
Und mit großer Mühe sich von den begeisterten Ergüssen von Caderousse befreiend, hob der Abbé selbst den Querbaum empor, stieg zu Pferd, grüßte zum letztenmal den Wirt, der sich in geräuschvollen Abschiedsworten gleichsam verwickelte, und entfernte sich in der Richtung, aus der er gekommen war.
Als sich Caderousse umwandte, sah er hinter sich die Carconte bleicher und zitternder als je.
»Ist es wahr, was ich gehört habe?« sagte sie.
»Was? Daß er uns den Diamanten für uns ganz allein gegeben hat?« entgegnete Caderousse beinahe närrisch vor Freude.
»Und wenn er falsch wäre?« sagte sie.
»Falsch«, murmelte er, »falsch... Und warum sollte mir dieser Mann einen falschen Diamanten gegeben haben?«
»Um dein Geheimnis zu besitzen, ohne es zu bezahlen, Schwachkopf!«
Caderousse blieb einen Augenblick betäubt unter dem Gewicht dieser Mutmaßung, bald aber nahm er seinen Hut, setzte ihn auf das rote um seinen Kopf gewickelte Taschentuch und rief: »Oh, wir werden das wohl erfahren.«
»Auf welche Art?«
»Es ist Messe in Beaucaire, es sind Juweliere von Paris dort, ich will ihnen den Stein zeigen. Hüte das Haus, Frau, in zwei Stunden bin ich zurück.«
Und er stürzte aus dem Haus und lief auf der Straße fort.
»Fünfzigtausend Franken«, murmelte die Carconte, als sie allein war, »das ist Geld... aber es ist kein Vermögen.«

5. Die Gefängnisregister

Einen Tag, nachdem die Szene auf der Straße von Bellegarde nach Beaucaire vorgefallen war, erschien ein Mann von dreißig Jahren in blauem Frack, Nankingbeinkleidern und weißer Weste, mit der Haltung und dem Akzent eines Engländers, bei dem Maire von Marseille und sagte: »Mein Herr, ich bin der erste Kommis des Hauses Thomson und French in Rom; wir stehen seit zehn Jahren in Verbindung mit dem Hause Morel und Sohn in Marseille, haben uns hierbei auf etwa 100000 Franken eingelassen und sind nicht ganz ohne Unruhe, da man behauptet, dieses Haus sei seinem Ruin nahe. Ich komme daher ausdrücklich von Rom, um mir von Ihnen Auskunft über Morel und Sohn zu erbitten.«

»Mein Herr«, antwortete der Maire, »ich weiß bestimmt, daß seit vier bis fünf Jahren das Unglück Herrn Morel zu verfolgen scheint; er hat hintereinander vier Schiffe verloren und drei Bankrotte erlitten; aber obgleich ich selbst sein Gläubiger für einige tausend Franken bin, geziemt es mir doch nicht, irgendeine Auskunft über den Zustand seines Vermögens zu geben. Fragen Sie mich als Maire, was ich von Herrn Morel denke, so antworte ich Ihnen, er sei ein streng rechtlicher Mann und habe bis jetzt alle seine Verbindlichkeiten äußerst pünktlich erfüllt. Das ist alles, was ich Ihnen sagen kann. Wollen Sie mehr wissen, so wenden Sie sich an Herrn von Boville, Inspektor der Gefängnisse, Rue Noailles Nr. 15; er hat, soviel ich weiß, 200000 Franken beim Haus Morel angelegt, und wenn wirklich etwas zu fürchten wäre, so würden Sie ihn, da diese Summe beträchtlicher ist als die meinige, wahrscheinlich über diesen Punkt besser unterrichtet finden, als ich es bin.«

Der Engländer schien diese Zartheit zu würdigen, grüßte, verließ den Maire und wanderte mit dem den Söhnen Großbritanniens eigentümlichen Gang nach der bezeichneten Straße. Herr von Boville war in seinem Kabinett; als ihn der Engländer erblickte, machte er eine Bewegung des Erstaunens, die anzudeuten schien, daß er nicht zum erstenmal diesem Mann gegenüberstand. Herr von Boville aber war so verzweiflungsvoll, gleichsam verschlungen von dem Gedanken, der ihn in diesem Augenblick beschäftigte, daß die Fähigkeiten seines Geistes weder seinem Gedächtnis noch seiner Einbildungskraft Muße ließen, sich in die Vergangenheit zu verirren. Der Engländer legte ihm mit dem Phlegma seiner Nation beinahe in denselben Ausdrücken dieselbe Frage vor, die er dem Maire von Marseille vorgelegt hatte.

»Oh, mein Herr«, rief Herr von Boville, »Ihre Befürchtungen sind leider nur zu sehr begündet, und Sie sehen einen verzweifelnden Mann in mir. Ich hatte 200000 Franken beim Hause Morel angelegt. – Diese Summe war die Mitgift meiner Tochter, die ich in vierzehn Tagen zu verheiraten gedachte. Ich hatte Herrn Morel von meinem Wunsch, daß die Rückzahlung bis zum 15. des nächsten Monats stattfinden möchte, benachrichtigt, und nun ist er vor einer halben Stunde zu mir gekommen, um mir zu sagen, wenn sein Schiff Pharao bis zum 15. nicht einliefe, wäre er außerstande, seine Verbindlichkeit zu erfüllen.«

»Aber das gleicht ganz einer Zahlungsfristverlängerung«, sagte der Engländer.

»Es gleicht einem Bankrotte«, rief Herr von Boville.

Der Engländer schien einen Augenblick nachzudenken und sagte sodann: »Also flößt Ihnen diese Schuldforderung Angst ein?«

»Das heißt, ich betrachte sie als verloren.«

»Gut ich kaufe sie Ihnen ab.«

»Sie?«

»Ja, ich.«

»Aber ohne Zweifel zu einem ungeheuren Rabatt?«

»Nein, für 200000 Franken. Unser Haus«, fügte der Engländer lachend bei, »macht keine solchen Geschäfte.«

»Und Sie bezahlen bar?«

Der Engländer zog, ohne ein Wort zu sagen, ein Päckchen Banknoten aus seiner Tasche, die das Doppelte der Summe betragen mochten, die Herr von Boville zu verlieren befürchtete. Ein Blitz der Freude zog über das Gesicht des Herrn von Boville hin; doch suchte er sich zu bemeistern und sagte: »Mein Herr, ich muß Sie davon in Kenntnis setzen, daß Sie aller Wahrscheinlichkeit nach nicht sechs Prozent von dieser Summe bekommen werden.«

»Das geht mich nichts an«, erwiderte der Engländer, »das geht das Haus Thomson und French an, in dessen Namen ich handle. Es liegt vielleicht in seinem Interesse, einen Konkurrenten zugrunde zu richten. Ich weiß nur, daß ich bereit bin, Ihnen diese Summe gegen Übertragung zu bezahlen, wobei ich mir indessen einen Maklerlohn erbitten werde.«

»Das ist nicht mehr als billig!« rief Herr von Boville. »Die Kommission beträgt gewöhnlich anderthalb; wollen Sie zwei?

Wollen Sie drei? Wollen Sie fünf, wollen Sie noch mehr? Sprechen Sie.«
»Mein Herr«, antwortete der Engländer lachend, »ich bin wie mein Haus, ich mache keine solchen Geschäfte; mein Maklerlohn ist ganz anderer Natur. Sie sind Inspektor der Gefängnisse?«
»Seit vierzehn Jahren.«
»Halten Sie Eintritts- und Abgangsregister, denen Noten in bezug auf die Gefangenen beigefügt sind?«
»Jeder Gefangene hat sein Aktenheft.«
»Nun wohl, ich bin in Rom von einem armen Teufel von Abbé erzogen worden, der plötzlich von dort verschwunden ist. Seitdem habe ich erfahren, daß man ihn in dem Kastell If gefangengehalten, und ich möchte wohl gern etwas Näheres über seinen Tod wissen; er hieß »Abbé Faria.«
»Oh! Ich erinnere mich seiner ganz genau«, rief Herr von Boville, »er war ein Narr.«
»Es ist möglich, was war seine Narrheit?«
»Er behauptete, Kenntnis von einem unermeßlichen Schatz zu haben und bot der Regierung tolle Summen, wenn man ihn in Freiheit setzen wollte.«
»Armer Teufel! Und er ist tot?«
»Ja, mein Herr, er starb ungefähr vor fünf oder sechs Monaten, im vergangenen Februar. Ich erinnere mich dieser Geschichte deshalb so genau, weil der Tod des armen Teufels von einem seltsamen Ereignis begleitet war.«
»Dürfte man dieses Ereignis erfahren?« fragte der Engländer mit einem Ausdruck von großer Neugierde.
»Oh, mein Gott, ja; das Gefängnis des Abbés war ungefähr fünfzig Fuß von dem eines ehemaligen bonapartistischen Agenten entfernt, eines sehr entschlossenen und gefährlichen Menschen von der Zahl derjenigen, die am meisten zu der Rückkehr des Usurpators im Jahre 1815 beigetragen haben.«
»Wirklich?« sagte der Engländer.
»Ja, ich hatte selbst Gelegenheit, diesen Menschen im Jahre 1816 oder 1817 zu sehen, man stieg in seinen Kerker stets nur mit einer Soldatenwache hinab; er machte einen tiefen Eindruck auf mich, und ich werde sein Gesicht nie vergessen.«

Der Engländer lächelte unmerklich. »Und Sie sagen«, versetzte er, »die zwei Kerker…«

»Waren durch eine Entfernung von fünfzig Fuß getrennt, aber es scheint, dieser Edmond Dantes, so hieß nämlich der gefährliche Mensch, hatte sich Werkzeuge verschafft oder verfertigt, denn man fand einen Gang, durch den die Gefangenen miteinander in Verbindung standen.«

»Dieser Gang war ohne Zweifel für einen Fluchtversuch gemacht worden?«

»Allerdings; aber zum Unglück für die Gefangenen wurde der Abbé von der Starrsucht befallen und starb.«

»Ich begreife, das mußte die Fluchtpläne kurz abschneiden.«

»Für den Toten, ja«, antwortete Herr von Boville, »für den Lebenden nicht; dieser Dantes sah im Gegenteil darin ein Mittel, seine Flucht zu beschleunigen; er dachte ohne Zweifel, die im Kastell If gestorbenen Gefangenen würden auf einem gewöhnlichen Friedhof begraben, trug den Hingeschiedenen in seine Zelle, nahm seinen Platz in dem Sack ein, in den man jenen genäht hatte, und erwartete den Augenblick des Begräbnisses.«

»Das war ein gewagtes Mittel, woraus sich auf einigen Mut schließen läßt«, bemerkte der Engländer.

»Ich habe Ihnen bereits gesagt, mein Herr, daß es ein sehr gefährlicher Mensch war; zum Glück befreite er die Regierung selbst von der Furcht, die sie seinetwegen hegte.«

»Wie dies?«

»Das Kastell If hat keinen Friedhof; man wirft die Toten ganz einfach in das Meer, nachdem man ihnen zuvor eine Kugel von 36 Pfund an die Füße gebunden hat. Sie können sich denken, wie groß das Erstaunen des Flüchtlings gewesen sein muß, als er fühlte, daß man ihn von den Felsen herabstürzte. Ich hätte sein Gesicht in diesem Augenblick sehen mögen.«

»Das wäre schwierig gewesen.«

»Gleichviel«, sagte Herr von Boville, den die Gewißheit, seine 200000 Franken wiederzuerhalten, in gute Laune versetzte; »gleichviel, ich stelle es mir vor.«

»Der Flüchtling ist also ertrunken?« fragte der Engländer, »und somit wurde der Gouverneur des Kastells zugleich von dem Wütenden und von dem Narren befreit?«

»Gewiß.«
»Es mußte doch eine Art von Protokoll über dieses Ereignis aufgenommen werden?« fragte der Engländer.
»Ja, ja, ein Sterbeprotokoll. Sie begreifen, für die Verwandten von Dantes, wenn er welche hat, konnte es von Interesse sein, sich zu versichern, ob er gestorben wäre oder noch lebte.«
»Folglich können sie nun ruhig sein, wenn sie von ihm erben. Er ist wohl tot, sehr tot.«
»Oh, mein Gott, ja. Man wird ihnen einen Schein ausstellen, wenn sie es haben wollen.«
»Es sei so«, sagte der Engländer. »Doch um auf die Register zurückzukommen...«
»Richtig! Diese Geschichte hat uns davon entfernt. Verzeihen Sie.«
»Was soll ich verzeihen? Die Geschichte? Keineswegs; sie war sehr interessant.«
»Sie ist es in der Tat... Mein Herr, Sie wünschen also alles zu sehen, was sich auf den armen Abbé bezieht, der die Sanftmut selbst war, nicht wahr? Kommen Sie in mein Kabinett, und ich will es Ihnen zeigen.«
Beide gingen in das Kabinett von Herrn von Boville.
Alles war hier in vollkommener Ordnung; jedes Register bei seiner Nummer, jedes Aktenheft in seinem Fach. Der Inspektor hieß den Engländer in seinen Lehnstuhl sitzen, legte ihm das Register und die Akten vor und ließ ihm volle Muße, darin zu blättern, während er selbst in einem Winkel sitzend seine Zeitung las.
Der Engländer fand leicht die Akten, die sich auf den Abbé Faria bezogen; doch es schien, die Geschichte, die ihm Herr von Boville erzählt, hatte ihn lebhaft interessiert, denn nachdem er von den ersten Stücken Kenntnis genommen, fuhr er fort zu blättern, bis er zu dem Heft von Edmond Dantes gekommen war. Hier fand er wieder alles an seinem Platz, Denunziation, Verhör, Bittschrift von Herrn Morel, Randglosse von Herrn von Villefort. Er faltete ganz sachte die Denunziation zusammen, steckte sie in seine Tasche, las das Verhör und sah, daß der Name Noirtier nicht darin ausgesprochen war, durchlief dann

auch noch das Gesuch vom 10. Februar 1815, worin Herr Morel, nach dem Rat des Substituten, in einer vortrefflichen Absicht, weil Napoleon noch regierte, die Dienste übertrieb, die Dantes der kaiserlichen Sache geleistet hatte. Dienste, die das Zertifikat von Villefort unbestreitbar machte. Nun begriff er alles. Das von Villefort aufbewahrte Gesuch war unter der zweiten Restauration eine furchtbare Waffe in den Händen des Staatsanwalts geworden. Er wunderte sich daher nicht mehr über folgende Note, die er als Randglosse neben seinen Namen gesetzt fand:

Edmond Dantes	Wütender Bonapartist, hat tätigen Anteil an der Rückkehr von der Insel Elba genommen. Im geheimsten Gewahrsam und unter der strengsten Aufsicht zu halten.

Unter diesen Zeilen stand von einer andern Handschrift:
»In Betracht obiger Note nichts zu machen.«
Die Handschrift der Randglosse mit der des Zertifikats vergleichend, das unten an das Gesuch von Morel gesetzt war, bekam er Gewißheit, daß Randglosse und Zertifikat von einer Hand, nämlich von der Villeforts herrührten.
Was die begleitende Note betrifft, so begriff der Engländer, daß sie von irgendeinem Inspektor eingezeichnet worden war, der ein vorübergehendes Interesse an der Lage von Dantes genommen, durch die erwähnte Bemerkung aber sich in die Unmöglichkeit versetzt gesehen hatte, seiner Teilnahme Folge zu geben.
Aus Diskretion, und um den Zögling des Abbés Faria in seinen Nachforschungen nicht zu beengen, hatte sich der Inspektor, wie gesagt, entfernt und las im Staatsanzeiger. Er sah also nicht, wie der Engländer die von Danglars in der Sommerlaube der Reserve geschriebene und mit dem Stempel von Marseille den 27. Februar versehene Denunziation zusammenlegte und einsteckte. Hätte er es aber auch gesehen, so würde er sicherlich zu wenig Gewicht auf dieses Papier und zu viel auf seine 200 000 Franken gelegt haben, um sich dem zu widersetzen, was der Engländer tat, so ordnungswidrig es auch war.

»Ich danke«, sagte dieser, indem er das Register geräuschvoll schloß. »Ich weiß, was ich wissen wollte, und nun ist es an mir, mein Versprechen zu halten; machen Sie mir eine einfache Abtretung Ihrer Schuldforderung; bescheinigen Sie in dieser Abtretung den Empfang des Betrags, und ich bezahle Ihnen die Summe.«

Und er überließ seinen Platz am Schreibtisch Herrn von Boville, der sich ohne Umstände setzte und eiligst die verlangte Abtretung schrieb, während der Engländer auf einem Tischchen die Banknoten aufzählte.

6. Das Haus Morel

Wer vor ein paar Jahren Marseille verlassen und zu der Zeit, in der wir angelangt sind, zurückgekehrt wäre, hätte im Haus Morel eine große Veränderung gefunden.

Statt jenes Behagens und Glücks, das sozusagen von einem im Gedeihen begriffenen Haus ausgeht, wäre ihm auf den ersten Blick etwas Trauriges und Totes aufgefallen. In den Bureaux, die in den leeren Gängen des weitläufigen Gebäudes früher von zahlreichen Kommis bevölkert waren, waren nur noch zwei zurückgeblieben. Der eine war ein junger Mann namens Emanuel Raymond, der die Tochter des Herrn Morel liebte, der andere der alte einäugige Cocles, der den Posten eines Kassendieners besorgt hatte.

Cocles war im Dienst des Herrn Morel geblieben, und es war in der Stellung des Braven eine sonderbare Veränderung vor sich gegangen; er war zugleich zum Rang eines Kassierers avanciert und zum Rang eines Dienstboten heruntergerückt. Es war nichtsdestoweniger der nämliche Cocles, geduldig, treu und ein Rechner, wie nicht leicht ein zweiter wiederzufinden.

Inmitten der allgemeinen Trauer, die sich über das Haus Morel gelegt hatte, war Cocles übrigens der einzige, der unempfindlich geblieben war; diese Gelassenheit entsprang nicht einem Gefühlsmangel, sondern im Gegenteil einer unerschütterlichen Überzeugung. Als die anderen Kommis und Angestellten des Hauses die Bureaux und das Lager verlassen hatten, hatte Cocles sie gehen sehen, ohne sich weiter darum zu kümmern. Er hatte seinen letzten Monatsabschluß fertig gemacht und darin eine Differenz von siebzig Centimes zu Ungunsten der Kasse entdeckt, die er an demselben Tag seinem Prinzipal überbrachte. Der Prinzipal nahm sie mit einem schwermütigen Lächeln, ließ sie in eine beinahe leere Schublade fallen und sagte zum Kassierer: »Gut, Cocles, Sie sind die Perle der Kassierer.« Cocles entfernte sich äußerst zufrieden; denn ein Lob von Herrn Morel schmeichelte Cocles mehr als ein Geschenk von fünfzig Talern. Aber seit diesem so glücklich durchgeführten Monatsschluß hatte Herr Morel grausame Stunden durchgemacht; um gegen diesen Monatsabschluß standzuhalten, hatte er alle seine Mittel zusammengerafft und hatte sogar einige Juwelen und einen Teil von seinem Silberzeug verkauft. Mittelst dieses Opfers war diesmal noch alles zur größten Ehre des Hauses Morel vorübergegangen. Die Kasse aber blieb völlig leer. Erschreckt durch umlaufende Gerüchte, zog sich der Kredit mit seiner gewöhnlichen Selbstsucht zurück, und um gegen die 200 000, die in wenigen Wochen zurückzubezahlen waren, aufzukommen, hatte Herr Morel in Wirklichkeit nichts mehr, als die Hoffnung auf die Rückkehr der Pharao, von dessen Abgang ein Schiff, das mit ihm die Anker gelichtet, Kunde gegeben hatte. Dieses Schiff, welches wie die Pharao von Kalkutta kam, war aber bereits seit vierzehn Tagen im Hafen eingelaufen, während man von der Pharao keine Nachricht hatte.

So standen die Dinge, als der Abgesandte des Hauses Thomson und French in Rom am anderen Tag, nachdem er die von uns mitgeteilte wichtige Angelegenheit mit Herrn von Boville abgemacht hatte, sich bei Herrn Morel einfand. Emanuel empfing ihn. Der erschreckte junge Mann, der in jedem neuen Besuch einen Gläubiger vermutete, wollte seinem Herrn das Ärgerliche dieses Besuches ersparen; er befragte den Eintretenden; dieser aber erklärte ihm, er hätte nichts mit Herrn Emanuel zu tun, sondern müßte mit Herrn Morel persönlich sprechen.

Emanuel rief seufzend Cocles und befahl ihm, den Fremden zu Herrn Morel zu führen. Cocles ging voraus, und der Fremde folgte. Auf der Treppe begegnete man einem hübschen jungen Mädchen, das den Fremden voll Unruhe anschaute. Cocles bemerkte diesen Gesichtsausdruck nicht, der jedoch dem Fremden keineswegs entgangen war.

»Herr Morel ist in seinem Kabinett, nicht wahr, Fräulein Julie?« fragte der Kassierer.

»Ja, ich glaube wenigstens«, antwortete das Mädchen zögernd; »sehen Sie zuerst nach, Cocles, und wenn mein Vater dort ist, melden Sie den Herrn.«

»Es wäre unnütz, mich zu melden«, erwiderte der Engländer, »Herr Morel kennt meinen Namen nicht. Dieser brave Mann mag ihm nur sagen, ich sei der erste Kommis der Herren Thomson und French in Rom, mit denen das Haus Ihres Herrn Vaters in Verbindung steht.«

Das Mädchen erbleichte und ging weiter die Treppe hinab, und der Fremde ging vollends hinauf. Julie, wie sie der Kassierer genannt hatte, trat in das Bureau, wo sich Emanuel aufhielt, und Cocles öffnete mit Hilfe eines Schlüssels eine Tür im zweiten Stock und ließ den Fremden eintreten. Der Fremde fand Herrn Morel an seinem Schreibtisch sitzend und erbleichend vor den furchtbaren Kolonnen, in denen seine Passiva eingetragen waren. Als Herr Morel den Fremden erblickte, stand er auf und schob einen Stuhl vor; sobald er sah, daß der Fremde sich gesetzt hatte, setzte er sich ebenfalls wieder.

Vierzehn Jahre hatten eine gewaltige Veränderung bei dem würdigen Handelsherrn hervorgebracht, der am Anfang dieser Geschichte sechsunddreißig Jahre alt, nun das fünfzigste erreicht hatte. Seine Haare hatten sich gebleicht, seine Stirn war unter sorgenvollen Falten ausgehöhlt; sein einst so fester, bestimmter Blick war unbestimmt, unentschlossen geworden. Der Engländer schaute ihn mit einem Gefühl der Neugierde an, das offenbar mit Teilnahme gemischt war.

»Mein Herr«, sagte Morel, dessen Unbehaglichkeit dieses Anschauen zu verdoppeln schien, »Sie wünschten mich im Namen des Hauses Thomson und French zu sprechen?«

»Ja, mein Herr. Das Haus Thomson und French soll im Laufe des nächsten Monats in Frankreich 300000 bis 400000 Franken bezahlen, und hat, vertraut mit Ihrer strengen Pünktlichkeit, alle Papiere angekauft, die es mit Ihrer Unterschrift finden konnte, wobei mir der Auftrag geworden ist, nach Maßgabe des Verfalls die Gelder bei Ihnen zu erheben und sodann zu verwenden.«

Morel stieß einen schweren Seufzer aus, fuhr mit der Hand über seine schweißbedeckte Stirn und erwiderte: »Sie haben also von mir unterzeichnete Tratten?«

»Ja, mein Herr, für eine beträchtliche Summe.«

»Für welche Summe?« fragte Herr Morel mit einer Stimme, der er Sicherheit zu verleihen strebte.

»Einmal«, sagte der Engländer, ein Päckchen aus der Tasche ziehend, »einmal habe ich hier eine Abtretung von 200000 Franken, ausgestellt an unser Haus von Herrn von Boville, Inspektor der Gefängnisse. Erkennen Sie an, daß Sie Herrn von Boville diese Summe schuldig sind?«

»Ja, mein Herr, er hat sie zu 4½ Prozent vor bald fünf Jahren bei mir angelegt.«

»Und Sie haben den Betrag zurückzubezahlen?«

»Ja, am 15. des nächsten Monats.«

»So ist es; dann habe ich hier 32500 auf Ende dieses Monats; es sind von Ihnen unterzeichnete Wechsel.«

»Ich erkenne sie an«, sagte Herr Morel, dem bei dem Gedanken, daß er zum erstenmal in seinem Leben vielleicht seiner Unterschrift nicht entsprechen könnte, die Schamröte in das Gesicht stieg. »Ist das alles?«

»Ich habe noch auf Ende nächsten Monats diese Papiere, die das Haus Pascale und das Haus Wild und Turner in Marseille an uns verkauften, etwa 55000 Franken, im ganzen 287500 Franken.«

Es läßt sich nicht beschreiben, was der unglückliche Morel während dieser Aufzählung litt.

»287500 Franken«, wiederholte er mechanisch.

»Ja, mein Herr«, sagte der Engländer. »Ich kann Ihnen nun nicht verbergen«, fuhr er nach kurzem Stillschweigen fort, »daß, so sehr man Ihre bis jetzt vorwurfsfreie Redlichkeit zu schätzen weiß, in Marseille das Gerücht geht, Sie seien nicht imstande, Ihre Angelegenheiten durchzuführen.«

Bei dieser beinahe rohen Eröffnung erbleichte Herr Morel.

»Mein Herr«, sagte er, »bis jetzt, und es sind mehr als zwanzig Jahre, seitdem ich das Haus aus den Händen meines Vaters übernommen habe, der es selbst fünfunddreißig Jahre führte, bis jetzt ist kein von Morel und Sohn unterzeichnetes Papier an der Kasse präsentiert worden, ohne daß wir Zahlung dafür geleistet hätten.«

»Ja, ich weiß dies; doch sprechen Sie offenherzig, wie ein Ehrenmann zum andern; werden Sie diese Papiere mit derselben Pünktlichkeit bezahlen?«

Morel bebte und schaute den Engländer ängstlich an.

»Auf so offenherzig gestellte Fragen«, antwortete er, »muß ich auch offenherzig Antwort geben. Ja, mein Herr, ich bezahle, wenn mein Schiff, wie ich hoffe, glücklich im Hafen einläuft, denn seine Ankunft wird mir den Kredit wiedergeben, den mir schnell aufeinander folgende Unglücksfälle geraubt haben; bliebe aber die Pharao, die letzte Quelle, auf die ich zähle, aus...«

Die Tränen traten dem armen Reeder in die Augen.

»Nun?« fragte der Engländer, »bliebe diese letzte Quelle aus?«

»Es ist grausam zu sagen... doch, bereits an das Unglück gewöhnt, muß ich mich auch an die Schmach gewöhnen... nun, ich glaube, daß ich genötigt wäre, meine Zahlungen einzustellen.«

»Haben Sie keine Freunde, die Sie unter diesen Umständen unterstützen könnten?« fragte der Engländer.

Herr Morel lächelte traurig und erwiderte: »Im Geschäftsleben hat man keine Freunde, wie Sie wissen, sondern nur Korrespondenten.«

»Das ist wahr«, murmelte der Engländer. »Sie haben also keine Hoffnung mehr?«

»Eine einzige; die letzte.«

»Und wenn diese Hoffnung sich nicht verwirklicht?«

»Bin ich völlig zugrunde gerichtet.«

»Als ich zu Ihnen kam, lief ein Schiff im Hafen ein.«

»Ich weiß, doch ist es nicht das meinige, sondern ein bordolesisches Schiff, die Gironde; es kommt ebenfalls von Indien.«

»Vielleicht bringt es Ihnen von der Pharao Kunde.«

»Soll ich es Ihnen sagen, mein Herr, ich fürchte beinahe ebensosehr, Nachricht von meinem Dreimaster zu erhalten, als in Ungewißheit zu bleiben. Die Ungewißheit ist noch Hoffnung.«

Dann fügte Herr Morel mit dumpfem Ton bei: »Diese Verspätung ist nicht natürlich; die Pharao ist am 5. Februar in Kalkutta

abgegangen und sollte seit mehr als einem Monat hier sein.«
In diesem Augenblick hörte man Lärm auf der Treppe; man rannte auf und ab, man hörte sogar einen Schrei des Schmerzes. Morel stand auf, um die Tür zu öffnen, doch es gebrach ihm an Kraft, und er fiel in seinen Stuhl zurück. Die zwei Männer saßen einander gegenüber, Morel an allen Gliedern zitternd, der Engländer ihn mit einem Ausdruck tiefen Mitleids anschauend. Es kam dem Fremden vor, als stiege man sachte die Treppe herauf, und als ob die Tritte, die von mehreren Personen herrührten, vor der Tür anhielten. Zu gleicher Zeit öffnete sich die Tür, und sie sahen das Mädchen, die Wangen in Tränen gebadet, erscheinen. Morel stand zitternd auf und stützte sich auf den Arm seines Lehnstuhles, denn er hätte sich nicht aufrecht zu halten vermocht.
»Oh, mein Vater!« sagte das Mädchen, die Hände faltend, »verzeihen Sie Ihrem Kind, daß es Ihnen eine schlimme Botschaft bringt.«
Morel wurde bleich; Julie warf sich in seine Arme. »Oh, mein Vater! Mein Vater!« rief sie, »Mut gefaßt!«
»Die Pharao ist also zugrunde gegangen?« fragte Morel mit erstickender Stimme.
Das Mädchen antwortete nicht, sondern machte nur ein bejahendes Zeichen mit seinem an die Brust des Vaters angelehnten Haupt.
»Und die Mannschaft?« fragte Morel.
»Gerettet«, antwortete das Mädchen, »gerettet durch das bordolesische Schiff, das soeben in den Hafen eingelaufen ist.«
Morel hob seine beiden Hände mit einem Ausdruck voll Resignation und erhabener Dankbarkeit zum Himmel empor und sprach: »Ich danke, mein Gott, ich danke; wenigstens schlägst du nur mich allein.«
So phlegmatisch der Engländer war, so befeuchtete doch eine Träne sein Augenlid.
»Tretet ein«, sagte Herr Morel, »denn ich vermute, Ihr seid alle vor der Tür.«
Kaum hatte er diese Worte gesprochen, als Madame Morel schluchzend eintrat; Emanuel folgte ihr; im Vorzimmer sah man die rauhen Gesichter von sieben bis acht halbnackten Ma-

trosen. Beim Anblick dieser Menschen bebte der Engländer; er machte einen Schritt, als wollte er auf sie zugehen, aber er bemeisterte sich und drückte sich im Gegenteil in den entferntesten, dunkelsten Winkel des Kabinetts. Madame Morel setzte sich in den Lehnstuhl und nahm die Hand ihres Gatten, während Julie, an die Brust ihres Vaters gelehnt, stehenblieb.
»Wie hat sich das zugetragen?« fragte Herr Morel. »Tretet näher, Penelon, und erzählt das Ereignis, wo ist der Kapitän?«
»Was den Kapitän betrifft, Herr Morel, er ist krank in Palma geblieben; doch wenn es Gott gefällt, wird es nichts sein und Sie sehen ihn in einigen Tagen wohl und gesund ankommen.«
»Gut... nun sprecht, Penelon.«
Penelon erzählte dann, wie die Pharao bei Kap Blanc von einem heftigen Sturm überfallen wurde und trotz heldenmütigem Widerstand untergegangen sei, nachdem sich die Mannschaft und der Kapitän in ein Boot gerettet hatten.
Als der Alte geendet hatte, redete ihn Herr Morel an: »Gut, mein Freund, Ihr seid brave Leute, und ich wußte zum voraus, daß bei dem Unglück, das mir begegnet ist, niemand anders die Schuld hatte, als mein Verhängnis. Es ist der Wille Gottes und nicht der Fehler der Menschen. Nun sagt, wieviel Sold ist man Euch schuldig?«
»Ah, bah... sprechen wir nicht davon, Herr Morel.«
»Im Gegenteil, sprechen wir davon«, erwiderte der Reeder mit einem traurigen Lächeln. »Cocles, bezahlen Sie jedem von diesen braven Leuten zweihundert Franken. In einer andern Zeit hätte ich beigefügt: Geben Sie jedem zweihundert Franken als außerordentliches Geschenk, aber die Zeiten sind ungünstig, meine Freunde, und das wenige Geld, das mir übrigbleibt, ist nicht mehr mein Eigentum; entschuldigt mich also und liebt mich darum nicht minder.«
Penelon machte eine Miene der Rührung, wandte sich zu seinen Gefährten um, sprach einige Worte mit ihnen, kam dann zurück und sagte: »Was das betrifft, Herr Morel, was das betrifft...«
»Nun?«
»Nun, Herr Morel, die Kameraden meinen, sie hätten für diesen Augenblick mit fünfzig Franken jeder genug, und sie könnten mit dem Rest warten.«

»Ich danke, meine Freunde«, rief Herr Morel, tief erschüttert, »Ihr seid brave Leute; aber nehmt nur, nehmt, und wenn Ihr einen guten Dienst findet, tretet ein, Ihr seid frei.«
Diese letzten Worte brachten eine wunderbare Wirkung auf die Matrosen hervor; sie schauten einander mit bestürzter Miene an. Penelon, dem es an Atem fehlte, hätte beinahe seinen Kautabak verschluckt; zum Glück fuhr er zu rechter Zeit mit der Hand an seine Zunge.
»Wie, Herr Morel!« sagte er mit einer zusammengepreßten Stimme, wie? Sie schicken uns weg, Sie sind also unzufrieden mit uns?«
»Nein, meine Kinder«, erwiderte der Reeder, »nein, ich bin nicht unzufrieden mit Euch, im Gegenteil; nein, ich schicke Euch nicht weg. Aber was wollt Ihr, ich habe kein Schiff mehr und bedarf folglich auch keiner Matrosen.«
»Wie? Sie haben keine Schiffe mehr?« rief Penelon; »wohl, Sie lassen andere bauen, und wir warten.«
»Ich habe kein Geld mehr, um Schiffe bauen zu lassen, Penelon«, entgegnete Herr Morel traurig lächelnd; »ich kann also Euer Anerbieten nicht annehmen, so freundlich es auch ist.«
»Wohl, wenn Sie kein Geld haben, so müssen Sie uns nicht bezahlen, wir machen es, wie es die arme Pharao gemacht hat, und treiben vor Topp und Takel.«
»Genug, genug, meine Freunde«, erwiderte Herr Morel, dem vor Rührung beinahe die Sprache versagte. »Wir werden uns in besseren Zeiten wiederfinden. Emanuel, begleiten Sie diese braven Leute und seien Sie darum besorgt, daß meine Wünsche erfüllt werden.«
»Also wenigstens auf Wiedersehen, nicht wahr, Herr Morel?« versetzte Penelon.
»Ja, meine Freunde, ich hoffe wenigstens; geht.«
Auf ein Zeichen seiner Hand marschierte Cocles voran. Die Matrosen folgten dem Kassierer, und Emanuel folgte den Matrosen.
»Nun laßt mich einen Augenblick allein«, sagte der Reeder zu seiner Frau und zu seiner Tochter, »ich habe mit diesem Herrn zu sprechen.«

Und er bezeichnete mit den Augen den Bevollmächtigten des Hauses Thomson und French, der unbeweglich in seiner Ecke während dieser Szene stehengeblieben war, an der er nur mit den von uns erwähnten paar Worten teilgenommen hatte. Die Frauen schauten den Fremden an, den sie völlig vergessen hatten, und entfernten sich sodann; aber während sich die Tochter zurückzog, warf sie auf diesen Mann einen erhabenen Blick inständiger Bitte, den er mit einem Lächeln erwiderte. Die zwei Männer blieben allein.

»Nun, mein Herr«, sagte Morel, »Sie haben alles gesehen und gehört, und ich habe Ihnen nichts mehr mitzuteilen.«

»Ich habe gesehen, mein Herr«, erwiderte der Engländer, »daß Ihnen ein neues Unglück, so unverdient als die anderen, widerfahren ist, und das hat mich in meinem Wunsch, Ihnen angenehm zu sein, bestärkt.«

»Oh, mein Herr...«

»Ich bin einer von Ihren Hauptgläubigern, nicht wahr?«

»Sie sind wenigstens derjenige, welcher die Wechsel der kürzesten Sicht von mir in Händen hat. Eine Fristverlängerung könnte mir die Ehre und sogleich das Leben retten.«

»Wieviel verlangen Sie?«

»Zwei Monate«, sagte Morel zögernd.

»Gut«, sagte der Fremde, »ich gebe Ihnen drei.«

»Doch glauben Sie, daß das Haus Thomson und French...?«

»Seien Sie unbesorgt, ich nehme alles auf mich... Wir haben heute den 5. Juni. – Erneuern Sie mir alle diese Papiere auf den 5. September, und am 5. September um elf Uhr morgens (die Uhr zeigte gerade in diesem Augenblick die elfte Stunde) werde ich mich bei Ihnen einfinden.«

»Ich werde Sie erwarten, mein Herr, und Sie sollen Bezahlung erhalten, oder ich bin tot.«

Diese letzten Worte sprach Morel so leise, daß sie der Fremde nicht hören konnte. Die Papiere wurden erneuert, man zerriß die alten, und der arme Reeder hatte wenigstens drei Monate vor sich, um seine letzten Mittel aufzubieten. Der Engländer empfing seinen Dank mit dem seiner Nation eigentümlichen Phlegma und nahm von Morel Abschied, der ihn unter Segnungen bis an die Tür zurückführte. Auf der Treppe traf er Julie;

das Mädchen tat, als ob es hinabginge, aber es wartete auf ihn.

»Oh, mein Herr...« rief Julie, die Hände faltend.

»Mein Fräulein«, sagte der Fremde, »Sie werden eines Tages einen Brief, unterzeichnet – *Simbad der Seefahrer* – bekommen. Tun Sie Punkt für Punkt, was der Brief sagt, so seltsam Ihnen auch die Aufforderung erscheinen mag.«

»Gut, mein Herr«, erwiderte Julie.

»Versprechen Sie es mir?«

»Ich schwöre es Ihnen.«

»Leben Sie wohl, mein Fräulein; bleiben Sie stets ein gutes, frommes Mädchen, und ich hoffe, Gott wird Sie dadurch belohnen, daß er Ihnen Herrn Emanuel zum Gatten gibt.«

Julie stieß einen leichten Schrei aus, wurde rot wie eine Kirsche, und hielt sich am Geländer, um nicht zu fallen. Der Engländer entfernte sich mit einer Gebärde des Abschieds. Im Hof begegnete er Penelon; dieser hatte eine Rolle von hundert Franken in der Hand, und schien sich nicht entschließen zu können, das Geld fortzutragen.

»Kommt, mein Freund«, sagte der Engländer zu ihm, »ich habe mit Euch zu sprechen.«

7. Der fünfte September

Die von dem Mandatar des Hauses Thomson und French in dem Augenblick, als es Morel am wenigsten erwartete, bewilligte Frist glaubte der arme Reeder als eine von jenen Erscheinungen des Glücks betrachten zu dürfen, die dem Menschen verkündigen, das Schicksal sei endlich müde geworden, auf sein Verderben zu trachten. An demselben Tag erzählte er das, was ihm begegnet war, seiner Tochter, seiner Frau und Emanuel, und es kehrte ein wenig Hoffnung und Ruhe in die Familie zurück. Leider aber hatte es Morel nicht allein mit dem Haus Thomson und French zu tun, das sich so nachsichtig gegen ihn zeigte.

Zum Unglück hatten, sei es aus Haß, sei es aus Verblendung, nicht alle Korrespondenten dieselbe Nachsicht. Die von Morel unterzeichneten Tratten wurden daher mit ängstlicher Strenge an der Kasse präsentiert, aber von Cocles, infolge der von dem

Engländer bewilligten Frist, ohne Verzug bezahlt; Cocles verharrte fortwährend in seiner prophetischen Ruhe.
Der ganze Handelsstand in Marseille war der Meinung, nach den Unglücksfällen, die Herrn Morel hintereinander getroffen, könnte dieser sich nicht halten. Man staunte daher nicht wenig, als man sah, daß sein Monatsschluß sich mit der gewöhnlichen Pünktlichkeit bewerkstelligte. Doch das Vertrauen kehrte darum nicht zurück, und man verschob einstimmig auf das Ende des nächsten Monats die Insolvenzerklärung des unglücklichen Reeders.
Der ganze Monat verging in unerhörten Anstrengungen von seiten Morels, um alle seine Mittel aufzubieten. Früher wurde sein Papier, auf welches Datum es auch ausgestellt sein mochte, mit Vertrauen angenommen und sogar gesucht. Morel wollte Papier auf neunzig Tage negoziieren und fand alle Banken geschlossen. Zum Glück hatte Morel selbst einige Zurückzahlungen zu erwarten, auf die er rechnen konnte, und die erwarteten Gelder gingen auch wirklich ein; Morel fand sich dadurch abermals in den Stand gesetzt, seinen Verbindlichkeiten zu entsprechen, als das Ende des Juli erschien.
Den Mandatar des Hauses Thomson und French hatte man übrigens nicht mehr in Marseille gesehen. Er war verschwunden, und da er in Marseille nur mit dem Maire, dem Inspektor der Gefängnisse und Herrn Morel verkehrt hatte, so ließ seine Anwesenheit keine andere Spur zurück, als die verschiedenen Erinnerungen, die diese drei Personen von ihm bewahrten. Die Matrosen der Pharao hatten, wie es schien, irgendein Unterkommen gefunden, denn sie waren ebenfalls verschwunden.
Von der Unpäßlichkeit, die ihn in Palma zurückgehalten hatte, wieder genesen, kehrte der Kapitän Gaumard ebenfalls zurück. Er zögerte, sich bei Morel zu zeigen, aber dieser erfuhr seine Ankunft und suchte ihn selbst auf. Der würdige Reeder kannte vorher schon, durch die Erzählung von Penelon, das mutige Benehmen des Kapitäns während des unglücklichen Ereignisses, und er war es nun, der den Seemann zu trösten suchte. Er brachte ihm den Betrag seines Soldes, den der Kapitän Gaumard nicht zu erheben gewagt hätte.
Der August verlief in beständig erneuerten Versuchen von

Herrn Morel, seinen alten Kredit wiederzuheben und sich einen neuen zu eröffnen, ohne daß es ihm gelang. Als aber der 31. kam, öffnete sich gegen alle Voraussicht die Kasse wie gewöhnlich. Cocles erschien hinter dem Gitter, ruhig, wie der Gerechte von Horaz, untersuchte mit derselben Aufmerksamkeit das Papier, das man ihm präsentierte, und bezahlte die Tratten von der ersten bis zur letzten mit gleicher Pünktlichkeit. Man begriff dies durchaus nicht und verschob mit der den Unglückspropheten eigentümlichen Hartnäckigkeit den Bankrott auf das Ende des Septembers.

Morel war einige Tage in Paris gewesen und hatte versucht, bei seinem ehemaligen Rechnungsführer Danglars ein Darlehen aufzunehmen, doch auch dieses letzte Mittel, zu dem er sich nur schwer entschlossen hatte, schlug fehl. Gelähmt unter der Demütigung einer abschlägigen Antwort, kam er zurück.

Er stieß bei seiner Ankunft keine Klage aus, brachte keine Anschuldigung vor, umarmte nur weinend seine Frau und seine Tochter, reichte Emanuel freundschaftlich die Hand, verlangte nach Cocles und schloß sich mit diesem in sein Kabinett im zweiten Stock ein.

»Diesmal sind wir verloren«, sagten die zwei Frauen zu Emanuel, und in einer kurzen Beratung, die sie unter sich hielten, wurde sodann beschlossen, daß Julie an ihren Bruder, der in Nimes in Garnison lag, schreiben und ihn auffordern sollte, sogleich zu kommen. Die armen Frauen fühlten, daß sie aller ihrer Kräfte bedurften, um den Schlag zu ertragen, der sie bedrohte. Überdies übte Maximilian Morel, obgleich erst 22 Jahre alt, doch bereits einen großen Einfluß auf seinen Vater aus.

Es war ein fester, rechtschaffener junger Mann, hatte sich für die militärische Laufbahn entschieden, machte vortreffliche Studien und trat in die polytechnische Schule ein, die er, zum Unterleutnant im 53sten Linien-Regiment ernannt, wieder verließ. Im Regiment galt Maximilian Morel als sehr strenger, pflichtgetreuer Mann, und man nannte ihn nur den Stoiker.

Die beiden Frauen täuschten sich nicht über das Mißliche ihrer Lage, denn einen Augenblick später, nachdem Herr Morel mit Cocles in sein Kabinett gegangen war, sah Julie den letzteren bleich, zitternd und mit völlig verstörtem Gesicht wieder her-

auskommen. Sie wollte ihn fragen, als er an ihr vorüberging, doch der brave Mann lief mit einer bei ihm ungewöhnlichen Eile unaufhaltsam die Treppe hinab und rief ihr nur, die Hand zum Himmel erhebend, zu: »Oh, mein Fräulein! Welch ein furchtbares Unglück, wer hätte das je gedacht!«
Eine Minute später sah ihn Julie mit ein paar dicken Handlungsbüchern, einem Portefeuille und einem Sack Geld wieder hinaufgehen. Morel untersuchte die Bücher, öffnete das Portefeuille und zählte das Geld. Alle baren Mittel beliefen sich auf 5 000 bis 8 000 Franken, die Einnahmen bis zum 5. auf 4 000 bis 5 000, was also im höchsten Fall einen Aktivstand von 14 000 Franken bildete, womit einer Tratte von 287 500 Franken entsprochen werden sollte. Eine solche Abschlagszahlung anzubieten, war nicht möglich
Als jedoch Herr Morel zum Mittagessen kam, schien er ziemlich ruhig. Diese Ruhe erschreckte die zwei Frauen mehr, als es die tiefste Niedergeschlagenheit hätte tun können. Cocles schien ganz stumpfsinnig; er hielt sich einen Teil des Tages, auf einem Stein sitzend und mit bloßem Kopf bei dreißig Grad Wärme, im Hof auf. Emanuel suchte die Frauen zu trösten; aber es mangelte ihm an Beredsamkeit. Der junge Mann war zu sehr in die Angelegenheiten des Hauses eingeweiht, um nicht zu fühlen, daß eine große Katastrophe der Familie Morel bevorstand. Es kam die Nacht; die Frauen wachten in der Hoffnung, Morel würde, von seinem Kabinett herabkommend, bei ihnen eintreten, doch sie hörten, wie er, ohne Zweifel aus Furcht, man könnte ihn rufen, seine Tritte dämpfend, an ihrer Tür vorüberschlich. Sie horchten; er kehrte in sein Zimmer zurück und schloß die Tür von innen
Madame Morel hieß ihre Tochter schlafen gehen; eine halbe Stunde, nachdem sich Julie entfernt hatte, stand sie auf, zog ihre Schuhe aus und schlüpfte in den Gang, um zu sehen, was ihr Gatte machte. Im Gang erblickte sie einen Schatten, der sich zurückzog. Sie erkannte Julie, die, selbst unruhig, ihrer Mutter zuvorgekommen war. Julie ging auf Madame Morel zu und sagte: »Er schreibt.«
Madame Morel neigte sich zum Schlüsselloch herab. Morel schrieb wirklich; aber was ihre Tochter nicht bemerkt hatte, das

bemerkte Madame Morel; ihr Gatte schrieb auf gestempeltes Papier. Es kam ihr der furchtbare Gedanke, er mache sein Testament; sie bebte an allen Gliedern und hatte dennoch die Kraft, nichts zu sagen.

Am andern Tag erschien Herr Morel ganz ruhig, er hielt sich wie gewöhnlich in seinem Bureau auf, kam wie gewöhnlich zum Frühstück herab; nur ließ er nach dem Mittagsbrot seine Tochter bei sich sitzen, nahm den Kopf des Kindes in seinen Arm und hielt ihn lange an seine Brust. Am Abend sagte Julie zu ihrer Mutter, sie habe, obgleich ihr Vater scheinbar ruhig gewesen, doch sein Herz heftig schlagen gefühlt. Die zwei nächsten Tage gingen ungefähr auf die gleiche Weise hin.

Die ganze Nacht vom 4. auf den 5. horchte Madame Morel, ihr Ohr fester an das Täfelwerk haltend; bis 3 Uhr morgens hörte sie ihren Gatten in großer Aufregung im Zimmer umhergehen; erst nach drei Uhr warf er sich auf sein Bett. Die zwei Frauen verbrachten die Nacht zusammen. Seit dem vorhergehenden Abend erwarteten sie Maximilian. Um acht Uhr trat Herr Morel in ihr Zimmer; er war ruhig, aber die Aufregung der Nacht zeigte sich auf seinem bleichen, verstörten Gesicht. Die Frauen wagten es nicht, ihn zu fragen, ob er gut geschlafen habe. Morel war freundlicher gegen seine Frau und väterlicher gegen seine Tochter, als er es je gewesen; er konnte nicht satt werden, das arme Kind anzuschauen und zu küssen.

Julie wollte ihrem Vater folgen, als er sich entfernte; er stieß sie jedoch sanft zurück und sagte: »Bleib bei deiner Mutter.«

Julie drang in ihn, doch er sprach: »Ich will es.«

Sie blieb stumm und unbeweglich auf ihrem Platz stehen. Eine Minute später öffnete sich die Tür, und sie fühlte zwei Arme, die sie umschlangen, und einen Mund, der sich auf ihre Strin preßte. Sie schlug die Augen auf und stieß einen Freudenschrei aus.

»Maximilian! Mein Bruder!« rief sie.

Bei diesem Ruf lief Madame Morel herbei und warf sich in die Arme ihres Sohnes.

»Meine Mutter!« sagte der junge Mann und schaute dabei abwechselnd Madame Morel und ihre Tochter an, »was gibt es denn? Was geht denn vor? Euer Brief hat mich erschreckt, und ich eilte herbei!«

»Julie«, sagte Madame Morel, ihrem Sohn ein Zeichen machend, »benachrichtige deinen Vater, daß Maximilian angekommen ist.«
Julie eilte hinaus, aber auf der ersten Stufe der Treppe begegnete sie einem Mann, der einen Brief in der Hand hielt.
»Sind Sie nicht Fräulein Julie Morel?« fragte dieser Mann mit stark italienischem Akzent.
»Ja, mein Herr«, stammelte Julie; »doch was wollen Sie? Ich kenne Sie nicht.«
»Lesen Sie diesen Brief« antwortete der Mann und reichte ihr das Billett. Julie zögerte.
»Es handelt sich um die Wohlfahrt Ihres Vaters.«
Das Mädchen entriß das Billett seinen Händen, öffnete es rasch und las:

»Begeben Sie sich sogleich in die Allées de Meillan; treten Sie in das Haus Nr. 15; verlangen Sie von dem Hausverwalter den Schlüssel des Zimmers im fünften Stock; gehen Sie in dieses Zimmer; nehmen Sie von der Ecke des Kamins eine rote seidene Börse, und bringen Sie diese Börse Ihrem Vater. Es ist von großem Belang, daß er sie vor elf Uhr erhält. Sie haben mir blind zu gehorchen versprochen; ich erinnere Sie an dieses Versprechen.

Simbad der Seefahrer.«

Julie stieß einen Freudenschrei aus, schlug die Augen auf und suchte, um ihn zu befragen, den Mann, der ihr das Billett zugestellt hatte, aber er war verschwunden. Sie schaute dann wieder auf das Billett, um es zum zweitenmal zu lesen und bemerkte, daß es eine Nachschrift hatte. Julie las:

»Es ist wichtig, daß Sie diese Sendung in Person und allein erfüllen; kämen Sie begleitet, oder es erschiene eine andere Person an Ihrer Stelle, so würde der Hausverwalter antworten, er wisse nicht, was man wolle.«

Diese Nachricht mäßigte bedeutend die Freude von Julie. Hatte sie nichts zu befürchten? War es nicht eine Falle, die man ihr stellte? Julie zögerte; sie beschloß, um Rat zu fragen; doch infolge eines seltsamen Gefühls nahm sie ihre Zuflucht weder zu ihrer Mutter noch zu ihrem Bruder, sondern zu Emanuel. Sie ging hinab und erzählte ihm, was ihr am Tage der Erscheinung des Bevollmächtigten von Thomson und French bei ihrem Vater begegnet war, wiederholte das Versprechen, das sie geleistet hatte, und zeigte ihm den Brief.

»Sie müssen den Gang machen, mein Fräulein«, sagte Emanuel.

»Ich muß ihn machen?«

»Ja, ich begleite Sie.«

»Haben Sie denn nicht gelesen, daß ich allein sein soll?«

»Sie werden auch allein sein; ich erwarte Sie an der Ecke der Rue du Musée, und wenn Sie so lange ausbleiben, daß es mir Unruhe bereitet, so suche ich Sie auf, und ich stehe Ihnen dafür, wehe denen, von denen Sie mir sagen werden, Sie haben sich über sie zu beklagen!«

»Also, Emanuel«, versetzte zögernd das junge Mädchen, »es ist also Ihre Ansicht, daß ich dieser Aufforderung Folge leisten soll?«

»Ja. Sagte Ihnen der Bote nicht, es handle sich um die Wohlfahrt Ihres Vaters?«

»Aber, Emanuel, welche Gefahr läuft er denn?« fragte Julie. Emanuel zögerte einen Augenblick, doch das Verlangen, sie mit einem einzigen Schlag und ohne Verzug zu bestimmen, gewann die Oberhand, und er sprach: »Hören Sie! Nicht wahr, um elf Uhr soll Ihr Vater gegen 300 000 Franken bezahlen? Nun, er hat keine 15 000 in der Kasse. Wenn also Ihr Vater bis heute vor elf Uhr nicht jemand gefunden hat, der ihm zu Hilfe kommt, so ist er um Mittag genötigt, sich zahlungsunfähig zu erklären.«

»Ah, kommen Sie«, rief Julie und zog den jungen Mann mit sich fort.

Mittlerweile hatte Madame Morel ihrem Sohn alles auseinandergesetzt. Der junge Mann wußte wohl, daß infolge der seinem Vater hintereinander widerfahrenen Unglücksfälle große Reformen in den Ausgaben des Hauses vorgenommen worden waren, aber er wußte nicht, daß sich die Sache so schlimm gestaltet hatte. Er blieb wie vernichtet; dann eilte er plötzlich aus dem Zimmer und stieg rasch die Treppe hinauf, denn er glaubte, sein

Vater wäre in seinem Kabinett, aber er klopfte vergebens. Als er vor der Tür des Kabinetts stand, hörte er die Wohnung sich öffnen; er wandte sich um und sah seinen Vater. Statt gerade in sein Kabinett hinaufzugehen, war Herr Morel in sein Zimmer gegangen und kam jetzt erst aus diesem. Herr Morel stieß einen Schrei der Überraschung aus, als er Maximilian erblickte; er wußte nichts von der Ankunft seines Sohnes. Der Vater blieb unbeweglich auf der Stelle und preßte mit dem linken Arm einen Gegenstand, den er unter seinem Oberrock verborgen hielt. Maximilian stieg rasch die Treppe hinab und warf sich seinem Vater um den Hals; aber plötzlich wich er zurück und ließ nur seine linke Hand auf der Brust von Morel ruhen.

»Mein Vater«, sagte er, bleich wie der Tod, »warum haben Sie ein paar Pistolen unter Ihrem Oberrock?«

»Oh, das befürchtete ich«, versetzte Morel.

»Mein Vater! Mein Vater! Im Namen des Himmels«, rief der junge Mann, »wozu diese Waffen?«

»Maximilian«, antwortete Morel, seinen Sohn starr anschauend, »du bist ein Mann, du bist ein Mann von Ehre, komm, und ich werde es dir sagen.«

Und mit sicherem Schritt stieg Morel in sein Kabinett hinauf, während ihm sein Sohn wankend folgte. Morel öffnete die Tür und schloß sie wieder hinter seinem Sohn; dann durchschritt er das Vorzimmer, näherte sich dem Bureau, legte seine Pistolen auf die Ecke des Tisches und bezeichnete Maximilian mit der Fingerspitze ein offenes Buch. In diesem Buch war der Stand der Dinge genau eingetragen. Morel hatte in einer halben Stunde 287 500 Franken zu bezahlen und besaß im ganzen nur 15 227 Franken. Der junge Mann las und war einen Augenblick völlig niedergeschmettert. Morel sprach kein Wort; was hätte er dem unerbittlichen Urteil der Zahlen beifügen können?

»Und Sie haben alles getan, um diesem Unglück zu begegnen, mein Vater?« fragte der junge Mann.

»Ja.«

»Sie haben alle Ihre Quellen erschöpft?«

»Alle.«

»Und in einer halben Stunde ist unser Name entehrt?« führte der Sohn mit düsterem Ton bei.

»Blut wäscht die Schande ab«, sagte Morel.
»Sie haben recht, mein Vater, ich verstehe Sie.« Dann, seine Hand nach den Pistolen ausstreckend, fügte Maximilian bei: »Eine für Sie, eine für mich.«
Morel hielt seine Hand zurück.
»Und deine Mutter... deine Schwester... wer wird sie ernähren?«
Ein Schauer durchlief den ganzen Leib des jungen Mannes.
»Mein Vater«, sagte er, »bedenken Sie, daß Sie mich leben heißen?«
»Ja, ich sage es dir, denn es ist deine Pflicht; du hast einen starken, ruhigen Geist, Maximilian... Maximilian, du bist kein gewöhnlicher Mensch; ich befehle dir nichts, ich schreibe dir nichts vor, ich sage dir nur: Untersuche die Lage der Dinge, als ob du ein Fremder wärst, und urteile dann selbst.«
Der junge Mann dachte einen Augenblick nach, dann trat ein Ausdruck erhabener Resignation auf seinem Antlitz hervor; nur zuckte er mit einer langsamen, traurigen Bewegung die Epauletten, die Zeichen seines Grades.
»Wohl«, sprach er, Morel die Hand reichend, »sterben Sie im Frieden, ich werde leben, mein Vater.«
Morel machte eine Bewegung, um sich seinem Sohn zu Füßen zu werfen. Maximilian zog ihn an sich, und diese zwei edlen Herzen schlugen einen Augenblick fest aneinander gepreßt.
»Du weißt, daß es nicht meine Schuld ist«, sagte Morel.
Maximilian lächelte.
»Ich weiß, mein Vater, daß Sie der ehrlichste Mann sind, den ich kennengelernt habe.«
»Wohl, alles ist abgemacht; kehre nun zu deiner Mutter und zu deiner Schwester zurück.«
»Mein Vater«, antwortete der junge Mann, die Knie beugend, »segnen Sie mich.«
Morel nahm den Kopf seines Sohnes zwischen seine zwei Hände und drückte wiederholt seine Lippen darauf.
»Ja, ja«, rief er, »ich segne dich in meinem Namen und im Namen von drei Generationen vorwurfsfreier Menschen. Höre, was sie dir durch meine Stimme sagen: Das Gebäude, das das Unglück zerstört hat, kann die Vorsehung wieder aufbauen.

Wenn sie mich einen solchen Tod sterben sehen, werden die Unerbittlichsten Mitleid mit mir haben; dir wird man vielleicht die Zeit gönnen, die man mir verweigert hat; dann strebe vor allem danach, daß das Wort ehrlos nicht ausgesprochen werde; schreite zum Werk, arbeite, junger Mann, kämpfe heiß und mutig; lebt, du, deine Mutter und deine Schwester, vom Notwendigsten, damit Tag für Tag das Gut derjenigen, welchen ich schuldig bin, wachse und unter deinen Händen Früchte trage. Bedenke, daß es ein schöner Tag, ein großer Tag, ein feierlicher Tag sein wird, der der Wiedereinsetzung, der Tag, wo du in diesem Zimmer sagen wirst: Mein Vater ist gestorben, weil er nicht tun konnte, was ich heute tue, doch er ist ruhig und getrost gestorben, weil er wußte, ich würde es tun.«

»Oh, mein Vater, mein Vater, wenn Sie dennoch leben könnten!«

»Wenn ich lebe, ist alles verloren, wenn ich lebe, verwandelt sich die Teilnahme in Zweifel, das Mitleid in Erbitterung; wenn ich lebe, bin ich nur ein Mensch, der sein Wort gebrochen hat, der seiner Verbindlichkeit nicht nachgekommen ist; ich bin nichts anderes als ein Bankrottier. Sterbe ich dagegen, bedenke wohl, Maximilian, so ist mein Leichnam der eines unglücklichen, aber ehrlichen Mannes. Bleibe ich am Leben, so werden meine besten Freunde mein Haus meiden. Bin ich tot, so folgt mir ganz Marseille weinend bis zu meiner letzten Ruhestätte. Lebe ich, so mußt du dich meines Namens schämen; sterbe ich, so erhebe stolz das Haupt und sprich: Ich bin der Sohn des Mannes, der sich getötet hat, weil er zum erstenmal im Leben sein Wort nicht halten konnte.«

Der junge Mann stieß einen Seufzer aus, doch er schien sich zu fügen. Zum zweitenmal trat die Überzeugung nicht in sein Herz, aber in seinen Geist.

»Und nun laß mich allein«, sagte Morel, »und suche die Frauen zu entfernen.«

»Wollen Sie nicht meine Schwester noch einmal sehen?« fragte Maximilian.

Eine letzte, schwache Hoffnung lag für den jungen Mann in dieser Zusammenkunft verborgen, und deshalb schlug er sie vor.

Herr Morel schüttelte den Kopf und erwiderte: »Ich habe sie heute morgen gesehen und ihr Lebewohl gesagt.«
»Haben Sie mir keinen besonderen Auftrag zu erteilen, mein Vater?« fragte Maximilian mit bebender Stimme.
»Allerdings, mein Sohn, einen heiligen Auftrag.«
»Sprechen Sie, mein Vater.«
»Das Haus Thomson und French ist das einzige, das aus Menschlichkeit, vielleicht aus Selbstsucht – es kommt mir nicht zu, in den Herzen der Menschen zu lesen – Mitleid mit mir gehabt hat. Sein Mandatar, derjenige, der in zehn Minuten erscheinen wird, um den Betrag einer Tratte von 287 500 Franken in Empfang zu nehmen, hat mir drei Monate nicht bewilligt, sondern angeboten. – Dieses Haus werde zuerst befriedigt, mein Sohn, dieser Mann sei dir heilig.«
»Ja, mein Vater.«
»Und nun noch einmal Lebewohl, mein Sohn; geh, geh, ich muß allein sein. Du findest mein Testament in dem Schreibpult in meinem Schlafzimmer.«
Der junge Mann blieb stehen, denn er hatte zwar eine Kraft des Willens, aber keine der Ausführung.
»Höre, Maximilian«, sagte sein Vater, »denke dir, ich sei Soldat wie du, ich habe den Befehl erhalten, eine Schanze zu nehmen, und du weißt, ich müsse bei dem Erstürmen derselben getötet werden, würdest du mir nicht sagen: Gehen Sie, mein Vater, denn Sie entehren sich, wenn Sie bleiben, und besser der Tod als die Schande?«
»Ja, ja«, sagte der junge Mann, Morel krampfhaft in seine Arme schließend; »ja, gehen Sie.«
Und er stürzte aus dem Kabinett.
Als sein Sohn sich entfernt hatte, blieb Morel ein paar Sekunden, die Augen starr auf die Tür geheftet, dann griff er nach einer Klingelschnur und läutete. Alsbald erschien Cocles. Es war nicht mehr derselbe Mensch, diese drei Tage hatten ihn gelähmt. Der Gedanke: das Haus Morel ist im Begriff, seine Zahlungen einzustellen, beugte ihn mehr nieder, als es zwanzig auf seinem Haupt angehäufte Jahre getan hätten.
»Mein guter Cocles«, sagte Morel mit einem Ton, dessen Ausdruck sich nicht beschreiben läßt, »du wirst im Vorzimmer blei-

ben. Wenn der Herr, der bereits vor drei Monaten hier gewesen ist, der Mandatar von Thomson und French, kommt, meldest du ihn.« Cocles antwortete nicht; er machte ein Zeichen mit dem Kopf, setzte sich in das Vorzimmer und wartete. Morel fiel in seinen Lehnstuhl zurück; seine Augen wandten sich zu der Pendeluhr; es blieben ihm nur noch sieben Minuten; der Zeiger rückte mit einer unglaublichen Geschwindigkeit vor; es dünkte ihm, er sehe denselben fortschreiten. Was nun in dem Geist dieses Mannes vorging, der, noch jung, sich infolge eines vielleicht falschen, aber wenigstens auf scheinbaren Gründen beruhenden Schlusses, von allem, was er auf der Welt liebte, trennen und das Leben verlassen wollte, vermag keine Feder zu schildern; man hätte, um einen Begriff zu bekommen, seine mit Schweiß bedeckte und dennoch ruhige Stirn, seine von Tränen befeuchteten und dennoch zum Himmel aufgeschlagenen Augen sehen müssen.

Der Zeiger rückte immer weiter vor, die Pistolen waren geladen; er streckte die Hand aus, ergriff eine und murmelte den Namen seiner Tochter; dann legte er die tödliche Waffe wieder nieder, nahm eine Feder und schrieb ein paar Worte. Es kam ihm vor, als hätte er seinem geliebten Kind nicht genug Lebewohl gesagt; dann wandte er sich wieder nach der Pendeluhr. Er zählte nicht mehr nach Minuten, sondern nach Sekunden. Er faßte abermals die Waffe, den Mund halbgeöffnet und die Augen starr auf den Zeiger geheftet; und er bebte bei dem Geräusch, das er selbst, den Hahn spannend, machte. Der Schweiß lief ihm immer kälter über die Stirn, immer tödlicher schnürte ihm die Angst das Herz zusammen; er hörte, wie die Tür der Treppe auf ihren Angeln knarrte und sich sodann die seines Kabinetts öffnete; die Pendeluhr war auf den Punkt, die elfte Stunde zu schlagen.

Morel wandte sich nicht um, er erwartete von Cocles die Worte: »Der Mandatar des Hauses Thomson und French!« und näherte die Waffe seinem Mund. Plötzlich hörte er einen Schrei.

Es war die Stimme seiner Tochter.

Er kehrte sich um und erblickte Julie; die Pistole entglitt seinen Händen.

»Mein Vater!« rief das Mädchen atemlos und beinahe sterbend vor Freude, »gerettet! Sie sind gerettet!«
Und sie warf sich, mit der Hand eine rote seidene Börse emporhaltend, in seine Arme.
»Gerettet, mein Kind?« fragte Morel, »was willst du damit sagen?«
»Ja, gerettet! Sehen Sie, sehen Sie!«
Morel ergriff die Börse und bebte, denn es sagte ihm eine dunkle Erinnerung, daß dieser Gegenstand einst ihm gehört hat. Auf der einen Seite fand er die Tratte von 287 500 Franken; die Tratte war quittiert. Auf der anderen gewahrte er einen Diamanten von der Größe einer Haselnuß, mit den auf ein Stück Pergament geschriebenen drei Worten: »Mitgift für Julie.«
Morel fuhr mit der Hand über seine Stirn: er glaubte zu träumen. In diesem Augenblick schlug die Pendeluhr die elfte Stunde. Der Klang vibrierte in ihm, als ob jeder Schlag des stählernen Hammers an seinem eigenen Herzen widertönte.
»Sprich, mein Kind«, sagte Morel, »erkläre dich! Wo hast du diese Börse gefunden?«
»In einem Haus der Allées de Meillan, Nr. 15, auf der Ecke des Kamins eines armseligen Zimmers im fünften Stock.«
»Diese Börse gehört aber nicht dir!« rief Morel.
Julie reichte dem Vater den Brief, den sie am Morgen empfangen hatte.
»Und du bist allein in jenem Haus gewesen?« fragte er, nachdem er gelesen hatte.
»Emanuel begleitete mich, mein Vater; er sollte an der Ecke der Rue du Musée auf mich warten, war aber seltsamerweise bei meiner Rückkehr nicht dort.«
»Herr Morel!« rief man auf der Treppe, »Herr Morel!«
Zu gleicher Zeit trat Emanuel, das Gesicht vor Freude und Aufregung ganz verstört, ein.
»Die Pharao!« rief er, »die Pharao!«
»Nun was, die Pharao? Sind Sie verückt, Emanuel? Sie wissen, daß sie zugrunde gegangen ist!«
»Die Pharao! Herr, man signalisiert die Pharao! Die Pharao läuft in den Hafen ein!«

Morel fiel in seinen Stuhl zurück; die Kräfte verließen ihn; sein Verstand weigerte sich, diese Folge unglaublicher, unerhörter, fabelhafter Ereignisse zu ordnen. Aber Maximilian trat ebenfalls ein und rief: »Mein Vater, was sagten Sie denn, die Pharao sei zugrunde gegangen? Die Wache hat sie signalisiert, und sie läuft, wie ich höre, in den Hafen ein.«

»Meine Freunde«, sagte Morel, »wenn dies der Fall wäre, so müßte man an ein Wunder des Himmels glauben. Unmöglich! Unmöglich!«

Was aber wirklich war und nicht minder unglaublich erschien, das war die Börse, die er in der Hand hielt, das war der quittierte Wechsel, das war der prachtvolle Diamant.

»Ah, mein Herr«, sagte Cocles, »was soll das bedeuten, die Pharao?«

»Auf, meine Kinder«, sagte Morel, sich erhebend, »wir wollen sehen, und Gott sei uns barmherzig, wenn es eine falsche Nachricht ist.«

Sie gingen hinab; mitten auf der Treppe wartete Madame Morel; die arme Frau hatte es nicht gewagt, hinaufzugehen. In einem Augenblick befanden sie sich auf der Cannebière. Es war eine Menge von Menschen versammelt. Alles Volk machte Platz für Morel.

»Die Pharao! Die Pharao « riefen alle diese Stimmen.

Wunderbar, unerhört! Ein Schiff, an dessen Vorderteil in weißen Buchstaben die Worte: »Die Pharao, Morel und Sohn von Marseille«, geschrieben waren, und das ganz die Gestalt der Pharao hatte und wie diese mit Indigo und Cochenille beladen war, ging in der Tat vor dem Saint-Jean-Turme vor Anker. Auf dem Verdeck gab der Kapitän Gaumard seine Befehle, und Meister Penelon machte Herrn Morel Zeichen. Es ließ sich nicht mehr zweifeln, das Zeugnis der Sinne war da, und zehntausend Menschen unterstützten diesen Beweis. Als Morel und sein Sohn auf dem Hafendamm unter dem Beifallsgeschrei der ganzen diesem Schauspiel beiwohnenden Stadt sich umarmten, murmelte ein Mann, dessen Kopf halb von einem schwarzen Bart bedeckt war, indem er hinter einem Schilderhäuschen verborgen voll Rührung diese Szene betrachtete, die Worte: »Sei glücklich, edles Herz; sei gesegnet für alles Gute, was du getan hast und noch tun wirst, und meine Dankbarkeit bleibe im Dunkeln, wie deine Wohltat.“ Und mit einem Lächeln, in dem sich Freude und Glück ausprägten, verließ er den Ort, an dem er sich verborgengehalten hatte, stieg, ohne daß jemand ihn bemerkte, so sehr war jedermann mit dem Ereignis des Tages beschäftigt, eine von den kleinen Treppen hinab, die zum Landen benützt werden, und rief dreimal: »Jacopo!«

Eine Schaluppe kam auf ihn zu, nahm ihn an Bord und führte ihn zu einer reich ausgerüsteten Jacht, auf deren Verdeck er mit Leichtigkeit eines Seemannes sprang; von hier aus betrachtete er noch einmal Morel, der vor Freude weinend herzliche Händedrücke an alle Welt austeilte und mit einem irrenden Blick dem unsichtbaren Wohltäter dankte, den er im Himmel zu suchen schien.

»Und nun«, sprach der Unbekannte, »fahret wohl, Güte, Menschlichkeit, Dankbarkeit ... fahret wohl alle Gefühle, die das Herz ausdehnen!... Ich habe die Stelle der Vorsehung eingenommen, um die Guten zu belohnen... jetzt trete mir der rächende Gott seinen Platz ab, um die Bösen zu bestrafen!«

Nach diesen Worten gab er ein Signal, und die Jacht, als hätte sie nur auf dieses Signal gewartet, ging sogleich in See.

8. Simbad der Seefahrer

Am Anfang des Jahres 1838 befanden sich in Florenz zwei junge Leute, die der elegantesten Gesellschaft von Paris angehörten. Der eine war der Vicomte Albert von Morcerf, der andere der Baron Franz d'Epinay. Es war unter ihnen verabredet worden, den Karneval desselben Jahres in Rom zuzubringen, wo Franz, der seit beinahe vier Jahren in Italien lebte, Albert als Cicerone dienen sollte. Albert wollte die Zeit, die er noch vor sich hatte, benützen, und reiste nach Neapel ab. Franz blieb in Florenz. Als er einige Zeit das Leben, das die Stadt der Medici bietet, genossen hatte, kam es ihm in den Kopf, da er Korsika, die Wiege von Bonaparte, bereits besucht hatte, auch die Insel Elba, diese berühmte Station von Napoleon, zu sehen.

Eines Abends also machte er eine Barchetta von dem eisernen Ring los, an dem sie in dem Hafen von Livorno befestigt war, legte sich in seinen Mantel gehüllt darin nieder und sagte zu den

Schiffern nur die Worte: »Nach der Insel Elba!« Die Barke verließ den Hafen, wie der Meervogel sein Nest verläßt, und landete am andern Tag in Porto Ferrajo. Franz ging quer über die kaiserliche Insel, nachdem er alle Spuren verfolgt, die der Tritt des großen Korsen darauf zurückgelassen hatte, und schiffte sich in Marciana wieder ein. Zwei Stunden später stieg er in Pianosa, wo ihn, wie man ihm versicherte, zahllose Ketten von Rothühnern erwarteten, abermals an das Land. Die Jagd war schlecht, Franz schoß mit großer Mühe einige magere Rebhühner und kehrte übler Laune in seine Barke zurück.

»Oh, wenn Eure Exzellenz wollte«, sagte der Patron zu ihm, »könnte Sie eine schöne Jagd machen.«

»Wo dies?«

»Sehen Sie jene Insel?« sprach der Patron, den Finger gegen Süden ausstreckend und auf eine kegelförmige Masse deutend, die in den schönsten Farben mitten aus dem Meer aufstieg.

»Nun, was für eine Insel ist dies?« fragte Franz.

»Die Insel Monte Christo«, antwortete der Livornese.

»Was für Wildbret werde ich dort finden?«

»Tausende von wilden Ziegen.«

»Die davon leben, daß sie an den Steinen lecken?« versetzte Franz mit einem ungläubigen Lächeln.

»Nein, daß sie das Heidekraut, die Myrten und die Brombeerstauden an den Zwischenräumen der Felsen abweiden.«

»Aber wo soll ich schlafen?«

»Auf der Erde, in den Grotten, oder an Bord in Ihrem Mantel. Auch können wir, wenn es Eure Exzellenz so haben will, unmittelbar nach der Jagd wieder abgehen; Sie wissen, daß wir bei Nacht wie bei Tag fahren und in Ermangelung von Segeln Ruder haben.«

Da Franz noch Zeit genug blieb, um wieder zu seinem Gefährten zurückzukehren, nahm er den Vorschlag, sich für seine erste Jagd zu entschädigen, an und rief dem Patron zu: »Also vorwärts nach Monte Christo!«

Der Kapitän gab Befehl zum Manöver; man legte sich gegen die Insel und näherte sich rasch dem Ziel der Reise. Je näher man der Insel kam, desto mehr trat sie wachsend aus dem Schoß des Meeres hervor, und durch die klare Atmosphäre der letzten

Strahlen des Tages unterschied man die Masse der aufeinander gehäuften Felsen, in deren Zwischenräumen das rötliche Heidekraut und die grünenden Bäume sichtbar wurden. Sie waren noch ungefähr fünfzehn Meilen von Monte Christo entfernt, als die Sonne hinter Korsika, dessen Berge rechts zum Vorschein kamen, unterzugehen anfing. Eine halbe Stunde später herrschte völlige Finsternis. Zum Glück waren die Schiffer in einer Gegend, die sie bis auf den geringsten Felsen des toskanischen Archipels kannten, denn inmitten der Dunkelheit, welche die Barke umhüllte, wäre Franz nicht ganz ruhig gewesen. Es war ungefähr eine Stunde seit Sonnenuntergang vorüber, als Franz auf eine Viertelmeile links eine dunkle Masse zu erblikken glaubte; doch es ließ sich durchaus nichts unterscheiden, was es war, und er schwieg, weil er, einige schwebende Wolken für festes Land haltend, die Heiterkeit der Matrosen zu erregen befürchtete. Plötzlich zeigte sich ein scharfer Schimmer; das Land konnte einer Wolke gleichen, doch das Feuer war kein Meteor.

»Was bedeutet jenes Licht?« fragte Franz.

»Still!« sagte der Patron, »es ist ein Feuer.«

»Ich glaubte doch, die Insel wäre unbewohnt?«

»Sie hat keine bestimmte Bevölkerung, doch ist sie manchmal ein Aufenthaltsort für Schmuggler und für Seeräuber«, fuhr Gaetano fort; »deshalb habe ich Befehl gegeben, daran vorbeizufahren, denn das Feuer ist, wie Sie sehen, nunmehr hinter uns.«

»Mir scheint dieses Feuer eher Sicherheit zu gewähren, als Unruhe zu begründen. Leute, die gesehen zu werden befürchteten, hätten kein Feuer angezündet.«

»Oh, das will nichts sagen«, entgegnete Gaetano; »wenn Sie in der Dunkelheit die Lage der Insel zu beurteilen vermöchten, so würden Sie sehen, daß dieses Feuer weder von Korsika noch von Pianosa, sondern nur von der offenen See bemerkt werden kann.«

»Ihr befürchtet also, das Feuer kündige uns schlimme Gesellschaft an?«

»Darüber muß man sich Gewißheit verschaffen«, erwiderte Gaetano, die Augen beständig darauf geheftet.

Hiernach beratschlagte Gaetano mit seinen Gefährten, und nach einer kurzen Unterredung wendete man stillschweigend das Schiff; nun verschwand das Feuer durch einen veränderten Anblick des Terrains. Dann gab der Lotse dem kleinen Fahrzeug, das bald nur noch fünfzig Schritt von der Insel entfernt war, eine neue Richtung. Gaetano zog das Segel ein, und die Barke blieb liegen.
Alles dies war in der größten Stille vor sich gegangen, und man hatte seit der Veränderung des Weges keine Silbe an Bord gesprochen. Gaetano, der die Expedition vorgeschlagen, hatte auch die ganze Verantwortlichkeit übernommen. Die drei andern Matrosen wandten kein Auge von ihm, während sie die Ruder richteten und sich offenbar bereit hielten zu entfliehen, was bei der großen Dunkelheit durchaus nicht schwierig war. Franz untersuchte seine Gewehre mit seiner gewöhnlichen Kaltblütigkeit: er hatte zwei Doppelflinten und eine Büchse; nachdem er sie geladen, versicherte er sich der Batterien und wartete.
Mittlerweile zog der Patron seine Kleider bis auf die Hosen aus und legte einen Finger auf die Lippen, wodurch er Stillschweigen empfehlen wollte, ließ sich in das Meer hinabgleiten und schwamm mit solcher Vorsicht nach dem Ufer, daß es nicht möglich war, auch nur das geringste Geräusch zu hören. Man konnte seine Spur nur an der leuchtenden Furche verfolgen, die seine Bewegungen verursachten. Bald verschwand auch diese Furche; Gaetano hatte offenbar das Land erreicht.
Eine halbe Stunde lang blieb jedermann auf dem Schiff unbeweglich; nach Verlauf dieser Zeit sah man dieselbe leuchtende Furche wiedererscheinen und sich der Barke nähern. In einigen Zügen war Gaetano wieder bei der Barke.
»Nun?« fragten gleichzeitig Franz und die drei Matrosen.
»Es sind drei spanische Schmuggler, die zwei Banditen bei sich haben.«
»Wohl, das ist gerade unsere Zahl; wir haben, falls die Herren schlimme Absichten kundgeben sollten, gleiche Kräfte. Also, auf nach Monte Christo.«
»Ja, Exzellenz; doch Sie werden mir ohne Zweifel erlauben, daß ich einige Vorsichtsmaßregeln anordne?«

»Wie, mein Teurer? Seid weise wie Nestor und klug wie Ulysses. Ich erlaube es Euch nicht nur, sondern ich ermahne Euch dazu.«

»Still also!« sagte Gaetano. Jedermann schwieg.

Für einen Mann wie Franz, der alle Dinge vom richtigen Gesichtspunkt betrachtete, ermangelte die Lage der Dinge, ohne gefährlich zu sein, nicht eines gewissen Ernstes. Er befand sich in der tiefsten Finsternis mitten auf dem Meer mit Schiffern, die ihn nicht kannten und keinen Grund hatten, ihm ergeben zu sein, die wußten, daß in seinem Gürtel tausend Franken enthalten waren, und wenigstens zehnmal, wenn nicht mit Lüsternheit, doch mit Neugierde seine wirklich schönen Gewehre untersucht hatten. Sodann sollte er ohne ein anderes Geleit als diese Menschen auf einer Insel landen, auf der Schmuggler und Banditen ihr Wesen trieben. Zwischen diese doppelte, vielleicht eingebildete, vielleicht wirkliche Gefahr gestellt, verließ er seine Leute nicht mit den Augen, seine Flinte nicht aus der Hand.

Die Matrosen hatten indessen ihre Segel wieder aufgehißt, und die Barke fuhr das Ufer entlang; bald erblickte man das Feuer deutlicher, und um dasselbe fünf sitzende Personen. Der Widerschein des Herdes erstreckte sich auf etwa hundert Schritt ins Meer hinaus. Gaetano fuhr längs des Feuers hin, wobei er jedoch die Barke in dem nicht beleuchteten Teil hielt; als er sich endlich gerade vor dem Herd befand, richtete er das Vorderteil seines Fahrzeugs gegen diesen und fuhr mutig in den beleuchteten Kreis, wobei er ein Fischerlied anstimmte, dessen Refrain seine Gefährten im Chor wiederholten.

Bei dem ersten Wort des Liedes erhoben sich die um das Feuer sitzenden Menschen und näherten sich dem Strand, die Augen auf die Barke geheftet, deren Stärke zu beurteilen und Absicht zu erraten sie sich sichtbar anstrengten. Bald schienen sie hinreichend geprüft zu haben, und sie setzten sich, einen Mann ausgenommen, der am Ufer stehen blieb, wieder um das Feuer, an dem man eine junge Ziege briet.

Als das Schiff bis auf zwanzig Schritt zum Land gelangt war, rief der Mann am Ufer in sardinischer Mundart: »Wer da?«

Franz spannte kaltblütig seine Doppelflinte.

Gaetano wechselte mit dem Mann am Ufer ein paar Worte, von denen der Reisende nichts verstand, die aber offenbar seine Person betrafen.
»Will seine Exzellenz sich nennen oder ihr Inkognito beibehalten?« fragte der Patron.
»Mein Name muß diesen Leuten völlig unbekannt bleiben«, antwortete Franz; »sagt ihnen ganz einfach, ich sei ein Franzose, der zu seinem Vergnügen reise.«
Als Gaetano diese Worte an das Gestade gerufen hatte, gab die Schildwache einem von den am Feuer sitzenden Männern einen Befehl; dieser stand sogleich auf und verschwand zwischen den Felsen. Es herrschte tiefe Stille. Jeder schien mit seinen Angelegenheiten beschäftigt. Franz mit dem Ausschiffen, die Matrosen mit ihren Segeln, die Schmuggler mit ihrer jungen Ziege. Doch mitten in dieser scheinbaren Sorglosigkeit beobachtete man sich gegenseitig.
Der Mann, der sich durch die Felsen entfernt hatte, erschien plötzlich wieder von der entgegengesetzten Seite; er machte der Schildwache mit dem Kopf ein Zeichen, diese wandte sich um und sprach nur die Worte: »*s'accommodi*.«
Das italienische *s'accommodi* läßt sich nicht übersetzen. Es bedeutet zugleich: Kommt, tretet ein, seid willkommen, tut, als ob Ihr zu Hause wäret, Ihr habt zu gebieten. Die Matrosen ließen sich das nicht zweimal sagen; mit vier Ruderschlägen berührte die Barke das Land. Gaetano sprang an das Ufer, wechselte leise noch ein paar Worte mit der Schildwache, seine Gefährten stiegen ebenfalls nacheinander aus, und die Reihe kam an Franz.
Er trug eine von seinen Flinten am Bandelier, Gaetano hatte die andere, einer von den Matrosen hielt eine Büchse. Seine Tracht hielt die Mitte zwischen Künstler und Dandy, was den Wirten keinen Verdacht und folglich keine Unruhe einflößte. Man band die Barke am Ufer an und ging einige Schritte vorwärts, um ein bequemes Biwak zu suchen; aber ohne Zweifel entsprach die Stelle, wo man suchte, nicht der Ansicht des Schmugglers, der den Posten einer Wache versah, denn er rief Gaetano zu: »Nein, nicht dort, wenn's beliebt!«
Gaetano murmelte eine Entschuldigung und schritt ohne Wi-

derspruch in entgegengesetzter Richtung fort, während zwei Matrosen, um den Weg zu beleuchten, Fackeln am Herd anzündeten. Man machte ungefähr dreißig Schritte und hielt auf einem freien Platz an, der ganz von Felsen umgeben war.
Sobald Franz einmal den Fuß auf die Erde gesetzt und die, wenn nicht gerade freundschaftliche, doch wenigstens gleichgültige Stimmung seiner Wirte wahrgenommen hatte, verschwand bei ihm jede Unruhe, und der Geruch, der an dem benachbarten Biwak bratenden Ziege verwandelte seine Unruhe sogar in Appetit.
Er erwähnte mit zwei Worten diese neue Erscheinung gegen Gaetano, der ihm erwiderte, es gebe nichts Einfacheres, als ein Abendbrot, wenn man, wie sie, in der Barke Brot, Wein, sechs Feldhühner und ein gutes Feuer zum Braten besäße.
»Überdies«, fügte er bei, »wenn Euere Exzellenz den Geruch der Ziege so verführerisch finden, so kann ich hingehen und unsern Nachbarn zwei von unsern Vögeln für ein Stück von ihrem Vierfüßigen bieten.«
»Tut das, Gaetano«, antwortete Franz.
Während dieser Zeit hatten die Matrosen Arme voll Heidekraut ausgerissen und Bündel von Myrten und grünen Eichen gemacht, woran sie Feuer legten, was bald einen sehr ansehnlichen Herd bot. Franz erwartete, beständig den Geruch der jungen Ziege einatmend, die Rückkehr des Patrons. Dieser erschien und ging mit sehr unruhiger Miene auf ihn zu.
»Nun«, fragte Franz, »was Neues? Man weist unser Anerbieten zurück?«
»Im Gegenteil«, erwiderte Gaetano, »der Anführer, dem man gesagt hat, Sie wären ein junger französischer Edelmann, lädt Sie zum Abendbrot zu sich ein.«
»Gut! Dieser Anführer ist ein sehr gebildeter Mann, und ich weiß nicht, warum ich seiner Einladung nicht entsprechen sollte, um so mehr, als ich meinen Teil zum Abendbrot mitbringe.«
»Oh, das ist es nicht, denn es findet sich dort genug zum Abendbrot; aber er stellt eine sonderbare Bedingung, unter der er Sie bei sich empfangen will.«
»Bei sich!« versetzte der junge Mann; »er hat sich also ein Haus bauen lassen?«

»Nein, er besitzt aber darum nichtsdestoweniger ein sehr behagliches Heim, wie man mir versichert hat.«
»Ihr kennt also diesen Anführer?«
»Ich habe von ihm sprechen hören.«
»Und wie heißt die Bedingung, die er mir stellt?«
»Sie sollen sich die Augen verbinden lassen und die Binde nicht eher abnehmen, als bis er Sie selbst dazu auffordert.«
Franz schaute forschend in die Augen von Gaetano, um zu erfahren, was hinter diesem Vorschlag verborgen sein könnte.
»Ah, bei Gott!« sprach dieser, den Gedanken von Franz erratend, »ich weiß wohl, die Sache verdient Überlegung.«
»Was würdet Ihr an meiner Stelle tun?« fragte der junge Mann.
»Ich, der ich nichts zu verlieren habe, ginge und wäre es nur aus Neugierde.«
»Es ist also etwas Merkwürdiges bei diesem Anführer zu sehen?«
»Hören Sie«, sagte Gaetano, die Stimme dämpfend, »ich weiß nicht, ob das, was man sagt, wahr ist.« Er schwieg und schaute umher, ob kein Fremder ihn belauschte. »Man sagt, dieser Anführer besitze einen unterirdischen Palast, mit welchem verglichen der Palast Pitti nur etwas Geringes sei.«
»Welch ein Traum!« rief Franz.
»Oh, es ist kein Traum, es ist die Wahrheit. Cama, der Lotse der Ferdinando, ist einmal darin gewesen; er kam voll Verwunderung zurück und sagte, dergleichen Schätze finden sich nur in den Feenmärchen.«
Franz dachte einen Augenblick nach, er begriff, daß ein so reicher Mann gegen ihn, der nur ein paar tausend Franken bei sich hatte, nichts im Schilde führen konnte; und da er in alledem nur ein vortreffliches Abendbrot erblickte, so willigte er ein. Gaetano überbrachte seine Antwort.
Franz war indessen, wie gesagt, klug; er wollte soviel als möglich Einzelheiten über seinen seltsamen, geheimnisvollen Wirt in Erfahrung bringen, wandte sich deshalb gegen den Matrosen um, der während dieses Gesprächs mit dem Ernst eines auf seine Funktionen stolzen Mannes die Feldhühner gerupft hatte, und fragte ihn, wie diese Leute hätten landen können, da kein Schiff sichtbar wäre.

»Das beunruhigt mich nicht«, antwortete der Matrose, »ich kenne das Schiff, worauf sie fahren.«
»Ist es ein hübsches Schiff?«
»Ich wünsche Eurer Exzellenz ein ähnliches, um damit die Reise um die Welt zu machen.«
»Von welcher Größe?«
»Von ungefähr hundert Tonnen. Es ist übrigens ein Phantasie-Fahrzeug, eine Jacht, wie die Engländer sagen, aber so gebaut, daß es sich bei jedem Wetter auf der See halten kann.«
»Wo ist es gebaut worden?«
»Ich weiß es nicht, doch ich glaube in Genua.«
»Und wie kann es ein Anführer von Schmugglern wagen, eine für sein Gewerbe bestimmte Jacht in Genua bauen zu lassen?«
»Ich sagte nicht, der Eigentümer dieser Jacht wäre ein Anführer von Schmugglern.«
»Nein, aber Gaetano hat es gesagt, wie mir scheint.«
»Gaetano hat das Schiffsvolk von fern gesehen, aber noch mit niemand gesprochen.«
»Doch was ist denn dieser Mensch, wenn er kein Anführer von Schmugglern ist?«
»Ein reicher Herr, der für sein Vergnügen reist.«
»Bei so verschiedenartigen Aussagen wird diese Person immer geheimnisvoller«, dachte Franz. »Und wie heißt er?« fragte der junge Mann den Matrosen.
»Wenn man fragt, so sagt er, er heiße Simbad der Seefahrer; doch ich bezweifle, daß dies sein wahrer Name ist.«
»Und wo wohnt dieser Herr?«
»Auf dem Meer.«
»Aus welchem Lande ist er?«
»Ich weiß es nicht.«
»Habt Ihr ihn gesehen?«
»Einige Male.«
»Was für ein Mann ist er?«
»Eure Exzellenz wird dies selbst beurteilen.«
»Und wo wird er mich empfangen?«
»Ohne Zweifel in seinem unterirdischen Palast.«
»Und wenn Ihr hier anhieltet und die Insel verlassen fändet,

trieb Euch die Neugierde nie an, daß Ihr in diesen Zauberpalast zu dringen suchtet?«

»Oh, doch wohl, Exzellenz«, erwiderte der Matrose, »und zwar mehr als einmal, aber unsere Forschungen waren stets vergeblich; wir umwühlten die Grotte von allen Seiten, fanden aber nirgends einen Eingang. Übrigens sagt man, die Tür öffne sich nicht mit einem Schlüssel, sondern mittelst eines magischen Wortes.«

»Ich bin offenbar in ein Märchen von Tausendundeine Nacht versetzt«, murmelte Franz.

»Seine Exzellenz erwartet Sie«, sagte hinter ihm eine Stimme, in welcher er die der Schildwache erkannte.

Der Vortretende war von zwei Personen von der Mannschaft der Jacht begleitet. Statt jeder Antwort zog Franz ein Sacktuch aus seiner Tasche und reichte es demjenigen, der ihn angeredet hatte. Ohne ein Wort zu sprechen, verband man ihm die Augen mit einer Sorgfalt, woraus hervorging, wie sehr man eine Indiskretion von ihm befürchtete, und ließ ihn sodann schwören, daß er es auf keine Weise versuchen würde, seine Binde abzunehmen, bevor die Einladung hierzu an ihn ergangen wäre.

Die zwei Männer nahmen ihn jeder bei einem Arm, und er entfernte sich, von ihnen geleitet, die Schildwache voran. Nach etwa 50 Schritten fühlte er an der Veränderung der Atmosphäre, daß man in ein unterirdisches Gewölbe eintrat. Nachdem man noch einige Sekunden gegangen war, hörte er ein Krachen, und es kam ihm vor, als hätte die Atmosphäre eine andere Natur und würde lau und wohlriechend; endlich fühlte er, daß seine Füße auf einen dicken, weichen Teppich traten; seine Führer verließen ihn. Nach kurzem Stillschweigen sagte eine Stimme in gutem Französisch, obgleich mit fremdem Akzent: »Sie sind bei mir willkommen, mein Herr, und können Ihre Binde abnehmen.«

Franz kam dieser Aufforderung sofort nach, nahm sein Sacktuch ab und befand sich einem Mann von vierzig Jahren in tunesischer Tracht gegenüber; der Unbekannte trug einen roten Fez mit einer langen Quaste von blauer Seide, eine reich mit Gold gestickte Jacke von schwarzem Tuch, weite, bauschige Beinkleider, goldgestickte Gamaschen von derselben Farbe und gelbe Pantoffeln; ein prachtvoller Kaschmir umgürtete seine Hüften, und ein kleiner spitziger, gebogener Kanschar stak in diesem Gürtel. Obgleich beinahe bleifarbig, hatte dieser Mann doch ein merkwürdiges Gesicht; seine Augen waren lebhaft und durchdringend; seine gerade und mit der Stirn beinahe im Niveau stehende Nase deutete den griechischen Typus in seiner ganzen Reinheit an, und seine perlartig weißen Zähne traten auf eine bewunderungswürdige Weise unter dem schwarzen Schnurrbart hervor, der sie umgab. Nur war diese Blässe seltsam; man hätte glauben sollen, er wäre lange im Grab gelegen, ohne die natürliche Farbe der Lebenden wieder annehmen zu können. Wenn auch nicht hoch gewachsen, war er doch wohlgebaut und hatte, wie die Einwohner des Südens, kleine Hände und Füße. Am meisten aber erstaunte Franz über die Kostbarkeit der Ausstattung.

Das ganze Zimmer war mit einem türkischen Stoff von karmesinroter Farbe austapeziert. In einer Vertiefung stand ein Diwan, über dem man eine Trophäe von arabischen Waffen erblickte, deren Scheiden und Griffe von Edelsteinen funkelten; am Plafond hing eine Lampe von venetianischem Glas von reizender Form und Farbe, und die Füße ruhten auf einem türkischen Teppich, in welchem sie bis an die Knöchel versanken; Vorhänge waren vor der Tür angebracht, durch die man Franz eingeführt hatte, und ebenso vor einer andern Tür, die nach einem zweiten Gemach ging, das glänzend erleuchtet zu sein schien. Der Wirt überließ Franz eine Zeitlang gänzlich seinem Staunen, gab ihm überdies Prüfung durch Prüfung zurück und hatte beständig seine Augen auf ihn geheftet.

»Mein Herr«, sagte er endlich, »ich bitte Sie tausendmal um Entschuldigung wegen der Vorsichtsmaßregeln, die man von Ihnen verlangte; da aber die Insel meistens öde und verlassen ist, so fände ich, wenn das Geheimnis dieses Aufenthaltsortes bekannt würde, ohne Zweifel bei meiner Rückkehr mein Absteigequartier in schlimmem Zustand, was mir sehr unangenehm wäre, nicht wegen des Verlustes, den es mir verursachen würde, sondern weil ich nicht mehr die Gewißheit hätte, mich, wann es mir beliebt, von der übrigen Welt trennen zu können. Ich will mich nun bemühen, Sie diese kleine Unannehmlichkeit vergessen zu lassen, indem ich Ihnen anbiete, was Sie gewiß nicht zu finden hofften, nämlich ein erträgliches Abendbrot und gute Betten.«

»Meiner Treu, mein lieber Wirt, Sie brauchen sich deshalb nicht zu entschuldigen. Ich habe immer gehört, daß man den Leuten, die in Zauberpaläste drangen, die Augen verband, auch geziemt es mir nicht, mich zu beklagen, denn das, was Sie mir zeigen, bildet offenbar die Fortsetzung von Tausenundeine Nacht.«

»Ach, ich möchte Ihnen wie Lukullus sagen, wenn ich gewußt hätte, daß mir die Ehre Ihres Besuches zuteil würde, so hätte ich mich darauf vorbereitet. Doch ich stelle meine Einsiedelei, so wie sie ist, zu Ihrer Verfügung; mein Abendbrot ist Ihnen angeboten, so mager es auch sein mag. Ali, ist aufgetragen?«

In demselben Augenblick wurde der Türvorhang aufgehoben, und ein nubischer Neger, so schwarz wie Ebenholz und in einen einfachen weißen Leibrock gekleidet, deutete seinem Herrn durch ein Zeichen an, er könnte sich in den Speisesaal begeben.

»Ich weiß nicht«, sagte der Unbekannte zu Franz, »ich weiß nicht, ob Sie meiner Ansicht sind, aber ich finde nichts unbehaglicher, als zwei bis drei Stunden einander unter vier Augen gegenüber zu bleiben, ohne zu wissen, mit welchem Namen oder welchem Titel man sich nennen soll. Ich achte indessen zu sehr die Gesetze der Gastfreundschaft, um Sie nach Ihrem Namen zu fragen, und bitte Sie nur, mir irgendeine Benennung zu bezeichnen, mittelst welcher ich das Wort an Sie richten kann. Ich sage Ihnen, zu Ihrer Bequemlichkeit, daß man mich gewöhnlich Simbad, den Seefahrer, nennt.«

»Und ich antworte Ihnen«, erwiderte Franz, »daß ich, insofern es mir, um in der Lage Aladins zu sein, nur an der berühmten Wunderlampe fehlt, keine Schwierigkeit darin sehe, wenn Sie mich für den Augenblick Aladin nennen.«

»Wohl, edler Herr Aladin«, sprach der Fremde, »Sie haben gehört, daß aufgetragen ist, wollen Sie also die Güte haben, in den Speisesaal einzutreten; Ihr untertäniger Diener geht voran, um Ihnen den Weg zu zeigen.«

Bei diesen Worten hob Simbad den Türvorhang auf und schritt Franz voran. Franz ging von Zauber zu Zauber über; die Tafel war herrlich bestellt. Einmal von diesem wichtigen Punkt überzeugt, schaute er umher. Der Speisesaal war nicht minder glänzend als das Zimmer das er soeben verlassen hatte; er war ganz von Marmor mit antiken Basreliefs vom höchsten Wert, und in den vier Ecken dieses länglichen Saales standen vier prächtige Statuen, die Körbchen auf ihren Köpfen trugen. Diese Körbchen enthielten Pyramiden von herrlichen Früchten, Ananasse von Sizilien, Granaten von Malaga, Orangen von den balearischen Inseln, Pfirsiche aus Frankreich und Datteln aus Tunis. Das Abendbrot bestand aus einem gebratenen Fasan, umgeben mit Merlen von Korsika, einer Wildschweinskeule mit Gelee, einem Ziegenviertel, einem herrlichen Turbot und einer riesigen Languste. Die Zwischenräume der großen Platten waren mit kleinen Platten ausgefüllt, die Nebengerichte enthielten. Die Platten waren von Silber, die Teller von japanischem Porzellan. Franz rieb sich die Augen, um sich zu überzeugen, daß er nicht träume. Ali allein war zur Bedienung zugelassen und entledigte sich vortrefflich seiner Pflichten. Der Gast sagte seinem Wirt hierüber ein Kompliment.

»Ja«, antwortete dieser, »es ist ein mir sehr ergebener Bursche, der nach seinen besten Kräften zu Werke geht. Er erinnert sich, daß ich ihm das Leben gerettet habe, und dafür bewahrt er mir die größte Dankbarkeit.«

»Wäre es sehr unbescheiden, edler Herr Simbad«, sagte Franz, »wenn ich Sie fragte, bei welcher Gelegenheit Sie diese schöne Tat ausgeführt haben?«

»Oh, mein Gott! Das ist ganz einfach«, antwortete Simbad. »Es scheint, der Bursche war etwas näher um das Serail des Bey von Tunis herumgeschweift, als es sich für einen Menschen von seiner Farbe geziemt, und so sollten ihm die Zunge, die Hand und der Kopf abgeschnitten werden: die Zunge am ersten Tag, die Hand am zweiten, der Kopf am dritten. Es gelüstete mich immer, einen Stummen in meinem Dienst zu haben; ich wartete, bis ihm die Zunge abgeschnitten war, und schlug dem Bey vor, mir denselben gegen eine herrliche Doppelflinte zu überlassen, die tags zuvor die Begierde Seiner Hoheit erregt hatte. Er schwankte einen Augenblick, soviel war ihm daran gelegen, mit dem armen Teufel ein Ende zu machen. Aber ich fügte der

Flinte ein englisches Jagdmesser bei, mit dem ich den Yatagan Seiner Hoheit durchhackt hatte, worauf der Bey sich entschloß, ihn zu begnadigen, jedoch unter der Bedingung, daß er nie mehr das Gebiet von Tunis betreten würde. Dies anzuempfehlen war unnötig. Wenn der Unglückliche nur von fern die Küste von Afrika erblickt, flüchtet er sich in den untersten Raum des Schiffes, und man kann ihn von da nicht mehr herausbringen, bis man den dritten Weltteil aus dem Gesicht verloren hat.«

Franz blieb einen Augenblick stumm und nachdenklich, er überlegte sich, was er von der grausamen Gutmütigkeit denken sollte, mit der ihm sein Wirt diese Geschichte erzählte.

»Und wie der ehrenwerte Seemann, dessen Namen Sie angenommen haben«, sagte er, das Gespräch ändernd, »bringen Sie Ihr Leben mit Reisen hin?«

»Ja, es ist ein Gelübde, das ich in einer Zeit getan habe, als ich es kaum erfüllen zu können glaubte«, sagte der Unbekannte lächelnd; »ich habe einige solche getan, die, wie ich hoffe, wenn die Reihe an ihnen ist, ebenfalls in Erfüllung gehen werden.«

Obgleich Simbad diese Worte mit der größten Kaltblütigkeit sprach, schleuderten doch seine Augen einen Blick von seltsamer Wildheit.

»Sie haben viel gelitten, mein Herr?« fragte Franz.

Simbad bebte, schaute ihn starr an und erwiderte: »Woran sehen Sie dies?«

»An allem, an Ihrer Stirn, an Ihrem Blick, an Ihrer Blässe und an dem Leben, das Sie führen.«

»Ich? Ich führe das glücklichste Leben, das ich kenne; ein wahres Pascha-Leben; ich bin der König der Schöpfung; gefällt es mir an einem Ort, so bleibe ich; langweile ich mich, so reise ich ab; ich bin frei wie ein Vogel, ich habe Flügel wie er. Die Leute meiner Umgebung gehorchen mir auf den Wink; von Zeit zu Zeit belustige ich mich damit, daß ich die menschliche Gerechtigkeit verspotte, indem ich ihr einen Banditen entziehe, den sie sucht, einen Verbrecher, den sie verfolgt. Dann habe ich meine eigene Gerichtsbarkeit, hohe und niedere, ohne Frist und Appellation, eine Gerichtsbarkeit, die verurteilt und freispricht, während sich niemand um sie zu bekümmern hat. Ah, hätten Sie mein Leben gekostet, Sie würden sich kein anderes mehr wünschen, und Sie kehrten nie mehr in die Welt zurück, wenn Sie nicht ein großes Vorhaben in Ausführung zu bringen hätten.«

»Eine Rache zum Beispiel!« versetzte Franz.

Der Unbekannte heftete auf den jungen Mann einen von jenen Blicken, welche in die tiefste Tiefe des Herzens und des Geistes eintauchen. Dann fragte er: »Und warum eine Rache?«

»Weil Sie aussehen wie ein Mann, der, von der Gesellschaft verfolgt, eine furchtbare Rechnung mit ihr abzuschließen hat.«

»Sie irren sich«, erwiderte Simbad mit einem seltsamen Lachen, wobei sich seine weißen spitzigen Zähne zeigten; »so wie Sie mich sehen, bin ich eine Art von Menschenfreund, und ich gehe vielleicht eines Tages nach Paris, um mit Herrn Appert und dem Mann mit dem blauen Mäntelchen in die Schranken zu treten.«

»Wird es das erstemal sein, daß Sie diese Reise machen?«

»Oh, mein Gott, ja. Nicht wahr, es hat das Ansehen, als wäre ich sehr wenig neugierig? Doch ich versichere Ihnen, es ist nicht mein Fehler, daß ich so lange gezögert habe; jedenfalls wird es einmal geschehen.«

»Gedenken Sie, diese Reise bald zu machen?«

»Ich weiß noch nicht; es hängt von verschiedenen Umständen ab.«

»Ich wünschte wohl zur Zeit, da Sie nach Paris kommen, ebenfalls dort zu sein; ich würde mich bemühen, Ihnen, soviel in meinen Kräften liegt, die Gastfreundschaft zurückzugeben, die Sie mir so reichlich auf Monte Christo angedeihen ließen.«

»Ich würde Ihr Anerbieten mit großem Vergnügen annehmen«, versetzte der Unbekannte; »leider aber wird es, wenn ich dahin gehe, wohl inkognito geschehen.«

Das Abendbrot nahm indessen seinen Fortgang; es schien nur für Franz bestimmt zu sein, denn Simbad kostete kaum von ein paar Schüsseln des glänzenden Mahles, dem sein unerwarteter Gast alle Ehre antat. Endlich brachte Ali das Dessert, oder er nahm vielmehr die Körbchen aus den Händen der Statuen und setzte sie auf die Tafel. Zwischen zwei Körbchen stellte er einen Becher von Vermeil, der mit einem Deckel von demselben Metall verschlossen war.

Die Ehrfurcht, mit der Ali diesen Becher herbeibrachte, stachelte die Neugierde von Franz, er hob den Deckel auf und sah eine Art von grünlichem Teig, der ihm aber völlig unbekannt war. Er setzte den Deckel wieder auf und wußte ebensowenig als zuvor, was der Becher enthielt; als er seine Augen zu seinem Wirt aufschlug, sah er wie dieser über seine Täuschung lächelte.

»Sie können nicht erraten«, sagte der Unbekannte, »welche Art von eßbarem Stoff diese kleine Vase enthält, und das setzt Sie in Verlegenheit?«

»Ich gestehe es.«

»Nun, diese Sorte von Zuckerwerk ist nichts mehr und nichts weniger als Ambrosia, die Hebe an der Tafel von Jupiter reichte. Sind Sie ein materieller Mensch, ist das Gold Ihr Gott? Kosten Sie hiervon; und die Minen von Peru, Golconda und Guzerate sind Ihnen geöffnet. Sind Sie ein Mann von Phantasie? Sind Sie ein Dichter? Kosten Sie abermals hiervon, und die Schranken des Möglichen werden verschwinden; die Gefilde des Unendlichen öffnen sich, und Sie wandeln, frei an Herz, frei an Geist, auf dem grenzenlosen Gebiet des Traumlebens umher. Sind Sie ehrgeizig, jagen Sie der irdischen Größe nach? In einer Stunde sind Sie König, nicht König eines kleinen Reiches, wie Spanien, Frankreich und England, sondern König der Welt, König des Weltalls. Sprechen Sie, ist es nicht verführerisch, was ich Ihnen da biete, ist es nicht etwas Leichtes, da nur folgendes zu tun ist? Sehen Sie!«

Bei diesen Worten hob er ebenfalls den Deckel von dem kleinen Becher ab, der den so sehr gepriesenen Stoff enthielt, nahm einen Kaffeelöffel von dem magischen Zuckerwerk, führte ihn an den Mund und zog, die Augen halb geschlossen und den Kopf zurückgelegt, die wunderbare Speise langsam in den Mund. Franz ließ ihm Zeit, sein Lieblingsgericht zu verzehren; als er ihn aber wieder etwas zu sich kommen sah, sagte er zu ihm: »Was für ein kostbares Gericht ist denn dies?«

»Haben Sie vom Alten vom Berge sprechen hören?«

»Allerdings.«

»Sie wissen, daß er über ein reiches Tal regierte, das der Berg beherrschte, von dem er seinen malerischen Namen genommen hatte. In diesem Tal waren herrliche, von Hassan Ben Saba angelegte Gärten, und in diesen Gärten einzeln stehende Pavillons. In diese Pavillons berief er seine Auserwählten, und hier ließ er sie ein gewisses Kraut essen, das sie in das Paradies, mitten unter ewig blühende Pflanzen, unter stets reife Früchte und immerwährende Jungfrauen versetzte. Was aber die seligen jungen Leute für die Wirklichkeit hielten, war ein Traum; doch ein so sanfter, so berauschender, so wollüstiger Traum, daß sie sich mit Leib und Seele an denjenigen verkauften, welcher ihnen denselben verliehen hatte; daß sie, seinen Befehlen wie denen Gottes gehorchend, bis an das Ende der Welt gingen, um das bezeichnete Opfer zu schlagen; daß sie unter den gräßlichsten Martern, ohne sich zu beklagen, einzig und allein bei dem Gedanken starben, der Tod, den sie erlitten, wäre nur ein Übergang zu dem köstlichen Leben, von dem ihnen das Kraut einen Vorgeschmack gegeben hatte.«

»Also ist es Haschisch«, rief Franz; »ich kenne dies wenigstens dem Namen nach.«

»Sie haben das richtige Wort gesagt, Herr Aladin, es ist Haschisch aus Alexandrien.«

»Wissen Sie, daß ich große Lust habe, selbst über die Wahrheit oder Übertreibung Ihrer Lobeserhebungen zu urteilen?«

»Urteilen Sie selbst, mein Gast. Sie werden nie mehr leben und immer nur träumen wollen. Kosten Sie von dem Haschisch, mein Freund, kosten Sie davon!«

Franz nahm, ohne zu antworten, einen Löffel voll von dem Wunderteig und führte ihn an den Mund.

Dann standen beide auf den Vorschlag Simbads hin auf und traten in das anstoßende Zimmer. Dieses war einfacher, obwohl nicht minder reich ausgestattet. Es hatte eine runde Form, und ein großer Diwan prangte rings umher. Aber Diwan, Wände, Decken und Boden waren insgesamt mit prächtigem, weichem, teppichartig füllreichem Pelzwerk überzogen. Beide legten sich auf Diwans; Pfeifen in gehöriger Anzahl standen mit Jasminröhren und Bernsteinmundspitzen im Bereich der Hand. Jeder nahm eine. Ali zündete sie an und ging sodann hinaus, um Kaffee zu holen.

Während Wirt und Gast einen Augenblick schwiegen, überließ

sich Simbad Gedanken, die ihn unablässig, selbst während des Gesprächs zu beschäftigen schienen, und Franz gab sich jenen stummen Träumereien hin, in die man beinahe immer verfällt, wenn man vortrefflichen Tabak raucht, wobei der Rauch alle Schmerzen des Geistes mitzunehmen und dem Raucher alle Goldträume der Seele dafür zu geben scheint. Ali brachte den Kaffee.

»Ah, sehen Sie«, unterbrach Simbad die Träumereien seines Gastes, »die Orientalen sind die einzigen Menschen, die zu leben wissen. Ich für meine Person«, fügte er mit dem seltsamen Lächeln bei, das dem jungen Mann nicht entging, »ich werde, wenn meine Angelegenheiten in Paris beendigt sind, in den Orient ziehen, um dort zu sterben, und wenn Sie mich dann wiedersehen wollen, so müssen Sie mich in Kairo, in Bagdad oder in Ispahan aufsuchen.«

»Meiner Treu«, sagte Franz, »nichts kann in der Welt leichter sein, denn ich glaube, es wachsen mir Adlerflügel, und mit diesen Flügeln mache ich in 24 Stunden die Reise um die Welt.«

»Ah, ah! Der Haschisch wirkt; wohl, so öffnen Sie die Flügel und fliegen Sie in überirdische Regionen; fürchten Sie nichts, man wacht über Ihnen.«

Hierauf sagte er einige arabische Worte zu Ali, der ein Zeichen des Gehorsams machte und sich zurückzog, jedoch ohne sich zu entfernen. Bei Franz ging eine seltsame Veränderung vor: die ganze körperliche Ermattung, die ganze Unruhe seines Geistes verschwanden wie in einem ersten Augenblick der Ruhe, wo man noch genug lebt, um den Schlaf kommen zu fühlen. Sein Körper schien eine von der Materie befreite Leichtigkeit zu bekommen, sein Geist erleuchtete sich auf eine wunderbare Weise, seine Sinne schienen ihre Fähigkeiten zu verdoppeln. Der Horizont erweiterte sich immer mehr, aber es war nicht mehr der düstere Horizont, den er so oft vor seinem Entschlummern gesehen hatte, sondern ein blauer durchsichtiger Horizont, mit allem, was das Meer an Azur, die Sonne an Goldfunken, der Abendwind an Wohlgeruch hat! Dann sah er mitten unter Gesängen seiner Matrosen die Insel Monte Christo erscheinen, nicht mehr wie eine über den Wellen drohende Klippe, sondern wie eine in der Wüste verlorene Oase.

Endlich berührte die Barke das Ufer, und es kam Franz vor, als trete er in die Grotte, ohne daß die bezaubernde Musik aufhörte. Er stieg hinab, eine frische, balsamische Luft einatmend, und er sah alles, was er vor seinem Schlummer gesehen hatte, von Simbad, dem phantastischen Wirt, bis auf Ali, den stummen Diener; dann schien sich alles unter seinen Augen zu verwischen und zu vermengen, wie die letzten Schatten einer Zauberlaterne, die man auslöscht, und er fand sich wieder in dem Zimmer mit den Statuen, das nur von einer jener antiken, blassen Lampen beleuchtet war, die mitten in der Nacht den Schlummer der Wollust bewachen.
Es waren wohl dieselben an Formen, Üppigkeit und Poesie reichen Statuen, mit den magnetischen Augen, mit dem verführerischen Lächeln, mit den überreichen Haupthaaren. Es waren Phryne, Kleopatra, Messaline, die drei großen Kurtisanen; dann glitt mitten unter diese unzüchtigen Schatten, wie ein reiner Engel, wie mitten im Olymp ein christlicher Engel, eine von den keuschen Gestalten, einer von den ruhigen Schatten, eine von den sanften Visionen, die ihre jungfräuliche Stirn unter allen diesen marmornen Unreinheiten zu verschleiern schien. Da kam es ihm vor, als hätten diese drei Statuen ihre dreifache Liebe für einen Menschen vereinigt, und dieser Mensch wäre er, als näherten sie sich dem Bett, wo er einen zweiten Schlaf träumte, die Füße in ihre langen, weißen Tuniken gehüllt, die Haare gleich Wellen sich entrollend, in einer von jenen Stellungen, denen die Heiligen widerstanden, welchen aber die Götter unterlagen; mit einem von jenen unbeugsamen, glühenden Blicken, wie sie die Schlange auf den Vogel heftet, und als gäbe er sich diesen Blicken hin, die so schmerzlich waren wie ein gewaltiger Druck und zugleich so wollüstig wie ein Kuß.
Franz schien es, als schlösse er die Augen und als gewahrte er durch den letzten Blick, den er umherwarf, die züchtige Statue, die sich gänzlich verschleierte; als sodann seine Augen für die wirklichen Dinge geschlossen waren, öffneten sich seine Sinne für unbeschreibliche Eindrücke. Dann trat eine Wollust ohne Unterlaß, eine Liebe ohne Rast ein, wie die, welche der Prophet seinen Auserwählten verspricht. Dann belebten sich alle diese steinernen Wände dergestalt, daß für Franz, der zum erstenmal

der Herrschaft des Haschisch unterlag, diese Liebe beinahe ein Schmerz, diese Wollust beinahe eine Marter wurde, als er über seinen bebenden Mund die Lippen dieser Statuen, kalt und geschmeidig wie die Ringe einer Schlange, hinschlüpfen fühlte. Aber je mehr seine Arme diese unbekannte Liebe zurückzustoßen strebten, desto mehr unterlagen seine Sinne dem Zauber dieses geheimnisvollen Traumes, und nach einem Kampf, für den er seine Seele geopfert hätte, gab er sich ohne Rückhalt hin und fiel endlich stöhnend, brennend vor Müdigkeit in den Zauber dieses unerhörten Traumes zurück.

9. Erwachen

Als Franz wieder zu sich kam, schienen die äußeren Gegenstände ein zweiter Teil seines Traumes zu sein, er glaubte sich mit einem Grab, in das kaum ein Sonnenstrahl wie ein Blick des Mitleids drang; er streckte die Hand aus und fühlte Stein, er setzte sich auf und fand, daß er in seinem Burnus auf getrocknetem Heidekraut gelegen hatte. Jede Vision war verschwunden, und die Statuen hatten, als wären sie nur während seines Traumes aus ihren Gräbern hervorgegangen, bei seinem Erwachen die Flucht ergriffen. Er machte einige Schritte gegen den Punkt, woher das Licht kam; auf die ganze Aufregung des Traumes folgten die Ruhe und die Wirklichkeit. Er sah sich in einer Grotte, schritt auf die Öffnung zu und erblickte durch die gewölbte Tür einen blauen Himmel und ein Azurmeer. Luft und Wasser erglänzten in den Strahlen der Morgensonne, auf dem Ufer saßen plaudernd und lachend die Matrosen, zehn Schritte in der See schaukelte sich anmutig die Barke an ihrem Anker.

Da kostete er eine Zeitlang den frischen, gelinden Wind, der seine Stirn umspielte; er horchte auf das geschwächte Geräusch der Welle, die an Bord erstarb und auf den Felsen eine Spitze von silberweißem Schaum zurückließ; er ließ sich gehen, ohne über den göttlichen Zauber nachzudenken, der in den Dingen der Natur liegt, besonders wenn man aus einem phantastischen Traum erwacht. Dann rief das so ruhige, so reine, so großartige äußere Leben allmählich die Unwahrscheinlichkeit seines Schlafs in ihm zurück, und die Erinnerungen fingen an, in sein Gedächtnis wiederzukehren. Er erinnerte sich seiner Ankunft

auf der Insel, seiner Vorstellung bei einem Anführer von Schmugglern, eines unterirdischen Palastes voll Pracht und Herrlichkeit, eines vortrefflichen Abendbrotes und eines Löffels mit Haschisch. Nur kam es ihm der Wirklichkeit des lichten Tages gegenüber vor, als wären alle diese Dinge schon vor einem Jahr vorgefallen, so lebendig war der Traum in seinem Geiste, soviel Wichtigkeit erlangte er in seinem Innern. Von Zeit zu Zeit ließ auch seine Einbildungskraft einen von den Schatten, die seine Nacht mit ihren Blicken und ihren Küssen durchleuchtet hatten, mitten unter den Matrosen sich niedersetzen, oder über einen Felsen hinschreiten, oder auf der Barke sich wiegen. Übrigens hatte er einen gänzlich freien Kopf und einen vollkommen ausgeruhten Körper; keine Schwerfälligkeit im Gehirn, sondern im Gegenteil ein gewisses Wohlbehagen, eine größere Fähigkeit als je, Luft und Licht zu verzehren. Er näherte sich daher heiter seinen Matrosen. Sobald sie ihn erblickten, standen sie auf, und der Patron kam ihm entgegen.
»Herr Simbad«, sagte er zu ihm, »hat uns mit seinen Komplimenten für Eure Exzellenz beauftragt; wir sollen sein Bedauern ausdrücken, daß er nicht habe von Ihnen Abschied nehmen können; doch er hoffe, Sie werden ihn entschuldigen, wenn Sie erfahren, daß ihn eine sehr dringende Angelegenheit nach Malaga rufe.«
»Ah, mein lieber Gaetano«, antwortete Franz, »alles dies ist demnach in der Tat Wirklichkeit? Es gibt einen Menschen, der mich auf der Insel empfangen, mir eine königliche Gastfreundschaft gewährt hat und während meines Schlafes abgereist ist!«
»Er existiert so sehr, daß Sie dort seine kleine Jacht mit vollen Segeln hinfahren sehen.«
Franz zog sein Fernglas aus der Tasche, hielt es vor sein Auge und richtete es nach dem bezeichneten Punkt. Gaetano täuschte sich nicht. Auf dem Hinterteil des Schiffes stand der geheimnisvolle Fremde, gegen ihn gekehrt und ebenfalls ein Fernglas in der Hand haltend. Er war ganz so gekleidet, wie er sich am Abend vorher vor seinem Gast gezeigt hatte, und schüttelte zum Zeichen des Abschieds ein Tuch in der Luft. Franz zog auch sein Taschentuch, ließ es flattern und gab ihm so seinen Gruß zurück. Nach einer Sekunde erschien eine leichte Rauch-

wolke auf dem Hinterteil des Schiffes, machte sich anmutig von dem Verdeck los und stieg langsam zum Himmel empor; dann gelangte ein schwacher Knall zu Franz.
»Hören Sie?« rief Gaetano, »er nimmt von Ihnen Abschied.« Der junge Mann ergriff seine Büchse und schoß in die Luft.
»Was befiehlt nun Eure Exzellenz?« fragte Gaetano.
»Zündet mir vor allem eine Fackel an.«
»Ah, ja, ich begreife, um den Eingang in die Zaubergemächer zu suchen. Viel Vergnügen, Exzellenz, wenn das Ihnen Freude macht; die Fackel will ich Ihnen geben. Auch mich hat der Gedanke erfaßt; der Sie jetzt beschäftigt, und drei- oder viermal gab ich meiner Phantasie nach, aber am Ende verzichtete ich auf jede weitere Nachforschung. Giovanni«, fügte er bei, »zünde eine Fackel an und bringe sie Seiner Exzellenz.« Giovanni gehorchte. Franz nahm die Fackel und trat, gefolgt von Gaetano, in den unterirdischen Raum.
Er erkannte den Platz, wo er erwacht war, an seinem noch ganz zerdrückten Lager von Heidekraut; doch er mochte immerhin seine Fackel an der ganzen äußeren Oberfläche der Grotte hin und her spazieren lassen, er sah nichts und erkannte nur an Spuren von Rauchschwärze, daß bereits andere vor ihm vergeblich diese Nachforschung versucht hatten. Er ließ indessen keinen Fuß von dieser undurchdringlichen Granitmauer ununtersucht.
Er sah keine Spalte, in die er nicht die Klinge seines Jagdmessers stieß. Er bemerkte keinen hervorspringenden Punkt, auf den er nicht drückte, in der Hoffnung, er würde nachgeben; aber alles war umsonst, und er verlor ohne irgendeinen Erfolg zwei Stunden mit seinem Nachsuchen. Nach Verlauf dieser Zeit leistete er Verzicht. Gaetano triumphierte.
Franz hielt nichts mehr auf Monte Christo zurück; er hatte jede Hoffnung verloren, das Geheimnis der Grotte zu entdecken, beeilte sich zu frühstücken, und eine halbe Stunde später befand er sich an Bord seiner Barke. Er warf einen letzten Blick auf die Jacht; sie war im Begriff, im Golf von Porto-Vecchio zu verschwinden. Er gab das Signal zur Abfahrt. In der Sekunde, da die Barke sich in Bewegung setzte, verschwand die Jacht; mit ihr erlosch die letzte Wirklichkeit der vorhergehenden Nacht:

Abendbrot, Simbad, Haschisch und Statuen, alles fing an, sich für Franz in demselben Traum zu vermengen.
Die Barke segelte den Tag und die ganze Nacht, und am Morgen bei Sonnenaufgang war die Insel Monte Christo ebenfalls verschwunden. Sobald Franz die Erde berührte, vergaß er wenigstens für den Augenblick die erlebten Ereignisse, um seine Angelegenheiten in Florenz abzumachen und sich nur damit zu beschäftigen, seine Gefährten in Rom aufzusuchen. Er reiste daher ab und langte am Sonnabend mit der Post in der Siebenhügelstadt an, wo bereits die ersten Karnevalsfestlichkeiten begonnen hatten.
Franz mußte sich durch die schon in gehobener Feststimmung die Straßen Roms passierende Menge drängen und gelangte endlich zu Meister Pastrinis berühmtem Hotel zur Stadt London, wo er mit seinem ihn erwartenden Freund Albert von Morcerf zusammentraf.

10. Römische Banditen

Am Tag nach ihrer Ankunft beabsichtigten die beiden Freunde noch nach dem Abendessen bei Mondschein eine Spazierfahrt vor die Tore der ewigen Stadt zu machen. Aber Meister Pastrini suchte wegen Besorgung eines Wagens die verschiedensten Ausflüchte zu machen und riet ernstlich von einer so gefährlichen, nächtlichen Partie ab. Nachdem indessen die neugierig gemachten Freunde energisch nach dem wahren Grund seines ängstlichen Zögerns verlangten, entschloß er sich zu der Erklärung, daß die Kampagna gerade in der letzten Zeit der Schauplatz häufiger Raubüberfälle gewesen sei und daß der bekannte Räuberhauptmann Luigi Vampa mit seinen gefährlichen Banditen die ganze Umgegend unsicher mache.
Die noch ungläubigen Zuhörer baten ihren Wirt um ausführlichere Erzählung über den berüchtigten Räuber, worauf Pastrini anfing:
»Luigi Vampa war ein einfacher Hirtenknabe auf dem Gut des Grafen San Felice, das zwischen Palestrina und dem Gabri-See liegt. In Pampinara geboren, trat er im Alter von fünf Jahren in den Dienst des Grafen. Sein Vater, selbst ein Hirte, hatte eine eigene kleine Herde und lebte von der Wolle seiner Hammel

und der Einnahme für die Milch seiner Schafe, die er in Rom verkaufte. Luigi war gelehrig, und ein hervorragender Nachahmungstrieb befähigte ihn, alles rasch aufzufassen, und so lernte er spielend lesen und schreiben, zeichnen und hübsche Holzschnitzereien anfertigen.
Ein Mädchen, etwas jünger als Vampa, hütete ebenfalls seine Schafe in der Nähe von Palestrina; die Kleine war Waise, in Valmontone geboren, und hieß Teresa. Die zwei Kinder trafen sich, setzten sich nebeneinander, ließen ihre Herden sich vermischen, plauderten, lachten und spielten; am Abend trennte man die Schafe des Grafen San Felice von denen des Barons von Cervetri, und die Kinder verließen sich, um nach Hause zu kehren, unter dem gegenseitigen Versprechen, sich am nächsten Morgen wieder aufzusuchen.
Ihre natürlichen Talente entwickelten sich indessen. Bei künstlerischen Neigungen war Luigi im Laufe der Jahre traurig aus Eigensinn, glühend in plötzlicher Aufwallung, jähzornig aus Laune und stets höhnisch. Keiner von den Knaben von Pampinara, Palestrina oder Valmontone vermochte je einen Einfluß auf ihn zu gewinnen oder sein Kamerad zu werden. Stets geneigt zu verlangen, ohne sich je zu einem Nachgeben herbeilassen zu wollen, entfernte sein eigenwilliges Temperament jede freundschaftliche Regung von ihm. Teresa allein beherrschte mit einem Wort, mit einem Blick diesen festen Charakter, der sich unter der Hand einer Frau schmiegte, und unter dem Einfluß jedes Mannes bis zum Brechen starr geworden wäre. Teresa war im Gegenteil lebhaft, munter, heiter, aber im Übermaß gefallsüchtig; die zwei Piaster, die Luigi als Monatslohn erhielt, gingen für allerlei Schmuck- und Putzgegenstände auf. Die zwei Kinder wuchsen heran, brachten alle Tage miteinander zu und überließen sich ohne Kampf den Phantasien ihrer unverdorbenen Natur; so sah sich Vampa in seinen Gesprächen und Träumen stets als Schiffskapitän, als General eines Heeres, als Gouverneur einer Provinz; Teresa wähnte sich reich, in den schönsten Kleidern und von Bedienten gefolgt.
Eines Tages sagte der junge Hirt dem Intendanten des Grafen, er habe einen Wolf aus dem Sabinergebirge hervorkommen und um seine Herde schweifen sehen. Der Intendant gab ihm

eine Flinte; dies wollte Vampa haben, und der langersehnte Wunsch des jungen Menschen hatte sich verwirklicht. Diese Flinte war vortrefflich, nur hatte der Graf den Schaft zerbrochen und das Gewehr zum Ausschuß geworfen. Von diesem Augenblick an widmete Vampa jede freie Zeit den Übungen im Gebrauch seiner Flinte; er kaufte Pulver und Blei und alles wurde ihm Zielpunkt. Bald wurde er so geschickt, daß Teresa mit Vergnügen zusah, wie ihr Gefährte jedes Ziel unfehlbar traf. Eines Tages kam in der Nähe der jungen Leute ein Wolf aus einem Fichtenwald hervor, den Luigis Kugel nach kaum zehn Schritten tot niederstreckte. Stolz auf den ersten Erfolg, lud Vampa den Wolf auf seine Schultern und trug ihn nach Hause. Alle diese Umstände verliehen Luigi einen gewissen Ruf in der Gegend, man sprach von dem jungen Hirten als von dem geschicktesten, stärksten, mutigsten Burschen weit und breit in der Runde, und obgleich Teresa für eines der hübschesten Mädchen des Sabinerlandes galt, wagte es doch niemand, ihr ein Wort von Liebe zu sagen, denn man wußte, daß sie von Vampa geliebt wurde.

Als Teresa sechzehn, Vampa siebzehn Jahre alt waren, fing man an, viel von einer Räuberbande zu sprechen, die sich in den Lepinerbergen bildete. Die Räuberei ist in der Nähe von Rom nie ernstlich ausgerottet worden. Es fehlt oft an Anführern, aber wenn sich ein Anführer zeigt, so fehlt es selten an einer Bande. In den Abruzzen umstellt, aus dem Königreich Neapel, wo er einen wahren Krieg ausgehalten hatte, vertrieben, durchzog Cucumetto das Garigliano, mit der Bildung einer Bande beschäftigt. Mehrere junge Leute von Palestrina, Frascati und Pampinara verschwanden, und bald erfuhr man, daß sie sich mit der Bande von Cucumetto vereinigt hatten. Nach einiger Zeit wurde Cucumetto der Gegenstand allgemeiner Aufmerksamkeit. Man erzählte sich von diesem Banditenführer Züge von außerordentlicher Kühnheit und von empörender Roheit.

Eines Tages raubte er ein junges Mädchen, die Tochter des Feldmessers von Frosinone. Die Gesetze der Banditen bestimmen: ein junges Mädchen gehört zuerst demjenigen, welcher dasselbe raubt, dann ziehen die anderen das Los, und die Unglückliche dient der ganzen Truppe zum Vergnügen, bis sie von

der Bande verlassen wird oder stirbt. Sind die Eltern reich genug, um sie loszukaufen, so schickt man einen Boten ab, der um das Lösegeld unterhandelt; der Kopf des Gefangenen haftet für die Sicherheit des Abgesandten. Wird das Lösegeld verweigert, so ist der Gefangene unwiderruflich verurteilt. Das Mädchen hatte seinen Liebhaber in der Bande von Cucumetto, er hieß Carlini. Als die Unglückliche den jungen Mann erkannte, streckte sie die Hände nach ihm aus; doch dem armen Carlini brach das Herz bei ihrem Anblick, denn er kannte das Los, das seiner Geliebten harrte.
Da er indessen der Liebling von Cucumetto war, mit dem er seit drei Jahren alle Gefahren geteilt und dem er das Leben gerettet hatte, hoffte er, Cucumetto würde Mitleid haben. Er bat daher den Hauptmann, zu seinen Gunsten eine Ausnahme zu machen und Rita zu schonen, wobei er ihm bemerkte, der Vater wäre reich und würde ein gutes Lösegeld bezahlen. Cucumetto schien auch wirklich den Bitten seines Freundes nachzugeben. Da trat Carlini freudig zu seiner Geliebten, sagte ihr, sie wäre gerettet, und forderte sie auf, ihrem Vater einen Brief zu schreiben und ihm zu sagen, das Lösegeld wäre auf dreihundert Piaster festgelegt. Man gab dem Vater eine Frist bis zum andern Morgen um neun Uhr.
Sobald der Brief geschrieben war, lief Carlini fort, um einen Boten zu suchen. Er fand einen jungen Hirten, der sich sogleich mit dem Versprechen entfernte, in einer Stunde in Frosinone zu sein. Carlini kam ganz heiter zurück, um wieder mit seiner Geliebten zusammentreffen und ihr die frohe Kunde mitzuteilen. Er fand die Truppe auf der Lichtung, wo sie lustig die Mundvorräte verzehrten, welche die Banditen wie einen Tribut von den Bauern erhoben; doch vergebens suchte er unter den fröhlichen Gästen Cucumetto und Rita. Er fragte, wo sie wären; die Banditen antworteten mit einem schallenden Gelächter. Kalter Schweiß lief Carlini über die Stirn, und er fühlte, wie ihn die Angst überwältigte. Er erneuerte seine Frage. Einer von den Genossen füllte ein Glas mit Orvieto-Wein, reichte es ihm und sprach: Auf die Gesundheit des braven Cucumetto und der schönen Rita!
In diesem Augenblick glaubte Carlini den Schrei einer Frau zu

hören, und er erriet alles: er nahm das Glas, zerschmetterte es auf dem Gesicht dessen, der es ihm reichte, und eilte in der Richtung des Schreies fort. Nachdem er hundert Schritte gelaufen war, fand er an einem Gebüsch Rita ohnmächtig in den Armen von Cucumetto. Als dieser Carlini erblickte, erhob er sich, in jeder Hand eine Pistole haltend. Die zwei Banditen schauten einander einen Augenblick an, der eine das Lächeln der Unzucht auf den Lippen, der andere die Blässe des Todes auf der Stirn. Es war, als sollte etwas Furchtbares zwischen diesen beiden Männern vorgehen, aber allmählich entspannten sich die Züge von Carlini, und seine Hand, die er an eine Pistole in seinem Gürtel gelegt hatte, fiel an der Seite nieder; Rita lag zwischen beiden. Der Mond beleuchtete diese Szene.

›Nun!‹ sagte Cucumetto, ›hast du deinen Auftrag besorgt?‹

›Ja, Kapitän‹, antwortete Carlini; ›morgen vor neun Uhr wird der Vater von Rita mit dem Geld hier sein.‹

›Vortrefflich. Mittlerweile wollen wir die Nacht lustig zubringen. Das Mädchen ist reizend, und du hast wahrhaftig einen guten Geschmack, Meister Carlini; da ich nicht eigennützig bin, so wollen wir auch zu den Kameraden zurückkehren und das Los ziehen, wem sie nun gehören soll.‹

›Ihr seid also entschlossen, sie dem gemeinschaftlichen Gesetz zu überantworten?‹ fragte Carlini.

›Warum sollte man bei ihr eine Ausnahme machen?‹

›Ich glaubte auf meine Bitte…‹

›Bist du etwa mehr, als die andern?‹

›Das ist richtig.‹

›Doch sei unbesorgt‹, versetzte Cucumetto lachend, ›etwas früher, etwas später kommt die Reihe an dich.‹ Die Zähne von Carlini preßten sich zum Zerspringen zusammen. ›Nun vorwärts‹, sagte Cucumetto, einen Schritt gegen die Genossen machend, ›kommst du?‹

›Ich folge Euch.‹

Cucumetto entfernte sich, jedoch ohne Carlini aus dem Gesicht zu verlieren, denn er befürchtete ohne Zweifel, er könnte von hinten auf ihn schießen; doch nichts deutete bei dem Banditen eine feindselige Absicht an. Er stand mit gekreuzten Armen bei der immer noch ohnmächtigen Rita. Einen Augenblick dachte

Cucumetto, der junge Mann würde sie in seine Arme nehmen und mit ihr fliehen; es war ihm nun wenig mehr daran gelegen, er hatte von Rita, was er haben wollte; und was das Geld betrifft, so waren dreihundert Piaster unter die Bande verteilt eine so armselige Summe, daß er sich wenig darum bekümmerte. Er setzte daher seinen Weg nach der Lichtung fort, doch zu seinem großen Erstaunen kam Carlini beinahe mit ihm hier an. ›Das Los gezogen!‹ riefen die Banditen, als sie ihren Anführer erblickten. Man legte alle Namen, den von Carlini wie die der andern, in einen Hut, und der jüngste der Bande zog ein Zettelchen aus der improvisierten Urne. Auf diesem Zettelchen stand der Name Diavolaccio. Es war derselbe, welchem Carlini, als er ihm auf die Gesundheit des Anführers zutrank, das Glas auf dem Gesicht zerschmettert hatte. Als Diavolaccio sich so vom Glück begünstigt sah, brach er in ein schallendes Gelächter aus. Jeder erwartete einen Ausbruch von seiten Carlinis; aber zum allgemeinen Erstaunen nahm er ein Glas und rief mit vollkommen ruhiger Stimme: ›Auf deine Gesundheit, Diavolaccio!‹ und leerte das Glas, ohne daß seine Hand zitterte. Dann setzte er sich an das Feuer, aß und trank, als ob nichts vorgefallen wäre, während sich Diavolaccio entfernte.

Die Banditen schauten ihn voll Erstaunen an, denn sie begriffen diese Unempfindlichkeit nicht, als sie hinter sich den Boden unter einem schweren Tritt erdröhnen hörten. Sie wandten sich um und erblickten Diavolaccio, Rita in seinen Armen haltend; ihr Kopf war zurückgeworfen, und ihre langen Haare hingen bis zur Erde herab. Als Diavolaccio mehr in den Kreis des vom Herde aus verbreitenden Lichtes trat, gewahrte man die Blässe des Mädchens und die des Banditen. Diese Erscheinung hatte etwas so Seltsames, so Feierliches, daß alle aufstanden, mit Ausnahme von Carlini; dieser blieb sitzen und fuhr fort zu trinken und zu essen, als ob nichts um ihn her vorginge. Diavolaccio näherte sich unter dem tiefsten Stillschweigen und legte Rita zu den Füßen des Kapitäns nieder.

Da vermochte jedermann die Ursache der Blässe des Mädchens und des Banditen zu erkennen; unter der linken Brust von Rita stak ein Messer, bis an das Heft eingebohrt. Alle Augen richteten sich auf Carlini; die Scheide hing leer an seinem Gürtel.

Jede rohe Natur ist imstande, eine kräftige Handlung zu würdigen; obgleich vielleicht keiner von den Banditen vollführt hätte, was Carlini vollführte, so begriffen sie doch, was er getan.
›Nun‹, sagte Carlini, ebenfalls aufstehend und dem Leichnam sich nähernd, während er die Hand an den Kolben einer Pistole legte, ›ist vielleicht noch irgendeiner hier, der mir diese Frau streitig machen will?‹
›Nein‹, erwiderte der Anführer, ›sie gehört dir.‹
Carlini nahm sie nun in seine Arme und trug sie aus dem von der Flamme des Herdes erzeugten Lichtkreis.
Am Fuß einer alten Eiche fand ihn am Morgen Ritas Vater, der herbeigeeilt war, das Lösegeld zu bringen.
›Elender!‹ rief der Greis, ›was hast du getan?‹
Und er schaute voll Schrecken Rita an, die bleich, unbeweglich, ein blutiges Messer in der Brust, da lag.
›Cucumetto hatte deine Tochter geschändet‹, sagte der Bandit, ›und da ich sie liebte, mußte ich sie töten, denn nach ihm hätte sie der ganzen Bande zum Spielzeug gedient.‹
Der Greis sprach kein Wort, er wurde nur bleich wie ein Gespenst.
›Räche sie nun, wenn ich unrecht gehabt habe‹, fügte Carlini bei.
Und er riß das Messer aus dem Busen des Mädchens und reichte es dem Greis mit der einen Hand, während er mit der andern seine Weste auf die Seite schob und ihm seine nackte Brust darbot.
›Du hast wohlgetan‹, sagte der Greis mit dumpfer Stimme, ›umarme mich, mein Sohn.‹
Carlini warf sich schluchzend in die Arme des Vaters seiner Geliebten. Es waren die ersten Tränen, die dieser Blutmensch vergoß.
Dann begruben sie das Mädchen, und Carlini schwur blutige Rache; doch er konnte diesen Schwur nicht halten, denn zwei Tage später wurde Carlini in einem Kampf mit römischen Carabinieri getötet. Man wunderte sich nur, daß er, dem Feind das Gesicht bietend, eine Kugel zwischen die Schultern bekommen hatte. Das Erstaunen hörte aber auf, als einer von den Banditen gegen seine Kameraden bemerkte, Cucumetto sei zehn Schritte

hinter Carlini gestanden, da dieser gefallen. Man erzählt sich von diesem Räuberhauptmann noch zehn andere, nicht minder seltsame Geschichten, und es zitterte auch jedermann von Fondi bis Perugia, wenn man nur den Namen von Cucumetto nannte.

Diese Geschichten bildeten oft den Stoff der Unterhaltung von Luigi und Teresa. Das Mädchen bebte bei allen solchen Erzählungen, aber Vampa beruhigte sie mit einem Lächeln und schlug an seine Flinte, die ihre Kugel so schön trug; war sie dann noch nicht völlig beruhigt, so zeigte er ihr auf hundert Schritte einen Raben, der auf einem dürren Ast saß, schlug an, drückte los, und das Tier fiel wohlgetroffen an den Fuß des Baumes nieder. Mittlerweile verging die Zeit; die jungen Leute hatten beschlossen zu heiraten, wenn Vampa zwanzig Jahre alt wäre. Sie waren beide Waisen und hatten nur ihre Herren um Erlaubnis zu bitten; sie baten darum und erhielten auch die Einwilligung. Als sie eines Tages von ihren Plänen für die Zukunft sprachen, vernahmen sie ein paar Schüsse; dann trat plötzlich ein Mann aus dem Gehölz hervor, bei welchem die jungen Leute ihre Herden zu weiden pflegten, lief auf sie zu und rief: ›Ich werde verfolgt, könnt Ihr mich verbergen?‹

Die jungen Leute erkannten sogleich, daß der Flüchtige ein Bandit sein mußte; doch zwischen dem römischen Bauern und dem römischen Banditen herrscht eine angeborene Sympathie, weshalb der erste immer bereit ist, dem zweiten Dienste zu leisten. Vampa lief, ohne ein Wort zu sagen, zu dem Stein, der den Eingang der Grotte verstopfte, entblößte diesen Eingang, hieß den Flüchtling durch ein Zeichen in dieses anderen unbekannte Asyl schlüpfen, stieß den Stein wieder an seine vorige Stelle, kehrte zu Teresa zurück und setzte sich neben sie. Beinahe in demselben Augenblick erschienen vier Carabinieri zu Pferd am Saume des Waldes, sie gewahrten die zwei jungen Leute, sprengten im Galopp auf sie zu und befragten sie, die angaben, nichts gesehen zu haben.

›Das ist ärgerlich‹, sagte der Brigadier; ›denn derjenige, welchen wir suchen, ist der Anführer.‹

›Cucumetto?‹ riefen unwillkürlich Teresa und Luigi.

›Ja‹, antwortete der Brigadier, ›und da ein Preis von 1000 Ta-

lern auf seinen Kopf gesetzt ist, so wären 500 Euch zugekommen, wenn Ihr mir geholfen hättet, ihn aufzufinden.‹
Die jungen Leute wechselten einen Blick. Der Brigadier hatte eine Minute lang Hoffnung. 500 römische Taler sind ein Vermögen für arme Waisen, die heiraten wollen.
›Ja, das ist ärgerlich‹, erwiderte Vampa, ›doch wir haben ihn nicht gesehen.‹ Die Carabinieri durchstreiften nun die Gegend in verschiedenen Richtungen, aber vergebens; dann verschwanden sie allmählich. Vampa zog den Stein zurück, und Cucumetto trat hervor.
Er hatte in dem Licht, welches das Granittor ließ, die jungen Leute mit den Carabinieri sprechen sehen, den Gegenstand ihres Gespräches vermutet und auf dem Antlitz von Luigi und Teresa den unerschütterlichen Entschluß gelesen, ihn nicht auszuliefern. Der Bandit zog aus seiner Tasche eine Börse voll Gold und bot sie ihnen an. Aber Vampa hob stolz das Haupt empor, während Teresas Augen bei dem Gedanken an alles das glänzten, was sie sich um dieses Gold an reichen Juwelen und schönen Kleidern kaufen könnte. Cucumetto war ein sehr gewandter Satan. Er erhaschte diesen Blick, erkannte in Teresa eine würdige Tochter Evas und kehrte in den Wald zurück, wobei er sich wiederholt unter dem Vorwand, seine Befreier zu grüßen, umdrehte. Es vergingen mehrere Tage, ohne daß man Cucumetto wiedersah oder von ihm sprechen hörte. Der Karneval nahte heran, und der Graf von San Felice kündigte einen Ball an, wozu die ganze elegante Welt von Rom eingeladen war. Teresa hatte große Lust, diesen Ball zu besuchen. Luigi bat seinen Beschützer, den Intendanten, um Erlaubnis für sie und für sich, verborgen unter den Dienern des Hauses dem Fest beiwohnen zu dürfen, und dies ward ihm auch zugestanden.
Dieser Ball wurde von dem Grafen hauptsächlich gegeben, um seiner Tochter Carmela, die er anbetete, ein Vergnügen zu machen. Carmela war gerade von dem Alter und dem Wuchs Teresas, und Teresa war wenigstens ebenso schön wie Carmela. Am Abend des Balles wählte Teresa ihre schönste Toilette, ihre reichsten Nadeln, ihren glänzendsten Glasschmuck. Sie hatte die Tracht der Frauen von Frascati, Luigi die so malerische

Kleidung der römischen Bauern an Festtagen. Beide mischten sich, wie man es ihnen erlaubt hatte, unter die Diener und Bauern. Das Fest war prachtvoll. Nicht nur die Villa war glänzend beleuchtet, sondern es hingen auch Tausende von farbigen Lampen an den Bäumen im Garten. Bald strömte der Festjubel vom Palast auch auf die Terrassen über, und von den Terrassen wogte es in die Alleen. An jedem Kreuzweg gab es ein Orchester, Trinktische und Erfrischungen aller Art; die Spaziergänger blieben stehen, es bildeten sich Quadrillen, und man tanzte, wo man zu tanzen Lust bekam. Carmela war wie die Frauen von Sonnino gekleidet; sie trug eine mit Perlen gestickte Mütze, die Nadeln in ihren Haaren waren von Gold und Diamanten, ihr Gürtel war von türkischer Seide, ihr Oberrock war von Kaschmir, ihre Schürze von indischem Musselin, die Knöpfe ihres Mieders bestanden aus Edelsteinen. Zwei andere Gefährtinnen von ihr hatten die Tracht der Frauen von Nettuno, die andere die der Frauen der Riccia.

Vier junge Männer der edelsten und reichsten Familien von Rom begleiteten sie mit jener italienischen Zwanglosigkeit, die in keinem andern Lande der Welt ihresgleichen hat; sie waren als Bauern gekleidet. Carmela kam der Gedanke, eine gleichförmige Quadrille zu bilden; es fehlte nur noch an einer weiblichen Teilnehmerin. Carmela schaute umher, keine von den Eingeladenen hatte eine der ihrigen und der ihrer Gefährtinnen entsprechende Tracht. Da zeigte ihr der Graf von San Felice mitten unter den Bäuerinnen Teresa, die sich auf den Arm von Luigi stützte.

›Erlauben Sie mir, mein Vater?‹ sagte Carmela.

›Allerdings‹, erwiderte der Graf; ›sind wir nicht im Karneval?‹

Carmela neigte sich an das Ohr eines jungen Mannes, der sie plaudernd begleitete, und sagte ihm leise ein paar Worte, wobei sie ihm mit dem Finger Teresa bezeichnete. Der junge Mann lud Teresa ein, an der von der Tochter des Grafen geleiteten Quadrille teilzunehmen. Teresa fühlte es wie eine Flamme über ihr Gesicht hinziehen. Sie befragte Luigi mit dem Blick – es war ihr nicht möglich, zu widerstreben; Luigi ließ langsam den Arm von Teresa los, und Teresa entfernte sich, geführt von ihrem zierlichen Kavalier, und nahm zitternd ihren Platz in der aristokratischen Quadrille. Die ordentliche, strenge Tracht von Teresa hätte allerdings in den Augen eines Künstlers einen ganz anderen Charakter gehabt als die von Carmela und ihren Gefährtinnen; aber Teresa war ein eitles, gefallsüchtiges Mädchen, die Stickereien des Gürtels, der Glanz des Kaschmirs blendeten sie, das Feuer der Diamanten und Saphire machte sie toll. Luigi fühlte seinerseits ein unbekanntes Etwas in sich entstehen, es war anfangs wie ein dumpfer Schmerz, der ihm das Herz durchzuckte. Er verfolgte mit den Augen die geringsten Bewegungen von Teresa und ihrem Kavalier. Wenn ihre Hände sich berührten, erfaßte ihn eine Art von Blendung, und seine Pulsadern schlugen mit aller Gewalt. Zwar hörte Teresa, wenn sie miteinander sprachen, nur schüchtern und mit niedergeschlagenen Augen zu, aber Luigi, der in den glühenden Blicken des schönen jungen Mannes las, daß seine Reden Lobeserhebungen waren, kam es dennoch vor, als drehte sich die Erde unter ihm und als flüsterten ihm alle Stimmen der Hölle Mordgedanken zu. Dann klammerte er sich, aus Furcht, sich von seinem Wahnsinn hinreißen zu lassen, mit einer Hand an der nahen Buche an, erfaßte mit der andern in krampfhafter Bewegung seinen Dolch und zog ihn, ohne es gewahr zu werden, zuweilen beinahe ganz aus der Scheide.

Als endlich der Tanz zu Ende war, führte ihr schöner Kavalier Teresa mit vielen Artigkeiten an den Platz zurück, wo Luigi ihrer harrte. Wiederholt hatte Teresa während des Kontretanzes einen Blick auf ihn geworfen, und jedesmal waren ihr seine verstörten Züge aufgefallen. So faßte sie beinahe zitternd wieder den Arm ihres Geliebten, der, ohne ein Wort zu sagen, seine Geliebte mit sich fortzog; erst als sie eben in ihre Wohnung traten, fragte er: ›Teresa, woran dachtest du, als du der jungen Gräfin von San Felice gegenüber tanztest?‹

›Ich dachte, ich würde die Hälfte meines Lebens für eine Kleidung geben, wie sie die Gräfin trug.‹

›Und was sagte dir dein Kavalier?‹

›Er sagte mir, es hinge nur von mir ab, eine solche zu haben, und es kostete mich dies nur ein Wort.‹

›Er hatte recht‹, sagte Luigi. ›Wünschst du eine solche Tracht so glühend, als du sagst?‹

›Ja.‹
›Wohl, du sollst sie haben.‹
Erstaunt schaute Teresa empor, um ihn zu befragen; aber sein Gesicht war so düster und furchtbar, daß das Wort auf ihren Lippen erstarb. Überdies entfernte sich Luigi sogleich. Teresa folgte ihm in der Dunkelheit mit den Augen, solange sie ihn sehen konnte. Als er verschwunden war, trat sie in ihre Wohnung.
In derselben Nacht ereignete sich ein großes Unglück, ohne Zeifel durch die Unvorsichtigkeit eines Bedienten, der die Lichter auszulöschen vergaß. Das Feuer brach unmittelbar neben den Gemächern der schönen Carmela aus. Mitten in der Nacht durch den Schein der Flammen aufgeweckt, sprang sie aus dem Bett, hüllte sich in ihr Nachtkleid und suchte zu entfliehen; aber der Hausflur, durch den sie gehen mußte, war schon vom Feuer ergriffen. Da kehrte sie in ihr Zimmer zurück und rief aus Leibeskräften um Hilfe, als plötzlich ihr zwanzig Fuß über dem Boden liegendes Fenster sich öffnete, ein junger Bauer in das Gemach stürzte, sie in seine Arme nahm und mit übermenschlicher Kraft und Gewandtheit auf den Rasen vor der Villa schleppte, wo sie ohnmächtig niedersank. Als sie wieder zu sich kam, war ihr Vater bei ihr. Alle Diener umgaben sie, um ihr Hilfe zu leisten. Ein ganzer Flügel der Villa war abgebrannt; doch was lag daran, Carmela war unversehrt. Man suchte überall ihren Retter, aber der Retter fand sich nirgends; man fragte bei jedermann, doch niemand hatte ihn gesehen. Carmela war so sehr von der Angst ergriffen gewesen, daß sie ihn nicht erkannt hatte.
Am andern Tag fanden sich die jungen Leute zur gewöhnlichen Stunde am Saume des Waldes ein. Luigi war zuerst gekommen. Er ging dem Mädchen mit großer Heiterkeit entgegen und schien die Szene vom vorhergehenden Abend völlig vergessen zu haben. Teresa war sichtbar nachdenkend, als sie aber Luigi so gestimmt sah, heuchelte sie eine lachende Sorglosigkeit, die den Grund ihres Charakters bildete, wenn ihr Wesen nicht durch irgendeine Leidenschaft gestört wurde. Luigi nahm Teresa beim Arm und führte sie zum Eingang der Grotte. Hier blieb er stehen. Das Mädchen begriff, daß etwas Außerordentliches vorging, und schaute ihn fest an.

›Teresa‹, sprach Luigi, ›gestern hast du mir gesagt, du würdest alles in der Welt geben, um eine Kleidung wie die der Tochter des Grafen zu besitzen?‹
›Allerdings‹, erwiderte Teresa erstaunt, ›aber ich war toll, daß ich einen solchen Wunsch hegte.‹
›Und ich antwortete dir: Gut, du sollst sie haben. – – Ich habe dir nie etwas versprochen, Teresa, ohne es dir zu geben, geh in die Grotte und kleide dich an.‹
Bei diesen Worten zog er den Stein heraus und zeigte Teresa die Grotte, die von zwei Kerzen beleuchtet war, zwischen denen ein prachtvoller Spiegel stand; auf dem von Luigi verfertigten rohen Tisch waren Diamantnadeln und ein Perlenhalsband ausgebreitet; auf einem Stuhl daneben lag die übrige Kleidung. Teresa stieß einen Freudenschrei aus und stürzte, ohne zu fragen, woher diese wertvollen Dinge kämen, ohne sich Zeit zu lassen, Luigi zu danken, in die zu einem Toilettenkabinett verwandelte Grotte. Luigi drückte den Stein wieder hinter ihr hinein, denn er erblickte auf der Höhe eines kleinen Hügels einen Reisenden zu Pferd, der einen Augenblick anhielt, als wäre er des Weges unsicher. Luigi hatte sich nicht getäuscht, der Reisende, der von Palestrina nach Tivoli ritt, war im Zweifel über seinen Weg. Der junge Mann deutete ihm denselben an, und der Reisende bat Luigi, ihm ein kleines Stück als Führer zu dienen. Luigi willigte ein, ihn bis zum nächsten Kreuzweg zu begleiten. ›Hier ist Ihr Weg, Exzellenz‹, sagte Luigi, ›Sie können nun nicht mehr fehlen.‹
›Und hier ist deine Belohnung‹, sagte der Reisende und bot dem jungen Hirten einige Stücke kleine Münzen.
›Ich danke‹, versetzte Luigi, seine Hand zurückziehend, ›ich leiste Dienste, ich verkaufe sie nicht.‹
›Wohl‹, entgegnete der Reisende, der indessen an diese Verschiedenheit zwischen dem knechtischen Benehmen der Menschen aus den Städten und dem Stolz eines Landmanns gewöhnt zu sein schien, ›wenn du eine Belohnung ausschlägst, so nimmst zu wenigstens ein Geschenk an.‹
›Oh, ja, das ist etwas anderes.‹
›So nimm diese zwei venetianischen Zechinen und gib sie deiner Braut, die sich ein paar Ohrringe dafür kaufen soll.‹

›Und Sie, nehmen Sie diesen Dolch‹, sagte der junge Hirte, ›Sie finden von Albano bis Civita Castellana keinen, dessen Griff besser geschnitzt wäre.‹
›Ich nehme ihn an‹, sagte der Reisende. ›Wie heißt du?‹
›Luigi Vampa. Und Sie?‹
›Ich? Ich heiße Simbad der Seefahrer.‹«
Franz d'Epinay stieß einen Schrei des Erstaunens aus.
»Simbad der Seefahrer?« wiederholte er.
»Ja, diesen Namen nannte der Reisende.«
»Was haben Sie gegen diesen Namen einzuwenden?« fragte Albert, »es ist ein sehr schöner Name, und die Abenteuer des Patrons dieses Namens haben mich in meiner Jugend ungemein belustigt.«
Franz antwortete nicht. Der Name Simbad der Seefahrer hatte bei ihm eine ganze Welt voll Erinnerungen erweckt.
»Vampa«, so fuhr der Wirt fort, »steckte verächtlich die zwei Zechinen in die Tasche und schlug langsam den Rückweg wieder ein. Auf zwei- bis dreihundert Schritte zur Grotte gelangt, glaubte er einen Schrei zu hören. Er sprang wie eine Gemse, spannte den Hahn seiner Flinte im Lauf und gelangte in weniger als einer Minute auf die Spitze des kleinen Hügels dem gegenüber, wo er den Reisenden erblickt hatte. Hier hörte er rufen:
›Zu Hilfe!‹ Er schaute und sah, wie ein Mann Teresa fortschleppte. Der Unbekannte war ihm wenigstens zweihundert Schritte voraus, und er hatte keine Hoffnung, ihn einzuholen, ehe er das Gehölz erreicht haben würde. Der junge Hirte blieb still stehen, als hätten seine Füße Wurzeln gefaßt. Er stützte den Schaft seiner Flinte an seine Schulter, hob sachte das Rohr in der Richtung des Räubers und gab Feuer. – Der Räuber hielt an, seine Knie bogen sich, und er fiel, Teresa mit sich zur Erde ziehend; Teresa erhob sich sogleich wieder. Als Luigi sich überzeugt hatte, daß sie unversehrt war, wandte er sich gegen den Verwundeten um; die Fäuste geballt, den Mund von Schmerz zusammengezogen, war er soeben verschieden. Vampa erkannte Cucumetto. Der Bandit hatte sich an dem Morgen, als ihn die jungen Leute retteten, in Teresa verliebt und geschworen, das Mädchen sollte ihm gehören. Seit jenem Morgen

spähte er nach ihr, und im Augenblick, wo Luigi Teresa allein ließ, um dem Reisenden den Weg zu zeigen, packte er sie und betrachtete sie bereits als seine Beute, als die Kugel von Vampa ihm das Herz durchdrang. Vampa schaute ihn an, ohne daß die geringste Bewegung auf seinem Gesicht hervortrat, während im Gegenteil Teresa, noch ganz zitternd, sich dem toten Banditen nur mit kleinen Schritten zu nähern wagte und zögernd über die Schulter ihres Geliebten einen Blick auf den Leichnam warf.

Nach ein paar Sekunden wandte sich Vampa zu dem Mädchen um und rief: ›Ah, ah! Das ist gut, du bist angekleidet; nun muß ich mich ebenfalls putzen.‹ Teresa erschien in der Tat vom Kopf bis zu den Füßen in der Tracht der Tochter des Grafen von San Felice. Vampa nahm den Leichnam von Cucumetto in seine Arme und trug ihn in die Grotte, während Teresa ihrerseits außen blieb.

Wäre ein zweiter Reisender vorübergegangen, er hätte etwas Seltsames gesehen: eine Schäferin, die ihre Lämmer mit einem Kaschmirkleid, mit Ohrringen und Halsband von Perlen, mit Diamantnadeln und Knöpfen von Saphiren, Smaragden und Rubinen hütete. Nach einer Viertelstunde kam Vampa ebenfalls aus der Grotte heraus. Seine Tracht war in ihrer Art nicht minder zierlich als die von Teresa. Er hatte ein Wams von granatfarbigem Sammet mit ziselierten goldenen Knöpfen, eine mit Stickereien bedeckte seidene Weste, eine um den Hals geknüpfte römische Schärpe, eine mit Gold und rot und grüner Seide gesteppte Patrontasche, Hosen von himmelblauem Sammet, die über dem Knie mit Diamantschnallen befestigt waren, buntscheckige Gamaschen von Damhirschleder und einen Hut, woran Bänder von allen Farben flatterten; zwei Uhren hingen an seinem Gürtel, und ein prachtvoller Dolch stak in seinem Patronleder.

Teresa stieß einen Schrei aus; Vampa hatte die ganze Kleidung von Cucumetto angelegt. Der junge Mann bemerkte die Wirkung, die er auf seine Braut hervorbrachte, ein Lächeln des Stolzes umspielte seinen Mund, und er sagte zu Teresa:

›Bist du nun bereit, mein Schicksal zu teilen, wie es auch sein mag?‹

›O ja!‹ rief das Mädchen voll Begeisterung.
›So nimm meinen Arm und vorwärts, denn wir haben keine Zeit zu verlieren.‹
Teresa schlang ihren Arm durch den ihres Geliebten, ohne ihn auch nur zu fragen, wohin er sie führe; denn in diesem Augenblick kam er ihr schön, stolz und mächtig vor, wie ein Gott. Und beide schritten dem Walde zu, dessen Saum sie nach ein paar Minuten hinter sich hatten. Vampa kannte alle Pfade des Gebirges; er wanderte daher, ohne zu zögern, in dem Wald fort.
Nach ungefähr anderthalb Stunden erreichten sie eine tiefe Schlucht. Plötzlich erschien, zehn Schritte von ihnen, ein Mann, der auf Vampa zielte und rief: ›Keinen Schritt weiter, oder du bist tot!‹
›Ruhig‹, sagte Vampa, die Hand mit einer Gebärde der Verachtung aufhebend, während Teresa, die ihren Schrecken nicht zu verbergen mochte, sich an ihn drängte; ›zerreißen sich die Wölfe untereinander?‹
›Wer bist du?‹ fragte die Wache.
›Ich bin Luigi Vampa, der Hirte von dem Gut San Felice, und will mit deinen Genossen sprechen, die auf der Lichtung von Rocca Bianca versammelt sind.‹
›So folge mir‹, sagte die Wache, ›oder geh vielmehr voraus, da du weißt, wo es ist.‹
Vampa lächelte verächtlich über diese Vorsichtsmaßregeln, ging mit gleichmäßig festen, ruhigen Schritten, von Teresa begleitet, voran. Nach fünf Minuten hieß sie der Bandit durch ein Zeichen stillstehen; die jungen Leute gehorchten. Der Bandit ahmte dreimal das Krächzen des Raben nach, und ein ähnliches Geschrei beantwortete diesen Ruf.
›Gut‹, sagte der Bandit. ›Du kannst nun weitergehen.‹ Luigi und Teresa machten sich wieder auf den Weg, doch je mehr sie vorrückten, desto fester preßte sich die zitternde Teresa an ihren Geliebten an; man sah wirklich durch die Bäume Menschen erscheinen und Flintenläufe funkeln. Die Lichtung von Rocca Bianca lag oben auf einem kleinen Berg. Teresa und Luigi erreichten die Anhöhe und befanden sich in demselben Augenblick zwanzig Banditen gegenüber.

›Dieser junge Mann sucht Euch und will Euch sprechen‹, sagte die Wache.
›Und was will er uns sagen?‹
›Ich will Euch sagen, daß ich es überdrüssig bin, das Gewerbe eines Schäfers zu treiben‹, antwortete Vampa.
›Ah, ich begreife‹, sagte ein anderer, ›und du kommst, uns um Aufnahme in unsere Reihen zu bitten?‹
›Er sei willkommen!‹ riefen mehrere Banditen von Ferrusino, Pampinara und Anagni, die Luigi Vampa erkannten.
›Ja, nur will ich Euch um etwas anderes bitten, als um die Gunst, Euer Gefährte zu sein.‹
›Was verlangst du von uns?‹ fragten die Banditen erstaunt.
›Ich will Euer Kapitän werden.‹
Die Banditen brachen in ein Gelächter aus.
›Was berechtigt dich, auf diese Ehre Anspruch zu erheben?‹ fragte der Leutnant.
›Ich habe Euren Anführer Cucumetto getötet, dessen Nachlaß Ihr hier seht, und Feuer an die Villa San Felice gelegt, um meiner Braut ein Hochzeitskleid zu schenken.‹
Eine Stunde später war Luigi Vampa an der Stelle von Cucumetto zum Kapitän erwählt.«
»Nun, mein lieber Albert«, sagte Franz, sich an seinen Freund wendend, »was denken Sie von Luigi Vampa?«
»Ich sage, es ist eine Mythe, und er hat gar nie existiert.«
»Was ist das, eine Mythe?« fragte Pastrini.
»Es wäre zu lang, Ihnen dies zu erklären, mein lieber Wirt«, antwortete Franz. »Und Sie sagen, Meister Vampa treibe sein Gewerbe in diesem Augenblick in der Gegend von Rom?«
»Ja, und zwar mit einer Kühnheit, von der nie ein Bandit vor ihm ein Beispiel gegeben hat.«
»Die Polizei hat es also vergebens versucht, seiner habhaft zu werden?«
»Was wollen Sie? Er ist zugleich mit den Hirten der Ebene, mit den Fischern der Tiber und den Schmugglern an der Küste im Einverständnis. Sucht man ihn auf dem Gebirge, so ist er auf dem Fluß; verfolgt man ihn auf dem Fluß, so erreicht er die offene See; und wenn man ihn auf die Isola del Giglio, del Gnanuti oder auf Monte Christo geflüchtet glaubt, sieht man

ihn plötzlich in Albano, in Tivoli oder la Riccia wiedererscheinen.«

»Und wie verfährt er gegen die Reisenden?«

»Oh, mein Gott! Das ist ganz einfach. Je nach der Entfernung, in der man sich von der Stadt befindet, gibt er ihnen acht Stunden, zwölf Stunden, einen Tag, um das Lösegeld zu bezahlen; ist diese Zeit abgelaufen, so gewährt er denselben noch eine Stunde Gnadenfrist. Hat er in der sechzigsten Minute dieser Zeit das Geld noch nicht, so schießt er dem Gefangenen eine Kugel in den Kopf oder stößt ihm seinen Dolch in das Herz, und alles ist abgemacht.«

»Nun, Albert«, fragte Franz seinen Gefährten, »sind Sie immer noch geneigt, vor die Stadt zu fahren?«

»Allerdings, wenn der Weg malerisch ist.« In diesem Augenblick schlug es neun Uhr, die Tür ging auf, und der Kutscher erschien. »Exzellenz«, sagte er, »der Wagen erwartet Sie.«

»Wohl!« rief Franz, »also nur in das Kolosseum.«

»Ah, mein Lieber«, versetzte Albert, ebenfalls aufstehend und eine Zigarre anzündend, »ich hielt Sie in der Tat für mutiger.« Hiernach gingen die jungen Leute die Treppe hinab und stiegen in den Wagen.

11. Erscheinungen

Auf der Fahrt durch die dunkle Stadt sprach Franz kein Wort, sein Geist beschäftigte sich mit der Erzählung über Luigi Vampa, denn es war ihm befremdlich erschienen, daß Pastrini dabei den Namen seines Gastgebers auf Monte Christo genannt und diese Insel als Schlupfwinkel der Banditen bezeichnet hatte; dabei erinnerte er sich, daß er bei seiner Landung auf Monte Christo bei den Matrosen auch zwei flüchtige Banditen getroffen hatte. So mächtig auch alle diese Betrachtungen auf den Geist des jungen Mannes wirkten, so verschwanden sie doch in dem Augenblick, als er das düstere, riesige Gespenst des Kolosseums, auf das der Mond seine langen, bleichen Strahlen warf, vor sich sah. Der Wagen hielt, die jungen Leute sprangen heraus und standen vor einem Führer. Franz kannte das Kolosseum, denn er hatte es bereits mehr als zehnmal besucht; aber auf seinen Gefährten, der das Monument von Flavius Vespa-

sianus zum erstenmal betrat, machte der Anblick einen mächtigen Eindruck. Man hat in der Tat, wenn man es nicht gesehen, keinen Begriff von der Majestät einer solchen Ruine, deren Verhältnisse insgesamt noch durch die geheimnisvolle Helle des südlichen Mondes verdoppelt werden.
Kaum hatte Franz gedankenvoll hundert Schritte unter den inneren Säulengängen gemacht, als er, Albert seinem Führer überlassend, der ihm den Löwengraben, die Loge der Gladiatoren, das Podium der Cäsaren zeigen wollte, eine halb in Trümmer zerfallene Treppe hinaufstieg und sich im Schatten einer Säule vor einem Anblick niederließ, der ihm den Granitriesen in seiner ganzen majestätischen Ausdehnung zu umfassen gestattete. Franz war ungefähr eine Viertelstunde hier und beschäftigte sich damit, Albert zuzuschauen, der, begleitet von zwei Fackelträgern, aus einer Vertiefung am andern Ende des Kolosseums hervorkam; die Führer stiegen eben wie Schatten, die einem Irrlicht folgen, von Stufe zu Stufe zu den den Vestalinnen vorbehaltenen Plätzen hinab, als es ihm schien, als hörte er in den Tiefen des Gebäudes einen von der gegenüberliegenden Treppe abgestürzten Stein rollen. Es kam ihm vor, als wäre der Stein unter dem Fuß eines Menschen gewichen.
Nach einem Augenblick erschien wirklich ein Mensch; er trat allmählich aus dem Schatten hervor, während er die von dem Mond beleuchtete Treppe hinaufstieg. Es konnte ein Reisender sein wie er, der eine einsame Betrachtung dem unbedeutenden Geschwätz seiner Führer vorzog, und seine Erscheinung hatte folglich nichts Staunenerregendes, aber aus einem gewissen Zögern, mit dem er die letzten Stufen erstieg, aus der Art und Weise, wie er, auf der Plattform angelangt, still stand und zu horchen schien, ging klar hervor, daß er zu einem besonderen Zweck gekommen war und auf jemand wartete. Mit einer instinktartigen Bewegung verbarg sich Franz hinter der Säule. Zehn Schritte davon war das Gewölbe ausgebrochen, und eine runde Öffnung ließ den mit Sternen besäten Himmel erschauen. Um diese Öffnung, die vielleicht schon seit Jahrhunderten den Mondstrahlen Durchgang gestattete, wuchsen Gesträuche, deren grüne Zweige sich kräftig von dem matten Azur des Firmaments abhoben, während große Lianen und mächtige Efeuran-

ken von der obern Terrasse herabhingen und sich, schwebendem Tauwerk ähnlich, unter dem Gewölbe wiegten.
Der Mann, dessen geheimnisvolle Erscheinung die Aufmerksamkeit von Franz erregt hatte, stand so im Halbdunkel, daß man seine Züge nicht zu unterscheiden vermochte, doch war die Tracht des Unbekannten zu erkennen: er war in einen großen braunen Mantel gehüllt, wovon ein Flügel, über die linke Schulter geworfen, den Unterteil seines Gesichtes verbarg, während sein breitkrempiger Hut den oberen Teil seines Kopfes bedeckte. Nur das äußerste Ende seiner Kleidung wurde von dem fahlen Licht beleuchtet, das durch die Öffnung drang und ein schwarzes, einen gefirnißten Stiefel zierlich umschließendes Beinkleid gewahren ließ. Dieser Mann gehörte offenbar, wenn nicht der Aristokratie, doch wenigstens der hohen Gesellschaft an. Er war ungefähr zehn Minuten anwesend und begann sichtbare Zeichen der Ungeduld von sich zu geben, als sich ein leichtes Geräusch auf der obern Terrasse hören ließ. In demselben Augenblick fing ein Schatten das Licht auf, ein Mann erschien an der Öffnung, tauchte seinen durchdringenden Blick in die Finsternis und gewahrte den Mann im Mantel; sogleich ergriff er eine Handvoll herabhängender Lianen und Efeuranken, ließ sich hinabgleiten und sprang, sobald er nur noch drei Fuß vom Boden entfernt war, leicht zur Erde. Dieser hatte die vollständige Tracht eines Trasteveriners.
»Entschuldigen Sie, Exzellenz«, sagte er in römischem Dialekt, »ich ließ Sie warten, doch nur ein paar Minuten, denn es hat soeben zehn Uhr geschlagen.«
»Ich kam zu früh, und nicht Ihr zu spät«, antwortete der Fremde, »also keine Umstände; hättet Ihr mich übrigens auch warten lassen, so würde ich vermutet haben, ein von Euerem Willen unabhängiger Beweggrund halte Euch zurück.«
»Und Sie hätten recht gehabt, Exzellenz, ich komme vom Kastell St. Angelo, wo ich die größte Mühe hatte, bis es mir endlich gelang, mit Beppo zu sprechen.«
»Wer ist Beppo?«
»Beppo ist ein Angestellter im Gefängnis, dem ich eine kleine Rente dafür zukommen lasse, daß ich erfahre, was im Innern der Burg Seiner Heiligkeit vorgeht.«

»Ah, ah! Ich sehe, Ihr seid ein vorsichtiger Mann, mein Lieber.«
»Man weiß nicht, was geschehen kann, Exzellenz; vielleicht werde ich auch eines Tages im Netz gefangen, wie der arme Peppino, und bedarf einer Ratte, um einige Maschen meines Gefängnisses zu durchnagen.«
»Sprecht, was habt Ihr in Erfahrung gebracht?«
»Dienstag um zwei Uhr sollen zwei Hinrichtungen stattfinden, wie dies in Rom bei Eröffnung großer Feste gebräuchlich ist; einer von den Verurteilten wird erschlagen, ein Elender, der einen Priester umgebracht hat, von dem er erzogen worden ist, und der keine Teilnahme verdient; der andere enthauptet, und das ist der arme Peppino.«
»Was wollt Ihr, mein Lieber. Ihr flößt einen so großen Schrekken nicht nur der päpstlichen Regierung, sondern auch den benachbarten Staaten ein, daß man durchaus ein Beispiel geben muß.«
»Aber Peppino gehört nicht einmal zur Bande, er ist ein armer Hirte, der kein anderes Verbrechen beging, als daß er uns Lebensmittel lieferte.«
»Was ihn vollkommen zu Eurem Mitschuldigen macht. Ihr seht auch, daß man ihn sehr berücksichtigt. Statt ihn zu erschlagen, wie es bei Euch der Fall sein wird, wenn man sich je Eurer bemächtigt, begnügt man sich, ihn zu guillotinieren. Das bringt überdies Abwechslung in die Vergnügungen des Volks, und es wird ein Schauspiel stattfinden, das jeden Geschmack befriedigt.«
»Abgesehen von dem, das ich mir vorbehalte, ohne daß man es erwartet«, versetzte der Trasteveriner.
»Mein lieber Freund«, entgegnete der Mann im Mantel, »erlaubt mir die Bemerkung, daß Ihr mir ganz geneigt zu sein scheint, irgendeine Albernheit zu begehen.«
»Ich bin zu allem geneigt, um die Hinrichtung des armen Teufels zu verhindern, der in der Klemme steckt, weil er mir gedient hat; bei der heiligen Jungfrau, ich müßte mich als feig betrachten, wenn ich nicht etwas für den braven Jungen unternähme.«
»Und was gedenkt Ihr zu tun?«
»Ich stelle etwa zwanzig Mann um das Schafott, und in dem Augenblick, wo man ihn herbeibringt, stürzen wir auf ein Signal,

das ich geben werde, mit dem Dolch in der Faust auf die Eskorte los und entführen ihn.«

»Das scheint mir sehr unsicher, und mein Plan taugt entschieden mehr als der Eurige.«

»Und worin besteht dieser Plan, Exzellenz?«

»Ich gebe irgendeinem, den ich kenne, zweitausend Piaster; dafür bewirkt er, daß die Hinrichtung von Peppino auf das nächste Jahr verschoben wird; im Verlauf des Jahres gebe ich sodann weitere zweitausend Piaster einem andern, den ich ebenfalls kenne, und bringe es dahin, daß man ihn entschlüpfen läßt.«

»Sind Sie des Gelingens sicher?«

»Mein Lieber, ich sage, ich werde für mich allein mit meinem Gold mehr bewirken als Ihr und Euere Leute mit allen ihren Dolchen, Pistolen und Büchsen. Laßt mich also machen.«

»Vortrefflich; doch wenn Sie scheitern, sind wir immer noch bereit.«

»Haltet Euch immerhin bereit, wenn es Euch Vergnügen macht, doch seid überzeugt, daß ich die Freiheit für ihn erlange.«

»Vergessen Sie nicht, daß schon übermorgen Dienstag ist. Sie haben nur noch morgen.«

»Wohl, aber ein Tag besteht aus 24 Stunden, jede Stunde aus 60 Minuten, jede Minute aus 60 Sekunden, und in 86 400 Sekunden bringt man viel zuwege.«

»Wie werden wir es erfahren, Exzellenz, wenn es Ihnen gelungen ist?«

»Das ist ganz einfach: die drei letzten Fenster des Palastes Rospoli sind von mir gemietet; habe ich den Aufschub erlangt, so sollen die zwei Fenster an der Ecke mit gelbem, das in der Mitte aber mit weißem Damast, woran ein rotes Kreuz, behängt werden.«

»Gut; und durch wen werden Sie die Begnadigung in die betreffenden Hände gelangen lassen?«

»Schickt mir einen von Euren Leuten, als Büßer verkleidet, und ich gebe sie ihm. Mit seinem Gewand wird er bis zum Fuße des Schafotts vordringen, wo er die Bulle dem Obersten der Brüderschaft übergibt, der sie dem Nachrichter einhändigt. Mittlerweile laßt diese Kunde Peppino zu Ohren kommen, daß er

nicht vor Angst stirbt oder ein Narr wird, sonst hätten wir eine unnötige Ausgabe für ihn gemacht.«
»Hören Sie, Exzellenz«, sagte der Trasteveriner, »ich bin Ihnen ergeben, und davon sind Sie überzeugt, nicht wahr?«
»Ich hoffe es wenigstens.«
»Nun! Wenn Sie Peppino retten, so soll es mehr als Ergebenheit, es soll Gehorsam sein.«
»Gebt wohl acht auf das, was Ihr sagt, mein Lieber, ich werde Euch eines Tages daran erinnern, denn vielleicht bedarf ich Euer einst ebenfalls.«
»Wohl, Exzellenz, dann sollen Sie mich zur Stunde der Not finden, wie ich Sie zu derselben Stunde gefunden habe; wären Sie am andern Ende der Welt, so haben Sie mir nur zu schreiben: Tue dies, und ich werde es tun, so wahr ich...«
»Still!« sagte der Unbekannte, »ich höre Geräusche.«
»Es sind Reisende, die das Kolosseum mit Fackeln besuchen.«
»Sie sollen uns nicht beisammen finden. Diese Spione von Führern könnten Euch erkennen, und so ehrenwert auch Eure Freundschaft ist, mein Lieber, so befürchte ich doch, es dürfte mir von meinem Kredit benehmen, wenn man erführe, in welchem Grade wir miteinander verbunden sind.«
»Also, wenn Sie den Aufschub haben?«
»So ist am mittleren Fenster ein Damastvorhang mit einem roten Kreuz.«
»Wenn Sie die Bulle nicht haben?«
»Drei gelbe Vorhänge.«
»Und dann?«
»Dann spielt mit dem Dolch nach Eurem Belieben, ich erlaube es Euch und werde da sein, um Euch zuzusehen.«
»Gott befohlen, Exzellenz, ich zähle auf Sie, zählen Sie auf mich.«
Nach diesen Worten verschwand der Trasteveriner auf der Treppe, während der Unbekannte, sein Gesicht noch mehr als zuvor mit dem Mantel verhüllend, auf zwei Schritte an Franz vorüberging und auf den äußeren Stufen in die Arena hinabstieg. Eine Sekunde später hörte Franz seinen Namen unter dem Gewölbe erschallen; es war Albert, der ihn rief. Er wartete, um zu antworten, bis sich die zwei Männer entfernt hatten,

denn er wollte nicht, daß sie erführen, sie hätten einen Zeugen gehabt, der, wenn er auch ihr Gesicht nicht sehen konnte, wenigstens kein Wort von ihrem Gespräch verlor. Kaum waren zehn Minuten vergangen, als Franz zu dem Hotel Stadt London zurückfuhr. Er ließ Albert seine Eindrücke erzählen, ohne viel zu erwidern, denn er wollte sobald als möglich allein sein, um ungestört das, was in seiner Gegenwart vorgefallen war, überlegen zu können.

Von den zwei Männern war ihm der eine offenbar fremd, und er sah und hörte ihn zum erstenmal; nicht so war es mit dem andern, und obgleich Franz sein beständig im Schatten vergrabenes oder durch den Mantel verborgenes Gesicht nicht hatte erkennen können, so waren ihm doch die Töne dieser Stimme, als er sie zum erstenmal vernahm, zu sehr aufgefallen, als daß er sie hätte in seiner Gegenwart erklingen hören können, ohne sie wiederzuerkennen. Besonders in dem Ausdruck dieser Stimme klang etwas Scharfes, Metallisches, was ihn ebensosehr im Kolosseum als in der Grotte von Monte Christo erbeben gemacht hatte; er war auch vollkommen überzeugt, dieser Mann müßte Simbad der Seefahrer sein.

Unter allen andern Umständen wäre die Neugierde, die ihm dieser Mann eingeflößt, so groß gewesen, daß er sich ihm zu erkennen gegeben hätte; aber das Gespräch, das er bei dieser Veranlassung gehört, war so vertraulicher Natur, daß ihn die gegründete Furcht, seine Erscheinung müßte ihm unangenehm sein, zurückhielt. Doch während er fern von ihm blieb, gelobte er sich, daß er sich eine zweite Gelegenheit mit ihm zu sprechen, nicht entgehen lassen wollte.

Franz war zu sehr von seinen Gedanken in Anspruch genommen, um zu schlafen. Er brachte die Nacht damit hin, daß er alle Umstände, die eine Beziehung zu dem Mann der Grotte und dem Unbekannten des Kolosseums hatten und darauf abzielten, aus diesen zwei Personen denselben Menschen zu machen, in Erwägung zog; und je mehr Franz nachdachte, desto mehr wurde er in seiner Meinung bestärkt. Er entschlummerte bei Tagesanbruch und erwachte daher sehr spät. Albert hatte als echter Pariser bereits seine Vorbereitungen für den Abend getroffen und eine Loge im Theater Argentina genommen. Franz

mußte mehrere Briefe schreiben und überließ deshalb Albert den Wagen für den ganzen Tag. Um fünf Uhr kehrte Albert zurück; er hatte seine Empfehlungsbriefe abgegeben, Einladungen für alle Abende erhalten und Rom gesehen.
Albert war in der letzten Zeit sehr unzufrieden, denn seit den vier Monaten, wo er Italien in allen Richtungen durchkreuzte, hatte er nicht ein einziges galantes Abenteuer gehabt. – Er, Albert von Morcerf, einer von den gesuchtesten jungen Leuten der Pariser Gesellschaft, sollte immer noch selbst die Kosten seiner Unterhaltung tragen. Die Sache war um so peinlicher, als er, nach der bescheidenen Gewohnheit unserer Landsleute, von Paris mit der Überzeugung abgereist war, er würde in Italien sich des größten Erfolges erfreuen. Ach, es war dem nicht so gewesen: die reizenden genuesischen, florentinischen und neapolitanischen Gräfinnen hielten sich zwar nicht an ihre Ehemänner, aber an ihre Liebhaber, und Albert erlangte die grausame Überzeugung, die Italienerinnen hätten vor den Französinnen wenigstens den Vorzug, daß die meisten ihrer Untreue treu blieben.
Und dennoch war Albert nicht nur ein vollkommen eleganter Kavalier, sondern auch ein Mann von viel Geist; ferner war er Vicomte, allerdings Vicomte von neuem Adel; doch heutzutage, wo man keine Proben mehr zu liefern hat, was liegt daran, ob man von 1399 oder von 1815 datiert? Dabei hatte er, was schwerer ins Gewicht fiel als alles dies, fünfzigtausend Franken Rente, und das war mehr als man braucht, um in Paris in Mode zu sein. Es erschien also einigermaßen demütigend, daß er in keiner von den Städten, die er besucht, Aufmerksamkeit erregt hatte.
Er hoffte sich auch in Rom zu entschädigen, insofern der Karneval in allen Ländern der Erde, die dieses herrliche Fest feiern, eine Epoche der Freiheit ist, wo sich die Strengsten zu einer Tollheit hinreißen lassen. Da nun der Karneval am andern Tag anfing, so war es für Albert von großer Wichtigkeit, sein Ansehen noch zuvor in die Welt zu schleudern. Er hatte daher eine von den am meisten in das Auge fallenden Logen des Theaters gemietet, und um sich dahin zu begeben, eine tadellose Toilette gemacht. Indes hegte er noch eine andere Hoffnung: er dachte,

wenn es ihm gelänge, einen Platz in dem Herzen einer schönen Römerin zu erobern, so würde es ihn natürlich auch zur Eroberung eines Postens im Wagen führen, und er könnte folglich den Karneval von der Höhe eines aristokratischen Gefährts oder eines fürstlichen Balkons herab sehen.

Alle diese Betrachtungen machten Albert beweglicher, als er es je gewesen war. Er wandte den Schauspielern den Rücken zu, neigte sich mit dem Oberkörper aus der Loge heraus, lorgnierte alle jungen Frauen, was aber nicht eine bewog, ihn mit einem einzigen Blick zu belohnen, und wäre es nur aus Neugierde gewesen. Jedermann plauderte von seinen Angelegenheiten, von seinen Liebschaften, von seinen Vergnügungen, vom Karneval, von der nächsten heiligen Woche, ohne nur einen Augenblick den darstellenden Künstlern oder dem Stück die geringste Aufmerksamkeit zu schenken. Gegen Ende des ersten Aktes öffnete sich die Tür einer Loge, die bis jetzt leer geblieben war, und Franz sah eine Dame eintreten, der er in Paris vorgestellt zu werden die Ehre gehabt hatte; er war der Meinung gewesen, sie befände sich noch in Frankreich. Albert sah die Bewegung, in die sein Freund bei dieser Erscheinung geriet, wandte sich zu ihm und fragte ihn: »Kennen Sie diese Frau?«

»Ja; wie finden Sie sie?«

»Reizend, mein Lieber. Es ist eine Französin?«

»Nein, eine Venetianerin!«

»Und sie heißt?«

»Gräfin G^{xxx}.«

»Ah! Ich kenne sie dem Namen nach«, rief Albert; »man sagt, sie sei ebenso geistreich wie hübsch. Teufel! Wenn ich bedenke, daß ich ihr bei dem letzten Ball von Frau von Villefort hätte vorgestellt werden können, und daß ich Dummkopf dies versäumte!«

In diesem Augenblick gewahrte die Gräfin Franz und machte ihm mit der Hand ein anmutiges Zeichen, das er mit einer höflichen Verbeugung erwiderte.

»Ah! Es scheint mir, Sie stehen sehr gut mit ihr?« sagte Albert.

»Mein Lieber, was Sie hier täuscht und was uns Franzosen im Ausland tausend Albernheiten begehen läßt, ist, daß wir alles unsern Pariser Gesichtspunkten unterwerfen. In Spanien und in

Italien besonders dürfen Sie die Vertrautheit der Leute nie nach der Freiheit in ihren Umgangsformen beurteilen. Wir haben in einer gewissen Sympathie zueinander gestanden und mehr nicht.«

Endlich fiel der Vorhang zur großen Freude des Vicomte von Morcerf, der seinen Hut nahm und seinen Freund bat, ihn der Gräfin vorzustellen. Die beiden Freunde betraten die Loge der Gräfin, und Franz stellte Albert als einen von unsern durch ihre gesellschaftliche Stellung und ihren Geist ausgezeichnetsten Männer vor, denn in Paris und in dem Kreis, wo Albert lebte, war er ein tadelloser Kavalier. Er fügte bei, in Verzweiflung darüber, daß er den Aufenthalt der Gräfin in Paris nicht benutzt, um sich ihr vorstellen zu lassen, habe er ihn beauftragt, diesen Fehler gutzumachen, und er entledige sich dieses Auftrags, indem er die Gräfin, bei der er selbst eines Fürsprechers bedurft hätte, bitte, seine Unbescheidenheit entschuldigen zu wollen. Die Gräfin antwortete, Albert anmutig begrüßend und Franz die Hand reichend. Von ihr eingeladen, nahm Albert den leeren Platz vorn, und Franz setzte sich in die zweite Reihe hinter die Gräfin.

Albert fand einen vortrefflichen Gegenstand zur Unterhaltung: Paris; er sprach mit der Gräfin von ihren gemeinschaftlichen Bekannten. Franz begriff, daß er auf seinem Gebiet war; er ließ ihn gewähren, forderte seine Riesenlorgnette von ihm und fing ebenfalls an, den Saal zu durchforschen. Allein, auf dem Vordersitz einer Loge, im dritten Rang ihnen gegenüber, saß eine bewunderungswürdig hübsche Frau in einem griechischen Kostüm, das sie mit so viel Leichtigkeit trug, daß es offenbar ihre Landestracht sein mußte. Hinter ihr saß ein Mann, dessen Gesicht sich jedoch durchaus nicht erkennen ließ. Franz unterbrach das Gespräch von Albert und der Gräfin, um diese zu fragen, ob sie die schöne Albanesin kenne, die wohl würdig wäre, nicht nur die Aufmerksamkeit der Männer, sondern auch die der Frauen zu erregen.

»Nein«, sagte sie, »ich weiß nur, daß sie seit dem Anfang der Saison in Rom ist, denn bei Eröffnung des Theaters habe ich sie da gesehen, wo sie jetzt sitzt, und seit einem Monat versäumt sie keine Vorstellung; bald begleitet sie der Mann, der in diesem

Augenblick bei ihr ist, bald folgt ihr nur ein einfacher schwarzer Diener.«
Franz und die Gräfin tauschten ein Lächeln aus, dann setzte die Gräfin ihr Gespräch mit Albert fort, während Franz wieder seine Albanesin lorgnierte. Die Ouvertüre des zweiten Aktes begann. Bei den ersten Bogenstrichen sah Franz den Herrn aufstehen und sich der Griechin nähern, die sich umwandte, um einige Worte an ihn zu richten, und sich abermals mit dem Ellenbogen auf die Brüstung der Loge stützte. Das Gesicht ihres Begleiters war immer noch im Schatten, und Franz vermochte keinen von seinen Zügen zu erkennen.
Der Vorhang ging auf, die Aufmerksamkeit von Franz richtete sich nun auf die Schauspieler, und seine Augen verließen für kurze Zeit die Loge der schönen Griechin.
Als der zweite Akt zu Ende war, wollte er eben applaudieren, als das Bravo, das seinem Mund entschlüpfen wollte, auf seinen Lippen erstarb.
Der Mann in der Loge war völlig aufgestanden, und Franz erblickte in ihm, da sein Kopf nun in das Licht vorgerückt war, den geheimnisvollen Bewohner von Monte Christo, den Mann, dessen Gestalt und Stimme er am Abend zuvor in den Ruinen des Kolosseums wiederzuerkennen geglaubt hatte. Es unterlag keinem Zweifel, der fremde Reisende wohnte in Rom. Wahrscheinlich stand der Gesichtsausdruck von Franz im Einklang mit der Unruhe, die diese Erscheinung in seinem Innern erzeugte; denn die Gräfin schaute ihn an und fragte ihn, was er hätte.
»Frau Gräfin«, antwortete Franz, »wenn ich Sie vorhin fragte, ob Sie jene albanesische Frau kennen, so frage ich Sie nun, ob Sie ihren Gatten kennen.«
»Ebensowenig wie Sie. Jedenfalls«, sagte sie, mit Alberts Glas nach der Loge sehend, »jedenfalls muß es ein Hingeschiedener sein, der mit Erlaubnis des Totengräbers aus seinem Sarg gestiegen ist, denn er kommt mir furchtbar blaß vor.«
»Er ist immer so«, sagte Franz.
»Sie kennen ihn also?« sagte die Gräfin; »dann ist es an mir, Sie zu fragen, wer er ist.«
»Ich habe ihn, wie ich glaube, bereits gesehen, und es scheint mir, ich erkenne ihn wieder.«

»In der Tat«, versetzte die Gräfin, während sie mit den Schultern eine Bewegung machte, als durchliefe eine Schauer ihre Adern, »ich begreife, daß man einen solchen Menschen, wenn man ihn einmal gesehen hat, nie mehr vergißt.«
Die Wirkung, die Franz an sich empfunden, war also keine besondere, da sie sich auch bei einer andern Person fühlbar machte.
»Nun!« fragte Franz die Gräfin, nachdem sie zum zweitenmal zu dem Fremden hinübersah, »was denken Sie von diesem Mann?«
»Hören Sie«, erwiderte die Gräfin, »der verstorbene Lord Byron hat mir geschworen, er glaube an Vampyre, er sagte mir sogar, er habe solche gesehen. Er schilderte mir ihr Gesicht, und wahrhaftig, es ist gerade so: die schwarzen Haare, diese großen, von einer seltsamen Flamme glänzenden Augen, diese Totenblässe; dann bemerken Sie, daß er nicht mit einer Frau, wie alle Frauen sind, zusammen ist, er ist mit einer Fremden, einer Griechin... einer Abtrünnigen... einer Magierin ohne Zweifel, wie er...«
Die Gräfin war in der Tat sehr bewegt, und Franz selbst konnte sich einem gewissen abergläubischen Schrecken nicht entziehen, der um so natürlicher erschien, als das, was bei der Gräfin die Folge eines instinktartigen Eindrucks war, bei ihm durch eine Erinnerung hervorgebracht wurde. Er fühlte, daß sie zitterte, während sie in den Wagen stieg. Er begleitete sie nach Hause; es war niemand da, und sie wurde keineswegs erwartet; Franz machte ihr darüber einen Vorwurf.
»In der Tat«, sagte sie zu ihm, »ich fühle mich nicht wohl und bedarf der Einsamkeit; der Anblick dieses Menschen hat mich völlig verstört.«
Franz versuchte zu lachen.
»Lachen Sie nicht«, sagte die Gräfin; »Sie haben auch gar keine Lust dazu. Aus Gründen, die ich Ihnen nicht sagen kann, wünschte ich zu erfahren, wer dieser Mann ist, woher er kommt und wohin er geht. Aber nun guten Abend, schlafen Sie wohl, ich weiß, wer nicht schlafen wird.«
Als Franz in den Gasthof kam, fand er Albert im Schlafrock, eine Zigarre rauchend und wütend darüber, daß ihm der Hotel-

besitzer wiederholt erklärt hatte, daß zum Karneval weder ein Wagen noch ein Fenster zum Zuschauen mehr zu bekommen wäre.

Auch Franz bedauerte lebhaft das Mißgeschick, als der Wirt nochmals eintrat und sagte: »Der Graf von Monte Christo, der auf demselben Stock mit Ihnen wohnt, hat die Verlegenheit, in der Sie sich befinden, durch mich erfahren und bietet Ihnen zwei Plätze in seinem Wagen und zwei an seinen Fenstern im Palast Rospoli an.«

Albert und Franz schauten einander ins Gesicht.

»Können wir das Anerbieten von einem Fremden, von einem uns völlig unbekannten Mann annehmen?« fragte Albert.

»Wer ist dieser Graf von Monte Christo?« fragte Franz den Wirt.

»Ein vornehmer Herr aus Sizilien oder Malta, ich weiß nicht genau, aber edel wie ein Borghese und reich wie eine Goldmine.«

In diesem Augenblick klopfte es an die Tür.

»Herein!« rief Franz.

Ein Diener in sehr zierlicher Livree erschien auf der Schwelle und sprach: »Von dem Grafen von Monte Christo für Herrn Franz d'Epinay und den Herrn Vicomte Albert von Morcerf.« Und er reichte dem Wirt zwei Karten, die dieser den jungen Leuten zustellte.

»Der Herr Graf von Monte Christo«, fuhr der Diener fort, »läßt die Herren um Erlaubnis bitten, sich morgen früh als Nachbar bei ihnen vorstellen zu dürfen; er wird die Ehre haben, sich bei den Herren erkundigen zu lassen, um welche Stunde sie zu sprechen sind.«

»Sagen Sie dem Grafen«, antwortete Franz, »wir werden die Ehre haben, ihm unsern Besuch zu machen.«

Der Bediente entfernte sich.

»Das nenne ich mit Artigkeit erstürmen«, rief Albert; »Sie haben offenbar recht, Meister Pastrini, Ihr Graf von Monte Christo ist ein Mann von der besten Lebensart.«

Das Anerbieten von zwei Plätzen an einem Fenster des Palastes Rospoli erinnerte Franz in der Tat an das Gespräch, das er in den Ruinen des Kolosseums zwischen seinem Unbekannten und dem Trasteveriner gehört, wobei der Mann mit dem Mantel die Verbindlichkeit übernommen hatte, Begnadigung für den Verurteilten zu erlangen. Wäre aber der Mann im Mantel, wie Franz allem nach glauben mußte, derselbe, dessen Erscheinen im Theater Argentina ihn so sehr in Anspruch genommen hatte, so würde er ihn ohne Zweifel wiedererkennen, und nichts sollte ihn sodann abhalten, seine Neugierde in bezug auf seine Person zu befriedigen.

Franz brachte einen Teil der Nacht damit zu, daß er von seinen zwei Erscheinungen träumte und den andern Tag herbeiwünschte. Der andere Tag sollte wirklich alles aufklären, und diesmal – besäße sein Wirt von Monte Christo nicht den Ring des Gyges und damit die Fähigkeit, sich unsichtbar zu machen – würde er ihm sicherlich nicht entgehen. Er erwachte vor acht Uhr. Franz ließ den Wirt rufen, und dieser erschien mit seiner gewöhnlichen Botmäßigkeit.

»Meister Pastrini«, sagte er zu ihm, »soll nicht heute eine Hinrichtung stattfinden?«

»Ja, aber wenn Sie mich dies fragen, um einen Platz zu bekommen, so sind Sie sehr spät daran.«

»Wahrscheinlich werde ich nicht dahin gehen; doch möchte ich gern die Anzahl der Verurteilten, ihre Namen und die Art der Hinrichtung wissen.«

»Das kommt vortrefflich, Exzellenz, man hat mir soeben die Tavolette gebracht.«

»Was ist das: Tavolette?«

»Die Tavolette sind hölzerne Täfelchen, die man an alle Straßenecken am Tag vor der Hinrichtung anhängt, und worauf man die Namen der Verurteilten, den Grund ihrer Verurteilung und die Art ihrer Hinrichtung klebt. Mit dieser Ankündigung bezweckt man, die Gläubigen einzuladen, zu Gott zu beten, daß er den Schuldigen eine aufrichtige Reue verleihen möge. Ich will Ihnen gleich eine solche holen.«

Einen Augenblick später brachte er Franz die Tafel. Es folgt hier die wörtliche Übersetzung dieses Anschlags:

»Es wird hiermit männiglich zu wissen getan, daß Dienstag, den 22. Februar am ersten Tage des Karnevals durch Spruch des Tribunals der Rota, auf der Piazza del popolo, Andrea Rondolo, schuldig des Mordes an der Person des hochwürdigen und hochverehrten Don Cäsar Torlini, Canonicus der Kirche St. Giovanni in Laterano, und Peppino, genannt Rocca Priori, überwiesen der Genossenschaft mit dem verabscheuungswürdigen Banditen Luigi Vampa und den Leuten seiner Truppe, hingerichtet werden sollen. Der erste wird mazzolato (erschlagen) und der zweite decapitato (enthauptet). Mitleidige Seelen wollten Gott um eine aufrichtige Reue für diese zwei unglücklichen Verurteilten bitten.«

Dies war ganz dasselbe, was Franz zwei Tage vorher in den Ruinen des Kolosseums gehört hatte, und nichts war an dem Programm verändert worden; die Namen der Verurteilten, die Ursache ihrer Hinrichtung und die Art der Vollstreckung des Todesurteils fanden sich ganz auf dieselbe Art angegeben. Somit war aller Wahrscheinlichkeit nach der Trasteveriner kein anderer als der Bandit Luigi Vampa, und der Mann in dem Mantel Simbad der Seefahrer, der in Rom, wie in Porto Becchio und Tunis die Gerichtshöfe seinen philanthropischen Unternehmungen verfolgte.

Indessen war es neun Uhr geworden, und Franz schickte sich an, Albert zu wecken, als dieser zu seinem großen Erstaunen ganz angekleidet aus seinem Zimmer trat. Der Karneval hatte ihn nicht länger schlafen und frühzeitiger aufstehen lassen, als sein Freund dies hoffte.

»Sagen Sie, mein lieber Wirt«, sagte Franz zu Meister Pastrini, »glauben Sie, daß wir nun, da wir beide fertig sind, uns bei dem Grafen von Monte Christo vorstellen können?«

»Oh, gewiß, der Graf von Monte Christo hat die Gewohnheit, sehr frühzeitig aufzustehen, und ich bin überzeugt, daß er schon seit zwei Stunden angekleidet ist.«

»Und Sie halten es nicht für unbescheiden, jetzt bei ihm zu erscheinen.«

»Keineswegs.«

»Also vorwärts.«

Franz und Albert hatten nur den Flur zu durchschreiten. Der Wirt ging voran und klingelte für sie; ein Diener öffnete, verbeugte sich und bedeutete durch ein Zeichen, sie möchten eintreten. Sie durchschritten zwei Zimmer, die mit einem Luxus ausgestattet waren, den sie in dem Gasthof von Meister Pastrini nicht zu finden glaubten, und gelangten endlich in einen Salon von vollkommener Eleganz. Ein türkischer Teppich war auf dem Boden ausgebreitet und die behaglichsten Möbel boten ihre schwellenden Kissen und ihre zurückgebogenen Lehnen. Herrliche Gemälde von berühmten Meistern hingen, vermischt mit Waffentrophäen, an den Wänden, und große gestickte Vorhänge wogten vor allen Fenstern und Türen.

»Wollen sich Eure Exzellenz setzen«, sagte der Diener, »ich werde den Herrn benachrichtigen.« Und er verschwand durch eine der Türen.

»Nun«, fragte Franz seinen Freund, »was sagen Sie zu allen diesen Herrlichkeiten?«

»Meiner Treu, mein Lieber, unser Nachbar muß ein Wechselagent sein, der auf das Fallen der spanischen Papiere gespielt hat, oder ein Fürst, der inkognito reist.«

»Still! Wir werden es bald erfahren, denn hier kommt er.« Das Geräusch einer in ihren Angeln sich drehenden Tür gelangte zu den Gästen, und beinahe in demselben Augenblick hob sich der Türvorhang, um dem Eigentümer all dieser Reichtümer Durchgang zu gewähren. Albert ging ihm entgegen, Franz aber blieb wie an seinen Platz genagelt.

Der Eintretende war kein anderer, als der Mann mit dem Mantel im Kolosseum, der Unbekannte der Loge, der geheimnisvolle Wirt von Monte Christo.

12 Die Mazzolata

»Meine Herren«, sprach der Graf von Monte Christo eintretend, »ich bitte Sie tausendmal um Entschuldigung, daß ich mir zuvorkommen ließ, aber früher bei Ihnen erscheinend, hätte ich unbescheiden zu sein befürchtet. Überdies ließen Sie mir sagen, Sie würden mich besuchen, und ich hielt mich zu Ihrer Verfügung.«

»Franz und ich haben Ihnen den größten Dank auszudrücken, Herr Graf«, erwiderte Albert; »Sie entziehen uns in der Tat einer großen Verlegenheit.«

»Ei, mein Gott«, erwiderte der Graf, indem er die beiden jungen Männer ersuchte, sich auf einen Diwan zu setzen, »es ist der

Fehler des einfältigen Pastrini, wenn ich Sie solange in Verlegenheit ließ; er sagte mir kein Wort von Ihrer mißlichen Lage, während ich nur eine Gelegenheit suchte, um mit meinen Nachbarn Bekanntschaft zu machen. Sie haben auch gesehen, wie ich im ersten Augenblick, wo ich erfuhr, ich könnte Ihnen in irgendeiner Beziehung nützlich sein, mit allem Eifer diese Veranlassung ergriff, um Ihnen meine Achtung zu beweisen.«

Die zwei jungen Leute verbeugten sich. Franz hatte noch kein Wort sprechen können, er hatte auch noch keinen Entschluß gefaßt, und da nichts bei dem Grafen seinen Willen, ihn zu erkennen, oder den Wunsch, von ihm erkannt zu werden, andeutete, so wußte er nicht, ob er mit irgendeinem Wort auf die Vergangenheit anspielen, oder es der Zukunft überlassen sollte, ihm neue Beweise an die Hand zu geben. Sicher, daß er am Tag vorher in der Loge gewesen, konnte er nicht ebenso bestimmt dafür stehen, daß derselbe Mann zwei Tage vorher im Kolosseum verweilt hatte. Er beschloß daher, die Dinge ihren Gang gehen zu lassen, ohne dem Grafen irgendeine bestimmte Eröffnung zu machen. Überdies war er ihm in einer gewissen Beziehung überlegen, er war Herr seines Geheimnisses, während der Graf im Gegenteil auf Franz, der nichts zu verbergen hatte, keine Wirksamkeit äußern konnte. Mittlerweile wollte er jedoch das Gespräch auf einen Punkt fallenlassen, der einiges Licht in gewisse Zweifel bringen könnte, und er sprach zu ihm:

»Mein Herr Graf, Sie haben uns Plätze in Ihrem Wagen und an Ihren Fenstern im Palast Rospoli angeboten, können Sie uns nun wohl sagen, wie wir uns irgendeinen Platz auf der Piazza del popolo verschaffen dürften?«

»Ah, ja, das ist wahr«, entgegnete der Graf mit zerstreuter Miene, zugleich aber Morcerf mit einer besonderen Aufmerksamkeit anschauend, »findet auf der Piazza del popolo nicht eine Hinrichtung oder dergleichen statt?«

»Ja«, entwortete Franz, als er sah, daß der Graf von selbst dahin kam, wohin er ihn bringen wollte.

»Ah! Ich glaube, ich habe gestern meinen Intendanten beauftragt, hierfür zu sorgen; vielleicht kann ich Ihnen noch einen kleinen Dienst leisten.«

Er streckte die Hand nach einer Klingelschnur aus.

Es trat ein Mensch von 50 Jahren ein, der fast aufs Haar dem Schmuggler glich, durch den Franz in die Grotte geführt wurde, ihn aber durchaus nicht zu erkennen schien.
»Herr Bertuccio«, sagte der Graf, »haben Sie sich meinem Auftrag gemäß bemüht, mir ein Fenster auf der Piazza del popolo zu verschaffen?«
»Ja, Exzellenz, es ist das welches vom Fürsten Lobanieff gemietet worden war; doch ich mußte hundert...«
»Gut, gut, Herr Bertuccio, erlassen Sie den Herren diese Berechnungen; Sie haben das Fenster, mehr braucht es nicht. Geben Sie dem Kutscher die Adresse des Hauses, und stellen Sie sich auf die Treppe, um uns zu führen.«
Der Intendant verbeugte sich und machte einen Schritt, um sich zu entfernen.
»Oh!« fügte der Graf bei, »tun Sie mir den Gefallen, fragen Sie Pastrini, ob er die Tavoletta erhalten habe und ob er mir das Programm der Hinrichtung schicken wolle.«
»Das ist nicht nötig«, versetzte Franz, seine Schreibtafel aus der Tasche ziehend, »ich habe den Zettel vor Augen gehabt und kopiert; hier ist er.«
»Sie können gehen, Herr Bertuccio, ich bedarf Ihrer nicht mehr. Man melde uns nur, wenn das Frühstück aufgetragen ist. Diese Herren«, fuhr er, sich an die zwei Freunde wendend, fort, »werden mir die Ehre erzeigen, mit mir zu frühstücken?«
»In der Tat, Herr Graf, das hieße Ihre Güte zu mißbrauchen«, erwiderte Albert.
»Nein, im Gegenteil, Sie machen mir ein großes Vergnügen; der eine oder andere von Ihnen, oder vielleicht beide, vergelten mir das eines Tages in Paris.«
Er nahm die Schreibtafel aus den Händen von Franz und las mit einem Ton, als wären es die »Kleinen Anzeigen« gewesen, die uns bereits bekannte Ankündigung der Hinrichtung der beiden Verurteilten. »Ja, in der Tat«, sprach er dann, »so sollte die Sache anfangs vor sich gehen; aber ich glaube, seit gestern ist eine Veränderung im Gang und der Ordnung der Zeremonie vorgenommen worden.«
»Bah!« rief Franz.
»Ja, gestern bei dem Kardinal Rospigliosi, wo ich den Abend

zubrachte, war die Rede von etwas wie von einem Aufschub, der einem von den Verurteilten bewilligt worden sein soll.«
»Andrea Rondolo?« fragte Franz.
»Nein, dem andern«, erwiderte gleichgültig der Graf, »dem andern (er warf einen Blick auf die Schreibtafel, als suchte er sich des Namens zu erinnern), Peppino, genannt Rocca Priori. Das beraubt sie einer Guillotinade, aber es bleibt Ihnen noch die Mazzolata, was eine sonderbare Hinrichtung ist, wenn man die Sache zum erstenmal sieht, und selbst noch zum zweitenmal, während die andere, die Sie überdies kennen müssen, zu einfach, zu einförmig erscheint und nichts Unerwartetes bietet. Oh!« fügte der Graf mit verächtlichem Ton bei, »sprechen Sie mir nicht von den Europäern, was Hinrichtungen betrifft, sie verstehen nichts davon und sind wahrhaftig in den Kinderjahren oder im Alter der Grausamkeit.«
»In der Tat, Herr Graf«, erwiderte Franz, »man sollte glauben, Sie hätten ein vergleichendes Studium der Hinrichtungen bei den verschiedenen Völkern der Welt gemacht.«
»Es gibt wenige, die ich nicht gesehen habe«, antwortete kalt der Graf.
»Und Sie fanden ein Vergnügen daran, so furchtbaren Schauspielen beizuwohnen?«
»Mein erstes Gefühl war Widerstreben, mein zweites Gleichgültigkeit, mein drittes Neugierde.«
»Neugierde? Das Wort ist schrecklich!«
»Warum? Es gibt im Leben nur eine ernste, unser ganzes Wesen erfassende Angelegenheit, und das ist der Tod. Ist es nicht anziehend zu studieren, auf was für verschiedene Arten die Seele aus dem Leib gehen kann, und wie nach den Charakteren, nach den Temperamenten und selbst nach den Sitten der Länder die einzelnen Menschen diesen Übergang vom Sein zum Nichts ertragen? Ich meinesteils stehe Ihnen für eines: je mehr man sterben gesehen hat, desto leichter wird es einem zu sterben; meiner Ansicht nach ist der Tod vielleicht eine Strafe, aber keine Sühne.«
»Ich begreife Sie nicht ganz«, sagte Franz.
»Hören Sie«, versetzte der Graf, und sein Gesicht unterlief sich mit Galle. »Wenn ein Mensch durch unerhörte Qualen, unter

endlosen Martern, Ihren Vater, Ihre Mutter, Ihre Geliebte, eines von den Wesen endlich hätte sterben lassen, die, wenn man sie aus Ihrem Herzen reißt, eine ewige Leere, eine stets blutende Wunde darin zurücklassen, würden Sie die Genugtuung, die Ihnen die Gesellschaft durch die Guillotine bewilligt, für hinreichend erachten, weil der, welcher Sie Jahre moralischer Leiden erdulden ließ, ein paar Sekunden lang körperliche Schmerzen ausgestanden hat?«

»Ja, ich weiß«, sagte Franz, »die menschliche Gerechtigkeit ist als Trösterin ungenügend; sie kann Blut für Blut vergießen, und mehr nicht; man muß von ihr das verlangen, was sie zu tun vermag, und nichts anderes.«

»Und ich setze Ihnen noch den materiellen Fall, wo die Gesellschaft, durch den Tod eines Menschen in der Grundlage angegriffen, worauf sie beruht, den Tod durch den Tod rächt. Gibt es aber nicht Millionen von Schmerzen, von denen die Eingeweide des Menschen zerrissen werden können, ohne daß sich die Welt nur im geringsten damit beschäftigt, ohne daß sie ihm das ungenügende Mittel einer Rache bietet, von der wir soeben gesprochen haben? Gibt es nicht Verbrechen, für die der Pfahl der Türken, die Tröge der Perser, die gezogenen Nerven der Irokesen noch zu gelinde Strafen wären, indes sie die gleichgültige Gesellschaft ungebüßt läßt... Antworten Sie mir, gibt es nicht solche Verbrechen?«

»Ja«, versetzte Franz, »und um sie zu bestrafen, ist das Duell geduldet.«

»Ah, das Duell«, rief der Graf, »eine lustige Weise, zu seinem Ziel zu gelangen, wenn das Ziel Rache ist. Es hat Ihnen ein Mensch Ihre Geliebte geraubt, Ihre Frau verführt, Ihre Tochter entehrt; er hat aus einem ganzen Leben ein Dasein des Schmerzes, des Elends oder der Schande gemacht, und Sie halten sich für gerächt, weil Sie diesem Menschen, der Ihnen den Wahnsinn in den Geist, die Verzweiflung in das Herz pflanzte, einen Degenstich in die Brust gegeben oder eine Kugel vor den Kopf geschossen haben? Abgesehen davon, daß er oft siegreich aus dem Kampf hervorgeht, in den Augen der Welt reingewaschen und von Gott gleichsam freigesprochen ist. Nein, nein, wenn ich mich je zu rächen hätte, würde ich mich nicht auf diese Art rächen.«

»Sie mißbilligen also das Duell, Sie würden sich nicht auf einen Zweikampf einlassen?« fragte Albert, erstaunt, eine so seltsame Theorie aussprechen zu hören.

»Oh, doch wohl«, erwiderte der Graf. »Verständigen wir uns: Ich würde mich schlagen wegen einer Erbärmlichkeit, wegen einer Beleidigung, wegen einer Ohrfeige, wenn man mich einer Lüge bezichtigen wollte, und dies mit um so mehr Kaltblütigkeit, als ich infolge der Gewandtheit, die ich in allen körperlichen Übungen erlangt habe, und seit langer Zeit an die Gefahr gewöhnt, beinahe sicher wäre, meinen Mann zu töten. Aber für einen langsamen, tiefen, endlosen, ewigen Schmerz würde ich, wenn es möglich wäre, einen ähnlichen Schmerz demjenigen zurückgeben, welcher mir denselben verursacht hätte. Auge um Auge, Zahn um Zahn, wie die Orientalen sagen... unsere Meister in allen Dingen, diese Auserwählten der Schöpfung, die sich ein Leben der Träume und ein Paradies der Wirklichkeiten zu bereiten gewußt haben.«

»Doch diese Theorie«, entgegnete Franz, »die Sie zum Richter und Henker in Ihrer eigenen Sache macht, ließe sich mit der größten Schwierigkeit nur dann einigermaßen aufrechterhalten, wenn wir den Fall annähmen, daß Sie selbst und jedesmal das Glück hätten, der Macht des Gesetzes zu entschlüpfen. Der Haß ist blind, der Zorn betäubt, und der, welcher Rache übt, stellt sich der Gefahr bloß, einen bitteren Trank trinken zu müssen.«

»Ja, wenn er arm und ungeschickt, nein, wenn er reich und geschickt ist. Überdies ist der schlimmste Fall für ihn die Hinrichtung, von der wir soeben sprachen, die die philanthropische Französische Revolution an die Stelle der Vierteilung des Rades setzte. Was ist die Hinrichtung, wenn man seine Rache hat? Es tut mir in der Tat beinahe leid, daß der elende Peppino nicht enthauptet werden soll, wie man sagt; Sie würden sehen, wie lange dies dauert, und ob es sich wirklich der Mühe lohnt, davon zu reden. Aber auf Ehre, meine Herren, wir führen da ein sonderbares Gespräch für einen Karnevalstag; setzen wir uns vor allem zu Tisch, denn man meldet, daß aufgetragen ist.«

Es öffnete ein Diener eine von den vier Türen des Salons. Die zwei jungen Männer standen auf und gingen in den Speisesaal.

Während das Frühstück, das aus allen möglichen Leckerbissen bestand, serviert wurde, suchte Franz mit den Augen den Blick von Albert, um darin den Eindruck zu lesen, den die Worte ihres Wirtes, wie er nicht zweifelte, auf ihn hervorgebracht haben müßten; dennoch fand er seinen Gefährten nicht im geringsten ergriffen; er erwies im Gegenteil dem Mahl die schuldige Ehre. Einer lebhaften Unruhe preisgegeben, die ihm die Person von Albert zu bereiten schien, berührte der Graf die Schüsseln kaum; es war, als erfüllte er, sich mit seinen Gästen zu Tisch setzend, nur eine einfache Pflicht der Höflichkeit, und als erwartete er ihren Abgang, um sich irgend ein seltsames oder eigentümliches Gericht vorsetzen zu lassen. Dies erinnerte Franz unwillkürlich an den Schrecken, den der Graf der Gräfin G[xxx] eingeflößt, und an ihre Überzeugung, der Mann, den er ihr in der Loge der ihrigen gegenüber gezeigt, wäre ein Vampyr. Am Ende des Frühstücks zog Franz seine Uhr.
»Nun«, sagte der Graf zu ihm, »was machen Sie denn?«
»Sie werden uns entschuldigen, Herr Graf«, erwiderte Franz, »wir haben noch tausenderlei Dinge zu verrichten. Wir besitzen z. B. noch keine Maskenanzüge, und heute ist die Verkleidung strenges Gebot.«
»Sorgen Sie nicht hierfür. Wir haben auf der Piazza del popolo ein besonderes Zimmer; ich lasse dahin die Kostüme bringen, die Sie mir gefälligst bezeichnen werden, und wir maskieren uns, während wir dort verweilen.«
»Nach der Hinrichtung?« rief Franz.
»Nachher, während derselben oder vorher, wie Sie wollen.«
»Im Angesicht des Schafotts?«
»Das Schafott bildet einen Teil des Festes.«
»Vorwärts also, da Sie es so wollen«, sagte Franz; »doch, indem ich mich nach der Piazza del popolo begebe, wünschte ich über den Korso zu kommen.«
»Gut, über den Korso, wir schicken den Wagen voraus mit dem Befehl, uns auf der Piazza del popolo zu erwarten; überdies ist es mir auch nicht unangenehm, wenn wir den Korso passieren, denn ich kann bei dieser Gelegenheit nachsehen, ob meine Befehle vollzogen worden sind.«
In diesem Augenblick öffnete ein Diener die Tür und meldete:

»Exzellenz, ein Mensch in der Tracht eines Büßers wünscht Sie zu sprechen.«
»Ah, ja«, sagte der Graf, »ich weiß. Meine Herren, wollen Sie in den Salon zurückkehren, Sie finden auf dem Tisch einige Havanna; ich folge Ihnen sogleich.«
Die zwei jungen Männer standen auf und gingen zu einer Tür hinaus, während sich der Graf, nachdem er seine Entschuldigungen wiederholt hatte, durch die andere entfernte.
»Nun«, sagte Franz zu Albert, »was denken Sie von dem Grafen von Monte Christo?«
»Was ich denke?« erwiderte dieser, sichtbar erstaunt, daß Franz eine solche Frage an ihn richtete; »ich denke, er ist ein sehr angenehmer Mann, der vortrefflich die Honneurs seines Hauses macht, viel gesehen, viel nachgedacht, viel studiert hat, der einem Brutus der stoischen Schule gleicht, und der«, fügte er bei, indem er eine Rauchwolke ausstieß, die in einer Schnekkenlinie zum Plafond aufstieg, »und der ausgezeichnete Zigarren besitzt.«
Dies war die Ansicht von Albert über den Grafen; da aber Franz wußte, sein Freund urteile nur nach eigener Überzeugung, er bilde seine Ansicht über Menschen und Dinge erst nach reiflicher Erwägung, so suchte er nichts daran zu ändern und fragte nur: »Doch haben Sie die Aufmerksamkeit bemerkt, mit der er Sie betrachtete?«
Albert dachte nach.
»Ah!« rief er, einen Seufzer ausstoßend, »darüber darf man sich nicht wundern. Ich bin beinahe ein Jahr von Paris abwesend und muß Kleider von einer andern Welt haben. Der Graf wird mich für einen Provinzmenschen halten; ich bitte, sagen Sie ihm bei der nächsten Gelegenheit, es sei dem nicht so.«
Franz lächelte; einen Augenblick später kehrte der Graf zurück.
»Hier bin ich, meine Herren«, sagte er, »und ich stehe nun ganz zu Ihren Diensten. Nehmen Sie von diesen Zigarren mit, Herr von Morcerf«, fügte er mit einem seltsamen Nachdruck auf diesen Namen bei, den er zum erstenmal aussprach.
»Mit großem Vergnügen; wenn Sie nach Paris kommen, werde ich es Ihnen vergelten.«

»Ich weise dies nicht von mir, denn ich gedenke eines Tages dahin zu gehen und werde dann, wenn Sie mir es erlauben, an Ihre Tür klopfen.«
Alle drei gingen hinab und schlugen den Weg über die Piazza di Spagna nach der Via Frattina ein, die sie an den Palast Rospoli führte. Franz schaute nach diesem Palast; er hatte das im Kolosseum zwischen dem Mann mit dem Mantel und dem Trasteveriner verabredete Signal nicht vergessen.
»Welche Fenster gehören Ihnen?« fragte er den Grafen mit dem natürlichsten Ton, den er anzunehmen vermochte.
»Die drei letzten«, erwiderte der Graf mit einer Nachlässigkeit, die nichts Geheucheltes hatte.
Die Augen von Franz richteten sich rasch nach den drei Fenstern. An den beiden Seitenfenstern erblicke er Vorhänge von gelbem Damast, an dem mittleren einen Vorhang von weißem Damast mit einem roten Kreuz. Der Mann mit dem Mantel hatte dem Trasteveriner Wort gehalten, es unterlag keinem Zweifel mehr, der Mann mit dem Mantel war der Graf. Die drei Fenster waren noch leer. Man traf übrigens auf allen Seiten Vorbereitungen, man stellte Stühle, schlug Gerüste auf und behängte die Fenster. Erst mit dem Klang der Glocke durften die Masken erscheinen, die Wagen fahren.
Franz, Albert und der Graf setzten ihren Weg auf dem Korso fort. Je mehr sie sich der Piazza del popolo näherten, desto gedrängter wurde die Menge, und über den Häuptern des Volkes sah man zwei Dinge sich erheben: den Obelisk, überragt von einem Kreuz, den Mittelpunkt des Platzes bezeichnend, und vor dem Obelisk, gerade beim sichtbaren Vereinigungspunkt der drei Straßen del Babuino del Korso und die Ripetta, die zwei obersten Balken des Schafotts, zwischen denen das runde Eisen der Mandaia glänzte. An der Ecke der Straße fand man den Intendanten des Grafen, der seinen Herrn erwartete. Ohne Zweifel zu einem übermäßigen Preis gemietet, den der Graf seinen Gästen nicht hatte mitteilen wollen, gehörte das Fenster zu dem zweiten Stock des zwischen der Strada del Babuino und dem Monte Pincio liegenden großen Palastes; es war eine Art von Ankleidekabinett, das in ein Schlafzimmer ging; schloß man die Tür des Schlafzimmers, so waren die Mietsleute des Kabinetts

für sich allein; auf den Stühlen lagen die zierlichsten Bajazzo-Anzüge von weißem und blauem Atlas.
»Da Sie mir die Wahl der Trachten überließen, so wählte ich diese«, sagte der Graf. »Einmal wird sie in diesem Jahre am meisten Mode sein, und dann ist sie das Bequemste für die Konfetti, da man das Mehl nicht darauf bemerkt.«
Franz hörte kaum die Worte des Grafen und schlug jedenfalls diese neue Zuvorkommenheit nicht zu ihrem wahren Wert an, denn seine ganze Aufmerksamkeit war von dem Schauspiel, das die Piazza del popolo bot, und von dem furchtbaren Werkzeug gefesselt, das zu dieser Stunde ihren Hauptzierat bildete. Franz sah zum erstenmal eine Guillotine.
Zwei Männer, die Gehilfen des Nachrichters, die auf dem Brett saßen, worauf man den Verurteilten legt, frühstückten in Erwartung der Dinge und aßen, soviel Franz sehen konnte, Brot und Würste; der eine hob das Brett auf, zog eine Flasche Wein hervor, trank einen Schluck und reichte sie seinem Kameraden. Schon bei diesem Anblick fühlte Franz den Schweiß an den Wurzeln seiner Haare hervorbrechen.
Am Abend zuvor von den neuen Gefängnissen in die kleine Kirche Santa-Maria-del-Popolo geführt, hatten die zwei Verurteilten, jeder unter dem Beistand von zwei Priestern, die Nacht in einer schwarz ausgeschlagenen Kapelle zugebracht, die mit einem Gitter verschlossen war, vor dem Schildwachen auf und ab gingen. Eine doppelte Reihe von aufgestellter Carabinieri erstreckte sich von jeder Kirchentür bis zum Blutgerüst, um welches sich diese Doppelreihe rundum schloß. Der ganze übrige Platz war mit Männer- und Frauenköpfen wie gepflastert. Viele Frauen hielten ihre Kinder auf den Schultern. Diese Kinder überragten die Menge um den ganzen Oberleib, und hatten einen bewunderungswürdigen Platz.
Der Monte Pincio sah aus wie ein weites Amphitheater, dessen Plätze mit Zuschauern überladen waren; die Balkone der Kirchen waren von bevorzugten Neugierigen vollgestopft; jeder Mauervorsprung hatte seine lebendige Statue. Was der Graf sagte, entsprach also der Wahrheit: das Interessanteste im Leben ist das Schauspiel des Todes. Und dennoch stieg statt des Stillschweigens, das die Feierlichkeit dieser Szene zu fordern

schien, ein Geräusch aus dieser Menge empor, ein Geräusch, zusammengesetzt aus Gelächter, Gezisch und freudigem Geschrei: diese Hinrichtung war auch offenbar, wie der Graf gesagt hatte, für all dieses Volk nichts anderes, als der Anfang des Karnevals.

Plötzlich hörte der ganze Lärm wie durch einen Zauberschlag auf; die Tür der Kirche hatte sich geöffnet. Eine Brüderschaft der Büßer, deren Mitglieder alle in graue, nur an den Augen ausgehöhlte Säcke gekleidet waren und eine angezündete Kerze in der Hand hielten, erschien zuerst. Hinter den Büßern kam ein Mensch von hoher Gestalt; dieser Mensch war nackt, abgesehen von einer Leinwandhose, an deren linken Seite er ein großes in seiner Scheide verborgenes Messer befestigt hatte; er trug auf der Schulter eine schwere eiserne Keule. Es war der Henker. Er hatte außerdem noch unten an den Füßen mit Strikken angebundene Sandalen. Hinter dem Henker marschierten in der Ordnung, in der sie hingerichtet werden sollten, zuerst Peppino und dann Andrea. Jeder von ihnen wurde von zwei Priestern begleitet. Weder der eine noch der andere hatte die Augen verbunden. Peppino ging festen Schrittes einher; ohne Zweifel hatte er Kunde von dem, was sich für ihn vorbereitete. Andrea wurde unter jedem Arm durch einen Priester unterstützt. Beide küßten von Zeit zu Zeit das Kruzifix, das ihnen der Beichtvater darbot.

Franz fühlte, wie ihm bei diesem Anblick die Beine den Dienst versagten; er schaute Albert an. Dieser war blaß wie sein Hemd und warf mit einer mechanischen Bewegung seine Zigarre von sich. Nur der Graf allein sah unempfindlich aus. Mehr noch, es schien sogar eine leichte Röte die Leichenblässe seiner Wangen durchdringen zu wollen. Seine Nase erweiterte sich wie die eines wilden Tieres, das Blut riecht. Bei alledem hatte sein Antlitz einen Ausdruck lächelnder Sanftmut, den Franz nie an ihm wahrgenommen; seine Augen besonders waren von erhabener Weichheit und Milde.

Die zwei Verurteilten setzten indessen den Weg zum Schafott fort, und ihre Gesichtszüge ließen sich nach und nach deutlicher unterscheiden. Peppino war ein hübscher Junge von etwa 25 Jahren, mit sonnverbranntem Gesicht und freiem, wildem

Blick. Er trug den Kopf hoch und schien den Wind einzuziehen, als wollte er sehen, von welcher Seite sein Befreier käme. Andrea war dick und kurz; sein gemeines grausames Gesicht deutete kein Alter an, er mochte jedoch ungefähr dreißig Jahre zählen. Er hatte im Gefängnis seinen Bart wachsen lassen. Sein Kopf fiel auf eine seiner Schultern herab, seine Beine bogen sich unter ihm; sein ganzes Wesen schien einer mechanischen Bewegung zu gehorchen, woran sein Wille bereits nicht mehr teilhatte.

»Wie mir scheint, kündigten Sie uns an, es würde nur eine Hinrichtung stattfinden?« sagte Franz zu dem Grafen.

»Ich habe Ihnen die Wahrheit gesagt«, antwortete er kalt.

»Hier sind aber zwei Verurteilte.«

»Ja, doch von den zwei Verurteilten ist der eine dem Tode nahe, während der andere noch lange Jahre zu leben hat.«

»Soll die Gnade kommen, so ist meiner Ansicht nach keine Zeit zu verlieren.«

»Sie kommt auch gerade, sehen Sie dort«, sagte der Graf.

In dem Augenblick als Peppino an dem Fuß der Mandaia anlangte, durchbrach ein Büßer, der sich verspätet zu haben schien, die Phalanx der Soldaten, ohne daß diese Widerstand leistete, eilte auf den Anführer der Brüderschaft zu und überreichte ihm ein viereckig zusammengelegtes Papier. Der glühende Blick von Peppino hatte keinen von diesen einzelnen Umständen übersehen; der Anführer der Brüderschaft entfaltete das Papier, las es, hob die Hand auf und sprach mit lauter, verständlicher Stimme:

»Der Herr sei gesegnet und seine Heiligkeit sei gelobt! Man hat dem Leben eines der Gefangenen Gnade angedeihen lassen.«

»Gnade!« rief das Volk mit *einem* Schrei; »begnadigt!«

Bei dem Wort Gnade schien Andrea zu springen und den Kopf aufzurichten.

»Gnade für wen?« rief er.

»Die Todesstrafe ist Peppino, genannt Rocca Priori, erlassen«, antwortete der Anführer der Priesterschaft und übergab das Papier dem die Carabinieri befehligenden Kapitän, der es ihm, nachdem er es gelesen hatte, zurückgab.

»Gnade für Peppino!« rief Andrea, völlig der Starrheit entzo-

gen, in welche er versunken gewesen zu sein schien. »Warum Gnade für ihn und nicht für mich? Wir sollten miteinander sterben, man versprach mir, er würde vor mir sterben, man ist nicht berechtigt, mich allein sterben zu lassen; ich will nicht allein sterben, nein, ich will nicht.«
Und er hing sich an die Arme der zwei Priester und krümmte sich und heulte und brüllte und strengte sich auf eine wahnsinnige Weise an, um die Stricke zu zerreißen, mit denen seine Hände gebunden waren. Der Henker machte seinen zwei Gehilfen ein Zeichen, sie sprangen vom Schafott herab und bemächtigten sich des Verurteilten.
»Was gibt es denn?« fragte Franz den Grafen, denn da alles in römischer Mundart vorgegangen war, hatte er's nicht gut verstanden.
»Was es gibt?« erwiderte der Graf, »erraten Sie es nicht? Dieser Mensch, der sterben soll, ist wütend darüber, daß seinesgleichen nicht mit ihm stirbt, und wenn man ihn gewähren ließe, würde er den andern eher mit seinen Nägeln und seinen Zähnen zerreißen, als ihn das Leben genießen lassen, dessen er beraubt werden soll. Oh, Menschen, Menschen! Krokodilenbrut, wie Karl Moor sagt«, rief er, seine beiden Fäuste nach der Menge ausstreckend, »wie erkenne ich euch hier, und wie sehr seid ihr jeder Zeit euer selbst würdig.«
Andrea und die zwei Gehilfen des Henkers wälzten sich wirklich im Staube, wobei der Verurteilte fortwährend ausrief: »Er muß sterben, ich will, daß er stirbt, man hat nicht das Recht, mich allein umzubringen.« Die zwei Knechte trugen Andrea auf das Schafott, alles Volk nahm gegen ihn Partei, und zwanzigtausend Stimmen riefen wie mit einem Schrei: »Tötet ihn! Tötet ihn!« Franz warf sich zurück, aber der Graf ergriff ihn beim Arm und hielt ihn am Fenster fest.
»Was machen Sie denn?« sagte er zu ihm; »Mitleid? Das wäre in der Tat gut angebracht! Wenn Sie rufen hörten: Dort ist ein wütender Hund, so würden Sie Ihr Gewehr nehmen, auf die Straße eilen und das arme Tier niederschießen, dessen ganze Schuld darin bestände, daß es von einem andern Hund gebissen worden wäre, und das, was man ihm getan, zurückgäbe. Und Sie haben Mitleid mit einem Menschen, den kein anderer Mensch

gebissen, und der dennoch seinen Wohltäter umgebracht hat, und nun, da er nicht mehr umbringen kann, weil seine Hände gebunden sind, mit aller Gewalt seinen Kerkergefährten, seinen Unglückskameraden sterben sehen will? Sehen Sie, sehen Sie.«

Diese Aufforderung war überflüssig geworden, Franz war von dem furchtbaren Schauspiel wie von einem Blendwerk ergriffen. Die zwei Knechte hatten den Verurteilten auf das Schafott geschleppt und ihn hier, trotz seines Widerstrebens, seines Beißens, seines Geschreis, genötigt, sich auf die Knie zu werfen; währenddessen stellte sich der Henker an seine Seite und hielt die Keule empor; auf ein Zeichen zogen sich die zwei Gehilfen zurück. Der Verurteilte wollte sich erheben, doch ehe er hierzu Zeit hatte, fiel die Keule auf seine linke Schläfe; man hörte ein dumpfes, mattes Geräusch, und der Verbrecher stürzte, das Gesicht gegen die Erde, wie ein geschlagener Ochse nieder; der Henker ließ die Keule aus seinen Händen sinken, zog das Messer aus seinem Gürtel, öffnete ihm mit einem Schnitt die Gurgel, stellte sich auf seinen Bauch und fing an, ihn mit seinen Füßen zu kneten. Bei jedem Druck stürzte ein Blutstrahl aus dem Hals des Verurteilten hervor.

Nun konnte es Franz nicht mehr länger aushalten; er warf sich zurück und fiel halb ohnmächtig in einen Lehnstuhl. Albert blieb mit geschlossenen Augen auf seinen Füßen, klammerte sich aber an den Vorhängen an, ohne deren Unterstützung er gewiß gefallen wäre.

Der Graf stand aufrecht und triumphierend wie der böse Engel.

13. Der Karneval in Rom

Als Franz zu sich kam, erblickte er Albert, der ein Glas Wasser trank, was er, nach seiner Blässe zu urteilen, sehr nötig hatte, und den Grafen, der bereits die Tracht eines Bajazzo anlegte. Auf dem Platz war alles verschwunden, Schafott, Henker, Opfer; nur das geräuschvolle, geschäftige, lustige Volk war noch übrig: die Glocke des Monte-Citorio, die nur beim Tod eines Papstes und bei der Eröffnung des Karnevals hörbar wird, ertönte in vollen Schwingungen.

»Nun!« fragte er den Grafen, »was ist denn vorgefallen?«

»Nichts, durchaus nichts, wie Sie sehen«, erwiderte der Graf; »der Karneval hat nun begonnen, und wir wollen uns ankleiden.«
»In der Tat«, sagte Franz, »von dieser ganzen furchtbaren Szene ist nicht mehr vorhanden als die Spur eines Traumes.«
»Weil es nichts anderes ist als ein Traum, ein Alp, den Sie gehabt haben.«
»Ja, ich, aber der Verurteilte?«
»Auch für ihn ist es ein Traum, nur ist *er* eingeschlafen geblieben, während *Sie* erwacht sind; und wer vermag zu sagen, welcher von beiden der Bevorzugte ist?«
»Doch Peppino«, fragte Franz, »was ist aus ihm geworden?«
»Peppino ist ein Mensch von Verstand und ohne alle Eitelkeit; wider die Gewohnheit der Leute, die wütend darüber werden, wenn man sich nicht mit ihnen beschäftigt, war er bezaubert, als er sah, daß sich die allgemeine Aufmerksamkeit seinem Kameraden zuwandte, er benützte daher die Zerstreuung, um in die Menge zu schlüpfen und zu verschwinden, ohne auch nur den würdigen Priestern, die ihn begleitet hatten, zu danken. Der Mensch ist offenbar ein sehr undankbares und selbstsüchtiges Tier. Doch kleiden Sie sich an, Sie sehen, Herr von Morcerf gibt Ihnen das Beispiel.«
Albert zog mechanisch seine Hose von Taffet über seine schwarzen Beinkleider und seine gefirnißten Stiefel an.
»Nun, Albert«, fragte Franz, »sind Sie wirklich in der Stimmung, Tollheiten zu machen? Sprechen Sie offenherzig.«
»Nein, aber es ist mir lieb, daß ich eine solche Szene gesehen habe, und ich begreife nun, was der Herr Graf sagte. Hat man sich einmal an ein solches Schauspiel gewöhnen können, so ist es das einzige, das noch Aufregung gewährt.«
»Abgesehen davon, daß man in diesem Augenblick allein Charakterstudien machen kann«, sagte der Graf; »auf der ersten Stufe des Schafotts reißt der Tod die Larve ab, die man das ganze Leben hindurch getragen hat, und das wahre Gesicht erscheint. Man muß gestehen, das von Andrea war nicht schön anzuschauen… der häßliche Schuft!.... Kleiden wir uns an, meine Herren! Ich fühle das Bedürfnis, Pappendeckelmasken zu sehen, um mich über die Fleischmasken zu trösten.«

Es wäre von Franz lächerlich gewesen, sich mädchenhaft zu sträuben und das Beispiel nicht zu befolgen, das ihm seine zwei Gefährten gaben. Er legte daher ebenfalls sein Kostüm an und nahm seine Maske, die sicher nicht bleicher war als er. Sobald man die Toilette beendigt hatte, ging man hinab. Der Wagen wartete vor der Tür, voll von Konfetti und Blumen. Man schloß sich der Reihe an.

Es läßt sich kaum ein vollständigerer Widerspruch denken, als der, welcher sich nunmehr bewerkstelligt hatte. Statt der düsteren, schweigsamen Todesszene bot die Piazza del popolo den Anblick einer tollen brausenden Orgie. Eine Menge von Masken brach von allen Seiten hervor, strömte aus allen Türen, stieg von allen Fenstern herab; mit Pierrots, mit Harlekins, Dominos, Marquis, mit Trasteverinern, Grotesken, Chevaliers, mit Bauern beladen, mündeten die Wagen an allen Straßenekken aus; und alles schrie, gebärdete sich, schleuderte Eier voll Mehl, Konfetti, Sträuße, griff mit Worten und mit Wurfgeschoß Freunde und Fremde, Bekannte und Unbekannte an, ohne daß jemand das Recht hatte, sich darüber zu ärgern, ohne daß auch nur einer etwas anderes tat als lachen.

Franz und Albert waren wie Menschen, die man, um sie von einem heftigen Kummer zu zerstreuen, zu einer Orgie führt, und die, je mehr sie trinken und sich berauschen, fühlen, wie sich ein immer dichter werdender Schleier zwischen die Vergangenheit und die Gegenwart zieht. Sie sahen beständig den Widerschein dessen, was sie angeschaut hatten, oder sie fuhren vielmehr fort, denselben in sich zu fühlen. Aber allmählich erfaßte sie eine allgemeine Trunkenheit; es kam ihnen vor, als wäre ihre schwankende Vernunft im Begriff, sie zu verlassen, sie verspürten in sich ein seltsames Bedürfnis, ihren Teil an diesem Geräusch, an dieser Bewegung, an diesem Schwindel zu nehmen. Eine Handvoll Konfetti (etwa erbsengroße Wurfkügelchen aus Gips), die Morcerf von einem benachbarten Wagen zukam, prickelte ihn am Hals und an allen Teilen seines Gesichts, die nicht durch die Maske beschützt waren, als hätte man ihm hundert Nadeln zugeworfen, und dies trieb ihn vollends zu dem allgemeinen Kampf an, in den bereits alle Masken verwickelt waren. Er erhob sich nun in seinem Wagen, schöpfte mit vollen Händen aus den Taschen und schleuderte mit aller ihm zu Gebote stehenden Kraft und Geschicklichkeit Eier und Dragees nach seinen Nachbarn. Von nun an nahm der Kampf seinen Fortgang. Die Erinnerung an das, was sie eine halbe Stunde zuvor gesehen, verwischte sich gänzlich in dem Geist der beiden jungen Männer, so viel Abwechslung bot ihnen das buntscheckige, bewegliche, tolle Schauspiel, das sie vor sich hatten. Auf den Grafen von Monte Christo dagegen schien nichts einen besonderen Eindruck hervorbringen zu können.

Man denke sich die große schöne Straße des Korso, von einem Ende zum andern mit Palästen von vier bis fünf Stockwerken eingefaßt, deren Balkone insgesamt mit Teppichen verziert, deren Fenster alle reich drapiert sind. Auf diesen Balkonen und an diesen Fenstern dreimal hunderttausend Zuschauer, Römer, Italiener, Fremde, von allen Weltteilen herbeigekommen; alle Aristokratien versammelt: Aristokratien der Geburt, des Geldes und des Genies; reizende Frauen, die, selbst dem Einfluß dieses Schauspiels untertan, sich über die Balkone herabneigen, aus den Fenstern sich beugen und auf die vorüberfahrenden Wagen einen Hagel von Konfetti regnen lassen, den man ihnen in Sträußen zurückgibt, bis die Luft ganz verdickt ist von herabfallenden Dragees und hinaufsteigenden Blumen. Dann auf dem Straßenpflaster eine freudige, rastlose, tolle Menge in wahnsinnigen Trachten und Gestalten: umherspazierende Riesenkohle, Büffelköpfe, auf menschlichen Leibern brüllend, Hunde, die auf den Vorderfüßen zu gehen scheinen; und mitten unter alledem eine Maske, die sich lüftet, und in dieser von Callot geträumten Versuchung des heiligen Antonius irgendeine Astarte, die ein reizendes Gesicht zeigt, von dem man aber, wenn man ihm folgen will, durch Dämonen getrennt wird, wie man sie in seinen Träumen sieht – man versuche, sich dies alles vorzustellen und man hat einen schwachen Begriff von dem, was der Karneval in Rom ist.

Bei der zweiten Fahrt ließ der Graf den Wagen halten, bat die Freunde um Erlaubnis, sie verlassen zu dürfen, und stellte die Kalesche zu ihrer Verfügung. Man befand sich vor dem Palast Rospoli, und an dem mittleren Fenster, woran der weiße Damastvorhang mit einem roten Kreuz angebracht war, stand ein

Domino, unter dem sich die Einbildungskraft von Franz ohne Mühe die schöne Griechin des Teatro Argentina vorstellte.
»Meine Herren«, sagte der Graf, aus dem Wagen springend, »sind Sie müde, Schauspieler zu sein, und wollen Sie wieder Zuschauer werden, so wissen Sie, daß Sie Platz an meinen Fenstern haben; mittlerweile verfügen Sie über meinen Kutscher, meinen Wagen und meine Bedienten.«
Franz dankte dem Grafen für sein höfliches Anerbieten. Die zwei Freunde fuhren davon, nützten das lustige Karnevalsfest noch gehörig aus und amüsierten sich bis zum späten Abend, um wiederum das Theater zu besuchen.
Im Foyer trafen sie mit der Gräfin zusammen, die ihnen mit allen Zeichen der Ungeduld entgegenkam und Franz hastig fragte: »Ich hörte, daß Sie bereits heute mit ihm in gesellschaftliche Beziehung traten; nun, wie heißt er, sprechen Sie, ich muß Näheres über ihn erfahren.«
Lächelnd verbeugte sich Franz und erwiderte der schönen Frau: »Allerdings habe ich schon seit heute morgen bei einem vorzüglichen Frühstück die Bekanntschaft mit dem Grafen von Monte Christo gemacht.«
»Was für ein Name ist dies? Es ist kein Geschlechtsname.«
»Nein, es ist der Name einer Insel, die er gekauft hat.«
»Und er ist Graf?«
»Toskanischer Graf.«
»So werden wir ihn dulden wie die andern«, sagte die Gräfin, die einer der ältesten Familien in der Gegend von Venedig angehörte. »Und was für ein Mann ist es sonst?« wandte sich die Gräfin an den Vicomte von Morcerf.
»Oh, wir finden ihn ausgezeichnet«, antwortete Albert; »ein zehnjähriger Freund hätte nicht mehr für uns getan, als er getan hat, und dies mit einer Anmut, mit einer Zartheit, mit einer Höflichkeit, wodurch sich der wahre Mann von Welt offenbart.«
»Gehen Sie«, versetzte die Gräfin lachend. »Sie werden sehen, mein Vampyr ist ganz einfach ein in neuester Zeit Reichgewordener, der sich seine Millionen verzeihen lassen will. Und Sie haben sie auch gesehen?«
»Welche sie?« fragte Franz lächelnd.

»Die schöne Griechin von gestern.«
»Nein. Wir hörten, wie ich glaube, den Ton ihrer Guzla, doch sie blieb völlig unsichtbar.«
»Das heißt, wenn Sie unsichtbar sagen, mein lieber Franz«, sagte Albert, »so geschieht dies nur, um den Geheimnisvollen zu spielen. Für wen halten Sie den blauen Domino, der an dem mittleren Fenster mit dem weißen Damastvorhang im Palast Rospoli stand?«
»Der Graf hatte also drei Fenster im Palaste Rospoli? Dieser Mensch muß ein wahrer Nabob sen. Wissen Sie, daß drei Fenster wie diese für acht Karnevalstage 2000–3000 römische Taler kosten?«
»Ah, Teufel!«
»Bezieht er diese schönen Einkünfte von seiner Insel?«
»Seine Insel trägt ihm keinen Bajocco ein.«
»Warum hat er sie dann gekauft?«
»Aus Phantasie.«
»Er ist also ein Original?«
»Ich kann es nicht leugnen, er kam mir sehr exzentrisch vor«, sagte Albert. »Wäre er in Paris, besuchte er unsere Schauspiele, so würde ich sagen, er sei entweder ein schlechter Spaßmacher, der Aufsehen erregen wolle, oder ein armer Teufel, den die neuere Literatur zugrunde gerichtet hat.«
Es war Zeit geworden, sich zu verabschieden, und die beiden Freunde verließen die Gräfin. Die nächsten Tage vergingen im Taumel der Vergnügungen, und endlich kam der Dienstag, der letzte und lärmendste von den Karnevalstagen. Am Dienstag öffnen sich die Theater um zehn Uhr morgens, denn sobald acht Uhr abends vorüber ist, tritt Fasten ein. Am Dienstag mischt sich alles, was aus Mangel an Zeit, Geld oder Begeisterung an den vorhergehenden Festen nicht teilgenommen hat, in das Bacchanal, läßt sich von der Orgie fortreißen und bringt seinen Tribut an Leben und Geräusch zu dem allgemeinen Leben und Geräusch. Von zwei Uhr bis fünf Uhr folgten Franz und Albert der Reihe, tauschten Hände voll Konfetti mit den Wagen der entgegengesetzten Reihe und den Fußgängern aus, die zwischen den Füßen der Pferde, zwischen den Rädern der Karossen umherschwärmten, ohne daß mitten unter diesem furchtba-

ren Gedränge ein Unfall geschah oder irgendein Streit entstand. Die Italiener sind in dieser Hinsicht das ausnahmsweise Volk. Die Feste sind für sie wahre Feste.
Albert triumphierte in seiner Bajazzotracht. Er trug auf der Schulter einen Knoten von rosa Bändern, deren Enden ihm bis zu den Knien herabfielen, um keine Verwechslung zwischen ihm und Franz herbeizuführen. Dieser hatte das Kostüm eines römischen Bauern angezogen.
Je mehr der Tag vorrückte, desto größer wurden Lärm und Gedränge; es war in der Tat ein menschlicher Sturm, bestehend aus einem donnernden Schreien und einem Hagel von Dragees, Sträußen, Eiern, Orangen und Blumen. Um drei Uhr verkündigten Böllerschüsse, die zu gleicher Zeit auf der Piazza del popolo und im venetianischen Palast abgebrannt wurden, mit großer Mühe diesen furchtbaren Tumult durchdringend, daß das Wettrennen beginne.
Das Wettrennen ist, wie die Moccoli, eine von den eigentümlichen Episoden der letzten Tage des Karnevals. Bei dem Krachen dieser Böller brachen die Wagen sofort aus ihren Reihen und flüchteten sich in die nächste Querstraße. Alle diese Entwicklungen bewerkstelligen sich übrigens mit einer unbegreiflichen Geschicklichkeit und mit einer wunderbaren Geschwindigkeit, und zwar ohne daß sich die Polizei nur im geringsten damit beschäftigte, jedem seinen Posten anzuweisen oder seinen Weg vorzuschreiben. Die Fußgänger drückten sich an die Paläste, dann hörte man ein gewaltiges Geräusch von Pferden und Säbelscheiden.
Eine fünfzehn Mann starke Abteilung von Carabinieri durchsprengte im Galopp die Straße des Korso, um den Wettrennern Platz zu machen. Als diese Abteilung zum venetianischen Palast gelangte, verkündigte eine zweite Batterie von Böllern, daß die Straße frei sei.
Beinahe in demselben Augenblick sah man unter einem allgemeinen großen Geschrei sieben bis acht Reiter, vom Zuruf von dreimal hunderttausend Personen angestachelt, vorüberjagen; dann verkündigten drei Kanonenschüsse vom Kastell St. Angelo, daß die Nummer 3 gewonnen habe.
Sogleich setzten sich die Wagen wieder in Bewegung, strömten

gegen den Korso zurück und mündeten aus allen Straßen aus. Nun hatte sich ein neues Element des Lärmens und der Bewegung in die Menge gemischt: die Moccolihändler waren soeben in die Szene getreten.
Die Moccoli oder Moccoletti sind Kerzen von verschiedener Dicke, die bei den Schauspielern dieser den römischen Karneval beendigenden Szene zweierlei Tätigkeiten erwecken: erstens, das eigene Moccoletto brennend zu halten; zweitens das Moccoletto anderer auszulöschen.
Das Moccoletto wird an irgendeinem Licht entzündet. Wer aber vermöchte die tausend Mittel zu beschreiben, die erfunden worden sind, um das Moccoletto auszulöschen... die Riesenohrfeigen, die ungeheuren Löschhörner, die übermenschlichen Windfächer? Jedermann beeilte sich, Moccoletti zu kaufen, Franz und Albert wie die andern.
Die Nacht rückte rasch heran, und bereits begannen bei dem tausendfachen schrillen Händlerruf: »Moccoli!« einige Sterne über der Menge zu glänzen. Es war dies wie ein Signal. Nach Verlauf von zehn Minuten funkelten fünfzigtausend Lichter von dem venetianischen Palast nach der Piazza del popolo herab, und von der Piazza del popolo nach dem venetianischen Palast hinauf. Man hätte glauben sollen, es wäre das Fest der Irrlichter; denn es läßt sich in der Tat von diesem Anblick, wenn man nicht einmal Augenzeuge davon gewesen ist, kein Begriff machen.
In diesem Augenblick besonders gibt es keinen gesellschaftlichen Unterschied mehr. Der Facchino hängt sich an den Prinzen, der Prinz an den Trasteveriner, der Trasteveriner an den Bürger... Jeder bläst, löscht aus, zündet wieder an. Erschiene der alte Aeolus zu dieser Stunde, er würde zum König der Moccoli ausgerufen und Aquilo zum Präsumtiverben der Krone.
Dieses tolle, flammende Rennen dauerte ungefähr zwei Stunden; der Korso war erleuchtet wie am hellen Tag, man konnte die Züge der Zuschauer im dritten und vierten Stock unterscheiden.
Plötzlich erscholl die Glocke, die das Signal zum Schluß des Karnevals gibt und in einer Sekunde erloschen alle Moccoli wie durch einen Zauber. Es war, als ob ein einziger, ungeheurer

Windstoß alles vernichtet hätte. Franz, den Albert mit dem Vorgeben, ein Rendezvous zu haben, verlassen hatte, befand sich in der tiefsten Finsternis. Man hörte dann nur noch das Rollen der Wagen, die die Masken nach Hause führten, und sah nur spärliche Lichter hinter den Fenstern glänzen.
Der Karneval war zu Ende.

14. Die Katakomben von San Sebastiano

Franz hatte vielleicht in seinem Leben keinen so scharfen, schneidenden Eindruck, keinen so raschen Übergang von der Heiterkeit zur Traurigkeit erfahren, als in diesem Augenblick; es war, als hätte sich Rom unter dem magischen Hauch eines Dämons der Nacht in ein Grab verwandelt. Da der in Abnahme begriffene Mond erst um elf Uhr abends aufging, so waren die Straßen, durch die der junge Mann fuhr, noch in die tiefste Finsternis versenkt. Nach Verlauf von zehn Minuten hielt sein Wagen oder vielmehr der des Grafen vor dem Gasthof zur Stadt London.
Das Diner harrte der Freunde; da jedoch Albert bemerkt hatte, er gedenke nicht so bald zurückzukehren, so setzte sich Franz ohne ihn zu Tisch. Gewohnt, sie miteinander speisen zu sehen, erkundigte sich Meister Pastrini nach der Ursache seiner Abwesenheit, aber Franz begnügte sich, ihm zu erwidern, Albert habe am Tage zuvor eine Einladung erhalten, der er Folge geleistet. Das plötzliche Auslöschen der Moccoletti, die Dunkelheit, das auf den maßlosen Lärm folgende Stillschweigen hatten im Geist von Franz eine gewisse Traurigkeit zurückgelassen, die nicht ganz von einer Beimischung von Unruhe frei war. Er speiste also sehr schweigsam, trotz der Dienstfertigkeit seines Wirtes, der wiederholt erschien, um zu fragen, ob er nichts bedürfe.
Franz war entschlossen, solange als möglich auf Albert zu warten. Er bestellte daher den Wagen erst auf elf Uhr und beauftragte Meister Pastrini, ihn sogleich benachrichtigen zu lassen, wenn Albert in den Gasthof zurückkehren würde. Um elf Uhr war Albert noch nicht zurückgekehrt. Franz kleidete sich an und entfernte sich mit der Bemerkung, er würde die ganze Nacht bei dem Herzog von Bracciano, bei dem die Freunde zu einem Ball geladen waren, zubringen.

Das Haus des Herzogs von Bracciano gehört zu den reizendsten Häusern von Rom; seine Frau, eine der letzten Erbinnen der Colonna, macht die Honneurs auf eine vollkommene Weise, und die Feste, die der Herzog gibt, haben europäischen Ruf. Franz und Albert waren mit Empfehlungsbriefen an ihn nach Rom gekommen, er fragte deshalb Franz auch sogleich, was aus seinem Reisegefährten geworden. Franz erwiderte dem Herzog, er hätte ihn in dem Augenblick, wo man die Moccoletti ausgelöscht, verlassen und wäre ihm bei der Via Macello aus dem Gesicht gekommen.

»Er ist also nicht nach Hause zurückgekehrt?« fragte der Herzog.

»Ich erwartete ihn bis zu dieser Stunde.«

»Wissen Sie, wohin er gegangen ist?«

»Nicht genau; ich glaube jedoch, es handelt sich um etwas wie ein Rendezvous.«

»Teufel!« rief der Herzog; »das ist ein schlimmer Tag, oder vielmehr eine schlimme Nacht, um noch spät draußen zu bleiben, nicht wahr, Frau Gräfin?«

Diese Worte waren an die Gräfin G^{xxx} gerichtet, die soeben erschien und am Arm von Herrn Torlonia, dem Bruder des Herzogs, auf und ab ging.

»Mir scheint im Gegenteil, daß es eine bezaubernde Nacht ist«, entgegnete die Gräfin, »und diejenigen, welche sich hier befinden, werden nur klagen, daß sie so schnell vorübergeht.«

»Ich spreche auch nicht von den Personen, die hier sind«, versetzte der Herzog lächelnd; »die Männer laufen in keine andere Gefahr als die, in Sie verliebt zu werden, die Frauen in keine andere, als vor Eifersucht zu sterben, wenn sie Ihre Schönheit erschauen; ich spreche von den Menschen, die in den Straßen von Rom umherlaufen.

»Ei, guter Gott«, fragte die Gräfin, »wer läuft zu dieser Stunde auf den Straßen umher, wenn nicht, um auf den Ball zu gehen?«

»Unser Freund Albert von Morcerf, Frau Gräfin, den ich heute abend um sieben Uhr in Verfolgung seiner Unbekannten verlassen und seitdem nicht wiedergesehen habe«, sagte Franz.

»Hat er Waffen bei sich?«

»Er geht in der Tracht eines Bajazzo.«

»Sie hätten ihn nicht sollen gehen lassen«, sagte der Herzog zu Franz, »Sie, der Sie Rom besser kennen als er.«
»Oh! Jawohl, es wäre ebenso leicht gewesen, die Nummer 3 der Wettrenner aufzuhalten, welche heute den Preis gewonnen hat«, versetzte Franz; »und dann, was soll ihm geschehen?«
»Wer weiß? Die Nacht ist sehr finster und die Tiber ganz nahe bei der Ria Macello.«
Franz fühlte, wie ihm ein Schauer durch die Adern lief, als er die Geister des Herzogs und der Gräfin so sehr mit seiner persönlichen Unruhe im Einklang fand.
»Ich habe auch im Gasthof bemerkt, ich würde die Nacht bei dem Herrn Herzog zubringen, und man benachrichtigt mich, sobald er zurückkehrt«, versetzte Franz.
»Halt«, sagte der Herzog, »ich glaube, es kommt hier gerade einer von meinen Dienern, der Sie sucht.«
Der Herzog täuschte sich nicht, der Diener näherte sich Franz, sobald er diesen erblickte und sagte zu ihm: »Exzellenz, der Herr des Gasthofes zur Stadt London läßt Ihnen melden, daß Sie ein Mann mit einem Brief des Vicomte von Morcerf bei ihm erwarte.«
»Warum brachte er den Brief nicht hierher?«
»Der Bote hat mir keine Erklärung gegeben.«
»Und wo ist der Bote?«
»Er ging sogleich wieder ab, als er mich in den Baalsaal eintreten sah, um Sie zu benachrichtigen.«
»Oh, mein Gott!« sagte die Gräfin zu Franz, »gehen Sie geschwind; es ist ihm vielleicht ein Unglück widerfahren, und kommen Sie bald zurück, um uns Kunde zu geben.«
Franz nahm seinen Hut und entfernte sich in größter Eile. Er hatte seinen Wagen weggeschickt und erst um zwei Uhr wieder bestellt, aber zum Glück ist der Palast Bracciano kaum zehn Minuten von der Stadt London entfernt. Als sich Franz dem Gasthof näherte, sah er einen Menschen mitten auf der Straße stehen, er zweifelte keinen Augenblick daran, es wäre der von Albert abgeschickte Bote. Dieser Mensch war in einen langen Mantel gehüllt. Er ging auf ihn zu, doch zu seinem großen Erstaunen richtete der Unbekannte zuerst das Wort an ihn.

»Was wollen Sie von mir, Exzellenz?« sagte er, indem er einen Schritt zurückwich, wie ein Mensch, der auf seiner Hut ist.
»Seid Ihr es nicht, der mir einen Brief von Vicomte von Morcerf bringt?« entgegnete Franz.
»Wie heißt Eure Exzellenz?«
»Baron Franz d'Epinay.«
»Dann ist dieser Brief wohl an Eure Exzellenz gerichtet.«
»Bedarf er einer Antwort?« fragte Franz, den Brief aus den Händen des Unbekannten nehmend.
»Ja, wenigstens hofft Ihr Freund auf eine Antwort.«
»So kommt mit mir herauf, und ich werde sie Euch geben.«
»Ich will lieber hier warten«, sagte der Bote lachend.
»Warum dies?«
»Eure Exzellenz wird die Sache begreifen, wenn sie den Brief gelesen hat.«
Franz ging in seinen Gasthof; auf der Treppe begegnete er Meister Pastrini, der ihn mit verstörter Miene erwartet hatte. Franz entfaltete rasch das Papier. Der Brief war von Alberts Hand geschrieben und von ihm unterzeichnet. Franz las ihn zweimal, so sehr überraschte ihn der Inhalt. Wir teilen das Schreiben hier wortgetreu mit:

»Lieber Freund!
Sobald Sie Gegenwärtiges empfangen, haben Sie die Gefälligkeit, aus meinem Portefeuille, das Sie in der viereckigen Schublade des Sekretärs finden werden, den Kreditbrief zu nehmen; fügen Sie den Ihrigen bei, wenn er nicht hinreichend ist. Laufen Sie zu Torlonia, lassen Sie sich auf der Stelle viertausend Piaster geben, und händigen Sie dieselben dem Überbringer ein. Es ist dringend, daß mir diese Summe ohne Verzug zukommt. Ich sage nicht mehr, da ich auf Sie zähle, wie Sie auf mich zählen können.
N. S. I believe now to italian bandits.*

Ihr Freund

Albert von Morcerf.«

Unter diese Zeilen waren von fremder Hand folgende italienische Worte geschrieben:

* Ich glaube nun an italienische Banditen.

Se alle sei della mattina le quattro mille piastre non sono nelle miei mani, alle sette il conte Alberto avra cessato di vivere.**

Luigi Vampa

Diese zweite Unterschrift erklärte Franz alles, und er begriff das Widerstreben des Boten, zu ihm heraufzukommen; die Straße dünkte ihm sicherer als das Zimmer von Franz. Albert war in die Hände des berüchtigten Banditenanführers gefallen, an den zu glauben er sich so lange gesträubt hatte.
Es war keine Zeit zu verlieren. Er lief an den Sekretär, öffnete ihn, fand in der bezeichneten Schublade das Portefeuille, und in dem Portefeuille den Kreditbrief; er war im ganzen auf 6000 Piaster ausgestellt; aber von diesen 6000 Piaster hatte Albert bereits 3000 verbraucht. Franz besaß keinen Kreditbrief; da er in Florenz wohnte und nur nach Rom gekommen war, um hier sieben bis acht Tage zu bleiben, so hatte er etwa 100 Louisd'or mitgenommen, und davon blieben ihm höchstens noch 50. Es waren also noch 700 bis 800 Piaster erforderlich, wenn Franz und Albert die verlangte Summe zusammenbringen sollten. Allerdings konnte Franz unter solchen Umständen auf die Gefälligkeit des Herrn Torlonia rechnen, und er schickte sich daher auch bereits an, in den Palast Bracciano zurückzukehren, als ein leuchtender Gedanke seinen Geist durchblitzte.
Der Graf von Monte Christo fiel ihm ein. Franz wollte eben Meister Pastrini rufen lassen, als dieser auf der Türschwelle erschien.
»Mein lieber Herr Pastrini«, sagte er rasch zu dem Wirte, »glauben Sie, daß der Graf zu Hause ist?«
»Ja, Exzellenz, er ist soeben zurückgekommen.«
»Ich bitte Sie, fragen Sie ihn für mich um Erlaubnis, ihn einen Augenblick sprechen zu dürfen.«
Meister Pastrini beeilte sich, diesen Auftrag zu vollziehen; fünf Minuten später meldete er Franz, der Graf erwarte ihn. Franz durchschritt rasch den Gang, ein Diener führte ihn bei dem Grafen ein. Er befand sich in einem kleinen, ganz von Diwans

** Wenn am nächsten Morgen um sechs Uhr die viertausend Piaster nicht in meinen Händen sind, so hat Graf Albert zu leben aufgehört.

umgebenen Kabinett, das Franz noch nicht gesehen hatte. Der Graf kam ihm entgegen.
»Ei, welcher gute Wind führt Sie zu dieser Stunde hierher?«
sagte er. »Sollten Sie zufällig kommen, um Abendbrot mit mir zu nehmen? Das wäre sehr liebenswürdig.«
»Nein, ich komme, um in einer sehr ernsten Angelegenheit mit Ihnen zu sprechen.«
»In einer ernsten Angelegenheit!« sagte der Graf, Franz mit dem ihm eigentümlichen tiefen Blick anschauend; »um was handelt es sich?«
Franz übergab ihm den Brief von Albert und sagte: »Lesen Sie.«
»Ah, ah!« rief der Graf.
»Was sagen Sie hierzu?« fragte Franz.
»Haben Sie die verlangte Summe?«
»Es fehlen mir achthundert Taler.«
Der Graf ging an einen Sekretär, öffnete ihn, zog eine Schublade voll Gold heraus und sagte sodann zu Franz: »Ich hoffe, daß Sie mir nicht die Beleidigung antun werden, sich an einen anderen als mich zu wenden?«
»Sie sehen im Gegenteil, daß ich gerade zu Ihnen gekommen bin.«
»Dafür danke ich; nehmen Sie.« Und er ersuchte Franz, er möge Gold aus der Schublade nehmen.
»Ist es denn durchaus notwendig, diese Summe Luigi Vampa zuzuschicken?« fragte der junge Mann, den Grafen ebenfalls fest anschauend.
»Bei Gott!« rief dieser, »urteilen Sie selbst, die Nachschrift ist bestimmt.«
»Es scheint mir, wenn Sie ein wenig nachdenken wollten, würden Sie ein Mittel finden, das die Unterhandlung sehr vereinfachen müßte?« entgegnete Franz.
»Welches?« fragte der Graf erstaunt.
»Wenn wir zum Beispiel Luigi Vampa miteinander aufsuchen würden… Ich bin überzeugt, er schlüge es Ihnen nicht ab, Albert freizugeben.«
»Mir? Welchen Einfluß soll ich auf den Banditen üben?«

»Haben Sie ihm nicht einen von den Diensten geleistet, die man nie vergißt?«
»Einen Dienst?«
»Haben Sie nicht vor wenigen Tagen Peppino gerettet?«
»Ah, ah!« rief der Graf, »wer hat Ihnen das gesagt?«
»Was liegt daran? Ich weiß es.«
Der Graf blieb einen Augenblick stumm.
»Und wenn ich Vampa aufsuchte, würden Sie mich begleiten?«
»Falls Ihnen meine Gesellschaft nicht zu unangenehm wäre?«
»Gut! Es sei; das Wetter ist schön, ein Spaziergang nach der Campagna von Rom kann uns nur wohltun. Wo ist der Mensch, der dieses Billett gebracht hat?«
»Auf der Straße.«
»Er muß ein wenig wissen, wohin wir gehen; ich werde ihn rufen.«
Der Graf trat an das Fenster des Kabinetts, das nach der Straße ging, und pfiff auf eine besondere Weise. Der Mann mit dem Mantel entfernte sich von der Mauer und schritt bis in die Mitte der Straße vor.
»Salite!« sprach der Graf in einem Ton, als gäbe er seinem Bedienten einen Befehl. Der Bote gehorchte, ohne zu zögern, ja sogar mit einem gewissen Eifer, sprang die vier Stufen der Freitreppe hinauf und trat in den Gasthof. Fünf Sekunden später war er an der Tür des Kabinetts.
»Ah! Du bist es, Peppino«, rief der Graf.
Doch statt zu anworten, warf sich Peppino auf die Knie, ergriff die Hand des Grafen und drückte seine Lippen wiederholt darauf.
»Oh!« sagte der Graf, »du hast noch nicht vergessen, daß ich dir das Leben rettete! Das ist seltsam, es sind doch heute schon acht Tage vorüber.«
»Nein, Exzellenz, ich werde es nie vergessen«, antwortete Peppino mit dem Ton der tiefsten Dankbarkeit.
»Nie? Das ist sehr lang; doch schon genug, wenn du es nur glaubst. Steh auf und antworte.«
Peppino warf einen unruhigen Blick auf Franz.
»Oh, du kannst vor seiner Exzellenz sprechen«, versetzte der

Graf, »es ist einer meiner Freunde. Wie ist der Graf Albert in die Hände von Luigi gefallen?«

»Exzellenz, die Kalesche des Franzosen hat wiederholt den Wagen gekreuzt, worin Teresa saß.«

»Des Hauptmanns Geliebte.«

»Ja. Der Franzose liebäugelte mit ihr, Teresa belustigte es, ihm zu antworten; der Franzose warf ihr Sträuße zu, sie gab ihm andere dafür; alles dies, wohl verstanden, mit Einwilligung des Hauptmanns, der sie, als Kutscher verkleidet, führte.«

»Und hernach?« fragte der Graf.

»Nun, hernach nahm der Franzose die Maske ab; Teresa tat, immer mit Bewilligung des Hauptmanns, dasselbe; der Franzose verlangte eine Zusammenkunft, Teresa sagte sie ihm zu; nur fand sich, statt Teresa Beppo – verkleidet als Bäuerin – auf den Stufen der San-Giacomo-Kirche; ein Wagen wartete am Ende der Via Macello, Beppo forderte den Franzosen auf, ihm zu folgen; er ließ sich dies nicht zweimal sagen und setzte sich neben ihn. Dieser sagte ihm nun, er führe ihn nach einer Villa, die eine Meile von der Stadt liege. Der Franzose versicherte Beppo, er sei bereit, ihm bis ans Ende der Welt zu folgen. Sogleich fuhr der Kutscher die Strada di Ripetta hinauf, erreichte die Porta di San Paolo, und als der Franzose, zweihundert Schritte in der Campagna, zu unternehmend wurde, setzte ihm Beppo ein paar Pistolen vor die Brust; rasch hielt der Kutscher seine Pferde an, wandte sich auf seinem Sitz um und tat dasselbe. Zu gleicher Zeit stürzten vier von den unseren, die am Ufer des Almo verborgen waren, an die Kutschenschläge. Der Franzose hatte große Lust, sich zu verteidigen, würgte Beppo auch ein wenig, wie ich sagen hörte; aber es war gegen fünf bewaffnete Männer nichts zu machen: er mußte sich ergeben; man ließ ihn aussteigen, folgte dem Ufer des Flüßchens und führte ihn zu Teresa und Luigi, die ihn in den Katakomben von San Sebastiano erwarteten.«

»Ei, das ist eine Geschichte so gut wie jede andere«, bemerkte der Graf zu Franz. »Was sagen Sie dazu, Sie, der Sie Kenner sind?«

»Ich würde sie sehr lustig finden, wäre sie einem anderen als dem armen Albert begegnet.«

»Wenn Sie mich nicht gefunden hätten«, erwiderte der Graf, »so würde dieses Liebesabenteuer Ihrem Freund ziemlich viel gekostet haben; doch beruhigen Sie sich, er wird mit der Angst davonkommen.«
»Und wir suchen ihn immer noch auf?« fragte Franz.
»Bei Gott! Um so mehr, als er sich an einem sehr malerischen Ort befindet. Kennen Sie die Katakomben von San Sebastiano?«
»Nein, doch ich dachte sie eines Tages zu besuchen.«
»Wohl, so ist die Gelegenheit gefunden, und es wäre wahrlich schwer, eine bessere zu finden. Haben Sie Ihren Wagen?«
»Nein.«
»Gleichviel; es ist bei mir Gewohnheit, Tag und Nacht einen Wagen angespannt halten zu lassen.«
»Tag und Nacht angespannt?«
»Ja, ich bin ein sehr launenhaftes Wesen und muß Ihnen sagen, daß mir zuweilen, wenn ich aufstehe, am Ende meines Mittagsmahles, mitten in der Nacht, die Lust kommt, nach irgendeinem Punkt der Welt zu reisen, und dann reise ich auch.«
Der Graf läutete, sein Kammerdiener erschien.
»Lassen Sie den Wagen aus der Remise führen«, sagte der Graf zu ihm, »nehmen Sie die Pistolen heraus, die in den Taschen sind; es ist nicht nötig, den Kutscher zu wecken, Ali fährt.«
Nach einem Augenblick hörte man den Wagen.
»Halb ein Uhr«, sagte der Graf, nachdem er seine Uhr aufgezogen, »wir hätten erst um fünf Uhr abgehen können und wären noch zur rechten Zeit gekommen; doch bei dieser Verzögerung würde Ihr Gefährte vielleicht eine schlimme Stunde zugebracht haben, und es ist daher besser, ihn auf der Stelle den Händen der Ungläubigen zu entziehen. Sind Sie immer nocht entschlossen, mich zu begleiten?«
»Mehr als je.«
Franz und der Graf verließen das Zimmer, gefolgt von Peppino. Vor der Tür fanden sie den Wagen, Ali saß auf dem Bock; Franz erkannte den stummen Sklaven der Grotte von Monte Christo. Franz und der Graf stiegen in den Wagen; Peppino setzte sich neben Ali, und man fuhr im Galopp fort. Ali hatte vorher Befehle erhalten, denn er fuhr über den Korso und erreichte

die Porta di San Sebastiano; hier wollte der Torwart einige Schwierigkeiten machen, aber der Graf von Monte Christo zeigte ihm einen Erlaubnisschein vom Gouverneur von Rom, der ihm zu jeder Stunde des Tages und der Nacht ungehinderten Aus- und Einlaß zusicherte; das Fallgatter wurde also aufgehoben, der Torwart erhielt einen Louisd'or für seine Mühe, und man fuhr hinaus.

Die Straße war die alte, völlig von Gräbern begrenzte Via Appia. Von Zeit zu Zeit kam es Franz beim Licht des aufgehenden Mondes vor, als ob eine Schildwache von einer Ruine hervorträte, doch auf ein zwischen Peppino und dieser Schildwache ausgetauschtes Zeichen kehrte sie in den Schatten zurück und verschwand. Wenige Schritte vor dem Zirkus von Caracalla hielt der Wagen an, Peppino öffnete den Schlag, und Franz und der Graf stiegen aus.

»In zehn Minuten sind wir an Ort und Stelle«, sagte der Graf zu seinem Begleiter. Dann nahm er Peppino beiseite, gab ihm leise einen Befehl, und der Bandit entfernte sich, nachdem er sich mit einer Fackel versehen hatte, die er aus einem Kistchen hervorzog. Es vergingen fünf Minuten, während Franz Peppino auf einem schmalen Fußpfad fortschreiten und dann in hohem rötlichem Gras verschwinden sah. Franz und der Graf schlugen denselben Fußpfad ein, der sie nach hundert Schritten auf einen Abhang führte, welcher sich in ein Tälchen senkte.

»Exzellenz«, sagte Peppino, der stehengeblieben war, »wollen Sie mir folgen, die Öffnung der Katakomben ist nur zwei Schritte von hier.«

»Gut«, erwiderte der Graf, »geh voraus!«

Es bot sich in der Tat hinter einem Gebüsch und mitten unter einigen Felsen eine Öffnung, durch die kaum ein Mann dringen konnte. Peppino schlüpfte zuerst hinein; aber kaum hatte er einige Schritte getan, als der unterirdische Gang sich erweiterte. Er blieb nun stehen und zündete seine Fackel an. Der Graf war zuerst in eine Art von Luftloch gedrungen, und Franz folgte ihm. Das Terrain vertiefte sich auf einem sanften Abhang und wurde immer weiter, je mehr man vorrückte. Franz und der Graf waren jedoch noch genötigt, gebückt zu marschieren, und konnten nur mit Mühe zu zweien nebeneinander gehen. Sie machten auf diese Weise noch ungefähr fünfzig Schritte, dann wurden sie durch den Ruf »Wer da?« angehalten. Zu gleicher Zeit sahen sie inmitten der Finsternis auf dem Lauf eines Karabiners den Reflex ihrer eigenen Fackel glänzen.

»Gut Freund!« antwortete Peppino, sagte einige Worte mit leiser Stimme zu der Schildwache, die, wie die erste, grüßte und dann den nächtlichen Gästen durch ein Zeichen bedeutete, sie könnten weitergehen. Hinter der Wache war eine Treppe von ungefähr zwanzig Stufen. Franz und der Graf stiegen die zwanzig Stufen hinab und befanden sich in einer Art von Gruftkreuzweg. Fünf Wege liefen wie Strahlen von dieser Stelle aus, und die Wände, in übereinander gesetzten Nischen sargartig ausgegraben, deuteten an, daß man in den Katakomben angelangt war. In einer von diesen Höhlen, deren Ausdehnung sich unmöglich erkennen ließ, gewahrte man einige Lichtstrahlen. Der Graf legte die Hand auf die Schulter von Franz und sagte zu ihm: »Wollen Sie ein Lager ruhender Banditen sehen, so folgen Sie mir; Peppino, lösche deine Fackel aus.«

Peppino gehorchte, und Franz und der Graf befanden sich in der tiefsten Finsternis; nur tanzten fortwährend etwa fünfzig Schritte vor ihnen längs den Wänden einige rötliche Scheine hin, die noch sichtbarer geworden waren, seitdem Peppino seine Fackel ausgelöscht hatte. Sie rückten langsam vor, wobei der Graf Franz leitete, als besäße er die seltene Fähigkeit, in der Finsternis zu sehen. Drei Arkaden, von denen die mittlere als Tür zu betrachten war, gewährten ihnen Durchlaß. Diese Arkaden öffneten sich einerseits nach dem Gang, wo Franz und der Graf sich befanden, andererseits nach einem großen viereckigen Gemach, das ganz von Nischen, den vorhergehenden ähnlich, umgeben war. Mitten in diesem Gemach erhoben sich vier Steine, die einst als Altar gedient hatten, wie das dieselben überragende Kreuz andeutete. Eine einzige auf einem Säulenschaft stehende Lampe beleuchtete mit einem bleichen, flakkernden Licht die seltsame Szene, die sich den Augen der im Schatten verborgenen zwei Gefährten bot.

Den Ellenbogen auf diese Säule gestützt, saß ein Mann und las, den Rücken den Arkaden zuwendend, durch deren Öffnung die Ankömmlinge ihn betrachteten. Es war der Anführer der

Bande, Luigi Vampa. Ringsumher sah man in ihren Mänteln liegend oder an eine Steinbank gelehnt etwa zwanzig Räuber; jeder hatte seinen Karabiner im Bereich seiner Hand. Im Hintergrund ging schweigsam, kaum sichtbar und einem Schatten ähnlich, eine Schildwache vor einer Öffnung auf und ab, die man kaum zu sehen vermochte.

Als der Graf glaubte, Franz hätte seine Blicke hinreichend an diesem pittoresken Bild geweidet, legte er den Finger an seine Lippen, um ihm Stillschweigen zu empfehlen, trat die drei Stufen hinabsteigend, die von dem Gang in das Lager führten, durch die mittlere Arkade in das Gemach und ging auf Vampa zu, der so tief in das Lesen versunken war, daß er das Geräusch seiner Tritte nicht hörte.

»Wer da?« rief die Schildwache, die bei dem Schimmer der Lampe etwas wie einen Schatten sah, der hinter ihrem Hauptmann immer größer wurde. Bei diesem Ruf erhob sich Vampa rasch und zog gleichzeitig eine Pistole aus seinem Gürtel. In einem Augenblick waren alle Banditen auf den Beinen, und zwanzig Karabinerläufe richteten sich auf den Grafen.

»Nun!« sagte dieser mit vollkommen ruhiger Stimme und ohne daß ein Muskel seines Gesichts sich rührte; »nun, mein lieber Vampa, es scheint, Ihr macht Euch große Unkosten, um einen Freund zu empfangen.«

»Nieder die Gewehre!« rief der Anführer mit einem gebieterischen Zeichen der Hand, während er mit der andern ehrfurchtsvoll seinen Hut abnahm. Dann, sich gegen die seltsame Person umwendend, die diese ganze Szene beherrschte, sagte er: »Verzeihen Sie, Herr Graf, aber ich war so weit entfernt, die Ehre Ihres Besuches zu erwarten, daß ich Sie nicht erkannte.«

»Es scheint, Ihr habt in allen Dingen ein kurzes Gedächtnis, Vampa«, entgegnete der Graf, »und Ihr vergeßt nicht nur das Gesicht der Menschen, sondern auch die Bedingungen, die Ihr mit ihnen eingegangen.«

»Welche Bedingungen habe ich vergessen, Herr Graf?« fragte der Bandit, wie ein Mensch, dem, wenn er einen Fehler begangen hat, alles daran liegt, denselben wiedergutzumachen.

»Sind wir nicht miteinander übereingekommen, daß Euch nicht

nur meine Person, sondern auch die meiner Freunde heilig sein soll?«
»In welcher Beziehung habe ich mich gegen diesen Vertrag verfehlt, Exzellenz?«
»Ihr habt den Vicomte Albert von Morcerf entführt und hierher gebracht; nun, so wißt«, fuhr der Graf mit einem Ton fort, der Franz beben machte, »dieser junge Mann gehört zu meinen Freunden, er wohnt in demselben Gasthof wie ich, er hat acht Tage lang in meinem Wagen Korso gemacht, und dessen ungeachtet, ich wiederhole es, habt Ihr ihn entführt, hierher geschleppt und –« der Graf zog den Brief aus der Tasche – »ein Lösegeld wie für den nächsten besten festgesetzt.«
»Warum habt Ihr mich nicht davon in Kenntnis gesetzt?« sagte der Anführer sich zu seinen Leuten wendend, welche alle vor seinem Blick zurückwichen; »warum habt Ihr mich der Unbilde preisgegeben, daß ich mein Wort breche gegen einen Mann, der unser aller Leben in seinen Händen hat? Bei dem Blute Christi! Wenn ich dächte, einer von Euch hätte gewußt, der junge Mann wäre der Freund seiner Exzellenz, ich würde ihm die Hirnschale zerschmettern.«
»Nun!« sagte der Graf, sich an Franz wendend, »ich sagte Ihnen, es liege irgendein Irrtum vor.«
»Sind Sie nicht allein?« fragte Vampa unruhig.
»Die Person ist bei mir, an die der Brief gerichtet war; ich wollte ihr beweisen, daß Luigi Vampa ein Mann von Wort ist. Kommen Sie, Exzellenz«, sagte er zu Franz, »hier ist Luigi Vampa, der Ihnen selbst zu sagen wünscht, er sei in Verzweiflung über den Irrtum, den er begangen hat.«
Franz näherte sich; der Banditenführer trat ihm entgegen und sprach: »Seien Sie willkommen unter uns, Exzellenz; Sie haben gehört, was der Herr Graf sagte und was ich antwortete; ich füge bei, nicht um viertausend Piaster, die ich als Lösegeld Ihres Freundes bestimmte, wollte ich, daß dergleichen geschehen wäre.«
»Doch wo ist der Gefangene?« versetzte Franz, unruhig umherschauend, »ich sehe ihn nicht.«
»Es ist ihm hoffentlich nichts widerfahren«, sagte der Graf, die Stirn faltend.

»Der Gefangene ist dort«, antwortete Vampa, auf die Vertiefung deutend, vor welcher der Bandit als Schildwache auf und ab ging; »ich werde ihm selbst ankündigen, daß er frei ist.«

Der Anführer schritt zu dem von ihm bezeichneten Ort, der Albert als Gefängnis dienen sollte, und Franz folgte ihm mit dem Grafen.

Der Graf und Franz stiegen sieben bis acht Stufen, stets den Kapitän voran, hinauf; sobald dieser einen Riegel gezogen und eine Tür aufgestoßen hatte, konnte man beim Schimmer einer Lampe Albert sehen, der, in einen Mantel gehüllt, in einem Winkel im tiefsten Schlaf lag.

»Sieh da«, sagte der Graf mit einem eigentümlichen Lächeln, »nicht übel für einen Menschen, der am Morgen um sieben Uhr erschossen werden sollte.«

Vampa schaute den schlafenden Albert mit einer gewissen Verwunderung an; man sah, daß er für einen solchen Beweis von Mut nicht unempfindlich war.

»Sie haben recht, Herr Graf«, sagte er, »dieser Mann muß zu Ihren Freunden gehören.« Dann, sich Albert nähernd und ihn an der Schulter berührend, fügte er hinzu: »Exzellenz, ist's gefällig aufzuwachen?«

»Ah, ah!« sagte Albert, »Ihr seid es, Kapitän. Ihr hättet mich, bei Gott! sollen schlafen lassen; ich hatte einen entzückenden Traum; es träumte mir, ich tanze mit der Gräfin G^{xxx}.« Er zog seine Uhr, die er behalten hatte, um selbst zu beurteilen, wieviel Zeit abgelaufen. »Halb zwei Uhr morgens... warum des Teufels weckt Ihr mich zu dieser Stunde?«

»Um Ihnen zu sagen, daß Sie frei sind, Exzellenz.«

»Mein Lieber«, erwiderte Albert mit vollkommener Geistesgegenwart, »beachtet in Zukunft die Maxime von Napoleon dem Großen: Weckt mich nur wegen schlimmer Nachrichten. Hättet Ihr mich schlafen lassen, so würde ich meinen Tanz beendigt haben und wäre Euch mein Leben lang dankbar... Man hat also mein Lösegeld bezahlt?«

»Nein, Exzellenz, einer, dem ich nichts verweigern kann, hat Sie reklamiert.«

»Ah, bei Gott, dieser jemand ist sehr liebenswürdig.«

Albert schaute umher, erblickte Franz und rief: »Wie, mein lieber Freund, Sie treiben die Ergebenheit so weit?«
»Nein, nicht ich, sondern der Herr Graf von Monte Christo.«
»Ah, bei Gott! Herr Graf«, sagte heiter Albert, während er seine Krawatte und seine Manschetten ordnete, »Sie sind wahrlich ein kostbarer Mann, und ich hoffe, daß Sie mich als Ihren ewig Verbundenen ansehen werden«, und er reichte dem Grafen die Hand, der bebte, während er ihm die seinige gab.
Der Bandit schaute diese Szene mit erstaunter Miene an; er war offenbar gewohnt, seine Gefangenen vor ihm zittern zu sehen, und hier fand er einen, dessen heitere Laune keine Veränderung erlitten hatte. Franz war entzückt, daß Albert selbst einem Banditen gegenüber die Ehre der Nation aufrechterhalten hatte.
»Mein lieber Albert«, sagte er zu ihm, »wenn Sie sich beeilen wollten, so haben wir noch Zeit, die Nacht bei Torlonia zu beschließen. Sie nehmen Ihren Galopp wieder auf, wo Sie ihn unterbrochen haben, und werden somit keinen Groll gegen den edlen Herrn Luigi bewahren, der sich in der Tat bei dieser ganzen Angelegenheit auf das artigste benommen hat.«
»Ah, gewiß«, versetzte Albert, »Sie haben recht, wir können um zwei Uhr dort sein. Herr Luigi, ich wünsche Ihnen ein lustiges Leben. Kommen Sie, meine Herren, kommen Sie!«
Und von Franz und dem Grafen gefolgt, ging Albert die Treppe hinab und durchschritt den großen viereckigen Saal. Alle Banditen standen und hatten den Hut in der Hand. Der Kapitän nahm die Fackel aus den Händen des Hirten und ging den Gästen voran, nicht wie ein Diener, der ein knechtisches Werk vollzieht, sondern wie ein König, der seinen Botschaftern voranschreitet. An der Tür angelangt, verbeugte er sich und sprach: »Und nun, mein Herr Graf, wiederhole ich meine Entschuldigungen und ich hoffe, daß Sie mir wegen dessen, was geschehen ist, nicht ferner grollen werden.«
»Nein, mein lieber Vampa«, sagte der Graf; »Ihr sühnt überdies Eure Irrtümer auf eine so artige Weise, daß man versucht ist, Euch auch dafür, daß Ihr sie begangen habt, Dank zu wissen.«
»Meine Herren«, sagte der Banditenführer, sich zu den jungen

Männern umwendend, »vielleicht kommt Ihnen mein Anerbieten nicht sehr verlockend vor, aber wenn Sie je Lust verspüren, mir einen zweiten Besuch zu machen, so werden Sie, wo ich auch sein mag, stets willkommen sein.«

Franz und Albert grüßten, und alle drei gingen hinaus. Man machte einige Schritte in der Ebene und fand den Wagen, wo man ihn gelassen hatte. Der Graf sagte ein einziges arabisches Wort zu Ali, und die Pferde liefen im stärksten Galopp. Es war zwei Uhr, als die Freunde wieder im Tanzsaal erschienen; ihre Rückkehr machte das größte Aufsehen; da sie aber miteinander kamen, so hörte jede Unruhe, die man über Albert gehabt hatte, im Augenblick auf.

»Madame«, sprach der Vicomte von Morcerf, auf die Gräfin zuschreitend, »Sie haben gestern die Güte gehabt, mir einen Galopp zu versprechen, ich komme etwas spät, um Sie an diese entzückende Zusage zu erinnern; doch hier ist ein Freund, dessen Wahrheitsliebe Sie kennen: er wird Ihnen bestätigen, daß ich nicht schuld darin bin.«

Und da die Musik in diesem Augenblick das Signal zum Galopp gab, so schlang Albert seinen Arm um die Hüften der Gräfin und verschwand mit derselben im Wirbel der Tänzer. Während dieser Zeit dachte Franz an das seltsame Schauern, das den ganzen Leib des Grafen in dem Augenblick durchlaufen hatte, als er gewissermaßen genötigt gewesen war, Albert die Hand zu reichen.

15. Das Wiedersehen

Am andern Tag, nachdem er aufgestanden war, machte Albert seinem Freund mit dem ersten Wort den Vorschlag, den Grafen zu besuchen. Er hatte ihm zwar bereits gedankt, aber er begriff, daß ein Dienst, wie der Graf ihm einen geleistet, wohl zwei Danksagungen wert war. Franz, den ein mit Furcht gemischter Zauber zu dem Grafen von Monte Christo hinzog, wollte Albert nicht allein zu diesem Mann gehen lassen und begleitete ihn. Beide wurden eingeführt; nach fünf Minuten erschien der Graf.

»Mein Herr Graf«, sagte Albert, ihm entgegengehend, »erlauben Sie mir, Ihnen heute zu wiederholen, was ich gestern schlecht ausgedrückt habe: nie werde ich vergessen, unter welchen Umständen Sie mir zu Hilfe gekommen sind, und stets werde ich mich erinnern, daß ich Ihnen das Leben zu verdanken habe.«

»Mein lieber Nachbar«, antwortete der Graf lachend, »Sie übertreiben Ihre Verbindlichkeiten gegen mich, denn Sie sind mir nicht mehr schuldig, als eine kleine Ersparnis von 20000 Franken an Ihrem Reisebudget. Sie sehen, daß es nicht der Mühe wert ist, davon zu sprechen. Empfangen Sie Ihrerseits meine Komplimente«, fügte er bei, »Sie besitzen eine bewunderungswürdige Ungezwungenheit und Leichtigkeit des Benehmens.«

»Was wollen Sie, Herr Graf?« entgegnete Albert, »ich bildete mir ein, ich hätte schlimme Händel gehabt, und ein Duell wäre durchaus erfolgt, und so wollte ich dem Banditen eines begreiflich machen: daß man sich in allen Ländern der Welt schlägt, daß jedoch nur die Franzosen sich lachend schlagen. Nichtsdestoweniger, da meine Verbindlichkeit Ihnen gegenüber nicht minder groß ist, komme ich, um Sie zu fragen, ob ich Ihnen nicht durch mich, durch meine Freunde und meine Bekannten in irgendeiner Beziehung nützlich sein könnte. Spanischen Ursprungs, nimmt mein Vater, der Vicomte von Morcerf, eine hohe Stellung in Spanien und in Frankreich ein; verfügen Sie über mich und über alle Menschen, die mich lieben.«

»Ich gestehe, Herr von Morcerf«, erwiderte der Graf, »ich erwarte Ihr Anerbieten und nehme es von ganzem Herzen an. Ich hatte schon die Absicht, Sie um einen großen Dienst zu bitten. Ich bin nie in Paris gewesen, ich kenne Paris nicht.«

»Wirklich?« rief Albert, »Sie konnten bis jetzt leben, ohne Paris zu sehen? Das ist unglaublich.«

»Und dennoch ist es so. Doch ich fühle, daß eine längere Unkenntnis dieser Hauptstadt der intelligenten Welt etwas Unmögliches ist. Mehr noch: ich hätte die seit langer Zeit unerläßliche Reise vielleicht bereits gemacht, wäre ich mit irgend jemand bekannt gewesen, der mich in diese Welt eingeführt haben würde, in der ich mich keiner Verbindung erfreue.«

»Oh, ein Mann wie Sie«, rief Albert.

»Sie sind sehr gütig. Doch da ich eben kein anderes Verdienst von mir kenne, als daß ich mit Ihren reichsten Bankiers in die Schranken zu treten imstande bin, und da ich nicht nach Paris gehe, um an der Börse zu spielen, so hielt mich dieser kleine Umstand zurück. Ihr Anerbieten hat aber nunmehr meinen Entschluß zur Reise gebracht. Machen Sie sich anheischig, mein lieber Herr von Morcerf« – der Graf begleitete diese Worte mit einem seltsamen Lächeln –, »wenn ich nach Frankreich gehe, mir die Türen dieser Welt zu öffnen, in der ich so fremd sein werde, wie ein Hurone oder ein Cochinchinese?«

»Oh, was das betrifft, mein Herr Graf, ganz wohl und mit der größten Freude, um so mehr, als ich nach Paris durch einen mir soeben zugekommenen Brief zurückgerufen werde, worin für mich von einer Verbindung mit einem sehr angenehmen Hause die Rede ist, das in den schönsten Verhältnissen zu der ganzen Pariser Welt steht.«

»Verbindung durch Heirat?« versetzte Franz lachend.

»Oh, mein Gott, ja. Wenn Sie nach Paris kommen, finden Sie mich als einen gesetzten Mann und vielleicht als Familienvater. Nicht wahr, das wird sich zu meinem natürlichen Ernst gut machen? In jedem Fall wiederhole ich Ihnen, ich und die meinigen gehören Ihnen mit Leib und Seele.«

»Ich nehme es an«, sagte der Graf, »denn ich schwöre Ihnen, es fehlte mir nur eine solche Gelegenheit, um Pläne zu verwirklichen, die ich seit geraumer Zeit mit mir trage.«

Franz zweifelte nicht einen Augenblick, diese Pläne wären diejenigen, über welche der Graf in der Grotte von Monte Christo ein Wort hatte fallenlassen, und er schaute den Grafen, während er sprach, fest an, um auf seinem Gesicht irgendeine Enthüllung der Entwürfe, die ihn nach Paris führten, zu erhaschen; aber es war sehr schwierig, in das Innere dieses Mannes einzudringen, besonders wenn er es mit einem Lächeln verschleierte.

»Wann werden Sie selbst dort sein?« fragte der Graf Albert.

»In vierzehn Tagen oder spätestens drei Wochen, gerade soviel ich Zeit zur Rückkehr brauche.«

»Wohl! Ich gebe Ihnen drei Monate; Sie sehen, ich mache das Maß lang.«

»Und in drei Monaten werden Sie an meine Tür klopfen?« rief Albert vor Freude.

»Wollen Sie ein Wiedersehen auf Tag und Stunde? Ich sage Ihnen, daß ich von einer verzweifelten Pünktlichkeit bin.«

»Auf Tag und Stunde!« sagte Albert, »das ist mir äußerst angenehm.«

»Wohl, es sei!«

Und er streckte die Hand nach einem in der Nähe des Spiegels hängenden Kalender aus und fuhr dann fort: »Wir haben heute den 21sten Februar, es ist halb elf Uhr morgens. Wollen Sie mich am 21sten Mai um halb elf Uhr morgens erwarten?«

»Vortrefflich! Das Frühstück wird bereit sein.«

»Wo wohnen Sie?«

»In der Rue du Helder, Nr. 27. Ich wohne im Hotel meines Vaters, aber in einem völlig abgesonderten Hintergebäude.«

Der Graf nahm seine Schreibtafel und schrieb: Rue du Helder, Nr. 27, am 21sten Mai um halb elf Uhr morgens.«

»Und nun seien Sie unbesorgt«, sagte der Graf, »ich werde pünktlich sein.«

»Ich sehe Sie noch vor meiner Abreise?« fragte Albert.

»Je nachdem, wann reisen Sie?«

»Morgen abend um fünf Uhr.«

»Dann sage ich Ihnen Lebewohl. Ich habe Geschäfte in Neapel und werde erst Samstag oder Sonntag früh zurückkommen.«

»Und Sie«, fragte der Graf Franz, »reisen Sie ebenfalls, Herr Baron?«

»Ja, nach Venedig. Ich bleibe noch in Italien.«

»Wir werden uns also in Paris nicht sehen?«

»Ich befürchte, die Ehre nicht zu haben.«

»Meine Herren, auf glückliche Reise«, sagte der Graf zu den zwei Freunden und reichte jedem eine Hand. Es war das erstemal, daß Franz die Hand dieses Mannes berührte; er bebte, denn sie war eisig wie die Hand eines Toten.

»Also, auf Wiedersehen, am 21sten Mai um halb elf Uhr morgens, Rue du Helder, Nr. 27«, sagte Albert.

Dann grüßten die jungen Männer den Grafen und entfernten sich.

»Was haben Sie denn?« sagte Albert, in sein Zimmer zurückkehrend, zu Franz, »Sie sehen ja ganz sorgenvoll aus?«

»Ja, ich gestehe, der Graf ist ein seltsamer Mann«, antwortete

Franz, »und nur mit Unruhe sehe ich Ihrer Pariser Reise entgegen.«
»Mit Unruhe? Ah! Sie sind befangen, mein lieber Franz!« rief Albert.
»Ob befangen, ob nicht, es bleibt doch so.«
»Hören Sie, und es ist mir sehr lieb, daß sich eine Gelegenheit bietet, Ihnen dies zu sagen, ich habe Sie sehr kalt gegen den Grafen gefunden, während mir sein Benehmen gegen Sie tadellos, ja sogar höchst zuvorkommend erschien. Haben Sie etwas Besonderes gegen ihn einzuwenden?«
»Vielleicht.«
»Sollten Sie ihn irgendwo gesehen haben, ehe Sie hier ihm begegneten?«
»Allerdings.«
»Wo?«
»Versprechen Sie mir, nicht ein Wort von dem zu sagen, was ich Ihnen mitteilen werde?«
»Ich verspreche es Ihnen.«
»Gut. Hören Sie.«
Hierauf erzählte Franz seinem Freund den ganzen Verlauf seines Ausflugs nach der Insel Monte Christo, wie er dort mehrere Schmuggler gefunden und unter diesen Schmugglern einige Banditen. Er verweilte bei allen einzelnen Umständen der feenhaften Gastfreundschaft, die ihm der Graf in seiner Grotte hatte angedeihen lassen; er sprach vom Abendbrot, vom Haschisch, von den Statuen, von Wirklichkeit und Traum, und wie am Morgen als Beweis und als Erinnerung an all diese Ereignisse nichts mehr übriggeblieben, als eine kleine Jacht, die er am Horizont nach Porto Becchio segeln sah. Dann ging er auf Rom über, auf die Nacht im Kollosseum auf das Gespräch, das er in Beziehung auf Peppino zwischen ihm und Vampa gehört, und wobei der Graf versprochen, die Begnadigung des Banditen zu erlangen.
Endlich gelangte er zu dem Abenteuer der vorhergehenden Nacht, zu seiner Verlegenheit, als er gesehen, daß ihm 600 bis 700 Piaster fehlten, um die erforderliche Summe vollständig zu machen, und endlich zu dem Gedanken, der ihn erfaßt, sich an den Grafen zu wenden, was so befriedigenden Erfolg gehabt

hatte. Albert hörte Franz mit der größten Aufmerksamkeit zu. »Nun«, sagte er, als sein Freund geendigt hatte, »was finden Sie daran auszusetzen? Der Graf ist Reisender, der Graf hat ein eigenes Schiff, weil er reich ist. Gehen Sie nach Portsmouth oder Southampton, und Sie werden die Häfen voll von Jachten sehen, die reichen Engländern gehören, die dieselbe Phantasie haben. Um zu wissen, wo er bei seinen Ausflügen anhalten soll, um nicht aus der abscheulichen Küche zu essen, die mich seit vier Monaten vergiftet, um nicht in den niederträchtigen Betten zu liegen, in denen man nicht schlafen kann, läßt er sich ein Absteigequartier auf Monte Christo einrichten. Hat er sein Absteigequartier eingerichtet, so befürchtet er, die toskanische Regierung könnte ihm den Abschied geben, wodurch seine Ausgaben verlorengehen würden, und kauft die Insel und nimmt den Namen davon an.«

»Aber die Banditen, die sich bei seiner Mannschaft befanden? Was sagen Sie zu dem Einfluß des Grafen auf dergleichen Leute?«

»Ich sage, mein Lieber: Insofern ich aller Wahrscheinlichkeit nach diesem Einfluß das Leben zu verdanken habe, ist es nicht meine Sache, dies zu scharf zu beurteilen. Statt ihm, wie Sie, ein Hauptverbrechen daraus zu machen, werden Sie es gutheißen, wenn ich ihn entschuldige nicht weil er mir das Leben gerettet, was ein wenig übertrieben ist, sondern weil er mir 4000 Piaster erspart hat, eine Summe, die gerade 20000 Franken unseres Geldes gleichkommt, eine Summe, zu der man mich sicherlich in Frankreich nicht angeschlagen hätte, was zum Beweis dient«, fügte er lachend bei, »daß der Prophet in seinem Vaterland nie etwas gilt.«

»Wohl! Gerade das ist es. Aus welchem Land ist der Graf? Welche Sprache spricht er? Welches sind seine Existenzmittel? Woher kommt sein ungeheures Vermögen? Wie war der erste Teil seines verhängnisvollen, unbekannten Lebens beschaffen? Wer hat über den zweiten die düstere, menschenfeindliche Art verbreitet? Das wünschte ich an Ihrer Stelle zu wissen.«

»Mein lieber Franz«, erwiderte Albert, »als Sie beim Empfang meines Briefes sahen, daß Sie seines Einflusses bedurften, sagten Sie zu dem Grafen: Albert von Morcerf, mein Freund, ist in

Gefahr. Helfen Sie mir, ihn dieser Gefahr entziehen; nicht wahr?«
»Ja.«
»Dann fragte er: Wer ist Herr Albert von Morcerf? Woher hat er seinen Namen? Woher sein Vermögen? Welches sind seine Existenzmittel? Welches ist sein Vaterland? Wo ist er geboren? Sprechen Sie, hat er Sie all dies gefragt?«
»Ich muß gestehen, nein.«
»Er ist ganz einfach gegangen: er hat mich den Händen von Vampa entzogen, wo ich, wie Sie sagen, trotz meines scheinbar ungezwungenen Wesens, eine ziemlich schlechte Rolle spielte. Nun, mein Lieber, wenn er mich im Austausch um einen solchen Dienst bittet, für ihn das zu tun, was man jeden Tag für den nächsten besten italienischen oder russischen Fürsten tut, der durch Paris reist, das heißt, ihn in der Welt vorzustellen... soll ich ihm dies verweigern? Oh, Franz, Sie sind befangen.«
»Machen Sie es, wie Sie wollen, mein lieber Vicomte«, versetzte Franz nach kurzem Stillschweigen, »denn alles, was Sie mir da sagen, ist dem Anschein nach völlig richtig; aber darum dünkt es mir nicht minder wahr, daß der Graf ein äußerst seltsamer Mann ist.«
»Der Graf von Monte Christo ist ein Menschenfreund; hat er Ihnen nicht gesagt, in welcher Absicht er nach Paris kommt? Nun wohl, er kommt, um sich um den Monthyon-Preis zu bewerben, und wenn es nur meiner Stimme bedarf, damit er denselben erhält, so werde ich sie ihm geben. Hiernach wollen wir diesen Gegenstand ruhen lassen, mein lieber Franz, uns zu Tisch setzen, und dann Sankt Peter einen letzten Besuch machen.«
Es geschah, wie Albert sagte, und am andern Tag um fünf Uhr nachmittags trennten sich die jungen Leute, Albert von Morcerf, um nach Paris zurückzukehren, Franz d'Epinay, um vierzehn Tage in Venedig zuzubringen. Doch ehe Albert in den Wagen stieg, übergab er dem Aufwärter im Gasthof eine Karte für den Grafen von Monte Christo, auf die er unter die Worte: »Vicomte Albert von Morcerf«, die Worte geschrieben hatte:

»Am 21sten Mai, um halb elf Uhr morgens,
Rue du Helder, Nr. 27.«

16. Das Frühstück

In dem Haus der Rue du Helder bereitete sich am Morgen des 21. Mai alles vor, um dem Wort des jungen Mannes Ehre zu machen. Albert von Morcerf bewohnte einen Pavillon, der an der Ecke eines großen Hofes, und einem andern für das Gesinde bestimmten Gebäude gegenüber lag. Nur zwei Fenster dieses Pavillons gingen auf die Straße, während drei gegen den Hof und zwei weitere rückwärts gegen den Garten gerichtet waren. Zwischen dem Hof und dem Garten erhob sich die modische, geräumige Wohnung des Grafen und der Gräfin von Morcerf.

Man erriet in der Wahl des zur Wohnung für Albert bestimmten Pavillons die zarte Fürsorge einer Mutter, die sich von ihrem Sohn nicht trennen wollte, aber wohl einfach, daß ein junger Mann vom Alter des Vicomte seiner vollen Freiheit bedurfte. Man erkannte darin auch, was nicht zu leugnen ist, den verständigen Egoismus des jungen Mannes, der in dieses freie, müßige Leben der minderjährigen Söhne verliebt war, das man ihm vergoldete, wie dem Vogel seinen Bauer.

Durch die zwei nach der Straße gehenden Fenster konnte Albert die Vorgänge draußen beobachten, und wenn er sie weiter verfolgen wollte, durch eine kleine Tür gehen, die neben der Wohnung des Pförtners angebracht war, was hier besondere Erwähnung verdient. Man hätte glauben sollen, es wäre ein seit dem Tag der Erbauung des Hauses vergessenes und zu fortwährender Vergessenheit verurteiltes Pförtchen, so verstaubt und bescheiden sah es aus; aber bei näherer Betrachtung zeugten Schloß und Angeln, sorgfältig eingeölt, von einer beständigen Benützung.

Am Ende eines weiten, stillen, als Vorzimmer dienenden Ganges öffneten sich rechts der nach dem Hof gehende Speisesaal von Albert und links sein kleiner Salon, von dem man die Aussicht nach dem Garten hatte. Gesträuche und Schlingpflanzen breiteten sich fächerartig vor den Fenstern aus und verbargen dem Hof und dem Garten das Innere der zwei einzigen im Erdgeschoß liegenden Zimmer, in die unbescheidene Blicke hätten dringen können. Im ersten Stock wiederholten sich diese zwei Zimmer, bereichert durch ein drittes, als Vorzimmer benutztes.

Diese drei Gelasse waren ein Salon, ein Schlafzimmer und ein Boudoir. Der untere Salon war nur eine Art algerischen Rauchzimmers. Das Boudoir des ersten Stockes ging in das Schlafzimmer und stand durch eine unsichtbare Tür mit der Treppe in Verbindung. Es waren, wie man sieht, alle Vorsichtsmaßregeln getroffen.

Über diesem ersten Stock befand sich ein geräumiges Atelier, das man, Mauern und Scheidewände einreißend, vergrößert hatte – ein Pandämonium, das der Künstler dem Dandy streitig machte. Dahin flüchteten sich alle Spuren der verschiedenen Neigungen Alberts: Waldhörner, Baßgeigen, Flöten, ein ganzes Orchester, denn Albert hatte einen Augenblick nicht Geschmack, sondern Neigung für Musik gehabt; Staffeleien, Paletten, Pastelle, denn auf die Neigung für die Musik war die Neigung für die Malerei gefolgt; ferner Rapiere, Boxhandschuhe und Stöcke aller Art, denn nach den Überlieferungen der jungen Modeherren der Zeit, pflegte Albert mit unendlich mehr Ausdauer, als er dies bei der Musik und Malerei getan, jene drei Künste, welche die Löwenerziehung vollenden, nämlich die Fechtkunst, das Boxen und den Stock, und er empfing nach und nach in diesem für alle Leibesübungen bestimmten Zimmer Grisier, Cooks und Charles Lacour.

Das übrige Gerät dieses Zimmers bestand in alten Truhen aus der Zeit von Franz I., die mit chinesischem Porzellan, Vasen von Japan, Fayencen von Lucca della Robbia, und Platten von Bernard de Palissy gefüllt waren; in antiken Lehnstühlen, worin vielleicht Heinrich IV., Ludwig XIII. gesessen hatten, denn zwei von diesen Stühlen waren mit dem geschnitzten Lilienwappen geschmückt. Auf diesen düsteren, ernsten Stühlen lagen durcheinander reiche Stoffe mit lebhaften, von der Sonne Persiens zeugenden Farben oder die von den Fingern der Frauen von Kalkutta und Chandernagor gewebt waren. An dem am meisten in das Auge fallenden Platz stand ein prächtiges Piano.

Überall, längs den Wänden, über den Türen, an der Decke sah man Schwerter, Dolche, Keulen, Äxte, ganz vergoldete, damaskierte Rüstungen; Kräuterbücher, Haufen von Mineralien, ausgestopfte Vögel usw.

Es versteht sich von selbst, daß dieses Zimmer das Lieblingszimmer von Albert war.
Am Tage des Wiedersehens hatte jedoch der junge Mann sein Hauptquartier in dem kleinen Salon im Erdgeschoß aufgeschlagen und alle Anordnungen zu einem würdigen Empfang seines Gastes getroffen.
Um dreiviertel zehn Uhr trat ein Kammerdiener ein. Er bildete mit einem kleinen Reitknecht, der nur englisch sprach und auf den Namen John antwortete, die ganze Dienerschaft von Albert. Wohl verstanden, an gewöhnlichen Tagen war der Koch des Hotels zu seiner Verfügung gestellt, und bei großen Veranlassungen hatte er zu weiterer Bedienung den Jäger des Grafen.
Dieser Kammerdiener, der Germain hieß und das vollkommende Vertrauen seines jungen Herrn genoß, hielt in der Hand einen Stoß Zeitungen, die er auf den Tisch legte, und ein Päckchen Briefe, das er Albert übergab.
Albert schaute mit zerstreutem Auge die verschiedenen Sendschreiben an, wählte zwei mit zarter Schrift und wohlriechenden Umschlägen, öffnete sie und las sie mit einer gewissen Aufmerksamkeit.
»Lassen Sie Madame Danglars sagen«, wandte er sich dann an den Diener, »ich nehme den Platz an, den sie mir in ihrer Loge anbietet... Warten Sie doch... im Verlaufe des Tages gehen Sie zu Rosa und melden ihr, ich werde gemäß ihrer Einladung nach der Oper bei ihr zu Nacht speisen; bringen Sie ihr sechs Flaschen ausgesuchten Wein, Cyprier, Xeres, und einen Korb Ostender Austern«...
»Um welche Zeit will der gnädige Herr bedient sein?«
»Servieren Sie um halb elf Uhr. Debray muß vielleicht in sein Ministerium gehen... Und überdies« – Albert zog seine Schreibtafel zu Rate – »es ist die Stunde, die ich dem Grafen angegeben habe, am 21ten Mai um halb elf Uhr morgens; wenn ich auf sein Versprechen auch nicht gerade große Stücke halte, so will ich doch pünktlich sein. Wissen Sie nicht, ob die Frau Gräfin aufgestanden ist?«
»Wenn es der Herr Vicomte wünscht, werde ich mich erkundigen.«

»Ja, erbitten Sie sich von ihr eines von ihren Likörkästchen, der meinige ist unvollständig; sagen Sie ihr, ich werde um drei Uhr die Ehre haben, zu ihr zu kommen.«

Der Kammerdiener ging ab. Albert warf sich auf einen Diwan, zerriß den Umschlag von einigen Zeitungen, sah nach den Schauspielern, machte eine Grimasse, als er wahrnahm, daß man eine Oper und kein Ballett gab, warf eines nach dem andern die drei gelesensten Blätter von Paris von sich und murmelte unter einem langen Gähnen: »Diese Zeitungen werden in der Tat immer erbärmlicher.«

In diesem Augenblick hielt ein leichter Wagen vor der Tür, und eine Minute später kam der Kammerdiener zurück, um Herrn Lucien Debray zu melden. Ein großer blonder bleicher junger Mann, mit grauen, sicherem Auge, mit dünnen, kalten Lippen, mit weißer Krawatte und einem an einer seidenen Schnur hängenden Monokel, das er mit einer Muskelanstrengung von Zeit zu Zeit in der Höhle seines rechten Auges festzuhalten wußte, trat, ohne zu lächeln, ohne zu sprechen und mit einer halboffiziellen Miene ein. Dieser Herr war Privatsekretär des Ministers des Innern. Die beiden jungen Leute begannen von allerlei Stadtklatsch zu sprechen, und Debray erzählte eben, ihr gemeinschaftlicher Bekannter, Baron von Danglars, habe in spanischen Papieren eine Million gewonnen, als der Kammerdiener eintrat und Herrn Beauchamp anmeldete.

»Herein! Herein! Furchtbare Feder!« rief Albert, aufstehend und dem jungen Mann entgegengehend, »hier ist Debray, der Sie haßt, ohne Sie zu sehen... so sagt er wenigstens.«

»Er hat recht«, erwiderte Beauchamp, »es geht ihm wie mir, ich kritisiere ihn, ohne zu wissen, was er tut. Doch apropos, lieber Albert: Frühstücken wir oder speisen wir zu Mittag? Die Deputiertenkammer nimmt mich in Anspruch. Es ist, wie Sie sehen, nicht alles rosa bei unserem Gewerbe.«

»Man wird nur frühstücken; wir erwarten noch zwei Personen und setzen uns zu Tisch, sobald sie gekommen sind.«

»Ich werde also zum Dessert zurückkehren. Bewahren Sie mir Erdbeeren, Kaffee und Zigarren. Ich esse ein Kotelett in der Kammer.«

»Tun Sie das nicht, Beauchamp, denn wir frühstücken Punkt elf

Uhr; mittlerweile machen Sie es wie Debray, kosten Sie meinen Xeres und meine Zwiebacke.«
»Gut, ich bleibe; ich muß mich heute notwendig zerstreuen.«
»Sie sind gerade wie Debray: doch mir scheint, wenn das Ministerium traurig ist, muß die Opposition heiter sein.«
»Ah, sehen Sie, mein lieber Freund«, sagte Debray, »Sie wissen nicht, was mich bedroht. Ich werde heute in der Deputiertenkammer eine Rede von Herrn Danglars hören. Der Teufel hole die konstitutionelle Regierung.«
»Ich begreife, Sie bedürfen eines Vorrats an Heiterkeit.«
»Sprechen Sie nicht schlimm von den Reden des Herrn Danglars«, sagte Albert zu Beauchamp, »wenn er auch zur Opposition gehört. Erinnern Sie sich doch, daß die Pariser Chronik von einer Heirat zwischen mir und Fräulein Eugenie Danglars spricht. Ich kann Sie also mit gutem Gewissen nicht schlecht von der Beredsamkeit eines Mannes sprechen lassen, der mir eines Tages sagen soll: Herr Vicomte, Sie wissen, daß ich meiner Tochter zwei Millionen gebe.«
»Still doch!« sagte Beauchamp, »diese Heirat wird nie stattfinden. Der König konnte ihn zum Grafen machen, er kann ihn zum Pair ernennen, aber er wird ihn nie zum Edelmann machen, und der Graf von Morcerf ist ein viel zu aristokratischer Degen, um gegen zwei armselige Millionen in eine Mesalliance einzuwilligen. Der Vicomte von Morcerf darf nur eine Marquise heiraten.«
»Lassen Sie ihn sprechen, Morcerf«, versetzte Debray nachlässig, »und heiraten Sie. Sie heiraten die Etikette eines gewissen Sacks, nicht wahr? Wohl, was ist Ihnen daran gelegen? Es ist besser, ein Wappenschild weniger bei dieser Etikette und eine Null mehr; Sie haben sieben gestümmelte Amseln in Ihrem Wappen, Sie geben Ihrer Frau drei und es bleiben Ihnen immer noch vier; das ist eine mehr, als Herr von Guise gehabt hat, der beinahe König von Frankreich geworden wäre, und dessen Vetter Kaiser von Deutschland war.«
»Meiner Treu, ich glaube, Sie haben recht«, erwiderte Albert zerstreut.
»Herr von Chateau-Renaud! Herr Maximilian Morel«, sagte der Kammerdiener, zwei neue Gäste meldend.

»Vollzählig also!« rief Beauchamp, »denn wenn ich mich nicht täusche, erwarteten Sie nur noch zwei Personen, Albert?«
»Morel!« murmelte Albert erstaunt; »Morel, wer ist das?«
Doch ehe er vollendet hatte, nahm Herr von Chateau-Renaud, ein junger Mann von etwa 30 Jahren, ein Edelmann vom Scheitel bis zur Zehe, Albert bei der Hand und sagte zu ihm: »Erlauben Sie mir, mein Lieber, Ihnen den Spahis-Kapitän, Herrn Maximilian Morel, meinen Freund und meinen Retter vorzustellen, obgleich ein solcher Mann wohl keiner Vorstellung bedarf. Begrüßen Sie meinen Helden, Vicomte.«
Und er trat auf die Seite, um den großen, edeln, jungen Mann mit der breiten Stirn, dem durchdringenden Auge, dem schwarzen Schnurrbart vorzustellen, den unsere Leser in Marseille unter so dramatischen Umständen kennengelernt haben. Eine reiche, halb französische, halb orientalische, stolz getragene Uniform erhöhte seine breite, mit dem Kreuz der Ehrenlegion geschmückte Brust und hob die kühnen Wellenlinien seines Wuchses hervor.
Der junge Mann verbeugte sich mit anmutiger Höflichkeit. Morel war reizend in jeder seiner Bewegungen.
»Mein Herr«, sagte Albert mit zuvorkommender Freundlichkeit, »Herr von Chateau-Renaud wußte zum voraus, welches Vergnügen er mir durch Ihre Bekanntschaft bereiten würde; Sie gehören zu seinen Freunden, lassen Sie sich auch zu den unsern zählen.«
»Sehr gut«, rief Chateau-Renaud, »hoffen Sie, daß er eintretendenfalls für Sie tun möge, was er für mich getan hat.«
»Und was hat er denn getan?« fragte Albert.
»Oh, es ist nicht der Mühe wert, davon zu reden«, sagte Morel; »dieser Herr übertreibt.«
»Wie?« entgegnete Chateau-Renaud, »es ist nicht der Mühe wert, davon zu reden? Das Leben ist nicht wert, daß man davon spricht...? In der Tat, was Sie da sagen, ist zu philosophisch, mein lieber Herr Morel. Gut für Sie, der Sie Ihr Leben jeden Tag aufs Spiel setzen, aber nicht für mich, der ich es zufällig einmal der Gefahr aussetzte.«
»Am klarsten bei alledem ist mir, daß Ihnen der Herr Kapitän Morel das Leben gerettet hat«, unterbrach ihn Albert.

»Oh, mein Gott, ja, so ist es«, erwiderte Chateau-Renaud.
»Bei welcher Gelegenheit?« fragte Beauchamp.
»Sie wissen alle, daß mir der Gedanke kam, nach Afrika zu gehen.«
»Das ist ein Weg, den Ihre Ahnen Ihnen vorgezeichnet haben, mein lieber Chateau-Renaud«, bemerkte artigerweise Morcerf.
»Ja, doch ich zweifle, ob es, wie bei Ihnen, geschah, um das Grab Christi zu befreien.«
»Sie haben recht, Beauchamp«, versetzte der junge Aristokrat, »es geschah ganz einfach, um als Liebhaber Pistolen zu schießen. Das Duell widerstrebt mir, wie Sie wissen, seitdem zwei Zeugen, die ich gewählt, um eine Sache beizulegen, mich zwangen, einem meiner besten Freunde den Arm zu zerschmettern... oh, bei Gott, dem armen Franz d'Epinay, den Ihr alle kennt.«
»Ah, ja, es ist wahr, Ihr habt Euch geschlagen«, sagte Debray. »Aus welcher Veranlassung?«
»Der Teufel soll mich holen, wenn ich mich dessen erinnere«, erwiderte Chateau-Renaud; »ich weiß nur noch, daß ich mich schämte, ein Talent wie das meinige ruhen zu lassen, und an den Arabern die Pistolen versuchen wollte, die ich zum Geschenk bekommen hatte. Demzufolge schiffte ich mich nach Oran ein, begab mich nach Constantine, wo ich gerade zu rechter Zeit ankam, um die Belagerung aufheben zu sehen. Ich zog mich zurück wie die andern. 48 Stunden lang ertrug ich ganz gut den Regen bei Tage, den Schnee bei der Nacht, am dritten Morgen endlich starb mein Pferd vor Kälte. Armes Tier! An die Decken und an den Ofen des Stalles gewöhnt... ein arabisches Roß, das sich nur ein wenig unheimisch fühlte, als es in Arabien zehn Grad Kälte fand. Mein Pferd war also tot, ich machte meinen Rückzug zu Fuß, sechs Araber sprengten im Galopp herbei, um mir den Kopf abzuhauen, ich schoß zwei mit der Flinte, zwei mit meinen Pistolen nieder; aber es blieben noch zwei übrig, und ich war entwaffnet. Der eine nahm mich bei den Haaren, weshalb ich sie jetzt kurz trage, denn man kann nicht wissen, was geschieht; der andere zielte mit seinem Yatagan nach meinem Hals, und ich fühlte bereits die scharfe Kälte des Eisens, als dieser Herr, den Sie hier sehen, ebenfalls auf sie eindrang, denjeni-

gen, welcher mich bei den Haaren hielt, mit einem Pistolenschuß niederstreckte und dem andern, der mir mit einem Säbelhieb den Hals abschlagen wollte, den Schädel spaltete. Der Herr hatte sich die Aufgabe gestellt, an diesem Tag einen Menschen zu retten, der Zufall wollte, daß ich dies war; wenn ich einmal reich bin, lasse ich dem Zufall eine Statue errichten.«

»Ja«, sagte Morel lächelnd, »es war am 5. September, am Jahrestag einer wunderbaren Rettung meines Vaters, ich feiere auch, soviel in meinen Kräften liegt, diesen Tag jedes Jahr durch irgendeine Handlung.«

»Durch eine heldenmütige, nicht wahr?« unterbrach ihn Chateau-Renaud; »kurz, ich war der Auserwählte, doch das ist noch nicht alles. Nachdem er mich vom Eisen errettet, rettete er mich vor der Kälte, indem er mir seinen Mantel gab; dann schützte er mich vor dem Hunger dadurch, daß er sein kostbares Pferd, von dem wir jeder ein Stück mit großem Appetit verzehrten, mit mir teilte.«

»Ich ahnte, Sie würden mein Freund werden, Herr Graf«, sagte Morel; »überdies habe ich bereits die Ehre gehabt, Ihnen zu bemerken, Heldenmut oder nicht, Opfer oder nicht, an diesem Tag war ich dem schlimmen Geschick eine Gabe als Wiedervergeltung für die Gunst schuldig, die uns einst das gute Geschick hatte angedeihen lassen.«

»Die Geschichte, auf die Herr Morel anspielt«, fuhr Chateau-Renaud fort, »ist eine ganz bewunderungswürdige Geschichte, die er Ihnen eines Tages erzählen wird, wenn Sie nähere Bekanntschaft mit ihm gemacht haben; für heute wollen wir den Magen und nicht das Gedächtnis ausschmücken. Um wieviel Uhr frühstücken Sie, Albert?«

»Um halb elf Uhr.«

»Auf den Punkt?« fragte Debray, seine Uhr ziehend.

»Ah! Sie werden mir doch die fünf Minuten der Nachsicht gewähren«, erwiderte Morcerf, »denn ich erwarte ebenfalls einen Retter.«

»Von wem?«

»Von mir, bei Gott!« antwortete Morcerf. »Glauben Sie, man könne mich nicht auch retten, wie einen andern, und nur die Araber schlagen Köpfe ab? Unser Frühstück ist ein philanthropisches Frühstück, und wir werden, wenigstens hoffe ich es, zwei Wohltäter der Menschheit bei Tisch haben.«

»Und woher kommt er?« fragte Debray.

»In der Tat, ich weiß es nicht«, erwiderte Albert. »Als ich ihn vor drei Monaten einlud, war er in Rom; doch wer kann sagen, welchen Weg er seitdem gemacht hat?«

»Halten Sie ihn der Pünktlichkeit fähig?« fragte Debray.

»Ich halte ihn aller Eigenschaften fähig.«

»Geben Sie wohl acht, mit den fünf Nachsichtsminuten haben wir noch zehn.«

»Ich werde sie benützen, um Ihnen ein Wort von meinem interessanten Gast zu sagen. Ich war während des letzten Karnevals in Rom und wurde von Räubern entführt.«

»Es gibt keine Räuber«, sagte Debray.

»Allerdings gibt es welche, und zwar abscheuliche, das heißt liebenswürdige, denn ich habe sie zum Fürchten zu schön gefunden. Die Räuber hatten mich also entführt und an einen sehr traurigen Ort gebracht, den man die Katakomben von San Sebastiano nennt. Man kündigte mir an, ich wäre Gefangener gegen Lösegeld, für die Erbärmlichkeit von 4000 römischen Talern. Zum Unglück besaß ich nicht mehr als fünfzehnhundert; ich war am Ende meiner Reise und mein Kredit erschöpft. Ich schrieb an Franz, daß ich, wenn er nicht um sechs Uhr morgens mit den 4000 Talern käme, um sechs Uhr zehn Minuten mit den Heiligen und glorreichen Märtyrern, in deren Gesellschaft ich mich zu befinden die Ehre hätte, vereinigt sein würde, und Luigi Vampa, dies ist der Name meines Räuberhauptmanns, hätte mir gewissenhaft Wort gehalten, das dürfen Sie glauben.«

»Doch Franz kam mit den 4000 Talern?« sagte Chateau-Renaud. »Zum Teufel! Man ist nicht in Verlegenheit über 4000 Taler, wenn man Franz d'Epinay oder Albert von Morcerf heißt!«

»Nein, er kam ganz einfach in Begleitung des Gastes, den ich Ihnen ankündige und vorzustellen hoffe.«

»Oh, dieser Herr ist also ein Herkules.«

»Nein, es ist ein Mann ungefähr von meiner Figur.«

»Bis unter die Zähne bewaffnet?«

»Er hat nicht einmal eine Stricknadel bei sich.«

»Unterhandelte er wegen Ihres Lösegelds?«
»Er sagte dem Anführer zwei Worte ins Ohr, und ich war frei.«
»Man entschuldigte sich sogar bei Ihnen, daß man Sie festgenommen hatte«, sagte Beauchamp.
»Allerdings«, erwiderte Morcerf.
»Dieser Mann war also Ariost?«
»Nein, er war der Graf von Monte Christo.«
»Es gibt keinen Grafen von Monte Christo«, sagte Debray.
»Ich glaube nicht«, fügte Chateau-Renaud mit der Kaltblütigkeit eines Mannes bei, der sein europäisches Adelsbuch an den Fingern auswendig weiß; »wer kennt irgendeinen Grafen von Monte Christo?«
»Er kommt vielleicht vom heiligen Land; einer seiner Ahnen hat die Schädelstätte besessen, wie die Mortemart das tote Meer.«
»Verzeihen Sie, meine Herren«, sagte Maximilian, »ich glaube, ich kann Sie der Verlegenheit entziehen. Monte Christo ist eine kleine Insel, von der ich die Matrosen im Dienst meines Vaters oft sprechen hörte... ein Sandkorn im Mittelländischen Meere.«
»Ganz richtig«, versetzte Albert. »Nun, dieses Sandkorns Gebieter und König ist derjenige, von welchem ich spreche; er wird das Grafendiplom irgendwo in der Toskana gekauft haben.«
»Ihr Graf ist also reich?«
»Haben Sie Tausendundeine Nacht gelesen?«
»Bei Gott, eine schöne Frage!«
»Wissen Sie denn, ob die Leute, die man dort sieht, reich oder arm sind? Ob ihre Getreidekörner nicht Diamanten oder Rubinen sind? Sie sehen aus wie armselige Fischer, nicht wahr? Sie behandeln sie als solche, und plötzlich öffnen sie Ihnen eine geheimnisvolle Höhle, worin Sie einen Schatz finden, für den man Indien kaufen könnte.«
»Nun?«
»Nun, mein Graf von Monte Christo ist einer von diesen Fischern. Es hat sogar einen entsprechenden Namen angenommen, denn er nennt sich Simbad der Seefahrer und besitzt eine Höhle voll Gold.«

»Und haben Sie diese Höhle gesehen, Morcerf?« fragte Beauchamp.
»Ich nicht, sondern Franz. Doch still! Man darf kein Wort hiervon in seiner Gegenwart sprechen. Franz stieg mit verbundenen Augen in dieselbe hinab und wurde von Stummen und von Frauen bedient, gegen die Kleopatra nur eine Lorette ist. Nur glaubt er sich nicht ganz sicher in bezug auf die Frauen, weil sie erst eingetreten sind, nachdem er Haschisch gegessen hatte, so daß möglicherweise das, was er für Frauen hielt, eine Quadrille von Statuen sein konnte.«
Die jungen Leute schauten Morcerf mit einem Blick an, welcher sagen wollte: »Ah, mein Lieber, sind Sie wahnsinnig oder wollen Sie unser spotten?«
»In der Tat«, sagte Morel nachdenkend, »ich habe einen alten Matrosen namens Penelon etwas erzählen hören, was mit der Behauptung von Herrn von Morcerf Ähnlichkeit hat.«
»Ah!« rief Albert, »es ist ein Glück, daß mir Herr Morel zu Hilfe kommt. Nicht wahr, es ärgert Sie, daß er auf diese Art einen Faden in mein Labyrinth wirft?«
»Verzeihen Sie, lieber Freund«, entgegnete Debray, »Sie erzählen uns so unwahrscheinliche Dinge.«
»Ja, aber mein Graf von Monte Christo existiert.«
»Bei Gott! Die ganze Welt existiert, ein schönes Wunder also!«
»Allerdings existiert die ganze Welt, aber nicht unter ähnlichen Bedingungen. Nicht die ganze Welt hat schwarze Sklaven, fürstliche Galerien, Waffen wie in der Kasauba, Pferde für 6000 Franken das Stück, eine griechische Geliebte.«
»Haben Sie die griechische Geliebte gesehen?«
»Ja, ich habe sie gesehen und gehört, gesehen im Teatro della Valle, gehört eines Tages, als ich bei dem Grafen frühstückte.«
»Ihr außerordentlicher Mann ißt also?«
»Meiner Treu, wenn er es tut, ist es so wenig, daß es sich nicht der Mühe lohnt, nur davon zu sprechen.«
»Sie werden sehen, es ist ein Vampyr.«
»Lachen Sie, wenn Sie wollen. Es war dies auch die Ansicht der Gräfin G***, die, wie Sie wissen, Lord Ruthwen gekannt hat.«
»Falbes Auge, dessen Stern sich nach Belieben vermindert oder erweitert«, sagte Debray; »stark hervortretende Gesichtswin-

kel, herrliche Stirn, Leichenblässe, schwarzer Bart, weiße, spitzige Zähne, Höflichkeit ebenso.«

»Gerade so ist es, Lucien«, rief Morcerf, »die Beschreibung paßt Zug für Zug. Ja, spitzige, einschneidende Höflichkeit. Dieser Mensch hat mich oft schauern gemacht, und eines Tages, als wir gemeinschaftlich einer Hinrichtung beiwohnten, glaubte ich, es müßte mir noch viel schlimmer dadurch werden, daß ich ihn kalt über alle Hinrichtungen der Erde sprechen sah und hörte, als dadurch, daß ich dem Henker, der tat, was seines Amtes war, zuschaute und das Geschrei des armen Sünders hörte.«

»Hat er Sie nicht ein wenig in die Ruinen des Kolosseums geführt, um Ihnen das Blut auszusaugen, Morcerf?« fragte Beauchamp.

»Spotten Sie, solange Sie wollen, meine Herren«, versetzte Morcerf etwas gereizt. »Wenn ich Sie anschaue, Sie, die schönen Pariser, und mich dieses Mannes erinnere, so kommt es mir vor, als wären wir nicht von demselben Geschlecht.«

»Jedenfalls«, sprach Chateau-Renaud, »ist Ihr Graf in seinen verlorenen Augenblicken ein artiger Mann, abgesehen von seinem kleinen Verkehr mit den italienischen Banditen.«

»Es gibt keine italienischen Banditen!« sprach Debray.

»Keine Vampyre!« fügte Beauchamp bei.

»Keinen Grafen von Monte Christo«, sagte Debray. »Hören Sie, Albert, es schlägt halb elf Uhr. Gestehen Sie, daß Sie der Alp gedrückt hat, und lassen Sie uns frühstücken.«

Doch das Pendel der Uhr hatte noch nicht zu schwingen aufgehört, als die Tür sich öffnete; Germain trat ein und meldete: »Der Graf von Monte Christo.«

Alle Zuhörer machten gleichsam einen Sprung, der die Unruhe bezeichnete, die durch die Erzählung von Morcerf in ihrem Innern hervorgebracht worden war. Albert selbst konnte sich seiner ungestümen Bewegung nicht erwehren. Man hatte weder einen Wagen auf der Straße noch Tritte im Vorzimmer gehört; selbst die Tür hatte sich geräuschlos geöffnet.

Der Graf erschien auf der Schwelle, mit der größten Einfachheit gekleidet, aber auch der anspruchvollste Löwe hätte an seiner Toilette nichts zu tadeln gefunden. Alles war vom feinsten Geschmack und aufs eleganteste geschneidert.

Er schien kaum fünfunddreißig Jahre alt zu sein, und allen Anwesenden fiel beim ersten Blick die große Ähnlichkeit mit dem von Debray entworfenen Porträt auf.
Der Graf trat lächelnd mitten in den Saal und ging auf Albert zu, der ihm mit zuvorkommendem Eifer die Hand reichte.
»Die Pünktlichkeit«, sagte Monte Christo, »ist die Höflichkeit der Könige, wie einer von Ihren Fürsten behauptet hat; doch sie ist nicht immer die der Reisenden, wie auch ihr guter Wille sein mag. Ich hoffe indessen, mein lieber Vicomte, Sie werden zugunsten meines guten Willens die paar Sekunden entschuldigen, die ich zu spät erscheine. Fünfhundert Meilen macht man nicht, ohne auf Hindernisse zu stoßen, besonders in Frankreich, wo es, wie mir scheint, verboten ist, die Postillone zu verprügeln.«
»Mein Herr Graf«, erwiderte Albert, »ich war eben damit beschäftigt, Ihren Besuch einigen von meinen Freunden anzukündigen, die ich aus Veranlassung Ihrer Zusage eingeladen und nun Ihnen vorzustellen die Ehre habe. Es sind dies der Herr Graf von Chateau-Renaud, dessen Adel zu den zwölf Pairs hinaufsteigt, und dessen Ahnen an der Tafelrunde gesessen haben; Herr Lucien Debray, Privatsekretär des Ministers des Innern; Herr Beauchamp, ein furchtbarer Journalist, der Schrecken der französischen Regierung; ferner Herr Maximilian Morel, Kapitän bei den Spahis.«
Bei diesem Namen machte der Graf, der bis dahin höflich, aber mit einer echt englischen Kälte und Unempfindlichkeit gegrüßt hatte, einen Schritt vorwärts, und ein leichter rötlicher Ton zog wie ein Blitz über seine bleichen Wangen hin.
»Der Herr trägt die Uniform der neuen französischen Sieger?« sagte er; »es ist eine schöne Uniform.«
Man wäre nicht imstande gewesen zu sagen, was die Stimme des Grafen so tief ertönen ließ, was unwillkürlich sein Auge glänzen machte, das so schön, so ruhig, so durchsichtig war, wenn er nicht irgendeinen Grund hatte, dasselbe zu verschleiern.
»Sie haben unsere Afrikaner nie gesehen?« sagte Albert.
»Nie«, erwiderte der Graf, der nun wieder vollkommen seiner Herr geworden war.

»Wohl, unter dieser Uniform schlägt eins der bravsten und edelsten Herzen des Heeres.«
»Oh, Herr Vicomte...«, unterbrach ihn Morel.
»Lassen Sie mich sprechen, Kapitän. Wir haben soeben von diesem Herrn einen so edelmütigen Zug erfahren«, fuhr Albert fort, »daß ich mir, obgleich ich ihn heute zum erstenmal sehe, die Gunst erbitte, ihn als meinen Freund vorstellen zu dürfen.«
Und man konnte abermals bei diesen Worten den seltsamen Blick und das leichte Zittern des Augenlides beim Grafen wahrnehmen, wodurch sich bei ihm eine innere Bewegung kundgab. »Ah, der Herr hat ein edles Herz, desto besser«, sagte er.
Dieser mehr dem eigenen Gedanken, als dem, was Albert gesagt hatte, entsprechende Ausruf überraschte jedermann, besonders Morel, der Monte Christo ganz erstaunt anschaute. Aber der Ton war zu gleicher Zeit so sanft und weich, daß man sich, so seltsam auch der Ausruf erscheinen mußte, unmöglich darüber ärgern konnte.
»Warum sollte er daran zweifeln?« fragte Beauchamp Chateau-Renaud.
»In der Tat«, versetzte Chateau-Renaud, der mit seiner Welterfahrenheit und der Schärfe seines aristokratischen Blickes alles bei Monte Christo durchdrungen hatte, was bei ihm zu durchdringen war, »in der Tat, Albert hat uns nicht getäuscht, es ist eine seltsame Person, dieser Graf; was sagen Sie dazu, Morel?«
»Meiner Treu«, sagte Morel, »er hat ein offenes Auge und eine sympathische Stimme, und er gefällt mir, trotz der bizarren Bemerkung, die er soeben über mich getan hat.«
»Meine Herren«, sagte Albert, »Germain meldet mir, daß aufgetragen ist. Mein lieber Graf, erlauben Sie mir, Ihnen den Weg zu zeigen.«
Man ging schweigend in den Speisesaal.
»Meine Herren«, sagte der Graf, nachdem er sich gesetzt hatte, »erlauben Sie mir ein Geständnis, das zur Entschuldigung für jede Unschicklichkeit dienen soll, die ich begehen dürfte; ich bin fremd, und zwar dergestalt fremd, daß ich zum erstenmal nach Paris komme. Das französische Leben ist mir folglich un-

bekannt, und ich habe bis jetzt nur ein orientalisches Leben geführt, was am allermeisten den guten Pariser Traditionen entgegensteht. Ich bitte Sie also, mich zu entschuldigen, wenn Sie an mir etwas zu Türkisches, zu Neapolitanisches oder zu Arabisches finden.«

»Wie er das alles sagt!« murmelte Beauchamp; »es ist entschieden ein vornehmer Herr.«

»Ein vornehmer Herr aus fremdem Land«, fügte Debray bei.

»Ein vornehmer Herr in allen Ländern«, sagte Chateau-Renaud.

Der Graf war, wie man sich erinnern wird, ein mäßiger Tischgenosse. Albert befürchtete, das Pariser Leben könnte dem Reisenden schon von Anfang an durch seine materiellste, aber zugleich notwendigste Seite mißfallen, und sagte zu ihm: »Mein lieber Graf, ich befürchte, die Küche der Rue du Helder dürfte Ihnen nicht so sehr munden, als die der Piazza di Spagna. Ich hätte Ihren Geschmack zu Rate ziehen und Ihnen einige Gerichte nach Ihrer Phantasie bereiten lassen sollen.«

»Wenn Sie mich näher kennen würden, mein Herr«, antwortete der Graf lächelnd, »so beschäftigten Sie sich nicht mit einer beinahe demütigenden Sorge für einen Reisenden meiner Art, der abwechselnd von Makkaroni in Neapel, von Polenta in Mailand, von Olla potrida in Valencia, von Pilau in Konstantinopel, von Carick in Indien und von Schwalbennestern in China gelebt hat. Es gibt keine spezielle Küche für einen Kosmopoliten wie ich bin. Ich esse von allem und überall, nur esse ich wenig, und heute, wo Sie mir meine Nüchternheit zum Vorwurf machen, habe ich gerade meinen Tag des Appetits, denn seit gestern morgen ist nichts über meine Lippen gekommen.«

»Wie, seit gestern morgen?« riefen die Gäste; »Sie haben seit vierundzwanzig Stunden nichts mehr gegessen?«

»Nein«, erwiderte Monte Christo, »ich war genötigt, von der Straße abzugehen und in der Gegend von Nimes Erkundigungen einzuziehen; dadurch verspätete ich mich etwas, und dann wollte ich nicht mehr anhalten.«

»Und Sie speisten in Ihrem Wagen?« fragte Morcerf.

»Nein, ich schlief, wie ich dies tue, wenn ich mich langweile, ohne den Mut zu haben, mich zu zerstreuen, oder wenn mich hungert, ohne daß ich Lust habe zu essen.«

»Sie befehlen also dem Schlaf, mein Herr?« fragte Morel.

»So ungefähr.«

»Besitzen Sie ein Rezept hierzu?«

»Ein untrügliches.«

»Das wäre gut für uns Afrikaner, die wir nicht immer zu essen und selten zu trinken haben«, bemerkte Morel.

»Ja«, erwiderte Monte Christo, »doch vortrefflich für einen Menschen wie ich, der ich ein seltsames Leben führe, wäre mein Rezept leider sehr gefährlich auf eine ganze Armee angewendet, die nicht mehr erwachen würde, wenn man derselben bedürfte.«

»Darf man wissen, worin dieses Rezept besteht?« fragte Debray.

»Oh, mein Gott, ja, ich mache kein Geheimnis daraus; es ist eine Mischung von vortrefflichem Opium, das ich selbst in Canton geholt habe, um es rein zu besitzen, und vom besten Haschisch, den man im Orient, das heißt zwischen Tigris und Euphrat findet; man verbindet diese zwei Ingredienzien zu gleichen Teilen und macht daraus eine Art von Pillen, die man im Augenblick des Bedürfnisses verschluckt. Zehn Minuten später tritt die Wirkung ein. Fragen Sie den Herrn Baron Franz d'Epinay, ich glaube, er hat eines Tages davon gekostet.«

»Ja«, versetzte Morcerf, »er berichtete mir davon, und er bewahrt eine sehr angenehme Erinnerung an diesen Genuß.«

»Sie führen also diese Droge stets bei sich?« fragte Beauchamp, der in seiner Eigenschaft als Journalist sehr ungläubig war.

»Beständig«, antwortete Monte Christo.

»Wäre es unbescheiden, wenn ich Sie bitten würde, diese Pillen sehen zu dürfen?« fuhr Beauchamp fort, in der Hoffnung, den Fremden bei einer Blöße zu ertappen.

»Nein, mein Herr«, erwiderte der Graf; und er zog aus seiner Tasche eine wundervolle Bonbonnière, die aus einem einzigen Smaragd gearbeitet und mit einer Schraube verschlossen war, und die, wenn man sie aufschraubte, ein Kügelchen von grünlicher Farbe und von der Größe einer Erbse durchließ. Dieses Kügelchen hatte einen scharfen, durchdringenden Geruch; es waren vier oder fünf ähnliche in dem Smaragd, der ungefähr ein Dutzend fassen mochte. Die Bonbonnière machte die Runde um die Tafel, doch die Gäste ließen sie mehr umhergehen, um den prachtvollen Smaragd zu bewundern, als um die Pillen zu beriechen.

»Und diese Speise bereitet Ihnen Ihr Koch?« fragte Beauchamp.

»Nein, mein Herr«, erwiderte Monte Christo; »ich überlasse nicht auf diese Art meine reellen Genüsse der Willkür unwürdiger Hände. Ich bin ein ziemlich guter Chemiker und bereite meine Pillen selbst.«

»Das ist ein bewunderungswürdiger Smaragd ... Es ist der größte, den ich je gesehen habe, obgleich meine Mutter verschiedene ziemliche merkwürdige Familienjuwelen besitzt«, sagte Chateau-Renaud.

»Ich hatte drei gleiche«, versetzte Monte Christo; »den einen gab ich dem Großsultan, der ihn an seinen Säbel fassen ließ; den andern unserem heiligen Vater, dem Papst, auf dessen Geheiß er auf seine Tiara, einen ungefähr ähnlichen, aber doch minder schönen Smaragd gegenüber, den Kaiser Napoleon seinem Vorgänger Pius VII. geschenkt hatte, eingesetzt wurde; den dritten behielt ich für mich; ich ließ ihn aushöhlen, was ihm ungefähr die Hälfte seines Wertes genommen, aber für den Gebrauch, zu dem ich ihn bestimmte, bequemer gemacht hat.«

Jedermann schaute Monte Christo erstaunt an; er sprach mit so viel Einfachheit, daß er offenbar die Wahrheit sagte oder verrückt war; der Smaragd aber, der in seinen Händen geblieben, hatte zur Folge, daß man sich natürlich zur ersten Vermutung hinneigte.

»Und was haben Ihnen diese zwei Herrscher im Austausch für das herrliche Geschenk gegeben?« fragte Debray.

»Der Großherr die Freiheit einer Frau«, antwortete der Graf, »unser heiliger Vater, der Papst, das Leben eines Mannes. So war ich einmal in meinem Dasein so mächtig, als hätte mich Gott auf den Stufen eines Thrones geboren werden lassen.«

»Es ist Peppino, den Sie befreit haben, nicht wahr?« rief Morcerf; »auf ihn haben Sie Ihr Begnadigungsrecht angewendet?«

»Vielleicht«, antwortete Monte Christo lächelnd.

»Mein Herr Graf, Sie machen sich keinen Begriff, welches Vergnügen es mir bereitet, Sie so sprechen zu hören«, sagte Morcerf. »Ich hatte Sie zum voraus meinen Freunden als einen fabelhaften Mann, als einen Zauberer aus Tausendundeine Nacht, als einen Hexenmeister des Mittelalters angekündigt; doch die Pariser sind in Paradoxen so feine Leute, daß sie die unbestreitbarsten Wahrheiten für Launen der Einbildungskraft nehmen, wenn sich diese Wahrheiten nicht in alle Bedingungen ihrer täglichen Existenz fügen. So sind zum Beispiel hier Debray, der alle Tage liest, und Beauchamp, der täglich druckt, daß man auf dem Boulevard ein verspätetes Mitglied des Jokkeiklubs geplündert, daß man vier Personen in der Rue Saint-Denis oder in Faubourg Saint-Germain ermordet hat, daß zehn Diebe in einem Kaffeehaus des Boulevard du Temple verhaftet worden sind, und dennoch bestreiten sie das Vorhandensein von Banditen in der Campagna von Rom. Sagen Sie ihnen doch selbst, mein Herr Graf, daß mich Banditen festgenommen und daß ich ohne Ihre edelmütige Vermittlung aller Wahrscheinlichkeit nach heute die ewige Auferstehung in den Katakomben von San Sebastiano zu erwarten hätte, statt Ihnen in meinem unwürdigen Häuschen in der Rue du Helder ein Frühstück zu geben.«

»Bah!« rief Monte Christo, »Sie haben mir versprochen, nie von dieser Kleinigkeit zu sprechen.«

»Nicht ich, mein Herr Graf«, entgegnete Morcerf; »Sie verwechseln mich mit einem andern, dem Sie denselben Dienst geleistet haben werden, wie mir. Sprechen wir im Gegenteil davon, ich bitte Sie: denn wenn Sie sich entschließen, von diesem Umstand zu reden, so werden Sie mir vielleicht nicht nur ein wenig von dem wiederholen, was ich weiß, sondern auch vieles sagen, was ich nicht weiß.«

»Es scheint mir«, entgegnete der Graf lächelnd, »Sie haben bei dieser ganzen Angelegenheit eine hinreichend wichtige Rolle gespielt, um ebensogut als ich zu wissen, was vorgefallen ist.«

»Wollen Sie mir versprechen, wenn ich alles sage, was ich weiß, mir Ihrerseits zu sagen, was ich nicht weiß?«

»Das ist nur zu billig«, antwortete Monte Christo.

»Wohl«, sagte Morcerf, »und sollte auch meine Eitelkeit darunter leiden: ich hielt mich drei Tage lang für den Gegenstand der Liebäugeleien einer Maske, die ich für einen Abkömmling der Julien oder Poppäen nahm, während ich ganz einfach der Gegenstand der Lockungen einer Bäuerin war. Ich weiß nur, daß ich, wie ein Dummkopf, einen jungen Banditen von fünfzehn bis sechzehn Jahren mit bartlosem Kinn und von schlankem Wuchs für diese Bäuerin ansah, der im Augenblick, wo ich mir die Freiheit nehmen wollte, einen Kuß auf seine keusche Schulter zu drücken, mir die Pistole vor die Brust setzte und mich mit Hilfe von sieben oder acht Gefährten in die Katakomben von Sebastiano führte oder vielmehr schleppte, wo ich einen wissenschaftlich gebildeten Banditen-Anführer fand, der die Kommentare von Cäsar las und sich nur bewogen fühlte, seine Lektüre zu unterbrechen, um mir zu sagen, daß ich, wenn ich am andern Morgen um sechs Uhr nicht viertausend Taler in seine Kasse entrichtet hätte, um viertel sieben Uhr zu leben aufhören würde. Der Brief ist noch in den Händen von Franz, von mir unterzeichnet und mit einer Nachschrift von Meister Luigi Vampa versehen. Zweifeln Sie, so schreibe ich an Franz, und er läßt die Unterschriften legalisieren. Das ist es, was ich weiß. Was ich aber nicht weiß, ist der Umstand, wie es Ihnen gelungen ist, den Banditen so große Achtung einzuflößen. Ich gestehe Ihnen, daß Franz und ich von Bewunderung erfüllt waren.«

»Nichts ist einfacher, mein Herr«, antwortete der Graf; »ich kannte den berüchtigten Vampa seit mehr als zehn Jahren. Als er noch ganz jung und Hirte war, gab er mir eines Tages dafür, daß ich ihm irgendeine Goldmünze schenkte, weil er mir den Weg gezeigt hatte, einen von ihm selbst geschnitzten Dolch, den Sie wohl in meiner Waffensammlung gesehen haben. Später – hatte er nun diesen Austausch kleiner Geschenke, der die Freundschaft zwischen uns hätte erhalten müssen, vergessen, oder hatte er mich nicht erkannt – versuchte er es, mich festzunehmen; doch ich nahm im Gegenteil ihn mit einem Dutzend seiner Leute gefangen. Ich konnte Vampa der römischen Justiz ausliefern, die ziemlich emsig zu Werke geht und zu seinen Gunsten sich noch beeilt haben würde, aber ich tat es nicht; ich entließ ihn und die Seinigen.«

»Unter der Bedingung, daß sie nicht mehr sündigen würden«, sagte der Journalist lachend. »Ich sehe mit Vergnügen, daß Sie Ihr Wort gewissenhaft gehalten haben.«

»Nein, mein Herr«, entgegnete Monte Christo, »unter der einfachen Bedingung, daß sie mich und die meinigen achten sollten. Was ich Ihnen sagen werde, kommt Ihnen vielleicht seltsam vor, meine Herren Sozialisten, Progressisten, Humanisten, aber ich kümmere mich nie um meinen Nächsten, ich suche nie die Gesellschaft zu beschützen die mich nicht beschützt und sich, ich darf es wohl behaupten, im allgemeinen nur mit mir beschäftigt, um mir zu schaden, und indem ich sie in meiner Achtung niederhalte und Neutralität ihnen gegenüber beobachte, sind mir hierfür die Gesellschaft und mein Nächster die Erwiderung schuldig.«

»Das gefällt mir!« rief Chateau-Renaud; »das ist der erste Mensch, den ich ehrlich und gerade heraus die Selbstsucht predigen höre. Sehr schön, bravo, mein Herr Graf!«

»Es ist wenigstens offenherzig«, bemerkte Morel; »doch ich bin überzeugt, der Herr Graf bereut es nicht, daß er einmal von den Grundsätzen abgegangen ist, die er soeben auf eine so absolute Weise gegen uns ausgesprochen hat.«

»Auf welche Art bin ich von diesen Grundsätzen abgegangen, mein Herr?« fragte Monte Christo, der von Zeit zu Zeit Maximilian unwillkürlich so aufmerksam anschaute, daß der kühne junge Mann schon ein paarmal die Augen vor dem klaren, durchdringenden Blick des Grafen niedergeschlagen hatte.

»Mich dünkt«, antwortete Morel, »indem Sie Herrn von Morcerf, der Ihnen unbekannt war, befreiten, dienten Sie Ihrem Nächsten und der Gesellschaft.«

»Deren schönste Zierde er bildet«, sagte Beauchamp ernst und leerte in einem Zug ein volles Glas Champagner.

»Mein Herr Graf«, rief Morcerf, »Sie sind durch einen Schluß gefangen, Sie, einer der stärksten Logiker, die ich kenne, und Sie werden sehen, man beweist Ihnen sogleich, daß Sie kein Egoist, sondern ein Philanthrop sind. Ah, mein Herr Graf, Sie sagen, Sie seien Orientale, Malaie, Indianer, Chinese, Wilder, Sie nennen sich Monte Christo nach Ihrem Familiennamen,

Simbad der Seefahrer nach Ihrem Taufnamen, und an dem Tag, an dem Sie Paris zum erstenmal betreten, besitzen Sie aus Instinkt das größte Verdienst oder den größten Fehler unserer überschwenglichen Pariser, das heißt, Sie maßen sich Laster an, die Sie nicht haben und verbergen die Tugenden, die Sie besitzen.«

»Mein lieber Vicomte«, sagte Monte Christo, »ich sehe in allem, was ich gesprochen oder getan, nicht das geringste, was die Lobeserhebungen verdienen würde, die ich soeben von Ihnen und diesen Herren empfangen habe. Sie waren kein Fremder für mich, da ich Sie kannte, da ich Ihnen zwei Zimmer abgetreten, da ich Ihnen ein Frühstück gegeben, da ich Ihnen meinen Wagen geliehen, da wir miteinander auf dem Korso die vorüberziehenden Masken betrachtet und von einem Fenster der Piazza del popolo jener Hinrichtung zugeschaut hatten, die einen so mächtigen Eindruck auf Sie machte, daß es Ihnen beinahe übel geworden wäre. Ich frage nun alle diese Herren: Konnte ich meinen Gast in den Händen der abscheulichen Banditen lassen, wie Sie diese Leute nennen? Auch hatte ich, als ich Sie rettete, wie Sie wissen, einen Hintergedanken: ich wollte mich Ihrer bedienen, um in den Salons von Paris eingeführt zu werden, wenn ich nach Frankreich käme. Sie konnten eine Zeitlang diesen Entschluß als ein vorübergehendes, flüchtiges Vorhaben betrachten, heute aber sehen Sie, daß es eine Wirklichkeit ist, der Sie sich unterwerfen müssen, wenn Sie Ihr Wort nicht brechen wollen.«

»Ich werde es halten«, sagte Morcerf, »doch ich befürchte sehr, es dürfte eine Entzauberung bei Ihnen eintreten, mein lieber Graf, insofern wechselreiche Lagen, pittoreske Ereignisse, phantastische Horizonte Bedürfnis für Sie geworden sind. Bei uns finden Sie nicht die geringste Episode von der Art derjenigen, an welche sich Ihr abenteuerliches Leben gewöhnt hat. Unser Chimborasso ist der Montmartre, unser Himalaja der Mont-Valérien, unsere große Wüste die Ebene von Grenelle, wo man einen artesischen Brunnen gegraben hat, damit die Karawanen Wasser finden. Wir haben auch Räuber, viele Räuber, obgleich nicht so viele als man sagt, aber diese Räuber fürchten unendlich den kleinsten Spion, als den mächtigsten Herrn;

kurz, Frankreich ist ein so prosaisches Land und Paris eine so zivilisierte Stadt, daß Sie, wenn Sie alle fünfundachtzig Departements durchsuchen, nicht den geringsten Berg finden werden, auf dem nicht ein Telegraph angebracht ist, nicht die geringste, einigermaßen schwarze Grotte, in der nicht ein Polizeikommissar einen Glasschnabel hätte einsetzen lassen. Ich kann Ihnen folglich nur einen Dienst leisten, mein lieber Graf, und für diesen stehe ich zu Ihrer Verfügung: ich kann Sie überall vorstellen oder durch meine Freunde vorstellen lassen; übrigens brauchen Sie niemand hierzu, mit Ihrem Namen, mit Ihrem Vermögen und Ihrem Geiste« – Monte Christo verbeugte sich mit einem leichten ironischen Lächeln – »stellt man sich überall selbst vor und wird überall gut aufgenommen. Ich kann Ihnen also nur in einer Beziehung nützlich sein: gereicht es mir bei Ihnen als Empfehlung, daß ich ein wenig mit dem Pariser Leben vertraut bin, einige Erfahrung im Komfortablen haben und unsere Bazars kenne, so verfügen Sie über mich, um ein bequemes Haus für Sie auszusuchen. Ich wage es nicht, Ihnen den Vorschlag zu machen, meine Wohnung mit mir zu teilen, wie ich die Ihrige in Rom geteilt habe, der ich mich nicht zum Egoismus bekenne, aber vorzugsweise Egoist bin; denn bei mir würde es, mich selbst ausgenommen, nicht ein Schatten aushalten, wäre dieser Schatten nicht der einer Frau.«

»Ah!« rief der Graf, »das ist ein ganz ehrlicher Vorbehalt. Sie haben mir in der Tat in Rom ein paar Worte von einem Heiratsplan gesagt; darf ich Ihnen zu Ihrer nahe bevorstehenden Verbindung Glück wünschen?«

»Meinem Vater ist daran gelegen, und ich hoffe Ihnen binnen kurzem, wenn nicht meine Frau, doch meine Braut, Fräulein Eugenie Danglars, vorzustellen.«

»Eugenie Danglars!« rief Monte Christo, »warten Sie doch... ist ihr Vater nicht der Herr Graf Danglars?«

»Ja«, antwortete Morcerf, »aber Graf von neuer Schaffung.«

»Oh, was ist daran gelegen?« entgegnete Monte Christo, »wenn er nur dem Staat Dienste geleistet hat, infolge deren man diese Auszeichnung als gerechte Belohnung betrachten darf.«

»Ungeheure Dienste«, sagte Beauchamp. »Er hat, obgleich in seinem Innern liberal, im Jahre 1829 ein Anlehen von sechs

Millionen für den König Karl x. erlangt und wurde von diesem dafür zum Grafen und Ritter der Ehrenlegion ernannt.«
Sich an Monte Christo wendend, fragte Morcerf: »Sie haben soeben seinen Namen ausgesprochen wie einer, der den Grafen kennt?«
»Ich kenne ihn nicht«, antwortete Monte Christo mit nachlässigem Ton, »werde jedoch wahrscheinlich bald seine Bekanntschaft machen, indem ich einen offenen Kredit auf ihn durch das Haus Thomson und French in Rom habe.«
Diese zwei Namen aussprechend, schaute Monte Christo Maximilian Morel aus einem Winkel seines Auges an.
Hatte der Fremde auf Maximilian Morel eine Wirkung hervorzubringen gehofft, so täuschte er sich nicht. Maximilian zitterte, als ob er einen elektrischen Schlag bekommen hätte. »Thomson und French«, sagte er, »kennen Sie dieses Haus?«
»Es sind meine Bankiers in der Hauptstadt der christlichen Welt«, antwortete ruhig der Graf, »kann ich Ihnen bei diesen Herren in irgendeiner Beziehung nützlich sein?«
»Oh, mein Herr Graf, Sie könnten uns vielleicht in Nachforschungen unterstützen, die bis jetzt fruchtlos gewesen sind; dieses Haus hat einst dem unsrigen einen großen Dienst geleistet, diesen Dienst aber, ich weiß nicht aus welchem Grund, stets abgeleugnet.«
»Ich stehe zu Befehl«, sagte der Graf, sich verbeugend.
»Aber wir haben uns aus Veranlassung von Danglars auf eine sonderbare Weise von dem Gegenstand unseres Gespräches entfernt«, bemerkte Morcerf. »Es war davon die Rede, eine taugliche Wohnung für den Grafen von Monte Christo auszufinden. Auf, meine Herren, wir wollen uns besinnen, um einen guten Gedanken zu bekommen; wo werden wir unsern neuen Gast einquartieren?«
»Im Faubourg Saint-Germain«, sagte Chateau-Renaud, »der Herr findet dort ein reizendes kleines Hotel zwischen Garten und Hof.«
»Bah! Chateau-Renaud«, rief Debray, »Sie kennen nur Ihren traurigen, verdrießlichen Faubourg Saint-Germain; hören Sie nicht auf ihn, Herr Graf, wohnen Sie in der Chaussee-d'Antin, das ist der wahre Mittelpunkt von Paris.«

»Boulevard de l'Opéra«, sagte Beauchamp, »im ersten Stock, ein Haus mit Balkon, der Herr Graf läßt Kissen von Silberstoff dahin bringen und sieht, seinen Tschibuk rauchend oder seine Pillen verschluckend, die ganze Hauptstadt vor seinen Augen vorüberziehen.«

»Sie haben keinen Gedanken, Morel, daß Sie nichts vorschlagen?« sagte Chateau-Renaud.

»Doch, wohl«, erwiderte lächelnd der junge Mann; »ich habe im Gegenteil einen Gedanken, wartete aber, ob sich der Herr Graf nicht durch eine von den glänzenden Anerbietungen, die man ihm gemacht, verführen lassen würde. Nun, da er nicht geantwortet, glaube ich ihm eine Wohnung in einem reizenden kleinen Hotel – ganz Pompadour – anbieten zu dürfen, das meine Schwester seit einem Jahr in der Rue Meslay gemietet hat.«

»Sie haben eine Schwester?« fragte Monte Christo.

»Ja, mein Herr, eine vortreffliche Schwester.«

»Verheiratet?«

»Seit bald neun Jahren und so glücklich, als es einem menschlichen Geschöpf zu sein gestattet ist«, antwortete Maximilian; »sie hat den Mann geheiratet, den sie liebte, der uns in unserem Unglück treu geblieben ist: Emanuel Raymond.«

Monte Christo lächelte unmerklich.

»Ich wohnte dort während meines halbjährigen Urlaubs«, fuhr Maximilian fort, »und stehe mit meinem Schwager Emanuel für jede Auskunft zu Diensten, deren Herr Graf bedürfen möchte.«

»Ich danke, mein Herr, ich danke«, sagte Monte Christo, »ich werde mich begnügen, Ihrer Schwester und Ihrem Schwager durch Sie vorgestellt zu werden, wenn Sie mir diese Ehre erweisen wollen; aber ich nehme das Anerbieten von keinem dieser Herren an, da schon eine Wohnung für mich bereitsteht.«

»Wie?« rief Morcerf, »Sie wollen im Gasthof absteigen? Das wird sehr verdrießlich für Sie sein.«

»War ich denn in Rom so übel dran?« fragte Monte Christo.

»Oh, in Rom«, entgegnete Morcerf, »dort haben Sie fünfzigtausend Piaster ausgegeben, um sich eine Wohnung möblieren zu lassen, doch ich setze voraus, Sie sind nicht geneigt, jeden Tag eine solche Ausgabe zu erneuern.«

»Das hielte mich nicht zurück«, sagte Monte Christo; »doch ich war entschlossen, ein Haus in Paris zu haben, ein eigenes Haus, und schickte meinen Kammerdiener voraus, der mir dieses Haus kaufen und möblieren lassen mußte.«
»Haben Sie denn einen Kammerdiener, der Paris kennt?« rief Beauchamp.
»Er kommt, wie ich, zum erstenmal nach Frankreich, mein Herr, ist schwarz und spricht nicht.«
»Dann ist es Ali?« versetzte Albert mitten im allgemeinen Erstaunen.
»Ja, mein Herr, es ist Ali, mein Nubier, mein Stummer, den Sie, wie ich glaube, in Rom gesehen haben.«
»Allerdings, ich erinnere mich seiner«, sagte Morcerf.
»Aber wie konnten Sie einen Nubier beauftragen, Ihnen ein Haus zu kaufen, einen Stummen, es möblieren zu lassen? Der arme Unglückliche wird alles verkehrt gemacht haben.«
»Sie täuschen sich, mein Herr; ich bin im Gegenteil überzeugt, daß er alle Dinge nach meinem Geschmack gewählt hat; denn Sie wissen, mein Geschmack ist nicht der von jedermann. Er ist vor acht Tagen angekommen und wird in der Stadt mit jenem Instinkt umhergelaufen sein, den ein guter, allein jagender Hund haben dürfte; er kennt meine Launen, meine Phantasien, meine Bedürfnisse und hat sicherlich alles nach meinem Gefallen eingerichtet. Er wußte, daß ich heute um zehn Uhr ankommen würde, und wartete auf mich seit neun Uhr an der Barrière de Fontainebleau. Dort übergab er mir dieses Papier, es ist meine neue Adresse; lesen Sie.« Monte Christo reichte das Papier Albert, und dieser las:
»Champs-Elysées Nr. 30.«
»Das ist in der Tat originell«, rief Beauchamp unwillkürlich.
»Sie kennen Ihr Haus nicht einmal?« fragte Debray.
»Nein«, erwiderte Monte Christo. »Ich habe Ihnen bereits gesagt, daß ich die Stunde nicht versäumen wollte. Ich machte meine Toilette im Wagen und stieg vor der Tür des Vicomte aus.«
Die jungen Leute schauten sich gegenseitig an; sie wußten nicht, ob Monte Christo eine Komödie spielte; doch alles, was aus dem Munde dieses Mannes kam, trug ein solches Gepräge

von Einfachheit an sich, daß man keine Lüge voraussetzen konnte. Warum sollte er übrigens auch gelogen haben?
»Wir werden uns also begnügen müssen, dem Herrn Grafen alle die kleinen Dienste zu leisten, die in unserer Macht liegen«, sagte Beauchamp. »Ich meinerseits öffne ihm in meiner Eigenschaft als Journalist alle Theater von Paris.«
»Ich danke, mein Herr«, versetzte Monte Christo lächelnd, »mein Intendant hat bereits Befehl erhalten, mir in jedem derselben eine Loge zu mieten.«
»Ist Ihr Intendant auch ein Nubier, ein Stummer?« sagte Debray.
»Nein, er ist ein Korse, doch Sie kennen ihn, Herr von Morcerf?«
»Sollte es zufällig der brave Signor Bertuccio sein, der so gut Fenster zu mieten versteht?«
»Ganz richtig, Sie haben ihn bei mir an dem Tag gesehen, als ich Sie beim Frühstück zu empfangen die Ehre hatte. Er ist ein sehr braver Mann, der ein wenig Soldat, ein wenig Schmuggler, ein wenig von allem, was man sein kann, gewesen ist. Ich würde nicht schwören, daß er nicht einen kleinen Streit mit der Polizei wegen einer Erbärmlichkeit, etwa wegen eines Messerstichs, gehabt hat.«
»Und Sie haben diesen ehrlichen Weltbürger zum Intendanten gewählt, mein Herr Graf?« sagte Debray. »Wieviel stiehlt er Ihnen jährlich?«
»Auf mein Ehrenwort, nicht mehr als ein anderer, dessen bin ich sicher; doch er besorgt meine Angelegenheiten, kennt keine Unmöglichkeit, und ich behalte ihn.«
»Also haben Sie ein eingerichtetes Haus«, sagte Chateau-Renaud, »ein Hotel in den Champs-Elysées, Bediente, Intendanten, es fehlt Ihnen nur noch eine Geliebte.«
Albert lächelte, er dachte an die schöne Griechin, die er in der Loge des Grafen im Teatro della Valle und im Teatro Argentina gesehen hatte.
»Ich habe etwas Besseres«, antwortete Monte Christo, »ich habe eine Sklavin; Sie mieten Ihre Geliebtinnen im Théâtre de l'Opera, im Théâtre des Variétés, ich habe die meinige in Konstantinopel gekauft; sie hat mich sehr viel gekostet, aber ich

brauche mich in dieser Beziehung um nichts mehr zu kümmern.«
»Doch Sie vergessen«, sagte Debray lachend, »wir sind, wie König Karl gesagt hat, frank dem Namen nach, frank der Natur nach, und somit ist Ihre Sklavin, sobald sie den Fuß auf die Erde Frankreichs gesetzt hat, frei geworden.«
»Wer wird es ihr sagen?« fragte Monte Christo.
»Der nächste beste.«
»Sie spricht nur Griechisch.«
»Dann ist es etwas anderes.«
»Aber wir werden sie wenigstens sehen«, fragte Beauchamp, »oder besitzen Sie auch Eunuchen, da Sie bereits einen Stummen haben?«
»Nein«, erwiderte Monte Christo, »ich treibe den Orientalismus nicht so weit; jedem von meiner Umgebung steht es frei, mich zu verlassen, und wer mich verläßt, bedarf weder mehr meiner noch irgendeiner andern Person, darum verläßt man mich vielleicht nicht.«
Man war längst beim Dessert und den Zigarren angelangt.
»Mein Lieber«, sagte Debray aufstehend, »es hat halb drei Uhr geschlagen, Ihr Gast ist entzückend, aber die Gesellschaft mag so gut sein, als sie will, man verläßt sie doch endlich... zuweilen einer schlechten zuliebe: ich muß in mein Ministerium zurückkehren. Über den Grafen spreche ich mit dem Minister, und wir erfahren sicherlich, wer er ist.«
»Nehmen Sie sich in acht«, entgegnete Morcerf; »die Schlauesten haben darauf Verzicht geleistet.«
»Bah! Wir haben drei Millionen für unsere Polizei; sie sind allerdings beinahe immer zum voraus ausgegeben, doch gleichviel, es bleiben immerhin fünfzigtausend Franken, die man hierauf verwenden kann.«
»Und wenn Sie wissen, wer er ist, werden Sie es mir sagen?«
»Ich verspreche es Ihnen. Auf Wiedersehen, meine Herren.«
»Gut«, sagte Beauchamp zu Albert, »ich gehe nicht in die Kammer, aber ich habe meinen Lesern etwas Besseres zu bieten, als eine Rede von Danglars.«
»Ich bitte, Beauchamp«, erwiderte Morcerf, »ich bitte, kein

Wort hiervon; berauben Sie mich nicht des Verdienstes, ihn vorzustellen. Nicht wahr, er ist interessant?«

»Er ist noch mehr«, sprach Chateau-Renaud, »er ist in der Tat einer der außerordentlichsten Menschen, die ich in meinem Leben gesehen habe. Kommen Sie mit, Morel?«

»Lassen Sie mich nur meine Karte dem Grafen geben, der uns einen Besuch zugesagt hat: Rue Meslay, Nr. 14.«

»Seien Sie versichert, daß ich dies zu tun nicht vergessen werde«, sagte der Graf, sich verbeugend.

Hierauf entfernte sich Maximilian Morel mit dem Baron von Chateau-Renaud und ließ Monte Christo mit Morcerf allein.

Drittes Buch

1. Die Vorstellung

Als Albert sich mit Monte Christo allein sah, sagte er: »Mein Herr Graf, erlauben Sie mir, damit zu beginnen, daß ich Ihnen meine Junggesellenwohnung zeige. An die italienischen Paläste gewöhnt, wie Sie es sind, werden Sie sich freilich wundern, mit wie wenig Raum ein junger Mann hier in Paris auskommen kann.«

Monte Christo kannte bereits das Speisezimmer und den Salon im Erdgeschoß. Albert führte ihn zuerst in sein bevorzugtes Zimmer, sein Atelier. Der Graf wußte alle die zahllosen Gegenstände zu würdigen, und Morcerf, der geglaubt hatte, der Erklärer zu sein, war es, der unter Leitung seines Gastes einen Kursus in Archäologie und Naturwissenschaft durchmachte.

Man stieg dann in den ersten Stock hinauf, und Albert führte seinen Gast in den Salon, der mit Werken moderner Meister geschmückt war. Wenn er aber erwartet hatte, diesmal wenigstens dem fremden Reisenden etwas Neues zu zeigen, so hörte er zu seinem großen Erstaunen diesen sofort die Namen jedes Meisters nennen, obgleich die Werke häufig nur die Anfangsbuchstaben desselben trugen. Es war offenkundig, daß ihm nicht allein jeder dieser Namen bekannt war, sondern daß er auch jedes dieser Talente zu würdigen wußte.

Vom Salon ging man in das Schlafzimmer; es war zugleich ein Muster von Eleganz und von strengem Geschmack; darin glänzte ein einziges, aber von Leopold Robert unterzeichnetes Porträt in seinem mattgoldenen Rahmen. Dieses Porträt zog sogleich die Blicke des Grafen von Monte Christo an, denn er machte drei rasche Schritte im Zimmer und blieb plötzlich vor demselben stehen.

Es war das Porträt einer Frau von etwa 25 Jahren, von brauner Gesichtsfarbe, mit feurigem, unter einem schmachtenden Augenlid verschleiertem Blick; sie trug die malerische Kleidung der katalonischen Fischerinnen mit rot und schwarzem Mieder und goldenen, durch die Haare gesteckten Nadeln; sie schaute

auf die See hinaus, und ihr hübsches Profil hob sich von dem doppelten Azur der Wellen und des Himmels ab.
Es war düster im Zimmer, sonst hätte Albert die Leichenblässe sehen können, die sich über die Wangen des Grafen verbreitete, er hätte das Zittern bemerken müssen, das seine Schultern und seine Brust bewegte.
Nach einem kurzen Stillschweigen sagte der Graf von Monte Christo mit vollkommen ruhiger Stimme: »Graf, Sie haben da eine schöne Geliebte, und dieses Ballkostüm steht ihr zum Entzücken.«
»Ah, mein Herr«, erwiderte Albert, »das ist eine Täuschung, es ist meine Mutter. Diese Tracht ist der Phantasie entsprungen, aber die Ähnlichkeit ist so groß, daß ich meine Mutter noch vor mir zu sehen wähne, wie sie im Jahre 1830 war, als sie dieses Porträt während einer Abwesenheit des Grafen malen ließ. Seltsamerweise mißfiel das Porträt meinem Vater, und der Wert des Gemäldes, das, wie Sie sehen, eines der schönsten von Robert ist, ließ ihn den Widerwillen nicht überwinden, den er gegen dasselbe gefaßt hatte. Allerdings ist Herr von Morcerf, unter uns gesagt, einer der emsigsten Pairs in Luxembourg, ein berühmter General, aber ein äußerst mittelmäßiger Liebhaber der Kunst; nicht so ist es bei meiner Mutter, die sehr gut malt, und da sie ein solches Werk zu sehr schätzt, um sich gänzlich davon trennen zu können, mir dasselbe gegeben hat, damit es bei mir weniger dem Mißfallen von Herrn von Morcerf ausgesetzt sei, dessen von Gros gemaltes Porträt ich Ihnen ebenfalls zeigen werde. Verzeihen Sie, wenn ich auf diese Art von Familien- und häuslichen Angelegenheiten mit Ihnen spreche, da ich aber die Ehre haben werde, Sie zu dem Grafen zu geleiten, so sage ich Ihnen dies, damit Ihnen nicht in seiner Gegenwart ein Lob dieses Porträts entschlüpft. Es übt indessen einen traurigen Einfluß aus, denn meine Mutter kommt selten zu mir, ohne es zu beschauen, und noch seltener geschieht es, daß sie das Bild beschaut, ohne zu weinen. Übrigens ist die Wolke, welche die Erscheinung dieses Gemäldes in unser Haus gebracht, die einzige, die sich zwischen dem Grafen und der Gräfin erhoben hat, denn sie sind, obgleich seit mehr als zwanzig Jahren verheiratet, noch einig wie am ersten Tag.«

Monte Christo warf einen raschen Blick auf Albert, als wollte er eine unter seinen Worten verborgene Absicht suchen, aber der junge Mann hatte diese Worte offenbar in der ganzen Einfalt seines Gemütes gesprochen.
»Nun haben Sie alle meine Reichtümer gesehen«, fuhr Albert fort; »erlauben Sie mir, Herr Graf, Ihnen dieselben anzubieten, so unwürdig sie auch sein mögen; betrachten Sie sich, als wären Sie hier zu Hause, und um noch heimischer zu werden, haben Sie die Güte, mich zu Herrn von Morcerf zu begleiten, dem ich von Rom den Dienst, den Sie mir geleistet, mitgeteilt, und den Besuch, den Sie mir versprochen, angekündigt habe. Ich darf wohl sagen, der Graf und die Gräfin erwarten mit Ungeduld den Zeitpunkt, wo es ihnen erlaubt sein möchte, Ihnen zu danken. Sie sind etwas abgestumpft gegen alle Dinge, ich weiß dies, Herr Graf, und die Familienszenen üben keine große Wirkung auf Simbad den Seefahrer aus, denn Sie haben so viele andere Szenen gesehen! Nehmen Sie indessen, was ich Ihnen anbiete, als Eingang in das Pariser Leben an, in ein Leben der Höflichkeiten, der Besuche und Vorstellungen.«
Monte Christo verbeugte sich, ohne zu antworten; er nahm den Vorschlag ohne Begeisterung und ohne Widerstreben an, wie eine von den Pflichten des Anstandes, denen sich jedermann unterwerfen muß. Albert rief seinen Kammerdiener und befahl ihm, Herrn und Frau von Morcerf den Grafen von Monte Christo zu melden; dann folgte er ihm mit dem Grafen.
Als man in das Vorzimmer des Grafen gelangte, sah man über der Tür des Salons einen Wappenschild; der Graf blieb vor dem Wappen stehen, schaute es aufmerksam an und fragte: »Ohne Zweifel das Wappen Ihrer Familie, Vicomte? Ich bin sehr unwissend in der Heraldik; ich bin ein Graf aus Zufall, fabriziert in der Toskana und hätte den hohen Adel entbehren können, wäre mir nicht wiederholt worden, wenn man viel reise, sei es durchaus notwendig, etwas am Wagenschlag zu haben, und wäre es nur, um nicht von den Zollbeamten durchsucht zu werden. Entschuldigen Sie mich also, wenn ich eine solche Frage mache.«
»Sie ist keineswegs unbescheiden, mein Herr«, antwortete Morcerf mit der Einfachheit der Überzeugung, »und Sie haben

richtig erraten, es sind die Wappen meines Vaters und meiner Mutter; von weiblicher Seite bin ich Spanier, doch das Haus Morcerf ist französisch und, wie ich sagen hörte, eines der ältesten im südlichen Frankreich.«

»Ja«, sagte der Graf, »das deuten die Amseln auf den Wappen an. Beinahe alle Kreuzfahrer, die auf die Eroberung des heiligen Landes auszogen, wählten als Wappen entweder Kreuze oder Wandervögel. Einer Ihrer väterlichen Ahnen wird einen von den Kreuzzügen mitgemacht haben, und nehmen wir nur an, es sei der des heiligen Ludwig gewesen, so führt dies Ihren Adel schon in das dreizehnte Jahrhundert zurück, was immerhin sehr hübsch ist. Sie stammen also zugleich von der Provence und von Spanien her, wodurch sich, wenn das Porträt, das Sie mir gezeigt haben, ähnlich ist, die schöne braune Farbe erklärt, die ich so sehr auf dem Antlitz der edeln Katalonierin bewunderte.«

Die Ironie, die der Graf in diese Worte legte, die scheinbar das Gepräge der größten Höflichkeit an sich trugen, war nur schwer zu erraten; Morcerf dankte ihm auch mit einem Lächeln, ging voran und öffnete eine in den Salon führende Tür. An der am meisten in das Auge fallenden Stelle dieses Salons sah man ebenfalls ein Porträt; es war das eines Mannes von etwa 36 Jahren in Generalsuniform mit dem Band der Kommandeure der Ehrenlegion, dem Stern des Großoffiziers vom Erlöser-Orden und dem Großkreuz des Ordens von Karl III.

Monte Christo beschäftigte sich eben damit, dieses Porträt mit derselben Sorgfalt zu betrachten, mit der er das andere angeschaut hatte, als eine Seitentür geöffnet wurde und er sich dem Gafen von Morcerf selbst gegenüberfand.

Dieser war ein Mann von 40 bis 45 Jahren; sein schwarzer Schurrbart und seine schwarzen Augenbrauen stachen seltsam von seinen weißen, nach militärischer Mode bürstenartig geschnittenen Haaren ab; er war bürgerlich gekleidet und trug am Knopfloch ein Ordensband. Der Graf von Morcerf trat mit ziemlich edlem Anstand und mit einem gewissen Eifer ein. Monte Christo ließ ihn auf sich zukommen, ohne einen Schritt zu tun; man hätte glauben sollen, seine Füße wären auf den Boden geheftet, wie seine Augen an das Gesicht des Eintretenden.

»Mein Vater«, sagte der junge Mann, »ich habe die Ehre, Ihnen den Grafen von Monte Christo, den edelmütigen Freund vorzustellen, den ich unter den Ihnen bekannten, schwierigen Umständen zu treffen so glücklich war.«

»Der Herr ist willkommen in unserer Mitte«, sagte der Graf von Morcerf, Monte Christo mit einem Lächeln begrüßend, »er hat unserem Haus durch Erhaltung seines einzigen Erben einen Dienst geleistet, für den wir ihm zu unauslöschlichem Dank verpflichtet sind.«

So sprechend bot Morcerf Monte Christo einen Lehnstuhl, während er sich selbst vor das Fenster setzte. Monte Christo nahm den gebotenen Platz, richtete es aber so ein, daß er im Schatten der großen Samtvorhänge verborgen blieb, wo es ihm gestattet war, in den Zügen des Grafen, die auffallende Spuren sorgenvoller Ermattung zeigten, eine ganze Geschichte geheimer Leiden zu lesen, womit ein frühzeitiges Altern sein Angesicht durchfurcht hatte.

Graf Morcerf sprach, zu dem Gast gewendet: »Die Frau Gräfin war bei ihrer Toilette, als sie der Herr Vicomte von dem Besuch benachrichtigen ließ, den sie zu empfangen die Ehre haben sollte; sie wird in zehn Minuten im Salon sein.«

»Es ist viel Ehre für mich«, erwiderte Monte Christo, »daß ich schon am Tage meiner Ankunft in Paris mit einem Mann in Verbindung gebracht werde, dessen Verdienst seinem Ruf gleichkommt, und bei dem das Schicksal, einmal gerecht, keinen Irrtum beging; doch hatte es Ihnen in den Ebenen der Mitidja oder in den Gebirgen des Atlas nicht einen Marschallsstab anzubieten?«

»Ich habe den Dienst verlassen, mein Herr«, sagte Morcerf, ein wenig errötend. »Unter der Restauration zum Pair ernannt, nahm ich meinen Abschied, denn wenn man, wie ich, seine Epauletten auf dem Schlachtfeld gewonnen hat, so versteht man es nicht, auf dem schlüpfrigen Boden des Salons zu manövrieren; ich habe den Degen niedergelegt und mich in die Politik begeben, ich widme mich der Industrie und studiere die nützlichen Künste. Während der zwanzig Jahre, die ich im Dienst geblieben, hatte ich wohl Lust hierzu, aber es fehlte mir an Zeit.«

»Diese Ansichten sind es, welche die Überlegenheit Ihrer Nation über die anderen Länder erhalten, mein Herr«, versetzte Monte Christo; »ein Edelmann aus vornehmem Haus, im Besitz eines schönen Vermögens, haben Sie sich von Anfang herbeigelassen, die ersten Grade als unbekannter, dunkler Soldat zu gewinnen, und das ist selten; General, Pair von Frankreich, Kommandeur der Ehrenlegion geworden, willigen Sie ein, eine zweite Lehrzeit zu beginnen, ohne eine andere Hoffnung, ohne eine andere Belohnung, als die, eines Tages Ihresgleichen nützlich zu sein. Ah, mein Herr, das ist in der Tat schön, ich sage noch mehr, es ist erhaben.«
Albert betrachtete und hörte Monte Christo mit Erstaunen; er war nicht gewohnt, ihn zu solchen enthusiastischen Gedanken sich erheben zu sehen.
»Ah!« fuhr der Fremde fort, ohne Zweifel, um die fast unmerkliche Wolke verschwinden zu machen, die bei diesen Worten über die Stirn von Morcerf hinzog, »ah, wir machen es in Italien nicht so, wir wachsen nach unserem Geschlecht und unserer Gattung, und wir behalten dasselbe Blätterwerk, dieselbe Gestalt, häufig sogar dieselbe Nutzlosigkeit unser ganzes Leben hindurch.«
»Aber mein Herr«, entgegnete der Graf von Morcerf, »für einen Mann von Ihrem Verdienst ist Italien kein Vaterland, und Frankreich reicht Ihnen seine Arme: entsprechen Sie dem Ruf, den es an Sie ergehen läßt; Frankreich wird vielleicht nicht gegen jedermann undankbar sein; es behandelt seine Kinder schlimm, aber die Fremden nimmt es gewöhnlich in großartiger Weise auf.«
»Ei, mein Vater«, sagte Albert mit einem Lächeln, »man sieht wohl, daß Sie den Herrn Grafen von Monte Christo nicht kennen. Seine Befriedigung liegt außerhalb dieser Welt; er strebt nicht nach Auszeichnungen.«
»Sie sind Herr Ihrer Zukunft gewesen und haben den Blumenpfad gewählt«, sagte der Graf von Morcerf mit einem Seufzer.
»Allerdings«, erwiderte Monte Christo mit jenem Lächeln, das ein Maler nie wiedergeben könnte.
»Hätte ich nicht den Herrn Grafen zu ermüden befürchtet«, sagte der General, offenbar entzückt über die Manieren von

Monte Christo, »so würde ich ihn in die Kammer geführt haben, es ist heute eine interessante Sitzung.«

»Ich würde Ihnen sehr dankbar sein, doch für heute hat man mir mit der Hoffnung, der Frau Gräfin vorgestellt zu werden, geschmeichelt, und ich will lieber warten.«

»Ah, hier kommt meine Mutter«, rief der Vicomte.

Rasch sich umwendend, erblickte Monte Christo wirklich Frau von Morcerf auf der Schwelle der gegenüberliegenden Tür; unbeweglich und bleich, stand sie hier seit einigen Sekunden und hatte die letzten Worte gehört.

Monte Christo erhob sich und machte eine tiefe Verbeugung vor der Gräfin, die sich stumm und zeremoniös verneigte.

»Leiden Sie, meine Mutter?« rief der junge Vicomte, Mercedes entgegeneilend.

Sie dankte mit einem Lächeln und sagte: »Nein, ich fühlte mich nur einigermaßen erschüttert, als ich zum estenmal den Herrn Grafen sah, ohne dessen Vermittlung wir heute in Tränen und Trauer wären. Mein Herz«, fügte die Gräfin, mit der Majestät einer Königin vorschreitend hinzu, »ich verdanke Ihnen das Leben meines Sohnes und segne Sie für diese Wohltat. Erlauben Sie mir, Ihnen zu sagen, welches Vergnügen es mir bereitet, daß Sie mir Gelegenheit verschaffen, Ihnen aus dem Grunde meines Herzens zu danken, wie ich Sie aus dem Grunde meines Herzens gesegnet habe.«

Der Graf von Monte Christo verbeugte sich abermals, jedoch noch tiefer als das erstemal; er war bleicher als Mercedes.

»Madame«, sagte er, »der Herr Graf und Sie belohnen mich so großmütig für eine ganz einfache Handlung. Einen Menschen retten, dem Vater eine Qual ersparen, das empfindliche Herz einer Frau schonen, heißt nicht ein gutes Werk, sondern bloß einen Akt der Menschlichkeit vollführen.«

Auf diese mit außerordentlicher Weichheit und Artigkeit gesprochenen Worte erwiderte die Gräfin mit gefühlvoller Betonung: »Mein Herr, mein Sohn ist glücklich, Sie seinen Freund nennen zu dürfen, und ich danke Gott, der die Dinge so gelenkt hat.«

Und Mercedes schlug ihre Augen mit so grenzenloser Dank-

barkeit zum Himmel auf, daß Monte Christo Tränen darin zu sehen glaubte.
»Herr Graf«, fuhr sie fort »werden Sie uns die Ehre erweisen, den Rest des Tages mit uns zuzubringen?«
»Glauben Sie mir, Madame, ich weiß Ihnen den größten Dank für Ihr Anerbieten, aber ich bin heute morgen vor Ihrer Tür aus meinem Wagen gestiegen. Ich weiß nicht, wie ich in Paris eingerichtet bin, ich weiß kaum wo ich bin. Es ist dies eine allerdings leichte, aber dennoch in Anschlag zu bringende Sorge.«
»So versprechen Sie uns wenigstens, daß wir das Vergnügen ein andermal haben werden?« fragte die Gräfin.
Monte Christo verbeugte sich, ohne zu antworten, doch die Gebärde konnte für eine Einwilligung gelten.
»Dann halte ich Sie nicht zurück«, sagte die Gräfin, »denn meine Dankbarkeit soll nicht zu einer Belästigung werden.«
»Mein lieber Graf«, sagte Albert, »genehmigen Sie es, so werde ich Ihnen in Paris Ihre Artigkeit von Rom zurückzugeben suchen, und ich stelle meinen Wagen zu Ihrer Verfügung, bis Sie Zeit gehabt haben, Ihre Equipagen in den gehörigen Stand zu setzen.«
»Ich danke Ihnen tausendmal für Ihre Zuvorkommenheit, Vicomte, aber ich denke, Bertuccio wird die fünf Stunden, die ich ihm gelassen, gut angewendet haben, und ich werde vor der Tür einen angespannten Wagen finden.«
Albert war an diese Art und Weise des Grafen gewöhnt, er wußte, daß er in der Durchsetzung des Unmöglichen Nero glich, und staunte über nichts mehr, nur wollte er selbst beurteilen, wie seine Befehle ausgeführt worden und begleitete den Grafen bis an die Tür des Hotels. Monte Christo hatte sich nicht getäuscht: er fand wirklich einen Wagen, der auf ihn wartete. Es war ein prachtvolles Kupee und ein Gespann, das Drake, wie die Pariser Gesellschaft wußte, noch am Tag zuvor nicht für achtzehntausend Franken hergegeben hatte.
»Mein Herr«, sagte der Graf zu Albert, »ich mache Ihnen nicht den Vorschlag, mich nach Hause zu begleiten, ich könnte Ihnen nur ein improvisiertes Haus zeigen, und ich habe, wie Sie wissen, in bezug auf Improvisationen einen Ruf zu wahren. Bewilligen Sie mir einen Tag und erlauben Sie mir sodann, Sie einzu-

laden.« Und er sprang in den Wagen, der sich hinter ihm schloß, und fuhr im Galopp vom Hotel weg, jedoch nicht so schnell, daß er nicht eine unmerkliche Bewegung wahrgenommen hätte, die den Vorhang des Salons zittern machte, wo er die Gräfin gelassen hatte.

Als Albert zu seiner Mutter zurückkehrte, fand er sie in ein großes Fauteuil von Samt versenkt; in dem halbdunklen Gemach konnte man außer einigen glänzenden Stellen von goldenen Rahmen und kostbaren Gefäßen nichts deutlich erblicken. Albert konnte das Gesicht der Gräfin nicht sehen, denn es war in eine Gazewolke gehüllt, die wie ein Heiligenschein um ihre Haare schwebte, aber es kam ihm vor, als bebte ihre Stimme; er erkannte auch unter den Wohlgerüchen von Rosen und Heliotropen der Jardinière die herbe, beißende Spur von Essigäther, und seiner ängstlichen Aufmerksamkeit entging nicht das Flakon der Gräfin, das auf dem Kamin stand.

»Leiden Sie, meine Mutter«, rief er eintretend, »oder sollte Ihnen während meiner Abwesenheit übel geworden sein?«

»Nein, Albert; aber du begreifst, diese Rosen, diese Hyazinthen, diese Orangenblüten strömen während der ersten Wärme so starke Wohlgerüche aus...«

»Dann muß man sie in Ihr Vorzimmer bringen lassen«, sagte Morcerf, mit der Hand nach der Glocke greifend. »Sie sind in der Tat unpäßlich; schon vorhin, als Sie eintraten, waren Sie sehr bleich.«

»Ich war bleich, sagst du, Albert?«

»Sie waren von einer Blässe, die Ihnen sehr gut steht, meine Mutter, aber darum meinen Vater und mich nichtsdestoweniger erschreckt hat.«

»Sprach dein Vater mit dir hierüber?« fragte Mercedes rasch.

»Nein, Mama, doch erinnern Sie sich, er hat gegen Sie selbst diese Bemerkung gemacht.«

»Ich erinnere mich dessen nicht«, versetzte die Gräfin.

Ein Diener erschien und trug auf das Geheiß Alberts die Blumen in das Vorzimmer.

»Was für ein Name ist Monte Christo?« fragte die Gräfin, nachdem sich der Diener entfernt hatte. »Ist es ein Familienname oder ein einfacher Titel?«

»Ich glaube, es ist nur ein Titel, meine Mutter. Der Graf hat eine Insel im toskanischen Archipel gekauft. Übrigens bildet er sich nichts auf den Adel ein und nennt sich einen Zufallsgrafen, obgleich in Rom allgemein die Ansicht herrscht, der Graf sei ein sehr vornehmer Herr.«
»Seine Manieren sind ausgezeichnet«, sagte die Gräfin, »wenigstens nach dem, was ich während der wenigen Augenblicke, die er hier geblieben ist, beurteilen konnte.«
»Oh, sie sind ganz vollkommen, meine Mutter, so vollkommen, daß sie bei weitem alles übersteigen, was ich Aristokratisches beim englischen, spanischen und deutschen Adel kennengelernt habe.«
Die Gräfin dachte einen Augenblick nach und fuhr dann nach diesem kurzen Zögern fort: »Mein lieber Albert... du begreifst, es ist eine Mutterfrage, die ich an dich richte... du hast Herrn von Monte Christo in seinem Haus, in seinem Innern gesehen, du bist mit der Welt vertraut und besitzt mehr Takt, als man in deinem Alter zu haben pflegt: glaubst du, daß der Graf wirklich ist, was er zu sein scheint?«
»Und was scheint er zu sein?«
»Du sagtest es soeben, ein vornehmer Herr.«
»Ich sagte Ihnen, man halte ihn dafür.«
»Und was denkst du davon, Albert?«
»Ich muß gestehen, ich habe keine bestimmte Ansicht über ihn; ich habe so viele seltsame Dinge von ihm gesehen, daß ich, wenn ich sagen soll, was ich von ihm denke, Ihnen antworte, ich hätte Lust, den Grafen als eine Art Menschen vom Geiste Byrons zu betrachten, denen das Schicksal einen unseligen Stempel aufgedrückt hat, als einen Manfred, einen Werner, als eines von den Trümmern irgendeiner alten Familie, die ihres väterlichen Vermögens enterbt, ein neues durch die Kraft ihres abenteuerlichen Geistes fanden, der sie über die Gesetze der Gesellschaft stellte.«
»Du sagst...?«
»Ich sage, Monte Christo ist eine Insel im Mittelländischen Meer, ohne Bewohner, ohne Garnison, ein Schlupfwinkel für Schmuggler und Piraten. Wer weiß, ob diese würdigen Gewerbsleute ihrem Herrn nicht eine Abgabe zahlen?«

»Es ist möglich«, sagte die Gräfin träumerisch.
»Doch gleichviel«, versetzte der junge Mann, »Schmuggler oder nicht, Sie werden zugestehen, meine Mutter, da Sie es selbst gesehen haben, der Herr Graf von Monte Christo ist ein merkwürdiger Mann, und seine Erscheinung in den Salons von Paris wird von dem glänzensten Erfolg begleitet sein. Schon heute hat er bei mir seinen Eintritt in die Welt damit begonnen, daß er sogar Chateau-Renaud in das höchste Erstaunen versetzte.«
»Wie alt kann der Graf sein?« sagte Mercedes, sichtbar ein großes Gewicht auf diese Frage legend.
»Fünfunddreißig bis sechsunddreißig Jahre, meine Mutter.«
»So jung! Das ist unmöglich«, sagte Mercedes, zugleich auf das, was ihr Albert geantwortet, und das, was ihr der eigene Gedanke sagte, erwidernd.
»Es ist dennoch wahr, drei- oder viermal äußerte er, und gewiß ohne Vorbedacht: Zu jener Zeit war ich fünf Jahre, damals war ich zehn Jahre, zu dieser Epoche war ich zwölf Jahre alt. Meine Neugierde achtete auf diese Einzelheiten, ich stellte die Daten zusammen, und nie fand ich einen Widerspruch bei ihm. Das Alter dieses seltsamen Mannes, der eigentlich kein Alter hat, ist nach meiner festen Überzeugung 35 Jahre. Erinnern Sie sich überdies, meine Mutter, wie lebhaft sein Auge ist, wie seine Haare schwarz sind und wie seine Stirn, obgleich bleich, völlig von Runzeln frei ist: Er besitzt nicht nur eine kräftige, sondern auch eine noch junge Natur.«
Die Gräfin senkte das Haupt unter einer zu schweren Woge bitterer Gedanken.
»Und dieser Mann hat eine Freundschaft für dich gefaßt, Albert?« fragte sie bebend, »und du liebst ihn?«
»Er gefällt mir, meine Mutter, was auch Franz d'Epinay sagen mag, der ihn als einen aus der andern Welt zurückgekommenen Menschen betrachtet wissen wollte.«
Die Gräfin machte eine Bewegung des Schreckens und sprach mit bebender Stimme: »Albert, stets war ich bemüht, dir Behutsamkeit gegen neue Bekanntschaften zu empfehlen. Nun bist du ein Mann und könntest mir Ratschläge geben, dennoch wiederhole ich dir, sei klug, Albert.«

»Meine liebe Mutter, wenn mir dieser Rat Nutzen bringen sollte, so müßte ich zum voraus wissen, gegen was ich mein Mißtrauen zu richten hätte. Der Graf spielt nie, der Graf trinkt nur durch einen Tropfen spanischen Wein vergoldetes Wasser, der Graf hat sich als so reich angekündigt, daß er, ohne sich ins Gesicht lachen zu lassen, kein Geld von mir entlehnen könnte: Was soll ich also von ihm befürchten?«

»Du hast recht, meine Furcht ist töricht, besonders da sie einen Mann zum Gegenstand hat, der dir das Leben rettete. Doch sprich, hat ihn dein Vater gut aufgenommen? Es ist von Belang, daß wir auf mehr als gutem Fuß mit dem Grafen stehen. Herr von Morcerf ist zuweilen beschäftigt, seine Angelegenheiten machen ihn sorgenvoll, und es könnte sein, daß er, ohne zu wollen...«

»Mein Vater war, wie man es nur immer wünschen konnte; ich sage noch mehr, er schien geschmeichelt durch ein paar sehr geschickte Komplimente, die der Graf ebenso glücklich als am geeigneten Orte einfließen ließ, als hätte er ihn seit dreißig Jahren gekannt. Jeder von diesen Lobpfeilen mußte meinen Vater kitzeln«, fügte Albert lachend bei, »sie trennten sich als die besten Freunde der Welt, und Herr von Morcerf wollte ihn sogar in die Kammer mitnehmen, um ihn seine Rede hören zu lassen.«

Die Gräfin antwortete nicht, sie war in eine so tiefe Träumerei versunken, daß sich ihre Augen allmählich geschlossen hatten. Vor ihr stehend, betrachtete sie der junge Mann mit jener Sohnesliebe, die zärtlicher und inniger bei den Kindern ist, deren Mütter noch schön und jung sind; als er sah, wie sich ihre Augen schlossen, als er sie eine Minute lang in ihrer sanften Unbeweglichkeit atmen hörte und sie entschlummert glaubte, entfernte er sich auf den Fußspitzen und öffnete behutsam die Tür des Zimmers, in welchem er seine Mutter zurückließ.

»Dieser Teufel von einem Menschen«, murmelte er, den Kopf schüttelnd, »ich prophezeite ihm dort schon, er würde in der Welt Aufsehen machen; ich ermesse die Wirkung seiner Person nach einem untrüglichen Thermometer; meiner Mutter ist er aufgefallen, folglich muß er wohl merkwürdig sein.« Und er ging in seinen Stall hinab, nicht ohne einen gewissen geheimen Ärger darüber, daß sich der Graf, ohne nur daran zu denken, ein Gespann erworben hatte, das seine Braunen in der Meinung der Kenner auf Numero 2 zurückstellte.

2. Bertuccio

Mittlerweile war der Graf in seiner Wohnung angelangt; er hatte sechs Minuten gebraucht, um den Weg zurückzulegen. Diese sechs Minuten genügten, daß er von 20 jungen Leuten wahrgenommen wurde, die bekannt mit dem Preis des Gespanns, das sie selbst nicht hatten kaufen können, ihre Rosse in Galopp setzten, um den glänzenden Herrn zu sehen, der sich Pferde im Wert von 20000 Franken anschaffte.

Das von Ali gewählte Haus, welches als Residenz in der Stadt für Monte Christo dienen sollte, lag rechts, wenn man die Champs-Elysées hinaufgeht, zwischen Hof und Garten. Eine buschreiche Baumgruppe, die sich mitten im Hof erhob, verbarg einen Teil der Fassade. Das inmitten eines weiten Raumes vereinzelt stehende Haus hatte außer dem Haupteingang noch einen andern Eingang, der sich nach der Rue de Ponthieu öffnete.

Ehe der Kutscher den Pförtner angerufen hatte, drehte sich schon das massive Gittertor auf seinen Angeln, man hatte den Grafen kommen sehen, und er wurde in Paris, wie in Rom, wie überall, mit Blitzesschnelle bedient. Der Kutscher fuhr also hinein, beschrieb den Halbkreis, ohne den Gang seiner Pferde im geringsten zu hemmen, und die Räder knirschten noch auf dem Sand der Allee, als bereits das Gitter wieder geschlossen war. Auf der linken Seite der Treppe hielt der Wagen an, zwei Männer erschienen am Schlage; der eine war Ali, der seinem Herrn mit unglaublich treuherziger Freude zulächelte und sich durch einen einzigen Blick von Monte Christo bezahlt fand. Der andere verbeugte sich in Demut und reichte dem Grafen den Arm, um ihm aussteigen zu helfen.

»Ich danke, Herr Bertuccio«, sagte der Graf, leicht die drei Stufen des Fußtrittes hinabspringend; »aber wie steht es mit dem Notar?«

»Er wartet im kleinen Salon«, antwortete Bertuccio.

»Und die Visitenkarten, die Sie meinem Befehl gemäß stechen lassen sollten, sobald Sie die Nummer des Hauses wüßten?«

»Es ist bereits geschehen, Herr Graf, ich war bei dem besten Graveur des Palais Royal und ließ ihn die Platte in meiner Gegenwart ausführen; die erste abgezogene Karte wurde, wie Sie befohlen, dem Herrn Baron Danglars, Deputierten, Rue de la Chaussée d'Antin Nr. 7 überbracht, die andern liegen auf dem Kamin des Schlafzimmers Eurer Exzellenz!«

»Gut. Wieviel Uhr ist es?«

»Vier Uhr.«

Monte Christo gab seine Handschuhe, seinen Hut und Stock einem Bedienten und ging dann in den kleinen Salon, wo ihn der Notar erwartete. Dieser war ein ehrliches Schreibergesicht mit der unzerstörbaren Würde eines Pariser Beamten.

»Ist dieser Herr der Notar, der den Auftrag hat, das Landhaus zu verkaufen, das ich erwerben will?« fragte Monte Christo.

»Ja, mein Herr Graf«, antwortete der Notar; »hier ist der Kaufvertrag!«

»Vortrefflich. Und wo liegt das Haus?« fragte nachlässig Monte Christo, sich halb an Bertuccio, halb an den Notar wendend.

Der Intendant machte eine Gebärde, die wohl bedeuten sollte: »Ich weiß es nicht.«

Der Notar schaute Monte Christo an und rief: »Wie, der Herr Graf weiß nicht, wo das Haus liegt, das er kaufen will?«

»Zum Teufel, wie soll ich es wissen? Ich komme heute von Cadix, bin nie in Paris gewesen, ja es ist sogar das erstemal, daß ich den Boden von Frankreich betrete.«

»Dann ist es etwas anderes; das Haus, das der Herr Graf kauft, liegt in Auteuil.«

Bei diesen Worten erbleichte Bertuccio sichtbar.

»Und wo liegt Auteuil?« fragte Monte Christo.

»Nur ein paar Schritte von hier, Herr Graf«, erwiderte der Notar, »etwas hinter Passy in einer reizenden Gegend.«

»So nahe!« sagte Monte Christo, »das ist kein Landhaus. Wie konnten Sie ein Haus am Tor von Paris wählen, Herr Bertuccio?«

»Ich!« rief der Intendant mit seltsamem Eifer; »hat mich der Herr Graf nicht beauftragt, dieses Haus zu wählen? Der Herr Graf wolle die Gnade haben, sich zu besinnen.«

»Ah, es ist richtig«, sagte Monte Christo, »ich erinnere mich

nun, ich habe die Anzeige in irgendeinem Blatt gelesen und mich durch den lügnerischen Titel Landhaus verführen lassen.«
»Es ist noch Zeit«, sagte Bertuccio lebhaft, »und wenn mich Eure Exzellenz beauftragen will, anderswo zu suchen, so werde ich das Beste finden, was es gibt, mag es nun in Enghien, in Fontenay-aux-Roses oder in Bellevue sein.«
»Meiner Treu, nein«, erwiderte Monte Christo sorglos, »da ich dieses habe, so werde ich es behalten.«
»Und der gnädige Herr hat recht«, sagte rasch der Notar, der sein Honorar zu verlieren befürchtete, »es ist ein reizendes Eigentum: fließendes Wasser, Gebüsch, ein, wenn auch seit geraumer Zeit verlassenes, doch äußerst behagliches Wohngebäude, abgesehen von dem Mobiliar, das, so alt es auch ist, doch seinen Wert hat, besonders heutzutage, wo man Altertümer liebt und sucht.«
»Den Teufel, eine solche Gelegenheit wollen wir nicht versäumen«, rief Monte Christo; »den Vertrag, Herr Notar!«
Und er unterzeichnete rasch, nachdem er einen Blick auf die Stelle geworfen hatte, wo die Lage des Hauses und die Namen der Eigentümer bezeichnet waren, dann befahl er 55 000 Franken auszuzahlen. Der Intendant ging mit unsicheren Schritten hinaus und kehrte mit einem Päckchen Banknoten zurück, die der Notar zählte.
»Und nun ist allen Förmlichkeiten Genüge geleistet«, sagte der Graf. »Haben Sie die Schlüssel?«
»Sie sind in den Händen des Hausverwalters, der das Haus bewacht; doch hier ist der schriftliche Befehl, den ich an ihn ergehen lasse, den gnädigen Herrn in sein Eigentum einzuweisen.«
»Sehr gut. Begleiten Sie diesen Herrn«, sagte der Graf zu Bertuccio.
Der Intendant ging hinter dem Notar hinaus.
Kaum war der Graf allein, als er aus seiner Tasche ein Portefeuille mit einem Schloß zog, das er mit einem Schlüsselchen öffnete, welches er am Hals trug und nie von sich ließ. Nachdem er einen Augenblick gesucht hatte, verweilte er bei einem Blättchen, worauf einige Notizen standen, verglich diese mit der auf dem Tisch liegenden Verkaufsakte, faßte seine Erinnerungen zusammen und sprach: »Auteuil, Rue de al Fontaine Nr. 39; so

ist es; soll ich es nun auf ein durch den religiösen Schrecken oder durch den körperlichen Schrecken entrissenes Geständnis ankommen lassen? In einer Stunde werde ich übrigens alles erfahren.«

»Bertuccio!« rief er, mit einem Hämmerchen auf ein Glöckchen schlagend, das einen scharfen, lange anhaltenden Ton von sich gab, »Bertuccio!«

Der Intendant erschien auf der Schwelle.

»Herr Bertuccio«, sagte der Graf, »sagten Sie mir nicht, Sie wären in Frankreich gereist?«

»Ja, Exzellenz, in einigen Teilen von Frankreich.«

»Sie kennen ohne Zweifel die Gegend von Paris?«

»Nein, Exzellenz«, antwortete der Intendant mit einer gewissen Nervosität, die der Graf, ein Kenner von Bewegungen, mit Recht einer heftigen Unruhe zuschrieb.

»Es ist ärgerlich, daß Sie nie die Gegend von Paris besucht haben«, sagte er, »denn ich will noch heute abend mein neues Gut in Augenschein nehmen, und wenn Sie mich begleitet hätten, würden Sie mir ohne Zweifel nützliche Auskunft gegeben haben.«

»Nach Auteuil!« rief Bertuccio, dessen kupferfarbiges Gesicht plötzlich leichenblaß wurde. »Ich nach Auteuil gehen!«

»Ei, sagen Sie mir, was ist denn Erstaunliches daran, daß Sie nach Auteuil gehen sollen? Wenn ich in Auteuil wohnen werde, müssen Sie wohl dahin kommen, da Sie zum Haus gehören!«

Bertuccio neigte das Haupt vor dem gebieterischen Blick des Herrn und blieb unbeweglich und ohne zu antworten stehen.

»Was ist Ihnen denn? Sie lassen mich zum zweitenmal um den Wagen läuten?« rief Monte Christo mit dem Ton, in welchem Ludwig XIV. das bekannte: »Ich habe warten müssen!« aussprach.

Bertuccio sprang in das Vorzimmer und schrie mit heiserer Stimme: »Die Pferde Seiner Exzellenz!«

Monte Christo schrieb ein paar Briefe; als er den letzten versiegelte, erschien der Intendant wieder und meldete den Wagen.

»Wohl, nehmen Sie Ihren Hut«, sagte Monte Christo.

Es gab kein Beispiel, daß man einem Befehl des Grafen widersprochen hätte; der Intendant folgte auch, ohne eine Einwendung zu machen, seinem Herrn und nahm seinen Platz ehrfurchtsvoll auf dem Vordersitz.

3. Das Haus in Auteuil

Monte Christo war es nicht entgangen, daß Bertuccio sich bekreuzt und in dem Wagen ein kurzes Gebet gemurmelt hatte. Der Widerwille des Intendanten gegen die von dem Grafen beabsichtigte Spazierfahrt machte Monte Christo zu neugierig, um Bertuccio von der kleinen Reise freizusprechen.
In zwanzig Minuten war man in Auteuil. Die Unruhe des Intendanten hatte immer mehr zugenommen. Als man in das Dorf hineinfuhr, betrachtete Bertuccio mit einer fieberhaften Aufregung jedes Haus, an dem man vorüberkam.
»Sie lassen in der Rue de la Fontaine Nr. 28 halten«, sagte der Graf, seinen Blick unbarmherzig auf den Intendanten heftend.
Der Schweiß trat Bertuccio auf das Gesicht, und dennoch gehorchte er und rief, sich aus dem Wagen neigend, dem Kutscher zu: »Rue de la Fontaine, Nr. 28.«
Diese Nummer 28 lag am Ende des Dorfes. Während der Fahrt war es Nacht geworden, der Wagen hielt an, und der Lakai stürzte an den Schlag und öffnete.
»Nun!« sagte der Graf, »Sie steigen nicht aus, Herr Bertuccio, Sie bleiben also im Wagen? Aber woran zum Teufel denken Sie denn heute?«
Bertuccio sprang aus dem Wagen und bot seine Schulter dem Grafen, der sich diesmal darauf stützte und die drei Stufen des Fußtrittes, eine nach der andern, hinabstieg.
»Klopfen Sie«, sagte der Graf, »und kündigen Sie mich an.«
Bertuccio klopfte, die Tür öffnete sich, und der Hausmeister erschien.
»Was beliebt?« fragte er.
»Ihr neuer Herr ist hier, braver Mann«, sagte der Diener und übergab dem Hausmeister das Beglaubigungsschreiben des Notars.
»Das Haus ist also verkauft, und der Herr wird es bewohnen?« versetzte der Hausmeister.
»Ja, mein Freund«, antwortete der Graf, »und ich werde dafür

sorgen, daß Sie den Verlust Ihres früheren Herrn nicht zu beklagen haben.«
»Oh, Herr, ich habe nicht viel zu beklagen, denn wir sahen ihn nur äußerst selten, den Herrn Marquis von Saint-Meran.«
»Der Marquis von Saint-Meran!« versetzte Monte Christo, »der Name kommt mir bekannt vor...«
Und er schien in seinem Gedächtnis zu suchen.
»Ein alter Edelmann«, fuhr der Hausmeister fort, »ein getreuer Diener der Bourbonen; er hatte eine einzige Tochter, die mit Herrn von Villefort verheiratet war, der Staatsanwalt in Nimes und später in Versailles gewesen ist.«
Monte Christo warf einen Blick auf Bertuccio, der fahler aussah als die Mauer, an die er sich lehnte, um nicht zu fallen.
»Ist diese Tochter nicht gestorben?« fragte Monte Christo; »es ist mir, als hätte ich es sagen hören.«
»Ja, mein Herr, vor einundzwanzig Jahren.«
»Ich danke«, sagte Monte Christo, denn der Intendant kam ihm so niedergeschmettert vor, daß er nicht weiter fragte. »Nehmen Sie eine von den Wagenlaternen, Bertuccio, und zeigen Sie mir die Zimmer.«
Der Intendant gehorchte, ohne eine Bemerkung zu machen, aber am Zittern der Hand, welche die Laterne hielt, war leicht wahrzunehmen, was ihn dieser Gehorsam kostete. Man durchlief ein ziemlich geräumiges Erdgeschoß, einen ersten Stock, bestehend aus einem Salon, einem Badezimmer und zwei Schlafzimmern. Durch eines von diesen Schlafzimmern gelangte man zu einer Wendeltreppe, deren Ende nach einem Garten ausmündete.
»Ah, ein Nebenausgang«, sagte der Graf, »das ist sehr bequem. Leuchten Sie mir, Herr Bertuccio; gehen Sie voraus, wir wollen sehen, wohin die Treppe führt.«
»Herr Graf, sie geht in den Garten«, erwiderte Bertuccio.
»Und woher wissen Sie das?«
»Das heißt, sie muß wohl dahin führen.«
»Gut, wir wollen uns überzeugen.«
Bertuccio stieß einen Seufzer aus und ging voran. Die Treppe führte wirklich nach dem Garten. An der Tür blieb Bertuccio stehen.

»Vorwärts, Herr Bertuccio!« sagte der Graf.

Doch Bertuccio war ganz betäubt, vernichtet. Seine irren Augen suchten ringsumher die Spuren einer furchtbaren Vergangenheit, und er schien mit seinen krampfhaft zusammengepreßten Händen entsetzliche Erinnerungen zurückdrängen zu wollen.

»Nun!« rief der Graf.

»Nein«, stammelte Bertuccio, die Laterne hinstellend; »nein, Herr Graf, ich gehe nicht weiter, es ist unmöglich!«

»Was soll das heißen?« entgegnete die unwiderstehliche Stimme von Monte Christo.

»Sie sehen wohl, Exzellenz«, rief der Intendant, »daß dies nicht mit natürlichen Dingen zugeht; Sie wollten ein Haus in der Gegend von Paris kaufen und kauften gerade eines in Auteuil, und das Haus, das Sie kaufen, ist das Nummer 28 in der Rue de la Fontaine. Oh, warum habe ich Ihnen nicht dort schon alles gesagt, gnädiger Herr; Sie hätten sicherlich nicht von mir verlangt, ich solle mitfahren. Ich hoffte, das Haus des Herrn Grafen würde ein anderes sein! Als ob es nicht noch mehr Häuser in Auteuil gäbe als das, wo der Mord vorgefallen ist!«

»Oh, oh!« rief Monte Christo, »was für ein scheußliches Wort haben Sie da ausgesprochen? Teufel von einem Menschen! Eingefleischter Korse! Stets Aberglauben oder Geheimnisse! Nehmen Sie die Laterne und lassen Sie uns den Garten anschauen, mit mir werden Sie hoffentlich keine Angst haben?«

Bertuccio hob die Laterne auf und gehorchte. Indem die Tür sich öffnete, enthüllte sie einen blassen Himmel, an dem der Mond vergebens gegen ein Meer von Wolken kämpfte, die ihn bedeckten, und einen Augenblick von ihm beleuchtet, sich noch düsterer als zuvor wieder in den Tiefen des Unendlichen verloren. Der Intendant wollte sich nach der linken Seite wenden.

»Nein, nein«, sagte der Graf, »wozu den Alleen folgen? Hier ist ein schöner Rasen, gehen wir geradeaus.«

Bertuccio wischte den Schweiß von seiner Stirn ab, gehorchte, zielte dabei aber fortwährend gegen links. Monte Christo wandte sich im Gegenteil mehr rechts; an einer Baumgruppe angelangt, blieb er stehen. Der Intendant vermochte es nicht länger auszuhalten und rief: »Zurück, Herr! Ich bitte, halten Sie sich fern, Sie sind gerade an der Stelle.«

»Mein lieber Herr Bertuccio«, versetzte Monte Christo lachend, »kommen Sie doch zu sich, wir sind hier in einem, ich kann es nicht leugnen, schlecht unterhaltenen englischen Garten, den man aber darum nicht schmähen darf.«

»Gnädigster Herr, ich flehe Sie an, bleiben Sie nicht dort.«

»Ich glaube, Sie werden ein Narr, Meister Bertuccio; wenn dies der Fall ist, so sagen Sie es mir, ich lasse Sie in irgendeine Heilanstalt einsperren, ehe ein Unglück geschieht.«

»Ach, Exzellenz«, sagte Bertuccio, den Kopf schüttelnd und die Hände mit einer Bewegung faltend, die den Grafen lachen gemacht haben würde, wenn ihn nicht in diesem Augenblick Gedanken von höherem Interesse gefesselt und äußerst aufmerksam auf den geringsten Ausfluß dieses von der Angst gepeinigten Gewissens gemacht hätten; »ach, Exzellenz, das Unglück ist geschehen.«

»Mein Herr Bertuccio«, entgegnete der Graf, »ich erlaube mir, Ihnen zu bemerken, daß Sie bei Ihren heftigen Gebärden sich die Arme verdrehen und die Augen rollen wie ein Besessener, aus dessen Leib der Teufel nicht weichen will; ich habe aber stets wahrgenommen, daß der Teufel mit der größten Hartnäckigkeit am Platz zu bleiben trachtet, wo ein Geheimnis zugrunde liegt. Ich wußte, daß Sie ein Korse sind, ich wußte auch, daß Sie stets düster waren und eine alte Rache im Herzen trugen, und ließ dies in Italien hingehen, weil dergleichen Dinge dort gang und gäbe sind; in Frankreich aber findet man den Mord im allgemeinen von sehr schlechtem Geschmack, es gibt Gendarmen, die sich damit beschäftigen, Richter, die verurteilen, und rächende Schafotte.«

Bertuccio faltete die Hände, und da er bei Ausführung dieser verschiedenen Bewegungen seine Laterne nicht losließ, so beleuchtete das Licht sein verstörtes Gesicht. Monte Christo schaute ihn eine Minute lang mit demselben Auge an, mit dem er in Rom die Hinrichtung von Andrea angeschaut hatte und sprach dann mit einem Ton, bei dem ein neuer Schauer den Leib des armen Intendaten durchlief: »Der Abbé Busoni hat also gelogen, als er mir Sie nach seiner Reise durch Frankreich im Jahre 1829 mit einem Empfehlungsbrief zuschickte, worin er Ihre kostbaren Eigenschaften hervorhob. Gut, ich werde dem Abbé schreiben, ich werde ihn für seinen Schützling verantwortlich machen und ohne Zweifel erfahren, wie es sich mit dieser ganzen Mordgeschichte verhält. Ich mache Sie jedoch darauf aufmerksam, Herr Bertuccio, daß ich mich immer, wo ich jeweils meinen Aufenthalt nehme, nach den Gesetzen des Landes zu richten pflege und keine Lust habe, mich Ihnen zuliebe mit der französischen Justiz zu entzweien.«

»Oh, tun Sie das nicht, Exzellenz; nicht wahr, ich habe treu gedient?« rief Bertuccio in Verzweiflung, »ich bin immer ein ehrlicher Mann gewesen, und habe sogar, soviel ich vermochte, gute Handlungen verrichtet.«

»Ich leugne das nicht, doch warum zum Teufel haben Sie sich so gebärdet? Das ist ein schlimmes Zeichen; ein reines Gewissen bringt nicht so viel Blässe auf die Wangen, so viel Zittern in die Hände eines Menschen...«

»Aber, Herr Graf«, versetzte Bertuccio zögernd, »sagten Sie mir nicht selbst, es sei Ihnen vom Abbé Busoni, der meine Beichte im Gefängnis zu Nimes hörte, als er mich zu Ihnen schickte, mitgeteilt worden, ich hätte mir einen schweren Vorwurf zu machen?«

»Ja, doch da er Sie mit der Bemerkung, Sie würden ein vortrefflicher Intendant werden, an mich adressierte, so glaubte ich ganz einfach, Sie hätten gestohlen.«

»Oh, Herr Graf«, rief Bertuccio mit Verachtung.

»Oder als Korse hätten Sie der Begierde nicht widerstehen können, eine Haut zu machen, wie man in Ihrem Lande sonderbarerweise sagt, während man im Gegenteil eine Haut vernichtet.«

»Nun ja, mein guter, gnädiger Herr, ja, Exzellenz, so ist es«, rief Bertuccio, sich dem Grafen zu Füßen werfend, »ja, es ist eine Rache, das schwöre ich, eine einfache Rache.«

»Ich begreife dies, begreife aber nicht, warum Sie gerade dieses Haus in solche heftige Aufregung versetzt?«

»Ist das nicht natürlich, gnädigster Herr, da in diesem Haus die Rache vollführt wurde?«

»Wie, in meinem Haus?«

»Oh, Exzellenz, es gehörte noch nicht Ihnen.«
»Es ist ein seltsames Zusammentreffen«, sagte Monte Christo, der, wie es schien, seinen Betrachtungen folgte, »Sie finden sich durch Zufall, ohne irgendeine Vorbereitung, wieder an einem Ort, wo eine Szene vorgefallen ist, welche so furchtbare Gewissensbisse bei Ihnen veranlaßt...«
»Gnädiger Herr, ich bin fest überzeugt, ein unvermeidliches Verhängnis lenkt dies so: Zuerst kaufen Sie ein Haus gerade in Auteuil. Dieses Haus ist dasjenige, in welchem ich einen Mord begangen habe; Sie steigen in den Garten gerade auf der Treppe herab, wo er herabgestiegen ist; Sie bleiben gerade auf der Stelle stehen, wo er den Stoß erhalten hat; zwei Schritte von hier unter jener Platane war das Grab, wo er das Kind verscharrt hatte: Alles dies ist nicht Zufall, denn sonst würde der Zufall zu sehr der Vorsehung gleichen.«
»Nun wohl, mein Herr Korse, nehmen wir an, es sei die Vorsehung, ich nehme immer alles an, was man will; überdies muß man kranken Geistern Zugeständnisse machen. Auf, mein Herr Bertuccio, fassen Sie sich, und erzählen Sie mir die ganze Geschichte.«
»Ich habe sie nur ein einziges Mal erzählt, und zwar dem Abbé Busoni. Dergleichen Dinge«, fügte Bertuccio bei, »lassen sich nur unter dem Siegel der Beichte aussprechen.«
»Dann werden Sie es für geeignet halten, wenn ich Sie Ihrem Beichtvater zuschicke, mein lieber Bertuccio. Doch mir bangt vor einem Gast, der über solche Phantome in Schrecken gerät; ich liebe es nicht, daß meine Leute am Abend nicht im Garten spazierenzugehen wagen. Auch muß ich gestehen, daß ich nicht sehr begierig auf den Besuch irgendeines Polizeikommissars wäre; denn hören Sie, Meister Bertuccio: In Italien bezahlt man die Justiz nur, wenn sie schweigt, in Frankreich bezahlt man sie im Gegenteil nur, wenn sie spricht. Teufel! Ich hielt Sie noch ein wenig für einen Korsen, sehr für einen Schmuggler und äußerst für einen geschickten Intendanten; aber ich sehe, daß Sie noch andere Saiten an Ihrem Bogen haben. Sie sind nicht mehr in meinem Dienst.«
»Oh, gnädigster Herr!« rief der Intendant, bei dieser Drohung vom heftigsten Schrecken ergriffen, »wenn es nur darauf an-

kommt, daß ich in Ihrem Dienst bleibe, so werde ich sprechen, so werde ich alles sagen, und wenn ich Sie verlasse, nun so mag es sein, um das Schafott zu besteigen.«

»Das ist etwas anderes«, sagte Monte Christo, »doch wenn Sie lügen wollen, überlegen Sie es sich wohl zuvor: Es wäre dann besser, Sie sprächen gar nicht.«

»Nein, Herr Graf, ich schwöre Ihnen bei dem Heil meiner Seele, ich werde alles sagen; denn selbst der Abbé Busoni hat nur einen Teil meines Geheimnisses erfahren. Aber ich flehe Sie vor allem an, entfernen Sie sich von dieser Platane; sehen Sie, der Mond ist im Begriff, jene Stelle zu beleuchten, und dort, wo Sie stehen, in den Mantel gehüllt, der mir Ihre Gestalt verbirgt und ganz dem des Herrn von Villefort gleicht...«

»Wie!« rief Monte Christo, »Herrn von Villefort?...«

»Euere Exzellenz kannte ihn?«

»Ja, wenn es der ehemalige Staatsanwalt von Nimes ist, der den Ruf eines der ehrlichsten und gerechtesten Beamten hatte?«

»Jawohl, gnädiger Herr«, rief Bertuccio, »dieser Mann...«

»Nun?«

»War ein Schurke!«

»Bah!« versetzte Monte Christo, »unmöglich!«

»Es ist dennoch, wie ich Ihnen sage.«

»Oh! Und Sie haben den Beweis davon?«

»Ich hatte ihn wenigstens.«

»Und Sie waren so ungeschickt, ihn zu verlieren?«

»Ja, doch wenn man gut sucht, kann man ihn wohl wiederfinden.«

»Wahrhaftig«, sagte der Graf, »erzählen Sie mir dies, mein Herr Bertuccio, denn es fängt wirklich an, mich zu interessieren.«

Und eine Arie aus der Oper Lucia trällernd, setzte sich der Graf auf eine Bank, während ihm Bertuccio, seine Erinnerungen sammelnd, folgte. Bertuccio blieb vor Monte Christo stehen.

4. Die Vendetta

»Wo soll ich anfangen, Herr Graf?« fragte Bertuccio.

»Wo Sie wollen«, erwiderte Monte Christo, »denn ich weiß durchaus nichts.«

»Die Sache geht in das Jahr 1815 zurück.«

»Ah, ah!« rief Monte Christo, »1815 ist nicht gestern.«

»Nein, gnädiger Herr, aber dennoch sind die geringsten Umstände meinem Gedächtnis so gegenwärtig, als wäre erst ein Tag vergangen. Ich hatte einen Bruder, einen älteren Bruder, der dem Kaiser diente. Er war Leutnant in einem ganz aus Korsen bestehenden Regiment geworden. Dieser Bruder war mein einziger Freund; wir wurden, ich mit 5, er mit 18 Jahren, Waisen: Er zog mich auf, als wäre ich sein Sohn gewesen. Im Jahre 1814 unter den Bourbonen verheiratete er sich; der Kaiser kam von der Insel Elba zurück, und mein Bruder nahm sogleich wieder Dienste und zog sich bei Waterloo leicht verwundet, mit der Armee hinter die Loire. Eines Tages empfingen wir einen Brief von meinem Bruder. Er teilte uns mit, die Armee sei entlassen, und er würde über Clermont-Ferrand und Nimes zurückkommen; er bat mich, wenn ich etwas Geld hätte, es ihm durch einen Wirt in Nimes, mit dem ich einigermaßen in Verbindung stand, zukommen zu lassen. Ich liebte meinen Bruder zärtlich, wie ich Ihnen sagte, Exzellenz, und war entschlossen, ihm das Geld selbst zu bringen. Ich besaß etwa tausend Franken, ließ fünfhundert davon Assunta, meiner Schwägerin, nahm die andern fünfhundert und begab mich auf den Weg nach Nimes. Es war dies etwas Leichtes, ich hatte meine Barke und auch eine Ladung zu besorgen; alles begünstigte mein Vorhaben. Als aber die Ladung fertig war, wurde der Wind konträr, so daß wie vier oder fünf Tage arbeiteten, ohne in die Rhone einlaufen zu können. Endlich gelang es uns; wir fuhren bis Arles hinauf, ließen die Barke zwischen Bellegarde und Beaucaire und schlugen den Weg nach Nimes ein. Es war die Zeit, wo die berüchtigten Metzeleien im Süden stattfanden. Es waren ein paar Räuber, die auf den Straßen alle diejenigen erwürgten, welche des Bonapartismus verdächtig waren. Als ich nach Nimes kam, watete man buchstäblich im Blut, bei jedem Schritt stieß man auf Leichen; zu förmlichen Banden organisierte Mörder töteten, plünderten, sengten und brannten. Bei dem Anblick dieser Schlächterei erfaßte mich ein Schauder, nicht für mich, den einfachen korsischen Fischer – denn ich hatte nicht viel zu befürchten, im Gegenteil, das war für uns Schmuggler eine gute Zeit –, sondern für meinen Bruder, einen Soldaten des Kaiserreichs, der von der Loire-Armee mit seiner Uniform und seinen Epauletten zurückkam und folglich alles zu befürchten hatte. Ich lief zu unserem Wirt, meine Ahnungen hatten mich nicht getäuscht; mein Bruder war am Abend zuvor in Nimes angekommen und vor der Tür des Mannes, von dem er Gastfreundschaft forderte, ermordet worden. Ich tat alles in der Welt, um die Mörder in Erfahrung zu bringen, aber niemand wagte es, mir ihre Namen zu sagen, so sehr waren sie gefürchtet. Ich dachte nun an die französische Justiz, von der man mir so viel gesprochen hatte, an sie, die nichts fürchtet, und begab mich zum Staatsanwalt.«

»Und dieser Staatsanwalt hieß Villefort?« fragte Monte Christo auf eine nachlässige Art.

»Ja, Exzellenz; er kam von Marseille, wo er Substitut gewesen war. Sein Eifer hatte seine Beförderung zur Folge gehabt. Er war, wie man sagt, einer der ersten gewesen, die der Regierung die Landung von der Insel Elba angezeigt hatten. ›Mein Herr‹, sagte ich zu ihm, ›mein Bruder ist in den Straßen von Nimes ermordet worden, ich weiß nicht von wem, aber es ist Ihr Geschäft, es zu wissen. Sie sind hier der Chef der Justiz, und der Justiz kommt es zu, diejenigen zu rächen, welche sich nicht zu verteidigen vermochten.‹ – ›Was war Ihr Bruder?‹ fragte der Staatsanwalt. – ›Leutnant im korsischen Bataillon.‹ – ›Ein Soldat des Usurpators also?‹ – ›Ein Soldat der französischen Armee.‹ – ›Wohl!‹ erwiderte er, ›er hat sich des Schwertes bedient und ist durch das Schwert gestorben.‹ – ›Sie täuschen sich, mein Herr, er ist durch den Dolch gestorben.‹ – ›Was soll ich dabei tun?‹ sagte der Staatsanwalt. – ›Ich habe es Ihnen bereits gesagt, Sie sollen ihn an seinen Mördern rächen.‹ – ›Warum dies? Ihr Bruder wird Streit gehabt und sich duelliert haben. Alle diese alten Soldaten erlauben sich Exzesse, die ihnen unter der Herrschaft des Kaisers durchgingen, jetzt aber schlimm für sie ausfallen; denn unsere Leute im Süden lieben weder die Soldaten noch die Exzesse.‹

›Mein Herr‹, entgegnete ich, ›ich bitte Sie nicht für mich. Ich meinesteils werde mich rächen, aber mein Bruder hatte eine Frau; die arme würde Hungers sterben, denn sie lebte allein von

der Arbeit meines Bruders. Erlangen Sie eine kleine Pension für sie von der Regierung.‹
›Jede Revolution hat ihre Katastrophen‹, antwortete Herr von Villefort; ›Ihr Bruder ist ein Opfer der neuesten gewesen, das mögen Sie als ein Unglück betrachten, aber die Regierung ist Ihrer Familie deshalb nichts schuldig. Wenn wir zu Gericht zu sitzen hätten über alle Rachehandlungen, welche die Parteigänger des Usurpators gegen die Parteigänger des Königs verübten, als noch die Macht in ihren Händen lag, so wäre Ihr Bruder heute vielleicht zum Tode verurteilt. Was hier vorgeht, kann nur als etwas Natürliches erscheinen, denn es ist die Folge des Gesetzes der Repressalien.‹
›Ah, mein Herr‹, rief ich, ›ist es möglich, daß Sie so sprechen, Sie, ein Staatsbeamter?‹
›Bei meinem Ehrenwort, alle Korsen sind Narren‹, erwiderte Herr von Villefort, ›Sie glauben, Ihr Landsmann sei noch Kaiser; Sie irren sich in der Zeit, mein Lieber, Sie hätten mir dies vor zwei Monaten sagen müssen. Heute ist es zu spät, gehen Sie, und wenn Sie nicht freiwillig gehen, so werde ich Sie abführen lassen.‹
Ich schaute ihn einen Augenblick an, um zu sehen, ob für eine neue Bitte etwas zu hoffen wäre. Dieser Mensch war von Stein. Ich näherte mich ihm und sprach mit leiser Stimme: ›Wohl! Da Sie die Korsen so gut kennen, so müssen Sie wissen, wie sie ihr Wort halten. Sie finden, man habe wohl daran getan, meinen Bruder umzubringen, der ein Bonapartist war, indes Sie ein Royalist sind; ich, der ich ebenfalls ein Bonapartist bin, sage Ihnen nur eines: ich werde Sie töten. Von diesem Augenblick an erkläre ich Ihnen die Vendetta! Seien Sie also auf Ihrer Hut, denn das erstemal, wo wir uns von Angesicht zu Angesicht gegenüberstehen, hat Ihre letzte Stunde geschlagen.‹ Und hernach öffnete ich, ehe er sich von seinem Erstaunen erholt hatte, die Tür und entfloh.«
»Ah, ah!« sagte Monte Christo, »mit Ihrem ehrlichen Gesicht machen Sie solche Sachen, und zwar gegen einen Staatsanwalt! Pfui doch! Und wußte er denn wenigstens, was das Wort Vendetta besagen wollte?«
»Er wußte es so gut, daß er von diesem Augenblick an nicht

mehr allein ausging, sich zu Hause verschanzte und mich überall suchen ließ. Zum Glück war ich so gut verborgen, daß er mich nicht finden konnte. Da faßte ihn die Angst, er zitterte, länger in Nimes zu bleiben; er bat um Veränderung seines Wohnortes, und da er wirklich ein einflußreicher Mann war, so wurde er nach Versailles versetzt. Aber Sie wissen, daß es für einen Korsen, der seinem Feind Rache geschworen hat, keine Entfernung gibt, und sein Wagen, so gut er gefahren wurde, hatte nie über einen halben Tag Vorsprung vor mir, während ich ihm doch zu Fuße folgte.

Das Schwierige dabei war nicht, ihn zu töten, denn hundertmal fand ich hierzu Gelegenheit, aber ich mußte ihn töten, ohne entdeckt und besonders ohne verhaftet zu werden. Von nun an gehörte ich nicht mehr mir; ich hatte meine Schwägerin zu beschützen und zu ernähren. Drei Monate lang belauerte ich Herrn von Villefort; drei Monate lang machte er keinen Schritt, keinen Spaziergang, ohne daß ihm mein Blick folgte. Endlich entdeckte ich, daß er insgeheim nach Auteuil kam; ich folgte ihm abermals und sah ihn in das Haus gehen, in welchem wir uns befinden; nur kam er, statt wie alle Welt durch die große Tür an der Straße einzutreten, entweder zu Pferd oder zu Wagen, ließ Pferd oder Wagen im Wirtshaus und schlich sich durch die kleine Tür herein, die Sie dort sehen.«

Monte Christo machte mit dem Kopf ein Zeichen, das bewies, daß er mitten in der Dunkelheit den von Bertuccio angegebenen Eingang erblickte.

»Ich hatte nichts mehr in Versailles zu tun, blieb in Auteuil und zog Erkundigungen ein. Wollte ich ihn fangen, so mußte ich offenbar hier meine Falle stellen. Das Haus gehörte dem Schwiegervater von Villefort; Herr von Saint-Meran wohnte in Marseille, folglich war ihm dieses Landhaus unnütz; man sprach auch davon, er habe es an eine junge Witwe vermietet, die nur unter dem Namen die Baronin bekannt war. Während ich eines Abends über die Mauer schaute, sah ich wirklich eine hübsche junge Frau allein im Garten spazierengehen, den kein fremdes Fenster beherrschte; sie blickte viel nach der kleinen Tür und ich begriff, daß sie Herrn von Villefort diesen Abend erwartete. Als sie so nahe an die Mauer kam, daß ich trotz der Dunkelheit ihre Züge zu unterscheiden vermochte, erkannte ich, daß diese Frau sehr hübsch, blond, groß und ungefähr 19 Jahre alt war, auch konnte ich bemerken, daß sie sich in andern Umständen befand, und ihre Schwangerschaft schien mir sogar ziemlich weit vorgerückt. Eine Augenblicke später öffnete man die kleine Tür; ein Mann trat ein, die junge Frau lief ihm so rasch als möglich entgegen, sie warfen sich einander in die Arme, küßten sich zärtlich und gingen in das Haus. Dieser Mann war Herr von Villefort. Ich dachte, wenn er herauskäme, besonders wenn er bei Nacht herauskäme, müßte er den Garten in seiner ganzen Länge durchschreiten.«

»Und Sie haben seitdem den Namen der Frau erfahren?« fragte der Graf.

»Nein, Exzellenz, Sie werden sehen, daß ich nicht Zeit gehabt habe, mich danach zu erkundigen. – Ich hätte den Staatsanwalt vielleicht an diesem Abend töten können; aber ich war noch nicht hinreichend mit allen Einzelheiten des Gartens vertraut, befürchtete, ihn nicht rasch genug zu töten, und wenn jemand auf sein Geschrei herbeiliefe, nicht fliehen zu können. Deshalb verschob ich die Ausführung meines Vorhabens auf das nächstemal und bezog, damit mir nichts entginge, ein kleines Zimmer, das die Aussicht auf die Straße hatte, welche längs der Gartenmauer hinlief.

Drei Tage später sah ich gegen sieben Uhr abends einen Diener zu Pferd aus dem Hause eilen und im Galopp auf dem Weg fortsprengen, der zu der Straße nach Sèvres führte; ich nahm an, er reise nach Versailles, und täuschte mich nicht. Drei Stunden später kam der Diener mit Staub bedeckt zurück; seine Botschaft war vollbracht. Zehn Minuten nach ihm erschien ein anderer Mann, in einen Mantel gehüllt, zu Fuß und öffnete die kleine Gartentür, die sich wieder hinter ihm schloß.

Ich ging rasch hinab. Obschon ich das Gesicht des Herrn von Villefort nicht gesehen, so erkannte ich ihn doch an den Schlägen meines Herzens; ich durchschritt die Straße und erreichte einen Weichstein an der Ecke der Mauer, mit dessen Hilfe ich das erstemal in den Garten gesehen hatte. Diesmal begnügte ich mich nicht mit dem Schauen, ich zog mein Messer aus der Tasche, versicherte mich, daß es gehörig geschärft war, und sprang über die Mauer. Es war meine erste Sorge, an die Tür zu laufen; er hatte den Schlüssel stecken lassen und nur aus Vorsicht zweimal im Schloß umgedreht. Nichts sollte also von dieser Seite meine Flucht hemmen. Ich studierte die Örtlichkeit in allen Richtungen; der Garten bildete ein langes Geviert, durch die Mitte zog sich ein Rasen von zartem, englischem Gras, an den Ecken dieses Rasens waren Baumgruppen mit dichtem Laubwerk. Um sich von dem Haus an die kleine Tür oder von der kleinen Tür nach dem Haus zu begeben, mußte Herr von Villefort notwendig an einer von diesen Baumgruppen vorübergehen.

Es war Ende September, der Wind blies heftig. Ein wenig Mondschein, alle Augenblicke durch dichte Wolken verschleiert, die schnell am Himmel hinglitten, ließ den Sand der zu dem Hause führenden Alleen weiß erscheinen, vermochte aber die Dunkelheit der Gebüsche nicht zu durchdringen. Ich verbarg mich also in dem Gebüsch, an welchem Herr von Villefort vorüberkommen sollte; kaum war ich hier, als ich unter den Windstößen, welche die Baumzweige über meine Stirn beugten, etwas wie Seufzen zu hören glaubte. Es vergingen zwei Stunden, während welcher ich wiederholt dasselbe Seufzen zu hören wähnte. Endlich schlug es Mitternacht.

Als noch der letzte Schlag vibrierte, sah ich einen schwachen Schimmer die Geheimtreppe erhellen, auf der wir soeben herabgekommen sind. – Die Tür öffnete sich, und der Mann mit dem Mantel erschien. Es war der furchtbare Augenblick. Doch ich hatte mich auf diesen Augenblick so lange vorbereitet, daß nicht die geringste Schwäche bei mir eintrat; ich zog mein Messer, öffnete es und hielt mich bereit.

Der Mann mit dem Mantel kam gerade auf mich zu; als er aber in dem entblößten Raum mehr vorschritt, glaubte ich zu bemerken, daß er in der rechten Hand eine Waffe hielt; ich hatte Angst, nicht vor einem Kampf, sondern vor einem Mißlingen. Sobald er nur noch einige Schritt von mir entfernt war, erkannte ich, daß das, was ich für eine Waffe gehalten hatte, nichts anderes war als ein Spaten. Ich hatte noch nicht erraten können, in welcher Absicht Herr von Villefort einen Spaten in der Hand hielt, als er an dem Saum des Gebüsches stehenblieb und, nachdem er umhergeschaut hatte, ein Loch in die Erde zu graben anfing. Nun bemerkte ich, daß er etwas in seinem Mantel trug, was er auf den Rasen legte, um in seinen Bewegungen freier zu sein. Da mischte sich, ich muß es gestehen, etwas Neugier in meinen Haß, ich wollte sehen, was Herr von Villefort tat, blieb unbeweglich ohne zu atmen und wartete.

Es kam mir ein Gedanke, der sich bestätigte, als ich den Staatsanwalt ein kleines, etwa zwei Fuß langes und sechs bis acht Zoll breites Kistchen unter seinem Mantel hervorziehen sah, das er in das Loch legte, auf das er wieder Erde warf; diese frische Erde bearbeitete er sodann mit seinen Füßen, um die Spur seines nächtlichen Werkes verschwinden zu lassen. Hernach warf ich mich auf ihn, stieß ihm mein Messer in die Brust und sprach: ›Ich bin Giovanni Bertuccio! Dein Tod für meinen Bruder, dein Schatz für seine Witwe. Du siehst wohl, daß meine Rache vollständiger ist, als ich hoffte.‹

Ich weiß nicht, ob er diese Worte hörte, ich glaube es nicht, denn er sank nieder, ohne einen Ton von sich zu geben; ich fühlte das Blut heiß auf meine Hände und in mein Gesicht spritzen; aber ich war trunken, ich war wahnsinnig; dieses Blut erfrischte mich, statt mich zu brennen. In einer Sekunde hatte ich das Kistchen mit Hilfe des Spatens wieder ausgegraben; ich füllte das Loch wieder, warf den Spaten über die Mauer, eilte durch die Tür, schloß sie doppelt von außen und nahm den Schlüssel mit.«

»Gut«, sagte Monte Christo, »das war, wie mir scheint, ein kleiner Raubmord.«

»Nein, Exzellenz«, erwiderte Bertuccio, »eine Vendetta, verbunden mit einer Wiedererstattung.«

»Sie fanden doch wenigstens eine runde Summe?«

»Ich lief an den Fluß und öffnete, begierig zu erfahren, was das Kistchen enthielt, das Schloß mit meinem Messer.

In eine Windel von feinem Batist war ein neugeborenes Kind eingewickelt; sein purpurrotes Gesicht und seine blauen Hände deuteten an, daß es einer Erstickung durch eine Schnur, die sich um seinen Hals geschlungen, erlegen war. Da ich es jedoch noch nicht ganz kalt fand, zögerte ich, das arme Geschöpf in das Wasser zu werfen; nach einem Augenblick glaubte ich in der Tat ein leichtes Schlagen in der Gegend des Herzens zu fühlen; ich befreite seinen Hals von der Schnur, und da ich als Krankenwärter im Hospital von Bastia gedient hatte, so tat ich, was ein Arzt unter solchen Umständen hätte tun können, das heißt, ich blies ihm mutig Luft in die Lunge, und nach einer Viertelstunde unerhörter Anstrengung sah ich es atmen, und unmittelbar darauf hörte ich einen Schrei seiner Brust sich entwinden. – Ich stieß ebenfalls einen Schrei aus, aber einen Freudenschrei. Gott verflucht mich also nicht, sagte ich zu mir selbst, denn er gestattet mir, einem Menschen Leben zu geben, im Austausch für das Leben, das ich einem andern genommen habe.«

»Und was taten Sie mit diesem Kind?« fragte Monte Christo; »es war ein ziemlich beschwerliches Gepäck für einen Menschen, der fliehen mußte.«

»Ich hatte auch nicht einen Augenblick den Gedanken, es zu behalten. Doch ich wußte, daß es in Paris ein Hospiz gibt, wo man diese armen Geschöpfe aufnimmt. Als ich durch die Barrière kam, gab ich vor, ich hätte das Kind auf der Straße gefunden, und erkundigte mich. Das Kistchen machte meine Aussage glaubwürdig; die Batistwindeln deuteten an, daß das Kind reichen Eltern gehörte; das Blut, mit dem ich bedeckt war, konnte eben sowohl von dem Kind als von irgendeinem andern Wesen herrühren. Man machte keine Einwendung, bezeichnete mir das Hospiz, das ganz oben auf der Rue l'Enfer lag, und nachdem ich aus Vorsicht die Windel so entzwei geschnitten hatte, daß einer von den beiden Buchstaben, welche dieselben bezeichneten, immer noch bei der Einhüllung blieb, während ich den andern bei mir behielt, legte ich meine Bürde in den Turm, läutete und entlief, so rasch ich nur immer vermochte. Vierzehn Tage später war ich wieder in Rogliano und sagte zu Assunta: ›Tröste dich, meine Schwester. Israel ist tot, aber ich habe ihn gerächt.‹ Da bat sie mich um Erläuterung meiner Worte, und ich erzählte ihr alles, was vorgefallen war.

›Giovanni‹, sagte Assunta zu mir, ›du hättest das Kind hierher bringen sollen; wir würden die Stelle der Eltern, die es verloren, bei ihm vertreten und ihm den Namen Benedetto gegeben haben, und Gott hätte uns wirklich für diese gute Handlung gesegnet.‹

Statt einer Antwort gab ich ihr die Hälfte der Windel, die ich behalten hatte, um das Kind eines Tages, wenn wir reicher wären, zurückzufordern.«

»Mit welchen Buchstaben war die Windel bezeichnet?« fragte der Graf.

»Mit einem H und N, und darüber eine Baronenkrone.«

»Fahren Sie fort, ich bin begierig, zweierlei zu vernehmen; erstens, was aus dem kleinen Kind geworden ist, und zweitens, was das Verbrechen war, dessen man Sie beschuldigte, als Sie einen Beichtiger verlangten und der Abbé Busoni Sie auf diese Bitte im Gefängnis in Nimes aufsuchte.«

Bertuccio fuhr in seiner Erzählung fort: »Halb um die Erinnerungen zu vertreiben, die mich beständig belagerten, halb um die Bedürfnisse der armen Witwe zu bestreiten, legte ich mich wieder mit allem Eifer auf das Schmugglerhandwerk. Dieses Gewerbe ist sehr einträglich, wenn man mit ein wenig Verstand und mit einiger Kraft dabei zu Werke geht; ich meinesteils lebte in den Gebirgen, denn ich hatte nun eine doppelte Ursache, die Gendarmen und Zollbeamten zu fürchten, in Betracht, daß mein Erscheinen vor den Richtern eine Untersuchung nach sich ziehen konnte, daß diese Untersuchung stets von einer Abschweifung in die Vergangenheit begleitet wird und daß man in meiner Vergangenheit nun etwas Ernsteres finden konnte als geschmuggelte Zigarren oder Branntweinfäßchen. Den Tod tausendmal einer Verhaftung vorziehend, vollführte ich erstaunliche Dinge, die mir wiederholt den Beweis lieferten, daß die zu ängstliche Rücksicht, die wir auf unsern Leib nehmen, beinahe das einzige Hindernis ist, das dem Gelingen derjenigen von unsern Unternehmungen entgegensteht, welche einer raschen Entscheidung und einer kräftigen, entschlossenen Ausführung bedürfen. Wenn man sein Leben einmal eingesetzt hat, ist man den andern Menschen nicht mehr gleich, oder die andern Menschen sind vielmehr nicht mehr uns gleich, und wer diesen Entschluß gefaßt, fühlt auf der Stelle seine Kräfte sich verzehnfachen und seinen Horizont sich erweitern.«

»Das ist Philosophie, Bertuccio«, unterbrach ihn der Graf. »Doch fahren Sie fort!«

»Meine Unternehmungen wurden immer ausgedehnter und

immer vorteilhafter. Assunta war die Wirtschafterin, und unser kleines Vermögen rundete sich allmählich. Als ich eines Tages eine neue Wanderung antrat, sagte sie zu mir: ›Geh, bei deiner Rückkehr bereite ich dir eine Überraschung.‹
Mein Ausflug dauerte beinahe sechs Wochen; als ich zurückkam, war das erste, was ich erblickte, ein Kind von sieben bis acht Monaten, in einer im Verhältnis zum übrigen sehr kostbaren Wiege. Ich stieß einen Freudenschrei aus. Die einzigen Augenblicke der Traurigkeit, die mich seit der Ermordung des Staatsanwaltes heimgesucht, waren bei mir durch das Verlassen des Kindes verursacht worden. Es versteht sich von selbst, daß ich in bezug auf den Mord selbst keine Gewissensbisse fühlte. Die arme Assunta hatte alles erraten; sie hatte, um nichts zu vergessen, den Tag und die Stunde, wo das Kind in dem Hospiz niedergelegt worden war, genau aufgeschrieben und war mit der Windel versehen nach Paris abgereist, um den Kleinen zurückzufordern. Man machte keine Einwendung, und sie erhielt das Kind.
Ah, ich gestehe, Herr Graf, als ich das arme Kind in seiner Wiege schlafend erblickte, dehnte sich meine Brust aus, und Tränen traten in meine Augen. ›In der Tat, Assunta‹, rief ich, ›du bist eine vortreffliche Frau, und die Vorsehung wird dich segnen.‹«
»Dies ist weniger Philosophie«, sagte der Graf; »es ist in der Tat nur der Glaube.«
»Ach, Exzellenz«, sagte Bertuccio, »Sie haben ganz recht, und es war gerade dieses Kind, das Gott mit meiner Bestrafung beauftragte. Nie offenbarte sich frühzeitiger eine verderbte Natur, und dennoch kann man nicht sagen, daß es schlecht erzogen wurde, denn meine Schwester behandelte es wie den Sohn eines Fürsten. Es war ein Knabe von reizender Gesichtsbildung, mit hellblauen Augen, nur verliehen seine etwas feurig blonden Haare dem Gesicht dieses Jungen einen seltsamen Charakter, den die Lebhaftigkeit seines Auges und die Schlauheit seines Lächelns verdoppelten. Leider gibt es ein Sprichwort, das sagt, der Rote sei entweder ganz gut oder ganz böse; das Sprichwort log nicht in bezug auf Benedetto, und er zeigte sich schon von seiner frühesten Jugend als ganz böse. Es ist nicht zu leugnen,

daß ihn die Sanftmut seiner Mutter in seinen ersten Neigungen ungemein unterstützte; dieses Kind, für welches meine arme Schwägerin auf den Markt der fünf bis sechs Stunden von uns entlegenen Stadt ging, um die ersten Früchte und das wohlschmeckende Zuckerwerk zu kaufen, zog die Kastanien und Äpfel, die es dem Nachbar stahl, vor.

Eines Tages, Benedetto mochte etwa fünf Jahre alt sein, kam der Nachbar Wasilio, der nach der Gewohnheit unseres Landes weder seine Börse noch seine Schmucksachen verschloß – denn der Herr Graf weiß so gut wie jedermann, daß es in Korsika keine Diebe gibt –, kam der Nachbar Wasilio, sage ich, zu uns und klagte, es sei ein Louisd'or aus seiner Börse verschwunden. Man glaubte, er hätte falsch gezählt; aber er behauptete, seiner Sache gewiß zu sein. Benedetto hatte das Haus schon am Morgen verlassen, und wir gerieten in nicht geringe Unruhe, als wir ihn am Abend mit einem Affen zurückkehren sahen, den er gefesselt am Fuße eines Baumes gefunden zu haben vorgab. Seit einem Monat war es das leidenschaftliche Trachten des abscheulichen Kindes, einen Affen zu besitzen. Ein Gaukler, der durch Rogliano kam und mehrere solche Tiere besaß, deren Übungen unsern Jungen sehr ergötzten, hatte ihm ohne Zweifel dieses unglückliche Verlangen eingeflößt.

›Man findet keinen Affen in unsern Wäldern‹, sagte ich zu ihm, ›und besonders keinen gefesselten Affen; gestehe mir also, wie du dir diesen verschafft hast.‹

Benedetto beharrte bei seiner Lüge und begleitete sie mit der Angabe von einzelnen Umständen, die mehr seiner Einbildungskraft als seiner Wahrheitsliebe Ehre machten; ich ärgerte mich, er lachte; ich drohte, er zog sich ein paar Schritte zurück. – ›Du kannst mich nicht schlagen‹, sagte er, ›du hast nicht das Recht dazu, denn du bist nicht mein Vater.‹

Wir wußten gar nicht, wer ihm dieses unselige Geheimnis entdeckt hatte, das wir mit so großer Sorgfalt vor ihm verbargen; wie dem auch sein mag, diese Antwort, durch die sich das ganze Wesen des Kindes offenbarte, erschreckte mich, mein aufgehobener Arm fiel in der Tat nieder, ohne den Schuldigen zu berühren; das Kind triumphierte, und dieser Sieg verlieh ihm eine solche Kühnheit, daß alles Geld von Assunta, deren Liebe

für Benedetto immer mehr zuzunehmen schien, je weniger er derselben würdig war, in Launen, die sie nicht zu bekämpfen wußte, und in Tollheiten aufgebraucht wurde, die sie nicht zu verhindern den Mut hatte. Wenn ich in Rogliano war, ging es noch ziemlich gut; aber sobald ich abreiste, wurde Benedetto Meister des Hauses, und alles wandte sich zum Schlimmen. Kaum elf Jahre alt, wählte er seine Kameraden unter den jungen Leuten von achtzehn und neunzehn Jahren, den schlimmsten Burschen von Bastia und Corte, und die Justiz hatte bereits wegen einiger schlauer Streiche, die wohl einen schärferen Namen verdienten, Warnungen an uns ergehen lassen.
Es wurde mir bange; jede Untersuchung konnte traurige Folgen nach sich ziehen, und ich sollte mich eben zu einer wichtigen Expedition von Korsika entfernen. Ich sann lange nach und beschloß, um ein Unglück zu vermeiden, Benedetto mit mir zu nehmen. Ich hoffte, die tätige harte Lebensart des Schmugglers, die strenge Disziplin an Bord würden diesen Charakter verändern, der seinem Verderben entgegenging, wenn er nicht bereits verdorben war. Ich nahm also Benedetto beiseite und machte ihm den Vorschlag, mir zu folgen, wobei ich alle möglichen Versprechungen, die ein Kind von zwölf Jahren verführen können, zur Anwendung brachte.
Er ließ mich reden, ohne mich zu unterbrechen, als ich aber zu Ende war, schlug er ein Gelächter an und rief: ›Seid Ihr ein Narr, Oheim?‹ – so nannte er mich, wenn er guter Laune war – ›ich soll das Leben, das ich führe, meinen guten, köstlichen Müßiggang gegen die furchtbare Arbeit vertauschen, die Ihr Euch auferlegt habt? Soll die Nacht in der Kälte, den Tag in der Hitze zubringen, mich fortwährend verbergen, oder, wenn ich mich zeige, Flintenschüsse bekommen, und dies alles, um ein wenig Gold zu gewinnen? Geld habe ich, soviel ich will; Mutter Assunta gibt mir, so oft ich von ihr fordere. Ihr seht also, daß ich ein Einfaltspinsel wäre, wenn ich Euern Vorschlag annähme.‹
Ich war erstaunt über diese Kühnheit und über dieses Urteil. Benedetto kehrte zu seinen Kameraden zurück, und ich sah von ferne, wie er mich ihnen als einen Dummkopf bezeichnete.«
»Ein reizendes Kind!« murmelte Monte Christo.
»Oh, wenn er mir gehört hätte«, sagte Bertuccio, »wenn er

mein Sohn oder wenigstens mein Neffe gewesen wäre, so würde ich ihn auf den rechten Pfad zurückgeführt haben, denn das Gewissen verleiht Stärke. Aber der Gedanke, daß ich ein Kind schlagen sollte, dessen Vater ich getötet hatte, machte es mir unmöglich, irgendeine Züchtigung vorzunehmen. Ich gab meiner Schwester, die in unsern Besprechungen stets den Jungen verteidigte, gute Ratschläge, und da sie mir gestand, es hätten ihr wiederholt bedeutende Summen gefehlt, so bezeichnete ich ihr einen Ort, wo sie unseren kleinen Schatz verbergen könnte. Mein Entschluß war gefaßt: Benedetto konnte vortrefflich lesen, schreiben und rechnen, denn wenn er sich zufällig zur Arbeit herbeiließ, so lernte er in einem Tag so viel wie andere in einer Woche. Mein Entschluß, sage ich, war gefaßt: Ich wollte ihn als Schreiber auf irgendeinem zu langen Seefahrten bestimmten Schiff unterbringen und, ohne ihn zuvor in Kenntnis zu setzen, an einem schönen Morgen nehmen und an Bord schaffen lassen; war er dem Kapitän gehörig empfohlen, so hing seine Zukunft nur von ihm ab. Sobald dieser Plan festgelegt war, brach ich nach Frankreich auf. Alle unsere Operationen sollten diesmal im Golf von Lyon ausgeführt werden; diese Unternehmungen wurden aber immer schwieriger, denn der Küstendienst war strenger geworden als je. Der Anfang unserer Expedition gelang ohne Hindernisse. Wir banden unsere Barke, die einen doppelten Boden hatte, worin wir unsere Schmuggelwaren verbargen, mitten unter einer Anzahl von Schiffen an, die an den beiden Ufern der Rhone von Beaucaire bis Arles lagen. Hier angelangt, begannen wir nächtens unsere verbotenen Waren auszuschiffen und in die Stadt durch die Vermittlung von Leuten zu schaffen, die mit uns in Verbindung standen, oder mit Hilfe der Wirte, bei denen wir unsere Niederlassungen hatten. Mag es nun sein, daß uns das Glück unvorsichtig gemacht hatte, oder waren wir verraten. Eines Abends gegen fünf Uhr, als wir eben unser Vesperbrot verzehren wollten, lief unser Schiffsjunge ganz erschrocken herbei und sagte, er habe eine Abteilung Zollbeamter in Richtung Schiff kommen sehen. In einem Augenblick waren wir auf den Beinen, aber es war schon zu spät, man hatte bereits unsere Barke umzingelt. Unter den Zollbeamten bemerkte ich auch einige Gendarmen, und furchtsam beim Anblick dieser Leute, stieg ich in den Schiffsraum hinab, schlüpfte durch eine Stückpforte und ließ mich in den Fluß fallen; dann schwamm ich unter dem Wasser, schöpfte nur nach langen Zwischenräumen Atem und erreichte, ohne gesehen zu werden, einen kurz zuvor gemachten Graben, durch den die Rhone mit dem Kanal in Verbindung steht, der von Beaucaire nach Aigues-Mortes führt. Hier angelangt, war ich gerettet, denn ich konnte dem Graben folgen, ohne gesehen zu werden. Ich kam in den Kanal ohne das geringste Hindernis. Nicht zufällig und ohne Überlegung hatte ich diesen Weg gewählt; denn ich kannte einen Wirt, der auf der Straße von Bellegarde nach Beaucaire eine kleine Herberge errichtet hatte.«

»Wie hieß dieser Mensch?« fragte der Graf, der wieder einiges Interesse an der Erzählung von Bertuccio zu bekommen schien.

»Er hieß Gaspard Caderousse und war mit einer Frau verheiratet, die am Sumpffieber hinsiechte. Der Mann dagegen war ein kräftiger Bursche, der uns mehr als einmal unter schwierigen Umständen Beweise von seiner Geistesgegenwart und seinem Mut gegeben hatte.«

»Und Sie sagen«, fragte der Graf, »diese Dinge seien vorgefallen im Jahre...«

»Am 3. Juni 1829 abends.«

»Ah!« sagte Monte Christo, »am 3. Juni 1829? Gut, fahren Sie fort.«

»Bei Caderousse gedachte ich also eine Zufluchtsstätte zu finden. Da wir aber gewöhnlich nicht durch die Tür, die nach der Straße führte, bei ihm eintraten, so stieg ich über die Gartenhecke und erreichte, befürchtend, Caderousse könnte einen Reisenden in seinem Haus haben, eine Art von Schuppen, worin ich wiederholt die Nacht so gut wie in dem besten Bett zugebracht hatte. Dieser Schuppen war von der gemeinschaftlichen Stube im Erdgeschoß nur durch einen Bretterverschlag getrennt, in dem man für unseren Gebrauch Öffnungen gemacht hatte, damit wir den geeigneten Augenblick, um unsere Anwesenheit in der Nähe zu erkennen zu geben, beobachten könnten. Ich gedachte Caderousse, wenn er allein wäre, von meiner Ankunft in Kenntnis zu setzen, schlich mich also unter den Schuppen und tat wohl daran, denn in demselben Augenblick kam Caderousse

mit einem Unbekannten nach Hause. Ich hielt mich still und wartete, nicht in der Absicht, die Geheimnisse meines Wirtes zu belauschen, sondern weil ich es nicht anders machen konnte; überdies war bereits zehnmal dasselbe geschehen.
Der Mann, welcher Caderousse begleitete, war offenbar fremd im Süden von Frankreich; er gehörte zu den Handelsleuten, die nach der Messe von Beaucaire kommen, um Juwelen zu verkaufen. Caderousse trat rasch und zuerst ein. Als er die untere Stube wie gewöhnlich leer und nur von seinem Hund bewacht sah, rief er zu seiner Frau: ›He! Carconte, der würdige Priester täuschte uns nicht, der Stein war gut.‹
Ein freudiger Ausruf ließ sich vernehmen, und beinahe in demselben Augenblick krachte die Treppe unter einem durch Schwäche und Krankheit erschwerten Tritt. ›Was sagst du?‹ fragte die Frau, bleicher als eine Tote.
›Ich sage, daß der Diamant gut war und daß dieser Herr, einer der ersten Juweliere von Paris, bereit ist, uns fünfzigtausend Franken dafür zu geben. Nur verlangt er, um sicher zu sein, daß der Diamant uns gehört, wie ich dies bereits getan habe, du solltest ihm erzählen, auf welch wunderbare Weise der Stein in unsere Hände gekommen ist. Setzen Sie sich einstweilen, mein Herr, wenn es Ihnen beliebt, ich will Ihnen eine Erfrischung holen.‹ Der Juwelier betrachtete mit großer Aufmerksamkeit das Innere der Herberge und die sichtbare Armut des Wirtes, der einen Diamanten, welcher aus dem Schmuckkästchen eines Fürsten zu kommen schien, an ihn verkaufen wollte.
›Erzählen Sie‹, sagte der Fremde; ohne Zweifel wollte er die Abwesenheit des Mannes benützen und dann sehen, ob die beiden Erzählungen übereinstimmten.
›Ei, mein Gott‹, sagte die Frau mit großer Zungenfertigkeit, ›es ist ein Segen des Himmels, den wir entfernt nicht erwarteten. Denken Sie sich, mein lieber Herr, daß mein Mann im Jahre 1814 mit einem Seefahrer namens Dantes in Verbindung stand; der arme Junge, den Caderousse ganz vergessen hatte, hat ihn nicht vergessen und ihm im Gefängnis sterbend, den Diamanten, den Sie hier sehen, hinterlassen.‹
›Aber wie ist er in den Besitz dieses Diamanten gelangt?‹ fragte der Juwelier. ›Er hatte ihn also, ehe er in das Gefängnis kam?‹

›Nein, mein Herr‹, erwiderte die Frau, ›sondern er machte, wie mir scheint, im Gefängnis eine Bekanntschaft eines reichen Engländers; und da sein Stubengenosse im Kerker krank wurde und Dantes denselben pflegte, so schenkte der Engländer, als er aus der Haft entlassen wurde, diesen Diamanten dem armen Dantes, der, minder glücklich, im Gefängnis starb und bei seinem Tod uns den Stein vermachte, welchen uns heute früh ein würdiger Abbé in seinem Auftrag überbrachte.‹
›Das ist ganz dasselbe‹, murmelte der Juwelier, ›und die Geschichte muß am Ende wahr sein, so unwahrscheinlich sie auch aussieht. Es handelt sich also nur um den Preis, über welchen wir noch nicht einig sind.‹
›Wie!‹ rief Caderousse, ›ich glaubte, Sie hätten eingewilligt, den von mir verlangten Preis dafür zu bezahlen.‹ – ›Das heißt‹, versetzte der Juwelier, ›ich habe vierzigtausend Franken geboten.‹ – ›Vierzigtausend Franken!‹ rief die Carconte, ›wir geben ihn sicherlich nicht um diesen Preis. Der Abbé hat uns gesagt, er sei ohne Fassung fünfzigtausend Franken wert.‹ – ›Zeigen Sie mir den Diamanten‹, sagte der Juwelier, ›damit ich ihn noch einmal betrachten kann; oft beurteilt man die Steine schlecht beim ersten Anschauen.‹
Caderousse zog aus seiner Tasche ein kleines Etui, er öffnete es und gab es dem Juwelier. Bei dem Anblick des Diamanten, der so groß war wie eine kleine Haselnuß, funkelten die Augen der Carconte vor Begierde.«
»Und was dachten Sie von allem, Herr Horcher?« fragte Monte Christo. »Kannten Sie den Edmond Dantes, von dem die Rede war?«
»Nein, Exzellenz, ich hatte bis dahin nie von ihm sprechen hören und hörte auch seitdem nur ein einziges Mal den Abbé Busoni von ihm reden, als ich ihn im Gefängnis in Nimes sah.«
»Gut, fahren Sie fort.«
»Der Juwelier nahm den Ring aus den Händen von Caderousse, zog aus seiner Tasche ein stählernes Zängchen und eine kleine messingne Waage, öffnete die goldenen Krampen, die den Stein in dem Ring hielten, zog den Diamanten aus seiner Lade und wog ihn mit ängstlicher Sorgfalt, dann sagte er: ›Ich gehe bis auf 45000 Franken, aber keinen Sou mehr; es tut mir sogar leid,

daß ich diese Summe geboten habe, da der Stein einen Mangel hat, den ich anfangs nicht bemerkte.‹
›Bringen Sie wenigstens den Stein wieder in den Ring‹, sagte Caderousse spitzig. – ›Sie haben recht‹, versetzte der Juwelier und brachte den Diamanten wieder in seinen Kasten. – ›Gut‹, sagte Caderousse, ›ich verkaufe ihn an einen anderen.‹
›Ja‹, entgegnete der Juwelier, ›aber ein anderer wird nicht so leicht zu behandeln sein wie ich; ein anderer wird sich nicht mit der Auskunft begnügen, die Sie mir gegeben haben. Er kann leicht sagen: Es geht nicht mit natürlichen Dingen zu, daß ein Mensch wie Sie einen Diamanten von fünfzigtausend Franken besitzt, er wird die Behörden darauf aufmerksam machen, dann sucht man den Abbé Busoni, und die Abbés, welche Diamanten von zweitausend Louisd'or verschenken, sind selten. Die Justiz bemächtigt sich der Sache, man schickt Sie ins Gefängnis – und werden Sie auch für unschuldig erkannt, setzt man Sie nach einer Haft von drei bis vier Monaten wieder in die Freiheit, so hat sich der Ring in der Gerichtskanzlei verloren, oder man gibt Ihnen einen falschen Stein, der drei Franken wert ist, statt eines Steines von 50000 Franken, bei dessen Ankauf man jedoch, wie Sie zugestehen werden, einige Gefahr läuft. Also ganz nach Ihrem Gutdünken; ich habe übrigens, wie Sie sehen, schönes Geld mitgebracht.‹
Und er zog aus einer von seinen Taschen eine Handvoll Gold, die er vor den geblendeten Augen des Wirtes funkeln ließ, und aus der andern ein Päckchen mit Banknoten. Im Innern von Caderousse entspann sich offensichtlich ein harter Kampf, und das kleine Etui von Saffianleder, das er in seiner Hand hin und her drehte, schien ihm als Wert offenbar nicht der ungeheuren Summe zu entsprechen, die seine Augen bezauberte. Er wandte sich zu seiner Frau und fragte sie ganz leise: ›Was sagst du dazu?‹
›Gib, gib‹, antwortete sie, ›wenn er ohne den Diamanten nach Beaucaire zurückkehrt, zeigt er uns an, und wer weiß, ob wir je wieder des Abbé Busoni habhaft werden können.‹
›Wohl, es sei‹, sagte Caderousse, ›nehmen Sie den Diamanten für 45000 Franken; meine Frau will eine goldene Kette haben und ich silberne Schnallen.‹

›Nun, nun, geben Sie doch! Was für ein schrecklicher Mensch!‹ versetzte der Juwelier, ihm den Ring aus der Hand ziehend; ich bezahle ihm 45 000 Franken, das heißt ein Vermögen, wie ich wohl eines haben möchte, und er ist nicht zufrieden!‹
›Warten Sie, bis ich die Lampe angezündet habe‹, entgegnete Carconte, ›es ist nicht mehr hell, und man könnte sich irren.‹
Während dieser Verhandlung war es wirklich Nacht geworden, und mit der Nacht war der Sturm gekommen, der seit einer halben Stunde loszubrechen drohte. Man hörte den Donner dumpf in der Ferne; aber ganz und gar von dem Dämon des Gewinns besessen, schienen sich weder der Juwelier noch die Carconte darum zu bekümmern. Ich selbst fühlte mich ganz geblendet bei dem Anblick von all diesem Gold und all diesen Banknoten. Es kam mir vor, als träumte ich.
Caderousse zählte wiederholt das Gold und die Geldscheine und gab dann beides seiner Frau, die ebenfalls alles durchzählte. Mittlerweile ließ der Juwelier den Diamanten unter dem Strahl der Lampe spiegeln.
›Nun, ist die Rechnung richtig?‹ fragte der Juwelier.
›Ja‹, antwortete Caderousse, ›und nun, obgleich Sie uns vielleicht zehntausend Livres zu wenig bezahlt haben, wollen Sie mit uns zu Nacht speisen? Es kommt von gutem Herzen.‹
›Ich danke‹, erwiderte der Juwelier. ›Es ist wohl bereits spät, und ich muß nach Beaucaire zurückkehren, sonst würde meine Frau in Unruhe geraten.‹ Er zog seine Uhr: ›Bei Gott, bald neun Uhr, ich werde vor Mitternacht nicht in Beaucaire sein; Gott befohlen, meine Kinder, wenn zufällig wieder Abbé Basoni bei Euch einkehren, denkt an mich.‹
Ein Donnerschlag erscholl, begleitet von einem so heftigen Blitz, daß er beinahe die Helle der Lampe verdunkelte.
›Oh!‹ sagte Caderousse, ›bei diesem Wetter wollen Sie fort?‹ – ›Ich fürchte mich nicht vor dem Donner‹, versetzte der Juwelier. – ›Und vor den Räubern?‹ fragte die Carconte. ›Die Straße ist während der Messe nie sicher.‹ – ›Oh, was die Räuber betrifft‹, entgegnete der Juwelier, ›da ist etwas für sie.‹ Und er zog ein paar kleine, bis an die Mündung geladene Pistolen aus der Tasche. ›Das sind die Hunde, die zu gleicher Zeit bellen und bei-

ßen, sie sind für die zwei ersten bestimmt, die es nach Eurem Diamanten gelüsten sollte, Vater Caderousse.‹
Caderousse und seine Frau wechselten einen finsteren Blick. Sie hatten, wie es schien, gleichzeitig einen furchtbaren Gedanken.
›Dann glückliche Reise‹, sagte Caderousse.
›Ich danke‹, erwiderte der Juwelier, nahm seinen Stock und wollte sich entfernen. In dem Augenblick, wo er die Tür öffnete, drang ein so heftiger Windstoß in die Stube, daß er beinahe die Lampe ausgelöscht hätte.
›Oh, oh‹, sagte er, ›ein schönes Wetter, und drei Stunden Wegs bei einem solchen Sturm!‹ – ›Bleiben Sie hier, schlafen Sie bei uns‹, versetzte Caderousse. – ›Ja, bleiben Sie‹, sagte Carconte mit zitternder Stimme, ›wir werden für Sie sorgen.‹ – ›Nein, ich muß in Beaucaire schlafen. Gott befohlen.‹
Caderousse ging langsam bis zur Schwelle.
›Man sieht weder den Himmel noch die Erde‹, sagte der Juwelier, bereits halb außer dem Haus. ›Muß ich mich links oder rechts halten?‹ – ›Rechts‹, antwortete Caderousse, ›Sie können nicht fehlen, die Straße ist auf beiden Seiten mit Bäumen besetzt.‹ – ›Schließ doch die Tür!‹ rief die Carconte, ›ich liebe offene Türen nicht, wenn es donnert!‹ – ›Und wenn Geld im Hause ist, nicht wahr?‹ entgegnete Caderousse, den Schlüssel zweimal im Schloß drehend.
Er kam zurück, ging an den Schrank, nahm den Sack und das Portefeuille heraus, und beide fingen an, zum drittenmal ihr Gold und ihre Geldscheine zu zählen. Ich habe nie einen Ausdruck gesehen, wie den dieser zwei gierigen, von der spärlichen Lampe beleuchteten Gesichter. Die Frau besonders war abscheulich, das fieberhafte Zittern, das sie gewöhnlich bewegte, hatte sich verdoppelt. Ihr Gesicht war leichenblaß geworden, ihre hohlen Augen flammten.
›Warum hast du ihm ein Nachtlager hier angeboten?‹ fragte sie mit dumpfem Ton. – ›Um … damit …‹, antwortete Caderousse bebend, ›damit er nicht die Mühe hätte nach Beaucaire zurückzukehren.‹ – ›Ah!‹ sagte die Carconte mit einem Ton, der sich nicht beschreiben läßt, ›ich glaubte, es geschehe aus einem andern Grund.‹ – ›Weib! Weib!‹ rief Caderousse, ›warum hast du

solche Gedanken und warum behältst du sie nicht für dich?‹ – ›Gleichviel‹, sagte die Carconte, ›du bist kein Mann.‹ – ›Warum?‹ – ›Wärest du ein Mann, so würde er nicht von hier weggekommen sein.‹ – ›Weib!‹ – ›Oder er würde wenigstens Beaucaire nicht erreichen.‹ – ›Weib!‹ – ›Die Straße macht eine Biegung, er muß der Straße folgen, während sich längs des Kanals ein kürzerer Weg hinzieht.‹ – ›Weib, du beleidigst den guten Gott. Halt, horch!‹

Man hörte in der Tat einen furchtbaren Donnerschlag, während ein Blitz die ganze Stube mit einer bläulichen Flamme übergoß, doch langsam abnehmend schien sich der Donner nur ungern von dem verfluchten Haus zu entfernen.

›Jesus!‹ rief die Carconte, sich bekreuzigend.

Beinahe in demselben Augenblick hörte man mitten unter dem Stillschweigen des Schreckens, das gewöhnlich auf Donnerschläge folgt, an die Tür klopfen. Caderousse und seine Frau bebten und schauten sich ängstlich an.

›Wer ist da?‹ rief Caderousse aufstehend, schob die auf dem Tisch zerstreuten Goldstücke und Banknoten auf einen Haufen zusammen und bedeckte sie mit seinen Händen.

›Ei, bei Gott, Joannès der Juwelier.‹

›Nun, was sagtest du‹, versetzte die Carconte mit einem furchtbaren Lächeln, ›ich beleidige den guten Gott?... Gerade der gute Gott schickt ihn uns zurück.‹

Caderousse fiel bleich und keuchend auf seinen Stuhl.

Die Carconte stand im Gegenteil auf, ging festen Schrittes auf die Tür zu, öffnete und sprach: ›Kommen Sie herein, mein lieber Herr Joannès.‹

›Meiner Treu‹, sagte der Juwelier, der, von Regen triefend, eintrat, ›es scheint, der Teufel will nicht, daß ich heute abend nach Beaucaire zurückkehre. Die kürzesten Torheiten sind die besten, mein lieber Herr Caderousse. Sie haben mir Gastfreundschaft angeboten, ich nehme sie an und komme, um hier zu schlafen.‹

Caderousse stammelte einige Worte, während er den Schweiß abtrocknete, der von seiner Stirn floß. Die Carconte schloß die Tür doppelt hinter dem Juwelier.«

5. Der Blutregen

»Der Juwelier schaute bei seinem Eintritt forschend umher; aber nichts schien einen Verdacht in ihm zu erregen. Caderousse hielt sein Gold und seine Banknoten immer noch in beiden Händen. Die Carconte lächelte ihrem Gast so freundlich zu, als sie nur immer konnte; auf eine Ecke des Tisches setzte sie die magern Überreste eines Mittagsbrotes, dem sie einige frische Eier beifügte.

Caderousse hatte abermals seine Banknoten in sein Portefeuille, das Gold in seinen Sack und das Ganze in seinen Schrank verschlossen. Er ging düster und nachdenkend in der Stube auf und ab und schaute von Zeit zu Zeit den Juwelier an, der dampfend vor dem Kamin stand, und, als eine Seite trocken war, sich auf die andere wandte.

›Mein Herr‹, sagte die Carconte, eine Flasche Wein auf den Tisch stellend, ›es ist alles bereit, wenn Sie zu Nacht essen wollen.‹

›Und Sie?‹ fragte der Juwelier.

›Ich esse nicht zu Nacht‹, antwortete Caderousse.

›Wir haben sehr spät zu Mittag gegessen und werden Sie bedienen‹, erwiderte die Carconte mit einem bei ihr, selbst gegen bezahlende Gäste, ungewöhnlichen Eifer.

Caderousse warf von Zeit zu Zeit einen raschen Blick auf sie. Der Sturm wütete fort.

›Es ist der Mistral, und der wird bis morgen fortdauern‹, sagte Caderousse den Kopf schüttelnd. Und er stieß einen Seufzer aus.

›Desto schlimmer für diejenigen, welche draußen sind‹, sagte der Juwelier, sich an den Tisch setzend.

›Ja, sie haben eine böse Nacht durchzumachen‹, versetzte die Carconte.

Der Juwelier fing an zu essen, und die Carconte bediente ihn mit all den kleinen Rücksichten einer aufmerksamen Wirtin; sonst so wunderlich und widerwärtig, war sie ein Muster von Zuvorkommenheit und Höflichkeit geworden. Hätte sie der Juwelier vorher gekannt, so würde ihm eine so große Veränderung sicherlich aufgefallen sein und einigen Verdacht eingeflößt haben. Caderousse sprach kein Wort, ging beständig auf und ab und schien sogar seinen Gast nicht ohne eine gewisse Scheu anzuschauen. Als das Abendbrot beendigt war, ging Caderousse selbst an die Tür, öffnete sie und sagte: ›Ich glaube, der Sturm legt sich.‹

Aber als sollte er Lügen gestraft werden, erschütterte in diesem Augenblick ein furchtbarer Donnerschlag das Haus, und ein Windstoß, vermischt mit Regen, drang durch die Tür und löschte die Lampe aus. Caderousse schloß die Tür wieder; seine Frau zündete ein Licht an der sterbenden Glut an.

›Mein Herr‹, sagte sie, ›Sie müssen müde sein, ich habe das Bett frisch überzogen, gehen Sie hinauf und schlafen Sie.‹

Der Juwelier blieb noch einen Augenblick, dann wünschte er seinen Wirtsleuten eine gute Nacht und stieg die Treppe hinauf. Er ging über meinem Kopf, und ich hörte jede Stufe unter seinen Tritten krachen. Die Carconte folgte dem Juwelier mit gierigem Auge, während ihm Caderousse im Gegenteil den Rükken zuwandte und nicht einmal zur Seite schaute.

Alle diese einzelnen Umstände, die seitdem in meinem Geist mit der Frische des ersten Momentes Platz gegriffen haben, fielen mir zur Zeit, wo sie unter meinen Augen vorgingen, nicht auf; in allem, was geschah, lag im ganzen nichts Unnatürliches, und abgesehen von der Geschichte des Diamanten, die mir ein wenig unwahrscheinlich vorkam, konnte nichts einen Argwohn bei mir erregen.

Von Müdigkeit überwältigt und entschlossen, die erste Frist zu benützen, die der Sturm den Elementen gönnen würde, wollte ich ein paar Stunden schlafen und um Mitternacht weggehen. Ich hörte im obern Zimmer den Juwelier alle Vorkehrungen treffen, um die Nacht so behaglich als möglich zuzubringen. Bald bemerkte ich an dem Krachen seines Bettes, daß er sich niedergelegt hatte.

Ich fühlte, wie sich meine Augen unwillkürlich schlossen, und da ich keinen Verdacht geschöpft hatte, so suchte ich nicht gegen den Schlaf zu kämpfen und warf nur noch einen Blick in das Innere. Caderousse saß an einem langen Tisch auf einer von den hölzernen Bänken, die in den Dorfwirtshäusern die Stühle ersetzen; er wandte mir den Rücken zu und hielt seinen Kopf in seine beiden Hände versenkt.

Die Carconte schaute ihn eine Zeitlang an, zuckte die Achseln und setzte sich ihm gegenüber. In diesem Augenblick ergriff die Flamme einen von ihr vergessenen Überrest von dürrem Holz, und ein etwas lebhafterer Schimmer erleuchtete die düstere Stube. Die Carconte schaute ihren Mann starr an, und da dieser stets in derselben Stellung verharrte, sah ich sie ihre gekrümmte Hand nach ihm ausstrecken und seine Stirn berühren.

Caderousse bebte. Es kam mir vor, als spräche sie ganz leise zu ihm, doch konnte ich ihre Worte nicht vernehmen. Ich sah sogar nur noch wie durch einen Nebel und in dem zweifelhaften Zustand, dem Vorläufer des Schlafes, in dem man einen Traum zu beginnen glaubt. Endlich schlossen sich meine Augen, und ich verlor das Bewußtsein.

Ich lag im tiefsten Schlaf, als ich durch einen Pistolenschuß geweckt wurde, auf den ein furchtbarer Schrei folgte. Es erschollen ein paar wankende Tritte auf dem Boden der Stube, und eine träge Masse stürzte auf die Treppe, gerade über meinem Haupt, nieder.

Ich war noch nicht ganz meiner Herr. Ich vernahm Seufzer und dann halberstickte Schreie, wie es gewöhnlich bei einem Kampf vorkommt. Ein letzter Schrei, der länger anhielt als die andern und sich endlich in ein Stöhnen verwandelte, entriß mich völlig meiner Lethargie.

Ich erhob mich, öffnete die Augen, die in der Finsternis nichts sahen, und fuhr mit der Hand nach der Stirn, auf die, wie es mir vorkam, durch die Bretter der Treppe ein lauer Regen floß.

Das tiefste Stillschweigen war auf den furchtbaren Lärm gefolgt. Ich hörte die Tritte eines Menschen über meinem Kopf und auf der Treppe; dieser Mensch stieg in die untere Stube herab und zündete eine Kerze an. Ich erkannte Caderousse, sein Gesicht war bleich und sein Hemd ganz mit Blut bespritzt. Als das Licht angezündet war, stieg er wieder die Treppe hinauf, und ich hörte von neuem seine raschen, unruhigen Tritte. Einen Augenblick später kam er abermals herab; er hielt das Etui in der Hand, wickelte es in sein rotes Sacktuch und band es um den Hals. Dann lief er nach dem Schrank, ergriff seine Banknoten und sein Geld, nahm ein paar Hemden, stürzte aus der Tür und verschwand in der Dunkelheit. Da wurde alles klar und hell für mich; ich machte mir das, was geschehen, zum Vorwurf, als wäre ich selbst der wahre Schuldige. Es kam mir vor, als hörte ich ein Stöhnen; der unglückliche Juwelier konnte nicht tot sein; vielleicht lag es in meiner Macht dadurch, daß ich ihm Hilfe leistete, einen Teil von dem Übel wiedergutzumachen, das ich zwar nicht selbst getan, wohl aber hatte tun lassen. Ich stemmte meine Schultern gegen die schlecht zusammengefügten Bretter, die den Schuppen, in welchem ich mich befand, von der inneren Stube trennten. Die Bretter gaben nach, und ich befand mich im Haus.

Ich ergriff den Leuchter und eilte nach der Treppe; ein Körper versperrte mir den Weg: es war der Leichnam der Carconte. Den Pistolenschuß, den ich gehört, hatte man auf sie abgefeuert; ihre Gurgel war von einer Seite zur andern durchbohrt. Das Zimmer bot den Anblick der furchtbarsten Zerstörung. Alles Gerät war umgeworfen; die Bettlaken, an die sich der unglückliche Juwelier ohne Zweifel angeklammert hatte, lagen auf dem Boden; er selbst war auf der Erde ausgestreckt und schwamm gleichsam, den Kopf an die Wand gestützt, in einer Blutlache, die aus drei breiten Wunden in seiner Brust hervorkam. In einer vierten war ein langes Küchenmesser steckengeblieben, von dem man nur noch das Heft sah.

Ich näherte mich dem Juwelier, er war nicht ganz tot. Bei dem Lärm, den ich machte, öffnete er seine stieren Augen, heftete sie eine Sekunde lang auf mich, bewegte seine Lippen, als wollte er sprechen, und verschied.

Dieses furchtbare Schauspiel machte mich beinahe wahnsinnig; von dem Augenblick, wo ich niemand mehr helfen konnte, fühlte ich nur das Bedürfnis zu fliehen. Mich bei den Haaren fassend und ein Geschrei des Schreckens ausstoßend, stürzte ich nach der Treppe.

In der unteren Stube fand ich eine bewaffnete Macht, bestehend aus fünf bis sechs Zollbeamten und mehreren Gendarmen. Man bemächtigte sich meiner: Ich versuchte es nicht einmal, Widerstand zu leisten; ich war nicht mehr Herr meiner Sinne. Ich wollte sprechen, stieß aber nur unartikulierte Schreie aus.

Ich sah, daß die Zollbeamten und Gendarmen mit dem Finger auf mich deuteten, denn ich war ganz mit Blut bedeckt. Der laue

Regen, der durch die Bretter der Treppe auf mich gefallen, war das Blut der Carconte.
Ich deutete mit dem Finger auf den Ort, wo ich verborgen gewesen war.
›Was will er sagen?‹ fragte ein Gendarm.
Ein Zollbeamter sah nach und sagte: ›Er will sagen, daß er hier durchgeschlüpft ist‹, und zeigte das Loch, durch welches ich wirklich geschlüpft war.
Nun begriff ich, daß man mich für den Mörder hielt. Ich fand meine Sinne wieder, ich fand meine Kräfte wieder, befreite mich von den Händen zweier Männer, die mich hielten, und rief: ›Ich war es nicht.‹
Zwei Gendarmen schlugen mit ihren Karabinern auf mich an. ›Wenn du dich rührst‹, sagten sie, ›bist du des Todes.‹
›Aber ich wiederhole, daß ich es nicht getan habe‹, rief ich.
›Du wirst deine Geschichtchen den Richtern von Nimes erzählen‹, erwiderten sie. ›Mittlerweile folge uns; und wenn wir dir raten sollen, leiste keinen Widerstand.‹
Das war nicht meine Absicht; ich fühlte mich wie gelähmt durch Erstaunen und Schrecken. Man legte mir Handschellen an, band mich an den Schweif eines Pferdes und führte mich nach Nimes.
Es war mir ein Zollbeamter gefolgt; als er mich in der Gegend des Hauses aus dem Gesicht verlor, vermutete er, ich würde die Nacht hier zubringen. Er benachrichtigte seine Kameraden und kam mit ihnen gerade zur rechten Zeit an, um den Pistolenschuß zu hören und mich inmitten von Schuldbeweisen festzunehmen, deren Widerlegung mich, wie ich wohl einsah, unsägliche Mühe kosten mußte.
Ich verließ mich auch nur auf eines und bat den Untersuchungsrichter sogleich, überall einen gewissen Abbé Busoni suchen zu lassen, der im Verlaufe des Tages im Wirtshaus zum Pont du Gard gewesen wäre. Hatte Caderousse gelogen, gab es keinen Abbé Busoni, so war ich offenbar verloren, wenn nicht Caderousse ebenfalls gefangen wurde und alles gestand.
Es vergingen zwei Monate, während welcher, ich muß es zum Lobe meines Richters sagen, alle Nachforschungen angestellt wurden, um denjenigen aufzusuchen, nach welchem ich ver-

langte. Ich hatte jede Hoffnung verloren, Caderousse war nicht festgenommen worden. In der nächsten Sitzung sollte ich gerichtet werden, als am 8. September, das heißt drei Monate und fünf Tage nach dem Vorfall, der Abbé Busoni, auf welchen ich nicht mehr rechnete, sich beim Kerkermeister einfand und sagte, er habe erfahren, ein Gefangener wünsche ihn zu sprechen. Er habe in Marseille davon gehört, gab er an, und beeile sich, dem Wunsch zu entsprechen.

Sie können sich denken, mit welcher Freude ich ihn empfing; ich erzählte ihm das ganze Ereignis, dessen Zeuge ich gewesen, kam aber mit einer gewissen Unruhe zu der Geschichte mit dem Diamanten. Gegen mein Erwarten war sie Punkt für Punkt wahr; ebenfalls gegen mein Erwarten maß er allem, was ich sagte, Glauben bei. Ich wurde hingerissen von seinem sanften Wohlwollen, sah, daß er tiefe Kenntnisse der Sitten meines Landes besaß, dachte die Verzeihung des einzigen Verbrechens, das ich begangen, könnte vielleicht von seinen milden Lippen fließen, und offenbarte ihm unter dem Siegel der Beichte das Abenteuer von Auteuil mit allen seinen einzelnen Umständen. Was ich in einem Gefühl meines Herzens getan, erhielt denselben Erfolg, als wäre es aus Berechnung geschehen; das Geständnis dieses ersten Mordes, den ihm zu enthüllen mich nichts zwang, diente ihm zum Beweis, daß ich den zweiten nicht begangen hatte, und er verließ mich, indem er mir versprach, er würde alles tun, was in seiner Macht läge, um meine Richter von meiner Unschuld zu überzeugen.

Den Beweis, daß er sich wirklich mit mir beschäftigte, fand ich darin, daß meine Haft allmählich milder wurde. In der Zwischenzeit wurde Caderousse im Ausland verhaftet und nach Frankreich zurückgebracht. Er gestand alles und warf die Schuld des Vorbedachts und besonders der Anstiftung auf seine Frau. Er wurde zu lebenslänglicher Galeerenstrafe verurteilt, und mich setzte man in Freiheit.«

»Damals geschah es, daß Sie sich mit einem Brief des Abbés Busoni bei mir einfanden?« fragte Monte Christo.

»Ja, Exzellenz, er nahm sichtbar Anteil an mir, er riet mir, mein Schmugglerhandwerk aufzugeben, und wollte mich an einen Bekannten empfehlen.

›Oh, mein Vater‹, rief ich, ›wieviel Güte!‹ – ›Doch Sie schwören mir, daß ich es nie zu bereuen haben werde?‹
Ich streckte die Hand aus, um zu schwören.
›Unnötig‹, sagte er, ›ich kenne und liebe die Korsen; hier ist meine Empfehlung.‹
Und er schickte ein paar Zeichen, die ich Ihnen zustellte und worauf Eure Exzellenz mich in seine Dienste zu nehmen die Gnade hatte. Nun frage ich Eure Exzellenz mit Stolz, hat sie sich je über mich zu beklagen gehabt?«
»Nein«, erwiderte der Graf, »und ich gestehe mit Vergnügen, Sie sind ein guter Diener, Bertuccio, obgleich es Ihnen an Vertrauen gebricht.«
»Mir, Herr Graf?«
»Ja, Ihnen. Wie kommt es, daß Sie eine Schwägerin und einen Adoptivsohn haben und weder von der einen noch von dem anderen mit mir sprachen?«
»Ach, Exzellenz, ich muß Ihnen noch den traurigsten Teil meines Lebens mitteilen. Ich reiste nach Korsika ab. Es drängte mich, meine arme Schwägerin wiederzusehen; als ich aber nach Rogliano kam, fand ich das Haus in Trauer, es war eine furchtbare Szene vorgefallen. Meinem Rat gemäß, widerstand meine Schwägerin den Forderungen von Benedetto, der sich jeden Augenblick alles Geld geben lassen wollte, das im Haus war. Eines Morgens bedrohte er sie und verschwand dann für den ganzen Tag. Sie weinte, denn die liebe Assunta hatte ein Mutterherz für den Elenden. Es kam der Abend, sie wartete auf ihn, ohne sich niederzulegen. Als er um elf Uhr mit zweien von seinen Freunden, den gewöhnlichen Genossen aller seiner tollen Streiche, zurückkehrte, streckte sie die Arme gegen ihn aus; doch die Ruchlosen packten sie, und einer von den dreien, ich befürchte, es war das höllische Kind, rief: ›Wir wollen sie auf die Folter spannen, sie muß gestehen, wo sie ihr Geld hat.‹
Der Nachbar Wasilio war gerade in Bastia, und nur seine Frau war allein zu Haus. Niemand außer ihr konnte sehen oder hören, was bei meiner Schwägerin vorging. Zwei von ihnen hielten die arme Assunta, die an die Möglichkeit eines solchen Verbrechens nicht glauben konnte und denen zulächelte, die ihre Henker werden sollten; der dritte verrammelte Türen und Fenster,

kam dann zurück, und alle drei miteinander, indem sie das Geschrei erstickten, das ihr der Schrecken bei so gräßlichen Vorbereitungen entriß, hoben die Füße der armen Assunta über die Kohlenglut, wodurch sie von derselben das Geständnis erpressen wollten, wo unser kleiner Schatz verborgen liege. Doch im Kampf fingen ihre Kleider Feuer; da ließen sie die Unglückliche los, um nicht selbst verbrannt zu werden. Ganz in Flammen lief sie nach der Tür, aber die Tür war verschlossen; sie stürzte nach dem Fenster, doch das Fenster war verrammelt. Nun hörte die Nachbarin ein furchtbares Geschrei; es war Assunta, die um Hilfe rief. Bald dämpfte sich ihre Stimme; die Schreie verwandelten sich in ein Stöhnen, und als am andern Morgen, nach einer Nacht des Schreckens und der Angst, die Frau von Wasilio aus ihrer Wohnung herauszugehen wagte und unser Haus durch den Richter öffnen ließ, fand man Assunta halb verbrannt, aber noch atmend, die Schränke erbrochen, das Geld entwendet. Benedetto hatte Rogliano verlassen, um nie mehr dahin zurückzukehren. Seit jenem Tag habe ich ihn nicht mehr gesehen und auch nicht von ihm sprechen hören. – Nachdem ich diese traurige Kunde vernommen, begab ich mich zu Eurer Exzellenz. Ich konnte nicht von Benedetto sprechen, weil er verschwunden, und nicht von meiner Schwägerin, weil sie tot war.«
»Und was dachten Sie von diesem Ereignis?« sagte Monte Christo.
»Es wäre die Strafe für das Verbrechen, das ich begangen hatte. Oh, diese Villefort waren ein verfluchtes Geschlecht.«
»Ich glaube es«, murmelte der Graf finster.
»Und nun begreift Eure Exzellenz wohl, daß dieses Haus, welches ich seitdem nicht mehr gesehen, daß dieser Garten, in dem ich mich plötzlich wiederfand, daß dieser Platz, wo ich einen Menschen getötet habe, die Erschütterung in mir hervorbringen mußte, deren Veranlassung Sie vernehmen wollten; denn ich weiß nicht gewiß, ob nicht hier zu meinen Füßen Herr von Villefort in dem Grab liegt, das er für sein Kind gegraben hatte.«
»Es ist in der Tat alles möglich«, sagte Monte Christo, von der Bank aufstehend, auf welcher er gesessen hatte, »sogar«, fügte er ganz leise bei, »sogar, daß der Staatsanwalt nicht gestorben

ist. Der Abbé Busoni hat wohl daran getan, Sie mir zuzuschikken. Sie haben ebenfalls wohl daran getan, mir Ihre Geschichte zu erzählen, denn ich werde keinen schlimmen Gedanken mehr in bezug auf Ihre Person haben. Doch was den verruchten Benedetto betrifft, haben Sie nie seine Spur aufzufinden gesucht, haben Sie nie zu erfahren gesucht, was aus ihm geworden ist?«

»Nie. Hätte ich gewußt, wo er wäre, so würde ich, statt zu ihm zu gehen, vor ihm geflohen sein, wie vor einem Ungeheuer. Nein, glücklicherweise habe ich nie irgendeinen Menschen der Welt von ihm sprechen hören, und ich hoffe, er ist tot.«

»Hoffen Sie das nicht, Bertuccio; die Schlechten sterben nicht so leicht, denn Gott scheint sie unter seine Obhut zu nehmen, um Werkzeuge seiner Rache aus ihnen zu machen.«

»Es mag sein«, versetzte Bertuccio. »Ich bitte den Himmel nur, ihn nie mehr sehen zu müssen. Und nun wissen Sie alles, Herr Graf«, fügte der Intendant, sein Haupt neigend, bei, »Sie sind mein Richter hienieden, wie dies Gott dort oben sein mag... Werden Sie mir nun nicht einige Worte des Trostes sagen?«

»Sie haben recht, ich kann Ihnen sagen, was der Abbé Busoni sagen würde: Derjenige, welcher Sie mißhandelt hatte, Villefort, verdient eine Strafe für das, was er Ihnen getan, und vielleicht noch für etwas anderes. Benedetto, wenn er lebt, wird, wie ich Ihnen gesagt habe, zu einer göttlichen Rache dienen. Sie aber haben sich in Wahrheit nur einen Vorwurf zu machen: Fragen Sie sich, warum Sie das Kind, nachdem Sie es dem Tod entrissen, nicht seiner Mutter zurückgegeben haben? Hierin liegt Ihr Verbrechen, Bertuccio.«

»Ja, Herr Graf, das ist mein Verbrechen, denn ich bin hierbei feig gewesen; hatte ich das Kind einmal ins Leben zurückgerufen, so blieb nur eines zu tun: ich mußte es, wie Sie gesagt haben, seiner Mutter zurückschicken. Aber zu diesem Behufe hätte ich auch Nachforschungen anstellen, die Aufmerksamkeit auf mich ziehen, mich vielleicht preisgeben müssen. Ich wollte aber nicht sterben, ich hing meiner Schwägerin wegen am Leben, aus der uns Menschen angeborenen Selbstliebe, und setzte auch meinen Stolz darein, unversehrt und siegreich bei unserer Rache zu bleiben. Vielleicht hing ich am Ende am Leben ganz

einfach aus Liebe zu eben diesem Leben. Oh, ich bin kein Tapferer, wie mein armer Bruder!«
Bertuccio verbarg sein Gesicht in seinen beiden Händen, und Monte Christo heftete einen langen, unbeschreiblichen Blick auf ihn.
Dann, nach einem kurzen, durch die Stunde und den Ort noch feierlicher werdenden Stillschweigen, sagte der Graf mit einem bei ihm ungewöhnlichen Ton der Schwermut:
»Mein Herr Bertuccio, erinnern Sie sich stets folgender Worte, ich habe sie oft von dem Abbé Busoni aussprechen hören: Für jedes Übel gibt es zwei Mittel, die Zeit und das Stillschweigen. Lassen Sie mich nur eine Minute im Garten spazierengehen. Was für Sie, die handelnde Person, bei dieser furchtbaren Szene eine schmerzhafte Erschütterung hervorbringen muß, wird für mich eine beinahe sanfte Empfindung sein und diesem Gut einen doppelten Wert verleihen. Die Bäume gefallen mir, weil sie Schatten geben, und der Schatten gefällt mir, weil er voll von Träumen und Visionen ist. Sehen Sie, ich habe einen Garten gekauft und glaubte nur einen von Mauern eingeschlossenen Raum zu kaufen, was aber nicht der Fall ist; es findet sich im Gegenteil, daß dieser Raum von Schreckbildern bevölkert ist, die gar nicht im Vertrag aufgeführt sind. Ich aber liebe diese Geister, es ist mir nie zu Ohren gekommen, die Toten hätten in sechstausend Jahren so viel Böses getan wie die Lebenden an einem einzigen Tag. Kehren Sie also zurück und schlafen Sie in Frieden. Ist Ihr Beichtvater im letzten Augenblick minder nachsichtig, als es der Abbé Busoni war, so lassen Sie mich kommen, wenn ich noch von dieser Welt bin, und ich werde Worte finden, welche Ihre Seele in jeder Minute sanft einwiegen lassen, wo sie bereit ist, sich auf den Weg zu begeben und die große Reise zu machen, die man die Ewigkeit nennt.«
Bertuccio verbeugte sich ehrfurchtsvoll vor dem Grafen und entfernte sich mit einem tiefen Seufzer.
Nach einem Gang durch den Garten kehrte der Graf zu seinem Wagen zurück. Bertuccio, der ihn träumerisch sah, stieg, ohne ein Wort zu sagen, auf den Bock neben den Kutscher. Der Wagen schlug wieder den Weg nach Paris ein.
Noch an demselben Abend, unmittelbar nach seiner Ankunft in

dem Haus der Champs-Elysées, besichtigte Monte Christo die ganze Wohnung, wie es nur ein seit langen Jahren damit vertrauter Mensch hätte tun können. Nicht ein einziges Mal öffnete er, obgleich er allein ging, eine Tür statt einer andern, wählte er eine Treppe oder einen Flur, die ihn nicht dahin führten, wohin er gehen wollte. Ali begleitete ihn bei dieser nächtlichen Beschauung. Der Graf gab Bertuccio mehrere Befehle bezüglich der Verschönerung und Einteilung der Zimmer; dann zog er seine Uhr und sagte zu dem aufmerksamen Nubier:
»Es ist halb zwölf Uhr. Hayde muß bald kommen. Hat man die französischen Frauen davon in Kenntnis gesetzt?«
Ali streckte die Hand nach der für die schöne Griechin bestimmten Wohnung aus, die so abgesondert und durch eine Tapetentür verborgen war, daß man das ganze Haus besichtigen konnte, ohne zu vermuten, daß es hier noch einen Salon und zwei bewohnte Zimmer gab. Ali streckte also die Hand nach dieser Wohnung aus, deutete die Zahl drei mit den Fingern seiner linken Hand an, legte dann den Kopf auf dieselbe wieder flach gemachte Hand und schloß die Augen, als schliefe er.
»Oh«, sagte Monte Christo, der an diese Sprache gewöhnt war, »es sind ihrer drei, und sie warten im Schlafzimmer, nicht wahr?«
Ali bejahte, indem er den Kopf von oben nach unten bewegte.
»Madame wird heute abend müde sein und ohne Zweifel schlafen wollen; veranlasse sie nicht zum Sprechen; die französischen Kammerfrauen sollen ihre neue Gebieterin nur begrüßen und sich dann zurückziehen. Du wachst darüber, daß die griechische Kammerfrau nicht mit den französischen Frauen verkehrt.«
Ali verbeugte sich.
Bald hörte man den Hausmeister anrufen; das Gitter öffnete sich, ein Wagen hielt vor der Treppe. Der Graf ging hinab; der Kutschenschlag war bereits offen; er reichte seine Hand einer Frau, die in einen großen, seidenen, ganz mit Gold gestickten, von ihrem Haupt herabfallenden Schleier gehüllt war. Die junge Frau nahm die ihr dargebotene Hand, küßte sie mit ehrfurchtsvoller Liebe, und es wurden ein paar Worte voll Zärt-

lichkeit von seiten der jungen Frau, mit sanftem Ernst von seiten des Grafen ausgetauscht.
Dann wurde die junge Frau, eine junge Griechin, in ihre Gemächer begleitet.

6. Der unbegrenzte Kredit

Am nächsten Tag, gegen zwei Uhr nachmittags, hielt eine mit zwei prächtigen Pferden bespannte Kalesche vor der Tür von Monte Christo. Ein Mann von etwa 50 Jahren, in einem blauen Frack, einer weißen Weste, worauf eine ungeheure goldene Uhr prangte, streckte seinen Kopf durch den Schlag eines Kupees, auf dessen Füllung eine Baronenkrone gemalt war, und schickte seinen Diener zum Hausmeister, um zu fragen, ob der Graf von Monte Christo zu Hause wäre.
Mittlerweile betrachtete er mit großer Aufmerksamkeit das Äußere des Hauses und die Livree von einigen Bedienten, die hin und her gingen. Sein Auge war lebhaft, aber mehr verschmitzt als geistreich; seine Lippen waren so dünn, daß sie, statt gegen außen vorzuspringen, in den Mund zurücktraten; die Breite und das Hervorragen der Backenknochen, ein untrügliches Zeichen der Schlauheit, das Niedergedrückte der Stirn, die Ausbuchtung des Hinterhauptes, das Gehörorgan, welches das Ebenmaß aristokratischer Ohren bedeutend überschritt, trugen dazu bei, für jeden Physiognomiker dem Gesicht dieser Person einen beinahe zurückstoßenden Charakter zu verleihen.
Der Diener klopfte an das Fenster des Hausmeisters und fragte:
»Wohnt hier nicht der Graf von Monte Christo?«
»Seine Exzellenz wohnt hier«, antwortete der Hausmeister; »aber ...« Er befragte Ali mit einem Blick. Ali machte ein verneinendes Zeichen.
»Aber Seine Exzellenz ist nicht zu sprechen«, sagte der Hausmeister.
»Dann nehmen Sie diese Karte von meinem Gebieter, dem Herrn Baron von Danglars, und geben sie dem Herrn Grafen. Sagen Sie ihm, daß mein Herr, der jetzt in die Kammer fährt, einen Umweg gemacht, um sich die Ehre zu geben, ihm einen Besuch abzustatten.«

Der Diener kehrte zu dem Wagen zurück und meldete, was man ihm gesagt.
»Oh, oh«, rief Danglars, »dieser Herr ist also ein Prinz, daß man ihn Exzellenz nennt und daß nur sein Kammerdiener mit ihm zu sprechen befugt ist; gleichviel, da er einen Kredit auf mich hat, muß ich ihn besuchen, wenn er Geld zu erheben wünscht.«
Und er warf sich in seinen Wagen zurück und rief dem Kutscher so laut zu, daß man es auf der andern Seite der Straße hören konnte: »In die Deputiertenkammer!«
Durch eine Jalousie seines Pavillons hatte Monte Christo, zu rechter Zeit benachrichtigt, den Baron gesehen und ihn mit derselben Aufmerksamkeit studiert, mit der Danglars zu Werke ging, als er das Haus, den Garten und die Livreen musterte.
»Dieser Mensch«, sagte er, »ist offenbar ein häßliches Geschöpf; erkennt man nicht beim ersten Male, wenn man ihn sieht, die Schlange an der platten Stirn, den Geier an dem gewölbten Schädel und den Mäusefalken an dem scharfen Schnabel?«
In dem gleichen Augenblick trat der Intendant ein. Monte Christo wandte sich an ihn und sagte: »Haben Sie die Pferde gesehen, die soeben vor meiner Tür hielten?«
»Allerdings, Exzellenz, sie sind sehr schön.«
»Wie kommt es«, fragte Monte Christo, die Stirn faltend, »daß es, wenn ich die zwei schönsten Pferde von Paris verlange, in Paris noch zwei andere Pferde gibt, die so schön sind wie die meinigen, und daß diese Pferde nicht in meinem Stall stehen?«
»Mein Herr Graf«, sagte Bertuccio, »die Pferde, von denen Sie sprechen, waren nicht käuflich.«
Monte Christo zuckte die Achseln und erwiderte: »Lassen Sie sich sagen, mein Herr Intendant, daß stets alles für denjenigen käuflich ist, welcher den Preis zu machen weiß.«
»Herr Danglars hat 16000 Franken dafür bezahlt.«
»Dann hätte man ihm 32000 bieten müssen; er ist Bankier, und ein Bankier versäumt nie eine Gelegenheit, sein Kapital zu verdoppeln.«
»Spricht der Herr Graf im Ernst?« fragte Bertuccio.
Monte Christo schaute den Intendanten wie ein Mensch an, der

darüber erstaunt, daß man eine solche Frage an ihn zu stellen wagt, und sagte sodann: »Ich habe heute abend einen Besuch zu erwidern, die zwei Pferde müssen mit neuem Geschirr an meinen Wagen gespannt sein.«
Bertuccio verbeugte sich, um wegzugehen; an der Tür blieb er noch einmal stehen und fragte: »Um wieviel Uhr gedenkt seine Exzellenz den Besuch zu machen?«
»Um fünf Uhr.«
»Ich erlaube mir, Eurer Exzellenz zu bemerken, daß es zwei Uhr ist«, sagte der Intendant.
»Ich weiß es«, erwiderte Monte Christo mit trockenem Ton; dann sich an Ali wendend: »Laß alle Pferde an Madame vorüberführen, damit die sich das Gespann auswählen kann, welches ihr am meisten gefällt; will sie mit mir zu Mittag speisen, so mag sie es mir sagen lassen, man serviert dann bei ihr; gehe und schicke mir den Kammerdiener.«
Ali war kaum verschwunden, als der Kammerdiener ebenfalls eintrat.
»Herr Baptistin«, sagte der Graf, »Sie sind seit einem Jahr in meinem Dienst: Das ist die Probezeit, die ich gewöhnlich meinen Leuten auferlege; Sie sagen mir zu.«
Baptistin verbeugte sich.
»Nun fragt es sich nur noch, ob ich Ihnen zusage.«
»Oh, mein Herr Graf!« rief Baptistin.
»Hören Sie mich an. Sie erhalten im Jahr fünfzehnhundert Franken, Sie haben eine Tafel, wie sie sich viele Bureauxchefs, unglückliche, unendlich mehr beschäftigte Leute, wünschen würden. Als Diener, haben Sie selbst wieder Diener, die für Ihr Weißzeug und Ihre andern Bedürfnisse sorgen. Außer den fünfzehnhundert Franken Gehalt stehlen Sie mir bei den Ankäufen, die Sie für meine Toilette zu machen haben, noch ungefähr weitere fünfzehnhundert Franken jährlich.«
»Oh, Herr Graf.«
»Ich beklage mich nicht, Herr Baptistin, denn ich finde dies nicht übermäßig; doch wünsche ich, daß es hierbei bleiben möge. Sie werden also nirgends einen ähnlichen Posten finden. Ich schlage meine Leute nie, ich fluche nie, ich gerate nie in Zorn, ich vergebe stets einen Irrtum, doch nie eine Nachlässig-

keit oder Vergeßlichkeit. Meine Befehle sind gewöhnlich kurz, aber klar und genau; ich will sie lieber zwei- oder sogar dreimal wiederholen, als falsch ausgelegt zu sehen. Ich bin reich genug, um alles zu erfahren, was ich erfahren will, und ich bin sehr neugierig, das sage ich Ihnen zum voraus. Hörte ich nun, Sie hätten im Guten oder Schlechten von mir gesprochen, meine Handlungen beurteilt, mein Benehmen überwacht, so würden Sie auf der Stelle mein Haus verlassen. Ich warne meine Diener nur ein einziges Mal, Sie sind gewarnt, gehen Sie!«

Baptistin verbeugte sich und machte ein paar Schritte, um sich zu entfernen.

»Doch halt«, sagte der Graf, »ich vergaß, Ihnen zu sagen, daß ich jedes Jahr eine gewisse Summe auf den Kopf meiner Leute anlege. Diejenigen, welche ich wegschicke, verlieren natürlich dieses Geld, das den Bleibenden zugute kommt, die nach meinem Tod ein Recht darauf haben. Sie sind ein Jahr bei mir; Ihr Vermögen hat begonnen, sorgen Sie dafür, daß es zunimmt.«

Diese Rede in Gegenwart von Ali, der ganz unempfindlich dabei blieb, weil er kein Wort Französisch verstand, brachte auf Baptistin eine große Wirkung hervor.

»Es soll mein Bestreben sein, mich in allen Punkten mit den Wünschen Eurer Exzellenz in Einklang zu setzen«, sagte er; »überdies werde ich mir Herrn Ali zum Vorbild nehmen.«

»Oh, keineswegs«, sprach der Graf mit einer Marmorkälte. »Bei Ali sind viele Fehler mit seinen guten Eigenschaften vermischt; nehmen Sie kein Beispiel an ihm, denn Ali ist eine Ausnahme; er hat keinen Lohn, er ist kein Diener; er ist mein Sklave, mein Hund; verfehlt er sich gegen seine Pflicht, so jage ich ihn nicht fort, sondern ich töte ihn.«

Baptistin riß die Augen weit auf.

»Sie zweifeln?« fragte Monte Christo.

Und er wiederholte in arabischer Sprache die Worte, die er französisch zu Baptistin gesprochen hatte.

Ali hörte, lächelte, näherte sich seinem Herrn, setzte ein Knie auf die Erde und küßte ihm ehrfurchtsvoll die Hand. Diese kleine Zugabe zu der Lektion seines Gebieters machte das Maß des Erstaunens bei Herrn Baptistin voll. Der Graf hieß durch ein Zeichen Baptistin weggehen und Ali, ihm zu folgen. Beide

begaben sich in sein Kabinett, wo eine lange Unterredung stattfand.
Um fünf Uhr schlug der Graf dreimal auf sein Glöckchen. Ein Schlag rief Ali, zwei riefen Baptistin, drei Bertuccio.
»Meine Pferde!« sagte Monte Christo.
»Sie sind eingespannt, Exzellenz«, erwiderte Bertuccio. »Habe ich den Herrn Grafen zu begleiten?«
»Nein, der Kutscher, Ali und Baptistin, sonst niemand.«
Der Graf ging hinab und erblickte an seinem Wagen die Pferde, die er wenige Stunden zuvor an dem Wagen von Danglars bewundert hatte.
»Diese Tiere sind in der Tat schön«, sagte er, »und Sie haben wohl daran getan, dieselben zu kaufen, nur war es ein wenig spät.«
»Exzellenz«, entgegnete Bertuccio, »es hat mir viel Mühe gemacht, sie zu erhalten, und der Preis derselben ist sehr hoch.«
»Kommen Ihnen die Pferde darum minder schön vor?« fragte der Graf, die Achseln zuckend.
Dieses Gespräch fand oben auf der Freitreppe statt. Bertuccio machte einen Schritt, um die erste Stufe hinabzusteigen.
»Sachte, mein Herr«, rief Monte Christo, ihn zurückhaltend. »Ich bedarf eines Gutes an der Seeküste, in der Normandie zum Beispiel, zwischen Havre und Boulogne. Ich gebe Ihnen Raum, wie Sie sehen. Bei diesem Ankauf müssen Sie auf einen kleinen Hafen, eine kleine Bucht bedacht sein, wo meine Korvette einlaufen und sich halten kann; ihr Tiefgang beträgt nur fünfzehn Fuß. Das Schiff muß stets bereit sein, in See zu gehen, zu welcher Stunde des Tages oder der Nacht es mir beliebt. Sie erkundigen sich bei allen Notaren nach einem Gut, das den von mir angegebenen Bedingungen entspricht; haben Sie ein solches in Erfahrung gebracht, so besichtigen Sie es, und wenn Sie damit zufrieden sind, kaufen Sie dasselbe in meinem Namen. Die Korvette ist auf dem Wege nach Fécamp, nicht wahr?«
»An demselben Abend, an dem wir Marseille verließen, sah ich sie in See gehen.«
»Und die Jacht?«
»Die Jacht hat Befehl, in Martigues zu bleiben.«

»Gut! Sie korrespondieren von Zeit zu Zeit mit den zwei Patronen, welche die Schiffe befehligen, damit sie nicht einschlafen. Und dazu noch eins: Für das Dampfboot, das in Chalons ist, geben Sie dieselben Befehle wie für die Segelschiffe.«
»Sehr wohl.«
»Sobald das Gut gekauft ist, muß ich auf der Straße nach dem Norden und auf der nach dem Süden Relais haben von zehn zu zehn Stunden.«
»Eure Exzellenz kann auf mich bauen.«
Der Graf machte ein Zeichen der Zufriedenheit, stieg die Stufen hinab und sprang in seinen Wagen, der, von dem herrlichen Gespann im Trab fortgezogen, erst vor dem Hotel des Bankiers anhielt.
Danglars führte eben den Vorsitz bei einer für Eisenbahn-Angelegenheiten ernannten Kommission, als man ihm den Besuch des Grafen von Monte Christo meldete. Die Sitzung war übrigens fast zu Ende. Bei dem Namen des Grafen stand er auf und sprach, sich an seine Kollegen wendend, von denen mehrere Kammermitglieder waren:
»Meine Herren, verzeihen Sie mir, wenn ich Sie verlasse, aber denken Sie sich, daß das Haus Thomson und French in Rom einen gewissen Grafen von Monte Christo an mich adressiert und ihm zugleich einen unbegrenzten Kredit bei mir eröffnet. Es ist der possierlichste Scherz, den sich je meine Korrespondenten im Ausland gegen mich erlaubt haben. Sie werden begreifen, die Neugierde hat mich gepackt und hält mich noch fest; ich bin auch heute früh bei dem angeblichen Grafen vorgefahren. Wäre er ein wirklicher Graf, so könnte er, wie Sie einsehen werden, nicht so reich sein. Der Herr war nicht sichtbar. Sind die Manieren, die sich der Meister Monte Christo erlaubt, Ihrer Ansicht nach nicht die einer Hoheit oder einer hübschen Frau? Das Haus auf den Champs-Elysées ist übrigens, wie ich erfahren habe, sein Eigentum und gar nicht zu verachten. Ich halte mich für mystifiziert. Aber sie wissen dort nicht, mit wem sie es zu tun haben; wer zuletzt lacht, lacht am besten.«
Nach Vollendung dieser Worte, die er mit einem seine Nasenlöcher aufschwellenlassenden Nachdruck sprach, verließ der Herr Baron seine Gäste und ging in einen weiß und goldenen

Salon, welcher in der Chaussée d'Antin großes Aufsehen machte. Er hatte Befehl gegeben, den Grafen hier einzuführen, um ihn mit dem ersten Schlag zu blenden.
Monte Christo betrachtete ein paar Kopien von Albano und Fattore, die man bei dem Bankier für Originale ausgegeben hatte, obgleich Kopien, stachen sie doch gewaltig gegen die vielfarbigen, von Gold durchzogenen Chicorées ab, mit denen die Plafonds verziert waren.
Bei dem Geräusch, das Danglars bei seinem Eintritt machte, wandte sich der Graf um. Danglars grüßte leicht mit dem Kopf und bedeutete dem Grafen durch ein Zeichen, er möge sich in ein mit weißem, goldgesticktem Atlas überzogenes Fauteuil von vergoldetem Holz setzen.
»Ich habe die Ehre, mit Herrn von Monte Christo zu sprechen?«
»Und ich«, antwortete der Graf, »mit dem Herrn Baron von Danglars, Ritter der Ehrenlegion, Mitglied der Kammer der Abgeordneten?«
Monte Christo wiederholte alle Titel, die er auf der Karte des Barons gefunden hatte. Danglars fühlte den Stich, biß sich in die Lippen und antwortete:
»Entschuldigen Sie mich, daß ich Ihnen nicht sogleich den Titel gegeben habe, unter welchem Sie sich ankündigten; aber Sie wissen, wir leben unter einer volkstümlichen Regierung, und ich bin ein Vertreter der Rechte des Volkes.«
»So sehr, daß Sie, während Sie die Gewohnheit, sich selbst Baron nennen zu lassen, beibehielten, diejenige, andere Graf zu nennen, vergessen haben!«
»Ah, ich halte auch für meine Person nichts darauf, mein Herr«, entgegnete Danglars mit gleichgültigem Wesen, »sie haben mich wegen einiger Dienste, die ich geleistet, zum Baron ernannt und zum Ritter der Ehrenlegion gemacht; daher...«
»Doch Sie entsagten Ihren Titeln, wie es einst die Herren von Montmorency und von Lafayette taten? Sie befolgten ein schönes Beispiel, mein Herr.«
»Nicht ganz und gar; Sie begreifen, für die Bedienten...«
»Ja, ja, für Ihre Leute heißen Sie gnädiger Herr, für die Journalisten Herr und für Ihre Kommittenten Bürger. Das sind für

eine konstitutionelle Regierung höchst geeignete Abstufungen, die ich vollkommen begreife.«

Danglars kniff sich abermals die Lippen; er sah, daß er auf diesem Gebiet nicht die Stärke von Monte Christo besaß, und suchte auf ein anderes überzugehen, mit dem er mehr vertraut war.

»Mein Herr Graf«, sagte er sich verbeugend, »ich habe einen Avisbrief von dem Haus Thomson und French erhalten.«

»Ich bin darüber entzückt, mein Herr Baron, ich werde nicht nötig haben, mich selbst vorzustellen, was immer ein wenig peinlich ist. Sie haben also bereits einen Avisbrief empfangen!«

»Ja, aber ich gestehe, daß ich den Sinn desselben nicht vollkommen begriff.«

»Bah!«

»Dieser Brief, ich habe ihn, glaube ich, bei mir.« (Er suchte in seiner Tasche.) »Ja, hier ist er. Dieser Brief eröffnet dem Herrn Grafen einen unbegrenzten Kredit auf mein Haus.«

»Nun, mein Herr Baron, was finden Sie hierin Dunkles?«

»Nichts, mein Herr, außer dem Wort unbegrenzt.«

»Wie, ist der Ausdruck nicht gut? Sie begreifen, der Brief ist von Engländern geschrieben.«

»Ah, ganz gewiß, hinsichtlich der Syntax ist nichts dagegen einzuwenden, doch nicht ebenso verhält es sich mit dem Rechnungsgeschäft.«

»Dünkt Ihnen das Haus Thomson und French nicht vollkommen sicher, mein Herr Baron?« sagte Monte Christo mit der naivsten Miene der Welt. »Teufel! Das wäre mir ärgerlich, denn ich habe einige Fonds bei demselben angelegt.«

»Vollkommen sicher«, erwiderte Danglars mit einem beinahe spöttischen Lächeln; »aber der Sinn des Wortes unbegrenzt ist bei finanziellen Dingen so unbestimmt...«

»Daß er unbegrenzt ist, nicht wahr?«

»Das ist es gerade, was ich sagen wollte; das Unbestimmte aber ist der Zweifel, und dem Zweifel enthalte dich, spricht der Weise.«

»Und dies bedeutet, daß, wenn das Haus Thomson und French geneigt ist, Tollheiten zu machen, das Haus Danglars keine Lust hat, sein Beispiel zu befolgen.«

»Wieso, Herr Graf?«
»Ja gewiß, die Herren Thomson und French machen Geschäfte ohne bestimmte Zahlen, aber Herr Danglars hat eine Grenze bei den seinigen; er ist ein weiser Mann, wie er soeben bemerkte.«
»Mein Herr«, sagte der Bankier stolz, »es hat noch niemand an meiner Kasse etwas zu beanstanden gehabt.«
»Dann werde ich anfangen, wie es scheint«, erwiderte Monte Christo mit kaltem Ton.
»Wer sagt Ihnen das?«
»Die Erläuterungen, welche Sie von mir verlangen, denn sie haben große Ähnlichkeit mit Zögerungen.«
Danglars biß sich auf die Lippen; es war zum zweitenmal, daß er von diesem Mann geschlagen wurde, und zwar diesmal auf einem Gebiet, welches er das seinige nennen konnte. Seine spöttische Höflichkeit war nur geheuchelt und berührte jenes Extrem, das der Unverschämtheit so nahesteht. Monte Christo dagegen lächelte aufs anmutigste; er besaß, wenn er wollte, ein gewisses naives Wesen, das ihm sehr zum Vorteil gereichte.
»Mein Herr«, sprach Danglars nach kurzem Stillschweigen, »ich will es versuchen, mich dadurch verständlich zu machen, daß ich Sie bitte, selbst die Summe zu bestimmen, die Sie von mir zu erheben gedenken.«
»Mein Herr«, antwortete Monte Christo, entschlossen, keinen Zollbreit Land bei dieser Verhandlung zu verlieren, »wenn ich einen unbegrenzten Kredit auf Sie verlangt habe, so geschah dies, weil ich den Betrag der Summen, deren ich bedürfen könnte, nicht wußte.«
Der Bankier glaubte, der Augenblick sei gekommen, die Oberhand zu gewinnen, warf sich in sein Fauteuil zurück und sagte mit einem stolzen, plumpen Lächeln: »Oh, mein Herr, fürchten Sie sich nicht, Ihren Wunsch auszudrücken, Sie werden sich überzeugen, daß die Kasse des Hauses Danglars, so beschränkt sie auch ist, doch die ausgedehntesten Forderungen zu entsprechen vermag, und sollten Sie auch eine Million verlangen...«
»Wie beliebt?«
»Ich sage eine Million«, wiederholte Danglars mit dem Nachdruck der Gemeinheit.

»Und was soll ich mit einer Million tun?« entgegnete der Graf. »Guter Gott! Wenn ich nur eine Million gebraucht hätte, ... einer solchen Erbärmlichkeit wegen würde ich mir nicht haben einen Kredit auf Sie eröffnen lassen! Eine Million habe ich stets in meiner Brieftasche.«
Hierbei zog Monte Christo aus einem kleinen Täschchen, worin seine Visitenkarten waren, zwei Anweisungen auf die Staatsbank, je auf 500000 Franken.
Einen Menschen wie Danglars mußte man totschlagen und nicht ihm mit leichten Stichen zu Leibe gehen. Der Keulenschlag tat seine Wirkung. Der Bankier wankte und hatte den Schwindel; er schaute Monte Christo mit zwei verdutzten Augen an, deren Stern sich furchtbar erweiterte.
»Gestehen Sie mir, daß Sie dem Haus Thomson und French mißtrauen?« sagte Monte Christo. »Mein Gott, das ist ganz einfach, ich habe einen solchen Fall vorhergesehen und, obgleich den Geschäften ziemlich fremd, meine Vorsichtsmaßregeln getroffen. Hier sind noch zwei Briefe, dem ähnlich, den Sie erhalren haben: der eine ist von dem Haus Arnstein in Wien auf den Herrn Baron von Rothschild, der andere von dem Haus Baring in London auf Herrn Laffite. Sagen Sie ein Wort, und ich enthebe Sie jeder Unruhe, indem ich mich an das eine oder das andere von diesen zwei Häusern wende.«
Hiermit war es geschehen: Danglars war besiegt. Er öffnete mit sichtbarem Zittern die beiden Briefe aus Wien und London, die ihm der Graf mit den Fingerspitzen darreichte, und untersuchte die Echtheit der Unterschriften mit einer ängstlichen Aufmerksamkeit, die für Monte Christo beleidigend gewesen wäre, wenn er sie nicht der Verwirrung des Bankiers zugute gehalten hätte.
»Oh, mein Herr, diese drei Unterschriften sind Millionen wert«, sprach Danglars, indem er sich erhob, als wollte er in dem Mann, der vor ihm stand, die personifizierte Macht des Geldes begrüßen. »Drei unbegrenzte Kredite auf unsere drei Häuser! Verzeihen Sie, Herr Graf, aber wenn man auch mißtrauisch zu sein aufhört, so kann man doch noch erstaunt bleiben.«
»Oh, ein Haus wie das Ihrige dürfte wohl nicht staunen», erwi-

derte Monte Christo mit aller ihm zu Gebote stehenden Höflichkeit. »Sie können mir also einiges Geld schicken?«
»Sprechen Sie, mein Herr Graf, ich bin zu Ihren Diensten!«
»Nun, da wir uns verstehen... nicht wahr, wir verstehen uns?«
Danglars machte ein bejahendes Zeichen mit dem Kopf.
»Und Sie haben kein Mißtrauen mehr?« fuhr Monte Christo fort.
»Oh, mein Herr Graf«, rief der Bankier, »ich hatte nie eines.«
»Nun also, da wir uns verstehen, wollen wir eine allgemeine Summe für das erste Jahr feststellen, sechs Millionen etwa.«
»Sechs Millionen, es sei!« versetzte der Bankier ganz betäubt.
»Brauche ich mehr«, fuhr Monte Christo mit gleichgültigem Wesen fort, »so setzen wir mehr. Doch ich gedenke nur ein Jahr in Frankreich zu bleiben, und während dieses Jahres überschreite ich diese Summe wohl nicht... übrigens werden wir sehen... Schicken Sie mir morgen zum Anfang 500000 Franken, ich werde bis zur Mittagsstunde zu Hause sein; und wäre dies auch nicht der Fall, so fände sich ein Empfangsschein bei meinem Intendanten.«
»Das Geld wird morgen vormittag um zehn Uhr bei Ihnen sein, mein Herr Graf«, erwiderte Danglars.
Der Graf stand auf.
»Ich muß Ihnen gestehen, Herr Graf«, sagte Danglars, »ich glaubte genaue Kenntnisse von allen schönen Vermögen in Europa zu haben, und dennoch war mir das Ihrige, welches beträchtlich zu sein scheint, völlig unbekannt; ist es neu?«
»Nein, mein Herr, es ist im Gegenteil von sehr altem Datum; dieses Vermögen war eine Art von Familienschatz, den man nicht berühren durfte, die Anhäufung der Interessen desselben hat das Kapital verdreifacht; die von dem Erblasser festgesetzte Frist ist erst vor ein paar Jahren abgelaufen, und erst seit diesen paar Jahren bin ich im Genuß; somit ist Ihre Unwissenheit in diesem Punkt ganz natürlich; übrigens werden Sie den Stand der Dinge in einiger Zeit genauer kennenlernen.«
Der Graf begleitete diese Worte mit jenem bleichen Lächeln, das Franz d'Epinay so bang gemacht hatte.
»Mit Ihrem Geschmack und Ihrer Gesinnung, mein Herr Graf«, fuhr Danglars fort, »werden Sie in der Hauptstadt einen

Luxus entwickeln, der uns arme kleine Millionäre insgesamt in den Staub treten muß. Doch dürfte ich um die Ehre bitten, Sie der Frau Baronin von Danglars vorstellen zu dürfen? Entschuldigen Sie meinen Eifer, Herr Graf, doch ein Kunde wie Sie gehört beinahe zur Familie.«
Monte Christo verbeugte sich und zeigte dadurch, er nähme die Ehre an, die ihm der Finanzmann erweisen wollte.
Danglars läutete; es erschien ein Lakai in auffallender Livree.
»Ist die Frau Baronin zu Hause?« fragte Danglars.
»Ja, Herr Baron«, antwortete der Lakai. »Die Frau Baronin hat Gesellschaft.«
»Und wer ist bei der Frau Baronin? Herr Debray?« fragte Danglars mit einer Gutmütigkeit, welche Monte Christo, der bereits über die durchsichtigen Geheimnisse im Haus des Finanziers belehrt war, innerlich lächeln machte.
»Ja, Herr Baron, Herr Debray«, antwortete der Lakai.
Danglars machte ein Zeichen mit dem Kopf. Dann, sich an Monte Christo wendend, sagte er: »Herr Lucien Debray, ein alter Freund von uns, ist geheimer Sekretär beim Minister des Innern. In Betreff meiner Frau muß ich Ihnen bemerken, daß sie sich durch die Heirat mit mir unter ihren Stand erniedrigt hat, denn sie gehört einer alten Familie an; sie ist ein Fräulein von Servières, Witwe in erster Ehe von dem Herrn Obersten Marquis von Nargonne.«
»Ich habe nicht die Ehre, die Frau Baronin von Danglars zu kennen; aber Herrn Lucien Debray traf ich unmittelbar nach meiner Ankunft bei Herrn von Morcerf.«
»Ah! Sie kennen den kleinen Vicomte.«
»Wir waren miteinander zur Zeit des Karnevals in Rom.«
»Ah, ja; habe ich nicht so etwas wie von einem sonderbaren Abenteuer mit Banditen, mit Räubern in Ruinen sprechen hören, deren Händen er auf eine wunderbare Weise entrissen wurde? Ich glaube, er hat meiner Frau und meiner Tochter bei seiner Rückkehr aus Italien dergleichen erzählt.«
»Die Frau Baronin erwartet die Herren«, meldete der Lakai zurückkehrend.

7. Das Apfelschimmel-Gespann

Gefolgt von dem Grafen, durchschritt der Baron eine Reihe von Zimmern, merkwürdig durch ihre schwerfällige Pracht und den darin herrschenden, übermäßig schlechten Geschmack, und gelangte in das Boudoir von Madame Danglars, ein kleines achteckiges Gemach, mit rosa Atlas austapeziert, den man mit indischem Musselin überzogen hatte. Die Fauteuils waren von altem vergoldetem Holz mit alten Stoffen; über den Türen waren Gemälde, Schäferszenen in der Weise von Boucher angebracht; zwei mit der übrigen Ausstattung im Einklang stehende hübsche Pastelle in Medaillenform machten endlich aus diesem Zimmer das einzige des ganzen Hauses, das einigen Charakter hatte. Dasselbe war allerdings in den zwischen Herrn Danglars und seinem Baumeister, einer der größten Berühmtheiten des Kaiserreichs, besprochenen und festgestellten allgemeinen Plan nicht eingeschlossen, und die Baronin hatte sich mit Lucien Debray allein die Ausschmückung vorbehalten.

Madame Danglars, die trotz ihrer sechsunddreißig Jahre noch schön genannt werden konnte, saß an ihrem Klavier, einem Meisterwerk von eingelegter Arbeit, während Lucien, an einem Tisch sitzend, ein Album durchblätterte.

Lucien hatte schon vor der Erscheinung des Grafen Zeit gehabt, der Baronin allerlei Dinge in Beziehung auf seine Person zu erzählen. Man weiß, welchen Eindruck Monte Christo während des Frühstücks bei Albert auf dessen Gäste hervorbrachte; dieser Eindruck, so wenig empfänglich im ganzen Debray war, hatte sich bei ihm noch nicht verwischt, und die Mitteilungen, die er der Baronin über den Grafen machte, waren ganz davon erfüllt. Durch die früheren Erzählungen von Morcerf und durch neue von Debray beigefügte Einzelheiten erregt, hatte die Neugierde von Madame Danglars den höchsten Grad erreicht.

Die Anordnung mit dem Piano und dem Album war auch nur eine List, wie man sie häufig in der Welt anwendet, um die größte Unruhe zu verbergen. Die Baronin empfing Herrn Danglars mit einem Lächeln, wie es ihm gewöhnlich nicht zuteil wurde. Der Graf erhielt im Austausch für seinen Gruß eine zeremoniöse, aber zugleich freundliche Verneigung.

Lucien wechselte mit dem Grafen einen Gruß der Halbbekanntschaft und mit Danglars eine Gebärde der Vertraulichkeit.

»Frau Baronin«, sagte Danglars, »erlauben Sie mir, Ihnen den Herrn Grafen von Monte Christo vorzustellen, der von meinem Korrespondenten in Rom mit den dringendsten Empfehlungen an mich adressiert ist; ich habe nur ein Wort zu sagen, das ihn im Augenblick zum Liebling von allen unsern schönen Damen machen wird; er kommt nach Paris, um ein Jahr hierzubleiben und während dieses Jahres sechs Millionen auszugeben; dies verspricht eine Reihe von Bällen, Diners und Soupers, wobei der Herr Graf, wie ich hoffe, uns ebensowenig vergessen wird, als wir ihn bei unseren kleinen Festen vergessen werden.«

Obgleich die Vorstellung ziemlich plump lobrednerisch war, so ist doch ein Mensch, der nach Paris kommt, um in einem Jahre das Vermögen eines Fürsten zu verbrauchen, etwas so Seltenes, daß Madame Danglars auf Monte Christo einen Blick warf, dem es nicht an einer gewissen Teilnahme gebrach.

»Wann sind Sie angelangt, mein Herr?« fragte die Baronin.

»Gestern früh.«

»Und Sie kommen Ihrer Gewohnheit gemäß, wie man mir gesagt hat, vom Ende der Welt?«

»Diesmal nur ganz einfach von Cadix.«

»Oh! Sie erscheinen in einer abscheulichen Jahreszeit; Paris ist im Sommer fürchterlich; es gibt keine Bälle, keine Gesellschaften, keine Feste. Die italienische Oper ist in London, die französische Oper überall, mit Ausnahme von Paris; und was das Théâtre-Français betrifft so wissen Sie, daß es nirgends mehr ist. Somit bleiben uns als einzige Zerstreuung nur noch ein paar unglückliche Wettrennen auf dem Champs-de-Mars und in Satory. Werden Sie rennen lassen, Herr Graf?«

»Ich, Madame«, erwiderte Monte Christo, »ich werde alles tun, was man in Paris tut, wenn ich das Glück habe, jemand zu finden, der mich auf eine entsprechende Weise über die französischen Gebräuche und Gewohnheiten belehrt.«

»Sie sind Liebhaber von Pferden, Herr Graf?«

»Ich habe einen Teil meines Lebens im Orient zugebracht, Madame, und die Orientalen schätzen, wie Sie wissen, nur zwei

Dinge in der Welt, den Adel der Pferde und die Schönheit der Frauen.«
»Ah, Herr Graf«, entgegnete die Baronin, »Sie hätten die Artigkeit haben sollen, die Frauen voranzusetzen.«
»Sie sehen Madame, daß ich recht hatte, wenn ich mir soeben einen Führer wünschte, der mir in den französischen Sitten Anleitung zu geben vermöchte.«
In diesem Augenblick trat die Lieblingskammerfrau der Baronin Danglars ein, näherte sich ihrer Gebieterin und flüsterte ihr ein paar Worte ins Ohr. Madame Danglars entgegnete erbleichend: »Es ist unmöglich!«
»Nein, es ist die strengste Wahrheit«, sprach die Kammerfrau.
Madame Danglars fragte, sich an ihren Gatten wendend: »Ist es wahr, mein Herr?«
»Was, Madame?« erwiderte er, sichtbar beunruhigt.
»Man sagt mir, mein Kutscher habe, als er anspannen wollte, meine Pferde nicht mehr im Stall gefunden; ich frage Sie, was soll das bedeuten?«
»Madame, hören Sie mich.«
»Oh, ich höre Sie, denn ich bin neugierig, zu erfahren, was Sie mir sagen werden; ich mache diese Herren zu Richtern zwischen uns und will damit beginnen, daß ich Ihnen mitteile, wie sich die Sache verhält. Meine Herren«, fuhr die Baronin fort, »der Herr Baron von Danglars hat zehn Pferde im Stall; unter diesen zehn Pferden gehören zwei mir, reizende Tiere, die schönsten Pferde von Paris; Sie kennen sie, Herr Debray, meine Apfelschimmel. Nun, in dem Augenblick, wo Frau von Villefort meinen Wagen von mir entlehnt, wo ich ihr denselben für morgen zu einer Spazierfahrt zusage, finden sich meine zwei Pferde nicht mehr. Herr Danglars wird ein paar tausend Franken darauf zu gewinnen gewußt und sie verkauft haben. Oh, mein Gott, es ist eine gemeine Rasse, die Rasse der Spekulanten!«
»Madame«, erwiderte Danglars, »die Pferde waren zu lebhaft und kaum vier Jahr alt, ich werde ähnliche, sogar schönere für Sie finden, wenn es welche gibt, aber sanfte, ruhige Pferde, die mir keine Angst einflößen.«
Die Baronin zuckte die Achseln mit der Miene tiefer Verachtung.

Danglars schien diese mehr als eheliche Gebärde nicht zu bemerken und sprach, sich an Monte Christo wendend: »In der Tat, ich bedaure, Sie nicht früher gekannt zu haben, mein Herr Graf; Sie richten Ihr Haus ein?«

»Jawohl.«

»Ich hätte Ihnen diese Tiere angetragen; denken Sie sich, daß ich sie um ein Nichts weggegeben habe; aber wie gesagt, ich wollte mich derselben entäußern, denn es sind Pferde für einen jungen Menschen.«

»Mein Herr«, sagte der Graf, »ich danke Ihnen, ich habe heute morgen ziemlich gute und nicht zu teuer gekauft. Doch sehen Sie, Herr Debray, Sie sind, glaube ich, Liebhaber?«

Während sich Debray dem Fenster näherte, näherte sich Danglars seiner Frau und sagte ganz leise zu ihr: »Stellen Sie sich vor, daß man zu mir gekommen ist und mir einen ungeheuren Preis für diese Pferde geboten hat. Ich weiß nicht, welcher Narr, der sich mit Gewalt zugrunde richten will, heute seinen Intendanten zu mir schickte; nur soviel ist gewiß, daß ich sechzehntausend Franken bei dem Handel gewinne. Schmollen Sie nicht, und ich gebe Ihnen viertausend davon und Eugenie ebenfalls viertausend.«

Madame Danglars ließ einen niederschmetternden Blick auf ihren Gatten fallen.

»Wenn ich mich nicht täusche, sind Ihre Pferde, Ihre eigenen Pferde an den Wagen des Grafen gespannt«, rief Debray.

»Meine Apfelschimmel!« rief Madame Danglars und eilte an das Fenster.

Danglars war ganz verblüfft.

»Ist es möglich?« rief Monte Christo, den Erstaunten spielend.

»Es ist unglaublich«, murmelte der Bankier.

Die Baronin sagte Debray ein paar Worte ins Ohr, und dieser näherte sich Monte Christo.

»Die Baronin läßt Sie fragen, um welchen Preis ihr Gatte sein Gespann an Sie verkauft hat?«

»Ich weiß es nicht genau, es ist eine Überraschung, die mir mein Intendant, ich glaube um dreißigtausend Franken, bereitete.«

Debray überbrachte die Antwort der Baronin.

Danglars erwiderte nichts, er sah eine unheilvolle Szene voraus; die Stirn der Frau Baronin war bereits gefaltet und weissagte Sturm, Debray fühlte dies, schützte ein Geschäft vor und entfernte sich, Monte Christo, der die Lage der Dinge nicht durch ein längeres Verweilen wieder verderben wollte, verbeugte sich vor Madame Danglars, ging ebenfalls weg und überließ den Baron dem Grimm seiner Gemahlin.

»Gut«, dachte Monte Christo, während er sich zurückzog; »ich bin dahin gelangt, wohin ich kommen wollte; ich halte den Frieden dieser Ehe in meinen Händen und kann mit einem Schlag das Herz des Herrn und das der Frau gewinnen; welches Glück! Aber«, fügte er bei, »nur bin ich Fräulein Eugenie Danglars nicht vorgestellt worden, während ich sie doch so gern hätte kennengelernt. Doch wir sind in Paris, und wir haben Zeit vor uns. Es wird später geschehen!«

Zwei Stunden später erhielt Madame Danglars einen bezaubernden Brief vom Grafen von Monte Christo, worin er ihr schrieb, da er seine Debuts in der Pariser Welt nicht damit anfangen wolle, daß er eine hübsche Frau in Verzweiflung bringe, so bitte er sie, ihre Pferde zurückzunehmen. Sie hatten dieselben Geschirre, die sie am Morgen an ihnen gesehen, nur hatte der Graf in den Mittelpunkt jeder Rosette, die sie über dem Ohr trugen, einen Diamant nähen lassen.

Danglars empfing auch einen Brief. Der Graf bat ihn um Erlaubnis, bei der Baronin dieser Millionärslaune entsprechen zu dürfen, und schrieb ihm zugleich, er möge die orientalische Art entschuldigen, mit der die Zurücksendung der Pferde stattfinde. Im Verlauf des Abends begab sich Monte Christo, von Ali begleitet, nach Auteuil.

Durch einen Schlag auf das Glöckchen gerufen, trat Ali am andern Morgen in das Kabinett des Grafen.

»Ali«, sprach Monte Christo, »du hast oft deine Geschicklichkeit im Werfen des Lassos erwähnt?«

Ali machte ein bejahendes Zeichen und richtete sich stolz hoch auf.

»Du könntest also mit dem Lasso einen Ochsen aufhalten?«

Ali machte mit dem Kopf ein bejahendes Zeichen.

»Einen Löwen?«

Ali machte die Gebärde eines Menschen, der das Lasso schleudert, und ahmte ein zusammengepreßtes Gebrüll nach.
»Ich begreife«, sagte der Graf, »du hast den Löwen gejagt?«
Ali machte ein hochmütiges Zeichen mit dem Kopf.
»Würdest du zwei tollgewordene Pferde in ihrem Lauf aufhalten?«
Ali lächelte.
»Wohl, so höre«, sprach Monte Christo, »sogleich wird ein Wagen, fortgerissen von zwei Apfelschimmeln, denselben, welche gestern noch mein waren, hier vorüberkommen. Du mußt diesen Wagen vor meiner Tür anhalten, und sollten die Rosse dabei zugrunde gehen.«
Ali ging auf die Straße hinab und zog vor der Tür eine Linie auf dem Pflaster; dann kehrte er zurück und zeigte die Linie dem Grafen, der ihm mit den Augen gefolgt war.
Der Graf schlug ihm sanft auf die Schulter. – Dies war seine Weise, Ali zu danken. Dann ging der Nubier abermals hinab und rauchte seinen Tschibuck auf einem Weichstein, der die Ecke des Hauses und der Straße bildete, während Monte Christo sich mit anderen Dingen beschäftigte.
Gegen fünf Uhr hörte man ein entferntes Rollen, das sich mit großer Geschwindigkeit näherte, dann erschien eine Kalesche, deren Kutscher vergebens die Pferde zurückzuhalten suchte, die wütend, mit gesträubten Mähnen, in wahnsinnigen Sprüngen galoppierten.
Eine junge Frau und ein Kind von sieben Jahren, die sich im Wagen eng umschlossen hielten, hatten durch das Übermaß des Schreckens die Kraft verloren, einen Schrei auszustoßen; ein Stein unter einem Rad oder ein Anstreifen an einem Baum hätten genügt, um den krachenden Wagen zu zerschmettern. Der Wagen hielt die Mitte des Pflasters, und man hörte auf der Straße die Schreckensrufe der Passanten.
Plötzlich legte Ali seinen Tschibuck weg, zog das Lasso aus der Tasche, schleuderte es, umwickelte dreimal die Vorderbeine des linken Pferdes und ließ sich ein paar Schritte durch die Heftigkeit der Bewegung fortreißen, aber nach diesen paar Schritten stürzte das gefesselte Pferd nieder und lähmte die Anstrengungen des aufrecht gebliebenen Pferdes, das mit aller Gewalt

seinen Lauf fortzusetzen trachtete. Der Kutscher benützte diese Frist, um von seinem Sitz herabzuspringen; doch bereits hatte Ali das zweite Pferd mit seiner eisernen Faust an den Nüstern gefaßt, und vor Schmerz wiehernd, streckte sich das Tier neben seinem Gespann aus.
Zu alledem bedurfte es nicht mehr Zeit, als die Kugel braucht, um ihr Ziel zu erreichen. Doch reichte es hin, daß sofort ein Mann aus dem Haus, vor dem der Unfall sich ereignet hatte, gefolgt von mehreren Dienern, herbeieilen konnte; in dem Augenblick, wo der Kutscher den Schlag öffnete, hob er aus dem Wagen die Dame, die sich mit einer Hand an ein Kissen anklammerte, während sie mit der andern ihren ohnmächtigen Sohn an die Brust drückte. Monte Christo trug beide in den Salon und sagte, während er sie auf einen Diwan niederlegte: »Seien Sie nicht bange, Madame, Sie sind gerettet.«
Die Frau kam zu sich und deutete auf ihren Sohn mit einem Blick, beredter als alle Bitten.
»Ja, Madame, ich begreife«, sagte der Graf, das ohnmächtige Kind aufmerksam betrachtend; »doch seien Sie unbesorgt, es ist ihm kein Unglück widerfahren, die bloße Angst hat den Kleinen in diesen Zustand versetzt.«
»Oh, mein Herr«, rief die Mutter, »sagen Sie mir das nicht, nur um mich zu beruhigen? Sehen Sie, wie bleich er ist! Mein Sohn! Mein Kind! Mein Eduard! Antworte doch deiner Mutter! Ach, mein Herr, lassen Sie einen Arzt rufen; mein Vermögen dem, welcher mir meinen Sohn zurückgibt!«
Monte Christo machte mit der Hand eine Gebärde, um die in Tränen zerfließende Mutter zu beruhigen, öffnete ein Kästchen, nahm daraus ein mit Gold verziertes Riechfläschchen von böhmischem Kristall, das einen blutroten Saft enthielt, und ließ einen einzigen Tropfen auf die Lippen des Kindes fallen.
Obgleich immer noch bleich, schlug das Kind sogleich die Augen auf. Bei diesem Anblick ward die Mutter beinahe wahnsinnig vor Freude.
»Wo bin ich?« rief sie, »und wem verdanke ich soviel Glück nach einer so grausamen Prüfung?«
»Madame«, antwortete Monte Christo, »Sie sind bei einem

Mann, der äußerst glücklich ist, daß er Ihnen einen Kummer ersparen konnte.«

»Oh, fluchwürdige Neugierde«, versetzte die Dame; »ganz Paris sprach von den schönen Pferden der Madame Danglars, und ich hatte den tollen Gedanken, sie versuchen zu wollen.«

»Wie?« rief der Graf mit vortrefflich gespielter Verwunderung, »es sind die Pferde der Baronin?«

»Ja, mein Herr, Sie kennen sie?«

»Madame Danglars?... Ich habe die Ehre, und es gewährt mir doppelte Freude, daß ich Sie der Gefahr entrissen habe, der Sie durch diese Pferde preisgegeben waren; denn Sie hätten diese Gefahr mir zuschreiben können; ich hatte die Pferde gestern dem Baron abgekauft, die Baronin schien dies jedoch sehr zu bedauern, so daß ich dieselben mit der Bitte, sie von meiner Hand anzunehmen, zurückschickte.«

»Sie sind also der Graf von Monte Christo, von welchem Hermine gestern soviel mit mir sprach?«

»Ja, Madame.«

»Und ich, mein Herr, bin Madame Heloise von Villefort.«

Der Graf verbeugte sich wie ein Mensch, vor dem man einen Namen zum erstenmal ausspricht.

»Oh, wie dankbar wird Herr von Villefort sein!« fuhr Heloise fort, »denn Sie haben ihm seine Frau und sein Kind wiedergegeben; ohne Ihren edelmütigen Diener wäre ich sicherlich mit meinem Kind getötet worden.«

»Ach! Madame, ich zittere noch, wenn ich an die Gefahr denke, der Sie ausgesetzt waren.«

»Oh, ich hoffe, Sie werden mir erlauben, den aufopfernden Dienst dieses Menschen würdig zu belohnen.«

»Madame«, erwiderte Monte Christo, »ich bitte Sie, verderben Sie mir Ali weder durch Lobeserhebungen noch durch Belohnungen; er soll keine solche Gewohnheiten annehmen. Ali ist mein Sklave; dadurch, daß er Ihnen das Leben gerettet hat, dient er mir, und mir zu dienen ist seine Pflicht.«

»Aber er hat sein Leben gewagt«, antwortete Frau von Villefort, auf welche dieser Gebieterton einen seltsamen Eindruck machte.

»Ich habe ihm sein Leben gerettet«, entgegnete Monte Christo, »folglich gehört es mir.«

Frau von Villefort schwieg; vielleicht dachte sie über diesen Mann nach, der von Anfang an eine so tiefe Wirkung in den Menschen hervorrief.

Während dieses kurzen Stillschweigens konnte der Graf nach Gefallen das Kind betrachten, das seine Mutter mit ihren Küssen bedeckte. Es war klein, schwächlich, hatte eine so feine weiße Haut, wie sie gewöhnlich nur rothaarige Kinder besitzen, und dennoch bedeckte ein Wald von schwarzen, gegen jede Anstrengung des Kammes widerspenstigen Haaren seine gewölbte Stirn und verdoppelte, an beiden Seiten des Gesichtes auf die Schultern herabfallend, die Lebhaftigkeit seiner Augen, in denen ein hoher Grad von Duckmäuserei und jugendlicher Bosheit nicht zu verkennen war. Sein nun wieder rot gewordener Mund war fein gebildet in Bezug auf die Lippen, aber die Mundspalte zu weit, die Züge des kaum acht Jahre alten Kindes deuteten mehr als zwölf an. Es war sein erstes, daß er sich mittelst einer ungestümen Bewegung aus den Armen seiner Mutter losmachte und das Kästchen öffnete, woraus der Graf das Elixierfläschchen genommen hatte; dann begann der Knabe, ohne jemand um Erlaubnis zu fragen, und wie ein Kind, das allen seinen Launen zu frönen gewöhnt ist, den Stöpsel aus den Phiolen zu ziehen.

»Berühren Sie das nicht, mein Freund«, sagte der Graf, »einige von den Flüssigkeiten sind gefährlich, nicht nur wenn man sie trinkt, sondern schon wenn man den Geruch derselben einatmet.«

Frau von Villefort erbleichte, hielt den Arm ihres Sohnes zurück und zog ihn an sich; sobald ihre Furcht beschwichtigt war, warf sie auf das Kästchen einen kurzen, aber ausdrucksvollen Blick, den der Graf erhaschte.

In dieser Sekunde trat Ali ein.

Frau von Villefort machte eine Bewegung der Freude und sprach, ihren Sohn noch näher an sich ziehend: »Eduard, siehst du diesen guten Diener? Er hat sich sehr mutig benommen, denn er setzte sein Leben ein, um die Pferde, die uns fortrissen, und den Wagen anzuhalten, der der Zertrümmerung nahe war.

Danke ihm, denn ohne ihn wären wir zu dieser Stunde wohl beide tot.«

Das Kind streckte seine Lippen vor, wandte verächtlich den Kopf ab und rief: »Er ist zu häßlich.«

Der Graf lächelte, als hätte das Kind eine von seinen Hoffnungen erfüllt; Frau von Villefort aber schalt ihren Sohn.

»Siehst du«, sprach der Graf arabisch zu Ali, »diese Dame bittet ihren Sohn, dir dafür zu danken, daß du ihnen beiden das Leben gerettet hast, und das Kind erwidert, du seiest zu häßlich.«

Ali wandte einen Augenblick seinen gescheiten Kopf nach dem Kind und betrachtete es ohne jeden Ausdruck, aber aus einem Beben seiner Nasenlöcher ersah Monte Christo, daß der Araber im Herzen verwundet war.

»Mein Herr«, fragte Frau von Villefort, während sie aufstand, um sich zu entfernen, »wohnen Sie gewöhnlich in diesem Haus?«

»Nein, Madame, es ist eine Art von Absteigquartier, das ich mir gekauft habe; ich wohne in der Avenue des Champs-Elysées Nr. 30. Doch ich sehe, Sie haben sich wieder völlig erholt und wollen zurückkehren. Es ist Befehl gegeben, Ihre Pferde an meinen Wagen zu spannen, und Ali, der häßliche Bursche«, sagte er, dem Kind zulächelnd, »wird die Ehre haben, Sie nach Hause zu führen, während Ihr Kutscher hier bleibt, um die Kalesche wieder instandsetzen zu lassen. Sobald diese unerläßliche Arbeit vollendet ist, bringt eines von meinen Gespannen den Wagen unmittelbar zu Madame Danglars zurück.«

»Aber mit denselben Pferden zu fahren, werde ich nie wagen«, entgegnete Frau von Villefort.

»Oh, Sie sollen sehen, Madame«, sprach Monte Christo, »unter der Hand von Ali werden sie sanft wie die Lämmer.«

Ali näherte sich in der Tat den Pferden, die man nur mit Mühe auf die Beine gebracht hatte. Er hielt in der Hand einen kleinen mit aromatischem Essig getränkten Schwamm, rieb damit die mit Schaum und Schweiß bedeckten Nüstern und Schläfen, und beinahe in demselben Augenblick fingen sie an, heftig zu schnauben, und ihr ganzer Leib zitterte ein paar Sekunden lang. Dann ließ Ali mitten unter einem Volkshaufen, den die Trümmer des Wagens und der Lärm von dem Vorfall vor das Haus gezogen hatte, die Pferde an das Kupee des Grafen spannen, faßte die Zügel, stieg auf den Bock, und war zum großen Erstaunen der Anwesenden, die diese wie vom Sturmwind fortgerissenen Pferde gesehen hatten, genötigt, sich kräftig der Peitsche zu bedienen, um sie von der Stelle zu bringen; und dabei konnte er von diesen berühmten, nun aber betäubten und geschwächten Apfelschimmeln nicht mehr erlangen als einen so unsichern, so matten Trab, daß Frau von Villefort beinahe zwei Stunden brauchte, um den Faubourg Saint-Honoré zu erreichen, wo sie wohnte.

Kaum war sie zu Hause und die ersten Familienaufregungen vorüber, so schrieb sie folgendes Billett an Madame Danglars:

»Liebe Hermine!

Ich bin auf eine wunderbare Weise mit meinem Sohn durch denselben Grafen von Monte Christo gerettet worden, über den wir uns gestern abend unterhielten und den ich heute zu sehen entfernt nicht vermutete. Sie sprachen gestern von ihm mit einer Begeisterung, die mit aller Gewalt meinen armen kleinen Witz zum Spott gereizt hat. Heute aber finde ich, daß diese Begeisterung noch weit unter dem Wert des Mannes steht, der sie eingeflößt hat. Beim Ranelagh wurden Ihre Pferde wie wütend und rissen den Wagen mit so unwiderstehlicher Gewalt fort, daß mein armer Eduard und ich ohne Zweifel an dem ersten Baum der Landstraße oder an dem ersten Weichstein des Dorfes die Hirnschale zerschmettert hätten, als ein Nubier, im Dienste des Grafen, ich glaube auf ein Zeichen des letztern, die Pferde im Lauf aufhielt, auf die Gefahr, selbst in Stücke gerissen zu werden – und es ist ein Wunder, daß dies nicht der Fall war. Da eilte der Graf herbei, trug Eduard und mich in seine Wohnung und rief hier meinen Sohn wieder ins Leben. Ich wurde in seinem Wagen nach Hause geführt, den Ihrigen wird man Ihnen morgen zuschicken. Sie werden Ihre Pferde seit diesem Vorfall sehr geschwächt finden; sie sind wie verblüfft, es ist, als könnten sie sich selbst nicht vergeben, daß sie sich von einem Menschen haben bändigen lassen. Der Graf beauftragt mich, Ihnen zu sagen, zwei Tage Ruhe auf der Streu und als einziges Futter Gerste werden sie wieder in einen ebenso kräftigen Zustand setzen, das heißt, wieder so furchtbar machen, wie sie gestern gewesen sind.

Adieu! Ich danke Ihnen nicht für meine Spazierfahrt: und wenn ich es mir überlege, ist es dennoch unbillig, daß ich Ihnen wegen der Launen Ihres Gespannes grolle, denn einer von diesen Launen verdanke ich es,

daß ich den Grafen von Monte Christo gesehen habe, und der erhabene Fremde erscheint mir, abgesehen von den Millionen, über welche er verfügt, ein so seltsames, ein so interessantes Problem, das ich um jeden Preis zu studieren gedenke, und müßte ich zu diesem Behuf eine neue Spazierfahrt nach dem Gehölz mit Ihren Pferden unternehmen.
Eduard hat den Unfall mit einem wunderbaren Mut ausgehalten. Er ist ohnmächtig geworden, hat jedoch zuvor keinen Schrei ausgestoßen und nachher keine Träne vergossen. Sie werden mir abermals sagen, meine Mutterliebe verblende mich; aber in diesem kleinen, so schwächlichen, so zarten Körper wohnt eine eiserne Seele.
Unsere kleine Valentine läßt Ihrer Eugenie viel Schönes sagen; und ich umarme Sie von ganzem Herzen.

Heloise von Villefort.

N. S. Machen Sie doch, daß ich auf irgendeine Art mit dem Grafen von Monte Christo bei Ihnen zusammentreffe; ich will ihn durchaus wiedersehen. Übrigens hat mir Herr von Villefort versprochen, dem Grafen einen Besuch zu machen, und ich hoffe, er wird ihn wieder besuchen.«

Noch an demselben Abend bildete das Ereignis von Auteuil den Gegenstand von allen Gesprächen; Albert erzählte es seiner Mutter, Chateau-Renaud im Jockei-Klub, Debray im Salon des Ministers, Beauchamp selbst sagte dem Grafen in seinem Journal Artigkeiten durch einen Artikel von zwanzig Zeilen, die den edlen Fremden zum Helden bei allen Frauen der Aristokratie erhob.
Viele Leute ließen sich bei Frau von Villefort einschreiben, um das Recht zu haben, ihren Besuch zu geeigneter Zeit zu wiederholen und dann aus ihrem Munde alle Einzelheiten dieses Abenteuers zu vernehmen. Herr von Villefort aber zog, wie Heloise gesagt hatte, einen schwarzen Frack und gelbe Handschuhe an, wählte seine beste Dienerschaft und stieg in seinen Wagen, der noch an demselben Abend vor der Tür des Hauses Nr. 30 in den Champs-Elysées anhielt.

8. Ideologie

Hätte der Graf von Monte Christo seit langer Zeit in der Pariser Welt gelebt, so würde er den Schritt von Herrn von Villefort seinem ganzen Wert nach zu schätzen gewußt haben.
Wohlgelitten bei Hofe, überall wegen seiner Gewandtheit gerühmt, von vielen gehaßt, aber von einigen warm beschützt,

ohne jedoch von irgend jemand wirklich geliebt zu sein, nahm Herr von Villefort eine von den hohen Stellungen des Beamtenstandes ein. Kalte Höflichkeit und unumschränkte Anhänglichkeit an die Grundsätze der Regierung, tiefer Haß gegen die Ideologen, dies waren die von Herrn von Villefort zur Schau gestellten Elemente seines inneren und öffentlichen Lebens.
Er war nicht allein Staatsbeamter, sondern beinahe auch ein Diplomat. Seine Beziehungen zu dem alten Hof, von dem er stets mit Würde und Ehrfurcht sprach, machten ihn bei dem neuen geachtet, und er wußte so viele Dinge, daß man ihn nicht nur beständig schonte, sondern auch bisweilen zu Rate zog. Vielleicht wäre dem nicht so gewesen, wenn man sich seiner hätte entledigen können, aber Herr von Villefort bewohnte, wie jene gegen ihren Oberherrn rebellischen Lehensträger, eine unüberwindliche Feste. Diese Feste war sein Amt als Staatsanwalt, dessen Vorteile er insgesamt vortrefflich auszubeuten wußte.
Herr von Villefort machte in der Regel wenig Besuche und gab auch wenige zurück. Seine Frau besuchte für ihn; es war dies einmal in der Welt so angenommen, wo man ernsten und zahlreichen Geschäften des öffentlichen Beamten das zuschrieb, was in Wirklichkeit nur eine Berechnung des Stolzes und eine Quintessenz von Aristokratie war.
Für seine Freunde war Herr von Villefort ein mächtiger Beschützer; für seine Feinde ein stummer, aber erbitterter Gegner; für die Gleichgültigen war er die Statue des in Menschengestalt erscheinenden Gesetzes; das Wesen seines Empfangs hochmütig, Physiognomie unempfindlich, Blick matt und glanzlos oder unverschämt durchdringend und forschend. Herr von Villefort stand im Ruf des am wenigsten neugierigen Mannes von Frankreich; seine Ungezwungenheit wurde von allen Seiten gerühmt; er gab jedes Jahr einen Ball und erschien dabei nur eine Viertelstunde, das heißt 45 Minuten weniger, als dies der König bei dem seinigen tut. Niemals sah man ihn in den Theatern oder in den Konzerten, noch an irgendeinem andern öffentlichen Ort.
So war der Mann beschaffen, dessen Wagen vor der Tür des Grafen von Monte Christo hielt.

Der Kammerdiener meldete Herrn von Villefort in dem Augenblick, wo der Graf, über einen großen Tisch gebeugt, auf einer Landkarte den Weg von St. Petersburg nach China verfolgte.

Der Staatsanwalt trat mit demselben ernsten, abgemessenen Schritt ein, mit welchem er im Tribunal erschien; es war derselbe Mensch oder vielmehr die Fortsetzung desselben Menschen, den wir einst als Substitut in Marseille gesehen haben. Seine tiefliegenden Augen waren hohl, und seine Brille mit der goldenen Fassung schien nunmehr einen Teil seines Gesichtes zu bilden; mit Ausnahme seiner weißen Halsbinde war sein ganzer Anzug schwarz, und diese Trauerfarbe wurde nur durch den leichten Streifen eines roten Bandes unterbrochen, der durch sein Knopfloch ging.

So sehr Monte Christo seiner Herr war, so prüfte er doch mit sichtbarer Neugierde den Beamten, der, aus Gewohnheit mißtrauisch, mehr geneigt war, in dem edeln Fremden – so nannte man bereits Monte Christo – einen zur Ausbeutung eines neuen Schauplatzes nach Paris gekommenen Industrieritter oder einen bannbrüchigen Missetäter als einen Fürsten des heiligen Stuhles oder einen Sultan aus Tausendundeine Nacht zu erblikken.

»Mein Herr«, sprach Villefort mit schnarrendem Beamtenton, »der ausgezeichnete Dienst, den Sie gestern meiner Frau und meinem Sohn geleistet haben, macht es mir zur Pflicht, Ihnen zu danken. Ich komme daher, um mich dieser Pflicht zu entledigen und Ihnen meine ganze Erkenntlichkeit auszudrücken.«

Während der Staatsbeamte sprach, verlor sein strenges Auge nichts von seiner gewöhnlichen Anmaßung. Er artikulierte seine Worte deutlich mit seiner unsympathischen Stimme.

»Mein Herr«, erwiderte der Graf, ebenfalls mit einer eisigen Kälte, »ich fühle mich sehr glücklich, daß ich imstande gewesen bin, einen Sohn seiner Mutter zu erhalten, denn man sagt, das Gefühl der Mütterlichkeit sei das mächtigste und heiligste von allen. Das Glück, das mir dabei zuteil ward, überhebt Sie der Verbindlichkeit, einer Pflicht nachzukommen, deren Erfüllung mich allerdings ehrt, denn ich weiß, daß Herr von Villefort nicht verschwenderisch mit der Gunst ist, die er mir erzeigt, die aber, so kostbar sie auch sein mag, für mich nicht den Wert der inneren Befriedigung hat.«

Erstaunt über diesen Ausfall, auf den er durchaus nicht gefaßt war, bebte Villefort, und ein verächtliches Zucken seiner Lippen deutete an, daß er den Grafen von Monte Christo nicht für einen sehr artigen Edelmann hielt.

Er schaute umher, um an irgendeinen Gegenstand das Gespräch anzuknüpfen, das abgebrochen war, und sah die Karte, welche Monte Christo im Augenblick seines Eintritts betrachtet hatte. »Sie beschäftigen sich mit Geographie, mein Herr«, sprach er. »Das ist ein reiches Studium, für Sie besonders, der Sie, wie man mir versichert, so viele Länder gesehen haben, als in diesem Atlas sich verzeichnet finden.«

»Ja, mein Herr«, antwortete der Graf, »ich wollte an dem Menschengeschlecht, in Masse genommen, das versuchen, was Sie täglich an Ausnahmen treiben, nämlich ein physiologisches Studium. Ich dachte, es wäre mir dann leichter, vom Ganzen auf den Teil herab; als vom Teil zu dem Ganzen hinaufzusteigen. Ein algebraisches Axiom verlangt, daß man vom Bekannten zum Unbekannten, und nicht vom Unbekannten zum Bekannten fortschreite... Aber setzen Sie sich doch, mein Herr, ich bitte Sie.«

Monte Christo bezeichnete dem Staatsanwalt einen Fauteuil, den dieser selbst vorzurücken sich die Mühe nehmen mußte. Der Graf war halb seinem Besuch zugewendet; mit dem Rükken war er an das Fenster und mit dem Ellbogen auf die Landkarte gelehnt.

»Ah! Sie philosophieren«, versetzte Villefort nach einem kurzen Stillschweigen, währenddessen er, wie ein Athlet, der einen mächtigen Gegner trifft, Vorrat an Kräften gesammelt hatte.

»Nun, mein Herr, bei meinem Ehrenwort, wenn ich, wie Sie, nichts zu tun hätte, so würde ich mir wenigstens eine minder traurige Beschäftigung suchen.«

»Es ist wahr«, erwiderte Monte Christo, »der Mensch ist eine häßliche Raupe für den, welcher ihn unter dem Mikroskop betrachtet. Doch Sie sagten ich hätte nichts zu tun... denken Sie etwa, Sie hätten etwas zu tun, mein Herr? Oder, um deutlicher

zu sprechen, wähnen Sie, das, was Sie tun, sei der Mühe wert, sich etwas zu nennen?«
Das Erstaunen des Herrn von Villefort verdoppelte sich bei diesem zweiten, von seinem seltsamen Gegner auf eine so harte Weise geführten Schlag; seit langer Zeit hatte der Staatsbeamte nicht gehört, daß ihm irgend jemand ein so starkes Wort gesagt, er schritt auch sogleich zum Werk und erwiderte:
»Mein Herr, Sie sind ein Fremder und haben nach Ihrer eigenen Äußerung einen Teil Ihres Lebens im Orient zugebracht, Sie wissen also nicht, welch einen klugen, abgemessenen Gang bei uns die in barbarischen Ländern so blutige Justiz hat.«
»Doch, mein Herr, doch, es ist das alte *pede claudo*. Ich weiß alles dies, denn ich habe mich hauptsächlich mit der Justiz aller Länder beschäftigt, ich habe das kriminelle Verfahren aller Nationen mit der natürlichen Justiz verglichen und hierbei gefunden, daß das Gesetz der Urvölker, nämlich das Gesetz der Wiedervergeltung, dasjenige ist, welches am meisten dem Willen Gottes entspricht.«
»Würde dieses Gesetz eingeführt, mein Herr«, entgegnete der Staatsanwalt, »so würde es unsere Gesetzbücher ungemein vereinfachen, und die Beamten hätten sodann, wie Sie soeben sagten, allerdings nicht viel mehr zu tun. Mittlerweile gelten unsere Gesetzbücher mit ihren den gallischen Sitten, den römischen Gesetzen, den fränkischen Gebräuchen entnommenen Bestimmungen; aber die Kenntnis aller dieser Gesetze erwirbt man sich, wie Sie zugestehen werden, nicht ohne lange Arbeiten, und es bedarf zur Erringung dieser Kenntnis ausgedehnter Studien, und ist sie einmal errungen, großer Kraft des Kopfes, um sie nicht zu vergessen.«
»Ich bin auch dieser Meinung; doch alles, was Sie in Beziehung auf das französische Gesetzbuch wissen, weiß ich nicht nur hinsichtlich des letzteren, sondern auch hinsichtlich der Gesetzbücher aller Nationen: die englischen, die türkischen, die japanischen, die hindostanischen Gesetze sind mir ebenso genau bekannt als die französischen; und ich hatte also recht, wenn ich behauptete, daß in bezug auf das, was ich getan, Sie nur sehr wenig zu tun haben, und daß, in bezug auf das, was ich gelernt, Sie noch sehr viel zu lernen haben.«

»In welcher Absicht haben Sie dies alles gelernt?« fragte Villefort erstaunt.
Monte Christo lächelte und sprach: »Mein Herr, ich sehe, daß Sie, obgleich im Ruf eines großen Mannes stehen, alle Dinge aus dem materiellen, gewöhnlichen Gesichtspunkt der Gesellschaft betrachten, das heißt, aus dem beschränktesten, engsten Gesichtspunkt, den zu umfassen dem menschlichen Geist gestattet ist.«
»Wollen Sie sich näher erklären, mein Herr«, sagte Villefort, immer mehr erstaunt; »ich verstehe Sie nicht ganz.«
»Ich sage, mein Herr, daß Sie, die Augen auf die gesellschaftliche Organisation der Nationen geheftet, nur die Federn der Maschine sehen und nicht den erhabenen Arbeiter, der sie in Tätigkeit setzt; ich sage, daß Sie vor Ihnen und um Sie her nur die Titelträger der Plätze erkennen, deren Patente von den Ministern oder von einem König unterzeichnet worden sind, und daß die Menschen, die Gott über die Titelträger, die Minister und die Könige stellte, indem er ihnen eine Sendung zu verfolgen gab, Ihrem kurzen Blick entgehen. Es ist dies die Eigenschaft der menschlichen Schwäche bei gebrechlichen und unvollständigen Organen. Tobias hielt den Engel, der ihm das Gesicht zurückgegeben hatte, für einen gewöhnlichen jungen Menschen. Die Nationen hielten Attila, der sie vernichten sollte, für einen Eroberer, wie alle Eroberer, und beide mußten ihre göttlichen Sendungen offenbaren, damit man sie erkannte; der eine mußte sagen: Ich bin der Engel des Herrn, und der andere: Ich bin der Hammer Gottes, damit das göttliche Wesen von beiden erkannt wurde.«
»Also«, sagte Villefort, immer mehr erstaunt, mit einem Erleuchteten oder mit einem Narren zu sprechen glaubte, »also betrachten Sie sich als eines von den außerordentlichen Wesen, deren Sie soeben erwähnt haben?«
»Warum nicht?« entgegnete kalt Monte Christo.
»Entschuldigen Sie, mein Herr«, versetzte Villefort beinahe bestürzt, »wenn ich nicht wußte, daß ich zu einem Mann kam, dessen Kenntnisse und geistige Fähigkeiten so weit die gewöhnlichen Kenntnisse und geistigen Fähigkeiten des Menschen überragen. Bei uns, den unglücklichen Verdorbenen der Zivili-

sation, ist es nicht gebräuchlich, daß Edelleute wie Sie, die im Besitz eines unermeßlichen Vermögens sind – wenigstens wie man mir versichert; bemerken Sie wohl, ich frage nicht, sondern wiederhole nur –, ist es nicht gebräuchlich, daß die Bevorzugten des Reichtums ihre Zeit mit gesellschaftlichen Spekulationen, mit philosophischen Träumen verlieren, die höchstens geeignet sind, die Menschen zu trösten, die das Schicksal in bezug auf die Güter der Erde enterbt hat!«

»Ei, ei, mein Herr«, versetzte der Graf, »sind Sie denn zu Ihrer hohen Stellung gelangt, ohne Ausnahmen zuzulassen oder sogar getroffen zu haben? Üben Sie nie Ihren Blick, der doch der Schärfe und Sicherheit so sehr bedürfte, um mit einem Schlag den zu erraten, auf den eben dieser Blick gefallen ist? Sollte nicht ein öffentlicher Beamter, der beste Anwender des Gesetzes, der schlaueste Ausleger seiner Dunkelheiten, eine stählerne Sonde sein, um die Herzen zu prüfen, ein Probierstein, um das Gold zu untersuchen, von dem jede Seele stets mit mehr oder weniger Legierung gemacht ist?«

»Mein Herr, Sie bringen mich in Verwirrung; bei meinem Wort, ich habe nie jemand sprechen hören, wie Sie es tun.«

»Dies ist der Fall, weil Sie stets in den Kreis allgemeiner Bedingungen eingeschlossen geblieben sind, und es nie wagten, sich mit einem Flügelschlag in die höheren Sphären zu erheben, die Gott mit unsichtbaren und ausnahmsweisen Wesen bevölkert hat.«

»Ah!« rief Villefort lächelnd, »ich gestehe, ich möchte wohl davon in Kenntnis gesetzt sein, wenn ein solches Wesen mit mir in Berührung kommt.«

»Sie sind nach Ihrem Wunsch bedient worden, mein Herr, denn man hat Sie soeben davon in Kenntnis gesetzt, und ich wiederhole dies.«

»Also Sie selbst...?«

»Ich bin eines von diesen exzeptionellen Wesen... ja, mein Herr, und ich glaube, daß sich bis auf den heutigen Tag noch kein Mensch in einer Stellung befunden hat, die der meinigen ähnlich gewesen wäre. Die Reiche der Könige sind begrenzt, entweder durch Gebirge, oder durch Flüsse, durch den Wechsel der Sitten, oder durch eine Veränderung der Sprache. Mein

Reich ist groß wie die Welt, denn ich bin weder Italiener, noch Franzose, noch Hindu, noch Amerikaner, noch Spanier: ich bin Kosmopolit. Kein Land kann sagen, ich gehöre ihm durch die Geburt an. Gott allein weiß, in welchem Land ich sterben werde. Ich befolge alle Gebräuche, spreche alle Sprachen. Nicht wahr, Sie halten mich für einen Franzosen? Denn ich spreche Französisch mit derselben Leichtigkeit und derselben Reinheit wie Sie. Wohl! Ali, mein Nubier, hält mich für einen Araber; Bertuccio, mein Intendant, glaubt, ich sei ein Römer, und Haydee, meine Sklavin, meint, ich sei ein Grieche. Sie begreifen also: da ich von keinem Land bin, von keiner Regierung Schutz verlange, keinen Menschen als meinen Bruder anerkenne, so vermag auch keine von den Bedenklichkeiten, welche die Mächtigen zurückhalten, oder keines von den Hindernissen, welche die Schwachen lähmen, mich zu lähmen oder zurückzuhalten. Ich habe nur zwei Gegner, ich sage nicht zwei Besieger, denn durch Beharrlichkeit unterwerfe ich sie: diese Gegner sind die Entfernung und die Zeit. Der dritte und furchtbarste ist mein Zustand als sterblicher Mensch. Dieser allein kann mich auf dem Weg, auf welchem ich fortschreite, und ehe ich das Ziel erreicht habe, nach welchem ich strebe, aufhalten; alles übrige habe ich berechnet. Alles was die Menschen die Wechselfälle des Schicksals nennen, habe ich vorhergesehen, und vermag mich auch einer davon zu treffen, so kann er mich doch nicht niederwerfen. Sterbe ich nicht, so werde ich immer das sein, was ich bin; deshalb sage ich Ihnen Dinge, die Sie nie gehört haben, selbst nicht einmal aus dem Mund der Könige, denn die Könige bedürfen Ihrer, und die andern Menschen haben Furcht vor Ihnen. Wer sagt sich nicht in einer Gesellschaft, die so lächerlich organisiert ist wie die unsere: Vielleicht werde ich eines Tages mit dem Staatsanwalt zu tun haben.«

»Aber, mein Herr, können Sie dies nicht selbst sagen? Denn sobald Sie in Frankreich wohnen, sind Sie natürlich den französischen Gesetzen unterworfen.«

»Ich weiß es, mein Herr«, erwiderte Monte Christo, »doch wenn ich in ein Land gehen muß, fange ich damit an, daß ich durch Mittel, die nur mir eigen sind, alle Menschen studiere, von denen ich etwas zu fürchten oder zu hoffen haben kann, und es gelingt mir, sie ebensogut oder vielleicht noch besser zu kennen, als sie sich selbst kennen. Das Resultat hiervon ist, daß der Staatsanwalt, welches es auch sein mag, mehr in Verlegenheit sein wird, als ich.«

»Damit wollen Sie sagen«, versetzte Villefort zögernd, »daß bei der Schwäche der menschlichen Natur jeder Mensch, Ihrer Ansicht nach... Fehler begangen hat?«

»Fehler oder Verbrechen«, sprach Monte Christo mit gleichgültigem Ton.

»Und daß Sie allein unter den Menschen, die Sie, wie Sie selbst sagten, nicht als Ihre Brüder anerkennen«, versetzte Villefort mit leicht bebender Stimme, »allein vollkommen sind?«

»Nein, nicht vollkommen, sondern nur undurchdringlich. Doch genug mein Herr; wenn Ihnen das Gespräch mißfällt, so bin ich ebensowenig durch Ihre Justiz bedroht, als Sie durch mein doppeltes Gesicht.«

»Nein, nein, mein Herr«, entgegnete rasch Herr von Villefort, der ohne Zweifel befürchtete, es könnte scheinen, als wollte er das Terrain aufgeben. »Durch Ihr glänzendes und beinahe erhabenes Gespräch haben Sie mich über den gewöhnlichen Standpunkt erhoben; wir plaudern nicht mehr, wir sind in Abhandlungen begriffen. Sie wissen aber, welche grausame Wahrheiten die Theologen auf ihrem Lehrstuhl in der Sorbonne oder die Philosophen bei ihren Disputationen sich oft sagen; nehmen wir an, wir treiben soziale Theologie oder theologische Philosophie, so werde ich Ihnen ganz einfach bemerken: Mein Bruder, Sie frönen dem Stolz, Sie stehen über andern, aber Gott steht über Ihnen.«

»Über allen«, erwiderte Monte Christo mit so tiefer Bewegung, daß Villefort unwillkürlich schauerte. »Ich habe meinen Stolz für die Menschen, für diese Schlangen, die stets bereit sind, sich gegen denjenigen zu erheben, der sie mit der Stirn überragt, ohne sie mit dem Fuß zu zertreten. Doch vor Gott, der mich aus dem Nichts hervorgezogen hat, um mich zu dem zu machen, was ich bin, lege ich diesen Stolz ab.«

»Dann bewundere ich Sie, mein Herr Graf«, sprach Villefort, der zum erstenmal bei der seltsamen Unterredung sich dieser aristokratischen Form dem Fremden gegenüber bediente, den er bis dahin nur »mein Herr« genannt hatte. »Ja, ich sage Ihnen, wenn Sie wirklich stark, wirklich erhaben, wirklich heilig oder undurchdringlich sind, so seien Sie stolz, es ist das Gesetz der Herrschenden … aber Sie haben doch irgendeinen Ehrgeiz?«

»Ich hatte einen, mein Herr. Auch ich bin, wie dies allen Menschen einmal im Leben begegnet, vom Satan auf den höchsten Berg der Erde erhoben worden; hier angelangt, zeigte er mir die ganze Welt und sagte zu mir, wie er einst zu Christus gesagt hatte: Sprich, Menschenkind, was willst du, wenn du mich anbeten sollst? Ich sann lange nach, denn seit geraumer Zeit zehrte wirklich ein furchtbarer Ehrgeiz in meinem Herzen; dann antwortete ich ihm: Ich habe stets von der Vorsehung sprechen hören, und dennoch habe ich sie nie erschaut, noch irgend etwas, was ihr gleicht, und das bringt mich auf den Glauben, sie bestehe gar nicht; ich will die Vorsehung sein, denn das Schönste, das Größte, das Erhabenste, was ich kenne, ist belohnen und bestrafen. Aber Satan neigte das Haupt, stieß einen Seufzer aus und erwiderte: Du irrst dich, die Vorsehung besteht; nur siehst du sie nicht, weil sie, eine Tochter Gottes, unsichtbar ist, wie ihr Vater. Du hast nichts gesehen, was ihr gleicht, weil sie verborgen zu Werke geht und auf dunkeln, unbekannten Wegen wandelt. Alles, was ich für dich tun kann, besteht darin, daß ich dich zu einem der Werkzeuge der Vorsehung mache. Der Handel wurde abgeschlossen, ich verliere dabei vielleicht meine Seele; doch gleichviel, wäre der Handel noch einmal zu machen, ich machte ihn auch noch einmal.«

Villefort schaute Monte Christo mit dem höchsten Erstaunen an und fragte: »Haben Sie Verwandte, Herr Graf?«

»Nein, mein Herr, ich bin allein auf der Welt.«

»Schade, Sie hätten ein Schauspiel sehen können, das geeignet gewesen wäre, Ihren Stolz zu brechen. Sie sagen, Sie fürchten nur den Tod?«

»Ich sage nicht, daß ich ihn fürchte, ich sage nur, er könne mich aufhalten.«

»Und das Alter?«

»Meine Sendung wird vollendet sein, ehe ich alt bin.«

»Und der Wahnsinn?«

»Ich bin beinahe wahnsinnig geworden, und Sie kennen das

Wort *non bis in Idem* (nie zweimal das gleiche); es ist ein strafrechtliches Axiom und gehört folglich zu Ihrem Ressort.«

»Mein Herr«, versetzte Villefort, »es gibt noch etwas anderes zu fürchten als den Tod, das Alter oder den Wahnsinn; zum Beispiel den Schlagfluß, diesen Wetterstrahl, der Sie trifft, ohne Sie zu zerstören, und wonach dennoch alles vorbei ist. Beliebt es Ihnen, dieses Gespräch in meinem Haus fortzusetzen, Herr Graf, so kommen Sie, wenn Sie einmal Lust haben, einen Gegner zu treffen, der fähig ist, Sie zu begreifen und begierig, Sie zu widerlegen. Ich zeige Ihnen meinen Vater, Herrn Noirtier von Villefort, einen der heftigsten Jacobiner der Französischen Revolution, einen Mann, der vielleicht nicht, wie Sie, alle Reiche der Erde gesehen, aber zum Umsturz von einem der mächtigsten beigetragen hat. Nun, mein Herr, das Zerspringen eines Blutgefäßes in einem Gehirnlappen hat dies alles zerstört, und zwar in einer Sekunde. Herr Noirtier, der mit Revolutionen spielte, der Frankreich nur noch als ein großes Schachbrett betrachtete, von dem Bauern, Türme, Ritter und Königin verschwinden mußten, weil der König matt war; der so furchtbare und so gefürchtete Herr Noirtier war am andern Tag nur ein armer, schwacher Greis, dem Willen des schwächsten Wesens vom ganzen Hause, seiner Enkelin Valentine, anheimgegeben.«

»Ah, dieses Schauspiel ist weder meinen Augen noch meinem Geiste fremd«, entgegnete Monte Christo, »ich bin ein wenig Arzt und habe, wie meine Kollegen, wiederholt die Seele in der lebendigen oder in der toten Materie gesucht, und sie ist, wie die Vorsehung, obgleich meinem Herzen gegenwärtig, doch für meine Augen unsichtbar geblieben. Hundert Schriftsteller haben seit Sokrates, seit Seneca, seit dem heiligen Augustin, seit Gall den Vergleich gemacht, den Sie machten, aber dennoch begreife ich, daß die Leiden eines Vaters große Veränderungen in dem Geist eines Sohnes hervorbringen können. Da Sie mich dazu auffordern, so werde ich zum Nutzen meiner Demut dieses furchtbare Schauspiel betrachten, das Ihr Haus sehr betrüben muß.«

»Es wäre dies ohne Zweifel der Fall, hätte mir Gott nicht eine reiche Entschädigung gegeben. Dem sich nach dem Grab

schleppenden Greis gegenüber stehen zwei Kinder, die in das Leben eintraten: Valentine, eine Tochter aus meiner ersten Ehe mit Fräulein Renée von Saint-Meran, und Eduard, der Sohn, dem Sie das Leben gerettet haben.«
»Und was schließen Sie aus dieser Entschädigung, mein Herr?« fragte Monte Christo.
»Ich schließe daraus, daß mein Vater, durch die Leidenschaften irregeführt, eines von jenen Versehen begangen hat, die der menschlichen Gerechtigkeit entgehen, aber von der Gerechtigkeit Gottes wahrgenommen werden... und daß Gott, der nur eine Person treffen wollte, auch nur eine geschlagen hat.«
Monte Christo konnte ein Lächeln nicht unterdrücken.
»Leben Sie wohl, mein Herr«, sagte Villefort, der schon seit einiger Zeit aufgestanden war; »indem ich Sie verlasse, trage ich ein Andenken der Hochachtung mit mir fort, das Ihnen hoffentlich angenehm sein wird, wenn Sie mich näher kennen, denn ich bin nichts weniger als ein Mensch vom Alltagsschlag. Überdies haben Sie sich meine Frau für ewige Zeit zur Freundin gemacht.«
Der Graf verbeugte sich und begleitete Herrn von Villefort nur bis an die Tür seines Kabinetts; der Staatsanwalt kehrte zu seinem Wagen zurück, wobei zwei Lakaien vorauseilten, die ihm auf den Wink ihres Herrn den Schlag öffneten.
Als Villefort verschwunden war, sagte Monte Christo, einen schweren Seufzer aus seiner gepreßten Brust ausstoßend:
»Genug des Giftes, und nun, da mein Herz voll davon ist, wollen wir das Gegengift suchen.«
Und er schlug einmal auf das Glöckchen und sagte zu dem eintretenden Ali: »Ich gehe zu Madame hinauf; in einer halben Stunde muß der Wagen bereit sein.«

9. Haydee

Die Hoffnung auf den angenehmen Besuch und auf ein paar glückliche Augenblicke verbreitete von der Minute, wo er Villefort aus dem Gesicht verlor, die reizendste Heiterkeit über das Antlitz des Grafen, und als Ali, der bei dem Klang des Glöckchens herbeigelaufen war, dieses von einer so seltenen Freude strahlende Gesicht erblickte, zog er sich auf der Fußspitze und mit gehemmtem Atem zurück, als wollte er die guten Gedanken nicht scheu machen, die er seinen Gebieter umschweben zu sehen glaubte.

Es war Mittag; der Graf hatte sich eine Stunde vorbehalten, um zu Haydee hinaufzugehen; man hätte glauben sollen, die Freude könnte nicht mit einem Schlag in diese so lange gebrochene Seele zurückkehren, und sie müßte sich auf die sanften Bewegungen vorbereiten, wie sich andere Seelen auf heftige Erschütterungen vorbereiten müssen.

Die schöne Griechin befand sich in einer Wohnung, die von der des Grafen völlig getrennt war. Ihre Gemächer hatte man ganz auf orientalische Weise ausgeschmückt, das heißt, die Böden waren mit dicken türkischen Teppichen bedeckt, Brokatstoffe fielen an den Wänden herab, und in jedem Zimmer breitete sich ein großer Diwan ringsumher mit Haufen von Kissen aus.

Haydee hatte drei französische Kammerfrauen und eine griechische. Die französischen Kammerfrauen verweilten im ersten Zimmer, bereit, auf den Ton eines goldenen Glöckchens herbeizulaufen und den Befehlen der griechischen Sklavin zu gehorchen, die hinreichend französisch sprach, um ihnen den Willen ihrer Gebieterin zu verdolmetschen, und die nach der Vorschrift Monte Christos Haydee mit der Rücksicht zu behandeln hatten, die man nur gegen eine Königin beobachtet.

Die Griechin befand sich in dem hintersten Zimmer ihrer Wohnung, in einer Art von rundem, nur von oben beleuchtetem Boudoir, in welches das Licht durch Scheiben von rosenfarbigem Glas drang. Sie lag auf dem Boden auf Kissen von blauem, mit Silber durchwirktem Atlas, halb zurückgelehnt auf dem Diwan, den Kopf mit ihrem weich gerundeten rechten Arm umrahmend, während sie mit der Linken an ihre Lippe die Korallenspitze einer persischen Pfeife hielt. Ihr Anzug war der der epirotischen Frauen; sie trug Beinkleider von weißem, mit rosenfarbigen Blumen broschiertem Atlas, die zwei niedliche Füße entblößt ließen, an denen zwei kleine, mit Gold und Perlen gestickte Sandalen mit aufwärts gebogenen Spitzen sichtbar waren; ferner eine blau und weiß gestreifte Jacke mit weiten, unten geschlitzten Ärmeln, mit silbernen Knopflöchern und Knöpfen von Perlen; endlich eine Art von Leibchen, das durch

seinen herzförmigen Schnitt den Hals und den ganzen obern Teil der Brust sehen ließ und unterhalb des Busens mit zwei Diamantknöpfen geschlossen wurde. Der untere Teil des Leibchens und der obere des Beinkleides verschwanden unter einem Gürtel mit lebhaften Farben und langen seidenen Fransen. Auf dem Kopf hatte sie ein mit Gold und Perlen gesticktes, auf die Seite geneigtes Mützchen, unter dem sich eine schöne, natürliche, purpurrote Rose herabneigte.

Die Schönheit dieses Gesichtes war die griechische Schönheit in der ganzen Vollendung ihres Typus, mit ihren großen, schwarzen, sammetartigen Augen, mit ihrer marmornen Stirn, mit ihrer geraden Nase, ihren Korallenlippen, ihren Perlzähnen und schwarzen Haaren. Dann war über dieses reizende Ganze die Jugend mit all ihrem Schimmer, mit all ihrem Wohlgeruch ausgebreitet; Haydee mochte kaum neunzehn Jahre alt sein.

Monte Christo rief der griechischen Kammerfrau und ließ Haydee um Erlaubnis bitten, bei ihr eintreten zu dürfen. Statt jeder Antwort hieß Haydee ihre Zofe den Vorhang zurückschlagen, der an der Tür angebracht war, deren Simswerk das junge Mädchen wie ein reizendes Gemälde umrahmte.

Monte Christo trat ein.

Haydee erhob sich auf den Ellenbogen, reichte dem Grafen ihre Hand, lächelte ihm freundlich entgegen und sagte in der wohlklingenden Sprache der Töchter von Athen: »Warum läßt du mich um Erlaubnis bitten, bei mir eintreten zu dürfen? Bist du nicht mein Gebieter, bin ich nicht mehr deine Sklavin?«

Monte Christo lächelte ebenfalls und erwiderte: »Haydee, Sie wissen...«

»Warum sagst du nicht mehr du zu mir, wie gewöhnlich?« unterbrach ihn die junge Griechin; »habe ich denn irgendein Versehen begangen? Dann mußt du mich bestrafen und nicht Sie nennen.«

»Haydee«, entgegnete der Graf, »du weißt, daß wir in Frankreich sind, und daß du folglich frei bist.«

»Frei, wozu?« fragte das Mädchen.

»Es steht dir frei, mich zu verlassen.«

»Dich verlassen? Und warum sollte ich dich verlassen?«

»Was weiß ich? Wir werden die Welt sehen.«

»Ich will niemand sehen.«

»Und wenn du unter den jungen Leuten, denen du begegnen wirst, einen träfest, der dir gefiele, so wäre ich nicht so ungerecht...«

»Ich habe keinen schöneren Mann, als du bist, gesehen, und nie einen andern geliebt, als meinen Vater und dich.«

»Armes Kind«, sagte Monte Christo, »du hast beinahe mit niemanden gesprochen außer mir und deinem Vater.«

»Wohl! Was brauche ich mit anderen zu sprechen? Mein Vater nannte mich seine Freude, du nennst mich deine Liebe, und Ihr beide nennt mich Euer Kind.«

»Du erinnerst dich deines Vaters, Haydee?«

Das junge Mädchen lächelte.

»Er ist da und da«, sprach die Griechin, ihre Hand auf ihre Augen und auf ihr Herz legend.

»Und ich, wo bin ich?« fragte lächelnd Monte Christo.

»Du«, erwiderte sie, »du bist überall.«

Monte Christo nahm die Hand von Haydee, um sie zu küssen, aber das naive Kind entzog ihm seine Hand und bot ihm die Stirn dar.

»Nun weißt du, Haydee«, sagte der Graf, »daß du frei, daß du Gebieterin, daß du Königin bist; du kannst deine Tracht beibehalten oder nach deiner Laune aufgeben. Du bleibst hier, wenn du bleiben willst, du fährst aus, wenn du ausfahren willst, es wird stets ein Wagen für dich angespannt sein, Ali und Myrtho begleiten dich überallhin und sind zu deinem Befehl; nur bitte ich dich um eines:

Bewahre das Geheimnis deiner Geburt, sage kein Wort über deine Vergangenheit, nenne bei keiner Veranlassung den Namen deines erhabenen Vaters oder den deiner armen Mutter.

»Herr, ich habe dir bereits gesagt, daß ich niemand sehen werde.«

»Höre mich, Haydee, diese orientalische Abgeschlossenheit wird dir in Paris vielleicht unmöglich werden. Fahre fort, das Leben in unsern nördlichen Ländern kennenzulernen, wie du dies in Rom, in Florenz, in Mailand und in Madrid getan hast; dies wird dir immerhin nützlich sein, magst du nun beständig hier leben oder in den Orient zurückkehren.«

Das Mädchen schlug seine großen, feuchten Augen zu dem Grafen auf und erwiderte: »Oder ob wir in den Orient zurückkehren, willst du sagen, nicht wahr, Herr?«
»Ja, meine Tochter, du weißt wohl, daß ich dich nie verlassen werde. Es ist nicht der Baum, der die Blüte verläßt, sondern die Blüte, die sich vom Baum trennt.«
»Ich werde dich auch nicht verlassen, Herr, denn ich weiß, daß ich ohne dich nicht leben könnte.«
»Armes Kind! In zehn Jahren bin ich alt, und in zehn Jahren bist du noch ganz jung.«
»Mein Vater hatte einen langen, weißen Bart; das hinderte mich nicht, ihn zu lieben; mein Vater zählte sechzig Jahre, und er kam mir schöner vor, als alle jungen Leute, die ich sah.«
»Doch sage mir, glaubst du, daß du dich hier eingewöhnen wirst?«
»Werde ich dich sehen?«
»Jeden Tag.«
»Nun, Herr, warum fragst du mich dann?«
»Ich befürchte, du langweilst dich.«
»Nein, Herr, denn am Morgen denke ich, daß du kommen wirst, und am Abend erinnere ich mich, daß du gekommen bist; dann habe ich im Herzen drei Gefühle, mit denen man sich nie langweilt; die Traurigkeit, die Liebe und die Dankbarkeit.«
»Du bist eine würdige Tochter des Epirus, Haydee, du Anmutige, du Poetische, und man sieht, daß du von der in deinem Lande geborenen Familie von Göttinnen abstammst. Sei also unbesorgt, meine Tochter, ich werde es so machen, daß deine Schönheit nicht verlorengeht, denn wenn du mich wie deinen Vater liebst, so liebe ich dich wie mein Kind.«
»Du täuschst dich, Herr, ich liebte meinen Vater nicht, wie ich dich liebe, meine Liebe für dich ist eine andere Liebe; mein Vater ist tot, und ich bin nicht tot, während ich sterben müßte, wenn du sterben würdest.«
Der Graf reichte Haydee die Hand mit einem Lächeln voll tiefer Zärtlichkeit; sie drückte wie gewöhnlich ihre Lippen darauf. Und so gestimmt für die Zusammenkunft, die er mit Morel und seiner Familie haben sollte, entfernte er sich, folgende Verse von Pindar murmelnd:

»Die Jugend ist eine Blüte, deren Frucht die Liebe ist... Glücklich der Gärtner, der sie pflückt, nachdem er sie langsam hat reifen sehen.«

Der Wagen war seinen Befehlen gemäß bereit. Er stieg ein, und die Pferde führten ihn wie immer im Galopp fort.

10. Die Familie Morel

Der Graf gelangte in wenigen Minuten in die Rue Mesla Nr. 7. Das Haus war weiß, freundlich und davor ein Hof, in dem man zwei kleine Gartenstücke mit schönen Blumen erblickte.
In dem Hausmeister, der ihm die Tür öffnete, erkannte der Graf den alten Cocles, der jedoch den Grafen nicht wiedererkannte.
Den ganzen zweiten Stock des freundlichen Hauses bewohnte Maximilian.
Er überwachte selbst die Wartung seiner Pferde und rauchte eine Zigarre am Eingang des Gartens, als der Wagen des Grafen vor der Tür hielt.
Cocles öffnete, wie gesagt; Baptistin sprang von seinem Bock und fragte, ob Herr und Madame Herbault und Herr Maximilian Morel für den Grafen von Monte Christo zu sprechen wären.
»Für den Grafen von Monte Christo!« rief Morel, seine Zigarre wegwerfend und dem Besuch entgegeneilend, »ich glaube wohl, ich glaube wohl! Ah! Dank, tausendmal Dank, Herr Graf, daß Sie Ihr Versprechen nicht vergessen haben.« Und der junge Offizier drückte dem Grafen so innig die Hand, daß dieser sich in der Treuherzigkeit seiner Kundgebung nicht täuschen konnte und mit dem ersten Blick sah, daß er mit Ungeduld erwartet worden war.
»Kommen Sie«, sprach Maximilian. »Meine Schwester ist im Garten und bricht ihre verwelkten Rosen ab; mein Schwager liest seine Zeitungen bei ihr, denn überall, wo man Madame Herbault sieht, findet man auch Herrn Emanuel.«
Bei dem Geräusch der Tritte hob eine junge Frau von dreißig Jahren in einem seidenen Hauskleid den Kopf. Diese Frau, welche mit besonderer Sorgfalt von einem herrlichen Rosenstock die Blumen pflückte, war unsere kleine Julie, nunmehr, wie es der Mandatar des Hauses Thomson und French vorhergesagt

hatte, Frau Emanuel Herbault. Sie stieß einen leichten Schrei aus, als sie einen Fremden erblickte, Maximilian aber sagte lachend: »Laß dich nicht stören, meine Schwester; der Herr Graf befindet sich erst seit zwei bis drei Tagen in Paris, weiß aber bereits, was eine Rentière des Marais ist, und wenn er es nicht weiß, so wirst du es ihn lehren.«

»Ah, mein Herr«, sprach Julie, »Sie so hierherzuführen, ist ein Verrat von meinem Bruder, der nicht die geringste Eitelkeit für seine arme Schwester besitzt... Penelon!... Penelon!...«

Ein Greis, der eine Rabatte umgrub, steckte seinen Spaten in die Erde und näherte sich, die Mütze in der Hand, während er so gut als möglich den Kautabak verbarg, den er für den Augenblick in die Tiefen seiner Backen zurückgeschoben hatte. Einige weiße Büschel versilberten sein noch dichtes Haupthaar, indes seine bronzefarbige Gesichtshaut und sein kühnes, lebhaftes Auge den alten, unter der Sonne des Äquators gebräunten und vom Haupt der Stürme geschwärzten Seemann verrieten.

»Ich glaube, Sie haben mich gerufen, Fräulein Julie«, sagte er, »hier bin ich.«

Penelon hatte die Gewohnheit beibehalten, die Tochter seines Patrons Fräulein Julie zu nennen, und war nie imstande gewesen, sich daran zu gewöhnen, ihr den Namen Madame Herbault zu geben.

»Penelon«, sagte Julie, »melde Herrn Emanuel den angenehmen Besuch, der uns zuteil wird, während Maximilian den Herrn Grafen in den Salon führt.«

Dann, sich an Monte Christo wendend: »Sie werden mir wohl erlauben, auf eine Minute zu entfliehen?«

Und ohne die Einwilligung des Grafen abzuwarten, eilte sie hinter eine Baumgruppe und erreichte das Haus durch eine Seitenallee.

»Ah, mein lieber Herr Morel«, sagte Monte Christo, »ich bemerke zu meinem Schmerz, daß ich einen Aufruhr in Ihrer Familie veranlasse.«

»Sehen Sie«, erwiderte Maximilian lachend, »sehen Sie dort unten den Mann, der ebenfalls sein Wams gegen einen Oberrock zu vertauschen im Begriff ist? Oh, man kennt Sie, glauben Sie mir, Sie waren angekündigt.«

»Sie scheinen mir hier eine glückliche Familie zu haben, mein Herr«, sagte der Graf, seinen eigenen Gedanken beantwortend.
»O ja! Dafür stehe ich Ihnen, Herr Graf; es fehlt ihnen nichts zu ihrem Glück, sie sind jung, sie sind heiter, sie lieben sich, und mit ihren 25 000 Franken Rente bilden sie sich ein, sie besitzen den Reichtum der Rothschilds.«
»25 000 Franken Rente ist übrigens wenig«, sprach Monte Christo mit einer Weichheit, die in Maximilians Herz drang, wie es nur die Stimme eines zärtlichen Vaters hätte tun können; »doch sie werden nicht hierbei stehenbleiben, unsere jungen Leute, sie werden ebenfalls Millionäre werden. Ihr Herr Schwager ist Advokat... Arzt?«
»Er war Kaufmann, mein Herr Graf, und hatte das Haus meines armen Vaters übernommen. Herr Morel starb mit Hinterlassung eines Vermögens von 500 000 Franken; ich bekam die eine Hälfte und meine Schwester die andere, denn wir waren nur zwei Kinder. Ihr Gatte, der sie ohne ein anderes Erbgut, als seine Redlichkeit, seinen scharfen Verstand und seinen fleckenlosen Ruf geheiratet hatte, wollte ebensoviel besitzen als seine Frau. Er arbeitete, bis er 250 000 Franken zusammengebracht hatte; hierzu genügten sechs Jahre. Ich schwöre Ihnen, Herr Graf, sie boten ein rührendes Schauspiel, diese zwei so fleißigen, so einigen Kinder, welche, durch ihre Fähigkeiten zum höchsten Vermögen bestimmt, dennoch nichts an den Gewohnheiten des väterlichen Hauses verändern wollten und sechs Jahre dazu verwendeten, um das zu tun, was Neuerer in zwei bis drei hätte tun können. Marseille widerhallt auch noch heute von Lobeserhebungen, welche man so großer Selbstverleugnung nicht verweigern konnte. Eines Tages suchte Emanuel seine Frau auf und sprach zu ihr: ›Julie, Cocles hat mir soeben eine Rolle von hundert Franken zugestellt, welche die Summe von 250 000 Franken vollmacht, die wir als Grenze unseres Gewinnes feststellen. Wirst du mit dem Wenigen, womit wir uns fortan begnügen müssen, zufrieden sein? Höre, das Haus macht jährlich für eine Million Geschäfte und kann einen Nutzen von 40 000 Franken abwerfen. Wir verkaufen, wenn wir wollen, die Kundschaft in einer Stunde für 300 000 Franken,

denn hier ist ein Brief von Herrn Delaunay, der uns dieselbe für unsere Fonds anbietet, die er mit den seinigen verbinden will. Was meinst du, was zu tun sei?‹
›Mein Freund‹, erwiderte meine Schwester, ›das Haus Morel kann nur durch einen Morel gehalten werden. Ist es nicht 300000 Franken wert, den Namen unseres Vaters für immer vor schlimmem Wechsel des Schicksals zu schützen.‹
›Ich dachte es‹, erwiderte Emanuel, ›wollte jedoch deine Ansicht wissen.‹
›Wohl, mein Freund, hier hast du sie. Alle unsere Ausstände sind eingezogen, alle unsere Wechsel sind bezahlt; wir können einen Strich unter den letzten des Monats ziehen und unsere Comptoirs schließen; ziehen wir diesen Strich und schließen wir sie!‹ Was auch auf der Stelle geschah. Es war drei Uhr; um ein Viertel auf vier zeigte sich ein Kunde, um die Fahrt von zwei Schiffen versichern zu lassen; hierbei ließ sich ein reiner Gewinn von 15000 Franken erwarten.
›Mein Herr‹, sprach Emanuel, ›wollen Sie sich wegen dieser Versicherung an Herrn Delaunay wenden. Wir haben das Geschäft aufgegeben.‹
›Seit wann?‹ fragte der erstaunte Kunde.
›Seit einer Viertelstunde.‹
Und auf diese Art haben meine Schwester und mein Schwager nur 25000 Franken Rente«, fügte Maximilian lächelnd bei.
Maximilian hatte kaum seine Erzählung vollendet, als Emanuel wieder erschien; er grüßte wie ein Mann, der den Wert des Besuches kennt, ließ den Grafen das kleine Anwesen umgeben und führte ihn in das Haus.
Der Salon war bereits von Blumen durchduftet, die in einer ungeheuren japanischen Vase zusammengehalten wurden. Hübsch gekleidet und zierlich frisiert, trat Julie hervor, um den Grafen bei seinem Eintritt zu empfangen. Alles atmete in diesem kleinen Winkel Ruhe, von dem Gesang des Vogels bis zu dem Lächeln der Gebieter. Der Graf hatte seit dem Eintritt in das Haus die ganze Fülle dieses Glücks in sich aufgenommen; er blieb auch stumm und träumerisch und vergaß, daß man ihn anschaute und von ihm die Wiederaufnahme des nach den ersten Komplimenten unterbrochenen Gesprächs zu erwarten schien.

Endlich bemerkte er das eingetretene Stillschweigen, entriß sich seiner Träumerei und sagte: »Madame, verzeihen Sie mir meine Gemütsbewegung, welche Sie, die Sie an den Frieden und an das Glück gewöhnt sind, in Erstaunen setzen muß; doch für mich ist die Zufriedenheit auf einem menschlichen Antlitz etwas so Neues, daß ich nicht müde werden kann, Sie und Ihren Gatten anzuschauen.«

»Wir sind in der Tat sehr glücklich«, versetzte Julie; »aber wir hatten lange zu leiden, und wenige Menschen mußten ihr Glück so teuer erkaufen wie wir.«

Die Neugierde prägte sich in den Zügen des Grafen aus.

»Oh, das ist eine ganze Familiengeschichte, wie Ihnen neulich Chateau-Renaud sagte«, sprach Maximilian; »für Sie, mein Herr Graf, der Sie gewohnt sind, erhabenes Unglück und glänzende Freuden zu sehen, dürfte wenig Interesse in diesem häuslichen Gemälde zu finden sein. Jedenfalls haben wir, wie Ihnen Julie soeben sagt, heftige Schmerzen ausgestanden, obgleich dieselben in diesen kleinen Rahmen eingeschlossen waren.«

»Und Gott hat Ihnen, wie er es bei allen tut, den Balsam des Trostes auf das Leiden gegossen?« fragte Monte Christo.

»Ja, mein Herr Graf«, antwortete Julie; »wir können dies wohl sagen, denn er hat für uns getan, was er nur für seine Auserwählten tut; er schickte uns einen von seinen Engeln.«

Die Röte stieg dem Grafen in die Wangen, und er stand auf und ging, ohne etwas zu erwidern, Schritt für Schritt durch den Salon.

»Sie lächeln über uns, Herr Graf«, sagte Maximilian, der ihm mit den Augen folgte.

»Nein, nein«, entgegnete Monte Christo, äußerst bleich und mit einer Hand die Schläge seines Herzens zurückdrängend, während er mit der andern auf eine kristallene Kugel deutete, unter welcher eine seidene Börse, kostbar gelagert auf einem Kissen von schwarzem Sammet, ruhte. »Ich fragte mich nur, wozu diese Börse diene, die, wie mir scheint, auf der einen Seite ein Papier und auf der andern einen ziemlich schönen Diamanten enthält.«

Maximilian nahm eine ernste Miene an und erwiderte: »Dieses,

mein Herr Graf, ist der köstlichste von unseren Familienschätzen.«
»In der Tat, der Diamant ist ziemlich hübsch«, wiederholte Monte Christo.
»Oh, mein Bruder spricht nicht von dem Wert des Steines, obgleich er zu 100 000 Franken geschätzt wird, er will Ihnen nur sagen, daß die Gegenstände, welche diese Börse enthält, Reliquien von dem Engel sind, von dem vorhin die Rede war.«
»Ich begreife das nicht und darf auch nicht fragen, Madame«, erwiderte Monte Christo, sich verbeugend; »verzeihen Sie mir, ich wollte nicht indiskret sein.«
»Indiskret, sagen Sie? Oh, wie glücklich machen Sie uns im Gegenteil dadurch, daß Sie uns Gelegenheit bieten, uns des weiteren über diesen Gegenstand auszusprechen. Wollten wir als ein Geheimnis die schöne Handlung verbergen, an welche diese Börse erinnert, so würden wir sie nicht auf eine solche Art den Blicken aussetzen. Oh, wie gern möchten wir sie der ganzen Welt mitteilen, damit uns irgendeine Bewegung unseres unbekannten Wohltäters seine Gegenwart enthüllte.«
»Ah, wirklich?« versetzte Monte Christo.
»Mein Herr«, erwiderte Maximilian, die Kristallkugel aufhebend, »dieses hat die Hand eines Mannes berührt, der meinen Vater vom Tod, uns vom Untergang und unsern Namen von der Schande errettete; ein Mann, dem wir es zu verdanken haben, daß wir armen, bereits dem Elend und den Tränen bloßgestellten Kinder hören können, wie Menschen über unser Glück in Begeisterung geraten.« Maximilian zog einen Brief aus der Börse und reichte ihn dem Grafen. »Dieser Brief«, sagte er, »wurde von ihm an einem Tag geschrieben, wo mein Vater einen verzweiflungsvollen Entschluß gefaßt hatte, diesen Diamanten gab der edelmütige Unbekannte meiner Schwester als Mitgift.«
Monte Christo nahm den Brief und las ihn mit einem unbeschreiblichen Ausdruck von Glück; es war das unsern Lesern bekannte Billett adressiert an Julie und unterschrieben von Simbad dem Seefahrer.
»Der Unbekannte, sagen Sie? Also ist der Mann, der Ihnen diesen Dienst geleistet hat, für Sie unbekannt geblieben?«

»Ja, mein Herr, nie haben wir das Glück gehabt, ihm die Hand zu drücken; doch nicht, als hätten wir Gott nicht um diese Gunst gebeten«, sprach Maximilian; »in dieser ganzen wunderbaren Begebenheit waltete eine geheimnisvolle Leitung, die wir noch nicht begreifen können.«

»Oh!« rief Julie, »ich habe noch nicht jede Hoffnung verloren, eines Tages die Hand unseres Wohltäters zu küssen. Vor vier Jahren war Penelon in Triest. Penelon, Herr Graf, ist der brave Seemann, den Sie mit dem Spaten gesehen haben; vom Hochbootsmann ist er zum Gärtner geworden. Penelon war also in Triest und sah auf dem Kai einen Engländer, der sich in einer Jacht einschiffte; sogleich erkannte er denjenigen, welcher am 5. Juni 1829 meinen Vater aufgesucht und mir am 5. September dieses Billett geschrieben hatte. Es war, wie er versichert, derselbe Mann; doch er wagte es nicht, ihn anzureden.«

»Ein Engländer?« versetzte Monte Christo träumerisch, aber mit einer gewissen Unruhe jeden Blick von Julie beobachtend; »ein Engländer, sagen Sie?«

»Ja«, erwiderte Maximilian, »ein Engländer, der bei uns als Mandatar des Hauses Thomson und French in Rom erschien. Deshalb sahen Sie mich beben, als Sie neulich bei Herrn von Morcerf bemerkten, Thomson und French in Rom wären Ihre Bankiers. Dieses ereignete sich im Jahre 1829, wie wir Ihnen sagten, und ich frage Sie im Namen des Himmels, haben Sie diesen Engländer gekannt?«

»Doch sagten Sie mir nicht, es sei von dem Hause Thomson und French beständig in Abrede gestellt worden, daß es Ihnen diesen Dienst geleistet? Sollte denn dieser Engländer nicht ein Mensch sein, dankbar gegen Ihren Vater für irgendeine gute Handlung, die er selbst vergessen, diesen Vorwand ergriffen hätte, um ihm einen Dienst zu leisten?«

»Unter solchen Umständen ist alles zu vermuten, selbst ein Wunder.«

»Wie hieß er?« fragte Monte Christo.

»Er hat keinen andern Namen zurückgelassen«, sprach Julie, den Grafen mit einer tiefen Aufmerksamkeit betrachtend, »als den, mit welchem er das Billett unterzeichnete: Simbad der Seefahrer.«

»Was offenbar kein Name, sondern ein Pseudonym ist.«
Und als ihn Julie immer aufmerksamer anschaute und einige Töne von seiner Stimme gleichsam im Fluge aufzufangen und zu sammeln suchte, fuhr er fort: »Sagen Sie, ist es nicht ein Mann ungefähr von meinem Wuchs, vielleicht etwas größer, etwas schlanker, in eine hohe Halsbinde eingezwängt, gegürtet, und beständig den Bleistift in der Hand!«
»Oh! Sie kennen ihn also?« rief Julie mit Freude strahlenden Augen.
»Nein, ich habe nur eine Vermutung. Ich kannte einen Lord Wilmore, der auf diese Art Handlungen des Edelmuts ausführte.«
»Ohne sich zu erkennen zu geben?«
»Es war ein wunderlicher Mensch, er glaubte nicht an Dankbarkeit.«
»Oh, mein Gott!« rief Julie mit einem erhabenen Ausdruck und die Hände faltend, »woran glaubt denn der Unglückliche?«
»Er glaubte wenigstens nicht daran zur Zeit, wo ich ihn kannte«, sagte Monte Christo, den diese aus der Tiefe der Seele kommende Stimme bis in die letzte Fiber erschüttert hatte; »seit jener Zeit hat er jedoch vielleicht einen Beweis erhalten, daß es eine Dankbarkeit gibt.«
»Und Sie kennen diesen Mann, mein Herr?« fragte Emanuel.
»Oh, wenn Sie ihn kennen«, rief Julie, »sprechen Sie, vermögen Sie ihn zu uns zu führen, ihn uns zu zeigen, uns zu offenbaren, wo er ist? Sage Maximilian, sage Emanuel, wenn wir ihn je wieder finden würden, müßte er wohl an das Andenken des Herzens glauben!«
Monte Christo fühlte, wie Tränen in seine Augen traten; er machte noch ein paar Schritte im Salon.
»Im Namen des Himmels, mein Herr«, sagte Maximilian, »wenn Sie etwas von diesem Mann wissen, so teilen Sie es uns mit.«
»Ach!« erwiderte Monte Christo, die Erschütterung seiner Stimme bewältigend, »ach! Wenn Lord Wilmore Ihr Wohltäter ist, so befürchte ich, daß Sie ihn nie finden werden. Ich habe ihn vor zwei oder drei Jahren in Palermo verlassen; er reiste damals

nach den fabelhaftesten Ländern, und ich zweifle sehr an seiner Rückkehr.«

»Ah, mein Herr, Sie sind grausam«, rief Julie voll Schrecken. Und es entstürzten Tränen den Augen der jungen Frau.

»Madame«, sagte mit ernstem Ton Monte Christo, während er mit seinen Blicken die zwei flüssigen Perlen verschlang, welche über die Wangen von Julie herabrollten, »wenn Lord Wilmore gesehen hätte, was ich hier sehe, so würde er das Leben noch lieben, denn die Tränen, die Sie vergießen, müßten ihn mit dem Menschengeschlecht aussöhnen.« Und er reichte Julie die Hand, und diese gab ihm die ihrige, hingezogen durch den Blick und den Ton des Grafen.

»Doch dieser Lord Wilmore«, sprach sie, sich an eine letzte Hoffnung anklammernd, »er hatte wohl ein Vaterland, Verwandte, eine Familie, er war bekannt? Könnten wir nicht...?«

»Oh, suchen Sie nicht, Madame, bauen Sie keine Chimären auf das Wort, das mir entschlüpft ist. Nein, Lord Wilmore ist wahrscheinlich nicht der Mann, den Sie suchen, er war mein Freund, ich kannte seine Geheimnisse, er hätte mir auch dieses mitgeteilt.«

»Und er sagte Ihnen nichts davon?« rief Julie.

»Nichts.«

»Sie nannten ihn aber doch sogleich?«

»Sie wissen, bei solchen Fällen stellt man Mutmaßungen an.«

»Meine Schwester«, sagte Maximilian, Monte Christo zu Hilfe kommend, »der Herr Graf hat recht. Erinnere dich dessen, was unser guter Vater uns so oft sagte: Es ist kein Engländer gewesen, der Mann, der unser Glück machte.«

Monte Christo zitterte und sprach lebhaft: »Ihr Vater sagte Ihnen dies, Herr Morel?«

»Mein Vater, Herr Graf, erblickte in dieser Handlung ein Wunder. Mein Vater glaubte an einen für uns aus dem Grab erstandenen Wohltäter. Oh, welch ein rührender Aberglaube, mein Herr! Während ich selbst ihm nicht beipflichtete, war ich doch weit entfernt, diesen Glauben in seinem Herzen zerstören zu wollen. Wie oft träumte er davon und sprach ganz leise den Namen eines geliebten Freundes, eines verlorenen Freundes aus, und als er nur noch einen Schritt vom Tod entfernt war und

das Herannahen der Ewigkeit seinem Geiste etwas von der Erleuchtung des Grabes gegeben hatte, da wurde dieser Gedanke, der bis dahin eine dunkle Vermutung gewesen war, zur Überzeugung, und die letzten Worte, welche er sterbend aussprach, lauteten: Maximilian, es war Edmond Dantes.«
Die seit ein paar Stunden immer mehr zunehmende Blässe des Grafen wurde bei diesen Worten furchtbar. er konnte kaum mehr sprechen, zog seine Uhr, als hätte er die Stunde vergessen, nahm seinen Hut, macht eine ungestüme, verlegene Verbeugung vor Madame Herbault, drückte Emanuel und Maximilian die Hand und stammelte: »Madame, erlauben Sie mir, Ihnen zuweilen meine Achtung zu bezeigen. Ich liebe Ihr Haus und bin Ihnen dankbar für Ihren Empfang, denn es ist das erste Mal seit Jahren, daß ich mich vergessen habe.«
Und er entfernte sich mit großen Schritten.
»Das ist ein seltsamer Mensch, dieser Graf von Monte Christo«, sagte Emanuel.
»Ja«, erwiderte Maximilian, »aber ich glaube, er hat ein vortreffliches Herz, und ich bin überzeugt, daß er uns liebt.«
»Und mir«, sprach Julie, »mir war es, als erinnerte sich mein Inneres seiner Stimme, und wiederholt kam es mir vor, als hörte ich sie nicht zum erstenmal.«

11. Pyramos und Thisbe

Auf dem Faubourg Saint-Honoré hinter einem schönen Hotel dehnt sich ein weiter Garten aus, dessen blätterreiche Kastanienbäume die ungeheuren, wallhohen Mauern überragen, und wenn der Frühling kommt, ihre rosenfarbigen und weißen Blüten in zwei Vasen von gerieftem Stein fallen lassen, die parallel auf zwei viereckige Pilaster gestellt sind, in die ein eisernes Gitter aus der Zeit Ludwigs XIII. eingefügt ist.
Dieser großartige Eingang ist trotz der herrlichen Geranien, die in den zwei Vasen wachsen, zur Verödung verurteilt, seitdem sich die Eigentümer auf den Besitz des Hauses, des mit Bäumen bepflanzten und nach dem Faubourg gehenden Hofes und des Gartens beschränkten, den dieses Gitter schließt, welches einst auf einen zu dem Besitztum gehörenden, mehr als ein Morgen großen, herrlichen Küchengarten führte. Da aber der Dämon

der Spekulation eine Straße an dem Ende dieses Küchengartens gezogen, so glaubte man dieses Stück als Bauplatz verkaufen und zu der großen Arterie von Paris, genannt Faubourg Saint-Honoré, beiziehen zu können.
Doch der Mensch denkt und das Geld lenkt im Punkt der Spekulation. Der Erwerber des Küchengartens konnte, nachdem er ihn vollständig bezahlt hatte, die Summe, die er dafür haben wollte, durch Wiederverkauf nicht erlangen, und verpachtete diesen umfriedeten Raum an Gemüsegärtner gegen die Summe von fünfhundert Franken jährlich. Nichtsdestoweniger ist das Gitter, das einst auf den Küchengarten führte, zur Verödung verurteilt, und der Rost zerfrißt seine Angeln.
In diesem Küchengarten wachsen, statt des Kohls, der Rüben, der Rettiche, der Erbsen und Melonen, nunmehr große Luzernen, die einzige Kultur, durch die es offenbar wird, daß man an diesen verlassenen Ort denkt. Eine kleine niedrige Tür, die sich nach der noch im Plan schlummernden Straße öffnet, gewährt Eingang in dieses von Mauern umschlossene Gebiet.
Auf der Seite des Hauses bekränzten Kastanienbäume die Mauer. An einer Ecke, wo das Blätterwerk so dicht ist, daß das Licht kaum durchzudringen vermag, deuten eine steinerne Bank und Gartensitze einen Versammlungsort oder einen Lieblingswinkel für irgendeinen Bewohner des hundert Schritte davon entlegenen Hotels an, welches wegen des grünen, umhüllenden Walles kaum wahrzunehmen ist. Die Wahl dieses geheimnisvollen Asyls wird zugleich durch die Abwesenheit der Sonne, durch die angenehme Frische, durch das Gezwitscher der Vögel und durch die Entfernung des Hauses und der Straße gerechtfertigt.
Gegen Abend an einem der heißesten Tage des Frühjahrs lagen auf dieser Steinbank ein Buch, ein Sonnenschirm, ein Arbeitskorb und ein Batisttaschentuch, dessen Stickerei angefangen war; und nicht fern von dieser Bank stand an dem Gitter vor den Brettern, das Auge an den durchsichtigen Verschlag haltend, eine junge Frau, deren Blick sich durch eine Spalte auf den noch öden Raum senkte.
Beinahe in demselben Augenblick schloß sich geräuschlos die Tür dieser kleinen Wüste, und ein junger Mann, groß, kräftig, in

einer Bluse von roher Leinwand, eine Sammetmütze auf dem Kopf, dessen schwarzer Bart und schwarze, sorgfältig gepflegte Haare, jedoch ein wenig mit dieser Volkstracht im Widerspruch standen, trat, nachdem er einen raschen Blick umhergeworfen hatte, um sich zu versichern, daß ihn niemand beobachte, durch die erwähnte Tür ein und wandte sich mit raschen Schritten nach dem Gitter.

Bei dem Anblick dessen, welchen sie erwartete, doch wahrscheinlich nicht in dieser Tracht, wurde dem Mädchen bange, und sie wich zurück.

Und dennoch hatte der junge Mann durch die Spalte der Tür mit jenem Blick, der nur Liebenden eigen ist, das weiße Kleid und das lange blaue Gürtelband flattern sehen; er eilte nach dem Verschlag, legte seinen Mund an eine Öffnung und sagte mit halblauter Stimme: »Fürchten Sie sich nicht, Valentine, ich bin es.«

Die Genannte näherte sich und sagte:

»Oh, mein Herr! Warum sind Sie heute so spät gekommen? Wissen Sie, daß man bald zu Mittag speisen wird, und daß es großer Täuschungskunst und Geschwindigkeit bedurfte, um mich meiner Stiefmutter, die mich belauert, meiner Kammerfrau, die mich bespäht, meines Bruders, der mich quält, zu entledigen und hier an dieser Stickerei zu arbeiten? Sobald Sie sich für Ihr Verspäten entschuldigt haben, werden Sie mir sagen, was dieses neue Kostüm, wegen dessen ich Sie beinahe nicht erkannt habe, bedeuten soll.«

»Teure Valentine«, erwiderte der junge Mann, »Sie stehen zu hoch in meiner Liebe, als daß ich hiervon zu sprechen wagen sollte, und dennoch fühle ich, so oft ich Sie sehe, das Bedürfnis, Ihnen zu sagen, daß ich Sie anbete, damit das Echo meiner eigenen Worte sanft das Herz liebkosen möge, wenn ich Sie nicht mehr sehe. Nun danke ich Ihnen für Ihr Schmälen; es ist ganz bezaubernd, denn es beweist mir, daß Sie mich erwarteten und an mich dachten. Sie wollen die Ursache meiner Verspätung und den Beweggrund meiner Verkleidung wissen, ich werde Ihnen beides nennen und hoffe, Sie entschuldigen mich: ich habe einen Stand gewählt.«

»Einen Stand? Was wollen Sie damit sagen, Maximilian? Sind

wir denn so glücklich, daß Sie im Scherz über das sprechen, was uns betrifft?«

»Oh, Gott soll mich bewahren, daß ich mit dem, was mein Leben ist, Scherz treibe; aber müde, ein Feldläufer und Mauerkletterer zu sein, ernstlich erschrocken über den eines Abends durch Sie bei mir rege gemachten Gedanken, Ihr Vater würde mich früher oder später als einen Dieb vor Gericht ziehen, was die Ehre der ganzen französischen Armee verletzen müßte; nicht minder darüber erschrocken, daß man sich wundern könnte, in dieser Gegend, wo es nicht die geringste Zitadelle zu belagern oder das kleinste Blockhaus zu verteidigen gibt, einen Kapitän der Spahis sich umhertreiben zu sehen, habe ich mich zum Gemüsegärtner gemacht und die Tracht meines Gewerbes angenommen.«

»Welch eine Tollheit!«

»Im Gegenteil, es ist, wie ich glaube, das vernünftigste, was ich in meinem ganzen Leben getan habe, denn es verleiht uns vollkommene Sicherheit.«

»Erklären Sie sich deutlicher.«

»Wohl, ich habe den Eigentümer dieses Bodens aufgesucht, der Vertrag mit seinen ehemaligen Pächtern war abgelaufen, und ich pachtete ihn für mich. Alle diese Luzernen gehören mir, Valentine und nichts hindert mich, mir eine Hütte unter diesem Heu bauen zu lassen und fortan zwanzig Schritte von Ihnen zu leben. Oh, diese Freude, dieses Glück, ich weiß mich nicht zu fassen! Begreifen Sie, Valentine, daß man dergleichen Dinge bezahlen kann? Nicht wahr, es ist unmöglich? Nun wohl, diese ganze Seligkeit, dieses ganze Glück, diese ganze Freude, wofür ich zehn Jahre meines Lebens gegeben hätte, kosten mich, erraten Sie wieviel...? Fünfhundert Franken jährlich, zahlbar in vierteljährigen Raten. Sie sehen also, es ist in Zukunft nichts mehr zu befürchten. Ich befinde mich hier auf meinem Boden, kann Leitern an meine Mauer stellen und hinüberschauen, und bin berechtigt, Ihnen zu sagen, daß ich Sie liebe, solange sich Ihr Stolz nicht verwundet fühlt, wenn er dieses Wort vernimmt aus dem Mund eines armen Taglöhners mit Bluse und Mütze.«

Valentine stieß einen leichten Schrei freudigen Erstaunens aus, erwiderte aber bald traurig und als hätte eine eifersüchtige

Wolke plötzlich den Sonnenstrahl verschleiert, der ihr Herz erleuchtete: »Ach! Maximilian, wir sind nun frei; unser Herz wird uns Gott versuchen lassen; wir werden unsere Sicherheit mißbrauchen, und unsere Sicherheit wird uns zugrunde richten.«
»Können Sie mir das sagen, meine Freundin, mir, der ich Ihnen, seitdem ich Sie kenne, jeden Tag beweise, daß ich meine Gedanken und mein Leben, Ihren Gedanken und Ihrem Leben untergeordnet habe? Wer hat Ihnen Zutrauen zu mir gegeben? Nicht wahr, meine Ehre. Als sie mir sagten, ein unbestimmter Instinkt versichere Ihnen, Sie liefen irgendeine große Gefahr, stellte ich meine Ergebenheit zu Ihren Diensten, ohne eine andere Belohnung von Ihnen zu verlangen, als das Glück, Ihnen dienen zu dürfen. Habe ich Ihnen seitdem durch ein Wort, durch ein Zeichen Veranlassung gegeben, zu bereuen, daß Sie mich unter denjenigen auszeichnen, die glücklich gewesen wären, für Sie zu sterben? Armes Kind, Sie sagten mir, Sie wären mit Herrn d'Epinay verlobt, Ihr Vater hätte diese Verbindung geschlossen, das heißt, sie wäre gewiß, denn alles, was Herr von Villefort wolle, geschehe unfehlbar. Nun, ich bin im Schatten geblieben, alles, nicht von meinem Willen, nicht von dem Ihrigen, sondern von den Ereignissen, von der Vorsehung Gottes erwartend, und dennoch liebten Sie mich, hatten Sie Mitleid mit mir und sagten mir dies. Ich danke Ihnen für dieses süße Wort, das ich Sie von Zeit zu Zeit zu wiederholen bitte, denn es wird mich alles vergessen lassen.«
»Das ist es, was Sie kühn gemacht hat, Maximilian, das ist es, was mir ein sehr süßes und zugleich sehr unglückliches Leben bereitet, so daß ich mich oft frage, was mehr für mich wert sei, der Kummer, den mir einst die Strenge meiner Stiefmutter und die blinde Bevorzugung ihres Kindes verursachten, oder das gefahrvolle Glück, das ich bei Ihrem Anblick genieße.«
»Gefahrvoll!« rief Maximilian; »können Sie ein so hartes und ungerechtes Wort aussprechen! Sie erlaubten mir zuweilen, ein Wort an Sie zu richten, Valentine, aber Sie verboten mir, Ihnen zu folgen; ich gehorchte. Habe ich, seitdem ich Gelegenheit fand, in dieses Gehege zu schlüpfen, durch diese Tür mit Ihnen zu plaudern, so nahe bei Ihnen zu sein, ohne Sie zu sehen – sprechen Sie, habe ich je um Erlaubnis gebeten, den Saum ihres

Kleides durch dieses Gitter berühren zu dürfen? Habe ich je einen Schritt getan, um über diese Mauer, ein lächerliches Hindernis für meine Jugend und meine Kräfte, zu gelangen? Nie vernahmen Sie von mir einen Vorwurf über Ihre Strenge, nie einen laut ausgedrückten Wunsch; ich blieb an mein Wort genietet, wie ein Ritter in den alten Zeiten. Gestehen Sie dies wenigstens zu, damit ich Sie nicht für ungerecht halte.«

»Das ist wahr«, sagte Valentine, ihm zwischen zwei Brettern hindurch die Spitze von einem ihrer zarten Finger bietend, auf welche Maximilian seine Lippen drückte; »es ist wahr, Sie sind ein redlicher Freund. Aber Sie haben am Ende nur mit dem Gefühl Ihres Interesses gehandelt, mein lieber Maximilian; Sie wußten wohl, daß der Sklave von dem Tag an, wo er begehrlich würde, alles verlieren müßte. Sie haben mir die Freundschaft eines Bruders versprochen, mir, die ich keine Freunde besitze, mir, die ich von meinem Vater vergessen, von meiner Stiefmutter verfolgt werde; mir, die ich als einzigen Trost nur den unbeweglichen, stummen, eisigen Greis habe, dessen Hand meine Hand nicht drücken kann, dessen Auge allein zu mir spricht und dessen Herz ohne Zweifel mit einem Überrest von Wärme für mich schlägt. Bitterer Hohn des Geschicks, das mich zur Feindin und zum Opfer von allen denjenigen macht, welche stärker sind als ich, und mir einen Leichnam zur Stütze und zum Freunde gibt! Oh, wahrlich, Maximilian, ich wiederhole Ihnen, ich bin sehr unglücklich, und Sie haben recht, wenn Sie mich um meiner selbst und nicht um Ihretwillen lieben.«

»Valentine«, sprach der junge Mann mit tiefer Rührung, »ich sage nicht, daß ich Sie allein auf der Welt liebe, denn ich liebe auch meine Schwester und meinen Schwager, aber mit einer sanften, ruhigen Liebe, die in keiner Hinsicht dem Gefühl gleicht, das ich für Sie hege: wenn ich an Sie denke, wallt mein Blut, schwellt meine Brust, überströmt mein Herz; doch diese Kraft, diese Glut, diese übermenschliche Macht, ich werde sie anwenden, um Sie bis zu dem Tag zu lieben, wo Sie mir sagen, ich solle sie in Ihrem Dienst verwenden. Herr Franz d'Epinay wird, wie ich höre, noch ein Jahr abwesend sein; wie viele günstige Wechselfälle können uns in einem Jahr ersprießlich werden, wie viele Ereignisse können uns unterstützen! Hoffen wir also, es ist so schön und süß, zu hoffen! Doch mittlerweile, Valentine was sind Sie, die Sie mir meine Selbstsucht zum Vorwurf machen, was sind Sie für mich gewesen? Die schöne und kalte Bildsäule der züchtigen Venus. Was haben Sie mir im Austausch für diese Ergebenheit, für diesen Gehorsam, für diese Zurückhaltung versprochen? Nichts! Was haben Sie mir bewilligt? Sehr wenig. Sie erwähnen gegen mich des Herrn d'Epinay als Ihres Verlobten und seufzen bei dem Gedanken, eines Tages ihm zu gehören. Sprechen Sie, Valentine, ist das alles, was Sie in Ihrem Gemüt tragen? Wie! Ich verpfände Ihnen mein Leben, ich gebe Ihnen meine Seele, ich widme Ihnen auch den unbedeutendsten Schlag meines Herzens, und während ich Ihnen ganz gehöre, während ich mir ganz leise sage, daß ich sterben werde, wenn ich Sie verliere, erschrecken Sie nicht schon bei dem bloßen Gedanken, eines andern Gattin zu sein? Oh, Valentine! Wenn ich wäre, was Sie sind, wenn ich mich geliebt fühlte, wie Sie sich mit Sicherheit geliebt fühlen müssen, so hätte ich schon hundertmal meine Hand zwischen den Stangen dieses Gitters geboten, die Hand des armen Maximilians gedrückt und ihm gesagt: Dir allein, Maximilian, in dieser und in der andern Welt.«

Valentine antwortete nicht, aber der junge Mann hörte sie seufzen und weinen.

Die Gegenwirkung trat rasch bei Maximilian ein.

»Oh, Valentine, Valentine!« rief er, »vergessen Sie meine Worte, wenn in denselben etwas liegt, was Sie beleidigen könnte!«

»Nein«, antwortete sie, »Sie haben recht; aber sehen Sie nicht, daß ich ein armes, in einem beinahe fremden Haus verlassenes Geschöpf bin; denn mein Vater ist mir wirklich fremd, und mein Wille wird seit zehn Jahren, Tag für Tag, Minute für Minute durch den eisernen Willen von Gebietern gebrochen, die unendlich schwer auf mich drücken. Niemand sieht, was ich leide, und ich habe es auch außer Ihnen niemand gesagt. Scheinbar und in den Augen der Welt ist mir alles gut, ist alles liebevoll gegen mich, in Wirklichkeit aber ist mir alles feindselig. Die Welt sagt: Herr von Villefort ist zu ernst und zu streng, um sehr zärtlich gegen seine Tochter zu sein; aber sie hat wenigstens das Glück, in Frau von Villefort eine zweite Mutter zu finden. Die

Welt täuscht sich, mein Vater verläßt mich in völliger Gleichgültigkeit, meine Stiefmutter haßt mich um so größerer Erbitterung, als diese durch ein ewiges Lächeln verschleiert wird.«
»Sie hassen! Sie, Valentine! Und wie kann man Sie hassen?«
»Ach, mein Freund, ich muß gestehen, daß dieser Haß gegen mich von einem beinahe natürlichen Gefühl herrührt. Sie betet ihren Sohn, meinen Bruder Eduard an.«
»Nun?«
»Es kommt mir zwar sonderbar vor, daß ich eine Geldfrage in unser Gespräch mischen soll; aber ich glaube, mein Freund, daß ihr Haß von dieser Seite herrührt. Da sie kein eigenes Vermögen hat, da ich bereits durch die Erbschaft meiner Mutter reich bin und sich dieses Vermögen noch durch das, welches mir eines Tages von Herrn und Frau von Saint-Meran zukommen muß, mehr als verdoppeln wird, so glaube ich, daß sie neidisch ist. Oh, mein Gott! Wenn ich ihr die Hälfte von diesem Vermögen geben und mich dann bei Herrn Villefort wie eine Tochter in dem Haus ihres Vaters befinden könnte, so würde ich es auf der Stelle tun.«
»Arme Valentine!«
»Ja, ich fühle mich gekettet und fühle mich zugleich so schwach, daß es mir vorkommt, als stützten mich die Fesseln, so daß ich sie zu zerbrechen Angst habe. Überdies ist mein Vater nicht der Mann, dessen Befehle man ungestraft übertreten dürfte; er ist mächtig gegen mich, er wäre mächtig gegen Sie, er wäre sogar mächtig gegen den König, beschützt durch eine vorwurfsfreie Vergangenheit und eine beinahe unangreifbare Stellung. Oh, Maximilian, ich schwöre Ihnen, ich kämpfe nicht, weil ich ebensosehr Sie wie mich in diesem Kampf zugrunde zu richten befürchte.«
»Aber Valentine«, versetzte Maximilian, »warum auf diese Art verzweifeln, warum die Zukunft stets so düster sehen?«
»Ah, mein Freund, weil ich nach der Vergangenheit urteile.«
»Doch bedenken wir, ob ich nicht auch nach dem aristokratischen Gesichtspunkt eine ausgezeichnete Partie bin; ich gehöre doch in vielen Dingen zu der Welt, in der Sie leben; die Zeit, wo es zwei Frankreiche in Frankreich gab, besteht nicht mehr, die höchsten Familien der Monarchie haben sich mit den Familien

des Kaiserreiches vermischt; die Aristokratie der Lanze hat sich mit dem Adel der Kanone vermählt. Nun wohl, ich bin von dem letzteren; ich habe eine schöne Zukunft in der Armee, ich besitze ein beschränktes, aber unabhängiges Vermögen; das Andenken an meinen Vater endlich wird in unserem Land als das von einem der ehrlichsten Kaufleute, die je gelebt haben, verehrt. Ich sage, unser Land, Valentine, weil Sie halb und halb von Marseille sind.«

»Sprechen Sie mir nicht von Marseille, Maximilian, dieses einzige Wort erinnert mich an meine gute Mutter, an diesen guten, von der ganzen Welt beklagten Engel; an diese herrliche Frau, die, nachdem sie während ihres kurzen Aufenthaltes auf Erden über ihre Tochter gewacht, auch noch, ich hoffe es wenigstens, bei ihrem ewigen Aufenthalt im Himmel über sie wacht. Oh, wenn meine Mutter noch lebte, Maximilian, so hätte ich nichts mehr zu befürchten! Ich würde ihr sagen, daß ich Sie liebe, und sie würde uns beschützen.«

»Ach, Valentine«, entgegnete Maximilian, »wenn sie noch lebte, würde ich Sie ohne Zweifel nicht kennen; denn Sie wären dann, wie Sie sagen, glücklich, und die glückliche Valentine hätte mich von ihrer Größe herab verächtlich angeschaut.«

»Ah, mein Freund!« rief Valentine. »Sie sind ebenfalls ungerecht. – Doch sagen Sie mir...«

»Was soll ich Ihnen sagen?« versetzte Maximilian, als er Valentine zögern sah.

»Sagen Sie mir«, fuhr das Mädchen fort, »gab es in Marseille nicht ein Mißverständnis zwischen Ihrem Vater und dem meinigen?«

»Nicht daß ich wüßte«, erwiderte Maximilian, »wenn nicht dadurch, daß Ihr Vater ein mehr als eifriger Parteigänger der Bourbonen, und der meinige ein dem Kaiser ergebener Mann war: das ist, glaube ich, die einzige Uneinigkeit, welche zwischen ihnen war. Doch warum diese Frage, Valentine?«

»Ich will es Ihnen gestehen«, versetzte das Mädchen, »denn Sie müssen alles wissen. Es war an dem Tag, an welchem Ihre Ernennung zum Offizier der Ehrenlegion in der Zeitung bekannt gemacht wurde. Wir befanden uns alle bei meinem Großvater, Herrn Noirtier, und dabei war noch Herr Danglars, Sie wissen, der Bankier, dessen Pferde vorgestern meine Mutter und meinen Bruder beinahe umgebracht hätten. Ich las die Zeitung meinem Großvater laut vor, während diese Herren von der wahrscheinlichen Verheiratung des Herrn von Morcerf mit Fräulein Danglars sprachen. Als ich zu dem Sie betreffenden Paragraphen kam, der mir bereits bekannt war, denn Sie hatten mir am Tage vorher die frohe Kunde mitgeteilt, war ich sehr glücklich, zitterte jedoch, daß ich Ihren Namen laut aussprechen sollte, und ich würde ihn gewiß übergangen haben, hätte ich nicht befürchtet, man könnte mein Stillschweigen schlimm auslegen; ich raffte also meinen ganzen Mut zusammen und las.«

»Teure Valentine!«

»Nun wohl, sobald Ihr Name erklang, drehte mein Vater seinen Kopf; ich war so überzeugt (sehen Sie, wie töricht ich bin!), alle Welt würde von diesem Namen wie vom Donner gerührt werden, daß ich meinen Vater und sogar (bei diesem war es sicher eine Täuschung) Danglars beben zu sehen glaubte.

›Morel‹, sprach mein Vater, ›warten Sie doch!‹ (Er runzelte die Stirne.) ›Sollte es einer von den Morels aus Marseille sein, einer von jenen wütenden Bonapartisten, die uns im Jahr 1815 so viel Schlimmes zugefügt haben?‹

›Ja‹, erwiderte Herr Danglars, ›ich glaube sogar, daß es der Sohn des ehemaligen Reeders ist.‹«

»Wirklich?« versetzte Maximilan; »und was antwortete Ihr Vater?, sprechen Sie Valentine.«

»Oh, etwas Abscheuliches, was ich nicht zu wiederholen wage.«

»Sprechen Sie immerhin«, sagte Maximilian lächelnd.

»›Ihr Kaiser wußte alle diese Fanatiker an ihren Platz zu stellen‹, fuhr er, die Stirne immer düsterer faltend, fort: ›er nannte sie Kanonenfutter, und das war der einzige Name, den sie verdienen; ich freue mich, daß die gegenwärtige Regierung dieses heilsame Prinzip wieder in Ausübung bringt. Behielte sie Algerien auch nur aus diesem einzigen Grunde, so würde ich ihr Glück wünschen, obgleich es uns ein wenig viel kostet.‹«

»Das ist in der Tat eine ziemlich rohe Politik«, sagte Maximilian; »doch, meine teure Freundin, erröten Sie nicht über das, was Herr von Villefort gesagt hat; mein braver Vater gab in bezug auf diesen Punkt dem Ihrigen in keiner Beziehung nach, denn er wiederholte unablässig: Warum macht der Kaiser, der so viel Schönes tut, nicht ein Regiment aus lauter Richtern und Advokaten und schickt sie stets in das erste Feuer? – Sie sehen, meine Freundin, die Parteien sind sich gleich in der Wahl des Ausdrucks und der Feinheit des Gedankens. Doch was sagte Herr Danglars zu diesem Ausfall des Staatsanwaltes?«

»Oh, er brach in jenes ihm eigentümliche, widerwärtige Gelächter aus, einen Augenblick später standen sie auf und gingen weg. Mein Großvater war sehr ergriffen. Ich muß Ihnen sagen, Maximilian, daß ich allein die Bewegungen im Innern dieses armen Gelähmten errate, und ich vermutete, daß das Gespräch, welches in seiner Gegenwart stattfand, einen sehr starken Eindruck auf ihn hervorgebracht hatte, insofern man schlimm von seinem Kaiser gesprochen, und er, wie es scheint, ein fanatischer Anhänger des Kaisers gewesen ist.«

»Er ist wirklich einer von den bekannten Namen des Kaiserreichs«, sagte Maximilian; »er ist Senator gewesen und hat, wie Sie wissen, oder wie Sie nicht wissen, Valentine, beinahe an allen bonapartistischen Beschwörungen unter der Restauration teilgenommen.«

»Ja, ich höre zuweilen ganz leise von diesen Dingen sprechen, die mir seltsam vorkommen; der Großvater Bonapartist, der Vater Royalist... Kurz, ich wandte mich also zu ihm um. Er deutete mit den Augen auf die Zeitung:

›Was haben Sie, guter Papa?‹ sagte ich. ›Sind Sie zufrieden?‹

Er machte mit dem Kopf ein bejahendes Zeichen.

›Mit dem, was mein Vater soeben gesagt hat?‹ fragte ich.

Er machte ein verneinendes Zeichen.

›Mit dem, was Herr Danglars gesagt hat?‹

Er machte abermals ein verneinendes Zeichen.

›Damit also, daß Herr Morel zum Offizier der Ehrenlegion ernannt worden ist?‹

Er machte ein bejahendes Zeichen.

Sollten Sie es glauben, Maximilian? Er freute sich darüber, daß Sie zum Offizier der Ehrenlegion ernannt wurden, er, der Sie nicht kennt; es ist vielleicht etwas Narrheit bei ihm, denn er

fängt an kindisch zu werden, wie man sagt; doch ich liebe ihn wegen dieser Bejahung.«
»Das ist seltsam«, sprach Maximilian; »Ihr Vater würde mich also hassen, während im Gegenteil Ihr Großvater... Es ist doch etwas Sonderbares um die Liebe und den Haß der Parteien!«
»Stille!« rief plötzlich Valentine. »Verbergen Sie sich, fliehen Sie, man kommt!«
Maximilian eilte nach einem Spaten und fing an, die Luzernen unbarmherzig umzugraben.
»Mein Fräulein, mein Fräulein!« rief eine Stimme hinter den Bäumen; »Frau von Villefort ruft und sucht Sie überall, es ist ein Besuch im Salon. Ein vornehmer Herr, ein Prinz, wie ich höre, der Herr Graf von Monte Christo.«
»Ich komme«, rief Valentine.
»Sieh da!« sagte Maximilian, nachdenklich auf seinen Spaten gestützt, zu sich selbst, »woher kennt der Graf von Monte Christo Herrn von Villefort?«

12. Toxikologie

Es war wirklich der Graf von Monte Christo, der bei Frau von Villefort in der Absicht erschien, den Besuch des Staatsanwalts zu erwidern, und es wurde, wie sich leicht denken läßt, bei diesem Namen das ganze Haus in Bewegung gesetzt.
Frau von Villefort befand sich allein im Salon, als man den Grafen meldete, und ließ sogleich ihren Sohn kommen, damit das Kind seine Danksagung bei Monte Christo erneuern möchte. Eduard, der seit zwei Tagen unablässig von dieser hohen Person hatte sprechen hören, lief eilig herbei, nicht aus Gerhorsam gegen seine Mutter und ebensowenig, um dem Grafen zu danken, sondern aus Neugierde und um irgendeine Wahrnehmung zu machen, mit deren Hilfe er einen von jenen Streichen anbringen könnte, die seine Mutter stets zu der Äußerung veranlaßten: »Oh, das böse Kind; doch ich muß ihm verzeihen, es hat soviel Witz!«
Nach dem ersten Austausch der gewöhnlichen Höflichkeiten erkundigte sich der Graf nach Herrn von Villefort.
»Mein Gatte speist beim Herrn Kanzler«, antwortete die junge Frau; »er ist soeben weggefahren und wird es gewiß sehr be-

dauern, des Glückes, Sie zu sehen, beraubt worden zu sein. Was macht denn deine Schwester Valentine!« sagte Frau von Villefort zu Eduard; »man benachrichtige sie, damit ich die Ehre haben kann, sie dem Herrn Grafen vorzustellen.«
»Sie haben eine Tochter, Madame?« fragte der Graf; »das muß noch ein Kind sein?«
»Es ist die Tochter des Herrn von Villefort«, erwiderte die junge Frau; »eine Tochter aus erster Ehe, eine hübsche, große Person.«
»Aber schwermütig«, unterbrach sie der junge Eduard.
»Dieser junge Naseweis hat beinahe recht und wiederholt nur, was er mich sehr oft mit Kummer hat sagen hören; denn Fräulein von Villefort ist, trotz alles dessen, was wir tun mögen, um sie zu zerstreuen, von einem traurigen Charakter, von einer Schweigsamkeit, die häufig der Wirkung ihrer Schönheit Eintrag tut.« In diesem Augenblick trat Valentine ein. Sie schien in der Tat traurig zu sein, und bei aufmerksamer Betrachtung hätte man an ihren Augen Spuren von Tränen wahrnehmen können.
Valentine war groß, schlank, achtzehn Jahr alt, hatte helle kastanienbraune Haare, dunkelblaue Augen und zeichnete sich durch den würdevollen Gang und durch die Haltung aus, welche auch ihre Mutter charakterisierten. Ihre weißen, zarten Hände, ihr Perlmutterhals, ihre rosig gefärbten Wangen verliehen ihr beim ersten Anblick das Aussehen von einer jener schönen Engländerinnen, die man so poetisch in ihrem Wesen mit Schwänen verglichen hat, die sich auf der Fläche des Wassers spiegeln.
Sie trat also ein und grüßte, als sie bei ihrer Mutter den Fremden erblickte, von dem sie so viel hatte sprechen hören, ohne mädchenhafte Ziererei und ohne die Augen niederzuschlagen, mit einer Anmut, welche die Aufmerksamkeit des Grafen verdoppelte.
»Fräulein von Villefort, meine Stieftochter«, stellte Frau von Villefort vor.
»Und der Herr Graf von Monte Christo, König von China, Kaiser von Cochinchina«, rief der Bube, seiner Schwester einen duckmäuserischen Blick zuwerfend.

Diesmal erbleichte Frau von Villefort, und sie wäre bald über diese häusliche Geißel ärgerlich geworden; doch der Graf lächelte im Gegenteil und schien das Kind mit Wohlgefallen zu betrachten, was die Freude und Begeisterung seiner Mutter auf den höchsten Grad steigerte.

»Aber, Madame«, sagte der Graf, das Gespräch wieder anknüpfend und abwechselnd Frau von Villefort und Valentine anschauend, »habe ich nicht bereits die Ehre gehabt, Sie irgendwo zu sehen, Sie und das Fräulein? Ich dachte soeben daran, und als das Fräulein eintrat, warf sein Anblick einen Schimmer mehr auf eine verworrene Erinnerung... Verzeihen Sie mir diesen Ausdruck.«

»Es ist nicht sehr wahrscheinlich, mein Herr, Fräulein von Villefort liebt die Gesellschaft nur sehr wenig, und wir gehen selten aus«, antwortete die junge Frau.

»Auch war es nicht die Gesellschaft, wo ich das Fräulein sowie Sie, Madame, und diesen reizenden Jungen gesehen habe. Die Pariser Welt ist mir überdies völlig unbekannt, denn ich habe, wie ich glaube, bereits die Ehre gehabt, Ihnen zu bemerken, daß ich erst seit ein paar Tagen in Paris bin. Nein, wenn Sie mir erlauben, einen Augenblick nachzudenken... Warten Sie...«

Der Graf legte seine Hand an seine Stirn, als wollte er seine Erinnerungen zusammendrängen: »Nein, es ist außerhalb... es ist... ich weiß nicht... aber es scheint mir, diese Erinnerung ist unzertrennlich von einer schönen Sonne und einer Art von religiösem Fest... Das Fräulein hielt Blumen in der Hand; das Kind lief in einem Garten einem prächtigen Pfauen nach, und Sie, Madame, saßen unter einer Weinlaube. Helfen Sie mir doch, Madame! Erinnern Sie die Dinge, die ich Ihnen nenne, an nichts?«

»In der Tat, nein«, erwiderte Frau von Villefort.

»Der Herr Graf hat uns vielleicht in Italien gesehen«, bemerkte Valentine schüchtern.

»In der Tat, in Italien... das ist möglich«, sprach Monte Christo. »Sie haben Italien bereist, mein Fräulein?«

»Madame und ich waren vor zwei Jahren dort. Die Ärzte fürchteten für meine Brust und empfahlen mir die Luft von Neapel. Wir reisten durch Bologna, Perugia und Rom.«

»Ah, so ist es, mein Fräulein«, rief Monte Christo, als genügte diese einfache Andeutung, um seine Erinnerungen festzustellen. »Es war in Perugia am Tag des Fronleichnamfestes, im Garten des Gasthauses zur Post, wo der Zufall uns vereinigte, und wo ich, wie ich mich nun entsinne, Sie zu sehen die Ehre gehabt habe.«

»Ich erinnere mich der Stadt Perugia vollkommen, mein Herr, und ebenso des Gasthauses zur Post und des Festes, von dem Sie sprechen«, sagte Frau von Villefort; »aber ich mag mich befragen, wie ich will, ich muß mich meines Gedächtnisses schämen, denn ich entsinne mich nicht, die Ehre gehabt zu haben, Sie dort zu sehen.«

»Ich will Ihnen helfen, Madame«, versetzte der Graf. »Der Tag war glühend heiß; Sie erwarteten Pferde, die wegen der Feierlichkeit nicht kamen. Das Fräulein entfernte sich in die Tiefe des Gartens, und Ihr Sohn verschwand, einem Vogel nachlaufend. Sie, Madame, verweilten unter der Weinlaube; erinnern Sie sich nicht, daß Sie, auf einer Steinbank sitzend, ziemlich lange mit jemand plauderten?«

»Ja, wahrhaftig«, sprach die junge Frau errötend, »ich entsinne mich dessen, mit einem Mann, der in einen langen wollenen Mantel gehüllt war... mit einem Arzt, glaube ich.«

»Ganz richtig, dieser Mann war ich; ich wohnte in dem Gasthof und hatte meinen Kammerdiener vom Fieber geheilt, weshalb man mich für einen Arzt hielt. Wir plauderten lange von gleichgültigen Dingen, von Perugino, von Raffael, von Sitten und Gebräuchen, von jener berüchtigten Aqua Tofana, von der man Ihnen, wie ich glaube, gesagt hatte, daß noch einige Personen in Perugia das Geheimnis bewahrten.«

»Ah, es ist wahr«, sagte Frau von Villefort mit einer gewissen Unruhe, »ich erinnere mich dessen.«

»Ich weiß nicht mehr, was Sie mir im einzelnen sagten, Madame«, versetzte der Graf mit vollkommener Ruhe, »doch bin ich dessen noch vollkommen eingedenk, daß Sie, den allgemeinen Irrtum über meine Person teilend, mich über die Gesundheit von Fräulein von Villefort um Rat fragten.«

»Aber Sie waren wirklich Arzt, da Sie Kranke heilten?«

»Molière oder Beaumarchais würden Ihnen antworten, Madame, daß ich, gerade weil ich es nicht war, meine Kranken nicht geheilt habe, sondern daß meine Kranken genesen sind; ich begnüge mich, Ihnen zu bemerken, daß ich ziemlich gründlich die Chemie und die Naturwissenschaften studierte, aber nur als Liebhaber.«

In diesem Augenblick schlug es sechs Uhr.

»Es ist sechs Uhr«, sagte Frau von Villefort sichtbar bewegt; »willst du nicht nachsehen, Valentine, ob dein Großvater zum Mittagessen bereit ist?«

Valentine stand auf, verbeugte sich vor dem Grafen und verließ das Zimmer, ohne eine Wort zu sprechen.

»Oh, mein Gott, Madame, sollten Sie Fräulein von Villefort meinetwegen entfernt haben?« sagte der Graf, als Valentine weggegangen war.

»Durchaus nicht«, erwiderte lebhaft die junge Frau; »es ist die Stunde, wo wir Herrn Noirtier das traurige Mahl einnehmen lassen, das sein unglückliches Dasein fristet; Sie wissen, mein Herr, in welch einem beklagenswerten Zustand sich der Vater meines Gatten befindet?«

»Ja, Madame, Herr von Villefort hat mir davon erzählt eine Lähmung, glaube ich.«

»Ach, ja, es findet bei dem armen Greis eine völlige Abwesenheit der Bewegung statt, die Seele allein wacht in dieser menschlichen Maschine, aber ebenfalls bleich und zitternd, und wie eine Lampe, die dem Erlöschen nahe ist. Doch verzeihen Sie, mein Herr, daß ich Sie mit unserem häuslichen Unglück unterhalte; ich unterbrach Sie in dem Augenblick, wo Sie mir sagten, Sie wären ein geschickter Chemiker.«

»Oh, das sagte ich nicht Madame«, entgegnete lächelnd der Graf; »im Gegenteil, ich studierte die Chemie, weil ich, entschlossen, hauptsächlich im Orient zu leben, das Beispiel des Königs Mithridates befolgen wollte.«

»*Mithridates rex Ponticus*«, rief der junge Naseweis, während er Silhouetten aus einem herrlichen Album schnitt, »derselbe, welcher jeden Morgen eine Tasse Gift mit Rahm frühstückte.«

»Eduard, abscheuliches Kind, laß uns allein!« rief Frau von Villefort, ihm das verstümmelte Buch den Händen entreißend, und

führte ihn zur Tür. »Suche deine Schwester bei dem guten Papa Noirtier auf.«
Der Graf folgte ihr mit den Augen und murmelte: »Ich will doch sehen, ob sie die Tür hinter ihm schließt.«
Frau von Villefort schloß die Tür mit der größten Behutsamkeit hinter ihrem Sohn, der Graf gab sich den Anschein, als bemerkte er dies nicht. Dann schaute die junge Frau noch einmal aufmerksam umher und setzte sich wieder.
»Erlauben Sie mir, Ihnen zu bemerken, Madame«, sagte der Graf mit seinem gutmütigen Ton, »daß Sie sehr streng gegen diesen reizenden Jungen sind.«
»Ich muß wohl, mein Herr«, erwiderte Frau von Villefort mit einem wahrhaft mütterlichen Ausdruck.
»Herr Eduard rezitierte seinen Cornelius Nepos, als er von König Mithridates sprach, und Sie unterbrachen ihn bei Anführung einer Stelle, wodurch er bewies, daß sein Lehrer die Zeit nicht mit ihm verloren hat.«
»Es ist nicht zu leugnen, Herr Graf«, sprach die geschmeichelte Mutter, »daß er alles lernt, was er lernen will. Er hat nur den Fehler, daß er zu eigensinnig ist. Doch um auf das zu kommen, was er vorhin sagte, glauben Sie, mein Herr Graf, daß sich Mithridates dieser Vorsichtsmaßregeln bediente, und daß dieselben wirksam sein dürften?«
»Ich glaube so sehr daran, Madame, daß ich selbst, der ich mit Ihnen spreche, in Neapel, in Palermo und in Smyrna, das heißt, bei drei Veranlassungen, wo ich ohne diese Vorsichtsmaßregeln mein Leben hätte lassen können, davon Gebrauch gemacht habe.«
»Ja, es ist wahr; ich erinnere mich, daß Sie mir bereits etwas Ähnliches in Perugia erzählten.«
»Wirklich!« rief der Graf mit einem bewunderungswürdig gespielten Erstaunen; »ich entsinne mich dessen nicht. Es ist wahr, ich habe Russen, ohne im geringsten dadurch belästigt zu werden, vegetabilische Substanzen verschlingen sehen, welche unfehlbar einen Neapolitaner oder einen Araber umgebracht hätten.«
»Sie glauben also, das Resultat wäre bei uns noch sicherer als im Orient, und inmitten unserer Nebel und Regen würde sich ein

Mensch leichter an diese stufenweise Einsaugung des Giftes gewöhnen, als in einer heißen Zone?«

»Allerdings; doch wohlverstanden, man wird nur gegen das Gift geschützt sein, an das man sich gewöhnt hat!«

»Ich begreife; und wie würden Sie sich daran gewöhnen oder vielmehr, wie haben Sie sich daran gewöhnt?«

»Das ist ganz leicht. Nehmen Sie an, Sie wüßten zum voraus, welches Giftes man sich gegen Sie bedienen würde, nehmen Sie an, dieses Gift sei... Brucin zum Beispiel.«

»Das Brucin zieht man, glaube ich, aus der falschen Angosturarinde«, sagte Frau von Villefort.

»Ganz richtig, Madame; aber ich sehe, ich brauche Ihnen nicht mehr viel zu lehren, und mache Ihnen mein Kompliment; solche Kenntnisse sind selten bei Frauen.«

»Oh, ich gestehe«, erwiderte Frau von Villefort, »ich habe die heftige Leidenschaft für die verborgenen Wissenschaften, die wie eine Poesie zu der Einbildungskraft sprechen und sich wie eine algebraische Gleichung in Ziffern auflösen; ich bitte Sie, fahren Sie fort, was Sie mir sagen, interessiert mich im höchsten Grade.«

»Nun wohl«, fuhr Monte Christo fort, »setzen Sie, dieses Gift sei Brucin, und Sie nehmen am ersten Tag ein Milligramm, am zweiten zwei Milligramm, so haben Sie nach Verlauf von zehn Tagen ein Zentigramm. Nach Verlauf von zwanzig Tagen ein weiteres Milligramm beifügend, haben Sie drei Zentigramme, das heißt eine Dose, die Sie ohne Beschwerde ertragen werden, während sie bereits für eine Person, welche nicht dieselben Vorsichtsmaßregeln getroffen hätte, sehr gefährlich wäre. Nach Verlauf eines Monats endlich werden Sie, Wasser aus derselben Flasche trinkend, die Person töten, die zugleich mit Ihnen von diesem Wasser getrunken hat, ohne an etwas anderem, als an einer leichten Unbehaglichkeit wahrzunehmen, daß irgendeine giftige Substanz mit dem Wasser vermischt gewesen ist.«

»Sie kennen kein anderes Gegengift?«

»Ich kenne keines.«

»Ich habe oft die Geschichte von Mithridates gelesen, hielt sie aber stets für eine Fabel«, sagte Frau von Villefort nachdenkend.

»Nein, Madame, es ist gegen die Gewohnheit der Geschichte eine Wahrheit; doch was Sie mich da fragen, Madame, ist nicht das Resultat einer bloßen Laune, denn Sie richteten bereits vor zwei Jahren ähnliche Fragen an mich, und Sie sagen mir soeben, seit langer Zeit beschäftigte Sie die Geschichte von Mithridates.«

»Es ist wahr, mein Herr, die zwei Lieblingsstudien meiner Jugend waren Botanik und Mineralogie, und als ich später erfuhr, die Anwendung einfacher Heilmittel erkläre häufig die ganze Geschichte der Völker und das ganze Leben der Menschen des Orients, wie die Blumen alle ihre Liebesgedanken erklären, so bedauerte ich, daß ich kein Mann bin, um ein Fontana oder ein Cabanis zu werden.«

»Um so mehr«, versetzte Monte Christo, »als die Orientalen sich nicht, wie Mithridates, damit begnügen, sich aus den Giften einen Panzer zu machen, sondern sich auch einen Dolch daraus bilden. Die Wissenschaft wird in ihren Händen nicht allein eine Verteidigungs-, sondern häufig auch eine Angriffswaffe, die eine dient gegen die physischen Leiden, die andere gegen ihre Feinde; mit dem Opium, mit der Belladonna, mit dem Haschisch verschaffen sie sich im Traum das Glück, das ihnen Gott in Wirklichkeit verweigert hat; mit dem Schlangenholz, mit dem Kirschlorbeer schläfern sie die ein, welche sie gern verstummt sehen möchten. Es gibt nicht eine von jenen Frauen, die Sie hier gute Weiber nennen, mag sie nun Ägypterin, Türkin oder Griechin sein, die nicht im Feld der Medizin einen Arzt in Erstaunen zu setzen und im Gebiet der Psychologie einen Beichtvater zu erschrecken wüßte.«

»Wirklich!« rief Frau von Villefort, deren Augen bei diesem Gespräch in einem seltsamen Feuer erglänzten.

»Ei, mein Gott, ja Madame«, fuhr Monte Christo fort, »die geheimen Dramen des Orients wachsen und entwickeln sich so: von der Pflanze, welche lieben macht, bis zur Pflanze, die den Tod bereitet, von dem Trank, der den Himmel öffnet, bis zu demjenigen, welcher einen Menschen in die Hölle versenkt; und die Kunst dieser Chemiker versteht es auf eine bewunderungswürdige Weise, das Mittel und das Übel mit den Liebesbedürfnissen und mit dem Verlangen nach Rache in Einklang zu bringen.«

»Aber, mein Herr, die orientalische Gesellschaft, in deren Mitte Sie einen Teil Ihres Lebens zugebracht haben, ist also wirklich phantastisch wie die Märchen, die uns aus Ihrem schönen Land zukommen? Ein Mensch kann dort ungestraft aus dem Weg geschafft werden? Es existiert wirklich das Bagdad oder das Bassora von Herrn Galland? Die Sultane und die Wesire sind im Ernst Harun al Raschids, oder Giaffaras, welche nicht nur einem Giftmischer vergeben, sondern ihn sogar zum ersten Minister machen, wenn das Verbrechen geistreich ist?«

»Nein, Madame, das Phantastische besteht nicht einmal mehr im Orient, es gibt auch dort, unter anderen Namen verkleidet und unter anderen Kostümen verborgen, Polizeikommissare, Untersuchungsrichter, Staatsprokuratoren und Experten. Man hängt, man köpft, man spießt dort die Verbrecher nach Herzenslust; aber als gewandte Betrüger wußten diese Leute die menschliche Gerechtigkeit zu vereiteln und sich den Erfolg ihrer Unternehmungen durch geschickte Berechnungen zu sichern. Hat bei uns ein von dem bösen Geist des Hasses oder der Habgier besessener Einfaltspinsel einen Feind zu vernichten oder einen Verwandten auf die Seite zu schaffen, so geht er zu einem Apotheker, gibt einen falschen Namen an, durch den er leichter entdeckt wird, als durch seinen wahren, und kauft, unter dem Vorwand, die Ratten störten ihn im Schlaf, fünf bis sechs Gramm Arsenik. Ist er sehr geschickt, so geht er zu fünf bis sechs Apothekern und wird nun fünf- bis sechsmal leichter erkannt; besitzt er dann sein spezifisches Mittel, so flößt er seinem Feind, seinem Verwandten eine Dosis Arsenik ein, woran ein Mammut krepieren würde, so daß das Opfer ohne alles weitere ein Gebrüll ausstößt, worüber das ganze Quartier in Aufruhr gerät. Dann kommt eine ganze Heerschar von Polizeiagenten und Gendarmen; man schickt nach einem Arzt, der den Toten öffnet und in seinen Eingeweiden das Arsenik mit Löffeln sammelt. Am andern Tag erzählen hundert Zeitungen die Begebenheit, samt dem Namen des Opfers und des Mörders. Schon an demselben Abend kommen die Apotheker und sagen: Ich habe das Arsenik an den Herrn verkauft; und statt daß den Käufer keiner erkennen sollte, erkennen ihn zwanzig; dann wird der einfältige Verbrecher verhaftet, eingekerkert, verhört, konfrontiert, verurteilt und guillotiniert; ist es aber eine Frau von einiger Bedeutung, so wird sie auf Lebenszeit eingesperrt. So verstehen Ihre Nordländer die Chemie, Madame.«

»Was wollen Sie, mein Herr!« rief lachend die junge Frau, »man tut, was man kann. Nicht alle Welt besitzt das Geheimnis der Medicis oder der Borgia.«

»Soll ich Ihnen nun sagen, Madame, was die Ursache von allen diesen Albernheiten ist?« sagte Monte Christo, die Achseln zuckend. »Auf Ihren Theatern sieht man die Leute stets den Inhalt einer ganzen Phiole leeren und mausetot niederstürzen; fünf Minuten später fällt der Vorhang; die Zuschauer sind zerstreut. Man kennt die Folgen des Mordes nicht, man sieht nie den Polizeikommissar mit seiner Schärpe, und dies veranlaßt armselige Gehirne zu glauben, die Dinge verhielten sich in solcher Weise. Aber verlassen Sie Frankreich ein wenig, gehen Sie nach Haleb, nach Kairo, oder auch nur nach Neapel und Rom, und Sie werden durch die Straßen aufrechte, frische, rosenfarbige Menschen schreiten sehen, von denen Ihnen der hinkende Teufel, wenn er Sie mit seinem Mantel streifen würde, sagen könnte: ›Dieser Herr ist seit drei Wochen vergiftet und wird in einem Monat völlig tot sein.‹«

»Sie haben also das Geheimnis der berüchtigten Aqua Tofana wiedergefunden, von dem man mir in Perugia sagte, es wäre verlorengegangen?«

»Ei, mein Gott! Verliert sich etwas bei dem Menschen, Madame? Die Künste rücken von der Stelle und machen die Wanderung durch die Welt; die Dinge verändern nur ihren Namen, und der gemeine Haufe läßt sich dadurch täuschen; aber es ist immer das gleiche Resultat, das Gift. Jedes Gift wirkt besonders auf dieses oder jenes Organ, das eine auf den Magen, das andere auf das Gehirn, und wieder ein anderes auf die Eingeweide. Nun wohl, das Gift bewirkt einen Husten, dieser Husten eine Brustentzündung oder irgendeine andere Krankheit, welche im Buch der Wissenschaft registriert ist; was dieselbe aber nicht abhält, vollkommen tödlich zu sein; und wäre sie es nicht, so würde sie es durch die Mittel, welche die naiven Ärzte, gewöhnlich sehr schlechte Chemiker, anwenden; und so ist ein Mensch mit Kunst und nach allen Regeln getötet, wogegen die

Justiz nichts einzuwenden hat, wie einer meiner Freunde, ein furchtbarer Chemiker, der ausgezeichnete Abbé Adelmonte von Taormina in Sizilien sagte, der diese nationalen Erscheinungen mit der größten Aufmerksamkeit studiert hatte.«

»Das ist schrecklich, aber bewunderungswürdig, ich muß gestehen, ich hielt alle diese Geschichten für Erfindungen des Mittelalters. Auf diese Art«, fuhr Frau von Villefort, immer wieder auf ihr Ziel zurückkommend, fort, »auf diese Art sind die Gifte der Borgia, der Medicis, der René, der Ruggieri, des Barons von Trenk, womit das moderne Drama und der Roman einen so großen Mißbrauch getrieben...«

»Gegenstände der Kunst, Madame, und nichts anderes«, erwiderte der Graf. »Glauben Sie, der wahre Gelehrte wende sich unabänderlich an dasselbe Individuum? Keineswegs. Die Wissenschaft liebt die Sprünge, die Kraftstücke, die Phantasie, wenn man so sagen darf. So hatte z.B. der vortreffliche Abbé Adelmonte erstaunliche Erfahrungen in dieser Hinsicht gemacht.«

»Wirklich?«

»Ja, ich werde Ihnen eine einzige anführen. Er hatte einen sehr schönen Garten, voll von Gemüsen, Blumen und Früchten; unter diesen Gemüsen wählte er das argloseste von allen, einen Kohl zum Beispiel. Drei Tage hintereinander begoß er diesen Kohl mit einer Arseniklösung; am dritten Tag wurde der Kohl krank und welkte, es war Zeit, ihn abzuschneiden; oben erschien er reif, er behielt sein natürliches Aussehen; für Adelmonte allein war er vergiftet, dann trug er den Kohl nach Hause, nahm ein Kaninchen und ließ es ein Kohlblatt fressen; das Kaninchen starb. Welcher Untersuchungsrichter würde es wagen, dagegen Einsprache zu tun? Und welchem Staatsanwalt ist es je in den Sinn gekommen, gegen Herrn Magendie oder gegen Herrn Flourens ein gerichtliches Begehren in bezug auf Kaninchen oder Katzen ergehen zu lassen? Keinem. Das Kaninchen stirbt also, ohne daß sich die Justiz darum kümmert. Sobald das Kaninchen tot ist, läßt es der Abbé Adelmonte ausnehmen und wirft die Eingeweide auf einen Düngerhaufen. Auf diesem Düngerhaufen ist ein Huhn, es pickt an diesen Eingeweiden, wird ebenfalls krank und stirbt am andern Tag. In dem Augenblick, wo es im Todeskampf zuckt, kommt ein Geier vorüber, dieser stürzt auf den Leichnam herab, trägt ihn auf einen Felsen und frißt davon. Drei Tage nachher wird der arme Geier, der sich seit diesem Mahl stets unwohl befunden hat, von einem Taumel ergriffen; er dreht sich um und um, sinkt und fällt mit seiner ganzen Schwere in einen Fischteich; der Hecht, der Aal und die Muräne sind gefräßig und beißen den Geier an. Denken Sie nun, man serviere am andern Tag auf Ihrer Tafel einen der in der dritten Generation vergifteten Fische, so wird Ihr Gast in der fünften vergiftet werden, und nach Verlauf von acht bis zehn Tagen an Schmerzen in den Eingeweiden, an einem Magenübel, an einem Geschwür sterben. Man öffnet seinen Leichnam, und die Ärzte sagen: ›Er ist an einer Lebergeschwulst oder am Typhus gestorben.‹«

»Doch alle diese Umstände«, sprach Frau von Villefort, »die Sie hier miteinander verketten, können durch den geringsten Vorfall in ihrer Reihenfolge unterbrochen werden; der Geier kann nicht zu rechter Zeit vorüberfliegen oder hundert Schritte vom Fischteich niederfallen.«

»Ah, darin liegt gerade die Kunst; um im Orient ein großer Chemiker zu sein, muß man den Zufall lenken, und hierzu gelangt man.«

Frau von Villefort horchte wie in Träume versunken und erwiderte: »Doch das Arsenik ist unvertilgbar; auf welche Weise man es auch absorbiert, es wird sich in dem Körper des Menschen wiederfinden, sobald es in einer Quantität, hinreichend, um den Tod zu geben, in denselben gekommen ist.«

»Gut!« rief Monte Christo, »ganz gut! Das ist es gerade, was ich Adelmonte sagte. – Er dachte nach, lächelte und antwortete mir mit einem sizilianischen Sprichwort, das, wie ich glaube, auch bei andern Nationen gebraucht wird: ›Mein Kind, die Welt ist nicht an einem Tag gemacht worden, sondern in sieben; kommen Sie am Sonntag wieder zu mir.‹ – An dem darauffolgenden Sonntag besuchte ich ihn wieder; statt seinen Kohl mit Arsenik begossen zu haben, hatte er ihn mit einer Auflösung von Strychninsalz, *Strychnos colubrina,* wie die Gelehrten sagen, begossen. Diesmal sah der Kohl nicht im mindesten krank aus; das Kaninchen hatte auch kein Mißtrauen, und fünf Minuten

nachher war es tot; das Huhn speiste von dem Kaninchen, und am andern Tag war es gestorben. Da machten wir die Geier, nahmen das Huhn fort und öffneten es. Diesmal waren alle besonderen Symptome verschwunden, und es blieben nur die allgemeinen. Keine besondere Andeutung in irgendeinem Organe; Reizung des Nervensystems, sonst nichts, und eine Spur von Kongestion im Gehirn; das Huhn war nicht vergiftet worden, sondern am Schlagfluß gestorben. Ich weiß wohl, es ist dies ein seltener Fall bei den Hühnern, der jedoch bei den Menschen sehr häufig vorkommt.«
Frau von Villefort schien immer träumerischer zu werden. »Es ist ein Glück«, sagte sie, »daß solche Substanzen nur von Chemikern bereitet werden können, in der Tat, die eine Hälfte der Welt würde die andere vergiften.«
»Durch Chemiker oder durch Personen, die sich mit der Chemie beschäftigen«, erwiderte mit gleichgültigem Ton Monte Christo.
»Und dann«, sprach Frau von Villefort, sich mit aller Gewalt ihren Gedanken entreißend, »so geistreich es auch bereitet sein mag, so bleibt das Verbrechen doch immer Verbrechen, und wenn es der menschlichen Nachforschung entgeht, so entgeht es nicht dem Auge Gottes. Die Orientalen sind stärker als wir in bezug auf das Gewissen und haben klugerweise die Hölle beseitigt.«
»Ei! Madame, das ist eine Bedenklichkeit, welche natürlich in einem Gewissen wie das Ihrige entstehen muß, aber durch das Raisonnement bald mit der Wurzel entfernt wird. Das Leben des Menschen geht damit hin, daß er dergleichen Dinge tut, und sein Verstand erschöpft sich im Träumen derselben. Sie finden sehr wenige Leute, welche geradezu und auf eine ganz rohe Weise ihresgleichen das Messer in das Herz stoßen oder einem Menschen, um ihn von der Oberfläche der Erde verschwinden zu machen, jene Quantität Arsenik einflößen, von der soeben die Rede war. Auf diese Art ist es wirklich Folge einer Überspannung oder einer Dummheit. Um dahin zu gelangen, muß sich das Blut auf sechsunddreißig Grade erhitzen, muß der Puls neunzig Schläge tun und die Seele aus ihren gewöhnlichen Grenzen treten. Aber wenn Sie, wie man dies in der Philosophie

tut, von dem Wort zu einem gemäßigten Synonym übergehend, eine einfache Wegschaffung vornehmen, statt einen gemeinen Mord zu begehen; wenn es weder Blut gibt noch ein Gebrülle, noch Verkrümmungen, noch jene furchtbare, gefährdende Augenblicklichkeit in der Ausführung, so werden Sie sich der Gewalt des menschlichen Gesetzes entziehen, das Ihnen sagt: Störet die Gesellschaft nicht! So gehen sie zu Werke, so erreichen sie ihr Ziel, die Leute im Orient, ernste, phlegmatische Personen, die sich wenig um die Fragen der Zeit bei Verhältnissen von einer gewissen Wichtigkeit bekümmern.«

»Es bleibt das Gewissen noch übrig«, sagte Frau von Villefort mit bewegter Stimme und mit einem unterdrückten Seufzer.

»Ja, ja«, erwiderte Monte Christo, »zum Glück bleibt das Gewissen noch übrig, sonst wären wir sehr unglücklich. Nach jeder etwas kräftigen Handlung rettet uns das Gewissen, denn es liefert uns tausend gute Entschuldigungen, über die wir allein zu Gericht sitzen, und diese Gründe, so vortrefflich sie auch sein mögen, um uns den Schlaf zu gestatten, wären doch vielleicht mittelmäßig vor einem Tribunal, um uns das Leben zu erhalten. So mußte Richard III. z. B. vortrefflich von seinem Gewissen bedient sein, nachdem er die zwei Kinder von Eduard IV. auf die Seite geschafft hatte. Er konnte sich in der Tat sagen: Diese zwei Kinder eines grausamen und rachsüchtigen Königs hatten alle Laster ihres Vaters geerbt, was ich allein in ihren jugendlichen Neigungen zu erkennen imstande war, diese zwei Kinder verhinderten mich, das Glück des englischen Volkes zu machen, dem sie unfehlbar zum Unglück gereicht hätten. So wurde Lady Macbeth von ihrem Gewissen bedient, denn sie wollte, was auch Shakespeare gesagt hat, nicht ihrem Gemahl, sondern ihrem Sohn einen Thron geben. Ah, die mütterliche Liebe ist eine große Tugend, eine so mächtige Triebfeder, daß sie gar viele Dinge entschuldigt; Lady Macbeth wäre auch nach dem Tod von Duncan ohne ihr Gewissen eine sehr unglückliche Frau gewesen.«

Frau von Villefort nahm mit größter Gier diese furchtbaren Maximen, diese schauderhaften Behauptungen in sich auf, welche der Graf mit der ihm eigentümlichen naiven Ironie preisgab.

Nach einem Augenblick des Stillschweigens sagte sie: »Wissen Sie, mein Herr Graf, daß Sie ein furchtbarer Streitgeist sind, und daß Sie die Welt unter einem etwas leichenfarbigen Licht ansehen? Haben Sie die Menschheit so beurteilt, indem sie dieselbe durch Destillierkolben und Retorten betrachten? Denn Sie hatten recht, Sie sind ein großer Chemiker, und das Elixier, das Sie meinen Sohn nehmen ließen, rief ihn so schnell zum Leben zurück…«

»Oh, trauen Sie ihm nicht«, sagte Monte Christo, »ein Tropfen von diesem Elixier genügte, um den sterbenden Knaben in das Leben zurückzurufen; aber drei Tropfen hätten das Blut so nach seiner Lunge getrieben, daß sein Herz gewaltig geschlagen haben müßte; sechs hätten ihm den Atem versetzt und eine viel ernstere Ohnmacht verursacht, als die war, in welcher sie ihn erblickten, und zehn würden ihn getötet haben. Sie wissen, Madame, wie rasch ich ihn von den Flaschen entfernte, die er unklugerweise berührte?«

»Es ist also ein furchtbares Gift?«

»Oh, mein Gott, nein! Geben wir vor allem zu, daß das Wort Gift nicht besteht, denn man bedient sich in der Medizin der stärksten Gifte, die durch die Art, wie man sie anwendet, sehr heilsame Arzneimittel werden.«

»Was war es denn?«

»Ein geistreiches Präparat von meinem Freunde, dem vortrefflichen Adelmonte, dessen Anwendung er mich gelehrt hat.«

»Das muß ein vortreffliches Mittel gegen Krämpfe sein!«

»Ausgezeichnet, Madame, ich mache häufig Gebrauch davon; versteht sich, mit aller möglichen Vorsicht«, fügte er lachend bei.

»Ich glaube es wohl«, versetzte Frau von Villefort in demselben Ton. »Ich meinesteils, die ich so sehr zu Ohnmachten geneigt bin, könnte wohl einen Doktor Adelmonte brauchen, der mir Mittel ersinnen würde, daß ich frei atmen und mich über die Gefahr, eines Tages an Erstickung zu sterben, beruhigen dürfte. Da jedoch die Sache in Frankreich schwer zu finden ist und Ihr Abbé mir zuliebe wohl nicht geneigt wäre, die Reise nach Paris zu machen, so halte ich mich an die krampfstillenden Mittel von

Herrn Blanche, und Minze und Hoffmännische Tropfen spielen eine große Rolle bei mir. Sehen Sie die Pastillen, die ich mir besonders machen lasse, sie sind von doppelter Dosis.«

Monte Christo öffnete die Schildpattbüchse, welche ihm die junge Frau reichte, und zog den Geruch der Pastillen, als ein würdiger Kenner dieses Präparates, ein.

»Sie sind ausgezeichnet«, sagte er, »aber der Notwendigkeit des Verschluckens unterworfen, eine Funktion also, die häufig von der ohnmächtigen Person nicht erfüllt werden kann. Mein Spezifikum ist mir lieber.«

»Nach der Wirkung, die ich davon gesehen habe, würde ich es gewiß auch vorziehen, doch es ist ohne Zweifel ein Geheimnis, und ich bin nicht unbescheiden genug, Sie darum zu bitten.«

»Aber ich, Madame«, sprach Monte Christo, »ich bin artig genug, um es Ihnen anzubieten.«

»Oh, mein Herr...«

»Nur erinnern Sie sich, daß eine kleine Dosis ein Heilmittel, eine große ein Gift ist. Ein Tropfen bringt wieder zum Leben, fünf oder sechs müßten unfehlbar töten, und zwar auf eine um so schrecklichere Weise, als sie in einem Glas Wein verbreitet, nicht im geringsten den Geschmack desselben verändern würden. Doch ich schweige, Madame, denn ich bekäme bald das Ansehen, als wollte ich Ihnen raten.«

Es hatte halb sieben Uhr geschlagen, man meldete eine Freundin von Frau von Villefort, die mit ihr zu Abend speisen wollte.

»Wenn ich die Ehre hätte, Sie zum dritten- oder viertenmal, statt zum zweitenmal zu sehen, mein Herr Graf«, sagte Frau von Villefort, »wenn ich die Ehre hätte, mich Ihre Freundin nennen zu dürfen, statt nur einfach das Glück zu haben, Ihnen verbunden zu sein, so würde ich darauf bestehen, Sie beim Abendbrot zu behalten und ließe mich nicht durch eine erste Weigerung abweisen.«

»Tausend Dank, Madame«, erwiderte Monte Christo, »ich habe selbst eine Verbindlichkeit, der ich mich nicht entziehen kann. Ich versprach einer mir befreundeten griechischen Fürstin, die noch nie die große Oper gesehen hat und in dieser Hinsicht auf mich zählt, sie ins Theater zu führen.«

»Gehen Sie, mein Herr, aber vergessen Sie mein Rezept nicht.«

»Wie, Madame, dazu müßte ich die Stunde vergessen, die ich mit Ihnen im Gespräch zugebracht habe, und das ist völlig unmöglich.«
Der Graf von Monte Christo verbeugte sich und verließ den Salon.
Frau von Villefort blieb in Träume versunken sitzen.
»Wahrlich, ein seltsamer Mann!« sprach sie, »er sieht mir ganz aus, als hieße er mit seinem wirklichen Namen Adelmonte.«
Was Monte Christo betrifft, so hatte der Erfolg seine Erwartungen übertroffen.
»Das ist ein guter Boden«, sagte er im Weggehen zu sich selbst, »ich bin überzeugt, daß das Korn, welches man auf denselben fallen läßt, nicht unfruchtbar bleibt.«
Und am andern Tage schickt er seinem Versprechen getreu das verlangte Elixier.

13. Robert der Teufel

Der Grund bezüglich der Oper war um so eher anzugeben, als diesen Abend eine Feierlichkeit bei der Académie Royale de Musique stattfand.
Morcerf hatte, wie die meisten reichen jungen Leute, seinen Orchestersperrsitz und konnte zudem in zehn Logen von Personen seiner Bekanntschaft einen Platz in Anspruch nehmen. Chateau-Renaud hatte seinen Sperrsitz zunächst bei ihm. Beauchamp war als Journalist König des Saales und hatte seinen Platz überall.
Lucien Debray war an diesem Tag die Loge des Ministers zur Verfügung gestellt, und er hatte sie dem Grafen von Morcerf angeboten, der auf eine Weigerung von Mercedes zu Danglars schickte und ihm sagen ließ, er würde wahrscheinlich am Abend der Baronin und ihrer Tochter einen Besuch machen, wenn diese Damen die Loge, die er ihnen antrage, annehmen wollten. Diese Damen hüteten sich wohl, es auszuschlagen. Niemand ist so lüstern nach Logen, die nichts kosten, als ein Millionär.
Was Danglars betrifft, so erklärte dieser, seine politischen Grundsätze und seine Eigenschaft als Abgeordneter der Opposition erlaubten ihm nicht, in die Loge des Ministers zu gehen.

Die Baronin schrieb sogleich Lucien, er möge sie abholen, da sie nicht allein mit Eugenie in die Oper fahren könne.
In der Tat, wären die zwei Frauen allein gekommen, so hätte man es sicherlich sehr schlimm gefunden; während nichts zu sagen war, wenn Fräulein Danglars mit ihrer Mutter und dem Liebhaber ihrer Mutter erschien; man muß die Welt nehmen, wie sie ist.
»Ah, ah!« sagte Chateau-Renaud, »dort sind Personen von Ihrer Bekanntschaft, Vicomte. Was zum Teufel schauen Sie denn nach rechts! Man sieht Sie.«
Albert wandte sich um, und seine Augen begegneten wirklich denen der Baronin Danglars, die ihn leicht mit dem Fächer begrüßte. Was Fräulein Eugenie betrifft, so senkten sich ihre großen, schwarzen Augen kaum bis zum Orchester.
»In der Tat, mein Lieber«, fuhr Chateau-Renaud fort, »ich begreife nicht, was Sie, abgesehen von der Mesalliance, gegen Fräulein Danglars einzuwenden haben können; es ist wirklich eine sehr hübsche Person.«
»Allerdings sehr hübsch«, erwiderte Albert; »doch ich muß Ihnen gestehen, daß ich in Beziehung auf Schönheit etwas Mildes, Zartes, Weiblicheres vorziehen würde.«
»So sind die jungen Leute«, versetzte Chateau-Renaud, der sich als ein Mann von dreißig Jahren Morcerf gegenüber ein väterliches Ansehen gab; »Sie sind nie zufrieden. Wie, mein Lieber, man findet für Sie eine Braut, geschaffen nach dem Muster Dianas der Jägerin, und Sie fühlen sich dadurch nicht befriedigt!«
»Gerade das ist es, ich hätte mir eher etwas in dem Genre der Venus von Milo oder von Capua gewünscht. Stets mitten unter ihren Nymphen, erschreckt mich diese Diana ein wenig; ich befürchte, sie könnte mich als Actäon behandeln.«
In der Tat, ein Blick auf das Mädchen, konnte das von Morcerf zugestandene Gefühl beinahe erklären. Fräulein Danglars war schön, aber wie Albert gesagt hatte, von einer etwas starren Schönheit. Ihre Haare waren sehr schwarz, doch in ihren natürlichen Wellen bemerkte man einen gewissen Widerstand gegen die Hand, die ihnen ihren Willen aufnötigen wollte; ihre Augen, schwarz wie die Haare, überwölbt von herrlichen Brauen, die

nur den Fehler hatten, daß sie sich zuweilen zusammenzogen, waren besonders merkwürdig durch einen Ausdruck von Festigkeit, den man in dem Blick eines Mädchens zu finden staunte. Ihr Mund war etwas groß, aber mit schönen Zähnen geschmückt, welche ihre Lippen noch bedeutend hervorhoben, deren zu lebhaftes Rot stark von der Blässe ihrer Gesichtsfarbe abstach. Ein schwarzes Mal endlich an der Ecke des Mundes verlieh vollends dieser Physiognomie den entschiedenen Charakter, der Morcerf ein wenig erschreckte. Das ganze übrige der Person Eugenies stand indessen im Einklang mit dem Kopf. Sie war, wie Chateau-Renaud sagte, Diana die Jägerin, nur mit etwas noch Festerem, noch Muskulöserem in ihrer Schönheit.
Ihre Erziehung schien, wie gewisse Züge ihrer Physiognomie, einem andern Geschlecht anzugehören. Sie sprach in der Tat mehrere Sprachen, zeichnete sehr gut, machte Verse und komponierte Musik; sie war besonders leidenschaftlich für diese Kunst eingenommen, die sie mit einer ihrer Freundinnen aus der Pension studierte, mit einer jungen Person ohne Vermögen, welche jedoch alle Anlagen hatte, um eine vortreffliche Sängerin zu werden. Ein großer Komponist hegte, wie man versicherte, für sie eine mehr als väterliche Teilnahme, und ließ sie mit der Hoffnung arbeiten, sie würde eines Tags ein Kapital in ihrer Stimme finden.
Die Möglichkeit, Fräulein Luise d'Armilly, so hieß die junge Künstlerin, würde einst auf der Bühne stehen, bewirkte, daß sich Fräulein Danglars, obgleich sie dieselbe bei sich empfing, nie öffentlich in ihrer Gesellschaft zeigte. Ohne indessen in dem Haus des Bankiers eine unabhängige Stellung einer Freundin zu haben, nahm Luise eine höhere Stellung ein, als die der gewöhnlichen Lehrerinnen.
Einige Sekunden nach dem Eintritt der Baronin Danglars sahen die jungen Leute, daß das Parterre sich erhoben hatte und die Augen auf einen Punkt richtete; ihre Blicke folgten der allgemeinen Richtung und hafteten an der Loge des ehemaligen russischen Botschafters. Ein Mann in schwarzer Kleidung von etwa vierzig Jahren war mit einer Frau in orientalischem Kostüm eingetreten. Die Frau war von der höchsten Schönheit und das Kostüm von einem auffallenden Reichtum.

»Ah!« rief Albert, »es ist Monte Christo mit seiner Griechin.« Es waren wirklich der Graf und Haydee. Nach weniger als einer Minute war die junge Frau der Gegenstand der Aufmerksamkeit des ganzen Saales; die Frauen neigten sich aus ihren Logen heraus, um unter dem Feuer des Kronleuchters diese Kaskade von Diamanten funkeln zu sehen.

Der zweite Akt ging unter dem dumpfen Geräusch vorüber, das bei versammelten Massen ein großes Ereignis andeutet. Niemand dachte daran, Stillschweigen zu fordern. Diese so junge, so schöne, so blendende Frau war das seltsamste Schauspiel, das man sehen konnte.

Diesmal deutete ein Zeichen von Madame Danglars Albert klar an, daß er erwartet werde. Sobald der Akt beendigt war, eilte er auf die Vorbühne. Er begrüßte die beiden Frauen und reichte Debray die Hand.

Die Baronin empfing ihn mit einem reizenden Lächeln und Eugenie mit ihrer gewöhnlichen Kälte.

»Meiner Treu, Freund«, sagte Debray, »Sie sehen in mir einen erschöpften Menschen, der Sie um Hilfe anruft, um wieder zu Kräften zu kommen. Die Frau Baronin drückt mich zu Boden mit Fragen über den Grafen, und ich soll wissen, von wo er ist, woher er kommt und wohin er geht; ich bin, bei Gott! kein Cagliostro, und um mich aus der Klemme zu ziehen, sagte ich: Fragen Sie Morcerf, er kennt seinen Monte Christo an den Fingern auswendig; dann machte man Ihnen ein Zeichen.«

»Ist es nicht unglaublich«, sprach die Baronin, »daß man, wenn man eine halbe Million geheime Fonds zu seiner Verfügung hat, nicht besser unterrichtet sein soll?«

»Madame«, entgegnete Lucien, »ich bitte Sie, zu glauben, daß ich, wenn ich eine halbe Million zu meiner Verfügung hätte, sie zu etwas anderem verwenden würde, als um über Herrn Monte Christo Erkundigungen einzuziehen, denn in meinen Augen hat er kein anderes Verdienst, als daß er zweimal so reich ist als ein Nabob; ich habe das Wort meinem Freund Morcerf abgetreten, besprechen Sie sich mit ihm... mich geht es nichts mehr an.«

»Ein Nabob hätte mir sicherlich nicht ein paar Pferde von dreißigtausend Franken, nebst vier Diamanten an den Ohren, von denen jeder fünftausend Franken wert ist, zugeschickt!«

»Oh, was die Diamanten betrifft«, erwiderte lachend Morcerf, »das ist seine Manie. Ich glaube, daß er, wie Potemkin, stets Diamanten in seinen Taschen trägt und davon auf seinem Weg ausstreut, wie es der kleine Däumling mit seinen Kieselsteinen machte.«

»Er wird eine Mine gefunden haben«, sagte Madame Danglars; »Sie wissen, daß er einen unumschränkten Kredit auf das Haus des Barons hat.«

»Nein, das wußte ich nicht, aber es muß so sein«, versetzte Albert.

»Und daß er Herrn Danglars ankündigte, er gedenke ein Jahr in Paris zu bleiben und hier sechs Millionen auszugeben!«

»Er ist der Schah von Persien, der inkognito reist.«

»Und diese Frau, Herr Lucien«, sagte Eugenie, »haben Sie bemerkt, wie schön sie ist?«

»In der Tat, mein Fräulein, ich kenne niemand, der den Personen Ihres Geschlechts so volle Gerechtigkeit widerfahren läßt, wie Sie.«

Lucien hielt sein Lorgnon an das Auge und rief:

»Reizend, in der Tat, reizend!«

»Und weiß Herr von Morcerf, wer sie ist?«

»Mein Fräulein«, sagte Albert, diese beinahe unmittelbare Aufforderung erwidernd, »ich weiß es so ungefähr wie alles, was die geheimnisvolle Person betrifft, mit der wir uns beschäftigen. Diese Frau ist eine Griechin.«

»Das sieht man leicht an ihrer Tracht, und Sie sagen mir nichts, was nicht bereits der ganze Saal so gut wüßte wie wir.«

»Es tut mir leid, daß ich ein so unwissender Cicerone bin«, entgegnete Morcerf; »doch ich muß gestehen, daß sich meine Kenntnisse hierauf beschränken. Ich weiß überdies nur noch, daß sie vortrefflich in der Musik ist, denn als ich eines Tages bei dem Grafen frühstückte, hörte ich die Töne einer Guzla, die nur von ihr kommen konnten.«

»Ihr Graf empfängt also?« fragte Madame Danglars.

»Und zwar auf eine glänzende Weise, das schwöre ich Ihnen.«

»Ich muß Herrn Danglars bewegen, ihm ein Mittagsmahl, einen Ball anzubieten, damit er uns Ähnliches gibt.«

»Wie! Sie werden ihn besuchen?« fragte Debray lachend.
»Warum nicht? Mit meinem Mann!«
»Aber der geheimnisvolle Graf ist Junggeselle.«
»Sie sehen, daß dies nicht der Fall ist«, entgegnete die Baronin, ebenfalls lachend und auf die schöne Griechin deutend.
»Diese Frau ist eine Sklavin, wie er uns, Sie erinnern sich, Morcerf, bei Ihrem Frühstück selbst gesagt hat.«
»Gestehen Sie, mein lieber Lucien«, sprach die Baronin, »daß sie vielmehr das Aussehen einer Prinzessin hat.«
»Aus Tausendundeine Nacht.«
»Aus Tausendundeine Nacht, das sage ich nicht; doch was macht die Prinzessinnen, mein Lieber? Die Diamanten, und damit ist sie bedeckt.«
»Sie hat sogar zu viele Diamanten an sich«, sagte Eugenie; »sie wäre schöner ohne dies, denn man würde ihren Hals und ihre reizend geformten Handgelenke sehen.«
»Oh, die Künstlerin! Sehen Sie, wie leidenschaftlich sie wird!« rief Madame Danglars.
»Ich liebe alles, was schön ist«, sprach Eugenie.
»Aber was sagen Sie denn zu dem Grafen?« fragte Debray, »es scheint mir, er ist auch nicht übel.«
»Der Graf«, entgegnete Eugenie, als wäre es ihr noch nicht eingefallen, ihn anzuschauen: »der Graf ist sehr bleich.«
»Gerade in dieser Blässe liegt das Geheimnis, das wir suchen«, sagte Morcerf. »Die Gräfin G^{xxx} behauptet, wie Sie wissen, er sei ein Vampyr.«
»Morcerf, Sie sollten Ihrem Grafen von Monte Christo einen Besuch machen und ihn zu uns bringen«, sagte Madame Danglars.
»Warum dies?« fragte Eugenie.
»Damit wir mit ihm sprechen könnten; bist du nicht begierig, ihn zu sehen?«
»Nicht im geringsten.«
»Seltsames Kind!« murmelte die Baronin.
»Oh, er wird wohl von selbst kommen«, sagte Morcerf. »Er hat Sie gesehen, Madame, und grüßt Sie soeben.«
Die Baronin gab dem Grafen seinen Gruß in Begleitung eines reizenden Lächelns zurück.

»Wohl, ich opfere mich«, sagte Morcerf; »ich verlasse Sie und will sehen, ob es nicht möglich ist, mit ihm zu sprechen.«
»Das ist ganz einfach, gehen Sie in seine Loge.«
»Ich bin nicht vorgestellt.«
»Wem?«
»Der schönen Griechin.«
»Es ist ein Sklavin, sagen Sie.«
»Doch Sie behaupten, es sei eine Prinzessin... Nein! ...ich hoffe, wenn er mich hinausgehen sieht, wird er auch hinausgehen.«
»Es ist möglich. Gehen Sie.«
»Ich gehe«, sagte Morcerf und ging hinaus; in dem Augenblick, wo er an der Loge des Grafen vorüberkam, öffnete sich wirklich die Tür; der Graf sagte einige arabische Worte zu Ali, der im Flur stand und nahm Morcerf beim Arm.
Ali schloß die Tür wieder und stellte sich davor; es war im Gang eine ganze Versammlung um den Nubier.
»In der Tat«, sagte Monte Christo, »Ihr Paris ist eine seltsame Stadt, und Ihre Pariser sind ein seltsames Volk. Schauen Sie, wie sie sich um Ali drängen, der nicht weiß, was das bedeuten soll.«
»Glauben Sie mir, daß sich Ali dieser Popularität nur erfreut, weil er Ihnen gehört und Sie in diesem Augenblick der Mann der Mode sind.«
»Wirklich? Und was erwirbt mir diese Gunst?«
»Bei Gott! Sie selbst. Sie verschenken Gespanne von tausend Louisd'or; Sie retten Staatsanwaltsfrauen das Leben; Sie lassen unter dem Namen Major Black Vollblutpferde mit Jockeis so groß wie Quistitis rennen
»Und wer zum Teufel hat Ihnen alle diese Tollheiten erzählt?«
»Zuerst Madame Danglars, die vor Verlangen stirbt, Sie in Ihrer Loge zu sehen; sodann das Journal von Beauchamp und endlich meine eigene Einbildungskraft. Warum nennen Sie Ihr Pferd Vampa, wenn Sie das Inkognito behaupten wollen?«
»Ah! Sie haben recht, das war eine Unklugheit. Doch sagen Sie mir, kommt der Graf von Morcerf nicht auch zuweilen in die Oper? Ich habe ihn überall mit den Augen gesucht und nirgends bemerkt.«

»Ich glaube, er wird heute abend in die Loge der Baronin kommen.«
»Die reizende Person, welche bei ihr sitzt, ist ihre Tochter?«
»Ja.«
»Ich mache Ihnen mein Kompliment.«
Morcerf lächelte und erwiderte: »Zu welcher Musik?«
»Zu der, die Sie soeben gehört haben.«
»Wir sprechen später hiervon. Doch was sagen Sie zu der Musik?«
In diesem Augenblick ertönte das Glöckchen.
»Sie werden mich entschuldigen«, sprach der Graf, in seine Loge zurückkehrend.
»Wie, Sie gehen?«
»Sagen Sie der Gräfin G*** viel Schönes von ihrem Vampyr.«
»Und der Baronin?«
»Ich werde die Ehre haben, wenn sie es mir erlaubt, ihr heute abend meine Aufwartung zu machen.«
Während des dritten Aktes fand sich der Graf von Morcerf, wie er es versprochen hatte, bei Madame Danglars ein. Der Graf war keiner von den Menschen, die in einem Saal einen Aufruhr hervorbringen; auch bemerkte niemand seine Ankunft außer den Personen in seiner Loge.
Monte Christo sah ihn indessen, und ein leichtes Lächeln umspielte seine Lippen.
Haydee sah nichts, solange der Vorhang aufgezogen war; wie jede Urnatur betete sie alles an, was zum Ohr und zum Gesicht spricht.
Nach dem dritten Akt verließ der Graf seine Loge und erschien einen Augenblick später in der der Baronin Danglars.
Die Baronin konnte sich nicht enthalten, einen Schrei des Erstaunens mit einer leichten Beimischung von Freude auszustoßen.
»Ah! Sie kommen, Herr Graf«, rief sie; »es drängte mich in der Tat, meinen mündlichen Dank dem schriftlichen beizufügen, den ich bereits bei Ihnen abgestattet habe.«
»Oh, Madame! Sie erinnern sich noch dieser Kleinigkeit? Ich hatte sie bereits vergessen«, sagte der Graf.
»Ja; aber das vergißt man nicht, mein Herr Graf, daß Sie am an-

dern Tag meine arme Freundin aus der Gefahr errettet haben, der sie durch eben diese Pferde preisgegeben war.«

»Auch diesmal, Madame, verdiene ich Ihren Dank nicht; es war Ali, mein Nubier, der das Glück hatte, Frau von Villefort diesen ausgezeichneten Dienst zu leisten.«

»War es auch Ali, der meinen Sohn den Händen der römischen Banditen entriß?« sagte der Graf von Morcerf.

»Nein, mein Herr Graf«, sprach Monte Christo, die Hand drükkend, die ihm der General reichte, »nein, diesmal nehme ich den Dank für meine Rechnung an; aber Sie haben mir diesen Dank bereits abgestattet, und ich habe ihn angenommen, und es beschämt mich in der Tat, daß ich Sie noch so erkenntlich finde. Ich bitte Sie, erweisen Sie mir die Ehre, Frau Baronin, mich Ihrer Fräulein Tochter vorzustellen.«

»Oh, Sie sind schon vorgestellt, wenigstens dem Namen nach, denn seit einigen Tagen sprechen wir nur von Ihnen. Eugenie«, fuhr die Baronin, sich zu ihrer Tochter umwendend, fort, »der Herr Graf von Monte Christo.«

Der Graf verbeugte sich; Fräulein Danglars machte eine leichte Bewegung mit dem Kopf.

»Sie haben eine bewunderungswürdige Person bei sich«, sagte Eugenie, »ist es Ihre Tochter?«

»Nein, mein Fräulein«, erwiderte Monte Christo, erstaunt über diese außerordentliche Offenherzigkeit oder diese merkwürdige Entschiedenheit, »es ist eine arme Griechin, deren Vormund ich bin.«

»Und sie heißt?«

»Haydee«, antwortete Monte Christo.

»Eine Griechin!« murmelte der Graf von Morcerf.

»Ja, Graf«, sprach Madame Danglars, »sagen Sie mir, ob Sie je an dem Hof von Ali Pascha Tependelini, dem Sie so glorreich dienten, eine so herrliche Tracht gesehen haben, wie die, welche wir hier vor Augen haben?«

»Ah! Sie haben in Janina gedient, mein Herr Graf?«

»Ich war Generalinstruktor der Truppen des Paschas«, antwortete Morcerf, »und ich mache kein Geheimnis daraus, daß mein geringes Vermögen von der Freigebigkeit dieses erhabenen albanesischen Heerführers herrührt.«

»Sehen Sie doch«, sagte Madame Danglars.
»Wo denn?« stammelte Morcerf.
»Dort!« sagte Monte Christo.
Und den Grafen mit seinem Arm umfassend, neigte er sich mit ihm zur Loge hinaus.
In diesem Augenblick gewahrte Haydee, die den Grafen mit den Augen suchte, seinen bleichen Kopf neben dem von Morcerf, den er umfaßt hielt.
Dieser Anblick brachte auf Haydee die Wirkung des Medusenhauptes hervor; sie machte eine Bewegung vorwärts, als wollte sie beide mit den Augen verschlingen; dann warf sie sich beinahe in derselben Sekunde wieder zurück und stieß einen schwachen Schrei aus, der jedoch von den Personen, die ihr zunächst waren und von Ali gehört wurde, der sogleich die Tür öffnete.
»Was ist denn Ihrem Mündel begegnet, mein Herr Graf?« fragte Eugenie, »man sollte glauben, sie befände sich unwohl.«
»In der Tat, es scheint so zu sein«, sagte der Graf, »doch erschrecken Sie nicht darüber; Haydee ist sehr nervös und daher sehr empfindlich gegen Gerüche, ein Geruch, der ihr zuwider ist, kann ihr eine Ohnmacht zuziehen; aber ich habe hier ein Gegenmittel«, sagte der Graf, ein Fläschchen aus seiner Tasche ziehend.
Nachdem er die Baronin und ihre Tochter mit einer einzigen Verbeugung gegrüßt und einen letzten Händedruck mit dem Grafen und mit Debray ausgetauscht hatte, verließ er die Loge von Madame Danglars.
Als er in die seinige zurückkehrte, war Haydee noch sehr bleich; sobald er erschien, nahm sie ihn bei der Hand.
Monte Christo bemerkte, daß die Hände des Mädchens zugleich feucht und eisig kalt waren.
»Mit wem sprachst du denn, Herr?« fragte das Mädchen.
»Mit dem Grafen von Morcerf, der im Dienste deines erhabenen Vaters stand und, wie er selbst bekennt, demselben sein Vermögen zu verdanken hat.«
»Ha, der Elende!« rief Haydee, »er ist es, der ihn an die Türken verkauft hat, und dieses Vermögen ist nur der Preis seines Verrates. Wußtest du das nicht, mein lieber Herr?«

»Ich habe wohl ein paar Worte von dieser Geschichte in Epirus gehört«, entgegnete Monte Christo, »aber ich kenne die einzelnen Umstände nicht. Komm, meine Tochter, du wirst sie mir erzählen, sie müssen sehr seltsamer Art sein.«
»Oh, ja, komm, komm; es dünkt mir, ich würde sterben, müßte ich länger diesem Menschen gegenüber bleiben.«
Und Haydee stand rasch auf, hüllte sich in ihren mit Perlen und Korallen geschmückten Burnus von weißem Kaschmir und verließ die Loge in dem Augenblick, wo der Vorhang aufgezogen wurde.
»Sehen Sie, ob dieser Mensch auch nur irgend etwas tut, wie ein anderer!« sagte die Gräfin G*** zu Albert, der zu ihr zurückgekehrt war; »er hört ganz andächtig den dritten Akt von Robert und geht in der Minute, wo der vierte beginnen soll.«

14. Steigen und Fallen

Einige Tage nach diesem Zusammentreffen machte Albert von Morcerf dem Grafen von Monte Christo einen Besuch in seinem Haus in den Champs-Elysées, das bereits das Aussehen eines Palastes gewonnen hatte, wie es der Graf mit Hilfe seines unermeßlichen Vermögens auch seinen vorübergehendsten Wohnungen zu geben pflegte. Er erneuerte ihm die Danksagungen von Madame Danglars, die ihm vorher schon einen Brief, unterzeichnet Baronin Danglars, geborene Hermine von Servieux, überbracht hatte.
Albert erschien in Begleitung von Lucien Debray, der den Worten seines Freundes einige Komplimente beifügte, über deren Quelle jedoch der Graf bei seinem Scharfblick sich nicht täuschen konnte. Er konnte in der Tat, ohne einen Irrtum befürchten zu müssen, voraussetzen, daß Madame Danglars, außerstand, mit ihren eigenen Augen das Innere eines Mannes kennenzulernen, der Pferde für dreißigtausend Franken verschenkte und in die Oper mit einer Sklavin ging, die für eine Million Diamanten trug, Debray beauftragt hatte, ihr einige Auskunft zu erteilen.
Aber der Graf gab sich den Anschein, als vermutete er nicht den geringsten Zusammenhang zwischen dem Besuch von Lucien und der Neugierde der Baronin. »Sie sind in beinahe beständi-

gem Verkehr mit dem Baron Danglars?« fragte er Albert von Morcerf.
»Ja, mein Herr Graf, Sie wissen, was ich Ihnen gesagt habe.«
»Das ist also immer noch im Plan?«
»Mehr als je, es ist eine abgemachte Sache«, sagte Lucien.
Und von der Überzeugung ausgehend, dieses in das Gespräch gemischte Wort gebe ihm das Recht, demselben nun schweigend beizuwohnen, steckte Lucien sein Lorgnon in sein Auge, biß auf den goldenen Knopf seines Stöckchens und ging, mit aller Aufmerksamkeit die Waffen und Gemälde betrachtend, im Zimmer umher.
»Ah!« rief Monte Christo, »wenn man Sie hörte, hätte man nicht an eine so schnelle Lösung der Sache glauben sollen.«
»Was wollen Sie, die Dinge schreiten vorwärts, ohne daß man es vermutet; während wir nicht an sie denken, denken sie an uns, und wenn wir uns umdrehen, sind wir erstaunt über den Weg, den sie zurückgelegt haben. Mein Vater und Herr Danglars haben miteinander in Spanien gedient, mein Vater bei der Armee, Herr Danglars beim Proviantwesen. Mein Vater, den die Revolution zugrunde gerichtet hatte, und Herr Danglars, der nie ein Erbgut besaß, legten dort den Grund, mein Vater zu seinem schönen politischen und militärischen Glück, Herr Danglars zu seinem bewunderungswürdigen politischen und finanziellen Glück.«
»Ja, in der Tat«, erwiderte Monte Christo, »ich glaube, Herr Danglars erzählte mir hiervon während des Besuches, den ich ihm machte; und«, sagte er, einen Seitenblick auf Lucien werfend, der in einem Album blätterte, »und ist Fräulein Eugenie hübsch?«
»Sehr hübsch; aber von einer Schönheit, die ich nicht zu schätzen weiß, denn ich bin ein Unwürdiger.«
»Sie sprechen bereits davon, als ob Sie ihr Gatte wären.«
»Oh!« rief Albert umherschauend, um ebenfalls zu sehen, was Lucien machte.
»Wissen Sie«, sagte Monte Christo, die Stimme dämpfend, »wissen Sie, daß Sie mir nicht sehr enthusiastisch für diese Heirat zu sein scheinen?«

»Fräulein Danglars ist zu reich für mich, und das erschreckt mich«, erwiderte Morcerf.
»Bah!« versetzte Monte Christo, »ein schöner Grund; sind Sie nicht selbst reich?«
»Mein Vater hat etwa fünfzigtausend Franken Rente und wird mir vielleicht zehn bis zwölf bei meiner Verheiratung geben.«
»Das sieht allerdings bescheiden aus, besonders in Paris«, sagte der Graf; »aber das Vermögen ist nicht alles auf dieser Welt, ein schöner Name und eine hohe gesellschaftliche Stellung haben auch ihren Wert. Ihr Name ist berühmt, ihre Stellung glänzend, der Graf von Morcerf ist ein Soldat, und man liebt es, die Unantastbarkeit eines Bayard mit der Armut von Duguesclin sich vermählen zu sehen! Die Uneigennützigkeit ist der schönste Sonnenstrahl, in welchem ein edler Degen erglänzen kann. Ich finde im Gegenteil diese Verbindung im höchsten Grade passend; Fräulein Danglars bereichert Sie, und Sie adeln das Fräulein.«
Albert schüttelte den Kopf und blieb nachdenkend. »Es ist dabei noch etwas anderes«, sagte er.
»Ich gestehe, daß ich diesen Widerwillen gegen ein junges, reiches und schönes Mädchen nicht begreifen kann«, sagte der Graf.
»Oh, mein Gott!« rief Morcerf, »dieser Widerwille kommt nicht ganz allein von meiner Seite.«
»Von welcher Seite denn? Sagten Sie mir nicht, Ihr Vater wünsche diese Heirat?«
»Von seiten meiner Mutter, und meine Mutter hat ein kluges, sicheres Auge. Sie lächelt nicht zu dieser Verbindung, sie hat irgendein Vorurteil gegen die Danglars.«
»Oh, das läßt sich begreifen«, sprach der Graf mit einem etwas gezwungenen Ton; »die Frau Gräfin von Morcerf, welche die Distinktion, die Aristokratie, die Feinheit in Person ist, zögert ein wenig, eine gemein-bürgerliche, plumpe, rohe Hand zu berühren, und das ist natürlich.«
»Ich weiß nicht, ob dies der Fall ist«, entgegnete Albert, »weiß jedoch, daß diese Heirat, wenn sie wirklich stattfindet, meine Mutter unglücklich machen wird. Man sollte sich schon vor sechs Wochen versammeln, um sich über die Vertragsverhält-

nisse zu besprechen, aber sie wurde dergestalt von der Migräne befallen, ohne Zweifel infolge der Furcht, so daß man die Zusammenkunft zwei Monate verschob. Sie begreifen, es eilt nicht, ich bin noch nicht einundzwanzig Jahre alt und Eugenie erst siebenzehn; doch die zwei Monate sind in der nächsten Woche abgelaufen, und man muß sich am Ende entscheiden. Sie können sich nicht vorstellen, mein lieber Graf, in welcher Verlegenheit ich mich befinde... Ah! wie glücklich sind Sie doch, Sie freier Mann!«

»Nun, so seien Sie auch frei, wer hindert Sie daran?«

»Oh, es würde meinem Vater einen zu großen Verdruß bereiten, wenn ich Fräulein Danglars nicht heiratete.«

»So heiraten Sie das Fräulein«, sagte der Graf mit einer seltsamen Bewegung der Achsel.

»Ja, aber meiner Mutter würde diese Verbindung nicht Verdruß, sondern Schmerz bereiten.«

»Dann heiraten Sie das Fräulein nicht«, sagte der Graf.

»Ich werde es versuchen; nicht wahr, Sie geben mir Ihren Rat, und wenn es Ihnen möglich ist, entziehen Sie mich dieser Verlegenheit? Oh, um meiner vortrefflichen Mutter keinen Kummer zu bereiten, würde ich mich, wie ich glaube, sogar mit meinem Vater entzweien.«

Monte Christo wandte sich ab, er schien bewegt.

»Ei!« sagte er zu Debray, der in einem tiefen Fauteuil am Ende des Salons saß und in der rechten Hand einen Bleistift, in der linken ein Notizbuch hielt, »ei! was machen Sie denn? Eine Skizze nach Poussin?«

»Ich? Nein, ich mache ganz das Entgegengesetzte, ich mache Zahlen und rechne, und das geht Sie unmittelbar an, Vicomte; ich berechne, was das Haus Danglars bei dem letzten Steigen der Hayti-Papiere gewinnen mußte: von 206 steigen sie in drei Tagen auf 409, und der kluge Bankier hatte viel um 206 gekauft. Er muß 300000 Franken gewonnen haben.«

»Das ist noch nicht sein bester Treffer«, sagte Morcerf; »hat er nicht in diesem Jahr eine Million mit den spanischen Bons gewonnen?«

»Sie sprachen von Hayti?« fragte Monte Christo.

»Oh, Hayti, das ist das Wunderland der französischen Speku-

lanten. So hat Herr Danglars gestern zu 406 verkauft und steckt 300 000 Franken ein, hätte er bis heute gewartet, so würde er, da diese Papiere wieder auf 205 gesunken sind, statt 300 000 Franken zu gewinnen, 25 000 Franken verloren haben.«
»Und warum sind diese Papiere von 409 auf 205 gefallen?« fragte Monte Christo. »Entschuldigen Sie, ich bin sehr unwissend in allen diesen Börsenintrigien.«
»Weil die Nachrichten sich folgen, aber nicht sich gleichen«, antwortete Albert lachend.
»Ah, Teufel!« rief der Graf, »Herr Danglars spielt also so hoch, daß er an einem Tag 300 000 Franken gewinnen oder verlieren kann! Da muß er wohl ungeheuer reich sein?«
»Er ist es nicht, der spielt«, rief Lucien lebhaft, »es ist Madame Danglars; sie ist wahrhaftig unerschütterlich.«
»Aber Sie, der Sie ein vernünftiger Mann sind, Lucien, Sie, der Sie die geringe Haltbarkeit der Nachrichten kennen, der Sie an der Quelle sitzen, Sie sollten sie abhalten«, sagte Morcerf mit einem Lächeln.
»Wie vermöchte ich dies, da es ihrem Mann nicht gelingt?« fragte Lucien. »Sie kennen den Charakter der Baronin; niemand hat Einfluß auf sie, und sie tut durchaus nur, was sie will.«
»Oh, wenn ich an Ihrer Stelle wäre«, sprach Albert, »ich wollte sie heilen; das hieße ihrem künftigen Schwiegersohn einen Dienst leisten.«
»Wie dies?«
»Ah, bei Gott! Das ist sehr leicht. Ich würde ihr eine Lektion geben: Ihre Stellung als Sekretär des Ministers verleiht Ihnen großes Ansehen in Beziehung auf Neuigkeiten; Sie brauchen nur den Mund öffnen, und die Wechselagenten stenographieren so schnell als möglich Ihre Worte; lassen Sie die Baronin hunderttausend Franken Schlag auf Schlag verlieren, und sie wird klug werden.«
»Ich begreife nicht«, stammelte Lucien.
»Es ist doch ganz klar«, erwiderte der junge Mann mit einer Naivität, die durchaus nichts Geheucheltes hatte. »Melden Sie ihr an einem schönen Morgen irgend etwas Unerhörtes, eine telegraphische Nachricht, die nur Sie allein wissen können, zum Beispiel: Heinrich IV. sei gestern bei Gabrielle gesehen worden;

das macht die Fonds steigen, sie richtet ihren Börsenhandel darnach ein und verliert sicherlich, wenn Beauchamp den andern Tag in seine Zeitung schreibt: Mit Unrecht behaupten wohlunterrichtete Leute, König Heinrich IV. sei gestern bei Gabrielle gesehen worden; diese Sache ist völlig unrichtig; König Heinrich IV. hat den Pont-Neuf nicht verlassen.«

Lucien spitzte den Mund zu einem Lächeln. Obgleich scheinbar gleichgültig, hatte Monte Christo doch kein Wort von dieser Unterhaltung verloren, und sein durchdringendes Auge hatte sogar ein Geheimnis in der Verlegenheit des Sekretärs zu entdecken geglaubt.

Es war Folge von dieser Verlegenheit, von der Albert nicht das geringste wahrnahm, daß Lucien seinen Besuch abkürzte; er fühlte sich offenbar unbehaglich. Der Graf sagte ihm, während er ihn bis zur Tür geleitete, ein paar Worte mit leiser Stimme, worauf er erwiderte: »Sehr gern, mein Herr Graf, ich nehme es an.«

Der Graf kehrte zu Albert von Morcerf zurück und sagte: »Denken Sie nicht, wenn Sie sich die Sache überlegen, daß Sie unrecht gehabt haben, so über Ihre Schwiegermutter in Gegenwart von Herrn Debray zu reden?«

»Ich bitte, Graf«, versetzte Morcerf, »sagen Sie dieses Wort nicht mehr.«

»Wahrhaftig und ohne Übertreibung, ist die Gräfin in diesem Grad gegen die Heirat eingenommen?«

»Dergestalt, daß die Baronin nur selten in unser Haus kommt, und daß meine Mutter, glaube ich, nicht zweimal in ihrem ganzen Leben bei Madame Danglars gewesen ist.«

»Das ermutigt mich, offenherzig mit Ihnen zu sprechen«, sagte der Graf: »Herr Danglars ist mein Bankier, Herr von Villefort hat mich mit Höflichkeiten überhäuft, indem er mir seinen Dank für einen Dienst aussprach, den ich ihm zufällig zu leisten imstande war. Ich errate unter alledem eine Lawine von Mittagsmahlen und Abendunterhaltungen; um aber nicht den Anschein von prunkhaften Vorbereitungen zu haben, und wenn Sie wollen, um mir das Verdienst des Zuvorkommens zu machen, gedenke ich, Herrn und Madame Danglars und Herrn und Frau von Villefort in meinem Landhaus in Auteuil zu versammeln. Wenn ich nun Sie sowie den Herrn Grafen und die Frau Gräfin von Morcerf zum Mittagessen einlade, wird es nicht aussehen wie eine Art von hochzeitlichem Rendezvous, oder wird nicht wenigstens die Frau Gräfin von Morcerf die Sache so betrachten, besonders wenn der Herr Baron von Danglars mir die Ehre erweist, seine Tochter mitzubringen? Dann wird Ihre Mutter einen Abscheu gegen mich fassen, und ich will dies durchaus nicht, denn es ist mir alles daran gelegen, sagen Sie ihr dies, so oft sich Gelegenheit dazu bietet, in geneigtem Andenken bei ihr zu stehen.«

»Meiner Treu, Graf, ich danke Ihnen, daß Sie mit soviel Offenherzigkeit mit mir sprechen, und ich nehme die Ausschließung an, die Sie mir vorschlagen. Sie sagen, es sei Ihnen daran gelegen, in geneigtem Andenken bei meiner Mutter zu bleiben, während Sie bereits in voller Wertschätzung bei ihr stehen.«

»Sie glauben?« fragte Monte Christo mit Teilnahme.

»Oh, ich bin dessen gewiß. Als Sie uns neulich verließen, plauderten wir noch eine ganze Stunde von Ihnen. Doch ich komme auf das zurück, worüber wir soeben sprachen. Nun wohl, wenn meine Mutter diese Aufmerksamkeit von Ihrer Seite kennen würde, und ich es wagte, ihr dieselbe mitzuteilen, ich bin überzeugt, sie wüßte Ihnen den innigsten Dank dafür; mein Vater würde allerdings in nicht geringe Wut geraten.«

Der Graf erwiderte lachend: »Sie sind nun in Kenntnis gesetzt. Doch ich denke, Ihr Vater wird keinen Anlaß haben, wütend zu werden; Herr und Madame Danglars werden mich als einen Menschen von sehr schlechten Manieren betrachten. Sie wissen, daß ich in vertrautem Umgang mit Ihnen lebe, daß Sie sogar mein ältester Pariser Bekannte sind und werden mich, wenn sie Sie nicht bei mir finden, fragen, warum ich Sie nicht eingeladen habe. Suchen Sie sich wenigstens mit der Annahme einer früheren Einladung von einiger Wahrscheinlichkeit zu bewaffnen und teilen Sie mir diese durch ein paar Worte mit. Sie wissen, bei den Bankiers ist nur das Geschriebene gültig.«

»Ich gedenke etwas Besseres zu tun, Herr Graf«, erwiderte Albert; »meine Mutter wünscht die Seeluft einzuatmen. Auf welchen Tag ist Ihr Mittagessen bestimmt?«

»Auf Sonnabend.«

»Wir haben heute Dienstag, morgen abend reisen wir ab, übermorgen früh sind wir in Treport. Sie sind ein bezaubernder Mann, Herr Graf, daß Sie den Leuten die Dinge so nach ihrer Bequemlichkeit und zu ihrer Zufriedenheit einrichten.«

»Sie halten mich für mehr, als ich wirklich wert bin; ich wünsche Ihnen nur angenehm zu sein.«

»An welchem Tag haben Sie Ihre Einladung gemacht?«

»Heute.«

»Gut! ich gehe zu Herrn Danglars und kündige ihm an, daß ich morgen mit meiner Mutter Paris verlasse und nicht Ihr Gast sein könne.«

»Wohl, das ist abgemacht.«

»Hätten Sie nicht Lust, Herr Graf, heute mit uns zu Mittag zu speisen? Wir sind nur in kleiner ausgewählter Gesellschaft: Sie, meine Mutter und ich. Sie haben meine Mutter kaum bemerkt; doch Sie werden sie in der Nähe sehen. Es ist eine merkwürdige Frau, und ich bedaure nur, daß nicht ihresgleichen mit zwanzig Jahren lebt: dann würde es bald eine Gräfin und eine Vicomtesse von Morcerf geben. Meinen Vater finden Sie nicht, er hat Kommissionssitzung und speist bei dem Herrn Großreferendar. Kommen Sie, wir plaudern von Reisen: Sie, der Sie die ganze Welt gesehen haben, erzählen uns von Ihren Abenteuern; Sie teilen uns die Geschichte der schönen Griechin mit, welche kürzlich mit Ihnen in der Oper war und von Ihnen Ihre Sklavin genannt wird, während Sie dieselbe wie eine Prinzessin behandeln. Wir sprechen Italienisch, Spanisch; willigen Sie ein, meine Mutter wird Ihnen dafür dankbar sein.«

»Tausend Dank«, erwiderte der Graf, »Ihre Einladung ist äußerst liebenswürdig, und ich bedaure es lebhaft, daß ich sie nicht annehmen kann. Ich bin nicht frei, wie Sie wähnten, sondern ich habe im Gegenteil ein höchst wichtiges Zusammentreffen.«

»Ah! Nehmen Sie sich in acht, Sie haben mich soeben gelehrt, wie man in Beziehung auf ein Mittagsbrot einer Unannehmlichkeit entgeht. Ich bedarf eines Beweises. Glücklicherweise bin ich nicht Bankier wie Herr Danglars, wohl aber ebenso neugierig als er.«

»Ich werde Ihnen auch den Beweis geben«, erwiderte der Graf, und er läutete.

Baptistin trat ein und blieb wartend an der Tür stehen.
»Baptistin, was sagte ich Ihnen, als ich Sie heute morgen in mein Arbeitskabinett rief?«
»Sie befahlen mir, die Tür des Herrn Grafen schließen zu lassen, sobald es fünf Uhr geschlagen hätte«, antwortete der Diener. »Hernach hießen Sie mich nur den Herrn Major Bartolomeo Cavalcanti empfangen.«
»Sie hören, den Herrn Major Bartolomeo Cavalcanti, einen Mann von dem ältesten Adel Italiens, dessen Namen Dante zu verherrlichen bemüht war; ferner seinen Sohn, einen reizenden jungen Mann, ungefähr von Ihrem Alter, Vicomte, der denselben Titel führt wie Sie, und in die Pariser Welt mit den Millionen seines Vaters eintritt. Der Major bringt mir heute abend seinen Sohn Andrea, den Contino, wie wir in Italien sagen. Er will ihn mir anvertrauen, und ich werde sein Glück zu fördern suchen, wenn er einiges Verdienst besitzt. Nicht wahr, Sie helfen mir?«
»Ganz gewiß! Dieser Major Cavalcanti ist wohl ein alter Freund von Ihnen?« fragte Albert.
»Keineswegs, er ist ein würdiger, sehr höflicher, sehr bescheidener, sehr diskreter Herr, wie es in Italien eine Menge gibt. Ich habe ihn wiederholt in Florenz, in Bologna, in Lucca gesehen, und er benachrichtigte mich von seiner Ankunft. Die Reisebekanntschaften sind anspruchsvoll: sie verlangen überall von uns die Freundschaft, die wir ihnen zufällig einmal erzeigt haben. Dieser gute Major Cavalcanti besucht Paris wieder, das er nur einmal im Vorübergehen unter der Kaiserherrschaft gesehen hat. Ich gebe ihnen ein gutes Mittagsmahl, er läßt mir seinen Sohn hier, ich verspreche, ihn zu überwachen, lasse ihn alle Torheiten begehen, und wir sind quitt.«
»Vortrefflich!« rief Albert, »ich sehe, Sie sind ein kostbarer Mentor. Gott befohlen, bis Sonntag sind wir zurück. Doch ich habe Nachricht von Franz erhalten.«
»Ah, wirklich? Gefällt es ihm immer noch in Italien.«
»Ich denke ja; er bedauert indessen, daß Sie nicht mehr dort sind, denn er sagt, Sie seien die Sonne von Rom, und ohne Sie herrsche dort trübes Wetter.«
»Er ist also von seiner Ansicht über mich zurückgekommen?«

»Im Gegenteil, er beharrt darauf, Sie für phantastisch im höchsten Grade zu halten; darum bedauert er Ihre Abwesenheit.«

»Ein liebenswürdiger junger Mann«, versetzte Monte Christo; »ich fühlte für ihn eine lebhafte Sympathie schon am ersten Abend, als ich ihn irgendein Nachtmahl suchen sah und er das meinige anzunehmen die Güte hatte. Er ist, glaube ich, ein Sohn des Generals d'Epinay, der im Jahre 1815 auf eine so erbärmliche Weise durch die Bonapartisten ermordet wurde?«

»Ganz richtig.«

»Liegt für ihn nicht auch ein Heiratsplan vor?«

»Ja, er soll sich mit Fräulein von Villefort vermählen, wie ich Fräulein Danglars heiraten soll«, erwiderte Albert lachend.

»Sie lachen?«

»Ich lache, weil es mir vorkommt, als erblickte ich auf jener Seite ebensoviel Sympathie für die Heirat, als anderseits für eine Verbindung zwischen mir und Fräulein Danglars. Doch wahrlich, mein lieber Graf, wir plaudern von Frauen, wie die Frauen von Männern plaudern. Das ist unverzeihlich!« Albert stand auf.

»Sie gehen?«

»Die Frage ist gut! Seit zwei Stunden quäle ich Sie, und Sie haben die Höflichkeit, mich zu fragen, ob ich gehe! In der Tat, Graf, Sie sind der artigste Mann der Erde! Und Ihre Bedienten, wie sind sie dressiert! Besonders Herr Baptistin; ich konnte nie einen solchen Menschen bekommen.«

Er wandte sich zum Gehen und rief: »Welchen Dienst würden Sie mir leisten, und wie wollte ich Sie noch hundertmal mehr lieben, wenn ich mit Ihrer Hilfe Junggeselle bliebe, und wäre es nur zehn Jahre lang!«

»Alles ist möglich«, erwiderte Monte Christo mit ernstem Ton; und sich von Albert verabschiedend, trat er in sein Kabinett, wo er Bertuccio fand.

»Herr Bertuccio«, sprach der Graf, »Sie sollen erfahren, daß ich Sonnabend in meinem Haus in Auteuil empfange.«

Bertuccio erwiderte leicht schauernd: »Gut, gnädiger Herr.«

»Ich bedarf Ihrer«, fuhr der Graf fort, »damit alles auf eine anständige Weise vorbereitet wird. Das Haus ist sehr schön oder kann wenigstens sehr schön sein.«

»Man müßte zu diesem Zweck alles verändern, Herr Graf, denn die Tapeten sind gealtert.«
»Verändern Sie alles, mit Ausnahme des roten Schlafzimmers, dieses lassen Sie ganz wie es ist. Den Garten berühren Sie ebenfalls nicht; aber aus dem Hof, zum Beispiel, machen Sie alles, was Sie wollen; es wird mir sogar angenehm sein, wenn man ihn nicht zu erkennen vermag.«
»Ich werde tun, was in meinen Kräften liegt, um den Herrn Grafen zufriedenzustellen.«

15. Der Major Cavalcanti

Es schlug sieben Uhr, und Herr Bertuccio war seit zwei Stunden nach Auteuil abgereist, als ein Fiaker vor der Tür des Hotels anhielt und an dem Gitter einen Mann von etwa zweiundfünfzig Jahren absetzte, der einen von jenen Röcken mit schwarzen Borten trug, deren Geschlecht in Europa unvergänglich zu sein scheint. Eine weite Hose, ziemlich reinliche Stiefel, hirschlederne Handschuhe, eine schwarze Halsbinde mit einem schmalen weißen Streifen, die, wenn sie ihr Eigentümer nicht aus eigener Machtvollkommenheit getragen haben würde, für ein Halseisen hätte gehalten werden können: dies war die malerische Tracht, unter welcher der Mann erschien, der an dem Gitter läutete und hier fragte, ob nicht in Nr. 30 der Avenue der Champs-Elysées der Graf von Monte Christo wohne, und auf die bejahende Antwort des Portiers eintrat.
Der kleine, eckige Kopf dieses Menschen, seine weißlichen Haare und sein dicker, grauer Schnurrbart machten ihn für Baptistin erkenntlich, denn dieser besaß das genaue Signalement des Gastes und erwartete ihn im untern Hausflur. Kaum hatte er seinen Namen vor dem verständigen Diener ausgesprochen, als Monte Christo von seiner Ankunft benachrichtigt wurde.
Man führte den Fremden in den einfachsten Salon. Der Graf erwartete ihn daselbst und ging ihm mit lachender Miene entgegen. »Ah, lieber Herr«, sagte er, »seien Sie willkommen. Ich erwartete Sie.«
»Wirklich?« erwiderte der Lukkeser, »Eure Exzellenz erwartete mich?«

»Ja, ich war von Ihrer Ankunft auf heute um sieben Uhr benachrichtigt.«

»Sie waren von meiner Ankunft benachrichtigt?«

»Vollkommen.«

»Ah, desto besser, ich befürchtete, man hätte diese Vorsichtsmaßregel vergessen.«

»Welche?«

»Sie in Kenntnis zu setzen.«

»Oh, nein!«

»Sind Sie dessen gewiß, täuschen Sie sich nicht?«

»Ich bin dessen gewiß.«

»Mich erwartete Eure Exzellenz diesen Abend um sieben Uhr?«

»Allerdings Sie. Ich will Ihnen diesen Beweis geben.«

»Oh, wenn Sie mich erwarteten, so ist es nicht der Mühe wert.«

»Doch, doch!« rief Monte Christo.

Der Lukkeser schien etwas beunruhigt.

»Sprechen Sie, sind Sie nicht der Marquis Bartolomeo Cavalcanti?«

»Bartolomeo Cavalcanti«, wiederholte freudig der Lukkeser, »so ist es.«

»Exmajor in österreichischen Diensten?«

»War ich Major?« fragte schüchtern der alte Soldat.

»Ja«, sprach Monte Christo, »Major. Das ist der Name, den man in Frankreich dem Grad gibt, den Sie in Italien einnahmen.«

»Gut«, versetzte der Lukkeser, »Sie begreifen, mir ist es ganz lieb...«

»Übrigens, kommen Sie nicht aus eigenem Antrieb hierher?«

»Allerdings.«

»Sie sind durch den vortrefflichen Abbé Busoni an mich adressiert worden?«

»So ist es«, rief der Major.

»Und Sie haben einen Brief?«

»Hier ist er.«

Monte Christo nahm den Brief, öffnete und las ihn.

Der Major schaute den Grafen mit großen, erstaunten Augen an, die zwar neugierig auf allen Teilen des Gemaches umherlie-

fen, jedoch immer wieder zu dessen Eigentümer zurückkehrten.
»So ist es... der liebe Abbé: Der Major Cavalcanti, ein würdiger Patrizier aus Lucca, von den Cavalcanti in Florenz abstammend«, fuhr Monte Christo lesend fort, »im Besitz eines Vermögens von einer halben Million Einkünfte.«
Monte Christo schlug die Augen vom Papier auf und verbeugte sich.
»Von einer halben Million«, sagte er: »Teufel! Mein lieber Herr Cavalcanti.«
»Steht eine halbe Million da?« fragte der Lukkeser.
»Mit allen Buchstaben, und das muß so sein, der Abbé Busoni ist ein Mann, der sehr genau die großen Vermögen in Europa kennt!«
»Es mag sein mit der halben Million; doch auf mein Ehrenwort, ich glaubte nicht, daß es sich so hoch beliefe.«
»Weil Sie einen Intendanten haben, der Sie bestiehlt; was wollen Sie, mein lieber Herr Cavalcanti, man muß sich das gefallen lassen!«
»Und da Sie mir hierüber Aufklärung gegeben haben, so werde ich den Burschen vor die Tür werfen«, sagte mit ernstem Ton der Lukkeser.
Monte Christo fuhr fort: »Und dem nur eines zu seinem Glück fehlte.«
»Oh, mein Gott! Ja, nur eines«, sagte der Lukkeser mit einem Seufzer.
»Einen angebeteten Sohn wiederzufinden.«
»Einen angebeteten Sohn?«
»Der in seiner Jugend entweder durch einen Feind seiner Familie oder durch Zigeuner geraubt wurde.«
»Im Alter von fünf Jahren, mein Herr!« sagte der Lukkeser mit einem tiefen Seufzer und die Augen zum Himmel aufschlagend.
»Armer Vater!« sagte Monte Christo.
Der Graf fuhr fort: »Ich gebe ihm die Hoffnung, ich gebe ihm das Leben, mein Herr Graf, indem ich ihm verkündige, daß Sie ihm diesen Sohn, den er seit fünfzehn Jahren umsonst sucht, wiederfinden können.«
Der Lukkeser schaute Monte Christo mit einem Ausdruck voll unsäglicher Unruhe an.

»Ich kann es«, sprach Monte Christo.
Der Major richtete sich hoch auf und rief: »Ah, ah! der Brief ist also bis zum Ende wahr?«
»Zweifelten Sie daran, mein lieber Herr Bartolomeo?«
»Nein, niemals! Ein ernster, mit einem religiösen Charakter bekleideter Mann, wie der Abbé Busoni, hätte sich nie einen solchen Scherz erlaubt; doch Sie haben nicht alles gelesen, Exzellenz!«
»Ah, das ist wahr, es findet sich hier noch eine Nachschrift.«
»Ja«, erwiderte der Lukkeser, »es findet sich... eine... Nachschrift.«
»Um den Major Cavalcanti nicht in die Verlegenheit zu sehen, Fonds von seinem Bankier wegnehmen zu müssen, schicke ich ihm einen Wechsel von zweitausend Franken für seine Reiseunkosten und akkreditiere ihn bei Ihnen mit der Summe von achtundvierzigtausend Franken, die ich bei Ihnen gut habe.«
Der Major verfolgte in sichtbarer Angst diese Nachschrift mit den Augen.
»Gut!« begnügte sich der Graf zu bemerken.
»Er hat gut gesagt«, murmelte der Lukkeser. »Also die Nachschrift wird von Ihnen ebenso günstig aufgenommen wie der übrige Brief?«
»Der Abbé Busoni und ich stehen miteinander in Abrechnung; ich weiß nicht genau, ob er achtundvierzigtausend Franken bei mir gut hat, aber es kommt unter uns auf ein paar Bankbilletts nicht an. Ah! Sie legten also einen großen Wert auf diese Nachschrift, mein lieber Herr Cavalcanti?«
»Ich muß Ihnen gestehen«, antwortete der Lukkeser, »daß ich mich, voll Zutrauen zu der Unterschrift des Abbé Busoni, nicht mit andern Geldern versehen hatte; wäre mir diese Quelle entgangen, so würde ich mich in Paris in großer Verlegenheit befunden haben.«
»Setzen Sie sich doch«, sagte Monte Christo; »in der Tat, ich weiß nicht, was ich mache... ich lasse Sie seit einer Viertelstunde stehen.«
Der Major zog einen Stuhl an sich und setzte sich.
»Nun sagen Sie«, sprach der Graf, »wollen Sie etwas zu sich nehmen? Ein Glas Xeres, Porto, Alicante?«

»Alicante, wenn Sie erlauben, das ist mein Lieblingswein.«
Monte Christo läutete; Baptistin erschien. Der Graf ging auf ihn zu und fragte leise: »Nun...?«
»Der junge Mensch ist in dem blauen Salon«, antwortete der Kammerdiener.
»Vortrefflich. Bringen Sie Alicantewein und Zwieback.«
Baptistin brachte das Verlangte.
Der Graf befahl Baptistin, die Platte in den Bereich der Hand seines Gastes zu stellen, der zuerst den Alicante mit dem Rand seiner Lippen kostete, sodann eine Miene der Zufriedenheit machte und endlich den Zwieback zart in das Glas tauchte.
»Sie wohnten also in Lucca?« sagte Monte Christo, »Sie waren reich, Sie waren edel, Sie genossen die allgemeine Achtung, Sie hatten alles, was einen Menschen glücklich machen kann?«
»Alles, Exzellenz«, erwiderte der Major, seinen Zwieback essend, »durchaus alles.«
»Und es fehlte nur zu Ihrem Glück, Ihr Kind wiederzufinden?«
»Dies fehlte mir sehr«, rief der würdige Major, schlug die Augen zum Himmel auf und suchte zu seufzen.
»Nun sprechen Sie, mein lieber Herr Cavalcanti, wie verhält es sich mit diesem so sehr beklagten Sohn? Denn man sagte mir, sie wären Junggeselle geblieben.«
»Man glaubte es, mein Herr, und ich selbst...«
»Ja«, versetzte Monte Christo, »und Sie selbst suchten diesem Gerüchte Glauben zu verschaffen. Eine Jugendsünde, die Sie vor aller Augen verbergen wollten.«
Der Lukkeser richtete sich auf, nahm seine ruhigste und würdigste Haltung an, schlug aber zugleich bescheiden die Augen nieder, sei es, um seine Haltung zu sichern, sei es, um seine Einbildungskraft zu unterstützen, während er von unten herauf den Grafen anschaute, dessen auf seinen Lippen eingefrorenes Lächeln stets dieselbe wohlwollende Neugierde andeutete. »Ja, mein Herr«, sagte er, »ich wollte diesen Fehler vor der ganzen Welt verbergen.«
»Nicht Ihretwegen«, versetzte Monte Christo, »denn ein Mann steht über dergleichen Dingen!«
»Oh, nein, gewiß nicht meinetwegen«, erwiderte der Major lächelnd und die Achseln zuckend.

»Sondern seiner Mutter wegen?«
»Seiner Mutter wegen«, rief der Lukkeser, »seiner armen Mutter wegen!«
»Trinken Sie doch, lieber Herr Cavalcanti«, sagte Monte Christo, dem Lukkeser ein zweites Glas Alicante einschenkend; »die Erschütterung erstickt Sie.«
»Seiner armen Mutter wegen«, murmelte der Lukkeser, indem er einen Versuch machte, ob nicht die Kraft des Willens den Winkel seines Auges mit seiner falschen Träne zu befeuchten vermöchte.
»Welche, glaube ich, einer der ersten Familien Italiens angehörte?«
»Eine Patrizierin von Fiesole.«
»Namens?«
»Marchesa Oliva Corsinari!«
»Und Sie heirateten sie am Ende, trotz des Widerstrebens der Familie?«
»Mein Gott, ja, das tat ich am Ende.«
»Und die Papiere, die sie mitbringen, sind in Ordnung?«
»Was für Papiere?« fragte der Lukkeser.
»Nun, Ihren Trauschein mit Oliva Corsinari und den Taufschein des Kindes?«
»Den Taufschein des Kindes?«
»Den Taufschein von Andrea Cavalcanti, Ihrem Sohn; heißt er nicht Andrea?«
»Ganz richtig, Herr Graf, doch mit Bedauern muß ich Ihnen bemerken: nicht darauf aufmerksam gemacht, daß ich mich mit diesen Papieren versehen sollte, versäumte ich es, sie mitzunehmen.«
»Ah! Teufel!« rief Monte Christo.
»Sind sie denn durchaus nötig?«
»Unerläßlich«, rief Monte Christo; »wenn man hier irgendeinen Zweifel über die Gültigkeit Ihrer Ehe und die Rechtmäßigkeit Ihres Kindes erheben würde.«
»Es ist richtig, man könnte Zweifel erheben.«
»Das wäre ärgerlich für den jungen Mann.«
»Das wäre sehr unangenehm.«
»Es könnte ihm dadurch eine glänzende Heirat entgehen.«

»*O peccato*!«

»Sie begreifen, in Frankreich ist man streng. Es genügt nicht, wie in Italien, einen Priester aufzusuchen und ihm zu sagen: Wir lieben einander, verbinden Sie uns! In Frankreich gibt es eine bürgerliche Ehe, und um sich bürgerlich zu verheiraten, braucht man Papiere, durch welche die Identität nachgewiesen wird.«

»Das ist ein Unglück, ich habe diese Papiere nicht.«

»Zum Glück habe ich sie.«

»Ah, mein Herr«, rief der Lukkeser, der, als er das Ziel seiner Reise durch den Mangel seiner Papiere verfehlt sah, befürchtete, dieses Vergessen könnte einige Schwierigkeiten in Beziehung auf die achtundvierzigtausend Franken zur Folge haben, »ah, mein Herr, das ist ein Glück. Ja», wiederholte er, »das ist ein Glück, denn ich hätte nicht daran gedacht.«

»Bei Gott! Ich glaube wohl, man denkt nicht an alles. Glücklicherweise dachte der Abbé Busoni für Sie daran.«

»Ein bewunderungswürdiger Mann; und er schickte Ihnen die Papiere?«

»Hier sind sie.«

Der Lukkeser legte die Hände als Zeichen der Bewunderung zusammen.

»Sie heirateten Oliva Corsinari in der St. Paulskirche in Monte Cattini, hier ist der Trauschein des Priesters.«

»Ja, meiner Treu«, sagte der Major, den Schein mit Erstaunen anschauend.

»Und hier der Taufschein von Andrea Cavalcanti, ausgefertigt von dem Pfarrer von Saravezza.«

»Alles ist in Ordnung«, sprach der Major.

»So nehmen Sie diese Papiere, mit denen ich nichts zu tun habe, geben Sie dieselben Ihrem Sohn, der sie sorgfältig aufbewahren wird.«

»Ich glaube wohl! ... Wenn er sie verlieren würde ...!«

»Was nun die Mutter des jungen Mannes betrifft...«

»Mein Gott«, sagte der Lukkeser, unter dessen Füßen die Schwierigkeiten geboren zu werden schienen, »sollte man ihrer bedürfen?«

»Nein, mein Herr«, versetzte Monte Christo, »hat sie übrigens nicht...?«

»Doch, doch!« rief der Major, »sie hat...«

»Der Natur ihren Tribut bezahlt...«

»Ach, ja!« sagte rasch der Lukkeser.

»Ich habe das erfahren«, sagte Monte Christo, »sie ist vor zehn Jahren gestorben.«

»Und ich beweine noch ihren Tod, mein Herr«, versetzte der Major, ein Taschentuch aus seiner Tasche ziehend.

»Was wollen Sie«, sagte Monte Christo, »wir sind alle sterblich. Sie begreifen, lieber Herr Cavalcanti, man braucht in Frankreich nicht zu wissen, daß Sie seit fünfzehn Jahren von Ihrem Sohn getrennt sind. Alle diese Geschichten von kinderstehlenden Zigeunern finden bei uns keinen Anklang mehr. Sie haben ihn zum Erziehen in ein Provinzkolleg geschickt, und er soll nun nach Ihrem Willen diese Erziehung in der Pariser Welt vollenden. Deshalb verließen sie Via Reggio, wo Sie seit dem Tod Ihrer Frau wohnen. Das wird genügen.«

»Sie glauben?«

»Gewiß.«

»Gut also.«

»Wenn man etwas von dieser Trennung erführe...«

»Ah, ja. Was würde ich sagen?«

»Ein ungetreuer Lehrer, von den Feinden Ihrer Familie erkauft, habe dieses Kind geraubt, damit Ihr Name erlösche.«

»Ganz richtig, da es der einzige Sohn ist...«

»Nun, da alles festgestellt ist, da Ihre Erinnerungen, wieder aufgefrischt, Sie nicht verraten werden, müssen Sie wohl geahnt haben, daß Ihnen eine Überraschung bevorsteht.«

»Eine angenehme?« fragte der Lukkeser.

»Ah, ich sehe wohl, daß man ebensowenig das Auge, als das Herz eines Vaters täuscht.«

»Hm!« machte der Major.

»Ist Ihnen irgendeine indiskrete Enthüllung zuteil geworden oder haben Sie vielmehr erraten, er wäre da?«

»Wer?«

»Ihr Kind, Ihr Sohn, Ihr Andrea.«

»Ich habe es erraten«, erwiderte der Lukkeser mit dem größten Phlegma der Welt; »er ist also hier?«

»Er ist hier«, sagte Monte Christo, »mein Kammerdiener hat mich soeben von seiner Ankunft benachrichtigt.«

»Ah, sehr gut!« sprach der Major, bei jeder von diesen Ausrufungen die Schnüre seiner Polonaise zusammenziehend.

»Mein Herr, ich begreife Ihre Erschütterung, man muß Ihnen Zeit lassen, sich zu erholen; auch will ich den jungen Menschen auf die so sehr ersehnte Zusammenkunft vorbereiten, denn ich setze voraus, er ist nicht minder ungeduldig als Sie.«

»Ich glaube es«, sprach Cavalcanti.

»Wohl! In einer Viertelstunde gehören wir Ihnen.«

»Sie bringen mir ihn? Sie treiben also Ihre Güte so weit, daß Sie mir meinen Jungen selbst vorstellen?«

»Nein, ich will mich keineswegs zwischen einen Vater und seinen Sohn stellen; Sie werden allein sein, Herr Major; doch seien Sie unbesorgt, selbst dann, falls die Stimme des Blutes stumm bliebe, könnten Sie sich nicht täuschen, er wird durch diese Tür eintreten. Es ist ein hübscher, blonder, junger Mann, vielleicht etwas zu blond, und von äußerst einnehmenden Manieren, wie Sie sehen werden.«

»Doch Sie wissen«, sagte der Major, »ich nahm nur die zweitausend Franken mit, die mir der Abbé Busoni zu geben die Güte hatte. Damit machte ich die Reise, und…«

»Und Sie brauchen Geld, das ist nur zu billig, mein lieber Herr Cavalcanti. Hier sind auf Abschlag acht Billetts von tausend Franken.«

Die Augen des Majors glänzten wir Karfunkel.

»Somit bin ich Ihnen noch vierzigtausend Franken schuldig«, sagte Monte Christo.

»Will Eure Exzellenz einen Empfangsschein?« fragte der Major, die Billetts in die innere Tasche seiner Polonaise steckend.

»Wozu?«

»Als Belege dem Abbé Busoni gegenüber.«

»Sie geben mir einen allgemeinen Schein, wenn Sie die letzten vierzigtausend Franken in Empfang genommen haben. Unter ehrlichen Leuten sind solche Vorsichtsmaßregeln unnötig.«

»Ah, ja, das ist wahr«, sagte der Major, »unter ehrlichen Leuten.«

»Nun noch ein letztes Wort, Marquis. Sie erlauben mir eine kleine, unmaßgebliche Bemerkung, nicht wahr?«
»Ich bitte darum.«
»Es wäre wirklich nicht übel, wenn Sie diese Polonaise ablegen würden.«
»Wirklich?« sagte der Major, sein Kleid mit einem gewissen Wohlgefallen anschauend.
»Ja, das trägt man noch in Via Reggio, aber in Paris ist dieses Kostüm, so elegant es auch sein mag, längst aus der Mode.«
»Das ist ärgerlich.«
»Oh, wenn Sie viel darauf halten, so ziehen Sie es bei Ihrer Abreise wieder an.«
»Aber was soll ich dafür nehmen?«
»Was Sie in Ihren Koffern finden.«
»Wie, in meinen Koffern? Ich habe nur einen Mantelsack.«
»Bei sich, allerdings. Wozu sich beschweren? Überdies liebt es ein alter Soldat, mit leichter Equipage zu marschieren.«
»Gerade deshalb...«
»Sie sind ein vorsichtiger Mann und haben Ihre Koffer vorausgeschickt. Dieselben sind gestern im Hotel des Princes Rue de Richelieu, angelangt. Dort ist Ihre Wohnung bestellt.«
»In diesen Koffern also...?«
»Ich setze voraus, Sie sind so vorsichtig gewesen, durch Ihren Kammerdiener alles, was Sie brauchen, einpacken zu lassen; Röcke zu gewöhnlichen Ausgängen, Uniformen. Bei großen Veranlassungen ziehen Sie Ihre Uniform an, das tut gut. Vergessen Sie Ihre Kreuze nicht. Man spottet darüber in Frankreich, trägt sie aber dennoch immer.«
»Sehr gut, sehr gut, sehr gut!« sprach der Major, von einem Blendwerk zum anderen übergehend.
»Und nun, da Ihr Herz gegen zu lebhafte Empfindungen befestigt ist, bereiten Sie sich vor, lieber Cavalcanti, Ihren Sohn Andrea wiederzusehen.«
Und sich freundlich vor dem entzückten Lukkeser verbeugend, verschwand Monte Christo hinter dem Türvorhang.

16. Andrea Cavalcanti

Monte Christo trat in den angrenzenden Salon, den Baptistin mit dem Namen der blaue Salon bezeichnet hatte; bereits vor ihm war hier ein ziemlich elegant gekleideter junger Mann von ungezwungenen Manieren eingetreten.

Als der Graf in den Salon trat, lag der junge Mann, in der Zerstreuung seinen Stiefel mit einem Röhrchen mit goldenem Knopf peitschend, auf dem Sofa ausgestreckt. Sobald er Monte Christo wahrnahm, stand er rasch auf.

»Der Herr Graf von Monte Christo?« fragte er.

»Ja, mein Herr«, antwortete dieser, »und ich habe wohl die Ehre, mit dem Herrn Grafen Andrea Cavalcanti zu sprechen?«

»Der Graf Andrea Cavalcanti«, wiederholte der junge Mann, diese Worte mit einer äußerst freien Verbeugung begleitend. »Sie müssen ein Beglaubigungsschreiben für mich haben?«

»Ja, unterzeichnet seltsamerweise von Simbad der Seefahrer? Da ich aber solchen nur aus Tausendundeine Nacht kannte, so...«

»Wohl, es ist einer von seinen Abkömmlingen, ein sehr reicher Freund von mir, ein mehr als origineller, beinahe närrischer Engländer, der mit seinem wahren Namen Lord Wilmore heißt.«

»Ah, das erklärt mir die Sache«, versetzte Andrea. »Dann geht es vortrefflich. Es ist derselbe Engländer, den ich kennengelernt habe... in... ja, sehr gut!... Mein Herr Graf, ich bin Ihr Diener.«

»Wenn das, was Sie mir zu sagen die Güte haben, wahr ist«, sagte lächelnd der Graf, »so hoffe ich, daß Sie so gefällig sein werden, mir etwas Näheres über Sie und Ihre Familie mitzuteilen.«

»Sehr gern, mein Herr Graf«, antwortete der junge Mann mit einer Zungenfertigkeit, die bewies, daß er ein festes Gedächtnis besaß. »Ich bin, wie Sie sagten, der Graf Andrea Cavalcanti, Sohn des Majors Bartolomeo Cavalcanti, Abkömmling der in das goldene Buch von Florenz eingetragenen Cavalcanti. Obgleich noch sehr reich, denn mein Vater besitzt eine Rente von einer halben Million, hat unsere Familie doch viel Unglück erfahren, und ich selbst, mein Herr, bin in einem Alter von fünf

Jahren durch einen ungetreuen Hofmeister geraubt worden und habe deshalb seit fünfzehn Jahren den Urheber meiner Tage nicht gesehen. Seitdem ich das Alter der Vernunft erreicht und Herr meiner selbst bin, suche ich ihn vergebens. Endlich meldet mir dieser Brief Ihres Freundes Simbad, daß er sich in Paris befindet, und erteilt mir Vollmacht, mich an Sie zu wenden, um weitere Auskunft zu erhalten.«

»In der Tat, mein Herr, alles, was Sie mir da erzählen, ist sehr interessant«, sagte der Graf, der mit einer düsteren Zufriedenheit diese dreiste Miene betrachtete, »und Sie werden wohl daran tun, wenn Sie in allen Stücken der Aufforderung meines Freundes Simbad entsprechen, denn Ihr Vater ist in der Tat hier und sucht Sie.«

Der Graf hatte seit seinem Eintritt in den Salon den jungen Mann nicht aus dem Gesicht verloren; er bewunderte die Festigkeit seines Blickes und die Sicherheit seiner Stimme; doch bei den so natürlichen Worten: »Ihr Vater ist in der Tat hier und sucht Sie«, machte der junge Andrea einen Sprung und rief:

»Mein Vater? Mein Vater hier?«

»Allerdings«, erwiderte Monte Christo, »Ihr Vater, der Major Bartolomeo Cavalcanti.«

Der Ausdruck des Schreckens, der sich über die Züge des jungen Mannes verbreitet hatte, verschwand beinahe in demselben Augenblick wieder.

»Ah, ja, es ist wahr«, rief er, »der Major Cavalcanti. Und Sie sagen, dieser lieber Vater sei hier?«

»Ja, mein Herr. Ich sage noch mehr: soeben habe ich ihn verlassen; die Geschichte, die er mir von diesem geliebten, nicht verlorenen Sohn erzählte, ergriff mich ungemein; seine Schmerzen, seine Befürchtungen, seine Hoffnungen in dieser Hinsicht würden ein rührendes Gedicht bilden. Endlich eines Tags benachrichtigte man ihn, die Räuber seines Sohnes böten an, ihm denselben gegen eine sehr bedeutende Summe zurückzugeben oder ihm mitzuteilen, wo er wäre. Nichts hielt den guten Vater zurück. Die Summe wurde an die Grenze von Piemont mit einem für Italien visierten Paß abgeschickt... Sie befanden sich, glaube ich, im Süden von Frankreich?«

»Ja, mein Herr«, antwortete Andrea mit einer ziemlich verlegenen Miene; »ja, ich befand mich im Süden von Frankreich.«
»Ein Wagen sollte Sie in Nizza erwarten?«
»So ist es, er führte mich von Nizza nach Genua und über Turin nach Paris.«
»Vortrefflich; er hoffte immer, Ihnen unterwegs zu begegnen, denn dies war die Straße, die er selbst verfolgte.«
»Aber wenn er mir begegnet wäre, dieser liebe Vater«, sagte Andrea, »ich zweifle, ob er mich erkannt haben würde; es ist einigermaßen eine Veränderung mit mir vorgegangen, seitdem er mich aus dem Gesicht verloren.«
»Ah, die Stimme des Blutes«, sagte Monte Christo.
»Ah, ja, das ist wahr«, erwiderte der junge Mann, »ich dachte nicht an die Stimme des Blutes.«
»Nun beunruhigte nur eines den Marquis Cavalcanti«, versetzte Monte Christo: »was Sie getan haben, während Sie von ihm entfernt waren; auf welche Weise Sie von Ihren Verfolgern behandelt worden sind; ob man Ihrer Geburt die schuldige Rücksicht für Sie gehabt hat; ob endlich von dem moralischen Leiden, dem sie ausgesetzt waren, nicht eine Schwäche der Fähigkeiten, mit denen Sie die Natur so reich begabte, zurückgeblieben ist, und ob Sie selbst den Ihnen gebührenden Rang wieder aufzunehmen und würdig behaupten zu können glauben.«
»Mein Herr«, stammelte der junge Mann beträubt, »ich hoffe, es wird kein falscher Bericht ... übrigens beruhigen Sie sich. Die Räuber, die mich von meinem Vater entfernten und ohne Zweifel, wie sie es später getan, mich an ihn zu verkaufen beabsichtigten, berechneten, daß man mir, um einen guten Nutzen aus mir zu ziehen, meinen ganzen persönlichen Wert lassen und denselben sogar, wenn es möglich wäre, vermehren müßte. Ich erhielt daher eine ziemlich gute Erziehung und wurde von den Kinderdieben ungefähr so behandelt, wie einst in Kleinasien die Sklaven, aus denen ihre Herrn Grammatiker, Mediziner und Philosophen machten, um sie teuer auf dem Markt von Rom zu verkaufen.«
Monte Christo lächelte zufrieden; er hatte, wie es schien, nicht so viel von Andrea Cavalcanti gehofft.

»Wenn sich übrigens«, versetzte der junge Mann, »bei mir ein Mangel an Erziehung, oder vielmehr an Weltgewohnheit zeigte, so würde man wohl die Nachsicht haben, dies zu entschuldigen, in Betracht der Unglücksfälle, die meine Geburt begleitet und meine Jugend verfolgten.«

»Nun, Graf, Sie werden daraus machen, was Sie wollen«, erwiderte mit nachlässigem Ton Monte Christo; »denn Sie sind der Herr, und das geht Sie an; doch auf mein Wort, ich werde im Gegenteil nicht eine Silbe von allen diesen Abenteuern sprechen, denn Ihre Geschichte ist ein Roman, und kaum haben Sie irgend jemand davon erzählt, so wird sie völlig entstellt in der Welt umherlaufen. Sie werden nicht mehr ein wiedergefundenes Kind, sondern ein Findelkind sein. Vielleicht wird Ihnen der Erfolg zuteil, daß Sie Neugierde erregen; doch nicht jedermann liebt es, der Mittelpunkt von Bobachtungen und die Zielscheibe von Kommentaren zu sein. Das dürfte Sie vielleicht etwas ermüden.«

»Ich glaube, Sie haben recht, mein Herr Graf«, sagte der junge Mann, unter dem unbeugsamen Blick von Monte Christo unwillkürlich erbleichend; »es ist dies eine große Unannehmlichkeit.«

»Oh, Sie müssen sich die Sache nicht übertrieben vorstellen«, entgegnete Monte Christo; »denn um einen Fehler zu vermeiden, würde man in eine Torheit verfallen. Nein, es ist nur ein einfacher Plan des Benehmens festzusetzen, und von einem gescheiten Mann, wie Sie sind, läßt sich dieser Plan um so eher durchführen, als er mit Ihren Interessen im Einklang steht: Sie müssen durch Zeugnisse und ehrenwerte Freundschaften alles bekämpfen, was Ihre Vergangenheit Dunkles haben dürfte.«

Andrea verlor sichtbar seine Haltung.

»Gern würde ich mich Ihnen als verantwortlich, als Bürge anbieten«, sprach Monte Christo; »doch es ist bei mir eine moralische Gewohnheit, stets an meinen besten Freunden zu zweifeln, und ein Bedürfnis, danach zu trachten, daß auch die andern zweifeln; auch würde ich hier eine Rolle spielen, die außer meinem Fach läge, wie die Schauspieler sagen, und ich liefe Gefahr, mich auspfeifen zu lassen!«

»Mein Herr Graf«, versetzte Andrea mit kaltem Ton, »ich

denke jedoch, in Rücksicht auf Lord Wilmore, der mich Ihnen empfohlen hat...«

»Ja, gewiß; doch Lord Wilmore verhehlt mir nicht, mein lieber Herr Andrea, daß Sie eine etwas stürmische Jugend hatten. Oh!« sagte der Graf, als er die Bewegung sah, welche Andrea machte, »ich verlange keine Beichte von Ihnen; überdies hat man, damit Sie niemand bedürften, den Herrn Marquis Cavalcanti, Ihren Vater, von Lucca kommen lassen. Sie werden sehen, er ist ein wenig steif, ein wenig geschraubt; doch das ist eine Uniformsfrage, und wenn man erfährt, daß er seit seinem achtzehnten Jahre in österreichischen Diensten steht, ist alles entschuldigt. Doch, ich versichere Ihnen, es ist ein völlig hinreichender Vater.«

»Ah! Sie beruhigen mich, mein Herr, ich verließ ihn vor so langer Zeit, daß ich keine Erinnerung mehr von ihm habe. Mein Vater ist also wirklich reich, mein Herr?«

»Und dann wissen Sie, ein großes Vermögen läßt über viele Dinge hinwegsehen.«

»Millionär... 500000 Franken Rente? Ich werde mich also in einer angenehmen Lage befinden?« fragte ängstlich der junge Mann.

»In einer äußerst angenehmen, mein lieber Herr; er gibt Ihnen fünfzigtausend Franken jährlich, solange Sie in Paris bleiben.«

»Dann werde ich immer hier bleiben.«

»Ei, wer kann für die Umstände bürgen? Der Mensch denkt, Gott lenkt.«

Andrea stieß einen Seufzer aus und erwiderte: »Aber solange ich in Paris bleibe und kein Umstand mich zwingt, wegzugehen, ist mir das Geld, von dem Sie soeben sprachen, zugesichert?«

»Oh, sicherlich.«

»Durch meinen Vater?« fragte Andrea mit einer gewissen Unruhe.

»Ja, aber garantiert durch Lord Wilmore, der Ihnen auf die Bitte Ihres Vaters einen Kredit von fünfzigtausend Franken monatlich bei Herr Danglars, einem der sichersten Bankiers von Paris, eröffnet hat.«

»Und mein Vater gedenkt lange in Paris zu bleiben?« fragte Andrea mit derselben Unruhe.

»Nur einige Tage«, antwortete Monte Christo. »Sein Dienst erlaubt ihm nicht, länger als zwei bis drei Wochen abwesend zu sein.«
»Oh, der liebe Vater!« rief Andrea, sichtbar entzückt über diese schnelle Abreise.
»Auch will ich«, versetzte Monte Christo, der sich stellte, als täuschte er sich in dem Ausdruck dieser Worte, »auch will ich die Stunde Ihrer Wiedervereinigung nicht einen Augenblick mehr verzögern. Sind Sie vorbereitet, den würdigen Herrn Cavalcanti zu umarmen?«
»Sie zweifeln hoffentlich nicht daran?«
»Nun, so treten Sie in diesen Salon, mein junger Freund, und Sie werden Ihren Vater finden, der Sie erwartet.«
Andrea machte eine tiefe Verbeugung vor dem Grafen und trat in den Salon.
Der Graf folgte ihm mit den Augen und drückte, sobald er ihn verschwinden sah, an einer Feder, die mit einem Gemälde in Verbindung stand, welches, sich aus dem Rahmen schiebend, durch einen geschickt angebrachten Zwischenraum den Blick in den Salon dringen ließ.
Andrea machte die Tür hinter sich zu und näherte sich dem Major, der sich erhob, sobald er das Geräusch seiner Tritte hörte.
»Ah, mein Herr und lieber Vater«, sagte Andrea mit lauter Stimme und so, daß es der Graf durch die geschlossene Tür hörte, »sind Sie es wirklich?«
»Guten Tag, mein lieber Sohn«, sprach der Major mit ernstem Ton.
»Nach so vieljähriger Trennung«, fuhr Andrea nach der Tür schielend fort, »welch ein Glück, uns wiederzusehen!«
»In der Tat, die Trennung hat lange gedauert.«
»Umarmen wir uns nicht, mein Herr?« fragte Andrea.
Und diese zwei Menschen umarmten sich, wie man sich in der Komödie umarmt, das heißt, sie streckten sich den Kopf über die Schulter.
»So sind wir also wiedervereinigt?« sagte Andrea.
»Wir sind wiedervereinigt«, wiederholte der Major.
»Um uns nie mehr zu trennen?«

»In der Tat; ich glaube, mein lieber Sohn, Sie betrachten Frankreich nunmehr als ein zweites Vaterland?«
»Ich wäre allerdings in Verzweiflung, wenn ich Paris verlassen müßte.«
»Und ich vermöchte, wie Sie begreifen, nicht außerhalb Lucca zu leben. »Ich werde daher sobald als möglich nach Italien zurückkehren.«
»Doch ehe Sie abreisen, mein geliebter Vater, stellen Sie mir ohne Zweifel die Papiere zu, mit deren Hilfe ich imstande sein werde, leicht nachzuweisen, von welchem Blut ich abstamme.«
»Allerdings, denn ich komme ausdrücklich deshalb und habe soviel Mühe gehabt, Sie zu treffen, um Ihnen dieselben zustellen zu können.«
Andrea griff gierig nach dem Trauschein seines Vaters, nach seinem eigenen Taufschein und durchlief, nachdem er das Ganze mit einer für einen guten Sohn natürlichen Heftigkeit geöffnet hatte, die zwei Papiere mit einer Hast und einer Gewandtheit, die zugleich das geübte Auge und das lebhafteste Interesse bezeichneten.
Als er damit zu Ende war, erglänzte ein unbeschreiblicher Ausdruck von Freude auf seiner Stirn, und er sagte, den Major mit einem seltsamen Lächeln anschauend, in vortrefflichem Toskanisch: »Ah, es gibt also keine Galeeren in Italien?«
Der Major warf sich zurück und rief: »Und warum dies?«
»Daß man ungestraft solche Dokumente fabriziert? Für die Hälfte von diesem, mein vielgeliebter Vater, würde man Sie in Frankreich fünf Jahre die Luft von Toulon einatmen lassen.«
»Wie beliebt?« sagte der Lukkeser, der eine majestätische Miene zu erlangen suchte.
»Mein lieber Herr Cavalcanti«, sprach Andrea, den Major beim Arm fassend, »wieviel gibt man Ihnen dafür, daß Sie mein Vater sind?«
Der Major wollte sprechen.
»Still!« sagte Andrea, die Stimme dämpfend, »ich will Ihnen ein Beispiel des Vertrauens geben; man bezahlt mir fünfzigtausend Franken jährlich dafür, daß ich Ihr Sohn bin; Sie begreifen folglich, daß ich nie geneigt sein werde, zu leugnen, Sie seien mein Vater.«

Der Major schaute unruhig umher.
»Oh, seien Sie unbesorgt, wir sind allein«, versetzte Andrea; »überdies sprechen wir Italienisch.«
»Nun wohl, mir gibt man ein für allemal fünfzigtausend Franken«, sagte der Lukkeser.
»Herr Cavalcanti, glauben Sie an Feenmärchen?«
»Nein, früher nicht, aber jetzt muß ich daran glauben.«
»Sie haben also Beweise erhalten?«
Der Major zog eine Handvoll Gold aus seiner Tasche.
»Handgreifliche, wie Sie sehen.«
»Sie denken, ich könne den Versprechungen trauen, die man mir gemacht hat?«
»Ich glaube es.«
»Und dieser brave Mann von einem Grafen wird sie halten?«
»Punkt für Punkt; doch Sie begreifen, um zu diesem Ziel zu gelangen, müssen wir unsere Rollen spielen.«
»Wie denn...?«
»Ich als zärtlicher Vater.«
»Und ich als ehrfurchtsvoller Sohn.«
»Da sie verlangen, daß Sie von mir abstammen.«
»Welche sie?«
»Verdammt, ich weiß es nicht, diejenigen, welche uns schrieben; haben Sie nicht auch einen Brief bekommen?«
»Doch wohl.«
»Von wem?«
»Von einem gewissen Abbé Busoni.«
»Den Sie nicht kennen?«
»Ich habe ihn nie gesehen. Was sagte Ihnen der Brief, den Sie erhielten?«
»Sie werden mich nicht verraten?«
»Ich werde mich wohl hüten, unsere Interessen sind dieselben.«
»So lesen Sie.«
Und der Major gab dem jungen Mann einen Brief.
Andrea las mit leiser Stimme:

»Sie sind arm, ein unglückliches Alter erwartet Sie. Wollen Sie, wenn nicht reich, doch wenigstens unabhängig werden?
Reisen Sie auf der Stelle nach Paris und fordern Sie bei dem Herr Gra-

fen von Monte Christo, Avenue des Champs-Elysées. Nr. 30, den Sohn zurück, den Sie von der Marchesa Corsinari gehabt haben und der Ihnen in einem Alter von fünf Jahren gestohlen worden ist.
Dieser Sohn heißt Andrea Cavalcanti.
Damit Sie die Absicht des Unterzeichneten, Ihnen angenehm zu sein, nicht in Zweifel ziehen, finden Sie anbei:
Eine Anweisung von zweitausendvierhundert toskanischen Lire, zahlbar bei Herrn Gozzi in Florenz.
Einen Brief zum Behuf der Einführung bei dem Herrn Grafen von Monte Christo, auf welchen ich Sie mit einer Summe von achtundvierzigtausend Franken akkreditiere.
Finden Sie sich am 26. Mai abends um sieben Uhr bei dem Grafen ein.
Abbé Busoni.«

»So ist es.«
»Wie, so ist es? Was wollen Sie damit sagen?« fragte der Major.
»Ich sage, daß ich einen ungefähr ähnlichen Brief erhalten habe.«
»Sie? Von dem Abbé Busoni?«
»Von einem Engländer, von einem gewissen Lord Wilmore, der den Namen Simbad der Seefahrer annahm.«
»Und den Sie ebensowenig kennen, als ich den Abbé Busoni?«
»Doch; ich bin weiter vorgerückt als Sie.«
»Sie haben ihn gesehen?«
»Ja, einmal.«
»Wo dies?«
»Ah, das ist es gerade, was ich Ihnen nicht sagen kann; sonst wüßten Sie soviel als ich, und das ist nicht nötig.«
»Dieser Brief sagte Ihnen...?«
»Lesen Sie!«

»Sie sind arm und sehen nur einer elenden Zukunft entgegen; wollen Sie einen Namen haben, frei sein, reich sein?
Nehmen Sie den Postwagen, den Sie bespannt finden, wenn Sie von Nizza durch das Genueser Tor weggehen. Reisen Sie durch Turin, Chambéry und Pont-de-Beauvoisin. Begeben Sie sich zu dem Grafen von Monte Christo, Avenue der Champs-Elysées, am 26. Mai um sieben Uhr abends und fordern Sie Ihren Vater von ihm.
Sie sind der Sohn des Marquis Bartolomeo Cavalcanti und der Marchesa Oliva Corsinari, wie dies die Ihnen von dem Marquis zu überge-

benden Papiere bestätigen werden, welche Ihnen unter diesem Namen in der Pariser Welt zu erscheinen gestatten.
Was Ihren Rang betrifft, so wird Sie eine Rente von fünfzigtausend Lires in den Stand setzen, denselben zu behaupten.
Sie erhalten anbei eine Anweisung auf fünftausend Lires auf Herrn Ferrea, Bankier in Nizza und einen Einführungsbrief für den Grafen von Monte Christo, der von mir beauftragt ist, für die Befriedigung aller Ihrer Bedürfnisse zu sorgen.«

Simbad der Seefahrer.

»Hm!« sagte der Major, »das ist sehr schön!«
»Nicht wahr?«
»Sie haben den Grafen gesehen? Hat er anerkannt?«
»Alles.«
»Begreifen Sie etwas hiervon?«
»Meiner Treu, nein.«
»In dieser ganzen Geschichte ist einer der Tor.«
»Auf jeden Fall weder Sie noch ich.«
»Nein, gewiß nicht.«
»Wohl, aber wer sonst?«
»Daran ist wenig gelegen, nicht wahr?«
»Allerdings, das wollte ich eben sagen; führen wir die Sachen zu Ende und spielen wir ein gemeinschaftliches Spiel.«
»Gut; Sie werden mich würdig finden, Ihr Partner zu sein.«
»Ich habe nicht einen Augenblick daran gezweifelt, mein lieber Vater.«
»Sie erweisen mir viel Ehre, mein lieber Sohn.«
Monte Christo wählte diesen Augenblick, um in den Salon zurückzukehren. Als sie das Geräusch seiner Tritte hörten, warfen sich die zwei Menschen einander in die Arme; der Graf fand dieselben sich eng umschließend.
»Nun, mein Herr Marquis, es scheint, Sie haben einen Sohn nach Ihrem Herzen wiedergefunden?«
»Ah, mein Herr Graf, die Freude erstickt mich beinahe.«
»Und Sie, junger Mann?«
»Ah, mein Herr Graf, das Glück erstickt mich.«
»Glücklicher Vater! Glückliches Kind!« rief der Graf.
»Nur eines betrübt mich«, sagte der Major; »die Notwendigkeit, in der ich mich befinde, Paris so schnell zu verlassen.«

»Oh, lieber Herr Cavalcanti, Sie werden hoffentlich nicht eher abreisen, als bis ich Sie einigen Freunden vorgestellt habe«, entgegnete Monte Christo.
»Ich stehe dem Herrn Grafen zu Befehl«, sagte der Major.
»Nun beichten Sie, junger Mann«, sagte Monte Christo.
»Wem?«
»Ihrem Herrn Vater, sagen Sie ihm ein paar Worte von dem Zustand Ihrer Finanzen.«
»Ah! Teufel!« rief Andrea; »Sie berühren die empfindliche Seite.«
»Hören Sie, Major?« sagte Monte Christo.
»Allerdings höre ich.«
»Das gute Kind sagt, es brauche Geld!«
»Was soll ich tun?«
»Bei Gott, Sie müssen ihm geben!«
»Ich?«
»Ja, Sie.«
Monte Christo trat zwischen diese zwei Menschen.
»Nehmen Sie«, sagte er zu Andrea und drückte ihm ein Päckchen mit Banknoten in die Hand.
»Was ist das?«
»Die Antwort Ihres Vaters.«
»Meines Vaters?«
»Gaben Sie ihm nicht zu verstehen, Sie hätten Geld nötig?«
»Ja. Nun?«
»Er beauftragt mich, Ihnen dies zuzustellen.«
»Auf Abschlag von meiner Rente?«
»Nein, zur Deckung Ihrer Einrichtungskosten.«
»Oh, teurer Vater!«
»Still«, sprach Monte Christo, »Sie sehen, ich soll Ihnen nicht sagen, daß es von ihm kommt.«
»Ich weiß diese Zartheit zu würdigen«, versetzte Andrea und steckte die Banknoten in seine Hosentasche.
»Es ist gut, gehen Sie nun!« sagte Monte Christo.
»Und wann werden wir die Ehre haben, den Herrn Grafen wiederzusehen?« fragte Cavalcanti.
»Ah, ja«, wiederholte Andrea; »wann werden wir diese Ehre haben?«

»Sonnabend, wenn Sie wollen... ja... Sonnabend. Ich habe in meinem Haus in Auteuil, Rue de la Fontaine Nr. 28, mehrere Personen bei Tisch, und unter anderen Herrn Danglars, Ihren Bankier; ich werde Sie demselben vorstellen, denn er muß Sie beide kennen, um Ihnen Ihr Geld auszubezahlen.«

»In großem Putz?« fragte mit halber Stimme der Major.

»In großem Putz: Uniform, Kreuze, kurze Hose.«

»Und ich?« fragte Andrea.

»Oh, Sie, sehr einfach. Schwarze Beinkleider, lackierte Stiefel, weiße Weste, schwarzer Frack, lange Halsbinde; lassen Sie sich bei Blin oder bei Veronique kleiden. Baptistin wird Ihnen die Adresse dieser Herrn geben. Je weniger Sie Anmaßung in Ihre Kleidung legen, desto besser wird bei Ihrem Reichtum die Wirkung sein. Kaufen Sie Pferde, so nehmen Sie dieselben bei Dedeveux: brauchen Sie einen Wagen, so gehen Sie zu Baptiste.«

»Um welche Stunde dürfen wir uns einfinden?«

»Gegen halb sieben Uhr.«

»Es ist gut, man wird nicht verfehlen«, sagte der Major, nach seinem Hut greifend.

Die zwei Cavalcanti verbeugten sich und verließen das Zimmer. Der Graf näherte sich dem Fenster und sah sie Arm in Arm durch den Hof schreiten.

»In der Tat«, sagte er, »das sind zwei große Schufte! Welch ein Unglück, daß sie einander nicht wirklich als Vater und Sohn angehören!«

Dann, nach einem Augenblick düsteren Nachdenkens: »Wir wollen zu Morels gehen; ich glaube, der Ekel greift mein Herz noch mehr an als der Haß.«

17. Das Luzernengehege

Unsere Leser müssen uns nun erlauben, sie zu dem an das Haus des Herrn von Villefort grenzenden Luzernengehege zu führen, wo wir hinter dem von Kastanienbäumen überschatteten Gitter uns befreundete Personen finden werden.

Diesmal hat sich Maximilian zuerst eingefunden. Er lauert in dem tiefen Garten auf eine Erscheinung zwischen den Bäumen und auf das Geknister eines seidenen Schuhes auf dem Sand der Allee.

Endlich läßt sich das so lang ersehnte Knistern hören, aber statt einer Gestalt erscheinen zwei. Die Verzögerung von Valentine war durch einen Besuch von Madame Danglars und Eugenie, der sich über die Stunde, wo Valentine erwartet wurde, ausgedehnt hatte, veranlaßt worden. Um bei dem Stelldichein nicht zu fehlen, schlug Valentine Fräulein Danglars einen Spaziergang im Garten vor, denn sie wollte Maximilian zeigen, daß sie nicht schuld an dem Verzug sei, unter dem er ohne Zweifel gelitten.

Der junge Mann begriff alles mit der den Liebenden eigenen schnellen Erkenntnis, und sein Herz war erleichtert. Ohne in den Bereich der Stimme zu kommen, richtete Valentine ihren Spaziergang so ein, daß Maximilian sie hin- und hergehen sehen konnte, und jeder dem jungen Mann zugeworfene Blick sagte ihm: »Fassen Sie Mut, Freund, Sie sehen, daß es nicht meine Schuld ist.«

Und Maximilian faßte in der Tat Mut, während er den Kontrast zwischen diesen zwei Mädchen bewunderte; zwischen der Blonden mit schmachtenden Augen und vorgebeugter Gestalt, gleich einer schönen Weide, und der Braunen mit den stolzen Augen und dem pappelartig geraden Wuchs. Es versteht sich von selbst, daß bei dieser Vergleichung zwischen zwei so entgegengesetzten Naturen der Vorzug, wenigstens im Innern des jungen Mannes, Valentine eingeräumt wurde.

Nach einem Spaziergang von einer halben Stunde entfernten sich die beiden Mädchen. Maximilian begriff, daß das Ende des Besuches von Madame Danglars gekommen war.

Eine Minute nachher erschien Valentine wirklich wieder allein.

Aus Furcht, ein unbescheidener Blick könnte ihre Rückkehr verfolgen, kam sie langsam; und statt unmittelbar auf das Gitter zuzuschreiten, setzte sie sich auf eine Bank, nachdem sie, scheinbar absichtslos, jedes Gebüsch untersucht und das Auge in die Tiefe der Allee getaucht hatte. Als diese Vorsichtsmaßregeln getroffen waren, lief sie zu dem Gitter.

»Guten Morgen, Valentine«, sprach eine Stimme.

»Guten Morgen, Maximilian; ich ließ Sie warten, aber Sie haben wohl die Ursache gesehen?«

»Ja, ich erkannte Fräulein Danglars; doch ich glaubte nicht, daß Sie in so enger Verbindung mit dieser Dame ständen.«

»Wir plauderten miteinander, und sie gestand mir ihren Widerwillen gegen eine Verbindung mit Herrn von Morcerf, und ich gestand ihr, daß ich es als ein Unglück betrachte, Herrn d'Epinay heiraten zu sollen.«

»Teure Valentine!«

»Deshalb, mein Freund, sahen Sie diese scheinbare Hingebung zwischen mir und Eugenie! Während ich von dem Mann sprach, den ich nicht lieben kann, dachte ich an den Mann, den ich liebe.«

»Sie sind so gut in allen Dingen, Sie haben etwas in sich, was Fräulein Danglars nie haben wird: den unerklärlichen Zauber, der bei der Frau das ist, was der Wohlgeruch bei der Blume, der Wohlgeschmack bei der Frucht; denn bei der Blume wie bei der Frucht ist mit der Schönheit nicht alles getan.«

»Ihre Liebe läßt Sie die Dinge so anschauen!«

»Nein, Valentine, das schwöre ich Ihnen. Ich betrachtete vorhin Sie beide, und bei meiner Ehre, während ich der Schönheit von Fräulein Danglars Gerechtigkeit widerfahren ließ, begriff ich doch nicht, wie sich ein Mann in sie verlieben könnte – doch gestatten Sie eine Frage einfacher Neugierde: Liebt Fräulein Danglars irgendeinen, daß sie vor ihrer Verheiratung mit Herrn von Morcerf zurückweicht?«

»Sie sagte mir, sie liebe niemand«, antwortete Valentine; »sie verabscheue die Ehe; ihre größte Freude wäre es gewesen, ein freies und unabhängiges Leben zu führen, und sie wünschte beinahe, ihr Vater möchte sein Vermögen verlieren, daß sie wie ihre Freundin, Fräulein Luise d'Armilly, Künstlerin werden könnte.«

»Ah, das ist interessant, doch ich wollte Ihnen sagen, daß ich kürzlich Herrn von Morcerf getroffen habe. Franz ist sein Freund, wie Sie wissen; er kündigte mir seine bevorstehende Rückkehr an.«

Valentine erbleichte und hielt sich an dem Gitter.

»Ah, mein Gott!« sagte sie, »wenn dies so wäre! Doch nein, die Mitteilung käme nicht von Frau von Villefort.«

»Warum nicht?«

»Warum... ich weiß es nicht... doch es scheint mir, wenn sich Frau von Villefort auch nicht offen widersetzt, so ist sie doch nicht für diese Heirat eingenommen.«

»Ah! Valentine, mir dünkt, ich werde Frau von Villefort anbeten.«

»Oh, eilen Sie nicht zu sehr, Maximilian«, sagte Valentine mit einem traurigen Lächeln.

»Wenn sie aber gegen diese Heirat eingenommen ist, und wäre es nur, um die Sache abzubrechen, würde sich ihr Ohr nicht vielleicht einem andern Antrag öffnen?«

»Glauben Sie dies nicht, Maximilian; es sind nicht die Ehegatten, was Frau von Villefort verwirft, sondern es ist die Ehe.«

»Wie, die Ehe? Wenn sie die Ehe so sehr haßt, warum hat sie sich verheiratet?«

»Sie verstehen mich nicht, Maximilian. Als ich vor einem Jahr den Gedanken äußerte, mich in ein Kloster zurückzuziehen, nahm sie trotz der Bemerkungen, die sie dagegen machen zu müssen glaubte, meinen Vorschlag mit Freuden an, und ich bin fest überzeugt, auch mein Vater gab auf ihren Antrieb seine Einwilligung dazu; nur mein armer Großvater hielt mich zurück. Sie können sich nicht vorstellen, Maximilian, welcher Ausdruck in den Augen dieses armen Greises liegt, der nur mich allein in der Welt liebt und, Gott verzeihe mir, wenn dies eine Lästerung ist, nur von mir allein in der Welt geliebt wird. Wenn Sie wüßten, wie er mich anschaute, wieviel Vorwurf in diesem Blick, wieviel Verzweiflung in diesen Tränen lag, die ohne Klagen, ohne Seufzer an seinen unbeweglichen Wangen herabrollten! Ah, Maximilian, ich fühlte etwas wie einen Gewissensbiß, warf mich ihm zu Füßen und rief: ›Verzeihung! Verzeihung! Mein Vater, man mag mit mir machen, was man will, ich werde Sie nie verlassen.‹ Dann schlug er die Augen zum Himmel auf! Maximilian, ich kann viel erdulden; dieser Blick meines guten, alten Großvaters hat mich zum voraus für das belohnt, was ich leiden werde.«

»Teure Valentine! Sie sind ein Engel.«

»Hören Sie weiteres. Ich habe als Erbteil von meiner Mutter gegen 50000 Franken Rente; mein Großvater und meine Großmutter, der Marquis und die Marquise von Saint-Meran, müssen mir ebensoviel hinterlassen; Herr Noirtier hat offenbar die Absicht, mich zu seiner einzigen Erbin einzusetzen. Daraus geht hervor, daß mein Bruder Eduard im Vergleich mit mir, da er kein Vermögen von Frau von Villefort zu erwarten hat, arm ist. Frau von Villefort aber liebt dieses Kind, und hätte ich den Schleier genommen, so wäre mein ganzes Vermögen auf meinen Vater, der von dem Marquis, der Marquise und mir erbte, zusammenfließend, ihrem Sohn zugekommen.«

»Oh, wie sonderbar ist eine solche Habgier bei einer jungen und hübschen Frau!«

»Bemerken Sie wohl, daß sie nicht für sich, sondern für ihren Sohn danach trachtet, und daß das, was Sie ihr als einen Fehler vorwerfen, aus dem Gesichtspunkt der mütterlichen Liebe betrachtet, beinahe eine Tugend ist.«

»Doch sprechen Sie, Valentine, wenn Sie einen Teil Ihres Vermögens diesem Sohn abtreten würden?«

»Aber wie einen solchen Vorschlag machen, und besonders einer Frau, die beständig das Wort Uneigennützigkeit auf der Zunge führt?«

»Valentine, meine Liebe ist mir stets heilig geblieben, und wie jede heilige Sache, habe ich sie mit dem Schleier meiner Achtung bedeckt und in meinem Herzen eingeschlossen; niemand in der Welt, nicht einmal meine Schwester, hat eine Ahnung von dieser Liebe. Valentine, erlauben Sie mir, mit einem Freund über diese Liebe zu sprechen?«

Valentine bebte und erwiderte: »Mit einem Freund? Oh, mein Gott! Maximilian, ich zittere, wenn ich Sie nur so reden höre! Mit einem Freund, und wer ist denn dieser Freund?«

»Teure Freundin, Sie kennen ihn, er hat Ihrer Stiefmutter und deren Sohn das Leben gerettet.«

»Der Graf von Monte Christo? Oh, er kann nie mein Freund sein, denn er ist zu sehr der meiner Stiefmutter.«

»Der Graf der Freund Ihrer Stiefmutter, Valentine? Ich bin überzeugt, daß Sie sich täuschen«, sagte Maximilian.

»Oh, wenn Sie wüßten, es ist nicht mehr Eduard, der im Haus regiert, sondern der Graf: hochgeschätzt von Frau von Villefort, die in ihm den Inbegriff aller menschlichen Kenntnisse erblickt; bewundert von meinem Vater, der behauptet, er habe nie mit mehr Beredsamkeit erhabenere Gedanken aussprechen hören; vergöttert von Eduard, der ihm, trotz seiner Furcht vor den großen, schwarzen Augen des Grafen, entgegenläuft, sobald er ihn kommen sieht, ihm die Hand öffnet, wo er stets ein bewunderungswürdiges Spielzeug findet. Auf diese Art ist Herr von Monte Christo bei uns zu Hause.«

»Nun wohl, Valentine, wenn die Dinge sich so verhalten, wie Sie sagen, so müssen Sie bereits die Wirkungen seiner Gegenwart fühlen, oder werden sie wenigstens bald fühlen. Er trifft Albert von Morcerf in Italien, um ihn den Händen von Räubern zu entreißen; er erblickt Madame Danglars, um ihr ein königliches Geschenk zu machen; Ihre Stiefmutter und Ihr Bruder fahren vor seiner Tür vorüber, damit sein Nubier ihnen das Leben rettet. Dieser Mann hat offenbar die Macht erhalten, auf die Ereignisse, auf die Menschen und auf die Dinge Einfluß zu üben. Ich sah nie einen einfacheren Geschmack in Verbindung mit einer größeren Pracht. Sein Lächeln ist so süß, wenn er es mir zuwendet, daß ich vergesse, wie bitter die andern sein Lächeln finden. Oh, sagen Sie mir, Valentine, hat er Ihnen so zugelächelt? Wenn er dies getan, so werden Sie glücklich sein.«

»Mir!« rief das junge Mädchen; »oh, mein Gott! Maximilian, er schaut mich nicht einmal an, oder er wendet vielmehr das Auge ab, wenn ich zufällig in seine Nähe komme. Nein, er ist nicht edelmütig, oder er besitzt nicht den scharfen Blick, der in der Tiefe der Herzen liest und den Sie mit Unrecht bei ihm voraussetzen. Besäße er diesen Blick, so würde er gesehen haben, daß ich unglücklich bin; wäre er edelmütig, so würde er seinen Einfluß zu meinem Schutz angewendet haben, und spielte er, wie Sie sagen, die Rolle der Sonne, so hätte er mein Herz an einem ihrer Strahlen erwärmt. Sie behaupten, er sei Ihr Freund, Maximilian; ei, mein Gott! Woher wissen Sie dies?«

»Es ist gut, Valentine«, erwiderte Morel seufzend; »sprechen wir nicht mehr davon, ich werde ihm nichts sagen.«

»Ach, mein Freund, ich betrübe Sie. Oh, warum kann ich Ihnen nicht die Hand drücken, um mir Verzeihung von Ihnen zu erbitten! Doch mir wäre nichts lieber, als wenn ich überzeugt würde; sagen Sie mir, was hat denn dieser Graf von Monte Christo für Sie getan?«

»Ich gestehe, Sie setzen mich sehr in Verlegenheit, Valentine, wenn Sie mich fragen, was er für mich getan hätte: ich weiß wohl, nichts Auffallendes. Auch ist meine Zuneigung für ihn etwas rein Instinktartiges und trägt nichts Begründetes in sich. Hat die Sonne etwas für mich getan? Nein; sie erwärmt mich, und bei ihrem Licht sehe ich Sie. Hat dieser oder jener Wohlgeruch etwas für mich getan? Nein; sein Duft erquickt auf eine angenehme Weise einen von meinen Sinnen; ich habe nichts anderes zu sagen, wenn man mich fragt, warum ich diesen Wohlgeruch rühme. Meine Freundschaft für ihn ist seltsam, wie die seinige für mich. Eine geheime Stimme offenbart mir, daß diese unvorhergesehene und gegenseitige Freundschaft mehr als Zufall ist. Ich finde einen Zusammenhang in seinen einfachsten Handlungen, in seinen geheimsten Gedanken mit meinen Handlungen und meinen Gedanken. Sie werden abermals über mich lachen, Valentine; aber seitdem ich diesen Mann kenne, ist mir der törichte Gedanke gekommen, alles, was mir Gutes begegne, entströme ihm. Und dennoch habe ich dreißig Jahre gelebt, ohne dieses Beschützers zu bedürfen... nicht wahr? Gleichviel, hören Sie ein Beispiel: er hat mich auf Sonnabend zum Mittagessen eingeladen, das ist natürlich, so wie wir miteinander stehen, nicht wahr? Nun, was habe ich seitdem erfahren? Ihr Vater ist zu diesem Mittagessen eingeladen, Ihre Mutter wird kommen. Ich werde mit ihnen zusammentreffen, und wer weiß, was in der Zukunft hieraus entspringt? Das sind scheinbar ganz einfache Umstände. Ich aber sage mir, der Graf, dieser sonderbare Mann, der alles errät, habe mich mit Herrn und Frau von Villefort zusammenbringen wollen, und ich suche bisweilen, das schwöre ich Ihnen, in seinen Augen zu lesen, ob er nicht meine Liebe erraten hat.«

»Mein guter Freund«, entgegnete Valentine, »ich hielte Sie für einen Visionär und hätte wahrlich Sorge für Ihren Verstand, wenn ich von Ihnen nur solche Bemerkungen hörte. Wie, Sie sehen in diesem Zusammentreffen etwas anderes als einen Zufall? Bedenken Sie doch. Mein Vater, der nie ausgeht, war zehnmal auf dem Punkt, diese Einladung Frau von Villefort abzuschlagen, die im Gegenteil vor Verlangen brennt, den wunderbaren Nabob zu Hause zu sehen, und nur mit großer Mühe hat sie es dahin gebracht, daß er sie begleitete. Nein, nein, glauben Sie mir, Maximilian, abgesehen von Ihnen, habe ich von niemand auf dieser Welt Hilfe zu erwarten, als von meinem Großvater, einem Leichnam.«

»Ich fühle, daß Sie recht haben, Valentine, und daß die Logik auf Ihrer Seite ist! Doch Ihre sanfte, stets für mich so mächtige Stimme überzeugt mich heute nicht.«

»Die Ihrige mich auch nicht, und ich gestehe, wenn Sie kein anderes Beispiel anzuführen wissen...«

»Ich habe eines«, sprach Maximilian zögernd; »doch in der Tat, Valentine, ich muß selbst bekennen, es ist noch törichter als das erste.«

»Desto schlimmer«, versetzte lächelnd Valentine.

»Nun, so schauen Sie durch die Bretter, und sehen Sie dort an jenem Baum das neue Pferd, mit dem ich gekommen bin.«

»Oh, ein herrliches Tier!« rief Valentine, »warum haben Sie es nicht zum Gitter geführt? Ich hätte mit ihm gesprochen, und es würde mich verstanden haben.«

»Es ist in der Tat ein Tier von großem Wert; Sie wissen aber, daß mein Vermögen beschränkt ist, Valentine, und daß ich das bin, was man einen vernünftigen Menschen nennt. Nun, ich hatte diese herrliche Medea, so nenne ich sie, bei einem Pferdehändler gesehen; ich fragte nach dem Preis; man antwortete mir 4500 Franken. Ich mußte mich, wie Sie begreifen, enthalten, sie länger schön zu finden, und entfernte mich mit schwerem Herzen, denn das Pferd hatte mich zärtlich angeschaut, mich mit seinem Kopf geliebkost und auf die zärtlichste Weise unter mir getanzt. An demselben Abend sah ich einige Freunde bei mir, Herrn Debray und fünf bis sechs andere schlimme Subjekte, die Sie nicht einmal dem Namen nach kennen. Man schlug ein Hazardspiel vor; ich spiele nie, denn ich bin nicht reich genug, um verlieren zu können, und nicht arm genug, um einen Gewinn zu wünschen. Doch Sie begreifen, ich war zu Hause und hatte nichts anderes zu tun, als Karten holen zu lassen. Als man sich zur Tafel setzte, kam Herr von Monte Christo. Man spielte, und ich gewann; kaum wage ich es zu gestehen, Valentine, ich gewann fünftausend Franken. Wir trennten uns um Mitternacht. Ich konnte mich nicht halten, nahm einen Wagen und ließ mich zu meinem Pferdehändler führen. Ich stürzte durch die kaum geöffnete Tür, trat in den Stall und schaute nach der Raufe. Oh, Glück! Medea knaupelte an ihrem Hafer. Ich ergreife einen Sattel, befestige ihn selbst auf dem Rücken, lege den Zaum an, und Medea gibt sich aufs anmutigste von der Welt zu dieser Operation her. Dann händige ich die 4500 Franken dem erstaunten Kaufmann aus und reite die ganze Nacht auf den Champs-Elysées spazieren. Ich sah Licht an den Fenstern des Grafen, und es kam mir sogar vor, als erblickte ich seinen Schatten hinter den Vorhängen. Nun wollte ich schwören, Valentine, der Graf wußte, daß ich dieses Pferd wünschte, und verlor absichtlich, um mich gewinnen zu lassen.«

»Mein lieber Maximilian, Sie sind in der Tat zu phantastisch;... und werden mich nicht lange lieben... ein Mann, der sich so Poesie macht, dürfte wohl nicht in einer eintönigen Liebe, wie die unsrige ist, verschmachten wollen. Doch hören Sie, großer Gott, man ruft mich.«

»Oh, Valentine, durch die kleine Öffnung des Verschlags Ihren kleinsten Finger... daß ich ihn küssen kann.«

»Maximilian, wir sagten, wir würden für einander zwei Stimmen, zwei Schatten bleiben.«

»Nach Ihrem Belieben, Valentine.«

»Werden Sie glücklich sein, wenn ich tue, was Sie wollen?«

»Oh, ja!«

Valentine stieg auf eine Bank und streckte, nicht ihren kleinen Finger durch die Öffnung, sondern ihre ganze Hand über den Verschlag.

Maximilian stieß einen Schrei aus, sprang auf einen Stein, ergriff die teure Hand und drückte seine glühenden Lippen darauf; doch sogleich entschlüpfte diese Hand der seinigen, und der junge Mann hörte Valentine, die vielleicht über diese Empfindung erschrocken war, die sich ihrer bemächtigt hatte, rasch entfliehen.

18. Herr Noirtier von Villefort

Man vernehme, was in dem Haus des Staatsanwaltes nach dem Abgang von Madame Danglars und ihrer Tochter und während der von uns mitgeteilten Unterredung vorfiel. Herr von Ville-

fort trat, gefolgt von Frau von Villefort, bei seinem Vater ein; wo Valentine war, wissen wir.

Beide setzten sich an die Seite des Greises, nachdem sie ihn begrüßt und Barrois, einen alten Diener, der schon 25 Jahre in seinem Dienst stand, weggeschickt hatten.

Herr Noirtier saß in seinem großen Rollstuhl, in den man ihn jeden Morgen setzte, einem Spiegel gegenüber, der das ganze Zimmer widergab und dem Greis, ohne daß er eine ohnmächtige Bewegung zu versuchen nötig hatte, zeigte, wer in sein Zimmer eintrat, wer es verließ und was man um ihn her machte. Unbeweglich wie ein Leichnam schaute Herr Noirtier mit gescheiten, lebhaften Augen seine Kinder an, deren umständliche Begrüßung ihm irgendeinen offiziellen und unerwarteten Schritt verkündigte.

Das Gesicht und das Gehör waren noch die einzigen Sinne, die wie zwei Funken dieses bereits zu drei Vierteln für das Grab bestimmte menschliche Gebilde belebten; und von diesen zwei Sinnen vermochte nur einer nach außen das innere Leben der Bildsäule zu enthüllen, das Auge. Und dieses Auge, welches das innere Leben offenbarte, war einem von jenen entfernten Lichtern ähnlich, die in finsterer Nacht dem in der Wüste verirrten Reisenden anzeigen, daß es noch ein Wesen gibt, das in dieser Stille und in dieser Dunkelheit wacht.

In dem schwarzen Auge des alten Noirtier, das eine schwarze Braue überragte – während all sein Haar, das er lang und auf die Schultern herabhängend trug, weiß war –, in diesem Auge waren die ganze Tätigkeit, die ganze Gewandtheit, die ganze Kraft, der ganze Verstand, einst in diesem Körper und in diesem Geist verteilt, nunmehr konzentriert. Allerdings fehlten die Bewegungen des Armes, die Gebärden des Antlitzes, der Ton der Stimme, die Haltung des Körpers; doch dieses mächtige Auge ersetzte alles: er befahl mit den Augen, er dankte mit den Augen; es war ein Leichnam mit lebendigen Augen, und nichts war furchtbarer anzuschauen, als wenn sich zuweilen in diesem Marmorgesicht ein Zorn entzündete oder eine Freude glänzte.

Nur drei Personen verstanden die Sprache des armen Gelähmten: Villefort, Valentine und der alte Diener. Da jedoch Villefort nur selten und, gleichsam nur wenn er es nicht anders machen konnte, seinen Vater sah, so beruhte das ganze Glück des Greises auf seiner Enkelin, und Valentine war durch Ergebenheit, Liebe und Geduld dahin gelangt, daß sie alle Gedanken von Noirtier an den Augen ansah. Auf seine stumme, für jeden andern unverständliche Sprache antwortete sie mit ihrer ganzen Stimme, mit ihrer ganzen Physiognomie, mit ihrer ganzen Seele, so daß sich belebte Gespräche bildeten zwischen dem Mädchen und dem Mann von ungeheurem Wissen, von unerhörtem Scharfsinn und von einem so mächtigen Willen.

Valentine hatte also das seltsame Problem gelöst, den Gedanken des Greises zu begreifen, und ihm ihren Gedanken begreiflich zu machen; und infolge dieses Studiums geschah es nur selten, daß sie bei den gewöhnlichen Dingen des Lebens nicht genau das Verlangen dieser lebendigen Seele oder das Bedürfnis dieses halb unempfindlichen Körpers erraten hätte. Der Diener Barrois kannte alle Gewohnheiten seines Herrn, und Noirtier brauchte nur ausnahmsweise etwas von ihm zu verlangen.

Villefort bedurfte keiner Unterstützung, um mit seinem Vater das seltsame Gespräch anzuknüpfen, das er mit ihm zu führen gedachte, denn auch er kannte, wie gesagt, vollkommen das Wörterbuch des Greises, und wenn er sich desselben nicht häufiger bediente, so geschah dies aus Überdruß oder Gleichgültigkeit. Er ließ also vorher Valentine in den Garten hinabgehen, entfernte Barrois, setzte sich rechts von seinem Vater, während Frau von Villefort ihren Platz zu seiner Linken nahm und begann: »Mein Herr, wundern Sie sich nicht, daß Valentine nicht mit uns heraufgekommen ist, und daß ich Barrois entfernte, denn die Unterredung, die wir miteinander haben werden, kann nicht in Gegenwart eines jungen Mädchens oder eines Dieners stattfinden; Frau von Villefort und ich haben Ihnen eine Mitteilung zu machen.«

Das Gesicht von Noirtier blieb unempfindlich, während das Auge von Villefort bis in die tiefste Seele des Greises dringen zu wollen schien.

»Diese Mitteilung«, fuhr der Staatsanwalt mit dem eisigen Ton fort, der nie einen Widerspruch zuzulassen schien, »diese Mitteilung, Frau von Villefort und ich sind davon fest überzeugt, wird Sie erfreuen.«

Das Auge des Greises blieb teilnahmslos, er hörte nur.
»Mein Herr«, sprach Villefort, »wir verheiraten Valentine.«
Ein Gesicht von Wachs wäre bei dieser Kunde nicht kälter geblieben, als das Gesicht des Greises.
»Die Heirat wird binnen drei Monaten stattfinden«, fügte Villefort bei.
Das Auge des Greises war immer gleich leblos.
Frau von Villefort nahm ebenfalls das Wort und sagte hastig: »Wir dachten, diese Mitteilung hätte Interesse für Sie, mein Herr; überdies schien Valentine sich stets Ihrer Zuneigung zu erfreuen; wir haben Ihnen also nur noch den Namen des für sie bestimmten jungen Mannes zu sagen. Es ist eine von den ehrenvollsten Partien, auf die Valentine Anspruch machen kann. Der junge Mann besitzt Vermögen, einen schönen Namen, und es finden sich vollkommene Garantien des Glücks in dem Benehmen und in dem Geschmack des Mannes, welchen wir ihr bestimmen. Sein Name kann Ihnen nicht unbekannt sein: es handelt sich um Franz von Quesnel, Baron d'Epinay.«
Während der kleinen Rede seiner Frau heftete Villefort einen noch aufmerksameren Blick als zuvor auf den Greis. Sobald Frau von Villefort den Namen Franz aussprach, bebte das Auge von Noirtier, das sein Sohn so gut kannte, und ließ einen Blitz hervorleuchten.
Der Staatsanwalt, der mit den früheren Beziehungen politischer Feindseligkeit, die zwischen seinem Vater und dem Vater von Franz bestanden hatte, vertraut war, begriff diesen Feuerblick und diese Aufregung; doch er ließ beides scheinbar unbemerkt vorübergehen und nahm die Rede da wieder auf, wo seine Frau abgebrochen hatte.
»Mein Herr«, sagte er, »Sie begreifen, es ist von Wichtigkeit, daß Valentine, welche nunmehr ihrem neunzehnten Jahr nahesteht, ihre häusliche Versorgung findet. Nichtsdestoweniger haben wir Sie bei unsern Konferenzen nicht vergessen, und wir versicherten uns zum voraus, daß der Gatte von Valentine einwilligen würde, wenn nicht bei uns zu leben, die wir einem jungen Ehepaar vielleicht lästig wären, wenigstens Sie, den Valentine ganz besonders liebt, und der Sie dieselbe Zuneigung ihr zurückzugeben scheinen, bei ihnen leben zu lassen, wodurch Sie

keine Ihrer Gewohnheiten verlieren und statt eines zwei Kinder haben würden, um über Ihre alten Tage zu wachen.«

Der Blitz des Blickes von Noirtier wurde gleichsam blutig. Es ging offenbar etwas Furchtbares im Innern dieses Greises vor, sicherlich stieg ihm der Schrei des Schmerzes und der Wut in die Kehle und erstickte ihn beinahe, da er nicht ausbrechen konnte, denn sein Gesicht wurde purpurrot, und seine Lippen erbleichten.

Villefort öffnete ruhig ein Fenster und sprach: »Es ist sehr warm hier, diese Wärme macht Herrn Noirtier unwohl.«

Dann kam er zurück, jedoch ohne sich zu setzen.

»Die erwähnte Heirat«, fügte Frau von Villefort bei, »ist Herrn d'Epinay und seiner Familie sehr angenehm; übrigens besteht diese Familie nur aus einem Oheim und einer Tante. Seine Mutter starb in dem Augenblick, wo sie ihn zur Welt brachte, und da sein Vater 1815, das heißt, als das Kind kaum zwei Jahre alt war, ermordet wurde, so hängt er nur von seinem eigenen Willen ab.«

»Ein geheimnisvoller Mord, dessen Urheber unbekannt geblieben sind, obgleich der Verdacht über dem Haupt von vielen Menschen schwebte«, sagte Villefort.

Noirtier machte eine solche Anstrengung, daß seine Lippen sich wie zu einem Lächeln zusammenzogen.

»Die wahren Schuldigen aber«, fuhr Villefort fort, »diejenigen, welche wissen, daß sie das Verbrechen begangen haben; diejenigen, auf welche die Gerechtigkeit der Menschen während ihres Lebens und die Gerechtigkeit Gottes nach ihrem Tod herabfallen kann, wären sehr glücklich, wenn sie sich an unsrem Platz befänden und Herrn Franz d'Epinay eine Tochter zu bieten hätten, um auch den Schein des Verdachtes zu ersticken.«

Noirtier hatte sich mit einer Gewalt beruhigt, die man bei dieser gebrochenen Organisation nicht hätte erwarten sollen.

»Ja, ich begreife«, antwortete er Villefort mit dem Blick, und dieser Blick drückte zugleich die tiefe Verachtung und den sittlichen Zorn aus.

Villefort erwiderte diesen Blick, dessen Inhalt er gelesen hatte, mit einem leichten Achselzucken. Dann bedeutete er seiner Frau durch ein Zeichen, sie möge aufstehen.

»Mein Herr, genehmigen Sie nun den Ausdruck meiner Achtung«, sprach Frau von Villefort. »Erlauben Sie, daß Eduard Ihnen seine Ehrfurcht bezeugt?«

Verabredetermaßen drückte der Greis durch ein Schließen der Augen seine Billigung, seine Weigerung durch ein wiederholtes Blinzeln und irgendeinen Wunsch dadurch aus, daß er seine Augen zum Himmel aufschlug. Verlangte er nach Valentine, so schloß er nur das rechte Auge, verlangte er nach Barrois, so schloß er das linke Auge.

Auf die Frage von Frau von Villefort blinzelte er heftig.

Als Frau von Villefort den Vorschlag mit einer offenbaren Weigerung aufgenommen sah, biß sie sich auf die Lippen.

»Ich werde Ihnen also Valentine schicken?« sagte sie.

»Ja«, antwortete der Greis, rasch die Augen schließend.

Herr und Frau von Villefort grüßten und entfernten sich mit dem Befehl, Valentine zu rufen, die indessen bereits benachrichtigt war, daß sie im Verlauf des Tages bei Herrn Noirtier zu erscheinen hätte.

Hinter ihnen trat Valentine, noch ganz rosig vor Aufregung, bei dem Greis ein. Sie bedurfte nur eines Blickes, um zu begreifen, wie sehr ihr Großvater litt, und wie viele Dinge er ihr zu sagen hatte.

»Ah, guter Papa«, rief sie, »was ist denn geschehen? Nicht wahr, man hat dich geärgert, und du bist aufgebracht?«

»Ja«, erwiderte er, die Augen schließend.

»Gegen wen? Gegen meinen Vater? Nein; gegen Frau von Villefort? Nein; gegen mich?«

Der Greis machte ein bejahendes Zeichen.

»Gegen mich!« versetzte Valentine erstaunt.

Der Greis wiederholte das Zeichen.

»Was habe ich dir denn getan, lieber, guter Papa?« rief Valentine. – Keine Antwort; sie fuhr fort: »Ich habe dich den ganzen Tag nicht gesehen, man hat dir irgend etwas über mich gesagt.«

»Ja«, sprach heftig der Blick des Greises.

»Vergebens suche ich zu erraten. Mein Gott! Ich schwöre dir, guter Vater... Ah, nicht wahr, Herr und Frau von Villefort gingen soeben von hier weg?«

»Ja.«

»Und sie sind es, welche dir Dinge gesagt haben, die dich ärgern? Was ist es denn? Mein Gott! Was konnten sie dir sagen?« Und sie suchte, endlich sprach sie, die Stimme dämpfend und sich dem Greis nähernd. »Oh, ich habe es, sie sprachen vielleicht von meiner Verheiratung?«

»Ja«, antwortete der zornige Blick.

»Ich begreife, du grollst mir wegen meines Stillschweigens. Oh, siehst du, sie hatten mir so sehr eingeschärft, dir nichts davon zu sagen! Sie hätten mir selbst nichts davon gesagt, würde ich nicht das Geheimnis durch eine Klatscherei entdeckt haben; deshalb war ich so zurückhaltend gegen dich. Vergib mir, guter Papa Noirtier!«

Wieder starr und ausdruckslos geworden, schien der Blick zu antworten: »Es ist nicht allein dein Stillschweigen, was mich betrübt.«

»Was ist es denn?« fragte das junge Mädchen; »du glaubst vielleicht, ich würde dich verlassen, guter Vater, meine Heirat könnte mich vergeßlich machen?«

»Nein«, erwiderte der Greis.

»Warum bist du dann ärgerlich?«

Die Augen des Greises nahmen einen Ausdruck von unendlicher Sanftheit an.

»Ja, ich begreife«, sagte Valentine, »weil du mich liebst.«

Der Greis machte ein bejahendes Zeichen.

»Und du befürchtest, ich könnte unglücklich werden?«

»Ja.«

»Du liebst Herrn Franz nicht?«

Seine Augen wiederholten drei- oder viermal: »Nein.«

»Dann bist du wohl sehr bekümmert, lieber Vater?«

»Ja.«

»Wohl, so höre«, sprach Valentine, vor Noirtier niederkniend und ihre Arme um seinen Hals schlingend: »Ich bin auch sehr bekümmert, denn ich liebe Herrn Franz d'Epinay ebenfalls nicht.«

Ein Blitz der Freude erleuchtete die Augen des Greises.

»Als ich mich in das Kloster zurückziehen wollte, warst du so sehr aufgebracht gegen mich.«

Eine Träne befeuchtete das trockene Augenlid von Noirtier.

»Nun wohl«, fuhr Valentine fort, »ich dachte hieran, um dieser Heirat zu entgehen, die mich in Verzweiflung bringt.«
Der Atem von Noirtier wurde keuchend.
»Diese Heirat macht dir also großen Kummer, guter Vater? Oh, mein Gott! Wenn du mir beistehen könntest, wenn wir beide diesen Plan zu vereiteln vermöchten! Aber du bist ohne Kraft gegen sie, du, dessen Geist doch noch so lebhaft, dessen Wille noch so fest ist; wenn es sich jedoch darum handelt, zu kämpfen, so bist du so schwach und sogar noch schwächer als ich. Ach, du wärst in den Tagen deiner Kraft und deiner Gesundheit ein so mächtiger Beschützer für mich gewesen; aber heute vermagst du nur noch mich zu begreifen und dich mit mir zu freuen oder zu betrüben: es ist dies ein letztes Glück, das mir Gott mit den andern zu nehmen vergessen hat.«
In den Augen von Noirtier lag ein solcher Ausdruck von Kraft und Tiefe, daß das junge Mädchen die Worte darin zu lesen glaubte: »Du täuschst dich, ich vermag noch viel für dich.«
»Du vermagst noch etwas für mich, lieber, guter Papa?« wiederholte Valentine.
»Ja.«
Noirtier schlug die Augen zum Himmel auf. Dies war das zwischen ihm und Valentine verabredete Zeichen, wenn er etwas wünschte.
»Was willst du, lieber, guter Papa?«
Valentine suchte einen Augenblick in ihrem Geist, drückte laut ihre Gedanken aus, wie sie sich ihr hintereinander darstellten, und als sie sah, daß der Greis auf alles, was sie sagen mochte beständig: »Nein«, antwortete, rief sie: »Wohl, wir müssen zu den großen Mitteln greifen, da ich so dumm bin.«
Dann sprach sie hintereinander alle Buchstaben des Alphabets vom A bis zum N aus, während ihr Lächeln das Auge des Gelähmten befragte; bei dem N machte Herr Noirtier ein bejahendes Zeichen.
»Ah!« rief Valentine, »die Sache, die du begehrst, fängt mit dem Buchstaben N an; laß einmal sehen, na, ne, ni, no...«
»Ja, ja, ja«, machte der Greis.
»Ah, es ist no.«
Valentine holte ein Wörterbuch, das sie auf ein Pult von Noir-

tier legte; sie öffnete es, und als das Auge des Greises auf die Blätter geheftet war, lief ihr Finger rasch auf den Seiten herab. Die Übung seit den sechs Jahren, da Noirtier in seinen gelähmten Zustand verfallen, machten ihr die Proben so leicht, daß sie so rasch den Gedanken des Greises erriet, als hätte dieser selbst in dem Wörterbuch suchen können.

Bei dem Wort Notar gab ihr Noirtier ein Zeichen, einzuhalten.

»*Notar*?« fragte sie; »du willst einen Notar, guter Papa?«

Der Greis machte ein Zeichen, daß er wirklich einen Notar verlange.

»Darf es mein Vater wissen?«

»Ja.«

»Dann wird man dir ihn sogleich holen!«

Valentine lief nach der Glocke, rief einem Bedienten und bat ihn, Herr oder Frau von Villefort zu dem Großvater zu bitten.

»Bist du zufrieden?« fragte Valentine und lächelte ihrem Großvater zu, wie man es einem Kind hätte tun können.

Herr von Villefort trat von Barrois gerufen wieder ein.

»Was wollen Sie, mein Herr?« fragte er den Gelähmten.

»Mein Großvater verlangt nach einem Notar«, sagte Valentine.

Bei diesem seltsamen und besonders unerwarteten Verlangen wechselte Herr von Villefort einen Blick mit dem Gelähmten.

»Ja«, bezeichnete der letztere mit einer Festigkeit, die andeutete, er wäre mit Hilfe von Valentine und seinem alten Diener, der nun wüßte, was er haben wollte, den Kampf auszuhalten.

»Warum?« fragte Villefort.

Der Blick des Gelähmten blieb unbeweglich und folglich stumm, was besagen wollte: »Ich beharre auf meinem Willen.«

»Um uns einen schlimmen Streich zu spielen?« versetzte Villefort, »lohnt sich das der Mühe?«

»Wenn der gnädige Herr einen Notar haben will, so bedarf er desselben offenbar«, sagte Barrois mit der alten Bedienten eigentümlichen Hartnäckigkeit. »Also werde ich einen Notar holen.«

Barrois erkannte keinen andern Herrn an als Noirtier und gab nie zu, daß seinem Willen in irgendeiner Beziehung widersprochen wurde.

»Ja, ich will einen Notar«, machte der Greis und schloß die Augen mit einer Miene des Trotzes, und als hätte er gesagt: »Wir wollen doch sehen, ob man es wagt, mir zu verweigern, was ich verlange.«

»Es wird ein Notar kommen, da Sie es durchaus so haben wollen, mein Herr; doch ich werde mich und Sie bei ihm entschuldigen, denn die Szene wird sehr lächerlich sein.«

In dem Augenblick, als Barrois wegging, schaute Noirtier Valentine mit jener geistvollen Teilnahme an, die soviel offenbarte. Das Mädchen begriff diesen Blick und Villefort ebenfalls, denn seine Stirn verdüsterte sich, und seine Augenbrauen zogen sich zusammen. Er nahm einen Stuhl, setzte sich und wartete.

Noirtier ließ ihn mit vollkommener Gleichgültigkeit gewähren, forderte aber aus einem Winkel des Auges Valentine auf, sich durchaus nicht zu beunruhigen und ebenfalls zu bleiben.

Drei Viertelstunden später kam der Diener mit dem Notar zurück.

»Mein Herr«, sprach Villefort nach den ersten Begrüßungen, »Sie sind von Herrn Noirtier von Villefort hierher berufen worden; eine allgemeine Lähmung hat ihm den Gebrauch der Glieder und der Stimme geraubt, und uns allein gelingt es mit großer Mühe, einige Fetzen von seinen Gedanken aufzufassen.«

Noirtier ließ mit dem Auge einen so ernsten und gebieterischen Aufruf an Valentine ergehen, daß Sie auf der Stelle antwortete: »Ich, mein Herr, verstehe alles, was mein Großvater sagen will.«

»Es ist wahr«, fügte Barrois bei, »alles, durchaus alles, wie ich dem Herrn unterwegs sagte.«

»Erlauben Sie mir, mein Herr, und Sie, mein Fräulein«, sagte der Notar, sich an Villefort und Valentine wendend, »es ist dies einer von den Fällen, wo der öffentliche Beamte nicht unbedachtsam zu Werke gehen darf, ohne eine gefährliche Verantwortlichkeit zu übernehmen. Wenn ein Akt gültig sein soll, so muß der Notar notwendig vor allem davon überzeugt sein, daß er den Willen desjenigen, welcher ihm denselben diktiert, genau aufgefaßt und getreu ausgelegt hat. Ich kann aber unmöglich der Billigung oder der Mißbilligung eines Klienten, der nicht spricht, sicher sein, und da mir der Gegenstand seiner

Wünsche oder seines Widerstrebens in Betracht seiner Stummheit nicht klar dargetan werden kann, so ist mein Dienst mehr als unnütz und wäre sogar auf eine ungesetzliche Weise ausgeübt.«
Der Notar machte einen Schritt, um sich zu entfernen. Ein unmerkliches Lächeln des Triumphes zeigte sich auf den Lippen des Staatsanwaltes. Noirtier aber schaute Valentine mit einem so schmerzlichen Ausdruck an, daß sie sich dem Notar in den Weg stellte.
»Mein Herr«, sagte sie, »die Sprache, welche ich mit meinem Großvater spreche, läßt sich sehr leicht erlernen; und ich will Ihnen dieselbe in wenigen Minuten begreiflich machen. Was brauchen Sie, mein Herr, um zur vollkommenen Beruhigung Ihres Gewissens zu gelangen?«
»Sie fragen, was zur Gültigkeit unserer Akte nötig sei?« erwiderte der Notar, »die Gewißheit der Billigung oder Mißbilligung. Wenn man testieren will, kann man körperlich zwar krank, aber geistig muß man gesund sein.«
»Wohl, mein Herr, mit zwei Zeichen werden Sie die Gewißheit erlangen, daß sich mein Großvater nie mehr als jetzt der Fülle seines Verstandes erfreut. Der Stimme, der Gliederbewegung beraubt, schließt Herr Noirtier die Augen, wenn er ja sagen will, und blinzelt mit denselben wiederholt, wenn er nein sagen will. Sie wissen nun genug, um mit Herr Noirtier zu sprechen; versuchen Sie es.«
Der Blick, den der Greis Valentine zuwarf, war so voll Zärtlichkeit und Dankbarkeit, daß ihn selbst der Notar begriff.
»Sie haben gehört und verstanden, mein Herr, was Ihre Enkelin soeben sagte?« fragte der Notar.
Noirtier schloß sachte die Augen und öffnete sie dann bald wieder.
»Und Sie billigen, was sie sagte, nämlich, daß die von ihr angegebenen Zeichen wirklich die sind, mit deren Hilfe Sie Ihre Gedanken begreiflich machen?«
»Ja«, machte der Greis.
»Sie ließen mich rufen, um Ihr Testament zu machen?«
»Ja.«
»Und ich soll mich nicht entfernen, ohne dieses Testament gemacht zu haben?«

Der Gelähmte blinzelte lebhaft und wiederholt mit den Augen.
»Begreifen Sie nun«, fragte das Mädchen, »und ist Ihr Gewissen beruhigt?«
Doch ehe der Notar antworten konnte, zog ihn Villefort beiseite und sagte zu ihm: »Mein Herr, glauben Sie, daß ein Mensch ungestraft einen so furchtbaren körperlichen Schlag, wie ihn Herr Noirtier von Villefort erfahren hat, ertragen könne, ohne daß sein Geist ebenfalls einen ernsten Angriff erlitten haben müßte?«
»Das ist es gerade, was mich beunruhigt, mein Herr«, antwortete der Notar, »aber ich frage mich, wie wir dazu gelangen, die Gedanken zu erraten, um Antworten hervorzurufen.«
»Sie sehen also, daß es unmöglich ist«, sagte Villefort.
Valentine und der Greis hörten diese Unterredung. Noirtier heftete seinen Blick so starr und fest auf Valentine, daß er offenbar eine Erwiderung hervorrufen wollte.
»Mein Herr«, sagte sie, »lassen Sie sich dadurch nicht beunruhigen; so schwierig es auch ist oder vielmehr scheinen mag, die Gedanken meines Großvaters zu entdecken, so werde ich sie Ihnen doch in einer Weise offenbaren, die Ihnen jeden Zweifel in dieser Hinsicht benehmen muß. Seit sechs Jahren bin ich bei Herrn von Noirtier, und er mag selbst sagen, ob im Verlauf dieser sechs Jahre einer von seinen Wünschen in Ermangelung der Kraft, ihn mir verständlich zu machen, in seinem Herzen begraben geblieben ist.«
»Nein«, bezeichnete der Greis.
»Versuchen wir es«, sprach der Notar; »Sie nehmen das Fräulein zu Ihrem Dolmetscher an?«
Der Gelähmte machte ein bejahendes Zeichen.
»Wohl; was wünschen Sie, mein Herr, und welcher Akt soll vorgenommen werden?«
Valentine nannte alle Buchstaben des Alphabets bis zum Buchstaben T.
Bei dem T hielt der beredte Blick von Noirtier an.
»Der Herr verlangt den Buchstaben T«, sagte der Notar, »die Sache ist sichtbar.«

Valentine nahm nun das Wörterbuch und blätterte vor den Augen des aufmerksamen Notars. Testament bezeichnete ihr Finger, durch den Blick von Noirtier festgehalten.
»Testament!« rief der Notar, »die Sache ist klar, der Herr will testieren.«
»Ja«, machte Noirtier wiederholt.
»Mein Herr, das ist wunderbar, Sie müssen es selbst gestehen«, sagte der Notar erstaunt zu Villefort.
»In der Tat«, versetzte dieser, »und noch wunderbarer wäre das Testament; denn ich kann nicht denken, daß Sie die Artikel auf dem Papier Wort für Wort ohne die geistreiche Eingebung meiner Tochter ordnen werden. Valentine ist aber ein wenig zu sehr bei diesem Testament interessiert, um als eine entsprechende Dolmetscherin des dunkeln Willens von Herrn Noirtier von Villefort gelten zu können.«
»Nein, nein, nein!« machte der Gelähmte.
»Wie!« entgegnete Herr von Villefort, »Valentine ist nicht interessiert bei Ihrem Testament?«
»Nein«, bezeichnete Noirtier.
»Mein Herr«, sagte der Notar, der, entzückt über ein solches Erlebnis, in der Gesellschaft die einzelnen Umstände dieser malerischen Episode zu erzählen gedachte, »mein Herr, nichts scheint mir jetzt leichter als das, was ich soeben noch für etwas Unmögliches hielt, und dieses Testament wird ganz einfach ein mystisches Testament sein, das heißt von dem Gesetz vorhergesehen und als rechtsgültig anerkannt, vorausgesetzt, daß es in Gegenwart von sieben Zeugen vorgelesen, von dem Testator in ihrer Anwesenheit gebilligt, und durch den Notar, ebenfalls in ihrer Anwesenheit, geschlossen wird. Was die Zeit betrifft, so wird es nicht länger dauern, als ein gewöhnliches Testament. Vor allem kommen die geheiligten Formeln in Betracht, die sich immer gleichen, und was die Einzelheiten betrifft, so werden dieselben der Mehrzahl nach durch den Zustand der Angelegenheiten des Erblassers und durch Sie, der Sie dieselben geführt haben und kennen, an die Hand gegeben. Damit übrigens dieser Akt unangreifbar bleibt, werden wir demselben die vollständige Rechtsgültigkeit geben; einer von meinen Kollegen wird mir als Gehilfe dienen und gegen die Gewohnheit dem

Diktieren beiwohnen. Sind Sie zufrieden, mein Herr?« fügte der Notar, sich an den Greis wendend, bei.
»Ja«, erwiderte Noirtier, strahlend vor Freude, daß man ihn begriff.
»Was gedenkt er zu tun?« fragte sich Villefort, dem seine hohe Stellung so viel Zurückhaltung vorschrieb, während er nicht zu erraten vermochte, worauf sein Vater abzielte.

19. Das Testament

Nach einer Viertelstunde war die ganze Familie im Zimmer des Gelähmten versammelt, und der zweite Notar hatte sich ebenfalls eingefunden.
Mit wenigen Worten verständigten sich die zwei Beamten. Man las Noirtier eine unbestimmte, herkömmliche Testamentsformel vor; dann sprach der erste Notar, um gleichsam die Untersuchung seines Bestandes zu beginnen, sich zu dem Greis umwendend: »Wenn man sein Testament macht, mein Herr, so geschieht es zugunsten oder zum Nachteil von irgend jemand.«
»Ja«, bezeichnete Noirtier.
»Haben Sie einen Gedanken, wie hoch sich Ihr Vermögen belaufen mag?«
»Ja«.
»Ich will Ihnen mehrere, nach und nach steigende Zahlen nennen; Sie werden mich anhalten, wenn ich diejenige erreicht habe, welche Sie als die Ihrige betrachten.«
»Ja«.
Es lag in diesem Verhör eine Art von Feierlichkeit; dabei war der Kampf des Geistes gegen die Materie nie sichtbarer gewesen, und wenn man es nicht als ein erhabenes Schauspiel bezeichnen konnte, so erschien es doch jedenfalls als ein seltsames.
Man machte einen Kreis um Noirtier; der zweite Notar saß an einem Tisch, bereit zu schreiben; der erste stand vor ihm und fragte: »Nicht wahr, Ihr Vermögen übersteigt 300000 Franken?«
Noirtier machte ein bejahendes Zeichen.
»Besitzen Sie 400000 Franken?« fragte der Notar.
Noirtier blieb unbeweglich. »600000? 700000? 900000?«

Noirtier machte ein bejahendes Zeichen.
»In unbeweglichen Gütern?« fragte der Notar.
Noirtier machte ein verneinendes Zeichen.
»In Renteneinschreibungen?«
Noirtier machte ein bejahendes Zeichen.
»Diese Einschreibungen sind in Ihren Händen?«
Auf einen Blick, an Barrois gerichtet, ging der alte Diener hinaus und kehrte einen Augenblick später mit einer kleinen Kassette zurück.
Man öffnete die Kassette und fand für 900 000 Franken Einschreibungen auf das große Buch.
Der erste Notar gab die Einschreibungen eine nach der andern seinem Kollegen; die Sache war richtig.
»Es ist so, der Verstand des Erblassers erfreut sich offenbar seiner Kraft in seinem ganzen Umfang«, sprach der Notar, dann sich an den Gelähmten wendend: »Sie besitzen also in Kapitalien 900 000 Franken. Wem wollen Sie dieses Vermögen hinterlassen?«
»Oh!« sagte Frau von Villefort, »das ist nicht zweifelhaft. Herr Noirtier liebt einzig und allein seine Enkelin, Fräulein Valentine von Villefort; sie ist es, die ihn seit sechs Jahren pflegt und durch ihre beständige Fürsorge die Zuneigung ihres Großvaters, ich möchte beinahe sagen, seine Dankbarkeit zu fesseln wußte; es ist also gerecht und billig, daß sie den Preis ihrer Ergebenheit erntet.«
Das Auge von Noirtier schleuderte einen Blitz, als würde er durch die falsche Bestimmung nicht betört, welche Frau von Villefort den Absichten gab, die sie bei ihm voraussetzte.
»Wollen Sie Fräulein Valentine von Villefort diese 900 000 Franken vermachen?« fragte der Notar, der diese Klausel nur noch eintragen zu müssen glaubte.
Valentine hatte einen Schritt rückwärts gemacht und weinte mit niedergeschlagenen Augen; der Greis schaute sie eine Sekunde lang mit dem Ausdruck einer tiefen Zärtlichkeit an, dann wandte er sich gegen den Notar und blinzelte mit den Augen auf die bezeichnete Weise.
»Nein?« fragte der Notar; »wie, Sie setzen nicht Fräulein Valentine von Villefort zur Universalerbin ein?«

Noirtier machte ein verneinendes Zeichen.
»Täuschen Sie sich nicht?« rief der Notar ganz verwundert; »Sie sagen nein?«
»Nein«, wiederholte Noirtier, »nein!«
Valentine hob das Haupt wieder empor; sie war erstaunt, nicht über ihre Enterbung, sondern darüber, daß sie das Gefühl, welches gewöhnlich solche Akte diktiert, hervorgerufen haben sollte.
Doch Herr Noirtier schaute sie mit so tiefer Zärtlichkeit an, daß sie ausrief: »Oh, mein guter Vater, ich sehe wohl, Sie entziehen mir nur Ihr Vermögen, lassen mir aber Ihr Herz?«
»Oh, ja, gewiß«, sprachen die Augen des Gelähmten mit einem Ausdruck, in welchem sich Valentine nicht täuschen konnte.
»Dank! Dank!« murmelte das Mädchen.
Diese Weigerung hatte indessen in dem Herzen von Frau von Villefort eine unerwartete Hoffnung erzeugt; sie näherte sich dem Greis.
»Sie hinterlassen also Ihr Vermögen Ihrem Enkel Eduard von Villefort, mein lieber Herr Noirtier?« fragte die Mutter.
Das Blinzeln war furchtbar; es zeigte beinahe Haß.
»Nein«, sprach der Notar; »also Ihrem Sohn?«
»Nein!« entgegnete der Greis.
Die zwei Notare schauten sich erstaunt an; Villefort und seine Frau fühlten, wie sie aus Scham und Verdruß rot wurden.
»Aber was haben wir Ihnen denn getan, Vater«, sagte Valentine; »Sie lieben uns also nicht mehr?«
Der Blick des Greises flog rasch über seinen Sohn, über seine Schwiegertochter hin, und hielt mit einem Ausdruck tiefer Zärtlichkeit bei Valentine an.
»Nun«, sagte sie, »wenn du mich liebst, guter Vater, so suche diese Liebe mit dem, was du in diesem Augenblick tust, in Verbindung zu setzen. Du kennst mich, du weißt, daß ich nie an dein Vermögen dachte; überdies sagt man, ich sei von meiner Mutter Seite reich, zu reich; erkläre dich doch.«
Noirtier heftete seinen glühenden Blick auf die Hand von Valentine.
»Meine Hand?« sprach sie.
»Ja«, bezeichnete Noirtier.

»Ihre Hand!« wiederholten alle Anwesende.
»Ah, meine Herren, Sie sehen wohl, daß alles vergeblich, und daß mein armer Vater ein Narr ist«, sagte Villefort.
»Oh, ich begreife!« rief plötzlich Valentine; »nicht wahr, meine Heirat, guter Vater?«
»Ja, ja, ja«, wiederholte dreimal der Gelähmte und schleuderte dabei einen Blitz, so oft sich sein Augenlid hob.
»Nicht wahr, du grollst uns wegen der Heirat?«
»Ja.«
»Das ist albern«, sprach Villefort.
»Verzeihen Sie, mein Herr«, sagte der Notar, »alles dies ist im Gegenteil sehr logisch und bringt mich auf die Wirkung einer vollkommenen Verkettung hervor.«
»Du willst nicht, daß ich Herrn Franz d'Epinay heirate?«
»Nein, ich will nicht«, drückte das Auge des Greises aus.
»Und Sie enterben Ihre Enkelin, weil sie eine Heirat wider Ihren Willen macht?« rief der Notar.
»Ja«, antwortete Noirtier.
»Ohne diese Heirat wäre sie also Ihre Erbin?«
»Ja.«
Es trat nun ein tiefes Stillschweigen um den Greis ein. Die zwei Notare berieten sich; Valentine schaute mit gefalteten Händen ihren Großvater mit einem dankbaren Lächeln an; Villefort biß sich auf seine dünnen Lippen; Frau von Villefort war außerstande ein freudiges Gefühl zurückzudrängen, das sich unwillkürlich über ihr Antlitz verbreitete.
»Aber es scheint mir«, sagte endlich Villefort, das Stillschweigen brechend, »es scheint mir, ich bin der einzige Richter der Verhältnisse, welche zugunsten dieser Verbindung sprechen. Ich, als alleiniger Herr der Hand meiner Tochter, will es, daß sie Herrn Franz d'Epinay heiratet, und sie wird ihn heiraten.«
Valentine fiel weinend auf einen Stuhl.
»Mein Herr«, sagte der Notar, sich an den Greis wendend, »was gedenken Sie mit Ihrem Vermögen zu tun, wenn Fräulein Valentine Herrn Franz d'Epinay heiraten würde? Sie gedenken doch darüber zu verfügen?«
»Ja«, bezeichnete Noirtier.
»Zugunsten irgendeines Mitgliedes Ihrer Familie?«

»Nein.«
»Also zugunsten der Armen?«
»Ja.«
»Sie wissen doch, daß das Gesetz dem widerstrebt, daß Sie Ihren Sohn völlig ausschließen?«
»Ja.«
»Sie werden also nur über den Teil verfügen, den das Gesetz ihm zu entziehen Sie bevollmächtigt.«
Noirtier blieb unbeweglich.
»Sie wollen immer noch über das Ganze verfügen?«
»Ja.«
»Man wird das Testament nach Ihrem Tod angreifen.«
»Nein.«
»Mein Vater kennt mich«, sagte Herr von Villefort, »er weiß, daß sein Wille mir heilig sein wird; übrigens sieht er wohl ein, daß ich in meiner Stellung nicht gegen die Armen prozessieren kann.«
Das Auge von Noirtier drückte einen Triumph aus.
»Was bestimmen Sie, mein Herr?« fragte der Notar Villefort.
»Nichts, mein Herr, es ist ein in dem Innern meines Vaters festgestellter Entschluß, und ich weiß, daß er nie etwas an seinen Entschließungen ändert«, erwiderte Villefort. »Ich füge mich also. Diese 900 000 Franken werden aus der Familie gehen, um Hospitäler zu bereichern; aber ich gebe der Laune eines Greises nicht nach und werde nach meinem Gewissen handeln.«
Hiernach entfernte sich Villefort mit seiner Frau und überließ es seinem Vater, nach Gutdünken zu testieren.
Noch an demselben Tag wurde das Testament gemacht; man holte Zeugen, es wurde von dem Greis gebilligt, in ihrer Gegenwart geschlossen und bei Herrn Deschamps, dem Notar der Familie, niedergelegt.

20. Der Telegraph

Herr und Frau von Villefort erfuhren, als sie in ihre Wohnung zurückkehrten, Herr von Monte Christo, der gekommen, um ihnen einen Besuch zu machen, sei in den Salon eingeführt worden, wo er ihrer harre. Zu sehr aufgeregt, um sogleich einzutreten, ging Frau von Villefort durch ihr Schlafzimmer, während

der Staatsanwalt, mehr seiner Herr, gerade auf den Salon zuschritt.
Doch so sehr er auch Herr seiner Empfindungen war, so gut er sein Gesicht zu formen wußte, so vermochte Herr von Villefort die Wolke doch nicht so sehr von seiner Stirn zu entfernen, daß der Graf, der ihm mit einem strahlenden Lächeln entgegentrat, nicht diese düstere, brütende Miene bemerkt hätte.
»Oh, mein Gott!« rief Monte Christo nach den ersten Begrüßungen, »was haben Sie denn, Herr von Villefort? Bin ich in dem Augenblick gekommen, wo Sie vielleicht eine etwas hochnotpeinliche Anklage abfaßten?«
Herr von Villefort suchte zu lächeln und erwiderte: »Nein, mein Herr Graf, es ist hier kein anderes Opfer, als ich selbst. Ich bin es, der den Prozeß verliert; der Zufall, die Halsstarrigkeit, die Narrheit haben die Anklageschrift abgefaßt.«
»Was wollen Sie damit sagen?« fragte Monte Christo mit einer vortrefflich gespielten Teilnahme. »Ist Ihnen in der Tat ein ernstes Unglück widerfahren?«
»Oh, mein Herr Graf«, versetzte Villefort mit einer Ruhe von Bitterkeit, »es ist nicht der Mühe wert, davon zu sprechen; beinahe nichts, ein einfacher Geldverlust.«
»In der Tat«, erwiderte Monte Christo, »ein Geldverlust ist etwas Geringes bei einem Vermögen, wie Sie es besitzen und bei einem philosophischen, erhabenen Geist, wie der Ihrige ist.«
»Auch ist es nicht die Geldfrage, was mich beschäftigt, obgleich im ganzen 900 000 Franken wohl ein Bedauern oder wenigstens eine Regung des Ärgers wert sind, sondern ich fühle mich verletzt durch die Anordnung des Schicksals, des Zufalls, des Verhängnisses, ich weiß nicht, wie ich die Macht nennen soll, die den Schlag lenkt, der mich trifft, meine Hoffnungen niederstürzt und vielleicht die Zukunft meiner Tochter durch die Laune eines kindisch gewordenen Greises zerstört.«
»Ei, mein Gott!« rief der Graf. »900 000 Franken, sagten Sie? In der Tat, diese Summe verdient wohl ein Bedauern, selbst für einen Philosophen. Und wer bereitete Ihnen diesen Verdruß?«
»Mein Vater, von dem ich mit Ihnen sprach.«
»Herr Noirtier? Sie sagten mir doch, er wäre völlig gelähmt, und alle seine Fähigkeiten wären vernichtet?«

»Ja, seine körperlichen Fähigkeiten, denn er kann sich nicht rühren, er kann nicht sprechen, und bei alledem denkt er, will er, handelt er, wie Sie sehen. Ich habe ihn vor fünf Minuten verlassen, und er ist in diesem Augenblick damit beschäftigt, zwei Notaren ein Testament zu diktieren.«

»Er hat also doch gesprochen?«

»Nein, aber er hat sich mit Hilfe des Blickes begreiflich gemacht; die Augen haben zu leben fortgefahren und töten, wie Sie sehen.«

»Mein Freund«, sagte Frau von Villefort, die nun ebenfalls eintrat, »Sie übertreiben vielleicht die Lage der Dinge.«

»Madame...«, sagte der Graf sich verbeugend.

Frau von Villefort grüßte mit ihrem freundlichsten Lächeln.

»Was sagt mir denn Herr von Villefort?« sagte Monte Christo; »und welche unbegreifliche Ungnade...«

»Unbegreiflich, das ist das richtige Wort«, versetzte der Staatsanwalt, die Achseln zuckend; »die Laune eines Greises!«

»Gibt es denn kein Mittel, ihn von dieser Entscheidung abzubringen?«

»Doch«, antwortete Frau von Villefort, »und es hängt nur von meinem Mann ab, daß dieses Testament statt zum Nachteil für Valentine, gerade zu ihren Gunsten gemacht wird.«

Als der Graf sah, daß die beiden Ehegatten in Rätseln zu sprechen anfingen, nahm er eine zerstreute Miene an und betrachtete mit der tiefsten Aufmerksamkeit und der augenscheinlichsten Billigung Eduard, der Tinte in das Trinkgeschirr der Vögel goß.

»Meine Teure«, sagte Villefort, seiner Frau antwortend, »Sie wissen, daß ich es nicht liebe, in meinem Haus als Patriarch aufzutreten. Es ist mir indessen daran gelegen, daß meine Entscheidungen in meiner Familie geachtet werden und die Narrheit eines Greises und die Laune eines Kindes nicht einen seit langen Jahren festgestellten Plan niederwerfen. Der Baron d'Epinay war mein Freund, wie Sie wissen, und eine Verbindung mit seinem Sohn mußte mir in jeder Beziehung entsprechend erscheinen.«

»Glauben Sie nicht, Valentine sei mit ihm einverstanden!« sagte Frau von Villefort; »sie widersetzte sich in der Tat von jeher dieser Heirat, und es würde mich nicht wundern, wenn alles, was wir soeben gehört und gesehen haben, die Ausführung eines zwischen ihnen verabredeten Planes wäre.«

»Madame«, entgegnete Villefort, »glauben Sie mir, man verzichtet nicht so leicht auf ein Vermögen.«

»Sie verzichtete doch auf die Welt, als sie vor einem Jahr in ein Kloster gehen wollte.«

»Gleichviel«, rief Villefort, »ich sage, daß diese Heirat geschlossen werden muß, Madame.«

»Gegen den Willen Ihres Vaters!« sprach Frau von Villefort, eine andere Seite angreifend, »das ist sehr ernst!«

Monte Christo stellte sich, als hörte er nichts, verlor aber kein Wort von dem, was gesprochen wurde.

»Madame«, fuhr Villefort fort, »ich kann wohl sagen, daß ich stets meinen Vater geachtet habe, weil sich mit dem natürlichen Gefühl der Abkunft bei mir das Bewußtsein seiner moralischen Überlegenheit verband; doch heute muß ich darauf Verzicht leisten, einen Verstand in dem Greis anzuerkennen, der infolge einer einfachen Erinnerung des Hasses gegen den Vater auf diese Art den Sohn verfolgt. Es wäre also lächerlich von mir, wenn ich mich in meinem Benehmen nach seinen Launen richtete. Ich werde nicht aufhören, die größte Achtung für Herrn Noirtier zu hegen; ich werde, ohne zu klagen, mich der Geldstrafe unterziehen, die er über mich verhängt; aber ich bleibe unerschütterlich in meinem Willen, und die Welt mag richten, auf welcher Seite die gesunde Vernunft ist. Ich verheirate folglich meine Tochter mit Baron Franz d'Epinay, weil diese Verbindung meinen Ansichten nach gut und ehrenvoll ist, und ich meine Tochter verheiraten kann, mit wem es mir beliebt.«

»Ei!« sprach der Graf, dessen Billigung der Staatsanwalt beständig mit dem Blick gesucht hatte; »ei! Herr Noirtier enterbt, wie Sie sagen, Fräulein Valentine, weil sie den Herrn Baron Franz d'Epinay heiraten soll?«

»Mein Gott! Ja, mein Herr; das ist der Grund«, rief Villefort, die Achseln zuckend.

»Läßt sich dies begreifen?« entgegnete die junge Frau, »ich frage Sie, in welcher Hinsicht mißfällt Herr d'Epinay Herrn Noirtier mehr als ein anderer?«

»In der Tat«, sagte der Graf, »ich habe Herrn Franz d'Epinay kennengelernt: er ist doch der Sohn des Generals von Quesnel, der von König Karl x. zum Baron d'Epinay gemacht wurde?«
»Ganz richtig!« erwiderte Villefort.
»Ei, mir scheint, das ist ein reizender junger Mann.«
»Ich bin fest überzeugt, es ist auch nur ein Vorwand«, sprach Frau von Villefort; »die Greise sind Tyrannen in ihren Zuneigungen; Herr Noirtier will nicht, daß seine Enkelin heiratet.«
»Kennen Sie nicht irgendeine Ursache dieses Hasses, vielleicht eine politische Antipathie?«
»In der Tat, mein Vater und der Vater von Herrn d'Epinay lebten in stürmischen Zeiten, von denen ich nur noch die letzten Tage gesehen habe«, entgegnete Villefort.
»War Ihr Vater nicht Bonapartist? Ich glaube mich zu erinnern, daß Sie mir etwas dergleichen sagten.«
»Mein Vater war vor allem Jakobiner«, erwiderte Villefort, durch die Aufregung über die Grenzen der Klugheit fortgerissen, »und das Gewand des Senators, das ihm Napoleon auf die Schultern warf, verkleidete nur den alten Mann, ohne etwas an ihm zu ändern. Konspirierte mein Vater, so geschah es nicht für den Kaiser, sondern gegen die Bourbonen, denn mein Vater hatte das Furchtbare an sich, daß er nie für Utopien, sondern stets für mögliche Dinge kämpfte und daß er zur Durchsetzung seiner Ideen vor keinem Mittel zurückwich.«
»Sie sehen«, sprach Monte Christo, »Herr Noirtier und Herr d'Epinay werden sich auf dem politischen Boden begegnet sein. Hatte der Herr General d'Epinay, obgleich er unter Napoleon diente, nicht im Grunde seines Herzens eine royalistische Gesinnung bewahrt, und ist es nicht derselbe, der, als er eines Abends einen napoleonischen Klub verließ, wozu man ihn in der Hoffnung des Beitritts eingeladen hatte, ermordet wurde?«
Villefort schaute den Grafen beinahe mit Schrecken an.
»Täusche ich mich?« fragte Monte Christo.
»Nein, mein Herr«, antwortete Frau von Villefort, »es ist im Gegenteil gerade so; und eben um einen alten Haß ersticken zu sehen, hatte Herr von Villefort den Gedanken, zwei Kinder sich lieben zu lassen, deren Väter sich gehaßt hatten.«
»Erhabener Gedanke!« rief Monte Christo, »ein Gedanke voll

milder Menschenliebe, dem die ganze Welt ihren Beifall zollen müßte. In der Tat, es wäre schön gewesen, Fräulein Noirtier von Villefort sich Madame Franz d'Epinay nennen zu sehen.«
Villefort bebte und schaute Monte Christo an, als wollte er im Grunde seines Herzens die Absicht lesen, welche die von ihm ausgesprochenen Worte diktiert hatte.
»Obgleich es ein großes Unglück für Valentine ist, das Vermögen ihres Großvaters zu verlieren«, sagte Villefort, »so glaube ich doch nicht, daß die Heirat deshalb scheitert; ich glaube nicht, daß Herr d'Epinay vor dieser pekuniären Niederlage zurückweicht; er wird sehen, daß ich vielleicht mehr wert bin, als diese Summe, ich, der ich dieselbe dem Verlangen, ihm mein Wort zu halten, opfere; er wird überdies berechnen, daß Valentine durch das Vermögen ihrer Mutter bereits reich ist, das von Herrn und Frau von Saint Meran verwaltet wird, die sie beide zärtlich lieben.«
»Und wohl würdig sind, daß man sie liebt und pflegt, wie dies Valentine bei Herrn Noirtier getan hat«, fügte Frau von Villefort bei. »Sie kommen spätestens in einem Monat nach Paris, und Valentine wird nach einer solchen Beleidigung nicht mehr gebunden sein, sich, wie sie es jetzt getan, bei Herrn Noirtier begraben zu lassen.«
Der Graf hörte mit Wohlgefallen diese falsch klingende Stimme verletzter Eitelkeiten und in den Staub getretener Interessen und sprach nach kurzem Stillschweigen: »Mir scheint, daß Herr Noirtier, wenn er Fräulein von Villefort, nur weil sie einen jungen Mann heiraten wollte, dessen Vater er gehaßt hat, enterbt, daß Herr Noirtier, sage ich, dem lieben Eduard nicht dasselbe Unrecht vorwerfen kann «
»Nicht wahr?« rief Frau von Villefort mit einem unbeschreiblichen Ton, »nicht wahr, das ist ungerecht, abscheulich ungerecht. Dieser arme Eduard ist ebensogut der Enkel von Herrn Noirtier, und dennoch würde er Valentine sein ganzes Vermögen hinterlassen haben, wenn sie nicht Franz hätte heiraten sollen, und Eduard führt überdies den Namen der Familie, abgesehen davon, daß Valentine, wenn sie auch wirklich ihr Großvater enterbt, immer noch dreimal reicher sein wird als er.«

»Nun genug«, sagte Villefort, »wir wollen aufhören, uns mit Erbärmlichkeiten aus der Familie zu unterhalten, ja, es ist richtig, mein Vermögen wird die Einkünfte der Armen vermehren, welche heutzutage die wahren Reichen sind. Ja, mein Vater wird mich um eine gesetzliche Hoffnung gebracht haben, und dies ohne Grund; ich habe dann als ein Mann von Verstand, als ein Mann von Herz gehandelt. Herr d'Epinay, dem ich die Rente von dieser Summe versprach, wird sie bekommen, und sollte ich mir die größten Entbehrungen auferlegen.«

»Es wäre indessen vielleicht besser«, sagte Frau von Villefort, auf den einzigen Gedanken zurückkommend, der unablässig in der Tiefe ihres Herzens flüsterte, »vielleicht wäre es besser, wenn man Herrn d'Epinay diesen Unfall mitteilte, und er selbst das Wort zurückgäbe.«

»Oh, das wäre ein großes Unglück«, rief Villefort.

»Ein großes Unglück?« wiederholte Monte Christo.

»Allerdings«, erwiderte Villefort, sich besänftigend, »eine gescheiterte Heirat, und scheitert sie auch aus Geldgründen, wirft ein böses Licht auf ein junges Mädchen; dann würden alte Gerüchte, welche ich ersticken wollte, wieder an Haltbarkeit gewinnen. Doch nein, dem wird nicht so sein, Herr d'Epinay, wenn er ein ehrlicher Mann ist, wird sich durch die Enterbung von Valentine noch mehr für gebunden erachten als zuvor, sonst würde er ganz einfach in einer geizigen Absicht handeln; nein das ist nicht möglich.«

»Ich denke wie Herr von Villefort«, sprach Monte Christo, seinen Blick auf Frau von Villefort heftend, »und wenn ich ihm einen Rat geben dürfte, so würde ich ihn auffordern, da Herr d'Epinay zurückkommt, wie man mir gesagt hat, diese Angelegenheit so fest zu knüpfen, daß sie sich nicht mehr lösen ließe; ich würde eine Sache ausfechten, deren Ausgang nur ehrenvoll für Herrn von Villefort sein kann.«

Villefort erhob sich, von einer sichtbaren Freude ergriffen, während seine Frau leicht erbleichte.

»Gut«, sagte er, »das ist alles, was ich haben wollte, und ich werde mir die Meinung eines Ratgebers, wie Sie sind, zunutze machen«, fügte er, Monte Christo die Hand reichend, bei. »Es mag nun jedermann das, was sich hier zugetragen hat, als nicht

geschehen betrachten, und an unsern Plänen hat sich nichts geändert.«
»Mein Herr«, sagte Monte Christo, »so ungerecht die Welt ist, so wird sie Ihnen doch Dank für diesen Entschluß wissen, dafür stehe ich Ihnen; Ihre Freunde werden stolz darauf sein, und Herr d'Epinay, müßte er auch Fräulein von Villefort ohne Mitgift nehmen, was nicht der Fall sein dürfte, ist sicherlich entzückt über seinen Eintritt in eine Familie, in der man sich auf die Höhe solcher Opfer zu erheben weiß, um sein Wort zu halten und seine Pflicht zu erfüllen.«
Während der Graf so sprach, stand er auf und schickte sich an, wegzugehen.
»Sie verlassen uns?« sagte Frau von Villefort.
»Ich bin genötigt, Madame, ich kam nur, um Sie an Ihr Versprechen für Sonnabend zu erinnern.«
»Befürchten Sie, wir würden es vergessen?«
»Sie sind zu gütig, Madame, doch Herr von Villefort hat so ernste und zuweilen so dringende Geschäfte.«
»Mein Mann hat sein Wort gegeben, Herr Graf, und Sie konnten soeben sehen, daß er es hält, wenn alles dabei verlorengehen kann, um so mehr, wenn alles dabei zu gewinnen ist.«
»Versammelt man sich in Ihrem Haus in den Champs-Elysées?« fragte Villefort.
»Nein«, antwortete Monte Christo, »und das macht Ihr Opfer noch verdienstlicher… auf dem Lande.«
»In der Nähe von Paris?«
»Vor den Toren, eine halbe Stunde vor der Barrière, in Auteuil.«
»In Auteuil!« rief Villefort. »Ah, es ist wahr, Madame sagte mir, Sie wohnten in Auteuil, wo man sie in Ihr Haus brachte. Und an welchen Ort in Auteuil?«
»Rue de la Fontaine.«
»Rue de la Fontaine?« versetzte Villefort mit gepreßter Stimme, »Numero?«
»Numero 28.«
»Man hat also an Sie das Haus des Herrn von Saint-Meran verkauft?« rief Villefort.

»Des Herrn von Saint-Meran?« fragte Monte Christo. »Dieses Haus gehörte Herrn von Saint-Meran?«
»Ja«, erwiderte Frau von Villefort; »nicht wahr, Sie finden dieses Haus hübsch?«
»Reizend.«
»Und denken Sie sich, mein Mann wollte es nie bewohnen.«
»In der Tat, mein Herr? Das ist ein Vorurteil, von dem ich mir keine Rechenschaft geben kann.«
»Ich liebe Auteuil nicht«, sagte der Staatsanwalt mit gepreßter Stimme.
»Es würde mich jedoch sehr unglücklich machen, sollte mich diese Antipathie des Vergnügens berauben, Sie bei mir zu empfangen!« versetzte Monte Christo.
»Nein, mein Herr Graf, ich hoffe wohl... glauben Sie mir, daß ich alles tun werde, was ich vermag...«, stammelte Villefort.
»Oh, ich nehme keine Entschuldigung an«, entgegnete Monte Christo. »Sonnabend um sechs Uhr erwarte ich Sie, und wenn Sie nicht kämen, so würde ich glauben, es ruhe auf diesem seit zwanzig Jahren unbewohnten Haus irgendeine finstere Überlieferung, irgendeine blutige Legende.«
»Ich werde kommen«, sprach Villefort rasch.
»Meinen Dank. Nun aber müssen Sie mir erlauben, mich von Ihnen zu verabschieden.«
»In der Tat, Sie sagten, Sie müßten uns verlassen, Herr Graf«, versetzte Frau von Villefort, »und Sie wollten uns sogar mitteilen, warum, als Sie sich unterbrachen, um zu einem andern Gedanken überzugehen.«
»Ich will als wahrer Maulaffe etwas ansehen, worüber ich oft Stunden lang geträumt habe.«
»Was?«
»Einen Telegraphen.«
»Einen Telegraphen?« wiederholte Frau von Villefort.
»Ei, mein Gott! Ja, einen Telegraphen. Ich möchte zu gern die Einrichtung dieser genialen Erfindung studieren, die es ermöglicht, daß die Menschen jeden Augenblick auf die größte Entfernung sich verständigen können!«
»Und zu welchem Telegraphen wollen Sie gehen?«
»Ich brauche einen Telegraphen im freien Feld.«

»So gehen Sie, denn in zwei Stunden ist es Nacht, und Sie sehen dann nichts mehr.«
»Teufel! Sie erschrecken mich! Welches ist der nächste auf der Straße nach Bayonne?«
»Der von Chatillon.«
»Und nach dem von Chatillon?«
»Ich glaube, der von dem Turm von Monthléry.«
»Ich danke; auf Wiedersehen! Sonnabend werde ich Ihnen meine Eindrücke erzählen.«
Vor der Tür traf der Graf mit den zwei Notaren zusammen, die soeben Valentine enterbt hatten und sich nun wegbegaben … äußerst entzückt, daß sie einen Akt aufgesetzt, der ihnen unfehlbar große Ehre machen mußte.

Madame Morcerf

Viertes Buch

1. Wie man einen Gärtner von den Murmeltieren befreit, die seine Pfirsiche fressen

Nicht an demselben Abend, wie er gesagt hatte, sondern am andern Morgen verließ der Graf von Monte Christo Paris durch die Barrière d'Enfer, schlug den Weg nach Orléans ein, fuhr durch das Dorf Linas, ohne bei der Telegraphenstation anzuhalten, und erreichte den Turm von Monthléry.

Am Fuß des Hügels sprang der Graf aus dem Wagen und erstieg dann auf einem kreisförmigen, achtzehn Zoll breiten Fußpfad die Anhöhe; auf dem Gipfel angelangt, sah er sich durch eine Hecke aufgehalten, an der die grünen Früchte auf die rosenfarbigen und weißen Blüten gefolgt waren.

Monte Christo suchte die Tür des kleinen Geheges und fand sie auch sogleich. Es war ein hölzernes Gatter, an den Angeln mit Weidenruten befestigt, und wurde mittelst eines Nagels und eines Bindfadens geschlossen. Der Graf war im Nu mit dem Mechanismus vertraut, und die Tür öffnete sich.

Der Graf befand sich sodann in einem kleinen, zwanzig Fuß langen und zwölf Fuß breiten Garten, der auf der einen Seite durch den alten, ganz von Efeu umgürteten und von Mauernelken übersäten Turm begrenzt war. Man wandelte durch diesen Garten, indem man einem mit rotem Sand bestreuten Weg folgte, an dem sich eine mehrere Jahre alte Einfassung von Buchs hinzog. Dieser Weg machte durch seine Verschlingungen aus einem Garten von zwanzig Fuß einen Spaziergang von sechzig.

Nie ist Flora, die Göttin der guten lateinischen Gärtner, durch einen so sorglichen und reinen Kultus geehrt worden, wie man ihr in diesem kleinen Gehege ihn angedeihen ließ.

In der Tat, keiner von den zwanzig Rosenstöcken, die das Blumenbeet bildeten, zeigte auf einem seiner Blätter die Spur der Mücken oder Blattläuse, welche die auf einem feuchten Boden wachsenden Pflanzen zernagen. Und dennoch fehlte es diesem Garten nicht an Feuchtigkeit; die rußschwarze Erde, das undurchsichtige Laubwerk der Bäume bezeugten es hinreichend.

Übrigens befand sich kein Gras in den Gängen, keine Schmarotzerpflanzen auf den Rabatten.
Monte Christo blieb stehen, nachdem er die Tür, den Bindfaden an seinem Nagel befestigend, wieder geschlossen hatte. »Es scheint, der Mann des Telegraphen hat Gärtner mit Jahresgehalt«, sagte der Graf, »oder er widmet sich der Hortikultur auf eine leidenschaftliche Weise.« Plötzlich stieß er sich an einem Gegenstand, der hinter einem mit Blätterwerk beladenen Schubkarren gekauert war; dieser Gegenstand erhob sich, es entschlüpfte ihm ein Ausruf, der sein Erstaunen kundgab, und Monte Christo stand einem Menschen von etwa fünfzig Jahren gegenüber, der Erdbeeren pflückte und dieselben auf Weinblätter legte.
Er hatte zwölf Weinblätter und beinahe ebensoviele Erdbeeren.
»Sie machen Ihre Ernte, mein Herr?« fragte Monte Christo lächelnd.
»Verzeihen Sie, mein Herr«, erwiderte der gute Mann, mit der Hand nach seiner Mütze greifend, »ich bin allerdings nicht oben an meinem Posten, komme aber in diesem Augenblick erst herab.«
»Ich will Sie in keiner Beziehung belästigen«, erwiderte der Graf, »pflücken Sie immerhin Ihre Erdbeeren.«
»Ich bitte noch einmal um Vergebung, mein Herr; ich lasse vielleicht einen Vorgesetzten auf diese Art warten?« Und er betrachtete mit einem ängstlichen Blick den Grafen und seinen blauen Frack.
»Seien Sie unbesorgt, mein Freund«, entgegnete der Graf mit jenem Lächeln, das er nach seinem Willen so furchtbar oder so wohlwollend machte, und das diesmal nur Wohlwollen ausdrückte, »ich bin kein Vorgesetzter, der hier erscheint, um Sie zu inspizieren, sondern einfacher Reisender, der, durch die Neugierde zu Ihnen geführt, es sich zum Vorwurf macht, daß er Ihnen eine kostbare Zeit raubt.«
»Oh, meine Zeit ist nicht kostbar«, versetzte der gute Mann mit einem schwermütigen Lächeln. »Doch gehört meine Zeit der Regierung, und ich sollte sie nicht verlieren; doch kann ich, bis ein Signal ertönt, ruhig im Garten bleiben... Sollten Sie übri-

gens glauben, mein Herr, daß die Murmeltiere mir die Erdbeeren fressen?«
»Meiner Treu, nein, ich hätte es nicht geglaubt«, erwiderte mit ernstem Ton Monte Christo; »es ist eine schlimme Nachbarschaft um diese Murmeltiere für uns, da wir sie nicht eingemacht essen, wie dies die Römer taten.«
»Ah! Die Römer aßen sie«, rief der Gärtner, »sie aßen Murmeltiere?«
»Ich habe dies im Petronius gelesen«, sprach der Graf.
»Wirklich? Das muß nicht gut sein, obgleich man sagt: Fett wie ein Murmeltier. Und man darf sich nicht wundern, mein Herr, daß die Murmeltiere fett sind, denn sie schlafen den lieben langen Tag und wachen nur auf, um die ganze Nacht hindurch zu nagen. Sehen Sie, im letzten Jahr hatte ich vier Aprikosen; sie stahlen mir eine davon. Ich hatte einen Blutpfirsich, einen einzigen, es ist gewiß eine seltene Frucht; nun, mein Herr, sie verzehrten mir dieselbe zur Hälfte auf der Seite der Mauer, einen herrlichen vortrefflichen Blutpfirsich; ich habe nie einen besseren gegessen.«
»Sie haben ihn gegessen?« fragte der Graf.
»Das heißt, Sie begreifen, die übriggebliebene Hälfte. Ah, verdammt, diese Diebe wählen sich nicht die schlechtesten Stücke. Doch in diesem Jahr«, fuhr der Gartenfreund fort, »wird mir das nicht wieder geschehen, und sollte ich, wenn die Früchte bald vollends reif sind, dieselben die ganze Nacht hindurch hüten müssen.«
Monte Christo hatte genug gesehen. Jeder Mensch hat seine eigentümliche Leidenschaft, die sich in seinem Herzen festsetzt, wie der Wurm in der Frucht; die des Telegraphenmannes war Gärtnerei.
Er fing an, die Weinblätter zu pflücken, welche die Trauben vor der Sonne verbargen, und gewann sich dadurch das Herz des Gärtners.
»Der Herr ist wohl gekommen, um den Telegraphen zu sehen?« fragte dieser.
»Ja, mein Herr, wenn es nicht durch die Vorschriften verboten ist?«
»Oh, nicht im geringsten, in Betracht, daß nichts Gefährliches

dabei ist und niemand weiß oder wissen kann, was wir telegraphieren. Ist es Ihnen gefällig, mit mir hinaufzugehen?«

»Ich folge Ihnen.«

Monte Christo trat in den in drei Stockwerke abgeteilten Turm; der unterste enthielt einiges Gartengerät, wie Spaten, Rechen, Gießkannen: das war seine ganze Ausstattung. Der zweite diente dem Angestellten als gewöhnliche oder nächtliche Wohnung; er enthielt einen armseligen Hausrat, ein Bett, einen Tisch, zwei Stühle, ein steinernes Waschbecken und am Plafond getrocknete Kräuter, in denen der Graf spanische Bohnen und wohlriechende Erbsen erkannte. Er hatte alles so sorgfältig mit Etiketten versehen, wie ein Botaniker im Garten des Plantes.

»Braucht man viel Zeit, um die Telegraphie zu studieren, mein Herr?« fragte Monte Christo.

»Das Studium dauert nicht lange, wohl aber die Zeit, die man als überzählig zu dienen hat.«

»Und wieviel erhält man Gehalt?«

»Tausend Franken, mein Herr.«

»Das ist nicht viel.«

»Nein, aber man hat freie Wohnung, wie Sie sehen.«

Monte Christo betrachtete sich das Zimmer.

»Wenn er nur nicht zu große Stücke auf seine Wohnung hält«, murmelte er.

Man ging in den dritten Stock: es war das Zimmer des Telegraphen. Monte Christo schaute den zierlichen Apparat an. »Das ist sehr interessant«, sprach er, »aber in der Länge der Zeit muß Ihnen ein solches Leben etwas einförmig erscheinen.«

»Ja, am Anfang, doch nach Verlauf von ein paar Jahren ist man daran gewöhnt, und während meiner freien Zeit gehe ich meiner Lieblingsbeschäftigung, der Gärtnerei, nach, pflanze, schneide, raupe, und so bleibe ich vor Langeweile bewahrt.«

»Seit wie lange sind Sie hier?«

»Seit zehn Jahren, und fünf Jahre als Überzähliger, das macht fünfzehn.«

»Wie lange müssen Sie dienen, um Ruhegehalt zu bekommen?«

»Oh, mein Herr, fünfundzwanzig Jahre.«

»Und wieviel beträgt dieses Ruhegehalt?«

»Hundert Taler.«

»Arme Menschheit!« murmelte Monte Christo.

»Was sagen Sie, mein Herr?« fragte der Mann.

»Ich sage, es sei alles sehr interessant, was Sie mir zeigen… setzt sich nicht soeben die Mechanik Ihres Apparates in Bewegung?«

»Ah, es ist wahr, mein Herr.«

»Und was sagt Ihnen Ihr Korrespondent?«

»Er fragt mich, ob ich bereit sei, und wird sogleich eine Nachricht telegraphieren, die ich an die nächste Station weiterzubefördern habe.«

»Mein lieber Herr«, sagte Monte Christo, »Sie lieben die Gärtnerei?«

»Leidenschaftlich.«

»Und Sie wären glücklich, wenn Sie statt einer Terrasse von zwanzig Fuß ein Gehege von zwei Morgen hätten?«

»Mein Herr, ich würde ein irdisches Paradies daraus machen.«

»Mit Ihren tausend Franken leben Sie schlecht?«

»Ziemlich schlecht; doch ich lebe.«

»Ja; aber Sie haben einen elenden Garten.«

»Es ist wahr, der Garten ist nicht groß.«

»Und dabei noch mit Murmeltieren bevölkert, die alles auffressen. – Sagen Sie mir, wenn Sie das Unglück hätten, ein Telegramm zu übersehen, was geschähe dann?«

»Ich würde wegen Nachlässigkeit um Geld gestraft.«

»Um wieviel?«

»Um hundert Franken, den zehnten Teil meines Einkommens.«

»Ist Ihnen das schon begegnet?« fragte Monte Christo.

»Einmal, mein Herr, während ich einen Rosenstock pfropfte.«

»Gut. Wenn es Ihnen nun in den Sinn käme, etwas an dem Text zu ändern oder ein anderes Telegramm dafür zu machen?«

»Dann würde ich entlassen und verlöre mein Ruhegehalt. Sie begreifen daher, mein Herr, daß ich nie etwas dergleichen tun würde.«

»Nicht einmal für fünfzehn Jahre Ihres Gehaltes?«

»Für 15000 Franken? Mein Herr, Sie erschrecken mich.«
»Bah!«
»Mein Herr, Sie wollen mich in Versuchung führen?«
»Ganz richtig! Für 15 000 Franken, begreifen Sie?«
»Mein Herr, lassen Sie mich nach meinem Apparat schauen!«
»Im Gegenteil, schauen Sie nicht nach ihm, sondern schauen Sie dies an. Kennen Sie diese Papierchen nicht?«
»Banknoten!«
»Viereckige; es sind deren fünfzehn.«
»Wem gehören sie?«
»Ihnen, wenn Sie wollen.«
»Mir!« rief der Mann vom Telegraphen zitternd.
»Oh, mein Gott! Ja, Ihnen, als freies Eigentum.«
»Mein Herr, sehen Sie, mein Apparat arbeitet.«
»Lassen Sie ihn arbeiten.«
»Mein Herr, Sie haben mich aufgehalten, und ich werde gestraft.«
»Das kostet Sie hundert Franken; Sie begreifen, Sie haben ein volles Interesse, meine fünfzehn Banknoten zu nehmen.« Der Graf steckte das Päckchen in die Hand des Angestellten. »Doch das ist noch nicht alles«, sagte er; »mit Ihren 15000 Franken können Sie nicht leben.«
»Ich werde immerhin noch meinen Platz haben.«
»Nein, Sie werden ihn verlieren; denn Sie befördern ein anderes Telegramm, als das Ihres Korrespondenten.«
»Ah, mein Herr, was verlangen Sie von mir?«
Monte Christo zog aus seiner Tasche ein zweites Päckchen und sprach: »Hier sind noch weitere 10000 Franken; mit den 15, die Sie in der Tasche haben, macht das 25000 Franken; mit 5000 Franken kaufen Sie ein hübsches Häuschen und zwei Morgen Land, aus den weiteren 20000 Franken ziehen Sie eine Rente von 1000 Franken.«
»Einen Garten von zwei Morgen?«
»Und tausend Franken Rente.«
»Mein Gott! Mein Gott!«
»So nehmen Sie doch!« Und Monte Christo steckte mit Gewalt die zehntausend Franken in die Hand des Angestellten.
»Was soll ich tun?«

»Dieses Telegramm weiterbefördern.« Monte Christo zog aus seiner Tasche ein Papier, auf dem sich in deutlicher Schrift der Text befand.
»Das wird nicht lange dauern, wie Sie sehen können.«
»Ja, aber...«
»Dafür haben Sie sodann Blutpfirsiche und Gott weiß was.«
Dieser Streich wirkte. Rot vor Aufregung und dicke Tropfen schwitzend, führte der gute Mann das Telegramm zu Ende, das für das Ministerium des Innern bestimmt war.
»Nun sind Sie reich«, sagte Monte Christo.
»Ja«, erwiderte der Gartenfreund, »aber um welchen Preis?«
»Hören Sie, mein Freund, Sie sollen keine Gewissensbisse haben; glauben Sie mir, ich schwöre Ihnen, sie haben niemand geschadet.«
Der Angestellte betrachtete die Banknoten, befühlte und zählte sie; er wurde bleich, er wurde rot; halb ohnmächtig endlich stürzte er in sein Zimmer, um ein Glas Wasser zu trinken.
Fünf Minuten, nachdem die telegraphische Nachricht im Ministerium des Innern angelangt war, ließ Debray einspannen und eilte zu Danglars. »Ihr Gatte hat Kupons von spanischen Anleihen?« sagte er zu der Baronin.
»Ich glaube wohl! Er hat für sechs Millionen.«
»Er soll sie um jeden Preis verkaufen; Don Carlos ist aus Bourges entflohen und nach Spanien zurückgekehrt.«
»Woher wissen Sie dies?«
»Bei Gott! Wie ich die Nachrichten erfahre«, erwiderte Debray, die Achseln zuckend.
Die Baronin ließ sich das nicht zweimal sagen; sie lief zu ihrem Mann, der seinerseits zu seinem Wechselagenten eilte und ihm den Auftrag gab, um jeden Preis zu verkaufen.
Als man sah, daß Danglars verkaufte, fielen die spanischen Papiere sogleich. Danglars verlor dabei 500000 Franken, doch er entäußerte sich aller seiner Papiere.
Am Abend las man im Messager:

Telegraphische Depesche

»Don Carlos ist der Überwachung, die man in Bourges über ihn ausübte, entgangen und über die Grenze von Katalonien nach Spanien zurückgekehrt. Barcelona hat sich für ihn erhoben.«

Den ganzen Abend hindurch war nur von der Vorsicht Danglars', der seine Papiere verkauft, und von dem Glück des Börsenhändlers die Rede, der bei einem solchen Schlag nur fünfhunderttausend Franken verlor.
Diejenigen, welche ihre Papiere behalten oder die von Danglars gekauft hatten, wähnten sich ruiniert und brachten eine sehr schlimme Nacht zu.
Am andern Morgen las man im *Moniteur*:
»Ohne allen Grund hat der *Messager* gestern die Flucht von Don Carlos und den Aufstand von Barcelona verkündigt. Eine falsche telegraphische Depesche veranlaßte diese irrtümliche Nachricht.«
Die Fonds stiegen wieder um das Doppelte.
Dies machte an Verlust und an entgangenem Gewinn für Danglars eine Differenz von einer Million.
»Gut!« sagte Monte Christo zu Morel, der sich in dem Augenblick bei ihm befand, wo man ihm den seltsamen Börsenumschlag meldete, dessen Opfer Danglars geworden war, »ich habe für fünfundzwanzigtausend Franken eine Entdeckung gemacht, für die ich Hunderttausend bezahlt hätte.«
»Was haben Sie denn entdeckt?« fragte Morel.
»Das Mittel, einen Gärtner von der Murmeltieren zu befreien, die seine Pfirsiche fraßen «

2. Die Gespenster

Beim ersten Anblick und von außen betrachtet, hatte das Haus in Auteuil nichts Glänzendes, nichts von dem, was sich von einer Wohnung für den prachtliebenden Grafen von Monte Christo erwarten ließ; doch diese Einfachheit lag in dem Willen des Herrn, der den strengen Befehl gegeben hatte, nichts an dem Äußeren zu ändern. Sobald jedoch die Tür geöffnet war, verwandelte sich das Schauspiel.
Herr Bertuccio hatte sich hinsichtlich des Geschmacks, der Ausstattung und der Schnelligkeit der Ausführung selbst übertroffen; so hatte er in drei Tagen einen völlig nackten Hof bepflanzt und schöne Pappelbäume und Sykomoren, welche mit ihren ungeheuren Wurzelblöcken angekommen waren, beschatteten die Hauptfassade des Hauses, vor der sich, statt eines

halb unter Gras verborgenen Pflasters, ein Rasen ausbreitete und einen großen Teppich bildete, worauf noch das Wasser perlte, mit dem man ihn besprengt hatte.

Die Befehle rührten übrigens vom Grafen her: er selbst hatte Bertuccio einen Plan eingehändigt, worauf die Zahl und die Stelle der Bäume sowie die Form und der Umfang des Rasens angegeben waren.

So gesehen, war das Haus unkenntlich geworden. Dem Intendanten wäre es nicht unangenehm gewesen, wenn er den Garten einigen Veränderungen hätte unterwerfen dürfen, aber der Graf hatte es aufs bestimmteste verboten, irgend etwas darin zu berühren. Bertuccio entschädigte sich dadurch, daß er die Vorzimmer, die Treppen und die Kamine mit Blumen überlud.

Die außerordentliche Gewandtheit des Intendanten und das tiefe Wissen des Herrn gaben sich dadurch kund, daß dieses seit zwanzig Jahren verlassene Haus in einem Tag mit dem Anblick des Lebens auch die Wohlgerüche, die der Gebieter vorzog, und den Grad von Licht angenommen hatte, welchen er besonders liebte; daß der Gaf seine Bücher und seine Waffen bei seiner Ankunft unter der Hand, seine Lieblingsgemälde unter den Augen hatte; daß er in den Vorzimmern die Hunde fand, deren Liebkosungen ihn erfreuten, und die Vögel, deren Gesang ihn ergötzte; daß dieses Haus, wie Dornröschens Palast aus seinem langen Schlaf wiedererweckt, in allen Teilen lebte, sang, blühte, jenen seit langer Zeit von uns geliebten Häusern ähnlich, in denen wir, wenn wir von ihnen scheiden müssen, unwillkürlich einen Teil unserer Seele zurücklassen.

Die Diener gingen freudig in dem schönen Hof hin und her: die einen waren Besorger von Küche und Keller und schlüpften, als hätten sie stets in diesem Haus gewohnt, über die am Tag zuvor wiederhergestellten Treppen hin; die andern bevölkerten die Remisen, wo die numerierten Equipagen schon seit fünfzig Jahren aufgestellt zu sein schienen, und in den Ställen antworteten die Pferde an der Raufe durch ein Wiehern den Knechten, die mit unendlich mehr Achtung mit ihnen sprachen, als viele Diener mit ihren Herren sprechen.

Die Bibliothek war in einem Flügel auf beiden Seiten der Mauer aufgestellt und enthielt ungefähr zweitausend Bände; eine

ganze Abteilung war für die moderne Novellistik bestimmt, und der am Tag zuvor erschienene Roman brüstete sich bereits an seiner Stelle in einem roten Einband mit Goldschnitt.
Auf der andern Seite des Hauses fand sich, als Pendant der Bibliothek, das Treibhaus, geschmückt mit den seltensten Pflanzen, welche hier in großen japanischen Gefäßen blühten; und mitten in dem Treibhaus einem Wunder für das Auge, stand ein Billard, von welchem man hätte glauben sollen, es wäre erst eine Stunde zuvor von den Spielern verlassen worden.
An einem einzigen Zimmer hatte Herr Bertuccio keine Veränderungen vorgenommen. Vor diesem Zimmer, das in der linken Ecke des ersten Stockes lag, und zu dem man auf der großen Treppe hinaufsteigen konnte, während eine geheime Treppe aus demselben herabführte, gingen die Diener mit Neugierde und Bertuccio mit Schrecken vorbei.
Auf den Schlag fünf Uhr erschien der Graf, gefolgt von Ali, vor dem Hause in Auteuil. Bertuccio erwartete diese Ankunft zugleich ungeduldig und ruhig; er hoffte auf einige Komplimente, während er zugleich ein Falten der Stirn befürchtete.
Monte Christo stieg im Hof aus, durchlief das ganze Haus und ging im Garten umher, schweigsam und ohne das geringste Zeichen von Billigung oder Mißbilligung von sich zu geben.
Nur streckte er, als er in sein Schlafzimmer trat, das dem geschlossenen Zimmer gegenüber lag, die Hand nach der Schublade eines kleinen Schrankes von Rosenholz aus, den er bereits bei seiner ersten Reise wahrgenommen hatte, und sagte: »Das kann nur dazu dienen, Handschuhe hineinzulegen.«
»In der Tat, Exzellenz«, erwiderte Bertuccio entzückt, »öffnen Sie, und Sie werden Handschuhe darin finden.«
In den andern Schränken fand der Graf ebenfalls, was er zu finden hoffte, Flacons, Zigarren, Juwelen.
»Gut!« sprach der Graf. Und Herr Bertuccio entfernte sich mit dem freudigsten Gemüt; so groß, so mächtig, so echt war der Einfluß dieses Mannes auf seine ganze Umgebung.
Pünktlich um sechs Uhr hörte man ein Pferd vor der Haustür. Es war unser Kapitän der Spahis, welcher auf Medea kam. Monte Christo erwartete ihn, ein Lächeln auf den Lippen, auf der Freitreppe.

»Ich bin sicherlich der erste«, rief ihm Morel zu; »ich richtete dies so ein, um Sie, ehe alle Welt ankommt, einen Augenblick für mich allein zu haben. Julie und Emanuel sagen Ihnen tausend schöne Dinge. Doch wissen Sie, daß es hier herrlich ist?«

In diesem Augenblick langte ein Wagen, gefolgt von den zwei Reitern, Debray und Chateau-Renaud, vor der Treppe an.

Debray sprang auf der Stelle von seinem Pferd, eilte an den Kutschenschlag und reichte seine Hand der Baronin Danglars, die ihm ein leises, aber dem Grafen von Monte Christo nicht entgehendes Zeichen machte.

Zugleich sah der Graf ein kleines Billett glänzen, ebenso unmerklich wie die Gebärde, ein Billett, das mit einer Leichtigkeit, welche die Gewohnheit dieses Manövers andeutete, von der Hand der Madame Danglars in die des Sekretärs überging.

Hinter seiner Frau stieg der Bankier aus; er war so bleich, als käme er aus dem Grab.

Man trat ins Haus und fing an, die Kunstwerke zu bewundern, als Baptistin den Major Bartolomeo Cavalcanti und den Herrn Grafen Andrea Cavalcanti anmeldete.

Eine Halsbinde von schwarzem Atlas, soeben erst aus den Händen des Fabrikanten kommend, das Kinn frisch rasiert, grauer Schnurrbart, sicheres Auge, Majorsuniform mit drei Sternen und fünf Kreuzen geschmückt, in summa tadellose Haltung des alten Soldaten – so erschien der Major Bartolomeo Cavalcanti, der uns wohlbekannte zärtliche Vater.

Neben ihm schritt in einem von Neuheit glänzenden Gewand, ein Lächeln auf den Lippen, der Graf Andrea Cavalcanti, der uns bekannte ehrfurchtsvolle Sohn.

Die drei, Debray, Morel und Renaud, plauderten miteinander; ihre Blicke richteten sich von dem Vater auf den Sohn und blieben natürlich länger auf dem letzteren haften, den sie zergliederten.

»Cavalcanti!« sagte Debray.

»Pest! Ein schöner Name«, sprach Morel.

»Ja«, versetzte Chateau-Renaud, »es ist wahr, diese Italiener nennen sich gut, kleiden sich aber schlecht.«

»Sie sind sehr schwierig, Chateau-Renaud«, sagte Debray, »diese Kleider sind von einem vortrefflichen Schneider und ganz neu.«

»Das ist es gerade, was ich ihnen zum Vorwurf mache. Der Herr sieht aus, als ob er sich heute zum erstenmal kleidete.«
»Wer sind diese Herren?« fragte Danglars den Grafen von Monte Christo.
»Sie haben gehört, Cavalcanti.«
»Dadurch erfahre ich ihren Namen und sonst nichts.«
»Ah, es ist wahr, Sie sind nicht auf dem laufenden in Beziehung auf den Adel Italiens: wer Cavalcanti sagt, sagt Fürstengeschlecht.«
»Schönes Vermögen?« fragte der Bankier.
»Fabelhaft.«
»Was machen sie?«
»Sie suchen es zu verzehren, ohne zum Ziel gelangen zu können. Übrigens haben sie Kreditbriefe auf Sie, wie mir diese Herren sagten, als sie mich vorgestern besuchten. Ich habe sie sogar Ihnen zuliebe eingeladen und werde Ihnen beide vorstellen.«
»Doch es scheint mir, sie sprechen das Französische sehr rein«, bemerkte Danglars.
»Der Sohn ist in einem Kolleg im Süden, ich glaube in Marseille oder der Umgegend, erzogen worden. Sie werden ihn ganz enthusiastisch finden.«
»Wofür?« fragte die Baronin.
»Für die Französinnen, Madame. Er will durchaus eine Frau in Paris nehmen.«
»Wahrlich ein schöner Gedanke!« sprach Danglars, die Achseln zuckend.
»Der Baron scheint heute sehr düster«, sagte Monte Christo zu Madame Danglars; »sollte man ihn zufällig zum Minister machen wollen?«
»Nein, nicht daß ich wüßte. Ich glaube eher, daß er an der Börse gespielt, dabei verloren hat, und noch nicht weiß, wem er die Schuld beimessen soll.«
»Herr und Frau von Villefort!« rief Baptistin.
Die zwei gemeldeten Personen traten ein; Herr von Villefort war trotz seiner Selbstbeherrschung sichtbar erschüttert. Als Monte Christo seine Hand berührte, fühlte er, daß sie zitterte.
»Offenbar nur die Frauen wissen sich zu verstellen«, sprach Monte Christo zu sich selbst, während er Madame Danglars an-

schaute, die dem Staatsanwalt zulächelte und dessen Frau umarmte.
Nach den ersten Begrüßungen sah der Graf, wie Bertuccio in einen kleinen Salon schlüpfte, der unmittelbar an den stieß, in welchem man versammelt war.
Der Graf fragte ihn: »Was wollen Sie, Herr Bertuccio?«
»Seine Exzellenz hat mir die Zahl der Gäste nicht genannt.«
»Ah, das ist wahr. Zählen Sie selbst.«
Bertuccio warf einen Blick durch die halbgeöffnete Tür, Monte Christo beobachtete ihn mit scharfem Auge.
»Ah, mein Gott!« rief er.
»Was denn?« fragte der Graf.
»Diese Frau... diese Frau...«
»Welche?«
»Die mit dem weißen Kleid und den vielen Diamanten... die Blonde...«
»Madame Danglars?«
»Ich weiß nicht, wie sie heißt. Doch, sie ist es! Sie ist es!«
»Wer, sie?«
»Die Frau vom Garten! Diejenige, welche in andern Umständen war und spazierenging... in Erwartung! ...in Erwartung...«
Bertuccio erbleichte und schaute, den Mund geöffnet und die Haare gesträubt, hinaus.
»In Erwartung von wem?«
Bertuccio deutete, ohne zu antworten, mit dem Finger auf Villefort, ungefähr mit derselben Gebärde, mit der einst Macbeth auf Banco deutete.
»Oh... oh...«, murmelte er endlich, »sehen Sie?«
»Ihn!... Den Herrn Staatsanwalt Villefort? Allerdings sehe ich ihn.«
»Ich habe ihn also nicht getötet?«
»Ich glaube, Sie werden ein Narr, mein braver Herr Bertuccio«, sagte der Graf.
»Er ist also nicht tot?«
»Ei, nein, er ist nicht tot, wie Sie sehen; statt ihn zwischen die sechste und siebente linke Rippe zu stoßen, wie dies Ihre Landsleute zu tun pflegen, haben Sie ihn etwas höher oder tiefer

getroffen, und bei diesen Leuten der Justiz ist die Seele gleichsam mit Pflöcken im Körper befestigt. Oder es ist vielleicht nichts Wirkliches an dem, was Sie mir sagten, es ist ein Traum Ihrer Einbildungskraft, eine Täuschung Ihres Geistes; Sie werden, nachdem Sie Ihre Rache schlecht verdaut, eingeschlafen sein, sie hat Sie wohl auf Ihren Magen gedrückt, und Sie wurden von einem Alpdruck heimgesucht... Das ist das Ganze. Sammeln Sie sich, beruhigen Sie sich und zählen Sie: Herr und Frau von Villefort: zwei; Herr und Madame Danglars: vier; Herr von Chateau-Renaud, Herr Debray, Herr Morel: sieben; der Herr Major Bartolomeo Cavalcanti...«
»Acht«, wiederholte Bertuccio.
»Warten Sie doch! Warten Sie doch! Sie haben große Eile! Den Teufel! Sie vergessen einen von meinen Gästen. Schauen Sie ein wenig links... dort.. Herr Andrea Cavalcanti, der junge Mann im schwarzen Frack, der die Jungfrau von Murillo betrachtet und sich eben umdreht.«
Diesmal stieß Bertuccio einen Schrei aus, den der Blick von Monte Christo auf seinen Lippen erstickte.
»Benedetto«, murmelte er ganz leise, »oh, Verhängnis!«
»Es hat halb sieben Uhr geschlagen, Herr Bertuccio«, sprach der Graf mit strengem Ton; »dies ist die Stunde, zu der man sich meinem Befehl gemäß zur Tafel setzt; Sie wissen, ich liebe das Warten nicht.«
Monte Christo kehrte in den Salon zurück, wo die Gäste seiner harrten, während Bertuccio sich an den Wänden haltend den Speisesaal wieder zu erreichen suchte.
Fünf Minuten nachher öffneten sich die beiden Türen des Salons. Bertuccio erschien und sprach mit einer letzten heldenmütigen Anstrengung: »Mein Herr Graf, es ist aufgetragen.«
Monte Christo bot Frau von Villefort seinen Arm.
»Herr von Villefort«, sagte er, »ich bitte Sie, seien Sie der Kavalier der Frau Baronin Danglars.«
Villefort gehorchte, und man ging in den Speisesaal.

3. Das Mittagsmahl

Offenbar belebte dasselbe Gefühl alle Gäste, als man in den Speisesaal trat. Sie fragten sich, welch ein seltsamer Einfluß sie alle in dieses Haus geführt, und so erstaunt und sogar so unruhig auch einige derselben darüber waren, daß sie sich in demselben befanden, so hätten sie doch keineswegs nicht darin sein mögen. Gleichwohl machten es diese Beziehungen von einem neueren Datum, die wunderbare, vereinzelte Stellung, das unbekannte und beinahe fabelhafte Vermögen des Grafen den Männern zur Pflicht, behutsam zu sein, den Damen zum Gesetz, ein Haus nicht zu betreten, wo sich keine Frauen fanden, um sie zu empfangen; und dennoch waren Männer und Frauen, die einen über die Vorsicht, die andern über die Schicklichkeit weggegangen, und es hatte sie die Neugierde mit unwiderstehlichem Zug jedes Widerstreben überspringen lassen.

Alle Anwesenden ohne Ausnahme, bis auf Cavalcanti, den Vater, trotz seiner Steifheit, bis auf Cavalcanti, den Sohn, trotz seiner Leichtigkeit, schienen darüber beunruhigt, daß sie sich bei einem Mann, dessen Zwecke sie nicht begreifen konnten, mit andern Menschen zusammen befanden, welche sie zum erstenmal sahen.

Madame Danglars machte eine Bewegung, als sie gewahrte, daß Herr von Villefort auf die Einladung von Monte Christo sich ihr näherte, um ihr den Arm zu bieten; und Herr von Villefort empfand es, daß sich sein Blick unter seiner goldenen Brille verwirrte, als er fühlte, wie sich der Arm der Baronin auf den seinigen legte.

Keine von diesen zwei Bewegungen war dem Grafen entgangen, und es lag schon in dieser einfachen Berührung der beiden Menschen für den Beobachter dieser Szene ein großes Interesse.

Herr von Villefort hatte zu seiner Rechten Madame von Danglars und zu seiner Linken Morel.

Der Graf saß zwischen Frau von Villefort und Danglars.

Die andern Zwischenräume wurden ausgefüllt durch Debray, der zwischen Cavalcanti Vater und Cavalcanti Sohn, und durch Chateau-Renaud, der zwischen Frau von Villefort und Morel saß.

Das Mahl war prachtvoll: Monte Christo hatte es sich zur Aufgabe gemacht, die Pariser Symmetrie völlig umzustürzen und mehr noch der Neugierde als dem Appetit seiner Gäste die gewünschte Nahrung zu geben. Es war ein orientalischer Schmaus, was man ihnen bot, doch orientalisch auf eine Weise, wie dies nur bei den Festen der arabischen Feen sein konnte. Alle Früchte, welche die vier Weltteile unversehrt und wohlschmeckend in das europäische Füllhorn zu spenden vermögen, waren in Pyramiden in chinesischen Vasen und auf japanischen Schalen aufgehäuft. Die seltenen Vögel mit dem glänzenden Teil ihres Gefieders, die riesenhaften Fische auf silbernen Platten ausgebreitet, alle Weine des Archipels, von Kleinasien und vom Kap, in Flaschen von bizarren Formen eingeschlossen, zogen wie eine von jenen gastronomischen Heerschauen, wie sie Apicius seinen Gästen bot, vor diesen Parisern vorüber, welche wohl begriffen, daß man tausend Louisd'or für ein Mittagsmahl von zehn Personen nur unter der Bedingung ausgeben konnte, daß man wie Kleopatra Perlen verschlang.
Monte Christo sah das allgemeine Erstaunen und fing an zu lachen und zu spotten.
»Meine Herren«, sagte er, »Sie werden mir eines wohl zugeben, nicht wahr: daß es nämlich, wenn man zu einem gewissen Grade des Vermögens gelangt ist, nichts so sehr Notwendiges gibt, als das Überflüssige; wie diese Damen ohne Zweifel zugestehen, daß es, wenn man bis zu einem gewissen Grade der Überspannung gelangt ist, nichts Positiveres gibt, als das Ideale? Verfolgen wir aber dieses Raisonnement, was ist das Wunderbare? Das, was wir nicht begreifen. Was ist ein wahrhaft wünschenswertes Gut? Ein Gut, das wir nicht haben können. Dinge sehen, die ich nicht begreifen kann, mir Dinge verschaffen, welche unmöglich zu haben sind, das ist nun das ganze Studium meines Lebens. Ich gelange hierzu durch zwei Mittel: durch das Geld und durch den Willen. Um eine Laune zu verfolgen, wende ich zuweilen die Beharrlichkeit an, welche Sie anwenden, Herr Danglars, um eine neue Eisenbahnlinie herzustellen; Sie, Herr von Villefort, um einen Menschen zum Tode verurteilen zu lassen; Sie, Herr Debray, um ein Königreich zu pazifizieren; Sie, Herr von Chateau-Renaud, um einer Frau zu gefallen; Sie,

Herr Morel, um ein Pferd zu bändigen, das niemand zu bändigen vermag. Sehen Sie zum Beispiel diese zwei Fische an, von denen der eine fünfzig Meilen von St. Petersburg, der andere fünf Meilen von Neapel geboren ist. Ist es nicht belustigend, sie auf derselben Tafel zu vereinigen?«

»Was für Fische sind dies?« fragte Danglars.

»Hier ist Herr von Chateau-Renaud, der sich in Rußland aufgehalten hat und Ihnen den Namen des einen sagen wird«, antwortete Monte Christo, »und hier ist Herr Major von Cavalcanti, ein Italiener, der Ihnen wohl den Namen des andern nennt.«

»Dieser hier ist, glaube ich, ein Sterlet«, sprach Chateau-Renaud.

»Und dieser hier ist, wenn ich mich nicht täusche, eine Laprete«, versetzte Cavalcanti.

»So ist es. Mein lieber Herr Danglars, fragen Sie nun die beiden Herren, wo man diese Fische fängt.«

»Die Sterlets fängt man nur in der Wolga«, sagte Chateau-Renaud.

»Ich kenne nur den Fusaro-See, der Lampreten von dieser Größe liefert«, sagte Cavalcanti.

»Ganz richtig: der eine kommt aus der Wolga, der andere aus dem Fusaro-See.«

»Unmöglich!« riefen zugleich alle Gäste.

»Sehen Sie, das ist es gerade, was mich belustigt«, sprach Monte Christo. »Ich bin wie Nero, das Unmögliche zieht mich an und das ist es auch, was Sie belustigt, denn daß Ihnen dieses Fleisch, welches in Wirklichkeit vielleicht nicht so viel wert ist, als das des Barsches oder des Salmen, ausgezeichnet erscheint, rührt vielleicht bloß davon her, daß es Ihrem Geiste unmöglich dünkte, sich dasselbe zu verschaffen, und daß es nun doch da ist.«

»Doch wie hat man es gemacht, um diese Fische nach Paris zu transportieren?«

»Oh, mein Gott! Es gibt nichts Einfacheres; man hat diese zwei Fische jeden in ein großes Faß gebracht, von denen das eine mit Schilfrohr und Meergras, das andere mit Binsen und Seepflanzen ausgepolstert war. Man legte sie sodann auf einen besonders hierzu gemachten Packwagen, und so lebte der Sterlet zwölf Tage und die Lamprete acht; und beide lebten noch vollkommen, als mein Koch sich derselben bemächtigte, um den einen Fisch in Milch, den andern in Wein sterben zu lassen.«

»Sie sind in der Tat ein wunderbarer Mann!« rief Danglars, »und die Philosophen mögen sagen, was sie wollen, es ist doch herrlich, reich zu sein.«

»Alles dies ist bewunderswürdig«, sprach Chateau-Renaud; »doch ich gestehe, was ich am meisten bewundere, ist die wunderbare Schnelligkeit, mit der Sie bedient werden. Nicht wahr, Herr Graf, Sie haben dieses Haus erst vor fünf bis sechs Tagen gekauft?«

»Allerdings.«

»Nun wohl, ich bin überzeugt, daß es in acht Tagen eine völlige Umgestaltung erlitten haben wird; denn wenn ich mich nicht täusche, hatte es einen ganz andern Eingang, als den gegenwärtigen, und der Hof war gepflastert und leer, während derselbe heute aus einem herrlichen Rasen besteht, eingefaßt mit Bäumen, welche über hundert Jahre alt zu sein scheinen.«

»Das ist natürlich, ich liebe das Grüne und den Schatten«, versetzte Monte Christo.

»In der Tat«, sagte Frau von Villefort, »früher kam man durch ein Tor, das auf die Straße ging, und am Tag meiner wunderbaren Rettung ließen Sie mich, wie ich mich erinnere, von der Straße aus in das Haus eintreten.«

»Ja, Madame«, erwiderte Monte Christo; »doch seitdem zog ich einen Eingang vor, der mir das Bois de Boulogne durch mein Gitter zu sehen gestattet.«

»In vier Tagen«, rief Morel, »das ist ein Wunder!«

»Sie haben recht«, sagte Chateau-Renaud, »aus einem alten Haus ein neues zu machen ist etwas höchst Wunderbares, denn das Haus war in der Tat sehr alt und sogar sehr traurig; ich entsinne mich dessen, denn ich war von meiner Mutter beauftragt, es in Augenschein zu nehmen, als Herr von Saint-Meran dasselbe vor ein paar Jahren zum Verkauf anbot.«

»Herr von Saint-Meran!« sagte Frau von Villefort, »dieses Haus gehörte also Herrn von Saint-Meran, ehe Sie es kauften, Herr Graf?«

»Es scheint so«, antwortete Monte Christo.

»Wie, es scheint? Sie wissen nicht, wem Sie Ihr Haus abgekauft haben?«

»Meiner Treu, nein, mein Intendant besorgt alle diese Einzelheiten.«

»Es war wenigstens zehn Jahre gar nicht bewohnt«, bemerkte Chateau-Renaud, »und es bot einen gar traurigen Anblick mit seinen geschlossenen Läden und Türen und dem Gras im Hof. Wahrlich, wenn es nicht dem Schwiegervater eines Staatsanwaltes gehört hätte, man wäre versucht gewesen, es für eines von jenen verfluchten Häusern zu halten, in denen ein großes Verbrechen begangen worden ist.«

Villefort, der bis jetzt keines von den drei bis vier mit außerordentlichen Weinen gefüllten Gläsern berührt hatte, welche vor ihm standen, nahm eines und leerte es in einem Zug.

Monte Christo ließ einen Augenblick hingehen, dann sprach er, das Stillschweigen unterbrechend, das auf die Worte von Chateau-Renaud gefolgt war: »Es ist seltsam, Herr Baron, aber derselbe Gedanke ergriff mich, als ich es zum erstenmal betrat, und dieses Haus kam mir so düster vor, daß ich es nie gekauft haben würde, wenn nicht der Intendant die Sache für mich abgemacht hätte. Ohne Zweifel hat der Bursche vom Sachwalter ein hübsches Trinkgeld bekommen.«

»Das ist wahrscheinlich«, stammelte Villefort, der zu lächeln suchte; »glauben Sie mir jedoch, daß ich an dieser Bestechung keinen Teil habe. Es war der Wille von Herrn von Saint-Meran, daß dieses Haus, welches zur Mitgift seiner Enkelin gehört, verkauft würde, denn wäre es noch drei oder vier Jahre unbewohnt geblieben, so müßte dasselbe in Trümmer zerfallen sein.«

Nun erbleichte Morel ebenfalls.

»Besonders ein Zimmer«, fuhr Monte Christo fort, »ein Zimmer, oh, mein Gott! Ein scheinbar ganz einfaches Zimmer, ein Zimmer wie alle anderen Zimmer, mit rotem Damast austapeziert, kam mir, ich weiß nicht warum, so tragisch als möglich vor.«

»Warum dies?« fragte Debray, »warum tragisch?«

»Gibt man sich Rechenschaft über instinktartige Dinge?« entgegnete Monte Christo; »gibt es nicht Orte, wo man auf eine natürliche Weise Traurigkeit einzuatmen scheint? Warum? Man

weiß es nicht; durch eine Verkettung von Erinnerungen, durch eine Laune des Geistes, der uns in andere Zeiten, an andere Orte zurückführt, welche vielleicht in keinem Zusammenhang mit den Zeiten und Orten stehen, wo wir uns befinden; ich weiß nur gewiß, daß mich dieses Zimmer auf eine wunderbare Weise an das Zimmer der Desdemona erinnerte. Ei, meiner Treu, da wir das Mittagsmahl beendigt haben, muß ich es Ihnen zeigen, dann gehen wir in den Garten und nehmen dort den Kaffee.«
Monte Christo befragte seine Gäste durch ein Zeichen. Frau von Villefort stand auf, Monte Christo tat dasselbe, und jedermann ahmte ihr Beispiel nach.
Villefort und Madame Danglars blieben einen Augenblick wie an ihre Plätze genagelt, sie befragten sich mit kalten, stummen, eisigen Augen.
»Haben Sie gehört?« fragte Madame Danglars.
»Wir müssen gehen«, antwortete Villefort, aufstehend und ihr den Arm reichend.
Es hatten sich bereits alle Gäste, von Neugierde getrieben, gesammelt, denn man dachte wohl, der Besuch würde sich nicht auf dieses Zimmer beschränken, und man würde zugleich die übrigen Teile der ehemaligen Ruine, aus der Monte Christo einen Palast gemacht hatte, durchwandern. Jeder eilte durch die offene Türe. Monte Christo wartete auf die Zögernden; als sie ebenfalls hinausgegangen waren, schloß er den Zug mit einem Lächeln, das seine Gäste, wenn sie es hätten begreifen können, auf eine ganz andere Weise in Schrecken gesetzt haben würde, als das Zimmer, welches man betreten sollte. Man durchlief nach und nach die auf orientalische Weise ausgestatteten Zimmer und die mit den schönsten Gemälden alter Meister geschmückten Salons; endlich gelangte man in das berüchtigte Gemach.
Es zeigte nichts Besonderes, als daß es, obgleich der Tag sich neigte, nicht erleuchtet war und sein altes Aussehen beibehalten hatte, während alle übrigen Zimmer in gänzlich neuem Schmuck erschienen. Die zwei Ursachen genügten in der Tat, um ihm eine düstere Farbe zu verleihen.
»Hu!« rief Frau von Villefort, »das ist in der Tat schauerlich.«
Madame Danglars suchte ein paar Worte zu stammeln, die man

nicht verstand. Mehrere Bemerkungen durchkreuzten sich und bestätigten insgesamt, das Zimmer mit dem roten Damast habe ein unheilschwangeres Aussehen.
»Nicht wahr?« sprach Monte Christo. »Schauen Sie nur, wie dieses Bett sonderbar gestellt ist, welch eine düstere, blutige Tapete! Und diese zwei Porträts mit ihren durch die Feuchtigkeit verblichenen Farben, scheinen ihre blassen Lippen und ihre irren Augen nicht zu sagen: Ich habe gesehen?«
Villefort wurde leichenbleich, und Madame Danglars fiel auf einen in der Nähe des Kamins stehenden Stuhl.
»Oh, haben Sie wirklich den Mut, sich auf diesen Stuhl zu setzen, worauf das Verbrechen vielleicht begangen worden ist?« fragte Frau von Villefort lächelnd.
Madame Danglars stand rasch auf.
»Und das ist noch nicht alles«, sagte Monte Christo.
»Was gibt es denn noch?« fragte Debray, dem die Aufregung von Madame Danglars nicht entging.
»Sehen Sie doch diese kleine Treppe«, sprach Monte Christo, eine in der Tapete verborgene Tür öffnend; »schauen Sie, und sagen Sie mir, was Sie davon denken.«
»Welch unheilvolle Stufen!« rief lachend Chateau-Renaud.
»Ich weiß in der Tat nicht, ob es der Wein von Chios ist, was zur Schwermut führt, aber ich sehe dieses Haus allerdings ganz schwarz«, sagte Debray.
Morel war, seit von der Mitgift von Valentine die Rede gewesen, traurig geblieben und hatte kein Wort mehr gesprochen.
»Denken Sie sich einen Othello oder irgendeinen Abbé von Ganges«, sagte Monte Christo, »der Schritt für Schritt in einer finstern, stürmischen Nacht mit einer unseligen Bürde, die er, wenn nicht dem Auge Gottes, doch dem Blick der Menschen zu entziehen Eile hätte, diese Treppe hinabginge.«
Madame Danglars wurde halb ohnmächtig an dem Arm von Villefort, der sich selbst an eine Wand anlehnen mußte.
»Ah! Mein Gott, Madame, was haben Sie denn?« rief Debray, »wie bleich werden Sie!«
»Was sie hat? Das ist ganz einfach«, versetzte Frau von Villefort; »Herr von Monte Christo erzählt uns schreckliche Geschichten, damit wir ohne Zweifel vor Furcht sterben sollen.«

»Jawohl«, sagte Villefort. »In der Tat, Graf, Sie erschrecken diese Damen.«
»Was haben Sie denn?« fragte Debray wiederholt Madame Danglars.
»Nichts, nichts«, erwiderte diese, nicht ohne eine gewisse Anstrengung, »ich bedarf nur der Luft.«
»Wollen Sie in den Garten hinabgehen?« fragte Debray, Madame Danglars seinen Arm bietend und auf die Geheimtreppe zuschreitend.
»Nein, nein«, antwortete sie, »ich will lieber hier bleiben!«
»Ist dieser Schrecken in der Tat Ernst, Madame?« sagte Monte Christo.
»Nein, mein Herr«, sprach Madame Danglars; »doch Sie haben eine Art, die Dinge vorauszusetzen, welche der Illusion das Aussehen der Wirklichkeit verleiht.«
»Oh, mein Gott, ja«, sagte Monte Christo lächelnd, »und alles dies ist die Sache der Einbildungskraft; denn warum sollte man sich nicht ebensogut dieses Zimmer als ein ehrliches, gutes Zimmer einer Hausfrau vorstellen? Dieses Bett mit seinen purpurroten Vorhängen als ein von der Göttin Lucina besuchtes Lager, und diese geheimnisvolle Treppe als den Gang, durch welchen sachte, und um den erquickenden Schlaf der Wöchnerin nicht zu stören, der Arzt geht, oder die Amme, oder der Vater, das schlummernde Kind auf dem Arme ...?«
Diesmal stieß Madame Danglars, statt sich zu beruhigen, einen Seufzer aus und fiel in Ohnmacht.
»Madame Danglars befindet sich unwohl«, stammelte Villefort; »man sollte sie vielleicht zu ihrem Wagen bringen.«
»Oh, mein Gott!« rief Monte Christo, »ich habe meinen Flacon vergessen.«
»Hier ist der meinige«, sagte Frau von Villefort und reichte Monte Christo einen Flacon voll eines roten Saftes, demjenigen ähnlich, dessen wohltätige Wirkung der Graf an Eduard versucht hatte.
»Ah!« sagte Monte Christo, während er das Fläschchen aus den Händen von Frau von Villefort nahm.
»Ja«, flüsterte ihm diese zu, »ich habe es nach Ihren Angaben versucht.«

»Und es ist Ihnen gelungen?«
»Ich glaube.«
Man hatte Madame Danglars in das Nebenzimmer gebracht. Monte Christo ließ einen Tropfen von dem roten Saft auf ihre Lippen fallen, und sie kam zu sich.
»Oh! Welch ein gräßlicher Traum!« rief sie.
Villefort drückte ihr heftig die Hand, um ihr zu verstehen zu geben, sie hätte nicht geträumt.
Man suchte Herrn Danglars; Monte Christo schien in Verzweiflung; er nahm Madame Danglars beim Arm und führte sie in den Garten, wo man Herrn Danglars fand, mit den Herren Cavalcanti Vater und Sohn Kaffee schlürfend.
»Habe ich Sie wirklich erschreckt?« fragte Monte Christo.
»Nein; aber Sie wissen, die Dinge bringen Eindrücke auf uns hervor, je nach der Stimmung, in der wir uns befinden.«
Villefort zwang sich zu lachen. »Und dann begreifen Sie«, sagte er, »es genügt eine Voraussetzung, eine Chimäre...«
»Nun wohl«, sprach Monte Christo, »Sie mögen mir glauben oder nicht, ich habe die feste Überzeugung, daß ein Verbrechen in diesem Haus begangen worden ist.«
»Nehmen Sie sich in acht«, entgegnete Frau von Villefort, »wir haben einen Staatsanwalt hier.«
»Meiner Treu«, rief Monte Christo, »da sich dies gerade so trifft, so werde ich es benützen, um meine Angabe zu machen.«
»Ihre Angabe?« fragte Villefort.
»Ja, und zwar in Gegenwart von Zeugen.«
»Alles dies ist sehr interessant«, bemerkte Debray, »und wenn wirklich ein Verbrechen vorliegt, so werden wir vortrefflich verdauen.«
»Es liegt ein Verbrechen vor«, sprach Monte Christo. »Kommen Sie hierher, meine Herren, kommen Sie, Herr von Villefort; damit die Angabe gültig ist, muß sie bei den zuständigen Behörden gemacht werden.« Monte Christo nahm Villefort beim Arm, und während er zugleich den von Madame Danglars unter den seinigen drückte, zog er den Staatsanwalt bis unter die Platane, wo der Schatten am stärksten war. Die andern Gäste folgten insgesamt.
»Sehen Sie«, sagte Monte Christo, »hier, gerade auf dieser

Stelle (und er stieß mit dem Fuß auf die Erde), hier ließ ich, um die bereits alten Bäume zu verjüngen, graben und Düngererde auflegen; bei dem Graben entdeckten meine Arbeiter ein Kistchen, oder vielmehr die eisernen Bande eines Kistchens, unter denen das Skelett eines neugeborenen Kindes lag. Das ist hoffentlich keine Phantasmagorie?«

Monte Christo fühlte, wie der Arm von Madame Danglars erstarrte und die Hand von Villefort zitterte.

»Ein neugeborenes Kind«, wiederholte Debray; »Teufel! Die Sache wird ernst, wie mir scheint.«

»Oh, wer kann sagen, daß es ein Verbrechen ist?« versetzte Villefort mit einer letzten Anstrengung.

»Wie? Ein in einem Garten lebendig begrabenes Kind ist kein Verbrechen?« rief Monte Christo. »Wie nennen Sie denn diese Handlung, Herr Staatsanwalt?«

»Aber wer sagt denn, es sei lebendig begraben worden?«

»Warum es hier begraben, wenn es tot war? Dieser Garten ist nie ein Friedhof gewesen.«

»Was widerfährt den Kindesmördern in diesem Land?« fragte naiv der Major Cavalcanti.

»Oh, mein Gott! Man schneidet ihnen ganz einfach den Hals ab«, antwortete Danglars.

»Ah, man schneidet ihnen den Hals ab«, rief Cavalcanti.

»Ich glaube... nicht wahr, Herr von Villefort?« fragte Monte Christo.

»Ja, mein Herr Graf«, antwortete dieser mit einem Ausdruck, der nichts Menschliches mehr hatte.

Monte Christo sah, daß dies alles war, was die zwei Personen ertragen konnten, für welche er diese Szene vorbereitet hatte, und sagte, da er die Sache nicht weitertreiben wollte: »Doch, meine Herren, mir scheint, wir vergessen den Kaffee.« Und er führte seine Gäste zu dem mitten auf dem Rasen stehenden Tisch.

»In der Tat, mein Herr Graf«, sprach Madame Danglars, »ich schäme mich, meine Schwäche zu gestehen, aber alle diese furchtbaren Geschichten haben mich gewaltig angegriffen; ich bitte, erlauben Sie, daß ich mich setze.«

Und sie fiel auf einen Stuhl.

Monte Christo verbeugte sich vor ihr, trat zu Frau von Villefort

und sagte zu dieser: »Ich glaube, Madame Danglars bedarf abermals Ihres Flacons.«
Doch ehe sich Frau von Villefort ihrer Freundin genähert, hatte der Staatsanwalt bereits Madame Danglars zugeflüstert:
»Ich muß Sie morgen sprechen.«
»Ja, kommen Sie in mein Bureau, das ist noch der sicherste Ort.«
»Ich werde kommen.«
In diesem Augenblick kam Frau von Villefort.
»Ich danke, liebe Freundin«, sagte Madame Danglars, die zu lächeln suchte, »es ist nichts, und ich fühle mich bereits besser.«

4. Der Bettler

Der Abend rückte an; Frau von Villefort äußerte den Wunsch, nach Paris zurückzukehren, was Madame Danglars, trotz ihres augenscheinlichen Unbehagens, nicht zu tun wagte.
Auf das Verlangen seiner Frau gab Herr von Villefort zuerst das Zeichen zum Aufbruch. Er bot Madame Danglars einen Platz in seinem Wagen, damit sie unter der Obhut seiner Frau wäre. In ein höchst interessantes gewerbliches Gespräch vertieft, schenkte Herr Danglars allem, was um ihn her vorging, nicht die geringste Aufmerksamkeit.
Während Monte Christo von Frau von Villefort ihren Flacon verlangte, bemerkte er, daß sich Herr von Villefort Madame Danglars näherte, und geleitet durch die Lage der Dinge, erriet er, was der Staatsanwalt ihr sagte, obgleich er so leise sprach, daß es kaum Madame Danglars hörte.
Ohne sich irgendeiner Anordnung zu widersetzen, ließ er Morel, Chateau-Renaud und Debray zu Pferde abgehen und die zwei Damen in den Wagen von Herrn von Villefort steigen; immer mehr entzückt von Herrn Cavalcanti dem Vater, lud Herr von Danglars diesen ein, mit ihm in seinem Wagen zu fahren.
Was Andrea Cavalcanti betrifft, so kehrte dieser zu seinem Tilbury zurück, das ihn vor der Türe erwartete, und dessen Eisenschimmel ein Reitknecht hielt. Andrea hatte während des Mittagsmahles nicht viel gesprochen, weil er ein sehr gescheiter Junge war und ganz natürlich befürchtete, es könnte ihm mitten

unter diesen reichen und mächtigen Gästen eine Albernheit entschlüpfen, unter denen sein Auge nicht ohne Bangen einen Staatsanwalt erblickte.

Dann war er von Herrn Danglars in Beschlag genommen worden. Einen raschen Blick auf den alten Major mit dem steifen Kragen und seinen noch etwas schüchternen Sohn werfend und alle diese Symptome mit der Gastfreundschaft von Monte Christo zusammenstellend, dachte Danglars, er hätte es mit irgendeinem Nabob zu tun, der nach Paris gekommen sei, um seinen einzigen Sohn im Weltleben zu vervollkommnen.

Er hatte mit unendlichem Wohlgefallen den ungeheuren Diamanten betrachtet, der an dem kleinen Finger des Majors glänzte, denn als ein kluger und erfahrener Mann hatte der Major, aus Furcht, es könnte seinen Banknoten ein Unglück widerfahren, diese sogleich in einen Gegenstand von Wert verwandelt. Nach dem Mittagsmahl befragte er, immer unter dem Vorwand von Industrie und Reisen, den Vater und den Sohn über ihre Lebensweise, und da der Vater und der Sohn davon benachrichtigt waren, daß ihnen ihr Kredit, dem einen von 48000 Franken ein für allemal, dem andern von 50000 Franken jährlich, bei Danglars eröffnet werden sollte, so waren sie außerordentlich freundlich und zuvorkommend gegen den Bankier.

Ein Umstand besonders vermehrte die Achtung, wir möchten sogar sagen, die Verehrung von Danglars für Cavalcanti. Getreu dem Grundsatz von Horaz, *nil admirari* (Laß dich nicht verblüffen!), hatte sich dieser, wie man gesehen, begnügt, einen Beweis seines Wissens nur dadurch zu geben, daß er den See nannte, in welchem man die Lampreten fängt. Dann hatte er seinen Teil von dem Fisch gegessen, ohne ein Wort zu sagen. Daraus schloß Danglars, dergleichen Kostbarkeiten wären etwas ganz Gewöhnliches für den erhabenen Abkömmling der Cavalcanti.

Er nahm es auch mit sichtbarem Wohlgefallen auf, als Cavalcanti zu ihm die Worte sprach: »Morgen, mein Herr, werde ich Ihnen in Geschäften einen Besuch machen.«

»Und ich«, erwiderte Danglars, »ich werde glücklich sein, Sie zu empfangen.«

Wonach er Cavalcanti vorschlug, ihn, wenn es ihm nicht zu unangenehm wäre, sich von seinem Sohn zu trennen, nach dem Hotel des Prinzes zurückzuführen. Cavalcanti antwortete ihm, sein Sohn sei seit langer Zeit gewohnt, ein Junggesellenleben zu führen, er habe folglich seine eigenen Pferde.

Der Major stieg also in den Wagen von Danglars, und der Bankier setzte sich an seine Seite, immer mehr entzückt über das geordnete, ökonomische Wesen eines Mannes, der dennoch seinem Sohn jährlich 50000 Franken gab, was ein Vermögen von 5 bis 600000 Franken voraussetzen ließ.

Andrea fing, um sich ein vornehmes Ansehen zu geben, damit an, daß er seinem Reitknecht einen Verweis erteilte, weil er ihn, statt an der Freitreppe vorzufahren, an der Ausfahrt erwartet hatte. In diesem Augenblick legte sich eine Hand auf seine Schulter: der junge Mann wandte sich um und blickte erstaunt in ein seltsames von der Sonne verbranntes, in einen dichten Bart eingerahmtes Gesicht, wie Karfunkel glänzende Augen und ein spöttisches Lächeln, das einen Mund öffnete, in dem die schneeweißen Zähne, wie die eines Wolfes oder eines Schakals sichtbar waren.

Ein Sacktuch mit roten Vierecken umgab diesen Kopf mit den grauen, starren Haaren, ein im höchsten Maße fettiger und zerlumpter Oberrock bedeckte diesen großen, mageren, knochigen Körper, dessen Gebeine wie die eines Skeletts beim Gehen aneinander klappern zu müssen schienen.

Erkannte der junge Mann dieses Gesicht bei dem Schein der Laterne seines Tilbury, oder war er nur betroffen von dem furchtbaren Anblick des Menschen, der sich ihm näherte?

»Was wollen Sie von mir?« sagte er.

»Um Verzeihung«, antwortete dieser Mensch, indem er seine Hand an das rote Taschentuch legte, »ich störe Sie vielleicht, habe aber mit Ihnen zu sprechen.«

»Man bettelt nicht am Abend«, sagte der Reitknecht, mit einer Bewegung, als wollte er seinen Herrn von diesem Lästigen befreien.

»Ich bettle nicht, mein hübscher Junge«, sprach der Unbekannte zu dem Diener mit einem so ironischen Lächeln und einem so furchtbaren Blick, daß dieser zurückwich; »ich will nur

ein paar Worte mit Ihrem Herrn reden, der mir vor etwa vierzehn Tagen einen Auftrag gegeben hat.«
»Sprechen Sie«, versetzte Andrea kräftig genug, daß der Diener seine Unruhe nicht wahrnahm, »was wollen Sie? Sagen Sie es geschwind, mein Freund.«
»Ich wünschte... ich wünschte...«, erwiderte ganz leise der Mann mit dem roten Sacktuch, »ich wünschte, Sie würden mir die Mühe ersparen, zu Fuß nach Paris zurückzukehren. Ich bin sehr ermüdet, habe nicht so gut zu Mittag gespeist wie du und kann mich kaum auf den Beinen halten.«
Der junge Mann bebte bei dieser seltsamen Vertraulichkeit und entgegnete: »Sprechen Sie doch endlich, was wollen Sie?«
»Nun, wohl, du sollst mich in deinen schönen Wagen steigen lassen und zurückführen.«
Andrea erbleichte, antwortete jedoch nicht.
»Oh, mein Gott, ja«, sprach der Mann mit dem roten Sacktuch, die Hände in seine Taschen steckend und Andrea mit herausfordernden Augen anschauend, »es ist so ein Gedanke von mir, verstehst du, mein kleiner Benedetto?«
Bei diesem Namen überlegte der junge Mann ohne Zweifel, denn er näherte sich seinem Reitknecht und sagte zu ihm: »Dieser Mensch hat wirklich einen Auftrag von mir erhalten, über welchen er mir Bericht erstatten soll. Gehe zu Fuß bis an die Barrière und nimm dort einen Wagen, damit du nicht zu spät kommst.«
Der Diener entfernte sich sehr erstaunt.
»Lassen Sie mich wenigstens in den Schatten treten«, sagte Andrea.
»Oh, was das betrifft«, erwiderte der Mann mit dem roten Sacktuch, »ich will dich selbst an einen schönen Platz führen, warte nur.«
Und er nahm das Pferd beim Gebiß und führte das Tilbury an eine Stelle, wo es wirklich keinem Menschen in der Welt möglich war, die Ehre zu sehen, welche ihm Andrea erwies. »Oh, es ist bei mir nicht der Stolz, in einen schönen Wagen steigen zu dürfen«, sagte der Unbekannte; »nein, es geschieht nur, weil ich müde bin und ein wenig in Geschäften mit dir zu sprechen habe.«

»Steigen Sie ein«, sprach der junge Mann.
Zum Glück war es nicht Tag, denn es müßte ein seltsames Schauspiel gewesen sein, diesen Bettler breit auf gestickten Kissen neben dem jungen, zierlichen Führer des Tilbury sitzen zu sehen. Andrea ließ sein Pferd bis an das letzte Haus des Dorfes laufen, ohne nur ein Wort zu seinem Gefährten zu sagen, welcher seinerseits lächelte und schwieg, als wäre er entzückt, in einem so schönen Wagen fahren zu dürfen.
Sobald Andrea außerhalb Auteuil war, schaute er umher, ohne Zweifel, um sich zu versichern, ob sie niemand sehen oder hören könnte, hielt dann sein Pferd an, kreuzte die Arme vor dem Mann mit dem roten Sacktuch und sagte zu ihm: »Nun denn, Meister Caderousse! Warum kommen Sie und stören mich in meiner Ruhe?«
»Ei, mein Gott! Ärgere dich nicht, Kleiner; du mußt doch wissen, was das Unglück bedeutet; das Unglück, sage ich dir, macht eifersüchtig. Ich glaube, du liefest in Piemont und Toskana umher, genötigt den Facchino oder Cicerone zu spielen; ich beklagte dich vom Grunde meines Herzens, wie ich mein Kind beklagen würde. Du weißt, daß ich dich stets mein Kind genannt habe.«
»Weiter, weiter!«
»Und ich sehe dich plötzlich durch die Barrière des Bons Hommes, mit einem Reitknecht, mit einem Tilbury und mit funkelneuen Kleidern fahren. Ah! Du hast also eine Goldmine entdeckt oder eine Stelle als Wechselagent gekauft?«
»Sie sind somit, wie Sie gestehen, eifersüchtig?«
»Nein, ich bin zufrieden, so zufrieden, daß ich dir meine Komplimente machen wollte, Kleiner; da ich jedoch nicht gut gekleidet war, nahm ich meine Vorsichtsmaßregeln, um dich nicht zu kompromittieren.«
»Schöne Vorsichtsmaßregeln, Sie reden mich in Gegenwart meines Bedienten an.«
»Ei, was willst du denn, mein Kind? Ich rede dich an, wo ich deiner habhaft werden kann. Du hast ein sehr lebhaftes Pferd, du bist von Natur schlüpfrig wie ein Aal; verfehlte ich dich diesen Abend, so lief ich Gefahr, dich nie mehr zu erwischen.«
»Sie sehen wohl, daß ich mich nicht verberge.«

»Du bist sehr glücklich, und ich wünschte ebensoviel sagen zu können; ich, was mich betrifft, verberge mich; abgesehen davon, daß ich befürchtete, du würdest mich nicht erkennen; doch du hast mich erkannt«, fügte Caderousse mit seinem schlimmen Lächeln bei, »du bist sehr artig, mein Junge.«
»Was brauchen Sie?« versetzte Andrea.
»Du duzest mich nicht mehr, und das ist schlimm von einem alten Kameraden; Benedetto; nimm dich in acht, du wirst mich anspruchsvoll machen.«
Bei dieser Drohung sank der Zorn des jungen Mannes; der Wind des Zwanges wehte darüberhin. Er ließ sein Pferd wieder im Trab gehen und sprach: »Es ist von dir selbst schlimm, Caderousse, daß du dich so gegen einen alten Kameraden benimmst, wie du mich soeben nanntest; du bist ein Marseiller, ich bin...«
»Du weißt also nun, was du bist?«
»Nein, ich wurde in Korsika aufgezogen; du bist alt und halsstarrig, ich bin jung und starrköpfig. Unter Leuten wie wir sind ist eine Drohung etwas Böses, und alles muß sich auf eine gütliche Weise abmachen. Ist es mein Fehler, wenn das Glück, das gegen dich schlimm zu sein fortfährt, mich im Gegenteil begünstigt?«
»Das Glück begünstigt dich also? Es ist kein entlehnter Reitknecht, es ist kein entlehntes Tilbury, es sind keine entlehnten Kleider, was wir da haben? Gut, desto besser!« rief Caderousse, in dessen Augen Begierde und Lüsternheit glänzten.
»Oh! Du siehst es wohl und weißt es wohl, da du mich ansprichst«, sagte Andrea, sich immer mehr belebend. »Hätte ich ein Sacktuch wie du um meinen Kopf, trüge ich einen fettigen Überrock auf den Schultern und durchlöcherte Schuhe an den Füßen, so würdest du mich nicht anerkennen.«
»Du täuschst dich, du hast unrecht; nun, da ich dich wiedergefunden, hindert mich nichts, gekleidet zu sein, wie ein anderer, denn ich weiß, daß du ein gutes Herz hast: besitzt du zwei Röcke, so wirst du mir wohl einen davon geben; ich gab dir auch eine Portion Suppe und Bohnen, als es dich sehr hungerte.«
»Das ist wahr«, sprach Andrea.

»Welch einen Appetit hattest du! Hast du immer noch einen so guten Appetit?«

»Jawohl«, sagte Andrea lachend.

»Du mußt vortrefflich bei dem Fürsten gespeist haben, von dem du kommst.«

»Es ist kein Fürst, sondern ganz einfach ein Graf.«

»Ein Graf, und zwar ein reicher, nicht wahr?«

»Ja, doch traue ich ihm nicht, er ist ein Herr, der nicht ganz bequem aussieht.«

»Oh, mein Gott, sei doch unbesorgt! Man hat keine Absichten auf deinen Grafen und überläßt dir denselben ganz allein. Doch«, fügte Caderousse mit dem schlimmen Lächeln bei, das schon einmal seine Lippen gestreift hatte, »doch du begreifst, du mußt etwas dafür geben.«

»Sprich, wieviel brauchst du?«

»Ich glaube, mit 100 Franken monatlich könnte ich leben...«

»Mit hundert Franken?«

»Allerdings schlecht, wie du ebenfalls begreifst!«

»Hier sind zweihundert«, sprach Andrea. Und er legte in die Hand von Caderousse zehn Louisd'or.

»Gut«, sagte Caderousse.

»Finde dich immer am ersten des Monats beim Hausmeister ein, und du wirst ebensoviel finden.«

»Du demütigst mich abermals dadurch, daß du mich mit Bedientenvolk in Berührung bringst; nein, siehst du, ich will nur mit dir zu tun haben.«

»Es sei, frage nach mir, und am ersten jeden Monats erhältst du deine Rente, wenigstens so lange, als ich die meinige erhalte.«

»Schön, schön! Ich sehe, daß ich mich nicht täusche, du bist ein braver Junge, und es ist ein Segen, wenn das Glück bei Leuten deiner Art einkehrt. Erzähle mir ein wenig, wie dein Glück gekommen ist.«

»Ich habe meinen Vater wiedergefunden.«

»Deinen wahren Vater?«

»Verdammt! Solange er bezahlt...«

»Wirst du es glauben und ihn ehren, das ist ganz richtig. Wie nennt sich dein Vater?«

»Major Cavalcanti.«

»Und wer half dir dazu, daß du deinen Vater wiederfandst?«
»Der Graf von Monte Christo.«
»Derjenige, von welchem du herkamst?«
»Ja.«
»Ei, so versuche es doch, mich bei ihm als nächsten Verwandten anzubringen, da er solche Geschäfte treibt.«
»Wohl; ich werde mit ihm über dich sprechen.«
»Du bist sehr gut, daß du dich damit beschäftigst«, sagte Caderousse.
»Da du soviel Anteil an mir nimmst«, versetzte Andrea, »so erlaubst du wohl, mir einige Auskunft über dich zu erbitten.«
»Das ist richtig... Ich will ein Zimmer in einem ehrlichen Haus mieten, mich mit einem anständigen Kleid bedecken, mich alle Tage rasieren lassen und das Kaffeehaus besuchen, um die Zeitungen zu lesen. Am Abend gehe ich mit irgendeinem Chaqueur ins Schauspiel; ich sehe dann aus wie ein Bäcker, der sich vom Geschäft zurückgezogen hat, und das ist mein Traum.«
»Sehr gut! Willst du diesen Plan ausführen und vernünftig sein, so wird alles gutgehen... Und nun, da du hast, was du willst, und da wir an Ort und Stelle sind, springe aus meinem Wagen und verschwinde.«
»Nein, Kleiner, bedenke doch, ein rotes Sacktuch auf dem Kopf, beinahe keine Schuhe, durchaus keine Papiere und zehn Napoleon in Gold in meiner Tasche – man würde mich unfehlbar an der Barrière anhalten; zu meiner Rechtfertigung wäre ich dann genötigt zu sagen, du habest mir diese zehn Napoleon gegeben; dann erfolgt eine Nachforschung, eine Untersuchung; man erfährt, daß ich Toulon verlassen habe, ohne Abschied zu nehmen, und man führt mich ohne Gnade an das mittelländische Meer zurück. Ich werde wieder ganz einfach der Nr. 106, und dahin ist mein Traum, einem ehemaligen Bäcker zu gleichen! Nein, mein Sohn, ich ziehe es vor, ganz ehrlich in der Hauptstadt zu bleiben.«
Andrea runzelte die Stirn; der vermeintliche Sohn des Herrn Major von Cavalcanti war, wie er sich dessen selbst gerühmt hatte, ein ziemlich schlimmer Kopf. Er hielt einen Augenblick an, warf einen raschen Blick umher; und als sein Blick den forschenden Kreis gänzlich beschrieben hatte, tauchte er seine

Hand unmerklich in seinen Hosensack, wo er den Bügel einer Taschenpistole zu streicheln anfing.
Caderousse aber, der seinen Gefährten nicht aus dem Auge verlor, griff mit seinen Händen hinter seinen Rücken und öffnete ganz sachte ein langes, spanisches Messer, das er für jeden Fall bei sich trug.
Die zwei Freunde waren, wie man sieht, würdig, sich zu begreifen und sie begriffen sich; die Hand von Andrea kam harmlos wieder aus der Tasche hervor und stieg bis zu seinem roten Schnurrbart hinauf, den er eine Zeitlang zwischen den Fingern drehte.
»Gut, Caderousse«, sagte er, »du willst also glücklich werden?«
»Ich werde mein möglichstes tun«, erwiderte der Wirt vom Pont du Gard, während er sein Messer wieder in die Scheide steckte.
»Vorwärts, fahren wir in die Stadt hinein. Doch wie willst du es machen, um durch die Barrière zu kommen, ohne Verdacht zu erwecken? Mir scheint, mit deiner Tracht wagst du noch mehr im Wagen, als zu Fuß.«
»Warte, du wirst es sehen«, erwiderte Caderousse.
Und er nahm den Mantel mit großem Kragen, den der aus dem Tilbury verbannte Bediente an seinem Platz zurückgelassen hatte, und legte ihn auf seine Schultern; dann griff er nach dem Hut von Cavalcanti und setzte ihn sich auf, wonach er die Stellung eines Bedienten, dessen Herr selbst fährt, nachahmte.
»Und ich«, sagte Andrea, »soll ich etwa barhaupt bleiben?«
»Bah! Es weht ein so starker Wind, daß er dir wohl deinen Hut fortgenommen haben kann.«
»Vorwärts also, daß wir zu Ende kommen.«
Man langte ohne Unfall durch die Barrière. Bei der ersten Querstraße hielt Andrea sein Pferd an, Caderousse sprang zu Boden.
»Nun«, sagte Andrea, »und der Mantel und mein Hut?«
»Oh!« erwiderte Caderousse, »du wirst nicht wollen, daß ich den Schnupfen bekomme.«
Und er verschwand in einem Gäßchen.
»Ach! Kann man denn in dieser Welt nicht ganz glücklich sein!« sprach Andrea, einen Seufzer ausstoßend.

5. Eheliche Szene

Auf dem Place Louis XVI. trennten sich die drei jungen Leute; Morel schlug den Weg über die Boulevards ein, Chateau-Renaud ritt über den Pont de la Revolution, und Debray folgte dem Quai.

Morel und Chateau-Renaud kehrten ohne Zweifel nach Hause zurück; nicht dasselbe war bei Debray der Fall, denn er ritt im scharfen Trab nach der Rue de la Michodière zu und kam vor die Tür von Herrn Danglars gerade in dem Augenblick, als der Wagen des Herrn von Villefort, nachdem er diesen und seine Frau im Fauburg Saint-Honoré abgesetzt hatte, anhielt, um die Baronin nach Hause zu bringen.

Als ein im Hotel bekannter Mann ritt Debray zuerst in den Hof, warf den Zügel einem Bedienten zu und kehrte dann an den Wagenschlag zurück, empfing Madame Danglars und bot ihr den Arm, um sie in ihre Gemächer zu führen. Sobald das Tor geschlossen war und die Baronin und Debray sich im Hof befanden, fragte der letztere: »Was haben Sie, Herminie, und warum ist Ihnen so übel geworden bei jener von dem Grafen erzählten Geschichte oder vielmehr Fabel?«

»Weil ich heute abend abscheulich aufgelegt war.«

»Nein, Herminie, Sie werden mich das nicht glauben machen. Sie hatten im Gegenteil eine vortreffliche Stimmung, als Sie bei dem Grafen ankamen. Es hat Ihnen irgend jemand etwas getan. Erzählen Sie es mir; Sie wissen wohl, ich dulde es nicht, daß Ihnen eine Beleidigung zugefügt wird.«

»Ich versichere Ihnen, Sie täuschen sich, Lucien, es ist so, wie ich Ihnen gesagt habe, abgesehen von der schlechten Laune, die Sie bemerkt haben, denn diesen Punkt gegen Sie zu berühren, hielt ich nicht der Mühe wert.«

Madame Danglars stand offenbar unter dem Einfluß einer jener Nervenreizungen, von denen die Frauen sich selbst keine Rechenschaft geben können, oder hatte sie, wie es Debray erraten, irgendeine geheime Aufregung erfahren, die sie niemand gestehen wollte. Als ein Mensch, der gewohnt ist, die Launen als eines der Elemente des weiblichen Lebens zu betrachten, drang er nicht weiter in sie und beschloß, einen günstigen Augenblick

zu neuem Ausforschen oder ein freiwilliges Geständnis abzuwarten.
An der Tür ihres Zimmers traf die Baronin Mademoiselle Cornelie, ihre Lieblingskammerfrau. »Was macht meine Tochter?« fragte Madame Danglars.
»Sie hat den ganzen Abend studiert und ist dann zu Bett gegangen«, antwortete Mademoiselle Cornelie.
»Es kommt mir doch vor, als hörte ich ihr Klavier?«
»Mademoiselle Louise d'Armilly musiziert, während das Fräulein im Bett liegt.«
»Gut, kleiden Sie mich aus.«
Man trat in das Schlafzimmer. Debray streckte sich auf einem großen Sofa aus, und Madame Danglars ging mit Mademoiselle Cornelie in ihr Ankleidekabinett.
Einige Minuten später kam Madame Danglars in einem reizenden Negligé aus ihrem Kabinett und setzte sich neben Lucien. Dann fing sie an, träumerisch mit ihrem spanischen Schoßhündchen zu spielen. Lucien betrachtete sie eine Minute schweigend und sprach hierauf mit weichem Ton: »Antworten Sie offenherzig, Herminie, nicht wahr, es bedrückt Sie irgend etwas?«
»Nichts«, erwiderte die Baronin.
Doch sie mußte aufstehen und suchte freieren Atem zu gewinnen, denn es schnürte ihr die Brust zusammen; sie stellte sich vor einen Spiegel und rief: »Ich sehe in der Tat heute abend aus, daß man Angst vor mir bekommen könnte.«
Debray erhob sich ebenfalls lächelnd, um Madame Danglars über diesen letzten Punkt zu beruhigen, als plötzlich die Tür sich öffnete. Herr Danglars erschien; Debray setzte sich wieder. Bei dem Geräusch der Tür wandte sich Madame Danglars um und schaute ihren Gatten mit einem Erstaunen an, das sie zu verbergen sich nicht einmal die Mühe gab.
»Guten Abend, Madame«, sprach Danglars; »guten Abend, Herr Debray.« Die Baronin glaubte ohne Zweifel, dieser unvorhergesehene Besuch bedeute etwas wie ein Verlangen, die bitteren Worte wiedergutzumachen, die ihm am Tage entschlüpft waren.
Sie bewaffnete sich mit einer würdigen Miene, wandte sich ge-

gen Debray um und sagte zu diesem, ohne Danglars zu antworten: »Lesen Sie mir etwas vor, Herr Debray.«
Debray, den dieser Besuch anfangs einigermaßen beunruhigt hatte, erholte sich bald wieder, als er die Baronin so unbewegt sah, und streckte die Hand nach einem Buch aus.
»Verzeihen Sie«, sagte der Bankier, »doch Sie werden sehr müde werden, Baronin, wenn Sie so lange wachen; es ist elf Uhr, und Herr Debray wohnt in großer Entfernung von hier.«
Debray war im höchsten Maße erstaunt; nicht als ob der Ton von Danglars nicht vollkommen ruhig und höflich gewesen wäre, doch hinter dieser Ruhe und Höflichkeit ließ sich eine gewisse ungewöhnliche Absicht wahrnehmen, an diesem Abend etwas anderes zu tun, als dem Willen seiner Frau zu gehorchen. Die Baronin war auch verwundert und bezeigte ihr Erstaunen durch einen Blick, der ohne Zweifel ihrem Mann zu überlegen gegeben haben würde, hätte dieser seine Augen nicht auf eine Zeitung gerichtet gehabt, in der er die Schlußnotierung der Rente suchte. Demzufolge war dieser Blick ins Leere gerichtet und verfehlte völlig seine Wirkung.
»Herr Lucien«, sprach die Baronin, »ich erkläre Ihnen, daß ich nicht die geringste Lust habe zu schlafen, ich muß Ihnen tausend Dinge erzählen, und Sie werden die Nacht damit zubringen, mich anzuhören, und sollten Sie stehend schlafen.«
»Zu Ihren Befehlen, Madame«, antwortete phlegmatisch Lucien.
»Mein lieber Herr Debray«, sagte der Bankier, »bringen Sie sich nicht damit um, daß Sie diese Nacht die Torheiten von Madame Danglars anhören, denn Sie können dieselben ebensogut noch morgen vernehmen; doch dieser Abend gehört mir, ich will mir denselben vorbehalten und werde ihn, mit Ihrer gütigen Erlaubnis, der Besprechung ernster Interessen mit meiner Frau widmen.«
Diesmal war der Schlag so unmittelbar, daß er Lucien und die Baronin betäubte; beide befragten sich mit den Augen, als wollte das eine in dem andern eine Hilfe gegen den Angriff suchen; aber die unwiderstehliche Gewalt des Herrn vom Hause siegte, und die Macht blieb dem Gatten.
»Glauben Sie indessen nicht, daß ich Sie fortjage, mein lieber

Debray«, fügte Danglars bei, »nein, durchaus nicht; infolge eines unvorhergesehenen Umstandes muß ich noch heute eine Unterredung mit der Baronin wünschen; dies widerfährt mir so selten, daß man mir deshalb nicht grollen darf.«
Debray stammelte ein paar Worte und verabschiedete sich. »Es ist unglaublich«, sagte er, als er die Tür hinter sich geschlossen hatte, »wie leicht diese Ehemänner, die wir so lächerlich finden, den Vorteil über uns erringen!«
Als Lucien weggegangen war, nahm Danglars seinen Platz auf dem Sofa ein, schloß das offen gebliebene Buch und fuhr fort, in einer furchtbar anmaßenden Haltung mit dem Hund zu spielen. Da jedoch der Hund keine Sympathie für ihn hatte und ihn beißen wollte, so faßte er denselben am Genick und schleuderte ihn an das andere Ende des Zimmers auf eine Chaiselongue. Das Tier stieß einen Schrei aus; doch am Ort seiner Bestimmung angelangt, kauerte es sich hinter ein Kissen und verhielt sich, erstaunt über diese ungewohnte Behandlung, stumm und regungslos.
»Wissen Sie, mein Herr«, sprach die Baronin ohne eine Miene zu verziehen, »wissen Sie, daß Sie Fortschritte machen? Gewöhnlich waren Sie nur grob, heute sind Sie roh und unverschämt.«
»Dies kommt daher, daß ich heute abend in einer schlimmeren Laune bin als gewöhnlich«, antwortete Danglars.
Herminie schaute den Bankier mit der größten Verachtung an. Sonst brachten solche Blicke den stolzen Bankier außer sich; doch an diesem Abend schien er kaum darauf zu merken.
»Was geht mich Ihre schlimme Laune an?« entgegnete die Baronin, gereizt durch die Unempfindlichkeit ihres Gatten; »was habe ich mich um dergleichen Dinge zu bekümmern? Schließen Sie Ihre schlechten Launen bei sich ein, oder verweisen Sie dieselben in Ihr Bureaux, und da Sie Kommis haben, welche Sie bezahlen, so lassen Sie an ihnen Ihre Launen aus.«
»Nein«, sprach Danglars, »Sie irren sich in Ihren Ratschlägen, Madame, und ich werde sie nicht befolgen. Meine Kommis sind ehrliche Leute, die mir mein Vermögen verdienen und die ich weit unter ihrem Wert bezahle; ich werde mich also nicht gegen sie erzürnen. Diejenigen, gegen welche ich in Zorn gerate, sind

die Menschen, welche meine Mittagsmahle verzehren, meine Pferde zu Tode hetzen und meine Kasse zugrunde richten.«

»Und wer sind denn die Menschen, die Ihre Kasse zugrunde richten? Ich bitte Sie, mein Herr, erklären Sie sich deutlicher.«

»Oh, seien Sie unbesorgt; spreche ich in Rätseln, so gedenke ich Sie doch nicht lange nach dem Schlüssel suchen zu lassen«, versetzte Danglars. »Es sind die Leute, welche in der Zeit von einer Stunde 700000 Franken daraus ziehen.«

»Ich verstehe Sie nicht, mein Herr«, entgegnete die Baronin, die zugleich die Aufregung ihrer Stimme und die Röte ihres Gesichtes zu verbergen suchte.

»Sie verstehen mich im Gegenteil sehr gut«, versetzte Danglars; »doch wenn Sie in Ihrem bösen Willen verharren, so werde ich Ihnen sagen, daß ich 700000 Franken bei dem spanischen Anleihen verliere.«

»Ah, was höre ich!« rief die Baronin hohnlächelnd; »und mich machen Sie verantwortlich für diesen Verlust? Ist es meine Schuld, daß Sie 700000 Franken verloren haben?«

»In jedem Fall ist es nicht die meinige.«

»Mein Herr, ich habe Ihnen ein für allemal gesagt, Sie sollen nicht von Kassenangelegenheiten mit mir sprechen«, erwiderte spitzig die Baronin; »es ist dies eine Sprache, welche ich weder bei meinen Eltern noch bei meinem ersten Mann gelernt habe.«

»Das glaube ich bei Gott wohl«, sagte Danglars, »weder die einen noch der andere besaßen einen Sou.«

»Ein Grund mehr für mich, daß ich bei Ihnen das Rotwelsch der Bank, das mir hier vom Morgen bis zum Abend die Ohren zerreißt, nicht lernte; dieses Geräusch von Talern, die man wieder und wieder zählt, ist mir verhaßt, und außer dem Ton Ihrer Stimme kenne ich nichts, was mir unangenehmer wäre.«

»In der Tat, das ist doch seltsam! Und ich glaubte, Sie nähmen den lebhaftesten Anteil an meinen Operationen!«

»Ich? Wer hat Sie eine solche Albernheit glauben gemacht?«

»Sie selbst. Erinnern Sie sich vielleicht, daß Sie im verflossenen Monat Februar mir zuerst von den Haytischen Fonds sprachen; Sie hatten geträumt, ein Schiff laufe in den Hafen von Havre ein, und dieses Schiff bringe die Nachricht, eine Zahlung von der man glaubte, sie wäre auf die lange Bank geschoben, würde

sich verwirklichen. Ich traute der Hellseherei Ihres Schlafes, kaufte unter der Hand alle Papiere, die ich von der Schuld von Hayti finden konnte, und gewann 400 000 Franken, von denen Ihnen gewissenhaft 100 000 zugestellt wurden. Sie machten damit, was Sie wollten... das geht mich nichts an.
Im März handelte es sich um eine Eisenbahnkonzession. Es zeigten sich drei Gesellschaften, die gleiche Garantien boten. Sie sagten mir, Ihr Instinkt – und obgleich Sie behaupteten, Sie wären der Spekulation fremd, so glaube ich doch im Gegenteil, daß Ihr Instinkt in gewissen Dingen sehr entwickelt ist –; Sie sagten mir also, Ihr Instinkt lehre Sie, das Privilegium werde der Gesellschaft erteilt werden.Ich ließ mich auf der Stelle für zwei Drittel der Aktien dieser Gesellschaft einschreiben; das Privilegium wurde ihr wirklich bewilligt, wie Sie gesagt hatten; die Aktien erhielten einen dreifachen Wert, ich gewann eine Million, wovon Ihnen 250 000 Franken unter dem Titel von Nadelgeld zugestellt wurden. Wie Sie diese 250 000 Franken angewendet haben, geht mich nichts an.«
»Doch wo wollen Sie denn am Ende mit all dem hinaus, mein Herr?« rief die Baronin, zitternd vor Zorn und Ungeduld.
»Geduld, Madame, ich komme zum Ziel: Im April speisten Sie bei dem Minister zu Mittag. Man plauderte von Spanien, und Sie hörten ein geheimes Gespräch: es handelte sich um die Austreibung von Don Carlos; ich kaufte spanische Fonds. Die Austreibung fand statt, und ich gewann 600 000 Franken an dem Tag, wo Carl v. über die Bidassoa zurückging. Von diesen 600 000 Franken erhielten Sie 150 000 Taler; sie gehörten Ihnen; Sie verfügten darüber nach Ihrer Laune, ich verlange keine Rechenschaft von Ihnen; darum ist es aber nicht minder wahr, daß Sie in diesem Jahre 500 000 Livres erhalten haben.«
»Nun, und hernach mein Herr?«
»Ach ja, hernach! Wohl, gerade nach diesem beschmutzt sich die Sache.«
»In der Tat, Sie haben Redensarten...«
»Sie drücken meine Gedanken aus, und mehr brauche ich nicht... Vor drei Tagen sprachen Sie über Politik mit Herrn Debray, und Sie glaubten aus seinen Worten zu ersehen, Don Carlos sei nach Spanien zurückgekehrt. Da verkaufe ich meine

Papiere, die Nachricht verbreitet sich, ein panischer Schrecken ergreift die Leute; ich verkaufe nicht mehr, ich verschenke: am andern Tag findet es sich, daß die Nachricht falsch war, und daß ich 700000 Franken durch diese falsche Nachricht verloren habe.«

»Nun?«

»Nun! Da ich Ihnen ein Viertel gebe, wenn ich gewinne, so sind Sie mir ein Viertel schuldig, wenn ich verliere; das Viertel von 700000 Franken macht 175000 Franken.«

»Was Sie mir da sagen, ist ganz ungereimt, und ich sehe gar nicht ein, warum Sie den Namen Debray mit dieser ganzen Geschichte vermengen.«

»Weil Sie, wenn Sie zufällig die 175000 Franken, die ich von Ihnen verlange, nicht haben, dieselben von Ihren Freunden entlehnen werden, zu denen auch Herr Debray gehört.«

»Pfui!« rief die Baronin.

»Oh, keine Gebärden, kein Geschrei, kein modernes Drama, Madame, sonst nötigen Sie mich, Ihnen zu bemerken, daß ich von hier aus sehe, wie Herr Debray bei 150000 Franken, die Sie ihm in diesem Jahr bezahlt haben, hohnlächelt und sich sagt, er habe endlich das gefunden, was die geschicktesten Spieler nie zu entdecken vermochten, nämlich ein Roulette, wo man gewinnt, ohne zu setzen, und wo man nichts verspielt, wenn man gleich verliert.«

Die Baronin wurde wütend. »Elender!« rief sie, »wollen Sie sich erdreisten, mir zu sagen, Sie hätten das nicht gewußt, was Sie mir heute zum Vorwurf zu machen wagen?«

»Ich sage Ihnen nicht, daß ich es wußte, ich sage Ihnen auch nicht, daß ich es nicht wußte, ich sage Ihnen nur: Beobachten Sie mein Benehmen seit den vier Jahren, seitdem Sie nicht mehr meine Frau sind und ich nicht mehr Ihr Mann bin, und Sie werden sehen, ob es immer in sich selbst folgerichtig gewesen ist. Kurze Zeit vor unserem Bruch wünschten Sie Musik mit dem berühmten Bariton zu studieren, der mit so großem Erfolg in der italienischen Oper auftrat; ich wollte den Tanz mit jener Tänzerin studieren, die sich in London einen so großen Ruf erworben hat. Das kostete mich, sowohl für Sie als für mich, ungefähr 100000 Franken. 100000 Franken, damit der Mann und die Frau den Tanz und die Musik aus dem Grund kennen, ist nicht zuviel. Bald waren Sie des Gesanges überdrüssig, und es kam Ihnen der Gedanke, Diplomatie bei einem Sekretär des Ministers zu studieren. Ich lasse Sie studieren. Sie begreifen, was mir daran gelegen, da Sie die Lektionen, welche Sie nehmen, aus Ihrer Kassette bezahlen? Doch heute bemerke ich, daß Sie auf die meinige ziehen und daß mich Ihr Unterricht 700000 Franken monatlich kosten kann. Halt, Madame, das soll nicht so fortdauern. Entweder gibt der Diplomat unentgeltliche Lektionen, und ich werde ihn dulden; oder er setzt keinen Fuß mehr in mein Haus; verstehen Sie, Madame?«

»Oh, das ist zu stark, mein Herr«, rief Herminie, vom Zorn beinahe erstickt, »Sie überschreiten die Grenzen der Gemeinheit.«

»Sie haben recht: wir wollen unsere Sache ruhig und kalt behandeln, um zu einem Ziel zu kommen. Wenn ich mich je in Ihre Angelegenheiten mischte, so geschah es nur zu Ihrem Besten, machen Sie es ebenso. Meine Kasse geht Sie nichts an, operieren Sie mit der Ihrigen, aber füllen Sie die meinige nicht, und leeren Sie dieselbe ebensowenig. Wer weiß übrigens, ob nicht diese ganze Geschichte ein politischer Messerstich ist, ob nicht der Minister, wütend, daß er mich bei der Opposition sieht, sich mit Herrn Debray verständigt, um mich zugrunde zu richten?«

»Wie wahrscheinlich das ist!«

»Allerdings; wer hat dergleichen je gesehen... eine falsche telegraphische Nachricht, das heißt das Unmögliche oder beinahe das Unmögliche! Das ist in der Tat ausdrücklich für mich geschehen.«

»Mein Herr«, sprach demütig die Baronin, »Sie wissen, wie es scheint, nicht, daß der Telegraphenbeamte sogar fortgejagt wurde, daß man den Befehl erteilte, ihn zu verhaften, und daß dieser Befehl vollstreckt worden wäre, hätte er sich nicht der ersten Nachforschung durch eine Flucht entzogen, welche seine Verrücktheit oder seine Schuld dartut... Das Ganze ist ein Irrtum.«

»Ja, der mich 700000 Franken kostet.«

»Mein Herr«, sagte Herminie, »wenn diese ganze Geschichte

Ihrer Ansicht nach von Herr Debray herrührt, warum sagen Sie es mir, statt es unmittelbar Herrn Debray zu sagen? Warum beschuldigen Sie den Mann und halten sich an die Frau?«

»Kenne ich Herrn Debray? Will ich ihn kennen? Will ich wissen, daß er Ratschläge gibt? Will ich sie befolgen? Spiele ich? Nein, Sie tun dies alles und nicht ich!«

»Doch da Sie Nutzen daraus ziehen...«

Danglars zuckte die Achseln und erwiderte: »In der Tat, tolle Geschöpfe, diese Weiber! Sie halten sich für Genies, weil sie ein paar Intrigen so durchgeführt haben, daß man es nicht an allen Straßenecken von Paris lesen konnte! Doch bedenken Sie, hätten Sie Ihre Unregelmäßigkeiten auch Ihrem Mann verborgen, was das ABC der Kunst ist, da die Ehemänner meistenteils nicht sehen wollen, so wären Sie doch nur eine blasse Kopie von dem, was die Hälfte Ihrer Freundinnen, die Frauen von Welt, tun. Es ist aber nicht so bei mir. Ich habe seit ungefähr sechzehn Jahren gesehen und immer gesehen, Sie konnten mir vielleicht einen Gedanken verbergen, aber nie einen Schritt, eine Handlung, einen Fehler. Während Sie sich über Ihre Geschicklichkeit Beifall spendeten und fest überzeugt waren, Sie täuschten mich, was war das Resultat? Daß infolge meiner vermeintlichen Unwissenheit, von Herrn von Villefort an bis zu Herrn Debray, nicht einer von Ihren Freunden nicht vor mir zitterte. Jeder von ihnen behandelte mich als Herrn des Hauses, was meine einzige Anmaßung bei Ihnen ist; keiner derselben wagte es endlich, Ihnen von mir zu sagen, was ich Ihnen heute selbst sage. Ich erlaube Ihnen, mich verhaßt zu machen, aber ich werde Sie hindern, mich lächerlich zu machen, und verbiete Ihnen besonders auf das bestimmteste und vor allem, mich zugrunde zu richten.«

Bis zu dem Augenblick, wo der Name Villefort ausgesprochen wurde, beobachtete die Baronin eine ziemlich gute Haltung; doch bei diesem Namen erbleichte sie, streckte, auffahrend wie durch eine Feder bewegt, ihre Arme aus, als wollte sie eine Erscheinung beschwören, und machte drei Schritte gegen ihren Gatten, dem sie das Ende des Geheimnisses entreißen zu wollen schien, das er jedoch nicht kannte, oder vielleicht infolge einer gehässigen Berechnung, wie beinahe alle Berechnungen von Danglars waren, sich nicht entschlüpfen lassen wollte.

»Herr von Villefort! Was soll das bedeuten? Was wollen Sie damit sagen?«
»Das soll bedeuten, Madame, daß Herr von Nargonne, Ihr erster Mann, der weder ein Philosoph noch ein Bankier war und sah, daß sich aus einem Staatsanwalt kein Nutzen ziehen ließ, aus Kummer oder aus Ingrimm starb, als er Sie nach einer Abwesenheit von neun Monaten im sechsten Monat schwanger fand. Ich bin roh und unverschämt, ich weiß es nicht nur, sondern ich rühme mich dessen: es ist eines von meinen Mitteln für das Gelingen bei meinen Handelsunternehmungen. Warum hat er sich selbst töten lassen, statt zu töten? Weil er keine Kasse zu retten hatte; aber ich, ich bin mich meiner Kasse schuldig. Herr Debray, mein Associé, ist schuld, daß ich 700000 Franken verliere; er trage seinen Teil am Verlust, und wir setzen unsere Geschäfte fort; wenn nicht, so mache er mir Bankerott mit diesen 175000 Livres, und tue dann, was Bankerottiers tun, er verschwinde. Ei, mein Gott! Ich weiß wohl, er ist ein reizender Junge, wenn seine Nachrichten pünktlich und richtig sind; doch wenn sie dies nicht sind, so gibt es fünfzig in der Welt, die mehr Wert haben als er.«
Madame Danglars war niedergeschmettert; sie machte jedoch eine äußerste Anstrengung, um diesen letzten Angriff zu erwidern. Sie fiel in einen Lehnstuhl, denn sie dachte an Villefort, an die Szene bei dem Mittagsmahl, an die seltsame Reihenfolge von Unglücksfällen, die seit ein paar Tagen hintereinander über ihr Haus eingebrochen waren.
Danglars schaute sie nicht einmal an, obgleich sie alles mögliche tat, um ohnmächtig zu werden. Er öffnete die Tür des Schlafzimmers, ohne ein Wort beizufügen, und kehrte in seine Wohnung zurück, so daß Madame Danglars, als sie von ihrer Halbohnmacht wieder zu sich kam, glauben konnte, sie hätte einen bösen Traum gehabt.

6. Heiratspläne

Am andern Tag machte Debray Madame Danglars keinen Besuch.
Gegen halb zwei Uhr verlangte Madame Danglars nach ihrem Wagen und fuhr aus.

Danglars hatte, hinter dem Fenster stehend, dieses Ausfahren, welches er erwartete, beobachtet. Er gab Befehl, ihn zu benachrichtigen, sobald Madame Danglars wieder erscheinen würde; doch um zwei Uhr war sie noch nicht zurückgekehrt.
Von Mittag bis zwei Uhr war Danglars in seinem Kabinett geblieben, wo er Depeschen entsiegelte, immer düsterer wurde, Ziffern auf Ziffern häufte, und unter anderen Besuchen auch den des Majors Cavalcanti empfing, der stets gleich blaß, gleich steif und gleich pünktlich zu der am Tag vorher bezeichneten Stunde sich einfand, um seine Angelegenheit mit dem Bankier abzumachen.
Um zwei Uhr forderte er seine Pferde, begab sich in die Kammer, dort gab Danglars Zeichen heftiger Aufregung von sich und war herber und bitterer gegen das Ministerium als je; als er die Sitzung verließ, stieg er wieder in seinen Wagen und befahl dem Kutscher, ihn nach der Avenue der Champs-Elysées zu fahren.
Monte Christo war zu Hause, nur befand sich jemand bei ihm, und er bat Danglars, einen Augenblick im Salon zu warten.
Während der Bankier wartete, öffnete sich die Tür, und er sah einen als Abbé gekleideten Mann eintreten, der, statt zu warten wie er, ohne Zweifel vertrauter in dem Haus, ihn grüßte, in das Innere der Gemächer ging und verschwand.
Einen Augenblick nachher öffnete sich die Tür, durch welche der Priester eingetreten war, abermals, und Monte Christo erschien.
»Verzeihen Sie, lieber Baron«, sagte er, »einer von meinen Freunden, der Abbé Busoni, den Sie hier durchgehen sehen konnten, ist soeben in Paris angekommen; wir waren seit langer Zeit getrennt, und ich hatte nicht den Mut, ihn sogleich zu verlassen; ich hoffe in Rücksicht auf den Beweggrund werden Sie mich entschuldigen.«
»Wie!« rief Danglars, »das ist ganz einfach, ich habe meine Zeit schlecht gewählt und entferne mich.«
»Keineswegs, setzen Sie sich im Gegenteil; doch guter Gott! Was haben Sie denn? Sie sehen ganz sorgenvoll aus, in der Tat, Sie erschrecken mich; ein betrübter Kapitalist ist wie die Kometen und weissagt der Welt stets ein großes Unglück.«

»Mein Herr, das Unglück ruht seit ein paar Tagen auf mir, und ich erfahre nur Schlimmes«, antwortete Danglars.

»Mein Gott! Haben Sie einen Umschlag an der Börse erlebt?«

»Nein, davon bin ich geheilt, wenigstens auf einige Tage; es handelt sich ganz einfach für mich um einen Bankerott in Triest.«

»Wirklich? Sollte Ihr Bankerottierer zufällig Jacopo Manfredi sein?«

»Ganz richtig! Denken Sie sich einen Menschen, der, ich weiß nicht seit wie langer Zeit, für 8 bis 900000 Franken Geschäfte jährlich mit mir macht. Nie ein Verrechnen, nie eine Zögerung; ein Bursche, der bezahlte wie ein Fürst... der bezahlt. Ich lasse mich auf einen Kredit von einer Million mit ihm ein, und mein Teufel von Jacopo Manfredi stellt seine Zahlungen ein! Das ist ein unerhörtes Unglück. Ich ziehe auf ihn 600000 Livres, welche mir unbezahlt zurückkommen; mehr noch! Ich bin der Inhaber von 400000 Franken Wechsel, von ihm unterzeichnet und zahlbar Ende dieses Monats bei seinem Korrespondenten in Paris. Wir haben den dreißigsten, ich schicke hin, um einkassieren zu lassen, ah, jawohl! Der Korrespondent ist verschwunden. Mit seiner spanischen Angelegenheit macht das einen schönen Monatsschluß.«

»Sagen Sie, bringt Ihre spanische Angelegenheit wirklich Verlust?«

»Allerdings, nicht weniger als 700000 Franken!«

»Wie zum Teufel kam es, daß Sie, ein alter Luchs, eine solche Schule durchmachen mußten?«

»Es ist der Fehler meiner Frau. Es träumte ihr, Don Carlos wäre nach Spanien zurückgekehrt; sie glaubt an Träume. Es ist allerdings nicht mein Geld, sondern das ihrige, um was sie spielt. Doch gleichviel, Sie begreifen, wenn 700000 Franken aus der Tasche der Frau gehen, so merkt es der Mann immer ein wenig. Wie! Sie wußten das nicht? Die Sache hat doch ungeheuer Aufsehen gemacht.«

»Ich habe davon sprechen hören, kannte aber die einzelnen Umstände nicht, auch bin ich im höchsten Maße unwissend in allen Börsenangelegenheiten.«

»Sie spielen also nicht?«

»Ich? Wie soll ich spielen? Ich, der ich bereits Mühe genug habe, um meine Einkünfte zu ordnen. Ich wäre genötigt, außer meinem Intendanten noch einen Kommis und einen Kassengehilfen zu nehmen. Doch was Spanien betrifft... mir scheint, die Frau Baronin hat die Rückkehr von Don Carlos nicht völlig geträumt: sagen nicht die Zeitungen etwas hiervon?«

»Das ist gerade das Unerklärliche, daß diese Rückkehr von Don Carlos wirklich eine telegraphische Nachricht war.«

»Somit verlieren Sie diesen Monat ungefähr siebzehnmal hunderttausend Franken? Teufel! Für ein Vermögen dritten Ranges ist dies ein Schlag«, sprach Monte Christo vergleichend.

»Dritten Ranges«, entgegnete Danglars etwas gedemütigt; »was verstehen Sie darunter?«

»Ich mache drei Rangklassen; ersten Ranges sind Vermögen, deren Einkünfte eine Gesamtsumme von etwa hundert Millionen bilden; zweiten Ranges solche, die über 20 Millionen abwerfen, dritten Ranges solche, die wie das Ihrige sich auf etwa 15 Millionen eingebildetes oder wirkliches Kapital belaufen. Daraus geht hervor«, fuhr Monte Christo mit unstörbarer Ruhe fort, »daraus geht hervor, daß ein Haus dritten Ranges mit sechs Monatsschlüssen, wie dieser, im Todeskampf läge.«

»Oh, wie rasch Sie zu Werke gehen!« versetzte Danglars mit einem sehr bleichen Lächeln.

»Setzen wir sieben Monate«, sagte der Graf mit demselben Ton. »Sagen Sie mir, haben Sie zuweilen daran gedacht, daß siebenmal siebzehnmal hunderttausend Franken ungefähr zehn Millionen machen? Nein... Nun, Sie haben recht, denn bei dergleichen Betrachtungen würde man nie seine Kapitalien einsetzen, welche für den Finanzmann ungefähr das sind, was für den zivilisierten Menschen die Haut ist. Wir haben unsere mehr oder minder kostbaren Kleider, das ist unser Kredit; doch wenn der Mensch stirbt, hat er nur seine Haut, wie Sie, wenn Sie aus den Geschäften austreten, nur Ihr wirkliches Gut, bestehend in höchstens fünf oder sechs Millionen, haben; denn die Vermögen dritten Ranges stellen kaum das Drittel oder Viertel ihres Anscheins dar. Von diesen fünf bis sechs Millionen, welche Ihr wirkliches Aktivvermögen bilden, haben Sie in jüngster Zeit ungefähr zwei verloren, welche ebensowohl Ihr eingebildetes

Vermögen als Ihren Kredit vermindern: das heißt, mein lieber Herr Danglars, Ihre Haut ist durch einen Aderlaß geöffnet worden, der, viermal wiederholt, den Tod nach sich ziehen würde. Ei, ei! Nehmen Sie sich in acht, Herr Danglars. Brauchen Sie Geld, soll ich Ihnen leihen?«
»Was für ein schlechter Rechner sind Sie!« sprach Danglars, seine ganze Philosophie und seine ganze Verstellungsgabe zu Hilfe rufend; »zu dieser Stunde ist das Geld durch andere Spekulationen, die mir gelungen sind, wieder in meine Kasse zurückgeflossen; das durch den Aderlaß abgegangene Blut hat sich durch die Nahrung wieder ersetzt. Ich habe eine Schlacht in Spanien verloren, ich bin in Triest geschlagen worden, doch meine Kriegsflotte in Indien wird wohl einige Gallionen genommen haben, und meine Bergleute in Mexiko entdeckten wohl eine Mine.«
»Sehr gut, sehr gut! Doch die Narbe bleibt und öffnet sich wieder bei dem nächsten Verlust.«
»Nein, ich habe es mit Gewißheiten zu tun«, fuhr Danglars mit der Alltagsberedsamkeit des Scharlatans fort, in dessen Stand es liegt, seinen Kredit herauszustreichen, »um mich zu stürzen, müßten drei Regierungen untergehen. Doch da wir von Geschäften reden«, fügte er, entzückt, einen Grund zur Veränderung des Gespräches zu finden, bei, »sagen Sie mir doch ein wenig, was ich für Herrn Cavalcanti tun kann.«
»Geben Sie ihm Geld, wenn er einen Kredit auf Sie hat, und dieser Kredit Ihnen gut scheint.«
»Vortrefflich! Er hat sich heute morgen bei mir eingefunden mit einer Anweisung von 40 000 Franken, zahlbar nach Sicht, auf Sie, unterzeichnet Busoni, und durch Sie mit Ihrem Indossement an mich zurückgeschickt; Sie begreifen, daß ich ihm auf der Stelle seine vierzig Scheine ausbezahlte.«
Monte Christo machte mit dem Kopf ein Zeichen, das seine ganze Beistimmung andeutete.
»Doch das ist noch nicht alles«, fuhr Danglars fort; »er hat seinem Sohn bei mir einen Kredit eröffnet.«
»Sagen Sie, wieviel gibt er dem jungen Mann, wenn ich, ohne unbescheiden zu sein, fragen darf?«
»5000 Franken monatlich.«

»60000 Franken jährlich. Ich vermutete es«, sagte Monte Christo die Achseln zuckend, »die Cavalcanti sind Filze. Was soll der junge Mann mit 5000 Franken monatlich machen?«
»Sie begreifen, wenn er ein paar tausend Franken mehr braucht...«
»Tun Sie das nicht, der Vater würde Sie nicht entschädigen; Sie kennen noch nicht diese italienischen Millionäre, es sind wahre Geizhälse. Und durch wen ist dieser Kredit eröffnet worden?«
»Oh, durch das Haus Fenzi, eines der besten in Florenz.«
»Ich bin weit entfernt zu sagen, Sie werden verlieren, doch halten Sie sich genau an den Buchstaben des Kreditbriefes.«
»Sie hätten also kein Vertrauen zu diesem Cavalcanti?«
»Ich würde ihm sechs Millionen auf seine Unterschrift geben. Das gehört zu den Vermögen zweiten Ranges, wovon ich soeben sprach, mein lieber Herr Danglars.«
»Und wie einfach ist er dabei! Ich hätte ihn für einen Major gehalten und für nicht mehr.«
»Und Sie würden ihm eine Ehre angetan haben, denn in der Tat, er besticht nicht durch sein Aussehen. Als ich ihn zum erstenmal sah, machte er auf mich den Eindruck eines alten, unter der Epaulette verschimmelten Leutnants. Doch alle Italiener sind so, sie gleichen alten Juden, wenn sie nicht wie die Magier des Orients blenden.«
»Der junge Mann sieht besser aus«, sprach Danglars.
»Ja, vielleicht ein wenig schüchtern, doch im ganzen kam er mir anständig vor. Ich war darüber in Unruhe.«
»Warum?«
»Weil Sie ihn in meinem Haus, wenigstens wie er mir sagte, beinahe bei seinem Eintritt in die Welt gesehen haben. Er reiste mit einem sehr strengen Hofmeister und war nie in Paris.«
»Alle diese Italiener von Stand haben die Gewohnheit, sich untereinander zu verheiraten, nicht wahr?« fragte mit nachlässigem Ton Danglars; »sie lieben es, ihre Reichtümer zu vereinigen.«
»Gewöhnlich machen sie es allerdings so; doch Cavalcanti ist ein Original und tut nichts wie die anderen. Ich lasse es mir nicht nehmen, daß er seinen Sohn nach Frankreich schickt, damit er hier eine Frau findet.«

»Und Sie haben von seinem Vermögen sprechen hören?«
»Dies ist eben die Frage; die einen gestehen ihm Millionen zu, die andern behaupten, er besitze keinen Heller.«
»Und was ist Ihre Meinung?«
»Darauf können Sie sich nicht stützen, denn sie ist ganz persönlich.«
»Und Sie glauben...«
»Ich glaube, daß alle diese alten Podestas, alle diese ehemaligen Condottieri, denn die Cavalcanti haben Heere befehligt und Provinzen regiert, ich glaube, sage ich, daß sie Millionen in Winkeln vergraben haben, die nur ihre Erstgeborenen kennen und wiederum ihren Erstgeborenen von Geschlecht zu Geschlecht offenbaren.«
»Vortrefflich«, rief Danglars, »und dies ist um so mehr wahr, als man von allen diesen Leuten nicht weiß, daß sie einen Zoll Landes besitzen.«
»Mindestens sehr wenig, ich weiß es wohl, denn ich kenne von diesem Cavalcanti nur seinen Palast in Lucca.«
»Ah, er hat einen Palast!« rief lachend Danglars, »das ist schon etwas.«
»Ja, und er vermietet ihn noch an den Minister der Finanzen, während er selbst in einem kleinen Häuschen wohnt. Oh, ich habe es Ihnen gesagt, ich halte diesen Menschen für einen großen Geizhals.«
»Sie schmeicheln ihm nicht.«
»Hören Sie, ich kenne ihn kaum und habe ihn höchstens dreimal in meinem Leben gesehen; was ich weiß, weiß ich von dem Abbé Busoni und von ihm selbst. Er sprach heute morgen mit mir über sein Projekte in Beziehung auf seinen Sohn und ließ durchblicken, daß er, müde, in Italien, was ein totes Land ist, beträchtliche Fonds schlummern zu sehen, ein Mittel zu finden wünsche, um entweder in Frankreich oder in England seine Millionen nutzbar zu machen. Doch wollen Sie immerhin bemerken, daß ich für nichts stehe, obschon ich zu dem Abbé Busoni persönlich das größte Zutrauen hege.«
»Gleichviel, ich danke Ihnen für den Kunden, den Sie mir zuschickten; ich habe einen hübschen Namen in meine Register einzutragen, und mein Kassierer, dem ich erklärte, wie es mit

diesem Cavalcanti steht, ist ganz stolz darauf. Doch sagen Sie, es ist dies nur eine einfache Touristenfrage, geben diese Leute ihren Söhnen, wenn sie dieselben verheiraten, eine Mitgift?«

»Ei, mein Gott, je nachdem. Ich kannte einen italienischen Fürsten, so reich wie ein Goldbergwerk, einen der ersten Namen von Toskana: verheirateten sich seine Söhne nach seinem Gefallen, so gab er ihnen Millionen; verheirateten sie sich gegen seinen Willen, so beschränkte er sich darauf, ihnen eine Rente von dreißig Talern monatlich auszusetzen. Nehmen wir an, Andrea verheiratete sich nach den Ansichten seines Vaters, so wird er ihm vielleicht eine, zwei, drei Millionen geben. Wäre es z. B. mit der Tochter eines Bankiers, so würde er wohl Anteil an dem Haus des Schwiegervaters seines Sohnes nehmen. Setzen Sie dagegen, seine Schwiegertochter mißfalle ihm: dann gute Nacht! Der Cavalcanti steckt den Schlüssel in seine Kasse, dreht ihn zweimal um, und Meister Andrea ist genötigt, dadurch zu leben, daß er die Karten zeichnet und die Würfel kneipt.«

»Der Junge wird eine bayerische oder eine peruanische Prinzessin finden; er wird eine Krone haben wollen.«

»Nein, alle diese vornehmen Herren heiraten häufig einfache Sterbliche; sie lieben es, die Stände zu mischen. Doch sagen Sie, wollen Sie Andrea verheiraten, mein lieber Herr Danglars, daß Sie alle diese Fragen an mich stellen?«

»Meiner Treu, das scheint mir keine schlechte Spekulation zu sein, und ich bin ein Spekulant.«

»Aber ich denke, nicht mit Fräulein Danglars? Sie wollen ohne Zweifel nicht den armen Andrea durch Albert erdrosseln lassen?«

»Albert«, versetzte Danglars die Achseln zuckend, »ah, jawohl, er kümmert sich etwas darum.«

»Doch er ist der Verlobte Ihrer Tochter, wie ich glaube?«

»Das heißt, Herr von Morcerf und ich sprachen zuweilen von dieser Heirat, aber Frau von Morcerf und Albert...«

»Wollen Sie mir nicht sagen, dieser sei keine gute Partie?«

»Ei, ei, Fräulein Danglars ist, wie mir scheint, wohl soviel wert als Herr von Morcerf.«

»Die Mitgift von Fräulein Danglars wird in der Tat schön sein, daran zweifle ich nicht, besonders wenn der Telegraph keine neuen Torheiten begeht.«

»Oh, es handelt sich nicht allein um die Mitgift: doch sagen Sie mir bei dieser Gelegenheit, warum haben Sie Morcerf und seine Familie nicht zu Ihrem Mittagsmahl eingeladen?«

»Ich habe dies wohl getan, doch er entschuldigte sich mit einer Reise nach Treport mit Frau von Morcerf, der man die Seeluft geraten hat.«

»Ja, ja«, sprach Danglars lachend, »sie muß ihr gut bekommen.«

»Warum dies?«

»Weil es die Luft ist, die sie in ihrer Jugend einatmete.«

Monte Christo ließ diesen Witz vorübergehen, ohne daß es schien, als schenke er ihm Aufmerksamkeit.

»Aber wenn Albert auch nicht so reich ist, als Fräulein Danglars«, sagte der Graf, »so können Sie doch nicht leugnen, daß er einen schönen Namen führt?«

»Und gerade darum würde ich Herrn Andrea Cavalcanti Herrn Albert von Morcerf vorziehen.«

»Ich denke, die Morcerf stehen den Cavalcanti nicht nach«, entgegnete Monte Christo.

»Die Morcerf! Hören Sie, mein lieber Graf, nicht wahr, Sie sind ein Kenner von Wappen?«

»Ein wenig.«

»Nun wohl, schauen Sie die Farbe des meinigen an; sie ist haltbarer als die des Wappens von Morcerf.«

»Warum dies?«

»Weil ich, wenn ich auch nicht Baron von Geburt bin, doch wenigstens Danglars heiße, während er nicht Morcerf heißt.«

»Wie, er heißt nicht Morcerf?«

»Keineswegs, mich hat jemand zum Baron gemacht, und somit bin ich es; er hat sich ganz allein zum Grafen gemacht, und somit ist er es nicht.«

»Unmöglich.«

»Hören Sie, mein lieber Graf«, fuhr Danglars fort, »Herr von Morcerf ist mein Freund, oder vielmehr mein Bekannter seit dreißig Jahren. Wohl! Als ich noch ein kleiner Kommis war, war Morcerf ein einfacher Fischer namens Fernand Mondego.«

»Wissen Sie das gewiß?«
»Er hat, bei Gott, Fische genug an mich verkauft, daß ich ihn kenne.«
»Warum würden Sie ihm dann Ihre Tochter geben?«
»Weil Fernand und Danglars beide geadelte, beide reich gewordene Emporkömmlinge, im ganzen von gleichem Wert sind, abgesehen jedoch von gewissen Dingen, die man von ihm gesagt und nie von mir gesagt hat.«
»Ah, ja, ich begreife; was Sie hier sprechen, frischt mein Gedächtnis in Beziehung auf den Namen Fernand Mondego auf. Ich habe diesen Namen in Griechenland gehört.«
»In Betreff der Angelegenheit von Ali Pascha?«
»Ganz richtig.«
»Das ist eben das Geheimnis«, versetzte Danglars, »und ich gestehe, ich hätte viel gegeben, um es zu entdecken.«
»Das wäre nicht schwierig, wenn Sie große Lust dazu hätten.«
»Wie dies?«
»Ohne Zweifel haben Sie einen Korrespondenten in Janina?«
»In Janina? Ja!«
»Gut, so schreiben Sie an ihn und fragen Sie ihn, welche Rolle in der Katastrophe von Ali Tependelini ein Franzose namens Fernand gespielt habe.«
»Sie haben recht!« rief Danglars rasch aufstehend; »ich will noch heute schreiben.«
»Tun Sie dies. Und wenn Sie irgendeine sehr ärgerliche Nachricht bekommen...«
»So teile ich Sie ihnen mit.«
»Sie werden mir ein Vergnügen bereiten.«
Danglars eilte aus dem Zimmer und machte gleichsam nur einen Sprung in den Wagen.

7. Das Kabinett des Staatsanwalts

Lassen wir den Bankier in scharfem Trab seiner Pferde nach Hause kehren und folgen wir Madame Danglars bei ihrem Morgenausflug. Madame Danglars war, wie gesagt, um halb zwei Uhr ausgefahren und ließ bei der Passage du Pont-Neuf halten. Sie stieg aus und ging durch die Passage. Madame Danglars war sehr einfach gekleidet, wie es einer Frau von Geschmack geziemt, die sich morgens auf der Straße zeigt.

In der Rue Génégaut stieg sie in einen Wagen und bezeichnete als Ziel die Rue de Harlay. Kaum war sie in dem Wagen, als sie aus ihrer Tasche einen sehr dichten schwarzen Schleier hervorzog, den sie an ihrem Strohhut befestigte; dann setzte sie ihren Hut wieder auf und bemerkte mit Vergnügen, als sie sich in einem kleinen Taschenspiegel beschaute, daß man von ihr nichts als ihre weiße Haut und den funkelnden Stern ihres Auges sehen konnte.

Der Fiaker fuhr über die Place Dauphine in den Hof von Harlay; er wurde bezahlt, als er den Schlag öffnete, Madame Danglars eilte nach der Treppe, stieg diese leicht hinauf und gelangte bald in den Saal des Pas-Perdus.

Am Morgen gibt es viele Geschäfte, und im Justizpalast noch viel mehr geschäftige Leute; die geschäftigen Leute schauen die Frauen nicht viel an; Madame Danglars durchschritt daher den Saal des Pas-Perdus, ohne von andern Menschen bemerkt zu werden, als von zwei Frauen, die hier auf ihren Advokaten warteten.

Das Vorzimmer von Herrn von Villefort war gedrängt voll von Menschen, doch Madame Danglars hatte nicht einmal nötig, ihren Namen zu nennen; sobald sie erschien, stand ein Gerichtsdiener auf, ging ihr entgegen und fragte sie, ob sie nicht die Person wäre, die der Herr Staatsanwalt beschieden; auf ihre bejahende Antwort führte er sie durch einen besonderen Gang in das Kabinett des Herrn von Villefort.

Der Beamte schrieb, in seinem Lehnstuhl sitzend, den Rücken der Tür zugewendet; er hörte die Tür sich öffnen, den Gerichtsdiener die Worte: »Treten Sie ein, Madame!« aussprechen und die Tür sich wieder schließen, ohne daß er die geringste Bewegung machte. Doch kaum bemerkte er, daß sich die Tritte des abgehenden Gerichtsdieners verloren, als er sich rasch umwandte, die Riegel vorschob, die Vorhänge herabließ und jeden Winkel des Kabinetts untersuchte. Sobald er sodann Gewißheit erlangt hatte, daß er weder gehört noch gesehen werden konnte, und folglich hierüber beruhigt war, sagte er: »Madame, meinen innigen Dank für Ihre Pünktlichkeit.« Und er bot Madame

Danglars einen Stuhl, den sie annahm, denn ihr Herz schlug so gewaltig, daß sie sich dem Ersticken nahe fühlte.
»Es ist schon lange«, sprach der Staatsanwalt, während er sich Madame Danglars gegenübersetzte, »daß ich das Glück gehabt habe, mit Ihnen allein zu sprechen, und zu meinem großen Bedauern finden wir uns wieder zusammen, um eine sehr peinliche Unterredung zu pflegen.«
»Sie sehen jedoch, mein Herr; daß ich auf Ihre erste Aufforderung gekommen bin, obgleich diese Unterredung für mich noch peinlicher sein muß als für Sie.«
»Es ist also wahr«, sagte er, mehr seinen eigenen Gedanken, als der Rede von Madame Danglars antwortend, »es ist wahr, daß alle unsere Handlungen ihre Spuren in unserer Vergangenheit zurücklassen! Es ist also wahr, daß alle unsere Schritte in diesem Leben dem Zug der Schlange auf dem Sand gleichen und eine Furche machen! Ach, für viele ist diese Furche die ihrer Tränen.«
»Mein Herr«, sprach Madame Danglars, »nicht wahr, Sie begreifen meine Erschütterung? Schonen Sie mich also, ich bitte Sie. Dieses Zimmer, durch das so viele Schuldige zitternd und voll Scham gekommen sind, dieser Stuhl, auf den ich mich ebenfalls beschämt und zitternd setze!... Oh, ich bedarf meiner ganzen Vernunft, um nicht in mir eine sehr schuldige Frau und in Ihnen einen drohenden Richter zu sehen.«
»Arme Frau!« sagte Villefort, ihr die Hand drückend, »zu scharf für Ihre Kräfte, denn zweimal waren Sie nahe daran, zu unterliegen, und dennoch raffen Sie Ihren Mut zusammen, Madame, denn Sie sind noch nicht am Ziel!«
»Mein Gott!« rief Madame Danglars erschrocken, »was gibt es denn noch?«
»Sie sehen nur die Vergangenheit, Madame, und diese ist allerdings düster. Doch stellen Sie sich eine vielleicht noch viel blutigere Zukunft vor.«
Die Baronin kannte die Ruhe von Villefort, sie war so erschrokken über seinen gereizten Zustand, daß sie den Mund öffnete, um zu schreien, aber der Schrei erstarb in ihrer Kehle.
»Wie ist sie wiedererwacht, diese furchtbare Vergangenheit?« rief Villefort; »wie ist sie aus der Tiefe des Grabes und aus der

Tiefe unserer Herzen, wo sie schlummerte, hervorgetreten, einem Gespenst ähnlich, um unsere Wangen erbleichen und unsere Stirnen erröten zu machen?«

»Ach, ohne Zweifel durch Zufall!« entgegnete Herminie.

»Durch Zufall!« versetzte Villefort; »nein, nein, nein, Madame, es gibt keinen Zufall!«

»Doch wohl; ist es nicht ein Zufall, allerdings ein unseliger, aber immerhin ein Zufall, der dies alles gemacht hat? Hat nicht durch Zufall der Graf von Monte Christo dieses Haus gekauft? Hat er nicht durch Zufall die Erde ausgraben lassen? Ist nicht endlich durch Zufall das unglückliche Kind unter den Bäumen ausgegraben worden? Armes, unschuldiges, mir entsprossenes Geschöpf, dem ich nie einen Kuß geben konnte, während ich ihm viele Tränen weihte. Ach, mein ganzes Herz flog dem Grafen entgegen, als er von der teuren Hülle sprach, die man unter den Blumen fand.«

»Nein, nein, Madame: das ist es gerade, was ich Ihnen Furchtbares zu sagen hatte«, erwiderte Villefort mit dumpfer Stimme; »nein, man hat keine Hülle unter den Bäumen gefunden; nein, es war dort kein vergrabenes Kind; nein, Sie dürfen nicht weinen; nein, Sie dürfen nicht seufzen, Sie müssen zittern.«

»Was wollen Sie damit sagen?« rief Madame Danglars schauernd.

»Ich will damit sagen, daß Herr von Monte Christo, als er am Fuß der Bäume graben ließ, weder das Skelett eines Kindes noch die Beschläge einer Kiste finden konnte, weil unter diesen Bäumen weder das eine noch das andere vorhanden war.«

»Es war weder das eine noch das andere vorhanden!« wiederholte Madame Danglars, auf den Staatsanwalt Augen heftend, deren furchtbar erweiterter Stern den tiefsten Schrecken andeutete; »es war weder das eine noch das andere vorhanden«, wiederholte sie noch einmal, wie eine Person, welche durch den Klang ihrer Worte und durch das Geräusch ihrer Stimme ihre Gedanken, die ihr entschlüpfen wollten, festzuhalten versucht.

»Nein!« rief Villefort, während er seine Stirn in seine Hände sinken ließ; »nein, hundertmal nein…«

»Sie hatten also das arme Kind nicht dort niedergelegt, mein

Herr? Warum täuschten Sie mich, sprechen Sie, in welcher Absicht taten Sie dies?«

»Hören Sie mich, Madame, hören Sie mich, und Sie werden mich beklagen, mich, der ich zwanzig Jahre lang, ohne den geringsten Teil auf Sie zu werfen, eine Last von Schmerzen getragen habe, die ich Ihnen nennen will. Sie wissen, wie jene schmerzhafte Nacht verging, wo Sie mit dem Tod ringend auf Ihrem Bett in jenem Zimmer von rotem Damast lagen, während ich beinahe ebenso keuchend wie Sie Ihre Entbindung erwartete. Das Kind kam, wurde mir ohne Bewegung, ohne Atem, ohne Stimme übergeben: wir hielten es für tot.«

Madame Danglars machte eine rasche Bewegung, als wollte sie vom Stuhl aufspringen. Doch Villefort hielt sie zurück, indem er die Hände faltend gleichsam ihre Aufmerksamkeit erflehte.

»Wir hielten es für tot«, wiederholte er; »ich legte es in ein Kistchen, das den Sarg ersetzen sollte, ging in den Garten, grub ein Grab und verscharrte es in Eile. Kaum hatte ich das Kistchen mit Erde bedeckt, als sich der Arm des Korsen nach mir ausstreckte. Ich sah es wie einen Schatten sich emporrichten, wie einen Blitz glänzen. Ich fühlte einen Schmerz, ich wollte schreien, ein eisiger Schauer durchlief meinen ganzen Leib und schnürte mir die Kehle zusammen. Ich fiel sterbend nieder und hielt mich für getötet. Nie werde ich Ihren erhabenen Mut vergessen, als ich mich, wieder zu mir gekommen, mit der größten Anstrengung bis unten an die Treppe schleppte, wo Sie mir, selbst sterbend, entgegenkamen. Wir mußten ein völliges Stillschweigen über diese Katastrophe beobachten; Sie hatten den Mut, unterstützt von Ihrer Amme, in Ihr Haus zurückzukehren; ein Duell diente als Vorwand für meine Wunde. Gegen alle Erwartung wurde unser beiderseitiges Geheimnis bewahrt; drei Monate lang kämpfte ich gegen den Tod; endlich, da ich wieder zum Leben zurückzukehren schien, verordnete man mir die Sonne und die Luft im Süden. Ich wurde nach Marseille gebracht, und Frau von Villefort folgte mir. Meine Wiedergenesung dauerte zehn Monate; ich hörte nichts von Ihnen und wagte es nicht, mich zu erkundigen, was aus Ihnen geworden wäre. Als ich nach Paris zurückkehrte, erfuhr ich, Sie hätten, Witwe von Herrn von Nargonne, Herrn Danglars geheiratet.

Woran hatte ich, seitdem bei mir das Bewußtsein wiedergekehrt war, gedacht? Immer an dasselbe, immer an den Leichnam des Kindes, der jede Nacht in meinen Träumen dem Schoß der Erde entflog und, mich mit dem Blick und der Gebärde bedrohend, über dem Grab schwebte. Kaum war ich nach Paris zurückgekehrt, als ich mich erkundigte; das Haus war, seitdem wir es verlassen, nicht wieder bewohnt, jedoch kurz zuvor auf neun Jahre vermietet worden. Ich suchte den Mietsmann auf, ich stellte mich, als hätte ich ein großes Verlangen, dieses Haus, welches dem Vater und der Mutter meiner Frau gehörte, nicht in fremde Hände übergehen zu sehen, ich bot eine Entschädigung, wenn man den Vertrag aufheben würde, man verlangte 6000 Franken von mir; ich hätte 10000, ich hätte 20000 gegeben. Ich trug die Summe bei mir, ließ auf der Stelle den Rücktritt unterzeichnen und ritt, sobald ich die so sehr ersehnte Abtretung in Händen hatte, im Galopp nach Auteuil. Niemand hatte das Haus betreten, seitdem ich dasselbe verlassen. – Es war fünf Uhr nachmittags; ich ging in das rote Zimmer und wartete die Nacht ab. Alles, was ich mir seit einem Jahr in meinem beständigen Todeskampf sagte, stellte sich hier bedrohlicher vor mich, als je in meinen Gedanken.

Der Korse, der mir die Vendetta erklärt hatte, der mir von Nimes nach Paris gefolgt war, der sich im Garten verborgen, mir den Stoß versetzt, mich das Grab hatte bereiten sehen, er hatte auch gesehen, wie ich das Kind verscharrt; es konnte ihm gelingen, Sie kennenzulernen; er kannte Sie vielleicht bereits... Würde er sich nicht eines Tages das Geheimnis dieser furchtbaren Geschichte bezahlen lassen? Wäre es nicht für ihn eine süße Rache, wenn er erführe, sein Dolchstich habe mich nicht getötet? Es war daher vor allem dringend, daß ich unter jeder Bedingung die Spuren der Vergangenheit verschwinden machte und jede Spur zerstörte; ich dachte, es würde immerhin noch genug Wirklichkeit in meiner Erinnerung zurückbleiben. Deshalb hob ich den Vertrag auf, deshalb war ich gekommen, deshalb wartete ich.

Als die Nacht einbrach, ließ ich sie hinreichend dicht und finster werden; ich war ohne Licht in jenem Zimmer, wo Windstöße die Türvorhänge zittern machten, hinter denen ich beständig ir-

gendeinen verborgenen Spion zu sehen glaubte; von Zeit zu Zeit bebte ich, es kam mir vor, als hörte ich hinter mir, in jenem Bett, Ihre Klagen, und ich wagte es nicht, mich umzuwenden. Mein Herz pochte in der Stille, und ich fühlte es so heftig schlagen, daß ich glaubte, meine Wunde wolle sich wieder öffnen; endlich bemerkte ich, wie alle die verschiedenen Geräusche in der Gegend umher erstarben. Ich begriff, daß ich nichts mehr zu befürchten hatte, daß ich weder gesehen noch gehört werden konnte, und entschloß mich, hinabzugehen.
Hören Sie, Herminie, ich hielt mich für so mutig, als irgendein Mann sein mag; als ich aber aus meiner Brusttasche jenen kleinen Schlüssel der Treppe, den ich in meinen Kleidern gefunden hatte, hervorzog, jenen Schlüssel, den wir beide so sehr liebten, und den Sie an einem goldenen Ring befestigen ließen – als ich die Tür öffnete, als ich durch die Fenster den bleichen Mond auf die schneckenförmigen Stufen einen langen Streifen weißen Lichtes, einem Gespenst ähnlich, werfen sah, da hielt ich mich an der Mauer und war nahe daran, zu schreien. Es war mir, als würde ich verrückt.
Es gelang mir, wieder meiner Herr zu werden. Ich stieg Stufe für Stufe die Treppe hinab; das einzige, was ich nicht zu überwinden vermochte, war ein seltsames Zittern in den Knien. Ich hielt mich an dem Geländer, hätte ich es nur einen Augenblick losgelassen, so wäre ich hinabgestürzt. Ich gelangte an die untere Tür; außerhalb dieser Tür lehnte ein Spaten an der Mauer; ich nahm ihn und schritt dem Gebüsch zu. Ich hatte mich mit einer Blendlaterne versehen; mitten auf dem Rasen blieb ich stehen, um sie anzuzünden und setzte dann meinen Weg fort. – Der November war seinem Ende nahe; alles Grüne des Gartens war verschwunden, und das dürre Laub raschelte mit dem Sand unter meinen Tritten. Die Angst schnürte mir so gewaltig das Herz zusammen, daß ich, als ich mich den Bäumen näherte, eine Pistole aus der Tasche zog und den Hahn spannte. Beständig glaubte ich die Gestalt des Korsen durch die Zweige erscheinen zu sehen.
Ich beleuchtete das Gebüsch mit meiner Blendlaterne; es war leer; ich schaute ringsumher und ich war allein; kein Geräusch störte die Stille der Nacht. Das Gras war den Sommer hindurch

an diesem Ort sehr hoch gewachsen, und mit dem Eintritt des Herbstes hatte sich niemand gezeigt, um es zu mähen. Ein weniger bewachsener Platz fesselte indessen meine Aufmerksamkeit; hier hatte ich offenbar die Erde ausgegraben.
Ich schritt zum Werke. Endlich war ich zu dem Ziel gelangt, das ich seit mehr als einem Jahr ersehnte! Doch wie ich auch hoffte, wie ich arbeitete, wie ich jedes Stückchen Rasen untersuchte, im Glauben, ich würde am Ende meines Spatens Widerstand finden... nichts! Und ich machte doch ein Loch, zweimal so groß, als das erste gewesen war. Ich glaubte mich in der Stelle getäuscht zu haben, ich schaute mich um, ich betrachtete die Bäume, ich suchte die einzelnen Gegenstände, die mir früher in das Auge gefallen, wiederzuerkennen.
Ein kalter, scharfer Wind strich durch die entblätterten Zweige, und dennoch floß der Schweiß von meiner Stirn. Ich erinnerte mich, daß ich den Dolchstoß in dem Augenblick erhalten hatte, wo ich die Erde einstampfte, um das Grab wieder zu füllen; diese Erde einstampfend, hielt ich mich an einem Bohnenbaum; hinter mir war ein künstlicher Fels, bestimmt, den Spaziergängern als Bank zu dienen, denn als ich niedersank, fühlte meine Hand, die den Baum losgelassen hatte, die Frische dieses Steines. Zu meiner Rechten war der Bohnenbaum, hinter mir der Fels; ich fiel, indem ich mich setzen wollte; ich stand wieder auf und fing an, aufs neue zu graben und das Loch zu erweitern – nichts, abermals nichts; das Kistchen war nicht da.«
»Das Kistchen war nicht da?« murmelte Madame Danglars, durch den Schrecken beinahe erstickt.
»Glauben Sie nicht, daß ich mich auf diesen ersten Versuch beschränkte«, fuhr Villefort fort, »nein, ich durchwühlte das ganze Gebüsch; ich dachte, der Mörder habe im Glauben, es wäre ein Schatz, das Kistchen ausgegraben, sodann, nachdem er seinen Irrtum wahrgenommen, selbst ein Loch gemacht, und es hineingelegt... nichts! Dann kam mir der Gedanke, er sei nicht so vorsichtig zu Werke gegangen, und habe ganz einfach das Kistchen in einen Winkel geworfen. Bei dieser Voraussetzung mußte ich, um Nachforschungen anzustellen, den Tag abwarten. Ich ging wieder in das Zimmer hinauf und wartete. Bei Tagesanbruch ging ich abermals hinab. Zuerst begab ich mich

wieder zu der Baumgruppe: ich hoffte Spuren zu finden, die mir in der Dunkelheit entgangen wären; ich hatte die Erde auf einer Oberfläche von mehr als zwanzig Quadratfuß und auf eine Tiefe von mehr als zwei Fuß umgewühlt. Ein Tag wäre kaum für einen bezahlten Mann hinreichend gewesen, um zu tun, was ich in einer Stunde getan hatte. Nichts, ich sah durchaus nichts.
Dann forschte ich nach dem Kistchen, gemäß meiner Voraussetzung, es wäre in irgendeinen Winkel geworfen worden. Es mußte dies auf dem Weg sein, der zu der linken Ausgangstür führte; aber diese neue Nachforschung war ebenso vergeblich als die erste, und mit gepreßtem Herzen kehrte ich zu der Baumgruppe zurück, die mir selbst keine Hoffnung mehr übrigließ.«
»Oh, das war, um wahnsinnig zu werden!« rief Madame Danglars.
»Ich hoffte dies einen Augenblick, aber ich war nicht so glücklich«, sprach Villefort; »doch meine Kräfte und folglich meine Gedanken zusammenraffend, fragte ich mich: Warum sollte dieser Mensch den Leichnam mitgenommen haben?«
»Sie sagten es ja selbst, um einen Beweis zu haben«, versetzte Madame Danglars.
»Ei, nein, Madame, dies konnte es nicht mehr sein; man behält einen Leichnam nicht ein Jahr lang, man zeigt ihn einem Beamten, man macht seine Anzeige; doch nichts von dem war geschehen.«
»Nun, und dann?« fragte Herminie stammelnd.
»Dann gibt es noch etwas Furchtbareres, Unseligeres, Schrecklicheres für uns: das Kind lebt vielleicht, und der Mörder hat es gerettet.«
Madame Danglars stieß einen gräßlichen Schrei aus, ergriff Villefort bei den Händen und sprach: »Mein Kind lebte! Sie haben mein Kind lebendig begraben! Sie wußten nicht gewiß, daß es tot war, und begruben es! Oh...«
Madame Danglars hatte sich aufgerichtet und stand beinahe drohend vor dem Staatsanwalt, dessen Fäuste sie mit ihren zarten Händen preßte.
»Was weiß ich? Ich sage Ihnen dies, wie ich etwas anderes sagen würde«, erwiderte Villefort mit einer Starrheit des Blicks, wel-

cher andeutete, daß dieser so mächtige Mann nahe daran war, die Grenzen der Verzweiflung und des Wahnsinns zu erreichen.
»Ah, mein Kind, mein armes Kind!« rief die Baronin, auf ihren Stuhl zurücksinkend und ihr Schluchzen in ihrem Taschentuch erstickend.
Villefort kam wieder zu sich, er fühlte, daß er, um den mütterlichen Sturm abzuwenden, der sich auf seinem Haupt aufhäufte, bei Madame Danglars den Schrecken, den er selbst fühlte, vorübergehen lassen mußte.
»Sie begreifen, wenn sich die Sache so verhält«, sagte er, ebenfalls aufstehend und sich der Baronin nähernd, um leiser mit ihr zu sprechen, »Sie begreifen, dann sind wir verloren! Dieses Kind lebt, es weiß jemand, daß es lebt, es ist jemand im Besitz unseres Geheimnisses, und da Monte Christo von einem Kind spricht, das an einer Stelle vergraben worden sein soll, wo dieses Kind nicht war, so besitzt er dieses Geheimnis.«
»Gott, gerechter Gott! Rächender Gott!«
Villefort antwortete nur durch eine Art von Röcheln.
»Doch dieses Kind, mein Herr, dieses Kind?« versetzte hartnäckig die Mutter.
»Oh, wie habe ich es gesucht!« erwiderte Villefort, die Hände ringend; »wie oft habe ich es in meinen langen, schlaflosen Nächten gerufen! Wie oft habe ich mir einen königlichen Reichtum gewünscht, um einer Million Menschen eine Million Geheimnisse abzukaufen und das meinige in den ihrigen zu finden! Eines Tages endlich, als ich zum hundertstenmal den Spaten nahm, fragte ich mich auch zum hundertstenmal, was der Korse mit dem Kind hätte tun können? Ein Kind setzt einen Flüchtigen in Verlegenheit; vielleicht hatte er es, als er wahrnahm, daß es noch lebte, in den Fluß geworfen.«
»Unmöglich!« rief Madame Danglars; »man ermordet einen Menschen aus Rache, aber man ertränkt nicht ein Kind mit kaltem Blut.«
»Vielleicht hatte er es zu den Findelkindern gebracht.«
»Oh, ja, ja, mein Kind ist dort.«
»Ich lief in das Hospiz und erfuhr, daß man in eben dieser Nacht, in der Nacht vom 20. September, ein Kind in dem Turm niedergelegt hatte; es war in die Hälfte einer absichtlich zerris-

senen Serviette von feiner Leinwand eingewickelt. An dieser Hälfte der Serviette war eine Hälfte von einer Baronenkrone und der Buchstabe H.«
»So ist es, so ist es!« rief Madame Danglars, »alle meine Wäsche war so bezeichnet. Herr von Nargonne war Baron, und ich heiße Herminie. Ich danke, mein Gott, mein Kind war nicht tot!«
»Nein, es war nicht tot.«
»Und Sie sagen mir das! Sie sagen es, ohne zu befürchten, ich werde vor Freude sterben! Wo ist es? Wo ist mein Kind?«
Villefort zuckte die Achseln und erwiderte:
»Weiß ich es? Glauben Sie, wenn ich es wüßte, ließe ich Sie alles dies durchmachen? Nein, ach, nein, ich weiß es nicht. Eine Frau war ungefähr sechs Monate zuvor, um das Kind zurückzufordern, mit der andern Hälfte der Serviette gekommen. Diese Frau hatte alle die von dem Gesetz vorgeschriebenen Garantien geliefert, und man gab es ihr.«
»Sie hätten sich nach dieser Frau erkundigen, sie entdecken müssen.«
»Und womit glauben Sie, daß ich mich beschäftigte? Ich schützte eine Kriminaluntersuchung vor und ließ durch alles, was die Polizei an geschickten Spürhunden, an gewandten Agenten besitzt, Nachforschungen anstellen. Man fand ihre Spur bis Chalons; in Chalons hat man sie verloren.«
Madame Danglars hatte diese Erzählung mit einem Seufzer, mit einer Träne, mit einem Schrei für jeden einzelnen Umstand angehört.
»Und das ist alles?« sagte sie, »und hierbei ließen sie es bewenden?«
»Oh, nein«, erwiderte Villefort, »ich habe nie aufgehört, zu suchen, mich zu erkundigen, nachzuforschen. Seit ein paar Tagen ließ ich indessen ein wenig nach. Heute aber will ich mit mehr Beharrlichkeit und Schärfe als je wieder anfangen, und es wird mir gelingen, denn es ist nicht das Gewissen, was mich antreibt, sondern die Furcht.«
»Der Graf von Monte Christo weiß nichts«, entgegnete Madame Danglars, »sonst würde er Sie nicht so bevorzugen und zu gewinnen suchen, wie er dies tut.«

»Oh, die Bosheit der Menschen ist sehr tief, denn sie ist tiefer, als die Güte Gottes. Haben Sie die Augen dieses Mannes wahrgenommen, während er mit uns sprach?«

»Nein.«

»Haben Sie ihn zuweilen genauer betrachtet?«

»Er ist allerdings bizarr, mehr nicht; nur eines ist mir aufgefallen: daß er von dem ganzen kostbaren Mahl, das er uns gegeben hat, nichts berührte, daß er von keiner Platte seinen Teil nehmen wollte.«

»Ja, ja!« sprach Villefort, »ich habe dies ebenfalls bemerkt. Wenn ich gewußt hätte, was ich jetzt weiß, würde ich auch nichts berührt haben; ich hätte geglaubt, er wollte uns vergiften.«

»Und Sie hätten sich getäuscht, wie Sie sehen.«

»Jawohl; doch glauben Sie mir, dieser Mensch hat andere Pläne; deshalb wollte ich Sie sehen, deshalb bat ich Sie um eine Unterredung, deshalb wollte ich Sie vor aller Welt, und besonders vor ihm warnen. Sagen Sie mir«, fuhr Villefort, seine Augen noch schärfer als bis jetzt auf die Baronin heftend, fort, »Sie haben mit niemand von unserer Verbindung gesprochen?«

»Niemals mit irgendeinem Menschen.«

»Sie verstehen mich, ich sage mit niemand?« fragte Villefort liebevoll; »verzeihen Sie mir diese dringende Frage, nicht wahr, mit niemand in der ganzen Welt?«

»Oh, ja, ja, ich vestehe Sie sehr gut«, sprach die Baronin errötend, »niemals, ich schwöre es Ihnen.«

»Sie haben nicht die Gewohnheit, am Abend aufzuschreiben, was am Morgen vorgefallen ist? Sie führen kein Tagebuch?«

»Nein! Ach, vom Leichtsinn fortgerissen, vergesse ich selbst mein vergangenes Leben.«

»Sie träumen nicht laut, soviel Sie wissen?«

»Ich habe den Schlaf eines Kindes; erinnern Sie sich dessen nicht mehr?«

Purpur stieg in das Gesicht der Baronin, und Blässe übergoß das von Villefort.

»Es ist wahr«, sagte er so leise, daß man es kaum hörte.

»Nun?« fragte die Baronin.

»Nun! Ich begreife, was ich zu tun habe«, versetzte Villefort;

»ehe acht Tage vergehen, weiß ich, wer Herr von Monte Christo ist, woher er kommt, wohin er geht, und warum er in unserer Gegenwart von Kindern spricht, die man in seinem Garten begräbt.«
Villefort sprach diese Worte mit einem Ton, der den Grafen schaudern gemacht haben würde, wenn er sie hätte hören können. Dann drückte er die Hand, die ihm die Baronin nur mit Widerstreben gab und geleitete sie achtungsvoll bis an die Tür. Madame Danglars nahm einen Fiaker, der sie bis zu der Passage zurückführte; jenseits derselben fand sie ihren Wagen.

8. Die Einladung

An demselben Tag, ungefähr zu der Stunde, wo Madame Danglars die Unterredung im Kabinett des Staatsanwaltes pflegte, lenkte eine Kalesche in die Rue du Helder ein, fuhr durch das Tor von Nr. 27 und hielt im Hof an.
Nach einem Augenblick öffnete sich der Kutschenschlag, und Frau von Morcerf stieg, gestützt auf den Arm ihres Sohnes, aus. Kaum hatte Albert seine Mutter in ihre Wohnung zurückgeleitet, als er seine Pferde verlangte und sich nach den Champs-Elysées zu dem Grafen von Monte Christo führen ließ. Der Graf empfing ihn mit seinem gewöhnlichen Lächeln. Es war etwas Seltsames: nie schien man einen Schritt vorwärts in dem Herzen oder in dem Geiste dieses Mannes zu machen. Diejenigen, welche, wenn man so sagen darf, den Durchgang seines Vertrauens erzwingen wollten, fanden eine Mauer. Morcerf, der mit geöffneten Armen auf ihn zulief, ließ, als er ihn anschaute, trotz seines freundschaftlichen Lächelns, diese Arme wieder sinken und wagte es kaum, ihm die Hand zu reichen.
Monte Christo berührte sie, wie er es immer tat, jedoch ohne zu drücken.
»Hier bin ich wieder, lieber Graf«, sagte Albert. »Ich bin erst vor einer Stunde von Treport zurückgekehrt, und mein erster Besuch gehört Ihnen.«
»Das ist sehr liebenswürdig«, sagte Monte Christo, gerade als ob er irgend etwas anderes gesagt hätte.
»Nun, was gibt es Neues in Paris? Wie war Ihr Fest in Auteuil?«

»Oh, nichts weiter, ein einfaches Diner, Herr von Danglars und Andrea Cavalcanti...«
»Ihr italienischer Fürst?«
»Wir wollen nicht übertreiben, Herr Andrea gibt sich nur den Titel eines Grafen.«
»Er ist es also nicht?«
»Weiß ich es? Er gibt sich, ich gebe ihm, man gibt ihm diesen Titel; ist das nicht, als ob er ihn hätte?«
»Sie sind ein seltsamer Mann! Nun, Herr Danglars hat also bei Ihnen zu Mittag gespeist?«
»Ja. Mit dem Grafen Andrea Cavalcanti, dem Marquis seinem Vater, mit Madame Danglars, Herrn und Frau von Villefort, reizenden Leuten, Herrn Debray, Maximilian Morel und dann noch mit wem... warten Sie... ah, mit Herrn von Chateau-Renaud.«
»Man hat von mir gesprochen?«
»Kein Wort.«
»Desto schlimmer, denn wenn man nicht von mir sprach, so dachte man viel an mich, und dann bin ich in Verzweiflung.«
»Was ist Ihnen daran gelegen, da Fräulein Danglars nicht unter der Zahl derjenigen war, die hier an Sie dachten? Ah, sie konnte allerdings zu Hause an Sie denken.«
»Oh, was das betrifft, nein, dessen bin ich gewiß; oder wenn sie an mich dachte, so geschah es auf dieselbe Weise, wie ich an sie denke.«
»Eine rührende Sympathie! Sie hassen sich also?«
»Hören Sie«, sprach Morcerf, »wenn Fräulein Danglars geeignet wäre, Mitleid mit dem Märtyrertum zu bekommen, das ich für sie erdulde, und mich außerhalb des von unsern beiden Familien beschlossenen Ehebundes belohnen wollte, so würde mir dies vortrefflich zusagen. Kurz, ich glaube, daß Fräulein Danglars eine entzückende Geliebte wäre, doch als Frau, Teufel...«
»Das ist also die Art und Weise, wie Sie über Ihre Zukünftige denken?« sagte Monte Christo lachend.
»Oh, mein Gott, ja, zwar etwas roh, aber wenigstens bestimmt. Da man jedoch aus diesem Traum nicht eine Wirklichkeit machen kann, da, um zu einem gewissen Ziel zu gelangen, Fräulein Danglars meine Frau werden, das heißt mit mir leben, bei mir

denken, bei mir singen, zehn Schritte von mir Verse und Musik machen muß, und dies mein ganzes Leben hindurch, so erschrecke ich. Eine Geliebte, lieber Graf, verläßt man, aber eine Frau, Teufel, das ist etwas anderes, das behält man, und zwar ewig nah oder fern; Fräulein Danglars aber stets zu behalten, und wäre es auch nur in der Ferne, ist in der Tat schrecklich.«

»Sie sind schwer zu befriedigen, Vicomte.«

»Ja, denn häufig denke ich an etwas Unmögliches. Ich wünsche, eine Frau für mich zu finden, wie mein Vater eine für sich gefunden hat.«

Monte Christo erbleichte und schaute Albert an, während er mit prächtigen Pistolen spielte, deren Federn er rasch knacken ließ.

»Ihr Vater ist also sehr glücklich gewesen?« sagte er.

»Sie kennen meine Ansicht über meine Mutter, Herr Graf: ein Engel des Himmels, immer noch schön, besser als je. Ich komme von Treport zurück; ei, mein Gott! Für jeden andern Sohn wäre seine Mutter begleiten eine Gefälligkeit oder ein Frondienst gewesen, ich aber habe acht Tage unter vier Augen mit ihr zugebracht, zufriedener, ruhiger, poetischer, sage ich Ihnen, als wenn ich die Königin Mab oder Titania nach Treport geführt hätte.«

»Das ist eine schreckliche Vollkommenheit, und Sie machen denen, welche Sie hören, große Lust, Junggesellen zu bleiben.«

»Gerade im Bewußtsein, daß es auf der Welt eine vollkommene Frau gibt, getraue ich mir nicht, Fräulein Danglars zu heiraten. Haben Sie zuweilen bemerkt, wie unsere Selbstsucht alles, was uns gehört, in glänzende Farben kleidet? Der Diamant, der an dem Fenster von Marlé oder Fossin funkelte, wird viel schöner, sobald er unser Diamant ist; doch begreifen Sie das Leiden, wenn Sie der Augenschein zwingt, anzuerkennen, daß es einen von reinerem Wasser gibt, während Sie verurteilt sind, diesen Diamant, der unter einem andern steht, ewig zu tragen?«

»Weltlich!« murmelte der Graf.

»Deshalb werde ich vor Freude an dem Tag springen, wo Fräulein Eugenie wahrnimmt, daß ich ein gebrechliches Atom bin und kaum so viele 100000 Franken besitze, als sie Millionen hat.«

Monte Christo lächelte.

»Ich hatte wohl einen Gedanken«, fuhr Albert fort, »Franz ist ein Freund von exzentrischen Dingen, ich wollte ihn in Fräulein Danglars verliebt machen; doch obgleich ich ihm vier Briefe im lockendsten Stil schrieb, antwortete er mir stets und auf eine unabänderliche Weise: Ich bin allerdings exzentrisch, aber dies geht bei mir nicht so weit, daß ich mein Wort zurücknehmen würde, wenn ich es einmal gegeben haben möchte.«

»Das nenne ich eine aufopfernde Freundschaft: einem andern eine Frau geben, die man selbst nur unter dem Titel einer Geliebten haben möchte.«

Albert lächelte.

»Wissen Sie, daß dieser liebe Franz zurückkommt?« sprach Morcerf; »doch es ist Ihnen wenig daran gelegen, Sie lieben ihn, glaube ich, nicht?«

»Ich? Ei, mein lieber Vicomte, wo haben Sie denn gesehen, daß ich Franz nicht liebe? Ich liebe die ganze Welt.«

»Und ich bin in dieser Welt mit einbegriffen... Ich danke.«

»Wir wollen die Sache nicht verwirren«, sagte Monte Christo, »ich liebe die ganze Welt auf die Weise, wie wir nach dem Befehl Gottes unsern Nächsten lieben sollen, das heißt auf eine christliche Weise; aber ich hasse nur gewisse Personen. Kehren wir zu Herrn Franz d'Epinay zurück. Sie sagen, er komme an.«

»Ja, zurückgerufen von Herrn von Villefort, der, wie es scheint, ebenso begierig ist, Fräulein Valentine zu verheiraten, als Herr Danglars, Fräulein Eugenie in die Ehe zu versetzen. Der Zustand eines Vaters von großen Töchtern muß offenbar im höchsten Grad ermüdend sein; es scheint, es macht ihnen das Fieber, und ihr Puls schlägt neunzigmal in der Minute, bis sie von denselben befreit sind.«

»Herr d'Epinay gleicht Ihnen nicht, er nimmt, wie ich glaube, sein Unglück in Geduld hin.«

»Er tut noch etwas Besseres, er nimmt die Sache im Ernst, zieht weiße Halsbinden an und spricht bereits von seiner Familie. Übrigens hegt er eine große Achtung für die Villeforts.«

»Nicht wahr, eine wohlverdiente?«

»Ich glaube es, Herr von Villefort wurde immer für einen strengen, aber gerechten Mann angesehen.«

»Das lasse ich mir gefallen«, sprach Monte Christo, »es ist doch wenigstens einer, den Sie nicht wie den armen Herrn Danglars behandeln.«

»Dies kommt vielleicht daher, daß ich nicht genötigt bin, seine Tochter zu heiraten«, entgegnete Albert lachend.

»In der Tat, mein lieber Herr«, sagte Monte Christo, »Sie haben ein empörend kindisches Wesen.«

»Ich? Und warum bin ich kindisch?«

»Weil Sie sich gegen eine Heirat mir Fräulein Danglars sträuben. Ei, mein Gott! Lassen Sie die Dinge ihren Gang gehen, und Sie sind es vielleicht nicht, der zuerst sein Wort zurücknimmt.«

»Bah!« rief Albert mit großen Augen.

»Allerdings, mein lieber Vicomte, man wird Ihnen nicht mit Gewalt den Kopf zwischen die Türen stecken! Sprechen Sie im Ernst«, sagte Monte Christo, den Ton verändernd, »haben Sie Lust zu brechen?«

»Ich gebe 100 000 Franken hierfür.«

»Wohl, so seien Sie glücklich: Herr Danglars ist bereit, das Doppelte zu geben, um zu demselben Ziel zu gelangen.«

»Ist dieses Glück wahr?« sagte Albert, der es indessen, während er so sprach, nicht verhindern konnte, daß eine unmerkliche Wolke über seine Stirn hinzog. »Doch, mein lieber Herr Graf, Herr Danglars hat also Gründe?«

»Ah, hier kommt die stolze, selbstsüchtige Natur! Gut, ich finde hier wieder den Menschen, der die Eitelkeit eines andern mit der Art totschlagen will und schreit, wenn man die seinige mit einer Nadel ansticht.«

»Nein, doch es scheint mir, Herr Danglars...«

»Sollte von Ihnen entzückt sein, nicht wahr? Ei! Herr Danglars ist entschieden ein Mann von schlechtem Geschmack und noch mehr entzückt von einem andern... Studieren Sie, schauen Sie, ergreifen Sie die Anspielungen im Flug, und ziehen Sie Nutzen daraus.«

»Gut, ich begreife; hören Sie, meine Mutter... nein! Nicht meine Mutter, ich täusche mich, mein Vater hat den Gedanken gehabt, einen Ball zu geben.«

»Einen Ball in dieser Jahreszeit?«

»Die Bälle sind stets in der Mode.«

»Wären sie es nicht, so dürfte die Gräfin nur wollen, und sie würde sie in Mode bringen.«

»Nicht übel; Sie begreifen, das sind Vollblutbälle; diejenigen, welche im Monat Juli in Paris bleiben, sind wahre Pariser. Wollen Sie eine Einladung für die Herren Cavalcanti übernehmen?«

»Wann wird der Ball stattfinden?«

»Sonnabend.«

»Herr Cavalcanti der Vater wird abgereist sein.«

»Doch Herr Cavalcanti der Sohn bleibt; wollen Sie es übernehmen, Herrn Cavalcanti den Sohn zu bringen?«

»Hören Sie, Vicomte, ich kenne ihn nicht.«

»Sie kennen ihn nicht?«

»Nein, ich habe ihn vor drei oder vier Tagen zum erstenmal gesehen und stehe in keiner Beziehung zu ihm.«

»Doch Sie empfangen ihn?«

»Ich, das ist etwas anderes; er ist mir durch einen braven Abbé empfohlen worden, den man getäuscht haben kann. Laden Sie ihn immerhin selbst ein, sagen Sie mir aber nicht, ich soll ihn bei Ihnen vorstellen. Würde er später Fräulein Danglars heiraten, so könnten Sie mich eines Schleichweges beschuldigen und Lust bekommen, sich auf Leben und Tod mit mir zu schlagen; überdies weiß ich nicht, ob ich selbst auf Ihren Ball kommen werde.«

»Warum werden Sie nicht kommen?«

»Einmal, weil ich noch nicht eingeladen bin.«

»Ich erscheine ausdrücklich hier, um Ihnen Ihre Einladung persönlich zu überbringen.«

»Oh, das ist entzückend; doch ich kann verhindert sein.«

»Wenn ich Ihnen eines gesagt habe, sind Sie liebenswürdig genug, um uns alle Ihre Hindernisse zum Opfer zu bringen.«

»Sprechen Sie.«

»Meine Mutter bittet Sie.«

»Die Frau Gräfin von Morcerf?« versetzte Monte Christo bebend. »In der Tat, Sie überhäufen mich mit Artigkeiten!«

»Hören Sie, dies ist das Vorrecht Ihrer Stellung, wenn man ein lebendiges Problem ist! Sie kommen also Sonnabend?«

»Da mich Frau von Morcerf darum bittet.«

»Sie sind bezaubernd.«

»Und Herr Danglars?«

»Oh, er hat bereits die dreifache Einladung erhalten; mein Vater übernahm dies. Wir werden auch bemüht sein, Herrn von Villefort zu bekommen, doch man zweifelt, ob er zusagt. Tanzen Sie, Herr Graf?«

»Nein, ich tanze nicht, aber ich sehe gern tanzen. Tanzt Frau von Morcerf?«

»Niemals; Sie plaudert, sie hat so große Lust, mit Ihnen zu plaudern.«

»Wirklich?«

»Bei meinem Ehrenwort! Ich erkläre Ihnen, Sie sind der erste Mann, für welchen meine Mutter eine solche Neugierde geoffenbart hat.«

Albert nahm seinen Hut und stand auf; der Graf führte ihn an die Tür.

»Ich mache mir einen Vorwurf«, sagte er, ihn oben an der Freitreppe zurückhaltend, »ich war indiskret, ich hätte nicht von Herrn Danglars sprechen sollen.«

»Im Gegenteil, sprechen Sie abermals, sprechen Sie oft, sprechen Sie immer davon: doch auf dieselbe Weise.«

»Gut! Sie beruhigen mich. Sagen Sie mir, wann kommt Herr d'Epinay?«

»Spätestens in fünf bis sechs Tagen.«

»Und wann heiratet er?«

»Sobald Herr und Frau von Saint-Meran eingetroffen sind.«

»Bringen Sie ihn zu mir, wenn er in Paris ist. Obgleich Sie behaupten, ich liebe ihn nicht, erkläre ich Ihnen doch, daß ich glücklich sein werde, ihn wiederzusehen.«

»Ihre Befehle sollen vollzogen werden, Herr Graf.«

»Auf Wiedersehen!«

Der Graf grüßte Albert mit der Hand und folgte ihm mit den Augen. Als der Vicomte in seinen Phaeton gestiegen war, wandte er sich um und fragte, da er Bertuccio hinter sich fand:

»Nun?«

»Sie ist in den Justizpalast gefahren«, antwortete der Intendant.

»Ist sie lange dort geblieben?«

»Anderthalb Stunden.«

»Und dann nach Hause zurückgekehrt?«

»Unmittelbar.«
»Wohl, mein lieber Herr Bertuccio, wenn ich Ihnen nun einen Rat geben soll, so sehen Sie in der Normandie nach, ob Sie nicht das kleine Landgut finden, von welchem ich mit Ihnen sprach.«
Herr Bertuccio verbeugte sich, und da seine Wünsche mit dem Befehl, den er erhalten, vollkommen im Einklang standen, so reiste er noch an demselben Abend ab.

9. Nachforschungen

Herr von Villefort hielt Madame Danglars und besonders sich selbst Wort, indem er zu erfahren suchte, wie der Graf von Monte Christo Kenntnis von der Geschichte des Hauses in Auteuil erlangt hatte.
Er schrieb an demselben Tag an einen gewissen Herrn von Boville, der, nachdem er einst Inspektor der Gefängnisse gewesen, in einer höheren Stellung bei der Sicherheitspolizei angestellt worden war, um von diesem die gewünschte Auskunft zu erhalten; Herr von Boville verlangte zwei Tage, um in Erfahrung zu bringen, bei wem man genaue Kunde einziehen könne. Nach zwei Tagen erhielt Herr von Villefort folgende Note:

»Die Person, welche man den Herrn Grafen von Monte Christo nennt, ist besonders dem Lord Wilmore, einem reichen Fremden bekannt, den man zuweilen in Paris sieht, und der sich in diesem Augenblick hier befindet; sie ist ebenfalls bekannt dem Abbé Busoni, einem sizilianischen Priester von großem Rufe im Orient, wo er viele gute Werke verrichtet hat.«

Herr von Villefort antwortete durch einen Befehl, über diese beiden Fremden auf das Schleunigste und Genaueste Erkundigungen einzuziehen; am andern Abend waren seine Befehle vollzogen und er erhielt folgende Notizen:

»Der Abbé, der nur auf einen Monat in Paris war, bewohnte hinter Saint-Sulpice ein kleines Haus, bestehend aus einem Stock und einem Erdgeschoß; vier Zimmer, zwei oben, zwei unten, bildeten die ganze Wohnung, deren einziger Mietsmann er war.
Die zwei untern Zimmer bestanden aus einem Speisesaal mit Tischen, Stühlen und Bufett von Nußbaumholz und einem Salon mit weiß ange-

maltem Getäfel, ohne Zieraten, ohne Teppiche und ohne Uhr. Man sah, daß sich der Abbé für seine Person auf die streng notwendigen Gegenstände beschränkte. Der Abbé bewohnte vorzugsweise den Salon im ersten Stock, der ganz mit theologischen Büchern und Pergamenten, unter denen man ihn, wie sein Kammerdiener sagte, sich monatelang vergraben sah, ausgestattet war.
Sein Diener betrachtete die Besucher durch eine Art von Gitterchen, und wenn ihm ihr Gesicht unbekannt war oder mißfiel, so antwortete er, der Herr Abbé wäre nicht in Paris, womit sich viele begnügten, denn man wußte, daß er häufig reiste und zuweilen lange auf der Reise blieb. War er übrigens zu Hause oder nicht zu Hause, befand er sich in Paris oder in Kairo, so gab der Abbé doch immer Almosen, und das Gitter diente auch, um die Almosen durchzuschieben, welche der Diener unablässig im Namen seines Herrn austeilte. Das andere Zimmer, das neben der Bibliothek lag, war ein Schlafzimmer. Ein Bett ohne Vorhänge, vier Lehnstühle und ein Sofa bildeten nebst einem Betpult seine ganze Ausstattung.
Lord Wilmore wohnte in der Rue Saint-George. Er war einer von den englischen Touristen, welche ihr ganzes Vermögen auf der Reise verzehren. Er mietete eine möblierte Wohnung, in der er nur zwei bis drei Stunden des Tages zubrachte und sehr selten schlief. Es gehörte zu seiner Manier, daß er durchaus nicht französisch sprechen wollte, französisch jedoch ziemlich korrekt geschrieben haben soll.«

Am andern Tag, nachdem diese kostbare Auskunft beim Staatsanwalt eingetroffen war, klopfte ein Mensch, der an der Ecke der Rue Férou aus dem Wagen stieg, an eine olivgrün angemalte Tür, fragte nach dem Abbé Busoni und erhielt von einem Diener die Antwort, daß der Herr Abbé ausgegangen sei.
»Ich kann mich nicht mit dieser Antwort begnügen«, sprach der Besuch, »denn ich komme im Auftrag einer Person, für die man immer zu Hause ist. Doch wollen Sie dem Herrn Abbé Busoni...«
»Ich habe Ihnen bereits gesagt, er ist nicht zu Hause«, wiederholte der Diener.
»So geben Sie ihm, wenn er zurückgekehrt sein wird, diese Karte und dieses versiegelte Papier. Wird der Herr Abbé heute abend um 8 Uhr zu Hause sein?«
»Ohne allen Zweifel, mein Herr.«

»Ich werde diesen Abend zur genannten Stunde wiederkommen«, versetzte der Besucher und entfernte sich.
Zur bestimmten Stunde kam derselbe Mensch in demselben Wagen, der, statt an der Ecke der Rue Férou anzuhalten, diesmal vor der olivgrünen Tür anhielt. Er klopfte, man öffnete ihm, und er trat ein.
Aus den Zeichen der Ehrfurcht, die der Diener an ihn verschwendete, ersah er, daß der Brief die gewünschte Wirkung hervorgebracht hatte.
»Ist der Herr Abbé zu Hause?« fragte er.
»Ja, er arbeitet in seiner Bibliothek; doch er erwartet den Herrn«, sprach der Diener.
Der Fremde stieg eine ziemlich schlechte Treppe hinauf und erblickte an einem Tisch, dessen Oberfläche mit Helle übergossen war, die ein weiter Lichtschirm konzentrierte, während das übrige des Zimmers im Schatten lag, den Abbé in geistlicher Kleidung, den Kopf bedeckt mit einer von jenen Kappen, unter denen sich nach der Sitte des Mittelalters das Haupt der Gelehrten begrub.
»Habe ich die Ehre, mit Herrn Busoni zu sprechen?« fragte der Besuch.
»Ja, mein Herr«, antwortete der Abbé, »und Sie sind die Person, welche Herr von Boville, der ehemalige Intendant der Gefängnisse, im Auftrag des Herrn Polizeipräfekten zu mir schickt?«
»Ganz richtig, mein Herr.«
»Einer von den Agenten, die für die Sicherheit von Paris zu sorgen haben?«
»Ja, mein Herr«, antwortete der Fremde mit einem gewissen Zögern und besonders mit etwas Röte.
Der Abbé richtete die große Brille zurecht, welche nicht nur seine Augen, sondern auch seine Schläfe bedeckte, setzte sich wieder und bedeutete dem Fremden durch ein Zeichen, er möge sich ebenfalls setzen.
»Ich höre Sie, mein Herr«, sprach der Abbé mit scharf italienischem Akzent.
»Die Sendung, welche ich übernommen habe, mein Herr«, sagte der Besucher, jedes seiner Worte so langsam aussprechend, als hätten sie Mühe aus dem Mund zu gehen, »es ist eine

Sendung des Vertrauens für denjenigen, der dieselbe vollzieht, und für den, bei welchem sie vollzogen wird.«

Der Abbé verbeugte sich.

»Ja, mein Herr«, fuhr der Fremde fort, »Ihre Redlichkeit ist dem Herrn Polizeipräfekten so wohlbekannt, daß er von Ihnen, als Beamter, eine Sache erfahren will, bei der die öffentliche Sicherheit beteiligt ist, in deren Namen ich zu Ihnen abgeordnet bin. Wir hoffen, Herr Abbé, daß weder Bande der Freundschaft noch menschliche Rücksichten Sie veranlassen werden, der Justiz die Wahrheit zu verbergen.«

»Vorausgesetzt, mein Herr, daß die Dinge, welche Sie zu erfahren wünschen, in keiner Beziehung die Bedenklichkeit meines Gewissens berühren. Ich bin Priester, mein Herr, und die Geheimnisse der Beichte, zum Beispiel, müssen zwischen mir und der Gerechtigkeit Gottes und nicht zwischen mir und der menschlichen Gerechtigkeit bleiben.«

»Oh, seien Sie unbesorgt, Herr Abbé«, sagte der Fremde, »jedenfalls werden wir Ihr Gewissen beachten.«

Bei diesen Worten drückte der Abbé auf seiner Seite auf den Lichtschirm, und hob dann den Lichtschirm auf der andern Seite, so daß, während das Gesicht des Fremden völlig beleuchtet wurde, das seinige ganz im Schatten blieb.

»Verzeihen Sie, mein Herr Abbé«, sagte der Abgeordnete des Polizeipräfekten, »dieses Licht ist höchst schmerzhaft für meine Augen.«

Der Abbé drückte den grünen Pappdeckel nieder.

»Sprechen Sie nun.«

»Ich komme zur Sache. Sie kennen ohne Zweifel den Herrn Grafen von Monte Christo?«

»Sie meinen Herrn Zaccone?«

»Zaccone …? Heißt er denn nicht Monte Christo?«

»Monte Christo ist der Name eines Gutes, oder vielmehr eines Felsens und kein Familienname.«

»Wohl, es mag sein; streiten wir nicht über Worte, und da Herr von Monte Christo und Herr Zaccone derselbe Mensch ist, so wollen wir von Herrn Zaccone sprechen; kennen Sie ihn?«

»Genau.«

»Wer ist er?«

»Er ist der Sohn eines reichen Reeders in Malta.«

»Ja, ich weiß, das sagt man; doch Sie begreifen, die Polizei kann sich nicht mit einem man sagt begnügen!«

»Wenn jedoch«, versetzte der Abbé mit einem sehr freundlichen Lächeln, »wenn dieses man sagt die Wahrheit ist, so muß sich die ganze Welt damit begnügen, und die Polizei muß es machen wie die ganze Welt.«

»Sind Sie dessen, was Sie behaupten, gewiß?«

»Ob ich dessen gewiß bin!«

»Bemerken Sie wohl, mein Herr, ich setze durchaus keinen Zweifel in Ihre Glaubwürdigkeit. Ich frage Sie: Sind Sie Ihrer Sache gewiß?«

»Hören Sie, ich habe Herrn Zaccone, den Vater, gekannt, und habe mit dem Sohn, als er noch ein Kind war, wohl zehnmal auf den Werften gespielt.«

»Doch dieser Grafentitel...?«

»Sie wissen, das kauft sich.«

»Doch diese Reichtümer, die wie man sagt, ungeheuer sind...«

»Oh, was das betrifft«, erwiderte der Abbé, »ungeheuer, das ist das richtige Wort.«

»Wieviel glauben Sie, daß er besitzt?«

»Oh, er hat gewiß 200 000 Franken Rente.«

»Ah, das ist vernünftig«, versetzte der Fremde, »aber man sprach von drei, von vier Millionen Rente!«

»Oh, das ist nicht glaublich!«

»Und Sie kennen seine Insel Monte Christo?«

»Gewiß; jeder, der von Palermo, von Neapel oder Rom nach Frankreich reist, kennt diese Felseninsel, weil er im Vorüberfahren sie gesehen hat.«

»Und warum hat der Graf diese Felsen gekauft?«

»Gerade, um Graf zu sein. Um in Italien Graf zu werden, bedarf man auch einer Grafschaft.«

»Sie haben ohne Zweifel von den Jugendabenteuern von Herrn Zaccone sprechen hören?«

»Ah, hier fängt die Ungewißheit bei mir an, denn hier habe ich meinen Kameraden aus dem Gesicht verloren.«

»Sie sind nicht sein Beichtvater?«

»Nein, mein Herr; ich glaube, er ist Lutheraner.«

»Wie, Lutheraner?«
»Ich sage, ich glaube; ich kann es nicht mit Sicherheit behaupten. Übrigens war ich der Ansicht, die Freiheit der Religion wäre in Frankreich begründet?«
»Allerdings, auch beschäftigen wir uns in diesem Augenblick nicht mit seinem Glauben, sondern mit seinen Handlungen; im Namen des Herrn Polizeipräfekten fordere ich Sie auf, zu sagen, was Sie davon wissen.«
»Er gilt für einen sehr wohltätigen und menschenfreundlichen Mann. Unser heiliger Vater, der Papst, hat ihn, eine Gunst, die er kaum Fürsten bewilligt, zum Ritter des Christusordens für die großen Dienste ernannt, die er den Christen im Orient geleistet; er hat so fünf bis sechs Großkreuze für Dienste erhalten, die von ihm den Fürsten oder den Staaten erwiesen worden sind.«
»Und er trägt sie?«
»Nein, doch er ist stolz darauf; er sagt, er liebe mehr die den Wohltätern der Menschheit bewilligten Belohnungen, als diejenigen, welche man den Zerstörern der Menschen zukommen lasse.«
»Weiß man, daß er Freunde hat?«
»Ja, denn es sind alle diejenigen seine Freunde, welche ihn kennen.«
»Doch er hat auch wohl einen Feind?«
»Einen einzigen.«
»Wie heißt er?«
»Lord Wilmore.«
»Wo ist er? Kann er mir Auskunft geben?«
»Kostbare. Er war zu gleicher Zeit mit Zaccone in Indien und wohnt, glaube ich, jetzt irgendwo in der Chaussée d'Antin.«
»Sie stehen schlecht mit diesem Engländer?«
»Ich liebe Zaccone, und er haßt ihn; wir sind deshalb kalt miteinander.«
»Mein Herr Abbé, glauben Sie, der Graf von Monte Christo sei je in Frankreich gewesen, vor der Reise, die er jetzt nach Paris gemacht hat?«
»Nein, mein Herr, er ist nie hier gewesen, denn er hat sich vor sechs Monaten an mich gewendet, um die erforderliche Aus-

kunft zu erhalten. Da ich meinerseits nicht wußte, um welche Zeit ich in Paris sein würde, so adressierte ich ihn an Herrn Bartolomeo Cavalcanti.«

»Sehr gut, mein Herr; ich habe Sie nur noch eines zu fragen und fordere Sie im Namen der Menschheit, der Ehre und der Religion auf, mir ohne Umschweife zu antworten.«

»Sprechen Sie, mein Herr.«

»Wissen Sie, in welcher Absicht Herr von Monte Christo ein Haus in Auteuil kaufte?«

»Gewiß, denn er hat es mir gesagt. Um daraus ein Hospiz für Geisteskranke nach Art dessen zu machen, das der Herr Baron von Pisari in Palermo gegründet hat.«

»Kennen Sie dieses Hospiz?«

»Dem Rufe nach, ja, mein Herr; es soll eine herrliche Anstalt sein.«

Und danach grüßte der Abbé den Fremden, wie ein Mensch, der zu verstehen geben will, es wäre ihm nicht unangenehm, eine unterbrochene Arbeit wieder aufnehmen zu können.

Begriff der Besucher das Verlangen des Abbés, oder war er mit seinen Fragen zu Ende – er stand ebenfalls auf. Der Abbé begleitete ihn bis zur Tür, und der Fremde entfernte sich.

Der Wagen führte ihn geradewegs zu Herrn von Villefort.

Eine Stunde später kam der Wagen abermals heraus, und diesmal wandte er sich nach der Rue Fontaine-Saint-George, bei Nr. 5 hielt er an. Hier wohnte Lord Wilmore. Der Fremde hatte Lord Wilmore schriftlich um eine Zusammenkunft gebeten, die dieser auf zehn Uhr bestimmte. Als der Abgesandte des Herrn Polizeipräfekten wenige Minuten vor zehn Uhr ankam, antwortete man ihm, Lord Wilmore, die Pünktlichkeit und Genauigkeit in Person, wäre noch nicht zurückgekehrt, aber er würde sicherlich Punkt zehn Uhr erscheinen.

Der Besuch wartete in dem Salon. Dieser Salon hatte nichts Merkwürdiges und war wie alle Salons in einem Hotel garni. Ein Kamin mit zwei Vasen von neuem Sèvres, eine Pendeluhr mit einem Amor, der seinen Bogen spannt; ein Spiegel, auf jeder Seite dieses Spiegels ein Kupferstich, eine Tapete in Grau; ein Möbel von roter Holzart mit schwarz bedrucktem Tuch: dies war der Salon von Lord Wilmore.

Er wurde beleuchtet durch Kugeln von geschliffenem Glas, die nur ein mattes Licht verbreiteten, welches ausdrücklich für die schwachen Augen des Abgeordneten des Herrn Polizeipräfekten berechnet zu sein schien.
Nachdem dieser zehn Minuten gewartet, schlug es zehn Uhr; beim fünften Schlag öffneten sich die Türen, und Lord Wilmore erschien.
Lord Wilmore war ein Mann, mehr groß als klein, mit dünnem, rotem Backenbart, weißer Gesichtsfarbe und blonden, gräulich werdenden Haaren. Er war auf eine echt englisch-bizarre Weise gekleidet, das heißt, er trug einen blauen Frack mit goldenen Knöpfen und einem hohen, gesteppten Kragen, wie man dies im Jahre 1811 hatte, eine weiße Weste und Hosen von Nankin, die drei Zoll zu kurz waren, aber durch Stege von demselben Stoff verhindert wurden, bis an die Knie hinaufzuweichen. Sein erstes Wort beim Eintritt war: »Sie wissen, mein Herr, daß ich nicht Französisch spreche?«
»Ich weiß wenigstens, daß Sie es nicht lieben, unsere Sprache zu sprechen«, antwortete der Abgesandte des Herrn Polizeipräfekten.
»Doch Sie können dieselbe sprechen«, versetzte Lord Wilmore, »denn wenn ich sie auch nicht spreche, so verstehe ich sie doch.«
»Und ich«, sagte der Besucher, die Sprache wechselnd, »ich spreche genug Englisch, um eine Unterredung in dieser Sprache führen zu können. Tun Sie sich also keinen Zwang an, mein Herr.«
»Oh!« rief Lord Wilmore mit jenem Ton, der nur den reinsten Eingeborenen Großbritanniens angehört.
Der Abgeordnete des Polizeipräfekten übergab Lord Wilmore sein Beglaubigungsschreiben. Dieser las es mit anglikanischem Phlegma. Als er damit zu Ende war, sagte er englisch: »Ich begreife, ich begreife sehr gut.«
Nun begannen die Fragen.
Es waren ungefähr dieselben, die man dem Abbé Busoni vorgelegt hatte. Da jedoch Lord Wilmore als Feind des Grafen von Monte Christo nicht mit derselben Zurückhaltung zu Werke ging wie der Abbé Busoni, so wurden sie viel ausgedehnter. Er

erzählte von der Jugend Monte Christos, der, seiner Behauptung nach, in einem Alter von zehn Jahren in den Dienst eines der kleinen indischen Fürsten getreten war, welche mit England Krieg führen; hier traf ihn Wilmore seiner Aussage nach zum erstenmal, und sie kämpften gegeneinander. Und in eben diesem Krieg wurde Zaccone zum Gefangenen gemacht, nach England geschickt und auf die Pontons gebracht, von wo er schwimmend entfloh. Dann begannen seine Reisen, seine Zweikämpfe, seine Leidenschaften; es erfolgte der Aufstand in Griechenland, und er diente in den Reihen der Hellenen. Während er in ihren Diensten war, entdeckte er eine Silbermine in den Gebirgen Thessaliens; doch er hütete sich wohl, mit irgend jemand über diese Entdeckung zu sprechen. Nach der Schlacht bei Navarin, und nachdem sich die griechische Regierung befestigt hatte, verlangte er von König Otto ein Privilegium zur Ausbeutung dieser Mine: dieses Privilegium wurde ihm bewilligt. Daher rührte sein Vermögen, das sich nach der Ansicht von Lord Wilmore auf eine bis zwei Millionen Einkünfte belaufen mochte, ein Vermögen, das nichtsdestoweniger versiegen konnte, wenn sein Bergwerk versiegte.

»Doch wissen Sie, warum er nach Frankreich gekommen ist?«

»Er will auf die Eisenbahnen spekulieren«, sagte Lord Wilmore; »und als ein geschickter Chemiker und nicht minder ausgezeichneter Physiker hat er einen Telegraphen erfunden, dessen Anwendung er verfolgt.«

»Wieviel gibt er ungefähr jährlich aus?« fragte der Abgeordnete des Polizeipräfekten.

»Oh, höchstens 500000 bis 600000 Franken: er ist geizig.« Offenbar ließ der Haß den Engländer so sprechen: er wußte nicht, was er dem Grafen zum Vorwurf machen sollte, und warf ihm Geiz vor.

»Wissen Sie etwas von seinem Haus in Auteuil?«

»Sie fragen, warum er es gekauft hatte?«

»Ja.«

»Der Graf ist ein Spekulant, der sich in Versuchen und Utopien zugrunde richten wird: er behauptet, es gäbe in Auteuil, in der Gegend des von ihm gekauften Hauses, eine Mineralquelle, welche mit dem Wasser von Bagnières de Luchon und Caute-

rets rivalisieren könne. Er will aus seiner Erwerbung ein Badhaus machen. Bereits hat er zwei- bis dreimal seinen ganzen Garten umwühlt, und weil er die berühmte Quelle nicht finden konnte, so werden Sie sehen, daß er binnen kurzem alle Häuser kauft, welche das seinige umgeben. Da ich ihm grolle und hoffe, daß er sich mit seiner Bäderspekulation zugrunde richten wird, so folge ich ihm, um mich an seiner Niederlage zu weiden, welche früher oder später eintreten muß.«
»Und warum grollen Sie ihm?« fragte der Besuch.
»Ich grolle ihm«, antwortete Lord Wilmore, »weil er bei einem Aufenthalt in England die Frau von einem meiner Freunde verführt hat.«
»Doch wenn Sie feindselig gegen ihn gesinnt sind, warum suchen Sie sich nicht an ihm zu rächen?«
»Ich habe mich bereits dreimal mit dem Grafen geschlagen, das erstemal auf Pistolen, das zweitemal mit dem Degen, das drittemal auf Säbel.«
»Und was war der Erfolg dieser Duelle?«
»Das erstemal zerschmetterte er mir den Arm, das zweitemal durchstieß er mir die Lunge, und das drittemal brachte er mir diese Wunde bei.« Der Engländer schlug einen Hemdkragen zurück, der ihm bis an die Ohren ging, und zeigte eine Narbe, deren Röte ein nicht sehr altes Datum andeutete.
»Deshalb bin ich sein Feind«, wiederholte der Engländer, »und er wird sicherlich nur von meiner Hand sterben.«
»Doch es scheint mir, Sie schlagen nicht den rechten Weg ein, um ihn zu töten«, bemerkte der Fremde.
»Ah«, rief der Engländer, »ich gehe jeden Tag zum Schießen, und Grisier kommt alle zwei Tage zu mir.«
Dies war es, was der Fremde wissen wollte, oder es war vielmehr alles, was der Engländer zu wissen schien. Der Agent stand auf und entfernte sich, nachdem er Lord Wilmore gegrüßt hatte, der ihm mit englischer Steifheit und Höflichkeit antwortete.
Als Lord Wilmore hörte, daß sich die Tür nach der Straße wieder hinter dem Fremden schloß, kehrte er in sein Schlafzimmer zurück, wo er in einer Sekunde seine blonden Haare, seinen roten Backenbart, seine falsche Kinnlade und seine Narbe verlor,

um die schwarzen Haare und die matte Gesichtsfarbe des Grafen von Monte Christo wiederzufinden.
Allerdings war es Herr von Villefort und nicht der Abgeordnete des Polizeipräfekten, der in die Wohnung des Staatsanwalts zurückkehrte. Der Staatsanwalt war ein wenig beschwichtigt durch diesen doppelten Besuch, der ihm zwar nicht gerade etwas Beruhigendes geoffenbart, aber auch nichts Beunruhigendes eröffnet hatte. Die Folge hiervon war, daß er zum erstenmal seit dem Mittagessen in Auteuil in der nächsten Nacht sich eines friedlichen Schlafes erfreute.

10. Der Ball

Man war zu den heißesten Julitagen gelangt, als der Sonnabend erschien, an welchem der Ball des Herrn von Morcerf stattfinden sollte.
Es war zehn Uhr abends. In den unteren Sälen des Hotels hörte man die Musik rauschen, während blendende, scharfe Lichtstreifen durch die Öffnungen der Läden drangen.
Der Garten war in diesem Augenblick einem Dutzend Bedienten überlassen, denen die Gebieterin des Hauses den Befehl gegeben hatte, hier das Abendbrot anzurichten. Man beleuchtete die Alleen des Gartens mit farbigen Lampen und überlud mit Kerzen und Blumen den Tisch für das Abendbrot, was ein feines Verständnis für den Luxus der Tafel verriet.
In dem Augenblick, als die Gräfin von Morcerf, nachdem sie ihre letzten Befehle gegeben hatte, zurückkehrte, begannen sich ihre Salons mit Eingeladenen zu füllen, welche sowohl die bezaubernde Gastfreundschaft der Gräfin, als die ausgezeichnete Stellung des Grafen anlockte; denn man war zum voraus gewiß, dieses Fest würde bei dem guten Geschmack von Mercedes einige der Nachahmung würdige Einzelheiten bieten.
Madame Danglars, der die bekannten Ereignisse eine tiefe Unruhe eingeflößt hatten, zögerte, zu Frau von Morcerf zu gehen, doch am Morgen begegnete sie bei ihrer Ausfahrt Herrn von Villefort; dieser fragte durch den Kutschenschlag: »Nicht wahr, Sie gehen zu Frau von Morcerf?«
»Nein«, antwortete Madame Danglars, »ich bin zu leidend.«
»Sie haben unrecht«, entgegnete Villefort mit einem bezeich-

nenden Blick. »Es wäre wichtig, daß man Sie dort sehen würde.«
»Ah! Sie glauben?« fragte die Baronin. »Dann gehe ich.«
Und ihre Wagen fuhren in entgegengesetzter Richtung weiter.
Madame Danglars kam nicht nur schön durch ihre eigene Schönheit, sondern blendend durch Luxus; sie trat durch eine Tür in dem Augenblick ein, als Mercedes durch die andere eintrat.
Die Gräfin schickte Albert der Madame Danglars entgegen, Albert ging auf die Baronin zu, machte ihr die wohlverdienten Komplimente über ihre Toilette und nahm sie beim Arm, um sie nach dem Platz zu führen, den sie nach ihrem Belieben wählen würde. Albert schaute umher. »Sie suchen meine Tochter?« sagte lächelnd die Baronin.
»Ich gestehe es«, sprach Albert, »sollten Sie die Grausamkeit gehabt haben, Sie nicht mitzubringen?«
»Beruhigen Sie sich, sie hat Fräulein von Villefort getroffen und ihren Arm genommen; sehen Sie, sie folgen uns beide in weißen Kleidern, die eine mit einem Strauß von Kamelien, die andere mit einem Strauß von Vergißmeinnicht. Aber sagen Sie mir doch, werden Sie heute abend den Grafen von Monte Christo nicht hier haben?«
»Siebzehn«, antwortete Albert.
»Was wollen Sie damit sagen?«
»Ich will damit sagen, daß es ganz gut geht«, versetzte der Vicomte lachend, »und daß Sie die siebzehnte Person sind, welche diese Frage an mich richtet; es geht gut mit dem Grafen! ... Ich mache ihm mein Kompliment.«
»Und antworten Sie jedermann wie mir?«
»Ah, es ist wahr, ich habe Ihnen noch nicht geantwortet; beruhigen Sie sich, Madame, wir werden den Mann der Mode haben, wir gehören zu seinen Bevorzugten.«
»Lassen Sie mich hier, und begrüßen Sie Frau von Villefort«, sagte die Baronin, »ich sehe, sie stirbt vor Verlangen, Sie zu sprechen.«
Albert verbeugte sich vor Madame Danglars und ging auf Frau von Villefort zu, die den Mund öffnete, während er sich ihr näherte.

»Ich wette«, sprach Albert sie unterbrechend, »ich wette, ich weiß, was Sie sagen wollen.«

»Ah, lassen Sie doch hören!« rief Frau von Villefort.

»Sie wollten mich fragen, ob der Graf von Monte Christo gekommen wäre oder kommen würde?«

»Ich beschäftige mich in diesem Augenblick nicht mit ihm. Ich wollte Sie fragen, ob Sie Nachricht von Herrn Franz erhalten haben?«

»Ja, gestern; er schrieb mir, er würde zu gleicher Zeit mit seinem Brief abreisen.«

»Gut... Nun der Graf...?«

»Seien Sie unbesorgt, der Graf wird kommen.«

»Sie wissen, daß er einen andern Namen hat, als Monte Christo?«

»Nein, ich wußte es nicht.«

»Monte Christo ist der Name einer Insel: er ist Malteser.«

»Das ist möglich.«

»Er ist der Sohn eines Reeders.«

»In der Tat, Sie sollten diese Dinge laut erzählen, Sie würden das größte Aufsehen damit machen.«

»Er hat in Indien gedient, beutet ein Silberbergwerk in Thessalien aus und kommt nach Paris, um in Auteuil eine Anstalt für Mineralbäder zu gründen.«

»Ah, das lasse ich mir gefallen, das sind Neuigkeiten! Erlauben Sie mir, dieselben zu wiederholen?«

»Ja, doch allmählich, eine nach der andern, und ohne zu sagen, daß sie von mir kommen.«

»Warum dies?«

»Weil es ein der Polizei abgelauschtes Geheimnis ist.«

»Also spielten diese Neuigkeiten...?«

»Gestern abend bei dem Präfekten. Paris ist, wie Sie leicht begreifen, durch den Anblick dieses Luxus in Bewegung geraten, und die Polizei hat Erkundigungen eingezogen.«

»Es fehlte nur noch, daß man den Grafen wie einen Vagabunden unter dem Vorwand, er sei zu reich, verhaftet hätte.«

»Meiner Treu, das hätte ihm wohl begegnen können, wenn die Nachrichten nicht so günstig gewesen wären.«

»Armer Graf! Und er vermutet die Gefahr nicht, der er preisgegeben ist?«
»Ich glaube nicht.«
»Dann ist es Pflicht der Nächstenliebe, ihn darauf aufmerksam zu machen. Ich werde bei seiner Ankunft nicht verfehlen, dies zu tun.«
In dieser Sekunde verbeugte sich ein schöner junger Mann mit lebhaften Augen, schwarzen Haaren und glänzendem Schnurrbart vor Frau von Villefort. Albert reichte ihm die Hand und sprach: »Madame, ich habe die Ehre, Ihnen Herrn Maximilian Morel, Kapitän bei den Spahis, einen unserer guten und besonders unserer braven Offiziere, vorzustellen.«
»Ich habe bereits das Vergnügen gehabt, den Herrn in Auteuil bei dem Herrn Grafen von Monte Christo zu treffen«, antwortete Frau von Villefort, sich mit auffallender Kälte abwendend.
Diese Antwort und besonders der Ton, in dem sie gegeben wurde, schnürte dem armen Morel das Herz zusammen; doch es war ihm eine Entschädigung vorbehalten: als er sich umdrehte, sah er im Winkel der Tür ein schönes, ernstes Gesicht, dessen blaue, große und scheinbar ausdruckslose Augen sich auf ihn hefteten, während der Vergißmeinnichtstrauß langsam an die Lippen emporstieg.
Dieser Gruß war so gut begriffen, daß Morel mit derselben Miene sein Taschentuch seinem Mund näherte; und durch die ganze Breite des Saales voneinander getrennt, vergaßen sich diese lebendigen Bildsäulen, deren Herz so rasch unter dem scheinbaren Marmor ihres Gesichtes schlug, einen Augenblick, oder sie vergaßen vielmehr die Welt in dieser stummen Betrachtung.
Sie hätten lange so ineinander verloren bleiben können, ohne daß es jemand bemerkt haben würde; doch der Graf von Monte Christo trat eben ein.
Der Graf zog, wie gesagt, war es nun ein natürliches oder ein künstliches Blendwerk, überall, wo er sich zeigte, die Aufmerksamkeit an. Es war nicht sein allerdings dem Schnitt nach tadelloser, aber einfacher schwarzer Frack; es war nicht seine weiße Weste, nicht sein Beinkleid, das einen Fuß von der zartesten Form umhüllte, was die Aufmerksamkeit rege machte, nein: es

waren seine schwarzen, wellenförmigen Haare, seine matte Gesichtsfarbe, sein ruhiges, reines Antlitz, sein tiefes, schwermütiges Auge, endlich sein mit wunderbarer Feinheit gezeichneter Mund, der so leicht den Ausdruck stolzer Verachtung annahm, was alle Blicke auf ihn zog.

Es mochten schönere Männer da sein, aber es waren, man erlaube diesen Ausdruck, keine bezeichnendere da: Alles an dem Grafen wollte etwas sagen und hatte seinen Wert, denn die Gewohnheit des nützlichen Gedankens hatte seinen Zügen, dem Ausdruck seines Gesichts und seiner unbedeutendsten Gebärde eine unvergleichliche Geschmeidigkeit und Festigkeit verliehen.

Und dann ist unsere Pariser Welt so seltsam, daß sie vielleicht dem allem keine Aufmerksamkeit geschenkt hätte, wäre nicht darunter eine geheimnisvolle, durch ein ungeheures Vermögen vergoldete Geschichte gewesen.

Wie dem auch sein mag, er schritt unter dem Gewicht der Blicke und mitten unter dem Austausch kleiner Grüße auf Frau von Morcerf zu, die, vor dem mit Blumen geschmückten Kamin stehend, ihn in einem der Tür gegenüber angebrachten Spiegel erscheinen sah und sich zu seinem Empfang vorbereitete. Sie wandte sich mit einem von ihr bereitgehaltenen Lächeln in dem Augenblick zu ihm um, wo er sich vor ihr verbeugte. Ohne Zweifel glaubte sie, der Graf würde mit ihr sprechen; ohne Zweifel glaubte er, sie würde das Wort an ihn richten. Doch sie blieben auf beiden Seiten stumm, so sehr kam beiden wahrscheinlich eine alltägliche Redensart unwürdig vor, und nach einer gegenseitigen Begrüßung wandte sich Monte Christo zu Albert, der mit offener Hand auf ihn zukam.

»Sie haben meine Mutter gesehen?« fragte Albert.

»Soeben hatte ich die Ehre, sie zu begrüßen«, sprach der Graf, »doch IhrenVater habe ich noch nicht wahrgenommen.«

»Er spricht dort in jener kleinen Gruppe von großen Zelebritäten über Politik.«

»In der Tat«, sagte Monte Christo, »die Herren, die ich dort sehe, sind Zelebritäten? Ich hätte es nicht vermutet.«

In diesem Augenblick fühlte der Graf, daß man eine Hand auf seinen Arm legte.

»Ah, Sie sind es, Baron!« sagte er.
»Warum nennen Sie mich Baron?« entgegnete Danglars; »Sie wissen wohl, daß ich nichts auf meinen Titel halte. Es ist nicht wie bei Ihnen, Vicomte, nicht wahr, Sie halten darauf?«
»Allerdings«, antwortete Albert, »in Betracht daß ich, wenn ich nicht Vicomte wäre, gar nichts mehr wäre, indes Sie Ihren Baronentitel opfern können und immer noch Millionär bleiben.«
»Was mir der schönste Titel unter dem Julikönigtum zu sein scheint«, versetzte Danglars.
»Leider«, sprach Monte Christo, »leider ist man nicht Millionär auf Lebenszeit, wie man Baron, Pair von Frankreich oder Akademiker ist; als Beweis hierfür dienen die Millionäre Frank und Pullmann in Frankfurt, die soeben Bankerott gemacht haben.«
»Wirklich?« fragte Danglars erbleichend.
»Meiner Treu, die Nachricht ist mir heute durch einen Kurier zugekommen; ich hatte so etwas wie eine Million bei ihnen, zu rechter Zeit benachrichtigt, forderte ich die Zurückzahlung vor einem Monat.«
»Ah, mein Gott!« versetzte Danglars, »sie haben für 200 000 Franken auf mich gezogen.«
»Nun sind Sie in Kenntnis gesetzt, ihre Unterschrift ist fünf Prozent wert.«
»Ja, aber ich erfahre es zu spät, denn ich habe ihre Unterschrift honoriert.«
»Gut«, sagte Monte Christo, »das sind 200 000 Franken, die den anderen nach...«
»Still!« flüsterte Danglars; »sprechen Sie nicht von diesen Dingen, besonders in Gegenwart von Herrn Cavalcanti Sohn«, fügte der Bankier bei, der bei diesen Worten sich lächelnd gegen den jungen Mann umwandte.
Morcerf hatte den Grafen verlassen, um mit seiner Mutter zu sprechen. Danglars verließ ihn, um Cavalcanti Sohn zu begrüßen. Monte Christo fand sich einen Augenblick allein.
Die Hitze fing indessen an fürchterlich zu werden. Die Bedienten gingen in den Salons mit Platten umher, welche mit Früchten und verschiedenem Eis beladen waren. Monte Christo trocknete sich mit dem Taschentuch sein von Schweiß übergossenes Gesicht: doch er wich zurück, als die Platten an ihm vor-

übergetragen wurden, und nahm nichts von den Erfrischungen. Frau von Morcerf ließ mit ihren Blicken nicht von Monte Christo ab. Sie sah die Platte vorübergehen, ohne daß er sie berührte; sie faßte sogar die Bewegung auf, mit der er sich entfernte.
»Albert«, sagte sie, »hast du bemerkt, daß der Graf nie ein Mittagsmahl bei Herrn von Morcerf annehmen wollte?«
»Ja, doch er hat ein Frühstück bei mir angenommen, da er durch dieses Frühstück in die Welt eingetreten ist.«
»Bei dir ist nicht bei dem Grafen«, versetzte Mercedes, »und ich beobachte ihn, seitdem er hier ist.«
»Nun?«
»Er hat noch nichts angenommen.«
»Der Graf ist sehr nüchtern.«
Mercedes lächelte traurig.
»Nähere dich ihm«, sagte sie, »und bei der ersten Platte, die vorüberkommt, dringe in ihn.«
»Warum dies, meine Mutter?«
»Mache mir das Vergnügen, Albert.«
Albert küßte seiner Mutter die Hand und stellte sich zu dem Grafen. Es kam eine neue Platte, beladen wie die vorhergehende; sie sah Albert in den Grafen dringen, selbst Eis nehmen und es ihm anbieten; doch er weigerte sich hartnäckig. Albert kehrte zu seiner Mutter zurück; die Gräfin war sehr bleich.
»Nun, du siehst es, er hat sich geweigert«, sagte sie.
»Ja, doch in welcher Beziehung kann Sie dies beunruhigen?«
»Du weißt, Albert, die Frauen sind sonderbar. Ich hätte den Grafen mit Vergnügen irgend etwas bei mir nehmen sehen, und wäre es nur ein Granatkern gewesen. Übrigens schickt er sich vielleicht nicht in die französischen Gebräuche, vielleicht hat er eine Vorliebe für irgend etwas?«
»Mein Gott, nein! Ich sah ihn in Italien von allem nehmen; ohne Zweifel ist er heute abend übel gelaunt.«
»Da er stets in heißen Klimaten gewohnt hat, ist er vielleicht auch minder empfindlich für die Hitze als ein anderer«, sagte die Gräfin.
»Ich glaube nicht, denn er beklagte sich, daß es zum Ersticken heiß wäre, und fragte mich, warum man, da man bereits die Fenster geöffnet, nicht auch die Läden öffne.«

»In der Tat, das ist ein Mittel, um mir Gewißheit zu verschaffen, ob diese Enthaltsamkeit auf einem Entschluß beruht«, sagte Mercedes und verließ den Salon.
Einen Augenblick später öffneten sich die Läden, und man sah den ganzen Garten mit Lampen beleuchtet und das Abendbrot unter dem Zelt aufgetragen.
Tänzer und Tänzerinnen, Spieler und Plaudernde stießen einen Freudenschrei aus, alle diese gepreßten Lungen atmeten mit Wollust die Luft ein, welche in Wellen in die Säle strömte. In diesem Augenblick erschien Mercedes wieder, bleicher als sie weggegangen war, aber mit jener, bei ihr unter gewissen Umständen merkwürdigen Festigkeit des Gesichtes. Sie ging gerade auf die Gruppe zu, deren Mittelpunkt ihr Gatte bildete, und sprach: »Mein Herr Graf, fesseln Sie diese Herren nicht hier, wenn sie nicht spielen, werden sie lieber die Luft im Garten einatmen, als hier ersticken.«
»Ah! Madame«, sagte ein alter, sehr artiger General, der im Jahre 1809 »*Partant pour la Syrie*« (Auf nach Syrien) gesungen hatte, »wir gehen nicht allein in den Garten.«
»Gut, ich werde das Beispiel geben«, versetzte Mercedes.
Und sich zu Monte Christo umwendend, sagte sie: »Mein Herr Graf, haben Sie die Güte mir Ihren Arm zu bieten.« Der Graf wankte bei diesen einfachen Worten; dann schaute er Mercedes einen Moment an. Dieser Moment hatte die Geschwindigkeit eines Blitzes, und dennoch kam es der Gräfin vor, als hätte er ein Jahrhundert gedauert so viele Gedanken hatte Monte Christo in diesen einzigen Blick gelegt.
Er bot der Gräfin seinen Arm; sie stützte sich darauf, oder sie berührte ihn vielmehr nur mit ihrer kleinen Hand, und beide stiegen die Stufen der mit Kamelien und Rhododendren eingefaßten Freitreppe hinab.

11. Brot und Salz

Frau von Morcerf trat mit ihrem Begleiter unter eine Lindenallee, die nach einem Treibhaus führte. »Nicht wahr, es war heiß im Salon, Herr Graf?« sagte sie.
»Ja, Madame, und Ihr Gedanke, die Türen und Läden öffnen zu lassen, ist vortrefflich.«

Als der Graf diese Worte vollendete, bemerkte er, daß die Hand von Mercedes zitterte.
»Doch Sie«, sagte er, »mit diesem leichten Kleid und ohne ein anderes Schutzmittel um den Hals, als diesen Schal von Gaze, Ihnen ist vielleicht kalt?«
»Wissen Sie, wohin ich Sie führe?« sprach die Gräfin, ohne auf die Frage von Monte Christo zu antworten.
»Nein, Madame«, antwortete dieser, »doch Sie sehen, ich leiste keinen Widerstand.«
»In das Treibhaus, das Sie dort am Ende der Allee erblicken.«
Der Graf schaute Mercedes an, als wollte er sie befragen, doch sie setzte ihren Weg fort, ohne etwas zu sagen, und Monte Christo blieb stumm.
Man gelangte in das Gebäude, das ganz mit herrlichen Früchten ausgeschmückt war, die schon Anfang Juli unter dieser künstlichen Temperatur reiften, die darauf berechnet ist, die uns oft fehlende Sonnenhitze zu ersetzen.
Mercedes verließ den Arm des Grafen und pflückte an einem Rebstock eine Muskattraube.
»Nehmen Sie, Herr Graf«, sagte sie mit einem so traurigen Lächeln, daß man die Tränen am Rande ihrer Augen hätte können hervorbrechen sehen, »ich weiß wohl, unsere französischen Trauben sind nicht mit denen von Sizilien und Zypern zu vergleichen, doch Sie werden gegen unsere nördliche Sonne nachsichtig sein.«
Der Graf verbeugte sich und machte einen Schritt rückwärts.
»Sie schlagen es mir ab?« fragte Mercedes mit zitternder Stimme.
»Madame«, antwortete Monte Christo, »ich bitte Sie demütigst um Entschuldigung, aber ich esse nie Muskat.«
Ein herrlicher Pfirsich hing an einem, wie die Weinrebe, durch die künstliche Hitze des Treibhauses erwärmten Spalier. Mercedes näherte sich der sammetartigen Frucht und pflückte sie.
»Nehmen Sie diesen Pfirsich«, sagte die Gräfin.
Doch der Graf machte dieselbe Gebärde der Weigerung.
»Abermals!« sprach sie mit einem schmerzlichen Ton, daß man fühlen konnte, wie dieser Ton ein Schluchzen unterdrückte, »in der Tat, ich habe Unglück.«

Ein banges Stillschweigen folgte auf diese Szene, der Pfirsich war wie die Traube auf den Sand gefallen.
»Mein Herr Graf«, sagte Mercedes, Monte Christo mit flehenden Augen anschauend, »es gibt eine rührende arabische Sitte, die auf ewig diejenigen zu Freunden macht, welche Brot und Salz unter demselben Dach geteilt haben.«
»Ich kenne sie, Madame«, antwortete der Graf, »doch wir sind in Frankreich und nicht in Arabien, und in Frankreich gibt es ebensowenig ewige Freundschaften, als eine Teilung von Salz und Brot.«
»Doch sprechen Sie«, sagte die Gräfin stammelnd und ihre Augen in die des Grafen versenkend, den sie mit ihren beiden Händen am Arm faßte, »nicht wahr, wir sind Freunde?«
Das Blut floß zu dem Herzen des Grafen zurück, und er wurde bleich wie der Tod, dann stieg es von dem Herzen aufwärts, überströmte seine Wangen, und seine Augen schwammen ein paar Sekunden lang im weiten Raum, wie die eines von einem Blendwerk getroffenen Menschen.
»Gewiß sind wir Freunde, Madame«, erwiderte er, »warum sollten wir es übrigens nicht sein?«
Dieser Ton war so weit von dem entfernt, welchen Frau von Morcerf zu hören wünschte, daß sie sich umwandte, um einen Seufzer entschlüpfen zu lassen, der einem Stöhnen glich.
»Ich danke«, sprach sie und schritt vorwärts.
So machten sie einen Gang durch den Garten, ohne ein einziges Wort zu sprechen.
»Mein Herr«, sagte plötzlich die Gräfin nach zehn Minuten einer schweigsamen Wanderung, »ist es wahr, daß Sie soviel gesehen, soviele Reisen gemacht, soviel gelitten haben?«
»Ja, Madame, ich habe viel gelitten«, antwortete er.
»Aber nun sind Sie glücklich?«
»Allerdings, denn niemand hört mich klagen.«
»Und Ihr gegenwärtiges Glück hat Ihre Seele besänftigt?«
»Mein gegenwärtiges Glück kommt meinem vergangenen Unglück gleich.«
»Sind Sie nicht verheiratet?« fragte die Gräfin.
»Ich verheiratet?« entgegnete Monte Christo bebend, »wer konnte Ihnen dies sagen?«

»Man hat es mir nicht gesagt, aber man hat Sie wiederholt eine junge hübsche Person in die Oper führen sehen.«

»Es ist eine Sklavin, die ich in Konstantinopel gekauft, Madame, es ist eine Tochter eines Fürsten, aus der ich meine Tochter mache, da ich keine andere Zuneigung auf Erden habe.«

»Sie leben also allein?«

»Ich lebe allein.«

»Sie haben keine Schwester... keinen Sohn... keinen Vater?«

»Ich habe niemand.«

»Wie können Sie so leben, ohne daß Sie etwas an das Dasein bindet?«

»Das ist nicht mein Fehler, Madame. In Malta hatte ich eine Geliebte, ich wollte sie heiraten, als der Krieg kam und mich wie ein Sturmwind fern von ihr führte. Ich hatte geglaubt, sie liebte mich hinreichend, um mich zu erwarten und sogar meinem Grab treuzubleiben. Bei meiner Rückkehr war sie verheiratet. Das ist die Geschichte von jenem Mann, der damals im Alter von 20 Jahren stand. Ich hatte vielleicht ein schwächeres Herz als die andern und litt mehr, als andere an meiner Stelle gelitten haben würden.«

Die Gräfin blieb einen Augenblick stehen, als bedürfte sie dieses Haltes, um Atem zu schöpfen.

»Ja«, sprach sie, »und diese Liebe ist Ihnen im Herzen geblieben... Man liebt nur einmal wirklich... Und Sie haben diese Frau nie wiedergesehen?«

»Nie, ich bin nicht nach Malta, wo sie war, zurückgekehrt.«

»Sie ist also in Malta?«

»Ich glaube.«

»Und haben Sie ihr die Leiden vergeben, die sie Ihnen bereitete?«

»Ihr, ja.«

»Doch nur ihr; Sie hassen immer noch diejenigen, die Sie von ihr getrennt haben?«

»Ich, keineswegs; warum sollte ich sie hassen?«

Die Gräfin stellte sich Monte Christo gegenüber; sie hielt noch ein Stück von der duftenden Traube in der Hand.

»Nehmen Sie«, sagte Mercedes.

»Ich esse nie Muskat, Madame«, erwiderte Monte Christo, als ob noch nie hiervon unter ihnen die Rede gewesen wäre.

Die Gräfin schleuderte die Traube mit einer Gebärde der Verzweiflung in das nächste Gebüsch.

»Unbeugsam!« murmelte sie.

Monte Christo blieb so unempfindlich, als gälte der Vorwurf gar nicht ihm.

Albert lief in diesem Augenblick herbei und rief: »Oh, meine Mutter, ein großes Unglück!«

»Was ist geschehen?« fragte die Gräfin und richtete sich, wie nach einem Traum zur Wirklichkeit erwachend, hoch auf; »ein Unglück sagst du? In der Tat, es muß ein Unglück geschehen!«

»Herr von Villefort ist hier.«

»Nun?«

»Er kommt, um seine Frau und seine Tochter zu holen.«

»Warum dies?«

»Die Frau Marquise von Saint-Meran ist mit der Nachricht in Paris angelangt, Herr von Saint-Meran sei bei seiner Abreise von Marseille auf der ersten Station gestorben. Frau von Villefort, welche sehr heiter war, wollte dieses Unglück weder begreifen noch glauben, doch Fräulein von Villefort erriet, so vorsichtig ihr Vater auch zu Werke ging, bei den ersten Worten alles. Dieser Schlag traf sie wie der Donner, und sie sank ohnmächtig nieder.«

»Was ist denn Herr von Saint-Meran für Fräulein von Villefort?« fragte der Graf.

»Ihr Großvater von mütterlicher Seite. Er wollte hierherkommen, um die Heirat von Franz und seiner Enkelin zu beschleunigen.«

»Ah, wirklich?«

»Franz hat nun Aufschub. Warum ist Herr von Saint-Meran nicht ebensogut auch der Großvater von Fräulein Danglars?«

»Albert! Albert!« versetzte Frau von Morcerf im Ton zarten Vorwurfs, »was sagst du da? Ah, mein Herr Graf, Sie, für den er so große Achtung hegt, sagen Sie ihm, daß er schlimm gesprochen habe!«

Und sie machte einige Schritte vorwärts.

Monte Christo schaute sie so seltsam und mit einem zugleich so träumerischen und von liebevoller Bewunderung erfüllten Ausdruck an, daß sie zurückkehrte.

Dann nahm sie seine Hand, drückte zugleich die ihres Sohnes und sprach, beide vereinigend: »Nicht wahr, wir sind Freunde?«

»Oh, Ihr Freund, Madame«, erwiderte Monte Christo, »ich habe nicht diese Anmaßung, doch jedenfalls bin ich Ihr ehrerbietiger Diener.«

Die Gräfin entfernte sich mit unaussprechlich gepreßtem Herzen, und ehe sie zehn Schritte gemacht hatte, sah sie der Graf ihr Taschentuch an die Augen drücken.

»Sind Sie nicht einhellig, meine Mutter und Sie?« fragte Albert erstaunt.

»Im Gegenteil, da sie mir in Ihrer Gegenwart gesagt hat, wir wären Freunde«, antwortete der Graf. Und sie kehrten in den Salon zurück, den Valentine und Herr und Frau von Villefort soeben verlassen hatten.

Es versteht sich von selbst, daß Morel gleich nach ihnen weggegangen war.

12. Frau von Saint-Meran

Es war wirklich eine düstere Szene in dem Haus des Herrn von Villefort vorgefallen.

Nachdem die drei Damen auf den Ball gegangen, wohin sie zu begleiten alle Bitten der Frau von Villefort ihren Gatten nicht vermocht hatten, schloß sich der Staatsanwalt, seiner Gewohnheit gemäß in sein Kabinett mit einem Haufen von Akten ein, welche jeden anderen erschreckt hätten, die jedoch in den gewöhnlichen Zeiten seines Lebens kaum genügten, um seinen kräftigen Arbeitshunger zu befriedigen.

Doch diesmal waren die Aktenstöße nur Sache der Form, Villefort schloß sich nicht ein, um zu arbeiten, sondern um nachzudenken. Nachdem der Befehl gegeben war, ihn nur bei Vorfällen von großer Wichtigkeit zu stören, setzte er sich in seinen Lehnstuhl und fing noch einmal an, in seinem Gedächtnis alles zu durchgehen, was seit sieben bis acht Tagen den Becher seines finstern Kummers und seiner bittern Erinnerungen überströmen machte.

Statt die vor ihm aufgehäuften Aktenstöße anzugreifen, öffnete er sodann eine Schublade seines Bureaux und zog den Bund seiner persönlichen Noten hervor, kostbare Manuskripte, unter denen er mit Ziffern, die nur ihm bekannt waren, die Namen aller derjenigen klassifiziert und mit Etiketten versehen hatte, welche auf seiner politischen Laufbahn, bei seinen Geldangelegenheiten, bei seinen Verfolgungen vor Gericht oder bei seinen geheimnisvollen Liebschaften seine Feinde geworden waren. Ihre Zahl war furchtbar, heute, wo er zu zittern anfing; und dennoch hatten ihn alle diese Namen, so mächtig und furchtbar sie auch waren, oftmals lächeln gemacht, wie der Reisende lächelt, der von dem höchsten Gipfel des Gebirges herab zu seinen Füßen die spitzigen Felsen, die rauhen, beschwerlichen Wege und die Ränder der Abgründe erblickt, an denen er, um auf die Höhe zu gelangen, so lange und auf eine so mühsame Weise hatte umherklettern müssen.
Als er alle diese Namen in seinem Gedächtnis durchgegangen, als er sie wiedergelesen, gut studiert und in seinen Listen mit Kommentaren versehen hatte, schüttelte er den Kopf und murmelte: »Nein, keiner dieser Feinde hätte geduldig und in der Stille arbeitend bis zu dem Tag gewartet, zu dem wir nun gelangt sind, um mich jetzt erst mit diesem Geheimnis niederzuschmettern. Zuweilen, wie Hamlet sagt, dringt das Geräusch der am tiefsten verborgenen Dinge aus der Erde hervor und tanzt, wie die Feuer des Phosphors, auf eine tolle Weise in der Luft umher; doch dies sind Flammen, die nur einen Augenblick leuchten, um irrezuleiten. Die Geschichte wird durch den Korsen irgendeinem Priester erzählt worden sein, der sie seinerseits wiederum erzählt hat. Herr von Monte Christo wird sie erfahren haben, und um sich aufzuklären...
Doch wozu sich aufklären?« fuhr Herr von Villefort nach kurzem Nachdenken fort; »welches Interesse kann Herr von Monte Christo, Herr Zaccone, der Sohn eines Reeders von Malta, der Ausbeuter eines Silberbergwerks in Thessalien, der zum erstenmal nach Frankreich kommt, welches Interesse kann er haben, sich über eine düstere, geheimnisvolle Tat wie diese aufzuklären? Mitten aus den unzusammenhängenden Nachrichten, die mir von diesem Abbé Busoni und von diesem Lord

Wilmore, von dem Freund und dem Feind, gegeben worden sind, tritt eines klar, genau, scharf und offen vor meine Augen: in keiner Zeit, in keinem Fall, unter keinen Umständen kann die geringste Berührung zwischen ihm und mir stattgefunden haben.«

Doch Herr von Villefort sagte sich diese Worte, ohne selbst an das zu glauben, was er sagte. Das Schrecklichste für ihn war nicht die Enthüllung, denn er konnte leugnen oder sogar antworten. Er kümmerte sich wenig um das »Mene, tekel, upharsin«, das plötzlich in blutigen Buchstaben an der Wand erschien; aber er kümmerte sich darum, den Körper kennenzulernen, dem die Hand gehörte, die es geschrieben hatte.

In dem Augenblick, wo er sich selbst zu beruhigen suchte und sich, statt der politischen Zukunft, die er in seinen ehrgeizigen Träumen zuweilen in der Ferne erblickt hatte, aus Furcht, diesen seit langer Zeit schlummernden Feind zu wecken, eine auf die Freuden des häuslichen Herdes beschränkte Zukunft bildete, erscholl das Geräusch eines Wagens im Hof. Dann hörte er auf seiner Treppe den Gang einer betagten Person und Schluchzen und Wehklagen, wie dies bei den Dienern vorkommt, wenn sie sich durch den Schmerz ihres Herren interessant machen wollen.

Er beeilte sich, den Riegel seines Kabinetts zurückzuziehen, und bald trat eine alte Dame ein, ohne angemeldet zu sein, ihren Schal auf dem Arm und ihren Hut in der Hand haltend. Unter ihren weißen Haaren trat eine Stirn, matt wie vergilbtes Elfenbein, hervor, und ihre Augen, in deren Winkeln das Alter tiefe Runzeln gegraben hatte, verschwanden beinahe unter der Anschwellung vom Weinen.

»Oh, mein Herr«, sprach sie, »oh, mein Herr, welch ein Unglück, ich werde auch sterben; oh, ja, ich sterbe sicherlich ebenfalls.«

Und sie sank in den Lehnstuhl, der zunächst der Tür stand, und brach in ein Schluchzen aus.

Die Bedienten, welche auf der Schwelle standen und nicht weiter zu gehen wagten, schauten den alten Diener von Noirtier an, der, als er das Geräusch aus den Zimmern seines Herrn hörte,

herbeilief und sich hinter sie stellte. Villefort stand auf und ging auf seine Schwiegermutter zu, denn sie war es.
»Ei, mein Gott! Was ist denn vorgefallen?« fragte er, »was beugt Sie so sehr nieder? Begleitet Sie Herr von Saint-Meran nicht?«
»Herr von Saint-Meran ist tot«, antwortete die alte Marquise, ohne Einleitung, ohne Ausdruck und mit einer Art von Stumpfsinn.
Villefort wich einen Schritt zurück, schlug seine Hände aneinander und stammelte: »Tot?... So gestorben, so plötzlich gestorben?«
»Vor acht Tagen«, sprach Frau von Saint-Meran, »stiegen wir nach Tisch miteinander in den Wagen. Herr von Saint-Meran war seit einiger Zeit leidend; doch der Gedanke, unsere liebe Valentine wiederzusehen, machte ihn mutig, und er wollte, trotz seiner Schmerzen, abreisen, als er sechs Stunden von Marseille, nachdem er seine gewöhnlichen Pillen geschluckt hatte, von einem so tiefen Schlaf ergriffen wurde, daß mir die Sache nicht natürlich dünkte; ich zögerte jedoch, ihn aufzuwecken; plötzlich kam es mir vor, als rötete sich sein Gesicht und als schlügen die Adern seiner Schläfe heftiger als gewöhnlich. Da jedoch die Nacht eingebrochen war und ich nichts mehr sah, so ließ ich ihn schlafen; bald stieß er einen dumpfen, schmerzhaften Schrei aus, wie ein Mensch, der im Traum leidet, und warf mit einer ungestümen Bewegung seinen Kopf zurück. Ich ließ den Postillon halten, ich rief Herrn von Saint-Meran, wollte ihn an meinem Flacon mit flüchtigen Salzen riechen lassen: Alles war vorbei, er war tot, und ich kam mit seinem Leichnam in Aix an.«
Villefort stand ganz verwundert und mit offenem Mund vor der alten Dame.
»Sie ließen ohne Zweifel einen Arzt rufen?«
»Auf der Stelle; doch es war, wie gesagt, zu spät.«
»Allerdings; aber er vermochte doch wenigstens zu erkennen, an welcher Krankheit der arme Marquis gestorben war?«
»Mein Gott, ja! Er sagt mir, es scheine ein Schlagfluß gewesen zu sein.«
»Und was taten Sie sodann?«

»Herr von Saint-Meran äußerte stets, wenn er fern von Paris sterben würde, so wünschte er, daß man seinen Körper in die Familiengruft brächte. Ich ließ ihn in einen bleiernen Sarg legen und reiste ihm um ein paar Tage voran.«

»Oh, mein Gott! Arme Mutter!« sprach Villefort, »solche Sorgen, nach einem solchen Schlag, und das in Ihrem Alter!«

»Gott hat mir bis zum Ende Kraft verliehen; überdies hätte er sicherlich für mich getan, was ich für ihn getan habe. Es ist wahr, seitdem ich ihn dort verließ, komme ich mir wie wahnsinnig vor. Ich kann nicht mehr weinen; wohl sagt man, in meinem Alter habe man keine Tränen mehr; es scheint mir jedoch, solange man leidet, sollte man weinen können. Wo ist Valentine, mein Herr? Ihr zuliebe kehrten wir zurück; ich will meine Valentine sehen.«

Villefort dachte, es wäre furchtbar zu antworten, Valentine befände sich auf einem Ball, und sagte der Marquise nur, ihre Enkelin wäre mit ihrer Stiefmutter ausgefahren und man würde sie benachrichtigen.

»Auf der Stelle, mein Herr, auf der Stelle, ich bitte Sie«, rief die alte Dame.

Villefort nahm den Arm der Frau von Saint-Meran unter den seinen und führte sie in ihre Wohnung.

»Ruhen Sie aus, meine Mutter«, sagte er.

Die Marquise schaute bei diesen Worten empor, und als sie den Mann sah, der sie an ihre so sehr beklagte Tochter erinnerte, die für sie in Valentine wieder auflebte, fühlte sie sich durch den Namen Mutter erschüttert, brach in Tränen aus und sank auf die Knie vor einem Fauteuil, in welchem sie ihr ehrwürdiges Haupt begrub.

Villefort empfahl sie der Fürsorge der Frauen, während der alte Barrois ganz erschrocken wieder zu seinem Herrn hinaufstieg; denn nichts erschreckt die Greise so sehr, als wenn der Tod einen Augenblick ihre Seite verläßt, um einen andern Greis zu treffen.

Während Frau von Saint-Meran immer noch kniend aus der Tiefe ihres Herzens betete, ließ Villefort einen Wagen kommen und suchte bei Frau von Morcerf seine Frau und seine Tochter selbst auf, um sie nach Hause zu führen.

Er war so bleich, als er auf der Schwelle des Salons erschien, daß ihm Valentine mit dem Ausruf entgegenlief: »Oh, mein Vater! Es ist irgendein Unglück geschehen!«
»Deine gute Großmama ist soeben angekommen, Valentine«, sprach Herr von Villefort.
»Und mein Großvater?« fragte das Mädchen zitternd. Herr von Villefort antwortete nur, indem er seiner Tochter den Arm bot. Es war Zeit: Valentine wankte, vom Schwindel ergriffen; Frau von Villefort beeilte sich, sie zu stützen, und half ihrem Mann, sie zu dem Wagen zu bringen.
»Das ist doch seltsam«, sagte Frau von Villefort, »wer hätte das vermuten können? Oh, ja, ja, das ist seltsam.«
Und die ganze trostlose Familie entfloh auf diese Art und warf ihre Traurigkeit wie einen schwarzen Mantel über den übrigen Abend.
Unten an der Treppe fand Valentine Barrois, der auf sie wartete.
»Herr Noirtier wünscht Sie diesen Abend zu sehen«, flüsterte er ihr zu.
»Sagen Sie ihm, ich werde zu ihm kommen, sobald ich meine gute Großmutter verlasse«, entgegnete Valentine.
In seinem Zartgefühl hatte das Mädchen begriffen, daß zu dieser Stunde am meisten Frau von Saint-Meran seiner bedürfe.
Valentine traf ihre Großmutter im Bett; stumme Liebkosungen, schmerzhafte Herzenswallungen, unterbrochene Seufzer, brennende Tränen, dies waren die einzigen erzählbaren Umstände dieses Wiedersehens, dem am Arm ihres Gatten Frau von Villefort beiwohnte, wenigstens scheinbar voll Achtung für die unglückliche Witwe.
Nach einem Augenblick neigte sie sich an das Ohr ihres Gatten und sagte: »Ich will mich mit Ihrer Erlaubnis entfernen, denn mein Anblick scheint Ihre Schwiegermutter noch mehr zu betrüben.«
Frau von Saint-Meran hörte dies und flüsterte Valentine zu: »Ja, ja, sie mag gehen, aber du bleibst.« Frau von Villefort entfernte sich, und Valentine blieb allein an dem Bett ihrer Großmutter; dann, bestürzt über diesen unvorhergesehenen Tod, folgte der Staatsanwalt seiner Frau.

Barrois war indessen wieder zu dem alten Noirtier hinaufgegangen; dieser hatte den ganzen Lärm gehört und, wie gesagt, seinen Diener geschickt, um sich erkundigen zu lassen.
Bei seiner Rückkehr befragte das lebendige und gescheite Auge den Boten. »Ach, mein Herr«, sprach Barrois, »ein großes Unglück ist geschehen, Frau von Saint-Meran ist angekommen, und ihr Gemahl ist tot.«
Herr von Saint-Meran und Noirtier waren nie durch eine tiefe Freundschaft verbunden gewesen; man kennt jedoch die Wirkung, welche auf einen Greis stets hervorgebracht wird durch die Todeskunde eines andern Greises. Noirtier ließ das Haupt auf die Brust sinken, wie ein Niedergebeugter oder wie ein Mensch, der denkt, dann schloß er das linke Auge.
»Fräulein Valentine!« sagte Barrois.
Noirtier machte ein bejahendes Zeichen.
»Sie ist auf dem Ball, wie der gnädige Herr wohl weiß, denn sie kam in großer Toilette hierher, um Abschied zu nehmen.«
Noirtier schloß abermals das linke Auge.
»Ja, Sie wollen sie sehen.«
Der Greis bedeutete durch ein Zeichen, daß er dies wünsche.
»Nun, man wird sie ohne Zweifel bei Frau von Morcerf holen; ich erwarte ihre Rückkehr und sage ihr, sie möge heraufkommen. Ist es so?«
»Ja«, antwortete der Gelähmte mit einem Zeichen.
Barrois wartete, wie wir gesehen, auf die Rückkehr von Valentine und sagte ihr den Wunsch ihres Großvaters.
Valentine ging zu Noirtier hinauf, als sie Frau von Saint-Meran verließ, die, so aufgeregt sie auch war, endlich der Müdigkeit unterlag und in einen unruhigen Schlaf verfiel. Man hatte in den Bereich ihrer Hand einen Tisch gestellt, auf welchem eine Flasche mit Orangeade, ihrem gewöhnlichen Getränk, und ein Glas standen.
Valentine umarmte den Greis, der sie so zärtlich anschaute, daß das Mädchen abermals Tränen, deren Quelle es versiegt glaubte, seinen Augen entstürzen fühlte.
Der Greis verharrte bei seinem Blick.
»Ja, ja«, sprach Valentine, »du willst mir sagen, ich habe immer noch einen guten Großvater?«

Der Greis bedeutete durch ein Zeichen, daß es wirklich dies sei, was sein Blick sagen wolle.

»Ach, zum Glück«, versetzte Valentine. »Mein Gott, was würde sonst aus mir werden?«

Es war ein Uhr morgens. Barrois hatte den Wunsch, sich niederzulegen, und bemerkte daher, nach einem so schmerzhaften Abend bedürfe jedermann der Ruhe. Der Greis wollte nicht sagen, seine Ruhe sei es, sein Kind anzuschauen. Er verabschiedete Valentine, der die Ermattung und der Schmerz in der Tat ein leidendes Aussehen verliehen. – Als sie am andern Morgen bei ihrer Großmutter eintraf, fand sie diese im Bett; das Fieber hatte sich nicht gelegt, es brannte im Gegenteil ein düsteres Feuer in den Augen der Marquise, und sie schien einer heftigen Nervenaufregung preisgegeben zu sein.

»Oh, mein Gott! Gute Mama, leiden Sie mehr?« rief Valentine, als sie alle diese Zeichen der Aufregung wahrnahm.

»Nein, meine Tochter, nein«, antwortete Frau von Saint-Meran; »aber ich erwartete mit Ungeduld deine Erscheinung, um deinen Vater holen zu lassen.«

»Meinen Vater?« fragte Valentine unruhig.

»Ja, ich will ihn sprechen.«

Valentine wagte es nicht, sich dem Wunsch ihrer Großmutter, dessen Ursache sie überdies nicht kannte, zu widersetzen, und einen Augenblick später trat Villefort ein.

»Mein Herr«, sagte Frau von Saint-Meran, ohne irgendeinen Eingang und als hätte sie befürchtet, es könnte ihr an Zeit gebrechen, »Sie haben mir geschrieben, es handle sich um die Heirat dieses Kindes?«

»Ja, Madame«, antwortete Villefort, »und es ist sogar mehr als ein Plan, es ist eine Übereinkunft.«

»Ihr Schwiegersohn heißt Franz d'Epinay?«

»Ja, Madame.«

»Er ist der Sohn des Generals d'Epinay, der zu den Unseligen gehörte, und einige Tage, ehe der Usurpator von der Insel Elba zurückkehrte, ermordet wurde?«

»So ist es.«

»Diese Verbindung mit einer Enkelin des Jakobiners widerstrebt ihm nicht?«

»Unsere bürgerlichen Zwistigkeiten sind glücklicherweise erloschen, meine Mutter«, sprach Villefort; »Herr d'Epinay war bei dem Tod seines Vaters beinahe ein Kind; er kennt Herrn Noirtier sehr wenig, und wird ihn, wenn nicht mit Vergnügen, doch wenigstens mit Gleichgültigkeit sehen.«

»Ist er eine schickliche Partie?«

»In jeder Beziehung, der junge Mann erfreut sich allgemeiner Achtung.«

Während dieser ganzen Unterredung war Valentine stumm geblieben.

»Wohl, mein Herr«, sagte Frau von Saint-Meran nach kurzem Nachdenken, »Sie müssen sich beeilen, denn ich habe wenig Zeit mehr zu leben.«

»Sie, Madame! Sie, gute Mutter!« riefen gleichzeitig Herr von Villefort und Valentine.

»Ich weiß, was ich sage«, versetzte die Marquise; »Sie müssen sich also beeilen, damit sie, in Ermangelung ihrer Mutter, wenigstens ihre Großmutter hat, um ihre Ehe zu segnen. Ich bin die einzige, die ihr noch von seiten meiner armen Renée bleibt, die Sie so schnell vergessen haben, mein Herr.«

»Ah! Madame, Sie bedenken nicht, daß ich diesem armen Kind eine Mutter geben mußte.«

»Eine Stiefmutter ist nie eine Mutter, mein Herr. Doch es handelt sich nicht um dieses, sondern um Valentine; lassen wir die Toten ruhen.«

Alles dies wurde mit einer solchen Geschwindigkeit und mit einem Ausdruck gesprochen, daß in diesem ganzen Gespräch etwas lag, was einem Anfang von Delirium glich.

»Es soll nach Ihrem Wunsch geschehen, Madame«, sagte Villefort, »und dies um so mehr, als Ihr Wunsch mit dem meinigen im Einklang steht; sobald Herr d'Epinay nach Paris zurückgekehrt ist...«

»Meine gute Mutter«, unterbrach ihn Valentine, »die Schicklichkeit, die völlig neue Trauer... würden Sie eine Ehe unter so trüben Umständen schließen wollen?«

»Meine Tochter«, versetzte rasch die Großmutter, »keine solche Alltagsreden, welche schwache Geister verhindern, auf eine solide Weise ihre Zukunft zu gründen. Ich habe auch an dem Sterbebett meiner Mutter geheiratet und bin darum nicht unglücklich gewesen.«

»Abermals dieser Todesgedanke, Madame!« rief Villefort.

»Abermals! Immer... ich sage Ihnen, daß ich sterben werde, hören Sie? Nun wohl! Ehe ich sterbe, will ich meinen Eidam sehen; ich will ihm befehlen, meine Enkelin glücklich zu machen, ich will in seinen Augen sehen, ob er zu gehorchen gedenkt; kurz, ich will ihn kennenlernen, um ihn aus der Tiefe meines Grabes aufzusuchen, wenn er nicht wäre, was er sein soll, wenn er nicht wäre, was er sein muß«, fügte die alte Frau mit einem furchtbaren Ausdruck bei.

»Madame«, sprach Villefort, »Sie müssen die exaltierten Gedanken, welche beinahe an Wahnsinn grenzen, von sich entfernen. Liegen die Toten einmal in ihren Gräbern, so schlafen sie darin, um sich nie mehr zu erheben.«

»Oh, ja, ja, gute Mutter, beruhige dich«, rief Valentine.

»Und ich, mein Herr, sage Ihnen, daß es nicht so ist, wie Sie glauben. Diese Nacht lag ich in einem furchtbaren Schlaf; denn ich sah mich gleichsam schlummern, als ob meine Seele bereits über meinem Leib schwebte. Meine Augen, die ich zu öffnen mich anstrengte, schlossen sich unwillkürlich, und dennoch, ich weiß wohl, daß Ihnen dies unmöglich vorkommen wird, Ihnen, mein Herr... ich sah mit geschlossenen Augen, auf derselben Stelle, wo Sie sind, aus jener Ecke kommend, in der eine Tür ist, welche nach dem Ankleidezimmer von Frau von Villefort geht, geräuschlos eine weiße Gestalt hervortreten.«

Valentine stieß einen Schrei aus.

»Das Fieber hatte Sie aufgeregt, Madame«, sprach Villefort.

»Zweifeln Sie, wenn Sie wollen, doch ich bin dessen, was ich sage, gewiß. Ich sah eine weiße Gestalt; und als hätte Gott befürchtet, ich könnte das Zeugnis eines einzigen von meinen Sinnen verwerfen, hörte ich mein Glas vorrücken, dasselbe, das hier auf dem Tisch steht.«

»Oh, gute Mutter, das war ein Traum.«

»Das war so wenig ein Traum, daß ich die Hand nach der Glocke ausstreckte und daß der Schatten bei dieser Gebärde verschwand. Die Kammerfrau trat mit einem Licht ein.«

»Doch sie hat niemand gesehen?«

»Die Geister zeigen sich nur denjenigen, die sie sehen sollen: es war die Seele meines Mannes.«
»Oh, Madame!« sagte Villefort, unwillkürlich in der innersten Tiefe erschüttert, »gestatten Sie diesen finstern Gedanken keinen Einfluß; Sie werden mit uns leben, Sie werden lange Zeit glücklich, geliebt, geehrt leben, und wir werden machen, daß Sie vergessen...«
»Nie, nie, nie!« rief die Marquise. »Wann kommt Herr d'Epinay zurück?«
»Wir erwarten ihn jeden Augenblick.«
»Es ist gut; sobald er angekommen ist, benachrichtigen Sie mich. Eilen wir, eilen wir. Dann möchte ich auch gern einen Notar sehen, um mich zu versichern, daß unsere ganze Habe Valentine zukommt.«
»Oh, meine Mutter«, murmelte Valentine, ihre Lippen auf die glühende Stirn der alten Frau drückend; »Sie wollen mich also töten? Mein Gott! Sie haben das Fieber, nicht einen Notar muß man rufen, sondern einen Arzt!«
»Einen Arzt!« erwiderte sie die Achseln zuckend, »ich leide nicht, ich habe nur Durst.«
»Was trinken Sie denn, gute Mama?«
»Du weißt wohl, wie immer meine Orangeade. Mein Glas steht dort, dort auf dem Tisch, gib es mir, Valentine.«
Valentine goß die Orangeade aus der Flasche in ein Glas, nahm dieses mit einem gewissen Schrecken und gab es ihrer Großmutter, denn es war dasselbe Glas, das, wie sie behauptete, der Schatten berührt hatte.
Die Marquise leerte das Glas auf einen Zug. Dann drehte sie sich auf ihrem Kopfkissen um und wiederholte: »Den Notar, den Notar!«
Herr von Villefort ging weg, Valentine setzte sich an das Bett ihrer Großmutter. Die Arme schien selbst sehr des Arztes zu bedürfen, den sie der alten Frau empfohlen hatte. Eine flammenartige Röte brannte auf ihren Wangen, ihr Atem war kurz und keuchend, und ihr Puls schlug, als ob sie das Fieber hätte.
Der Grund davon war, weil Valentine an die Verzweiflung von Maximilian dachte, wenn er erfahren würde, daß Frau von

Saint-Meran, statt eine Verbündete für ihn zu sein, ohne ihn zu kennen, handelte, als ob sie seine Feindin wäre.

Mehr als einmal dachte Valentine daran, ihrer Großmutter alles zu sagen, und sie würde nicht einen Augenblick gezögert haben, hätte Maximilian Morel Albert von Morcerf oder Raoul von Chateau-Renaud geheißen. Aber Morel war von plebejischer Abkunft, und Valentin kannte die Verachtung, welche die stolze Marquise von Saint-Meran gegen alles hegte, was nicht von Adel war. Ihr Geheimnis war also stets in dem Augenblick, wo es zutage treten wollte, durch die traurige Gewißheit zurückgedrängt worden, daß sie es unnötig preisgeben würde, und daß alles verloren wäre, wenn das Geheimnis einmal zur Kenntnis ihres Vaters oder ihrer Stiefmutter gelangte.

So vergingen etwa zwei Stunden. Frau von Saint-Meran schlief einen heißen, unruhigen Schlaf. Man meldete den Notar.

Obgleich diese Meldung sehr leise gemacht wurde, erhob sich doch Frau von Saint-Meran auf ihrem Kopfkissen. Der Notar war an der Tür, er trat ein.

»Geh, Valentine«, sprach Frau von Saint-Meran, »und laß mich mit diesem Herrn allein.«

»Aber meine Mutter…«

»Geh, geh.«

Das Mädchen küßte ihre Großmutter auf die Stirn und entfernte sich, ihr Taschentuch vor den Augen. An der Tür fand Valentine den Kammerdiener, der ihr sagte, der Arzt warte im Salon.

Valentine ging rasch hinab. Der Arzt war ein Freund der Familie und zugleich einer der geschicktesten Männer der Zeit; er liebte Valentine, die er zur Welt hatte kommen sehen, ungemein. Er besaß eine Tochter, ungefähr im Alter Valentines; doch diese Tochter war von einer brustkranken Mutter geboren, und das Leben des Arztes war eine beständige Furcht in bezug auf sein Kind.

»Ah«, sagte Valentine, »mein lieber Herr d'Avrigny, wir erwarten Sie mit Ungeduld. Doch vor allem, wie befinden sich Madeleine und Antoinette?«

Madelaine war die Tochter von Herrn d'Avrigny und Antoinette eine Nichte.

Herr d'Avrigny antwortete traurig lächelnd: »Antoinette sehr gut, Madeleine ziemlich gut. Sie haben mich holen lassen, liebes Kind. Es ist weder Ihr Vater noch Frau von Villefort krank? In Beziehung auf Sie, obgleich man wahrnimmt, daß Sie sich von Ihren Nerven nicht freimachen können, setze ich voraus, daß Sie meiner auf keine andere Weise bedürfen, als damit ich Ihnen rate, Ihre Einbildungskraft nicht so auf weitem Feld umherschweifen zu lassen.«

Valentine errötete; Herr d'Avrigny trieb die Wissenschaft der Divination bis zum Wunderbaren, denn er war einer von den Ärzten, die das Körperliche stets auf geistigem Weg behandeln.

»Nein«, sagte sie, »man hat Sie für meine arme Großmutter gerufen. Nicht wahr, Sie wissen, welch ein Unglück uns widerfahren ist?«

»Ich weiß es nicht.«

»Ach!« sprach Valentine, ein Schluchzen unterdrückend, »mein Großvater ist gestorben.«

»So plötzlich?«

»An einem Schlagfluß.«

»An einem Schlagfluß?« wiederholte der Arzt.

»Ja. Und meine arme Großmutter hat nun der Gedanke erfaßt, ihr Gatte, den sie nie verlassen, rufe sie, und sie werde bald mit ihm wiedervereinigt sein. Oh, Herr d'Avrigny, gehen Sie zu meiner armen Großmutter, sie ist in ihrem Zimmer, mit dem Notar.«

»Gut, ich eile, und Herr Noirtier?«

»Immer derselbe, eine vollkommene Klarheit und Schärfe des Geistes, aber auch dieselbe Unbeweglichkeit, dieselbe Stummheit.«

»Und dieselbe Liebe für Sie, nicht wahr, mein gutes Kind?«

»Ja«, erwiderte Valentine mit einem Seufzer, »er liebt mich sehr.«

»Wer sollte Sie nicht lieben?«

Valentine lächelte traurig.

»Und woran leidet Ihre Großmutter?«

»An einer sonderbaren Nervenaufregung; ihr Schlaf ist unruhig und seltsam. Sie behauptete heute morgen, während ihres Schlummers schwebte ihre Seele über dem Körper, und das ist doch Delirium; sie versichert mir, sie habe einen Geist in ihr Zimmer treten sehen und das Geräusch gehört, den der Geist, ihr Glas berührend, gemacht haben soll.«

»Das ist sonderbar«, sprach der Doktor, »ich wußte nicht, daß Frau von Saint-Meran solchen Halluzinationen unterworfen ist.«

»Es ist das erstemal, daß ich sie so gesehen habe«, entgegnete Valentine, »und sie hat mir daher sehr bange gemacht, denn ich hielt sie für wahnwitzig, und mein Vater – Sie kennen meinen Vater gewiß als einen ernsten Geist –, nun selbst auf meinen Vater schien die Sache einen starken Eindruck hervorzubringen.«

»Wir werden sehen«, versetzte Herr d'Avrigny; »was Sie mir da sagen, kommt mir ganz eigentümlich vor.«

Der Notar entfernte sich, man benachrichtigte Valentine, ihre Großmutter wäre allein.

»Gehen Sie mit hinauf?« fragte der Doktor.

»Oh, ich wage es nicht, sie hat mir verboten, Sie holen zu lassen! Dann bin ich, wie Sie sagen, selbst aufgeregt, fieberhaft, mißgestimmt; ich will einen Gang in den Garten machen, um mich zu erholen.«

Der Doktor drückte Valentine die Hand, und während er zu ihrer Großmutter hinaufging, stieg sie die Freitreppe hinab.

Wir brauchen nicht zu sagen, welcher Teil des Gartens der Lieblingsspaziergang von Valentine war. Nachdem sie zwei- oder dreimal an dem Blumenbeet hin und her gewandert, welches das Haus umgab, nachdem sie eine Rose gepflückt, um sie in ihren Gürtel oder in ihre Haare zu stecken, wandelte sie gewöhnlich unter der düstern Allee fort, die zu der Bank führte, und von der Bank begab sie sich zu dem Gitter.

Diesmal machte Valentine, ihrer Gewohnheit gemäß, mehrere Gänge neben den Blumen, doch ohne davon zu pflücken; die Trauer ihres Herzens, welche noch nicht Zeit gehabt hatte, sich über ihre Person zu verbreiten, verwarf diesen einfachen Schmuck; dann wandte sie sich der Allee zu. Während sie fortschritt, kam es ihr vor, als hörte sie ihren Namen rufen. Sie blieb stehen. Da gelangte der Ton deutlicher an ihr Ohr, und sie erkannte die Stimme von Maximilian.

13. Das Versprechen

Es war wirklich Morel, der seit vorigem Tag entsetzlich litt; mit dem den Liebenden und Müttern eigentümlichen Instinkt hatte er erraten, daß infolge dieser Rückkehr der Frau von Saint-Meran und des Todes ihres Gemahls bei Villefort etwas vorgehen mußte, was für seine Liebe für Valentine von Bedeutung sei.

Als sie erschien, rief ihr Morel; sie lief an das Gitter.

»Sie zu dieser Stunde hier?« fragte sie.

»Ja, arme Freundin«, antwortete Morel. »Ich komme, um schlimme Nachrichten zu holen und zu bringen.«

»Es ist also das Haus des Unglücks!« sagte Valentine; »sprechen Sie, Maximilian; doch in der Tat, die Summe der Schmerzen ist bereits hinreichend.«

»Liebe Valentine«, erwiderte Morel, der sich von seiner eigenen Aufregung zu erholen suchte, um auf eine geeignete Weise sprechen zu können, »hören Sie mich wohl, ich bitte Sie; denn alles, was ich Ihnen sagen werde, ist ernst. Um welche Zeit gedenkt man Sie zu verheiraten?«

»Glauben Sie mir, ich will Ihnen nichts verbergen, Maximilian«, sagte Valentine. »Heute morgen sprach man von meiner Heirat, und meine Großmutter, auf die ich als auf eine Stütze rechnete, hat sich nicht nur für diese Heirat erklärt, sondern wünscht dieselbe dergestalt, daß sie nur durch die Rückkehr von Herrn d'Epinay verzögert ist, und am Tag nach seiner Ankunft der Vertrag unterzeichnet werden wird.«

Ein schmerzlicher Seufzer öffnete die Brust des jungen Mannes; er schaute das Mädchen lang und traurig an und entgegnete sodann: »Ah, es ist schrecklich, die Frau, die man liebt, ruhig sagen zu hören: Der Augenblick deiner Hinrichtung ist bestimmt; sie wird in einigen Stunden stattfinden. Doch gleichviel, es muß dies so sein, und ich meinesteils werde keinen Widerstand leisten. Wohl denn! Da man, wie Sie sagen, nur Herrn d'Epinay erwartet, um den Vertrag zu unterzeichnen, da Sie den Tag nach seiner Ankunft ihm gehören werden, so sind Sie morgen mit Herrn d'Epinay verbunden, denn er ist heute in Paris angekommen.«

Valentine stieß einen Schrei aus.

»Ich war vor einer Stunde bei dem Grafen von Monte Christo«, fuhr Morel fort, »wir sprachen, er von dem Schmerz Ihres Hauses, ich von Ihrem Schmerz, als plötzlich ein Wagen in den Hof rollte. Hören Sie, bis dahin glaubte ich nicht an Ahnungen, Valentine, aber nun muß ich wohl daran glauben: bei dem Geräusch dieses Wagens erfaßte mich ein Schauer; bald hörte ich Tritte auf der Treppe; der schallende Gang des Gouverneurs hatte Don Juan nicht so sehr erschreckt, als diese Tritte mich erschreckten. Endlich öffnete sich die Tür, Albert von Morcerf erschien zuerst, ich zweifelte an mir selbst, ich glaubte, ich hätte mich getäuscht, als hinter ihm ein anderer junger Mann kam, und der Graf ausrief: Ah, der Herr Baron Franz d'Epinay!
Alles, was ich an Kraft und Mut im Herzen habe, rief ich zu Hilfe, um mich zu fassen, zu beherrschen. Vielleicht erbleichte ich, vielleicht zitterte ich, aber sicherlich blieb ein Lächeln auf meinen Lippen; doch fünf Minuten nachher ging ich weg, ohne ein Wort von dem gehört zu haben, was während dieser fünf Minuten gesprochen wurde; ich war vernichtet.«
»Armer Maximilian!« murmelte Valentine.
»Und hier bin ich nun, Valentine. Antworten Sie mir, wie einem Mann, dem Ihre Antwort das Leben oder den Tod geben wird: Was gedenken Sie zu tun?«
Valentine neigte das Haupt; sie war betäubt.
»Hören Sie«, sprach Morel, »es ist nicht das erstemal, daß Sie an die Lage denken, zu der wir nun gelangt sind; sie ist ernst, sie ist dringend, sie berührt die äußerste Grenze. Ich glaube nicht, daß dies der Augenblick ist, um sich einem unfruchtbaren Schmerz hinzugeben; das mag gut für diejenigen sein, welche in Bequemlichkeit leiden und ihre Tränen nach Muße trinken wollen. Es gibt solche Menschen, und Gott wird ihnen im Himmel ohne Zweifel ihre Resignation hiernieden in Rechnung bringen; aber wer den Willen in sich fühlt, zu kämpfen, verliert nicht eine kostbare Zeit und gibt dem Schicksal den Schlag, den er von ihm empfangen hat, unmittelbar zurück. Sagen Sie, Valentine, ich komme, um Sie dies zu fragen: Ist es Ihr Wille, gegen das schlimme Geschick zu kämpfen?«
Valentine bebte und schaute Morel mit großen, starren Augen

an. Der Gedanke, ihrem Vater, ihrer Großmutter, ihrer ganzen Familie zu widerstehen, war ihr nicht einmal in den Kopf gekommen.

»Was sagen Sie, Maximilian?« fragte Valentine, »und was nennen Sie einen Kampf? Oh, nennen Sie es eine Ruchlosigkeit! Wie, ich sollte gegen den Befehl meines Vaters, gegen den Wunsch meiner sterbenden Großmutter kämpfen? Das ist unmöglich.«

Morel machte eine Bewegung.

»Sie sind ein zu edles Herz, um mich nicht zu verstehen, und Sie verstehen mich so gut, lieber Maximilian, daß ich Sie zum Stillschweigen gebracht sehe. Ich kämpfen? Gott soll mich behüten! Nein, nein, ich bewahre meine ganze Kraft, um gegen mich selbst zu kämpfen, und meine Tränen zu trinken, wie Sie sagen; meinen Vater betrüben, die letzten Augenblicke meiner Großmutter stören... niemals!«

»Sie haben ganz recht«, sagte Morel phlegmatisch.

»Mein Gott, wie Sie mir das sagen!« rief Valentine verletzt.

»Ich sage Ihnen das wie ein Mann, der Sie bewundert, mein Fräulein«, erwiderte Maximilian.

»Mein Fräulein!« rief Valentine, »mein Fräulein, oh, der Selbstsüchtige! Er sieht mich in Verzweiflung und stellt sich, als ob er mich nicht verstände.«

»Sie täuschen sich, ich verstehe Sie im Gegenteil vollkommen. Sie wollen Herrn von Villefort nicht ärgern, Sie wollen der Marquise nicht ungehorsam sein, und morgen unterzeichnen Sie den Vertrag, der Sie mit Ihrem Gatten verbindet.«

»Mein Gott, kann ich es denn anders machen?«

»Sie dürfen nicht an mich appellieren, mein Fräulein, denn ich bin ein schlechter Richter in dieser Sache, und meine Selbstsucht wird mich verblenden«, antwortete Morel, dessen dumpfe Stimme, dessen geballte Fäuste eine wachsende Verzweiflung andeuteten.

»Was hätten Sie mir denn vorzuschlagen, Morel? Vielleicht würden Sie mich geneigt gefunden haben, Ihren Vorschlag anzunehmen. Lassen Sie hören, antworten Sie. Es genügt nicht zu sagen: Sie machen die Sache schlecht; man muß auch einen Rat geben.«

»Sprechen Sie im Ernst, Valentine, soll ich Ihnen diesen Rat geben?«
»Gewiß, lieber Maximilian, denn wenn er gut ist, werde ich ihn befolgen; Sie wissen, ich bin treu in meiner Zuneigung.«
»Valentine«, sagte Morel indem er ein bereits getrenntes Brett vollends auf die Seite schob, »geben Sie mir Ihre Hand als Beweis, daß Sie mir meinen Grimm verzeihen; sehen Sie, mein Kopf ist ganz verstört, und seit einer Stunde haben die wahnsinnigsten Gedanken meinen Geist durchkreuzt. Oh, wenn Sie meinen Rat zurückweisen würden...«
Das Mädchen schlug die Augen zum Himmel auf und stieß einen Seufzer aus.
»Ich bin frei«, fuhr Morel fort, »ich bin reich genug für uns beide; ich schwöre Ihnen vor Gott, daß Sie meine Frau sein werden, ehe meine Lippen Ihre Stirn berührt haben.«
»Sie machen mich zittern«, rief das Mädchen.
»Folgen Sie mir«, sprach Morel; »ich führe Sie zu meiner Schwester, die würdig ist, Ihre Schwester zu sein. Wir schiffen uns nach Algier, nach England oder nach Amerika ein, wenn Sie nicht lieber wollen, daß wir uns in irgendeine Provinz zurückziehen, wo wir, um nach Paris zurückzukehren, warten, bis unsere Freunde den Widerstand Ihrer Familie besiegt haben.«
Valentine schüttelte den Kopf und erwiderte: »Ich sah dem entgegen, Maximilian: es ist der Rat eines Wahnsinnigen, und ich wäre noch viel wahnsinniger als Sie, wenn ich Sie nicht auf der Stelle durch das einzige Wort: Unmöglich, Morel, unmöglich, zurückweise.«
»Sie werden also Ihrem Schicksal folgen, wie es sich gestaltet, und ohne es nur zu versuchen, dasselbe zu bekämpfen?« sagte Morel düster.
»Ja, und sollte ich darüber sterben.«
»Wohl! Valentine«, versetzte Maximilian, »ich wiederhole Ihnen noch einmal, Sie haben recht. In der Tat, ich bin ein Narr, und Sie beweisen mir, daß die Leidenschaft die richtigen Geister verblendet. Ich danke Ihnen, die Sie ohne Leidenschaft urteilen. Es ist also eine abgemachte Sache; morgen sind Sie unwiderruflich mit Herrn Franz d'Epinay verlobt, und zwar nicht durch jene, zur Entwicklung der Komödienstücke erfundene

Förmlichkeit des Theaters, welches man die Unterschrift des Vertrages nennt, sondern durch Ihren eigenen Willen.«

»Noch einmal sage ich Ihnen, Maximilian, Sie bringen mich in Verzweiflung, noch einmal drehen Sie den Dolch in der Wunde um. Was würden Sie tun, wenn Ihre Schwester auf einen Rat hörte, wie der ist, welchen Sie mir geben?«

»Mein Fräulein«, erwiderte Morel mit einem bittern Lächeln, »ich bin ein Selbstsüchtiger, wie Sie gesagt haben, und in meiner Eigenschaft als Selbstsüchtiger denke ich nicht an das, was andere in meiner Lage tun würden, sondern an das, was ich zu tun beabsichtige. Ich denke, daß ich Sie seit einem Jahr kenne, daß ich von dem Tag an, wo ich Sie kennengelernt habe, alle meine Chancen des Glücks auf Ihre Liebe gesetzt habe; daß ein Tag gekommen ist, wo Sie mir sagten, Sie lieben mich; daß ich von diesem Tag an alle meine Chancen der Zukunft auf Ihren Besitz gesetzt habe: denn Ihr Besitz war mein Leben. Nun denke ich nichts mehr; ich sage mir nur, die Chancen haben sich gewendet, und ich hatte den Himmel zu gewinnen geglaubt und habe ihn verloren. Es geschieht alle Tage, daß ein Spieler nicht nur das verliert, was er hat, sondern auch das, was er nicht hat.«

Morel sprach diese Worte mit einer vollkommenen Ruhe; Valentine schaute ihn einige sekundenlang mit ihren großen, forschenden Augen an und suchte ihre Unruhe zu verbergen.

»Aber was wollen Sie denn am Ende tun?« fragte sie.

»Ich werde die Ehre haben, Ihnen Lebewohl zu sagen, mein Fräulein, und wünsche Ihnen ein so ruhiges, so glückliches, so erfülltes Leben, daß nicht einmal Platz darin ist für das Andenken an mich.«

»Oh!« murmelte Valentine.

»Gott befohlen, Valentine, leben Sie wohl!« sprach Morel, sich verbeugend.

»Wohin gehen Sie?« rief Valentine, ihre Hand durch das Gitter ausstreckend und Maximilian bei seinem Rock fassend, indem sie nach ihrer eigenen inneren Aufregung schloß, daß die Ruhe ihres Geliebten nicht wahr sein konnte; »wohin gehen Sie?«

»Ich will mich bemühen, keine neue Störung in Ihre Familie zu bringen, und ein Beispiel geben, das alle ehrlichen und ergebenen Menschen, die sich in meiner Lage befinden, befolgen mögen.«

»Ehe Sie mich verlassen, sagen Sie mir, was Sie zu tun gedenken, Maximilian.«

Der junge Mann lächelte traurig.

»Oh, sprechen Sie, sprechen Sie, ich bitte Sie.«

»Hat sich Ihr Entschluß geändert, Valentine?«

»Er kann sich leider nicht ändern! Sie wissen das wohl!« rief das junge Mädchen.

»Also Gott befohlen, Valentine.«

Valentine rüttelte an dem Gitter mit einer Kraft, der man sie nicht hätte fähig halten sollen, und als Morel sich entfernte, streckte sie ihre Hände durch das Gitter und faltete und rang sie und rief: »Was werden Sie tun? Ich will es wissen, wohin gehen Sie?«

»Oh, seien Sie unbesorgt«, sagte Maximilian, drei Schritte von der Tür stehen bleibend, »es ist nicht meine Absicht, einen andern Menschen für die Strenge verantwortlich zu machen, die das Schicksal gegen mich übt. Ein anderer würde Ihnen drohen, Herrn Franz aufzusuchen, ihn herauszufordern, um sich mit ihm zu schlagen. Alles dies wäre wahnsinnig. Was hat Franz mit dieser ganzen Geschichte zu tun? Er hat mich heute morgen zum erstenmal gesehen, er hat bereits vergessen, daß er mich gesehen; er wußte nicht einmal, daß ich lebte, als eine zwischen Ihren beiden Familien getroffene Übereinkunft entschied, daß Sie einander gehören sollten. Ich habe es also nicht mit Herrn Franz zu tun und schwöre Ihnen, daß ich mich durchaus nicht an ihn halten werde.«

»An wen wollen Sie sich dann halten? An mich?«

»An Sie, Valentine! Oh, Gott soll mich bewahren! Die Frau ist geheiligt, die Frau, die man liebt, ist heilig.«

»Also an Ihre eigene Person, Unglücklicher!«

»Nicht wahr, ich bin der Schuldige?«

»Maximilian, Maximilian, kommen Sie hierher, ich will es haben!« rief Valentine.

Maximilian näherte sich mit einem sanften Lächeln, und, abgesehen von seiner Blässe, hätte man glauben können, er befände sich in seinem gewöhnlichen Zustand.

»Hören Sie mich, meine liebe, meine angebetene Valentine«, sagte er mit seiner wohlklingenden, ernsten Stimme, »Leute wie wir, welche nie einen Gedanken gebildet haben, worüber sie hätten vor der Welt, vor ihren Eltern, oder vor Gott erröten müssen; Leute wie wir können einander im Herzen lesen, wie in einem offenen Buch. Ich habe nie einen Roman gespielt, ich bin nie ein schwermütiger Held gewesen, ich trete nicht als Manfred oder als Antony auf; doch ohne Worte, ohne Beteuerungen, ohne Schwüre hatte ich mein Leben in Sie gesetzt: Sie entsprechen mir nicht, und Sie haben recht, so zu handeln, das habe ich Ihnen gesagt und wiederhole es. Aber Sie gänzlich zu verlieren, kostet mein Leben. Sobald Sie sich von mir entfernen, Valentine, bleibe ich allein auf der Welt. Meine Schwester ist glücklich bei ihrem Gatten; niemand bedarf also auf Erden meines unnütz gewordenen Daseins. Hören Sie, was ich tun werde: ich warte bis zur letzten Sekunde Ihrer Verheiratung, denn ich will keinen Schatten von einem jener unerhofften Wechselfälle verlieren, welche uns das Schicksal bisweilen aufbewahrt... Herr Franz d'Epinay kann bis dahin sterben, in dem Augenblick, wo Sie sich dem Altar nähern, kann der Blitz auf denselben fallen... Alles scheint dem zum Tod Verurteilten glaublich, und die Wunder kehren für ihn in den Bereich des Möglichen zurück, sobald es sich um die Rettung seines Lebens handelt. Ich werde also bis zum letzten Augenblick warten, sage ich, und wenn mein Unglück gewiß, unwiderruflich, ohne Hoffnung ist, schreibe ich einen vertraulichen Brief an meinen Schwager, einen andern an den Polizeipräfekten, um ihnen von meinem Vorhaben Nachricht zu geben, und zerschmettere mir am Saume irgendeines Waldes, am Ufer irgendeines Flusses die Hirnschale, so wahr ich der Sohn des ehrlichsten Mannes bin, der je in Frankreich gelebt hat!«

Ein krampfhaftes Zittern schüttelte die Glieder von Valentine; sie ließ das Gitter los, das sie mit beiden Händen hielt, ihre Arme fielen an ihrer Seite herab, und zwei schwere Tränen rollten über ihre Wangen. Der junge Mann blieb düster und entschlossen vor ihr stehen.

»Oh, Mitleid, Mitleid! Nicht wahr, Sie werden leben?« rief Valentine.

»Nein, bei meiner Ehre!« entgegnete Maximilian; »doch was ist Ihnen daran gelegen? Sie haben Ihre Pflicht getan, und es bleibt Ihnen Ihr Gewissen.«
Valentine fiel, ihr brechendes Herz zusammenpressend, auf die Knie und rief: »Maximilian, Maximilian mein Freund, mein Bruder auf der Erde, mein wahrer Gatte im Himmel, mache es wie ich, ich bitte dich, lebe mit den Leiden, wir werden eines Tages vereinigt sein.«
»Leben Sie wohl, Valentine!« wiederholte Morel.
»Mein Gott!« sprach Valentine, ihre Hände mit einem erhabenen Ausdruck zum Himmel erhebend, »du siehst, ich habe alles getan, was ich konnte, um eine gehorsame Tochter zu bleiben; ich habe gebetet, ich habe gefleht, ich habe geweint, er hörte weder auf meine Bitten, noch auf mein Flehen, noch auf meine Tränen. Wohl!« fuhr sie fort, indem sie ihre Tränen trocknete und ihre Festigkeit wiedergewann, »wohl! Ich will nicht vor Gewissensbissen sterben, ich will lieber vor Scham sterben. Sie werden leben, Maximilian, und ich werde niemand gehören als Ihnen. Zu welcher Stunde? In welchem Augenblick? Auf der Stelle? Sprechen Sie, befehlen Sie, ich bin bereit.«
Morel, der abermals einige Schritte gemacht hatte, um sich zu entfernen, kehrte wieder zurück, streckte, bleich vor Freude, mit überwallendem Herzen, seine Hände Valentine entgegen und rief: »Valentine, teure Freundin, Sie müssen nicht so mit mir sprechen, oder Sie geben mir den Tod. Warum sollte ich Sie der Gewalt verdanken, wenn Sie mich lieben, wie ich Sie liebe? Zwingen Sie mich nur aus Menschlichkeit zu leben? Dann will ich lieber sterben.«
»Im ganzen, wer liebt mich auf der Welt?« murmelte Valentine, »er. Wer hat mich in allen meinen Schmerzen getröstet? Er. Auf wem ruhen alle meine Hoffnungen? Auf wem haftet mein irrer Blick? Auf wem rastet mein blutendes Herz? Auf ihm, auf ihm, immer auf ihm. Wohl! Du hast recht, Maximilian, ich werde dir folgen, ich werde das väterliche Haus, ich werde alles verlassen. Oh, ich Undankbare«, rief Valentine schluchzend, »alles, sogar meinen guten Großvater, den ich völlig vergaß.«
»Nein«, entgegnete Maximilian, »du wirst ihn nicht verlassen. Herr Noirtier schien, wie du sagst, Sympathie für mich zu füh-

len; wohl, ehe du fliehst, teilst du ihm alles mit; du machst dir vor Gott aus seiner Einwilligung einen Schild; sobald wir dann verheiratet sind, kommt er zu uns und hat statt eines Kindes zwei. Du hast mir erzählt, wie du mit ihm sprichst, und wie er antwortet; ich werde rasch diese rührende Zeichensprache lernen; oh, Valentine, ich schwöre es dir, statt der Verzweiflung, die uns erwartete, ist es das Glück, was ich dir verspreche.«

»Oh, siehe, Maximilian, siehe, wie groß die Gewalt ist, die du über mich ausübst; du machst mich beinahe an das glauben, was du sagst, und dennoch ist das, was du sagst, wahnsinnig; denn mein Vater wird mich verfluchen, ich kenne ihn, mit seinem unbeugsamen Herzen wird er mir nie vergeben. Höre mich, Maximilian, wenn ich durch List, durch Bitten, durch einen Zufall, was weiß ich, kurz, durch irgendein Mittel die Heirat verzögern kann, nicht wahr, dann wartest du?«

»Ja, ich schwöre es dir, sobald du mir schwörst, daß diese verhaßte Heirat nie stattfinden wird, daß du, schleppt man dich vor den öffentlichen Beamten, vor den Priester, stets nein sagen wirst.«

»Ich schwöre es dir, Maximilian, bei dem, was ich Heiligstes auf Erden habe, bei meiner Mutter.«

»Warten wir also«, sprach Morel.

»Ja, warten wir«, versetzte Valentine, welche dieses Wort kaum atmete; »es gibt so viele Dinge, welche Unglückliche, wie wir sind, retten können.«

»Ich baue auf dich, Valentine«, sagte Morel, »alles, was du tun wirst, ist wohlgetan; wenn man jedoch deinen Bitten kein Gehör schenkt, wenn dein Vater, wenn Frau von Saint-Meran verlangen, daß man Herrn d'Epinay rufe, um den Vertrag zu unterzeichnen...«

»So hast du mein Wort, Maximilian.«

»Statt zu unterzeichnen...«

»Komme ich zu dir, und wir fliehen; aber bis dahin wollen wir Gott nicht mehr versuchen, Morel, wir wollen uns nicht sehen, denn es ist ein Wunder, eine Gnade der Vorsehung, daß wir noch nicht überrascht worden sind; würde man uns überraschen, wüßte man, wie wir uns sehen, so hätten wir kein Mittel mehr.«

»Du hast recht, Valentine, aber wie erfahren…«
»Durch den Notar, Herrn Deschamps.«
»Ich kenne ihn.«
»Und durch mich selbst. Glaube mir, ich werde dir schreiben. Mein Gott! Maximilian, diese Heirat ist mir so verhaßt als dir.«
»Gut! Gut! Ich danke, meine angebetete Valentine. Nun ist alles abgemacht, sobald ich die Stunde weiß, eile ich hierher, du springst über diese Mauer in meine Arme, die Sache wird dir leicht werden; ein Wagen erwartet uns an der Tür des Geheges, du steigst mit mir ein, ich führe dich zu meiner Schwester. Im stillen, wenn es dir zusagt, Lärm machend, wenn du es wünschst, werden wir dort das Bewußtsein unserer Kraft und unseres Willens haben, und uns nicht erwürgen lassen wie das Lamm, das sich nur durch seine Seufzer verteidigt.«
»Es sei so, ich sage dir ebenfalls: Was du tust, ist wohlgetan. Bist du zufrieden mit deiner Frau?« sprach das junge Mädchen traurig.
»Meine angebetete Valentine, ja sagen, heißt sehr wenig sagen.«
»Sage es immerhin.«
Valentine hatte sich, oder vielmehr ihre Lippen dem Gitter genähert, und ihre Worte schlüpften mit ihrem duftenden Hauch auf die Lippen von Morel, der seinen Mund fest auf die andere Seite der kalten, unerbittlichen Scheidewand drückte.
»Auf Wiedersehen«, sagte Valentine, sich diesem Glück entreißend, »auf Wiedersehen.«
»Ich bekomme einen Brief von dir?«
»Ja.«
»Ich danke, teure Frau, auf Wiedersehen.«
Das Geräusch eines unschuldigen und verlorenen Kusses erscholl, und Valentine entfloh unter den Linden. Morel horchte auf die letzten Töne ihres an den Hecken sich streifenden Kleides und ihrer Füße, welche den Sand knirschen machten, schlug dann die Augen mit einem unaussprechlichen Lächeln zu dem Himmel auf, der es gestattet, daß er so geliebt wurde, und er verschwand ebenfalls.
Der junge Mann kehrte nach Haus zurück und wartete den ganzen übrigen Tag hindurch und den ganzen nächsten Tag, ohne

etwas zu erhalten. Erst am zweiten Tag, gegen zehn Uhr morgens und als er eben zu Herrn Deschamps, dem Notar, gehen wollte, empfing er durch die Post ein kleines Billett, das er sogleich als von Valentine herrührend erkannte, obgleich er ihre Handschrift nie gesehen hatte.
Es lautete folgendermaßen:

»Tränen, Bitten und Flehen, nichts hat gefruchtet. Gestern bin ich zwei Stunden lang in der Kirche Saint-Philippe du Roule gewesen und habe zwei Stunden aus dem Grunde meiner Seele zu Gott gebetet; Gott ist unrührbar wie die Menschen, und man hat die Unterzeichnungen des Vertrags auf neun Uhr heute abend festgesetzt.
Ich habe nur ein Wort, Morel, wie ich nur ein Herz habe, und dieses Wort ist dir verpfändet, dieses Herz gehört dir. Heute abend also, um drei Viertel neun Uhr am Gitter.

Deine Braut
Valentine von Villefort.

P. S.
Mit meiner Großmutter geht es immer schlechter, gestern ist ihr gereizter Zustand in Delirium übergegangen, heute ist das Delirium beinahe Wahnsinn.
Nicht wahr, du wirst mich sehr lieben, Morel, um mich vergessen zu machen, daß ich sie in diesem Zustand verlassen habe?
Ich glaube, man verbirgt Großpapa Noirtier, daß die Unterzeichnung des Vertrags heute stattfinden soll.«

Morel begnügte sich nicht mit den Nachrichten, die ihm Valentine gab, er ging zu dem Notar, und dieser bestätigte ihm, die Unterzeichnung des Vertrags sei auf neun Uhr abends bestimmt.
Dann begab er sich zu Monte Christo. Hier war es abermals, wo er am meisten erfuhr: Franz war bei dem Grafen gewesen, um ihm diese Feierlichkeit anzukündigen; Frau von Villefort hatte ihn in einem Brief um Entschuldigung gebeten, daß sie ihn nicht einlade; doch es werde durch den Tod von Herrn von Saint-Meran und durch den Zustand, in dem sich seine Witwe befinde, über diese Versammlung ein Schleier der Traurigkeit geworfen, wodurch sie die Stirn des Grafen, welchem sie jegliches Glück wünsche, nicht verdüstern wolle. Am Abend war Franz der Frau von Saint-Meran vorgestellt worden, die für

diese Vorstellung das Bett verließ und sich dann sogleich wieder niederlegte.

Morel, wie sich dies leicht begreifen läßt, befand sich in einem so aufgeregten Zustand, daß es einem so durchdringenden Auge, wie es das Auge des Grafen war, nicht entgehen konnte; Monte Christo war auch freundlicher und liebevoller gegen ihn als je, so liebevoll, daß Maximilian wiederholt an dem Punkt war, ihm alles zu sagen. Doch er erinnerte sich des förmlichen Versprechens, das er Valentine gegeben hatte, und sein Geheimnis blieb im Grunde seines Herzens.

Der junge Mann las zwanzigmal an diesem Tag den Brief von Valentine. Es war das erstemal, daß sie ihm schrieb, und bei welcher Veranlassung! Sooft er diesen Brief wiederlas, erneuerte sich Maximilian den Schwur, Valentine glücklich zu machen. Welche Macht erlangt nicht ein junges Mädchen, das einen so mutigen Entschluß faßt, welche Ergebenheit verdient es nicht von seiten dessen, welchem es alles geopfert hat! Wie muß es nicht wirklich für seinen Geliebten der erste und würdigste Gegenstand seiner Verehrung sein! Denn es ist zugleich die Königin und die Frau, und man hat nicht genug an einer Seele, um einem solchen Mädchen zu danken und es zu lieben.

Morel dachte mit unaussprechlicher Unruhe an den Augenblick, wo Valentine zu ihm kommen und sagen würde: »Hier bin ich, Maximilian, nimm mich.« Er hatte die ganze Flucht vorbereitet; zwei Leitern waren in dem Verschlag des Geheges verborgen; ein Wagen, den Maximilian selbst führen sollte, wartete; kein Diener, kein Licht; an der Mündung der ersten Straße würde man die Laternen anzünden, denn man wollte nicht in die Hände der Polizei fallen.

Von Zeit zu Zeit durchlief ein Schauer den Leib von Morel; er dachte an den Augenblick, wo er Valentine beim Herabsteigen von der Mauer beschützen, wo er zitternd in seinen Armen diejenige fühlen würde, welcher er nur die Hand gedrückt und die Spitzen der Finger geküßt hatte.

Als aber der Nachmittag kam, als die Stunde immer mehr herannahte, fühlte Morel das Bedürfnis, allein zu sein; sein Blut wallte, die einfachsten Fragen, schon die Stimme eines Freundes hätten ihn gereizt, er schloß sich in seiner Wohnung ein und suchte zu lesen. Doch sein Blick glitt über die Blätter hin, ohne etwas davon zu verstehen, und er warf am Ende das Buch weg, um zum zweitenmal seinen Plan durchzugehen und die Anordnung vor seinem inneren Auge vorüberziehen zu lassen. – Endlich nahte die Stunde.

Nie hat ein verliebter Mensch die Uhren friedlich ihren Weg gehen lassen; Morel plagte die seinigen so sehr, daß eine schließlich um sieben Uhr halb neun Uhr anzeigte. Er sagte sich sodann, es wäre Zeit aufzubrechen, um neun Uhr wäre wirklich die für die Unterzeichnung des Vertrags bestimmte Stunde; doch aller Wahrscheinlichkeit nach würde Valentine diese unnötige Unterzeichnung nicht abwarten. Morel trat folglich, nachdem er nach seiner Pendeluhr um halb neun Uhr aufgebrochen war, in das Gehege, als es auf Saint-Philippe du Roule acht Uhr schlug.

Das Pferd und der Wagen wurden hinter dem in Trümmern liegenden Mauerwerk verborgen, in welchem sich Morel selbst zu verbergen pflegte. Allmählich neigte sich der Tag, und das Blätterwerk des Gartens drängte sich in dichte Büschel von undurchsichtigem Schwarz zusammen. Morel trat aus seinem Versteck hervor und schaute durch das Loch im Gitter: es war noch niemand anwesend.

Es schlug halb neun Uhr. Abermals verging eine halbe Stunde mit Warten; Morel schritt auf und ab und hielt sodann in immer kürzeren Abständen sein Auge an die Bretter. Der Garten wurde immer finsterer, doch in der Dunkelheit suchte er vergebens das weiße Kleid, in der Stille horchte er umsonst auf das Geräusch der Tritte.

Das Haus, welches man durch das Laubwerk erblickte, war düster und bot keines von den Merkmalen eines Hauses, das sich für ein so wichtiges Ereignis öffnet, wie es die Unterzeichnung eines Heiratsvertrages ist.

Morel sah auf seine Taschenuhr: es war drei Viertel zehn Uhr; doch beinahe in demselben Augenblick berichtigte die wiederholt gehörte Stimme der Kirchenuhr den Irrtum der Taschenuhr, indem dieselbe halb zehn Uhr schlug. Bereits eine halbe Stunde über die Zeit, die Valentine selbst festgelegt hatte. Sie hatte zugesagt auf neun Uhr, sogar eher früher als später. Es

war der furchtbarste Augenblick für das Herz des jungen Mannes, auf das jede Sekunde wie ein bleierner Hammer fiel.
Das geringste Geräusch der Blätter, das schwächste Wehen des Windes spannte sein Ohr und ließ den Schweiß auf seine Stirn treten; bebend richtete er seine Leiter zurecht und setzte, um keine Zeit zu verlieren, den Fuß auf die erste Sprosse. Mitten unter diesem Wechsel von Furcht und Hoffnung, mitten unter diesen Ausdehnungen und Zusammenpressungen des Herzens schlug es zehn Uhr auf der Kirchturmuhr.
»Oh, es ist unmöglich, daß die Unterzeichnung eines Vertrages so lange dauert, wenn nicht unvorhergesehene Ereignisse eingetreten sind«, murmelte Maximilian voll Schrecken; »ich habe alle Chancen erwogen, ich habe die Zeit berechnet, welche diese Förmlichkeiten einnehmen... es ist etwas vorgefallen.«
Dann ging er bald in größter Aufregung an dem Gitter auf und ab, bald kehrte er zurück und stützte seine glühende Stirn an das kalte Eisen. War Valentine nach dem Vertrag ohnmächtig geworden, oder hatte man sie in ihrer Flucht aufgehalten? Dies waren die zwei einzigen, jedoch gleich verzweiflungsvollen Hypothesen, bei welchen der junge Mann verweilen konnte.
Es kam ihm der Gedanke, auf der Flucht hätte Valentine die Kraft verlassen, und sie wäre in irgendeiner Allee in Ohnmacht gefallen.
»Oh, wenn dem so ist«, rief er, von seiner Leiter herabspringend, »so verliere ich sie, und zwar durch meine Schuld!«
Der Dämon, der ihm diesen Gedanken eingegeben hatte, verließ ihn nicht mehr und summte an seinem Ohr mit jener Beharrlichkeit, durch welche gewisse Zweifel nach einiger Zeit zu Überzeugungen werden. Seine Augen, welche die zunehmende Dunkelheit zu durchdringen suchten, glaubten unter dem Schatten einer Allee einen liegenden Gegenstand zu bemerken; Morel ging so weit, daß er rief, und es kam ihm vor, als ob eine unartikulierte Klage zu ihm dränge.
Endlich hörte er halb elf, er konnte sich unmöglich durch Hoffnung länger hinhalten lassen, alles war zu vermuten; die Schläfen von Maximilian pochten mit aller Gewalt, Wolken zogen vor seinen Augen vorüber; er erkletterte die Mauer und sprang auf der anderen Seite hinab.

Maximilian war bei Villefort, er war durch Eindringen dahingekommen; er bedachte die Folgen, die eine solche Handlung haben könnte; doch er war nicht so weit gegangen, um zurückzuweichen. Er streifte eine Zeitlang an der Mauer hin, gelangte mit einem Sprung durch die Allee und drang in ein Gebüsch. In einem Augenblick war er auch am Ende des Gebüsches. Von hier aus konnte er das Haus überschauen: Er versicherte sich nun über einen Punkt, den er bereits vermutet hatte, als er versuchte, sein Auge durch die Bäume dringen zu lassen. Statt der Lichter, die er an jedem Fenster glänzen zu sehen erwartete, wie dies an feierlichen Tagen natürlich ist, sah er nichts als die graue Masse, welche noch durch einen großen Schattenvorhang verschleiert war, den eine ungeheure, auf dem Mond ausgebreitete Wolke herabwarf.
Ein Licht lief gleichsam wie bestürzt an drei Fenstern des ersten Stockes hin. Diese drei Fenster waren die der Wohnung der Frau von Saint-Meran. Ein anderes Licht blieb unbeweglich hinter roten Vorhängen. Diese roten Vorhänge waren die von dem Schlafzimmer der Frau von Villefort.
Morel erriet alles. So oft hatte er, um Valentine in Gedanken zu jeder Stunde zu folgen, den Plan dieses Hauses gemacht, das er, ohne es innen gesehen zu haben, genau kannte. Der junge Mann war noch mehr erschrocken über diese Dunkelheit und dieses Stillschweigen, als er es über die Abwesenheit von Valentine gewesen war. Ganz bestürzt, beinahe wahnsinnig vor Schmerz, entschlossen, allem zu trotzen, um Valentine wiederzusehen und sich Gewißheit über das Unglück, das er ahnte, zu verschaffen, trat Morel bis an den Saum des Gebüsches und schickte sich an, so rasch als möglich den völlig freien Blumengarten zu durchschreiten, als ein zwar noch entfernter, aber vom Wind zu ihm getragener Stimmenton an sein Ohr drang. Bei diesem Geräusch machte er einen Schritt rückwärts; bereits halb aus dem Blätterwerk hervorgetreten, versteckte er sich wieder völlig in demselben und blieb, in seine Dunkelheit begraben, stumm und unbeweglich. Sein Entschluß war gefaßt: War es nur Valentine, so würde er sie im Vorübergehen benachrichtigen; käme Valentine in Begleitung einer anderen Person, so würde er sie wenigstens sehen und sich versichern,

daß ihr kein Unglück begegnet sei; sollten sich aber Fremde zeigen, so könnte er einige Worte von ihrem Gespräch auffangen und sich das bis jetzt unbegreifliche Geheimnis klarmachen.

Der Mond trat nun aus der Wolke hervor, die ihn verbarg, und an der Tür sah Morel Herrn von Villefort, begleitet von einem Mann in schwarzem Anzug, erscheinen. Sie gingen die Stufen herab und auf das Gebüsch zu; kaum hatten sie vier Schritte gemacht, als er den Doktor d'Avrigny erkannte.

Sobald der junge Mann diese beiden kommen sah, wich er vor ihnen zurück, bis er an den Stamm eines Ahornbaumes stieß, der den Mittelpunkt einer Baumgruppe bildete; hier war er genötigt, stehenzubleiben. Bald hörte der Sand auf, unter den Tritten der beiden Männer zu knirschen. »Ah!« sprach der Staatsanwalt, »der Himmel erklärt sich offen gegen unser Haus. Welch ein furchtbarer Tod! Welch ein Donnerschlag! Versuchen Sie es nicht, mich zu trösten; ach, es gibt keinen Trost für ein solches Unglück; die Wunde ist zu heftig und zu tief, tot! tot!«

Ein kalter Schweiß vereiste die Stirn des jungen Mannes; seine Zähne klapperten aufeinander. Wer war denn in dem Haus gestorben, das Villefort selbst ein verfluchtes nannte?

»Mein lieber Herr von Villefort«, antwortete der Arzt mit einem Ton, der den Schrecken des jungen Mannes verdoppelte, »ich habe Sie durchaus nicht hierher geführt, um Sie zu trösten, ganz im Gegenteil.«

»Was wollen Sie mir sagen?« fragte der Staatsanwalt bestürzt.

»Ich will Ihnen sagen, daß hinter dem Unglück, das Sie betroffen hat, sich ein anderes, vielleicht noch größeres findet.«

»Oh, mein Gott!« murmelte Villefort, die Hände faltend, »was werde ich hören?«

»Sind wir ganz allein, mein Freund?«

»Oh, ja, ganz allein. Doch was sollen alle diese Vorsichtsmaßregeln bedeuten?«

»Sie bedeuten, daß ich Ihnen eine furchtbare Mitteilung zu machen habe«, sprach der Doktor; »setzen wir uns.«

Villefort fiel mehr auf eine Bank, als er sich setzte. Der Doktor blieb, eine Hand auf seine Schulter legend, vor ihm stehen. Vor Schrecken außer sich, hielt Morel mit einer Hand seine Stirn, während er mit der andern sein Herz preßte, denn er befürchtete, man könnte die Schläge hören.

»Sprechen Sie, Doktor, ich höre«, sagte Villefort, »schlagen Sie, ich bin auf alles gefaßt.«

»Frau von Saint-Meran war allerdings sehr alt, aber sie erfreute sich einer vortrefflichen Gesundheit.«

Morel atmete zum erstenmal seit zehn Minuten auf.

»Der Kummer hat sie getötet«, sagte Villefort; »ja, der Kummer, Doktor! Die Gewohnheit, seit vierzig Jahren mit dem Marquis zu leben...«

»Es ist nicht der Kummer, mein lieber Villefort«, entgegnete der Doktor; »der Kummer kann töten, obgleich die Fälle selten sind, aber tötet nicht in einem Tag, er tötet nicht in einer Stunde, er tötet nicht in zehn Minuten.« Villefort antwortete nicht; er hob nur das Haupt empor und schaute den Doktor mit erschrockenen Augen an. »Sie sind während des Todeskampfes dageblieben?« fragte Herr d'Avrigny.

»Gewiß; Sie sagten mir leise, ich sollte mich nicht entfernen.«

»Haben Sie die Symptome des Übels wahrgenommen, dem Frau von Saint-Meran erlegen ist?«

»Sicherlich, Frau von Saint-Meran hat in Zwischenräumen von einigen Minuten drei aufeinanderfolgende schwere Anfälle gehabt. Als Sie ankamen, keuchte Frau von Saint-Meran bereits seit mehreren Minuten; sie hatte sodann eine Krise, die ich für einen Nervenanfall hielt; doch ich fing an, wirklich zu erschrekken, als ich gewahrte, wie sie sich auf ihrem Bett mit starren Gliedern und steifem Hals erhob. Da erkannte ich an ihrem Gesicht, daß die Sache ernster sein mußte, als ich glaubte. Als die Krise vorüber war, suchte ich Ihre Augen, traf sie aber nicht. Sie hielten den Puls, Sie zählten die Schläge, und die zweite Krise trat ein, ehe Sie wieder zu mir zurückkehrten. Diese zweite Krise war furchtbarer als die erste, die Nervenzuckungen wiederholten sich, der Mund zog sich zusammen und wurde ganz blau. Bei der dritten verschied sie. Ich hatte bereits bei der ersten den Starrkrampf erkannt; Sie bestätigten mich in dieser Meinung.«

»Ja, vor allen Anwesenden«, versetzte der Doktor; »doch nun sind wir allein...«
»Mein Gott, was wollen Sie mir sagen?«
»Daß die Symptome des Starrkrampfes und der Vergiftung durch vegetabilische Stoffe ganz dieselben sind.«
Herr von Villefort sprang auf, doch nach einem Augenblick der Unbeweglichkeit und des Stillschweigens fiel er wieder auf seine Bank und sprach: »Oh, mein Gott, Doktor, bedenken Sie auch, was Sie sagen?«
Morel wußte nicht, ob er träumte oder wachte.
»Hören Sie«, sagte der Doktor, »ich kenne das Gewicht meiner Erklärung und den Charakter des Mannes, gegen den ich sie tue.«
»Sprechen Sie mit dem Beamten oder mit dem Freund?« fragte Villefort.
»Mit dem Freund, mit dem Freund allein in diesem Augenblick; die Ähnlichkeit zwischen den Symptomen des Starrkrampfes und denen der Vergiftung durch vegetabilische Substanzen ist so groß, daß ich zögern würde, wenn ich unterzeichnen müßte, was ich da sage. Ich wiederhole Ihnen auch, daß ich mich nicht an den Beamten, sondern an den Freund wende. Dem Freund also sage ich: Während der drei Viertelstunden, die sie dauerten, studierte ich den Todeskampf, die Konvulsionen, den Tod von Frau von Saint-Meran; nach meiner Überzeugung ist nun Frau von Saint-Meran nicht nur vergiftet worden, sondern ich vermöchte auch zu sagen, welches Gift sie getötet hat.«
»Mein Herr!«
»Alles hat sich gezeigt, Schlafsucht, unterbrochen durch Nervenkrisen, Überreizung des Gehirnes, Torpor der Zentralteile des Nervensystems: Frau von Saint-Meran ist einer starken Dosis Strychnin oder Brucin erlegen, die man ihr ohne Zweifel aus Zufall, vielleicht aus Irrtum beigebracht hat.«
»Oh, das ist unmöglich!« sagte Villefort, die Hand des Doktors ergreifend; »mein Gott, ich träume, es ist furchtbar, solche Dinge von einem Mann, wie Sie sind, zu hören! Im Namen des Himmels flehe ich Sie an, lieber Doktor, gestehen Sie mir, daß Sie sich täuschen können.«
»Allerdings kann ich dies, doch ich glaube es nicht.«

»Doktor, haben Sie Mitleid mit mir, seit einigen Tagen begegnen mir so unerhörte Dinge, daß es mir vorkommt, als müßte ich ein Narr werden.«

»Hat noch jemand außer mir Frau von Saint-Meran gesehen?«

»Niemand.«

»Hat man bei dem Apotheker eine Arznei holen lassen, die nicht von mir verordnet worden ist?«

»Nein.«

»Hatte Frau von Saint-Meran Feinde?«

»Ich kenne keine.«

»Hatte jemand ein Interesse an ihrem Tod?«

»Mein Gott! Nein; meine Tochter ist ihre einzige Erbin, Valentine allein... Oh, wenn mir ein solcher Gedanke käme, ich würde mich erdolchen, um mein Herz zu bestrafen, daß es einen solchen Gedanken hatte beherbergen können.«

»Oh, teurer Freund!« rief Herr d'Avrigny, »Gott verhüte es, daß ich irgend jemand anklage; verstehen Sie wohl, ich spreche nur von einem Zufall, von einem Irrtum. Doch Zufall oder Irrtum, es ist eine Tatsache, welche leise zu meinem Gewissen spricht und verlangt, daß mein Gewissen laut mit Ihnen spricht. Forschen Sie nach.«

»Bei wem? Wie? Worüber?«

»Hören Sie: Sollte sich nicht Barrois, der alte Diener, getäuscht und der Frau von Saint-Meran irgendeinen Trank gegeben haben, der für seinen Herrn bestimmt war?«

»Wie könnte denn ein für Herrn Noirtier bereiteter Trank Frau von Saint-Meran vergiften?«

»Das ist ganz einfach; Sie wissen, daß bei einzelnen Krankheiten die Gifte als Heilmittel dienen: Die Lähmung ist eine von diesen Krankheiten. Vor ungefähr drei Monaten entschloß ich mich, nachdem ich alles angewendet hatte, um Herrn Noirtier wieder Stimme und Bewegung zu geben, ein letztes Mittel zu versuchen; seit drei Monaten behandle ich ihn mit Brucin; so waren in dem letzten Trank, den ich ihm verschrieb, sechs Zentigramm enthalten. Sechs Zentigramm, ohne Wirkung auf die gelähmten Organe von Herrn Noirtier, und woran er sich überdies durch stufenweise Dosen gewöhnt hatte, sechs Zentigramm genügen, um jede andere Person als ihn zu töten.«

»Mein lieber Doktor, es besteht keine Verbindung zwischen der Wohnung von Herrn Noirtier und jener der Frau von Saint-Meran, und nie ist Barrois in das Zimmer meiner Schwiegermutter gekommen. Soll ich es Ihnen endlich sagen, Doktor, obgleich ich weiß, daß Sie der geschickteste und besonders der gewissenhafteste Mann der Welt sind; obgleich unter allen Umständen Ihr Wort für mich eine Fackel ist, die mich leitet, wie das Licht der Sonne – so ist es doch, trotz dieser Überzeugung, für mich ein Bedürfnis, mich auf den Satz: Irren ist menschlich, zu stützen.«

»Hören Sie, Villefort«, sagte der Doktor, »gibt es einen von meinen Kollegen, zu dem Sie so viel Zutrauen haben wie zu mir?«

»Warum dies, was wollen Sie damit sagen?«

»Rufen Sie ihn, ich teile ihm mit, was ich gesehen, was ich wahrgenommen habe, und wir nehmen die Öffnung der Leiche vor.«

»Und Sie werden die Spuren des Giftes finden?«

»Nein, nicht des Giftes, ich habe das nicht gesagt, sondern wir werden die Reizung des Systems bestätigen, die unleugbare Asphyxie erkennen und Ihnen sagen, lieber Villefort: Ist die Sache durch Nachlässigkeit geschehen, so bewachen Sie Ihre Dienerschaft – geschah sie aus Haß, so bewachen Sie Ihre Feinde.«

»Oh, mein Gott! Was schlagen Sie mir da vor, d'Avrigny?« entgegnete Villefort ganz niedergebeugt; »sobald ein anderer in das Geheimnis gezogen ist, wird eine Untersuchung notwendig, und eine Untersuchung bei mir, unmöglich! Dennoch«, fuhr der Staatsanwalt, den Arzt unruhig anschauend, fort, »dennoch, wenn Sie es durchaus verlangen, werde ich es tun. Ich muß in der Tat dieser Sache auf den Grund gehen; mein Charakter heischt es. Doch Sie sehen mich zum voraus von Traurigkeit erfüllt, Doktor, in mein Haus soviel Skandal nach so vielen Schmerzen zu bringen! Oh, meine Frau und meine Tochter werden daran sterben; und ich, Doktor, Sie wissen, ein Mann gelangt nicht dahin, wo ich bin, ein Mann ist nicht 25 Jahre Staatsanwalt gewesen, ohne sich viele Feinde zuzuziehen; die Zahl der meinigen ist groß. Ist diese Geschichte ruchbar, so wird sie für diese Feinde ein Triumph sein, der sie vor Freuden jubeln macht und mich mit Schmach bedeckt. Doktor, verzeihen Sie mir diese weltlichen Gedanken. Wenn Sie Priester wären, würde ich es nicht wagen, Ihnen dies zu sagen; aber Sie sind ein Mensch, Sie kennen die anderen Menschen; Doktor, nicht wahr, Sie haben mir nichts gesagt?«

»Mein lieber Herr von Villefort«, antwortete der Doktor erschüttert, »meine erste Pflicht ist Menschlichkeit. Ich hätte Frau von Saint-Meran gerettet, wenn es in der Macht der Wissenschaft gelegen hätte, dies zu tun; aber sie ist tot, ich bin den Lebendigen vonnöten. Begraben wir in die tiefste Tiefe unserer Herzen dieses furchtbare Geheimnis. Öffnen sich die Augen von irgend jemand darüber, so werde ich es zugeben, daß man meiner Unwissenheit das Stillschweigen zuschreibt, das ich beobachtet habe. Suchen Sie jedoch immerhin, suchen Sie tätig, mein Freund, denn es bleibt vielleicht nicht hierbei stehen... Und wenn Sie den Schuldigen gefunden haben, wenn Sie ihn finden, so werde ich Ihnen sagen: Sie sind Beamter, tun Sie, was Sie wollen.«

»Oh, Dank, Dank, Doktor!« sprach Villefort mit unsäglicher Freude, »ich habe nie einen besseren Freund gehabt als Sie sind.«

Und er erhob sich, als befürchtete er, der Doktor d'Avrigny könnte von diesem Zugeständnis wieder abgehen, und zog ihn nach dem Haus fort. – Sie verschwanden.

Morel streckte, als müßte er Atem schöpfen, den Kopf aus dem Gebüsch hervor, und der Mond beleuchtete dieses Gesicht, das so bleich war, daß man es hätte für das eines Gespenstes halten können.

»Gott beschützt mich auf eine offenbare, aber furchtbare Weise!« sagte er. »Doch Valentine! Valentine, arme Freundin, wird sie so vielen Schmerzen widerstehen?« Während er diese Worte sprach, schaute er abwechselnd das Fenster mit den roten Vorhängen und die drei Fenster mit den weißen Vorhängen an. Das Licht war beinahe völlig von dem Fenster mit den roten Vorhängen verschwunden. Ohne Zweifel hatte Frau von Villefort die Kerzen ausgelöscht, und die Nachtlampe allein sandte ihren Schein an die Scheiben.

An dem Ende des Gebäudes sah er eines von den drei Fenstern

mit den weißen Vorhängen sich öffnen. Die auf dem Kamin stehende Kerze warf nach außen einige Strahlen ihres bleichen Lichtes, und es lehnte sich einen Augenblick ein Schatten mit dem Ellenbogen auf den Balkon.
Morel bebte; es kam ihm vor, als hätte er ein Schluchzen gehört. Man darf sich nicht darüber wundern, daß die sonst so mutige und kräftige, nun aber durch die zwei stärksten menschlichen Leidenschaften, die Liebe und die Furcht, erschütterte und überspannte Seele dergestalt geschwächt war, daß sie abergläubischen Sinnestäuschungen unterlag.
Obgleich Maximilian, verborgen, unmöglich von Valentine wahrgenommen werden konnte, kam es ihm vor, als würde er von dem Schatten am Fenster gerufen; sein gestörter Geist sagte es ihm, sein glühendes Herz wiederholte es. Dieser doppelte Irrtum wurde eine unwiderstehliche Wirklichkeit, und mit einem von jenen unbegreiflichen Jugendausbrüchen trat er aus seinem Versteck hervor und setzte, auf die Gefahr, gesehen zu werden, auf die Gefahr, Valentine zu erschrecken, auf die Gefahr, durch irgendeinen dem Mädchen unwillkürlich entschlüpfenden Schrei andere Menschen auf seine Anwesenheit aufmerksam zu machen, mit zwei Sprüngen über das Blumenbeet – erreichte die Linie von Orangenbäumen, welche sich vor dem Haus ausdehnte, gelangte auf die Stufen der Freitreppe, stieg diese rasch hinauf und stieß an eine Tür, die sich ohne Widerstand vor ihm öffnete.
Valentine hatte ihn nicht gesehen; ihre zur Höhe aufgeschlagenen Augen folgten einer silbernen Wolke, die, einem zum Himmel aufsteigenden Schatten ähnlich, am Himmel hinglitt; ihr poetischer Geist sagte ihr, es wäre die Seele ihrer Großmutter.
Morel durchschritt das Vorhaus und fand das Treppengeländer. Auf den Stufen ausgebreitete Teppiche dämpften seinen Tritt; überdies war Morel zu jenem Grad von Überspannung gelangt, wo ihn selbst die Gegenwart von Herrn von Villefort nicht erschreckt hätte. Zeigte sich Herr von Villefort vor seinem Blick, so näherte er sich ihm und bat ihn, diese Liebe, die ihn mit seiner Tochter verband, zu entschuldigen und zu billigen; Morel war verrückt.

Zum Glück sah er niemand.

Jetzt wurde ihm die Kenntnis, die er durch Valentine vom inneren Haus erhalten hatte, nützlich; er gelangte ohne einen Zwischenfall oben auf die Treppe, und während er hier die Örtlichkeit untersuchte, deutete ihm ein Schluchzen, dessen Ausdruck er erkannte, den Weg an, dem er zu folgen hatte; er wandte sich um: Eine etwas geöffnete Tür ließ den Schein des Lichtes und den Ton einer seufzenden Stimme zu ihm dringen. Im Hintergrund eines Alkovens, unter dem weißen Tuch, das ihren Kopf bedeckte und ihre Form hervorhob, lag die Tote, schrecklicher noch in den Augen von Morel seit der Enthüllung des Geheimnisses, zu dessen Mitwisser der Zufall ihn gemacht hatte.

Neben dem Bett kniete Valentine, den Kopf in die Kissen einer Bergère vergraben; man sah, wie sich ihr Körper von Zeit zu Zeit durch das Schluchzen emporhob, und sie hatte ihre starren Hände gefaltet.

Valentine war vom offengebliebenen Fenster weggegangen und betete ganz laut in Tönen, die auch das unempfindlichste Herz gerührt haben müßten; das Wort entschlüpfte ihren Lippen, rasch, unzusammenhängend, unverständlich, so sehr preßte ihr der brennende Schmerz die Kehle zusammen. Durch die Öffnung der Vorhänge gleitend, machte der Mond den Schein der Kerze erbleichen und übergoß mit seinen traurigen Farben dieses trostlose Gemälde.

Morel konnte diesem Schauspiel nicht widerstehen, er war von keiner musterhaften Frömmigkeit und auch nicht so leicht empfänglich für gewöhnliche Eindrücke, aber Valentine weinend, leidend, vor seinen Augen die Hände ringend... das vermochte er nicht in der Stille zu ertragen. Er stieß einen Seufzer aus, flüsterte einen Namen, und der in Tränen gebadete, marmorbleiche Kopf hob sich empor und blieb gegen ihn gewendet.

Valentine sah ihn und offenbarte kein Erstaunen. In einem von der höchsten Verzweiflung erfüllten Gemüt gibt es keinen Raum für geringere Regungen. Morel reichte seiner Freundin die Hand. Statt jeder Entschuldigung darüber, daß sie ihn nicht aufgesucht, deutete sie auf den unter dem weißen Tuch liegenden Leichnam und fing wieder an zu schluchzen.

Keiner von ihnen wagte es, in diesem Zimmer zu reden. Jeder

zögerte, das Stillschweigen zu brechen, das der Tod, den Finger auf den Lippen in irgendeinem Winkel stehend, zu befehlen schien.

Valentine wagte es zuerst und sprach: »Freund, wie bist du hierher gekommen? Ach, ich würde dir sagen: Sei willkommen, wenn dir nicht der Tod die Tür dieses Hauses geöffnet hätte.«

»Valentine«, erwiderte Morel mit zitternder Stimme und die Hände gefaltet, »ich war seit halb neun Uhr da; ich sah dich nicht kommen; die Unruhe erfaßte mich, ich sprang über die Mauer, drang in den Garten und hörte Stimmen, die über das unselige Ereignis sprachen.«

»Was für Stimmen?« fragte Valentine.

Morel bebte, denn die ganze Unterredung von Herrn d'Avrigny und Herrn von Villefort trat vor seinen Geist, und er glaubte durch das Leichentuch diese gekrümmten Arme, diesen steifen Hals, diese blauen Lippen zu sehen.

»Die Stimmen Ihrer Bedienten haben mich von allem unterrichtet«, sagte er.

»Doch hier erscheinen, heißt uns zugrunde zu richten, mein Freund«, versetzte Valentine ohne Schrecken und ohne Zorn.

»Vergib mir«, sagte Morel mit demselben Ton, »ich will mich entfernen.«

»Nein, man würde dir begegnen, bleibe.«

»Doch wenn man käme...?«

Das Mädchen schüttelte den Kopf und entgegnete:

»Es wird niemand kommen, sei unbesorgt, hier ist unsere Schutzwache.« Und sie deutete auf die durch das Tuch abgeformte Gestalt des Leichnams.

»Doch, ich bitte dich, sage mir, was ist mit Herrn d'Epinay geschehen?« fragte Morel.

»Herr Franz kam, um den Vertrag zu unterzeichnen, gerade in dem Augenblick, wo meine gute Großmutter den letzten Seufzer aushauchte.«

»Ach!« rief Morel mit einem Gefühl selbstsüchtiger Freude, denn er bedachte, daß dieser Tod die Verheiratung von Valentine auf unbestimmte Zeit verzögerte.

»Doch was meinen Schmerz verdoppelt«, fuhr das Mädchen fort, als sollte dieses Gefühl auf der Stelle seine Strafe erhalten,

»ist der Umstand, daß meine gute Großmutter sterbend diese Heirat sobald als möglich zu vollziehen befohlen hat. Mein Gott! Im Glauben, mich zu beschützen, handelte sie auch gegen mich.«
»Hörst du!« sagte Morel.
Die zwei jungen Leute schwiegen.
Man hörte, wie eine Tür sich öffnete und Tritte den Boden des Ganges und die Stufen der Treppe krachen machten.
»Es ist mein Vater, der sein Kabinett verläßt«, sagte Valentine.
»Und den Doktor zurückbegleitet«, fügte Morel bei.
»Woher weißt du, daß es der Doktor ist?« fragte Valentine erstaunt.
»Ich setze es voraus«, erwiderte Morel.
Valentine schaute den jungen Mann an.
Man hörte indessen, daß die Tür, welche auf die Straße führte, wieder zugeschlossen wurde. Herr von Villefort drehte den Schlüssel auch in der Tür zum Garten und stieg dann die Treppe hinauf.
Im Vorzimmer blieb er einen Augenblick stehen, ohne Zweifel zögernd, ob er in seine Wohnung oder in das Zimmer der Frau von Saint-Meran gehen sollte; Morel versteckte sich hinter einen Türvorhang. Valentine machte keine Bewegung; man hätte glauben können, der höchste Schmerz stelle sich über gewöhnliche Befürchtungen.
Herr von Villefort kehrte in sein Zimmer zurück.
»Nun kannst du weder in den Garten noch nach der Straße hinaus.«
Morel schaute das Mädchen voll Erstaunen an.
»Es gibt nur noch einen erlaubten und sichern Ausgang, den in der Wohnung meines Großvaters. Komm, komm«, sagte sie aufstehend.
»Wohin?« fragte Maximilian.
»Zu meinem Großvater.«
»Ich, zu Herrn Noirtier?«
»Ja.«
»Bedenkst du auch, Valentine?«
»Ich bedenke, und zwar seit langer Zeit. Ich habe nur noch diesen Freund auf der Welt, und wir bedürfen beide seiner…«

»Nimm dich in acht, Valentine«, sagte Morel, zögernd, ob er tun sollte, was ihn Valentine tun hieß, »nimm dich in acht, die Binde ist von meinen Augen gefallen. Als ich hierher kam, beging ich eine Handlung des Wahnsinns. Hast du wohl auch deine ganze Vernunft, teure Freundin?«
»Ja, und ich habe nur eine Bedenklichkeit in der Welt, nämlich die, daß ich Überreste meiner armen Großmutter, welche ich zu bewachen mir gelobt, allein lassen soll.«
»Valentine, der Tod ist durch sich selbst heilig.«
»Ja, so ist es, und überdies wird es nicht lange währen.«
Valentine durchschritt den Gang und stieg eine kleine Treppe hinab, welche zu Noirtier führte. Morel folgte ihr auf den Fußspitzen. Im Vorzimmer fanden sie den alten Diener.
»Barrois«, sagte Valentine, »schließe die Tür und lasse niemand herein.« Sie ging voran. Noch in seinem Lehnstuhl sitzend, aufmerksam auf das geringste Geräusch, durch seinen alten Diener von allem, was vorfiel, unterrichtet, heftete Noirtier gierige Blicke auf den Eingang des Zimmers, er sah Valentine, und sein Auge glänzte.
Es lag in dem Gang und in der Haltung des Mädchens etwas Ernstes, Feierliches, was dem Greis auffiel. So glänzend auch sein Auge war, so wurde es doch forschend. »Lieber Vater«, sprach sie, »höre mich wohl: Du weißt, daß die gute Mama vor einer Stunde gestorben ist, und daß ich nun, dich ausgenommen, auf der Welt niemand mehr habe, der mich liebt?«
Ein Ausdruck unbeschreiblicher Zärtlichkeit leuchtete aus den Augen des Greises. »Nicht wahr, dir allein muß ich meinen Kummer oder meine Hoffnungen anvertrauen?«
Der Gelähmte machte ein bejahendes Zeichen.
Valentine nahm Maximilian bei der Hand und sagte: »So schau diesen Herrn an.« Der Greis heftete sein forschendes, zugleich aber etwas erstauntes Auge auf Morel.
»Es ist Herr Maximilian Morel, der Sohn des ehrlichen Kaufmanns in Marseille, von dem du ohne Zweifel hast sprechen hören.«
»Ja«, machte der Greis.
»Ein tadelloser Name, den Maximilian glorreich machen wird, denn mit dreißig Jahren ist er Kapitän der Spahis und Offizier

der Ehrenlegion.« Der Greis machte ein Zeichen, daß er sich dessen erinnerte.
»Wohl, guter Papa«, sagte Valentine, vor dem Greis niederkniend und mit der Hand Maximilian bezeichnend, »ich liebe ihn und werde nur ihm gehören! Zwingt man mich, einen andern zu heiraten, so sterbe ich, und müßte ich mir selbst das Leben nehmen.« Die Augen des Gelähmten drückten eine ganze Welt stürmischer Gedanken aus.
»Nicht wahr, guter Papa, du liebst Herrn Maximilian Morel?« sagte das Mädchen.
»Ja«, machte der unbewegliche Greis.
»Und du willst uns, die wir deine Kinder sind, gegen den Willen meines Vaters beschützen?«
Noirtier heftete seinen gescheiten Blick auf Morel, als wollte er ihm sagen: »Jenachdem.«
Maximilian verstand ihn und sprach: »Mein Fräulein, Sie haben eine heilige Pflicht in dem Zimmer Ihrer Großmutter zu erfüllen; wollen Sie mir erlauben, daß ich die Ehre habe, einen Augenblick mit Herrn Noirtier zu sprechen?«
»Ja, ja, das ist es«, machte das Auge des Greises; dann schaute er Valentine unruhig an.
»Wie er es machen werde, um dich zu verstehen, willst du sagen, guter Vater?«
»Ja.«
»Oh, sei unbesorgt, wir haben so oft von dir gesprochen, daß er wohl weiß, wie ich mit dir rede.«
Dann, mit einem anbetungswürdigen Lächeln, obgleich dieses Lächeln durch eine tiefe Traurigkeit verschleiert war, sich gegen Maximilian wendend, fügte sie bei: »Er weiß alles, was ich weiß.«
Valentine erhob sich, rückte für Morel einen Stuhl vor, befahl Barrois, niemand eintreten zu lassen, umarmte zärtlich ihren Großvater, drückte Morel traurig die Hand und entfernte sich. Um Noirtier zu beweisen, daß er das Vertrauen von Valentine besaß und alle ihre Geheimnisse kannte, nahm er das Wörterbuch, die Feder und das Papier und legte alles auf einen Tisch, auf dem eine Lampe stand. »Vor allem«, sagte Morel, »vor allem erlauben Sie mir, Ihnen zu erzählen, mein Herr, wer ich bin,

wie ich Fräulein Valentine liebe und was meine Absichten in Beziehung auf Ihre Enkelin sind.«
»Ich höre«, machte Noirtier.
Er bot ein eindrucksvolles Schauspiel, dieser Greis, scheinbar eine unnütze Bürde, der der einzige Beschützer, die einzige Stütze, der einzige Richter von zwei jungen, schönen, starken Liebenden geworden war, welche eben in das Leben eintraten. Sein Antlitz, mit dem Gepräge des Adels und einer merkwürdigen Strenge, brachte eine mächtige Wirkung auf Morel hervor, der seine Erzählung zitternd begann.
Er teilte dem Greis mit, wie er Valentine kennengelernt habe, wie er sie geliebt und wie sie in ihrer Vereinzelung und in ihrem Unglück das Anerbieten seiner Ergebenheit aufgenommen. Er sprach von seiner Geburt, von seiner Stellung, von seinem Vermögen; und mehr als einmal, wenn er den Blick des Gelähmten befragte, antwortete ihm dieser Blick: »Es ist gut; fahren Sie fort.«
Als Morel diesen ersten Teil seiner Erzählung beendigt hatte, sagte er: »Mein Herr, soll ich nun, da ich Ihnen meine Liebe und meine Hoffnungen genannt, auch meine Pläne nennen?«
»Ja«, machte der Greis.
»Wohl, so hören Sie, was wir beschlossen.«
Und er setzte Noirtier alles auseinander, wie ein Wagen in dem Gehege wartete, wie er Valentine zu entführen, zu seiner Schwester zu bringen, zu heiraten und ehrfurchtsvoll wartend auf die Verzeihung von Herrn von Villefort zu hoffen gedachte.
»Nein«, machte der Greis.
»Nein«, versetzte Morel, »wir sollen nicht so handeln?«
»Nein.«
»Dieser Plan hat also nicht Ihre Beistimmung?«
»Nein.«
»Gut, es gibt noch ein anderes Mittel«, sagte Morel.
Der Blick des Greises fragte: »Welches?«
»Ich werde Franz d'Epinay aufsuchen«, fuhr Maximilian fort, »ich bin glücklich, Ihnen dies in Abwesenheit von Fräulein von Villefort sagen zu können, und mich gegen ihn so benehmen, daß er sich als ein mutiger Mann zu handeln gezwungen sieht.«

Der Blick von Noirtier fragte fortwährend: »Was werden Sie tun?«
»Hören Sie«, antwortete Morel. »Ich werde Franz, wie ich Ihnen sagte, aufsuchen und ihm erzählen, welche Bande mich mit Fräulein Valentine vereinigen. Ist er ein Mann von Zartgefühl, so wird er es dadurch beweisen, daß er von selbst auf die Hand seiner Braut Verzicht leistet, und von dieser Stunde an bis zum Tod kann er auf meine Freundschaft und Ergebenheit rechnen. Weigert er sich, mag ihn nun das Interesse antreiben oder ein lächerlicher Stolz zu seiner Beharrlichkeit veranlassen, so werde ich mich, nachdem ich ihm auseinandergesetzt, daß er Valentine Zwang antue, daß sie mich liebe und keinen andern lieben könne, meinem Gegner alle Vorteile einräumend, mit ihm schlagen und ihn töten oder mich von ihm töten lassen. Töte ich ihn, so wird er Valentine nicht heiraten; tötet er mich, so bin ich sicher, daß Valentine ihn nicht heiratet.«
Noirtier betrachtete mit unsäglichem Vergnügen dieses edle, aufrichtige Antlitz, auf welchem sich alle Gefühle ausprägten, die seine Zunge sprach, denn durch den Ausdruck eines schönen Gesichtes fügte sich bei Morel seinen Worten alles bei, was die Farbe einer genauen und wahren Zeichnung beifügt. Als jedoch Morel zu sprechen aufgehört hatte, schloß Noirtier wiederholt die Augen, was, wie man sich erinnert, nach seiner Weise nein hieß.
»Nein?« versetzte Morel. »Also mißbilligen Sie diesen zweiten Plan, wie Sie den ersten mißbilligt haben?«
»Ja, ich mißbillige ihn«, machte der Greis.
»Aber was soll ich tun, mein Herr?« fragte Morel. »Nach den letzten Worten von Frau von Saint-Meran wird die Heirat Ihrer Enkelin bald vollzogen werden; soll ich die Dinge in Erfüllung gehen lassen?«
Noirtier blieb unbeweglich.
»Ja, ich begreife«, sagte Morel, »ich soll warten.«
»Ja.«
»Aber jeder Verzug wird uns Verderben bringen«, versetzte der junge Mann. »Allein ist Valentine ohne Kraft, und man wird sie zwingen wie ein Kind. Auf eine wunderbare Weise hierher gekommen, um zu erfahren, was vorgehe, wunderbar

vor Sie gelassen, kann ich vernünftigerweise nicht hoffen, daß sich diese glücklichen Fälle wiederholen. Glauben Sie mir... verzeihen Sie diese Eitelkeit meiner Jugend, glauben Sie mir, nur einer von den Plänen, die ich Ihnen vorschlage, kann gut sein; sagen Sie mir, welchen von beiden Sie vorziehen: Ermächtigen Sie Valentine, sich meiner Ehre anzuvertrauen?«

»Nein.«

»Soll ich Herrn d'Epinay aufsuchen?«

»Nein.«

»Mein Gott! Von wem soll uns Hilfe zukommen, die wir vom Himmel erwarten?«

Der Greis lächelte mit den Augen, wie er zu lächeln pflegte, wenn man zu ihm vom Himmel sprach. Es war immer ein wenig Atheismus im Geist des alten Jakobiners zurückgeblieben.

»Vom Zufall?« fragte Morel.

»Nein.«

»Von Ihnen?

»Ja.«

»Von Ihnen?«

»Ja«, wiederholte der Greis.

»Begreifen Sie wohl, was ich Sie frage, mein Herr? Entschuldigen Sie mich, doch mein Leben hängt von Ihrer Antwort ab; wird unser Heil von Ihnen kommen?«

»Ja.«

»Sind Sie dessen sicher?«

»Ja.«

Es lag eine solche Festigkeit in dem Blick, der diese Versicherung gab, daß man unmöglich an dem Willen, wenn vielleicht auch an der Macht, zweifeln konnte.

»Oh, ich danke, mein Herr, ich danke tausendmal. Doch wenn nicht ein Wunder des Herrn Ihnen die Sprache, die Gebärde, die Bewegung zurückgibt, wie können Sie, an diesen Stuhl gefesselt, sich dieser Heirat widersetzen?«

Ein Lächeln erleuchtete das Antlitz des Greises, sein seltsames Lächeln, das Lächeln der Augen auf einem unbeweglichen Gesicht.

»Ich soll also warten?« fragte der junge Mann, »doch der Vertrag?«

Es erschien dasselbe Lächeln.
»Wollen Sie mir sagen, er werde nicht unterzeichnet?«
»Ja«, machte Noirtier.
»Also wird der Vertrag nicht unterzeichnet werden!« rief Morel. »Oh, verzeihen Sie mir, mein Herr, bei der Ankündigung eines großen Glücks ist man zu zweifeln berechtigt; der Vertrag wird also nicht unterzeichnet werden?«
»Nein«, machte der Gelähmte.
Trotz dieser Versicherung zögerte Morel zu glauben. Das Versprechen eines gelähmten Greises war so seltsam, daß es, statt einer Willenskraft zu entfließen, ebensowohl von einer Schwächung der Organe herrühren konnte; ist es nicht natürlich, daß der Wahnsinnige, der nichts von der Störung seines Geistes weiß, seine Gewalt überschreitende Dinge verwirklichen zu können glaubt? Der Schwache spricht von Lasten, die er aufhebt, der Schüchterne von Riesen, denen er Trotz bietet, der Arme von Schätzen, über die er zu gebieten hat, der niedrige Bauer nennt sich in seinem Stolz Jupiter.
Ob nun Noirtier die Unentschiedenheit des jungen Mannes begriffen hatte, ob er der Gelehrigkeit, die er gezeigt, keinen vollen Glauben schenkte, er schaute Maximilian fest an. »Was wollen Sie, mein Herr?« fragte Morel, »soll ich Ihnen mein Versprechen, nichts zu tun, wiederholen?«
Der Blick von Noirtier blieb fest und starr, als wollte er sagen, ein Versprechen genüge nicht; dann ging er von dem Gesicht auf die Hand über.
»Soll ich schwören, mein Herr?« fragte Maximilian.
»Ja«, machte der Gelähmte mit derselben Feierlichkeit.
Morel begriff, daß der Greis ein großes Gewicht auf diesen Eid legte.
Er streckte die Hand aus und sprach: »Ich schwöre Ihnen bei meiner Ehre, abzuwarten, was Sie beschlossen haben, um gegen Herrn d'Epinay zu handeln.«
»Gut«, machten die Augen des Greises.
»Nun befehlen Sie, mein Herr, daß ich mich zurückziehe?«
»Ja.«
Morel bedeutete durch ein Zeichen, er wäre bereit zu gehorchen.

»Erlauben Sie, mein Herr«, fuhr Morel fort, »daß Ihr Sohn Sie umarmt, wie es soeben Ihre Tochter getan hat?«
Man konnte sich in dem Ausdruck der Augen des Greises nicht täuschen. Der junge Mann drückte auf der Stirn von Noirtier seine Lippen an dieselbe Stelle, an welche Valentine die ihrigen gedrückt hatte.
Dann verbeugte er sich zum zweitenmal vor dem Greis und ging hinaus. Außen fand er den alten Diener, welchen Valentin in Kenntnis gesetzt hatte; er erwartete Morel und geleitete ihn durch die Krümmungen eines düsteren Ganges, der zu einer nach dem Garten gehenden kleinen Tür führte. Bald hatte Morel das Gitter erreicht; durch die Hagenbuttenhecke war er in einem Augenblick oben auf der Mauer und durch seine Leiter im Nu im Luzernengehege, wo sein Wagen immer noch seiner harrte. Er stieg ein, kehrte, ermüdet durch so viele Gemütsbewegungen, aber mit freierem Herzen in die Rue Meslay zurück, warf sich auf sein Bett und schlief, als ob er in tiefe Trunkenheit versunken wäre.

14. Die Gruft der Familie Villefort

Zwei Tage nachher versammelte sich eine beträchtliche Menge Menschen gegen zehn Uhr morgens vor der Tür des Herrn von Villefort, und man sah eine Reihe von Trauerwagen und Privatgefährten den Faubourg Saint-Honoré und die Rue de la Pépinière entlang ziehen.
Unter diesen Wagen war einer von sonderbarer Form, der eine lange Reise gemacht zu haben schien. Es war eine Art von schwarz angemaltem Packwagen, und er hatte sich unter den ersten auf dem Versammlungsort des Leichenbegängnisses eingefunden.
Man erkundigte sich und erfuhr, daß dieser Wagen durch ein seltsames Zusammentreffen von Umständen den Körper des Herrn Marquis von Saint-Meran enthielt und daß diejenigen, welche wegen eines einzigen Leichenbegängnisses gekommen waren, zwei Leichnamen folgen sollten. Die Zahl der Anwesenden war sehr groß. Der Herr Marquis von Saint-Meran, einer der eifrigsten und getreuesten Würdenträger von König Ludwig XVIII. und König Karl X., hatte sich eine große Schar

von Freunden erhalten, die, im Verein mit den Personen, welche durch die gesellschaftlichen Bande mit Villefort verbunden waren, eine beträchtliche Versammlung bildeten.
Ein zweiter Wagen, mit derselben Pracht geschmückt, wurde vor die Tür des Herrn von Villefort geführt, und der Sarg von dem Transportwagen auf den Leichenwagen gebracht.
Die zwei Toten sollten auf dem Friedhof des Père la Chaise bestattet werden, wo seit langer Zeit Herr von Villefort das für das Begräbnis seiner ganzen Familie bestimmte Gewölbe hatte errichten lassen. In diesem Gewölbe ruhte bereits der Leichnam der armen Renée, mit der sich ihr Vater und ihre Mutter nach einer zehnjährigen Trennung wieder vereinigten.
Miteinander in demselben Trauerwagen unterhielten sich Beauchamp, Debray und Chateau-Renaud über diesen so plötzlichen Tod.
»Ich habe Frau von Saint-Meran bei meiner Rückkehr von Algerien im vorigen Jahr in Marseille gesehen«, sagte Chateau-Renaud; »mit ihrer vollkommenen Gesundheit, mit ihrer Geistesgegenwart und ihrer wunderbaren Tätigkeit schien sie zu einem Leben von hundert Jahren bestimmt. Wie alt war die Marquise?«
»66 Jahre, wenigstens wie mir Franz versicherte«, antwortete Albert. »Doch das Alter ist es nicht, was sie getötet, sondern der Kummer über den Tod des Marquis; es scheint, daß sie seit diesem Tod, der sie aufs heftigste erschütterte, nicht mehr völlig zur Vernunft gekommen ist.«
»Doch woran ist sie denn gestorben?« fragte Debray.
»An einer Hirnkongestion, wie es scheint, oder an einem Schlagfluß.«
»Schlagfluß«, versetzte Beauchamp, »das ist schwer zu glauben. Frau von Saint-Meran, die ich ebenfalls ein- oder zweimal in meinem Leben gesehen habe, war klein, von schwächlicher Gestalt und von mehr nervöser als sanguinischer Konstitution; die Schlagflüsse, durch den Kummer auf einen Körper, wie der von Frau von Saint-Meran hervorgebracht, sind selten.«
»Wie dem auch sein mag« sagte Albert, »hat sie der Arzt oder die Krankheit getötet: Herr von Villefort oder Fräulein Valentine oder vielmehr unser Freund Franz ist nun im Besitz einer

herrlichen Erbschaft, achtzigtausend Franken Rente, glaube ich.«
»Eine Erbschaft, die bei dem Tod des alten Jakobiners Noirtier beinahe verdoppelt wird.«
»Das ist ein hartnäckiger Großvater«, versetzte Beauchamp. »*Tenacem propositi virum.* Er hat, glaube ich, gegen den Tod gewettet, er würde alle seine Erben beerdigen, und es wird ihm, meiner Treu, gelingen. Er ist das alte Konventsmitglied von 93, das im Jahr 1814 zu Napoleon sagte: Sie sinken, weil Ihr Kaiserreich ein junger, durch sein Wachsen ermüdeter Stamm ist. Nehmen Sie die Republik zum Vormund; lassen Sie uns mit einer guten Konstitution auf die Schlachtfelder zurückkehren, und ich verspreche Ihnen 500000 Soldaten, ein anderes Marengo und ein zweites Austerlitz. Die Ideen sterben nicht, Sire, sie schlummern zuweilen, aber sie erwachen stärker, als sie vor dem Einschlafen gewesen.«
»Es scheint, für ihn sind die Menschen wie die Ideen; nur eines beunruhigt mich, ich möchte wissen, wie sich Franz d'Epinay in einen Großschwiegervater fügen wird, der seine Frau nicht entbehren kann. Doch wo ist Franz?«
»In dem ersten Wagen mit Herrn von Villefort, der ihn bereits als zur Familie gehörig betrachtet.«
In jedem von den Wagen, welche dem Leichenbegängnis folgten, fand ungefähr dasselbe Gespräch statt; man staunte über diese zwei so plötzlichen und so rasch hintereinander eingetretenen Todesfälle; doch in keinem ahnte man das furchtbare Geheimnis, das Herr d'Avrigny bei seinem nächtlichen Spaziergang Herrn von Villefort mitgeteilt hatte.
Nach ungefähr einer Stunde gelangte man an das Tor des Friedhofes; es war ein ruhiges, aber düsteres Wetter, das folglich mit der eben stattfindenden Trauerfeierlichkeit im Einklang stand. Unter den Gruppen, die sich nach dem Familiengrabgewölbe wandten, erkannte Chateau-Renaud Morel, der ganz allein und im Kabriolett gekommen war; er ging, sehr bleich und schweigsam, auf dem schmalen, mit Eibenbäumen eingefaßten Pfad.
»Sie hier?« sagte Chateau-Renaud, seinen Arm unter den des jungen Kapitäns legend; »Sie kennen also Herrn von Villefort?

Wie kommt es denn, daß ich Sie nie bei ihm gesehen habe?«
»Ich kenne nicht Herrn von Villefort«, entgegnete Morel, »sondern ich kannte Frau von Saint-Meran.«
In diesem Augenblick trat Albert mit Franz zu ihnen.
»Der Ort ist für eine Vorstellung schlecht gewählt«, sagte Albert, »doch gleichviel, wir sind nicht abergläubisch. Herr Morel, erlauben Sie mir, Ihnen Herrn Franz d'Epinay, einen vortrefflichen Reisegesellschafter, vorzustellen, mit welchem ich eine Wanderung durch Italien gemacht habe. Mein lieber Franz, Herr Maximilian Morel, ein guter Freund, den ich mir in deiner Abwesenheit erworben und dessen Namen du in meiner Unterhaltung so oft hören wirst, als ich von Geist, Herz und Liebenswürdigkeit zu sprechen habe.«
Morel war einen Augenblick unentschieden. Er fragte sich, ob er den freundlichen Gruß, an einen Mann gerichtet, den er im Verborgenen bekämpfte, nicht als eine verdammenswerte Heuchelei zu betrachten hätte; doch sein Schwur und die ernste Bedeutung der Umstände stellten sich vor seinen Geist; und so bemühte er sich, nichts auf seinem Gesicht durchblicken zu lassen, und grüßte auf eine ruhige Weise.
»Fräulein von Villefort ist wohl sehr traurig?« sagte Debray zu Franz.
»Oh, mein Herr, sie ist unaussprechlich traurig; heute morgen war sie so entstellt, daß ich sie kaum erkannte.«
Die scheinbar so einfachen Worte brachen Morel das Herz. Dieser Mensch hatte also Valentine gesehen, er hatte mit ihr gesprochen!
Der junge aufbrausende Offizier bedurfte seiner ganzen Kraft, um dem Reiz, seinen Schwur zu brechen, zu widerstehen. Er nahm Chateau-Renaud beim Arm und zog ihn rasch nach dem Grabgewölbe fort, vor welchem die mit den Zeremonien des Leichenbegängnisses Beauftragten die zwei Särge niedergesetzt hatten.
Das Familienbegräbnis von Villefort bildete ein Geviert von weißen Steinen und war etwa zwanzig Fuß hoch. Alles, was man anfangs durch die Bronzetür erblickte, war ein strenges, ernstes, durch eine Mauer von dem wahren Grab getrenntes Vorgemach. Mitten in dieser Mauer öffneten sich die zwei erwähn-

ten Türen, welche mit den Begräbnissen der Villefort und Saint-Meran in Verbindung standen.
Die zwei Särge kamen in das Grabgewölbe rechts; es war das der Familie Saint-Meran; sie wurden auf Gestelle gesetzt, welche der Toten harrten. Villefort, Franz und einige nahe Verwandte traten allein in das Allerheiligste.
Da die religiösen Zeremonien vor der Tür vollzogen worden waren und man keine Rede zu halten hatte, so trennten sich die Anwesenden alsbald; Chateau-Renaud, Albert und Morel gingen auf der einen Seite ab, Debray und Beauchamp auf der andern. Franz blieb mit Herrn von Villefort; am Tor des Friedhofes stand Morel unter dem nächstbesten Vorwand still; er sah Franz mit einem Trauerwagen mit Herrn von Villefort herausfahren, und es erfaßte ihn eine schlimme Ahnung, als er dieses Zusammensein unter vier Augen wahrnahm. Er kehrte daher nach Paris zurück, und obgleich er in demselben Wagen mit Chateau-Renaud und Albert fuhr, hörte er doch nicht ein Wort von dem, was die zwei jungen Leute sprachen. Als Franz Herrn von Villefort zu verlassen im Begriff war, hatte dieser gesagt: »Mein Herr Baron, wann werde ich Sie wiedersehen?«
»Wann Sie wollen«, hatte Franz erwidert.
»Sobald als möglich.«
»Ich bin zu Ihren Befehlen, mein Herr; ist es Ihnen genehm, daß wir zusammen zurückkehren?«
»Wenn es Sie nicht belästigt.«
»Keineswegs.«
So stiegen der zukünftige Schwiegervater und der zukünftige Schwiegersohn in einen Wagen, und Morel wurde, als er sie vorüberfahren sah, mit Recht von einer Unruhe erfaßt.
Villefort und Franz kehrten nach dem Faubourg Saint-Honoré zurück. Ohne bei jemand einzutreten, ohne mit seiner Frau oder seiner Tochter zu sprechen, ließ der Staatsanwalt den jungen Mann in sein Kabinett gehen, bezeichnete ihm einen Stuhl und sagte: »Mein Herr d'Epinay, ich muß Sie daran erinnern, und der Augenblick ist nicht so schlecht gewählt, als man von Anfang glauben dürfte, denn der Gehorsam gegen die Toten ist das erste Opfer, das man auf ihren Sarg zu legen hat; ich muß Sie also daran erinnern, daß nach dem von Frau von Saint-

Meran auf ihrem Sterbebett vorgestern ausgedrückten Wunsch die Heirat von Valentine keinen Aufschub duldet. Sie wissen, daß die Angelegenheiten der Hingeschiedenen vollkommen in Ordnung sind; daß ihr Testament Valentine das ganze Vermögen der Saint-Meran sichert; der Notar hat mir gestern die Akten gezeigt, welche auf eine bestimmte Weise den Ehevertrag abzufassen gestatten. Sie können den Notar besuchen und sich in meinem Auftrag die Akten mitteilen lassen. Der Notar ist Herr Deschamps, Place Beauveau, Faubourg Saint-Honoré.«

»Mein Herr«, entgegnete d'Epinay, »es ist vielleicht für Fräulein Valentine in ihrem heftigen Schmerz nicht der Augenblick, um an einen Gatten zu denken; ich würde in der Tat befürchten...«

»Valentine«, unterbrach ihn Herr von Villefort, »wird kein lebhafteres Verlangen haben als das, den letzten Willen ihrer Großmutter zu erfüllen; die Hindernisse werden somit, dafür stehe ich Ihnen, nicht von ihrer Seite kommen.«

»Da sie in diesem Fall auch nicht von meiner Seite kommen«, erwiderte Franz, »so mögen Sie nach Ihrem Gutdünken handeln; mein Wort ist gegeben, und es gereicht mir nicht nur zum Vergnügen, sondern auch zum Glück, es zu halten.«

»Es steht also nichts im Weg«, versetzte Villefort; »der Vertrag sollte vor drei Tagen unterzeichnet werden, wir finden ihn bereit, und man kann ihn heute unterzeichnen.«

»Doch die Trauer?« sagte Franz zögernd.

»Seien Sie unbesorgt, mein Herr; der Anstand wird in meinem Haus nicht vernachlässigt werden. Fräulein von Villefort kann sich für die drei vorgeschriebenen Monate auf ihr Gut Saint-Meran zurückziehen; ich sage ihr Gut, denn nun ist es ihr Eigentum. Dort wird in acht Tagen, wenn Sie wollen, ohne Geräusch, ohne Gepränge, die Heirat vollzogen. Es war ein Wunsch von Frau von Saint-Meran, daß ihre Enkelin sich auf diesem Gut verheiraten möchte. Ist der Ehebund geschlossen, so können Sie nach Paris zurückkehren, während Ihre Frau die Trauerzeit mit ihrer Stiefmutter zubringt.«

»Ganz nach Ihrem Belieben«, sprach Franz.

»So haben Sie die Güte, eine halbe Stunde zu warten; Valentine wird in den Salon herabkommen. Ich lasse Herrn Deschamps rufen, wir lesen und unterzeichnen den Vertrag auf der Stelle, und noch heute abend führt Frau von Villefort Valentine auf ihr Gut, wohin wir ihnen in acht Tagen nachfolgen.«

»Mein Herr, ich habe Sie nur um eines zu bitten«, sagte Franz, »ich wünschte, daß Albert von Morcerf und Raoul von Chateau-Renaud bei dieser Unterzeichnung gegenwärtig sein möchten, Sie wissen, sie sind meine Zeugen.«

»Eine halbe Stunde genügt, um sie in Kenntnis zu setzen; soll ich Sie holen lassen, oder wollen Sie diese Herrn selbst holen?«

»Ich ziehe es vor, sie selbst zu holen.«

»Ich erwarte Sie in einer halben Stunde, und in einer halben Stunde wird auch Valentine bereit sein.«

Franz verbeugte sich und verließ das Zimmer.

Kaum hatte sich die Tür des Hauses hinter dem jungen Mann geschlossen, als Villefort Valentine sagen ließ, sie solle in einer halben Stunde in den Salon herabkommen, weil der Notar und die Zeugen von Herrn d'Epinay erscheinen werden. Diese unerwartete Kunde brachte einen mächtigen Eindruck im Haus hervor. Frau von Villefort wollte nicht daran glauben, und Valentine war wie von einem Donnerschlag niedergeschmettert. Sie schaute umher, als ob sie suchen wollte, von wem sie Hilfe verlangen könnte. Sie gedachte zu ihrem Großvater hinabzugehen; doch sie begegnete auf der Treppe Herrn von Villefort, der sie beim Arme nahm und in den Salon führte. Im Salon traf Valentine Barrois, sie warf dem alten Diener einen verzweifelten Blick zu. Einen Augenblick nach Valentine trat Frau von Villefort mit dem kleinen Eduard in den Salon. Die junge Frau hatte unsichtbar ihren Teil an dem Kummer der Familie gehabt; sie war bleich und schien furchtbar ermattet.

Frau von Villefort nahm Eduard auf ihren Schoß und drückte von Zeit zu Zeit mit beinahe krampfhaften Bewegungen dieses Kind an ihre Brust, auf welches sich ihr ganzes Leben zusammenzudrängen schien.

Bald hörte man das Geräusch von zwei Wagen, die in den Hof fuhren. Der eine war der des Notars, der andere der von Franz. In einem Augenblick hatten sich alle im Salon versammelt.

Valentine war so bleich, daß man die blauen Adern ihrer Schläfe um ihre Augen sich abzeichnen und ihre Wangen entlanglaufen sah. Chateau-Renaud und Albert schauten sich erstaunt an; die soeben vollzogene Zeremonie kam ihnen nicht trauriger vor als die, welche nun beginnen sollte. Frau von Villefort hatte sich hinter einem Sammetvorhang in den Schatten gesetzt, und da sie sich beständig über ihren Sohn neigte, so konnte man nur schwer auf ihrem Gesicht lesen, was in ihrem Herzen vorging.

Herr von Villefort war, wie immer, unempfindlich.

Nachdem der Notar, nach der gewöhnlichen Art der Leute des Gesetzes, seine Papiere auf dem Tisch geordnet, in seinem Lehnstuhl Platz genommen und seine Brille etwas in die Höhe gehoben hatte, wandte er sich gegen Franz und fragte ihn, obgleich er es wußte: »Sie sind Herr Franz von Quesnel, Baron d'Epinay?«

»Ja, mein Herr«, antwortete Franz.

Der Notar verbeugte sich und fuhr fort: »Ich muß Sie davon in Kenntnis setzen, mein Herr, und zwar im Auftrag des Herrn von Villefort, daß Ihre mit Fräulein von Villefort beabsichtigte Heirat die Gesinnung des Herrn von Noirtier gegen seine Enkelin völlig verändert hat und daß er auf andere das Vermögen übergehen läßt, welches er ihr hätte vermachen sollen. Ich muß indes sogleich beifügen, daß, insofern der Erblasser nur berechtigt ist, ihr einen Teil seines Vermögens zu entziehen, während er ihr das ganze entzogen hat, daß, sage ich, das Testament einem Angriff nicht widerstehen und für null und nichtig erklärt werden wird.«

»Ja«, sagte Villefort; »nur setze ich Herrn d'Epinay zum voraus davon in Kenntnis, daß zu meinen Lebzeiten das Testament meines Vaters nie angegriffen werden wird, in Betracht, daß ich bei meiner Stellung sogar den Schatten eines Skandals zu vermeiden habe.«

»Mein Herr«, sagte Franz, »es tut mir leid, daß eine solche Frage in Gegenwart von Fräulein Valentine erhoben worden ist. Ich habe mich nie nach der Summe ihres Vermögens erkundigt, welches, so beschränkt es auch sein mag, immerhin beträchtlicher sein wird als das meinige. Meine Familie suchte in der Verbindung mit Herrn von Villefort das Ansehen, ich suche darin das Glück.«

Valentine machte ein unmerkliches Zeichen des Dankes, während zwei stille Tränen über ihre Wangen flossen.
»Abgesehen jedoch«, sprach Villefort, sich an seinen zukünftigen Schwiegersohn wendend, »abgesehen von einem teilweisen Verlust Ihrer Hoffnungen hat dieses unerwartete Testament nichts, was Sie persönlich verletzen dürfte. Es erklärt sich durch die Geistesschwäche von Herrn Noirtier. Meinem Vater mißfällt es nicht, daß Fräulein von Villefort sich mit Ihnen verbindet, sondern daß Valentine heiratet. Ein Ehebund mit jedem andern hätte ihm denselben Kummer eingeflößt. Das Alter ist selbstsüchtig, mein Herr, und Fräulein von Villefort war für Herrn Noirtier eine treue Gesellschafterin, was die Baronin d'Epinay nicht mehr wird sein können. Der unglückliche Zustand meines Vaters macht, daß man selten mit ihm über ernste Gegenstände spricht, welche die Schwäche seines Geistes zu verfolgen ihm nicht gestatten würde, und ich bin fest überzeugt, daß Herr Noirtier, während er die Erinnerung an den Umstand der Verheiratung seiner Nichte bewahrt, denjenigen, welcher sein Enkel werden soll, bis auf den Namen vergessen hat.«
Kaum vollendete Villefort diese Worte, die Franz durch eine Verbeugung erwiderte, als die Tür des Salons sich öffnete und Barrois erschien.
»Meine Herren«, sagte er mit einer für einen Diener, der unter so feierlichen Umständen mit seinen Gebietern spricht, seltsam festen Stimme, »meine Herren, Herr Noirtier von Villefort wünscht auf der Stelle Herrn Franz von Quesnel, Baron d'Epinay, zu sprechen.«
Villefort bebte, Frau von Villefort ließ ihren Sohn von ihrem Schoß hinabgleiten, Valentine erhob sich bleich und stumm wie eine Bildsäule. Albert und Chateau-Renaud schauten sich abermals und noch mehr erstaunt als das erstemal an.
Der Notar heftete seine Blicke auf Villefort.
»Es ist unmöglich«, sprach der Staatsanwalt; »Herr d'Epinay kann den Salon in diesem Augenblick nicht verlassen.«
»Gerade in diesem Augenblick wünscht Herr Noirtier, mein Gebieter, Herrn Franz d' Epinay in wichtigen Angelegenheiten zu sprechen«, versetzte Barrois mit derselben Festigkeit.

»Antworten Sie Herrn Noirtier, daß das, was er verlangt, nicht sein könne«, sagte Villefort.
»Dann läßt Herr Noirtier die Herren benachrichtigen, daß er sich in diesen Salon tragen lassen werde«, sprach Barrois.
Das Erstaunen erreichte den höchsten Grad. Ein gewisses Lächeln trat auf das Antlitz von Frau von Villefort. Valentine schlug unwillkürlich die Augen zum Plafond auf, um dem Himmel zu danken.
»Valentine«, sagte Herr von Villefort, »ich bitte dich, erkundige dich ein wenig, was diese neue Phantasie deines Großvaters bedeuten soll.« Valentine machte rasch einige Schritte, um sich zu entfernen, doch Herr von Villefort besann sich eines anderen und rief: »Warte, ich begleite dich.«
»Verzeihen Sie, mein Herr«, sagte Franz, »da Herr Noirtier nach mir verlangt, so habe ich mich, wie es scheint, vor allem seinen Wünschen zu fügen. Überdies werde ich mich glücklich fühlen, ihm meine Achtung zu bezeigen, da ich noch nicht Gelegenheit gehabt habe, mir diese Ehre zu erbitten.«
»Oh, mein Gott! Bemühen Sie sich nicht«, rief Villefort mit sichtbarer Unruhe.
»Entschuldigen Sie mich, mein Herr«, entgegnete Franz mit dem Ton eines Mannes, der seinen Entschluß gefaßt hat. »Ich wünsche diese Gelegenheit nicht zu versäumen, um Herrn Noirtier zu beweisen, wie sehr er unrecht hätte, einen Widerwillen gegen mich zu hegen, den durch meine tiefe Ergebenheit zu besiegen mein inniges Verlangen ist.«
Und ohne sich länger durch Villefort zurückhalten zu lassen, stand Franz ebenfalls auf und folgte Valentine, die bereits mit der Freude eines Schiffbrüchigen, der die Hand an einen Felsen legt, die Treppe hinabstieg.
Herr von Villefort folgte beiden.

15. Das Protokoll

Noirtier wartete, schwarz gekleidet, in seinem Lehnstuhl. Als die drei Personen, die er kommen zu sehen hoffte, eingetreten waren, schloß sein Kammerdiener sogleich wieder die Tür.
»Merke wohl auf«, sagte leise Villefort zu Valentine, die ihre Freude nicht verbergen konnte, »wenn Herr Noirtier Dinge

mitteilen will, welche deine Heirat verhindern, so verbiete ich dir, ihn zu verstehen.«
Valentine errötete, antwortete aber nicht.
Villefort näherte sich Noirtier und sagte zu ihm: »Hier ist Herr Franz d'Epinay; Sie haben nach ihm verlangt, mein Herr, und er fügt sich Ihrem Verlangen. Allerdings wünschten wir diese Zusammenkunft seit geraumer Zeit, und ich werde entzückt sein, wenn Ihnen dieselbe beweist, wie wenig Ihr Widerstreben gegen die Heirat von Valentine begründet war.«
Noirtier antwortete nur durch einen Blick, bei dem ein Schauer Villefort durchlief. Er bedeutete Valentine durch ein Zeichen mit dem Auge, sie möge sich nähern.
Durch die Mittel, deren sie sich in ihren Unterhaltungen mit ihrem Großvater zu bedienen pflegte, hatte sie in einem Augenblick das Wort Schlüssel gefunden. Dann befragte sie den Blick des Gelähmten, der sich auf die Schublade eines kleinen, zwischen zwei Fenstern stehenden Schrankes heftete. Als sie diesen Schlüssel herausgenommen, wandten sich die Augen des Gelähmten nach einem alten, seit Jahren vergessenen Sekretär.
»Soll ich den Sekretär öffnen?« fragte Valentine.
»Ja«, machte der Greis.
»Soll ich die Schubladen öffnen?«
»Ja.«
»Die mittlere?«
»Ja.«
Valentine öffnete und zog ein Bündel heraus.
»Ist es das, was Sie wünschen, guter Vater?« fragte sie.
Der Greis schüttelte den Kopf, und sie zog nach und nach alle anderen Papiere heraus.
»Aber die Schublade ist nun leer«, sagte sie.
Die Augen von Noirtier hefteten sich auf das Wörterbuch.
»Ja, guter Vater, ich begreife Sie«, sprach das Mädchen.
Und sie wiederholte einen nach dem andern die Buchstaben des Alphabets; bei dem Buchstaben G hielt sie Noirtier an.
»Ah! Ein geheimes Fach?«
»Ja«, machte Noirtier.
»Und wer kennt es?«

Noirtier schaute nach der Tür, durch welche der Bediente weggegangen war.
»Barrois?« sagte sie.
»Ja«, machte Noirtier.
Valentine ging zur Tür und rief Barrois. Während dieser Zeit floß der Schweiß der Ungeduld von der Stirn Villeforts, und Franz war im höchsten Maße erstaunt. Der alte Diener erschien.
»Barrois«, sagte Valentine, »mein Großvater hat mir befohlen, diesen Sekretär zu öffnen und diese Schublade herauszuziehen; nun ist ein Geheimnis bei dieser Schublade, das Sie, wie es scheint, kennen; öffnen Sie.«
Barrois gehorchte; ein doppelter Boden öffnete sich und zeigte mehrere mit schwarzem Band umwickelte Papiere.
»Ist es das, was Sie wünschen, mein Herr?« fragte Barrois.
»Ja«, machte Noirtier.
»Wem soll ich diese Papiere übergeben, Herrn von Villefort?«
»Nein.«
»Fräulein Valentine?«
»Nein.«
»Herrn Franz d'Epinay?«
»Ja.«
Franz machte erstaunt einen Schritt vorwärts und sagte: »Mir, mein Herr?«
»Ja.«
Franz empfing die Papiere aus den Händen von Barrois und las die Aufschrift: »Nach meinem Tod bei meinem Freund, dem General Durand, zu deponieren, der sterbend dieses Paket seinem Sohn mit der Einschärfung vermachen wird, dasselbe, da es ein Papier von der größten Wichtigkeit enthält, aufzubewahren.«
»Nun, mein Herr?« fragte Franz, »was soll ich mit diesem Papier machen?«
»Sie sollen es ohne Zweifel versiegelt, wie es ist, behalten«, sprach der Staatsanwalt.
»Nein, nein«, erwiderte der Greis lebhaft.
»Sie wünschen vielleicht, daß es der Herr lesen möge?« fragte Valentine.

»Ja«, antwortete der Greis.
»Sie hören, mein Herr Baron? Mein Großvater bittet Sie, dieses Papier zu lesen«, sagte Valentine.
»So setzen wir uns«, sprach Villefort voll Ungeduld, »denn das wird lange dauern.«
Villefort setzte sich, aber Valentine blieb neben ihrem Großvater, auf seinen Lehnstuhl gestützt, stehen, und Franz stand vor ihr und hielt das geheimnisvolle Papier in der Hand.
»Lesen Sie«, sagten die Augen des Greises.
Franz machte den Umschlag los, und es trat eine tiefe Stille in dem Zimmer ein. Mitten in dieser Stille las er:

»Auszug aus den Protokollen einer Sitzung des bonapartistischen Klubs der Rue Saint-Jacques, gehalten am 5. Febr. 1815.«

Franz hielt inne.
»Am 5. Februar 1815«, sagte er, »das ist der Tag, an welchem mein Vater ermordet wurde!«
Valentine und Villefort blieben stumm; nur das Auge des Greises sprach klar: »Fahren Sie fort.«
Er fuhr fort:

»Die Unterzeichneten, Louis Beauregard, Generalleutnant der Artillerie, Etienne Duchampy, Brigadegeneral, und Claude Lecharpale, Direktor der Forsten, erklären, daß am 4. Febr. 1815 ein Brief von der Insel Elba ankam, der dem Wohlwollen und dem Vertrauen der Mitglieder des bonapartistischen Klubs den General Flavier von Quesnel empfahl, der dem Kaiser von 1805 bis 1814 gedient hatte und der Napoleonischen Dynastie trotz des Baronentitels, den Ludwig XVIII. soeben seinem Landgut d'Epinay angehängt, völlig ergeben sein mußte. Demzufolge wurde ein Billett an den General von Quesnel gerichtet, worin man ihn bat, der Sitzung am fünften beizuwohnen. Das Billett gab weder die Straße noch die Hausnummer an, wo die Versammlung stattfinden sollte; es hatte keine Unterschrift und sagte nur dem General, wenn er sich bereithalten wollte, so würde man ihn um neun Uhr abends abholen. Um neun Uhr abends erschien der Präsident des Klubs bei dem General: Der General war bereit. Der Präsident bemerkte zu ihm, es wäre eine der Bedingungen seiner Einführung, daß er nie den Ort der Zusammenkunft wüßte, daß er sich die Augen verbinden ließe und schwüre, er werde die Binde nicht abzunehmen suchen. Der Gene-

ral von Quesnel nahm die Bedingung an und machte sich bei seinem Ehrenwort anheischig, nicht sehen zu wollen, wohin man ihn führte. Der General hatte seinen Wagen anspannen lassen, aber der Präsident erklärte ihm, man könnte sich unmöglich desselben bedienen, insofern es sich nicht der Mühe lohnte, die Augen des Herrn zu verbinden, wenn dem Kutscher die Augen offen blieben, und er zu erkennen vermöchte, durch welche Straßen man käme.
›Was ist dann zu tun?‹ fragte der General.
›Ich habe meinen Wagen bei mir‹, sagte der Präsident.
›Sind Sie Ihres Kutschers so sicher, daß Sie ihm ein Geheimnis anvertrauen, welches Sie dem meinigen anzuvertrauen für unklug halten?‹
›Unser Kutscher ist ein Mitglied des Klubs‹, erwiderte der Präsident, ›wir werden von einem Staatsrat geführt.‹
›Dann sind wir einer andern Gefahr ausgesetzt, der Gefahr, umzuwerfen‹, sagte der General lachend.
Wir bezeichnen diesen Scherz als einen Beweis, daß der General nicht entfernt gezwungen war, der Sitzung beizuwohnen, und daß er sie durchaus freiwillig besuchte. Sobald man in den Wagen gestiegen war, erinnerte der Präsident den General an sein Versprechen, sich die Augen verbinden zu lassen. Der General machte keine Einwendung gegen diese Förmlichkeit. Der Wagen hielt vor einem Haus in der Rue Saint-Jacques. Der General stieg aus und stützte sich dabei auf den Arm des Präsidenten, ohne dessen Würde zu kennen, man durchschritt den Gang, stieg einen Stock hinauf und trat in das Zimmer der Beratungen. Die Sitzung hatte begonnen. Von der Vorstellung benachrichtigt, welche an diesem Abend stattfinden sollte, waren die Mitglieder des Klubs vollzählig versammelt. Als der General die Mitte des Saales erreicht hatte, wurde er aufgefordert, seine Binde abzunehmen. Er entsprach sogleich dieser Aufforderung und schien sehr erstaunt, eine so große Anzahl von bekannten Gesichtern in einer Gesellschaft zu finden, von deren Dasein er bis dahin nicht einmal eine Ahnung gehabt hatte. Man befragte ihn über seine Gesinnung, doch er begnügte sich zu antworten, der Brief von der Insel Elba habe dieselbe bekannt machen müssen…«

Franz unterbrach sich mit den Worten: »Mein Vater war Royalist, man hatte nicht nötig, ihn um seine Gesinnung zu befragen, sie war bekannt.«
»Und daher rührte meine Verbindung mit Ihrem Vater, mein lieber Herr Franz«, sagte Villefort; »man verbindet sich so leicht, wenn man dieselben Meinungen teilt.«

»Lesen Sie«, forderte abermals das Auge des Greises.
Franz fuhr fort:

»Der Präsident nahm nun das Wort und forderte den General auf, sich deutlicher zu erklären; doch Herr von Quesnel antwortete, er wünschte vor allem zu wissen, was man von ihm verlange. Es wurde nun dem General eben dieser Brief von der Insel Elba mitgeteilt, der ihn dem Klub als einen Mann empfahl, auf dessen Mitwirkung man zählen könnte. Ein ganzer Paragraph setzte die wahrscheinliche Rückkehr von der Insel Elba auseinander und versprach einen neuen Brief mit umfassenderen Einzelheiten bei der Ankunft der Pharao, eines dem Reeder Morel in Marseille gehörenden Schiffes, dessen Kapitän dem Kaiser ganz und gar ergeben wäre. Während dieses Vorlesens gab der General, auf den man wie auf einen Bruder zählen zu können glaubte, im Gegenteil Zeichen der Unzufriedenheit und des sichtbaren Widerstrebens von sich. Als der Brief zu Ende war, verharrte der General stillschweigend und mit gerunzelter Stirn.
›Nun!‹ fragte der Präsident, ›was sagen Sie zu diesem Brief, Herr General?‹
›Ich sage, es ist sehr kurz, daß man dem König Ludwig XVIII. einen Eid geleistet hat, um ihn bereits zugunsten des Exkaisers zu verletzen‹, erwiderte er.
Diese Antwort war zu klar, als daß man sich über seine Gesinnung täuschen konnte.
›General‹, sprach der Präsident, ›es gibt für uns ebensowenig einen König Ludwig XVIII., als es einen Exkaiser gibt; es gibt nur Seine Majestät den Kaiser und König, der seit zehn Monaten aus Frankreich, seinem Staat, durch Gewalt und Verrat entfernt worden ist.‹
›Verzeihen Sie, meine Herren‹, sprach der General, ›es ist möglich, daß es für Sie keinen Ludwig XVIII. gibt, aber es gibt einen für mich, in Betracht, daß er mich zum Baron und zum Feldmarschall gemacht und daß ich nie vergessen werde, ich habe seiner glücklichen Rückkehr nach Frankreich diese zwei Titel zu verdanken.‹
›Mein Herr‹, sagte der Präsident mit äußerst strengem Ton, während er sich erhob, ›geben Sie wohl acht auf das, was Sie reden; Ihre Worte sagen uns deutlich, daß man sich auf der Insel Elba in Ihnen getäuscht und daß man uns getäuscht hat! Die Mitteilung, die man Ihnen gemacht, ist Folge des Vertrauens, das man in Sie setzte, und somit eines Gefühles, das Sie ehrt. Wir waren in einem Irrtum begriffen, ein Titel und ein Grad haben Sie mit der neuen Regierung ausgesöhnt, die wir umstürzen wollen. Wir werden Sie nicht zwingen, uns Ihren Beistand zu leihen, wir reihen niemand wider sein Gewissen und wider seinen Willen ein; doch

wir werden Sie zwingen, als ein ehrenhafter Mann zu handeln, selbst wenn Sie nicht dazu geneigt wären.‹

›Sie nennen als ein ehrenhafter Mann zu handeln, Ihre Verschwörungen kennen und sie nicht enthüllen! Ich nenne das Ihr Mitschuldiger sein. Sie sehen, daß ich noch offenherziger bin als Sie…‹

»Ah, mein Vater«, sprach Franz, sich unterbrechend, »ich begreife nun, warum Sie dich ermordet haben.«
Valentine konnte sich nicht enthalten, einen Blick auf Franz zu werfen; der junge Mann war wirklich schön in der Begeisterung des Sohnes. Villefort ging im Zimmer auf und ab.
Noirtier folgte mit den Augen dem Ausdruck eines jeden und beobachtete seine würdige, strenge Haltung.
Franz kehrte zu der Handschrift zurück und fuhr fort:

»›Mein Herr‹, sprach der Präsident, ›man hat Sie gebeten, sich in den Schoß dieser Versammlung zu begeben, und schleppte Sie durchaus nicht mit Gewalt hierher; man forderte von Ihnen, Sie sollten Ihre Augen verbinden, und Sie willigten ein. Als Sie diesem doppelten Verlangen entsprachen, wußten Sie vollkommen, daß wir uns nicht damit beschäftigten, Ludwig XVIII. den Thron zu sichern, sonst wären wir nicht so bemüht gewesen, uns vor der Polizei zu verbergen. Sie begreifen, es wäre nur zu bequem, eine Maske vorzunehmen, mit deren Hilfe man die Geheimnisse der Leute erforscht, und dann ganz einfach die Maske abzulegen, um diejenigen zugrunde zu richten, deren Vertrauen man genossen hat. Nein, nein, Sie werden uns vor allem offenherzig sagen, ob Sie für den Zufallskönig sind, der in diesem Augenblick regiert, oder für Seine Majestät den Kaiser?‹
›Ich bin Royalist‹, antwortete der General, ›ich habe Ludwig XVIII. einen Eid geschworen und werde ihn halten.‹ Auf diese Worte erfolgte ein allgemeines Gemurmel, und man konnte aus den Blicken einer großen Anzahl von Mitgliedern des Klubs ersehen, daß sie in ihrem Innern die Frage verhandelten, ob sie nicht Herrn d'Epinay diese unklugen Worte bereuen lassen sollten. Der Präsident stand abermals auf und gebot Stillschweigen.
›Mein Herr‹, sagte er, ›Sie sind ein zu ernster und zu verständiger Mann, um nicht die Folgen der Lage zu begreifen, in der wir uns befinden, und Ihre Offenherzigkeit gerade diktiert uns die Bedingungen, welche wir stellen müssen: Sie werden uns schwören, nichts von dem zu enthüllen, was Sie gehört haben.‹
Der General fuhr mit der Hand nach seinem Degen und rief: ›Wenn Sie

von Ehre sprechen, so fangen Sie damit an, daß Sie die Gesetze nicht mißachten und nichts durch Gewalt auferlegen.‹

›Und Sie, mein Herr‹, fuhr der Präsident mit einer Ruhe fort, die vielleicht furchtbarer war als der Zorn des Generals, ›berühren Sie Ihren Degen nicht, das rate ich Ihnen.‹ Der General warf Blicke umher, die etwas Unruhe verrieten. Er beugte sich jedoch noch nicht, sondern sprach, seine ganze Kraft sammelnd: ›Ich schwöre nicht.‹

›Dann müssen Sie sterben‹, erwiderte ruhig der Präsident. Herr d'Epinay wurde sehr bleich: Er schaute einen Augenblick umher; mehrere Mitglieder des Klubs flüsterten und suchten Waffen unter ihren Mänteln.

›General‹, sprach der Präsident, ›seien Sie unbesorgt, Sie sind unter Männern von Ehre, welche jedes Mittel versuchen werden, um Sie zu überzeugen, ehe sie zum Äußersten gegen Sie schreiten; doch Sie sind auch unter Verschworenen; Sie besitzen unser Geheimnis und müssen es uns zurückgeben.‹

Ein bedeutungsvolles Schweigen folgte auf diese Worte, und als der General nicht antwortete, sagte der Präsident zu den Dienern: ›Schließt die Türen.‹

Abermals trat Totenstille ein. Da schritt der General vor und sprach mit einer heftigen Anstrengung: ›Ich habe einen Sohn und muß, da ich mich unter Mördern befinde, an ihn denken.‹

›General‹, sagte voll Adel das Haupt der Versammlung, ›ein einziger Mensch hat immer das Recht, fünfzig zu beleidigen; es ist dies die Befugnis der Schwäche. Nur hat er unrecht, von diesem Recht Gebrauch zu machen. Glauben Sie mir, General, schwören Sie und beleidigen Sie nicht.‹ Abermals bezähmt durch die Hoheit des Hauptes der Versammlung, zögerte der General einen Augenblick; doch endlich schritt er bis zu dem Tisch des Präsidenten und fragte: ›Wie lautet die Formel?‹

›Hören Sie: Ich schwöre bei meiner Ehre, nie irgendeinem Menschen auf der Welt zu enthüllen, was ich am 5. Februar 1815, abends zwischen neun und zehn Uhr, gesehen und gehört habe, und ich erkläre, daß ich den Tod verdiene, wenn ich meinen Schwur verletze.‹

Der General schien von einem Nervenzittern ergriffen zu werden, das ihn einige Sekunden lang zu antworten verhinderte; endlich aber sprach er, ein sichtbares Widerstreben überwindend, den verlangten Eid, doch so leise, daß man es kaum hörte; es begehrten auch mehrere Mitglieder, daß er ihn mit lauterer Stimme und deutlicher wiederhole, was geschah.

›Nun wünsche ich mich entfernen zu dürfen‹, sagte der General, ›bin ich endlich frei?‹ Der Präsident stand auf, bezeichnete drei Mitglieder der Versammlung, um ihn zu begleiten, und stieg mit dem General in den Wagen, nachdem er ihm die Augen verbunden hatte. Unter den drei

Mitgliedern war der Kutscher, der sie gebracht hatte. Die andern Mitglieder des Klubs trennten sich in der Stille.
›Wohin sollen wir Sie führen?‹ fragte der Präsident.
›Überallhin, wo ich von Ihrer Gegenwart befreit werden kann‹, antwortete d'Epinay.
›Mein Herr‹, versetzte der Präsident, ›nehmen Sie sich in acht, Sie sind hier nicht mehr in der Versammlung, Sie haben es mit einzelnen Menschen zu tun; beleidigen Sie sie nicht, wenn Sie nicht für die Beleidigung verantwortlich gemacht werden wollen.‹
Doch statt diese Sprache zu verstehen, erwiderte d'Epinay: ›Sie sind immer noch so mutig in Ihrem Wagen wie in Ihrem Klub, aus dem einfachen Grunde, mein Herr, weil vier Männer stets stärker sind als ein einziger.‹
Der Präsident ließ den Wagen halten.
Man war gerade an der Stelle des Quai des Ormes, wo sich die Treppe findet, welche zu dem Fluß hinabführt. ›Warum lassen Sie hier halten?‹ fragte der General d'Epinay
›Weil Sie einen Mann beleidigt haben, mein Herr‹, antwortete der Präsident, ›und weil dieser Mann keinen Schritt mehr tun will, ohne auf eine loyale Weise Genugtuung von Ihnen zu verlangen.‹
›Abermals eine Art zu morden‹, sprach der General, die Achsel zukkend.
›Kein Lärm, mein Herr‹, entgegnete der Präsident, ›wenn ich Sie nicht als einen von den Menschen betrachten soll, die Sie soeben bezeichneten, nämlich für einen Feigen, der seine Schwäche zum Schild nimmt. Sie sind allein, ein einziger wird Ihnen antworten; Sie haben einen Degen an der Seite, ich habe einen in meinem Stock; Sie haben keinen Zeugen, einer von diesen Herren ist der Ihrige. Nun mögen Sie die Binde abnehmen, wenn es Ihnen beliebt.‹ Der General riß auf der Stelle das Sacktuch von den Augen.
›Endlich‹, sprach er, ›endlich werde ich erfahren, mit wem ich es zu tun habe.‹
Man öffnete den Wagen: die vier Männer stiegen aus.«

Franz unterbrach sich abermals und wischte den kalten Schweiß ab, der von seiner Stirn floß; er war furchtbar anzuschauen, der Sohn, wie er, bleich und zitternd, mit lauter Stimme die bis dahin unbekannten Umstände vom Tod seines Vaters las. Valentine faltete die Hände, als ob sie betete. Noirtier schaute Villefort mit einem erhabenen Ausdruck der Verachtung und des Stolzes an.

Franz fuhr fort:

»Es war, wie wir gesagt haben, der 5. Februar; es war eine finstere Nacht, der Boden von der Treppe bis zum Fluß war feucht von Schnee und Rauhreif; man sah das Wasser schwarz, tief und von Eisschollen bedeckt dahinfließen. Einer von den Zeugen suchte eine Laterne in einem Kohlenschiff, und bei dem Schein dieser Laterne prüfte man die Waffen. Der Degen des Präsidenten, ein einfacher Stockdegen, war fünf Zoll kürzer als der seines Gegners und hatte kein Stichblatt. Der General d'Epinay machte den Vorschlag, das Los über diese zwei Degen zu ziehen; doch der Präsident erwiderte, er habe herausgefordert, und bei der Herausforderung sei es seine Absicht gewesen, daß jeder sich seiner Waffe bediene. Die Zeugen wollten Einsprache tun, doch der Präsident gebot ihnen Stillschweigen. Man setzte die Laterne auf den Boden; die zwei Gegner stellten sich einander gegenüber; der Kampf begann. Das Licht machte aus den Degen zwei Blitze. Die Männer gewahrte man kaum, so dicht war die Nacht. Der Herr General d'Epinay galt für eine der besten Klingen der Armee. Aber er wurde bei den ersten Stößen so lebhaft bedrängt, daß er aus der Lage wich und dabei fiel.
Die Zeugen hielten ihn für tot, doch sein Gegner wußte, daß er ihn nicht berührt hatte, und bot ihm die Hand, um ihm aufstehen zu helfen. Statt ihn zu beschwichtigen, brachte den General dieser Umstand so sehr auf, daß er ebenfalls auf seinen Gegner eindrang. Doch sein Gegner wich nicht eine Linie. Zu nahe von dem Degen des Präsidenten bedrängt, zog sich der General dreimal zurück und griff dann immer wieder an. Beim drittenmal fiel er abermals. Man glaubte, er wäre ausgeglitten, wie das erstemal; da ihn jedoch die Zeugen nicht wieder aufstehen sahen, näherten sie sich ihm und versuchten, ihn auf die Beine zu bringen; doch als man ihn um den Leib gefaßt hatte, fühlte man Blut.
Der General, der beinahe ohnmächtig war, kam wieder zu sich und rief: ›Ah, man hat einen Raufer, einen Regimentsfechtmeister gegen mich abgeschickt.‹ Ohne zu antworten, näherte sich der Präsident der Laterne, schlug seinen Ärmel zurück und zeigte seinen von zwei Degenstichen durchbohrten Arm; dann öffnete er seinen Rock, knöpfte seine Weise auf und ließ an seiner Seite eine dritte Wunde sehen. Er hatte keinen Seufzer ausgestoßen. Beim General d'Epinay trat der Todeskampf ein, und fünf Minuten nachher war er verschieden.«

Franz las diese letzten Worte mit so gepreßter Stimme, daß man sie kaum hören konnte, und als er sie gelesen, fuhr er mit der

Hand über seine Augen, als wollte er eine Wolke vertreiben. Nach einem kurzen Stillschweigen fuhr er fort:

»Der Präsident stieg wieder die Treppe hinauf, nachdem er zuvor seinen Degen in den Stock gestoßen hatte; eine Blutspur bezeichnete seinen Weg auf dem Schnee. Er hatte noch nicht die oberste Stufe der Treppe erreicht, als er ein dumpfes Geplatsche im Wasser hörte: Es war der Körper des Generals, den die Zeugen, nachdem sie sich über seinen Tod versichert, in den Fluß gestürzt hatten.
Der General ist folglich einem redlichen Duell und nicht einem Hinterhalt unterlegen, wie man sagen könnte.
Zur Beglaubigung dessen haben wir Gegenwärtiges unterzeichnet, um die Wahrheit der Tatsachen zu begründen, befürchtend, es könnte ein Augenblick kommen, wo eine von den handelnden Personen dieser furchtbaren Szene des Mordes mit Vorbedacht oder der Verletzung der Gesetze der Ehre beschuldigt werden würde. Unterzeichnet *Beauregard, Duchampy und Lecharpale.*«

Als Franz diese für einen Sohn so schreckliche Schrift gelesen, als Valentine, bleich vor Erschütterung, eine Träne getrocknet, als Villefort, zitternd und in einen Winkel gekauert, durch flehende, an den unversöhnlichen Greis gerichtete Blicke den Sturm zu beschwören versucht hatte, sagte d'Epinay zu Noirtier: »Da Sie diese furchtbare Geschichte in allen ihren Einzelheiten kennen, da Sie dieselbe durch ehrenwerte Unterschriften haben bezeugen lassen, da Sie sich für mich zu interessieren scheinen, obgleich sich Ihr Interesse bis jetzt nur durch den Schmerz kundgegeben hat, so verweigern Sie mir nicht eine letzte Genugtuung, nennen Sie mir den Namen des Präsidenten, damit ich endlich denjenigen kenne, der meinen armen Vater getötet hat.«
Villefort suchte wie verwirrt den Drücker der Tür; Valentine, welche vor allen anderen die Antwort des Greises begriffen und oft auf seinem Vorderarme die Spur von zwei Degenstichen wahrgenommen hatte, wich einen Schritt zurück.
»Ich beschwöre Sie, mein Fräulein«, sprach Franz, sich an seine Braut wendend, »verbinden Sie sich mit mir, daß ich den Namen des Mannes erfahre, der mich mit zwei Jahren zur Waise gemacht hat.« Valentine blieb stumm und unbeweglich.

»Ich bitte Sie, mein Herr«, sagte Villefort, »verlängern Sie diese Szene nicht; die Namen sind überdies absichtlich verborgen worden. Mein Vater kennt selbst diesen Präsidenten nicht, und wenn er ihn auch kennt, so vermag er ihn nicht zu nennen, insofern sich die Eigennamen nicht in dem Wörterbuch finden.«

»Oh, wehe! Die einzige Hoffnung, welche mich, während ich diese Schrift las, aufrechterhalten und mir die Kraft, bis zum Schluß zu gehen, gegeben hat, war, wenigstens den Namen desjenigen, der meinen Vater getötet, kennenzulernen! Mein Herr!« rief er, sich gegen den Greis umwendend, »im Namen des Himmels! Tun Sie, was Sie können, bemühen Sie sich, ich flehe Sie an, mir begreiflich zu machen...«

»Ja«, antwortete Noirtier.

»Oh, mein Fräulein«, rief Franz, »Ihr Großvater bedeutet mir durch ein Zeichen, er könne mir diesen Namen angeben... helfen Sie mir... Sie verstehen ihn... leihen Sie mir Ihren Beistand.«

Noirtier schaute das Wörterbuch an. Franz nahm es zitternd und sprach hintereinander die Buchstaben des Alphabets bis I aus.

Bei diesem Buchstaben machte der Greis ein bejahendes Zeichen.

»I?« wiederholte Franz.

Der Finger des jungen Mannes glitt über die Wörter hin, bei mehreren antwortete Noirtier durch ein verneinendes Zeichen.

Valentine verbarg ihren Kopf in ihren Händen.

Bald gelangte Franz zu dem Worte: Ich.

»Ja!« machte der Greis.

»Sie?« rief Franz, dessen Haare sich auf seinem Haupt sträubten; »Sie, Herr Noirtier, Sie haben meinen Vater getötet?«

»Ja«, antwortete Noirtier, einen majestätischen Blick auf den jungen Mann heftend.

Franz fiel gelähmt auf einen Stuhl, Villefort öffnete die Tür und entfloh, denn es kam ihm der Gedanke, das Wenige von Dasein, das noch in dem Herzen des furchtbaren Greises übrigblieb, zu ersticken.

16. Die Fortschritte des Herrn Cavalcanti Sohn

Herr Cavalcanti Vater war abgereist, um seinen Dienst wieder anzutreten, nicht in der Armee Seiner Majestät des Kaisers von Österreich, sondern an der Roulette der Bäder von Lucca, zu deren eifrigsten Höflingen er gehörte. Es versteht sich von selbst, daß er gewissenhaft bis auf den letzten Heller die Summe, die ihm für seine Reisen und als Belohnung für die majestätische Art und Weise, wie er seine Vaterrolle gespielt, angewiesen worden, mitgenommen hatte.

Andrea erbte bei dieser Abreise alle Papiere, die bestätigten, daß er wirklich die Ehre hatte, der Sohn des Marchese Bartolomeo und der Marchesa Oliva Corsinari zu sein.

Er hatte also gleichsam Anker geworfen in dieser Pariser Gesellschaft, die so leicht die Fremden aufnimmt und sie nicht nach dem behandelt, was sie sind, sondern nach dem, was sie sein wollen. Was verlangt man übrigens von einem jungen Mann in Paris? Daß er so ungefähr seine Sprache spricht, anständig gekleidet ist, gut spielt und in Gold bezahlt.

Andrea nahm also nach vierzehn Tagen eine ziemlich hübsche Stellung ein; man nannte ihn den Herrn Grafen, man sagte, er hätte fünfzigtausend Franken Rente, und sprach von den ungeheuren Schätzen seines Vaters, die in den Steinbrüchen von Saravezza vergraben sein sollten.

So weit war man in dem Kreis der Pariser Gesellschaft, als Monte Christo eines Abends einen Besuch bei Herrn Danglars machte. Herr Danglars war ausgegangen; aber man schlug dem Grafen vor, ihn bei der Baronin einzuführen, was er auch annahm.

Seit dem Mittagsmahl in Auteuil und den Ereignissen, die darauf folgten, hörte Madame Danglars den Namen Monte Christo nie ohne ein gewisses Nervenzittern aussprechen. Folgte die Gegenwart des Grafen nicht auf den Schall seines Namens, so wurde die schmerzliche Empfindung noch viel heftiger; erschien dagegen der Graf, so zerstreuten bei Madame Danglars sein offenes Gesicht, seine glänzenden Augen, seine Liebenswürdigkeit, seine Höflichkeit gar bald den letzten Eindruck von Furcht. Es kam der Baronin unmöglich vor, daß ein auf seiner Oberfläche so freundlicher, so liebreicher Mann schlimme Absichten gegen sie hegen sollte.

Als Monte Christo in das Boudoir trat, wo die Baronin Zeichnungen betrachtete, welche ihr von ihrer Tochter, nachdem sie dieselben mit Herrn Cavalcanti Sohn beschaut hatte, dargeboten wurden, brachte seine Gegenwart die gewöhnliche Wirkung hervor, und die Baronin empfing, anfangs durch seinen Namen ein wenig erschüttert, den Grafen mit einem Lächeln. Dieser umfaßte seinerseits die ganze Szene mit einem Blick. Neben der Baronin, halb auf einem Lehnsessel liegend, war Eugenie, und Cavalcanti stand vor ihr. Schwarz gekleidet mit lackierten Schuhen und durchbrochenen seidenen Strümpfen, fuhr Cavalcanti mit einer weißen und gepflegten Hand in seine blonden Haare, wobei man einen Diamanten an einem Finger funkeln sah; denn trotz des Rates von Monte Christo hatte der eitle junge Mann dem Verlangen, einen kostbaren Ring an seinen Finger zu stecken, nicht widerstehen können.

Diese Bewegung war von mörderischen Blicken begleitet, auf Fräulein Danglars geworfen und von Seufzern an dieselbe Adresse abgeschickt, wie die Blicke. Fräulein Danglars war immer gleich, das heißt schön, kalt und spöttisch. Keiner von diesen Blicken, keiner von diesen Seufzern entging ihr; doch man hätte glauben sollen, sie glitten am Panzer der Minerva ab. Eugenie begrüßte den Grafen kalt und benützte das erste Geräusch der Unterhaltung, um sich in ihr Studierzimmer zurückzuziehen, wo bald zwei lachende Stimmen, vermischt mit den Akkorden eines Pianos, dem Grafen von Monte Christo andeuteten, daß Fräulein Danglars seiner Gesellschaft und der von Herrn Cavalcanti die von Fräulein Luise d'Armilly, ihrer Gesangslehrerin, vorgezogen hatte. Während der Graf mit Madame Danglars plauderte und ganz von den Reizen der Unterhaltung eingenommen schien, bemerkte er doch die Unruhe von Herrn Andrea Cavalcanti und die Art, wie er, um auf die Musik zu horchen, an die Tür ging, deren Schwelle er nicht zu überschreiten wagte, und wie er seine Bewunderung äußerte. Bald kehrte der Bankier zurück. Sein erster Blick galt allerdings Monte Christo, doch sein zweiter Andrea.

»Haben Sie die Fräulein nicht eingeladen, Musik mit Ihnen zu machen?« fragte Danglars Andrea.

»Ach nein, mein Herr«, antwortete Andrea mit einem Seufzer,

der noch merkwürdiger war als die andern. Danglars ging sogleich nach der Zwischentür und öffnete sie. Man sah nun die zwei Mädchen auf demselben Sitz nebeneinander vor dem Piano. Fräulein d'Armilly war von einer bemerkenswerten Schönheit, oder vielmehr von ausgesuchter Zierlichkeit. Es war eine kleine, feenartig schlanke und blonde Dame mit langen, gelockten Haaren, welche auf einen etwas zu gestreckten Hals fielen, und mit Augen, verschleiert durch die Müdigkeit. Man sagte, sie hätte eine schwache Brust und würde wie die Antonia der »Cremoneser Geige« eines Tages beim Singen sterben.
Monte Christo warf in dieses Frauengemach einen raschen, neugierigen Blick; er sah zum erstenmal Fräulein d'Armilly, von der er so oft im Haus hatte sprechen hören.
»Nun!« fragte der Bankier seine Tochter, »sind wir ausgeschlossen?«
Dann führte er den jungen Mann in den kleinen Salon, und – war es nun Zufall, war es Geschicklichkeit – hinter Andrea wurde die Tür so zugestoßen, daß von dem Ort, wo sie saßen, Monte Christo und die Baronin nichts mehr sehen konnten. Da der Bankier Andrea gefolgt war, so schien Madame Danglars diesen Umstand nicht einmal zu bemerken.
Bald hernach hörte der Graf die Stimme von Andrea bei den Akkorden des Klaviers erklingen, das ein korsisches Lied begleitete. Während der Graf lächelnd auf dieses Lied horchte, das ihn Andrea vergessen machte, um ihn an Benedetto zu erinnern, rühmte Madame Danglars die Seelenstärke ihres Mannes, der an demselben Morgen bei einem Bankerott in Mailand abermals 3–400000 Franken verloren hatte. Und dieses Lob war in der Tat verdient; denn wenn es der Graf nicht durch die Baronin oder durch eines von den Mitteln, die ihm zu Gebot standen, um alles zu erfahren, gewußt hätte, so würde ihm das Gesicht des Barons nichts davon angezeigt haben.
»Gut!« dachte Monte Christo, »er ist bereits so weit, daß er verbirgt, was er verliert, während er sich vor einem Monat seiner Verluste rühmte.«
Dann sagte der Graf laut: »Oh, Madame, Herr Danglars kennt die Börse so gut, daß er dort stets wieder gewinnen wird, was er anderswo verlieren mag.«

»Ich sehe, daß Sie den allgemeinen Irrtum teilen«, versetzte Madame Danglars.
»Und worin besteht dieser Irrtum?«
»Herr Danglars spiele, während er im Gegenteil nie spielt.«
»Ach ja, das ist wahr. Madame, ich erinnere mich dessen, was mir Herr Debray gesagt hat... Doch was Herrn Debray betrifft, was ist aus ihm geworden? Ich habe ihn seit drei oder vier Tagen nicht gesehen.«
»Und ich auch nicht«, sprach Madame Danglars mit einer wunderbaren Haltung. »Sie fingen jedoch einen Satz an, der unvollendet blieb.«
»Ah, ganz richtig: Herr Debray hat mir gesagt, Sie opferten sich dem Dämon des Spieles.«
»Ich gestehe, ich hatte eine Zeitlang diesen Geschmack, aber ich habe ihn nicht mehr.«
»Und Sie haben unrecht, Madame. Ei, mein Gott! Die Wechselfälle des Glücks sind unberechenbar, und wenn ich eine Frau wäre, und der Zufall aus dieser Frau die eines Bankiers gemacht hätte, so würde ich, wie groß auch mein Vertrauen zu dem Glück meines Mannes sein möchte, immerhin anfangen, mir ein unabhängiges Vermögen zu sichern, und müßte ich dieses Vermögen dadurch erwerben, daß ich meine Interessen in Hände legte, die ihm unbekannt wären.«
Madame Danglars errötete unwillkürlich.
»Hören Sie«, fuhr Monte Christo fort, als ob er nichts gesehen hätte, »man spricht von einem schönen Anstieg, den gestern die neapolitanischen Papiere gemacht haben.«
»Ich habe keine und habe deren nie gehabt«, sagte rasch die Baronin; »doch nun ist genug von der Börse gesprochen, mein Herr Graf, wir sehen aus wie zwei Wechselagenten; sprechen wir ein wenig von den armen Villeforts, die in diesem Augenblick so sehr vom Unglück heimgesucht werden.«
»Was ist ihnen denn widerfahren?« fragte Monte Christo mit einer vollkommenen Naivität.
»Sie wissen doch, daß sie, nachdem sie Herrn von Saint-Meran drei oder vier Tage nach seiner Abreise verloren, auch die Marquise drei Tage nach ihrer Ankunft verloren haben.«
»Ah, es ist wahr«, versetzte Monte Christo, »ich habe dies ge-

hört; doch es ist, wie Claudius zu Hamlet sagt, das Gesetz der Natur: Ihre Väter sind vor ihnen gestorben, und sie haben dieselben beweint; sie werden vor ihren Söhnen sterben, und ihre Söhne werden sie beweinen.«

»Doch das ist noch nicht alles. Sie wissen doch, daß sie ihre Tochter verheiraten wollten?«

»An Herrn Franz d'Epinay... Hat die Heirat nicht stattgefunden?«

»Gestern morgen hat ihnen Franz, wie es scheint, ihr Wort zurückgegeben.«

»Ah, wirklich... Kennt man die Ursache dieses Bruches?«

»Nein.«

»Und wie nimmt Herr von Villefort alle diese Unglücksfälle auf?«

»Wie immer, als Philosoph.«

In diesem Augenblick kehrte Danglars zurück.

»Nun!« rief die Baronin, »Sie lassen Herrn Cavalcanti mit Ihrer Tochter allein?«

»Und als was sehen Sie denn Fräulein d'Armilly an?« erwiderte der Bankier. Dann sich an Monte Christo wendend: »Ein reizender junger Mann, nicht wahr, Herr Graf, dieser Prinz Cavalcanti? Nur fragt es sich, ob er wirklich Prinz ist?«

»Ich stehe nicht dafür. Man stellte mir seinen Vater als Marquis vor; er wäre Graf; doch ich glaube nicht, daß er sich viel auf seinen Titel einbildet.«

»Warum? Wenn er Prinz ist, so hat er unrecht, sich dessen nicht zu rühmen. Jedem sein Recht. Ich liebe es nicht, daß man seinen Ursprung verleugnet.«

»Doch sehen Sie, wem Sie sich aussetzen«, sagte die Baronin; »wenn Herr von Morcerf zufällig käme, so würde er Herrn Cavalcanti in einem Zimmer finden, in das er, der Bräutigam, nie eintreten durfte.«

»Sie tun wohl daran, zufällig zu sagen«, erwiderte der Bankier, »denn man sieht ihn so selten, daß man in der Tat glauben sollte, es wäre wirklich der Zufall, der ihn zu uns führt.«

»Kurz, wenn er käme und diesen jungen Menschen bei Ihrer Tochter sehen würde, so könnte er unzufrieden werden.«

»Er! Oh, mein Gott, Sie täuschen sich: Herr Albert tut uns nicht die Ehre an, eifersüchtig auf seine Frau zu sein, dazu liebt er sie nicht hinreichend. Was liegt übrigens mir daran, ob er unzufrieden ist oder nicht.«

»Doch auf dem Punkt, auf welchem wir stehen...«

»Wollen Sie wissen, auf welchem Punkt wir stehen? Auf dem Ball seiner Mutter tanzte er ein einziges Mal mit meiner Tochter, während Herr Cavalcanti dreimal mit ihr tanzte, und er hat es gar nicht bemerkt.«

»Der Herr Vicomte Albert von Morcerf«, meldete der Kammerdiener.

Die Baronin stand rasch auf. Sie wollte in das Studierzimmer gehen, um ihre Tochter zu benachrichtigen, aber Danglars hielt sie am Arm zurück.

»Lassen Sie das«, sagte er.

Sie schaute ihn erstaunt an. Monte Christo stellte sich, als hätte er diese Szene nicht gesehen.

Albert trat ein; er war sehr schön und sehr heiter, grüßte die Baronin mit Leichtigkeit, Danglars mit Vertraulichkeit, Monte Christo mit Liebe und sprach sodann, sich wieder an die Baronin wendend: »Wollen Sie mir erlauben, Sie zu fragen, Madame, wie sich Fräulein Danglars befindet?«

»Sehr gut, mein Herr«, antwortete rasch Danglars, »sie macht in diesem Augenblick Musik in ihrem kleinen Salon mit Herrn Cavalcanti.«

Albert behielt seine ruhige, gleichgültige Miene; er empfand vielleicht einen innern Ärger, aber er fühlte den Blick von Monte Christo auf sich geheftet.

»Herr Cavalcanti hat einen sehr schönen Tenor«, sagte er, »und Fräulein Danglars einen prachtvollen Sopran, es muß ein entzückendes Konzert sein.«

»Sie stimmen allerdings vortrefflich zusammen«, sagte Danglars. Albert schien diese Zweideutigkeit nicht bemerkt zu haben, obgleich sie so plump war, daß Madame Danglars darüber errötete.

»Ich bin auch ein Musiker, wenigstens wie meine Lehrer sagten«, fuhr der junge Mann fort; »doch seltsamerweise konnte ich meine Stimme nie mit einer andern Stimme in Einklang bringen.«

Danglars lächelte auf eine Weise, welche wohl bedeuten sollte: »Ärgere dich doch!« Dann sagte er laut: »Der Prinz und meine Tochter haben auch gestern die allgemeine Bewunderung erregt. Waren Sie gestern nicht hier, Herr von Morcerf?«
»Welcher Prinz?« fragte Albert.
»Der Prinz Cavalcanti«, erwiderte Danglars, der diesen Titel hartnäckig dem jungen Mann gab.
»Verzeihen Sie, ich wußte nicht, daß er Prinz ist. Ah! Der Prinz Cavalcanti hat gestern mit Fräulein Eugenie gesungen! Das muß entzückend gewesen sein, und ich bedaure lebhaft, es nicht gehört zu haben. Doch ich konnte Ihrer Einladung nicht folgen, denn ich war genötigt, Frau von Morcerf zu der Baronin Chateau-Renaud zu begleiten, wo die Deutschen sangen.«
Dann nach einem Stillschweigen, und als ob von nichts die Rede gewesen wäre, wiederholte Morcerf: »Wird es mir erlaubt sein, Fräulein Danglars meine Achtung zu bezeigen?«
»Oh, warten Sie, warten Sie, ich bitte Sie«, sprach der Bankier, den jungen Mann zurückhaltend, »hören Sie die köstliche Cavatine: ta, ta, ta, ti, ta, ti, ta, ta; es ist entzückend, es wird sogleich zu Ende sein... nur eine Sekunde, vortrefflich! Bravo! Brava! Bravi!«
Und der Bankier fing an, wie wütend Beifall zu klatschen.
»In der Tat«, rief Albert, »das ist vortrefflich, und man kann unmöglich die Musik seines Landes besser begreifen als der Prinz Cavalcanti. Nicht wahr, Sie sagten Prinz? Wenn er übrigens nicht Prinz ist, so wird man ihn dazu machen, denn das geschieht leicht in Italien. Doch um auf unsere anbetungswürdigen Sänger zurückzukommen... Sie sollten uns ein Vergnügen verschaffen, Herr Danglars: Sie sollten, ohne sie davon in Kenntnis zu setzen, daß ein Fremder da ist, Fräulein Danglars und Herrn Cavalcanti bitten, ein anderes Stück anzufangen. Es ist etwas so Köstliches, die Musik ein wenig aus der Ferne zu genießen, in einem Halbschatten, ohne zu sehen, ohne gesehen zu werden, und folglich, ohne den Musiker zu beengen, der sich so dem ganzen Instinkt seines Genies oder dem Erguß seines Herzens überlassen kann.«
Diesmal wurde Danglars durch das Phlegma des jungen Mannes aus dem Sattel gehoben. Er nahm Monte Christo beiseite

und sagte zu ihm: »Nun, was denken Sie von unserem Verliebten?«

»Verdammt, er kommt mir ziemlich kalt vor; doch, was wollen Sie? Sie haben sich in eine Verbindlichkeit eingelassen?«

»Allerdings habe ich eine Verbindlichkeit, aber nur die, meine Tochter einem Mann zu geben, der sie liebt, und nicht einem Mann, der sie nicht liebt. Sehen Sie ihn an, er ist kalt wie Marmor, stolz wie sein Vater; wenn er nur reich wäre, wenn er das Vermögen der Cavalcanti besäße, dann könnte man darüber weggehen! Meiner Treu, ich habe meine Tochter nicht befragt, wenn sie jedoch einen guten Geschmack hätte...«

»Oh, ich weiß nicht, ob meine Freundschaft für ihn mich verblendet«, erwiderte Monte Christo, »doch ich versichere Sie, Herr von Morcerf ist ein liebenswürdiger junger Mann, der Ihre Tochter glücklich machen und früher oder später etwas erreichen wird; denn die Stellung seines Vaters ist im ganzen ausgezeichnet.«

»Hm!« machte Danglars.

»Warum dieser Zweifel?«

»Es ist da immer noch die Vergangenheit... die dunkle Vergangenheit.«

»Doch die Vergangenheit des Vaters geht den Sohn nichts an.«

»Warum nicht?«

»Seien Sie nicht eigensinnig; vor einem Monat fanden Sie diese Verbindung vortrefflich. Sie begreifen, ich bin in Verzweiflung, denn bei mir haben Sie diesen Cavalcanti gesehen, den ich nicht kenne... ich wiederhole es.«

»Ich kenne ihn«, sprach Danglars, »das genügt.«

»Sie kennen ihn? Haben Sie Erkundigungen über ihn eingezogen?« fragte Monte Christo.

»Bedarf es deren? Weiß man nicht beim ersten Blick, mit wem man es zu tun hat?... Einmal ist er reich.«

»Ich kann keine Versicherung hierüber geben.«

»Sie haften doch für ihn?«

»Für fünfzigtausend Franken, für eine Erbärmlichkeit.«

»Er hat eine ausgezeichnete Erziehung.«

»Hm!« machte Monte Christo.

»Er ist Musiker.«

»Alle Italiener sind es.«

»Hören Sie, Graf, Sie sind nicht gerecht gegen diesen jungen Mann.«

»Ja, ich gestehe es; bekannt mit Ihren Verbindlichkeiten gegen Herrn von Morcerf, sehe ich zu meinem Schmerz, daß er sich so in die Quere wirft und von seinem Vermögen Mißbrauch macht.«

Danglars schlug ein Gelächter an und rief: »Was für ein Puritaner sind Sie! Dergleichen fällt täglich in der Welt vor.«

»Sie können indessen nicht so brechen, mein lieber Danglars; die Morcerf rechnen auf diese Heirat.«

»Sie rechnen darauf?«

»Bestimmt.«

»Dann mögen sie sich erklären. Sie sollten von dieser Sache ein paar Worte bei dem Vater fallenlassen, Sie, der Sie im Haus so gut angeschrieben sind.«

»Ich! Wo des Teufels haben Sie dies gesehen?«

»Auf ihrem Ball, wie mir scheint. Wie! Die Gräfin, die stolze Mercedes, die hochmütige Katalonierin, die sich kaum herabläßt, den Mund für ihre ältesten Bekannten zu öffnen, sie hat Sie beim Arm genommen, ist mit Ihnen in den Garten und dort in die kleinen Alleen gegangen und erst nach einer halben Stunde zurückgekommen!«

»Ah! Baron, Baron«, sagte Albert, »Sie hindern uns zu hören; welche Barbarei für einen Musikfreund, wie Sie sind!«

»Gut, gut, Herr Spötter«, rief Danglars.

Dann sich an Monte Christo wendend:

»Sie übernehmen es, dies dem Vater zu sagen?«

»Gern, wenn Sie es wünschen.«

»Doch nun muß es auf eine bestimmte und unumwundene Weise geschehen: Er soll meine Tochter von mir verlangen, eine Zeit festsetzen, seine pekuniären Bedingungen nennen, damit man sich verständigt oder entzweit, aber Sie begreifen, keinen Aufschub mehr!«

»Wohl, der Schritt wird getan werden.«

»Ich sage nicht, daß ich ihn mit Vergnügen erwarte, doch ich erwarte ihn: Sie wissen, ein Bankier muß der Sklave seines Wortes sein.« Hier stieß Danglars einen Seufzer aus.

»Bravo, bravo, bravo!« rief Morcerf, den Bankier parodierend und am Schluß des Stückes Beifall klatschend.

Danglars fing an, Albert von der Seite anzuschauen, als ein Diener eintrat und ihm ein paar Worte zuflüsterte.

»Ich komme zurück«, sagte der Bankier zu Monte Christo, »erwarten Sie mich, ich habe Ihnen vielleicht sogleich etwas zu sagen.« Und er ging hinaus.

Die Baronin benützte die Abwesenheit ihres Mannes, um die Tür des Studierzimmers ihrer Tochter wieder aufzustoßen, und man sah Andrea, der mit Fräulein Danglars vor dem Klavier saß, wie eine Feder aufspringen.

Albert verbeugte sich lächelnd vor Fräulein Danglars, die ihm, ohne im geringsten beunruhigt zu scheinen, wie gewöhnlich einen kalten Gruß zurückgab.

Cavalcanti war sichtbar verlegen; er grüßte Morcerf, der seine Begrüßung mit der geringschätzendsten Miene erwiderte.

Da fing Albert an, sich in Lobeserhebungen über die Stimme von Fräulein Danglars gleichsam zu verwirren und sein Bedauern darüber auszudrücken, daß er nach dem, was er gehört, der Soiree des vorhergehenden Tages nicht beigewohnt habe.

Sich selbst überlassen, nahm Cavalcanti Monte Christo beiseite.

»Nun ist es genug mit der Musik und den Komplimenten«, sagte Madame Danglars, »wir wollen den Tee nehmen.«

»Komm, Luise«, sprach Fräulein Danglars zu ihrer Freundin.

Man ging in den anstoßenden Salon, in dem schon der Tee bereit stand.

In dem Augenblick, als man sich niedersetzte, öffnete sich die Tür wieder, und Danglars erschien sichtbar bewegt.

Monte Christo besonders bemerkte die Aufregung und fragte den Baron mit dem Blick.

»Ich habe einen Kurier von Griechenland bekommen«, sagte Danglars.

»Ah, ah!« versetzte der Graf, »deshalb hat man Sie gerufen.«

»Wie befindet sich König Otto?« fragte Albert mit dem lustigsten Ton.

Danglars schaute ihn von der Seite an, ohne ihm zu antworten, und Monte Christo wandte sich ab, um den Ausdruck des Mitleids zu verbergen, der auf seinem Gesicht hervortrat, bald aber wieder verschwand.

»Nicht wahr, wir gehen miteinander?« fragte Albert den Grafen.

»Ja, wenn Sie wollen«, antwortete dieser.

Albert begriff den Blick des Bankiers nicht; er sagte auch, sich an Monte Christo wendend, der ihn vollkommen begriffen hatte: »Haben Sie gesehen, wie er mich anschaute?«

»Ja«, antwortete der Graf »finden Sie etwas Besonderes in seinem Blick?«

»Ganz gewiß; doch was will er mit seinen Nachrichten aus Griechenland sagen?«

»Wie soll ich das wissen?«

»Ich setze voraus, Sie stehen in einer gewissen Beziehung mit diesem Land.«

Monte Christo lächelte, wie man lächelt, wenn man sich einer Antwort entheben will.

»Sehen Sie, er nähert sich Ihnen«, sagte Albert; »ich will Fräulein Danglars ein Kompliment über ihre Kamee machen, und mittlerweile hat der Vater Zeit, mit Ihnen zu sprechen.«

»Wollen Sie ihr ein Kompliment machen, so tun Sie dies wenigstens über ihre Stimme«, versetzte Monte Christo.

»Nein, das würde jedermann tun.«

»Mein lieber Vicomte«, erwiderte Monte Christo, »Ihr Benehmen kommt mir etwas läppisch vor.«

Albert trat mit lächelnden Lippen auf Eugenie zu.

Während dieser Zeit neigte sich Danglars dem Grafen zu und flüsterte: »Sie haben mir einen guten Rat gegeben, es liegt eine ganz furchtbare Geschichte in den Worten: Fernand und Janina.«

»Ah, bah!«

»Ja, ich werde es Ihnen erzählen; doch nehmen Sie den jungen Mann mit; ich wäre verlegen, mit ihm zusammen zu bleiben.«

»Er begleitet mich; muß ich Ihnen immer noch den Vater schikken?«

»Mehr als je.«

»Gut.«

Der Graf machte Albert ein Zeichen.

Beide verbeugten sich vor den Damen und gingen weg: Albert mit einer gegen die Geringschätzung von Fräulein Danglars völlig gleichgültigen Miene; Monte Christo Madame Danglars seine Ratschläge hinsichtlich der Klugheit wiederholend, welche die Frau eines Bankiers haben müßte, um sich ihre Zukunft zu sichern.
Andrea Cavalcanti blieb Herr des Schlachtfeldes.

17. Haydee

Kaum hatten sich die Pferde um die Ecke des Boulevard gedreht, als sich Albert mit einem Gelächter, das zu lärmend war, um natürlich zu sein, an den Grafen wandte und zu diesem sagte:
»Ich frage Sie, wie Karl IX. nach der Bartholomäus-Nacht Katharina von Medici fragte: Wie habe ich meine Rolle gespielt?«
»In welcher Hinsicht?«
»Hinsichtlich der Einsetzung meines Nebenbuhlers bei Herrn Danglars...«
»Welches Nebenbuhlers?«
»Bei Gott! Ihres Schützlings, des Herrn Cavalcanti.«
»Oh, keine schlechten Späße, Vicomte, ich beschütze Herrn Andrea nicht, wenigstens nicht bei Herrn Danglars.«
»Und das ist ein Vorwurf, den ich Ihnen machen würde, wenn der junge Mann eines Schutzes bedürfte; doch zu meinem Glück kann er dessen entbehren.«
»Wie, Sie glauben, er mache den Hof?«
»Ich stehe Ihnen dafür: Er seufzt, wälzt die Augen im Kopf umher und stottert verliebte Töne; er strebt nach der Hand der stolzen Eugenie.«
»Was ist daran gelegen, wenn man nur an Sie denkt.«
»Sagen Sie das nicht, mein lieber Graf, man stößt mich von zwei Seiten zurück.«
»Wie, von zwei Seiten?«
»Allerdings: Fräulein Eugenie hat mir kaum geantwortet, und Fräulein d'Armilly, ihre Vertraute, hat mir gar nicht geantwortet.«
»Ja... aber der Vater betet Sie an...«, sprach Monte Christo.
»Er, im Gegenteil, er hat mir tausend Dolche in das Herz gesto-

ßen; Dolche, die wohl in das Heft zurückwichen, Theaterdolche, die er aber für wahr und wirksam hielt. Ich wette, daß er mir, ehe acht Tage vergehen, die Tür vor der Nase zumacht.«

»Sie täuschen sich, mein lieber Vicomte.«

»Haben Sie einen Beweis?«

»Ja. Ich bin beauftragt, den Herrn Grafen von Morcerf zu bitten, einen entscheidenden Schritt bei dem Baron zu tun.«

»Nicht wahr, das werden Sie nicht tun, mein lieber Graf?«

»Sie täuschen sich, Albert, ich werde es tun, da ich es versprochen habe.«

»Es scheint, es ist Ihnen alles daran gelegen, mich zu verheiraten«, versetzte Albert mit einem Seufzer.

»Es liegt mir daran, mit jedermann gut zu sein; doch was Debray betrifft, ich sehe ihn nicht mehr bei der Baronin?«

»Es hat Streit gegeben.«

»Mit Madame?«

»Nein, mit dem Baron.«

»Er hat also etwas bemerkt?«

»Sie scherzen!«

»Glauben Sie, er habe es vermutet?« versetzte Monte Christo mit einer reizenden Naivität.

»Ei, woher kommen Sie denn, mein lieber Graf?«

»Vom Kongo, wenn Sie wollen.«

»Das ist noch nicht fern genug.«

»Kenne ich Eure Pariser Ehemänner?«

»Die Ehemänner sind überall dieselben; sobald Sie in irgendeinem Land das Individuum studiert haben, kennen Sie das ganze Geschlecht.«

»Doch welche Ursache konnte denn Danglars und Debray entzweien? Sie schienen sich so gut zu verstehen«, sagte Monte Christo mit gleicher Naivität.

»Ah, wir kommen zu den Geheimnissen der Isis, und ich bin nicht eingeweiht. Wenn Herr Cavalcanti Sohn zu der Familie gehört, so mögen Sie ihn dies fragen.«

Der Wagen hielt an.

»Wir sind an Ort und Stelle«, sprach Monte Christo, »es ist erst halb elf Uhr, kommen Sie mit herauf, mein Wagen wird Sie zurückführen.«

»Ich danke, mein Kupee muß uns gefolgt sein.«
»In der Tat, hier ist es«, sagte Monte Christo und sprang zu Boden.
Beide gingen in das Haus; der Salon war beleuchtet, sie traten ein.
»Sie werden uns Tee machen lassen, Baptistin«, sprach Monte Christo.
Baptistin entfernte sich, ohne ein Wort zu sagen. Wenige Sekunden später erschien er wieder mit einer vollkommen bestellten Platte, die wie die Mahlzeiten in den Feenstücken aus der Erde hervorzukommen schien.
»In der Tat, mein lieber Graf«, sagte Morcerf, »was ich an Ihnen bewundere, ist nicht Ihr Reichtum, es gibt vielleicht reichere Leute als Sie; es ist nicht Ihr Geist, Beaumarchais hatte nicht mehr, aber ebensoviel. Es ist Ihre Art und Weise, ohne daß man Ihnen ein Wort erwidert, auf die Sekunde bedient zu werden, als ob man schon an Ihrem Läuten erriete, was Sie zu haben wünschen, und als ob das, was Sie haben wollen, stets bereit wäre.«
»Was Sie da sagen, ist ein wenig wahr. Man kennt meine Gewohnheiten. Sie sollen ein Beispiel sehen: Wünschen Sie nicht irgend etwas zu tun, während Sie Tee trinken?«
»Bei Gott! Ich wünsche zu rauchen.«
Monte Christo näherte sich dem Glöckchen und tat einen Schlag. Nach einer Sekunde öffnete sich eine besondere Tür, und Ali erschien mit zwei mit vortrefflichem Latakie gestopften Tschibuks.
»Das ist wunderbar«, sagte Morcerf.
»Nein, das ist ganz einfach«, versetzte Monte Christo, »Ali weiß, daß ich gewöhnlich rauche, wenn ich Kaffee oder Tee trinke; er weiß, daß ich Tee verlangt habe; er weiß, daß ich mit Ihnen nach Hause gekommen bin, er hört, daß ich rufe, er vermutet die Ursache, und da er von einem Lande ist, wo die Gastfreundschaft besonders mit der Pfeife geübt wird, so bringt er statt eines Tschibuks zwei.«
»Das ist allerdings eine gute Erklärung; darum scheint es mir aber nicht minder wahr, daß nur Sie... Doch was höre ich?«

Morcerf neigte sich nach der Tür, durch die Töne, denen einer Gitarre, drangen.
»Meiner Treu, lieber Vicomte, Sie sind heute ein Opfer der Musik; Sie entgehen dem Piano von Fräulein Danglars nur, um in die Guzla von Haydee zu fallen.«
»Haydee! Welch ein bewunderungswürdiger Name! Es gibt also wirklich anderswo, als in den Gedichten von Lord Byron, Frauen, die Haydee heißen?«
»Gewiß; Haydee ist ein in Frankreich sehr seltener, doch in Albanien und im Epirus sehr gewöhnlicher Name; es ist, als ob Sie zum Beispiel sagten: Keuschheit, Unschuld.«
»Oh, wie reizend!« rief Albert; »wie gern möchte ich unsere Französinnen sich Fräulein Güte, Fräulein Stillschweigen, Fräulein Nächstenliebe nennen hören! Sagen Sie, welche Wirkung müßte es hervorbringen, wenn in einem Heiratsaufgebot Fräulein Danglars, statt sich Claire Marie Eugenie zu nennen, Fräulein Keuschheit-Schamhaftigkeit-Unschuld Danglars heißen würde!«
»Sie sind verrückt!« sprach der Graf; »sprechen Sie nicht so laut. Haydee könnte es hören.«
»Und sie würde sich darüber ärgern?«
»Nein«, entgegnete der Graf mit seiner stolzen Miene.
»Sie ist eine gute Person?« fragte Albert.
»Es ist nicht Güte, es ist Pflicht; eine Sklavin wird nicht gegen ihren Herrn aufgebracht.«
»Gehen Sie doch, Sie scherzen selbst. Gibt es noch Sklavinnen?«
»Sicherlich, da Haydee die meinige ist.«
»In der Tat, Sie tun nichts und haben nichts wie ein anderer. Sklavin des Herrn Grafen von Monte Christo! Das ist eine Stellung in Frankreich. Nach der Art und Weise, wie Sie das Geld in Bewegung setzen, muß es ein Platz sein, der hunderttausend Taler jährlich einträgt.«
»Hunderttausend Taler! Die Arme hat mehr als dies besessen; sie ist auf Schätzen zur Welt gekommen, gegen welche die aus Tausendundeine Nacht nur sehr wenig sind.«
»Sie ist also wirklich eine Prinzessin?«
»Wie Sie sagen, und zwar eine der reichsten ihres Landes.«

»Ich vermute es. Doch wie ist eine vornehme Prinzessin Sklavin geworden?«
»Wie ist Diony, der Tyrann von Syrakus, Schulmeister geworden? Der Zufall des Krieges, mein lieber Vicomte, die Laune des Schicksals.«
»Und ihr Name ist ein Geheimnis?«
»Ja, für jedermann, aber nicht für Sie, mein lieber Vicomte, der Sie zu meinen Freunden gehören und der Sie schweigen, nicht wahr, wenn Sie mir zu schweigen versprechen?«
»Bei meinem Ehrenwort.«
»Sie kennen die Geschichte vom Pascha von Janina?«
»Von Ali Tependelini? Ganz gewiß, denn mein Vater hat in seinem Dienst sein Glück gemacht.«
»Es ist wahr, ich hatte es vergessen.«
»Nun, was ist Haydee in Beziehung auf Ali Tependelini?«
»Ganz einfach seine Tochter.«
»Wie, die Tochter von Ali Pascha?«
»Ja, von der schönen Wasiliki.«
»Und sie ist Ihre Sklavin?«
»Oh, mein Gott, ja, als ich eines Tages über den Markt von Konstantinopel ging, kaufte ich sie.«
»Das ist herrlich! Bei Ihnen, mein lieber Graf, lebt man nicht, sondern man träumt. Doch hören Sie, was ich Sie nun fragen werde, ist sehr unbescheiden.«
»Sprechen Sie immerhin.«
»Da Sie mit ihr ausgehen, da Sie Haydee in die Oper führen, so kann ich mich wohl erdreisten...«
»Sie können sich erdreisten, alles von mir zu verlangen.«
»Wohl, mein lieber Graf, stellen Sie mich Ihrer Prinzessin vor.«
»Gern; doch unter zwei Bedingungen.«
»Ich nehme sie zum voraus an.«
»Einmal dürfen Sie diese Vorstellung niemand mitteilen.«
»Sehr gut.« Morcerf streckte die Hand aus. »Ich schwöre.«
»Und sodann dürfen Sie ihr nicht sagen, Ihr Vater habe dem ihrigen gedient.«
»Ich schwöre abermals.«
»Vortrefflich. Vicomte, nicht wahr, Sie werden sich dieser beiden Schwüre erinnern?«

»Oh, gewiß«, rief Albert.
»Gut, ich weiß, daß Sie ein Mann von Ehre sind.«
Der Graf schlug abermals auf das Glöckchen; Ali erschien.
»Melde Haydee«, sagte er zu ihm, »daß ich den Kaffee bei ihr trinken will, und mache ihr begreiflich, daß ich sie um Erlaubnis bitte, ihr einen von meinen Freunden vorstellen zu dürfen.«
Ali verbeugte sich und trat ab.
»Es ist also abgemacht, keine unmittelbare Frage, lieber Vicomte. Wenn Sie etwas zu wissen wünschen, so fragen Sie mich, und ich werde Haydee fragen.«
»Abgemacht!«
Ali erschien zum drittenmal und hielt den Türvorhang aufgehoben, um seinem Herrn und Albert anzudeuten, daß sie kommen könnten.
»Treten wir ein«, sagte Monte Christo.
Albert fuhr mit der Hand in seine Haare und kräuselte seinen Schnurrbart. Der Graf nahm seinen Hut, zog seine Handschuhe an und ging Albert in die Wohnung voran, die von Ali wie ein Vorposten bewacht und von den drei Myrtho untergebenen französischen Kammerfrauen verteidigt wurde.
Haydee wartete in dem ersten Zimmer, dem Salon, mit großen Augen, in denen sich das Erstaunen deutlich ausprägte, denn es geschah zum erstenmal, daß ein anderer Mann als Monte Christo zu ihr drang. Sie saß in der Ecke eines Sofas mit gekreuzten Beinen und hatte sich gleichsam in den reichsten, gestickten und gestreiften orientalischen Seidenstoffen ein Nest gemacht. Neben ihr lag das Instrument, dessen Töne sie verraten hatten; sie war reizend anzuschauen.
Als sie Monte Christo erblickte, stand sie auf, mit dem doppelten Lächeln der Tochter und der Liebenden, das nur ihr eigen war; Monte Christo ging auf sie zu und reichte ihr seine Hand, auf die sie, wie gewöhnlich, ihre Lippen drückte.
Albert war unter der Herrschaft dieser seltsamen Schönheit, die er zum erstenmal sah und von der man sich in Frankreich keinen Begriff machen konnte, bei der Tür stehengeblieben.
»Wen bringst du?« fragte das Mädchen in griechischer Sprache, »einen Bruder, einen Freund, einfachen Bekannten oder einen Feind?«

»Einen Freund«, antwortete Monte Christo in derselben Sprache. »Graf Albert, derselbe, den ich in Rom den Händen der Banditen entrissen habe.«

»In welcher Sprache soll ich mit ihm sprechen?«

Monte Christo dachte einen Augenblick nach und erwiderte: »Du wirst Italienisch sprechen.« Dann sich an Albert wendend: »Es ist ärgerlich, daß Sie weder das Neugriechische noch das Altgriechische verstehen, denn Haydee spricht beides vortrefflich; die Arme ist genötigt, Italienisch mit Ihnen zu sprechen, was Ihnen vielleicht einen falschen Begriff von ihr geben wird.«

Er machte Haydee ein Zeichen.

»Sei willkommen, Freund, der du mit meinem Herrn und Gebieter erscheinst«, sagte das Mädchen in vortrefflichem Toskanisch und mit weichem, römischem Akzent. »Ali, Kaffee und Pfeifen.«

Monte Christo zeigte Albert zwei Stühle, und jeder holte den seinigen, um ihn an ein Tischchen zu rücken, das mit natürlichen Blumen, Zeichnungen und musikalischen Alben überladen war. Ali kehrte bald mit dem Kaffee und den Tschibuks zurück; für Herrn Baptistin war dieser Teil der Wohnung verboten.

Albert wies die Pfeife zurück, die ihm der Nubier bot.

»Oh, nehmen Sie, nehmen Sie«, sagte Monte Christo, »Haydee ist beinahe ebenso zivilisiert wie eine Pariserin; der Havanna ist ihr unangenehm, weil sie die schlechten Gerüche nicht liebt, doch der orientalische Tabak gibt einen Wohlgeruch, wie Sie wissen.«

Ali verließ das Zimmer. Die Kaffeetassen waren völlig zugerichtet, nur hatte man für Albert eine Zuckerdose beigefügt. Monte Christo und Haydee nahmen den arabischen Trank auf die Weise der Araber, nämlich ohne Zucker.

Haydee streckte ihre Hand aus und faßte mit der Spitze ihrer zarten, rosigen Finger die Tasse von japanischem Porzellan, die sie mit dem naiven Vergnügen eines Kindes, das Angenehmes ißt oder trinkt, an ihre Lippen führte.

Zu gleicher Zeit traten zwei Frauen ein und brachten zwei andere Platten, beladen mit Eis und Sorbets, die sie auf kleine, eigens dafür bestimmte Tische setzten.

»Mein lieber Wirt und Sie, Signora«, sprach Albert italienisch, »entschuldigen Sie mein Erstaunen. Ich bin ganz verwirrt, und das ist natürlich; ich finde hier den Orient, den wahren Orient, nicht wie ich ihn gesehen, sondern wie ich ihn geträumt, im Schoße von Paris geträumt habe. Oh! Signora, daß ich nicht griechisch sprechen kann, Ihre Rede, verbunden mit dieser feenhaften Umgebung, würde für mich einen Abend bilden, dessen ich mich stets erinnern müßte.«

»Ich spreche gut genug Italienisch, um mich mit Ihnen zu unterhalten, mein Herr«, sagte ruhig Haydee, »und ich werde nach meinen Kräften dafür sorgen, daß Sie den Orient hier wiederfinden, wenn Sie ihn lieben.«

»Wovon kann ich mit ihr sprechen?« fragte Albert ganz leise Monte Christo.

»Von allem, was Sie wollen: von ihrem Vaterland, von ihrer Jugend, von ihren Erinnerungen, oder wenn Sie lieber wollen, von Rom, von Neapel, von Florenz.«

»Oh, es wäre nicht der Mühe wert, eine Griechin vor sich zu haben, um mit ihr von allem dem zu reden, wovon man mit einer Pariserin reden würde; lassen Sie mich mit ihr vom Orient sprechen.«

»Tun Sie das, mein lieber Albert, es ist für sie die angenehmste Unterhaltung.«

Albert wandte sich gegen Haydee und fragte: »In welchem Alter hat die Signora Griechenland verlassen?«

»Mit fünf Jahren«, antwortete Haydee.

»Und Sie erinnern sich Ihres Vaterlandes?« fragte Albert.

»Wenn ich die Augen schließe, sehe ich alles wieder, was ich gesehen habe. Es gibt zwei Blicke: den Blick des Körpers und den Blick der Seele. Der Blick des Körpers kann zuweilen vergessen, aber der der Seele erinnert sich immer.«

»Und was ist die fernste Zeit, der Sie sich erinnern?«

»Ich konnte kaum gehen; meine Mutter, die Wasiliki hieß (»Wasiliki bedeutet königlich«, fügte das Mädchen stolz das Haupt erhebend bei), meine Mutter nahm mich bei der Hand, und wir gingen beide, nachdem wir in die Börse alles Gold gelegt hatten, das wir besaßen, mit Schleiern bedeckt umher und forderten mit den Worten: ›Derjenige, welcher den Armen gibt, leiht dem Ewigen‹ Almosen für die Gefangenen. Wenn dann unsere Börse voll war, kehrten wir in den Palast zurück und schickten, ohne meinem Vater ein Wort zu sagen, alles Gold, das man uns im Glauben, wir wären arme Frauen, gegeben hatte, dem Hegumenos des Klosters, der es unter die Gefangenen austeilte.«

»Graf«, sagte ganz leise Morcerf zu Monte Christo, »Sie sollten der Signora erlauben, uns etwas von ihrer Geschichte zu erzählen. Sie haben mir verboten, von meinem Vater mit ihr zu sprechen, doch vielleicht spricht sie von ihm, und Sie können sich gar nicht denken, wie glücklich ich wäre, seinen Namen aus einem so schönen Mund kommen zu hören.«

Monte Christo wandte sich an Haydee und sagte mit einem Zeichen der Augenbrauen, das ihr andeutete, sie sollte mit der größten Aufmerksamkeit seinem Befehl Folge leisten, in griechischer Sprache zu ihr: »Erzähle uns das Schicksal deines Vaters, aber nenne nicht den Namen des Verräters.«

Haydee stieß einen langen Seufzer aus, und eine düstere Wolke zog über ihre so reine Stirn hin.

»Was sagen Sie ihr?« fragte ganz leise Morcerf.

»Ich wiederhole ihr, daß Sie ein Freund von mir sind und daß sie Ihnen gegenüber nichts zu verbergen hat.«

»Diese fromme Pilgerfahrt zu den Gefangenen ist also Ihre erste Erinnerung?« sagte Albert, »was ist die andere?«

»Die andere? Ich sehe mich unter dem Schatten von Ahornbäumen, in der Nähe eines Sees, dessen zitternden Spiegel ich noch durch das Blätterwerk erblicke; an dem ältesten und buschreichsten Baume saß mein Vater auf Kissen, und während meine Mutter zu seinen Füßen lag, spielte ich mit seinem weißen Bart, der bis auf seine Brust herabhing, und mit dem in seinem Gürtel steckenden Kandschar mit dem Diamantgriff; von Zeit zu Zeit kam ein Albanese zu ihm und sagte ein paar Worte, denen ich keine Aufmerksamkeit schenkte, er aber antwortete mit dem gleichen Ton: ›Tötet oder begnadigt!‹ Ich war vier Jahre alt, als ich eines Abends von meiner Mutter aufgeweckt wurde. Wir befanden uns in dem Palast von Janina; sie nahm mich von den Kissen, auf denen ich ruhte, und als ich die Augen öffnete, sah ich die ihrigen voll schwerer Tränen. Sie trug mich fort, ohne etwas zu sagen. Als ich wahrnahm, daß sie weinte, fing ich ebenfalls zu weinen an. ›Still, Kind!‹ sagte sie. Trotz der mütterlichen Tröstungen oder Drohungen fuhr ich, launenhaft wie alle Kinder, oft fort zu weinen; doch schließlich lag in der Stimme meiner armen Mutter ein solcher Ausdruck von Schrecken, daß ich auf der Stelle schwieg. – Sie trug mich rasch weiter. Wir stiegen eine breite Treppe hinab; alle Frauen meiner Mutter stiegen oder stürzten vielmehr, Kisten, Säcke, Putzsachen, Juwelen, Goldbörsen tragend, dieselbe Treppe hinab. Hinter den Frauen kam eine Wache von zwanzig Mann, bewaffnet mit langen Flinten und Pistolen.

Glauben Sie«, sprach Haydee, den Kopf schüttelnd und schon bei dieser Erinnerung allein erbleichend, »es lag etwas Unseliges in der langen Reihe von Sklaven und Frauen, die halb schlaftrunken waren – wenigstens bildete ich es mir ein, denn ich hielt vielleicht die andern für eingeschlafen, weil ich schlecht erwacht war. Auf der Treppe liefen riesige Schatten, welche die tannenen Fackeln an den Gewölben zittern machten. ›Man eile!‹ rief eine Stimme im Hintergrund der Galerie. Bei dieser Stimme beugte sich alles, wie der Wind über die Ebene hinstreichend ein Ährenfeld sich beugen macht. – Ich aber zitterte. – Diese Stimme war die meines Vaters. Er kam zuletzt in seinen glänzenden Gewändern und den Karabiner in der Hand haltend, den Ihr Kaiser ihm geschenkt hatte. Auf seinen Liebling Selim gestützt, trieb er uns vor sich her, wie ein Hirte seine verirrte Herde treibt. Mein Vater«, fuhr Haydee das Haupt erhebend fort, »mein Vater war der berühmte Mann, den Europa unter dem Namen Ali Tependelini, Pascha von Janina, gekannt hat und vor dem die Türkei zitterte.«

Ohne zu wissen warum, bebte Albert, als er diese Worte mit einem unbeschreiblichen Ausdruck von Hoheit und Würde aussprechen hörte. Es kam ihm vor, als strahlte etwas Düsteres, Furchtbares in den Augen des griechischen Mädchens; einer Zauberin ähnlich, die ein Gespenst heraufbeschwört, erweckte Haydee die Erinnerung an die blutige Gestalt, die ihr gräßlicher Tod riesenhaft vor dem damaligen Europa erscheinen ließ.

»Bald hielt man an«, fuhr Haydee fort, »wir waren unten an der

Treppe und am Rand eines Sees. Meine Mutter drückte mich an ihre pochende Brust, und ich sah zwei Schritte hinter uns meinen Vater, der unruhig nach allen Seiten umherschaute. Vor uns lagen vier Marmorstufen, und unten an der letzten Stufe schaukelte eine Barke. Von dem Ort aus, wo wir waren, sah man mitten im See eine schwarze Masse sich erheben: es war der Kiosk, nach dem wir uns begaben. Dieser Kiosk kam mir weit entfernt vor, vielleicht wegen der Dunkelheit. Wir stiegen in die Barke hinab. Außer den Ruderern waren in der Barke nur die Frauen, mein Vater, meine Mutter, Selim und ich. Die Palikaren waren, bereit den Rückzug zu decken, am Rande des Sees geblieben: Sie knieten auf der letzten Stufe und machten sich so für den Fall, daß sie verfolgt würden, einen Wall aus den drei andern. Unsere Barke ging wie der Wind. ›Warum geht die Barke so geschwind?‹ fragte ich meine Mutter. ›Still, mein Kind!‹ sprach sie, ›wir fliehen.‹ Ich begriff das nicht. Warum floh mein Vater? Er, der Allmächtige, vor dem gewöhnlich die andern flohen, er, dessen Wahlspruch es war: *Sie mögen mich hassen, wenn sie mich nur fürchten.*

Es war in der Tat eine Flucht, was mein Vater auf dem See bewerkstelligte. Man sagte mir seitdem, eines langen Dienstes müde, habe die Garnison von Janina...«

Hier heftete Haydee ihren ausdrucksvollen Blick auf Monte Christo, dessen Augen die ihrigen nicht mehr verließen. Das Mädchen fuhr langsam fort, wie jemand, der erfindet oder unterdrückt.

»Sie sagten, Signora«, sprach Albert, der mit der größten Aufmerksamkeit dieser Erzählung zuhörte, »des langen Dienstes müde, habe die Garnison von Janina...«

»Mit dem Seraskier Kurschid unterhandelt, der vom Sultan abgeschickt war, um meinen Vater festzunehmen. Damals faßte mein Vater den Entschluß, nachdem er an den Sultan einen fränkischen Offizier, dem er sein ganzes Zutrauen schenkte, abgeschickt hatte, sich nach dem Asyl zurückzuziehen, das er sich seit langer Zeit bereitet, und sein Kataphygion, das heißt seinen Zufluchtsort, nannte.«

»Und Sie erinnern sich des Namens dieses Offiziers?« fragte Albert.

Monte Christo wechselte mit dem Mädchen einen Blick rasch wie der Blitz, der von Morcerf unbemerkt blieb.

»Nein, ich entsinne mich dessen nicht«, antwortete sie, »doch er wird mir vielleicht später einfallen, und ich werde ihn dann nennen.«

Albert wollte den Namen seines Vaters aussprechen, als Monte Christo zum Zeichen des Stillschweigens langsam den Finger aufhob; der junge Mann erinnerte sich seines Schwures und schwieg.

»Wir schifften gegen diesen Kiosk. Ein mit Arabesken verziertes Erdgeschoß badete seine Terrassen im Wasser, dieses Erdgeschoß und ein erster auf den See gehender Stock war alles, was der Palast den Augen Sichtbares bot. Aber unter dem Erdgeschoß war, sich nach der Insel ausdehnend, ein Gewölbe, eine weite Höhle, in die man uns, meine Mutter, mich und unsere Frauen, führte und wo, einen einzigen Haufen bildend, sechzigtausend Beutel und zweihundert Fässer lagen; in diesen Beuteln waren fünfundzwanzig Millionen in Gold, in den Fässern dreißigtausend Pfund Pulver enthalten. Bei diesen Fässern stand Selim, der von mir erwähnte Liebling meines Vaters; er wachte Tag und Nacht, mit einem Spieß in der Hand, an dessen Ende eine Lunte brannte; er hatte Befehl, auf das erste Zeichen meines Vaters alles, Kiosk, Waffen, Pascha, Frauen und Gold, in die Luft zu sprengen. Ich kann nicht sagen, wie lange wir so blieben; zuweilen, jedoch selten, ließ mein Vater mich und meine Mutter auf die Terrasse des Palastes rufen; dies waren die festlichsten Stunden für mich. Mein Vater saß vor einer großen Öffnung, heftete einen düsteren Blick auf die Tiefen des Horizontes und befragte jeden schwarzen Punkt, der auf dem See erschien, während meine Mutter, halb neben ihm liegend, ihren Kopf auf seine Schulter stützte, und ich, zu seinen Füßen spielend, mit jenem Erstaunen der Kindheit, das die Gegenstände noch vergrößert, die Abdachungen des am Horizont sich erhebenden Pindus betrachtete, die aus dem blauen Wasser des Sees weiß und eckig hervortretenden Schlösser von Janina und die ungeheuren, schwarzgrünen Baumgruppen, die wie Schlingpflanzen am Gebirge hingen und aus der Ferne wie Moose aussahen, während es in der Nähe riesige Fichten und mächtige Myrten sind. Eines Morgens ließ uns mein Vater holen, meine Mutter hatte die ganze Nacht geweint; wir fanden ihn ziemlich ruhig, aber bleicher als gewöhnlich. ›Fasse Geduld, Wasiliki‹, sagte er, ›heute wird alles vorüber sein; heute kommt der Ferman des Herrn, und mein Schicksal ist entschieden. Bin ich völlig begnadigt, so kehren wir nach Janina zurück, ist die Nachricht schlimm, so fliehen wir in dieser Nacht.‹ – ›Aber wenn sie uns nicht fliehen lassen?‹ entgegnete meine Mutter. – ›Oh, sei unbesorgt!‹ sprach Ali lächelnd; ›Selim und sein angezündeter Spieß haften mir für sie. Es wäre ihnen lieb, wenn ich sterben müßte, doch nicht unter der Bedingung, mit mir zu sterben.‹ – Meine Mutter antwortete auf diese Tröstungen, welche nicht aus dem Herzen meines Vaters kamen, nur mit Seufzern. Sie bereitete ihm das Eiswasser, das er jeden Augenblick trank, denn seit dem Rückzug nach dem Kiosk verzehrte ihn ein glühendes Fieber; sie zündete den Tschibuk an, dessen in der Luft verfliegendem Rauch seine zerstreuten Blicke zuweilen ganze Stunden lang folgten. Plötzlich machte er eine so ungestüme Bewegung, daß mir bange wurde. Dann verlangte er, ohne die Augen von dem Gegenstand abzuwenden, der seine Aufmerksamkeit fesselte, ein Fernglas. Meine Mutter, bleicher als die Wand, an die sie sich lehnte, gab es ihm. – Ich sah die Hand meines Vaters zittern. ›Eine Barke!... zwei... drei...‹, murmelte mein Vater; ›vier!‹ Und er stand auf und ergriff seine Waffen und schüttete, wie ich mich genau erinnere, Pulver auf die Pfannen seiner Pistolen. – ›Wasiliki‹, sagte er mit sichtbarem Beben zu meiner Mutter, ›der Augenblick ist gekommen, der über uns entscheiden wird; in einer halben Stunde wissen wir die Antwort des Großherrn; begib dich mit Haydee in das unterirdische Gewölbe.‹ – ›Ich will Euch nicht verlassen‹, entgegnete Wasiliki, ›sterbt Ihr, Herr, so will ich mit Euch sterben.‹ – ›Geht zu Selim‹, rief mein Vater. – ›Gott befohlen, Herr!‹ murmelte meine Mutter, gehorchend und wie gelähmt beim Herannahen des Todes. Ich aber, die man vergaß, lief auf ihn zu und streckte meine Arme nach ihm aus; er sah mich, neigte sich auf mich herab und drückte meine Stirn an seine Lippen. Oh, dieser Kuß war der letzte, und ich fühle ihn noch hier auf meiner Stirn. Hinabsteigend erblickten wir durch die Gitter der Terrasse die

Barken, die auf dem See immer größer wurden und, kaum zuvor noch schwarzen Punkten ähnlich, nun bereits die Oberfläche der Wellen streifende Vögel zu sein schienen. Zu den Füßen meines Vaters sitzend und durch das Gebüsch verborgen, beobachteten mittlerweile zwanzig Palikaren mit blutigem Auge die Ankunft der Schiffe und hielten ihre langen, mit Perlmutter und Silber eingelegten Flinten bereit. Patronen lagen in großer Anzahl auf dem Boden zerstreut; mein Vater schaute auf seine Uhr und ging ängstlich hin und her. Meine Mutter und ich gingen durch das unterirdische Gewölbe. Selim war immer noch an seinem Posten; er lächelte uns traurig zu; in großen Gefahren suchen sich ergebene Herzen, und obgleich noch Kind, fühlte ich doch, daß eine große Gefahr über unsern Häuptern schwebte.«

Albert hatte oft, nicht von seinem Vater, der nie darüber sprach, sondern von Fremden die letzten Augenblicke des Wesirs von Janina erzählen hören; doch diese durch die Person und die Stimme des Mädchens lebendig gewordene Geschichte, dieser gefühlvolle Ausdruck, diese klagende Elegie durchdrangen ihn zugleich mit einem unbeschreiblichen Zauber und mit einem unaussprechlichen Schmerz.

Ganz ihren furchtbaren Erinnerungen hingegeben, hatte Haydee einen Augenblick zu sprechen aufgehört; wie eine Blume, die sich an einem Tag des Sturmes neigt, beugte sich ihre Stirn auf die Hand, und ihre im weiten Raum verlorenen Augen schienen noch am Horizont den grünen Pindus und die blauen Wasser des Sees zu erschauen, der, ein magischer Spiegel, das düstere Gemälde, das sie entwarf, widerstrahlte.

Monte Christo schaute sie voll Teilnahme und Mitleid an.

Endlich erhob Haydee die Stirn und fuhr fort: »Es war vier Uhr abends; aber obgleich der Tag außen rein und glänzend, waren wir doch in den Schatten des unterirdischen Gewölbes versenkt. Ein einziger Schein glänzte in der Höhle, ähnlich einem am Grunde eines schwarzen Himmels zitternden Stern: Es war die Lunte von Selim. Meine Mutter war eine Christin und betete. Selim wiederholte von Zeit zu Zeit die geheiligten Worte: Gott ist groß! Meine Mutter hatte jedoch noch einige Hoffnung. Hinabsteigend hatte sie den Franken zu erkennen geglaubt, den man nach Konstantinopel geschickt und in den mein Vater sein ganzes Vertrauen setzte, denn er wußte, daß die Soldaten des französischen Sultans gewöhnlich edel und hochherzig sind. Sie ging einige Schritte gegen die Treppe und horchte. ›Sie nahen‹, sagte sie; ›wenn sie nur den Frieden und das Leben bringen!‹ ›Was befürchtest du, Wasiliki‹, entgegnete Selim mit seiner zugleich so weichen und so stolzen Stimme; ›bringen sie uns nicht den Frieden, so geben wir ihnen den Krieg; bringen sie uns nicht das Leben, so geben wir ihnen den Tod.‹ Und er fachte die Flamme seines Spießes von neuem an. Aber ich, die ich noch so sehr Kind, noch so naiv war, hatte bange vor diesem Mut, den ich wild und unsinnig fand, und ich erschrak vor diesem furchtbaren Tod in der Luft und in den Flammen. Meine Mutter mußte von denselben Eindrücken ergriffen sein, denn ich fühlte ihre Hand beben. ›Mein Gott, mein Gott! Mama‹, rief ich, ›müssen wir sterben?‹ Und bei dem Ton meiner Stimme verdoppelten sich die Tränen und die Gebete der Sklavinnen. ›Kind‹, sprach Wasiliki zu mir, ›Gott behüte dich, daß du dir je den Tod wünschst, vor dem du heute bange hast! – Selim‹, sagte sie, ›wie lautet der Befehl des Herrn?‹ – ›Schickt er mir seinen Dolch, so weigert sich der Sultan, ihn in Gnaden zu empfangen, und ich lege Feuer an; schickt er mir seinen Ring, so verzeiht ihm der Sultan, und ich lösche meine Flamme aus.‹ – ›Freund‹, versetzte meine Mutter, ›wenn der Befehl des Herrn erscheint, wenn er dir den Dolch schickt, reichen wir dir, statt beide eines Todes zu sterben, der uns erschreckt, die Brust, und du tötest uns mit diesem Dolch.‹ – ›Ja, Wasiliki‹, antwortete Selim ruhig.

Plötzlich vernahmen wir ein Geschrei; wir horchten: es war ein Freudengeschrei; der Name des Franken, den man nach Konstantinopel geschickt, erscholl von unsern Palikaren wiederholt; offenbar brachte er die Antwort des Großherrn, und diese Antwort lautete günstig.«

»Und Sie erinnern sich dieses Namens nicht?« fragte Morcerf, bereit, das Gedächtnis der Erzählerin zu unterstützen.

Monte Christo machte ihr ein Zeichen.

»Ich erinnere mich dessen nicht«, sagte Haydee.

»Der Lärm vermehrte sich, es erschollen immer näher kom-

mende Tritte; man stieg die Stufen des unterirdischen Gewölbes hinab. Selim hielt seinen Spieß bereit. Bald erschien ein Schatten in der bläulichen Dämmerung, welche die durch den Eingang des unterirdischen Gewölbes eindringenden Strahlen des Tages bildeten. ›Wer bist du?‹ rief Selim. ›Wer du auch sein magst, tue keinen Schritt weiter.‹ – ›Ehre dem Sultan!‹ sprach der Schatten. ›Dem Wesir Ali ist volle Begnadigung zugestanden: Und man hat ihm nicht nur das Leben gesichert, sondern man gibt ihm auch sein Vermögen und seine Güter zurück.‹ Meine Mutter stieß einen Freudenschrei aus und drückte mich an ihr Herz. ›Halt!‹ sprach Selim, als er sah, daß sie forteilen wollte, ›du weißt, daß ich den Ring haben muß.‹ – ›Es ist richtig‹, sagte meine Mutter und fiel auf die Knie und hob mich betend zum Himmel empor.«
Und zum zweitenmal schwieg Haydee, überwältigt durch eine so mächtige Erschütterung, daß ihr der Schweiß von der bleichen Stirn floß und ihre zusammengepreßte Stimme nicht mehr durch die Kehle dringen zu können schien. Monte Christo goß ein wenig Eiswasser in ein Glas, bot es ihr und sagte mit einer Weichheit, die jedoch nicht ganz von einem Schatten von Befehl frei war: »Mut gefaßt, meine Tochter.«
Haydee trocknete ihre Augen und fuhr fort: »An die Dunkelheit gewöhnt, hatten mittlerweile unsere Augen den Abgesandten des Paschas erkannt; es war ein Freund. Selim hatte ihn ebenfalls wahrgenommen, doch der brave junge Mann kannte nur eines: Gehorsam. – ›In wessen Namen kommst du?‹ fragte er. – ›Ich komme im Namen deines Herrn, Ali Tependelini.‹ – ›Wenn du im Namen von Ali kommst, so weißt du, was du mir zu übergeben hast?‹ – ›Ja‹, sprach der Abgeordnete, ›ich bringe dir seinen Ring.‹ Gleichzeitig hob er seine Hand über seinen Kopf empor, aber er stand zu weit entfernt, und es war nicht hell genug, daß Selim von seinem Posten aus den Gegenstand, den er ihm zeigte, zu unterscheiden und zu erkennen vermochte. ›Ich weiß nicht, was du in der Hand hältst‹, sagte Selim. – ›Nähere dich‹, sprach der Bote, ›oder ich werde mich dir nähern.‹ – ›Weder das eine noch das andere‹, entgegnete der junge Soldat, ›lege auf die Stelle, wo du bist, und unter den Lichtstrahl den Gegenstand, den du mir zeigst, und ziehe dich zurück, bis ich

ihn gesehen habe.‹ – ›Es sei‹, sprach der Bote. Und er zog sich zurück, nachdem er das Erkennungszeichen auf die genannte Stelle gelegt hatte. Unser Herz schlug gewaltig, denn der Gegenstand schien uns wirklich ein Ring zu sein. Nur fragte es sich, ob es der Ring meines Vaters war. Beständig die angezündete Lunte in der Hand haltend, ging Selim an die Öffnung, bückte sich unter den Lichtstrahl und hob das Zeichen auf. ›Der Ring des Herrn‹, sprach er, ihn küssend, ›es ist gut!‹ Und die Lunte auf den Boden werfend, trat er darauf und löschte sie aus. Der Bote stieß einen Freudenschrei aus und klatschte in die Hände. Auf dieses Zeichen liefen vier Soldaten des Seraskier Kurschild herbei, und Selim stürzte durchbohrt von fünf Dolchstößen nieder. – Jeder hatte ihm einen Stoß versetzt. Und trunken durch ihr Verbrechen, obgleich noch bleich vor Schrecken, stürzten sie in das Gewölbe, suchten überall, ob Feuer da wäre, und wälzten sich auf den Goldsäcken. Mittlerweile nahm mich meine Mutter in ihre Arme und gelangte behende und durch Krümmungen eilend, die nur uns allein bekannt waren, zu einer Geheimtreppe des Kiosk, in welchem ein furchtbarer Aufruhr herrschte. Die unteren Säle waren ganz gefüllt von den Tschodoars von Kurschid, das heißt von unseren Feinden. In dem Augenblick, wo meine Mutter die kleine Tür aufstoßen wollte, hörten wir furchtbar und drohend die Stimme des Paschas ertönen. Meine Mutter hielt ihr Auge an die Spalten der Bretter; zufällig fand sich eine Öffnung vor dem meinigen, und ich schaute. ›Was wollt ihr?‹ sagte mein Vater zu den Leuten, die ein Papier mit goldenen Buchstaben in der Hand hielten. – ›Was wir wollen?‹ entgegnete einer von ihnen, ›dir den Willen Seiner Hoheit mitteilen. Siehst du diesen Ferman?‹ – ›Ich sehe ihn.‹ – ›So lies; er fordert deinen Kopf.‹ Mein Vater brach in ein Gelächter aus, das furchtbarer war, als irgendeine Drohung hätte sein können; doch er hatte noch nicht zu lachen aufgehört, als bereits mit zwei Pistolenschüssen von seinen Händen zwei Männer tot niedergestreckt waren. Die Palikaren, welche, das Gesicht gegen die Erde, um meinen Vater lagen, erhoben sich und gaben Feuer; das Gemach füllte sich mit Geschrei, Flammen und Rauch. Auf der Stelle begann das Feuer von der andern Seite, und die Kugeln durchlöcherten die Bretter um uns her. Oh, wie er schön war, wie er groß war, der Wesir Ali Tependelini, mein Vater, mitten unter den Kugeln, den Säbel in der Faust, das Gesicht von Pulver geschwärzt! Wie seine Feinde flohen! ›Selim! Selim!‹ schrie er, ›Feuerwächter, tue deine Pflicht!‹ – ›Selim ist tot‹, antwortete eine Stimme, die aus den Tiefen des Kiosk zu kommen schien, ›und du, mein Herr, bist verloren!‹ – Gleichzeitig vernahm man einen dumpfen Ton, und der Boden flog um meinen Vater in Stücke. Die Tschodoars schossen durch den Boden, drei oder vier Palikaren fielen von unten herauf getroffen durch die Wunden, die ihnen den ganzen Leib aufrissen. Mein Vater brüllte, streckte seine Finger durch die Löcher der Kugeln und riß ein ganzes Brett aus. In demselben Augenblick aber brachen durch diese Öffnung zwanzig Flintenschüsse, und wie aus dem Krater eines Vulkans hervorströmend ergriff die Flamme die Tapeten und verzehrte sie. Mitten in diesem furchtbaren Aufruhr, mitten in diesem gräßlichen Geschrei, machten mich zwei von den andern verschiedene Schüsse, zwei herzzerreißende Schreie, die alle andern Schreie übertönten, zu Eis erstarren vor Schrecken: Diese Schüsse hatten meinen Vater tödlich getroffen, und er hatte diese zwei Schreie ausgestoßen. Er war indessen an ein Fenster angeklammert aufrecht stehengeblieben. Meine Mutter rüttelte an der Tür, um mit ihm zu sterben, aber die Tür war verschlossen. Rings um ihn her krümmten sich Palikaren, im Todeskampf zuckend; zwei oder drei, die ohne Wunden oder nur leicht verwundet waren, sprangen durch die Fenster. Zu gleicher Zeit krachte der ganze Boden, von unten zertrümmert. Mein Vater fiel auf ein Knie, zwanzig Arme streckten sich, mit Säbeln, Pistolen, Dolchen bewaffnet, nach ihm aus; zwanzig Streiche trafen in derselben Sekunde einen einzigen Mann, und mein Vater verschwand in einem von diesen brüllenden Teufeln angezündeten Feuerwirbel, als ob sich die Hölle unter seinen Füßen geöffnet hätte. Ich fühlte, wie ich zu Boden rollte; meine Mutter stürzte ohnmächtig nieder.«

Haydee ließ, einen Seufzer ausstoßend, ihre Arme sinken und schaute den Grafen an, als wollte sie ihn fragen, ob er mit ihrem Gehorsam zufrieden wäre.

Der Graf stand auf, faßte sie bei der Hand und sagte in griechischer Sprache zu ihr: »Beruhige dich, liebes Kind, und bedenke, daß es einen Gott gibt, der die Verräter bestraft.«

»Das ist eine furchtbare Geschichte, Graf«, sprach Albert, ganz erschrocken über die Blässe von Haydee; »ich mache es mir zum Vorwurf, daß ich so grausam unbescheiden gewesen bin.«

»Es ist nichts«, erwiderte Monte Christo; dann seine Hand auf den Kopf des Mädchens legend, fuhr er fort: »Haydee ist eine mutige Frau; sie hat in der Erzählung ihrer Schmerzen eine Erleichterung gefunden.«

»Weil mich meine Schmerzen an deine Wohltaten erinnern, mein Herr«, versetzte rasch Haydee.

Albert schaute sie neugierig an, denn sie hatte noch nicht erzählt, was er am meisten zu wissen wünschte, nämlich, wie sie Sklavin des Grafen geworden war.

Haydee sah zugleich in den Blicken des Grafen und in denen von Albert dasselbe Verlangen ausgedrückt, und sie fuhr fort: »Als meine Mutter wieder zu sich kam, befanden wir uns vor dem Seraskier. ›Töte mich‹, sprach sie, ›aber schone die Ehre der Witwe von Ali.‹ – ›Du mußt dich nicht an mich wenden‹, erwiderte Kurschid. – ›An wen denn?‹ – ›An deinen neuen Herrn.‹ – ›Wer ist dies?‹ – ›Hier steht er.‹ – Und Kurschid deutete auf einen von denen, die am meisten zum Tode meines Vaters beigetragen hatten«, fuhr das Mädchen mit einem dumpfen Zorn fort.

»Ihr wurdet also das Eigentum dieses Mannes?« fragte Albert.

»Nein«, antwortete Haydee; »er wagte es nicht, uns zu behalten, und verkaufte uns an Sklavenhändler, die nach Konstantinopel zogen. Wir durchreisten Griechenland und kamen sterbend an der kaiserlichen Pforte an, wo uns Neugierige, die sich einen Durchgang öffnen wollten, bedrängten, als meine Mutter, den Blicken der Menge folgend, auf einmal einen Schrei ausstieß und, mir über der Pforte ein Haupt zeigend, niederstürzte. – Über diesem Haupt waren die Worte angeschrieben: Dies ist der Kopf von Ali Tependelini, Pascha von Janina. Weinend suchte ich meine Mutter aufzuheben: Sie war tot. Man führte mich nach dem Bazar; ein reicher Armenier kaufte mich, gab mir Lehrer, ließ mich unterrichten und verkaufte mich wieder an den Sultan Mahmud, als ich dreizehn Jahre alt war.«

»Von dem ich sie um den Smaragd erkaufte, der dem ähnlich war, in welchem meine Haschischkügelchen enthalten sind«, sagte Monte Christo.
»Oh, du bist gut! Du bist groß, mein Herr«, sagte Haydee, die Hand von Monte Christo küssend, »und ich bin sehr glücklich, daß ich dir gehöre.«
Albert war ganz betäubt von dem, was er vernommen hatte.
»Leeren Sie Ihre Tasse«, sagte der Graf zu ihm; »die Geschichte ist beendet.«

Fünftes Buch

1. Man schreibt uns aus Janina

Franz verließ das Zimmer von Noirtier so schwankend und so verwirrt, daß Valentine selbst Mitleid mit ihm bekam.

Villefort, der nur einige Worte ohne Zusammenhang gesprochen hatte und in sein Kabinett entflohen war, erhielt zwei Stunden nachher folgenden Brief:

»Nach dem, was mir heute morgen geoffenbart worden ist, kann Herr Noirtier von Villefort nicht annehmen, es sei eine Verbindung zwischen seiner Familie und der von Herrn Franz d'Epinay möglich. Herr Franz d'Epinay denkt mit Schrecken daran, daß Herr von Villefort, der die an diesem Morgen erzählten Ereignisse zu kennen schien, ihm nicht in diesem Gedanken zuvorgekommen ist.«

Wer den Staatsbeamten unter diesem Schlag hinsinken gesehen hätte, würde nicht geglaubt haben, daß er eine Ahnung davon gehabt; er dachte auch in der Tat nie daran, sein Vater könnte die Offenherzigkeit, oder vielmehr die Roheit so weit treiben, daß er eine solche Geschichte erzählen würde. Allerdings hatte sich Herr Noirtier, der sich über die Meinung seines Sohnes mit Verachtung hinwegsetzte, nie die Mühe genommen, die Begebenheit in den Augen seines Sohnes aufzuklären, und dieser war stets der Meinung gewesen, der General von Quesnel oder der Baron d'Epinay, jenachdem man ihn nach dem Namen, den er sich gemacht, oder nach dem, welchen man ihm gegeben, nennen will, sei ermordet und nicht auf loyale Weise im Zweikampf getötet worden.

Dieser so harte Brief eines bis dahin ehrfurchtsvollen jungen Mannes war tödlich für den Stolz von Villefort. Kaum befand er sich in seinem Kabinett, als seine Frau eintrat.

Der Abgang des von Herrn Noirtier gerufenen Franz hatte jedermann dergestalt in Erstaunen gesetzt, daß die Lage der Frau von Villefort, die mit dem Notar und den Zeugen allein geblieben war, jeden Augenblick peinlicher wurde. Da faßte Frau von Villefort einen Entschluß und entfernte sich mit der Bemerkung, sie würde Nachricht einziehen und wieder zurückkommen.

Herr von Villefort beschränkte sich darauf, ihr zu sagen, infolge einer Erklärung zwischen ihm, Herrn Noirtier und Herrn d'Epinay sei die Heirat von Valentine mit Franz abgebrochen. Es war schwierig, dies den Wartenden mitzuteilen. Als Frau von Villefort zurückkehrte, sagte sie auch nur, Herr Noirtier habe am Anfang der Besprechung eine Art von Schlaganfall gehabt, und die Unterzeichnung des Vertrags werde natürlich dadurch um einige Tage verschoben.

Diese Nachricht, so falsch sie auch war, kam so sonderbar nach zwei Unglücksfällen ähnlicher Art, daß sich die Zuhörer erstaunt anschauten und entfernten, ohne ein Wort zu sagen.

Zugleich glücklich und erschrocken, umarmte Valentine den schwachen Greis, der auf diese Art mit einem Schlag die Kette zerbrochen hatte, die sie bereits für unauflöslich hielt, dankte ihm und bat ihn sodann um Erlaubnis, sich zu ihrer Erholung in ihr Zimmer zurückziehen zu dürfen, was ihr der Greis mit dem Auge bewilligte. Doch statt in ihre Wohnung hinaufzugehen, eilte Valentine, sobald sie die Tür von Herrn Noirtier wieder zugemacht hatte, durch den Gang und von da durch die kleine Tür in den Garten. Inmitten aller der Ereignisse, die sich aufeinander gehäuft, hatte ein dumpfer Schrecken beständig ihr Herz zusammengepreßt. Jeden Augenblick erwartete sie Morel bleich und drohend erscheinen zu sehen.

Es war in der Tat Zeit, daß sie zu dem Gitter kam. Vermutend, was vorgehen würde, als er Franz mit Herrn von Villefort den Kirchhof verlassen sah, war er ihm nachgefolgt; nachdem er ihn hatte in das Haus hineingehen sehen, bemerkte er auch, daß er wieder herausging und bald mit Albert und Chateau-Renaud zurückkehrte. Es gab für ihn folglich keinen Zweifel mehr. Er warf sich in sein Gehege, bereit für jedes Ereignis und fest überzeugt, Valentine würde bei dem ersten freien Augenblick, den sie erhaschen könnte, zu ihm eilen.

Er täuschte sich nicht; sein an die Bretter gedrücktes Auge sah wirklich das Mädchen erscheinen, das, ohne eine von den gewöhnlichen Vorsichtsmaßregeln zu nehmen, nach dem Gitter lief. Mit dem ersten Blick auf sie war er beruhigt; bei dem ersten Wort, das sie sprach, hüpfte er vor Freude.

»Gerettet!« sagte Valentine.

»Gerettet!« wiederholte Morel, der kaum an ein solches Glück glauben konnte, »doch durch wen gerettet?«
»Durch meinen Großvater. Oh, liebe ihn sehr, Maximilian!«
Morel schwur, den Greis von ganzer Seele zu lieben, und es kostete ihn nichts, den Schwur zu leisten, denn in diesem Augenblick begnügte er sich nicht damit, ihn wie einen Freund oder wie einen Vater zu lieben, er betete ihn an wie einen Gott.
»Doch wie hat sich das gemacht?« fragte Morel; »was für ein seltsames Mittel hat er angewendet?«
Valentine öffnete den Mund, um alles zu erzählen; doch sie bedachte, daß im Grunde dies alles ein furchtbares Geheimnis war, das nicht ihrem Großvater allein gehörte.
»Später werde ich dir alles erzählen«, sagte sie.
»Wann dies?«
»Wenn ich einmal deine Frau bin.«
Dies hieß das Gespräch auf ein Kapitel bringen, das Morel leicht alles verstehen ließ; er verstand sogar, daß er sich mit dem, was er wußte, begnügen sollte, und das war genug für einen Tag. Er willigte jedoch erst ein, sich zu entfernen, gegen das Versprechen, Valentine am andern Abend wiedersehen zu dürfen. Valentine versprach alles, was Morel haben wollte. Alles hatte sich in ihren Augen geändert, und es war ihr nun natürlich minder schwer zu glauben, sie würde Maximilian heiraten, als eine Stunde vorher zu glauben, sie würde Franz nicht heiraten.
Frau von Villefort war mittlerweile zu Herrn Noirtier hinaufgegangen. Noirtier schaute sie mit dem strengen, düstern Auge an, mit dem er sie gewöhnlich empfing.
»Mein Herr«, sagte sie zu ihm, »ich brauche Ihnen nicht mitzuteilen, daß die Heirat von Valentine abgebrochen ist, denn der Bruch hat hier stattgefunden.«
Noirtier blieb unempfindlich.
»Doch was Sie nicht wissen«, fuhr Frau von Villefort fort, »ist der Umstand, mein Herr, daß ich stets gegen diese Heirat gewesen bin, die wider meinen Willen geschlossen werden sollte.«
Noirtier schaute seine Schwiegertochter wie ein Mensch an, der eine Erklärung erwartet.

»Da nun diese Heirat, die Ihnen, wie ich weiß, so sehr widerstrebte, abgebrochen ist, so komme ich, um bei Ihnen einen Schritt zu tun, den weder Herr von Villefort noch Valentine tun können.«
Die Augen von Noirtier fragten, worin dieser Schritt bestünde.
»Ich komme, um Sie zu bitten, mein Herr«, fuhr Frau von Villefort fort, »denn nur ich, der nichts davon zukommen wird, bin dazu berechtigt, ich komme, um Sie zu bitten, Ihrer Enkelin, ich sage nicht Ihre Gunst, sie hat sie stets gehabt, sondern Ihr Vermögen zufließen zu lassen.«
Die Augen von Noirtier blieben eine Zeitlang unschlüssig, er suchte offenbar die Beweggründe dieses Schrittes und konnte sie nicht finden.
»Darf ich hoffen, mein Herr, daß Ihre Absichten im Einklang mit der Bitte standen, die ich soeben an Sie gerichtet habe?« fragte Frau von Villefort.
»Ja«, machte der Greis.
»Dann entferne ich mich, zugleich dankbar und glücklich«, sprach Frau von Villefort, grüßte Herrn Noirtier und verließ das Zimmer.
Noirtier ließ in der Tat schon am andern Tag den Notar kommen: Das erste Testament wurde zerrissen und ein anderes abgefaßt, in dem er sein ganzes Vermögen Valentine unter der Bedingung vermachte, daß man sie nicht von ihm trennen würde.
Einige Personen berechneten sodann, Erbin des Marquis und der Marquise von Saint-Meran und wieder in die Gunst ihres Großvaters eingesetzt, hätte Fräulein von Villefort eines Tags eine Rente von 300000 Franken.
Während diese Heirat bei den Villefort abgebrochen wurde, hatte der Graf von Morcerf den Besuch von Monte Christo empfangen, und um Danglars seinen Eifer kundzugeben, zog jener seine große General-Uniform an, die er mit allen seinen Kreuzen hatte schmücken lassen, und befahl, seine besten Pferde anzuspannen.
So geschmückt begab er sich in die Rue de la Chaussee d'Antin und ließ sich bei Danglars melden, der eben seinen Monatsabschluß berechnete. Es war seit einiger Zeit nicht der Augen-

blick, in dem man den Bankier besuchen mußte, wenn man ihn in guter Laune finden wollte. Bei dem Anblick seines alten Freundes nahm Danglars seine majestätische Miene an und setzte sich in seinem Lehnstuhl zurecht. Sonst so steif, hatte Morcerf im Gegenteil eine lachende, freundliche Miene entlehnt; beinahe sicher, seiner Eröffnung würde ein guter Empfang zuteil werden, ging er nicht diplomatisch zu Werke, sondern sprach, mit einem Schlag zum Ziele schreitend: »Baron, hier bin ich. Seit geraumer Zeit drehen wir uns um das, was wir früher besprochen...«
Morcerf erwartete, er würde bei diesen Worten das Gesicht des Bankiers, dessen Verdüsterung er seinem Stillschweigen zuschrieb, aufblühen sehen; aber dieses Gesicht wurde im Gegenteil, was beinahe unglaublich war, noch viel kälter und unempfindlicher. Deshalb hatte Morcerf mitten in seinem Satz angehalten.
»Was haben wir besprochen, mein Herr Graf?« fragte der Bankier, als suchte er vergebens in seinem Geist die Erklärung dessen, was der Graf sagen wollte.
»Oh, Sie sind ein Formenmann, mein lieber Herr«, versetzte der Graf, »und Sie erinnern mich daran, daß das Zeremoniell nach allen Gebräuchen beobachtet werden muß. Meiner Treu: sehr gut. Verzeihen Sie mir! Da ich nur einen Sohn habe und dies das erstemal ist, daß ich an seine Verheiratung denke, so bin ich noch ein Lehrling hierin; wohl, ich unterwerfe mich.«
Und Morcerf erhob sich mit einem gezwungenen Lächeln, machte eine tiefe Verbeugung vor Danglars und sprach zu ihm: »Mein Herr Baron, ich habe die Ehre, Sie um die Hand von Fräulein Eugenie Danglars, Ihrer Tochter, für meinen Sohn, den Vicomte Albert von Morcerf, zu bitten.«
Doch statt diese Worte mit einem Wohlwollen aufzunehmen, das Morcerf von ihm hoffen durfte, runzelte Danglars die Stirn, setzte sich, ohne den Grafen, der stehengeblieben war, zum Sitzen einzuladen, und sagte: »Mein Herr Graf, ehe ich Ihnen antworte, muß ich überlegen.«
»Überlegen?« entgegnete Morcerf, immer mehr erstaunt, »haben Sie seit den acht Jahren, da wir zum erstenmal von dieser

Heirat sprachen, nicht Zeit gehabt, sich die Sache zu überlegen?«
»Mein Herr Graf«, sagte Danglars, »es fallen alle Tage Dinge vor, die dahin wirken, daß eine Überlegung, die man bereits gemacht hat, wiederholt werden muß.«
»Wieso?« fragte Morcerf, »ich begreife Sie nicht, Baron.«
»Ich will damit sagen, mein Herr, daß seit vierzehn Tagen neue Umstände...«
»Erlauben Sie mir«, versetzte Morcerf, »spielen wir Komödie?«
»Wie, Komödie?«
»Ja, wir wollen uns kategorisch erklären.«
»Das kann mir nur lieb sein.«
»Haben Sie Herrn von Monte Christo gesehen?«
»Ich sehe ihn sehr häufig«, antwortete Danglars, »er gehört zu meinen Freunden.«
»Wohl, bei einem seiner letzten Besuche in Ihrem Haus sagten Sie ihm, ich scheine vergeßlich, unentschlossen, in Beziehung auf diese Heirat.«
»Das ist wahr.«
»Nun, hier bin ich. Ich bin weder vergeßlich noch unentschlossen, wie Sie sehen, denn ich komme, um Sie aufzufordern, Ihr Versprechen zu halten.«
Danglars antwortete nicht.
»Haben Sie Ihre Ansichten so bald verändert?« fügte Morcerf bei, »oder haben Sie mein Gesuch nur hervorgerufen, um sich das Vergnügen zu machen, mich zu demütigen?«
Danglars begriff, daß die Sache, wenn er das Gespräch in dem Ton, in dem er es angefangen, fortsetzen würde, eine schlimme Wendung für ihn nehmen könnte.
»Mein Herr Graf«, sagte er, »Sie müssen mit vollem Recht über meine Zurückhaltung erstaunt sein. Glauben Sie mir, ich begreife dies und bin vor allem darüber betrübt; seien Sie überzeugt, daß mir diese Zurückhaltung durch gewisse Umstände vorgeschrieben wird.«
»Das sind Worte, in die Luft gesprochen, mein lieber Herr, mit denen sich der erste beste begnügen könnte; doch der Graf von Morcerf ist nicht der erste beste, und wenn ein Mann wie ich ei-

nen andern Mann aufsucht, ihn an ein gegebenes Wort erinnert und dieser Mann sein Wort nicht hält, so hat er wenigstens das Recht, auf der Stelle zu verlangen, daß man ihm einen vernünftigen Grund angibt.«

Danglars war feig, aber er wollte es nicht scheinen; von dem Ton von Morcerf gereizt, erwiderte er: »Es fehlt mir auch nicht an einem vernünftigen Grund.«

»Was wollen Sie damit sagen?«

»Daß ich einen vernünftigen Grund habe, daß er aber schwer anzugeben ist.«

»Sie fühlen jedoch, mein Herr«, entgegnete Morcerf, »daß ich mich nicht mit Ihrem Verschweigen abspeisen lassen werde; eines aber ist mir bei alledem sehr klar, nämlich: daß Sie eine Verbindung mit mir ausschlagen.«

»Nein, mein Herr«, sprach Danglars, »ich verschiebe nur meinen Entschluß auf weiteres.«

»Doch Sie werden wohl nicht die Anmaßung haben zu glauben, ich füge mich Ihren Launen und warte ruhig und demütig auf die Rückkehr Ihrer Gunst?«

»Wenn Sie nicht warten können, mein Herr Graf, so wollen wir unsere Pläne als nicht geschehen betrachten.«

Der Graf biß sich bis aufs Blut in die Lippen, um den Ausbruch zurückzudrängen, zu dem ihn sein stolzer, reizbarer Charakter antrieb; da er jedoch begriff, die Lächerlichkeit wäre unter diesen Umständen auf seiner Seite, so ging er bereits auf die Tür des Salons zu, besann sich aber wieder eines andern und kehrte zurück. Eine Wolke zog über seine Stirn hin und ließ darauf, statt des beleidigten Stolzes, die Spur einer unbestimmten Unruhe zurück.

»Mein lieber Herr Danglars«, sprach er, »wir kennen uns seit langen Jahren und müssen folglich einige Schonung für einander haben. Sie sind mir eine Erklärung schuldig, und es ist doch das wenigste, daß ich erfahre, welchem unglücklichen Ereignis mein Sohn den Verlust Ihrer guten Absichten in Beziehung auf ihn zuzuschreiben hat.«

»Es betrifft den Vicomte nicht persönlich, mehr kann ich Ihnen nicht sagen, mein Herr«, antwortete Danglars, der wieder frech wurde, seitdem er sah, daß Morcerf sich besänftigte.

»Und wen betrifft es denn persönlich?« fragte mit bebender Stimme Morcerf, dessen Stirn sich mit Blässe bedeckte.

Danglars, dem keines dieser Symptome entging, heftete auf ihn einen festeren Blick, als er sonst zu tun pflegte, und sagte: »Danken Sie mir, daß ich mich nicht näher erkläre.«

Ein ohne Zweifel von einem zurückgehaltenen Zorn herrührendes Nervenzittern schüttelte Morcerf, und er erwiderte mit einer gewaltigen Anstrengung gegen sich selbst: »Ich bin berechtigt, eine Erklärung von Ihnen zu verlangen: Haben Sie etwas gegen Frau von Morcerf? Ist mein Vermögen nicht hinreichend? Sind es meine Ansichten, die den Ihrigen entgegengesetzt...«

»Nichts von dem allem«, sagte Danglars; »ich wäre unentschuldbar, denn ich habe mich, alles dies kennend, in die Sache eingelassen. Nein, suchen Sie nicht weiter, ich bin in der Tat beschämt, Sie diese Gewissensprüfung machen zu lassen, glauben Sie mir, bleiben wir hierbei stehen. Nehmen wir das in der Mitte liegende Wort Aufschub, das weder ein Bruch noch eine bestimmte Verbindlichkeit ist. Mein Gott, nichts drängt. Meine Tochter ist 17 Jahre alt, Ihr Sohn 21. Während unseres Haltes schreitet die Zeit fort, sie führt die Ereignisse herbei, die Dinge, welche noch gestern dunkel schienen, sind heute vielleicht klar; zuweilen an einem Tag die grausamsten Verleumdungen.«

»Verleumdungen haben Sie gesagt, mein Herr?« rief Morcerf leichenbleich. »Man verleumdet mich also?«

»Mein Herr Graf, wir wollen uns nicht weiter erklären, sage ich.«

»Ich soll mich also ruhig dieser Weigerung unterwerfen?«

»Welche besonders für mich peinlich ist, mein Herr. Ja, peinlicher für mich als für Sie, denn ich rechnete auf die Ehre einer Verbindung mit Ihnen, und eine fehlgeschlagene Heirat schadet immer mehr der Braut als dem Bräutigam.«

»Es ist gut, mein Herr, sprechen wir nicht mehr davon«, sagte Morcerf, und seine Handschuhe mit der größten Wut zerknitternd, verließ er das Zimmer.

Danglars bemerkte, daß es Morcerf nicht ein einziges Mal gewagt hatte, ihn zu fragen, ob er, Morcerf, die Ursache wäre, warum Danglars sein Wort zurücknähme.

Am Abend fand eine lange Besprechung mit mehreren Freunden statt, und Herr Cavalcanti, der sich beständig im Salon der Frauen aufgehalten hatte, ging zuletzt aus dem Haus des Bankiers. Als Danglars am andern Morgen erwachte, verlangte er nach den Zeitungen; man brachte sie ihm sogleich; er schob drei oder vier auf die Seite und nahm den *Impartial.* Beauchamp war Redakteur dieser Zeitung.
Er brach rasch den Umschlag auf, öffnete ihn mit einer nervösen Hast, ging verächtlich über den Pariser Artikel weg und blieb, als er zu den verschiedenen Begebenheiten gelangte, mit einem lebhaften Lächeln bei einer kurzen Notiz stehen, die mit den Worten anfing: Man schreibt uns von Janina...
»Gut«, sprach er, nachdem er gelesen hatte, »das ist ein Artikelchen über den Obersten Fernand, der mich aller Wahrscheinlichkeit nach der Mühe überheben wird, ihm Erläuterungen in Beziehung auf den Vicomte von Morcerf zu geben.«
In demselben Augenblick, nämlich als es neun Uhr schlug, erschien Albert von Morcerf, schwarz gekleidet, methodisch geknöpft, mit bewegtem, entschiedenem Schritt, in dem Haus der Champs-Elysées.
»Der Herr Graf ist vor etwa einer halben Stunde ausgefahren«, sagte der Hausmeister.
»Hat er Baptistin mitgenommen?« fragte Morcerf.
»Nein, mein Herr Vicomte.«
»Rufen Sie Baptistin, ich will mit ihm sprechen.«
Der Hausmeister holte den Kammerdiener und kam einen Augenblick nachher mit ihm zurück.
»Mein Freund«, sagte Albert, »entschuldigen Sie meine Unbescheidenheit, doch ich wollte Sie selbst fragen, ob Ihr Herr wirklich ausgegangen wäre?«
»Ja, Herr Vicomte«, antwortete Baptistin.
»Auch für mich?«
»Ich weiß, wie glücklich mein Gebieter ist, den Herrn Vicomte zu empfangen, und würde mich wohl hüten, ihn sonst abzuweisen.«
»Sie haben recht, denn ich muß ihn in einer sehr ernsten Angelegenheit sprechen. Glauben Sie, er dürfte lange nicht zurückkehren?«

»Nein, denn er hat sein Frühstück auf zehn Uhr bestellt.«
»Gut, ich werde einen Gang auf den Champs-Elysées machen und um zehn Uhr wieder hier sein; sagen Sie dem Herrn Grafen, wenn er vor mir zurückkehrt, ich bitte ihn, mich zu erwarten.«
Albert ließ vor der Tür des Grafen das Kabriolett, das er gemietet hatte, und ging zu Fuß spazieren. –
Als er an der Allee des Veuves vorüber kam, glaubte er die Pferde des Grafen zu erkennen, die vor der Tür der Schießstätte von Gosset standen; er näherte sich, und nachdem er die Pferde erkannt, erkannte er auch den Kutscher.
»Ist der Herr Graf in der Schießstätte?« fragte er diesen.
»Ja, mein Herr«, antwortete der Kutscher.
Es hatten sich mehrere regelmäßige Schüsse hörbar gemacht, seitdem sich Morcerf in der Gegend der Schießstätte befand. Er trat ein. In dem kleinen Garten stand der Aufwärter.
»Verzeihen Sie«, sagte dieser, »der Herr Vicomte wird wohl die Gefälligkeit haben, einen Augenblick zu warten.«
»Warum dies, Philipp?« fragte Albert, der als ein Stammgast über dieses Hindernis staunte, das er nicht begreifen konnte.
»Weil der Herr, der in diesem Augenblick übt, die Schießstätte für sich allein nimmt und vor niemandem schießt.«
»Nicht einmal vor Ihnen, Philipp?«
»Sie sehen, ich bin vor der Tür meiner Loge. Sie kennen diesen Herrn?«
»Ich komme, um ihn zu holen; er ist mein Freund.«
»Ah, dann ist es etwas anderes. Ich will hineingehen und ihn benachrichtigen.«
Und durch seine eigene Neugierde angetrieben, trat Philipp in die Bretterhütte. Eine Sekunde später erschien Monte Christo auf der Schwelle.
»Verzeihen Sie, mein lieber Graf, daß ich Sie bis hierher verfolge«, sprach Albert; »doch ich muß Ihnen vor allem sagen, daß es nicht der Fehler Ihrer Leute ist und daß ich allein indiskret bin. Ich begab mich zu Ihnen, man sagte mir, Sie wären auf einer Spazierfahrt begriffen, würden jedoch um zehn Uhr zum Frühstück zurückkehren. Ich ging, zehn Uhr abwartend, ebenfalls spazieren und erblickte hier Ihre Pferde und Ihren Wagen.«

»Was Sie mir sagen, gewährt mir die Hoffnung, daß Sie kommen, um mit mir zu frühstücken.«
»Nein, ich danke, es handelt sich zu dieser Stunde nicht um ein Frühstück; vielleicht frühstücken wir später, doch bei Gott, in schlechter Gesellschaft.«
»Was zum Teufel erzählen Sie mir da?«
»Mein Lieber, ich schlage mich heute.«
»Sie? Und warum? Sie begreifen, man schlägt sich nicht aller möglichen Dinge wegen.«
»Der Ehre wegen.«
»Ah, das ist ernst!«
»So ernst, daß ich komme, um Sie zu bitten, mir einen Dienst zu leisten.«
»Welchen?«
»Mein Zeuge zu sein.«
»Dann ist es eine Sache von Belang; wir wollen nicht mehr hier davon sprechen, sondern nach Hause zurückkehren. Ali, gib mir Wasser.«
Der Graf schlug seine Ärmel zurück und ging in das kleine Vorhaus vor der Schießstätte, wo die Schützen sich die Hände zu waschen pflegten.
»Treten Sie doch ein, Herr Vicomte«, sagte Philipp ganz leise.
»Sie werden etwas Komisches sehen.«
Morcerf trat ein. Statt der Plättchen waren Spielkarten an der Wand befestigt. Morcerf glaubte aus der Ferne, es wäre ein völliges Spiel, denn er sah Karten vom As bis zum Zweier.
»Ah! Ah!« sprach Albert, »Sie waren eben daran, Piquet zu spielen.«
»Nein«, sagte der Graf, »ich war damit beschäftigt, ein Kartenspiel zu machen.«
»Wie dies?«
»Ja, es sind Asse und Zweier, was Sie dort sehen, nur haben meine Kugeln Dreier, Fünfer, Siebener, Achter, Neuner und Zehner daraus gemacht.«
Albert näherte sich. Die Kugeln hatten wirklich mit vollkommen genauen Linien und in vollkommen gleichen Entfernungen die fehlenden Zeichen ersetzt, und das Kartenpapier an den

Stellen durchlöchert, wo es hätte bemalt sein sollen. Als Morcerf auf die Scheibe zuging, hob er überdies noch ein paar Schwalben auf, welche die Unklugheit gehabt hatten, im Bereich der Pistolen des Grafen vorüberzufliegen und von diesem geschossen worden waren.
»Teufel!« rief Morcerf.
»Was wollen Sie, lieber Vicomte?« sagte Monte Christo, die Hände an einem von Ali herbeigebrachten Leintuch abtrocknend, »ich muß wohl meine müßigen Augenblicke ausfüllen; doch kommen Sie, wir wollen gehen.«
Beide stiegen in das Kupee von Monte Christo, das sie in wenigen Augenblicken vor die Tür von Nummer 30 brachte.
Monte Christo führte Morcerf in sein Kabinett und bezeichnete ihm einen Stuhl. Beide setzten sich.
»Nun lassen Sie uns ruhig plaudern«, sprach der Graf. »Mit wem wollen Sie sich schlagen?«
»Mit Beauchamp.«
»Mit einem Ihrer Freunde?«
»Man schlägt sich stets mit Freunden.«
»Es bedarf aber wenigstens eines Grundes.«
»In seiner Zeitung von gestern abend... doch nehmen Sie, lesen Sie.«
Ali reichte Monte Christo eine Zeitung, und dieser las folgende Worte:
»Man schreibt uns aus Janina: Eine bis jetzt unbekannte oder doch wenigstens nicht veröffentlichte Tatsache ist uns zur Kenntnis gekommen: Die Schlösser, welche die Stadt beschützen, wurden den Türken durch einen französischen Offizier übergeben, in welchen Ali Tependelini sein ganzes Vertrauen gesetzt hatte: Er hieß Fernand.«
»Nun?« fragte Monte Christo, »was sehen Sie darin so Ärgerliches für Sie?«
»Was ich darin sehe?«
»Ja. Was geht es Sie an, daß die Schlösser von Janina durch einen Offizier namens Fernand übergeben worden sind?«
»Es geht mich viel an, daß mein Vater, der Graf von Morcerf, Fernand mit seinem Taufnamen heißt.«
»Und Ihr Vater diente Ali Pascha?«

»Das heißt, er kämpfte für die Unabhängigkeit der Griechen: darin liegt die Verleumdung.«

»Ei, mein lieber Vicomte, lassen Sie uns vernünftig sprechen.«

»Das will ich ja gerade.«

»Sagen Sie mir ein wenig, wer zum Teufel weiß in Frankreich, daß der Offizier Fernand derselbe Mann ist wie der Graf von Morcerf, und wer kümmert sich zu dieser Stunde um Janina, das 1822 oder 1823, glaube ich, genommen wurde?«

»Das ist eben die Schändlichkeit: Man läßt die Zeit darüber hingehen und kommt heute auf vergessene Ereignisse zurück, um einen Skandal daraus hervorgehen zu lassen, der eine hohe Stellung zu trüben vermag. Ich, der Erbe des väterlichen Namens, will nicht, daß über diesem Namen auch nur der Schatten eines Zweifels schwebt. Ich werde zu Beauchamp, dessen Zeitung diese Notiz veröffentlicht hat, zwei Zeugen schicken, und er wird sie widerrufen.«

»Beauchamp wird nichts widerrufen.«

»Dann schlagen wir uns.«

»Nein, Sie werden sich nicht schlagen, denn er wird Ihnen antworten, es habe in der griechischen Armee vielleicht fünfzig Offiziere namens Fernand gegeben.«

»Wir werden uns trotz dieser Antwort schlagen. Oh, es ist mein unabänderlicher Wille, daß dieses verschwinde... Mein Vater, ein so edler Soldat, eine so erhabene Laufbahn...«

»Oder er wird in seine Zeitung einrücken: Wir müssen aus Gründen glauben, daß dieser Fernand mit dem Herrn Grafen von Morcerf, dessen Taufname ebenfalls Fernand ist, nichts gemein hat.«

»Ich muß einen vollständigen, unbeschränkten Widerruf haben und werde mich nicht hiermit begnügen.«

»Sie schicken ihm also Zeugen?«

»Ja.«

»Sie haben unrecht.«

»Das heißt, Sie verweigern mir den Dienst, den ich von Ihnen verlange?«

»Ah! Sie kennen meine Theorie in Beziehung auf das Duell; ich habe Ihnen, wie Sie sich vielleicht erinnern, mein Glaubensbekenntnis hierüber in Rom abgelegt.«

»Und dennoch, mein lieber Graf, habe ich Sie soeben bei einer Beschäftigung gefunden, die wenig mit dieser Theorie im Einklang steht.«

»Mein lieber Freund, Sie begreifen, man muß nie ausschließend sein; wenn man mit den Narren lebt, muß man seine Wahnsinnslehre durchmachen; jeden Augenblick kann irgendein verbranntes Gehirn, das nicht mehr Ursache hat, mit mir Streit zu suchen, als Sie bei Beauchamp, wegen der ersten besten Erbärmlichkeit zu mir kommen oder mir Zeugen schicken oder mich an einem öffentlichen Ort beleidigen: nun wohl! Dieses verbrannte Gehirn muß ich töten.«

»Sie geben also auch zu, daß Sie sich selbst schlagen würden?«

»Bei Gott! Ganz gewiß.«

»Warum soll dann ich mich nicht schlagen?«

»Ich sage durchaus nicht, Sie sollen sich nicht schlagen, ich sage nur, das Duell sei eine ernste Sache, die man überlegen müsse.«

»Hat er es überlegt, als er meinen Vater beschimpfte?«

»Wenn er es nicht überlegt hat und dies Ihnen zugesteht, so müssen Sie ihm nicht grollen.«

»Oh, mein lieber Graf, Sie sind viel zu nachsichtig!«

»Und Sie viel zu streng. Sehen Sie, ich setze voraus... hören Sie wohl, ich setze voraus... Ärgern Sie sich nicht über das, was ich Ihnen sagen werde.«

»Ich höre.«

»Ich setze voraus, die angegebene Sache sei wahr.«

»Ein Sohn darf eine solche Voraussetzung über die Ehre seines Vaters nicht zugeben.«

»Ei, mein Gott! Wir leben in einer Zeit, wo man so viele Dinge zugibt.«

»Das ist gerade die Schmach dieser Zeit.«

»Haben Sie vielleicht die Anmaßung, sie reformieren zu wollen?«

»Ja, in Beziehung auf das, was mich betrifft.«

»Mein Gott, welch ein Rigorist sind Sie doch, lieber Freund!«

»So bin ich nun einmal.«

»Sind Sie unzugänglich für gute Ratschläge?«

»Nein, wenn sie von einem Freund kommen.«

»Halten Sie mich für Ihren Freund?«

»Ja.«

»Nun wohl, so erkundigen Sie sich, ehe Sie Ihre Zeugen zu Beauchamp schicken.«

»Bei wem?«

»Bei Haydee zum Beispiel.«

»Warum eine Frau in diese ganze Geschichte ziehen? Was kann sie dabei tun?«

»Ihnen erklären, daß Ihr Vater keinen Anteil an der Niederlage oder an dem Tod des ihrigen hat, oder Ihnen über diesen Gegenstand Licht geben. Hätte Ihr Vater zufälligerweise das Unglück gehabt…«

»Ich sagte Ihnen bereits, mein lieber Graf, ich könnte eine solche Voraussetzung nicht zugeben.«

»Sie schlagen dieses Mittel also aus?«

»Ich schlage es aus.«

»Dann einen letzten Rat.«

»Es sei! Doch den letzten.«

»Schicken Sie keine Zeugen zu Beauchamp.«

»Erklären Sie sich.«

»Allerdings; wenn Beauchamp geneigt ist zu widerrufen, so muß man ihm das Verdienst des guten Willens lassen, und der Widerruf wird darum nicht minder gemacht sein. Weigert er sich im Gegenteil, so ist es immer noch Zeit, zwei Fremde in das Geheimnis zu ziehen.«

»Es werden keine zwei Fremde, sondern zwei Freunde sein.«

»Die Freunde von heute sind die Feinde von morgen.«

»Ah! Zum Beispiel?«

»Beauchamp zum Beispiel.«

»Also…«

»Also empfehle ich Ihnen Klugheit.«

»Sie glauben somit, ich sollte Beauchamp selbst aufsuchen?«

»Ja, allein. Wenn man etwas von der Eitelkeit eines Menschen erhalten will, so muß man diese Eitelkeit bis zum Scheine eines Zwanges schonen.«

»Ich glaube, Sie haben recht.«

»Gehen Sie; doch Sie würden am Ende besser daran tun, gar nicht zu gehen.«

»Das ist unmöglich.«

»Machen Sie es also auf diese Art: Dies wird immerhin besser sein als das, was Sie tun wollten.«
»Doch lassen Sie hören: Wenn trotz meiner Vorsichtsmaßregeln, trotz meines Verfahrens ein Duell entsteht, werden Sie mir als Zeuge dienen?«
»Nein, lieber Vicomte«, entgegnete Monte Christo, »Sie konnten sehen, daß ich geeigneten Ortes und zu geeigneter Zeit stets Ihnen zu Diensten bereitwillig und ergeben war; doch der Dienst, den Sie heute von mir verlangen, liegt außerhalb des Bereiches, den ich Ihnen zu leisten imstande bin.«
»Warum?«
»Sie werden es vielleicht eines Tages erfahren.«
»Doch mittlerweile?«
»Bitte ich Sie um Nachsicht für ein Geheimnis.«
»Es ist gut. Ich nehme Franz und Chateau-Renaud.«
»Nehmen Sie Franz und Chateau-Renaud, das wird vortrefflich sein.«
»Doch wenn ich mich schlage, geben Sie mir wenigstens eine Lektion im Degen oder in der Pistole.«
»Nein, das ist abermals unmöglich.«
»Sonderbarer Mann! Sie wollen sich also in nichts mischen?«
»Durchaus in nichts.«
»So sprechen wir nicht mehr davon. Gott befohlen, Graf.«
»Gott befohlen, Vicomte.«
Morcerf nahm seinen Hut und ging. Vor der Tür fand er sein Kabriolett, und seinen Zorn so gut als möglich bewältigend, ließ er sich zu Beauchamp führen. Beauchamp saß in einem düsteren, bestaubten Bureau, wie es im Grunde alle Zeitungsbureaus sind.
Man meldete ihm Albert von Morcerf. Er ließ sich die Meldung zweimal wiederholen; dann rief er, obgleich immer noch schlecht überzeugt: »Herein!« Albert erschien. Beauchamp stieß einen Ausruf der Überraschung aus, als er seinen Freund über die Papierstöße steigen und mit schlecht geübtem Fuß auf die Zeitungen von allen Größen treten sah, welche nicht nur auf dem Parkett, sondern auch auf dem rot angestrichenen Boden seines Bureaus zerstreut umherlagen.
»Hierdurch, hierdurch, mein lieber Albert!« sagte er, dem jun-

gen Mann die Hand reichend; »was bringt Sie zu mir? Haben Sie sich verirrt, wie der kleine Däumling, oder wollen Sie ganz einfach mit mir frühstücken? Suchen Sie einen Stuhl zu bekommen; halt, dort, neben dem Geranium, das mich allein hier daran erinnert, daß es auf der Welt Blätter gibt, die keine Papierblätter sind.«

»Beauchamp«, erwiderte Albert, »ich komme, um über Ihr Journal mit Ihnen zu sprechen.«

»Sie, Morcerf, was wünschen Sie?«

»Ich verlange eine Berichtigung.«

»Sie, eine Berichtigung! Worüber, Albert? Aber setzen Sie sich doch.«

»Ich danke«, erwiderte Albert zum zweitenmal mit einem leichten Zeichen des Kopfes.

»Erklären Sie sich.«

»Eine Berichtigung über eine Tatsache, welche die Ehre eines Mitgliedes meiner Familie angreift.«

»Gehen Sie doch!« rief Beauchamp erstaunt; »was für eine Tatsache? Das kann nicht sein.«

»Die Tatsache, welche man Ihnen von Janina mitgeteilt hat.«

»Von Janina?«

»Ja, von Janina. Wahrlich, Sie sehen aus, als ob Sie nicht wüßten, was mich hierher führt.«

»Bei meiner Ehre!... Baptiste, eine Zeitung von gestern!« rief Beauchamp.

»Es ist nicht nötig, ich bringe Ihnen die meinige.«

Beauchamp las unvernehmlich.

»Man schreibt uns von Janina usw.«

»Sie begreifen, die Sache ist ernster Natur«, sprach Morcerf, als Beauchamp geendigt hatte.

»Dieser Offizier ist also Ihr Verwandter?« fragte der Journalist.

»Ja«, antwortete Albert errötend.

»Nun, was soll ich tun, um Ihnen angenehm zu sein?« sagte Beauchamp mit weichem, freundlichem Ton.

»Es wäre mir sehr lieb, Beauchamp, wenn Sie diese Sache widerrufen würden.«

Beauchamp schaute Albert mit einer Aufmerksamkeit an, die viel Wohlwollen bezeigte, und erwiderte sodann: »Hören Sie, das wird uns Anlaß zu einem langen Gespräch geben, denn es ist immer etwas Ernstes um einen Widerruf. Setzen Sie sich, ich will diese paar Zeilen noch einmal lesen.«

Albert setzte sich, und Beauchamp las die Zeilen noch aufmerksamer als das erstemal.

»Nun, Sie sehen«, sprach Albert mit Festigkeit, ja sogar mit Härte, »Sie sehen, man hat in Ihrer Zeitung ein Mitglied meiner Familie beleidigt, und ich will einen Widerruf.«

»Sie... wollen...«

»Ja, ich will.«

»Erlauben Sie mir, Ihnen zu sagen, daß Sie durchaus nicht parlamentarisch sind, mein lieber Vicomte.«

»Ich will es nicht sein«, erwiderte der junge Mann aufstehend: »Ich will den Widerruf einer Sache, die Sie gestern veröffentlicht haben, und ich werde ihn erhalten. Sie sind mein Freund«, fuhr Albert mit gepreßten Lippen fort, als er sah, daß Beauchamp seinerseits das Haupt verächtlich zu erheben anfing, »Sie sind mein Freund, und als solcher kennen Sie mich hoffentlich hinreichend, um meine Hartnäckigkeit unter solchen Umständen zu begreifen.«

»Bin ich Ihr Freund, Morcerf, so werden Sie durch Worte, wie ich sie soeben gehört, am Ende machen, daß ich es vergesse... Doch ärgern wir uns nicht, oder wenigstens noch nicht... Sie sind unruhig, gereizt, aufgebracht... Sprechen Sie, wer ist der Verwandte, den man Fernand nennt?«

»Es ist ganz einfach – mein Vater, Herr Fernand Mondego, Graf von Morcerf, ein alter Militär, der zwanzig Schlachten gesehen und dessen edle Narben man nun gern mit dem aus einer Gosse gesammelten Kot bedecken möchte.«

»Ihr Vater?« rief Beauchamp, »dann ist es etwas anderes; ich begreife Ihre Entrüstung, mein lieber Albert... Lesen wir abermals...«

Und er las die Note, auf jedes Wort Nachdruck legend.

»Aber wo sehen Sie, daß der Fernand dieser Zeitung Ihr Vater ist?« fragte Beauchamp.

»Nirgends, ich weiß es wohl, aber andere werden es sehen. Deshalb will ich, daß die Sache widerrufen wird.«

Bei den Worten »will ich« schlug Beauchamp die Augen zu

Morcerf auf, senkte sie aber sogleich wieder und blieb einige Sekunden nachdenkend.

»Nicht wahr, Sie werden diese Note widerrufen«, wiederholte Morcerf mit wachsendem, jedoch verhaltenem Zorn.

»Ja«, sprach Beauchamp.

»Dann ist es gut!« rief Albert.

»Doch erst, wenn ich mich überzeugt habe, daß die Angabe falsch ist.«

»Wie?«

»Ja, die Sache verdient wohl, aufgeklärt zu werden.«

»Aber was finden Sie denn daran aufzuklären?« versetzte Albert ganz außer sich. »Wenn Sie nicht glauben, daß es mein Vater ist, so sagen Sie es auf der Stelle; glauben Sie, daß er es ist, so geben Sie mir Rechenschaft von dieser Meinung.«

Beauchamp schaute Albert mit jenem ihm eigentümlichen Lächeln an, das die Schattierung aller Leidenschaften auszudrükken vermochte.

»Mein Herr«, erwiderte er, »wenn Sie gekommen sind, um Rechenschaft von mir zu verlangen, so hätten Sie nicht von Freundschaft und anderen Dingen sprechen sollen, wie ich sie seit einer halben Stunde anzuhören die Geduld habe. Beliebt es Ihnen nunmehr, auf diesem Terrain mit mir fortzuschreiten?«

»Ja, wenn Sie die Verleumdung nicht widerrufen!«

»Einen Augenblick Geduld, keine Drohungen, wenn es gefällig ist, Herr Fernand Mondego, Vicomte von Morcerf, ich dulde sie nicht von meinen Feinden und noch viel weniger von meinen Freunden. Sie wollen also, daß ich die Behauptung über den General Fernand, an der ich bei meinem Ehrenwort keinen Anteil genommen habe, widerrufe?«

»Ja, ich will es!« sagte Albert, dessen Kopf sich zu verwirren anfing.

»Sonst werden wir uns schlagen?« fuhr Beauchamp mit derselben Ruhe fort.

»Ja«, erwiderte Albert, die Stimme erhebend.

»Wohl! Hören Sie meine Antwort, mein lieber Herr: Diese Behauptung ist nicht von mir eingerückt worden, ich kannte sie nicht; doch Sie haben durch Ihren Schritt meine Aufmerksamkeit auf die Tatsache gelenkt, an der ich festhalte; die Sache

wird also bestehen, bis sie irgend jemand mit Fug und Recht widerlegt oder bestätigt hat.«
»Mein Herr«, sprach Albert aufstehend, »ich werde die Ehre haben, Ihnen meine Zeugen zu schicken; Sie werden sich mit Ihnen über den Ort und die Waffen besprechen.«
»Sehr gut, mein lieber Herr.«
»Und heute abend, wenn es Ihnen beliebt, oder morgen spätestens treffen wir uns.«
»Nein, nein! Ich werde mich auf dem Platz einfinden, wann es sein muß, doch meiner Ansicht nach ist die Stunde noch nicht gekommen. Ich verlange drei Wochen; dann kommen wir zusammen, und ich sage Ihnen: Ja, die Behauptung ist falsch, und ich widerrufe sie, oder: Ja, die Sache ist wahr, und ich ziehe nach Ihrer Wahl den Degen aus der Scheide, oder ich nehme die Pistolen aus dem Kasten.«
»Drei Wochen«, rief Albert, »drei Wochen sind drei Jahrhunderte, während deren ich entehrt bin.«
»Wären Sie mein Freund geblieben, so hätte ich gesagt: Geduld, Freund; nun haben Sie sich zu meinem Feind gemacht, und ich sage Ihnen: Was liegt mir daran, mein Herr!«
»Wohl, es sei, in drei Wochen!« rief Morcerf. »Doch bedenken Sie, in drei Wochen kann Sie weder ein Aufschub noch eine Ausflucht mehr frei machen...«
»Herr von Morcerf«, sagte Beauchamp, ebenfalls aufstehend, »ich kann Sie erst in drei Wochen zur Tür hinauswerfen, und Sie sind erst zu dieser Zeit berechtigt, mir den Kopf zu spalten. Bis dahin ersparen wir uns alles Gebelle zweier Doggen, die entfernt voneinander an der Kette liegen.«
Hiernach grüßte Beauchamp den jungen Mann mit ernster Miene und ging in seine Druckerei.
Albert entfernte sich sodann, und während er über den Boulevard fuhr, erblickte er Morel, der, die Nase im Wind, mit regem Auge und losen Armen in der Richtung nach der Madeleine vorüberging.
»Ah!« sagte er seufzend, »das ist ein glücklicher Mensch.«
Zufällig täuschte er sich nicht.

2. Die Limonade

Morel war wirklich sehr glücklich.
Herr Noirtier hatte nach ihm geschickt, und es drängte ihn sehr, die Ursache hiervon zu erfahren. Er war also in größter Eile von der Rue Meslai weggelaufen und begab sich nach dem Faubourg Saint-Honorée.
Morel marschierte im gymnastischen Schritt, und der arme Barrois folgte ihm, so gut er konnte. Morel war einunddreißig Jahre alt, Barrois sechzig; Morel war liebestrunken, Barrois durch die große Hitze angegriffen. An Ort und Stelle ließ der alte Diener Morel durch die besondere Tür eintreten, schloß die Tür des Kabinetts, und bald kündigte ein Streifen des Kleides auf dem Boden den Besuch von Valentine an, die in ihren Trauergewändern zum Entzücken schön war. Der Traum wurde so süß für Morel, daß er beinahe die Unterredung mit Noirtier ganz vergessen hätte; doch der Lehnstuhl des Greises rollte bald auf dem Boden, und er erschien.
Noirtier nahm wohlwollend die Danksagungen auf, mit denen ihn Morel für die wunderbare Vermittlung überhäufte, die ihn und Valentine vor der Verzweiflung gerettet hatte. Dann wurde Valentine, die schüchtern und fern von Morel sitzend, von Morels Blick aufgefordert, sich über die neue Gunst, die man ihm bewilligt, auszusprechen. Noirtier schaute sie ebenfalls an.
»Herr Morel«, sprach Valentine zu dem jungen Mann, »mein guter Papa Noirtier hat Ihnen tausend Dinge zu sagen, die er seit drei Tagen mir mitgeteilt hat. Heute läßt er Sie rufen, damit ich Ihnen dieselben wiederhole; ich werde Ihnen dies alles, ohne ein Wort an seinen Absichten zu verändern, wiederholen, da er mich zu seiner Dolmetscherin gewählt hat.«
»Oh, ich höre mit der größten Ungeduld«, antwortete der junge Mann, »sprechen Sie, mein Fräulein.«
Valentine schlug die Augen nieder, es war dies ein Vorzeichen, das Morel süß dünkte. Valentine war nur im Glück schwach.
»Mein Großvater will dieses Haus verlassen«, sagte sie, »Barrois ist bemüht, ihm eine andere Wohnung zu verschaffen.«
»Doch Sie, mein Fräulein«, entgegnete Morel, »Sie, die Sie Herrn Noirtier so teuer sind?«
»Ich«, sagte das Mädchen, »ich werde meinen Großvater nicht

verlassen, das ist eine zwischen ihm und mir abgemachte Sache. Meine Wohnung wird bei der seinigen sein. Entweder erhalte ich die Einwilligung von Herrn von Villefort, meinen Aufenthalt bei Papa Noirtier zu nehmen, oder man verweigert es mir: Im ersten Fall gehe ich schon jetzt, im zweiten warte ich meine Volljährigkeit ab, die in zehn Monaten eintritt. Dann bin ich frei, dann besitze ich ein Vermögen, und mit der Genehmigung meines guten Papas halte ich das Versprechen, das ich Ihnen geleistet habe.«
Valentine sagte die letzten Worte so leise, daß Morel, ohne das Interesse, das er für Valentines Erklärungen hatte, nicht imstande gewesen wäre, sie zu hören.
»Habe ich nicht Ihren Gedanken ausgedrückt, guter Papa?« fügte Valentine, sich an den Greis wendend, bei.
»Ja«, machte der Greis.
»Bin ich einmal bei meinem Großvater, so wird Herr Morel mich in Gegenwart dieses guten und würdigen Beschützers sehen können«, sprach Valentine. »Wenn das Band, das unsere, vielleicht launenhaften oder unwissenden Herzen zu knüpfen begonnen haben, uns nach unserer Erfahrung Garantien für unser zukünftiges Glück bietet, dann kann mich Herr Morel von mir verlangen... ich erwarte ihn.«
»Oh!« rief Morel, versucht, vor dem Greis und Valentine niederzuknien; »oh, was habe ich denn in meinem Leben Gutes getan, um soviel Glück zu verdienen.«
»Bis dahin«, fuhr das Mädchen mit seiner reinen, ernsten Stimme fort, »bis dahin werden wir die Schicklichkeit, den Willen unserer Eltern achten, insofern dieser Wille nicht dahin strebt, uns für immer zu trennen; mit einem Wort, wir werden warten.«
»Und die Opfer, die dieses Wort auferlegt, mein Fräulein, ich schwöre Ihnen, sie zu erfüllen, nicht mit Resignation, sondern mit dem Gefühl des Glückes.«
»Also keine Unklugheiten mehr«, sagte Valentine, mit einem für Maximilian süßen Blick; »gefährden Sie nicht diejenige, mein Freund, welche sich von heute an als bestimmt, rein und würdig betrachtet, Ihren Namen zu tragen.«
Morel legte seine Hand auf sein Herz.

Noirtier schaute beide voll Zärtlichkeit an. Barrois, der im Hintergrund stehengeblieben war, wie ein Mensch, dem man nichts zu verbergen hat, lächelte, große Schweißtropfen von seiner kahlen Stirn abtrocknend.

»Oh, mein Gott! Wie heiß es dem guten Barrois ist!« rief Valentine.

»Ah, das kommt davon her, daß ich stark gelaufen bin«, erwiderte Barrois; »doch Herr Morel, ich muß ihm diese Gerechtigkeit widerfahren lassen, lief noch schneller als ich.«

Noirtier bezeichnete mit dem Auge eine Platte, worauf eine Flasche Limonade und ein Glas standen. Was in der Flasche fehlte, war eine halbe Stunde vorher von Noirtier getrunken worden.

»Nimm, guter Barrois«, sprach das Mädchen, »nimm, denn ich sehe, daß deine Augen gierig nach dieser Flasche zielen.«

»Ich sterbe allerdings vor Durst«, antwortete Barrois.

»Trink also«, versetzte Valentine, »und komm in einem Augenblick wieder.«

Barrois trug die Platte fort, und kaum war er im Gang, so sah man ihn durch die Tür, die er zu schließen vergessen hatte, das Haupt rückwärts neigen und das Glas, welches ihm Valentine gefüllt, leeren.

Valentine und Morel nahmen in Gegenwart von Noirtier voneinander Abschied, als man die Glocke auf der Treppe von Villefort ertönen hörte. Valentine schaute nach der Uhr.

»Es ist Mittag«, sagte sie, »heute ist Samstag, guter Papa, ohne Zweifel kommt der Doktor; er wird hierher kommen, und Herr Morel muß gehen, nicht wahr, guter Papa?«

»Ja«, antwortete der Greis.

»Barrois!« rief Valentine, »Barrois, komm!« Man hörte die Stimme des alten Dieners antworten: »Ich komme, mein Fräulein.«

»Barrois wird Sie bis zur Tür zurückführen«, sagte Valentine zu Morel; »und nun erinnern Sie sich, mein Herr Offizier, daß mein guter Papa Ihnen einschärft, Sie mögen keinen Schritt wagen, der unser Glück gefährden könnte.«

»Ich habe versprochen zu warten«, sagte Morel, »und ich werde warten.«

In diesem Augenblick trat Barrois ein.
»Wer hat geläutet?« fragte Valentine.
»Der Herr Doktor d'Avrigny«, erwiderte Barrois, auf seinen Beinen wankend.
»Nun, was hast du denn, Barrois?« fragte Valentine.
Der Greis antwortete nicht, er schaute nur seinen Herrn mit irren Augen an, während er mit seiner krampfhaft zusammengezogenen Hand eine Stütze suchte, um sich aufrecht halten zu können.
»Er wird fallen«, rief Morel.
Das Zittern von Barrois vermehrte sich wirklich stufenweise, durch die krampfhaften Bewegungen der Gesichtsmuskeln verstört, offenbarten seine Züge einen sehr heftigen nervösen Anfall. Als Noirtier Barrois so erschüttert sah, vermehrte er seine Blicke, in denen sich klar und verständlich alle Regungen ausdrückten, die in dem Herzen des Mannes vorgingen.
Barrois machte einige Schritte gegen seinen Herrn.
»Ah, mein Gott! Was habe ich denn?« sagte er. »Ich leide... ich sehe nicht mehr... Tausend feurige Punkte durchkreuzen meinen Schädel. Oh, berühren Sie mich nicht, berühren Sie mich nicht!«
Die Augen wurden wirklich stier und hervorspringend, und der Kopf fiel zurück, während der untere Teil des Körpers erstarrte. Valentine stieß erschrocken einen Schrei aus. Morel nahm sie in seine Arme, als wollte er sie gegen eine unbekannte Gefahr beschützen.
»Herr d'Avrigny! Herr d'Avrigny!« rief Valentine mit erstickter Stimme, »herbei, zu Hilfe!«
Barrois drehte sich um, machte drei Schritte rückwärts, stolperte, fiel zu den Füßen von Noirtier nieder, stützte seine Hand auf dessen Knie und rief: »Mein Herr, mein guter Herr!«
In diesem Augenblick erschien Herr von Villefort, durch das Geschrei herbeigezogen, auf der Schwelle.
Morel ließ die halb ohnmächtige Valentine los, warf sich zurück, drückte sich in die Ecke des Zimmers und verschwand beinahe hinter einem Vorhang.
Noirtier kochte in seinem Innern vor Ungeduld und Schrecken, seine Seele flog dem armen Greis zu Hilfe, der mehr sein

Freund als sein Diener war. Man sah den furchtbaren Kampf des Lebens und des Todes auf seiner Stirn. Das Gesicht heftig bewegt, die Augen mit Blut unterlaufen, den Hals zurückgeworfen, lag Barrois, mit den Händen auf den Boden schlagend, vor Noirtier, während seine steif gewordenen Beine eher brechen als sich zu biegen schienen. Ein leichter Schaum stieg auf seine Lippen, und er atmete schmerzhaft. Erstaunt verweilte Villefort, einige Sekunden die Augen auf dieses Gemälde geheftet, das bei seinem Eintritt in das Zimmer seine Blicke fesselte. – Er hatte Morel nicht wahrgenommen. Nach einer kurzen, stummen Betrachtung, während deren man sein Gesicht erbleichen sehen konnte, stürzte er nach der Tür und rief: »Doktor! Doktor! Kommen Sie, kommen Sie!«

»Madame!« rief Valentine, zu ihrer Stiefmutter eilend und sich an den Wänden der Treppe stoßend, »kommen Sie schnell, und bringen Sie Ihren Flacon «

»Was gibt es denn?« fragte die metallartig klingende Stimme der Frau von Villefort.

»Aber wo ist denn der Doktor?« rief Villefort.

Frau von Villefort stieg langsam die Treppe herab; man hörte die Bretter unter ihren Füßen krachen. In einer Hand hielt sie ein Sacktuch, mit welchem sie sich das Gesicht abtrocknete, in der andern ein Flacon mit englischem Salz. Ihr erster Blick, als sie zu der Tür kam, war auf Noirtier gerichtet, dessen Gesicht, abgesehen von einer unter solchen Umständen natürlichen Aufregung, eine vollkommene Gesundheit andeutete; ihr zweiter Blick traf den Sterbenden. Sie erbleichte, und ihr Auge richtete sich wieder auf Noirtier.

»Aber um des Himmels Namen, Madame! Wo ist der Doktor?« fragte Villefort: »er ging zu Ihnen hinein. Sie sehen, es ist ein Schlaganfall, mit einem Aderlaß kann man ihn retten.«

»Hat er vor kurzem gegessen?« sagte Frau von Villefort, der Frage ihres Gatten ausweichend.

»Madame«, antwortete Valentine, »er hat nicht gefrühstückt, doch er ist heute stark gelaufen, um einen Auftrag zu besorgen, den ihm der gute Papa gegeben hatte. Bei seiner Rückkehr trank er ein Glas Limonade.«

»Ah!« rief Frau von Villefort, »warum nicht Wein? Limonade, das ist schlimm.«
»Die Limonade war gerade bei der Hand, in der Flasche des guten Papas; der arme Barrois hatte Durst und trank, was er eben fand.«
Frau von Villefort bebte, Noirtier umfaßte sie gleichsam mit einem tiefen Blick.
»Er hat einen so kurzen Hals!« sagte sie.
»Madame«, sprach Villefort, »wo ist Herr d'Avrigny? Antworten Sie mir, im Namen des Himmels!«
»Er ist in dem Zimmer von Eduard, der ein wenig leidet«, erwiderte sie endlich.
Villefort stürzte nach der Treppe, um ihn selbst zu holen.
»Höre«, sagte die junge Frau, Valentine ihren Flacon übergebend, »man wird ihm ohne Zweifel zur Ader lassen. Ich gehe in mein Zimmer hinauf, denn ich kann den Anblick des Blutes nicht ertragen.«
Und sie folgte Herrn von Villefort.
Morel trat aus der düstern Ecke hervor, in die er sich zurückgezogen, ohne daß ihn jemand gesehen hatte, so groß war die allgemeine Bestürzung.
»Gehen Sie geschwind, Maximilian!« sagte Valentine zu ihm, »und warten Sie, bis ich Sie rufe.«
Morel befragte Noirtier durch eine Gebärde. Noirtier, der seine ganze Kaltblütigkeit behalten hatte, machte ihm ein bejahendes Zeichen.
Er drückte die Hand von Valentine an sein Herz und entfernte sich durch den geheimen Gang. Zu gleicher Zeit traten Villefort und der Doktor durch die entgegengesetzte Tür ein.
Barrois kam allmählich wieder zu sich: Die Krise war vorüber, er seufzte und erhob sich auf ein Knie. D'Avrigny und Villefort trugen Barrois auf ein Ruhebett.
»Was befehlen Sie, Doktor?« fragte Villefort.
»Man bringe mir Wasser und Äther, etwas Terpentinöl und ein Brechmittel, Sie haben doch alles im Hause? Sodann entferne sich jedermann!«
»Ich auch?« fragte Valentine schüchtern.

»Ja, mein Fräulein, Sie besonders«, erwiderte der Doktor mit strengem Ton.
Valentine schaute Herrn d'Avrigny erstaunt an, küßte Herrn Noirtier auf die Stirn und ging hinaus.
Hinter ihr schloß der Arzt die Tür.
»Sehen Sie!« sagte Villefort, »Doktor, er kommt wieder zu sich, es war nur ein Anfall ohne Bedeutung.«
Herr d'Avrigny lächelte düster.
»Wie fühlen Sie sich, Barrois?« fragte der Doktor.
»Ein wenig besser, mein Herr.«
»Können Sie dieses Glas Wasser mit Äther trinken?«
»Ich will es versuchen, doch berühren Sie mich nicht, es kommt mir vor, als müßte sich der Anfall wiederholen, wenn Sie mich berühren würden, und wäre es auch nur mit der Fingerspitze.«
Barrois nahm das Glas, näherte es seinen blauen Lippen und leerte es ungefähr bis zur Hälfte.
»Wo leiden Sie?« fragte der Doktor.
»Überall; ich habe furchtbare Krämpfe.«
»Haben Sie Verdunklungen, Blendungen?«
»Ja.«
»Ein Klingeln in den Ohren?«
»Gräßlich.«
»Wann ist dieser Anfall gekommen?«
»Soeben und so rasch wie der Blitz.«
»Nichts gestern? Nichts vorgestern?«
»Nichts.«
»Keine Schlafsucht? Keine Schwere?«
»Nein.«
»Was haben Sie heute gegessen?«
»Ich habe nichts gegessen, ich habe nur ein Glas Limonade von dem Herrn getrunken, und sonst nichts.«
Barrois machte mit dem Kopf eine Gebärde, um Herrn Noirtier zu bezeichnen, der von seinem Lehnstuhl diese furchtbare Szene betrachtete, ohne die geringste Bewegung zu verlieren, ohne sich ein Wort entgehen zu lassen.
»Wo ist die Limonade?« fragte der Doktor.
»In der Küche.«
»Soll ich sie holen, Doktor?« fragte Villefort.

»Nein, bleiben Sie hier und machen Sie, daß der Kranke den Rest dieses Glases Wasser trinkt, ich gehe selbst.«
D'Avrigny machte einen Sprung, öffnete die Tür, stürzte nach der Treppe, die nach der Küche führte, und hätte beinahe Frau von Villefort, die ebenfalls nach der Küche ging, umgeworfen. Sie stieß einen Schrei aus.
D'Avrigny merkte nicht darauf; fortgerissen durch die Macht eines einzigen Gedankens sprang er die letzten paar Stufen hinab, stürzte in die Küche und erblickte die zu drei Vierteln leere Flasche auf ihrer Platte.
Er warf sich darauf wie ein Adler auf seine Beute.
Keuchend stieg er in das Erdgeschoß hinauf und kehrte in das Zimmer zurück.
Frau von Villefort stieg langsam die Treppe empor, die in ihre Wohnung führte.
»Ist dies die Flasche?« fragte d'Avrigny.
»Ja, Herr Doktor.«
»Was für einen Geschmack fanden Sie in der Limonade?«
»Einen bittern Geschmack.«
Der Doktor goß ein paar Tropfen Limonade in seine hohle Hand, schlürfte sie mit den Lippen ein und spuckte dann die Flüssigkeit wieder aus.
»Es ist dieselbe«, sagte er. »Und Sie haben auch davon getrunken, Herr Noirtier?«
»Ja«, machte der Greis.
»Und Sie haben denselben bittern Geschmack gefunden?«
»Ja.«
»Ach! Herr Doktor«, rief Barrois, »es packt mich wieder! Mein Gott und Vater habe Mitleid mit mir!«
Der Doktor lief zu dem Kranken.
»Das Brechmittel, Villefort, sehen Sie, ob es kommt.«
Villefort stürzte hinaus und schrie: »Das Brechmittel, das Brechmittel! Hat man es gebracht?«
Niemand antwortete. Es herrschte der tiefste Schrecken im Haus.
»Wenn ich nur imstande wäre, ihm Luft in die Lunge zu blasen«, sagte d'Avrigny, im Zimmer umherschauend, »vielleicht

vermöchte man dem Schlag vorzubeugen. Doch nein, nein! Nichts!«
»Oh, Herr, werden Sie mich so ohne Hilfe sterben lassen?« rief Barrois. »Oh, ich sterbe! Mein Gott, ich sterbe!«
»Eine Feder, eine Feder « sagte der Doktor.
D'Avrigny erblickte eine auf dem Tisch und suchte sie in den Mund des Kranken zu stecken, der mitten unter Konvulsionen sich anstrengte, um sich zu erbrechen; aber die Kinnbacken waren so zusammengepreßt, daß die Feder nicht durch konnte. Barrois hatte einen noch heftigeren Anfall als das erstemal. Er war von dem Ruhebett auf die Erde herabgesunken und streckte sich steif auf dem Boden aus. Der Doktor überließ ihn diesem Anfall, bei dem er ihm keine Erleichterung verschaffen konnte, ging auf Noirtier zu und sagte hastig und mit leiser Stimme zu ihm: »Wie befinden Sie sich, gut?«
»Ja.«
»Leicht im Magen oder schwer? Leicht?«
»Ja.«
»Wie wenn Sie die Pille genommen haben, die ich Ihnen jeden Sonntag geben lasse?«
»Ja.«
»Hat Barrois Ihre Limonade gemacht?«
»Ja.«
»Haben Sie ihn aufgefordert, davon zu trinken?«
»Nein.«
»Herr von Villefort?«
»Nein.«
»Valentine also?«
»Ja.«
Ein Seufzer von Barrois, ein Gähnen, das die Knochen seines Kiefers krachen machte, erregten die Aufmerksamkeit von d'Avrigny; er verließ Noirtier und lief zu dem Kranken.
»Barrois«, sagte der Doktor, »können Sie sprechen?«
Barrois stammelte ein paar unverständliche Worte.
»Versuchen Sie es, mein Freund.«
Barrois öffnete die Augen.
»Wer hat die Limonade gemacht?«
»Ich.«

»Haben Sie dieselbe sogleich Ihrem Herrn gebracht, nachdem sie bereitet war?«
»Nein.«
»Sie haben sie irgendwo stehenlassen?«
»In der Küche, man rief mich.«
»Wer hat sie hierher gebracht?«
»Fräulein Valentine.«
D'Avrigny schlug sich vor die Stirn und murmelte: »Oh, mein Gott!«
»Doktor! Doktor!« rief Barrois, der einen dritten Anfall kommen fühlte.
»Wird man denn das Brechmittel nicht bringen!« rief der Doktor.
»Hier ist ein Glas völlig bereitet«, sagte Villefort, zurückkehrend.
»Durch wen?«
»Durch den Apothekergehilfen, der mit mir gekommen ist.«
»Trinken Sie.«
»Unmöglich, Doktor, es ist zu spät; meine Kehle schnürt sich zusammen, ich ersticke! Oh, mein Magen! Oh, mein Kopf... Oh, welche Hölle... Werde ich lange so leiden?«
»Nein, nein, mein Freund«, antwortete der Doktor, »Sie werden bald nicht mehr leiden.«
»Ah! Ich verstehe Sie«, rief der Unglückliche; »mein Gott, erbarme dich meiner!«
Und einen Schrei ausstoßend, fiel er rückwärts, als ob ihn der Blitz getroffen hätte.
D'Avrigny legte eine Hand auf sein Herz und hielt einen Spiegel an seine Lippen.
»Nun?« fragte Herr von Villefort.
»Sagen Sie in der Küche, man soll sehr schnell Veilchensirup bringen.«
Villefort eilte sogleich hinab.
»Erschrecken Sie nicht, Herr Noirtier«, sagte d'Avrigny, »ich bringe den Kranken in ein anderes Zimmer, um ihn zur Ader zu lassen; dergleichen Anfälle sind gräßlich anzuschauen.«
Und Barrois unter den Armen fassend, schleppte er ihn in ein anstoßendes Zimmer; doch beinahe in demselben Augenblick

kehrte er zu Noirtier zurück, um den Rest der Limonade zu nehmen.
Noirtier schloß das rechte Auge.
»Nicht wahr, Sie wollen Valentine? Ich will sagen, daß man nach ihr schickt.«
Villefort kam wieder herauf; d'Avrigny begegnete ihm im Gang. »Nun?« fragte er.
»Kommen Sie«, sagte d'Avrigny und führte ihn in das Zimmer.
»Immer noch ohnmächtig?« fragte der Staatsanwalt.
»Er ist tot.«
Villefort wich drei Schritte zurück, schlug die Hände über dem Kopf zusammen und sprach, den Leichnam anschauend, mit unzweideutigem Mitleid: »So schnell gestorben!«
»Ja, sehr schnell, nicht wahr?« entgegnete d'Avrigny; »doch das darf Sie nicht in Erstaunen setzen: Herr und Frau von Saint-Meran sind ebenso plötzlich gestorben. Oh, man stirbt schnell in Ihrem Haus, Herr von Villefort.«
»Wie!« rief der Staatsanwalt mit einem Ausdruck des Abscheus und der Bestürzung, »Sie kommen wieder auf diesen furchtbaren Gedanken zurück?«
»Immer, mein Herr, immer«, erwiderte d'Avrigny feierlich, »denn er hat mich nicht einen Augenblick verlassen; und damit Sie überzeugt sein mögen, daß ich mich diesmal nicht täusche, so hören Sie wohl, Herr von Villefort: Es gibt ein Gift, das beinahe ohne irgendeine Spur zurückzulassen, tötet. Dieses Gift, ich kenne es, ich habe es in allen Fällen, die es herbeiführt, in allen Erscheinungen, die es erzeugt, studiert. Dieses Gift, ich habe es soeben bei dem armen Barrois erkannt, wie ich es bei Frau von Saint-Meran erkannte. Es gibt ein Mittel, sein Vorhandensein zu erkennen: Es stellt die blaue Farbe des durch die Säure geröteten Lackmuspapiers wieder her und färbt den Veilchensirup grün. Wir haben kein Lackmuspapier; doch hören Sie, man bringt mir soeben den Veilchensirup, den ich verlangt habe.«
Der Doktor öffnete halb die Tür, nahm aus den Händen der Kammerfrau das Gefäß, auf dessen Boden ein paar Löffel voll Sirup waren, und schloß die Tür wieder.

»Sehen Sie«, sagte er zu dem Staatsanwalt, dessen Herz so heftig schlug, daß man es hätte hören können, »hier in dieser Tasse ist Veilchensirup und in dieser Flasche der Rest der Limonade, wovon Herr Noirtier und Barrois einen Teil getrunken haben. Ist die Limonade rein und unschädlich, so wird der Sirup seine Farbe behalten; ist die Limonade aber vergiftet, so wird der Sirup grün werden. Schauen Sie!«
Der Doktor goß langsam einige Tropfen Limonade aus der Flasche in die Tasse, und man sah auf der Stelle auf dem Grund der Tasse eine Wolke sich bilden, die eine grünliche Farbe annahm. Der letzte Versuch ließ keinen Zweifel übrig.
»Der unglückliche Barrois ist mit der falschen Angostura oder mit Ignatiusbohnen vergiftet worden«, sprach d'Avrigny, »dafür bürge ich vor den Menschen und vor Gott.«
Villefort sagte nichts, aber er streckte die Arme zum Himmel empor, öffnete seine stieren Augen und sank wie vom Blitz getroffen auf einen Stuhl nieder.

3. Die Anklage

D'Avrigny hatte den Staatsanwalt, der ein zweiter Hingeschiedener in diesem Leichenzimmer zu sein schien, bald wieder zu sich gebracht.
»Oh, der Tod ist in meinem Hause!« rief Villefort.
»Sagen Sie, das Verbrechen«, entgegnete der Doktor.
»Herr d'Avrigny«, rief Villefort, »ich kann Ihnen nicht sagen, was alles in diesem Augenblick in mir vorgeht: es ist Schrecken, es ist Schmerz, es ist Wahnsinn.«
»Ja«, sprach Herr d'Avrigny mit ausdrucksvoller Ruhe; »doch ich glaube, es ist Zeit, daß wir handeln. Ich glaube, es ist Zeit, daß wir dieser Sterblichkeit einen Damm entgegensetzen. Ich meinesteils fühle mich nicht fähig, länger solche Geheimnisse zu tragen, ohne die Hoffnung, bald die Rache für die Gesellschaft und für die Opfer daraus hervorgehen zu sehen.«
Villefort schaute düster umher und murmelte:
»In meinem Hause! In meinem Hause!«
»Hören Sie, Staatsanwalt«, sagte d'Avrigny, »seien Sie ein Mann, Ausleger des Gesetzes, ehren Sie sich durch eine völlige Aufopferung.«

»Sie machen mich beben, Doktor. Haben Sie jemand im Verdacht?«

»Ich habe niemand im Verdacht; der Tod klopft an Ihre Tür, er tritt ein und geht, nicht blind, sondern hinterlistig, von Zimmer zu Zimmer. Nun wohl! Ich folge seiner Spur, ich erkenne seinen Gang; ich tappe im Finstern umher, denn meine Freundschaft für Ihre Familie, meine Achtung für Sie sind zwei Binden auf meinen Augen! Wohl…«

»Oh, sprechen Sie, sprechen Sie, ich werde Mut haben.«

»Wohl! Mein Herr, Sie haben bei sich, in dem Schoß Ihres Hauses, in Ihrer Familie vielleicht eines von jenen furchtbaren, gräßlichen Phänomenen, wie jedes Jahrhundert irgendeines hervorbringt. Locusta und Agrippina, Brunhilde und Fredegunde. Alle diese Frauen waren jung und schön. Auf ihren Stirnen blühte dieselbe Blume der Unschuld, die man auch auf der Stirn der Schuldigen erblickt, die in Ihrem Haus ist.«

Viellefort stieß einen Schrei aus, faltete die Hände und schaute den Doktor mit einer flehenden Gebärde an. Dieser aber fuhr ohne Erbarmen fort: »Suche, wem das Verbrechen nützt, sagt ein Axiom der Rechtsgelehrsamkeit.«

»Doktor!« rief Villefort, »ach, Doktor, wie oft ist nicht die Gerechtigkeit der Menschen durch diesen unseligen Grundsatz getäuscht worden. Ich weiß nicht, aber es scheint mir, dieses Verbrechen…«

»Ah! Sie gestehen doch endlich ein, daß ein Verbrechen obwaltet?«

»Ja, ich muß es anerkennen, ich kann nicht anders. Doch lassen Sie mich fortfahren. Es scheint mir, sage ich, daß dieses Verbrechen auf mich allein fällt und nicht auf die Opfer. Unter all diesem seltsamen Unglück ahne ich einen großen Unstern für mich.«

»Oh, Mensch, selbstsüchtigstes von allen Tieren, persönlichstes von allen Geschöpfen, das stets glaubt, die Erde drehe sich, die Sonne glänze, der Tod mähe nur für den Menschen allein. Herr von Saint-Meran, Frau von Saint-Meran, Herr Noirtier…«

»Wie, Herr Noirtier…«

»Ah ja! Glauben Sie vielleicht, es sei auf den unglücklichen Bedienten abgezielt gewesen? Nein, nein: er ist, wie der Polonius von Shakespeare, für einen andern gestorben. Noirtier sollte die Limonade trinken; Noirtier hat sie nach der logischen Ordnung der Dinge getrunken; der andere hat nur aus Zufall davon getrunken, und obgleich Barrois gestorben ist, so sollte doch Noirtier sterben.«

»Wie kommt es aber dann, daß mein Vater nicht unterlag?«

»Ich habe es Ihnen bereits eines Abends im Garten, nach dem Tod der Frau von Saint-Meran, gesagt: weil sich sein Körper an den Gebrauch gerade dieses Giftes gewöhnt hat; weil die Dosis, unbedeutend für ihn, für jeden andern tödlich war; weil niemand und selbst nicht einmal der Mörder weiß, daß ich die Lähmung von Herrn Noirtier mit Brucin behandle, während es dem Mörder nicht unbekannt blieb und er sich durch Erfahrung versicherte, daß Brucin ein starkes Gift ist.«

»Mein Gott!« murmelte Villefort, die Hände ringend.

»Verfolgen Sie den Gang des Verbrechens; er tötete Herrn von Saint-Meran.«

»Oh, Doktor!«

»Ich würde darauf schwören; das, was man mir von den Symptomen gesagt hat, stimmt zu sehr mit dem überein, was ich mit meinen eigenen Augen gesehen habe.«

Villefort hörte auf zu kämpfen und stieß einen Seufzer aus.

»Er tötete Herrn von Saint-Meran«, wiederholte der Doktor, »er tötete Frau von Saint-Meran: Es ist eine doppelte Erbschaft zu machen.«

Villefort wischte sich den Schweiß von der Stirn.

»Herr Noirtier«, fuhr Herr d'Avrigny fort, »hatte kürzlich gegen Ihre Familie zugunsten der Armen testiert; Herr Noirtier wird verschont, man erwartet nichts von ihm. Doch, er hat sein erstes Testament zerstört, um sein zweites zu machen, als man, ohne Zweifel aus Furcht, er könnte ein drittes machen, auch ihn angreift. Das Testament ist, glaube ich, von vorgestern, Sie sehen, man hat keine Zeit verloren.«

»Oh! Gnade, Herr d'Avrigny!«

»Keine Gnade, mein Herr! Ist das Verbrechen begangen worden, so kommt es dem Arzt zu, die Tatsache zu enthüllen.«

»Gnade für meine Tochter, Herr!« murmelte Villefort.

»Sie sehen, Sie haben sie genannt, Sie, ihr Vater?«

»Gnade für Valentine! Hören Sie, es ist unmöglich. Ich würde lieber mich selbst anklagen! Valentine, ein Herz von Diamant, eine Lilie der Unschuld «

»Keine Gnade, Herr Staatsanwalt, das Verbrechen ist unleugbar. Fräulein von Villefort hat selbst die Medikamente eingepackt, die an Herrn von Saint-Meran abgeschickt worden sind, und Herr von Saint-Meran ist gestorben. – Fräulein von Villefort hat die Tisanen für Frau von Saint-Meran bereitet, und Frau von Saint-Meran ist gestorben. Fräulein von Villefort hat aus den Händen von Barrois die Flasche mit Limonade genommen, die der Greis gewöhnlich amMorgen genießt, und der Greis ist nur durch ein Wunder entkommen. Fräulein von Villefort ist die Schuldige! Sie ist die Giftmischerin! Herr Staatsanwalt, ich zeige Fräulein von Villefort bei Ihnen an; tun Sie Ihre Pflicht.«

»Doktor, ich widerstehe nicht länger, ich verteidige mich nicht mehr, ich glaube Ihnen; doch haben Sie Mitleid, schonen Sie mein Leben, meine Ehre!«

»Herr von Villefort«, erwiderte der Doktor mit wachsender Kraft, »es gibt Umstände, wo ich alle Grenzen der albernen menschlichen Bedachtsamkeit überschreite. Hätte Ihre Tochter nur ein Verbrechen begangen und ich sähe sie auf ein neues sinnen, so würde ich zu Ihnen sagen: Warnen Sie Ihre Tochter, mag sie den Rest ihres Lebens in einem Kloster zubringen, um zu weinen und zu beten. Hätte sie ein zweites Verbrechen begangen, so würde ich Ihnen sagen: Hören Sie, Herr von Villefort, hier ist ein Gift, das die Giftmischerin nicht kennt, ein Gift, das kein bekanntes Gegengift hat, ein Gift, schnell wie der Gedanke, rasch wie der Blitz, geben Sie ihr dieses Gift, empfehlen Sie Ihre Seele Gott, und retten Sie so Ihre Ehre und Ihr Leben, denn nunmehr gedenkt sie Ihre Tage abzukürzen. Und ich sehe sie mit ihrem heuchlerischen Lächeln und ihren sanften Ermahnungen an Ihr Bett treten… Wehe Ihnen, Herr von Villefort, wenn Sie sich nicht beeilen, zuerst zu schlagen. Das würde ich Ihnen sagen, hätte sie nur zwei Personen getötet; aber sie hat drei Todeskämpfe gesehen, hat drei Sterbende betrachtet, ist bei drei Leichen gekniet; dem Henker die Giftmischerin, dem Henker! Sie sprechen von Ihrer Ehre, tun Sie, was ich Ihnen sage.«

Villefort rief: »Hören Sie, ich besitze nicht die Kraft, die Sie haben oder die Sie vielleicht nicht hätten, wenn es sich, statt um meine Tochter, um Ihre Tochter Madeleine handelte.«

Der Doktor erbleichte.

»Doktor, jeder Sohn einer Frau ist geboren, um zu leiden und zu sterben: Ich werde leiden und den Tod erwarten.«

»Nehmen Sie sich in acht«, sprach d'Avrigny, »dieser Tod kann langsam sein; Sie werden ihn vielleicht herannahen sehen, nachdem Ihr Vater, Ihre Frau, Ihr Sohn getroffen worden ist.« Keuchend preßte Villefort den Arm des Doktors und rief:

»Hören Sie mich, beklagen Sie mich, helfen Sie mir... Nein, meine Tochter ist nicht schuldig... Schleppen Sie uns vor ein Tribunal; ich werde abermals sagen: Nein, meine Tochter ist nicht schuldig... Es gibt kein Verbrechen in meinem Haus... Ich will nicht, hören Sie, ich will nicht, daß es ein Verbrechen in meinem Haus gibt; denn wenn das Verbrechen irgendwo eintritt, so ist es wie der Tod: Es tritt nicht allein ein. Hören Sie, was ist Ihnen daran gelegen, wenn ich ermordet sterbe?... Sind Sie mein Freund, sind Sie ein Mensch, haben Sie ein Herz?... Nein, Sie sind Arzt! Wohl! Ich sage Ihnen, nein, meine Tochter wird nicht durch mich in die Hände des Henkers geschleppt werden... Ha! Das ist ein Gedanke, der mich verzehrt, der mich wie einen Wahnsinnigen aufreibt. Und wenn Sie sich täuschen! Wenn es ein anderer wäre als meine Tochter! Wenn ich eines Tages bleich wie ein Gespenst käme und zu Ihnen sagte: Mörder, du hast meine Tochter getötet! Hören Sie, wenn dies geschähe, ich bin ein Christ, Herr d'Avrigny, und dennoch würde ich mich töten!«

»Es ist gut«, sprach der Doktor nach kurzem Stillschweigen, »ich werde warten.«

Villefort schaute ihn an, als zweifelte er noch an seinen Worten.

»Doch wenn eine Person Ihres Hauses krank wird«, fuhr Herr d'Avrigny langsam und feierlich fort, »wenn Sie sich selbst getroffen fühlen, rufen Sie mich nicht, denn ich werde nicht kommen. Wohl will ich mit Ihnen das furchtbare Geheimnis teilen, aber die Schande und die Reue sollen nicht in meinem Gewissen wachsen und fruchtbar werden, wie das Verbrechen und das Unglück in Ihrem Hause wächst und Früchte treibt.«

»Sie verlassen mich also, Doktor?«

»Ja, ich kann Ihnen nicht ferner folgen, und ich verweile nicht am Fuß des Blutgerüstes. Eine andere Enthüllung wird kommen und das Ende dieser furchtbaren Tragödie herbeiführen. Gott befohlen.«

»Doktor, ich flehe Sie an.«

»Alle Greuel, die meinen Geist beflecken, machen mir Ihr Haus verhaßt und unselig. Gott befohlen, mein Herr.«

»Ein Wort, nur ein einziges Wort, Doktor! Sie entfernen sich und überlassen mich allen Schrecknissen meiner Lage, Schrecknissen, die Sie durch Ihre Enthüllungen noch vermehrt haben. Doch was wird man von dem plötzlichen Tod des armen alten Dieners sagen?«

»Es ist richtig«, sagte der Arzt, »geleiten Sie mich zurück.«

Der Doktor ging zuerst hinaus, Herr von Villefort folgte ihm; die Bedienten standen unruhig in den Gängen und auf den Treppen, wo der Doktor vorbeikommen mußte.

»Mein Herr«, sagte d'Avrigny so laut, daß es jedermann hörte, »der arme Barrois mußte in der letzten Zeit zuviel im Zimmer sitzen; einst gewohnt, mit seinem Herrn sich zu Pferde oder zu Wagen in den vier Ecken Europas umherzutreiben, hat er sich bei dem eintönigen Dienst in einem Lehnstuhl getötet. Das Blut ist schwer geworden, er wurde vom Schlag gerührt, und ich erhielt zu spät Nachricht. – Vergessen Sie nicht«, fügte er leise bei, »vergessen Sie nicht, die Tasse mit Veilchensirup in die Asche zu werfen.«

Und ohne die Hand von Villefort zu berühren, ohne auch nur einen Augenblick auf das, was er gesagt, zurückzukommen, entfernte er sich, geleitet von den Tränen und Wehklagen aller Leute des Hauses.

Am Abend kamen alle Dienstboten von Villefort, die sich in der Küche versammelt und lange miteinander besprochen hatten, zu Frau von Villefort und baten um ihren Abschied. Keine Ermahnung, kein Vorschlag von Gehaltserhöhung vermochte sie zurückzuhalten; auf alles, was man sagte, erwiderten sie: »Wir wollen gehen, weil der Tod im Haus ist.«

Sie gingen also, trotz aller Bitten, die man an sie richtete und äußerten nur, sie bedauerten lebhaft, so gute Gebieter und besonders Fräulein Valentine zu verlassen, die so mild, so wohltätig, so sanft wäre.
Viellefort schaute bei diesen Worten Valentine an. Sie weinte. Seltsam! Durch die Erschütterung, die bei ihm diese Tränen hervorbrachten, schaute er auch Frau von Villefort an, und es kam ihm vor, als ob ein flüchtiges, düsteres Lächeln über ihre dünnen Lippen hingeschwebt wäre.

4. Das Zimmer des ehemaligen Bäckers

Am Abend des Tages, als der Graf von Morcerf mit einer Wut, welche die Weigerung des Bankiers begreiflich macht, das Haus von Danglars verlassen hatte, fuhr Herr Andrea Cavalcanti, die Haare frisiert und glänzend, den Schnurrbart zugespitzt, mit weißen Handschuhen, auf seinem Phaeton in den Hof des Bankiers in der Rue de la Chaussee d'Antin.
Als er zehn Minuten im Salon war, fand er Gelegenheit, Danglars in eine Fenstervertiefung zu ziehen, und hier setzte er ihm die Qualen seines Lebens seit der Abreise seines edlen Vaters auseinander. Seit dieser Abreise, sagte er, habe er in der Familie des Bankiers, wo man so wohlwollend gewesen, ihn wie einen Sohn aufzunehmen, alle Garantien des Glückes gefunden, die ein Mensch immer suchen müsse, bevor er sich von den Launen der Leidenschaft hinreißen lasse – und was die Leidenschaft selbst betreffe, so habe er das Glück gehabt, ihr in den schönen Augen von Fräulein Danglars zu begegnen.
Danglars hörte mit der tiefsten Aufmerksamkeit; seit einigen Tagen erwartete er diese Erklärung, und als sie endlich kam, erheiterte sich sein Auge ebensosehr, wie es sich bei den Worten von Morcerf bedeckt und verdüstert hatte. Er wollte indessen den Antrag des jungen Mannes nicht so annehmen, ohne ihm irgendeine Bemerkung zu machen.
»Herr Andrea, sind Sie nicht ein wenig zu jung, um ans Heiraten zu denken?« sagte er zu ihm.
»Nein, mein Herr«, erwiderte Cavalcanti, »ich wenigstens finde es nicht: In Italien verheiraten sich die vornehmen Herren im allgemeinen jung. Das Leben ist so vielen Wechselfällen unter-

worfen, daß man das Glück ergreifen muß, sobald es in unsern Bereich kommt.«

»Mein Herr«, sagte Danglars, »wenn ich nun voraussetze, Ihr Antrag, der mich ehrt, werde von meiner Frau und von meiner Tochter angenommen, so fragt es sich noch, mit wem werden wir über die Interessen verhandeln? Es ist dies, wie mir scheint, ein wichtiges Geschäft, das die Väter allein für das Glück ihrer Kinder zu behandeln wissen.«

»Mein Vater ist ein weiser Mann, voll Rücksicht und Vernunft. Er hat, den wahrscheinlichen Umstand, daß ich das Bedürfnis fühlen würde, mich in Frankreich niederzulassen, vorhersehend, alle Papiere, die meine Identität beglaubigen, und einen Brief zurückgelassen, in dem er mir, für den Fall, daß ich eine ihm angenehme Wahl treffen würde, von dem Tag meiner Heirat an eine Rente von 150 000 Franken zusichert. Es ist dies, soviel ich beurteilen kann der vierte Teil der Einkünfte meines Vaters.«

»Bei mir war es immer Absicht, meiner Tochter 500 000 Franken bei ihrer Verheiratung zu geben; überdies ist sie meine einzige Erbin.«

»Wohl!« sprach Andrea, »Sie sehen, die Sache stände vortrefflich, vorausgesetzt, meine Bitte würde von der Frau Baronin Danglars und von Fräulein Eugenie nicht zurückgewiesen. Wir haben somit 175 000 Franken Rente. Nehmen wir an, ich bringe es bei dem Marquis dahin, daß er mir, statt die Rente zu bezahlen, das Kapital gibt, so treiben Sie diese zwei oder drei Millionen um, und zwei oder drei Millionen in geschickten Händen können immerhin zehn Prozent eintragen.«

»Ich nehme immer nur zu vier«, sagte der Bankier, »und sogar zu dreieinhalb. Aber bei meinem Schwiegersohn nehme ich zu fünf, und wir teilen den Nutzen.«

»Vortrefflich, Schwiegervater«, sagte Cavalcanti, der sich von seiner etwas gemeinen Natur hinreißen ließ, welche von Zeit zu Zeit den aristokratischen Firnis sprengte, womit er sie zu bedecken suchte. Doch alsbald sprach er, sich verbessernd: »Oh, verzeihen Sie, mein Herr, schon die Hoffnung macht mich beinahe verrückt; wie wäre es erst mit der Wirklichkeit!«

»Aber«, versetzte Danglars, der seinerseits nicht bemerkte, wie

dieses, anfangs uneigennützige Gespräch rasch zum Geschäftsbetrieb überging, »aber es gibt wohl einen Teil Ihres Vermögens, den Ihnen Ihr Vater nicht verweigern kann?«
»Welchen Teil?« fragte der junge Mann.
»Denjenigen, welcher von Ihrer Mutter herkommt.«
»Ah, gewiß, den von meiner Mutter Oliva Corsinari!«
»Und wie hoch mag sich dieser Vermögensteil belaufen?«
»Meiner Treu«, entgegnete Andrea, »ich versichere Ihnen, ich habe nie über diesen Gegenstand nachgedacht; doch ich schätze ihn auf wenigstens zwei Millionen.«
Danglars fühlte jene freudige Beklemmung, wie sie der Geizige fühlt, der einen verlorenen Schatz wiederfindet.
»Nun, mein Herr«, sprach Andrea, sich mit zärtlicher Achtung vor dem Bankier verbeugend, »darf ich hoffen?«
»Mein Herr Andrea«, erwiderte Danglars, »hoffen Sie und glauben Sie mir, daß die Sache abgeschlossen ist, wenn nicht ein Hindernis von Ihrer Seite den Gang der Angelegenheit aufhält.«
»Ah! Sie erfüllen mich mit Freude, mein Herr.«
»Doch wie kommt es?« fragte Danglars nachdenkend, »wie kommt es, daß der Graf von Monte Christo, Ihr Patron in der Pariser Welt, nicht mit Ihnen erschienen ist, um diese Bitte an mich zu richten?«
Andrea errötete unmerklich und antwortete: »Ich war soeben bei dem Grafen; er ist unbestreitbar ein vortrefflicher Mann, aber von einer unbegreiflichen Originalität. Er billigte mein Vorhaben sehr und sagte mir sogar, er glaube nicht, daß mein Vater einen Augenblick zögern werde, mir das Kapital statt der Rente zu geben; er versprach mir, mich zu diesem Behufe mit seinem Einfluß zu unterstützen; doch er erklärte mir zugleich, persönlich habe er nie die Verantwortlichkeit, um eine Hand zu bitten, auf sich genommen, und er würde sie auch nie auf sich nehmen. Aber ich muß ihm Gerechtigkeit widerfahren lassen, er fügte wohlwollend bei, wenn er je dieses Widerstreben beklagt habe, so geschehe dies bei mir, denn er denke, die beabsichtigte Verbindung sei eine schickliche und glückliche. Will er übrigens nichts offiziell tun, so behält er sich doch vor, Ihnen zu antworten, wie er sagt, wenn Sie mit ihm sprechen werden.«

»Ah, sehr gut!«

»Nun habe ich mit dem Schwiegervater beendigt«, sagte Andrea mit seinem reizendsten Lächeln, »und ich wende mich an den Bankier.«

»Was wollen Sie von ihm, lassen Sie hören?« entgegnete Danglars, ebenfalls lächelnd.

»Übermorgen habe ich so etwa 4000 Franken von Ihnen zu beziehen; doch der Graf hat begriffen, daß der kommende Monat einen Zuwachs von Ausgaben herbeiführen wird, dem meine kleinen Junggeselleneinkünfte nicht entsprechen dürften, und hier ist eine Anweisung von 20000 Franken, die er mir angeboten hat. Sie ist von seiner Hand unterzeichnet, wie Sie sehen; sind Sie damit zufrieden?«

»Bringen Sie mir wie diese für eine Million, und ich nehme sie Ihnen alle ab«, sprach Danglars, die Anweisung in die Tasche steckend; »sagen Sie mir, wann Sie morgen zu Hause sind, und mein Kassengehilfe kommt zu Ihnen.«

»Morgen vormittag um zehn Uhr; je eher, desto besser, denn ich möchte gern morgen aufs Land fahren.«

»Es sei; morgen um zehn Uhr.«

Am andern Tag waren mit einer Pünktlichkeit, die dem Bankier Ehre machte, die zwanzigtausend Franken bei dem jungen Mann, der wirklich ausfuhr und zweihundert Franken für Caderousse zurückließ.

Mit dieser Fahrt bezweckte Andrea hauptsächlich, seinem gefährlichen Freund nicht zu begegnen; er kam auch am Abend so spät als möglich zurück.

Doch kaum war er ausgestiegen, als er den Portier vor sich stehen sah. »Mein Herr, der Mensch ist gekommen«, sagte er.

»Was für ein Mensch?« fragte nachlässig Cavalcanti.

»Der Mensch, dem Eure Exzellenz die kleine Rente gibt.«

»Ah, ja«, sprach Andrea, »der alte Diener meines Vaters. Nun, Sie haben ihm die zweihundert Franken, die ich ihm zurückgelassen, übergeben?«

»Ja, Exzellenz, pünktlich. Aber er wollte sie nicht nehmen.«

Andrea erbleichte. »Wie? Er wollte sie nicht nehmen?« versetzte er mit leicht bewegter Stimme.

»Nein, er wollte mit Eurer Exzellenz sprechen. Ich entgegnete ihm, Sie wären ausgegangen, er blieb hartnäckig; endlich aber schien er sich überzeugen zu lassen und gab mir diesen Brief, den er versiegelt mitgebracht hatte.«

»Geben Sie«, sagte Andrea.

Und er las bei der Laterne seines Phaeton: »Du weißt, wo ich wohne, ich erwarte dich morgen vormittag um halb neun Uhr.«

Andrea betrachtete das Siegel, um zu sehen, ob man den Brief nicht aufgemacht und ob nicht unbescheidene Blicke in das Innere hatten dringen können; das Siegel war jedoch völlig unverletzt.

»Sehr gut«, sagte er, »armer Mensch! Ein vortreffliches Geschöpf!«

Und der Portier blieb erbaut durch diese Worte und wußte nicht, was er mehr bewundern sollte, den jungen Herrn oder den alten Diener.

»Spanne rasch aus und komm zu mir herauf«, sagte Andrea zu seinem Diener.

Mit zwei Sprüngen war der junge Mann in seinem Zimmer und verbrannte den Brief von Caderousse, den er bis auf die Asche verschwinden ließ. Er vollendete eben diese Operation, als der Diener eintrat.

»Ich habe«, sagte er zu ihm, »mit einer kleinen Grisette zu tun, der ich weder meinen Titel noch meinen Stand sagen will; leihe mir deine Livree und bringe mir deine Papiere, damit ich, im Fall der Not, in einem Wirtshaus schlafen kann.«

Fünf Minuten nachher verließ Andrea, völlig verkleidet, das Hotel, ohne erkannt zu werden, nahm einen Wagen und ließ sich in das Wirtshaus zum roten Rosse in Picpus führen.

Am andern Tag verließ er dieses Wirtshaus, ohne von jemand bemerkt zu werden, ging durch den Faubourg Saint-Antoine über den Boulevard bis zu der Rue Menilmontant, blieb vor der Tür des dritten Hauses links stehen und suchte, bei wem er sich in Ermangelung eines Portiers erkundigen könnte.

»Wen suchen Sie, mein hübscher Junge?« fragte die Obsthändlerin gegenüber.

»Herr Palletin, einen ehemaligen Bäcker, meine gute Mama«, antwortete Andrea.

»Hinten im Hof, links im dritten Stock.«

Andrea schlug den bezeichneten Weg ein und zog mit einem Gefühl übler Laune an einer Klingelschnur.
Einige Sekunden nachher erschien das Gesicht von Caderousse hinter dem in der Tür angebrachten Gitter.
»Ah, du bist pünktlich«, sagte er, und er öffnete.
Andrea warf bei seinem Eintritt seine Livreemütze von sich, die in Ermangelung eines Stuhles auf die Erde fiel.
»Ruhig, ärgere dich nicht, Kleiner«, sprach Caderousse. »Sieh, ich habe an dich gedacht, schau einmal das gute Frühstück an, das wir genießen werden. Gottes Donner! Lauter Dinge, die du liebst.«
Atem schöpfend, spürte Andrea einen Küchengeruch, dessen plumpen Aromen es für einen ausgehungerten Magen nicht an einem gewissen Reiz gebrach; es war die Mischung von frischem Fett und Knoblauch, welche die provençalische Küche geringerer Art bezeichnet; es war ferner der Geruch von geschmortem Fleisch und vor allem der scharfe Geruch der Muskate und Gewürznelke. Alles dies strömte aus zwei hohlen und bedeckten, auf zwei Kohlenbecken übereinander gesetzten Platten und aus einer Kasserolle aus, deren Inhalt in einer Ofenröhre kochte. In dem anstoßenden Zimmer sah Andrea überdies einen ziemlich reinlichen Tisch mit zwei Gedecken, dabei zwei versiegelte Flaschen, die eine grün, die andere gelb, ein gutes Maß Branntwein in einer Flasche und etwas Obst auf einem Teller.
»Wie kommt dir das vor, Kleiner?« fragte Caderousse, »nicht wahr, das duftet? Ah, du weißt, ich war damals ein guter Koch, du erinnerst dich, wie man sich die Finger nach meiner Küche leckte? Du hast zuerst von meiner Küche gekostet und, wie ich glaube, sie nicht verachtet.« Und Caderousse fing an, Zwiebeln abzuklauben.
»Es ist gut, es ist gut«, sagte Andrea verdrießlich; »bei Gott! Wenn du mich gestört hast, damit ich mit dir frühstücke, so soll dich der Teufel holen!«
»Mein Sohn«, sprach Caderousse pathetisch, »während man ißt, plaudert man; und dann, du Undankbarer, macht es dir keine Freude, deinen alten Freund ein wenig zu sehen? Ich, meinesteils, weine vor Freude.«

»Schweige doch, Heuchler«, versetzte Andrea; »du solltest mich lieben?«
»Ja, ich liebe dich; oder, der Teufel soll mich holen, es ist eine Schwäche, ich weiß wohl, aber sie ist stärker als ich.«
»Was dich nicht abhält, mich wegen irgendeiner Treulosigkeit kommen zu lassen.«
»Geh doch!« rief Caderousse, sein breites Messer an seiner Schürze abwischend, »wenn ich dich nicht liebte, würde ich das elende Leben ertragen, das du mich führen läßt? Sieh doch ein wenig, du trägst auf deinem Rücken das Kleid deines Bedienten und hast folglich einen Bedienten, ich habe keinen und bin genötigt, mein Gemüse selbst auszuklauben. Du machst pfui über meine Küche, weil du an der Tafel des Hotel des Princes oder im Café de Paris speist. Ich könnte auch speisen, wo ich wollte; nun! Warum beraube ich mich dessen? Um meinem kleinen Benedetto keine Mühe zu machen. Gestehe nur, daß ich es könnte, und wie?«
Und ein klarer Blick von Caderousse beschloß den Sinn dieser Worte.
»Gut, wir wollen annehmen, du liebst mich«, sagte Andrea; »warum verlangst du aber, daß ich mit dir frühstücke?«
»Um dich zu sehen, Kleiner.«
»Um mich zu sehen, wozu? Da wir zum voraus alle unsere Bedingungen abgemacht haben.«
»Ei, lieber Freund, gibt es Testamente ohne Kodizille? Doch du bist gekommen, um vor allem zu frühstücken, nicht wahr? Wohl, so setze dich, und laß uns mit diesen Sardellen und dieser frischen Butter anfangen, die ich, wie du es liebst, auf Weinblätter gelegt habe. Ah, ja, du musterst mein Zimmer, meine vier Strohstühle, meine Bilder zu drei Franken. Verdammt! Was willst du, das ist kein Hotel des Princes!«
»Du bist also bereits deiner Lage überdrüssig, du bist nicht mehr glücklich, du, der du das Aussehen eines Bäckers haben wolltest, welcher sich von den Geschäften zurückgezogen?«
Caderousse stieß einen Seufzer aus.
»Nun, was hast du zu sagen? Du hast deinen Traum verwirklicht gesehen.«

»Ich habe zu sagen, daß es ein Traum ist; ein Bäcker, der sich zurückgezogen, der ist reich, der hat Renten.«
»Bei Gott, du hast Renten.«
»Ich?«
»Ja, du, da ich dir deine zweihundert Franken bringe.«
Caderousse erwiderte, die Achseln zuckend: »Es ist demütigend, so widerwillig gegebenes Geld zu empfangen, das mir an einem oder an dem andern Tag ausbleiben kann. Du siehst wohl, daß ich für den Fall es würde dein Wohlstand nicht fortdauern, zu sparen genötigt bin. Mein Gott, das Glück ist unbeständig. Ich weiß wohl, daß dein Glück groß ist, Böser, du wirst die Tochter von Danglars heiraten.«
»Wie, von Danglars?«
»Gewiß von Danglars! Soll ich nicht sagen: des Barons von Danglars? Es ist, als ob ich sagte: des Grafen Benedetto... Danglars war ein Freund von mir, und wenn er nicht ein schlechtes Gedächtnis hätte, so müßte er mich zu deiner Hochzeit einladen... in Betracht, daß er bei der meinigen gewesen ist... Verdammt! Er war damals nicht so stolz, der kleine Kommis bei Herrn Morel. Ich speiste mehr als einmal mit ihm und dem Grafen von Morcerf. Du siehst, ich habe schöne Bekanntschaften, und wenn ich sie ein wenig kultivieren wollte, so würden wir uns in denselben Salons begegnen.«
»Still doch, deine Eifersucht läßt dich Regenbogen sehen.«
»Es ist gut, mein Benedetto, man weiß, was man spricht. Mittlerweile setze dich und laß uns essen.«
Caderousse gab das Beispiel und fing an mit gutem Appetit zu frühstücken, wobei er alle Gerichte lobte, die er seinem Gast vorsetzte. Dieser schien entschlossen, zog herzhaft die Stöpsel aus den Flaschen und ging den mit Öl und Knoblauch geschmorten Kabeljau an.
»Ah, Gevatter«, sagte Caderousse, »es scheint, du söhnst dich mit deinem ehemaligen Haushofmeister aus?«
»Meiner Treu, ja«, erwiderte Andrea, bei dem, jung und kräftig, wie er war, für den Augenblick der Appetit den Sieg über alles andere davontrug.
»Und du findest das gut, Spitzbube?«

»So gut, daß ich nicht begreife, wie ein Mensch, der so gute Dinge ißt, das Leben schlimm finden kann.«
»Das kommt daher, daß mein ganzes Glück durch den einzigen Gedanken verdorben wird, daß ich auf Kosten eines Freundes lebe, nachdem ich mir stets meinen Unterhalt mutig selbst erworben habe.«
»Oh, oh, daran ist nichts gelegen«, sprach Andrea, »ich habe genug für zwei, tu dir keinen Zwang an.«
»Wahrhaftig, nein; doch magst du mir glauben oder nicht, am Ende jedes Monats habe ich Gewissensbisse, dergestalt, daß ich gestern die 200 Franken nicht nehmen wollte.«
»Ja, du wolltest mit mir sprechen; doch war es wirklich der Gewissensbiß?«
»Der wahre Gewissensbiß; und dann ist mir ein Gedanke gekommen. Es ist erbärmlich, immer auf das Ende des Monats warten zu müssen.«
»Ei!« bemerkte philosophisch Andrea, der entschlossen war, seinen Gefährten kommen zu sehen, »ei, vergeht das Leben nicht mit Warten? Ich, zum Beispiel, tue ich etwas anderes? Wohl, ich habe Geduld, nicht wahr?«
»Ja, weil du statt elende zweihundert Franken zu erwarten, fünf- oder sechstausend, vielleicht zehn-, vielleicht sogar zwölftausend erwartest; denn du bist ein Geheimniskrämer: Du hattest dort immer kleine Börsen, Sparbüchsen, die du dem armen Freund Caderousse zu entziehen suchtest. Zum Glück hatte der fragliche Freund Caderousse eine feine Nase.«
»Geh doch, du fängst wieder an, abzuschweifen und abermals und immer von der Vergangenheit zu sprechen; wozu soll es nützen, frage ich dich, auf diese Art die Dinge wiederzukäuen?«
»Ah, du bist 21 Jahre alt und kannst die Vergangenheit vergessen; ich zähle 50 Jahre und bin genötigt, mich derselben zu erinnern. Doch gleichviel, kommen wir auf die Geschäfte zurück. Ich wollte dir sagen, wenn ich an deiner Stelle wäre, würde ich realisieren...«
»Wie! Du würdest realisieren?«
»Ja, ich würde mir ein Semester zum voraus erbitten, unter dem Vorwand, ich wolle wählbar werden und mir ein Gut kaufen,

dann würde ich mich mit meinem Semester aus dem Staub machen.«

»Halt, halt, halt!« rief Andrea, »das ist vielleicht nicht so schlecht gedacht.«

»Mein lieber Freund, speise aus meiner Küche und befolge meine Ratschläge, du wirst dich dabei physisch und moralisch nicht schlecht befinden.«

»Doch warum befolgst du nicht selbst den Rat, den du mir gibst, warum realisierst du nicht ein Semester, ein ganzes Jahr sogar und ziehst dich nach Brüssel zurück? Statt das Ansehen eines ehemaligen Bäckers zu haben, wirst du aussehen, wie ein in Ausübung seiner Funktionen begriffener Bankerottierer.«

»Wie zum Teufel soll ich mich mit zwölfhundert Franken zurückziehen?«

»Ah! Caderousse, wie anspruchsvoll wirst du! Vor zwei Monaten starbst du beinahe vor Hunger.«

»Der Appetit kommt beim Essen«, antwortete Caderousse. »Auch habe ich einen Plan gemacht.«

Die Pläne von Caderousse erschreckten Andrea noch mehr als seine Gedanken; die Gedanken waren nur der Keim, der Plan war die Verwirklichung. »Laß deinen Plan hören«, sagte er, »der muß hübsch sein!«

»Warum nicht? Von wem war der Plan, vermittels dessen wir die Anstalt des Herrn so und so verlassen haben? Von mir, denke ich; er war darum nicht schlimmer, wie mir scheint, insofern wir nun hier sind.«

»Ich leugne das nicht«, antwortete Andrea, »du ersinnst zuweilen etwas Gutes; doch laß deinen Plan hören.«

»Sprich«, fuhr Caderousse fort, »kannst du mir, ohne einen Sou auszugeben, ungefähr 15000 Franken zukommen lassen... Nein, mit 15000 Franken ist es nicht genug, mit weniger als 30000 Franken ist es mir nicht möglich, ein ehrlicher Mann zu werden.«

»Nein«, erwiderte Andrea trocken, »nein, ich kann es nicht.«

»Du hast mich, wie es scheint, nicht begriffen«, entgegnete Caderousse kalt und mit ruhiger Miene, »ich sagte dir, ohne einen Sou auszugeben.«

»Soll ich etwa stehlen, um meine ganze Lage und die deinige mit der meinigen zu verderben, damit man uns wieder dorthin führt?«

»Oh, mir ist es gleichgültig, ob man mich wieder packt oder nicht; ich bin ein komischer Bursche, weißt du: Ich sehne mich zuweilen nach den Kameraden; es ist nicht wie bei dir, der du ohne Herz bist und sie gern nie wiedersehen möchtest.«

Andrea bebte und erbleichte.

»Still, Caderousse, keine Albernheiten«, sagte er.

»Oh, nein! Sei unbesorgt, mein kleiner Benedetto; doch gib mir ein Mittelchen an, wie ich diese dreißigtausend Franken gewinnen kann, ohne daß du dich in irgend etwas zu mischen brauchst; du läßt mich nur ganz einfach machen.«

»Wohl, ich werde sehen«, sprach Andrea.

»Einstweilen jedoch erhöhst du mein Monatsgeld auf fünfhundert Franken, nicht wahr, Kleiner? Ich habe eine Leidenschaft, ich möchte gern eine Wärterin nehmen.«

»Du sollst deine fünfhundert Franken haben, doch es wird mir schwer, mein armer Caderousse... du mißbrauchst...«

»Bah!« rief Caderousse, »du schöpfst aus Kassen, die keinen Grund haben.«

Man hätte glauben sollen, Andrea erwartete seinen Gefährten bei diesem Punkt, so sehr erglänzte sein Auge von einem raschen Blitz, der allerdings sogleich wieder erlosch.

»Es ist dies eine Wahrheit«, antwortete Andrea, »und mein Beschützer ist vortrefflich gegen mich.«

»Dieser liebe Beschützer«, versetzte Caderousse, »er gibt dir also monatlich...?«

»Fünftausend Franken.«

»Soviel tausend, wie du mir hundert gibst; in der Tat, nur die Bastarde haben Glück. Fünftausend Franken monatlich... was zum Teufel kann man mit dem allem tun?«

»Ei, mein Gott! Das ist schnell ausgegeben; auch bin ich wie du, ich möchte gern ein Kapital haben.«

»Ein Kapital.. ja... ich begreife, jedermann möchte gern ein Kapital haben.«

»Wohl! Ich werde eines haben.«

»Und wer wird es dir geben? Dein Prinz?«

»Ja, mein Prinz; leider muß ich auf seinen Tod warten, weil er mich in sein Testament gesetzt hat.«
»Wirklich? Für wieviel?«
»Für fünfmal hunderttausend.«
»Nicht möglich!«
»Caderousse, bist du mein Freund?«
»Auf Leben und Tod!«
»Wohl, ich werde dir ein Geheimnis mitteilen.«
Andrea hielt inne und schaute umher.
»Habe keine Furcht, wir sind allein.«
»Ich glaube, ich habe meinen Vater wiedergefunden.«
»Deinen wahren Vater oder den Vater Cavalcanti?«
»Nein, denn dieser ist wieder abgereist.«
»Und dieser wahre Vater ist...?«
»Nun, Caderousse, ist der Graf von Monte Christo; du begreifst, nun erklärt sich alles. Er kann es nicht laut gestehen, wie es scheint; doch er läßt mich durch Herrn Cavalcanti anerkennen, dem er hierfür 50000 Franken gibt.«
»50000 Franken, um dein Vater zu sein! Ich hätte es um die Hälfte, um 15000 Franken getan; warum hast du nicht an mich gedacht, Undankbarer?«
»Wußte ich es, da sich alles machte, während wir dort waren?«
»Ah, es ist wahr. Und du sagst, durch sein Testament...?«
»Hinterläßt er mir fünfmal hunderttausend Franken.«
»Bist du dessen gewiß?«
»Er hat es mir gezeigt! Doch das ist noch nicht alles.«
»Findet sich ein Kodizill dabei, wie ich soeben sagte?«
»Wahrscheinlich, worin er mich anerkennt.«
»Oh, der gute Mann von einem Vater, der allerehrlichste Mann von einem Vater!«
»Sage mir nun noch einmal, ich habe Geheimnisse vor dir!«
»Nein, und dein Vertrauen ehrt dich in meinen Augen. Dein fürstlicher Vater ist also außerordentlich reich?«
»Ich glaube wohl. Er kennt sein Vermögen selbst nicht. Verdammt, ich sehe es wohl, ich, der ich zu jeder Stunde bei ihm empfangen werde. Eines Tages brachte ihm ein Bankbote 50000 Franken in einem Portefeuille so dick wie deine Serviette; gestern brachte ihm sein Bankier 100000 Franken in Gold.«

Caderousse war betäubt; es kam ihm vor, als hätten die Worte des jungen Mannes den Ton des Metalls und als hörte er Kaskaden von Goldstücken rollen.
»Und du besuchst dieses Haus?« rief er naiv.
»Wann ich will.«
Caderousse blieb einen Augenblick nachdenklich; man konnte leicht sehen, daß er in seinem Innern einen tiefen Gedanken erwog. Dann rief er plötzlich: »Wie gern möchte ich dies alles sehen, und wie schön muß es sein!«
»Es ist in der Tat prachtvoll!«
»Wohnt er nicht in der Avenue des Champs-Elysées?«
»Ja. Nummer dreißig, in einem schönen, einzeln stehenden Haus zwischen Hof und Garten, es läßt sich leicht erkennen.«
»Wohl möglich; doch es ist nicht das Äußere, was mich beschäftigt, sondern das Innere: die schönen Gerätschaften, die man dort finden muß! Sage mir, Andrea, es muß gut sein, sich zu bücken, wenn der brave Herr Monte Christo seine Börse fallen läßt?«
»Oh, mein Gott! Es ist nicht der Mühe wert, diesen Augenblick abzuwarten, das Geld findet sich in seinem Haus wie das Obst auf einem Baumgut.«
»Sprich, Andrea, du solltest mich einmal dahin führen.«
»Ist dies möglich? Unter welchem Titel?«
»Ich werde mich als Bodenwichser vorstellen.«
»Es sind überall Teppiche gelegt.«
»Ah, verdammt! Dann muß ich mich begnügen, die Sache in der Einbildungskraft zu sehen.«
»Ich glaube, das ist das beste.«
»Suche mir wenigstens begreiflich zu machen, wie das Anwesen eingeteilt ist.«
»Ich müßte Papier haben, um einen Plan zu machen.«
»Ich gebe es dir«, sprach Caderousse lebhaft und holte aus einem alten Schrank Papier, Tinte und Feder.
Andrea nahm die Feder mit einem unmerklichen Lächeln und begann: »Das Haus liegt, wie ich dir gesagt habe, zwischen Hof und Garten; siehst du, so.« Und er machte eine Skizze vom Garten, vom Hof und vom Haus.

»Hohe Mauern?«
»Nein, höchstens acht bis zehn Fuß.«
»Das ist nicht klug«, sagte Caderousse.
Andrea führte seinen Plan weiter aus.
»Das Erdgeschoß?« fragte Caderousse.
»Im Erdgeschoß ein Speisesaal, zwei Salons, ein Billardzimmer, die Vorderhaustreppe und eine kleine Geheimtreppe.«
»Die Fenster?«
»Die Fenster prächtig, so schön und so breit, daß ein Mann von deiner Gestalt durch jede Scheibe schlüpfen könnte. Läden, deren man sich jedoch nie bedient. Monte Christo ist ein Original und sieht gern in der Nacht den Himmel.«
»Und die Bedienten, wo schlafen sie?«
»Oh, sie haben ihr eigenes Haus. Denke dir einen hübschen Schuppen rechts beim Eingang, in diesem Schuppen ist eine Anzahl von Zimmern für die Bedienten. Früher war ein Hund da, der im Hof umherging, doch man hat ihn zu dem Haus in Auteuil bringen lassen, du weißt, wo du mich abermals erwartet hast?«
»Ja.«
»Ich sagte ihm gestern erst: Das ist unklug von Ihnen, Herr Graf, denn, wenn Sie nach Auteuil gehen und Ihre Diener mitnehmen, so bleibt das Haus allein. – Nun! fragte er mich, und sodann? – Sodann wird man Sie an einem schönen Tag bestehlen. – Er antwortete mir: Was tut das mir, wenn man mich bestiehlt?«
Caderousse bemerkte darauf gegen Andrea: »Vielleicht befindet sich daselbst ein Sekretär mit einer mechanischen Vorrichtung.«
»Wie?«
»Ja, der den Dieb in einem Gitter packt und eine Melodie spielt. Man hat mir gesagt, es wäre ein solcher bei der letzten Ausstellung gewesen.«
»Er hat ganz einfach einen Sekretär von Mahagoniholz, an dem ich beständig den Schlüssel gesehen habe.«
»Und man bestiehlt ihn nicht?«
»Nein, die Leute in seinem Dienst sind ihm sehr ergeben.«
»In diesem Sekretär wird vielleicht Geld sein?«

»Vielleicht... man kann nicht wissen, was darin ist.«
»Und wo steht er?«
»Im ersten Stock.«
»Mach mir auch den Plan vom ersten Stock.«
Andrea nahm wieder die Feder. »Im ersten, siehst du, finden sich ein Vorzimmer und ein Salon; rechts Salon, Bibliothek und Arbeitskabinett; links Salon, ein Schlafzimmer und ein Ankleidezimmer. In diesem Ankleidezimmer ist der Sekretär.«
»Hat das Ankleidezimmer ein Fenster?«
»Zwei, da und da.« Und Andrea zeichnete zwei Fenster an das Zimmer, das auf dem Plan die Ecke bildete und sich als minder groß darstellte als das Schlafzimmer.
»Fährt er oft nach Auteuil?« fragte Caderousse träumerisch.
»Zwei- oder dreimal in der Woche; morgen z. B. will er dort den Tag und die Nacht zubringen.«
»Weißt du das gewiß?«
»Er hat mich dahin zum Mittagessen eingeladen.«
»Das lasse ich mir gefallen, das ist ein Leben!« rief Caderousse, »ein Haus in der Stadt, ein Haus auf dem Land. Und du wirst bei ihm speisen?«
»Wahrscheinlich.«
»Wenn du dort speist, so schläfst du auch dort?«
»Wenn es mir Vergnügen macht. Ich bin bei dem Grafen wie zu Hause.«
Caderousse schaute den jungen Mann an, als wollte er die Wahrheit aus der Tiefe seines Herzens reißen. Aber Andrea zog eine Zigarrenbüchse aus der Tasche, nahm eine Havanna daraus, zündete sie ruhig an und begann genußvoll zu rauchen.
»Wann willst du deine 500 Franken?« fragte er Caderousse.
»Sobald als möglich.«
»Wohl, es sei, wenn ich morgen nach Auteuil fahre, lasse ich dir das Geld zurück.«
»Ich will zum voraus meine Wärterin in Beschlag nehmen.«
»Tue dies: aber nicht wahr, damit ist es aus, du quälst mich nicht mehr?«
»Nie.«
Caderousse wurde so düster, daß Andrea befürchtete, er werde

gezwungen sein, diese Veränderung wahrzunehmen. Er verdoppelte daher seine Heiterkeit und Sorglosigkeit.
»Wie munter du bist«, sprach Caderousse, »man sollte beinahe glauben, du hättest bereits deine Erbschaft in den Händen!«
»Nein, leider nicht! Aber an dem Tag, wo ich sie habe... Nun, ich sage dir nur, man wird sich seiner Freunde erinnern.«
»Ja, da du ein so gutes Gedächtnis hast.«
»Was denkst du? Ich glaubte, du wolltest etwas von mir erpressen oder mich prellen.«
»Ich! Welch ein Gedanke!«
»Also«, sagte Andrea, »hast du noch etwas von mir zu verlangen? Brauchst du etwa meine Weste, willst du meine Mütze? Sprich unverhohlen.«
»Nein, ich halte dich nicht mehr zurück. Du bist ein glücklicher Bursche«, antwortete Caderousse, »du gehst und findest wieder deine Lakaien, deine Pferde, deinen Wagen und deine Braut.«
»Jawohl!«
»Sage doch, ich hoffe, du wirst ein schönes Hochzeitsgeschenk an dem Tag machen, wo du die Tochter meines Freundes Danglars heiratest?«
»Ich habe dir bereits gesagt, es wäre eine Einbildung, die du dir in den Kopf gesetzt.«
»Wieviel Mitgift? Eine Million?«
Andrea zuckte die Achseln.
»Eine Million also«, sprach Caderousse; »du wirst nie soviel haben, wie ich dir wünsche.«
»Ich danke.«
»Oh, es kommt von gutem Herzen«, fügte Caderousse lachend bei. »Warte, ich will dich zurückführen.«
»Es ist nicht nötig.«
»Doch.«
»Warum?«
»Weil an der Tür ein kleines Geheimnis obwaltet: Es ist eine Vorsichtsmaßregel, die ich nehmen zu müssen geglaubt habe; Schloß Huret und Fichet, durchgesehen und verbessert von Gaspard Caderousse. Ich mache dir ein ähnliches, wenn du einmal Kapitalist bist.«

»Ich danke«, sprach Andrea, »ich werde dich acht Tage vorher davon in Kenntnis setzen lassen.«
Sie trennten sich. Caderousse blieb auf dem Ruheplatz stehen, bis er Andrea nicht nur die drei Stockwerke hinab, sondern auch durch den Hof hatte gehen sehen; dann kehrte er eilig zurück, schloß sorgfältig wieder seine Tür und fing an, den Plan zu studieren, den ihm Andrea gemacht hatte.
»Dieser liebe Benedetto«, sagte er, »ich glaube, es wäre ihm nicht leid, wenn er erben würde, und derjenige, welcher den Tag vorrückt, wo er die 500 000 Franken einstreichen darf, wird nicht sein schlimmster Freund sein.«

5. Der Einbruch

Am andern Tag begab sich der Graf von Monte Christo wirklich mit Ali und mehreren Dienern und mit Pferden, die er probieren wollte, nach Auteuil. Zu dieser Abreise, an die er am Tag vorher nicht dachte und an die Andrea ebensowenig dachte, bestimmte ihn hauptsächlich die Ankunft von Bertuccio, der, aus der Normandie zurückgekehrt, Nachrichten vom Haus und von der Korvette überbrachte.
Das Haus war bereit, und die Korvette, die seit acht Tagen in einer kleinen Bucht mit ihrer Ausrüstung von sechs Mann vor Anker lag, konnte, nachdem sie alle Förmlichkeiten erfüllt, auf den ersten Wink ihres Gebieters wieder in See gehen. Der Graf lobte den Eifer von Bertuccio und forderte ihn auf, sich zu einer schnellen Abreise bereit zu halten, da sich sein Aufenthalt in Frankreich nicht mehr über einen Monat ausdehnen würde.
»Ich muß nun vielleicht in einer Nacht von Paris nach Treport reisen«, sagte er zu ihm, »und will an acht Orten frische Pferde zu stehen haben, mit denen ich fünfzig Meilen in zehn Stunden zurücklegen kann.«
»Eure Exzellenz hat schon früher diesen Wunsch kundgegeben«, antwortete Bertuccio, »und die Pferde stehen bereit, ich habe sie selbst angekauft und in den bequemsten Orten, nämlich in Dörfern, wo gewöhnlich niemand anhält, einquartiert.«
»Es ist gut«, sprach Monte Christo, »ich bleibe einen oder zwei Tage hier, richten Sie sich demgemäß ein.«
Als Bertuccio im Begriff war hinauszugehen, um alle Befehle in

Beziehung auf diesen Aufenthalt zu erteilen, öffnete Baptistin die Tür und brachte einen Brief.
»Was machen Sie hier?« fragte der Graf, als er ihn ganz mit Staub bedeckt erblickte, »ich habe Sie nicht verlangt.«
Ohne zu antworten, näherte sich Baptistin dem Grafen, bot ihm den Brief und sagte: »Wichtig und dringend.«
Der Graf öffnete den Brief und las:

»Herr von Monte Christo wird benachrichtigt, daß in dieser Nacht ein Mensch in sein Haus auf den Champs-Elysées dringen wird, um Papiere zu stehlen, die er im Sekretär des Ankleidezimmers eingeschlossen glaubt. Man weiß, daß der Graf von Monte Christo mutig genug ist, um nicht seine Zuflucht zu einem Einschreiten der Polizei zu nehmen, zu einem Einschreiten, das denjenigen, welcher ihm diesen Rat gibt, gewaltig gefährden müßte. Der Herr Graf kann durch eine Öffnung aus dem Schlafzimmer in das Kabinett oder, sich im Kabinett in Hinterhalt legend, sich selbst Gerechtigkeit verschaffen. Viele Leute und offenbare Vorsichtsmaßregeln würden sicherlich den Bösewicht abschrekken und den Herrn Grafen der Gelegenheit berauben, einen Feind kennenzulernen, den durch einen Zufall die Person entdeckte, die dem Grafen diesen Rat gibt, welchen zu wiederholen sie vielleicht nicht Gelegenheit hätte, wenn dieses Unternehmen scheitern und der Bösewicht ein anderes versuchen würde.«

Der Graf glaubte zuerst, es wäre eine List von Dieben, eine plumpe Falle, die ihm eine geringe Gefahr bezeichnete, um ihn einer ernsten Gefahr preiszugeben. Er wollte den Brief trotz der Empfehlung und vielleicht gerade wegen der Empfehlung des anonymen Freundes zu einem Polizeikommissar tragen lassen, als ihm plötzlich der Gedanke kam: Es könnte wirklich ein Feind von ihm sein, den er allein zu erkennen vermöchte und von dem er allein, vorkommendenfalles, Nutzen zu ziehen imstande wäre.
»Sie wollen mir nicht meine Papiere stehlen, sie wollen mich töten«, sagte Monte Christo; »es sind keine Diebe, es sind Mörder. Der Polizeipräfekt soll sich nicht in meine Privatangelegenheiten mischen. Ich bin meiner Treu reich genug, um bei dieser Sache das Budget seiner Verwaltung jeder Ausgabe zu entheben.« Der Graf rief Baptistin zurück. »Sie begeben sich

sogleich nach Paris und bringen alle Diener hierher«, sagte er zu ihm. »Ich brauche alle meine Leute in Auteuil.«
»Soll nicht irgend jemand zu Hause bleiben?«
»Warum dies«, sprach der Graf; »Sie bringen alle ihre Kameraden mit, vom ersten bis zum letzten; alles übrige aber bleibe im gewöhnlichen Zustand; Sie werden die Läden das Erdgeschosses schließen, das genügt.«
Baptistin verbeugte sich und ging.
Der Graf ließ sagen, er würde allein speisen und wolle nur von Ali bedient werden. Er speiste mit seiner gewöhnlichen Ruhe und Mäßigkeit, bedeutete nach dem Mittagsmahl Ali durch ein Zeichen, er habe ihm zu folgen, entfernte sich durch die kleine Tür, erreichte das Bois de Boulogne, als ob er spazierenginge, schlug den Weg nach Paris ein und befand sich mit Einbruch der Nacht vor seinem Haus auf den Champs-Elysées.
Alles war düster; es brannte nur ein schwaches Licht in der Loge des Portiers, die etwa vierzig Schritte von dem Haus entfernt war.
Monte Christo lehnte sich an einen Baum und durchforschte die doppelte Allee, betrachtete die Vorübergehenden und blickte in die nächsten Straßen, um zu sehen, ob nicht irgend jemand im Hinterhalt läge. Nach Verlauf von zehn Minuten hatte er sich überzeugt, daß ihn niemand belauerte. Er lief sogleich mit Ali nach der kleinen Tür, trat rasch ein und erreichte auf der Gesindetreppe, zu der er den Schlüssel hatte, sein Schlafzimmer, ohne einen einzigen Vorhang zu öffnen oder zu verschieben, ohne daß der Portier vermuten konnte, das Haus, das er leer glaubte, habe seinen Hauptbewohner wiedergefunden.
In seinem Schlafzimmer angelangt, hieß er Ali still stehen, dann ging er in das Kabinett und untersuchte es. Alles war in seinem gewöhnlichen Zustand: der kostbare Sekretär an seinem Platz und der Schlüssel am Sekretär; er schloß ihn doppelt, nahm den Schlüssel, kehrte zu der Tür des Schlafzimmers zurück, riß die doppelte Schließkappe des Riegels ab und ging hinein.
Während dieser Zeit legte Ali auf einen Tisch die Waffen, die der Graf von ihm verlangt hatte, nämlich einen kurzen Karabiner und ein Paar Doppelpistolen, deren übereinandergelegte

Läufe auf das sicherste zu zielen gestatteten. So bewaffnet, hielt der Graf das Leben von fünf Personen in seinen Händen.

Es war halb zehn Uhr. Der Graf und Ali aßen in Eile ein Stück Brot und tranken ein Glas spanischen Wein; dann schob Monte Christo eine von den beweglichen Füllungen auf die Seite, die ihm von einem Zimmer in das andere zu sehen erlaubten. Er hatte im Bereich seiner Hand die Pistolen und den Karabiner, und Ali stand neben ihm und hielt in der Faust eine von jenen kleinen arabischen Äxten, die seit den Kreuzzügen ihre Form nicht verändert haben.

Durch ein Fenster des Schlafzimmers, das parallel mit dem des Kabinetts lag, konnte der Graf auf die Straße sehen. So vergingen zwei Stunden; es herrschte die tiefste Finsternis, und dennoch unterschieden Ali, vermöge seiner wilden Natur, und der Graf, ohne Zweifel vermöge einer erworbenen Eigenschaft, trotz der Nacht das schwächste Zittern der Bäume im Hof. Seit geraumer Zeit war das Licht in der Loge des Portiers erloschen. Es ließ sich denken, daß der Angriff, wenn der beabsichtigte Angriff wirklich ausgeführt werden sollte, durch die Treppe des Erdgeschosses und nicht durch ein Fenster stattfinden würde.

Nach den Ansichten des Grafen wollten die Mörder an sein Leben und nicht an sein Geld. Sie würden also in seinem Schlafzimmer angreifen, und zu seinem Schlafzimmer würden sie entweder auf der Geheimtreppe oder durch das Fenster des Kabinetts gelangen.

Er stellte Ali an die Tür der Treppe und überwachte pausenlos das Kabinett. Es schlug drei Viertel zwölf Uhr im Invalidenhaus; der Westwind brachte auf seinen feuchten Schwingen den düstern Ton der drei Schläge. Als der letzte Schlag erstarb, glaubte der Graf ein leichtes Geräusch auf der Seite des Kabinetts zu hören. Auf dieses erste Geräusch folgte ein zweites, dann ein drittes; bei dem vierten wußte er, woran er sich zu halten hatte. Eine feste und geübte Hand war damit beschäftigt, die vier Seiten einer Scheibe mit einem Diamant zu durchschneiden.

Der Graf fühlte, wie sein Herz rascher schlug; er machte jedoch nur ein Zeichen, um Ali in Kenntnis zu setzen; dieser begriff,

daß die Gefahr auf der Seite des Kabinetts war, und trat einen Schritt näher zu seinem Herrn.
Monte Christo war begierig zu erfahren, mit was für Feinden und mit wieviel Feinden er es zu tun hatte. Das Fenster, an dem man arbeitete, lag der Öffnung gegenüber, durch die der Graf seinen Blick in das Kabinett warf. Seine Augen richteten sich nach diesem Fenster; er sah einen dichteren Schatten vor der Finsternis sich abheben, dann wurde eine von den Scheiben völlig undurchsichtig, als ob man von außen ein Blatt Papier daran klebte, und endlich knirschte die Scheibe, ohne zu fallen. Durch die im Fenster bewerkstelligte Öffnung streckte sich ein Arm herein, der den inneren Riegel suchte; eine Sekunde nachher drehte sich das Fenster in seinen Angeln, und ein Mensch kam herein. Dieser Mensch war allein.
»Das ist ein kecker Bursche«, murmelte der Graf.
In diesem Augenblick fühlte er, daß ihn Ali leicht an der Schulter berührte; er wandte sich um. Ali deutete auf das nach der Straße gehende Fenster des Zimmers, denn er kannte die ausgezeichnete Feinheit der Sinne seines treuen Dieners. Er sah wirklich einen anderen Menschen, der sich von einer Tür losmachte und, auf einen Weichstein steigend, zu sehen suchte, was bei dem Grafen vorging.
»Gut!« sagte er, »sie sind ihrer zwei: Der eine handelt, der andere hält Wache.«
Er hieß Ali den Mann auf der Straße nicht aus dem Gesicht verlieren und kehrte zu dem des Kabinetts zurück.
Der Scheibenschneider war eingetreten und schaute sich um, die Arme vor sich ausstreckend. Endlich schien er sich von allem Rechenschaft gegeben zu haben: Es waren zwei Türen im Kabinett, und er schickte sich an, die Riegel von beiden vorzustoßen. Als er sich der des Schlafzimmers näherte, glaubte Monte Christo, er wolle hereinkommen, und hielt eine von seinen Pistolen bereit; doch er hörte ganz einfach das Geräusch der durch ihre Ringe schlüpfenden Riegel. Es war nur eine Vorsichtsmaßregel; der nächtliche Gast, welcher nicht wußte, daß der Graf besorgt gewesen war, die Schließkappe wegzunehmen, konnte sich nun als zu Hause betrachten und in vollkommener Ruhe handeln.

Allein und frei in seinen Bewegungen zog der Mann aus seiner weiten Tasche etwas, das der Graf nicht erkennen konnte, legte dieses Etwas auf ein Tischchen, ging gerade auf den Sekretär zu, betrachtete ihn an der Stelle des Schlosses und bemerkte, daß der Schlüssel wider sein Erwarten fehlte.

Doch der Eindringling war ein behutsamer Mann, der für alle Umstände vorhergesehen hatte. Der Graf hörte bald das Klirren von Eisen an Eisen, das, wenn man ihn schüttelt, der Bund formloser Schlüssel erzeugt, welche die Schlosser benützen und denen die Diebe den Namen Nachtigallen gegeben haben.

»Ah, ah!« murmelte Monte Christo mit einem Lächeln der Enttäuschung, »es ist nur ein Dieb.«

Aber der Mann konnte in der Dunkelheit das passende Werkzeug nicht finden. Er nahm daher seine Zuflucht zu dem Gegenstand, den er auf das Tischchen gelegt hatte, ließ eine Feder spielen, und alsbald warf ein bleiches Licht, das jedoch stark genug war, daß man sehen konnte, seinen fahlen Widerschein auf die Hände und das Gesicht dieses Menschen.

»Halt!« flüsterte Monte Christo, mit einer Bewegung des Erstaunens zurückweichend, »es ist...«

Ali hob seine Axt.

»Rühre dich nicht«, sagte Monte Christo leise zu ihm, »laß deine Axt liegen, wir brauchen hier keine Waffen mehr.« Dann fügte er, seine Stimme noch mehr dämpfend, einige Worte bei; denn der Ausruf, welchen, so schwach er auch war, das Erstaunen dem Grafen entrissen hatte, war hinreichend gewesen, um den Mann beben zu machen.

Der Graf hatte Ali einen Befehl gegeben, und dieser entfernte sich sogleich, machte von der Wand des Alkovens einen schwarzen Rock und einen dreieckigen Hut los. Während dieser Zeit warf Monte Christo rasch seinen Rock, seine Weste und sein Hemd von sich, und man konnte, vermöge des Lichtstrahls, der durch den Spalt der Füllung drang, eine von jenen geschmeidigen, feinen Tuniken von stählernen Maschen sehen, deren letzte in Frankreich, seitdem man keine Dolche mehr fürchtet, vielleicht von Ludwig XVI. getragen wurde, der seine Brust vor Messern schützen wollte und dann mit dem Beil im Hals getroffen wurde.

Diese Tunika verschwand bald unter einer langen Soutane, wie die Haare des Grafen unter einer Perücke mit Tonsur; auf die Perücke gesetzt, verwandelte der dreieckige Hut den Grafen vollends in einen Abbé.
Der Mann hatte sich indessen, als er nichts mehr hörte, erhoben, und ging, während der Graf von Monte Christo seine Verwandlung bewerkstelligte, gerade auf den Sekretär zu, dessen Schloß unter seiner Nachtigall zu krachen anfing.
»Gut!« murmelte der Graf, der sich ohne Zweifel auf irgendein Geheimnis der Schlosserei verließ, das dem Mann der Dietriche, so geschickt er auch sein mochte, nicht bekannt war, »gut! Du wirst für ein paar Minuten genug haben…« Und er trat an das Fenster.
Der Mensch, den er hatte auf einen Weichstein steigen sehen, war wieder herabgestiegen und ging in der Straße auf und ab. Aber statt sich um diejenigen zu bekümmern, welche durch die Avenue des Champs-Elysées oder durch den Faubourg Saint-Honoré herbeikommen konnten, schien er seltsamerweise nur mit dem beschäftigt, was bei dem Grafen vorging, und alle seine Bewegungen hatten zum Zweck, zu sehen, wie sich die Sache in dem Kabinett gestaltete.
Monte Christo schlug sich plötzlich vor die Stirn und ließ über seine halbgeöffneten Lippen ein leichtes Lächeln hinschweben. Dann näherte er sich Ali und sagte leise zu ihm: »Bleibe hier in der Dunkelheit verborgen, und welches Geräusch du auch hören magst, was auch vorgehen mag, tritt nicht eher ein und zeige dich nicht eher, als bis ich deinen Namen rufe.«
Ali machte mit dem Kopf ein Zeichen, daß er verstanden habe und gehorchen werde. Hiernach zog Monte Christo aus einem Schrank eine angezündete Kerze hervor, und in dem Augenblick, wo der Dieb am meisten mit dem Schloß beschäftigt war, öffnete er sacht die Tür, wobei er dafür sorgte, daß das Licht, welches er in der Hand hielt, vollständig auf sein Gesicht fiel. Die Tür drehte sich so sachte, daß der Dieb das Geräusch nicht hörte, aber zu seinem großen Erstaunen sah dieser plötzlich, daß sich das Zimmer erleuchtete. Er wandte sich um.
»Ei, guten Abend, mein lieber Herr Caderousse«, sprach

Monte Christo, »was zum Teufel wollen Sie denn zu dieser Stunde hier machen?«

»Der Abbé Busoni?« rief Caderousse.

»Allerdings der Abbé Busoni«, versetzte Monte Christo, »er selbst, in Person, und es freut mich, daß Sie mich wiedererkennen, mein lieber Herr Caderousse: Das beweist, daß wir ein gutes Gedächtnis haben, denn wenn ich mich nicht täusche, sind es bald zehn Jahre, daß wir uns nicht gesehen.«

»Der Abbé! Der Abbé!« murmelte er, während seine Zähne klapperten und seine Hände sich krampfhaft zusammenzogen.

»Wir wollen also den Herrn Grafen von Monte Christo bestehlen?« fuhr der vermeintliche Abbé fort.

»Mein Herr Abbé«, murmelte Caderousse, der das Fenster zu erreichen suchte, welches ihm Monte Christo unbarmherzig abschnitt, »mein Herr Abbé, ich weiß nicht... ich bitte Sie zu glauben... ich schwöre Ihnen...«

»Ein Fenster durchschnitten«, fuhr der Graf fort, »eine Blendlaterne, ein Bund Nachtigallen, ein halb gesprengter Sekretär, das ist doch klar?«

»Der Abbé Busoni!« wiederholte Caderousse, den Grafen mit stieren Augen anschauend.

Und da er nicht wußte, wie diese seltsame Erscheinung bis zu ihm gekommen war, da er doch die Tür geschlossen hatte, ließ er seinen Bund falscher Schlüssel fallen und blieb bestürzt und unbeweglich auf dem Platz. Der Graf stellte sich zwischen Caderousse und das Fenster und schnitt so dem erschrockenen Dieb seinen einzigen Rückzugsweg ab.

Diese Ruhe, diese Ironie, diese Gewalt erfaßten den Geist von Caderousse mit einem schwindelartigen Schrecken.

Caderousse erstickte beinahe in seiner Halsbinde, er suchte eine Ecke, in der er sich verbergen, ein Loch, durch das er verschwinden könnte.

»Ah, ich sehe, Sie sind immer noch derselbe, mein Herr Mörder«, sprach der Graf.

»Herr Abbé, da Sie alles wissen, so wissen Sie auch, daß nicht ich es war, sondern die Carconte; es ist dies im Prozeß erkannt worden, da sie mich nur zu den Galeeren verurteilt haben.«

»Sie haben also Ihre Zeit beendigt, da ich Sie hier gerade damit

beschäftigt finde, sich wieder auf die Galeeren schicken zu lassen?«
»Nein, Herr Abbé, ich bin durch jemand befreit worden.«
»Dieser jemand hat der Gesellschaft einen vortrefflichen Dienst geleistet!«
»Ah, ich hatte jedoch versprochen...«
»Sie sind also ausgebrochen?« unterbrach ihn Monte Christo.
»Ach ja!« erwiderte Caderousse in größter Unruhe.
»Schlechter Rückfall... das wird Sie, wenn ich mich nicht täusche, auf den Richtplatz bringen. Schlimm, schlimm. Diavolo! wie die Weltlichen meines Landes sagen.«
»Herr Abbé, ich gebe einem Zug nach...«
»Das behaupten alle Verbrecher.«
»Die Not...«
»Schweigen Sie doch«, sprach mit verächtlichem Ton Busoni, »die Not kann dahin führen, daß man ein Almosen fordert, daß man ein Brot an der Tür eines Bäckers stiehlt, aber nicht daß man einen Sekretär in einem Haus sprengt, das man unbewohnt glaubt. War es auch die Not, als Sie den Juwelier Joannes, der Ihnen 45000 Franken für den Diamant, welchen Sie von mir erhalten, ausbezahlte, ermordeten, um den Diamant und das Geld zu haben?«
»Verzeihung, Herr Abbé, Sie haben mich schon einmal gerettet, wenn Sie noch einmal...«
»Das ermutigt mich nicht.«
»Sind Sie allein, Herr Abbé«, fragte Caderousse, die Hände faltend, »oder haben Sie bereits Gendarme in Ihrer Nähe, um mich festzunehmen?«
»Ich bin ganz allein«, antwortete der Abbé, »und werde noch einmal Mitleid mit Ihnen haben und Sie gehen lassen, welches Unglück auch meine Schwäche nach sich ziehen dürfte, wenn Sie mir die volle Wahrheit sagen.«
»Ah, mein Herr Abbé«, rief Caderousse, sich Monte Christo einen Schritt nähernd, »ich kann wohl sagen, daß Sie mein Retter sind.«
»Sie behaupten, man habe Sie aus dem Bagno befreit?«
»Oh, so wahr ich Caderousse heiße, Herr Abbé.«
»Wer tat dies?«

»Ein Engländer namens Lord Wilmore.«
»Ich kenne ihn und werde also erfahren, ob Sie lügen.«
»Mein Herr Abbé, ich spreche die reine Wahrheit.«
»Dieser Engländer beschützte Sie?«
»Nicht mich, sondern einen jungen Korsen, der mein Kettengefährte war.«
»Wie hieß dieser junge Korse?«
»Benedetto.«
»Das ist ein Taufname.«
»Er hatte keinen andern, denn er war ein Findelkind.«
»Also ist dieser junge Mann mit Ihnen entwichen?«
»Ja. Wir arbeiteten in Saint-Mandrier bei Toulon. Während man schlief, von Mittag bis um ein Uhr, entfernten wir uns ein wenig, durchsägten unsere Ketten mit einer Feile, die uns der Engländer hatte zukommen lassen, und flüchteten uns schwimmend.«
»Was ist aus diesem Benedetto geworden?«
»Ich weiß es nicht. Wir trennten uns in Hyeres.«
Und um seiner Beteuerung mehr Gewicht zu verleihen, machte Caderousse abermals einen Schritt gegen den Abbé, der unbeweglich, stets ruhig und forschend auf dem Platz blieb.
»Sie lügen«, sagte der Abbé mit einem Ausdruck unwiderstehlicher Herrschaft. »Sie lügen! Dieser Mensch ist noch Ihr Freund, und Sie bedienen sich vielleicht desselben als eines Genossen!«
»Oh, Herr Abbé ...!«
»Wie haben Sie gelebt, seitdem Sie Toulon verlassen? Antworten Sie.«
»Wie ich konnte.«
»Sie lügen!« wiederholte der Graf zum drittenmal mit einem noch gebieterischeren Ton.
Caderousse schaute den Grafen erschrocken an.
»Sie haben vom Geld gelebt, das er Ihnen gegeben.«
»Ja, es ist wahr«, sprach Caderousse, »Benedetto ist der Sohn eines vornehmen Herrn.«
»Wie kann er der Sohn eines vornehmen Herrn sein?«
»Der natürliche Sohn.«
»Wie heißt dieser vornehme Herr?«

»Graf von Monte Christo, derselbe, bei welchem wir uns befinden.«

»Benedetto, der Sohn des Grafen?« versetzte Monte Christo, ebenfalls erstaunt.

»Verdammt! Ich muß es wohl glauben, da der Graf selbst einen falschen Vater für ihn gefunden hat, da ihm der Graf fünftausend Franken monatlich gibt, da ihm der Graf 500 000 Franken durch sein Testament hinterläßt.«

»Ah, ah!« rief der falsche Abbé, der zu begreifen anfing; »und welchen Namen führt mittlerweile dieser junge Mensch?«

»Er nennt sich Andrea Cavalcanti.«

»Also ist es der junge Mann, den mein Freund, der Graf von Monte Christo, bei sich empfängt und der Fräulein Danglars heiraten wird?«

»Ganz richtig.«

»Und Sie dulden dies, Elender! Sie, der Sie sein Leben und seine Brandmarkung kennen?«

»Warum soll ich meinen Kameraden hindern, glücklich zu werden?«

»Es ist richtig, es kommt nicht Ihnen zu, Herrn Danglars zu warnen, das ist meine Sache.«

»Tun Sie das nicht, Herr Abbé!«

»Warum nicht?«

»Wir würden dadurch unser Brot verlieren!«

»Und Sie glauben, um Elenden, wie Ihr seid, das Brot zu erhalten, werde ich mich zum Begünstiger ihrer ruchlosen Streiche, zum Mitschuldigen ihrer Verbrechen machen?«

»Herr Abbé...«, sagte Caderousse, sich abermals nähernd.

»Ich werde Herrn Danglars alles sagen.«

»Donner und Teufel!« rief Caderousse, ein blankes Messer aus seiner Weste ziehend und den Grafen mitten auf die Brust stoßend, »du wirst nichts sagen, Abbé!«

Zum großen Erstaunen von Caderousse sprang der Dolch, statt in die Brust des Grafen zu dringen, stumpf ab.

Zu geicher Zeit packte der Graf mit der linken Hand das Faustgelenk des Mörders und drehte es mit einer solchen Kraft, daß das Messer aus den erstarrten Fingern fiel und Caderousse einen Schrei des Schmerzes ausstieß. Aber der Graf hielt bei die-

sem Schrei nicht an, sondern drehte fortwährend das Handgelenk des Banditen, bis dieser mit ausgerenktem Arm zuerst auf die Knie und dann mit dem Gesicht auf den Boden fiel.
Der Graf stützte seinen Fuß auf den Kopf von Caderousse und sprach: »Ich weiß nicht, was mich zurückhält, dir den Schädel einzutreten, Bösewicht!«
»Ah! Gnade! Gnade!«
Der Graf zog seinen Fuß zurück und sagte: »Steh auf!«
Caderousse stand auf.
»Mein Gott! Welche Faust haben Sie, Herr Abbé«, sagte Caderousse, seinen durch die Hand, die ihn umschlossen, völlig gequetschten Arm streichelnd; »mein Gott, welche Faust!«
»Still. Gott verleiht mir die Kraft, ein wildes Tier, wie du bist, zu bändigen; ich handle im Namen Gottes, dessen erinnere dich wohl, Elender, und dich in diesem Augenblick verschonen heißt abermals den Absichten Gottes dienen. Nimm diese Feder und dieses Papier und schreibe, was ich dir diktieren werde.«
»Ich kann nicht schreiben, Herr Abbé.«
»Du lügst; nimm diese Feder und schreibe.«
Durch diese starke Macht unterjocht, setzte sich Caderousse und schrieb: »Mein Herr, der Mensch, den Sie bei sich empfangen und dem Sie Ihre Tochter bestimmen, ist ein ehemaliger, mit mir aus dem Bagno von Toulon entwichener Galeerensklave; er hatte die Nummer 59 und ich die Nummer 58. Er hieß Benedetto; aber er weiß seinen wahren Namen nicht, da er nie seine Eltern gekannt hat.«
»Unterzeichne!« fuhr der Graf fort.
»Sie wollen mich also ins Verderben stürzen?«
»Wenn ich dies wollte, so würde ich dich in die nächste Wachstube schleppen; überdies wirst du zu der Stunde, wo das Billett an seine Adresse abgegeben wird, wahrscheinlich nichts mehr zu befürchten haben. Unterzeichne also!«
Caderousse unterzeichnete.
»Die Adresse: An Herrn Baron Danglars, Bankier, Rue de la Chaussee d'Antin.«
Caderousse schrieb die Adresse.
Der Abbé nahm das Billett und sprach: »Nun geh.«

»Wo hinaus?«
»Wo du hereingekommen bist.«
»Sie führen etwas gegen mich im Schilde, Herr Abbé?«
»Dummkopf, was soll ich denn gegen dich im Schilde führen?«
»Herr Abbé, sagen Sie mir, daß Sie meinen Tod nicht wollen.«
»Ich will, was Gott will.«
»Aber schwören Sie mir, daß Sie mich nicht schlagen werden, während ich hinabsteige.«
»Feiger Schwachkopf.«
»Was wollen Sie mit mir machen?«
»Das frage ich dich! Ich versuchte es, einen glücklichen Menschen aus dir zu machen, und machte einen Mörder aus dir.«
»Herr Abbé, wagen Sie noch einen letzten Versuch.«
»Es sei«, sprach der Graf. »Höre, du weißt, daß ich ein Mann von Wort bin?«
»Ja«, antwortete Caderousse.
»Wenn du unversehrt nach Hause kommst, so verlasse Paris, verlasse Frankreich, und ich werde dir überall, wo du auch sein magst, solange du dich ehrlich aufführst, eine kleine Pension zusenden; denn wenn du unversehrt nach Hause kommst, nun wohl...«
»Nun?« fragte Caderousse bebend.
»Nun wohl! So glaube ich, daß dir Gott verziehen hat, und werde dir auch verzeihen.«
»So wahr ich ein Christ bin«, stammelte Caderousse zurückweichend, »Sie machen mich vor Angst sterben.«
»Vorwärts!« sprach der Graf, Caderousse mit dem Finger das Fenster bezeichnend.
Wenig beruhigt durch das Versprechen des Grafen, schwang sich Caderousse aus dem Fenster und setzte den Fuß auf die Leiter. Hier hielt er zitternd an.
»Nun, steige hinab«, sagte der Abbé, die Arme kreuzend.
Caderousse fing an zu begreifen, daß von dieser Seite nichts zu befürchten war, und er stieg hinab.
Monte Christo kehrte in sein Schlafzimmer zurück und sah, einen raschen Blick vom Garten auf die Straße werfend, zuerst Caderousse, der, nachdem er herabgestiegen war, einen Umweg im Garten machte und seine Leiter an das äußerste Ende

der Mauer stellte, um an einem anderen Platz hinauszusteigen, als wo er hereingekommen war.
Dann von dem Garten auf die Straße übergehend, sah er den Menschen, der zu warten schien, parallel in der Straße fortlaufen und sich hinter dieselbe Ecke stellend, bei der Caderousse herabsteigen wollte. Caderousse stieg langsam auf die Leiter und streckte, als er die obersten Stufen erreicht hatte, den Kopf über die Mauerkappe, um sich zu überzeugen, die Straße wäre leer.
Man sah niemand, man hörte niemand. Es schlug ein Uhr auf dem Invalidenhaus.
Da setzte sich Caderousse rittlings auf die Mauerkappe, zog die Leiter an sich, hob sie über die Mauer, und fing an hinabzusteigen, oder ließ sich vielmehr an den zwei Pfosten hinabgleiten, ein Manöver, das er mit einer Geschicklichkeit ausführte, welche Übung und Gewohnheit andeutete.
Aber einmal auf diesem Abhang, konnte er nicht mehr anhalten. Vergebens sah er einen Menschen in dem Augenblick, wo er halbwegs unten war, aus dem Schatten hervorstürzen; vergebens sah er einen Arm in dem Augenblick sich erheben, wo er die Erde berührte, ohne sich in Verteidigungszustand setzen zu können; dieser Arm stieß ihn so wütend in den Rücken, daß er die Leiter losließ und um Hilfe rief.
Ein zweiter Stoß drang in derselben Sekunde in seine Seite, und er stürzte mit dem Ausruf: »Mörder!« nieder.
Als er sich endlich auf der Erde wälzte, faßte ihn sein Gegner und brachte ihm einen dritten Stoß in die Brust bei. Caderousse wollte abermals schreien; doch er konnte nur einen Seufzer ausstoßen und ließ bebend das Blut seinen drei Wunden entströmen.
Als der Mörder sah, daß er nicht mehr schrie, hob er seinen Kopf bei den Haaren in die Höhe; Caderousse hatte die Augen geschlossen und den Mund verdreht. Der Mörder glaubte, er wäre tot, ließ den Kopf zurückfallen und verschwand.
Sobald Caderousse fühlte, wie er sich entfernte, richtete er sich auf seinen Ellenbogen auf und rief in einer äußersten Anstrengung: »Mörder! Ich sterbe! Zu Hilfe!«
Der klägliche Ruf durchdrang die Schatten der Nacht. Es

öffnete sich die Tür der Geheimtreppe, dann die kleine Gartentür, und Ali und sein Herr liefen mit Lichtern herbei.

6. Die Hand Gottes

»Was gibt es?« fragte Monte Christo.
»Zu Hilfe!« wiederholte Caderousse; »man hat mich ermordet.«
»Hier sind wir, Mut gefaßt!«
»Ah, es ist vorbei. Sie kommen zu spät; Sie kommen nur, um mich sterben zu sehen. Welche Stöße, wieviel Blut!« Und er fiel in Ohnmacht.
Ali und sein Herr nahmen den Verwundeten und trugen ihn in ein Zimmer. Hier hieß Monte Christo Ali, ihn auszukleiden und erkannte die drei furchtbaren Wunden, die man ihm beigebracht hatte.
»Mein Gott!« sprach er, »deine Rache läßt zuweilen auf sich warten, aber ich glaube, sie steigt dann nur um so vollständiger vom Himmel herab.«
Ali schaute seinen Herrn an, als wollte er ihn fragen, was zu tun wäre. »Suche den Herrn Staatsanwalt von Villefort auf, der im Faubourg Saint-Germain wohnt, und führe ihn hierher. Im Vorbeigehen bringst du einen Arzt mit.«
Ali gehorchte und ließ den falschen Abbé mit dem immer noch ohnmächtigen Caderousse allein.
Als der Unglückliche die Augen wieder öffnete, schaute ihn der Graf, der ein paar Schritte von ihm entfernt saß, mit einem düstern Ausdruck des Mitleids an, und seine Lippen schienen ein Gebet zu murmeln.
»Einen Wundarzt, Herr Abbé, einen Wundarzt!« rief Caderousse.
»Man ist bereits weggegangen, um einen zu holen«, sprach der Abbé.
»Ich weiß wohl, daß es wegen des Lebens vergeblich ist; aber er kann mir vielleicht Kräfte geben, und ich will Zeit haben, um meine Erklärung zu machen.«
»Sie kennen den Mörder also?«
»Ob ich ihn kenne! Ja, ich kenne ihn, es ist Benedetto.«
»Der junge Korse? Ihr Gefährte?«

»Ja. Nachdem er mir den Plan von dem Haus des Grafen gegeben... ohne Zweifel in der Hoffnung, ich würde ihn töten und er würde somit sein Erbe – oder der Graf würde mich töten und er wäre dadurch von mir befreit, wartete er auf mich auf der Straße und ermordete mich.«

»Ich habe zugleich den Arzt und den Staatsanwalt holen lassen.«

»Er wird zu spät kommen«, sagte Caderousse, »ich fühle, wie all mein Blut entströmt.«

»Warten Sie«, versetzte Monte Christo, ging aus dem Zimmer und kehrte nach fünf Minuten mit einem Fläschchen zurück, aus dem er auf die blauen Lippen des Verwundeten drei bis vier Tropfen von dessen Flüssigkeit goß.

Caderousse stieß einen Seufzer aus.

»Oh!« stammelte er, »Sie gießen mir das Leben ein, wenn doch jemand käme, bei dem ich den Elenden anzeigen könnte.«

»Soll ich Ihre Angabe aufschreiben? Sie unterzeichnen sie sodann.«

»Ja... ja...«, sagte Caderousse, dessen Augen bei der Hoffnung auf eine Rache nach seinem Tod funkelten.

Monte Christo schrieb:

»Ich sterbe, ermordet durch den Korsen Benedetto, meinen Kettengenossen in Toulon unter der Nummer 59.«

»Eilen Sie! Eilen Sie!« sagte Caderousse, »ich kann sonst nicht mehr unterzeichnen.«

Monte Christo reichte Caderousse die Feder, dieser raffte seine Kräfte zusammen, unterzeichnete, fiel wieder auf sein Lager zurück und sprach: »Sie werden das übrige erzählen, Herr Abbé; Sie sagen, er lasse sich Andrea Cavalcanti nennen, er wohne im Hotel des Princes, er... ah! Mein Gott, ich sterbe!«

Caderousse wurde zum zweitenmal ohnmächtig.

Der Abbé ließ ihn den Geruch des Fläschchens einatmen, der Verwundete öffnete die Augen wieder. Seine Rachgier hatte ihn während seiner Ohnmacht nicht verlassen.

»Ah! Sie werden alles sagen, nicht wahr, Herr Abbé?«

»Alles werde ich sagen, er habe Ihnen ohne Zweifel den Plan dieses Hauses in der Hoffnung gegeben, der Graf würde Sie töten. Ich werde sagen, er habe den Grafen durch ein Billett benachrichtigt; ich werde sagen, in Abwesenheit des Grafen habe ich dieses Billett empfangen und gewacht, um Sie zu erwarten.«

»Und man wird ihn guillotinieren, nicht wahr?« versetzte Caderousse, »Sie versprechen es mir? Ich sterbe mit dieser Hoffnung, sie wird mir den Tod erleichtern.«

»Ich werde sagen, er sei hinter Ihnen gekommen, er habe die ganze Zeit gelauert und sei, als er Sie habe weggehen sehen, an die Ecke gelaufen, wo er sich verborgen.«

»Sie haben also dies alles gesehen?«

»Erinnern Sie sich meiner Worte: Wenn du unversehrt nach Hause kommst, glaube ich, daß Gott dir verziehen hat, und verzeihe dir ebenfalls.«

»Und Sie haben mich nicht gewarnt?« rief Caderousse, indem er es versuchte, sich auf seinen Ellenbogen zu erheben; »Sie wußten es, daß ich von hier weggehend ermordet werden würde, und haben mich nicht gewarnt?«

»Nein, denn in der Hand von Benedetto sah ich die Gerechtigkeit Gottes, und ich hätte einen fluchwürdigen Frevel zu begehen geglaubt, würde ich mich den Absichten der Vorsehung widersetzt haben.«

»Die Gerechtigkeit Gottes! Sprechen Sie mir nicht davon, Herr Abbé; wenn es eine Gerechtigkeit Gottes gäbe, so müßten, wie es Ihnen besser bekannt ist als irgend jemand, gewisse Personen gestraft sein, die es nicht sind.«

»Geduld«, sprach der Abbé, mit einem Ton, der den Sterbenden beben machte, »Geduld!«

Caderousse schaute ihn erstaunt an.

»Und dann« sagte der Abbé, »und dann ist Gott voll Barmherzigkeit gegen alle, wie er es für dich gewesen ist; er ist Vater, ehe er Richter ist.«

»Ah! Sie glauben also an Gott?« versetzte Caderousse.

»Wenn ich das Unglück gehabt hätte, bis jetzt nicht an ihn zu glauben, so würde ich bei deinem Anblick an ihn glauben.«

Caderousse hob die geballten Fäuste zum Himmel empor.

»Höre«, sagte der Abbé, die Hand über den Verwundeten ausstreckend, als wollte er ihm den Glauben empfehlen, »höre, was dieser Gott, den du in deinem letzten Augenblick anzuerkennen dich weigerst, für dich getan hat: Er hatte dir deine Gesundheit, deine Kraft, eine sichere Arbeit, sogar Freunde, kurz das Leben so gegeben, wie es den Menschen erscheinen muß, um süß zu sein. Statt diese Gaben des Herrn auszubeuten, die so selten von ihm in ihrer Fülle bewilligt werden, hast du dich der Trägheit, der Trunkenheit hingegeben und in der Trunkenheit einen deiner besten Freunde verraten.«

»Zu Hilfe!« rief Caderousse, »ich brauche keinen Priester, sondern einen Arzt; vielleicht bin ich noch nicht auf den Tod verwundet, vielleicht werde ich noch nicht sterben, vielleicht kann man mich noch retten.«

»Du bist so gut auf den Tod verwundet, daß du ohne die drei Tropfen, die ich dir soeben gegeben, bereits verschieden wärst. Höre also!«

»Ah!« murmelte Caderousse, »was für ein seltsamer Priester sind Sie, der Sie die Sterbenden in Verzweiflung bringen, statt sie zu trösten.«

»Höre«, fuhr der Abbé fort, »als du deinen Freund verraten hattest, fing Gott an, nicht dich zu schlagen, sondern zu warnen. Du versankst in Armut und littest Hunger; du hattest die Hälfte eines Lebens, das du zum Erwerben verwenden konntest, mit Beneiden hingebracht und dachtest bereits an Verbrechen, wobei du dich mit der Not entschuldigtest, als Gott ein Wunder für dich tat und dir durch meine Hände mitten in deinem Elend ein für dich glänzendes Vermögen schickte. Doch dieses unverhoffte Vermögen genügte dir nicht mehr, sobald du es besaßst; du wolltest es verdoppeln: durch welches Mittel? Durch einen Mord. Du verdoppeltest es, da faßte dich Gott und führte dich vor die menschliche Gerechtigkeit.«

»Nicht ich wollte den Juden töten, sondern die Carconte.«

»Ja, auch gestattete es Gott stets barmherzig, daß deine Richter von deinen Worten gerührt wurden und dir das Leben ließen.«

»Ja, vortrefflich, um mich für mein ganzes Dasein in das Bagno zu schicken: eine schöne Gnade!«

»Diese Gnade, Elender, hast du doch als eine Gnade betrachtet, als man sie dir gewährte; dein feiges Herz, das vor dem Tod zitterte, hüpfte vor Freude bei der Ankündigung einer ewigen Schmach, denn du sagtest dir: Es gibt eine Tür am Bagno, das Grab aber hat keine. Und du hattest recht, denn diese Tür des

Bagno öffnete sich für dich auf eine unerwartete Weise: Ein Engländer besuchte Toulon, er hatte das Gelübde getan, zwei Menschen der Ehrlosigkeit zu entziehen. Seine Wahl fällt auf dich und auf deinen Gefährten. Ein zweites Glück kommt für dich vom Himmel herab, du findest zugleich wieder das Gold und die Ruhe, du kannst wieder anfangen, das Leben aller Menschen zu führen, du, der du zu dem Leben der Galeerensklaven verurteilt gewesen warst: Da fällt es dir ein, Gott zum drittenmal zu versuchen. Ich habe nicht genug, sagst du, während du mehr hattest, als du je besessen, und du begehst ein drittes Verbrechen, ohne Grund, ohne Entschuldigung. Gott war müde, Gott bestrafte dich.«

Caderousse wurde sichtbar immer schwächer.

»Zu trinken!« sagte er; »ich habe Durst... ich brenne!«

Monte Christo reichte ihm ein Glas Wasser.

»Verfluchter Benedetto!« sprach Caderousse, das Glas zurückgebend, »er wird entkommen!«

»Niemand wird entkommen, das sage ich dir, Caderousse... Benedetto wird bestraft werden.«

»Dann werden Sie auch bestraft«, erwiderte Caderousse, »denn Sie haben Ihre Priesterpflicht nicht getan... Sie hätten Benedetto hindern sollen, mich zu töten.«

»Ich!« sagte der Graf mit einem Lächeln, das den Sterbenden vor Schrecken in Eis verwandelte, »ich, Benedetto verhindern, dich zu töten, in dem Augenblick, wo du dein Messer an dem Panzerhemd, das meine Brust bedeckte, zerbrochen hattest!... Ja, vielleicht... würde ich dich demütig und bereuend gefunden haben, so hätte ich Benedetto am Ende abgehalten, dich zu töten; aber ich fand dich hochmütig und blutgierig und ließ den Willen Gottes in Erfüllung gehen!«

»Ich glaube nicht an Gott!« heulte Caderousse, »du glaubst ebensowenig an ihn, du lügst!«

»Schweig«, sagte der Abbé, »denn du machst, daß die letzten Tropfen Blutes aus deinem Körper spritzen... Ah, du glaubst nicht an Gott und stirbst von Gott getroffen! Und Gott, der doch nur ein Gebet, eine Träne, ein Wort verlangt, um zu verzeihen... Gott, der den Dolch des Mörders so lenken konnte, daß du auf der Stelle verschieden wärest, Gott hat dir eine Vier-

telstunde zur Reue gegeben... Gehe also in dich, Unglücklicher, und bereue!«
»Nein«, sprach Caderousse, »ich bereue nicht, es gibt keinen Gott, keine Vorsehung, es gibt nur einen Zufall.«
»Es gibt eine Vorsehung, es gibt einen Gott«, sprach Monte Christo, »und zum Beweis dient, daß du hier liegst, in Verzweiflung, Gott leugnend, während ich aufrecht, reich, glücklich, gesund vor dir stehe und die Hände vor diesem Gott falte, an welchen du nicht zu glauben versuchst, während du im Grunde deines Herzens doch an ihn glaubst.«
»Aber wer sind Sie denn?« fragte Caderousse, seine sterbenden Augen auf den Grafen heftend.
»Schau mich wohl an«, versetzte der Graf, sich die Kerze an das Gesicht haltend.
»Nun, der Abbé... der Abbé Busoni...«
Monte Christo nahm die entstellende Perücke ab und ließ die schönen, schwarzen Haare zurückfallen, die so harmonisch sein bleiches Gesicht umrahmten.
»Oh!« rief Caderousse erschrocken, »wenn es nicht diese schwarzen Haare wären, so würde ich sagen, Sie seien der Engländer, ich würde sagen, Sie seien Lord Wilmore.«
»Ich bin weder der Abbé Busoni noch Lord Wilmore«, sagte Monte Christo; »schaue besser, schaue ferner, schaue in deine ersten Erinnerungen.«
In diesen Worten des Grafen lag ein magnetischer Klang, von dem die erschöpften Sinne des Elenden zum letztenmal wiederbelebt wurden. »Oh, in der Tat«, sagte er, »es kommt mir vor, als hätte ich Sie einst gesehen, als hätte ich Sie einst gekannt.«
»Ja, Caderousse, ja, du hast mich gesehen, ja, du hast mich gekannt.«
»Aber wer sind Sie denn? Und warum lassen Sie mich sterben, wenn Sie mich gesehen, gekannt haben?«
»Weil nichts dich retten kann, weil deine Wunden tödlich sind. Wenn du hättest gerettet werden können, so würde ich darin eine letzte Barmherzigkeit des Herrn gesehen haben und hätte es versucht, das schwöre ich dir bei dem Grab meines Vaters, dich dem Leben und der Reue zurückzugeben.«
»Bei dem Grab deines Vaters!« sprach Caderousse, wiederbe-

lebt durch einen letzten Funken und sich aufrichtend, um den Mann näher anzuschauen, der ihm diesen allen Menschen heiligen Eid geleistet hatte: »Wer bist du denn?«
Der Graf hatte unablässig die Fortschritte des Todeskampfes verfolgt. Er begriff, daß dieser Lebensaufschwung der letzte war, näherte sich dem Sterbenden, betrachtete ihn mit einem ruhigen und zugleich traurigen Blick und sagte ihm in das Ohr: »Ich bin…«
Und seine kaum geöffneten Lippen ließen einen Namen durchschlüpfen, der so leise gesprochen wurde, daß es schien, als hätte der Graf selbst Furcht, ihn zu hören.
Caderousse, der sich auf die Knie erhoben hatte, streckte die Arme aus, machte einen Versuch, zurückzuweichen, faltete sodann die Hände, hob sie mit einer äußersten Anstrengung zum Himmel empor und sprach: »Oh, mein Gott, mein Gott! Vergib mir, daß ich dich verleugnet habe; du bestehst, du bist der Vater der Menschen im Himmel und der Richter der Menschen auf Erden. Mein Gott und Herr, ich habe dich lange Zeit mißkannt! Mein Gott und Herr, vergib mir! Mein Gott und Herr, nimm mich auf!«
Und die Augen schließend fiel Caderousse mit einem letzten Schrei und einem letzten Seufzer zurück. – Er war tot.
»Einer!« sagte geheimnisvoll der Graf, die Augen auf den entstellten Leichnam geheftet.
Zehn Minuten nachher kamen der Arzt und der Staatsanwalt und wurden von dem Abbé Busoni, der bei dem Toten betete, empfangen.

7. Beauchamp

Vierzehn Tage lang war in Paris nur von diesem auf eine so kühne Weise unternommenen Diebstahlsversuch die Rede; der Sterbende hatte eine Erklärung unterschrieben, die Benedetto als Mörder bezeichnete.
Das Messer von Caderousse, die Blendlaterne, der Schlüsselbund und die Kleider, ohne seine Weste, die man nicht finden konnte, wurden in der Gerichtskanzlei deponiert, während man den Leichnam nach der Morgue brachte.
Der Graf antwortete jedermann, die Begebenheit sei vorgefal-

len, während er in seinem Haus in Auteuil gewesen, und er wisse folglich nur das, was ihm der Abbé Busoni gesagt, der ihn an diesem Abend durch den größten Zufall gebeten habe, die Nacht bei ihm zubringen zu dürfen, um in einigen Büchern seiner Bibliothek Nachforschungen anzustellen.

Bertuccio allein erbleichte, so oft der Name Benedetto in seiner Gegenwart ausgesprochen wurde; aber es war kein Grund vorhanden, daß jemand seine Blässe bemerken sollte.

Zur Bestätigung des Verbrechens herbeigerufen, bemächtigte sich Villefort der Angelegenheit und führte die Untersuchung mit dem leidenschaftlichen Eifer, mit dem er bei allen Kriminalfällen zu Werke ging. Doch es verliefen drei Wochen, ohne daß die tätigsten Nachforschungen irgendein Resultat herbeiführten, und man fing an, den bei dem Grafen unternommenen Diebstahlsversuch und die Ermordung des Diebes durch seinen Genossen zu vergessen, um sich mit der nahe bevorstehenden Verheiratung des Grafen Andrea Cavalcanti mit Fräulein Danglars zu beschäftigen. Diese Heirat war gleichsam erklärt, und der junge Mann wurde im Haus des Bankiers unter dem Titel eines Bräutigams empfangen.

Man hatte an Herrn Cavalcanti Vater geschrieben, der diese Heirat ungemein billigte und, während er sein ganzes Bedauern darüber ausdrückte, daß ihn sein Dienst verhindere, Parma zu verlassen, sich bereit erklärte, das Kapital von hundertundfünfzigtausend Franken Rente zu geben.

Es war verabredet, daß die drei Millionen bei Danglars angelegt werden sollten. Einige Personen versuchten es zwar, dem jungen Mann Zweifel über die Haltbarkeit der Stellung seines zukünftigen Schwiegervaters einzuflößen, der seit einiger Zeit wiederholt Verluste an der Börse erlitten; aber mit einer erhabenen Uneigennützigkeit und einem edlen Vertrauen wies der junge Mann diese leeren Einflüsterungen zurück, von denen er aus Zartgefühl dem Baron kein Wort sagte.

Der Baron betete auch den Grafen Andrea Cavalcanti an. Nicht dasselbe war bei Fräulein Eugenie Danglars der Fall. In ihrem Haß gegen die Ehe hatte sie Andrea als ein Mittel, Morcerf zu entfernen, empfangen; nun aber, da sich Andrea ihr zu sehr näherte, fing sie an, einen sichtbaren Widerwillen gegen ihn zu fühlen. Vielleicht hatte es der Baron bemerkt; da er aber diesen Widerwillen nur einer Laune zuschreiben konnte, so stellte er sich, als bemerke er nichts.

Mittlerweile war die von Beauchamp geforderte Frist abgelaufen. Morcerf konnte übrigens den Wert des Rates von Monte Christo, er möge die Sache von selbst fallenlassen, nunmehr schätzen; denn niemand hatte die Notiz auf den General bezogen, kein Mensch hatte daran gedacht, in dem Offizier, der das Schloß von Janina ausgeliefert, den edlen, in der Kammer der Pairs sitzenden Grafen zu erkennen.

Aber Albert fühlte sich darum nicht minder beleidigt, denn die Absicht der Beleidigung lag offenbar in den paar Zeilen, die ihn verletzt hatten. Überdies hatte die Art und Weise, wie Beauchamp ihre Besprechung beendigt, eine bittere Erinnerung in seinem Innern zurückgelassen. Er hegte daher in seinem Geist den Gedanken dieses Duells, dessen wahre Ursache er sogar vor seinen Zeugen zu verbergen gedachte.

Was Beauchamp betrifft, so hatte man ihn seit dem Tag, an welchem ihm Albert den Besuch gemacht, nicht wiedergesehen, und man antwortete denen, die nach ihm fragten, er wäre auf kurze Zeit verreist.

Eines Morgens wurde Albert durch seinen Kammerdiener aufgeweckt, der ihm Beauchamp meldete.

Albert rieb sich die Augen, befahl, Beauchamp in seinem kleinen Rauchsalon im Erdgeschoß warten zu lassen, kleidete sich rasch an und ging hinab. Er fand Beauchamp im Zimmer auf- und abspazierend; als dieser ihn erblickte, blieb er stehen.

»Der Schritt, den Sie machen, indem Sie sich freiwillig und ohne den Besuch abzuwarten, den ich Ihnen heute zugedacht habe, bei mir einfinden, scheint mir ein gutes Vorzeichen zu sein, mein Herr«, sprach Albert; »reden Sie geschwind, darf ich Ihnen die Hand reichen und sagen: Beauchamp, gestehen Sie ein Unrecht und bewahren Sie mir einen Freund? Oder muß ich ganz einfach fragen: Welche Waffen wählen Sie?«

»Albert«, antwortete Beauchamp mit einer Traurigkeit, die den jungen Mann erstaunen machte, »wir wollen uns setzen und miteinander reden.«

»Es scheint mir im Gegenteil, mein Herr, daß Sie mir zu antworten haben, ehe wir uns setzen.«
»Albert«, erwiderte der Journalist, »es gibt Umstände, wo die Schwierigkeit gerade in der Antwort liegt.«
»Ich werde sie Ihnen leichtmachen, mein Herr, indem ich Ihnen die Frage wiederhole: Wollen Sie zurücknehmen, ja oder nein?«
»Morcerf, man begnügt sich nicht, ja oder nein auf Fragen zu antworten, wobei die Ehre, die gesellschaftliche Stellung, das Leben eines Mannes, wie des Herrn Generalleutnants Grafen von Morcerf, Pairs von Frankreich, beteiligt sind.«
»Was tut man denn?«
»Man tut, was ich getan habe, Albert; man sagt: Das Geld, die Zeit und die Anstrengung sind nichts, wenn es sich um den Ruf und die Interessen einer Familie handelt. Man sagt: Man braucht mehr als Wahrscheinlichkeiten, man braucht Gewißheiten, um ein Duell auf Leben und Tod mit einem Mann anzunehmen, dem man drei Jahre lang die Hand gereicht hat; man sagt: Kreuze ich den Degen, oder feure ich eine Pistole auf einen Freund ab, so muß ich mit dem ruhigen Herzen und dem lauteren Gewissen kommen, dessen ein Mann bedarf, wenn sein Arm ihm sein Leben retten soll.«
»Nun«, fragte Morcerf ungeduldig, »was soll das bedeuten?«
»Das soll bedeuten, daß ich von Janina komme.«
»Von Janina? Unmöglich!«
»Mein lieber Albert, hier ist mein Paß; sehen Sie die Visa: Genf, Mailand, Venedig, Triest, Delvino, Janina.«
Albert warf seine Augen auf den Paß und hob sie wieder erstaunt zu Beauchamp auf.
»Albert, wären Sie für mich ein Fremder, ein Unbekannter, ein einfacher Lord, wie jener Engländer, der vor drei oder vier Monaten von mir Rechenschaft verlangte und den ich tötete, so würde ich mir, wie Sie wohl begreifen, keine solche Mühe gegeben haben; aber ich dachte, ich wäre Ihnen dieses Zeichen der Achtung schuldig. Ich brauchte acht Tage zur Reise nach Janina, acht Tage zur Rückkehr, ferner vier Tage Quarantäne und achtundvierzig Stunden Aufenthalt: das macht gerade meine

drei Wochen. Ich bin in dieser Nacht angekommen und stehe nun vor Ihnen.«

»Mein Gott, wie viele Umschweife, Beauchamp, warum zögern Sie, mir zu sagen, was ich von Ihnen erwarte?«

»Es ist in der Tat...«

»Man sollte glauben, Sie hätten Furcht, zu gestehen, daß Ihr Korrespondent Sie getäuscht?«

»Nein.«

»Oh, keine Eitelkeit, Beauchamp, gestehen Sie immerhin, Ihr Mut kann nicht in Zweifel gezogen werden.«

»Oh, es ist nicht das«, murmelte der Journalist; »im Gegenteil...«

Albert erbleichte furchtbar; er versuchte zu sprechen, aber das Wort erstarb auf seiner Zunge.

»Mein Freund«, sprach Beauchamp mit dem liebevollsten Ton, »glauben Sie mir, ich wäre glücklich, Ihnen meine Entschuldigungen bieten zu können, und ich böte Sie Ihnen von ganzem Herzen; aber ach!«

»Was aber?«

»Die Note hatte recht, mein Freund.«

»Wie! Der französische Offizier... dieser Fernand?«

»Ja.«

»Dieser Verräter, der die Schlösser des Mannes übergeben hat, in dessen Diensten er stand...«

»Verzeihen Sie mir, daß ich Ihnen sage, was ich Ihnen sagen muß, dieser Mann ist Ihr Vater!«

Albert machte eine wütende Bewegung, um sich auf Beauchamp zu stürzen; doch dieser hielt ihn mehr noch durch einen sanften Blick als durch seine ausgestreckte Hand zurück.

»Hier, mein Freund«, sagte er, ein Papier aus seiner Tasche ziehend, »hier ist der Beweis.«

Albert öffnete das Papier: Es war eine Zeugschaft von vier angesehenen Bewohnern von Janina, die bestätigten, daß der Oberst Fernand Mondego, Instruktor im Dienste des Wesirs Ali Tependelini, das Schloß von Janina gegen zweitausend Beutel übergeben hatte. – Die Unterschriften waren durch den Konsul legalisiert.

Albert wankte und fiel wie vernichtet auf einen Stuhl.

Diesmal gab es keinen Zweifel mehr, der Familienname stand mit allen Buchstaben geschrieben auf dem Papier.
Nach einem kurzen, schmerzlichen Stillschweigen dehnte sich sein Herz aus, und ein Strom von Tränen entstürzte seinen Augen.
Beauchamp schaute den des Schmerzes sich hingebenden jungen Mann mit tiefem Mitleid an, näherte sich ihm und sprach: »Albert, nicht wahr, Sie begreifen mich nun? Ich wollte alles sehen, alles selbst beurteilen, in der Hoffnung, die Erklärung würde günstig für Ihren Vater ausfallen und ich könnte ihm volle Gerechtigkeit widerfahren lassen. Doch die Erkundigungen, die ich einzog, bestätigten im Gegenteil, daß dieser von Ali Pascha zum Generalgouverneur erhobene Fernand Mondego kein anderer ist als der Graf von Morcerf. Da kehrte ich zurück und erinnerte mich der Ehre, die Sie mir angetan, mich unter Ihre Freunde aufzunehmen, und eilte zu Ihnen.«
Auf seinem Lehnstuhl ausgestreckt, hielt Albert seine Hände vor die Augen.
»Ich eilte zu Ihnen«, fuhr Beauchamp fort, »um Ihnen zu sagen: Albert, die Fehler unserer Väter in diesen Zeiten der Wirkung und Gegenwirkung können die Kinder nicht berühren. Sehr wenige haben die Revolutionen, in deren Mitte wir geboren sind, durchgemacht, ohne daß Kot oder Blut ihre Soldatenuniform oder ihr Richterkleid befleckt hätte. Albert, nun, da ich alle Beweise habe, nun, da ich Herr Ihres Geheimnisses bin, kann mich niemand in der Welt zu einem Zweikampf zwingen, den Ihnen, ich bin fest davon überzeugt, Ihr Gewissen als ein Verbrechen vorwerfen würde; aber was Sie von mir verlangen können, biete ich Ihnen an. Sollen diese Beweise, diese Enthüllungen, diese Zeugschaften verschwinden? Soll dieses furchtbare Geheimnis zwischen Ihnen und mir bleiben? Meinem Ehrenwort anvertraut, wird es nie über meine Lippen kommen; sprechen Sie, mein Freund, wollen Sie dies?«
Albert warf sich ihm um den Hals und rief: »Ah, edles Herz!«
»Nehmen Sie«, sprach Beauchamp, indem er Albert die Papiere überreichte.
Albert ergriff die Papiere, preßte, zerknitterte sie mit krampfhafter Hand und wollte sie zerreißen; doch zitternd, es könnte

das geringste Teilchen vom Winde fortgetragen werden, verbrannte er sie bis auf das letzte Fetzchen an einer Kerze.
»Teurer Freund! Vortrefflicher Freund!« murmelte Albert, während er die Papiere verbrannte.
»Möge dies alles sich vergessen, wie ein böser Traum«, sagte Beauchamp, »möge es erlöschen, wie diese Funken, möge alles verschwinden, wie der letzte Rauch, der aus der stummen Asche aufsteigt.«
»Ja, ja«, sagte Albert, »und es bleibe nur die ewige Freundschaft, die ich meinem Retter weihe; eine Freundschaft, die meine Kinder auf die Ihrigen übertragen werden; eine Freundschaft, die mich stets daran erinnern soll, daß ich das Blut meiner Adern, das Leben meines Körpers, die Ehre meines Namens Ihnen zu verdanken habe, denn wenn eine solche Sache bekannt geworden wäre, oh, Beauchamp, ich erkläre Ihnen, ich würde mir die Hirnschale zerschmettert haben, oder, nein, arme Mutter, denn ich hätte dich nicht mit demselben Schlag töten wollen, mit dem ich mich von dieser Welt verbannte.«
Doch der junge Mann wich bald wieder von dieser unvermuteten und gleichsam künstlichen Aufwallung ab und verfiel abermals und noch tiefer in Traurigkeit.
»Nun?« fragte Beauchamp, »was gibt es denn noch?«
»Ich habe etwas Gebrochenes im Herzen«, antwortete Albert. »Hören Sie, Beauchamp, man trennt sich nicht so in einer Sekunde von der Achtung, von dem Vertrauen, von dem Stolz, den der fleckenlose Name eines Vaters seinem Sohn einflößt. Oh, Beauchamp, Beauchamp! Wie werde ich nun meinen Vater ansehen? Werde ich meine Stirn zurückziehen, wenn er ihr seine Lippen, meine Hand, wenn er ihr seine Hand nähert? Hören Sie, Beauchamp, ich bin der unglücklichste Mensch. Ah, meine Mutter, meine arme Mutter!« rief Albert, durch seine in Tränen gebadeten Augen das Porträt seiner Mutter anschauend; »wenn du das gewußt, wieviel hättest du leiden müssen!«
»Auf, Mut gefaßt, mein Freund!« sprach Beauchamp, ihn bei den Händen fassend.
»Aber woher kam die in Ihre Zeitung eingerückte Notiz?« rief Albert; »hinter dem allem steckt ein unbekannter Haß, ein unsichtbarer Feind.«

»Wohl, ein Grund mehr. Mut gefaßt, Albert! Keine Spuren von Aufregung auf Ihrem Gesicht! Bewahren Sie Ihre Kräfte, mein Freund, bis zu dem Augenblick, wo es zum Ausbruch kommt.«

»Oh, Sie glauben also, wir seien noch nicht am Ziel?« sagte Albert erschrocken.

»Ich glaube nichts, mein Freund; doch es ist am Ende alles möglich; sagen Sie mir, heiraten Sie immer noch Fräulein Danglars?«

»Warum fragen Sie mich dies im gegenwärtigen Augenblick, Beauchamp?«

»Weil in meinem Geist der Bruch oder die Vollziehung dieser Heirat mit dem Gegenstand in Verbindung steht, der uns zu dieser Stunde beschäftigt.«

»Wie?« rief Albert, dessen Stirn sich entflammte, »Sie glauben, Herr Danglars...«

»Ich frage Sie nur, wie es sich mit Ihrer Heirat verhalte. Sehen Sie in meinen Worten nichts anderes als das, was ich darein legen will, und geben Sie ihnen nicht mehr Gewicht, als sie haben.«

»Nein«, erwiderte Albert, »diese Heirat ist abgebrochen.«

»Gut«, sagte Beauchamp. Als er aber sah, daß der junge Mann wieder in seine Schwermut verfiel, fügte er bei: »Glauben Sie mir, es wird das beste sein, wir begeben uns in die freie Luft; eine Fahrt nach dem Wald oder ein Spazierritt wird Sie zerstreuen; wir frühstücken bei unserer Rückkehr irgendwo, Sie gehen an Ihre Geschäfte und ich an die meinigen.«

»Gern«, erwiderte Albert, »wir gehen zu Fuß aus, ich denke, etwas Anstrengung wird mir guttun.«

»Es sei.«

Die zwei Freunde gingen zu Fuß aus und folgten dem Boulevard. Bei der Madeleine angelangt, sprach Beauchamp:

»Hören Sie, da wir auf dem Weg sind, wollen wir ein wenig Herrn von Monte Christo besuchen; er wird Sie zerstreuen, denn er ist ein bewunderungswürdiger Mann, um die Geister zu beschwichtigen, insofern er nie fragt. Meiner Ansicht nach sind die Leute, die nie fragen, die besten Tröster.«

»Gut, lassen Sie uns zu ihm gehen«, erwiderte Albert, »ich liebe den Grafen.«

8. Die Reise

Monte Christo stieß einen Freudenschrei aus, als er die jungen Leute beisammen sah. »Ah, ah!« sagte er. »Nun, ich hoffe, es ist alles abgemacht, alles aufgeklärt, geordnet?«

»Ja«, erwiderte Beauchamp. »Alberne Gerüchte, die von selbst gefallen sind und, wenn sie sich wiederholen würden, mich nun zum ersten Gegner hätten. Reden wir nicht mehr davon.«

»Albert wird Ihnen sagen, daß dies mein Rat gewesen ist«, versetzte der Graf. »Hören Sie«, fügte er bei, »Sie sehen mich den abscheulichsten Morgen vollenden, den ich, glaube ich, in meinem Leben gehabt habe.«

»Was machen Sie«, fragte Albert, »Sie bringen, wie mir scheint, Ordnung in Ihre Papiere?«

»In meine Papiere? Gott sei Dank, nein! In meinen Papieren herrscht stets eine wunderbare Ordnung, insofern ich keine habe, sondern in die Papiere von Herrn Cavalcanti.«

»Von Herrn Cavalcanti?« fragte Beauchamp.

»Ah, ja, wissen Sie nicht, daß dies ein junger Mann ist, den der Graf in die Gesellschaft bringt?« fragte Morcerf.

»Nein, verstehen wir uns wohl«, entgegnete Monte Christo, »ich bringe niemand in die Gesellschaft und Herrn von Cavalcanti noch viel weniger als irgendeinen andern.«

»Und der Fräulein Danglars statt meiner heiraten wird«, fuhr Albert mit einem Lächeln fort, »was mich, wie Sie sich leicht denken können, furchtbar angreift.«

»Wie! Cavalcanti heiratet Fräulein Danglars?« rief Beauchamp.

»Ei, kommen Sie denn vom Ende der Welt?« versetzte Monte Christo. »Sie, ein Journalist, wissen nichts davon, während ganz Paris nur von dieser Angelegenheit spricht!«

»Und Sie, Graf, haben diese Heirat gemacht?« fragte Beauchamp.

»Ich? Schweigen Sie, mein Herr Novellist, sagen Sie das nicht; ich! Guter Gott! Eine Heirat machen! Nein, Sie kennen mich nicht; ich habe mich im Gegenteil mit aller Gewalt widersetzt, ich habe mich ernsthaft geweigert, die Bitte vorzubringen.«

»Ah, ich begreife, wegen unseres Freundes Albert«, sagte Beauchamp.

»Meinetwegen?« sprach der junge Mann, »oh, meiner Treu, nein. Der Graf wird mir Gerechtigkeit widerfahren lassen und bezeugen, daß ich ihn im Gegenteil stets gebeten habe, diesen Plan zu vereiteln, der nun auch glücklicherweise aufgegeben ist.«

»Hören Sie«, sprach Monte Christo, »ich bin es so wenig, daß ich mit dem Schwiegervater und mit dem jungen Mann kalt stehe; nur Fräulein Danglars, die mir keine tiefe Neigung für die Ehe zu haben scheint, bewahrte mir ihre Zuneigung, als sie sah, wie wenig ich geneigt war, dahin zu wirken, daß sie auf ihre liebe Freiheit Verzicht leisten sollte.«

»Und Sie sagen, diese Heirat sei dem Abschluß nahe?«

»Oh, mein Gott! Ja, ungeachtet alles dessen, was ich einwenden mochte. Ich, was mich betrifft, kenne den jungen Mann nicht; man behauptet, er sei reich und von guter Familie; für mich sind dies lauter Sagen. Ich habe dies Herrn Danglars sattsam wiederholt, aber er ist ganz verliebt in seinen Lukkeser. Ich bin sogar so weit gegangen, daß ich ihm einen Umstand mitteilte, der mir äußerst wichtig erscheint: Der junge Mann ist bei der Amme vertauscht, von Zigeunern entführt oder von seinem Hofmeister geraubt worden, ich weiß es nicht genau. Ich weiß nur, daß ihn sein Vater mehr als zehn Jahre aus dem Gesicht verloren hatte; was er während dieser zehn Jahre eines herumschweifenden Lebens getan, ist mir völlig unbekannt. Nichts wirkte. Er beauftragte mich, an den Major zu schreiben und die Papiere zu verlangen, die Sie hier sehen. Ich schicke sie ihm, wasche mir aber, wie Pilatus, die Hände.«

Beauchamp fing an, die Gemälde zu betrachten.

»Doch Sie sind nicht in Ihrem gewöhnlichen Zustand«, fuhr Monte Christo fort. »Sprechen Sie, was haben Sie?«

»Ich habe Migräne«, sagte Albert.

»In diesem Fall, mein lieber Vicomte, kann ich Ihnen ein unfehlbares Mittel vorschlagen, ein Mittel, das mir geholfen hat, so oft ich mich mißgestimmt fühlte.«

»Welches?« fragte der junge Mann.

»Die Ortsveränderung.«

»In der Tat?« rief Albert.

»Ja, und da ich mich in diesem Augenblick im höchsten Grad

mißgestimmt fühle, so verändere ich den Ort meines Aufenthaltes. Gefällt es Ihnen, wenn wir dies gemeinschaftlich tun?«
»Sie mißgestimmt, Graf!« sprach Beauchamp, »und worüber?«
»Bei Gott! Sie haben gut sprechen; ich wollte Sie sehen, wenn in Ihrem Haus eine Untersuchung verfolgt würde.«
»Eine Untersuchung! Welche Untersuchung?«
»Diejenige, welche Herr von Villefort gegen meinen liebenswürdigen Mörder führt, der, wie es scheint, ein aus dem Bagno entwichener Räuber ist.«
»Ah, es ist wahr«, sagte Beauchamp, »ich habe von der Sache gehört. Wie ist es denn mit diesem Caderousse?«
»Er scheint ein Provençale zu sein. Herr von Villefort hat von ihm sprechen hören, als er in Marseille war, und Herr Danglars erinnert sich, ihn gesehen zu haben. Die Folge davon ist, daß sich der Staatsanwalt die Sache sehr zu Herzen nimmt, daß dieselbe, wie es scheint, im höchsten Grade den Polizeipräfekten interessiert, der mir, bewogen durch dieses Interesse, für das ich ihm äußerst dankbar bin, seit vierzehn Tagen alle Banditen hierher schickt, deren man in Paris und Umgegend habhaft werden kann, unter dem Vorwand, es seien Mörder von Herrn Caderousse, so daß es in drei Monaten, wenn es so fortgeht, in dem schönen Frankreich keinen Dieb oder Mörder mehr gibt, der nicht den Plan meines Hauses an den Fingern kennt. Ich bin auch entschlossen, ihnen dasselbe ganz zu überlassen und so weit zu gehen, wie mich die Erde tragen kann. Kommen Sie mit, Vicomte, ich nehme Sie mit fort.«
»Sehr gern, aber wohin?«
»An das Meer, Vicomte, an das Meer. Ich bin ein Seemann und wurde als kleines Kind in den Armen des alten Ozeans und auf dem Schoß der schönen Amphitrite gewiegt. Ich habe mit dem grünen Mantel des einen und mit dem azurblauen Gewand der andern gespielt, ich liebe das Meer, wie man die Gebieterin seines Herzens liebt, und wenn ich es lange nicht gesehen, sehne ich mich danach. Nehmen Sie meinen Vorschlag an?«
»Ich nehme ihn an.«
»Herr Beauchamp, wollen Sie mit uns reisen? Ich nehme Sie mit.«
»Ich danke, ich komme von der See.«

»Wie! Sie kommen von der See?«

»Ja, so etwa. Ich habe eine kleine Reise nach den borromäischen Inseln gemacht.«

»Gleichviel, kommen Sie immerhin!« sagte Albert.

»Nein, mein lieber Morcerf, Sie müssen begreifen, daß die Sache unmöglich ist, sobald ich einen Vorschlag anzunehmen mich weigere. Überdies«, fügte er, die Stimme dämpfend bei, »überdies ist es von Belang, daß ich in Paris bleibe, und wäre es nur, um den Briefkasten meiner Zeitung zu bewachen.«

»Ah! Sie sind ein guter, vortrefflicher Freund«, sprach Albert; »ja, Sie haben recht, überwachen Sie, Beauchamp, und suchen Sie den Feind zu entdecken.«

Albert und Beauchamp trennten sich: Ihr letzter Händedruck enthielt alles, was ihre Lippen vor einem Fremden nicht aussprechen konnten.

»Ein vortrefflicher Junge!« sagte Monte Christo, nachdem der Journalist weggegangen war; »nicht wahr, Albert?«

»Oh, ja, ein Mann von Herz, dafür stehe ich Ihnen; ich liebe ihn auch von ganzer Seele. Nun aber, da wir allein sind, obgleich mir die Sache beinahe gleichgültig ist, wohin gehen wir?«

»Nach der Normandie, wenn Sie wollen, dort sind wir ganz unter uns, mit zwei Pferden, um zu rennen, mit Hunden, um zu jagen, und mit einer Barke, um zu fischen.«

»Das ist es, was ich brauche, ich benachrichtige meine Mutter und bin dann zu Ihren Befehlen.«

»Aber wird man Ihnen erlauben, mit dem geheimnisvollen Mann zu reisen, den man den Grafen von Monte Christo nennt?«

»Sie haben ein kurzes Gedächtnis, Graf. Sagte ich Ihnen nicht von der Sympathie, die meine Mutter für Sie hegt?«

»Die Frau ändert sich, sprach Franz I.; die Frau ist die Welle, sagte Shakespeare: Der eine war ein großer König, der andere ein großer Dichter, und jeder von ihnen mußte die Frau kennen.«

»Ja, die Frau, doch meine Mutter ist nicht die Frau, es ist eine Frau. – Ich will sagen, daß meine Mutter mit ihren Gefühlen geizig ist, daß sie aber, wenn sie einmal dieselben zugesteht, dies für immer geschieht.«

»Ah, wirklich!« sprach seufzend Monte Christo, »und Sie glauben, sie erweise mir die Ehre, mir ein anderes Gefühl zuzugestehen als das vollkommener Gleichgültigkeit?«
»Hören Sie, ich habe Ihnen gesagt und wiederhole Ihnen, Sie müssen in der Tat ein seltsamer und sehr erhabener Mann sein, denn meine Mutter hat sich, ich sage nicht von der Neugierde, sondern von dem Interesse ergreifen lassen, das Sie ihr einflößten. Wenn wir allein sind, sprechen wir nur von Ihnen.«
»Und sie sagt Ihnen, Sie sollen diesem Manne mißtrauen?«
»Im Gegenteil, sie sagt mir: ›Ich glaube, der Graf ist eine edle Natur, bemühe dich, daß er dich liebt‹.«
»Ah, wirklich!« rief Monte Christo und wandte die Augen ab.
»Somit begreifen Sie«, fuhr Albert fort, »daß sie, statt sich meiner Reise zu widersetzen, dieselbe im Gegenteil vollkommen billigen wird, denn sie entspricht ganz dem, was sie mir jeden Tag empfiehlt.«
»Heute abend also«, sagte Monte Christo, »seien Sie um fünf Uhr hier, wir kommen dann um Mitternacht oder um ein Uhr in Treport an.«
»Sie sind offenbar der Mann der Wunder, und es wird Ihnen gelingen, die Eisenbahnen noch an Schnelligkeit zu übertreffen.«
Damit entfernte sich Albert. Monte Christo blieb, nachdem er ihm lächelnd ein Zeichen mit dem Kopf gemacht hatte, einen Augenblick nachdenkend und wie in eine tiefe Betrachtung versunken. Endlich aber fuhr er mit der Hand über die Stirn, als wollte er seine Träumerei verjagen, ging auf das Glöckchen zu und schlug zweimal darauf, bei dessen Klang Bertuccio eintrat.
»Bertuccio«, sprach der Graf, »ich reise heute abend nach der Normandie ab; bis fünf Uhr haben Sie mehr Zeit als Sie brauchen; Sie lassen die Stallknechte der ersten Station benachrichtigen; Herr von Morcerf begleitet mich. Gehen Sie.«
Ehe der Graf sich entfernte, ging er zu Haydee hinauf, benachrichtigte sie von seiner Abreise, nannte ihr den Ort, wohin er ging, und stellte das ganze Haus zu ihren Befehlen.
Albert war pünktlich. Die anfangs düstere Reise hellte sich bald durch die körperliche Wirkung der Schnelligkeit auf. Albert hatte keinen Begriff von einer solchen Geschwindigkeit; und die letzten Wolken verschwanden von seiner Stirn.

»Aber wo zum Teufel finden Sie denn solche Pferde?« fragte Albert, »es scheint, Sie lassen dieselben ausdrücklich züchten.«
»Ganz richtig«, antwortete der Graf, »vor sechs Jahren fand ich in Ungarn einen ausgezeichneten, wegen seiner Schnelligkeit berühmten Hengst; ich kaufte ihn, ich weiß nicht für wieviel, Bertuccio bezahlte. In demselben Jahr hatte er 32 Sprößlinge: Sie sind alle gleich schwarz ohne einen einzigen Flecken, einen Stern auf der Stirn ausgenommen, denn diesem Auserkorenen des Gestüts wählte man Stuten, wie man den Paschas Favoritinnen wählt.«
»Das ist bewunderungswürdig! Doch sagen Sie mir, Graf, was machen Sie mit allen diesen Pferden?«
»Sie sehen, ich reise damit.«
»Doch Sie reisen nicht immer.«
»Wenn ich sie nicht mehr brauche, so verkauft sie Herr Bertuccio, und er behauptet, er werde 30- bis 40000 Franken an ihnen gewinnen.«
»Aber es wird kein König in Europa reich genug sein, um Ihnen dieselben abzukaufen.«
»Dann verkauft er sie an einen einfachen Wesir im Orient, der seinen Schatz leert, um sie zu bezahlen.«
»Graf, soll ich Ihnen einen Gedanken mitteilen, der mir gekommen ist?«
»Tun Sie das.«
»Herr Bertuccio muß nach Ihnen der reichste Privatmann von Europa sein.«
»Sie täuschen sich, Vicomte, ich bin fest überzeugt, daß Sie, wenn Sie die Taschen von Herrn Bertuccio umdrehen würden, nicht für zehn Sous Wert darin fänden.«
»Warum dies?« fragte der junge Mann; »Bertuccio ist also ein Phänomen. Ah, mein lieber Graf, treiben Sie mich nicht zu weit im Wunderbaren, oder ich glaube Ihnen nicht mehr.«
»Niemals etwas Wunderbares bei mir, mein lieber Albert, Zahlen und Vernunft, sonst nichts; hören Sie nur folgendes Dilemma: Ein Intendant stiehlt, aber warum stiehlt er?«
»Verdammt! Weil es in seiner Natur liegt, wie mir scheint; er stiehlt, um zu stehlen.«

»Nein, Sie täuschen sich, er stiehlt, weil er eine Frau, Kinder, eitle Wünsche für sich und seine Familie hat. Er stiehlt hauptsächlich, weil er nicht sicher ist, ob er seinen Herrn wieder verlassen muß, weil er sich eine Zukunft machen will; doch Herr Bertuccio ist allein auf der Welt, er schöpft aus meiner Börse, ohne mir Rechenschaft zu geben, er ist sicher, daß er mich nie zu verlassen hat.«

»Warum dies?«

»Weil ich keinen Bessern finden werde.«

»Sie drehen sich in einem mangelhaften Kreis, in dem der Wahrscheinlichkeit.«

»Oh, nein, ich befinde mich in dem der Gewißheit: Der gute Diener ist für mich derjenige, bei dem ich ein Recht über Leben und Tod habe.«

»Und Sie haben das Recht über Leben und Tod bei Herrn Bertuccio?«

»Ja«, antwortete kalt der Graf.

Es gibt Worte, die das Gespräch schließen, wie eine eiserne Tür; das Ja des Grafen war eines von diesen Worten. Der Rest der Reise bewerkstelligte sich mit derselben Geschwindigkeit; man kam mitten in der Nacht vor dem Tor eines schönen Parkes an. Der Hausmeister stand an demselben und hielt das Gitter offen.

Es war halb zwei Uhr morgens, man führte Morcerf in sein Zimmer. Er fand ein Bad und ein Abendbrot bereit. Ein Diener, der den Weg auf dem Hintersitz des Wagens gemacht hatte, stand zu seinen Befehlen, und Baptistin bediente den Grafen. Albert nahm sein Bad, speiste und legte sich schlafen. Die ganze Nacht hindurch wurde er von dem schwermütigen Geräusch der Wellen gewiegt. Als er aufstand, ging er gerade auf das Fenster zu, öffnete es und befand sich auf einer kleinen Terrasse, wo man das Meer vor sich hatte und hinter sich einen hübschen Park, der nach einem kleinen Wäldchen führte.

In einer Bucht von mäßiger Größe schaukelte eine kleine Korvette mit schmalem Kiel und hohem Mast, auf der Spitze eine Flagge mit dem Wappen von Monte Christo tragend. Um die Korvette her lagen mehrere kleine Kähne, die den Fischern der benachbarten Dörfer gehörten. Hier, wie an allen andern Orten, wo sich der Graf aufhielt, war alles nach der höchsten Bequemlichkeit eingerichtet; Albert fand in seinem Vorzimmer zwei Flinten und alle für einen Jäger erforderlichen Gerätschaften; ein anderes Zimmer im Erdgeschoß war für die Fischereigeräte bestimmt.

Der ganze Tag verging mit Jagd und Fischerei; man schoß ein Dutzend Fasanen im Park, man fing ebensoviele Forellen in den Bächen, man speiste in einem Kiosk zu Mittag, der Aussicht auf das Meer bot, und servierte den Tee in der Bibliothek.

Gegen Abend des dritten Tages schlief Albert, sehr ermüdet durch dieses Leben, das für Monte Christo ein Spiel zu sein schien, in einem Lehnstuhl beim Fenster, während der Graf mit einem Architekten den Plan zu einem Treibhaus machte, das er errichten lassen wollte, als das Geräusch eines von der Straße sprengenden Pferdes den jungen Mann weckte und aufzuschauen bewog. Er sah durch das Fenster und erblickte mit einem höchst unangenehmen Erstaunen seinen Kammerdiener, den er, um den Grafen weniger zu belästigen, nicht hatte mitnehmen wollen.

»Florentin hier!« rief er, von seinem Stuhl aufspringend, »ist meine Mutter krank?« Und er stürzte aus dem Zimmer.

Monte Christo folgte ihm mit den Augen und sah ihn auf den Diener zueilen, der, noch ganz atemlos, aus seiner Tasche einen Brief und eine Zeitung zog.

»Von wem ist dieser Brief?« fragte Albert rasch.

»Von Herrn Beauchamp«, antwortete Florentin. »Er ließ mich zu sich kommen, gab mir das zur Reise erforderliche Geld und nahm mir das Versprechen ab, ohne Verzug zu Ihnen zu eilen.«

Albert öffnete den Brief. Bei den ersten Zeilen stieß er einen Schrei aus und griff mit sichtbarem Zittern nach der Zeitung. Plötzlich verfinsterten sich seine Augen, und seine Beine schienen unter ihm zu weichen.

»Armer junger Mann!« murmelte Monte Christo so leise, daß er selbst das Geräusch der Worte des Mitleids, die er aussprach, nicht hören konnte; »er ist also gewiß, daß die Sünde der Väter auf die Kinder bis in das dritte und vierte Geschlecht zurückfallen wird!«

Während dieser Zeit hatte Albert seine Kräfte wieder gesammelt; er fuhr fort zu lesen, schüttelte seine Haare auf seinem von Schweiß befeuchteten Haupt und sagte, den Brief und die Zeitung zerknitternd: »Florentin, ist dein Pferd imstande, den Weg nach Paris zurückzumachen?«

»Es ist eine schlechte, hinkende Mähre.«

»Oh, mein Gott! Und wie stand es zu Hause, als du fortgingst?«

»Ziemlich ruhig; doch als ich von Herrn Beauchamp zurückkam, fand ich Madame in Tränen: Sie hatte mich rufen lassen, um sich zu erkundigen, wann Sie zurückkämen. Ich sagte ihr, ich wäre im Begriff, Sie im Auftrag von Herrn Beauchamp zu holen. Ihre erste Bewegung war, den Arm auszustrecken, als wollte sie mich zurückhalten, aber nach kurzem Überlegen sprach sie: Ja, gehe, Florentin, und sage ihm, er möge zurückeilen.«

»Ja, meine Mutter, ja«, sagte Albert, »ich komme sogleich, sei unbesorgt, und wehe dem Schändlichen! Doch vor allem muß ich abreisen.« Und er kehrte in das Zimmer zurück, wo er Monte Christo gelassen hatte.

Fünf Minuten hatten genügt, um bei Albert eine traurige Verwandlung zu bewerkstelligen.

»Graf«, sagte er, »ich danke Ihnen für Ihre Gastfreundschaft, die ich gern noch länger genossen hätte, aber ich muß nach Paris zurückkehren.«

»Was ist denn vorgefallen?«

»Ein großes Unglück; doch erlauben Sie mir, abzureisen, es handelt sich um eine Sache, die viel kostbarer ist als mein Leben. Keine Frage, Graf, ich bitte Sie sogleich um ein Pferd!«

»Meine Ställe stehen zu Ihren Diensten, Vicomte«, erwiderte Monte Christo; »aber Sie werden sich vor Anstrengung töten, nehmen Sie irgendeinen Wagen.«

»Nein, das würde zu lange dauern, und ich bedarf der Anstrengung, sie wird mir wohl tun.«

Monte Christo stand am Fenster und rief: »Ali, ein Pferd für Herrn von Morcerf! Man eile, es ist dringend!«

»Ich danke«, rief der junge Mann, sich in den Sattel schwingend, und wollte fortjagen, hielt aber noch einmal an und sagte: »Sie finden vielleicht meine Abreise seltsam, unnatürlich, wahnsinnig! Sie begreifen vielleicht nicht, wie ein paar Zeilen in

einem Journal einen Menschen in Verzweiflung bringen können; nun wohl«, fügte er, dem Grafen die Zeitung zuwerfend, bei, »lesen Sie, aber erst, wenn ich abgereist sein werde, damit Sie meine Schamröte nicht sehen.«
Und während der Graf die Zeitung aufhob, drückte er seine Sporen in den Bauch des Pferdes, das wie der Pfeil fortschoß. Der Graf schaute dem jungen Mann mit einem Gefühl unendlichen Mitleids nach, und erst, als er völlig verschwunden war, wandte er seine Blicke auf die Zeitung und las wie folgt:

»Der französische Offizier im Dienste von Ali, Pascha von Janina, von welchem vor drei Wochen der Impartial sprach und der nicht nur die Schlösser von Janina übergab, sondern auch seinen Wohltäter an die Türken verkaufte, hieß wirklich Fernand, wie unser ehrenwerter Kollege angegeben hat. Doch seitdem hat er seinem Namen einen adeligen Titel und einen Gutsnamen beigefügt.
Er heißt gegenwärtig Herr Graf von Morcerf und ist Mitglied der Kammer der Pairs.«

So erschien also das furchtbare Geheimnis, das Beauchamp so edelmütig begraben hatte, abermals wie ein bewaffnetes Gespenst, und grausam unterrichtet, hatte eine andere Zeitung zwei Tage, nachdem Albert nach der Normandie abgereist war, einige Zeilen veröffentlicht, über die der unglückliche junge Mann beinahe verrückt geworden wäre.

9. Das Urteil

Um acht Uhr morgens fiel Albert bei Beauchamp wie der Blitz ein. Der Kammerdiener war unterrichtet; er führte Morcerf in das Zimmer seines Herrn.
»Nun!« sagte Albert zu ihm.
»Armer Freund, ich erwartete Sie«, erwiderte Beauchamp.
»Hier bin ich. Ich sage Ihnen nicht, Beauchamp, daß ich Sie für zu rechtschaffen und zu gut halte, um mit irgend jemand hierüber gesprochen zu haben; nein, mein Freund. Überdies ist mir der Bote, den Sie mir schickten, ein Bürge für Ihre Zuneigung. Verlieren wir also keine Zeit mit Umschweifen: Haben Sie einen Gedanken, von welcher Seite dieser Schlag kommen mag?«
»Ich werde Ihnen sogleich zwei Worte sagen.«

»Ja, doch vorher, mein Freund, sind Sie mir in allen ihren Einzelheiten die Geschichte dieses abscheulichen Verrates schuldig.«
Beauchamp erzählte hierauf dem vor Scham und Schmerz niedergebeugten jungen Mann die Vorfälle, die wir in ihrer Einfachheit hier wiedererzählen.
Zwei Tage vorher war am Morgen der Artikel in einer andern Zeitung außer dem Impartial erschienen, was der Sache noch mehr Gewicht verlieh, insofern das Blatt, welches ihn brachte, wie allgemein bekannt, der Regierung gehörte. Beauchamp frühstückte, als ihm die Notiz zu Gesicht kam; er eilte, ohne sein Mahl zu vollenden, in das Bureau der Zeitung. Obgleich der Redakteur sich zu einer andern politischen Gesinnung bekannte als Beauchamp, so war er doch dessen vertrauter Freund.
Als er zu ihm kam, las der Journalist in seiner eigenen Zeitung.
»Ah, bei Gott!« rief Beauchamp, »da Sie Ihre Zeitung in der Hand haben, mein Lieber, so brauche ich Ihnen nicht zu sagen, was mich hierher führt.«
»Ich wüßte nicht, doch warum kommen Sie?«
»Wegen des Artikels Morcerf.«
»Ah, ja; nicht wahr, das ist seltsam?«
»So seltsam, daß Sie sich der Gefahr aussetzen, einen sehr zweifelhaften Verleumdungsprozeß an den Hals zu bekommen.«
»Keineswegs; wir haben mit der Note alle Beweisstücke empfangen und sind fest überzeugt, daß Herr von Morcerf sich ruhig verhalten wird; überdies heißt es dem Land einen Dienst leisten, wenn man die Elenden angibt, welche der Ehre unwürdig sind, die man ihnen erweist.«
Beauchamp war verblüfft.
»Aber wer hat Sie denn so gut unterrichtet?« fragte er, »denn meine Zeitung, welche die Sache zuerst angeregt hatte, war genötigt, in Ermangelung von Beweisen sich jeder Bemerkung zu enthalten, und wir sind doch mehr daran interessiert als Sie, Herrn von Morcerf zu entschleiern, insofern er Pair von Frankreich ist und wir Opposition bilden.«
»Oh, mein Gott, das ist ganz einfach, wir sind dem Skandal nicht nachgelaufen, er hat uns aufgesucht. Es ist gestern ein

Mensch von Janina angekommen, der den furchtbaren Aktenstoß mitbrachte, und als wir Anstand nahmen, uns auf den Weg der Anklage zu werfen, bemerkte er uns, wenn wir uns weigerten, so würde der Artikel in einer andern Zeitung erscheinen. Sie wissen, Beauchamp, was eine wichtige Nachricht ist. Wir wollten diese nicht verlorengehen lassen. Nun ist der Schlag getan; er ist furchtbar und wird bis an das Ende Europas widerhallen.«

Beauchamp begriff, daß man hier nur das Haupt neigen konnte, und entfernte sich in Verzweiflung, um einen Kurier an Morcerf abzuschicken.

Was er aber Albert nicht hatte schreiben können – denn die Dinge folgten auf die Abreise seines Kuriers –, das ist die Tatsache, daß an demselben Tag in der Kammer der Pairs eine große Aufregung und Unruhe sich breit machte. Jeder war beinahe vor der Zeit angekommen und unterhielt sich über das unselige Ereignis, das die öffentliche Aufmerksamkeit in Anspruch nehmen und auf eines der bekanntesten Mitglieder des erhabenen Körpers lenken sollte.

Man las mit leiser Stimme den Artikel, man kommentierte ihn und tauschte Erinnerungen aus, welche die Tatsachen noch schärfer hervorstellten. Der Graf von Morcerf war unter seinen Standesgenossen nicht beliebt. Um sich in seinem Rang zu erhalten, zeigte er, wie alle Emporkömmlinge, ein Übermaß von Hochmut. Die großen Aristokraten lachten über ihn; die Talente verwarfen ihn; die Männer des reinen Ruhmes verachteten ihn instinktmäßig.

Nur der Graf von Morcerf allein wußte nichts. Er hielt sich die Zeitung nicht, in der sich die anklagende Notiz fand, und hatte den Morgen mit Briefschreiben und mit dem Probieren eines Pferdes zugebracht.

Er kam also zu seiner gewöhnlichen Stunde, stieg aus dem Wagen, der Kopf hoch, das Auge stolz, den Gang keck, schritt durch die Gänge und trat in den Saal, ohne das Zögern des Dieners und die Halbgrüße seiner Kollegen zu bemerken.

Als Morcerf eintrat, war die Sitzung bereits seit einer halben Stunde eröffnet.

Obgleich der Graf, der, wie gesagt, nichts von dem, was vorgefallen war, wußte, weder seine Miene noch seinen Gang verändert hatte, kamen doch seine Miene und sein Gang allen hochmütiger als gewöhnlich vor; und seine Gegenwart schien unter diesen Umständen so angreifend gegen die auf ihre Ehre eifersüchtige Versammlung, daß darin alle eine Unschicklichkeit, mehrere ein Trotzbieten und manche eine Beleidigung erblickten.

Die Kammer brannte offenbar vor Begierde, den Kampf zu beginnen. Man sah das anklagende Journal in den Händen von allen Anwesenden; doch wie gewöhnlich zögerte jeder, die Verantwortlichkeit des Angriffs auf sich zu nehmen. Endlich stieg einer von den ehrenwerten Pairs, ein erklärter Feind des Grafen von Morcerf, mit einer Feierlichkeit, welche verkündigte, der erwartete Moment sei gekommen, auf die Tribüne.

Es herrschte ein furchtbares Stillschweigen; Morcerf allein wußte nichts von der Ursache der tiefen Aufmerksamkeit, die man diesmal einem Redner schenkte, dem man gewöhnlich nicht so gefällig zuhörte. Der Graf ließ ruhig den Eingang vorübergehen, in welchem der Redner äußerte, er habe von einer so heiligen, so ernsten Sache, von einer für die Kammer so bedeutungsvollen Lebensfrage zu sprechen, daß er die ganze Aufmerksamkeit seiner Kollegen in Anspruch nehme.

Bei den ersten Worten von Janina und vom Obersten Fernand erbleichte der Graf von Morcerf dergestalt, daß ein Zittern in der Versammlung eintrat, deren Blicke insgesamt auf den Grafen gerichtet waren.

Die moralischen Wunden haben das Eigentümliche, daß sie sich verbergen, aber nicht wieder schließen: Stets schmerzhaft, stets bereit zu bluten, wenn man sie berührt, bleiben sie frisch im Herzen.

Als der Artikel mitten unter diesem Stillschweigen, mitten unter diesem Beben, das sogleich aufhörte, sobald der Redner wieder das Wort zu nehmen geneigt schien, bis zum Schluß gelesen war, setzte der Ankläger seine Bedenken auseinander und machte einige Bemerkungen über die Schwierigkeit seiner Aufgabe. Es war die Ehre des Herrn von Morcerf, es war die der ganzen Kammer, was er zu verteidigen behauptete, indem er eine Debatte hervorrief, die auf stets so schmerzliche persönliche Fragen gerichtet sein sollte. Endlich schloß er mit dem Antrag auf eine Untersuchung, welche schnell genug eingeleitet werden sollte, um die Verleumdung zu Schanden zu machen, ehe sie zu wachsen Zeit gehabt hätte, und um Herrn von Morcerf in der Stellung, die ihm längst die öffentliche Meinung eingeräumt, wiederherzustellen.

Morcerf war so niedergebeugt, so zitternd vor diesem ungeheuren und unerwarteten Ungemach, daß er kaum ein paar Worte, mit irrem Auge seine Kollegen anschauend, zu stammeln vermochte. Diese Verzagtheit, welche man ebensowohl dem Erstaunen des Unschuldigen als der Scham des Schuldigen zuschreiben konnte, erwarb ihm wieder einige Sympathien. Die wahrhaft edlen Menschen sind stets geneigt, mitleidig zu werden, wenn das Unglück ihres Feindes die Grenzen ihres Hasses überschreitet. Der Präsident ließ abstimmen, und es wurde beschlossen, die Untersuchung solle stattfinden.

Man fragte den Gafen, wieviel Zeit er brauchte, um seine Rechtfertigung vorzubereiten.

Der Mut von Morcerf war wieder da, seitdem er sich nach diesem furchtbaren Schlag noch lebend fühlte.

»Meine Herren Pairs«, antwortete er, »nicht mit der Zeit schlägt man einen Angriff zurück, wie derjenige ist, welchen in diesem Augenblick unbekannte und ohne Zweifel im Schatten ihrer Dunkelheit gebliebene Feinde gegen mich richten; auf der Stelle, mit einem Donnerschlag muß ich den Blitz erwidern, der mich einen Augenblick geblendet hat. Warum wird es mir nicht vergönnt, statt einer solchen Rechtfertigung mein Blut zu vergießen, um meinen edlen Kollegen zu beweisen, daß ich würdig bin, als ihresgleichen einherzuschreiten!«

Diese Worte machten einen günstigen Eindruck.

»Ich verlange also«, sprach er, »daß die Untersuchung so bald als möglich stattfinde, und ich werde der Kammer alle erforderlichen Beweisstücke liefern.«

»Welchen Tag bestimmen Sie?« fragte der Präsident.

»Ich stelle mich von heute an zur Verfügung der Kammer«, antwortete der Graf.

Der Präsident rührte seine Glocke und fragte: »Ist die Kammer der Ansicht, daß diese Untersuchung noch heute statthaben soll?«

»Ja!« lautete die einstimmige Antwort der Versammlung.

Man ernannte eine Kommission von zwölf Mitgliedern, welche die von Morcerf zu liefernden Beweisstücke untersuchen sollte. Die Stunde der ersten Sitzung dieser Kommission wurde auf acht Uhr abends in den Bureaux der Kammer festgesetzt. Als diese Entscheidung gefaßt war, bat Morcerf um Erlaubnis, sich zurückziehen zu dürfen: Er hatte die Beweisstücke zusammenzufassen, die er seit langer Zeit aufgehäuft, um dem von seinem arglistigen und unbezähmbaren Charakter vorhergesehenen Sturm Trotz zu bieten.

Beauchamp erzählte dem jungen Mann alle diese Dinge.

Albert hörte ihm zu, bald bebend vor Hoffnung, bald vor Zorn, bald vor Scham; denn durch die vertrauliche Mitteilung von Beauchamp wußte er, daß sein Vater schuldig war, und er fragte sich, wie es dem Schuldigen gelingen könnte, seine Unschuld zu beweisen.

Bei diesem Punkt angelangt, schwieg Beauchamp.

»Hernach?« fragte Albert.

»Mein Freund, dieses Wort versetzt mich in eine furchtbare Notwendigkeit. Wollen Sie die Folge wissen?«

»Ich muß sie durchaus wissen, mein Freund, und will sie lieber aus Ihrem Mund als aus einem andern erfahren.«

»Wohl, so fassen Sie Mut, Albert, nie haben Sie dessen mehr bedurft.«

Albert fuhr mit der Hand über seine Stirn, als wollte er sich seiner eigenen Kraft versichern, wie ein Mensch, der sein Leben zu verteidigen sich anschickt, seinen Panzer versucht und seine Degenklinge biegt. Er fühlte sich stark, denn er hielt sein Fieber für Energie. »Vorwärts«, sprach er.

»Es kam der Abend«, fuhr Beauchamp fort, »ganz Paris wartete auf den Ausgang der Sache. Viele behaupteten, Ihr Vater habe sich nur zu zeigen, um die Anklage umzustürzen; viele sagten, er werde sich nicht einfinden, andere versicherten, sie haben ihn nach Brüssel abreisen sehen, und einige gingen auf die Polizei und fragten, ob es wahr sei, daß der Graf seine Pässe genommen.

Ich muß Ihnen gestehen, daß ich alles tat, um von einem der Mitglieder der Kommission, einem mir befreundeten jungen Pair, auf die Tribüne geführt zu werden. Um sieben Uhr holte er mich ab und empfahl mich, ehe jemand gekommen war, einem Diener, der mich in eine Loge einschloß. Ich war durch eine Säule gedeckt und in einer völligen Dunkelheit verloren, und ich konnte hoffen, ich würde vom Anfang bis zum Ende die furchtbare Szene, die sich entwickeln sollte, hören und sehen. Herr von Morcerf trat bei dem letzten Schlag der achten Stunde ein. Er hatte einige Papiere in der Hand, und seine Haltung schien ziemlich ruhig; gegen seine Gewohnheit war sein Gang einfach, sein Anzug ernst, und er trug nach Art der alten Militärs seinen Rock von oben bis unten zugeknöpft. Seine Erscheinung brachte die beste Wirkung hervor: Die Kommission war entfernt nicht böswillig, und mehrere von ihren Mitgliedern gingen dem Grafen entgegen und reichten ihm die Hand.«

Albert fühlte, wie sein Herz bei diesen einzelnen Umständen beinahe brach, und dennoch regte sich unter seinem Schmerz ein Gefühl der Dankbarkeit; gern hätte er alle diese Menschen umarmen mögen, die seinem Vater während einer so großen Gefährdung seiner Ehre die Hand gereicht.

»In diesem Augenblick trat ein Diener ein und übergab dem Präsidenten einen Brief. – ›Sie haben das Wort, Herr von Morcerf‹, sprach der Präsident, den Brief entsiegelnd.

Der Graf begann seine Verteidigungsrede, und ich versichere Ihnen, Albert«, fuhr Beauchamp fort, »er entwickelte eine außerordentliche Beredsamkeit und Geschicklichkeit; er brachte Papiere vor, die bewiesen, daß ihm der Wesir von Janina bis zu seiner letzten Stunde mit seinem ganzen Vertrauen beehrt und besonders mit einer Unterhandlung bei dem Kaiser selbst beauftragt hatte, wobei es sich um Leben oder Tod gehandelt. Er wies den Ring vor, ein Zeichen des Oberbefehls, mit dem Ali selbst gewöhnlich seine Briefe siegelte und den er ihm gegeben, damit er bei seiner Rückkehr, zu welcher Stunde des Tages oder der Nacht es auch sein mochte und wäre er sogar in seinem Harem, zu ihm dringen könnte. Unglücklicherweise, sagte er, scheiterte seine Unterhandlung, und als er zurückkam, um seinen Wohltäter zu verteidigen, war er bereits tot. Doch sterbend, behauptete der Graf, habe ihm Ali Pascha, so groß sei sein Vertrauen gewesen, seine erste Favoritin und seine Tochter anvertraut.«

Albert bebte bei diesen Worten; denn während Beauchamp sprach, trat die ganze Erzählung von Haydee vor den Geist des jungen Mannes, und er erinnerte sich dessen, was die schöne Griechin von dieser Botschaft, von diesem Ring und von der Art und Weise, wie sie verkauft und in die Sklaverei geführt worden war, gesagt hatte.

»Und was war die Wirkung der Rede des Grafen?« fragte Albert voll Angst.

»Ich gestehe, daß sie mich erschütterte und ebenso wie mich auch die ganze Kommission ergriff«, sprach Beauchamp. »Der Präsident warf nachlässig die Augen auf den Brief, den man ihm gebracht hatte; doch bei den ersten Zeilen wurde seine Aufmerksamkeit rege, er las das Schreiben, las es abermals, und sagte, seine Blicke auf Herrn von Morcerf heftend: ›Herr Graf, Sie sagen uns, der Wesir von Janina habe Ihnen seine Frau und seine Tochter anvertraut?‹ – ›Ja, mein Herr‹, antwortete Morcerf; ›doch hierin, wie im übrigen, verfolgte mich das Unglück. Bei meiner Rückkehr waren Wasiliki und ihre Tochter Haydee verschwunden.‹ – ›Sie kennen die beiden?‹ – ›Mein vertrauter Umgang mit dem Pascha und der feste Glaube, den er zu meiner Treue hatte, erlaubten mir, sie mehr als zwanzigmal zu sehen.‹ – ›Haben Sie irgendeinen Gedanken, was aus ihnen geworden sein mag?‹ – ›Ja, mein Herr, ich habe sagen hören, sie seien ihrem Kummer und vielleicht ihrer Armut unterlegen. Ich war nicht reich, ich sah mein Leben großen Gefahren preisgegeben, und ich konnte zu meinem innigen Bedauern keine Nachforschungen anstellen.‹

Der Präsident runzelte unmerklich die Stirn und sprach: ›Meine Herren, Sie haben den Herrn Grafen gehört und sind seinen Erläuterungen gefolgt. Herr Graf, können Sie zur Unterstützung Ihrer Angaben einige Zeugen liefern?‹ – ›Ach nein, mein Herr‹, antwortete der Graf ›alle diejenigen, welche den Wesir umgaben und mich an seinem Hof kannten, sind tot oder zerstreut; wie ich glaube, habe ich diesen furchtbaren Krieg allein überlebt. Ich besitze nur die Briefe von Ali Tependelini, die vor Ihren Augen liegen; ich besitze nur den Ring, das Pfand seines Willens, das Sie hier sehen; ich habe endlich den überzeugendsten Beweis, den ich liefern kann, nämlich, nach einem anonymen Angriff, den Mangel jeder Zeugschaft gegen mein Wort als ehrlicher Mann und die Reinheit meines militärischen Lebens.‹

Ein Gemurmel des Beifalls durchlief die ganze Versammlung; in diesem Augenblick, Albert, und wenn kein neuer Vorfall dazugekommen wäre, hätte Ihr Vater seine Sache gewonnen. Man hatte nur noch abzustimmen, als der Präsident das Wort nahm und sagte: ›Meine Herren und Sie, Herr Graf, ich denke, es wird Ihnen nicht unangenehm sein, einen sehr wichtigen Zeugen zu hören, der sich von selbst einfindet; dieser Zeuge, wir zweifeln nicht daran, ist nach allem, was uns der Graf gesagt hat, berufen, die vollkommene Unschuld unseres Kollegen darzutun. Hier ist ein Brief, den ich soeben empfangen habe; soll er gelesen werden, oder entscheiden Sie, daß wir darüber weggehen und uns bei diesem Zwischenfall nicht aufhalten?‹

Herr von Morcerf erbleichte und preßte krampfhaft die Papiere zusammen, die er in der Hand hielt. Die Antwort der Kommission fiel für das Vorlesen aus; der Graf aber war nachdenkend und hatte keine Meinung auszusprechen. Der Präsident las folgenden Brief vor:

Herr Präsident,
Ich kann der Untersuchungskommission, die mit der Prüfung des Benehmens des Herrn Gardeleutnants Grafen von Morcerf im Epirus und in Makedonien beauftragt ist, die bestimmteste und sicherste Auskunft geben.

Der Präsident machte eine kurze Pause; der Graf von Morcerf erbleichte; der Präsident befragte die Zuhörer mit dem Blick. Fahren Sie fort! rief man von allen Seiten. Der Präsident fuhr fort:

Ich war beim Tod von Ali Pascha an Ort und Stelle; ich wohnte seinen letzten Augenblicken bei; ich weiß, was aus Wasiliki und Haydee geworden; ich stelle mich zur Verfügung der Kommission und fordere sogar die Ehre, gehört zu werden. Ich werde in dem Augenblick, wo man Ihnen dieses Billett übergibt, im Vorsaal der Kammer sein.

›Und wer ist dieser Zeuge oder vielmehr dieser Feind?‹ fragte der Graf mit einer Stimme, in der eine tiefe Erschütterung nicht zu verkennen war. – ›Wir werden es erfahren, mein Herr‹, antwortete der Präsident. ›Ist die Kommission der Ansicht, daß der Zeuge gehört werden soll?‹ – ›Ja, ja‹, sprachen gleichzeitig alle Stimmen. Man rief den Saaldiener. ›Huissier‹, fragte der Präsident, ›wartet jemand im Vorsaal?‹ – ›Ja, Herr Präsident, eine Frau, begleitet von einem Diener.‹ – Alle schauten sich an. ›Lassen Sie diese Frau eintreten‹, sagte der Präsident.
Fünf Minuten nachher erschien der Diener wieder; aller Augen waren auf die Tür gerichtet und ich selbst«, sprach Beauchamp, »und ich selbst teilte die allgemeine Erwartung und Angst. Hinter dem Diener ging eine Frau, gehüllt in einen großen Schleier, der sie völlig verbarg. An den Formen, die dieser Schleier verriet, und an den ausströmenden Wohlgerüchen erkannte man bald eine junge und zierliche Frau, aber nicht mehr.
Der Präsident bat die Unbekannte, den Schleier zurückzuschlagen, und man konnte nun diese Frau sehen, welche nach griechischer Weise gekleidet und außerordentlich schön war.«
»Ah!« rief Morcerf, »Haydee.«
»Wer hat Ihnen das gesagt?«
»Ach, ich errate es. Doch fahren Sie fort, Beauchamp, ich bitte Sie, Sie sehen, ich bin ruhig und stark.«
»Herr von Morcerf«, fuhr Beauchamp fort, »schaute diese Frau mit einer Mischung von Angst und Erstaunen an. Für ihn sollte das Leben oder der Tod aus diesem reizenden Mund kommen; für alle andern war es ein so seltsames, so interessantes Abenteuer, daß das Heil oder der Untergang von Herrn von Morcerf an diesem Ereignis nur als ein sekundäres Element Anteil hatten.
Der Präsident bot der jungen Frau mit der Hand einen Stuhl an; doch sie bedeutete durch ein Zeichen mit dem Kopf, sie würde stehen bleiben.
›Madame‹, sprach der Präsident, ›Sie haben der Kommission geschrieben und sich angeboten, ihr Auskunft über die Angelegenheit von Janina zu geben: Sie sind Ihrer Behauptung nach Augenzeugin gewesen.‹ – ›Das war ich auch wirklich‹, sagte die Unbekannte mit einem Ton voll reizender Traurigkeit und mit

jenem den orientalischen Stimmen eigentümlichen Wohlklang. – ›Erlauben Sie mir, Ihnen zu bemerken, daß Sie damals noch sehr jung waren‹, versetzte der Präsident. – ›Ich war vier Jahre alt; doch da diese Ereignisse die höchste Bedeutung für mich hatten, so verlor sich kein Umstand aus meinem Geist, entging keine Einzelheit meinem Gedächtnis.‹ – ›Welche Bedeutung hatten für Sie diese Ereignisse und wer sind Sie, daß diese große Katastrophe einen so tiefen Eindruck auf Sie hervorgebracht hat?‹ – ›Es handelt sich um das Leben oder den Tod meines Vaters‹, antwortete das Mädchen; ›ich heiße Haydee und bin die Tochter von Ali Tependelini, Pascha von Janina, und von Wasiliki, seiner vielgeliebten Frau.‹

Die bescheidene und zugleich stolze Röte, die bei diesen Worten die junge Frau mit Purpur übergoß, das Feuer ihres Blickes, die Majestät ihrer Offenbarung brachten eine unaussprechliche Wirkung auf die Versammlung hervor. Der Graf könnte nicht mehr vernichtet gewesen sein, wenn der Blitz herabgefallen wäre und zu seinen Füßen einen Abgrund geöffnet hätte.

›Madame‹, sprach der Präsident, nachdem er sich ehrfurchtsvoll verbeugt hatte, ›erlauben Sie mir eine einfache Frage, welche keinen Zweifel enthält und die letzte sein wird: Können sie die Echtheit Ihrer Behauptung nachweisen?‹

›Ich kann es, mein Herr‹, antwortete Haydee, unter ihrem Schleier ein Säckchen von parfümiertem Atlas hervorziehend, ›denn hier ist mein Geburtsschein, abgefaßt von meinem Vater und unterzeichnet von seinen obersten Offizieren; und hier bei meinem Geburtsschein ist mein Taufschein; mein Vater hatte nämlich eingewilligt, daß ich in der Religion meiner Mutter erzogen wurde, und der Großprimas von Makedonien hat diesem Schein sein Siegel aufgedrückt. Hier ist endlich die Urkunde des Verkaufes, der mit meiner Person und mit der meiner Mutter an den armenischen Kaufmann El-Kobbir durch den fränkischen Offizier ausgeführt wurde, der, bei seinem schändlichen Handel mit der Pforte, sich für seinen Beuteanteil Frau und Tochter seines Wohltäters vorbehalten hatte, die er für die Summe von 1000 Beuteln, d. h. für ungefähr 400 000 Franken, verwertete.‹

Bei dem Ausspruch dieser schrecklichen Anschuldigungen,

welche die Versammlung mit einem finsteren Stillschweigen aufnahm, bemächtigte sich eine grünliche Blässe des Grafen von Morcerf, und seine Augen wurden von Blut unterlaufen. Immer ruhig, aber viel drohender, als dies eine andere in ihrem Zorn gewesen wäre, überreichte Haydee dem Präsidenten die in arabischer Sprache abgefaßte Verkaufsurkunde.
Einer von den edlen Pairs, der mit der arabischen Sprache, die er während des Feldzuges in Ägypten erlernt hatte, bekannt war, las:

Ich, El-Kobbir, Sklavenhändler und Lieferant des Harems Seiner Hoheit, erkenne hiermit, daß ich, um ihn dem erhabenen Kaiser zu übergeben, von dem fränkischen Herrn Grafen von Monte Christo einen Smaragd im Wert von zweitausend Beuteln als Preis für eine christliche, elf Jahre alte Sklavin, namens Haydee, anerkannte Tochter des verstorbenen Ali Tependelini, Pascha von Janina, und von Wasiliki, seiner Favoritin, erhalten habe; welche an mich vor sieben Jahren mit ihrer bei der Ankunft in Konstantinopel gestorbenen Mutter durch einen fränkischen Obersten, im Dienste des Wesirs Ali Tependelini, namens Fernand Mondego, verkauft worden ist. Der erwähnte Verkauf ist für Rechnung Seiner Hoheit, von dem ich einen Auftrag hatte, gegen die Summe von tausend Beuteln geschehen.

Ausgefertigt in Konstantinopel mit Vollmacht
Seiner Hoheit im Jahre 1247 der Hedschra.

Unterzeichnet:
El-Kobbir.

Die gegenwärtige Urkunde wird, um ihr jede Glaubwürdigkeit und Echtheit zu verleihen, mit dem kaiserlichen Siegel versehen werden, das der Verkäufer derselben beidrucken zu lassen sich verbindlich macht.

Neben der Unterschrift des Kaufmanns sah man das Siegel des Großherrn. Auf diese Vorlesung folgte ein furchtbares Stillschweigen; der Graf hatte nur noch den Blick, und dieser unwillkürlich auf Haydee geheftete Blick schien von Flammen und Blut zu sein.
›Madame‹, sprach der Präsident, ›kann man nicht den Herrn Grafen von Monte Christo befragen, der sich, wie ich glaube, bei Ihnen in Paris befindet?‹

›Mein Herr‹, antwortete Haydee, ›der Graf von Monte Christo, mein zweiter Vater, ist seit drei Tagen in der Normandie.‹
›Doch wer hat Ihnen diesen Schritt geraten, für den Ihnen die Kammer dankbar ist, einen Schritt, der übrigens nach Ihrer Geburt und nach Ihrem Leiden nur natürlich erscheinen kann.‹
›Mein Herr‹, antwortete Haydee, ›dieser Schritt ist mir von meiner Ehrfurcht und von meinem Schmerz geraten worden. Gott vergebe mir! Obgleich Christin, dachte ich stets daran, meinen erhabenen Vater zu rächen. Als ich den Fuß auf die Erde Frankreichs setzte, als ich erfuhr, der Verräter wohne in Paris, waren meine Augen und Ohren beständig offen. Ich lebe zurückgezogen in dem Haus meines edlen Beschützers, doch ich lebe so, weil ich den Schatten und die Stille liebe, die mir in meinen Gedanken und in der Sammlung meines Geistes zu leben gestatten. Aber der Graf von Monte Christo umgibt mich mit seiner väterlichen Sorge, und nichts, was das Dasein bildet, ist mir fremd, obschon ich davon nur das entfernte Geräusch empfange. So lese ich alle Zeitungen, wie man mir alle Alben schickt, wie ich alle Musikalien erhalte; das Leben anderer verfolgend, erfuhr ich, was heute morgen in der Kammer der Pairs vorgefallen war und was heute abend vorfallen sollte... dann schrieb ich.‹
›Der Graf hatte während dieser ganzen Zeit nicht teil an Ihrem Schritt?‹ fragte der Präsident,
›Er weiß durchaus nichts davon, und ich befürchte sogar, er mißbilligt denselben, wenn er ihn erfährt. Es ist indessen ein schöner Tag für mich‹, fuhr das Mädchen, einen Flammenblick zum Himmel aufschlagend, fort, ›dieser Tag, an dem ich endlich Gelegenheit finde, meinen Vater zu rächen!‹
Der Graf hatte während dieser ganzen Zeit nicht ein einziges Wort gesprochen; seine Kollegen schauten ihn an und beklagten ohne Zweifel dieses unter der Anklage einer Frau gebrochene Dasein; sein Unglück prägte sich allmählich in finsteren Zügen auf seinem Antlitz aus.
›Herr von Morcerf‹, sagte der Präsident, ›erkennen Sie in dieser Frau die Tochter von Ali Tependelini, Pascha von Janina?‹ – ›Nein,‹ erwiderte Morcerf mit einer Anstrengung, sich zu erheben, ›es ist dies ein von meinen Feinden angezetteltes Gewebe.‹

Haydee, die ihre Augen auf die Tür geheftet hatte, wandte sich ungestüm um, stieß, als sie den Grafen wieder aufrecht fand, einen furchtbaren Schrei aus und rief: ›Du erkennst mich nicht; wohl, glücklicherweise erkenne ich dich! Du bist Fernand Mondego, der fränkische Offizier, der die Truppen meines edlen Vaters unterrichtete. Du bist es, der die Schlösser von Janina übergeben hat! Du, der von ihm nach Konstantinopel geschickt, um mit dem Kaiser über das Leben oder den Tod deines Wohltäters zu unterhandeln, einen falschen Ferman zurückbrachte, in dem ihm vollständige Begnadigung zugestanden war. Du bist es, der mit diesem Ferman den Ring des Paschas erhielt, welcher dir bei Selim, dem Feuerwächter, Gehorsam verschaffen sollte. Du bist es, der Selim erdolchte und meine Mutter und mich verkaufte! Mörder! Mörder! Du hast noch auf deiner Stirn das Blut deines Herrn: schaut alle!‹

Diese Worte waren mit einer solchen Kraft der Wahrheit gesprochen worden, daß alle Augen sich nach der Stirn des Grafen wandten und er selbst mit der Hand danach fuhr, als ob noch warm das Blut von Ali darauf wäre.

›Sie erkennen also ganz bestimmt in Herrn von Morcerf den Offizier Fernand Mondego?‹

›Ob ich ihn erkenne!‹ rief Haydee. ›Oh, meine Mutter! Sie sagte zu mir: Mein Kind! Du warst frei, du hattest einen Vater, der dich liebte, du warst bestimmt, eine Königin zu sein! Schaue diesen Menschen wohl an, er hat dich zur Sklavin gemacht, er hat auf einem Spieß das Haupt deines Vaters fortgetragen, er hat uns verkauft! Schaue genau seine rechte Hand an, sie hat eine breite Narbe; würdest du sein Gesicht vergessen, so müßtest du ihn an dieser Hand wiedererkennen, in welche eines nach dem andern die Goldstücke des Kaufmanns El-Kobbir gefallen sind! – Ob ich ihn wiedererkenne! Oh, er mag nur sagen, ob er mich nicht wiedererkennt!‹

Jede Silbe fiel wie ein Messer auf Morcerf und schnitt einen Teil seiner Energie ab; bei den letzten Worten verbarg er rasch und unwillkürlich seine in der Tat von einer Wunde verstümmelte Hand und fiel, in eine düstere Verzweiflung versunken, auf seinen Stuhl zurück.

›Herr von Morcerf‹, sprach der Präsident, ›lassen Sie sich nicht niederbeugen, antworten Sie! Die Gerechtigkeit des Pairshofes ist erhaben und gleich für alle, wie die Gerechtigkeit Gottes; sie wird Sie nicht durch Ihre Feinde zu Boden treten lassen, ohne Ihnen die Mittel zu gönnen, dieselben zu bekämpfen. Wollen Sie neue Nachforschungen? Soll ich Befehle zu einer Reise von zwei Kammermitgliedern nach Janina geben?‹

Morcerf antwortete nicht. – Da schauten sich alle Mitglieder der Kommission mit einer Art von Schrecken an. Man kannte den energischen und heftigen Charakter des Grafen. Es bedurfte einer furchtbaren Niederschmetterung, um die Wehrkraft dieses Mannes zu vernichten.

›Die Tochter von Ali Tependelini‹, sprach der Präsident nach einer Pause, ›hat also wirklich die Wahrheit gesagt? Sie ist also wirklich der furchtbare Zeuge, dem der Schuldige kein nein zu entgegnen wagt? Sie haben also wirklich alle diese Dinge begangen, deren man Sie beschuldigt?‹

Der Graf warf einen Blick umher, dessen verzweifelter Ausdruck Tiger gerührt hätte, Richter aber nicht zu entwaffnen vermochte. Mit einer ungestümen Bewegung riß er seinen Rock auf, der ihn zu ersticken drohte, und stürzte wie ein Wahnwitziger aus dem Saal; einen Augenblick ertönte noch sein Tritt in dem schallenden Gang, dann erschütterte bald das Rollen des Wagens, der ihn im Galopp davonführte, den Palast.

›Meine Herren‹, sagte der Präsident, als das Stillschweigen wiederhergestellt war, ›ist der Graf von Morcerf der Untreue, des Verrates und der Unwürdigkeit überwiesen?‹ – ›Ja‹, antworteten einstimmig alle Mitglieder der Untersuchungskommission.

Haydee hatte bis zum Ende der Sitzung beigewohnt; sie hörte über den Grafen das Urteil fällen, ohne daß einer der Züge ihres Gesichtes Freude oder Mitleid ausdrückte. Dann zog sie ihren Schleier wieder vor das Gesicht, grüßte majestätisch und ging hinweg.«

10. Die Forderung

»Nun benützte ich das Stillschweigen und die Dunkelheit des Saales, um mich, ohne gesehen zu werden, zu entfernen«, fuhr Beauchamp fort. »Ich ging weg, mit zugleich gebrochenem und entzücktem Herzen – verzeihen Sie mir diesen Ausdruck, Albert –, gebrochen in Beziehung auf Sie, entzückt durch den Adel dieses Mädchens, das so tatkräftig die väterliche Rache verfolgte.«

Albert hielt seinen Kopf zwischen seinen beiden Händen, hob sein Antlitz rot und in Tränen gebadet empor, ergriff Beauchamp beim Arm und sprach: »Freund, mein Leben ist beendigt. Ich muß den Menschen suchen, der mich mit seiner Feindschaft verfolgt. Sobald ich diesen Menschen kenne, töte ich ihn, oder er tötet mich; ich zähle jedoch auf die Stütze Ihrer Freundschaft, Beauchamp, wenn Sie in Ihrem Herzen noch nicht getötet worden ist durch Verachtung.«

»Verachtung, mein Freund? In welcher Hinsicht berührt Sie dieses Unglück? Nein, Gott sei Dank, wir leben nicht mehr in einer Zeit, wo ein ungerechtes Vorurteil die Söhne für die Handlungen der Väter verantwortlich macht. Durchgehen Sie Ihr ganzes Leben, Albert; es stammt allerdings erst von gestern, aber nie war die Morgenröte eines schönes Tages reiner als Ihr Sonnenaufgang. Nein, Albert, glauben Sie mir, Sie sind jung, Sie sind reich; verlassen Sie Frankreich, alles vergißt sich schnell in diesem großen Babylon; Sie kommen in drei oder vier Jahren zurück, und niemand denkt mehr an das, was vorgefallen ist, noch viel weniger an das, was sich vor sechzehn Jahren ereignete.«

»Ich danke, mein lieber Beauchamp, ich danke für die vortreffliche Absicht, die Ihnen diese Worte eingibt; ich habe Ihnen meinen Wunsch genannt und verändere nun, wenn es sein muß, den Ausdruck Wunsch in den Ausdruck Willen. Sie begreifen, in dieser Angelegenheit persönlich beteiligt, kann ich die Sache nicht aus demselben Gesichtspunkt ansehen wie Sie. Ich wiederhole Ihnen nun, Beauchamp, wenn Sie noch mein Freund sind, wie Sie sagen, so helfen Sie mir die Hand finden, die den Schlag geführt hat.«

»Es sei! Ist es Ihre Pflicht, Nachforschungen nach einem Feind anzustellen, so stelle ich sie mit Ihnen an. Und ich werde ihn finden, denn meine Ehre ist hierbei beinahe ebensosehr beteiligt als die Ihrige.«

»Dann beginnen wir auf der Stelle, ohne Verzug unsere Nachforschungen. Jede Minute Verzug ist eine Ewigkeit für mich; der Denunziant ist noch nicht bestraft, er kann also hoffen, er werde nicht bestraft werden; und bei meiner Ehre, wenn er dies hofft, so täuscht er sich.«

»Wohl, so hören Sie, Morcerf.«

»Ah! Beauchamp, ich sehe, Sie wissen etwas; Sie geben mir das Leben wieder!«

»Ich sage Ihnen nicht, es sei eine Wirklichkeit, Albert, doch es ist wenigstens ein Licht in der Nacht: Folgen wir diesem Licht und es wird uns vielleicht zum Ziel führen.«

»Sprechen Sie, Sie sehen, daß mich die Ungeduld verzehrt.«

»Gut! Ich will Ihnen erzählen, was ich Ihnen nicht sagen wollte, als ich von Janina zurückkam. Hören Sie, was vorgefallen ist, Albert: Ich ging natürlich zum ersten Bankier der Stadt, um Erkundigungen einzuziehen; nach zwei Worten über diese Angelegenheit sagte er zu mir, ehe ich den Namen Ihres Vaters ausgesprochen hatte: Ah, sehr gut! Ich errate, was Sie hierherführt. – Wieso und warum? – Weil ich vor kaum vierzehn Tagen über denselben Gegenstand befragt worden bin, und zwar von einem Bankier in Paris, meinem Korrespondenten. – Wie heißt er? – Herr Danglars.«

»Er!« rief Albert; »er verfolgt in der Tat seit langer Zeit meinen Vater mit seiner Eifersucht und mit seinem Haß; er, der angebliche Volksmann, der es dem Grafen von Morcerf nicht verzeihen kann, daß er Pair von Frankreich ist. Und dann, das Abbrechen des Heiratsplanes, ohne irgendeine Ursache anzugeben… ja, so ist es.«

»Erkundigen Sie sich, Albert, aber erhitzen Sie sich nicht zum voraus; erkundigen Sie sich, und wenn die Sache wahr ist…«

»Oh, ja! Wenn die Sache wahr ist«, rief der junge Mann, »so soll er mir alles bezahlen, was ich gelitten habe.«

»Nehmen Sie sich in acht, Morcerf, er ist ein alter Mann.«

»Oh, seien Sie unbesorgt, Sie werden mich begleiten, Beauchamp; feierliche Dinge müssen vor Zeugen behandelt werden. Ist Danglars der Schuldige, so hat er vor dem Ende dieses Tages zu leben aufgehört, oder ich bin tot. Bei Gott! Ich will meiner Ehre ein schönes Leichenbegängnis bereiten.«

»Wohl! Albert, sind solche Entschlüsse einmal gefaßt, so muß man sie auf der Stelle zur Ausführung bringen. Sie wollen zu Herrn Danglars gehen? Vorwärts.«

Als man zu dem Haus des Bankiers gelangte, erblickte man den Wagen und den Bedienten von Herrn Andrea Cavalcanti vor der Tür.

»Ah, bei Gott! Das geht gut!« sprach Albert düster. »Will sich Herr Danglars nicht mit mir schlagen, so töte ich seinen Schwiegersohn. Ein Cavalcanti muß sich schlagen.«

Man meldete Albert dem Bankier, der bei seinem Namen, da er wußte, was am Tag vorher vorgefallen war, ihm den Eintritt verweigern ließ. Aber es war zu spät; Albert folgte dem Bedienten, hörte den Befehl, stieß die Tür auf und drang mit Beauchamp in das Kabinett des Bankiers.

»Mein Herr!« rief dieser, »steht es mir nicht frei, zu empfangen, wen ich will? Es scheint mir, Sie vergessen sich auf eine sonderbare Weise.«

»Nein, mein Herr«, erwiderte Albert mit kaltem Ton, »es gibt Umstände, und Sie befinden sich in diesen, wo man, wenn man sich nicht einer Feigheit schuldig machen will, wenigstens für gewisse Personen zu Hause sein muß.«

»Was wollen Sie von mir, mein Herr?«

»Ich will«, sagte Albert, sich dem Bankier nähernd – ohne daß es schien, als bemerkte er Cavalcanti, der am Kamin lehnte –, »ich will Ihnen eine Zusammenkunft in einem verborgenen Winkel vorschlagen, wo uns zehn Minuten lang niemand stören wird, mehr verlange ich nicht von Ihnen; von den zwei Personen, die sich treffen werden, bleibt eine unter den Bäumen.«

Danglars erbleichte. Cavalcanti machte eine Bewegung. Albert wandte sich zu dem jungen Mann um und sagte: »Oh, mein Gott! Kommen Sie, wenn Sie wollen, Herr Graf; Sie haben das Recht, dabei zu sein, Sie gehören beinahe zur Familie, und ich gewähre solche Zusammenkünfte so vielen Menschen, wie sich finden, um dieselben anzunehmen.«

Cavalcanti schaute Danglars erstaunt an; dieser erhob sich mit einer Anstrengung und trat zwischen die zwei jungen Leute. Der Angriff von Albert auf Andrea hatte ihn auf ein anderes Gebiet gebracht, und er hoffte, der Besuch von Albert sei einer andern Ursache zuzuschreiben als der, welche er zuerst vorausgesetzt hatte.

»Ah, mein Herr«, sagte er zu Albert, »wenn Sie hierher kommen, um mit diesem Herrn Streit zu suchen, weil ich denselben Ihnen vorgezogen habe, so bemerke ich Ihnen, daß ich eine Angelegenheit für den Staatsanwalt daraus machen werde.«

»Sie täuschen sich, mein Herr«, entgegnete Morcerf mit einem düstern Lächeln, »ich spreche von nichts weniger als von Heiratsgeschichten, und ich wende mich an Herrn Cavalcanti nur, weil er einen Augenblick die Absicht gehabt zu haben scheint, sich in unsere Verhandlung zu mischen. Und dann haben Sie recht, ich suche heute mit jedermann Streit; doch seien Sie unbesorgt, Herr Danglars, der Vorrang gebührt Ihnen.«

»Mein Herr«, versetzte Danglars, bleich vor Zorn und Angst, »ich bemerke Ihnen, wenn mir das Unglück widerfährt, einen wütenden Hund auf meinem Weg zu treffen, so töte ich ihn, und weit entfernt, mich schuldig zu glauben, lebe ich vielmehr der Überzeugung, daß ich der Gesellschaft einen Dienst geleistet habe. Wenn Sie nun wütend sind und mich zu beißen versuchen, so sage ich Ihnen, daß ich Sie töten werde. Sprechen Sie, ist es meine Schuld, wenn Ihr Vater entehrt ist?«

»Ja, Elender!« rief Morcerf, »es ist deine Schuld!«

Danglars machte einen Schritt rückwärts.

»Meine Schuld!« sagte er, »sind Sie verrückt? Weiß ich die griechische Geschichte? Bin ich in diesen Ländern gereist? Habe ich Ihrem Vater geraten, die Schlösser von Janina zu verkaufen, zu verraten...«

»Still!« sprach Albert mit dumpfem Ton. »Nein, Sie haben nicht unmittelbar diesen Lärm gemacht und dieses Unglück verursacht, doch Sie haben die ganze Sache heuchlerischerweise hervorgerufen.«

»Ich?«

Albert hielt seinen Kopf zwischen seinen beiden Händen.

»Ja, Sie! Woher kommt die Enthüllung?«

»Mir scheint, die Zeitung hat es Ihnen gesagt, von Janina, bei Gott!«

»Wer hat nach Janina geschrieben? Wer hat geschrieben, um Erkundigungen über meinen Vater einzuziehen?«

»Mich dünkt, es kann jedermann nach Janina schreiben.«
»Es hat nur eine einzige Person geschrieben, und zwar Sie!«
»Ich habe allerdings geschrieben; doch ich glaube, wenn man seine Tochter an einen jungen Mann verheiratet, kann man Erkundigungen über die Familie einziehen; es ist dies nicht bloß ein Recht, sondern auch eine Pflicht.«
»Sie haben geschrieben, während Sie vollkommen wußten, welche Antwort Ihnen zukommen würde.«
»Ich! Ah, ich schwöre Ihnen«, rief Danglars mit einem Vertrauen und mit einer Sicherheit, welche vielleicht weniger von seiner Furcht als von der Teilnahme herrührten, die er im Grunde für den unglücklichen jungen Mann fühlte, »ich schwöre Ihnen, daß ich nie daran gedacht hätte, nach Janina zu schreiben. Kannte ich die Katastrophe von Ali Pascha?«
»Es hat Sie also jemand angetrieben zu schreiben?«
»Gewiß.«
»Wer dies? Vollenden Sie!«
»Bei Gott, das ist ganz einfach; ich sprach von der Vergangenheit Ihres Vaters, ich sagte, die Quelle seines Vermögens wäre stets dunkel geblieben. Die Person fragte mich, wo sich Ihr Vater dieses Vermögen gemacht hätte. Ich antwortete: In Griechenland. Da sagte sie mir: Nun, so schreiben Sie nach Janina.«
»Und wer hat Ihnen diesen Rat gegeben?«
»Bei Gott! Der Graf von Monte Christo, Ihr Freund.«
Albert und Beauchamp schauten sich an.
»Mein Herr«, sagte Beauchamp, der noch nicht das Wort genommen hatte, »es scheint mir, Sie klagen den Grafen an, während er in diesem Augenblick von Paris entfernt ist und sich nicht rechtfertigen kann?«
»Ich klage niemand an«, antwortete Danglars, »und werde in Gegenwart des Herrn Grafen von Monte Christo wiederholen, was ich soeben vor Ihnen gesagt habe.«
»Und der Graf weiß, welche Antwort Ihnen zugekommen ist?«
»Ja, ich habe sie ihm gezeigt.«
»Wußte er, daß der Taufname meines Vaters Fernand und sein Familienname Mondego war?«
»Ja, ich hatte es ihm längst gesagt; übrigens tat ich hierbei nur

das, was jeder andere an meiner Stelle getan hätte, und vielleicht noch weniger. Als am Tag nach dieser Antwort Ihr Vater meine Tochter offiziell von mir verlangte, so schlug ich ihm Ihre Hand allerdings unumwunden ab, doch ohne Erklärung, ohne Lärm. Warum sollte ich in der Tat auch Lärm gemacht haben! Was war mir an der Ehre oder der Schande von Herrn von Morcerf gelegen? Das machte die Rente weder steigen noch fallen.«
Albert fühlte, wie ihm die Röte auf das Gesicht stieg. Es unterlag keinem Zweifel mehr, Danglars verteidigte sich mit der Gemeinheit, aber zugleich auch mit der Sicherheit eines Menschen, der, wenn nicht die volle Wahrheit, doch wenigstens einen Teil der Wahrheit sagt, allerdings nicht aus Gewissenhaftigkeit, sondern aus Schrecken. Was suchte überdies Morcerf? Nicht die größere oder geringere Schuld von Danglars oder Monte Christo, sondern einen Menschen, der ihm für die Beleidigung verantwortlich wäre, einen Menschen, der sich schlüge, und Danglars schlug sich offenbar nicht.
Und dann wurde jedes von den vergessenen oder unbemerkten Dingen seinen Augen wieder sichtbar oder seiner Erinnerung wieder gegenwärtig. Monte Christo wußte alles, da er die Tochter von Ali Pascha gekauft hatte; und dann hatte er, alles wissend, Danglars den Rat gegeben, nach Janina zu schreiben. Während ihm die Antwort bekannt war, hatte er dem von Albert geäußerten Verlangen, Haydee vorgestellt zu werden, nachgegeben; bei ihr hatte er das Gespräch auf den Tod von Ali kommen lassen und sich der Erzählung von Haydee nicht widersetzt. Hatte er nicht überdies Morcerf gebeten, den Namen seines Vaters nicht vor Haydee auszusprechen? Endlich hatte er Albert in dem Augenblick wo der Lärm losbrechen sollte, nach der Normandie geführt. Es unterlag keinem Zweifel mehr, alles beruhte auf einer Berechnung, und Monte Christo war ohne Zweifel im Einverständnis mit den Feinden seines Vaters.
Albert nahm Beauchamp in eine Ecke und teilte ihm alle seine Gedanken mit.
»Sie haben recht«, sagte Beauchamp, »Herr Danglars ist in dem, was vorgefallen, nur äußerlich beteiligt, und Sie müssen von Herrn von Monte Christo eine Erklärung verlangen.«
Albert wandte sich um und sagte zu Danglars: »Mein Herr, Sie

begreifen, daß ich noch keinen bestimmten Abschied von Ihnen nehme; ich muß noch in Erfahrung bringen, ob Ihre Anschuldigungen gerecht sind, und ich will mich auf der Stelle hiervon bei Herrn von Monte Christo überzeugen.«
Und den Bankier grüßend, entfernte er sich mit Beauchamp, ohne daß er sich im geringsten um Cavalcanti zu bekümmern schien. Danglars geleitete ihn bis zur Tür und erneuerte Albert die Versicherung, daß kein Beweggrund persönlichen Hasses ihn gegen den Herrn Grafen von Morcerf einnehme.

11. Die Beleidigung

Vor der Tür des Bankiers hielt Beauchamp Morcerf zurück und sprach: »Hören Sie, ich sagte Ihnen soeben bei Herrn Danglars, Sie hätten von Herrn von Monte Christo eine Erklärung zu verlangen? Überlegen Sie einen Augenblick, Morcerf, ehe Sie zu dem Grafen gehen, die ernste Bedeutung Ihres Schrittes.«
»Ist er ernster, als wenn ich zu Herrn Danglars gehe?«
»Ja; Herr Danglars ist ein Geldmensch, und Sie wissen, die Geldmenschen kennen zu genau das Kapital, das sie wagen, um sich so leicht zu schlagen. Der andere ist im Gegenteil ein Edelmann, wenigstens wie es scheint; doch fürchten Sie nicht, unter dem Edelmann einen Bravo zu treffen?«
»Ich fürchte nur, einen Menschen zu treffen, der sich nicht schlägt.«
»Oh, seien Sie unbesorgt«, entgegnete Beauchamp, »der wird sich schlagen. Nehmen Sie sich in acht, ich fürchte, er schlägt sich nur zu gut.«
»Freund«, entgegnete Morcerf mit einem schönen Lächeln, »das ist es, was ich wünsche; und das größte Glück, das mir widerfahren kann, ist, für meinen Vater getötet zu werden; das wird uns alle retten.«
»Ihre Mutter wird darüber sterben.«
»Arme Mutter!« versetzte Albert, mit der Hand über seine Augen fahrend, »ich weiß es wohl, doch besser, sie stirbt hierüber, als sie stirbt vor Schande.«
»Sie sind also fest entschlossen, Albert?«
»Vorwärts!«

Sie stiegen in ihren Wagen und ließen sich nach der Avenue des Champs-Elysées, Nr. 30, führen.
Beauchamp wollte allein aussteigen; doch Albert bemerkte ihm, daß diese Angelegenheit, welche aus den gewöhnlichen Regeln heraustrete, ihm von der Etikette des Zweikampfs abzugehen gestatte.
Der junge Mann handelte in dem allem für eine so heilige Sache, daß sich Beauchamp nur in seinen Willen zu fügen hatte; er gab also Morcerf nach und begnügte sich, ihm zu folgen. Albert machte nur einen Sprung von der Loge des Portiers bis zur Freitreppe. Baptistin empfing ihn.
Der Graf war von der Reise zurückgekommen, aber er saß im Bad und hatte verboten, irgend jemand zu empfangen.
»Doch nach dem Bad?« fragte Morcerf.
»Wird der Herr Graf in die Oper fahren.«
»Sind Sie dessen gewiß?« fragte Albert.
»Vollkommen gewiß; der Herr Graf hat seine Pferde auf Punkt acht Uhr bestellt.«
»Sehr gut«, versetzte Albert; »mehr wollte ich nicht wissen.« Dann sich gegen Beauchamp umwendend: »Beauchamp, ich zähle darauf, daß Sie mich in die Oper begleiten. Wenn Sie können, bringen Sie Chateau-Renaud mit.«
Beauchamp verließ Albert, nachdem er ihm versprochen, er werde ihn abholen.
Nach Hause zurückgekehrt, benachrichtigte Albert Franz, Debray und Morel von seinem Wunsch, sie ebenfalls in der Oper zu sehen. Dann besuchte er seine Mutter, die seit den Ereignissen des vorhergehenden Tages ihre Tür jedermann verboten hatte und das Zimmer hütete. Er fand sie, durch den Schmerz dieser öffentlichen Demütigung niedergeschmettert, im Bett. Der Anblick von Albert brachte auf Mercedes die Wirkung hervor, die man davon erwarten konnte; sie drückte ihrem Sohn die Hand und brach in ein Schluchzen aus. Diese Tränen erleichterten sie jedoch.
Albert blieb einen Augenblick stumm vor dem Bett seiner Mutter stehen. Man sah an seinem bleichen Gesicht und an seiner gerunzelten Stirn, daß sein Racheentschluß sich immer mehr in seinem Herzen abstumpfte.

»Meine Mutter«, sagte Albert, »kennen Sie irgendeinen Feind von Herrn von Morcerf?«
Mercedes bebte, denn sie hatte bemerkt, daß der junge Mann nicht »von meinem Vater« sagte.
»Mein Freund«, sprach sie, »die Menschen in der Stellung des Grafen haben viele Feinde, die sie nicht kennen. Überdies sind die Feinde, die man nicht kennt, die gefährlichsten.«
»Ja, ich weiß dies und appelliere auch an Ihren Scharfsinn. Meine Mutter, Sie sind eine so erhabene Frau, daß Ihnen nichts entgeht.«
»Warum sagst du mir dies?«
»Weil Sie zum Beispiel bemerkten, daß an dem Abend unseres Balles der Herr Graf von Monte Christo nichts bei uns hatte nehmen wollen.«
Mercedes erhob sich zitternd und rief: »Herr von Monte Christo? Und welchen Zusammenhang hätte dies mit der Frage, die du an mich richtest?«
»Sie wissen, Herr von Monte Christo ist beinahe ein Orientale, und um ihre volle Rachefreiheit zu bewahren, essen und trinken die Orientalen nichts bei ihren Feinden.«
»Herr von Monte Christo unser Feind, sagst du, Albert?« entgegnete Mercedes, weißer werdend als das Tuch, das sie bedeckte. »Wer hat dir das gesagt? Warum? Du bist verrückt, Albert. Herr von Monte Christo hat nur Artigkeiten gegen uns, Herr von Monte Christo rettete dir das Leben, und du selbst hast ihn uns vorgestellt. Oh, ich bitte dich, mein Sohn, wenn du einen solchen Gedanken hegtest, so verbanne ihn, und wenn ich dir etwas zu empfehlen, wenn ich eine Bitte an dich zu richten habe, so bleibe in gutem Einvernehmen mit ihm.«
»Meine Mutter«, versetzte der junge Mann mit einem düstern Blick, »Sie haben Ihre Gründe, daß Sie mir sagen, ich soll diesen Mann schonen.«
»Ich!« rief Mercedes. Und sie errötete mit derselben Schnelligkeit, mit der sie erbleicht war, und wurde beinahe in demselben Augenblick noch bleicher als zuvor.
»Ja, allerdings, Ihr Grund ist, daß der Graf uns Böses zufügen kann, nicht wahr?« sagte Albert.
Mercedes bebte und erwiderte, einen forschenden Blick auf ih-

ren Sohn heftend: »Du sprichst seltsam mit mir und hast, wie mir scheint, sonderbare Vorurteile. Was tat dir der Graf? Vor drei Tagen reistest du mit ihm in die Normandie; vor drei Tagen betrachtete ich ihn als deinen besten Freund, und du warst derselben Meinung.«
Ein ironisches Lächeln umschwebte die Lippen von Albert. Mercedes sah dieses Lächeln und erriet mit ihrem doppelten Instinkt der Frau und der Mutter alles; aber klug und stark, verbarg sie ihre Unruhe und ihr Beben.
Albert ließ das Gespräch fallen; nach einem Augenblick knüpfte es die Gräfin wieder an.
»Du bist gekommen, um mich zu fragen, wie es mir ginge«, sagte sie; »ich antworte dir offenherzig, mein Freund, ich fühle mich unwohl. Du solltest dich hier einrichten, Albert, und mir Gesellschaft leisten, ich möchte nicht allein sein.«
»Meine Mutter, ich wäre zu Ihren Befehlen, und Sie wissen, mit welchem Glück, wenn mich nicht eine dringende und wichtige Angelegenheit zwänge, Sie diesen Abend zu verlassen.«
»Ah, gut«, erwiderte Mercedes mit einem Seufzer, »geh, Albert, ich will dich nicht zum Sklaven deiner kindlichen Frömmigkeit machen.«
Albert stellte sich, als hörte er nicht, grüßte seine Mutter und ging.
Kaum war der junge Mann fort, als Mercedes einen vertrauten Diener rufen ließ; diesem befahl sie, Albert überall zu folgen, wohin er gehen würde, und ihr sogleich Meldung zu machen. Dann läutete sie ihrer Kammerfrau und ließ sich, so schwach sie war, ankleiden, um auf jeden Fall bereit zu sein.
Der dem Bedienten erteilten Auftrag war nicht schwer zu vollziehen. Albert kehrte in seine Wohnung zurück und kleidete sich äußerst sorgfältig an. Zehn Minuten vor acht Uhr kam Beauchamp, er hatte Chateau-Renaud gesehen, der ihm versprach, beim Aufziehen des Vorhangs im Orchester zu sein.
Beide stiegen in das Kupee von Albert, und dieser rief, da er keinen Grund hatte, zu verbergen, wohin er fuhr, ganz laut: »In die Oper.«
In seiner Ungeduld kam er vor dem Aufziehen des Vorhangs. Chateau-Renaud saß auf seinem Sperrsitz; Beauchamp hatte

ihn von allem unterrichtet, und Albert brauchte ihm keine Erläuterung zu geben. Das Benehmen dieses Sohnes, der seinen Vater zu rächen suchte, war so einfach, daß Chateau-Renaud sich durchaus nicht bemühte, ihm abzuraten, und sich nur darauf beschränkte, Albert die Versicherung zu wiederholen, er stände zu seiner Verfügung.

Debray war noch nicht eingetroffen; doch Albert wußte, daß er selten bei einer Vorstellung der Oper ausblieb. Albert irrte bis zum Aufziehen des Vorhangs im Theater umher. Er hoffte, Monte Christo entweder im Gang oder auf der Treppe zu treffen. Dann ging er an seinen Platz und setzte sich im Orchester zwischen Chateau-Renaud und Beauchamp.

Doch seine Augen verließen die Loge zwischen den Säulen nicht, welche während des ersten Aktes hartnäckig geschlossen blieb. Endlich, am Anfang des zweiten Aktes, als Albert zum hundertstenmal seine Uhr befragte, öffnete sich die Tür der Loge: Monte Christo trat schwarzgekleidet ein und stützte sich auf das Geländer, um in den Saal zu schauen, dort gewahrte er einen bleichen Kopf und funkelnde Augen, die gierig seine Blicke anzuziehen schienen, und erkannte Albert. Ohne irgendeine seine Gedanken verratende Bewegung zu machen, setzte er sich, zog sein Opernglas aus dem Etui und schaute nach einer anderen Seite.

Doch während es den Anschein hatte, als sähe er Albert nicht, verlor ihn der Graf nicht aus dem Auge, und als der Vorhang am Ende des zweiten Aktes fiel, folgte sein unfehlbarer Blick dem jungen Mann, der, begleitet von seinen Freunden, das Orchester verließ. Dann erschien derselbe Kopf wieder in einer Loge der seinigen gegenüber. Der Graf fühlte, daß der Sturm gegen ihn losbrach, und als er den Schlüssel im Schloß seiner Loge drehen hörte, wußte der Graf, obgleich er in diesem Augenblick mit seinem lachendsten Gesicht mit Morel sprach, woran er sich zu halten hatte, und war auf alles gefaßt.

Die Tür öffnete sich. Jetzt erst wandte sich Monte Christo um und erblickte Albert zitternd und leichenblaß. Hinter ihm waren Beauchamp und Chateau-Renaud.

»Siehe da!« rief er mit jener wohlwollenden Höflichkeit, die gewöhnlich seinen Gruß von den Alltagskomplimenten der

Welt unterschied, »mein Reiter ist am Ziel angelangt. Guten Abend, Herr von Morcerf.«
Und das Gesicht dieses Mannes, der auf eine so seltsame Weise seiner Herr war, drückte die vollkommenste Herzlichkeit aus. Nun erst erinnerte sich Morel des Briefes, den er vom Vicomte empfangen und worin ihn dieser ohne eine andere Erklärung gebeten hatte, sich in der Oper einzufinden, und er begriff, daß etwas Furchtbares vorgehen sollte.
»Wir kommen nicht hierher, um heuchlerische Höflichkeiten und falsche Freundschaftsbezeugungen auszutauschen«, sprach der junge Mann; »wir kommen, um eine Erklärung von Ihnen zu fordern, Herr Graf.«
Die zitternde Stimme des jungen Mannes war kaum durch die geschlossenen Zähne gedrungen.
»Eine Erklärung in der Oper?« sagte der Graf mit jenem so ruhigen Ton und dem so durchdringenden Auge, woran sich der ewig seiner selbst sichere Mann erkennen läßt. »So wenig ich mit den Pariser Gewohnheiten vertraut bin, so hätte ich doch nicht geglaubt, daß man hier Erklärungen zu fordern pflegt.«
»Wenn sich jedoch die Leute verleugnen lassen«, sagte Albert, »unter dem Vorwand, sie seien im Bad, so muß man sich an sie wenden, wo man sie trifft.«
»Ich bin nicht so schwer zu treffen, denn noch gestern, wenn mich mein Gedächtnis nicht täuscht, waren Sie bei mir.«
»Gestern, mein Herr«, entgegnete der junge Mann, dessen Kopf in Flammen geriet, »gestern befand ich mich bei Ihnen, weil ich nicht wußte, wer Sie waren.«
Bei diesen Worten hatte Albert die Stimme dergestalt erhoben, daß die in den benachbarten Logen sitzenden Personen sowie die Personen, welche in den Gängen umhergingen, ihn hörten, stehen blieben und sich umsahen.
»Woher kommen Sie denn, mein Herr?« sagte Monte Christo, scheinbar ohne die geringste Bewegung. »Ich glaube, Sie erfreuen sich nicht Ihres ganzen Verstandes.«
»Wenn ich Ihre Treulosigkeit begreife und es mir gelingt, Ihnen begreiflich zu machen, daß ich mich rächen will, werde ich immerhin noch vernünftig genug sein«, versetzte Albert wütend.
»Mein Herr, ich verstehe Sie nicht«, erwiderte Monte Christo,

»und wenn ich Sie auch verstände, so würden Sie immer noch zu laut sprechen. Ich bin hier bei mir und allein berechtigt, meine Stimme über andere zu erheben. Gehen Sie, mein Herr!«
Und Monte Christo wies Albert mit einer bewunderungswürdigen Befehlshabergebärde die Tür.
»Ah, ich werde es wohl dahin bringen, daß Sie herausgehen«, sagte Albert, krampfhaft seinen Handschuh zerknitternd, den der Graf nicht aus dem Gesicht verlor.
»Gut, gut!« erwiderte phlegmatisch Monte Christo, »Sie suchen Streit mit mir, mein Herr, das sehe ich; doch einen Rat, Vicomte, den Sie wohl behalten mögen: Es ist eine schlechte Sitte, beim Herausfordern Lärm zu machen. Der Lärm steht nicht jedermann gut zu Gesicht, Herr von Morcerf.«
Ein Gemurmel des Erstaunens durchlief bei diesem Namen wie ein Schauer die Zuhörer dieser Szene. Seit dem vorhergehenden Tag war der Name Morcerf in aller Mund.
Besser als alle und zuerst unter allen begriff Albert die Anspielung und machte eine Gebärde, um seinen Handschuh dem Grafen in das Gesicht zu schleudern; aber Morel faßte ihn bei der Faust, während Beauchamp und Chateau-Renaud, befürchtend, die Szene könnte die Grenzen einer Herausforderung überschreiten, ihn von hinten zurückhielten.
Monte Christo aber streckte, ohne aufzustehen und nur seinen Stuhl neigend, die Hand aus, zog aus den krampfhaft zusammengepreßten Fingern des jungen Mannes den feuchten Handschuh und sprach mit einem furchtbaren Ausdruck: »Mein Herr, ich nehme Ihren Handschuh als geworfen an und werde Ihnen denselben um eine Kugel gewickelt zuschicken. Nun gehen Sie von hier weg, oder ich rufe meine Diener und lasse Sie aus der Tür werfen.«
Trunken, verwirrt, mit blutigen Augen machte Albert zwei Schritte rückwärts.
Morel benützte diese Gelegenheit, um die Tür wieder zu schließen. Monte Christo ergriff sein Doppelglas und fing an zu lorgnieren, als ob nichts Außerordentliches vorgefallen wäre. Dieser Mann hatte ein Herz von Erz und ein Gesicht von Marmor.
Morel neigte sich an sein Ohr und sagte zu ihm: »Was haben Sie ihm getan?«

»Ich? Nichts, persönlich wenigstens«, antwortete Monte Christo.
»Diese seltsame Szene muß doch einen Grund haben?«
»Die Geschichte des Grafen von Morcerf bringt den unglücklichen jungen Mann ganz außer sich.«
»Haben Sie denn einen Anteil an dieser Sache?«
»Die Kammer ist durch Haydee von dem Verrat seines Vaters unterrichtet worden.«
»Man hat mir in der Tat davon gesagt«, sprach Morel, »doch ich wollte nicht glauben, daß die griechische Sklavin, die ich mit Ihnen gerade hier in dieser Loge gesehen habe, die Tochter von Ali Pascha ist.«
»Es ist die reine Wahrheit.«
»Oh, mein Gott, ich begreife nun alles, und diese Szene hat sich mit Vorbedacht ereignet.«
»Wieso?«
»Ja. Albert schreibt mir, ich möchte mich heute abend in der Oper einfinden: Er wollte mich also zum Zeugen der von ihm beabsichtigten Beleidigung haben.«
»Wahrscheinlich«, sagte Monte Christo mit seiner unstörbaren Ruhe.
»Aber was werden Sie mit ihm machen?«
»Mit Albert?« versetzte Monte Christo in demselben Ton, »was ich mit ihm machen werde, Maximilian? So wahr Sie hier sind und ich Ihnen die Hand drücke, töte ich ihn morgen vormittag um zehn Uhr; das werde ich machen.«
Morel nahm ebenfalls die Hand von Monte Christo in die seinige und bebte, als er diese kalte und ruhige Hand fühlte.
»Ah! Graf«, sagte er, »sein Vater liebt ihn so sehr!«
»Sagen Sie mir keine solchen Dinge!« rief Monte Christo mit der ersten Regung des Zornes, der ihn zu fassen schien, »er mag leiden!«
Morel ließ erstaunt die Hand von Monte Christo fallen.
»Graf! Graf!« rief er.
»Lieber Maximilian«, sagte der Graf, »hören Sie doch, wie bewunderungswürdig Duprez die Worte singt: *O Mathilde! idole de mon âme!*... Bravo! Bravo!«
Morel begriff, daß nichts mehr zu sagen war und wartete. Der

Vorhang, der am Ende der Szene mit Albert aufging, fiel beinahe sogleich wieder. Man klopfte an die Tür.
»Herein«, sagte Monte Christo, ohne daß seine Stimme die geringste Bewegung erriet.
Beauchamp erschien.
»Guten Abend, Herr Beauchamp«, sprach Monte Christo, als ob er den Journalisten an diesem Abend zum erstenmal sehen würde; »setzen Sie sich doch.«
Beauchamp grüßte, trat ein und setzte sich.
»Mein Herr«, sagte er zu Monte Christo, »ich begleitete soeben, wie Sie wahrnehmen konnten, Herrn von Morcerf.«
»Das heißt, Sie wollen sagen, Sie haben miteinander zu Mittag gespeist«, erwiderte lachend Monte Christo. »Ich bin glücklich zu bemerken, mein lieber Herr Beauchamp, daß Sie nüchterner sind als er.«
»Mein Herr«, sprach Beauchamp, »ich gestehe, Albert hat unrecht gehabt, in Hitze zu geraten, und ich komme für meine eigene Rechnung, um Entschuldigungen vorzubringen. Nun, da diese Entschuldigungen gemacht sind, verstehen Sie wohl, die meinigen, Herr Graf, so sage ich Ihnen, daß ich Sie für zu artig halte, als daß Sie sich weigern sollten, mir eine Erklärung in Beziehung auf Ihre Verbindungen mit den Leuten in Janina zu geben. Dann zwei Worte über die junge Griechin...«
Monte Christo machte mit den Lippen und mit den Augen eine kleine Gebärde, die Stillschweigen heischte.
»Ah, nun sind alle meine Hoffnungen zerstört«, sagte er lachend.
»Wieso?« fragte Beauchamp.
»Ohne Zweifel sind Sie bemüht, mir den Ruf eines exzentrischen Menschen zu verschaffen: Ich bin nach Ihrer Ansicht ein Lara, ein Manfred, ein Lord Ruthwen; ist der Augenblick, mich exzentrisch zu finden, vorüber, so zerstören Sie Ihren Typus und suchen aus mir einen Alltagsmenschen zu machen. Sie wollen mich gemein, gewöhnlich haben, kurz, Sie verlangen Erklärungen von mir. Still doch! Herr Beauchamp, Sie haben Lust, über mich zu lachen.«
»Es gibt jedoch Veranlassungen«, sprach Beauchamp stolz, »wo die Redlichkeit befiehlt...«

»Herr Beauchamp«, unterbrach ihn der seltsame Mann, »wer dem Herrn Grafen von Monte Christo befiehlt, ist der Herr Graf von Monte Christo. Also kein Wort mehr hiervon, wenn's beliebt. Ich weiß, was ich will, Herr Beauchamp, und glauben Sie mir, es ist immer wohlgetan.«
»Mein Herr, man bezahlt anständige Leute nicht mit dieser Münze; es bedarf der Garantie für die Ehre.«
»Mein Herr, ich bin eine lebendige Garantie«, sagte Monte Christo, dessen Augen sich mit drohenden Blitzen entflammten. »In unser beider Adern fließt Blut, das wir zu vergießen Lust haben, und das ist unsere gegenseitige Garantie. Überbringen Sie diese Antwort dem Vicomte, und sagen Sie ihm, morgen vor zehn Uhr werde ich die Farbe des seinigen gesehen haben.«
»Es bleibt also nur noch übrig, die Anordnungen des Zweikampfes festzustellen.«
»Das ist mir abermals vollkommen gleichgültig«, entgegnete Monte Christo; »es war also unnötig, mich im Schauspiel wegen einer solchen Geringfügigkeit zu stören. In Frankreich schlägt man sich mit Degen oder auf Pistolen; in den Kolonien nimmt man die Büchse; in Arabien hat man den Dolch. Sagen Sie Ihrem Klienten, daß ich ihm, obgleich beleidigt, um ganz und gar exzentrisch zu sein, die Wahl der Waffen überlasse und alles ohne Widerrede annehme; alles, hören Sie wohl? Sogar den Zweikampf durch das Los, was immer albern ist. Doch bei mir ist es etwas anderes, ich bin sicher, zu gewinnen.«
»Sicher, zu gewinnen!« wiederholte Beauchamp, den Grafen mit bestürztem Blick anschauend.
»Ganz gewiß«, sagte Monte Christo, leicht die Achseln zukkend. »Sonst würde ich mich nicht mit Herrn von Morcerf schlagen. Ich werde ihn töten, es muß sein, es wird sein. Nur tun Sie mir heute abend durch ein Wort die Stunde und die Waffe zu wissen, ich lasse nicht gern auf mich warten.«
»Auf Pistolen, morgens um acht Uhr, im Wald von Vincennes«, sagte Beauchamp, ganz aus der Fassung gebracht, denn er wußte nicht, ob er es mit einem vermessenen Prahler oder mit einem übernatürlichen Wesen zu tun hatte.
»Gut, mein Herr«, entgegnete Monte Christo; »da nun alles in

Ordnung ist, so lassen Sie mich dem Gesang zuhören, ich bitte Sie, und sagen Sie Ihrem Freund Albert, er möge diesen Abend nicht mehr zurückkommen; er würde sich mit allen diesen geschmacklosen Roheiten schaden; lassen Sie ihn nach Hause gehen und schlafen.«

Beauchamp entfernte sich, im höchsten Grad erstaunt.

»Sagen Sie«, sprach Monte Christo, sich gegen Morel umwendend, »nicht wahr, ich kann auf Sie zählen?«

»Gewiß, Sie mögen über mich verfügen, Graf; doch... Es wäre von Belang, Graf, daß ich die wahre Ursache kennen würde.«

»Die wahre Ursache?« sprach der Graf; »dieser junge Mann geht selbst im Finstern und kennt sie nicht. Die wahre Ursache ist nur mir und Gott bekannt; doch ich gebe Ihnen mein Ehrenwort, daß Gott, der sie kennt, für uns sein wird.«

»Das genügt, Graf. Wer ist Ihr zweiter Zeuge?«

»Ich kenne niemand, dem ich diese Ehre erweisen möchte, als Ihnen, Morel, und Ihrem Schwager Emanuel. Glauben Sie, Emanuel würde mir diesen Dienst leisten?«

»Ich stehe für ihn wie für mich, Graf.«

»Gut! Mehr brauche ich nicht. Morgen früh um sieben Uhr bei mir, nicht wahr?«

»Wir werden uns einfinden.«

»Still! Der Vorhang geht auf, hören wir. Ich pflege keine Note von dieser Oper zu verlieren; denn die Musik von Wilhelm Tell ist so wunderbar.«

12. Die Yacht

Herr von Monte Christo wartete seiner Gewohnheit gemäß, bis Duprez sein berühmtes: »*Suivez moi!*« gesungen hatte, und dann erst stand er auf, um sich zu entfernen.

An der Tür verließ ihn Morel, nachdem er ihm sein Versprechen erneuert, er werde den andern Morgen Punkt sieben Uhr bei ihm sein.

Fünf Minuten nachher war er zu Hause und rief Ali, von dem er sich seine Pistolen bringen ließ, dann suchte er die Waffen mit einer für einen Mann, der sein Leben ein wenig Pulver und Blei anvertraut, sehr natürlichen Sorgfalt.

Er war eben im Begriff, die Waffe in die Hand zu fassen und den

Zielpunkt auf einem kleinen Plättchen von Eisenblech, das ihm als Scheibe diente, zu suchen, als die Tür seines Kabinetts sich öffnete und Baptistin eintrat.
Doch ehe dieser ein Wort gesprochen, erblickte der Graf durch die offengebliebene Tür eine verschleierte Frau, welche Baptistin gefolgt war und im Halbschatten des anstoßenden Zimmers stand.
Sie gewahrte den Grafen, eine Pistole in der Hand, sie sah zwei Degen auf dem Tisch und stürzte herein.
Baptistin befragte seinen Herrn mit dem Blick. Der Graf machte ein Zeichen, Baptistin entfernte sich und schloß die Tür hinter sich.
»Wer sind Sie, Madame?« fragte der Graf die Verschleierte.
Die Unbekannte schaute umher, um sich zu versichern, daß sie allein war, verneigte sich, als wollte sie niederknien, faltete die Hände und rief mit einem Ton der Verzweiflung: »Edmond! Sie werden meinen Sohn nicht töten!«
Der Graf machte einen Schritt rückwärts, stieß einen schwachen Schrei aus, ließ seine Waffe fallen und erwiderte: »Welchen Namen haben Sie da ausgesprochen, Frau von Morcerf?«
»Den Ihrigen!« rief sie, ihren Schleier zurückschlagend, »den Ihrigen, den ich vielleicht allein nicht vergessen habe. Edmond, nicht Frau von Morcerf kommt zu Ihnen, sondern Mercedes.«
»Mercedes ist tot, Madame«, sprach Monte Christo, »und ich kenne niemand dieses Namens mehr.«
»Mercedes lebt, mein Herr, und Mercedes erinnert sich, denn sie allein hat Sie erkannt, als sie Ihr Antlitz erblickte, und sogar ohne Sie zu sehen, Edmond, schon bei dem Ton Ihrer Stimme, und seit dieser Zeit folgt Sie Ihnen Schritt für Schritt, sie überwacht Sie, sie fürchtet Sie, und sie hatte nicht nötig, die Hand zu suchen, von der der Schlag ausging, der Herrn von Morcerf niederwarf.«
»Fernand wollen Sie sagen, Madame«, versetzte Monte Christo mit bitterer Ironie; »da wir gerade im Zuge sind, uns der Namen zu erinnern, so wollen wir uns aller erinnern.«
Monte Christo sprach den Namen Fernand mit einem solchen Ton des Hasses aus, daß Mercedes fühlte, wie ein Schauer des Schreckens ihren ganzen Leib durchlief.

»Sehen Sie, Edmond, daß ich mich nicht getäuscht habe«, rief Mercedes, »und daß ich recht hatte, Ihnen zu sagen: Schonen Sie meinen Sohn!«

»Und wer sagt Ihnen, Madame, daß ich gegen Ihren Sohn aufgebracht bin?«

»Mein Gott, niemand; aber eine Mutter ist mit dem doppelten Gesicht begabt. Ich habe alles erraten, ich bin ihm in die Oper gefolgt und habe, in einer Loge verborgen, alles gesehen.«

»Wenn Sie alles gesehen haben, Madame, so haben Sie auch gesehen, daß mich der Sohn von Fernand öffentlich beleidigte«, sagte Monte Christo mit furchtbarer Ruhe.

»Hören Sie. Mein Sohn hat Sie auch erraten; er schreibt Ihnen die Unglücksfälle zu, die seinen Vater treffen.«

»Madame, Sie verwechseln die Sache: Es sind nicht Unglücksfälle, es ist eine Strafe. Nicht ich bin es, der Herrn von Morcerf schlägt, es ist die Vorsehung, die ihn bestraft.«

»Und warum treten Sie an die Stelle der Vorsehung?« rief Mercedes. »Warum erinnern Sie sich, wenn sie vergißt? Was ist Ihnen, Edmond, an Janina und seinem Wesir gelegen? Welches Unrecht hat Ihnen Fernand Mondego dadurch zugefügt, daß er Ali Tependelini verraten?«

»Dies alles ist auch nur eine Angelegenheit zwischen dem fränkischen Kapitän und der Tochter von Wasiliki. Sie haben recht, das geht mich nichts an, und wenn ich geschworen habe, mich zu rächen, so ist es weder an dem fränkischen Kapitän noch an dem Grafen von Morcerf, sondern an dem Fischer Fernand, dem Gatten der Katalonierin Mercedes.«

»Ah, mein Herr«, rief die Gräfin, »welch eine furchtbare Rache für einen Fehler, den das Mißgeschick mich begehen ließ! Denn die Schuldige bin ich, Edmond, und wenn Sie sich an jemand zu rächen haben, so ist es an mir, weil es mir an Kraft gebrach, gegen Ihre Abwesenheit und meine Einsamkeit zu kämpfen.«

»Doch warum war ich abwesend, warum waren Sie einsam?« rief Monte Christo.

»Weil Sie im Gefängnis saßen.«

»Und warum wurde ich verhaftet, warum saß ich im Gefängnis?«

»Ich weiß es nicht«, antwortete Mercedes.

»Ja, Sie wissen es nicht, Madame, wenigstens hoffe ich dies. Nun, ich will es Ihnen sagen. Ich wurde verhaftet, ich war Gefangener, weil unter der Laube der Reserve, am Vorabend des Tages, an dem ich Sie heiraten sollte, ein Mensch namens Danglars einen Brief geschrieben hatte, den der Fischer Fernand selbst auf die Post zu bringen übernahm.«
Monte Christo ging an einen Sekretär, öffnete eine Schublade, aus der er ein Papier nahm, das seine ursprüngliche Farbe verloren hatte und dessen Tinte rostgelb geworden war, und legte dieses Papier Mercedes vor Augen.
Es war der Brief von Danglars an den Staatsanwalt, den der Graf von Monte Christo an dem Tag, wo er Herrn Boville, als Mandatar des Hauses Thomson und French verkleidet, die 200 000 Franken bezahlte, aus dem Faszikel Edmond Dantes genommen hatte.
Mercedes las voll Schrecken die Denunziation.
»Oh, mein Gott«, rief Mercedes, mit der Hand über ihre von Schweiß befeuchtete Stirn fahrend; dieser Brief...«
»Ich habe ihn um 200 000 Franken gekauft, Madame«, sagte Monte Christo, »und das war noch wohlfeil, da er mir heute gestattet, mich in Ihren Augen von jeder Schuld freizusprechen.«
»Und der Erfolg dieses Briefes?«
»Sie wissen, Madame, war meine Verhaftung; doch Sie wissen nicht, wie lange diese Haft gedauert hat; Sie wissen nicht, daß ich 14 Jahre, eine Viertelstunde von Ihnen, in einem Kerker des Kastell If geblieben bin. Sie wissen nicht, daß ich jeden Tag in diesen vierzehn Jahren das Gelübde der Rache erneuert habe, das ich am ersten Tag aussprach, und es war mir noch nicht einmal bekannt, daß Sie Fernand, meinen Denunzianten, geheiratet und daß mein Vater gestorben, vor Hunger gestorben!«
»Gerechter Gott!« rief Mercedes wankend.
»Aber ich habe dies erfahren, als ich das Gefängnis nach vierzehn Jahren wieder verließ, und darum habe ich auf die lebendige Mercedes und auf meinen toten Vater geschworen, mich an Fernand zu rächen, und ich räche mich.«
»Und Sie wissen gewiß, daß der unglückliche Fernand dies getan hat?«
»Bei meiner Seele, Madame, und er hat es getan, wie ich es Ih-

nen sage; übrigens ist das nicht schlechter, als wenn man Franzose durch Adoption zu den Engländern übergegangen ist, Spanier von Geburt gegen die Spanier gekämpft, und im Sold von Ali, Ali verraten und ermordet hat. Was war solchen Dingen gegenüber der Brief, den Sie gelesen? Eine galante Mystifikation, welche die Frau, die diesen Menschen geheiratet, ich gestehe und begreife dies, verzeihen muß, die aber der Geliebte, der sie heiraten sollte, nicht vergißt. Wohl! Die Franzosen haben sich nicht an dem Verräter gerächt, die Spanier haben den Verräter nicht erschossen, in seinem Grab liegend, hat Ali den Verräter unbestraft gelassen; doch ich, verraten, ermordet, ebenfalls in ein Grab geworfen, bin aus diesem Grab durch die Gnade Gottes hervorgegangen und bin es Gott schuldig, daß ich mich räche; er schickt mich zu diesem Behufe hierher, und hier bin ich.«

Die arme Frau ließ ihren Kopf und ihre Hände sinken; ihre Beine wankten, und sie fiel auf die Knie.

»Verzeihen Sie mir, Edmond«, sprach sie, »verzeihen Sie, meinetwegen, denn ich liebe Sie noch; die Würde der Gattin hielt den Ausstrom der Liebenden und der Mutter zurück.«

Ihre Stirn neigte sich, daß sie beinahe den Boden berührte. Der Graf eilte auf sie zu und hob sie auf. Auf einem Stuhl sitzend, konnte sie nur durch ihre Tränen das männliche Gesicht von Monte Christo betrachten, auf dem sich durch den Schmerz und den Haß abermals ein drohender Charakter ausprägte.

»Daß ich das verfluchte Geschlecht nicht niedertrete!« murmelte er, »daß ich Gott ungehorsam werde, der mich zu seiner Bestrafung wiedererweckt hat, unmöglich, Madame, unmöglich!«

»Edmond«, sprach die arme Mutter, alle Mittel versuchend; »mein Gott! Wenn ich Sie Edmond nenne, warum nennen Sie mich nicht Mercedes?«

»Mercedes!« wiederholte Monte Christo, »Mercedes, jawohl! Sie haben recht, es ist noch süß für mich, diesen Namen auszusprechen, und zum erstenmal seit langer Zeit klingt er so klar von meinen Lippen. Oh, Mercedes, ich habe Ihren Namen mit den Seufzern der Schwermut, mit dem Stöhnen des Schmerzes, mit dem Röcheln der Verzweiflung ausgesprochen; ich habe ihn ausgesprochen durch die Kälte zu Eis erstarrt, auf dem Stroh meines Kerkers gekauert; ich habe ihn ausgesprochen, verzehrt von der Hitze, mich auf den Platten meines Gefängnisses wälzend. Mercedes, ich muß mich rächen, denn vierzehn Jahre lang habe ich gelitten, vierzehn Jahre lang habe ich geweint, geflucht, nun muß ich mich rächen, Mercedes!«

Und zitternd, er könnte den Bitten derjenigen nachgeben, die er so sehr geliebt, rief der Graf seinem Haß seine Erinnerung zu Hilfe.

»Rächen Sie sich, Edmond«, rief die arme Mutter, »aber rächen Sie sich an den Schuldigen, rächen Sie sich an mir, rächen Sie sich nicht an meinem Sohn!«

»Es steht geschrieben in dem heiligen Buch«, antwortete Monte Christo, »die Sünden der Eltern sollen auf ihre Kinder zurückfallen bis in das dritte und vierte Glied. Da Gott diese seine eigenen Worte seinem Propheten diktiert hat, warum sollte ich besser sein als Gott?«

»Weil Gott die Zeit und die Ewigkeit hat, diese zwei Dinge, welche den Menschen entgehen.«

Monte Christo stieß einen Seufzer aus, der einem Stöhnen glich, und faßte mit vollen Händen seine schönen Haare.

»Edmond!« fuhr Mercedes, die Arme gegen den Grafen ausstreckend, fort, »seitdem ich Sie kenne, habe ich Ihren Namen angebetet, Ihr Andenken geehrt. Edmond, mein Freund, zwingen Sie mich nicht, dieses edle Bild zu trüben, das unablässig in dem Spiegel meines Herzens widerstrahlte. Edmond, wenn Sie alle Gebete kennen würden, die ich für Sie an Gott richtete, solange ich hoffte, Sie wären noch am Leben, und seitdem ich Sie für tot hielt! Ja, für tot, man sagte, Sie hätten fliehen wollen, Sie hätten die Stelle eines Gefangenen eingenommen, wären in das Leichentuch des Toten geschlüpft und sodann von dem Kastell If herab in das Meer geschleudert worden; der Schrei, den Sie, auf den Felsen zerschellend, ausgestoßen, hätte allein die Verwechslung Ihren Totengräbern enthüllt, die Ihre Henker geworden. Wohl! Edmond, ich schwöre Ihnen bei dem Haupt des Sohnes, für welchen ich zu Ihnen flehe, Edmond, zehn Jahre lang sah ich jede Nacht Menschen, die etwas Unbekanntes oben auf einem Felsen schaukelten; zehn Jahre lang hörte ich einen furchtbaren Schrei, der mich schauernd und in Eis verwandelt erweckte. Und auch ich, Edmond, oh, glauben Sie mir, auch ich, so sehr ich schuldig war, habe viel gelitten!«

»Haben Sie gefühlt, wie Ihr Vater während Ihrer Abreise gestorben?« rief Monte Christo, »haben Sie die Frau, welche Sie liebten, die Hand dem Nebenbuhler reichen sehen, während Sie in der Tiefe des Abgrundes röchelten?«

»Nein«, unterbrach ihn Mercedes, »doch ich habe den, welchen ich liebte, bereit gesehen, der Mörder meines Sohnes zu werden!«

Mercedes sprach diese Worte mit einem so mächtigen Schmerz, mit einem so verzweiflungsvollen Ausdruck, daß bei diesen Worten und bei diesem Ausdruck sich der Brust des Grafen ein schmerzliches Schluchzen entriß. Der Löwe war bezähmt, der Rächer war besiegt.

»Was verlangen Sie von mir?« sagte er; »daß Ihr Sohn lebe? Wohl! Er wird leben!«

Mercedes stieß einen Schrei aus, der zwei Tränen unter den Augenlidern von Monte Christo hervorfließen machte, doch diese zwei Tränen verschwanden auf der Stelle wieder, denn ohne Zweifel hatte Gott einen Engel geschickt, um sie zu sammeln, da sie viel kostbarer waren in den Augen des Herrn als die kostbarsten Perlen.

»Oh«, rief sie, die Hand des Grafen ergreifend und an ihre Lippen drückend, »oh, Dank, Dank, Edmond! Nun bist du so, wie ich dich immer geträumt, wie ich dich geliebt habe. Nun kann ich es dir sagen.«

»Um so eher«, erwiderte Monte Christo, »als der arme Edmond nicht mehr so viel Zeit haben wird, von Ihnen geliebt zu werden. Der Tod kehrt in das Grab, das Gespenst kehrt in die Nacht zurück.«

»Was sagen Sie, Edmond?«

»Ich sage, daß Sie es befehlen, Mercedes, so muß ich sterben.«

»Sterben! Und wer sagt dies? Wer spricht vom Sterben? Woher kommen Ihnen diese Todesgedanken?«

»Sie können nicht annehmen, daß ich, öffentlich beleidigt, im Angesicht eines ganzen Saales in Gegenwart der Freunde Ihres Sohnes, herausgefordert durch ein Kind, das sich mit meiner

Verzeihung wie mit einem Sieg brüsten wird; Sie können nicht annehmen, sage ich, daß ich einen Augenblick den Wunsch habe zu leben. Was ich nach Ihnen am meisten auf der Welt geliebt, Mercedes, das bin ich, das heißt meine Würde, das heißt diese Kraft, durch welche ich über andere Menschen erhaben war; diese Kraft war mein Leben: Sie brechen sie, und ich sterbe.«

»Doch der Zweikampf wird nicht stattfinden, Edmond, da Sie verzeihen.«

»Er wird stattfinden, Madame«, sagte feierlich Monte Christo, »nur wird statt des Blutes Ihres Sohnes, welches die Erde tränken sollte, das meinige fließen.«

Mercedes stieß einen gewaltigen Schrei aus und stürzte auf Monte Christo zu, doch plötzlich hielt sie an und sprach: »Edmond, es ist ein Gott über uns, da Sie leben, da ich Sie wiedergesehen, und ich baue auf ihn aus der Tiefe meines Herzens. Seine Unterstützung erwartend, verlasse ich mich auf Ihr Wort. Sie haben gesagt, mein Sohn würde leben; nicht wahr, er wird leben?«

»Ja, Madame, er wird leben«, antwortete Monte Christo, erstaunt, daß Mercedes ohne einen andern Ausruf, ohne ein anderes Zeichen der Bewunderung, das heldenmütige Opfer, das er brachte, angenommen hatte.

Mercedes reichte dem Grafen die Hand und sprach, während ihre Augen sich mit Tränen befeuchteten: »Edmond, wie schön ist es von Ihrer Seite, wie groß ist das, was Sie soeben getan, wie erhaben ist es, mit einer Frau Mitleid zu haben, die mit allen ihren Hoffnungen entgegenstehenden Wahrscheinlichkeiten vor Sie trat! Ach, ich bin mehr durch den Kummer als durch die Jahre alt geworden, und ich kann meinen Edmond nicht einmal mehr durch einen Blick an jene Mercedes erinnern, in deren Anschauung er so viele Stunden hinbrachte. Oh, glauben Sie mir, Edmond, ich habe Ihnen gesagt, daß auch ich gelitten; ich wiederhole Ihnen, es ist sehr traurig, sein Leben hingehen zu sehen, ohne sich einer einzigen Freude zu erinnern, ohne eine einzige Hoffnung zu bewahren; doch dies beweist, daß noch nicht alles auf der Erde beendigt ist. Nein, es ist noch nicht alles beendigt, ich fühle es an dem, was mir noch im Herzen bleibt. Oh, ich wiederhole Ihnen, Edmond, es ist groß, es ist schön, es ist erhaben zu verzeihen, wie Sie dies getan haben!«

»Sie sagen dies, Mercedes, und was müßten Sie erst sagen, wenn Sie den Umfang des Opfers, das ich Ihnen bringe, kennen würden? Nehmen Sie an, der oberste Herr, nachdem er die Welt geschaffen, sei bei dem Drittel der Schöpfung still gestanden, um einem Engel die Tränen zu ersparen, welche unsere Verbrechen eines Tages seinen unsterblichen Augen entfließen lassen sollten; nehmen Sie an, nachdem er alles vorbereitet, alles ausgesät, alles angesponnen, habe Gott in dem Augenblick, wo er sein Werk zu bewundern im Begriff war, die Sonne ausgelöscht und mit dem Fuß die Welt in die ewige Nacht zurückgestoßen: Dann haben Sie einen Begriff, oder vielmehr nein, nein, Sie können sich keinen Begriff von dem machen, was ich verliere, wenn ich jetzt das Leben verliere.«

Mercedes schaute den Grafen mit einer Miene an, die zugleich ihr Erstaunen, ihre Bewunderung und ihre Dankbarkeit ausdrückte. Monte Christo stützte seine Stirn auf seine glühenden Hände, als ob diese Stirn nicht mehr allein das Gewicht seiner Gedanken zu tragen vermöchte.

»Edmond«, sagte Mercedes, »ich habe Ihnen nur noch ein Wort zu sagen. Sie werden sehen, daß, wenn meine Stirn erbleicht ist, wenn meine Augen erloschen sind, wenn meine Schönheit verloren ist, wenn Mercedes in ihren Gesichtszügen sich selbst nicht mehr gleicht, Sie werden sehen, daß es immer noch dasselbe Herz ist! Leben Sie wohl, Edmond; ich habe vom Himmel nichts mehr zu verlangen! Ich habe Sie wiedergesehen und so groß und edel gesehen, wie einst. Gott befohlen, Edmond... und Dank!«

Doch der Graf antwortete nicht.

Mercedes öffnete die Tür des Kabinetts und war verschwunden, ehe er aus der tiefen, schmerzlichen Träumerei erwachte, in die ihn seine verlorene Rache versenkt hatte.

Es schlug ein Uhr im Invalidenhaus, als der Graf von Monte Christo bei dem Geräusch des Wagens, der, über das Pflaster der Champs-Elysées rollend, Frau von Morcerf fortführte, den Kopf erhob.

»Ich Wahnsinniger«, sagte er, »daß ich mir nicht an dem Tag, wo ich mich zu rächen beschloß, das Herz ausgerissen habe!«

13. Das Duell

Nach dem Weggang von Mercedes versank bei Monte Christo alles wieder in Schatten. Um ihn her und in seinem Innern blieb sein Gedanke fest stehen; sein energischer Geist entschlummerte, wie es der Körper nach einer äußersten Anstrengung tut. »Wie!« sagte er zu sich selbst, während sich die Lampe und die Kerzen traurig verzehrten und die Diener ungeduldig im Vorzimmer warteten; »wie, das so langsam vorbereitete, mit so viel Mühe und so vielen Sorgen errichtete Gebäude ist mit einem einzigen Schlag, mit einem einzigen Wort, mit einem Hauch eingestürzt! Wie! Dieses Ich, das ich für etwas hielt, dieses Ich, auf das ich so stolz war, dieses Ich, das ich in den Kerkern des Schlosses If so klein gesehen und sodann so groß zu machen gewußt hatte, wird morgen ein wenig Staub sein! Ach! Es ist nicht der Tod des Körpers, was ich beklage. Was ist der Tod für mich? Eine Stufe mehr in der Ruhe und vielleicht zwei in der Stille. Nein, es ist nicht das Dasein, was ich beklage, es ist die Zertrümmerung meiner so langsam ausgearbeiteten, so fleißig aufgebauten Entwürfe. Die Vorsehung, von der ich glaubte, sie wäre für sie, war also gegen sie? Gott wollte nicht, daß sie in Erfüllung gingen.

Die Last, beinahe so schwer wie eine Welt, die ich aufgehoben habe und bis an das Ziel tragen zu können glaubte, entsprach meinem Wunsch, aber nicht meiner Kraft; meinem Willen, aber nicht meiner Macht, und ich muß sie schon auf der Hälfte des Weges niederlegen. Oh, ich werde wieder Fatalist werden, ich, den 14 Jahre der Verzweiflung und 16 Jahre der Hoffnung zu einem Anbeter der Vorsehung gemacht haben!

Und dies alles, mein Gott, weil mein Herz, das ich für tot hielt, nur entschlummert war, weil es erwachte, weil es schlug, weil ich dem Schmerz dieses Herzschlages nachgab, den die Stimme einer Frau in der Tiefe meiner Brust wieder zum Leben erweckte. Und dennoch«, fuhr der Graf, sich immer mehr in die Gedanken an den nächsten Tag vertiefend, fort, »und dennoch ist es unmöglich, daß diese Frau, ein so edles Herz, aus Selbstsucht eingewilligt hat, mich, den Mann voll Kraft und Leben, töten zu lassen! Es ist unmöglich, daß sie bis zu diesem Grade die mütterliche Liebe, oder vielmehr den mütterlichen Wahnsinn treibt! Es gibt Tugenden, deren Übertreibung ein Verbrechen wäre. Nein, sie wird irgendeine pathetische Szene ersonnen haben, sie wird kommen und sich zwischen die Degen werfen, und das wird lächerlich auf dem Grund des Erhabenen sein.«

Und die Röte des Stolzes stieg Monte Christo auf die Stirn.

»Lächerlich«, wiederholte er, »und die Lächerlichkeit wird auf mich zurückfallen... Ich, lächerlich! Lieber sterben.«

Und indem er so die schlimmen Wechselfälle des andern Tages übertrieb, zu welchem er sich, Mercedes das Leben ihres Sohnes versprechend, verurteilt hatte, kam der Graf endlich dazu, daß er sich sagte: »Dummheit! Dummheit! So den Edelmut üben und sich wie eine träge Zielscheibe vor den Pistolenlauf eines jungen Mannes stellen! Nie wird er glauben, daß mein Tod ein Selbstmord ist, und dennoch ist es von Gewicht für die Ehre meines Andenkens – daß die Welt erfährt, ich habe mich freiwillig herbeigelassen, meinen bereits zum Schlag erhobenen Arm aufzuhalten und mich mit dem gegen andere so mächtig bewaffneten Arm selbst zu schlagen. Es muß sein, und ich werde es tun.«

Und er nahm eine Feder, zog ein Papier aus dem geheimen Fach seines Bureau und schrieb unten an dieses Papier, das nichts anderes war als sein nach seiner Ankunft in Paris gemachtes Testament, eine Art von Kodizill, durch das er seinen Tod auch den am wenigsten hellsehenden Menschen begreiflich machte.

»Mein Gott! Ich tue dies«, sprach er, die Augen zum Himmel aufschlagend, »ich tue dies ebensowohl für deine Ehre als für die meinige. Oh, mein Gott! Ich habe mich seit zehn Jahren als den Abgesandten deiner Rache betrachtet, und es soll sich nicht ein anderer Elender, als dieser Morcerf, es soll nicht ein Danglars, ein Villefort, es soll nicht einmal dieser Morcerf sich einbilden, der Zufall habe sie von ihrem Feind befreit. Sie mögen erfahren, daß die Vorsehung, welche bereits ihre Bestrafung beschlossen, durch die Macht meines Willens allein eine Änderung erlitten hat; daß die auf dieser Welt vermiedene Bestra-

fung in der andern Welt ihrer harrt und daß sie die Zeit nur gegen die Ewigkeit verwechselt haben.«
Während er zwischen diesen düstern Ungewißheiten und schlimmen Träumen des durch den Schmerz erweckten Menschen schwebte, begann der Tag an den Fenstern zu erscheinen und unter seinen bleichen Händen das Papier zu erhellen, auf das er diese letzte Rechtfertigung der Vorsehung geschrieben hatte. Plötzlich drang ein leichtes Geräusch an sein Ohr. Monte Christo glaubte etwas wie einen erstickten Seufzer gehört zu haben; er wandte den Kopf, schaute umher und sah niemand. Nun wiederholte sich das Geräusch deutlich genug, daß auf den Zweifel die Gewißheit folgte.
Da stand der Graf auf, öffnete sachte die Tür des Salons und sah auf einem Lehnstuhl, die Arme hängend, den schönen, bleichen Kopf zurückgeneigt, Haydee, die sich quer vor die Tür gesetzt hatte, damit er nicht, ohne sie zu sehen, hinausgehen könnte, aber nach einem langen Wachen durch den gegen ihre Jugend so mächtigen Schlaf überwältigt worden war.
Das Geräusch der Tür beim Öffnen vermochte Haydee nicht im Schlaf zu stören. Monte Christo heftete einen Blick voll Weichheit und Mitleid auf sie.
»Sie hat sich erinnert, daß sie einen Sohn besitzt«, sagte er, »und ich habe vergessen, daß ich eine Tochter besitze.« Dann fuhr er, traurig den Kopf schüttelnd, fort: »Arme Haydee! Sie wollte mich sehen, sie wollte mich sprechen, sie hat etwas befürchtet oder erraten... Ah! Ich kann nicht von hinnen, ohne ihr Lebewohl zu sagen, ich kann nicht sterben, ohne sie irgend jemand anzuvertrauen.«
Und er kehrte sacht an seinen Platz zurück und schrieb unter die ersten Zeilen:

»Ich vermache Maximilian Morel, Kapitän der Spahis und Sohn meines ehemaligen Patrons Pierre Morel, Reeders in Marseille, die Summe von 20 Millionen, wovon ein Teil von ihm seiner Schwester Julie und seinem Schwager Emanuel angeboten werden soll, wenn er nicht glaubt, ein solcher Vermögenszuwachs könnte ihrem Glück schaden. Diese zwanzig Millionen sind in meiner Grotte in Monte Christo vergraben, deren Geheimnis Bertuccio kennt.
Ist sein Herz frei, und er will Haydee, die Tochter von Ali Pascha von

Janina, heiraten, welche ich mit der Liebe eines Vaters erzogen habe und die für mich die Liebe und Zärtlichkeit einer Tochter gehabt hat, so wird er dadurch meinen letzten Wunsch erfüllen.
Gegenwärtiges Testament hat bereits Haydee zur Erbin meines übrigen Vermögens gemacht, bestehend in Ländereien, Renten auf England, Österreich und Holland und in dem Mobiliar von meinen verschiedenen Palästen und Häusern, was sich, nach Abzug dieser zwanzig Millionen und der verschiedenen Legate zugunsten meiner Diener, immer noch auf sechzig Millionen belaufen mag.«

Er vollendete eben die letzte Zeile, als ein hinter ihm ausgestoßener Schrei die Feder aus seinen Händen fallen ließ.
»Haydee«, sagte er, »du hast gelesen?«
Erweckt durch den Tag, der auf ihre Augenlider fiel, hatte sie sich in der Tat erhoben und dem Grafen genähert, ohne daß er ihre leichten und überdies durch den Teppich gedämpften Tritte hörte.
»Oh, mein Herr«, sprach sie, die Hände faltend, »warum schreibst du zu einer solchen Stunde? Warum vermachst du mir dein ganzes Vermögen, mein Herr? Du verläßt mich?«
»Ich will eine Reise machen, liebes Kind«, entgegnete Monte Christo mit einem Ausdruck voll unendlicher Schwermut und Zärtlichkeit, »und wenn mir Unglück widerführe...« Der Graf hielt inne.
»Nun?« fragte Haydee mit einer Bestimmtheit, die der Graf nicht an ihr kannte.
»Nun, wenn mir das Unglück widerführe«, sagte Monte Christo, »so will ich, daß meine Tochter glücklich sein soll.«
Haydee schüttelte traurig den Kopf und sprach: »Du denkst an den Tod, o Herr?«
»Es ist ein heilsamer Gedanke, wie der Weise sagt.«
»Wohl, wenn du stirbst«, sprach sie, »so vermache dein Vermögen anderen, denn ich brauche nichts mehr.«
Und sie nahm das Papier und zerriß es in vier Stücke, die sie mitten in das Zimmer warf. Doch diese für eine Sklavin so ungewöhnliche Energie hatte ihre Kräfte erschöpft, und sie fiel, diesmal nicht mehr entschlummernd, sondern ohnmächtig auf den Boden. Monte Christo neigte sich auf sie herab und hob sie in seine Arme empor; und als er dieses schöne, bleiche Antlitz,

diese schönen, geschlossenen Augen, diesen schönen, unbelebten Körper sah, kam ihm zum erstenmal der Gedanke, sie liebe ihn vielleicht auf eine andere Weise, als wie eine Tochter ihren Vater liebt.

»Ach!« murmelte er mit einer tiefen Entmutigung, »ich hätte vielleicht noch glücklich sein können!«

Dann trug er Haydee in ihr Gemach, übergab sie hier, noch ohnmächtig, den Händen ihrer Frauen, kehrte in sein Kabinett zurück, das er nun rasch schloß, und schrieb das zerstörte Testament noch einmal. Als er vollendete, ließ sich das Geräusch eines in den Hof fahrenden Wagens hören. Monte Christo näherte sich dem Fenster und sah Maximilian und Emanuel aussteigen.

»Gut«, sagte er, »es war Zeit!« Und er versiegelte sein Testament mit einem dreifachen Siegel.

Nach einem Augenblick hörte er das Geräusch von Tritten im Salon, und er öffnete selbst. Morel erschien auf der Schwelle; er kam zwanzig Minuten vor der verabredeten Stunde.

»Ich komme vielleicht zu früh, Herr Graf«, sagte er, »aber ich gestehe offenherzig, ich konnte keine Minute schlafen, und so war es mit dem ganzen Haus. Um wieder ich selbst zu werden, mußte ich Sie stark in Ihrer mutigen Sicherheit sehen.«

Monte Christo vermochte diesem Beweis von Zuneigung nicht zu widerstehen, und er reichte dem jungen Mann nicht die Hand, sondern er öffnete ihm seine Arme.

»Morel«, sprach er mit bewegter Stimme, »es ist ein schöner Tag für mich, der Tag, an dem ich mich von einem Mann, wie Sie sind, geliebt fühle... Guten Morgen, Herr Emanuel. Sie kommen also mit mir, Maximilian?«

»Bei Gott!« erwiderte der junge Mann, »haben Sie daran gezweifelt?«

»Ich hatte jedoch unrecht...«

»Hören Sie, ich beobachtete Sie gestern während der ganzen Herausforderungsszene, ich dachte an Ihre Sicherheit die ganze Nacht hindurch und sagte mir, die Gerechtigkeit müßte für Sie sein, sonst könnte man sich ganz und gar nicht mehr auf das Gesicht der Menschen verlassen.«

»Ich danke, Morel.«

Dann schlug der Graf einmal auf das Glöckchen und sprach zu Ali, der sogleich eintrat: »Laß dies zu meinem Notar tragen. Es ist mein Testament, Morel. Wenn ich tot bin, nehmen Sie Kenntnis davon.«
»Wie!« rief Morel, »Sie tot?«
»Muß man nicht auf alles gefaßt sein, lieber Freund? Doch was haben Sie gemacht, als Sie mich gestern verließen?«
»Ich ging zu Tortoni, wo ich, wie ich erwartete, Beauchamp und Chateau-Renaud fand. Ich gestehe, daß ich sie suchte.«
»Warum dies, da alles abgemacht war?«
»Nun, ich hoffte die Waffen verändern und die Pistole durch den Degen ersetzen zu lassen. Die Pistole ist blind.«
»Ist es Ihnen gelungen?« fragte Monte Christo rasch und mit einem leichten Schimmer der Hoffnung.
»Nein, denn man kennt Ihre Stärke im Degen.«
»Und Sie sind gescheitert?«
»Sie haben es entschieden ausgeschlagen.«
»Morel«, sprach der Graf, »Sie sahen mich nie mit Pistolen schießen?«
»Nein.«
»Wohl, wir haben noch Zeit, sehen Sie.«
Monte Christo nahm seine Pistolen, klebte ein Kreuzas an die Scheibe und schoß mit vier aufeinanderfolgenden Schüssen die vier Zweige des Kreuzes weg. Bei jedem Schuß erbleichte Morel.
Er untersuchte die Kugeln, mit denen Monte Christo dieses Kraftstück ausführte, und sah, daß sie nicht dicker waren als Rehschrote.
»Das ist furchtbar«, sagte er, »sehen Sie, Emanuel!« Dann sich gegen Monte Christo umwendend: »Graf, im Namen des Himmels, töten Sie Albert nicht, der Unglückliche hat eine Mutter!«
»Das ist richtig«, sagte Monte Christo, »und ich habe keine.«
Diese Worte wurden in einem Ton gesprochen, der Morel beben machte.
»Sie sind der Beleidigte, Graf, und schießen zuerst.«
»Ich schieße zuerst.«
»Oh, das habe ich erlangt, oder vielmehr gefordert.«
»Auf wieviel Schritte?«

»Auf zwanzig.«
Ein furchtbares Lächeln zog über die Lippen des Grafen hin, als er sagte: »Morel, vergessen Sie nicht, was Sie soeben gesehen haben.«
»Ich rechne nur auf Ihre Aufregung, um Albert zu retten«, sprach der junge Mann.
»Ich aufgeregt?« entgegnete Monte Christo.
»Oder auf Ihren Edelmut, mein Freund; bei der Sicherheit Ihres Schusses kann ich Ihnen nur eins sagen, was lächerlich wäre, wenn ich es einem anderen sagen würde.«
»Was?«
»Zerschmettern Sie ihm den Arm, verwunden Sie ihn, aber töten Sie ihn nicht.«
»Morel, hören Sie noch folgendes: Ich bedarf keiner Aufmunterung, um Herrn von Morcerf zu schonen; Herr von Morcerf, das künde ich Ihnen zum voraus an, wird so gut geschont sein, daß er ruhig mit seinen zwei Freunden zurückkommt, während ich...«
»Nun! Sie?«
»Oh, das ist etwas anderes; man wird mich zurücktragen.«
»Gehen Sie!« rief Maximilian außer sich.
»Es ist, wie ich Ihnen sage, mein lieber Morel, Herr von Morcerf wird mich töten.«
Morel schaute den Grafen wie ein Mensch an, der nicht mehr begreift.
»Was ist Ihnen seit gestern abend begegnet?«
»Es ist mir begegnet, was Brutus am Vorabend der Schlacht von Philippi begegnete: Ich habe ein Gespenst gesehen.«
»Und dieses Gespenst?«
»Dieses Gespenst sagte mir, ich habe genug gelebt.«
Maximilian und Emanuel schauten sich an; Monte Christo zog seine Uhr und sagte: »Gehen wir, es ist sieben Uhr, und die Zusammenkunft ist auf punkt acht Uhr bestellt.«
Ein angespannter Wagen wartete; Monte Christo stieg mit seinen zwei Zeugen ein. Als man durch den Flur ging, blieb Monte Christo vor einer Tür stehen, um zu horchen; Maximilian und Emanuel, die aus Diskretion einige Schritte vorausgegangen waren, glaubten ihn seufzen zu hören.

Schlag acht war man an dem Platz des Duells.
»Wir sind an Ort und Stelle und kommen zuerst«, sagte Morel, den Kopf durch den Kutschenschlag steckend.
»Der Herr wird mich entschuldigen«, versetzte Baptistin, der seinem Gebieter mit einem unsäglichen Schrecken gefolgt war, »ich glaube dort unter den Bäumen einen Wagen zu bemerken.«
Monte Christo sprang leicht aus seiner Kalesche und gab Emanuel und Maximilian die Hand, um ihnen aussteigen zu helfen. Maximilian hielt die Hand des Grafen in der seinigen zurück. »Das gefällt mir«, sagte er, »das ist eine Hand, wie ich sie gern bei einem Mann sehe, dessen Leben auf seiner guten Sache beruht.«
»Ich erblicke wirklich zwei junge Männer, die auf- und abgehen und zu warten scheinen«, sprach Emanuel.
Monte Christo zog Morel nicht beiseite, sondern ein paar Schritte hinter seinen Schwager zurück und fragte ihn:
»Maximilian, ist Ihr Herz frei?«
Morel schaute Monte Christo erstaunt an.
»Ich verlange kein Geständnis von Ihnen, mein Freund, ich richte eine einfache Frage an Sie; antworten Sie ja oder nein, mehr verlange ich nicht von Ihnen.«
»Ich liebe ein Mädchen, Graf.«
»Lieben Sie es innig?«
»Mehr als mein Leben.«
»Da entgeht mir abermals eine Hoffnung«, sprach Monte Christo. Dann murmelte er mit einem Seufzer: »Arme Haydee!«
»In der Tat, Graf«, rief Morel, »wenn ich Sie weniger kennen würde, müßte ich Sie für minder tapfer halten, als Sie sind.«
»Weil ich an jemand denke, den ich verlassen soll, und seufze! Gehen Sie, Morel, vesteht sich ein Soldat so wenig auf den Mut! Ist es das Leben, was ich beklage? Was ist mir an Leben oder Sterben gelegen, mir, der ich zwanzig Jahre zwischen Leben und Tod zugebracht habe? Seien Sie übrigens unbesorgt, diese Schwäche, wenn man es eine Schwäche nennen darf, ist nur für Sie vorhanden. Ich weiß, daß die Welt ein Salon ist, den man höflich und anständig, das heißt grüßend und seine Spielschulden bezahlend, verlassen muß.«

»Gut! Das heiße ich sprechen«, sagte Morel. »Doch haben Sie Ihre Waffen mitgebracht?«
»Ich? Warum? Ich hoffe, diese Herren werden die ihrigen haben.«
»Ich will mich erkundigen.«
Morel ging auf Beauchamp und Chateau-Renaud zu. Als diese die Bewegung von Maximilian bemerkten, traten sie ihm einige Schritte entgegen. Die drei jungen Leute grüßten sich, wenn nicht freundlich, doch wenigstens höflich.
»Verzeihen Sie, meine Herren«, sprach Morel, »doch ich sehe Herrn von Morcerf nicht.«
»Er hat uns heute morgen sagen lassen, er würde erst an Ort und Stelle mit uns zusammentreffen.«
»Übrigens kommt hier ein Wagen«, bemerkte Chateau-Renaud.
Es kam wirklich in scharfem Trab ein Wagen durch eine der Alleen herbei, die an dem Kreuzweg ausmündeten, wo man sich befand.
»Meine Herren«, sagte Morel, »ohne Zweifel haben Sie Pistolen bei sich, Herr von Monte Christo erklärt, er leiste auf sein Recht, sich der seinigen zu bedienen, Verzicht.«
»Wir sahen diese Zartheit von seiten des Grafen voraus, Herr Morel«, antwortete Beauchamp, »und ich brachte die Pistolen mit, die ich mir vor acht Tagen gekauft habe. Sie sind ganz neu und haben noch niemand gedient; wollen Sie dieselben untersuchen?«
»Oh, Herr Beauchamp«, erwiderte Morel, sich verbeugend, »wenn Sie mir versichern, Herr von Morcerf kenne diese Waffen nicht, so mögen Sie sich wohl denken, daß Ihr Wort genügt.«
»Meine Herren«, sprach Chateau-Renaud, »nicht Morcerf ist in diesem Wagen angekommen, sondern Franz und Debray.«
»Sie hier, meine Herren!« sagte Chateau-Renaud, mit jedem einen Händedruck austauschend, »und durch welchen Zufall?«
»Albert hat uns bitten lassen, wir möchten uns hier einfinden.«
Beauchamp und Chateau-Renaud schauten sich erstaunt an.
»Meine Herren«, versetzte Morel, »ich glaube zu begreifen.«
»Lassen Sie hören.«

»Gestern nachmittag erhielt ich einen Brief von Herrn von Morcerf, der mich bat, in die Oper zu kommen.«
»Und ich auch«, sagte Debray.
»Und ich auch«, sprach Franz.
»Und wir auch«, sagten Chateau-Renaud und Beauchamp.
»Sie sollten nach seinem Willen bei der Herausforderung gegenwärtig sein«, fuhr Morel fort, »und sollen nun auch seinem Zweikampf beiwohnen.«
»Ja«, sprachen die jungen Leute, »so ist es, Herr Maximilian, und aller Wahrscheinlichkeit nach haben Sie richtig erraten.«
»Doch bei alledem kommt Albert nicht«, murmelte Chateau-Renaud, »er ist um zehn Minuten zu spät.«
»Hier kommt er«, rief Beauchamp, »er ist zu Pferd und reitet von seinem Bedienten gefolgt mit Windeseile.«
»Welche Unklugheit«, sprach Chateau-Renaud, »zu Pferd zu kommen, um sich auf Pistolen zu schlagen! Ich habe ihm doch eine so gute Lektion gegeben!«
»Und dann, sehen Sie«, sagte Beauchamp, »mit einem Kragen an der Halsbinde, mit einem offenen Rock und einer weißen Weste; warum hat er sich nicht einen schwarzen Fleck auf den Magen zeichnen lassen, das wäre ganz einfach und früher fertig gewesen.«
Während dieser Zeit war Albert bis auf zehn Schritte zu der Gruppe gekommen, welche die fünf jungen Leute bildeten; er hielt sein Pferd an, sprang zu Boden und warf die Zügel seinem Bedienten zu.
Albert war bleich und hatte rote, geschwollene Augen; man sah, daß er die ganze Nacht keine Minute geschlafen.
Über sein ganzes Antlitz war eine Färbung von traurigem Ernst verbreitet, wie man dies gewöhnlich nicht bei ihm fand.
»Ich danke, meine Herren, daß Sie die Güte gehabt haben, meiner Einladung zu entsprechen«, sagte er, »glauben Sie mir, ich bin Ihnen für dieses Zeichen der Freundschaft im höchsten Maße erkenntlich.«
Morel hatte, als sich Morcerf näherte, zehn Schritte rückwärts gemacht und stand entfernt.
»Auch Ihnen gebührt mein Dank, Herr Morel«, sprach Albert. »Kommen Sie zu uns, Sie sind nicht zuviel hier.«

»Mein Herr«, erwiderte Maximilian, »Sie wissen vielleicht nicht, daß ich der Zeuge des Herrn von Monte Christo bin.«
»Ich war dessen nicht gewiß, doch vermutete ich es. Desto besser! Je mehr Ehrenmänner hier anwesend sind, desto mehr werde ich mich befriedigt fühlen.«
»Herr Morel«, sprach Chateau-Renaud, »Sie können dem Herrn Grafen von Monte Christo ankündigen, daß Herr von Morcerf eingetroffen ist und daß wir zu seiner Verfügung stehen.«
Morel machte eine Bewegung, um sich seines Auftrages zu entledigen. Beauchamp zog zu gleicher Zeit sein Pistolenkästchen aus dem Wagen.
»Warten Sie, meine Herren«, sprach Albert, »ich habe Herrn von Monte Christo ein paar Worte zu sagen.«
»Unter vier Augen?« fragte Morel.
»Nein, vor jedermann.«
Die Zeugen von Albert schauten sich erstaunt an; Franz und Debray wechselten ein paar Worte mit leiser Stimme, und Morel kehrte, freudig, über diesen unerwarteten Zwischenfall, zu dem Grafen zurück, der mit Emanuel spazierenging.
»Was will er von mir?« fragte Monte Christo.
»Ich weiß es nicht, doch er verlangt mit Ihnen zu sprechen.«
»Oh, er versuche Gott nicht durch eine neue Beleidigung!« sagte Monte Christo.
»Ich glaube nicht, daß dies seine Absicht ist«, entgegnete Morel.
Der Graf ging, begleitet von Maximilian und Emanuel, vorwärts; sein ruhiges, heiteres Antlitz stand in seltsamem Widerspruch mit dem verstörten Gesicht von Albert, der sich ihm, gefolgt von den vier jungen Leuten, näherte.
Drei Schritte voneinander blieben Albert und der Graf stehen.
»Meine Herren, nähern Sie sich«, sprach Albert; »kein Wort von dem, was ich Herrn von Monte Christo zu sagen die Ehre haben werde, soll verlorengehen, denn was ich sage, mögen Sie jedem wiederholen, der es hören will, so seltsam meine Rede auch erscheinen mag.«
»Ich warte, mein Herr«, sagte der Graf.
»Mein Herr Graf«, sprach Albert mit einer anfangs zitternden

Stimme, die jedoch immer mehr Sicherheit gewann, »mein Herr Graf, ich machte Ihnen zum Vorwurf, daß Sie das Benehmen des Herrn von Morcerf in Epirus verbreiteten, denn so schuldig auch Herr von Morcerf war, so glaubte ich doch nicht, Sie wären berechtigt, ihn zu bestrafen. Heute aber weiß ich, daß Sie dieses Recht erlangt haben. Es ist nicht der Verrat von Fernand Mondego gegen Ali Pascha, was mich so bereitwillig macht, Sie zu entschuldigen, es ist der Verrat des Fischers Fernand gegen Sie, es ist das unerhörte Unglück, das die Folge dieses Verrats gewesen ist. Auch sage ich und erkläre ich laut: Ja, mein Herr, Sie haben recht gehabt, sich an meinem Vater zu rächen, und ich, sein Sohn, danke Ihnen, daß Sie nicht mehr getan.«

Hätte der Blitz mitten unter die Zuschauer dieser unerwarteten Szene geschlagen, sie wären sicherlich nicht mehr erstaunt gewesen, als sie es bei dieser Erklärung von Albert waren.

Monte Christo erhob langsam die Augen zum Himmel mit einem Ausdruck unendlicher Dankbarkeit, und er konnte nicht genug bewundern, wie die aufbrausende Natur von Albert, dessen Mut er unter den römischen Banditen kennengelernt hatte, sich völlig unter dieser Demütigung beugte. Er erkannte den Einfluß von Mercedes und begriff, wie dieses edle Herz sich dem Opfer nicht widersetzt hatte, von dem es zum voraus wußte, daß es unnötig sein sollte.

»Wenn Sie nun meine Entschuldigungen genügend finden, mein Herr«, sagte Albert, »so bitte ich Sie, geben Sie mir Ihre Hand. Nach dem so seltenen Verdienst der Unfehlbarkeit, welches das Ihrige zu sein scheint, ist meiner Ansicht nach das erste von allen Verdiensten das, sein Unrecht einzugestehen. Doch dieses Geständnis geht mich allein an.«

Das Auge feucht, die Brust beklommen, den Mund halb geöffnet, reichte Monte Christo Albert seine Hand, die dieser mit einem Gefühl drückte, das einem ehrfurchtsvollen Schrecken glich.

»Meine Herren«, sagte er, »Herr von Monte Christo hat die Güte, meine Entschuldigungen anzunehmen; ich hatte voreilig gegen ihn gehandelt. Die Eile ist eine schlechte Ratgeberin, ich handelte schlecht. Nun ist mein Fehler wiedergutgemacht. Ich

hoffe, die Welt wird mich nicht für feig halten, weil ich getan, was mir mein Gewissen befohlen. Doch in jedem Fall, wenn man sich über mich täuschen würde«, sprach der junge Mann, stolz das Haupt erhebend und als ob er eine Aufforderung an seine Freunde und an seine Feinde richtete, »in jedem Fall würde ich darnach trachten, die Ansichten über mich in das rechte Geleis zu bringen.«

»Was hat sich denn in der letzten Nacht ereignet?« fragte Beauchamp Chateau-Renaud; »es scheint mir, wir spielen hier eine traurige Rolle.«

»In der Tat, was Albert getan, ist entweder sehr erbärmlich oder sehr schön«, antwortete der Baron.

»Ah, lassen Sie hören«, fragte Franz Debray, »was soll das bedeuten? Wie! Der Graf von Monte Christo entehrt Herrn von Morcerf, und er hat recht in den Augen seines Sohnes? Hätte ich zehn Janina in meiner Familie, so würde ich mich verpflichtet haben, mich zehnmal zu schlagen.«

Die Stirn gesenkt, die Arme schlaff, niedergebeugt unter der Last von 24 Jahren der Erinnerung, dachte Monte Christo weder an Albert noch an Beauchamp, noch an Chateau-Renaud, noch an irgendeinen von denen, welche sich auf dem Platz fanden, sondern er dachte an die mutige Frau, die ihn um das Leben ihres Sohnes gebeten, der er das seinige angeboten und die ihm dasselbe durch das furchtbare Geständnis eines Familiengeheimnisses gerettet, das imstande war, für immer in dem jungen Mann das Gefühl der Sohnesliebe zu töten.

»Stets die Vorsehung«, murmelte er. »Ah, heute erst weiß ich ganz gewiß, daß ich der Abgesandte Gottes bin.«

14. Mutter und Sohn

Der Graf von Monte Christo grüßte die fünf jungen Männer mit einem Lächeln voll Schwermut und Würde und stieg mit Emanuel und Maximilian wieder in seinen Wagen.

Albert, Beauchamp und Chateau-Renaud blieben allein zurück. Der junge Mann heftete auf seine zwei Zeugen einen Blick, der sie, ohne schüchtern zu sein, doch um ihre Ansicht über das, was vorgefallen war, zu fragen schien.

»Meiner Treu, mein Freund«, sagte zuerst Beauchamp »erlauben Sie mir, Ihnen Glück zu wünschen; das ist eine sehr unerwartete Entwicklung einer höchst unangenehmen Geschichte.« Albert blieb stumm und in seine Gedanken versunken. Chateau-Renaud begnügte sich, seinen Stiefel mit seinem Stock zu peitschen. »Gehen wir nicht?« sagte er nach diesem peinlichen Stillschweigen.

»Wann es Ihnen beliebt«, erwiderte Beauchamp; »lassen Sie mir nur Zeit, Herrn von Morcerf mein Kompliment zu machen, er hat heute einen Beweis von so ritterlichem, von so... seltenem Edelmut abgelegt!«

»Oh, ja«, versetzte Chateau-Renaud.

»Es ist herrlich, eine so große Selbstbeherrschung bewahren zu können!« fuhr Beauchamp fort.

»Sicherlich; ich, was mich betrifft, wäre dazu unfähig gewesen«, versetzte Chateau-Renaud mit einer immer mehr bezeichnenden Kälte.

»Meine Herren«, unterbrach sie Albert, »ich glaube, Sie haben nicht begriffen, daß zwischen Herrn von Monte Christo und mir etwas sehr Ernstes vorgefallen ist...«

»Doch, doch!« entgegnete Beauchamp rasch; »es werden aber nicht alle unsere jungen Herren imstande sein, Ihren Heldenmut zu begreifen, und früher oder später dürften Sie sich genötigt sehen, ihnen die Sache energischer zu erklären, als es für die Gesundheit Ihres Körpers und für die Dauer Ihres Lebens zuträglich sein möchte. Soll ich Ihnen einen Freundesrat geben? Reisen Sie nach Neapel, nach St. Petersburg, in ruhige Länder, wo man im Punkt der Ehre vernünftiger ist als bei unsern verbrannten Pariser Gehirnen. Sind Sie einmal dort, so schießen Sie mit der Pistole aus Leibeskräften und üben Sie sich in Quarten und Terzen vom Morgen bis in die Nacht: Machen Sie sich hinreichend vergessen, um friedlich in einigen Jahren nach Frankreich zurückzukehren, oder hinreichend achtungswert in Beziehung auf akademische Übungen, um Ihre Ruhe wiederzuerobern. Nicht wahr, ich habe recht, Herr von Chateau-Renaud?«

»Ich bin vollkommen Ihrer Meinung«, antwortete der Edelmann, »nichts ruft so viele ernste Duelle hervor als ein Duell ohne Erfolg.«

»Ich danke, meine Herren«, erwiderte Albert mit einem kalten Lächeln, »ich werde Ihren Rat befolgen, nicht weil Sie mir ihn geben, sondern weil es meine Absicht war, Frankreich zu verlassen. Ich danke Ihnen ebenfalls für den Dienst, den Sie mir dadurch geleistet, daß Sie mir als Zeugen dienten. Er ist tief in mein Herz eingegraben, da ich nach den Worten, die ich soeben gehört, mich nur noch seiner erinnere.«
Chateau-Renaud und Beauchamp schauten sich an, der Eindruck war derselbe bei beiden, und der Ton, mit dem Morcerf seinen Dank ausgedrückt, trug das Gepräge von solcher Entschlossenheit an sich, daß die Lage für alle peinlich geworden wäre, wenn das Gespräch fortgedauert hätte.
»Gott befohlen, Albert«, sagte plötzlich Beauchamp, dem jungen Mann eine Hand reichend, ohne daß dieser aus seiner Lethargie zu erwachen schien.
Er erwiderte in der Tat das Anerbieten dieser Hand nicht.
»Gott befohlen!« sagte Chateau-Renaud, in der linken Hand sein Stöckchen haltend und mit der rechten grüßend.
Die Lippen von Albert murmelten kaum: »Gott befohlen!« Sein Blick war deutlicher, er enthielt ein ganzes Kapitel von gepreßtem Zorn, von stolzer Verachtung, von edler Entrüstung. Als seine zwei Zeugen wieder in den Wagen gestiegen waren, beobachtete er eine Zeitlang eine unbewegliche, schwermütige Haltung; dann machte er sein Pfed vom Baum los, sprang leicht in den Sattel und ritt im Galopp nach Paris zurück. Eine Viertelstunde nachher war er im Hof des Hauses der Rue du Helder. Als er vom Pferd stieg, glaubte er das bleiche Gesicht seines Vaters in dessen Schlafzimmer zu erblicken; Albert wandte mit einem Seufzer den Kopf ab und kehrte in seinen Pavillon zurück. Hier warf er einen letzten Blick auf alle diese Reichtümer, die ihm das Leben seit seiner Kindheit so süß und so glücklich gemacht hatten. Er beschaute noch einmal dieses Gemälde, deren Gesichter ihm zulächeln, deren Landschaften in Saft und glühende Farben zu treten schienen. Dann nahm er das Porträt seiner Mutter ab, das er zusammenrollte, und der goldene Rahmen blieb leer. Hiernach ordnete er seine schönen türkischen Waffen, seine Gewehre, seine Trinkschalen, seine kunstreichen Bronzen, durchsuchte seine Schränke, warf in eine

Schublade seines Sekretärs alles Taschengeld, das er bei sich trug, fügte die tausend Phantasiekleinodien bei, welche seine Schalen, seine Etuis, seine Etageren bevölkerten; machte von allem ein genaues Inventar und legte dieses auf die am meisten in die Augen fallende Stelle eines Tisches, nachdem er diesen Tisch von den darauf aufgehäuften Büchern und Papieren befreit hatte.

Beim Anfang dieser Arbeit war sein Diener, trotz Alberts Befehl, ihn allein zu lassen, in sein Zimmer getreten.

»Was wollen Sie?« fragte ihn Morcerf mit mehr traurigem als zornigem Ton.

»Verzeihen Sie, Herr Vicomte«, erwiderte der Kammerdiener, »Sie haben mir allerdings verboten, Sie zu stören, aber der Herr Graf von Morcerf läßt mich rufen. Ich wollte mich nicht zu dem Herrn Grafen begeben, ohne vorher Ihre Befehle zu hören.«

»Warum dies?«

»Weil der Herr Graf ohne Zweifel weiß, daß ich den Herrn Vicomte auf den Platz begleitet habe, und wenn er mich rufen läßt, so geschieht es ohne Zweifel, um mich über das, was vorgefallen ist, zu befragen. Was soll ich antworten?«

»Die Wahrheit.«

»Also werde ich sagen, das Duell habe nicht stattgefunden?«

»Sie sagen, ich habe mich bei dem Herrn Grafen von Monte Christo entschuldigt; gehen Sie.«

Der Kammerdiener verbeugte sich und verließ das Zimmer.

Albert ging wieder an sein Inventar.

Als er diese Arbeit vollendete, näherte er sich dem Fenster und sah seinen Vater in seine Kalesche steigen und ausfahren.

Kaum war die Tür des Hauses wieder hinter dem Grafen geschlossen, als Albert sich nach dem Zimmer seiner Mutter wandte, und da niemand anwesend war, um ihn zu melden, so drang er bis in das Schlafzimmer von Mercedes und blieb, das Herz angeschwollen von dem, was er sah, und von dem, was er erriet, auf der Schwelle stehen.

Als ob dieselbe Seele diese zwei Körper belebt hätte, machte Mercedes in ihrer Wohnung, was Albert in der seinigen getan hatte. Alles war in Ordnung gebracht: Die Spitzen, die Schmucksachen, die Juwelen, das Weißzeug und das Geld lagen

im Grunde der Schubladen aufgereiht, deren Schlüssel die Gräfin sorgfältig sammelte.
Albert sah alle diese Vorbereitungen; er begriff sie und stürzte mit dem Ausruf: »Meine Mutter!« Mercedes um den Hals.
Dieser ganze Aufwand von energischer Entschlossenheit, der Albert für sich selbst nicht bange gemacht hatte, erschreckte ihn für seine Mutter. »Was tun Sie denn?« fragte er.
»Was hast du getan?« erwiderte sie.
»Oh, meine Mutter«, rief Albert, dergestalt bewegt, daß er kaum sprechen konnte, »es ist bei Ihnen nicht so wie bei mir: nein, Sie können nicht beschlossen haben, was ich beschloß; denn ich komme, um Sie in Kenntnis zu setzen, daß ich Ihrem Haus und... Ihnen Lebewohl sage.«
»Ich auch, Albert, ich reise auch. Ich gestehe, ich rechnete darauf, mein Sohn würde mich begleiten; habe ich mich getäuscht?«
»Meine Mutter«, erwiderte Albert mit Festigkeit, »ich kann Sie das Schicksal nicht teilen lassen, das ich mir bestimme. Ich muß fortan ohne Namen und ohne Vermögen leben; um die Lehrzeit dieses rauhen Daseins durchzumachen, muß ich von einem Freund das Brot entlehnen, das ich von jetzt bis zu dem Augenblick essen werde, wo ich anderes verdiene. Meine gute Mutter, ich gehe auf der Stelle zu Franz, um ihn zu bitten, mir die kleine Summe zu leihen, die ich meiner Berechnung nach brauche.«
»Du, mein armes Kind«, rief Mercedes, »du sollst Armut erdulden, sollst Hunger fühlen? Oh, sage dies nicht, du würdest alle meine Entschlüsse zerstören.«
»Doch nicht die meinigen, meine Mutter«, entgegnete Albert. »Ich bin jung, ich bin stark, bin, wie ich glaube, mutig und habe seit gestern gelernt, was der Wille vermag. Ach, meine Mutter, es gibt Menschen, die soviel gelitten und nicht nur nicht gestorben sind, sondern sich sogar ein neues Glück auf den Trümmern aller Gunstverheißungen des Himmels, auf den Trümmern aller Hoffnungen, die ihnen Gott gegeben, aufgebaut haben! Ich habe dies erfahren, meine Mutter, ich habe diese Menschen gesehen, ich weiß, daß sie sich aus der Tiefe des Abgrundes, in den sie ihre Feinde versenkt, mit soviel Kraft und Ruhm wieder erhoben, daß sie ihre ehemaligen Besieger beherrschten und

ebenfalls stürzten. Nein, meine Mutter, nein: Ich habe von diesem Augenblick an mit der Vergangenheit gebrochen und nehme nichts mehr von ihr an, nicht einmal meinen Namen; denn Sie begreifen, Ihr Sohn kann nicht den Namen eines Menschen führen, der vor einem andern erröten muß!«
»Albert, mein Kind, wenn ich ein stärkeres Herz gehabt hätte, so würde ich dir diesen Rat gegeben haben; dein Gewissen hat gesprochen, während meine erloschene Stimme schwieg; höre auf dein Gewissen. Du hattest Freunde, Albert, brich für den Augenblick mit ihnen, aber im Namen deiner Mutter, verzweifle nicht! Das Leben ist noch schön in deinem Alter, mein Albert, denn du bist kaum 22 Jahre alt, und da ein so reines Leben, wie das deinige, eines fleckenlosen Namens bedarf, so nimm den meines Vaters an: er hieß Herrera. Ich kenne dich, mein Albert, welche Laufbahn du auch verfolgen magst, du wirst diesen Namen in kurzer Zeit berühmt machen. Dann, mein Freund, erscheine wieder in der Welt, glänzender durch den Schimmer deines vergangenen Unglücks, und wenn dies trotz aller meiner Ahnungen nicht so sein soll, so laß mir wenigstens die Hoffnung, mir, die ich nur noch diesen einzigen Gedanken haben werde, mir, die ich keine Zukunft mehr vor mir sehe und für die das Grab auf der Schwelle dieses Hauses beginnt.«
»Ich werde nach Ihren Wünschen tun, meine Mutter«, antwortete der junge Mann; »ja, ich teile Ihre Hoffnungen; der Herr des Himmels wird uns bei Ihrer Reinheit und bei meiner Unschuld nicht verfolgen. Doch da wir entschlossen sind, handeln wir schnell. Herr von Morcerf hat das Haus vor ungefähr einer halben Stunde verlassen; die Gelegenheit ist, wie Sie sehen, günstig, um den Lärm und die Erklärungen zu vermeiden.«
»Ich erwarte dich, mein Sohn«, sprach Mercedes.
Albert lief sogleich nach dem Boulevard, von wo er einen Fiaker zurückbrachte, der sie aus dem Haus wegführen sollte. Er erinnerte sich eines gewissen kleinen eingerichteten Hauses in der Rue des Saint Peres, wo seine Mutter eine bescheidene, aber anständige Wohnung finden würde; er kehrte also zurück, um die Gräfin zu holen.
In dem Augenblick, wo der Fiaker vor dem Haus anhielt und

Albert ausstieg, näherte sich ihm ein Mann und übergab ihm einen Brief. Albert erkannte den Intendanten.
»Vom Grafen«, sagte Bertuccio.
Albert nahm den Brief, öffnete ihn und las.
Nachdem er gelesen, suchte er mit den Augen Bertuccio, doch während der junge Mann las, war Bertuccio verschwunden.
Tränen in den Augen, die Brust von der Erschütterung angeschwollen, ging Albert zu Mercedes und gab ihr den Brief, ohne ein Wort zu sprechen. Mercedes las:

»Albert!
Wenn ich Ihnen zeige, daß ich das Vorhaben durchdrungen, das Sie auszuführen auf dem Punkt stehen, so glaube ich Ihnen auch zugleich zu zeigen, daß ich das Zartgefühl begreife. Sie sind nun frei, Sie verlassen das Haus des Grafen und wollen Ihre Mutter, welche frei ist, wie Sie, in die Zurückgezogenheit bringen; doch bedenken Sie wohl, Sie sind ihr mehr schuldig, als Sie ihr bezahlen können, Sie armes, edles Herz. Behalten Sie für sich den Kampf, fordern Sie für sich das Leiden, aber ersparen Sie ihr das Elend, das unfehlbar Ihre ersten Anstrengungen begleiten wird; denn sie verdient nicht einmal den Widerschein des Unglücks, das sie heute trifft, und nach dem Willen der Vorsehung soll nicht der Unschuldige mit dem Schuldigen leiden.
Ich weiß, daß Sie beide im Begriff sind, das Haus der Rue du Helder zu verlassen, ohne etwas mitzunehmen. Suchen Sie nicht zu entdecken, wie ich es erfahren habe. Ich weiß es: das ist genug.
Hören Sie, Albert: Ich kam vor 24 Jahren freudig und stolz in mein Vaterland zurück; ich hatte eine Braut, Albert, eine heilige Jungfrau, die ich anbetete, und ich brachte meiner Braut 150 Louisd'or zurück, die ich mühsam durch rastlose Arbeit gesammelt hatte. Dieses Geld war für sie bestimmt, und da ich wußte, wie treulos das Meer ist, so begrub ich unsern Schatz in dem Gärtchen des Hauses, das mein Vater in Marseille in den Allées de Meillan bewohnte.
Ihre Mutter, Albert, kennt das arme, liebe Häuschen ganz gut. Als ich kürzlich nach Paris reiste, kam ich durch Marseille. Ich besuchte dieses Haus mit den schmerzlichsten Erinnerungen und sondierte am Abend, den Spaten in der Hand, den Winkel, in dem ich meinen Schatz begraben hatte. Die eiserne Kassette war noch an demselben Platz, niemand hatte sie berührt; sie liegt in der Ecke, die ein schöner, von meinem Vater an meinem Geburtstag gepflanzter Feigenbaum mit seinem Schatten bedeckt.
Nun, Albert, dieses Geld, das nicht das Leben und die Ruhe der Frau

unterstützen sollte, die ich anbetete, findet durch einen seltsamen und schmerzlichen Zufall heute dieselbe Anwendung. Oh, verstehen Sie meinen Gedanken, verstehen Sie den Gedanken des Mannes, der dieser armen Frau Millionen bieten könnte und ihr nur ein Stück schwarzes Brot zurückgibt, welches unter meinem Dach seit dem Tag vergessen worden ist, wo ich von der Geliebten getrennt wurde.
Sie sind ein edler Mensch, Albert, doch vielleicht nichtsdestoweniger durch den Stolz oder den Groll verblendet; wenn Sie mich zurückweisen, wenn Sie von einem andern das fordern, was ich Ihnen zu bieten berechtigt bin, so sage ich, es sei nicht edelmütig von Ihnen, das Leben Ihrer Mutter zurückzuweisen, während es von einem Mann geboten wird, dessen Vater Ihr Vater in den Schrecknissen des Hungers und der Verzweiflung hat sterben lassen.«

Als Mercedes dies gelesen, blieb Albert bleich und unbeweglich in Erwartung dessen, was seine Mutter beschließen würde.
Mercedes schlug die Augen mit einem unaussprechlichen Ausdruck zum Himmel auf. »Ich willige ein«, sagte sie; »er ist berechtigt, die Mitgift zu bezahlen, die ich in ein Kloster bringen werde.«
Und den Brief auf ihr Herz legend, nahm sie ihren Sohn beim Arm und ging mit festerem Schritt, als sie vielleicht selbst erwartet hatte, nach der Treppe.

15. Der Selbstmord

Monte Christo war indessen mit Maximilian ebenfalls in die Stadt zurückgefahren.
Bei der Barrière traf man Bertuccio: Er wartete hier unbeweglich wie eine Schildwache auf Posten. Monte Christo streckte den Kopf durch den Kutschenschlag, wechselte mit leiser Stimme ein paar Worte mit ihm, und der Intendant verschwand.
»Sehen Sie, wie ich Ihnen Glück gebracht habe!« sagte Morel, als er mit dem Grafen allein war. »Haben Sie nicht daran gedacht?«
»Ganz gewiß, deshalb möchte ich Sie stets bei mir haben.«
»Das ist wunderbar!« fuhr Morel, seinen eigenen Gedanken beantwortend, fort.
»Was denn?« fragte Monte Christo.

»Was soeben vorgefallen ist.«
»Ja«, versetzte der Graf mit einem Lächeln. »Sie haben das wahre Wort gesagt, Morel, es ist wunderbar.«
»Denn Albert ist im ganzen mutig.«
»Sehr mutig«, sprach Monte Christo, »ich habe ihn schlafen sehen, während der Dolch über seinem Haupt hing.«
»Und ich weiß, daß er sich zehnmal geschlagen und sehr gut geschlagen hat; bringen Sie das mit seinem Benehmen an diesem Morgen in Einklang!«
»Stets Ihr Einfluß«, versetzte Monte Christo lächelnd.
»Es ist ein Glück für Albert, daß er nicht Soldat ist. Entschuldigungen an Ort und Stelle!« bemerkte der junge Kapitän, den Kopf schüttelnd.
»Gehen Sie«, sagte der Graf mit sanftem Ton, »verfallen Sie nicht in die Vorurteile gewöhnlicher Menschen, Morel; müssen Sie nicht zugeben, daß Albert, da er brav ist, nicht feig sein kann, daß er irgendeinen Grund haben muß, zu handeln, wie er gehandelt hat, und daß folglich sein Benehmen mehr heldenmütig als irgend etwas anderes ist?«
»Ganz gewiß, ganz gewiß«, antwortete Morel; »doch ich sage, wie der Spanier: Er ist heute minder brav gewesen als gestern.«
»Nicht wahr, Sie frühstücken mit mir, Morel?« fragte der Graf, um das Gespräch kurz abzubrechen.
Morel lächelte und schüttelte den Kopf.
»Sie müssen aber doch irgendwo frühstücken?«
»Wenn ich jedoch keinen Hunger habe?« entgegnete der junge Mann.
»Ah!« rief der Graf, »ich kenne nur zwei Gefühle, welche so den Appetit abschneiden: den Schmerz (und da ich Sie zum Glück so heiter sehe, so ist es nicht dieses) und die Liebe. Nach dem, was Sie mir über Ihr Herz gesagt haben, ist es mir nun erlaubt, zu glauben…«
»Meiner Treu! Graf«, versetzte Morel heiter, »ich sage nicht nein.«
»Und Sie erzählen mir das nicht, Maximilian?« versetzte der Graf mit einem so lebhaften Ton, daß man sah, welchen Anteil er genommen hätte, wenn er dieses Geheimnis erfahren haben würde.

»Nicht wahr, Graf, ich zeigte Ihnen heute morgen, daß ich ein Herz habe?«
Statt jeder Antwort reichte Monte Christo dem jungen Mann die Hand.
»Wohl!« fuhr Maximilian fort, »seitdem dieses Herz nicht mehr mit Ihnen im Wald von Vincennes ist, ist es anderswo, wo ich es wiederfinden werde.«
»Gehen Sie«, sprach langsam der Graf, »gehen Sie, lieber Freund, doch ich bitte Sie, wenn Sie auf ein Hindernis stoßen, so erinnern Sie sich, daß ich einige Macht auf dieser Welt besitze, daß ich glücklich bin, diese Macht zugunsten von Leuten anzuwenden, welche ich liebe, und daß ich Sie liebe, Morel.«
»Gut!« entgegnete der junge Mann, »ich werde mich dessen erinnern, wie sich selbstsüchtige Kinder ihrer Eltern erinnern, wenn sie ihrer bedürfen. Bedarf ich Ihrer, und dieser Augenblick wird vielleicht kommen, so wende ich mich an Sie, Graf.«
»Gut! Ich verlasse mich auf Ihr Wort, Gott befohlen!«
»Auf Wiedersehen!«
Man war vor die Tür des Hauses der Champs-Elysées gelangt. Monte Christo öffnete den Schlag, Morel sprang auf das Pflaster, Bertuccio wartete auf der Freitreppe.
Morel verschwand durch die Avenue de Marigny, und Monte Christo ging rasch Bertuccio voran.
»Nun?« fragte er.
»Sie ist im Begriff, ihr Haus zu verlassen«, antwortete der Intendant.
»Und ihr Sohn?«
»Sein Kammerdiener denkt, er werde dasselbe tun.«
Monte Christo nahm Bertuccio mit sich in sein Kabinett, schrieb den Brief, den wir gesehen haben, und übergab ihn dem Intendanten.
»Gehen Sie rasch«, sagte er, »doch lassen Sie auch Haydee benachrichtigen, daß ich zurückgekehrt bin.«
»Hier bin ich«, sprach Haydee; sie war bei dem Geräusch des Wagens schnell herabgestiegen, und ihr Gesicht strahlte vor Freude, als sie den Grafen unversehrt wiedersah. Bertuccio entfernte sich.
Alles Entzücken eines Mädchens, das einen geliebten Vater

wiedersieht, die ganze wahnsinnige Freude einer Liebenden, die einen angebeteten Geliebten wieder erschaut, fühlte Haydee während der esten Augenblicke dieser von ihr so ungeduldig erwarteten Rückkehr.
Wenn auch weniger sich äußernd, war darum die Freude von Monte Christo doch nicht minder groß; für die Herzen, welche lange gelitten haben, ist die Freude, was der Tau für die Erde, wenn sie die Sonne ausgetrocknet hat.
Seit einigen Tagen begriff Monte Christo einen Umstand, an den er lange nicht zu glauben wagte, daß es nämlich zwei Mercedes' auf der Welt gab, daß er noch glücklich sein könnte.
Sein von der Wonne entflammtes Auge tauchte sich gierig in die feuchten Blicke von Haydee, als plötzlich die Tür sich öffnete.
Der Graf faltete die Stirn.
»Herr von Morcerf!« sprach Baptistin, als ob dieses einzige Wort seine Entschuldigung enthielte.
Das Antlitz des Grafen hellte sich in der Tat auf.
»Welcher?« fragte er, »der Vicomte oder der Graf?«
»Der Graf.«
»Mein Gott!« rief Haydee, »ist es denn noch nicht zu Ende!«
»Ich weiß nicht, ob es zu Ende ist, vielgeliebtes Kind«, sagte Monte Christo, das Mädchen bei den Händen fassend; »aber ich weiß, daß du nichts zu fürchten hast.«
»Oh, es ist doch der Elende...«
»Dieser Mensch vermag nichts über mich, Haydee«, sagte Monte Christo, »als ich es mit seinem Sohn zu tun hatte, mußtest du fürchten.«
»Wie habe ich auch gelitten«, sprach das Mädchen, »du wirst es nie erfahren, mein Herr.«
Monte Christo lächelte und sprach, die Hand über dem Haupt des Mädchens ausstreckend: »Bei dem Grab meines Vaters schwöre ich dir, Haydee, wenn Unglück geschieht, so widerfährt es nicht mir.«
»Ich glaube dir, mein Herr, als ob Gott zu mir spräche«, sagte das junge Mädchen und reichte dem Grafen seine Stirn. Monte Christo drückte auf diese reine und schöne Stirn einen Kuß, der zwei Herzen, das eine heftig, das andere dumpf, schlagen machte.

»Oh, mein Gott!« murmelte der Graf, »solltest du es denn gestatten, daß ich noch einmal lieben könnte?«
Und er führte die schöne Griechin zu einer Geheimtreppe und sagte zu Baptistin: »Lassen Sie den Herrn Grafen von Morcerf in den Salon eintreten.«
Während Mercedes in ihrer Wohnung das Inventar machte, während sie ihre Juwelen zusammenlegte, ihre Schubladen verschloß, ihre Schlüssel sammelte, um alle Dinge in vollkommener Ordnung zurückzulassen, bemerkte sie nicht, daß ein bleicher, düsterer Kopf an der Glasscheibe einer Tür erschien, die das Licht in den Gang dringen ließ. Von hier aus konnte man nicht nur sehen, sondern auch hören. Der, welcher so schaute, aller Wahrscheinlichkeit nach ohne gesehen oder gehört zu werden, gewahrte und hörte alles, was bei Frau von Morcerf vorging.
Von dieser Glastür begab sich der Mann mit dem bleichen Gesicht in das Schlafzimmer des Grafen von Morcerf, wo er mit krampfhafter Hand den Vorhang eines auf den Hof gehenden Fensters aufhob. Er blieb zehn Minuten unbeweglich, stumm, die Schläge seines eigenen Herzens hörend. Für ihn waren zehn Minuten eine sehr lange Zeit.
Da kam Albert von seinem Rendezvous zurück, bemerkte, daß sein Vater seine Rückkehr hinter einem Vorhang belauerte, und wandte den Kopf ab. Das Auge des Grafen erweiterte sich: Er wußte, daß die Beleidigung von Albert gegen Monte Christo furchtbar gewesen war, und daß eine solche Beleidigung in allen Ländern der Welt einen Zweikampf auf Leben und Tod nach sich zog. Albert kehrte aber unversehrt zurück, und der Graf war folglich gerächt.
Ein Blitz unbeschreiblicher Freude erleuchtete sein finsteres Antlitz. Er erwartete vergebens, sein Sohn würde in sein Zimmer hinaufkommen, um ihm seinen Triumph mitzuteilen. Daß sein Sohn vor dem Zweikampf den Vater nicht hatte sehen wollen, dessen Ehre zu rächen er im Begriff war, ließ sich wohl begreifen; war aber die Ehre des Vaters gerächt, warum kam dieser Sohn nicht, um sich in seine Arme zu werfen?
Da geschah es, daß der Graf, der Albert nicht aufsuchen konn-

te, dessen Diener holen ließ. Man weiß, daß Albert diesen bevollmächtigte, nichts vor dem Grafen zu verbergen.
Zehn Minuten nachher sah man auf der Freitreppe den General von Morcerf in einem schwarzen Oberrock, mit schwarzen Beinkleidern und schwarzen Handschuhen erscheinen.
Er hatte ohne Zweifel vorher seine Befehle gegeben, denn kaum berührte er die letzte Stufe der Treppe, als sein Wagen angespannt aus der Remise kam und vor ihm anhielt. Sein Kammerdiener warf in den Wagen zwei Degen, welche er umhüllte, dann schloß er den Schlag und setzte sich neben den Kutscher.
Der Kutscher neigte sich, um den Befehl zu verlangen.
»Nach den Champs-Elysées«, sagte der General, »zu dem Grafen von Monte Christo. Rasch!«
Die Pferde bäumten sich unter dem Peitschenschlag, der ihnen erteilt wurde; fünf Minuten später hielten sie vor dem Haus des Grafen. Herr von Morcerf öffnete selbst den Schlag, sprang, während der Wagen noch rollte, wie ein junger Mensch in die Allee, läutete und verschwand mit seinem Diener in der Tür. Eine Sekunde nachher meldete Baptistin Herrn von Monte Christo den Grafen von Morcerf, und Monte Christo gab, Haydee zurückführend, den Befehl, den Grafen von Morcerf in den Salon eintreten zu lassen. Der General maß zum drittenmal den Salon in seiner ganzen Länge, als er, sich umwendend, Monte Christo auf der Schwelle erblickte.
»Ah! Es ist Herr von Morcerf«, sprach ruhig Monte Christo; »ich glaubte schlecht gehört zu haben.«
»Ja, ich bin es«, sagte der Graf mit einem furchtbaren Zusammenziehen der Lippen, das ihn scharf zu artikulieren verhinderte.
»Ich habe also nur noch die Ursache zu erfahren, die mir das Vergnügen verschafft, den Herrn Grafen von Morcerf so frühzeitig bei mir zu sehen«, versetzte Monte Christo.
»Sie hatten heute morgen ein Duell mit meinem Sohn, mein Herr«, sprach der General.
»Sie wissen dies?« entgegnete der Graf.
»Ich weiß auch, daß mein Sohn gute Gründe gehabt hat, einen

Zweikampf mit Ihnen zu wünschen und alles zu tun, was er vermochte, um Sie zu töten.«

»In der Tat, mein Herr, er hatte sehr gute Gründe; doch Sie sehen, mein Herr, daß er mich trotz dieser Gründe nicht getötet und sich nicht einmal geschlagen hat.«

»Und er betrachtete Sie doch als die Ursache der Schande seines Vaters, als die Ursache des gräßlichen Unheils, das in diesem Augenblick mein Haus niederbeugt.«

»Es ist wahr, mein Herr«, sagte Monte Christo mit seiner furchtbaren Ruhe; »etwa als sekundäre Ursache, doch nicht in erster Linie.«

»Ohne Zweifel haben Sie eine Entschuldigung gegen ihn hervorgebracht oder ihm eine Erklärung gegeben?«

»Ich habe ihm keine Erklärung gegeben, und er hat sich gegen mich entschuldigt.«

»Welchem Umstand schreiben Sie dieses Benehmen zu?«

»Ohne Zweifel der Überzeugung, daß in dieser ganzen Geschichte ein Mensch zu finden war, welcher schuldiger erschien als ich.«

»Und wer war dieser Mensch?«

»Sein Vater.«

»Es mag sein«, sprach der Graf erbleichend; »doch Sie wissen, daß sich der Schuldigste nicht gern von seiner Schuld überzeugen läßt.«

»Ich weiß es... ich erwartete auch, was in diesem Augenblick geschieht.«

»Sie erwarteten, mein Sohn wäre ein Feigling!« rief der Graf.

»Herr Albert von Morcerf ist kein Feigling!« sprach Monte Christo.

»Ein Mensch, der einen Degen in der Hand hält, ein Mensch, der im Bereich dieses Degens einen Todfeind hat, dieser Mensch, wenn er sich nicht schlägt, ist ein Feigling! Warum ist er nicht hier, daß ich es ihm sagen könnte!«

»Mein Herr«, entgegnete mit kaltem Ton Monte Christo, »ich nehme nicht an, daß Sie mich aufgesucht haben, um mir Ihre kleinen Familienangelegenheiten zu erzählen. Sagen Sie dies Herrn Albert, er weiß vielleicht, was er Ihnen zu antworten hat.«

»Oh, nein, nein!« versetzte der General mit einem Lächeln, das beinahe ebenso schnell wieder verschwand, wie es auf seinen Lippen erschienen war; »nein! Sie haben recht, ich bin nicht deshalb gekommen! Ich bin gekommen, um Ihnen zu sagen, daß ich Sie ebenfalls als meinen Feind betrachte! Ich bin gekommen, um Ihnen zu sagen, daß ich Sie aus Instinkt hasse, daß es mir scheint, als hätte ich Sie stets gekannt, stets gehaßt! Und endlich, daß es an uns ist, uns zu schlagen, da sich die jungen Leute des Jahrhunderts nicht mehr schlagen... Ist dies auch Ihre Ansicht, mein Herr?«

»Vollkommen. Als ich Ihnen sagte, ich hätte vorhergesehen, was mir begegnen würde, war es auch die Ehre Ihres Besuches, wovon ich sprechen wollte.«

»Desto besser... Ihre Vorkehrungen sind also getroffen?«

»Sie sind es stets, mein Herr.«

»Sie wissen, daß wir uns schlagen werden, bis einer von uns beiden tot ist!« sagte der General, vor Wut mit den Zähnen knirschend.

»Bis einer von uns beiden tot ist«, wiederholte der Graf von Monte Christo, den Kopf leicht von oben nach unten bewegend.

»Vorwärts also, wir bedürfen keiner Zeugen.«

»In der Tat, das ist unnötig, wir kennen uns so gut!« sagte Monte Christo.

»Im Gegenteil, wir kennen uns nicht.«

»Bah!« sagte Monte Christo mit demselben aufreizenden Phlegma, »wir wollen ein wenig sehen. Sind Sie nicht der Soldat Fernand, der am Vorabend der Schlacht von Waterloo desertiert ist? Sind Sie nicht der Leutnant Fernand, der der französischen Armee in Spanien als Führer und Spion gedient hat? Sind Sie nicht der Kapitän Fernand, der seinen Wohltäter Ali verraten, verkauft, ermordet hat? Und haben alle diese Fernand zusammen nicht den Generalleutnant, Grafen von Morcerf, Pair von Frankreich gemacht?«

»Oh!« rief der General, durch diese Worte wie durch ein glühendes Eisen getroffen, »oh! Elender, der du mir meine Schande vielleicht in dem Augenblick vorwirfst, wo du mich zu töten im Begriff bist, nein, ich habe dir nicht gesagt, ich wäre dir unbekannt: Ich weiß wohl, Dämon, daß du in die Nacht der

Vergangenheit gedrungen bist und bei dem Schimmer einer Fackel jede Seite meines Lebens gelesen hast. Aber vielleicht liegt noch mehr Ehre in mir bei meiner Schmach, als in dir, bei deiner prunkhaften Außenseite. Nein, nein, ich bin dir bekannt, ich weiß es wohl; aber dich kenne ich nicht, mit Gold und Edelsteinen gestickter Abenteurer! Du läßt dich in Paris den Grafen von Monte Christo nennen; in Italien Simbad den Seefahrer; in Malta, was weiß ich? Ich habe es vergessen. Doch ich frage dich nach deinem wirklichen Namen, deinen wahren Namen will ich wissen, um ihn auf dem Kampfplatz auszusprechen, im Augenblick, wo ich dir mit meinem Degen das Herz durchbohre.«

Der Graf von Monte Christo erbleichte auf eine furchtbare Weise, sein wildes Auge entzündete sich in einem verzehrenden Feuer; er machte einen Sprung in das anstoßende Kabinett, riß in einer Sekunde seinen Oberrock, seine Weste und seine Halsbinde vom Leib, zog eine kleine Seemannsjacke an und setzte einen Matrosenhut auf, unter welchem seine langen, schwarzen Haare herabrollten.

So kehrte er furchtbar, unversöhnlich zurück und schritt mit gekreuzten Armen auf den General zu, der sein Verschwinden nicht begreifend, ihn erwartete und der nun seine Zähne klappern und seine Beine unter sich wanken fühlte, zurückwich und erst still stand, als er auf einem Tisch für seine krampfhaft zusammengezogene Hand einen Stützpunkt fand.

»Fernand!« rief der Graf von Monte Christo, »von meinen hundert Namen brauche ich dir nur einen einzigen zu sagen, um dich niederzuschmettern; doch diesen Namen, nicht wahr, du errätst ihn? Oder vielmehr, du erinnerst dich dessen? Denn, trotz meines Kummers, trotz meiner Qualen, zeige ich dir heute ein Gesicht, welches das Glück der Rache verjüngt, ein Gesicht, das du oft in deinen Träumen seit deiner Verheiratung mit Mercedes, meiner Verlobten, gesehen haben mußt.«

Den Kopf zurückgeworfen, die Hände ausgestreckt, den Blick starr, verschlang der General stillschweigend dieses furchtbare Schauspiel; dann suchte er die Wand als Stütze, schlüpfte langsam bis zu der Tür, durch die er rückwärts hinausging, wobei ihm nur ein finsterer, kläglicher, herzzerreißender Schrei entfuhr, der Schrei: »Edmond Dantes.«

Dann schleppte er sich mit Seufzern, welche nichts Menschliches hatten, bis in den Säulengang des Hauses, durchschritt den Hof wie ein Trunkener und fiel in die Arme seines Kammerdieners, mit unverständlicher Stimme die Worte: »Nach Hause, nach Hause!« murmelnd.

Die frische Luft und die Scham, welche ihm die Aufmerksamkeit seiner Leute bereitet, setzten ihn unterwegs instand, seine Gedanken zu sammeln; die Fahrt war jedoch kurz, und je mehr sich der Graf seiner Wohnung näherte, desto mehr fühlte er seine Schmerzen sich erneuern. Einige Schritte von dem Haus ließ der Graf halten und stieg aus.

Das Tor des Hauses war weit geöffnet; sehr erstaunt darüber, daß man ihn zu diesem herrlichen Gebäude rief, stand ein Fiaker mitten im Hof; der Graf schaute diesen Fiaker voll Schrekken an, doch ohne daß er jemand zu fragen wagte, und eilte in seine Wohnung.

Zwei Personen stiegen die Treppe herab; er hatte nur Zeit, sich in sein Kabinett zu werfen, um ihnen auszuweichen.

Es waren Mercedes und ihr Sohn, welche beide das Haus verließen. Sie gingen auf zwei Linien an dem Unglücklichen vorüber, der hinter dem Damastvorhang gleichsam vom seidenen Kleid von Mercedes gestreift wurde und in seinem Gesicht den warmen Atem seines Sohnes fühlte, als dieser die Worte sprach: »Mut , meine Mutter! Kommen Sie, wir sind hier nicht mehr zu Hause.«

Die Worte erloschen, die Tritte entfernten sich.

Der General erhob sich, mit seinen Händen krampfhaft an dem Damastvorhang hängend; er preßte das furchtbarste Schluchzen zurück, das je der Brust eines zu gleicher Zeit von seiner Frau und seinem Sohn verlassenen Vaters entstiegen.

Bald hörte er das Geräusch des eisernen Kutschenschlages vom Fiaker, dann die Stimme des Kutschers, dann erschütterte das Rollen des schweren Wagens die Fensterscheiben, und er stürzte in sein Schlafzimmer, um noch einmal alles, was er in der Welt geliebt hatte, zu sehen. Doch der Fiaker entfernte sich, ohne daß der Kopf von Mercedes oder der von Albert an dem Schlag erschien, um dem einsamen Haus, dem verlassenen Gat-

ten und Vater den letzten Blick, das letzte Lebewohl, das letzte Bedauern, das heißt die Verzeihung zu gönnen.
In der Sekunde, wo die Räder des Fiakers das Pflaster des Gewölbes erschütterten, erscholl ein Schuß, und ein dunkler Rauch drang durch eine durch die Gewalt der Explosion zerbrochenen Scheibe dieses Schlafzimmers.

16. Valentine

Man errät, wo Morel zu tun hatte und bei wem sein Rendezvous war. Als er Monte Christo verließ, ging er langsam nach dem Haus von Villefort. Langsam, denn es drängte ihn, mit seinen Gedanken allein zu sein.
Er kannte die Stunde gut, zu der Valentine, dem Frühstück von Noirtier beiwohnend, sicher war, in dieser frommen Pflicht nicht gestört zu werden. Noirtier und Valentine hatten ihm zwei Besuche in der Woche zugestanden, und er kam, um von seinem Recht Gebrauch zu machen.
Valentine erwartete ihn. Unruhig, beinahe verwirrt, nahm ihn Valentine bei der Hand und führte ihn vor ihren Großvater. Diese heftige Unruhe rührte von dem Lärm her, den der Skandal von Morcerf gemacht hatte. Bei Villefort zweifelte niemand daran, ein Duell würde die notwendige Folge dieser Geschichte sein, Valentine hatte mit ihrem Fraueninstinkt erraten, Morel wäre der Zeuge von Monte Christo, und bei dem wohlbekannten Mut des jungen Mannes, bei seiner tiefen Freundschaft für den Grafen, befürchtete sie, er würde nicht die Kraft haben, sich auf die ihm vorgezeichnete passive Rolle zu beschränken.
Man begreift, mit welcher Begierde nach den einzelnen Umständen gefragt wurde, wie man sie erzählte, wie man sie aufnahm, und Morel konnte eine unbeschreibliche Freude in den Augen seiner Geliebten lesen, als sie erfuhr, diese furchtbare Angelegenheit habe einen nicht weniger glücklichen als unerwarteten Ausgang gehabt.
Valentine hieß Morel sich neben dem Greis setzen, setzte sich selbst auf den Sessel, worauf seine Füße ruhten, und sprach: »Nun lassen Sie uns ein wenig von unsern Angelegenheiten reden. Sie wissen, daß der gute Papa den Gedanken gehabt hat,

das Haus zu verlassen und eine Wohnung außerhalb des Hauses von Herrn von Villefort zu nehmen.«
»Ja, gewiß, ich erinnere mich und habe diesem Plan sogar meinen vollen Beifall geschenkt.«
»Und wissen Sie«, sagte Valentine, »welchen Grund der gute Papa angibt, das Haus zu verlassen?«
Noirtier schaute seine Enkelin an, um ihr mit dem Auge Stillschweigen aufzuerlegen; doch Valentine schaute Noirtier nicht an, ihre Augen, ihr Blick, ihr Lächeln, alles gehörte Morel.
»Oh, welchen Grund auch Herr Noirtier angeben mag«, rief Morel, »ich erkläre, daß er gut ist.«
»Vortrefflich; er behauptet, die Luft des Faubourg Saint Honoré tauge nichts für ihn.«
»In der Tat; hören Sie, Valentine, Herr Noirtier könnte recht haben; ich finde, daß Ihre Gesundheit seit vierzehn Tagen etwas gelitten hat.«
»Ja, ein wenig, das ist wahr«, antwortete Valentine; »auch hat sich der gute Papa zu meinem Arzt gemacht, und da er alles weiß, so habe ich das größte Vertrauen zu ihm.«
»Sie leiden also wirklich, Valentine?« sagte Morel rasch.
»Oh, mein Gott, das nennt man nicht leiden; ich fühle eine allgemeine Unbehaglichkeit, und sonst nichts; ich habe den Appetit verloren, und es kommt mir vor, als hielte mein Magen einen Kampf aus, um sich an etwas zu gewöhnen.«
Noirtier verlor keines von den Worten von Valentine.
»Und welche Behandlung befolgen Sie für diese unbekannte Krankheit?«
»Oh, das ist ganz einfach, ich schlucke jeden Morgen einen Löffel voll von dem Trunk, den man für meinen Großvater bringt; wenn ich sage einen Löffel voll, so meine ich, ich habe mit einem angefangen, und nun bin ich beim vierten. Mein Großvater behauptet, es sei ein allgemeines Heilmittel.«
Valentine lächelte, doch es lag etwas Trauriges, Leidendes in diesem Lächeln. Trunken vor Liebe schaute sie Maximilian stillschweigend an; sie war sehr schön, doch ihre Blässe hatte einen matten Ton angenommen, ihre Augen glänzten von einem glühenderen Feuer als gewöhnlich, und ihre sonst perlmut-

terweißen Hände schienen Hände von Wachs zu sein, welche die Zeit mit einer gelblichen Farbe überzogen.
Von Valentine richtete der junge Mann seine Augen auf Noirtier. Dieser betrachtete mit einem seltsamen, tiefen Verstand das in seine Liebe versunkene Mädchen; aber auch er folgte, wie Morel, den Spuren eines tiefen Leidens, das, für das Auge aller unsichtbar, dem des Großvaters und des Geliebten nicht entgangen war.
»Doch ich dachte, der Trank, von dem Sie bereits vier Löffel nehmen, wäre für Herrn Noirtier verschrieben?«
»Ich weiß, daß er sehr bitter ist«, erwiderte Valentine, »so bitter, daß mir alles, was ich darauf trinke, denselben Geschmack zu haben scheint.«
Noirtier schaute seine Enkelin mit einem fragenden Blick an.
»Ja, guter Papa«, versetzte Valentine, »es ist so. Soeben, ehe ich zu Ihnen herabging, trank ich ein Glas Zuckerwasser; ich ließ die Hälfte davon stehen, so bitter war das Wasser.«
Noirtier erbleichte und bedeutete durch ein Zeichen, er wolle sprechen. Valentine stand auf, um das Wörterbuch zu holen. Noirtier folgte ihr mit den Augen in sichtbarer Angst.
Das Blut stieg in der Tat dem Mädchen in den Kopf, seine Wangen färbten sich. »Halt!« rief sie, ohne etwas von ihrer Heiterkeit zu verlieren, »das ist sonderbar: eine Blendung? Hat mich etwa die Sonne in die Augen getroffen?«
Und sie stützte sich auf das Fenstergesimse.
»Es ist keine Sonne hier«, sprach Morel, noch mehr beunruhigt durch den Gesichtsausdruck von Noirtier als durch die Unpäßlichkeit von Valentine. Er lief auf Valentine zu.
Das Mädchen lächelte.
»Beruhige dich, guter Papa«, sagte Valentine zu Noirtier, »beruhigen Sie sich, Maximilian, es ist nichts, es ist schon vorbei; still doch! Ist es nicht das Geräusch eines Wagens, was ich im Hof höre?«
Sie öffnete die Tür von Noirtier, lief an ein Fenster im Gang und kehrte eilig zurück.
»Ja«, sagte sie, »es ist Madame Danglars und ihre Tochter, welche uns einen Besuch machen wollen. Gott befohlen, ich fliehe, denn man würde mich hier suchen, oder vielmehr auf Wieder-

sehen, bleiben Sie bei dem guten Papa, Herr Maximilian, ich verspreche Ihnen, die Besucher nicht zurückzuhalten.«
Morel folgte ihr mit den Augen, sah sie die Tür zumachen und hörte sie die kleine Treppe hinaufsteigen, die zugleich zu Frau von Villefort und in ihr Zimmer führte.
Sobald sie verschwunden war, hieß Noirtier Morel durch ein Zeichen das Wörterbuch nehmen. Morel hatte sich, durch Valentine geleitet, rasch daran gewöhnt, den Greis zu verstehen. Doch wurde, da man einen Teil der 25 Buchstaben des Alphabets Revue passieren und jedes Wort in dem Wörterbuch finden mußte, der Gedanke von Noirtier erst nach Verlauf von zehn Minuten durch Folgendes übersetzt: »Suchen Sie das Glas Wasser und die Flasche in Valentines Zimmer.«
Morel läutete sogleich dem Diener, der Barrois ersetzt hatte, und erteilte ihm im Namen von Noirtier diesen Befehl.
Der Diener kam nach einem Augenblick zurück.
Die Flasche und das Glas waren völlig leer.
Noirtier machte ein Zeichen, daß er sprechen wolle.
»Warum sind das Glas und die Flasche leer?« fragte er. »Valentine sagte, sie hätte nur die Hälfte des Glases getrunken.«
Die Übersetzung dieser Frage nahm abermals fünf Minuten in Anspruch.
»Ich weiß es nicht«, antwortete der Bediente; »doch die Kammerfrau ist in dem Zimmer von Valentine; vielleicht hat sie es geleert.«
»Fragen Sie die Kammerfrau«, sagte Morel, diesmal den Gedanken von Noirtier durch den Blick übersetzend.
Der Diener ging hinaus, kam beinahe in derselben Minute wieder zurück und meldete: »Fräulein Valentine ist durch ihr Zimmer gegangen, um sich in das der Frau von Villefort zu begeben, und da sie Durst hatte, so trank sie, was im Glas übrigblieb; was die Flasche betrifft, so hat sie Herr Eduard geleert, um einen Teich für seine Enten daraus zu machen.«
Noirtier schlug die Augen zum Himmel auf, wie dies ein Spieler tut, der auf einen Wurf seine ganze Habe setzt. Von da an hefteten sich die Augen des Greises an die Tür und verließen diese Richtung nicht mehr.

Valentine hatte wirklich Madame Danglars und ihre Tochter gesehen; man hatte sie in das Zimmer der Frau von Villefort geführt, welche diesen Besuch bei sich empfing; deshalb war Valentine durch ihr Zimmer gegangen, das auf einem Boden mit der Wohnung der Frau von Villefort lag und von derselben nur durch das Zimmer von Eduard getrennt war.
Die zwei Frauen waren eben in den Salon getreten und hatten Frau von Villefort begrüßt, als Valentine eintrat.
»Liebe Freundin«, sprach die Baronin, während sich die zwei jungen Mädchen bei den Händen nahmen, »ich bin gekommen, um Ihnen zuerst die nahe bevorstehende Verheiratung meiner Tochter mit dem Prinzen Cavalcanti mitzuteilen.«
»So erlauben Sie mir, Ihnen meine aufrichtigen Glückwünsche auszusprechen«, antwortete Frau von Villefort. »Der Herr Prinz Cavalcanti scheint ein junger Mann von seltenen Eigenschaften zu sein.«
»Hören Sie«, versetzte die Baronin lächelnd, »wenn wir als zwei Freundinnen sprechen, so muß ich Ihnen sagen, daß uns der Prinz noch nicht das zu sein scheint, was er sein wird. Es ist in ihm noch etwas von jener Sonderbarkeit, an der wir Französinnen mit dem ersten Blick einen italienischen oder deutschen Edelmann erkennen. Er offenbart jedoch ein sehr gutes Herz, viel Feinheit des Geistes, und was die Konvenienzen betrifft, so behauptet Herr Danglars, sein Vermögen sei majestätisch: dies ist sein Ausdruck.«
»Und dann«, sprach Eugenie, in einem Album blätternd, »und dann fügen Sie bei, Madame, daß Sie eine ganz besondere Neigung für diesen jungen Mann haben.«
»Ich brauche Sie wohl nicht zu fragen, ob Sie diese Neigung teilen?« versetzte Frau von Villefort.
»Ich!« entgegnete Eugenie mit ihrer gewöhnlichen Bestimmtheit; »oh, nicht im mindesten, Madame; mein Beruf war es nicht, mich an die Sorgen einer Haushaltung und die Launen eines Mannes zu ketten. Mein Beruf war, Künstlerin zu werden, und folglich frei über mein Herz, über meine Person, und über meine Gedanken zu schalten.«
Eugenie sprach diese Worte mit einem so scharf klingenden und festen Ton, daß die Röte Valentine in das Gesicht stieg. Das

furchtsame junge Mädchen konnte diese kräftige Natur nicht begreifen, welche keine von den Schüchternheiten der Frau zu haben schien.
»Da ich indessen, wohl oder übel, zu heiraten bestimmt bin«, fuhr Eugenie fort, »so muß ich der Vorsehung danken, die mir wenigstens die Geringschätzung des Herrn Albert von Morcerf verschafft hat; ohne diese Vorsehung wäre ich heute die Frau eines seiner Ehre verlustigen Mannes.«
»Es ist wahr«, sprach die Baronin mit jener seltsamen Naivität, die man zuweilen bei vornehmen Damen trifft, welche dieselbe durch einen gemeinbürgerlichen Umgang nicht ganz verlieren; »es ist wahr, ohne das Zögern der Morcerf hätte meine Tochter Herrn Albert geheiratet. Der General hielt große Stücke darauf, er kam sogar, um von Herrn Danglars ihre Hand zu erzwingen; wir ließen ihn aber schön ablaufen.«
»Aber fällt denn die Schande des Vaters auch auf den Sohn?« sagte schüchtern Valentine. »Herr Albert scheint mir sehr unschuldig an dem Verrat des Generals.«
»Verzeihen Sie, liebe Freundin«, versetzte das unversöhnliche Mädchen; »Albert fordert und verdient sein Teil davon: Es scheint, nachdem er gestern Herrn von Monte Christo in der Oper herausgefordert, hat er sich heute auf dem Kampfplatz bei ihm entschuldigt.«
»Unmöglich!« rief Frau von Villefort.
»Ach, teure Freundin«, sprach Madame Danglars, »die Sache ist gewiß, ich habe es durch Herrn Debray erfahren, der bei der Erklärung anwesend war.«
Valentine wußte auch die Wahrheit, aber sie sagte nichts. Durch ein Wort in ihre Erinnerungen zurückversetzt, befand sie sich in Gedanken wieder in dem Zimmer von Noirtier, wo sie Morel erwartete.
In diese innere Betrachtung versunken, hatte Valentine seit einem Augenblick aufgehört, an dem Gespräch teilzunehmen, es wäre ihr sogar unmöglich gewesen, das zu wiederholen, was man seit einigen Minuten gesagt hatte, als plötzlich die Hand von Madame Danglars sich auf ihren Arm stützte und sie ihrer Träumerei entzog.
»Was wünschen Sie, Madame?« fragte Valentine, bebend bei

der Berührung der Finger von Madame Danglars, wie sie bei einem elektrischen Schlag gebebt haben würde.

»Meine liebe Valentine«, sagte die Baronin, »Sie leiden ohne Zweifel?«

»Ich?« entgegnete das Mädchen, mit seiner Hand über seine glühende Stirn fahrend.

»Ja, beschauen Sie sich nur in diesem Spiegel; Sie sind drei- bis viermal hintereinander im Verlauf einer Minute erbleicht und errötet.«

»Du bist in der Tat sehr bleich!« rief Eugenie.

»Oh, beunruhige dich nicht, Eugenie, ich bin seit einigen Tagen so.«

Und so wenig schlau Valentine auch war, so begriff sie doch, daß sie nun Gelegenheit hatte, sich zu entfernen. Überdies kam ihr Frau von Villefort zu Hilfe, indem sie sagte: »Entferne dich, Valentine, du leidest wirklich; trinke ein Glas Wasser und du wirst dich erholen.«

Valentine küßte Eugenie, verbeugte sich vor Madame Danglars und verließ das Zimmer.

»Dieses arme Kind«, sagte Frau von Villefort, als Valentine verschwunden war, »es beunruhigt mich ernstlich, und ich wäre nicht erstaunt, wenn ihr irgendein Unfall widerführe.«

Valentine war indessen in einer Art von Exaltation, von der sie sich keine Rechenschaft geben konnte, durch das Zimmer von Eduard gegangen und hatte sodann die kleine Treppe erreicht. Sie stieg alle Stufen bis auf die letzten drei hinab; sie hörte bereits die Stimme von Morel, als plötzlich eine Wolke vor ihren Augen hinzog, ihr starrer Fuß verfehlte die Stufe, ihre Hände hatten nicht mehr die Kraft, sich am Geländer zu halten, sie streifte an der Wand hin und rollte die drei letzten Stufen hinab. Morel machte einen Sprung, öffnete die Tür und fand Valentine auf dem Boden ausgestreckt. Rasch hob er sie in seine Arme und trug sie in einen Lehnstuhl. Dann öffnete sie wieder die Augen.

»Oh, ich Ungeschickte!« sagte sie mit einer fieberhaften Geschwindigkeit, »ich weiß mich also nicht mehr zu halten.«

»Sie haben sich vielleicht verwundet, Valentine?« rief Morel. »Oh, mein Gott, mein Gott!«

Valentine schaute umher; sie sah den tiefsten Schrecken in den Augen von Noirtier ausgeprägt.

»Beruhige dich, guter Papa«, sagte sie, indem sie zu lächeln suchte; »es ist nichts... nur ein Schwindel.«

»Abermals eine Ohnmacht!« sprach Morel, die Hände faltend. »Oh, nehmen Sie sich in acht, Valentine, ich flehe Sie an.«

»Nein«, entgegnete Valentine, »nein, ich sage Ihnen, daß alles vorüber ist und daß es nichts war. Nun lassen Sie mich Ihnen eine Neuigkeit mitteilen: In acht Tagen verheiratet sich Eugenie, und in drei Tagen findet ein großes Fest, ein Verlobungsmahl statt. Wir sind alle eingeladen, mein Vater, Frau von Villefort und ich... wenigstens soviel ich verstanden habe.«

»Wann wird die Reihe an uns sein, uns mit Ähnlichem zu beschäftigen? Oh, Valentine, Sie, die Sie soviel über Ihren guten Papa vermögen, bemühen Sie sich, daß er Ihnen antwortet: Bald!«

»Sie rechnen also darauf, daß ich die Zögerung abkürzen und das Gedächtnis meines guten Papas rege machen werde?«

»Ja«, rief Morel. »Mein Gott! Machen Sie geschwinde. Solange Sie nicht mir gehören, Valentine, ist es mir immer, als ob Sie mir entgehen könnten.«

»Oh!« antwortete Valentine mit einer krampfhaften Bewegung. »Oh, in der Tat, Maximilian, Sie sind zu ängstlich für einen Offizier, der, wie man sagt, nie die Furcht gekannt hat.«

Und sie brach in ein scharfes, schmerzliches Gelächter aus, ihre Arme wurden steif, ihr Kopf fiel auf den Stuhl zurück, und sie blieb ohne Bewegung.

Morel begriff, daß man um Hilfe rufen müßte. Er rief die Kammerfrau und den Bedienten, die sofort herbeiliefen.

Valentine war so kalt, so bleich, so leblos, daß die Diener, ohne zu hören, was man ihnen sagte, von der Furcht erfaßt wurden, die beständig in diesem verfluchten Haus wachte, und um Hilfe rufend, in die Gänge stürzten.

Madame Danglars und Eugenie entfernten sich gerade in diesem Augenblick; sie konnten noch die Ursache von diesem Aufruhr hören.

»Ich sagte es Ihnen!« rief Frau von Villefort; »arme Kleine!«

17. Das Geständnis

In demselben Augenblick hörte man die Stimme des Herrn von Villefort aus seinem Kabinett rufen: »Was gibt es denn?«
Morel befragte mit dem Blick Noirtier; dieser hatte wieder seine ganze Kaltblütigkeit erlangt und bezeichnete ihm mit dem Auge das Kabinett, in das er sich schon einmal unter ähnlichen Umständen geflüchtet.
Er hatte kaum Zeit, sich zu verbergen, als man schon die Tritte des Staatsanwalts im Gang hörte.
Villefort stürzte in das Zimmer, lief auf Valentine zu und nahm sie in seine Arme. »Einen Arzt! Herrn d'Avrigny! Oder ich gehe vielmehr selbst«, rief er und lief aus dem Zimmer.
Durch die andere Tür entfloh Morel. Eine schreckliche Erinnerung traf ihn in seinem Herzen; die Unterredung zwischen Villefort und dem Doktor, die er in der Nacht, in der Frau von Saint-Meran starb, gehört hatte, kehrte in sein Gedächtnis zurück. Die Symptome, welche dem Tod von Barrois vorhergegangen, schienen ihm dieselben zu sein, die er, wenn auch in einem etwas geringeren Grad, bei Valentine wahrgenommen hatte. Zu gleicher Zeit kam es ihm vor, als tönte an sein Ohr die Stimme des Grafen von Monte Christo, der ihm kaum zwei Stunden vorher gesagt hatte: Wenn Sie etwas brauchen, Morel, so kommen Sie zu mir, ich vermag viel.
Schneller als der Gedanke, lief er aus dem Faubourg Saint-Honoré in die Avenue der Champs-Elysées.
Während dieser Zeit kam Herr von Villefort in einem Wagen vor die Tür des Herrn d'Avrigny; er läutete mit einer solchen Heftigkeit, daß ihm der Portier mit erschrockener Miene öffnete. Villefort stürzte nach der Treppe, ohne daß er die Kraft hatte, etwas zu sagen. Der Portier kannte ihn und rief ihm nur nach: »In seinem Kabinett, Herr Staatsanwalt!«
Villefort stieß bereits die Tür auf.
»Ah!« sagte der Doktor, »Sie sind es?«
»Ja«, erwiderte Villefort, die Tür hinter sich schließend, »ja, ich bin es und frage Sie, ob wir allein sind. Doktor, mein Haus ist ein verfluchtes Haus!«
»Wie!« sprach dieser scheinbar kalt, jedoch mit einer tiefen inneren Erschütterung, »haben Sie abermals einen Kranken?«

»Ja, Doktor!« rief Villefort, mit krampfhafter Hand seine Haare fassend, »ja!«
Der Blick von d'Avrigny bezeichnete: »Ich habe es Ihnen vorher gesagt.« Dann sprachen seine Lippen langsam die Worte: »Wer soll denn in Ihrem Haus sterben, und welches neue Opfer wird Sie vor Gott der Schwäche beschuldigen?«
Ein schmerzliches Schluchzen entwand sich dem Herzen von Villefort, er näherte sich dem Arzt, faßte ihn beim Arm und antwortete: »Valentine! Die Reihe ist an Valentine!«
»Ihre Tochter!« rief d'Avrigny, von Staunen und Schrecken ergriffen.
»Sie sehen, daß Sie sich täuschten«, murmelte der Staatsanwalt, »kommen Sie, schauen Sie meine Tochter an, und Sie werden sie wegen Ihres Verdachtes auf ihrem Schmerzenslager um Verzeihung bitten.«
»So oft Sie mich benachrichtigten, war es zu spät«, sagte Herr d'Avrigny; »doch gleichviel, ich gehe; eilen wir, mein Herr, es ist keine Zeit zu verlieren.«
»Oh, diesmal, Doktor, werden Sie mir meine Schwäche nicht mehr vorwerfen. Diesmal werde ich den Mörder kennenlernen und treffen.«
»Suchen wir das Opfer zu retten, ehe wir an die Rache denken«, antwortete d'Avrigny; »kommen Sie!«
Inzwischen war Morel bei Monte Christo angekommen. Der Graf saß in seinem Kabinett und las sorgenvoll ein Billett, das ihm Bertuccio in der Eile geschickt hatte. Als er Morel, der ihn vor kaum zwei Stunden verlassen hatte, melden hörte, erhob der Graf das Haupt.
Für ihn, wie für den Grafen, hatte sich während dieser zwei Stunden ohne Zweifel viel ereignet, denn der junge Mann, der ihn mit einem Lächeln auf den Lippen verlassen, kam mit verstörtem Gesicht zurück.
Er stand auf, eilte Morel entgegen und rief: »Was gibt es denn, Maximilian? Sie sind bleich, und Ihre Stirn trieft von Schweiß.«
Morel fiel auf einen Stuhl und erwiderte: »Ja, ich bin schnell gelaufen, ich mußte Sie sprechen.«
»In Ihrer Familie befindet sich jedermann wohl?« fragte der Graf in einem Ton liebevollen Wohlwollens.

»Ich danke, Graf«, sagte der junge Mann, sichtbar verlegen, wie er das Gespräch beginnen sollte.
»Desto besser; Sie haben mir jedoch etwas zu sagen?« versetzte der Graf etwas unruhiger.
»Ja, ich bedarf Ihrer, nämlich ich glaubte, Sie könnten mir bei einer Sache Hilfe leisten, wo sonst niemand helfen kann.«
»Sprechen Sie immerhin.«
»Graf, wollen Sie mir erlauben, Baptistin wegzuschicken und ihn in einem Ihnen bekannten Haus Erkundigungen einziehen zu lassen?«
»Ich bin zu Ihrer Verfügung, und Sie mögen also noch viel mehr über meine Bedienten verfügen.«
Morel ging hinaus, rief Baptistin und sagte ihm leise einige Worte. Der Kammerdiener eilte fort.
Morel begann dann: »Ich befand mich eines Abends in einem Garten; ich war durch ein Gebüsch verborgen; niemand vermutete, daß ich anwesend sein könnte. Zwei Personen gingen an mir vorüber, erlauben Sie mir vorläufig, ihre Namen zu verschweigen; sie sprachen mit leiser Stimme, doch ich hatte ein solches Interesse, sie zu hören, daß ich keine Silbe von ihrem Gespräch verlor. Es war jemand bei dem Herrn des Gartens gestorben; die eine von den zwei Personen, deren Gespräch ich hörte, war der Herr des Gartens, die andere der Arzt. Der erste teilte dem zweiten seine Befürchtungen und seine Schmerzen mit, denn zum zweitenmal seit einem Monat warf sich der Tod rasch und unvorhergesehen auf dieses Haus, von dem man hätte glauben sollen, es wäre von einem Engel der Vertilgung dem Zorn Gottes bezeichnet worden.«
»Und was antwortete der Doktor?« fragte Monte Christo.
»Er antwortete, dieser Tod wäre nicht natürlich, und man könnte ihn nichts anderem zuschreiben... als Gift.«
»Wirklich!« versetzte Monte Christo mit jenem leichten Husten, das ihm in den Augenblicken der höchsten Aufregung dazu diente, seine Röte, seine Blässe oder die Aufmerksamkeit zu verbergen, mit der er zuhörte; »wirklich, Maximilian, Sie haben diese Dinge gehört?«
»Ja, lieber Graf, ich habe sie gehört, und der Doktor fügte bei, wenn sich ein solches Ereignis wiederholte, so würde er

sich für verpflichtet erachten, an die Gerichte zu appellieren.«
Monte Christo hörte scheinbar mit der größten Ruhe zu.
»Nun!« sprach Maximilian, »der Tod ist zum drittenmal eingekehrt, und weder der Herr des Hauses noch der Doktor hat etwas gesagt; der Tod wird vielleicht zum viertenmal treffen. Graf, wozu glauben Sie, daß mich die Kenntnis dieses Geheimnisses verpflichtet?«
»Mein lieber Freund, Sie scheinen mir eine Geschichte zu erzählen, die jeder von uns auswendig weiß. Ich kenne das Haus, wo Sie dies gehört haben, oder kenne wenigstens ein ähnliches: ein Haus, wo sich ein Garten, ein Familienvater, ein Doktor findet, ein Haus, wo sich drei seltsame, unerwartete Todesfälle ereignet haben. Wohl, schauen Sie mich an, mich, der ich keine solche Mitteilungen erlauscht habe und dennoch dies alles so gut weiß wie Sie... habe ich Gewissensbedenklichkeiten? Nein! Das geht mich nichts an. Sie sagen, ein Vertilgungsengel scheine dies Haus dem Zorn des Herrn zu bezeichnen; wer sagt Ihnen denn, daß Ihre Voraussetzung nicht Wirklichkeit ist? Sehen Sie nicht Dinge, welche die Menschen, die ein Interesse dabei haben, sie zu sehen, nicht sehen wollen. Wenn die Gerechtigkeit, und nicht der Zorn Gottes, durch dieses Haus schreitet, Maximilian, so wenden Sie den Kopf ab und lassen Sie die Gerechtigkeit Gottes ihren Gang gehen.«
Morel bebte. Es lag etwas zugleich Finsteres, Feierliches und Furchtbares in dem Ton des Grafen.
»Überdies«, fuhr er mit so scharf veränderter Stimme fort, daß man hätte glauben sollen, diese letzten Worte kämen nicht mehr aus dem Mund desselben Menschen, »überdies, wer sagt Ihnen, daß es wieder anfangen wird?«
»Es fängt wieder an, Graf«, rief Morel, »und deshalb bin ich zu Ihnen gelaufen.«
»Was soll ich tun, Morel? Soll ich etwa den Herrn Staatsanwalt in Kenntnis setzen?«
Monte Christo artikulierte diese Worte so deutlich und mit einem so stark vibrierenden Ausdruck, daß Morel plötzlich aufstand und rief: »Graf! Graf, Nicht wahr, Sie wissen, von wem ich sprechen will?«

»Allerdings, mein guter Freund, und ich will es Ihnen dadurch beweisen, daß ich Namen nenne. Sie sind eines Abends im Garten des Herrn von Villefort spazierengegangen; nach dem, was Sie mir gesagt, nehme ich an, es war an dem Abend, an dem Frau von Saint-Meran starb. Sie haben Herrn von Villefort mit Herrn d'Avrigny über den Tod von Herrn von Saint-Meran und über den nicht minder Staunen erregenden seiner Gattin sprechen hören. Herr d'Avrigny sagte, er glaube an eine Vergiftung oder sogar an zwei Vergiftungen: und Sie, der vorzugsweise ehrliche Mann, sind seit jenem Augenblick damit beschäftigt, Ihr Herz zu befühlen, die Sonde an Ihr Gewissen zu legen, um zu erfahren, ob Sie dieses Geheimnis enthüllen oder ob Sie schweigen sollen. Wir leben nicht mehr im Mittelalter, mein Freund, es gibt keine heilige Feme, keine Freischöppen mehr, was zum Teufel wollen Sie von diesen Menschen verlangen? Ei, mein Lieber, lassen Sie die Leute schlafen, wenn sie schlafen, und schlummern Sie um Gottes willen, Sie, den keine Gewissensbisse zu schlummern hindern.«
Ein furchtbarer Schmerz prägte sich in den Zügen von Morel aus; er ergriff die Hand von Monte Christo und rief: »Aber es fängt wieder an, sage ich Ihnen!«
»Nun wohl«, erwiderte der Graf, erstaunt über diese Hartnäkkigkeit, die er nicht begriff, während er Maximilian noch aufmerksamer anschaute, »lassen Sie es wieder anfangen; es ist eine Atriden-Familie! Gott hat sie verurteilt und sie werden seinem Spruch unterliegen, sie werden verschwinden. Vor drei Monaten war es Herr von Saint-Meran; vor zwei Monaten war es Frau von Saint-Meran; kürzlich war es Barrois; heute ist es der alte Noirtier oder die junge Valentine.«
»Sie wußten es?« rief Morel so erschrocken, daß Monte Christo bebte, er, den des Himmels Einsturz unempfindlich gefunden hätte. »Sie wußten es und sagten nichts?«
»Ei, was ist mir daran gelegen!« versetzte Monte Christo die Achseln zuckend, »kenne ich diese Leute? Meiner Treu, nein; denn ich räume weder dem Schuldigen noch dem Opfer einen Vorzug ein.«
»Aber ich, ich«, rief Morel, brüllend vor Schmerz, »ich liebe sie!«

»Sie lieben wen?« rief Monte Christo aufspringend und die zwei Hände von Morel ergreifend.
»Ich liebe bis zur Raserei, ich liebe wie ein Mensch, der all sein Blut hingeben würde, um ihr eine Träne zu ersparen: Ich liebe Valentine von Villefort, die man in diesem Augenblick ermordet; hören Sie wohl, ich liebe sie und frage Gott und Sie, wie ich sie retten kann?«
Monte Christo stieß einen Schrei aus und rief, die Hände ringend: »Unglücklicher, du liebst die Tochter eines verfluchten Geschlechts!«
Nie hatte Morel einen ähnlichen Ausdruck gesehen; nie hatte ein so furchtbares Auge vor seinem Gesicht geflammt; nie hatte der Geist des Schreckens, den er so oft auf den Schlachtfeldern oder in den mörderischen Nächten Algeriens erschaut, so düstere Feuer um ihn her geschleudert. – Er wich erschrocken zurück.
Monte Christo schloß ein paar Sekunden lang nach diesem Ausbruch, wie von inneren Blitzen geblendet, die Augen. Während dieser Sekunden sammelte er sich mit solcher Gewalt, daß man nach und nach die wellenförmigen Bewegungen seiner von Stürmen angeschwollenen Brust sich legen sah, wie man nach dem Gewitter unter der Sonne die stürmischen, schäumenden Wogen zerschmelzen sieht.
Dann hob der Graf seine bleiche Stirn empor und sagte mit leicht bebender Stimme: »Ich der ich unempfindlich und neugierig dastand, ich, der ich die Entwicklung dieser furchtbaren Tragödie betrachtete; ich, der ich einem schlimmen Genius ähnlich über das Böse lachte, das die Menschen unter dem Schutz des Geheimnisses tun – ich fühle mich nun selbst gebissen von der Schlange, deren krummen Gang ich betrachtete, und zwar in das Herz gebissen.«
Morel stieß einen dumpfen Seufzer aus.
»Auf, auf, genug der Klagen«, fuhr der Graf fort, »seien Sie stark, seien Sie ein Mann, seien Sie voll Hoffnung, denn ich bin da, ich wache über Sie.«
Morel schüttelte traurig den Kopf.
»Ich sage Ihnen, Sie sollen hoffen, verstehen Sie mich?« rief Monte Christo. »Erfahren Sie, daß ich nie lüge, daß ich mich nie

täusche. Es ist Mittag, Maximilian, danken Sie dem Himmel, daß Sie am Mittag gekommen sind, statt erst am Abend zu kommen. Hören Sie, was ich Ihnen sagen werde, Morel: Es ist Mittag; wenn Valentine noch nicht tot ist, so wird sie nicht sterben.«

»Oh, mein Gott, mein Gott!« rief Morel, »ich habe sie sterbend zurückgelassen.«

Monte Christo legte seine Hand an die Stirn. Was ging in diesem von furchtbaren Geheimnissen so schweren Kopf vor? Monte Christo hob die Stirn noch einmal empor, und diesmal war er ruhig wie das Kind beim Erwachen.

»Maximilian«, sagte er, »kehren Sie still nach Hause zurück; ich befehle Ihnen, nichts zu tun, keinen Schritt zu versuchen, über Ihr Antlitz nicht den Schatten einer Unruhe schweben zu lassen, ich werde Ihnen Nachricht geben.«

»Mein Gott, mein Gott! Graf, Sie erschrecken mich mit Ihrer Kaltblütigkeit. Vermögen Sie etwas gegen den Tod? Sind Sie mehr als ein Mensch?«

Und der junge Mann, den keine Gefahr je einen Schritt zurückweichen gemacht hatte, wich von einem unsäglichen Schrecken erfaßt zurück. Doch Monte Christo schaute ihn mit einem zugleich so schwermütigen und so sanften Lächeln an, daß Maximilian Tränen in seinen Augen fühlte.

»Ich vermag viel«, antwortete der Graf. »Gehen Sie, ich muß allein sein, mein Freund.«

Unterjocht durch die wunderbare Herrschaft, welche der Graf auf alles, was ihn umgab, ausübte, versuchte es Morel nicht einmal, sich ihr zu entziehen. Er drückte dem Grafen die Hand und entfernte sich.

Vor der Tür blieb er jedoch stehen, um Baptistin zu erwarten, den er von der Ecke der Rue Matignon herbeilaufen sah.

Villefort und d'Avrigny waren indessen in größter Eile nach dem Haus des Staatsanwalts gefahren. Bei ihrer Rückkehr war Valentine noch ohnmächtig, und der Arzt untersuchte die Kranke mit der von den Umständen gebotenen Sorgfalt und mit einer Schärfe, welche seine Vertrautheit mit dem Geheimnis verdoppelte. An seinen Lippen und seinen Blicken hängend, erwartete Villefort das Resultat der Prüfung. Bleicher als das

Mädchen, gieriger auf eine Lösung als selbst Villefort, wartete Noirtier ebenfalls.

Endlich sprach d'Avrigny langsam die Worte: »Sie lebt noch.«

»Noch?« rief Villefort, »oh, Doktor, welch ein furchtbares Wort haben Sie da ausgesprochen!«

»Ja«, sagte der Doktor, »ich wiederhole meine Behauptung: Sie lebt noch, und ich bin darüber erstaunt.«

»Doch sie ist gerettet?« fragte der Vater.

»Ja, da sie lebt.«

In diesem Moment begegnete der Blick von d'Avrigny dem Blicke von Noirtier. Er erglänzte von außerordentlicher Freude, daß der Arzt sich dadurch betroffen fühlte.

Er ließ das Mädchen, dessen bleiche, weiße Lippen sich kaum auf der übrigen Farbe des Gesichtes hervorhoben, wieder auf den Stuhl fallen und schaute unbeweglich Noirtier an, der jede seiner Gebärden erwartete und erläuterte.

»Mein Herr«, sprach nun d'Avrigny zu Villefort, »rufen Sie bitte des Fräuleins Kammerjungfer.«

Villefort ließ den Kopf seiner Tochter los, den er unterstützte, und lief weg, um die Kammerjungfer zu rufen.

Sobald Villefort die Tür zugemacht hatte, näherte sich d'Avrigny Herrn Noirtier und fragte ihn: »Sie haben mir etwas zu sagen?«

Der Greis blinzelte auf eine ausdrucksvolle Weise mit den Augen; es war dies, wie man sich erinnert, sein bejahendes Zeichen.

»Gut, ich werde bei Ihnen bleiben.«

In diesem Augenblick kehrte Villefort gefolgt von der Kammerjungfer zurück; hinter dieser ging Frau von Villefort.

»Aber was hat denn das liebe Kind?« rief sie, »sie ging von mir weg, beklagte sich zwar etwas über Unpäßlichkeit, doch ich glaubte, es wäre von keiner Bedeutung.«

Und die junge Frau näherte sich Valentine mit Tränen in den Augen und mit allen Zeichen der Zuneigung einer wahren Mutter und nahm sie bei der Hand.

D'Avrigny schaute Noirtier fortwährend an: Er sah, wie seine Augen sich erweiterten und rundeten, wie seine Wangen zitterten und erbleichten, wie der Schweiß auf seiner Stirn perlte.

»Oh!« machte er unwillkürlich, während er der Richtung des Blickes von Noirtier folgte, das heißt, seine Augen auf Frau von Villefort heftete. Diese sagte wiederholt: »Das arme Kind wird besser in seinem Zimmer sein. Kommen Sie, Fanny, wir wollen Valentine zu Bett bringen.«

Herr d'Avrigny, der in diesem Vorschlag ein Mittel sah, mit Noirtier allein zu bleiben, bedeutete durch ein Zeichen mit dem Kopf, es wäre dies das Beste, verbot aber, sie irgend etwas anderes nehmen zu lassen, als was er verordnen würde.

Man trug Valentine weg, sie hatte wieder das Bewußtsein erlangt, vermochte aber weder sich zu bewegen noch zu sprechen, so sehr waren ihre Glieder durch die Erschütterung, die sie erlitten, gelähmt. Sie hatte indessen die Kraft, mit einem Blick ihren Großvater zu grüßen, dem man, als man sie wegtrug, die Seele zu entreißen schien.

D'Avrigny folgte der Kranken, gab vollends seine Vorschriften, hieß Villefort selbst zu dem Apotheker fahren, in seiner Gegenwart die verordneten Tränke bereiten lassen, sie selbst zurückbringen und ihn im Zimmer seiner Tochter erwarten.

Nachdem er abermals eingeschärft, Valentine nichts nehmen zu lassen, ging er wieder zu Herrn Noirtier hinab, schloß sorgfältig die Tür, überzeugte sich, daß niemand horchte, und sprach: »Mein Herr, Sie wissen etwas über die Krankheit Ihrer Enkelin?«

»Ja«, machte der Greis.

»Hören Sie, wir haben keine Zeit zu verlieren, ich will Sie fragen, und Sie antworten mir.«

Noirtier bezeichnete, er wäre bereit zu antworten.

»Haben Sie den Unfall vorhergesehen, der heute Valentine begegnet ist?«

»Ja.«

D'Avrigny dachte einen Augenblick nach, näherte sich sodann Noirtier und fuhr fort:

»Verzeihen Sie mir, was ich Ihnen sagen werde, doch in der furchtbaren Lage, in der wir uns befinden, darf kein Anzeichen vernachlässigt werden. Haben Sie den armen Barrois sterben sehen?«

Noirtier schlug die Augen zum Himmel auf.

»Wissen Sie, woran er gestorben ist?«
»Ja«, antwortete der Greis.
»Glauben Sie, sein Tod sei natürlich gewesen?«
Etwas wie ein Lächeln trat auf die trägen Lippen von Noirtier.
»Es ist Ihnen also der Gedanke gekommen, Barrois sei vergiftet worden?«
»Ja.«
»Glauben Sie, das Gift, dem er unterlegen ist, sei für ihn bestimmt gewesen?«
»Nein.«
»Denken Sie nun, dieselbe Hand, die Barrois statt eines andern getroffen, treffe heute Valentine?«
»Ja.«
»Sie wird also ebenfalls unterliegen?« fragte d'Avrigny, einen tiefen Blick auf Noirtier heftend.
Und er erwartete die Wirkung dieser Worte auf den Greis.
»Nein«, erwiderte dieser mit einer triumphierenden Miene, die alle Mutmaßungen des geschicktesten Sehers aus dem Geleis hätte bringen können.
»Sie hoffen also?« fragte d'Avrigny erstaunt.
»Ja.«
»Was hoffen Sie?«
Der Greis machte durch die Augen begreiflich, er könnte nicht antworten.
»Ah, ja, das ist wahr«, murmelte d'Avrigny.
Dann zu Noirtier zurückkehrend, sagte er: »Sie hoffen, der Mörder werde müde werden?«
»Nein.«
»Also hoffen Sie, das Gift werde ohne Wirkung auf Valentine sein?«
»Ja.«
»Denn, nicht wahr, ich belehre Sie nicht, wenn ich Ihnen sage, man habe sie zu vergiften gesucht?«
Der Greis machte mit den Augen ein Zeichen, das keinen Zweifel in dieser Beziehung übrig ließ.
»Wie hoffen Sie denn, daß Valentine entkommen werde?«
Noirtier hielt hartnäckig seine Augen auf dieselbe Seite geheftet; d'Avrigny folgte der Richtung seiner Augen und sah, daß

sie auf eine Flasche zielten, welche den Trank enthielt, den man ihm jeden Morgen brachte.
»Ah, ah!« sprach d'Avrigny, plötzlich von einem Gedanken berührt, »sollten Sie den Einfall gehabt haben...«
Noirtier ließ ihn nicht vollenden. »Ja«, machte er.
»Sie gegen das Gift zu verwahren?«
»Ja.«
»Indem Sie Valentine allmählich daran gewöhnten...«
»In der Tat, Sie haben mich sagen hören, es komme Brucin in den Trank, den ich Ihnen gebe.«
»Ja, ja, ja«, machte der Greis, entzückt, verstanden zu werden.
»Und Sie gewöhnten sie an dieses Getränk und wollten dadurch die Wirkungen eines solchen Giftes neutralisieren?«
Dieselbe triumphierende Freude von Noirtier.
»Und es ist Ihnen wirklich gelungen!« rief d'Avrigny. »Ohne diese Vorsichtsmaßregel wäre Valentine heute getötet, getötet ohne die Möglichkeit einer Hilfe; der Schlag war heftig, doch sie wurde nur erschüttert, und diesmal wenigstens wird Valentine nicht sterben.«
Eine übermenschliche Freude glänzte in den mit einem Ausdruck unsäglicher Dankbarkeit zum Himmel aufgeschlagenen Augen des Greises.
In dieser Minute kam Villefort zurück.
»Hier, Doktor«, sagte er, »hier ist das Verlangte.«
»Dieser Trank ist in Ihrer Gegenwart bereitet worden?«
»Ja«, antwortete der Staatsanwalt.
»Er ist nicht aus Ihren Händen gekommen?«
»Nein.«
D'Avrigny nahm die Flasche, goß ein paar Tropfen von ihrem Inhalt in seine hohle Hand und verschluckte sie.
»Gut«, sagte er, »gehen wir zu Valentine hinauf, ich werde dort jedermann meine Vorschriften geben, und Sie selbst, Herr von Villefort, wachen darüber, daß niemand davon abgeht.«
In dem Augenblick, wo der Doktor in das Zimmer von Valentine, begleitet von Villefort, zurückkehrte, mietete ein italienischer Priester, von ernster Haltung, mit ruhiger, entschiedener Rede, das an das Hotel des Herrn von Villefort anstoßende Haus.

Man konnte nicht erfahren, infolge welcher Verhandlung die drei Mietsleute dieses Hauses zwei Stunden nachher auszogen. Aber es ging allgemein das Gerücht im Quartier, das Haus ruhe nicht fest auf seinem Grund und drohe einzustürzen, was den neuen Mietsmann aber durchaus nicht abhielt, noch an demselben Tag gegen fünf Uhr mit seinem bescheidenen Mobiliar Besitz davon zu ergreifen.

Der Vertrag wurde für drei Jahre durch den neuen Mietsmann gemacht, der sechs Monate vorausbezahlte. Dieser neue Mietsmann hieß Signor Giacomo Busoni.

Es wurden sogleich Arbeiter gerufen, und noch in derselben Nacht sahen einige Verspätete beim Vorübergehen mit Erstaunen Zimmerleute und Maurer mit der Ausbesserung des wankenden Hauses beschäftigt.

Sechstes Buch

1. Der Vertrag

Drei Tage nachher, gegen fünf Uhr abends, in dem Augenblick, wo Monte Christo auszufahren sich anschickte, besuchte ihn Herr Andrea Cavalcanti, so strahlend, als ob er im Begriff gewesen wäre, eine Prinzessin zu heiraten.
Er erkundigte sich nach der Gesundheit des Grafen mit der ihm eigentümlichen Vertraulichkeit und traf, den ersten Stock leicht hinaufsteigend, den Grafen selbst oben auf der Treppe. Bei dem Anblick des jungen Mannes blieb der Graf stehen.
»Guten morgen, lieber Herr von Monte Christo!« sagte er zu dem Grafen.
»Ah! Herr Andrea!« erwiderte dieser mit einem halb spöttischen Ton, »wie befinden Sie sich?«
»Vortrefflich, wie Sie sehen. Ich habe über tausenderlei Dinge mit Ihnen zu sprechen.«
Der Graf kehrte in einen zu dem ersten Stock gehörenden Salon zurück, setzte sich und hieß den jungen Mann sich ebenfalls setzen.
Andrea nahm seine heiterste Miene an und sagte: »Sie wissen, daß die Zeremonie heute abend stattfindet?«
»Allerdings; ich bekam gestern einen Brief von Herrn Danglars. Sie sind nun also glücklich, Herr Cavalcanti? Sie schließen eine der wünschenswertesten Verbindungen; auch ist Fräulein Danglars sehr hübsch.«
»Jawohl«, antwortete Cavalcanti mit äußerst bescheidenem Ton.
»Sie ist besonders sehr reich, wenigstens wie ich glaube?«
»Sehr reich, glauben Sie?« wiederholte der junge Mann.
»Allerdings; man sagt, Herr Danglars verberge wenigstens die Hälfte seines Vermögens.«
»Und er gesteht fünfzehn bis zwanzig Millionen zu!« rief Andrea mit einem vor Freude funkelnden Blick.
»Abgesehen davon«, fügte Monte Christo bei, »daß dieses ganze Vermögen Ihnen zufließen wird, insofern Fräulein Danglars die einzige Tochter ist. Überdies kommt Ihr eigenes Ver-

mögen – Ihr Vater hat mir dies wenigstens gesagt – dem Ihrer Braut beinahe gleich. Doch lassen wir ein wenig die Geldsache. Wissen Sie, Herr Andrea, daß Sie diese Angelegenheit geschickt durchgeführt haben?«
»Nicht schlecht, nicht schlecht«, sagte der junge Mann, »ich war für die Diplomatie geboren.«
»Wohl, man wird Sie in der Diplomatie aufnehmen; Sie wissen, die Diplomatie lernt sich nicht, es ist Sache des Instinktes... Das Herz ist also gefangen?«
»In der Tat, ich befürchte es«, antwortete Andrea.
»Liebt man Sie ein wenig?«
»Es muß wohl sein, da man mich heiratet«, erwiderte Andrea mit einem siegreichen Lächeln. »Doch vergessen wir einen wichtigen Punkt nicht. Ich bin sonderbar in dem allem unterstützt worden.«
»Bah! Durch den Zufall.«
»Nein, durch Sie.«
»Durch mich? Lassen Sie das, Prinz«, sagte Monte Christo mit absichtlicher Betonung des Titels. »Was konnte ich für Sie tun? Genügten nicht Ihr Name, Ihre gesellschaftliche Stellung und Ihr Verdienst?«
»Nein, nein; Sie mögen sagen, was Sie wollen, ich behaupte, Herr Graf, daß die Stellung eines Mannes wie Sie mehr getan hat als mein Name, meine gesellschaftliche Stellung und mein Verdienst.«
»Sie täuschen sich ganz und gar, mein Herr«, sprach mit kaltem Ton Monte Christo, der die treulose Gewandtheit des jungen Mannes fühlte und die Bedeutung seiner Worte begriff. »Sie haben meine Protektion erst erlangt, nachdem ich von dem Einfluß und dem Vermögen Ihres Herrn Vaters Kenntnis genommen; denn wer hat im ganzen mir, der ich Sie nie gesehen und ebensowenig den erhabenen Urheber Ihrer Tage, das Glück, Sie kennenzulernen, verschafft? Zwei von meinen Freunden, Lord Wilmore und der Abbé Busoni. Wer hat mich ermutigt, nicht Ihnen als Bürgschaft zu dienen, sondern Sie zu patronisieren? Der in Italien so bekannte und geehrte Name Ihres Vaters; persönlich kenne ich Sie nicht.«
Diese Ruhe, diese vollkommene Leichtigkeit ließen Andrea

begreifen, daß er für diesen Augenblick dem Druck einer Hand von größerer Muskelkraft als die seinige untertan war und daß sich dieser Druck nicht so leicht brechen ließ.

»Sprechen Sie, Herr Graf«, sagte er, »ist das Vermögen von meinem Vater wirklich groß?«

»Es scheint so, mein Herr.«

»Wissen Sie nicht, ob die Mitgift, die er mir versprochen hat, angekommen ist?«

»Ich habe den Avisbrief erhalten, und die drei Millionen sind aller Wahrscheinlichkeit nach auf dem Weg.«

»Ich werde sie also wirklich erhalten?«

»Verdammt!« rief der Graf, »es scheint mir, bis jetzt, mein Herr, hat es Ihnen nicht an Geld gefehlt.«

Andrea war so erstaunt, daß er einen Augenblick träumen mußte.

»Mein Herr«, sagte er, aus seiner Träumerei erwachend, »ich habe nur noch eine Bitte an Sie zu richten, die Sie verstehen werden, selbst wenn Sie Ihnen unangenehm sein sollte.«

»Sprechen Sie.«

»Ich setzte mich durch mein Vermögen mit vielen ausgezeichneten Leuten in Verbindung und habe, wenigstens für den Augenblick, eine Menge von Freunden. Doch wenn ich mich, wie ich dies tue, im Angesicht der ganzen Pariser Gesellschaft verheirate, so muß ich durch einen erhabenen Namen unterstützt werden, und in Ermangelung der väterlichen Hand muß mich eine mächtige Hand an den Altar führen; mein Vater kommt aber nicht nach Paris, nicht wahr?«

»Er ist alt, mit Wunden bedeckt und leidet, wie er sagt, so sehr, daß ihn jede Reise an den Rand des Grabes bringt.«

»Ich begreife und komme auch, um die Bitte an Sie zu wagen, ihn zu ersetzen.«

»Ah, mein lieber Herr, nachdem ich so lange mit Ihnen Umgang zu pflegen das Glück gehabt habe, kennen Sie mich so wenig, daß Sie eine solche Bitte an mich richten? Verlangen Sie eine halbe Million von mir zu entlehnen, und Sie werden mir, auf mein Ehrenwort, minder beschwerlich sein, obgleich ein solches Anlehen ziemlich selten ist. Erfahren Sie also, ich glaubte es Ihnen bereits gesagt zu haben, daß der Graf von

Monte Christo nie aufgehört hat, besonders bei weltlichen Dingen, in seine moralische Teilnahme die Bedenklichkeit, ich sage noch mehr, den Aberglauben eines Mannes aus dem Orient zu versetzen. Ich, der ich ein Serail in Kairo, in Smyrna und in Konstantinopel habe, soll den Vorsitz bei einer Hochzeit führen? Niemals!«

»Sie schlagen es also ab?«

»Ja; ich würde es abschlagen, und wenn Sie mein Sohn wären.«

»Ah!« rief Andrea verblüfft, »wie soll ich es machen?«

»Sie haben hundert Freunde, wie Sie soeben selbst sagten.«

»Einverstanden, doch Sie stellten mich Herrn Danglars vor.«

»Keineswegs! Wir wollen die Tatsachen in ihrer ganzen Wahrheit erhalten: Ich habe Sie mit ihm in Auteuil speisen lassen, und Sie haben sich ihm selbst vorgestellt; Teufel, das ist ein Unterschied.«

»Ja, doch Sie trugen zu meiner Verheiratung bei.«

»Ich? Ganz und gar nicht, ich bitte Sie, mir dies zu glauben; erinnern Sie sich doch dessen, was ich Ihnen geantwortet habe, als Sie zu mir kamen und mich baten, die Hand von Fräulein Danglars für Sie zu verlangen. Oh, ich mache nie Heiraten, mein Prinz, das ist bei mir fester Grundsatz.«

Andrea biß sich auf die Lippen.

»Doch Sie werden wenigstens anwesend sein?« sagte er.

»Wird ganz Paris erscheinen?«

»Oh, gewiß.«

»Gut! Ich werde es machen wie ganz Paris.«

»Sie werden den Vertrag unterzeichnen?«

»Oh, ich sehe darin nichts Ungeeignetes, und meine Bedenklichkeiten gehen nicht so weit.«

»Nun, da Sie mir nicht mehr einräumen wollen, so muß ich mich mit dem begnügen, was Sie mir geben. Doch ein letztes Wort, Graf.«

»Was denn? Sprechen Sie.«

»Die Mitgift meiner Frau beträgt 500 000 Franken?«

»Diese Zahl hat mir Herr Danglars selbst genannt.«

»Soll ich sie in Empfang nehmen oder in den Händen des Notars lassen?«

»Im allgemeinen werden die Dinge anständigerweise folgendermaßen abgemacht: Ihre zwei Notare bestellen sich bei dem Vertrag auf den nächsten oder auf den zweiten Tag zusammen; dann tauschen sie Ihre zwei Mitgifte aus, worüber sie sich gegenseitig Scheine geben; ist die Hochzeit gefeiert, so stellen sie die Millionen zu Ihrer Verfügung, da Sie das Haupt der Gemeinschaft sind.«

»Ich glaube, gehört zu haben«, sagte Andrea mit einer gewissen, schlecht verhehlten Unruhe, »ich glaube, eine Äußerung meines Schwiegervaters gehört zu haben, er beabsichtige, unsere Fonds in Eisenbahnaktien anzulegen.«

»Ah, das ist, wie die ganze Welt versichert, ein Mittel, wodurch Ihre Kapitalien in einem Jahr wenigstens verdreifacht werden. Der Herr Baron Danglars ist ein guter Vater und weiß zu rechnen.«

»Somit geht alles vortrefflich, abgesehen von Ihrer Weigerung, die mich im höchsten Grade schmerzt.«

»Schreiben Sie dieselbe einzig und allein einem unter solchen Umständen natürlichen Bedenken zu.«

»Gut«, sagte Andrea, »es geschehe, wie Sie wollen, heute abend um neun Uhr.«

»Auf Wiedersehen.«

Und trotz eines leichten Widerstrebens von Monte Christo, dessen Lippen erbleichten, der jedoch sein zeremoniöses Lächeln beibehielt, ergriff Andrea die Hand des Grafen, drückte sie, sprang in seinen Wagen und verschwand.

Die vier Stunden, welche ihm bis neun Uhr blieben, wandte Andrea zu Besuchen an, um die von ihm erwähnten Freunde zu veranlassen, mit allem Luxus ihrer Equipagen bei dem Bankier zu erscheinen.

Um halb neun Uhr abends waren der große Salon von Danglars, die an diesen Salon anstoßende Galerie und die drei andern Salons des Stockes, die tausend Kerzen bestrahlten, voll von einer duftenden Menge, welche viel weniger die Sympathie anzog als das unwiderstehliche Bedürfnis, da zu sein, wo man etwas Neues zu sehen hoffen durfte.

Fräulein Eugenie war mit der zierlichsten Einfachheit angetan: ein Kleid von weißer Seide, eine halb in ihren rabenschwarzen

Haaren verlorene weiße Rose bildeten ihren ganzen Schmuck, den nicht das kleinste Juwel bereicherte.
Dreißig Schritte von ihr plauderte Madame Danglars mit Debray, Beauchamp und Chateau-Renaud. Debray war für diese große Feierlichkeit wieder in das Haus zurückgekehrt; doch sein Eintritt war wie der von jedermann und zeichnete sich durch kein besonderes Vorrecht aus.
Andrea, der an seinem Arm einen der lustigsten Dandys hielt, erklärte diesem ziemlich frech seine Pläne für sein zukünftiges Leben und den Luxus, mit dem er selbst die verwöhnten Pariser in Erstaunen setzen wollte.
Die Menge trieb sich in diesen Salons umher, wie ein Fluß von Türkisen, Rubinen, Smaragden und Diamanten. Wie überall bemerkte man, daß die ältesten Frauen am meisten geschmückt waren und daß sich die Häßlichsten am hartnäckigsten vordrängten. Gab es eine schöne weiße Lilie, eine süße, duftende Rose, so mußte man sie verborgen in irgendeinem Winkel hinter einer Mutter mit einem Turban oder einer Tante mit einem Paradiesvogel suchen.
Mitten unter dieses Gedränge, unter dieses Gesumme, unter dieses Gelächter, rief jeden Augenblick die Stimme des Dieners einen in der Finanzwelt bekannten, in der Armee geachteten oder in den Wissenschaften berühmten Namen, den sodann eine schwache Bewegung der Gruppen empfing.
In dem Augenblick, als der Zeiger der massiven Pendeluhr neun Uhr auf ihrem goldenen Zifferblatt andeutete, erklang auch der Name des Grafen von Monte Christo, und wie von einem elektrischen Schlag getroffen, wandte sich die ganze Versammlung der Tür zu.
Der Graf war schwarz und mit seiner gewöhnlichen Einfachheit gekleidet, seine weiße Weste zeichnete eine weite, edle Brust ab, statt jedes Schmuckes trug er nur auf seiner Weste eine ganz feine, goldene Kette.
Der Graf gewahrte mit einem einzigen Blick Madame Danglars an einem Ende des Salons, Herrn Danglars an dem andern und Eugenie vor sich.
Er näherte sich zuerst der Baronin, die mit Frau von Villefort plauderte, die allein gekommen war, da Valentine immer noch

litt, und ging dann geradeswegs, so sehr lichtete sich vor ihm das Gedränge, von der Baronin auf Eugenie zu, die er mit so raschen und so ausgesuchten Worten begrüßte, daß die stolze Künstlerin darüber betroffen war. Neben ihr stand Fräulein Luise d'Armilly; sie dankte dem Gafen für die Empfehlungsbriefe, die er ihr so zuvorkommend für Italien gegeben und von denen sie, wie sie sagte, ungesäumt Gebrauch machen werde. Als er diese Damen verließ, wandte er sich um und befand sich Danglars gegenüber, der sich dem Grafen genähert hatte, um ihm die Hand zu drücken.

Sobald diese drei gesellschaftlichen Pflichten erfüllt waren, blieb Monte Christo stehen und schaute gleichgültig umher.

Andrea, der sich gerade in einem anstoßenden Salon aufhielt, fühlte ebenfalls jenes Beben, das Monte Christo bei der Menge hervorgebracht hatte, und lief herbei, um den Grafen zu begrüßen. Er fand ihn umringt; man machte sich seine Worte streitig, wie es immer bei den Leuten geschieht, welche wenig sprechen und kein Wort ohne Wert sagen.

Die Notare traten in diesem Augenblick ein und legten ihre gekritzelten Wische auf den goldgestickten Sammet eines bereitstehenden Tisches. Der Vertrag wurde unter einem tiefen Stillschweigen vorgelesen. Doch sobald dies geschehen war, fing der Lärm in den Salons doppelt so stark als zuvor wieder an. Diese glänzenden Summen, diese in die Zukunft der zwei jungen Leute rollenden Millionen, welche die Ausstellung vervollständigten, die man in einem ausschließlich hierzu bestimmten Zimmer mit der Aussteuer der Verlobten und den Diamanten der jungen Frau gemacht hatte, waren mit ihrem ganzen Blendwerk in der neidischen Versammlung erklungen.

Von seinen Freunden umringt, beglückwünscht, umschmeichelt, begann Andrea an die Wirklichkeit seines Traumes zu glauben und war im Begriff, den Kopf zu verlieren.

Der Notar nahm feierlich die Feder und sagte: »Meine Herren, man unterzeichne den Vertrag.«

Der Baron sollte zuerst unterzeichnen, dann der Bevollmächtigte von Herrn Cavalcanti Vater, dann die Baronin, dann die zukünftigen Ehegatten.

Der Baron nahm die Feder und unterzeichnete, dann kam der Bevollmächtigte. Die Baronin näherte sich am Arm von Frau von Villefort. »Mein Freund«, sagte sie, die Feder ergreifend, »ist es nicht zum Verzweifeln? Ein unerwarteter Vorfall bei der Mord- und Diebstahlsgeschichte, deren Opfer der Herr Graf von Monte Christo beinahe geworden wäre, beraubt uns des Glückes, Herrn von Villefort hier zu sehen.«

»Oh, mein Gott!« sagte Danglars und dachte bei sich, das ist mir ganz gleichgültig!

»Mein Gott!« sprach Monte Christo hinzutretend, »ich befürchte die unwillkürliche Ursache dieser Abwesenheit zu sein.«

»Wie! Sie, Graf?« sagte Madame Danglars unterzeichnend; »wenn dem so ist, so nehmen Sie sich in acht, ich werde es Ihnen nie mehr verzeihen.«

Andrea spitzte die Ohren.

»Es wäre indessen nicht meine Schuld«, sagte der Graf; »auch ist mir an der Erörterung der Sache gelegen. Sie erinnern sich«, sagte er mitten im tiefsten Stillschweigen, »daß bei mir der Unglückliche gestorben ist, der mich berauben wollte, und als er mein Haus verließ, wenigstens wie man glaubt, von seinem Genossen ermordet wurde?«

»Ja«, sagte Danglars.

»Nun, um ihm zu helfen, hatte man ihn entkleidet und seine Kleider in eine Ecke geworfen, wo sie das Gericht aufhob; doch während das Gericht den Rock und die Hose mitnahm, vergaß es die Weste.«

Andrea erbleichte sichtbar und zog sich ganz sachte nach der Tür; er sah am Horizont eine Wolke heraufziehen, die ihm einen Sturm zu verkünden schien.

»Diese Weste hat man nun heute ganz mit Blut bedeckt und in der Herzgegend durchlöchert gefunden.«

Die Damen stießen einen Schrei aus, und zwei oder drei hielten sich bereit, in Ohnmacht zu fallen.

»Man brachte sie mir, niemand konnte erraten, wem dieser traurige Fetzen gehörte; ich allein dachte, es wäre wahrscheinlich die Weste des Opfers. Plötzlich fühlte mein Kammerdiener, der mit Ekel und Behutsamkeit diese traurige Reliquie unter-

suchte, ein Papier in der Tasche und zog es heraus: Es war ein Brief, adressiert an wen? An Sie, Baron.«
»An mich?« rief Danglars.
»Oh, mein Gott, ja, an Sie; es gelang mir, Ihren Namen unter dem Blut zu lesen, mit dem das Billett befleckt war«, antwortete Monte Christo, mitten im Ausdruck allgemeiner Verwunderung.
»Aber«, fragte Madame Danglars, ihren Gatten unruhig anschauend, »was hindert dies Herrn von Villefort...?«
»Das ist ganz einfach, Madame«, erwiderte Monte Christo, »diese Weste und dieser Brief sind, wie man sagt, Beweisstükke; ich habe auch Brief und Weste zu dem Herrn Staatsanwalt geschickt. Sie begreifen, Herr Baron, der gesetzliche Weg ist der sicherste in Kriminalsachen, vielleicht war es ein hinterlistiger Anschlag gegen Sie.«
Andrea schaute Monte Christo starr an und verschwand in den zweiten Salon.
»Das ist möglich«, sagte Danglars, »war der Ermordete nicht ein ehemaliger Galeerensklave?«
»Ja«, antwortete der Graf, »ein ehemaliger Galeerensklave, namens Caderousse.«
Danglars erbleichte leicht, Andrea verließ den zweiten Salon und erreichte das Vorzimmer.
»Unterzeichnen Sie doch«, sagte Monte Christo, »ich sehe, daß meine Erzählung jedermann in Bewegung gesetzt hat, und bitte Sie, Frau Baronin und Fräulein Danglars, um Verzeihung.«
Die Baronin übergab die Feder dem Notar.
»Herr Prinz Cavalcanti«, sprach der Notar, »Herr Prinz Cavalcanti, wo sind Sie?«
»Andrea! Andrea!« wiederholten mehrere Stimmen von jungen Leuten, die bereits mit dem edlen Italiener zu einem solchen Grade von Vertraulichkeit gelangt waren, daß sie ihm mit seinem Taufnamen riefen.
»Rufen Sie doch den Prinzen, sagen Sie ihm doch, daß es an ihm sei zu unterzeichnen!« rief Danglars einem Diener zu.
Doch in demselben Augenblick strömte die Menge der Anwesenden in den Hauptsalon zurück, als ob ein furchtbarer Schreck in die Gemächer eingebrochen wäre.

Es war allerdings Grund dazu vorhanden, zurückzuweichen, denn die Offiziere der Gendarmerie stellte zwei Gendarmen vor die Tür des Salons und ging in Begleitung eines mit seiner Schärpe umgürteten Polizeikommissars auf Danglars zu.
Madame Danglars stieß einen Schrei aus und fiel in Ohnmacht.
Danglars, der sich bedroht glaubte, bot seinen Gästen ein von Schrecken entstelltes Gesicht.
»Was gibt es denn, mein Herr?« fragte Monte Christo, dem Kommissar entgegengehend.
»Wer von Ihnen, meine Herren«, fragte der Beamte, »heißt Andrea Cavalcanti?«
Ein Schrei des Erstaunens brach aus allen Winkeln des Salons hervor. Man suchte; man fragte.
»Aber was ist es denn mit diesem Andrea Cavalcanti?« fragte Danglars ganz verwirrt.
»Er ist ein aus dem Bagno von Toulon entsprungener Galeerensklave.«
»Und welches Verbrechen hat er begangen?«
»Er ist angeklagt«, sagte der Kommissar mit seiner unerschütterlichen Stimme, »er ist angeklagt, einen Menschen, namens Caderousse, seinen ehemaligen Kettengenossen, im Augenblick, wo dieser aus dem Haus des Herrn Grafen von Monte Christo kam, ermordet zu haben.«
Monte Christo schaute rasch umher.
Andrea war verschwunden.

2. Die Straße nach Belgien

Einige Augenblicke nach der Szene der Verwirrung, die in den Gemächern von Herrn Danglars die unerwartete Erscheinung des Gendarmerieoffiziers und die Enthüllung des Polizeikommissars hervorgebracht hatte, leerte sich das große Haus mit einer Geschwindigkeit, wie sie etwa die Ankündigung, es sei einer der Gäste von der Pest oder von der Cholera befallen worden, herbeigeführt haben könnte.
In dem Haus des Bankiers waren nur Danglars, der in sein Kabinett eingeschlossen, in die Hände des Gendarmerieoffiziers seine Angaben niederlegte, Madame Danglars in ihrem Boudoir und Eugenie zurückgeblieben, die sich mit ihrer unzer-

trennlichen Freundin, Fräulein Luise d'Armilly, in ihr Zimmer zurückgezogen hatte.
»Oh, mein Gott, mein Gott, diese furchtbare Geschichte!« sagte die junge Tonkünstlerin; »wer konnte dies vermuten? Herr Andrea Cavalcanti... ein Mörder... aus dem Bagno entsprungen... ein Galeerensklave!«
Ein ironisches Lächeln zog die Lippen von Eugenie zusammen. »In der Tat, ich war prädestiniert«, sprach sie. »Ich entgehe Morcerf, um in die Hände von Cavalcanti zu fallen.«
»Oh, verwechsele den einen nicht mit dem andern, Eugenie.«
»Schweig, alle Männer sind Schändliche, bis jetzt verachtete ich sie, nun hasse ich sie.«
»Was werden wir machen?« fragte Luise.
»Was wir in drei Tagen machen wollten... abreisen.«
»Also heiratest du nicht mehr, du willst beständig...«
»Höre, Luise, ich habe einen Abscheu vor diesem Leben der Gesellschaft, das stets geordnet, abgemessen, geregelt ist, wie unser Notenpapier. Was ich immer gewünscht, gewollt, erstrebt habe, ist das Leben einer Künstlerin, das freie Leben, das unabhängige Leben, wobei man nur sich selbst Rechenschaft abzulegen hat. Hier bleiben, warum dies? Damit man es in einem Monat abermals versucht, mich zu verheiraten – mit wem? Mit Herrn Debray vielleicht, wie man es einen Augenblick im Sinn hatte. Nein, Luise, nein, der Vorfall von diesem Abend wird mir zur Entschuldigung dienen: Ich suchte ihn nicht, ich verlangte ihn nicht, Gott schickt ihn mir, und er ist willkommen.«
»Wie stark und mutig du bist«, sagte das blonde, schwächliche Mädchen zu seiner braunen Gefährtin.
»Kennst du mich noch nicht? Auf, Luise, laß uns von unsern Angelegenheiten sprechen. Der Reisewagen?«
»Ist zum Glück seit drei Tagen gekauft.«
»Unser Paß?«
»Hier ist er!«
Eugenie entfaltete mit ihrer gewöhnlichen Festigkeit ein Papier und las: »Herr Leon d'Armilly, 21 Jahre alt; Gewerbe: Künstler; Haare: schwarz; Augen: schwarz; reist mit seiner Schwester.«
»Durch wen hast du dir diesen Paß verschafft?«

»Als ich zu Herrn von Monte Christo ging und ihn um Briefe an die Direktoren der Theater in Rom und Neapel bat, drückte ich ihm meine Befürchtungen darüber aus, daß ich allein reisen sollte. Er begriff dieselben vollkommen, bot sich an, mir einen Paß für einen Mann ausgestellt zu verschaffen, und zwei Tage nachher erhielt ich diesen, welchem ich mit meiner Hand die Worte: Reist mit seiner Schwester beigefügt habe.«

»Wir brauchen also nur noch unsern Koffer packen und abzureisen.«

»Überlege es wohl, Eugenie.«

»Oh, ich habe alles überlegt; ich bin es müde, von nichts sprechen zu hören als von Bilanzen, Monatsschlüssen, von Steigen, von Fallen, von spanischen Fonds, von Haitischen Papieren. Statt dessen, Luise, begreifst du! Die Luft, die Freiheit, der Gesang der Vögel, die Ebenen der Lombardei, die Kanäle von Venedig, die Paläste von Rom, das Gestade von Neapel. Wieviel besitzen wir, Luise?«

Das befragte Mädchen zog aus einem eingelegten Sekretär ein kleines Portefeuille mit Schloß, öffnete es und zählte dreiundzwanzig Banknoten.

»Dreiundzwanzigtausend Franken«, sprach Luise.

»Und für wenigstens ebensoviel Perlen, Diamanten und Juwelen«, sagte Eugenie. »Wir sind mit 45000 Franken reich, wir können zwei Jahre lang wie Prinzessinnen oder vier Jahre lang anständig leben; doch ehe sechs Monate vergehen, haben wir, du mit deiner Musik, ich mit meiner Stimme, unser Kapital verdoppelt. Vorwärts! Übernimm du das Geld, ich übernehme das Kistchen mit den Edelsteinen, so daß, wenn eine von uns das Unglück hätte, ihren Schatz zu verlieren, die andere immer noch den ihrigen besäße. Und nun den Koffer, rasch den Koffer.«

Und die zwei Mädchen fingen an, mit einer wunderbaren Geschäftigkeit in einem Koffer alle Gegenstände aufzuhäufen, die sie für ihre Reise nötig zu haben glaubten.

»Gut, nun schließe den Koffer, während ich die Kleider wechsele«, sagte Eugenie.

Und sie zog aus einer Schublade, aus der sie einen blauseidenen Regenmantel für Fräulein d'Armilly nahm, mit dem diese sofort ihre Schultern bedeckte, einen vollständigen Männeranzug, von den Stiefelchen bis zum Oberrock, nebst einem Vorrat von Wäsche. Mit einer Geschwindigkeit, die andeutete, daß sie ohne Zweifel nicht zum erstenmal Männerkleider anzog, schlüpfte Eugenie in ihre Stiefelchen, in die Beinkleider, band sich eine Krawatte um, knöpfte eine Weste bis zum Hals zu und legte den Oberrock an, der ihre zarte, schön gewachsene Gestalt hervorhob.

»Oh! In der Tat, das ist sehr gut!« sagte die Tonkünstlerin, Eugenie mit Bewunderung anschauend; »doch diese schönen, schwarzen Haare, werden sie unter einem Männerhut halten?«

»Du wirst es sehen«, sprach Eugenie.

Und mit der linken Hand die Flechte ergreifend, welche ihre langen Finger kaum umspannen konnten, faßte sie mit der rechten eine große Schere, und bald fiel das weiche, glänzende Haar zu den Füßen des Mädchens. Als die obere Flechte abgeschnitten war, ging Eugenie zu denen an den Schläfen über, welche sie nach und nach ebenfalls abschnitt, ohne daß ihr die geringste Klage entschlüpfte: Ihre Augen unter ihren ebenholzschwarzen Brauen funkelten im Gegenteil freudiger als gewöhnlich.

»Oh, die herrlichen Haare!« sagte Luise mit Bedauern.

»Ei, bin ich nicht hundertmal besser so?« rief Eugenie, die zerstreuten Locken ihres ganz männlich gewordenen Kopfes glättend, »und findest du mich nicht schöner?«

»Du bist schön, immer schön!« rief Luise. »Doch wohin gehen wir?«

»Nach Belgien, wenn du willst, es ist die nächste Grenze. Wir erreichen Brüssel, Lüttich, Aachen; wir fahren den Rhein hinauf bis nach Straßburg, reisen durch die Schweiz und steigen über den St. Bernhard nach Italien hinab; bist du damit einverstanden?«

»Jawohl!«

»Was betrachtest du?«

»Ich betrachte dich. In der Tat, du bist anbetungswürdig, man sollte meinen, du entführest mich.«

»Ei, bei Gott! Man würde recht haben.«

»Oh, ich glaube, du hast geschworen, Eugenie?«

Und die zwei Freundinnen, von denen man hätte annehmen

können, sie wären beide in Tränen versunken, die eine auf eigene Kosten, die andere aus Ergebenheit, brachen in ein Gelächter aus.
Nachdem sie ihre Lichter ausgelöscht, öffneten die zwei Flüchtlinge, das Auge forschend, das Ohr horchend, die Tür eines Ankleidezimmers, welches auf eine bis auf den Hof hinab sich erstreckende Gesindetreppe ging. Eugenie schritt voran und hielt mit einer Hand den Griff des Koffers, den an dem entgegengesetzten Griff Fräulein d'Armilly kaum mit ihren beiden Händen aufzuheben vermochte. Der Hof war leer. Es schlug Mitternacht, nur beim Portier war noch Licht. Auf Eugenies Verlangen, die Tür zu öffnen, ging er einige Schritte vor, um die Person zu erkennen, welche hinausgehen wollte; als er aber einen jungen Mann sah, der ungeduldig sein Beinkleid mit seinem Stöckchen peitschte, öffnete er auf der Stelle.
Sogleich schlüpfte Luise wie eine Eidechse durch die halb offene Tür und sprang leise hinaus. Scheinbar ruhig, obgleich ihr Herz aller Wahrscheinlichkeit nach mehr Pulsschläge zählte als in seinem gewöhnlichen Zustand, ging Eugenie ebenfalls hinaus.
Es kam ein Dienstmann vorüber, man übergab ihm den Koffer. Die zwei jungen Mädchen bezeichneten demselben als Ziel ihrer Wanderung die Rue de la Victoire Nr. 26 und marschierten hinter diesem Menschen, dessen Gegenwart Luise beruhigte.
Man kam zur bezeichneten Nummer. Eugenie befahl, den Koffer niederzusetzen, gab dem Mann einige Münzen und schickte ihn fort, nachdem sie an den Laden geklopft hatte.
Dieser Laden war der einer kleinen, zum voraus benachrichtigten Wäscherin; sie hatte sich noch nicht zu Bett gelegt und öffnete.
»Mademoiselle«, sagte Eugenie, »lassen Sie durch den Portier den Wagen aus der Remise ziehen und schicken Sie ihn nach der Post, um die Pferde zu holen. Hier sind fünf Franken für seine Mühe.«
Die Wäscherin sah ganz erstaunt aus, doch da sie verabredetermaßen zwanzig Louisd'or bekommen sollte, so machte sie nicht die geringste Bemerkung.

In einer Viertelstunde kam der Hausmeister mit einem Postillon und mit Pferden zurück.
»Hier ist der Paß«, sagte der Postillon; »welchen Weg schlagen wir ein, junger Herr?«
»Die Straße nach Fontainebleau«, antwortete Eugenie mit einer beinahe männlichen Stimme.
»Was sagst du?« fragte Luise.
»Ich gebe einen falschen Weg an«, erwiderte Eugenie; »die Frau, der wir zwanzig Louisd'or geschenkt haben, kann uns für vierzig verraten; auf dem Boulevard nennen wir eine andere Richtung.« Und das Mädchen sprang in den vortrefflich zum Schlafen eingerichteten Wagen.
»Du hast immer recht, Eugenie«, sagte die Gesangslehrerin, neben ihrer Freundin Platz nehmend.
Eine Viertelstunde nachher fuhr der Postillon, auf den rechten Weg gebracht, durch die Barrière Saint-Martin.
Herr Danglars hatte keine Tochter mehr.

3. Das Wirtshaus zur Glocke

Und nun lassen wir Fräulein Danglars und ihre Freundin auf der Straße nach Brüssel hinziehen und kehren zu dem armen Andrea Cavalcanti zurück, der auf eine so unselige Weise mitten im Aufschwung seines Glücks aufgehalten wurde. Er war trotz seines noch sehr wenig vorgerückten Alters ein äußerst gewandter und gescheiter Junge. Wir sahen ihn auch bei dem ersten Geräusch im Salon sich der Tür nähern, zwei Zimmer durchschreiten und endlich verschwinden. In einem von diesen zwei Zimmern war der Brautschatz der Verlobten ausgestellt, Schmuckkästchen mit Diamanten, Kaschmirschals, Spitzen von Valenciennes, Schleier von England und alles, was jene Welt von lockenden Gegenständen bildet, deren Name schon das Herz der jungen Mädchen hüpfen macht.
Durch dieses Zimmer schreitend bemächtigte sich Andrea des reichsten von dem ganzen ausgestellten Schmuck. Mit diesem Reisegeld versehen, fühlte sich Andrea leichter imstande, durch das Fenster zu springen und den Händen der Gendarmen zu entschlüpfen.
Groß und schlank, dabei muskulös wie ein Spartaner, machte

Andrea einen Lauf von einer Viertelstunde, ohne zu wissen, wohin er ging, und einzig und allein in der Absicht, sich von dem Ort zu entfernen, wo er beinahe festgenommen worden wäre.
»Bin ich verloren?« fragte er sich. »Nein, wenn ich eine Strecke zu bewältigen vermag, welche die meiner Feinde übertrifft. Meine Rettung ist folglich eine einfache Meilenfrage geworden.«
In diesem Augenblick gewahrte er, von der Höhe des Faubourg Poissonniére herabkommend, einen Mietswagen, dessen schweigsamer Kutscher eine Pfeife rauchte.
»He, Freund«, rief Benedetto, »ist Ihr Pferd müde?«
»Müde! Jawohl! Es hat den ganzen lieben langen Tag nichts getan. Vier elende Fahrten und 20 Sous Trinkgeld, macht 7 Franken, und ich muß dem Patron zehn geben!«
»Wollen Sie diesen sieben Franken zwanzig beifügen?«
»Mit Vergnügen; zwanzig Franken, das ist nicht zu verachten. Was muß ich hierfür tun?«
»Etwas sehr Leichtes, wenn Ihr Pferd nicht zu müde ist.«
»Ich sage Ihnen, es wird gehen wie ein Zephir, ich brauche nur zu wissen, in welcher Richtung.«
»In der Richtung von Louvres. Es handelt sich einfach darum, einen von meinen Freunden wieder einzuholen, mit dem ich morgen bei Chapelle-en-Serval jagen soll. Er versprach, mich hier bis um halb zwölf Uhr zu erwarten – es ist Mitternacht; er wird des Wartens müde geworden und allein weggefahren sein. Wollen Sie es versuchen, ihn einzuholen?«
»Mit größtem Vergnügen.«
»Wenn wir ihn nicht von hier bis Bourget einholen, so bekommen Sie zwanzig Franken, wenn wir ihn bis Louvres nicht einholen, dreißig.«
»Und wenn wir ihn einholen?«
»Vierzig!« sagte Andrea, der einen Augenblick gezögert hatte, dann aber bedachte, daß er bei dem Versprechen nichts wage.
»Gut!« rief der Kutscher. »Also vorwärts!«
Andrea stieg ein, fuhr durch den Faubourg Saint-Denis und erreichte in raschem Lauf die Barrière und drang in das endlose Villette. Einmal wurde sein Wagen von einer Kalesche überholt, die zwei Postpferde im Galopp fortzogen.

»Ah!« sagte Cavalcanti zu sich selbst, »wenn ich diese Kalesche, diese zwei guten Pferde und besonders den Paß hätte, dessen man bedurfte, um sie zu bekommen!«
Und er stieß einen tiefen Seufzer aus.
Diese Kalesche war die, welche Fräulein Danglars und Fräulein d'Armilly fortführte.
»Vorwärts, vorwärts!« rief Andrea, »wir müssen ihn bald einholen.«
Und das arme Pferd setzte sich wieder in den wütenden Trab, den es von der Barrière an gelaufen war, und kam ganz erschöpft in Louvres an.
»Ich sehe jetzt offenbar, daß ich meinen Freund nicht einhole«, sprach Andrea, »und ich würde Ihr Pferd töten. Es ist also besser, ich halte an. Hier sind Ihre dreißig Franken, ich bleibe im roten Roß über Nacht und nehme in dem ersten Wagen, den ich finde, einen Platz. Gute Nacht, mein Freund.«
Andrea legte dem Kutscher sechs Fünffrankenstücke in die Hand und sprang leicht auf das Straßenpflaster.
Der Kutscher steckte freudig die Summe in die Tasche und fuhr im Schritt wieder nach Paris zurück. Andrea stellte sich, als ob er nach dem Gasthof zum roten Roß ginge, doch, nachdem er einen Augenblick an der Tür stehengeblieben war und das Geräusch des Wagens in der Ferne sich hatte verlieren hören, setzte er seinen Weg fort und machte einen Lauf von zwei Meilen.
Hier ruhte er aus; er mußte ganz nahe bei Chapelle-en Serval sein, wohin er seinem Vorgeben nach gehen wollte.
Es war nicht die Müdigkeit, was Andrea Cavalcanti aufhielt, sondern das Bedürfnis, einen Entschluß zu fassen, die Notwendigkeit, einen Plan zu entwerfen.
Um auf die eine oder die andere Weise zu reisen, war durchaus ein Paß erforderlich. In dem Departement der Oise, nämlich in einem der entblößtesten und überwachtesten Departements von Frankreich, bleiben, war auch unmöglich, besonders für einen in Kriminalsachen erfahrenen Menschen wie Andrea.
Andrea setzte sich an den Rand eines Grabens, ließ seinen Kopf in seine Hände fallen und dachte nach. Zehn Minuten nachher hob er den Kopf wieder empor: Sein Entschluß war gefaßt.

Er bedeckte mit Staub eine ganze Seite des Paletots, den er im Vorzimmer vom Haken zu nehmen und über seinen Ballstaat zu knöpfen Zeit gehabt hatte, erreichte Chapelle-en Serval und klopfte kühn an die Tür des einzigen Wirtshauses der Gegend. Der Wirt öffnete.

»Mein Freund«, sagte Andrea, »ich wollte von Mortefontaine nach Senlis reiten, als mein Pferd, ein böses Tier, einen Seitensprung machte und mich zehn Schritte hinausschleuderte. Ich muß notwendig noch in dieser Nacht nach Compiegne, wenn ich nicht meiner Familie die größte Unruhe verursachen soll. Können Sie mir nicht ein Pferd leihen?«

Wohl oder übel hat der Wirt immer ein Pferd. Der Wirt rief den Hausknecht, befahl den Schimmel zu satteln, weckte seinen Sohn, ein Kind von sieben Jahren, das hinter dem Herrn auf dem Kreuz des Pferdes reiten sollte.

Andrea gab dem Wirt 20 Franken und ließ, während er sie aus der Tasche zog, eine Visitenkarte auf den Boden fallen. Diese Visitenkarte war von einem seiner Freunde aus dem Café de Paris, so daß der Wirt, als Andrea wieder abgereist war und er die auf den Boden gefallene Karte aufhob, die Überzeugung hatte, er habe sein Pferd an den Grafen von Mauleon vermietet: Dies war der Name auf der Karte.

Der Schimmel ging nicht schnell, doch einen gleichmäßigen Schritt; in dreieinhalb Stunden machte Andrea die fünf Meilen, die ihn von Compiegne trennten; es schlug vier auf der Uhr des Rathauses, als er ankam.

Es gibt in Compiegne ein vortreffliches Wirtshaus, dessen sich auch diejenigen erinnern, welche nur einmal dort eingekehrt haben. Andrea, der daselbst bei einem seiner Ausflüge in die Umgegend von Paris einen Halt gemacht, erinnerte sich des Wirtshauses zur Glocke: Er schaute sich um, sah das Schild, entließ das Kind, dem er alles gab, was er an Münzen bei sich hatte, und klopfte an die Tür; denn er bedachte ganz richtig, daß er drei bis vier Stunden vor sich hätte und daß es das beste wäre, sich durch einen guten Schlaf und ein gutes Mahl für die künftigen Anstrengungen zu wappnen.

»Mein Freund«, sagte Andrea zu dem Kellner, der öffnete, »ich komme von Saint-Jean-au-Bois, wo ich zu Mittag gespeist habe, ich wollte den Wagen nehmen, der um Mitternacht durchfährt, verirrte mich aber und laufe seit vier Stunden im Wald umher. Geben Sie mir eines von den hübschen Zimmern, die nach dem Hof gehen, und bringen Sie mir ein kaltes Huhn nebst einer Flasche Bordeaux.«

Der Kellner faßte keinen Verdacht: Andrea sprach mit der vollkommensten Ruhe; er hatte die Zigarre im Mund und die Hände in den Taschen seines Paletots, seine Kleider waren elegant, sein Bart frisch rasiert; er sah aus wie ein verspäteter Edelmann aus der Nachbarschaft.

Während der Kellner sein Zimmer bereitete, stand die Wirtin auf; Andrea empfing sie mit dem reizendsten Lächeln; er fragte sie, ob er nicht Nr. 3 haben könnte, was er schon einmal bei seinem letzten Aufenthalt in Compiegne gehabt. Leider war Nr. 3 von einem jungen Mann besetzt, der mit seiner Schwester reiste.

Andrea schien in Verzweiflung, er tröstete sich nur, als ihn die Wirtin versicherte, Nr. 7 hätte ganz dieselbe Lage wie Nr. 3, und während er sich die Füße wärmte und von dem letzten Rennen in Chantilly plauderte, wartete er, bis man ihm ankündigte, das Zimmer wäre bereit.

Das Huhn war frisch, der Wein alt, das Feuer hell und knisternd; Andrea speiste mit so gutem Appetit, als ob nichts vorgefallen wäre. Dann legte er sich nieder und versank bald in jenen vortrefflichen Schlaf, den der Mensch mit zwanzig Jahren immer findet, selbst wenn er Gewissensbisse hat.

Man vernehme nun den Plan von Andrea: Mit Tagesanbruch stand er, seiner Absicht nach, auf, verließ das Wirtshaus, nachdem er seine Rechnung bezahlt, erreichte den Wald, erkaufte, unter dem Vorwand, Malerstudien zu machen, die Gastfreundschaft eines Bauern; verschaffte sich den Anzug eines Holzhauers und eine Axt. Die Hände erdfarbig, die Haare durch einen bleiernen Kamm gebräunt, die Gesichtshaut sonnverbrannt durch ein Präparat, wozu ihm seine ehemaligen Kameraden das Rezept gegeben hatten, gelangte er, von Wald zu Wald, zur nächsten Grenze, bei Nacht marschierend, bei Tag in den Wäldern oder in den Steinbrüchen schlafend und bewohnten Orten nur sich nähernd, um von Zeit zu Zeit ein Stück Brot zu kaufen.

War die Grenze überschritten, so machte Andrea seine Diamanten zu Geld, vereinigte den Preis, den er dafür erhielt, mit etwa zehn Banknoten, die er stets für den Fall eines Unglücks bei sich trug, und war abermals im Besitz einer Summe von 50000 Franken, was ihm keine gar zu harte Not dünkte. Dabei zählte er sehr darauf, daß der Familie Danglars alles daran gelegen sein müßte, den Lärm über das Unglück, das sie betroffen, zu ersticken. Das war es, warum Andrea, abgesehen von seiner Müdigkeit, so schnell und so gut schlief.
Um früher aufzuwachen, schloß Andrea die Läden nicht; er begnügte sich, die Riegel seiner Tür vorzuschieben und auf seinem Nachttisch ein gewisses sehr scharfes und spitziges Messer von vortrefflich gehärtetem Stahl, das ihn nie verließ, offen zu halten.
In jedem gut organisierten Gehirn ist der herrschende Gedanke derjenige, welcher, nachdem er zuletzt eingeschlafen, zuerst das Erwachen des Geistes erleuchtet. Andrea hatte noch nicht völlig die Augen geöffnet, als ihn schon sein herrschender Gedanke erfaßte und ihm in das Ohr flüsterte, er habe zu lange geschlafen.
Er sprang aus seinem Bett und lief an das Fenster.
Ein Gendarm ging durch den Hof.
Ein Gendarm ist eines der auffallendsten Dinge der Welt, selbst für das Auge eines Menschen ohne Unruhe; doch für jedes furchtsame Gewissen nimmt seine Uniform eine gräßliche Gestalt an.
»Warum ein Gendarm?« fragte sich Andrea.
Dann antwortete er sich plötzlich mit jener Logik, die der Leser bereits an ihm wahrnehmen mußte: »Ein Gendarm hat nichts, was in einem Gasthof in Erstaunen setzen darf; ich will mich also nicht wundern, sondern rasch ankleiden; ich warte, bis er weggegangen ist, und mache mich sodann aus dem Staub.«
Und als er diese Worte gesprochen, ging er sachte abermals an das Fenster und hob zum zweitenmal den Musselinvorhang auf.
Der erste Gendarm war nicht weggegangen, sondern der junge Mann erblickte eine zweite Uniform, unten an der Treppe, der einzigen, auf welcher er hinabgehen konnte, während ein drit-

ter Gendarm, zu Pferde und den Karabiner in der Faust, sich als Schildwache an dem Hoftor, seinem einzigen Ausgang, hielt.
»Teufel! Man sucht mich«, war Andreas erster Gedanke.
Blässe überströmte die Stirn des jungen Mannes; er schaute ängstlich umher. Sein Zimmer hatte nur einen Ausgang nach der für alle Blicke offenen äußeren Galerie.
»Ich bin verloren«, war sein zweiter Gedanke.
Für einen Menschen in der Lage von Andrea bedeutete Verhaftung: Schwurgericht, Verurteilung, Tod, ohne Barmherzigkeit.
Einen Augenblick preßte er krampfhaft seinen Kopf zwischen seine zwei Hände. Während dieses Augenblicks wäre er vor Angst beinahe verrückt geworden.
Doch aus dieser Welt seinen Kopf durchkreuzender Gedanken sprang bald ein Gedanke der Hoffnung hervor; ein bleiches Lächeln trat auf seine entfärbten Lippen und auf seine zusammengezogenen Wangen. Er schaute umher: Die Gegenstände, die er suchte, fanden sich auf dem Marmor eines Sekretärs, nämlich eine Feder, Tinte und Papier. Er tauchte die Feder in die Tinte und schrieb mit einer festen Hand folgende Zeilen auf das erste Blatt Papier:

»Ich habe kein Geld, um zu bezahlen, bin aber kein unredlicher Mensch, ich lasse als Unterpfand diese Nadel zurück, welche zehnmal mehr wert ist als meine Zeche. Man wird mir verzeihen, daß ich mich mit Tagesanbruch entfernt habe, ich schämte mich!«

Er nahm seine Nadel aus seiner Halsbinde und legte sie aufs Papier.
Hernach zog er die Riegel zurück, öffnete die Tür ein wenig, als ob er sie weggehend zuzumachen vergessen hätte, schlüpfte in den Kamin wie ein Mensch, der an solche gymnastische Übungen gewöhnt ist, verwischte mit seinen Füßen die Spur seiner Tritte in der Asche und fing an, in der gebogenen Röhre hinaufzuklettern, welche ihm den einzigen Weg der Rettung bot, auf den er noch hoffen durfte.
In diesem Augenblick kam der erste Gendarm, der Andrea aufgefallen war, die Treppe herauf; der Polizeikommissar ging ihm voran, und unten an der Treppe wachte der zweite Gendarm,

welcher wiederum eine Verstärkung durch den am Tor stationierten erwarten durfte.
Man höre, welchem Umstand Andrea diesen Besuch zu verdanken hatte, dessen Empfang er sich mit so großer Mühe entzog. Mit Tagesanbruch spielten die Telegraphen in allen Richtungen, und sogleich benachrichtigt, erweckte jeder Ort die Behörden und trieb die öffentliche Macht zur Nachforschung nach dem Mörder von Caderousse an.
Compiegne ist eine königliche Residenz, eine Jagdstadt, eine Garnisonstadt und im Überfluß mit Behörden, Gendarmen und Polizeikommissaren versehen; die Nachforschungen begannen also sogleich nach Ankunft des telegraphischen Befehls, und da das Gasthaus zur Glocke das erste Gasthaus der Stadt ist, so machte man natürlich hier den Anfang.
Die Schildwache, welche gegenüber dem Gasthof vor dem Rathaus stand, erinnerte sich, daß sie einige Minuten nach vier Uhr einen jungen Mann auf einem Schimmel mit einem Bauernknaben hinter sich hatte ankommen sehen, der Mann auf dem Platz abgestiegen war, den Bauernknaben und das Pferd entlassen und an den Gasthof geklopft hatte, den man vor ihm öffnete und hinter ihm wieder schloß.
Bewaffnet mit diesen Angaben gingen der Polizeikommissar, der Gendarm und ein Brigadier auf die Tür von Andrea zu. Die Tür war halb geöffnet.
»Oh, oh!« rief der Brigadier, ein in listigen Streichen erfahrener alter Fuchs, »eine offene Tür ist ein schlechtes Zeichen! Ich wollte lieber, sie wäre dreifach verriegelt.«
Der kleine Brief und die von Andrea auf dem Tisch zurückgelassene Nadel bestätigten oder vielmehr unterstützten wirklich die Wahrheit: Andrea war geflüchtet.
Der Brigadier schaute umher, warf einen Blick unter das Bett, öffnete die Vorhänge, die Schränke und stand endlich vor dem Kamin still.
Durch die Vorsicht von Andrea war keine Spur seiner Tritte in der Asche zurückgeblieben.
Es bildete indessen dies einen Ausgang, und unter den obwaltenden Umständen mußte jeder Ausgang der Gegenstand einer scharfen Nachforschung sein.

Der Brigadier ließ sich ein Reisbündel und Stroh bringen, verstopfte den Kamin, wie er es nur mit Mörtel hätte tun können, und legte Feuer daran.
Das Feuer machte die Backsteine krachen; eine undurchsichtige Rauchsäule drängte sich durch die Röhren und stieg wie der dunkle Ausbruch des Vulkans zum Himmel empor, doch man sah keinen Gefangenen herabfallen, wie man dies erwartet hatte.
Seit seiner Jugend im Kampf mit der Gesellschaft, stand Andrea einem Gendarmen an List nicht nach. Den Brand vorhersehend, war er auf das Dach geklettert und hielt sich an die Röhre gekauert.
Einen Augenblick hoffte er gerettet zu sein, denn er hörte den Brigadier den zwei Gendarmen zurufen: »Er ist nicht mehr da!« Doch sachte den Hals ausstreckend, sah er, daß die zwei Gendarme, statt sich zurückzuziehen, wie es bei einer solchen Ankündigung natürlich gewesen wäre, im Gegenteil ihre Aufmerksamkeit verdoppelten.
Er schaute nun ebenfalls umher: Das Rathaus, ein kolossales Gebäude aus dem sechzehnten Jahrhundert, erhob sich wie ein düsterer Wall zu seiner Rechten, und durch die Öffnungen des Baudenkmals konnte man in alle Winkel und Ecken des Daches schauen, wie man von einem Berg herab in das Tal schaut.
Andrea begriff, er würde auf der Stelle den Kopf des Brigadiers an einer von den Öffnungen erscheinen sehen. War er einmal entdeckt, so war er auch verloren; eine Jagd auf den Dächern bot ihm keine Hoffnung auf einen günstigen Erfolg. Er beschloß also, nicht durch denselben Kamin, sondern durch einen ähnlichen hinabzusteigen.
Er suchte mit den Augen einen Kamin, aus dem er keinen Rauch hervorkommen sah, erreichte ihn über das Dach hinkriechend und verschwand durch seine Öffnung, ohne wahrgenommen zu werden.
In derselben Sekunde öffnete sich ein kleines Fenster des Rathauses und gewährte dem Kopf des Gendarmerie-Brigadier Durchgang. Einen Augenblick blieb dieser Kopf unbeweglich, wie eines von den steinernen Reliefs, welche das Gebäude zie-

ren; dann verschwand der Kopf mit einem langen Seufzer über die Täuschung.

Kalt und ruhig wie das Gesetz, dessen Vertreter er war, ging der Brigadier, ohne auf die tausend Fragen der versammelten Menge zu antworten, über den Platz und kehrte in den Gasthof zurück.

»Nun, wie steht es?« fragten die zwei Gendarme.

»Meine Söhne«, antwortete der Brigadier, »der Räuber muß sich wirklich sehr frühzeitig heute morgen aus dem Staub gemacht haben; doch wir schicken Leute auf die Straße von Villers-Coterets und Noyon und durchstreifen den Wald, wo wir ihn unzweifelhaft finden werden.«

Der ehrenwerte Mann hatte kaum dieses Wort gesprochen, als ein langer Schreckensruf, begleitet von einem heftigen Klingeln einer Glocke, in dem Hof des Gasthauses erscholl.

»Was ist das?« rief der Brigadier.

»Das ist ein Reisender, der große Eile zu haben scheint«, sprach der Wirt. »Wo läutet man?«

»In Nummer 3.«

»Lauf dahin, Kellner!«

In diesem Augenblick verdoppelten sich das Geschrei und der Lärm der Glocke. Der Kellner wollte weglaufen.

»Nein, nein!« sprach der Brigadier, den dienstbaren Geist zurückhaltend; »derjenige, welcher läutet, kommt mir vor, als wollte er etwas anderes als einen Kellner, und wir wollen ihm einen Gendarmen schicken. Wer wohnt in Nummer 3?«

»Der kleine junge Mann, der gestern abend mit seiner Schwester in einer Postchaise angekommen ist und ein Zimmer mit zwei Betten verlangt hat.«

Die Glocke erscholl zum drittenmal mit angstvollen Tönen.

»Herbei! Herr Kommissar!« rief der Brigadier, »folgen Sie mir und beschleunigen Sie Ihre Schritte.«

»Warten wir einen Augenblick«, sagte der Wirt; »zu Nr. 3 führen zwei Treppen; eine äußere und eine innere.«

»Gut!« sprach der Brigadier, »ich wähle die innere, das ist mein Departement. Sind die Karabiner geladen?«

»Ja, Brigadier.«

»Wohl! So wachen Sie an der äußersten Treppe und, wenn er

fliehen will, geben Sie Feuer auf ihn! Es ist ein großer Verbrecher, wie der Telegraph sagt.«

Gefolgt von dem Polizeikommissar und begleitet von dem Lärm, den die Mitteilungen über Andrea in der Menge erzeugt hatten, verschwand der Brigadier auf der innern Treppe.

Andrea war sehr geschickt bis auf zwei Drittel des Kamins hinabgestiegen; doch hier angelangt, war sein Fuß abgewichen, und er hatte sich mit größerer Schnelligkeit und besonders mit mehr Geräusch, als ihm lieb war, hinab versenkt. Wäre das Zimmer verlassen gewesen, so hätte dies nichts zu bedeuten gehabt, doch zum Unglück war es bewohnt.

Zwei Frauen schliefen in einem Bett, das Geräusch erweckte sie. Ihre Blicke richteten sich nach dem Punkt, von wo der Lärm kam, und sie sahen durch die Öffnung des Kamins einen Menschen erscheinen.

Eine von den zwei Frauen, eine Blonde, war es, die den furchtbaren Schrei ausstieß, von dem das ganze Haus widerhallte, während die andere nach der Klingelschnur stürzte, mit aller Gewalt daran zog und Lärm machte.

Andrea spielte, wie man sieht, sehr unglücklich.

»Barmherzigkeit!« rief er, bleich, verwirrt, ohne die Personen anzuschauen, an die er sich wandte, »rufen Sie nicht, retten Sie mich! Ich will Ihnen nichts Böses tun.«

»Andrea, der Mörder!« rief eine von den zwei jungen Frauen.

»Eugenie, Fräulein Danglars!« murmelte Cavalcanti, vom Schrecken zum höchsten Erstaunen übergehend.

»Zu Hilfe! Zu Hilfe!« schrie Fräulein d'Armilly, die Glocke aus den trägen Händen von Eugenie nehmend und noch kräftiger läutend als ihre Gefährtin.

»Retten Sie mich, man verfolgt mich!« sprach Andrea, die Hände faltend; »Barmherzigkeit, Gnade, liefern Sie mich nicht aus!«

»Es ist zu spät, man kommt herauf«, erwiderte Eugenie.

»So verbergen Sie mich irgendwo, Sie sagen, Sie haben ohne Grund Furcht gehabt; Sie wenden den Verdacht ab und retten mir das Leben.«

Aneinandergedrängt, sich in ihre Decken hüllend, blieben die zwei Frauen stumm bei dieser flehenden Stimme; alles Wider-

streben, aller Widerwillen, alle Befürchtungen durchkreuzten sich in ihrem Innern.
»Wohl, es sei«, sagte Eugenie; »kehren Sie in den Kamin zurück, durch den Sie gekommen sind, Unglücklicher; gehen Sie, und wir werden nichts sagen.«
»Hier ist er, hier ist er!« rief eine Stimme auf dem Vorplatz, »hier ist er, ich sehe ihn!«
Der Brigadier hatte wirklich sein Auge an das Schlüsselloch gedrückt und gesehen, wie Andrea flehend vor den Frauen stand. Ein heftiger Kolbenschlag sprengte das Schloß, zwei weitere Schläge sprengten die Riegel; die Tür fiel zerschmettert nach innen.
Andrea lief an die andere Tür, die nach der Galerie des Hofes ging, und öffnete sie, um hinauszustürzen.
Die zwei Gendarme standen mit ihren Karabinern da und schlugen auf ihn an.
Andrea blieb stehen; bleich, den Körper etwas zurückgeneigt, hielt er sein unnützes Messer in der krampfhaft zusammengepreßten Hand.
»Fliehen Sie doch!« rief Fräulein d'Armilly, in deren Herz das Mitleid in demselben Maße zurückkehrte, in welchem der Schreck daraus verschwand, »fliehen Sie doch!«
»Oder töten Sie sich!« sprach Eugenie mit dem Ton und der Gebärde einer jener Vestalinnen, die im Zirkus dem siegreichen Gladiator mit dem Daumen befahlen, seinem niedergeworfenen Gegner das Lebenslicht vollends auszublasen.
Andrea bebte und schaute das Mädchen mit einem verächtlichen Lächeln an, welches bewies, daß sein verdorbenes Wesen diese erhabene Wildheit der Ehre nicht begriff.
»Mich töten«, sagte er, sein Messer von sich werfend, »warum dies?«
»Sie haben es selbst ausgesprochen«, rief Fräulein Danglars, »man wird Sie zum Tode verurteilen, man wird Sie hinrichten wie den letzten Verbrecher!«
»Bah!« versetzte Cavalcanti, die Arme kreuzend, »man hat seine Freunde.«
Der Brigadier trat mit dem Säbel in der Faust auf ihn zu.
»Vorwärts«, sagte Cavalcanti, »stecken Sie wieder ein, mein

braver Mann, es ist nicht der Mühe wert, so viel Lärm zu machen, da ich mich selbst ergebe.«
Und er streckte seine Hände aus, um Schellen daran legen zu lassen.
Die zwei jungen Mädchen schauten voll Schrecken die häßliche Verwandlung an, welche vor ihren Augen vorging: Der Mann der vornehmen Gesellschaft legte seine Hülle ab und wurde wieder der Mensch des Bagno.
Andrea wandte sich gegen sie um und fragte mit dem Lächeln der Unverschämtheit: »Haben Sie keinen Auftrag an Ihren Herrn Vater, Fräulein Eugenie, denn aller Wahrscheinlichkeit nach kehre ich nach Paris zurück.«
Eugenie verbarg ihren Kopf in ihren beiden Händen.
»Oh, oh!« sagte Andrea, »Sie brauchen sich nicht zu schämen; ich bin Ihnen nicht böse, daß Sie Post genommen haben, um mir nachzueilen; war ich nicht beinahe Ihr Gatte?«
Und nach diesem Spott ging Andrea hinaus und ließ die zwei Flüchtlinge den Leiden der Scham und den Kommentaren der Versammlung preisgegeben zurück.
Eine Stunde nachher stiegen beide in ihren Frauenkleidern in die Reisekalesche. Man hatte das Tor des Gasthofes geschlossen, um sie den ersten Blicken zu entziehen; doch sie mußten nichtsdestoweniger durch ein doppeltes Spalier von Neugierigen mit flammenden Augen und murmelnden Lippen fahren. Eugenie ließ die Vorhänge herab, aber wenn sie nichts sah, so hörte sie doch, und der Lärm des Hohngelächters drang bis zu ihr.
»Oh, warum ist die Welt nicht eine Wüste?« rief sie, sich an die Brust von Fräulein d'Armilly werfend, während ihre Augen von Wut funkelten.
Am andern Tag stiegen sie im Hotel de Flandres in Brüssel ab. – Andrea war am Abend vorher in die Liste der Gefangenen der Conciergerie eingetragen worden.

4. Das Gesetz

Während Danglars mit schweißbedeckter Stirn die vor ihm liegenden ungeheuren Kolonnen seiner Passiva anstarrte und ihm das Gespenst des Bankerotts im Nacken saß, wollte die Baro-

nin, nachdem sie sich von der ersten heftigsten Erschütterung des niederschmetternden Schlags, der sie getroffen, erholt hatte, bei Lucien Debray Rat holen.
Aber die Baronin fand ihn weder in seinem Klub noch in seiner Wohnung und ließ sich endlich nach Mitternacht von ihrem Wagen heimführen.
In ihrem Zimmer angelangt, pochte sie an die Tür von Eugenie; als sie jedoch kein Geräusch hörte, versuchte sie es, hineinzugehen; aber die Riegel waren vorgeschoben. Madame Danglars glaubte, durch die furchtbare Aufregung des Abends ermüdet, hätte sich Eugenie zu Bett gelegt und schliefe. Sie rief die Kammerfrau und befragte sie.
»Fräulein Eugenie«, antwortete die Kammerfrau, »ist mit Fräulein d'Armilly in ihr Zimmer zurückgekehrt; dann tranken sie miteinander den Tee und hierauf verabschiedeten sie mich mit der Bemerkung, sie bedürften meiner nicht mehr.«
Seit dieser Zeit war die Kammerfrau in der Gesindestube, und sie glaubte, die zwei jungen Personen wären in ihrem Zimmer. Madame Danglars legte sich ohne einen Schatten von Verdacht nieder; doch über die einzelnen Personen beruhigt, kehrte ihr Geist zu den Ereignissen zurück. Je klarer ihre Gedanken in ihrem Innern wurden, desto größer gestalteten sich die Verhältnisse des Auftritts beim Vertrag; es war nicht mehr ein Skandal, es war ein ungeheurer Lärm; es war nicht mehr ein einfacher unglücklicher Vorfall, sondern eine ungeheure Schande.
Unwillkürlich erinnerte sich die Baronin, daß sie ohne Mitleid gegen die arme Mercedes gewesen war, die vor kurzem in ihrem Gatten und in ihrem Sohn ein so großes Unglück betroffen hatte.
»Eugenie«, sagte sie sich, »ist verloren, und wir sind es ebenfalls. Die Geschichte, so wie sie dargestellt werden wird, bedeckt uns mit Schmach, denn in einer Gesellschaft, wie die unsere, sind gewisse Lächerlichkeiten im höchsten Maße unheilbar. Welch ein Glück«, murmelte sie, »daß Gott Eugenie den seltsamen Charakter gegeben hat, der mich oft zittern machte!«
Dann durchschnitt ihr Gedanke den Raum und blieb vor Cavalcanti stehen. Dieser Andrea war ein Elender, ein Dieb, ein Mörder, und dennoch besaß er Manieren, die eine Halberzie-

hung, wenn nicht eine völlige Erziehung andeuteten; dieser Andrea zeigte sich in der Welt mit dem Anschein eines großen Vermögens, mit der Unterstützung ehrenhafter Namen.
Wie soll man klar in diesem Irrsal sehen? An wen sich wenden, um aus dieser grausamen Lage zu kommen? Debray konnte ihr wohl nur den Rat geben, sie sollte sich an einen Mächtigeren wenden.
Die Baronin dachte nun an Herrn von Villefort.
Herr von Villefort hatte Cavalcanti wollen verhaften lassen; Herr von Villefort hatte ohne Mitleid die Unruhe in ihre Familie gebracht, als ob ihm diese Familie fremd gewesen wäre. Doch nein, wenn sie es sich überlegte, der Staatsanwalt war kein Mann ohne Mitleid, er war Beamter und Sklave seiner Pflichten, er war ein rechtschaffener und fester Freund, der auf eine harte Weise, aber mit fester Hand, das Zergliederungsmesser in die Verdorbenheit gestoßen hatte. Er war kein Henker, sondern ein Wundarzt, der in den Augen der Welt die Ehre der Familie Danglars von der Schmach des verlorenen jungen Mannes, den sie dieser Welt als ihren Schwiegersohn vorgestellt, hatte befreien wollen.
Sobald Herr von Villefort als Freund der Familie so handelte, war nicht anzunehmen, der Staatsanwalt habe etwas zuvor gewußt und sich zu den listigen Streichen von Andrea hergegeben. Das Benehmen von Villefort erschien also bei näherer Betrachtung der Baronin in einem Licht, das sich zu einem gemeinschaftlichen Vorteil erklärte.
Hierbei aber mußte die Unbeugsamkeit des Staatsanwalts stehenbleiben; sie würde ihn am andern Tag aufsuchen und würde es von ihm erlangen, wenn nicht, daß er sich gegen seine Pflichten als Beamter verfehlte, doch wenigstens, daß er ihnen allen Spielraum der Nachsicht ließe.
Die Baronin würde die Vergangenheit anrufen; sie würde seine Erinnerungen verjüngen; sie würde ihn anflehen im Namen einer schuldbefleckten, aber glücklichen Zeit – Herr von Villefort würde die Sache einschläfern oder wenigstens Cavalcanti fliehen lassen.
Hiernach erst schlief sie ruhig ein.
Am andern Morgen um 9 Uhr stand sie auf und kleidete sich an,

ohne irgend jemand ein Lebenszeichen zu geben, verließ heimlich das Haus, stieg in einen Fiaker und ließ sich nach dem Haus des Herrn von Villefort führen.
Seit einem Monat bot dieses verfluchte Haus den finstern Anblick eines Lazaretts, in welchem die Pest ausgebrochen ist: Ein Teil der Zimmer war von außen und von innen geschlossen, die Läden öffneten sich nur von Zeit zu Zeit einen Augenblick, um etwas Luft einzulassen; dann sah man am Fenster den verstörten Kopf eines Bedienten erscheinen; das Fenster schloß sich wieder, und die Nachbarn fragten sich ganz leise: Werden wir heute abermals einen Sarg aus dem Haus des Herrn Staatsanwalts kommen sehen?
Madame Danglars wurde von einem Schauer bei dem Anblick dieses verödeten Hauses befallen; sie stieg aus, näherte sich mit zitternden Knien der geschlossenen Tür und läutete. Erst als zum drittenmal die Glocke ertönte, kam ein Portier und öffnete die Tür gerade weit genug, daß die Worte durchdringen konnten.
Er sah eine Frau der guten Gesellschaft, eine elegant gekleidete Frau, und dennoch blieb die Tür beinahe geschlossen.
»Öffnen Sie doch!« sagte die Baronin.
»Sagen Sie mir zuerst, Madame, wer sind Sie?« fragte der Portier.
»Wer ich bin, Sie kennen mich ja.«
»Wir kennen niemand mehr, Madame.«
»Sie sind ein Narr«, rief die Baronin.
»Madame, es ist ein Befehl, entschuldigen Sie mich; Ihr Name und sagen Sie mir, was Sie wollen?«
»Oh, wie sonderbar Sie sind! Ich werde mich bei Herrn von Villefort über die Unverschämtheit seiner Leute beklagen.«
»Madame, das ist nicht Unverschämtheit, das ist Vorsicht; niemand darf hier herein ohne ein Wort vom Herrn Doktor d'Avrigny oder ohne mit dem Herrn Staatsanwalt gesprochen zu haben.«
»Wohl! Gerade mit dem Herrn Staatsanwalt habe ich zu tun. Vorwärts: hier ist meine Karte, bringen Sie sie Ihrem Herrn.«
Der Portier schloß die Tür und ließ Madame Danglars auf der Straße. Sie wartete allerdings nicht lange; einen Augenblick

später öffnete sich die Tür abermals in hinreichender Weite, um der Baronin den Durchgang zu gewähren; sie ging hinein, und die Tür schloß sich hinter ihr.

Die Baronin stieg die Freitreppe hinauf; diese Traurigkeit hatte einen tiefen Eindruck auf sie hervorgebracht, denn sie erweiterte gleichsam den Kreis der ihrigen; von einem Kammerdiener geleitet, wurde sie, ohne daß dieser sie einen Augenblick aus dem Gesicht verlor, in das Kabinett des Staatsanwalts geführt.

So sehr Madame Danglars durch den Grund, der sie in dieses Haus führte, beunruhigt war, so kam ihr doch der Empfang, der ihr von den Dienstboten zuteil geworden, so unwürdig vor, daß sie sich vor allem hierüber beklagte.

Doch Villefort hob sein vom Schmerz niedergebeugtes Haupt empor und schaute sie mit einem so traurigen Lächeln an, daß die Klagen auf ihren Lippen erstarben.

»Entschuldigen Sie meiner Diener wegen eines Schreckens, aus dem ich ihnen keinen Vorwurf machen kann.«

Madame Danglars hatte oft in der Gesellschaft von dem Schrecken sprechen hören, den der Staatsanwalt bezeichnete, aber sie würde nie daran geglaubt haben, hätte sie sich nicht mit ihren eigenen Augen überzeugt, daß dieses Gefühl bis auf einen so hohen Grad gesteigert war.

»Sie sind also auch unglücklich?«

»Ja, Madame«, antwortete Villefort.

»Und Sie begreifen, was mich hierherführt?«

»Sie wollen von dem sprechen, was vorgefallen ist, nicht wahr?«

»Ja, mein Herr, ein furchtbares Unglück.«

»Das heißt ein Unfall.«

»Ein Unfall!« rief die Baronin.

»Ach, Madame«, entgegnete der Staatsanwalt mit seiner unstörbaren Ruhe, »ich bin dahin gekommen, daß ich nur unwiederbringliche Dinge ein Unglück nenne.«

»Glauben Sie, daß man vergessen wird?«

»Alles vergißt sich, Madame: Die Heirat Ihrer Tochter wird sich morgen machen, wenn sie sich nicht heute macht; in acht Tagen, wenn sie sich nicht morgen macht. Und dann, was den

Verlust des Bräutigams von Fräulein Eugenie betrifft, so glaube ich nicht, daß Sie diesen zu sehr beklagen.«
Madame Danglars schaute Villefort an, denn sie war ganz erstaunt, diese beinah spöttische Ruhe an ihm wahrzunehmen.
»Bin ich zu einem Freund gekommen?« fragte sie mit einem Ton voll schmerzlicher Würde.
»Sie wissen ja, Madame«, antwortete Villefort, dessen bleiche Wangen sich bei dieser Versicherung mit einer leichten Röte bedeckten.
Diese Versicherung enthielt allerdings eine Anspielung auf andere Dinge als die, welche im Augenblick die Baronin und ihn beschäftigten.
»So seien Sie liebevoller, mein teurer Villefort«, sagte die Baronin, »sprechen Sie mit mir als Freund und nicht als Staatsbeamter, und wenn ich unendlich unglücklich bin, so sagen Sie mir nicht, ich soll heiter sein.«
Villefort verbeugte sich und erwiderte: »Madame, ich habe seit drei Monaten, wenn ich von Unglück sprechen höre, die ärgerliche Gewohnheit, an das meinige zu denken, und unwillkürlich bewerkstelligt sich in meinem Geist die selbstsüchtige Operation der Vergleichung. Darum kam mir Ihr Unglück gegen das meinige nur wie ein Unfall vor; darum erschien mir neben meiner traurigen Lage die Ihrige als beneidenswert; doch das verdrießt Sie, und wir wollen darüber weggehen. Sie sagten, Madame?«
»Ich wollte von Ihnen erfahren, mein Freund, wie es mit der Angelegenheit des Betrügers steht?« versetzte die Baronin.
»Betrüger!« wiederholte Villefort; »es beruht bei Ihnen offenbar auf einem Entschluß, gewisse Dinge zu mildern und andere zu übertreiben; Herr Andrea Cavalcanti, oder vielmehr Herr Benedetto ein Betrüger! Sie täuschen sich, Madame, Herr Benedetto ist ganz einfach ein Mörder.«
»Mein Herr, ich leugne die Richtigkeit Ihrer Bemerkung nicht, doch je mehr Sie sich mit Strenge gegen diesen Unglücklichen wappnen, desto härter treffen Sie unsere Familie. Vergessen Sie ihn einen Augenblick, statt ihn zu verfolgen, lassen Sie ihn fliehen.«
»Sie kommen zu spät, Madame, die Befehle sind bereits gegeben.«

»Nun, wenn man ihn verhaftet... Glauben Sie, man wird ihn verhaften?«
»Ich hoffe es.«
»Wenn man ihn verhaftet (ich habe immer sagen hören, die Gefängnisse überlaufen gleichsam); nun, so lassen Sie ihn im Gefängnis.«
Der Staatsanwalt machte ein verneinendes Zeichen.
»Wenigstens bis meine Tochter verheiratet ist«, fügte die Baronin bei.
»Unmöglich, Madame, die Justiz hat ihre Förmlichkeiten.«
»Selbst für mich?« versetzte die Baronin, halb ernst, halb lächelnd.
»Für alle, Madame«, antwortete Villefort, »auch für mich.«
»Ah!« rief die Baronin, ohne in Worten beizufügen, was ihr Geist durch diesen Ausruf verraten hatte.
Villefort betrachtete sie mit dem Blick, mit dem er die Gedanken studierte.
»Ja, ich weiß, was Sie sagen wollen«, versetzte er, »Sie spielen auf die in der Welt verbreiteten furchtbaren Gerüchte an, alle die Todesfälle, welche mich seit drei Monaten in Trauer kleiden, selbst der Tod, dem Valentine wie durch ein Wunder entgangen ist, seien nicht natürlich?«
»Ich dachte nicht daran«, erwiderte lebhaft Madame Danglars.
»Doch, Madame, Sie dachten daran, und das war kein Unrecht, denn Sie mußten notwendig daran denken, und Sie sagten sich ganz leise: Du, der du das Verbrechen verfolgst, verantworte dich: Warum gibt es um dich her Verbrechen, die unbestraft bleiben?«
Die Baronin erbleichte.
»Nicht wahr, Sie sagten sich das, Madame?«
»Ich gestehe es.«
»Ich will Ihnen antworten«, und Villefort näherte seinem Fauteuil den Stuhl von Madame Danglars; dann stützte er seine beiden Hände auf seinen Schreibtisch und sprach mit einem dumpferen Ton als gewöhnlich: »Es gibt Verbrechen, die unbestraft bleiben, weil man die Verbrecher nicht kennt und ein unschuldiges Haupt statt eines schuldigen zu treffen befürchtet; doch wenn die Verbrecher bekannt sind, so sollen sie, bei dem

lebendigen Gott, sterben, Madame, wer sie auch sein mögen. Nachdem Sie meinen Eid, den ich halten werde, gehört haben, wagen Sie es, mich um Gnade für den Elenden zu bitten!«

»Ei, mein Herr, sind Sie sicher, daß er so schuldig ist, wie man behauptet?«

»Hören Sie, hier liegen die ihn betreffenden Akten: Benedetto wurde zuerst zu fünf Jahren Galeeren wegen Fälschung in einem Alter von sechzehn Jahren verurteilt; Sie sehen, der junge Mensch versprach etwas; dann entwichen, dann Mörder.«

»Und wer ist dieser Unglückliche?«

»Ei, weiß man dies? Ein Vagabund, ein Korse.«

»Er ist also von niemand reklamiert worden?«

»Von niemand; man kennt seine Verwandten nicht.«

»Doch jener Mensch war aus Lucca?«

»Auch ein Gauner wie er, vielleicht sein Genosse.«

Die Baronin faltete die Hände und flüsterte: »Villefort!« mit ihrem süßesten und einschmeichelndsten Ton.

»Um Gottes willen, Madame«, entgegnete der Staatsanwalt mit einer Festigkeit, welche von einem gewissen trocknen Wesen nicht ganz frei war, »um Gottes willen, verlangen Sie doch nie von mir die Begnadigung eines Schuldigen. Wer bin denn ich? Das Gesetz, das Gesetz. Hat das Gesetz Augen, um Ihre Traurigkeit zu sehen? Hat das Gesetz Ohren, um Ihre weiche Stimme zu hören? Hat das Gesetz ein Gedächtnis, um eine Anwendung von Ihren zarten Gedanken zu machen? Nein, Madame, das Gesetz befiehlt, und wenn das Gesetz befohlen hat, schlägt es! Sie werden mir sagen, ich sei ein lebendiges Wesen und nicht ein Kodex, ein Mensch und nicht ein Buch; schauen Sie mich an, Madame, schauen Sie um mich her: Haben die Menschen mich als Bruder behandelt, haben sie mich geliebt? Haben sie mich geschont? Hat jemand Gnade für Herrn von Villefort verlangt, und ist diesem jemand die Gnade für Herrn von Villefort bewilligt worden? Nein! Nein! Nein! Geschlagen, stets geschlagen! Als Frau, das heißt als Sirene, schauen Sie mich beharrlich mit dem bezaubernden, ausdrucksvollen Auge an, welches mich daran erinnert, daß ich erröten muß. Wohl, es sei, ja, erröten über das, was Sie wissen, und vielleicht noch über etwas anderes! Doch seitdem ich gefehlt habe, und vielleicht

tiefer als die andern gefehlt habe, habe ich die Kleider der andern geschüttelt, um das Geschwür zu finden, und ich habe es immer gefunden, ich sage noch mehr, ich habe es mit Glück, mit Freude gefunden, dieses Siegel der Schwäche oder der menschlichen Verkehrtheit! Denn jeder Mensch, den ich als schuldig erkannte, und jeder Schuldige, den ich schlug, erschien mir als ein lebendiger Beweis, als ein neuer Beweis dafür, daß ich nicht eine häßliche Ausnahme war! Ah, die ganze Welt ist böse, beweisen wir dies, Madame, und schlagen wir den Bösen!«
Villefort sprach diese Worte mit einer fieberhaften Wut, die ihnen eine wilde Beredsamkeit verlieh.
»Oh, mein Herr!« rief die Baronin, »Sie sind unbarmherzig gegen die andern! Wohl, so sage ich Ihnen, man wird unbarmherzig gegen Sie sein!«
»Es sei!« sagte Villefort, seine Arme mit einer drohenden Gebärde zum Himmel emporstreckend.
»Verschieben Sie doch wenigstens den Prozeß des Unglücklichen, wenn er verhaftet wird, bis zu den nächsten Schwurgerichten; das gibt uns wenigstens sechs Monate zum Vergessen.«
»Nein«, sprach Villefort, »ich habe noch fünf Tage; die Voruntersuchung ist fertig: Fünf Tage sind mehr Zeit als ich brauche; begreifen Sie übrigens nicht, Madame, daß ich auch vergessen muß? Wenn ich arbeite, und ich arbeite Tag und Nacht, wenn ich arbeite, gibt es Augenblicke, wo ich mich nicht mehr erinnere, und wenn ich mich nicht mehr erinnere, bin ich glücklich nach Art der Toten, und das ist immer noch mehr wert als leiden.«
»Mein Herr, er ist entflohen, lassen Sie ihn fliehen, die Saumseligkeit ist eine leichte Nachsicht.«
»Aber ich sagte Ihnen bereits, daß es zu spät ist; mit Tagesanbruch hat der Telegraph gespielt, und zu dieser Stunde...«
»Herr Staatsanwalt«, sagte der Kammerdiener eintretend, »hier diese Depesche aus dem Ministerium.«
Villefort nahm den Brief und entsiegelte ihn rasch.
Madame Danglars bebte vor Schrecken, Villefort bebte vor Freude.
»Verhaftet!« rief Villefort; »man hat ihn in Compiegne verhaftet, es ist vorbei.«

Madame Danglars erhob sich kalt und bleich.
»Adieu, mein Herr«, sagte sie.
»Adieu, Madame«, erwiderte der Staatsanwalt beinahe freudig und führte sie bis zur Tür zurück.
Dann trat er an seinen Schreibtisch, schlug mit dem Rücken seiner rechten Hand auf den Brief und sprach: »Gut, ich hatte eine Fälschung, ich hatte drei Diebstähle, ich hatte zwei Brandstiftungen, es fehlte mir nur ein Mord – hier ist er; die Sitzung wird hübsch sein.«

5. Die Erscheinung

Valentine war, wie es der Staatsanwalt zu Madame Danglars gesagt, noch nicht völlig wiederhergestellt; gelähmt vor Müdigkeit, hütete sie das Bett. Den Tag hindurch wurde Valentine noch in der Wirklichkeit erhalten durch die Gegenwart von Noirtier, der sich zu seiner Enkelin tragen ließ und Valentine mit seinem väterlichen Blick bewachend bei ihr blieb; wenn sodann Villefort aus dem Justizpalast zurückkam, verweilte er ebenfalls ein paar Stunden zwischen seinem Vater und seinem Kind. Um sechs Uhr zog sich Villefort in sein Kabinett zurück; um 8 Uhr erschien Herr d'Avrigny, der selbst den für das Mädchen bereiteten Trank brachte; dann trug man Noirtier weg. Eine Wärterin der Wahl des Doktors ersetzte alle anderen Personen und entfernte sich erst gegen elf Uhr, wenn Valentine entschlummert war. Hinabgehend übergab sie die Schlüssel des Zimmers von Valentine Herrn von Villefort, so daß man nur durch die Wohnung der Frau von Villefort oder durch das Zimmer des kleinen Eduard zu der Kranken gelangen konnte.
Jeden Morgen kam Morel zu Noirtier, um Erkundigungen einzuziehen; doch Morel erschien sonderbarerweise von Tag zu Tag weniger unruhig. Einmal ging es von Tag zu Tag bei Valentine besser, obgleich sie einer heftigen Nervenaufregung preisgegeben war; dann hatte ihm auch Monte Christo, als er ganz bestürzt zu ihm gelaufen war, gesagt, wenn Valentine in zwei Stunden nicht tot wäre, so würde sie gerettet. Valentine lebte aber noch, und es waren bereits vier Tage vorüber. Die Nervenaufregung verfolgte Valentine bis in ihren Schlaf oder vielmehr

bis in den schlafsüchtigen Zustand, der auf ihr Wachen eintrat. Da geschah es, daß sie in der Stille der Nacht und in dem Halbdunkel, welches im Raum um sie her herrschte, jene Schatten erblickte, die das Zimmer der Kranken bevölkern und die das Fieber von seinen bebenden Flügeln schüttelt. Dann kam es ihr bald vor, als ob sie ihre Stiefmutter drohend erblickte, bald als ob Morel seine Arme nach ihr ausstreckte, bald als ob sie ihrem gewöhnlichen Leben fremde Wesen, wie den Grafen von Monte Christo, gewahrte! Alles, bis auf das Zimmergerät erschien ihr in diesen Augenblicken des Deliriums beweglich und schwankend, und dies dauerte bis um drei oder vier Uhr morgens, wo ein bleierner Schlaf sich ihrer bemächtigte und sie bis zum Tag gefesselt hielt.

Am Abend des Tages, als Valentine die Flucht von Eugenie und die Verhaftung von Benedetto erfahren und diese Ereignisse, nachdem sie sich einen Augenblick mit den Empfindungen ihres eigenen Daseins vermischt, allmählich aus ihrem Geist zu weichen anfingen, ereignete sich eine seltsame Szene in dem so sorgfältig geschlossenen Gemach.

Die Wärterin hatte sich seit ungefähr zehn Minuten entfernt. Seit etwa einer Stunde von dem jede Nacht wiederkehrenden Fieber heimgesucht, ließ Valentine den gegen ihren Willen unbotmäßigen Kopf die tätige, eigentümliche und unversöhnliche Arbeit des Gehirns fortsetzen, das sich in unablässiger Wiederholung derselben Gedanken oder in Erzeugung derselben Bilder erschöpfte. Von dem Docht der Nachtlampe gingen tausend und abertausend Strahlen mit seltsamen Zeichen aus, als plötzlich Valentine ihre Bibliothek, welche neben dem Kamin in einer Mauervertiefung stand, sich öffnen zu sehen glaubte, ohne daß die Angeln, auf denen sich die Tür zu drehen schien, das geringste Geräusch hervorbrachten.

In jedem andern Augenblick hätte Valentine die Glocke genommen und um Hilfe gerufen; doch in der Lage, in der sie sich befand, erschreckte sie nichts mehr. Sie hatte das Bewußtsein, alle Visionen, die sie umgaben, wären die Töchter ihres Deliriums, und diese Überzeugung kam bei ihr davon her, daß am Morgen nie eine Spur von den Phantomen der Nacht, welche mit Tagesanbruch verschwanden, zurückgeblieben war.

Hinter der Tür erschien eine menschliche Gestalt.
Valentine war infolge ihres Fiebers zu sehr vertraut mit solchen Erscheinungen, um darüber zu erschrecken; sie riß nur die Augen weit auf, in der Hoffnung, Morel zu erkennen.
Die Gestalt schritt auf ihr Bett zu, dann blieb sie stehen und schien mit einer tiefen Aufmerksamkeit zu horchen.
In diesem Augenblick spielte ein Strahl der Lampe auf dem Gesicht des nächtlichen Besuches.
Und sie wartete, überzeugt, es wäre nur ein Traum, und dieser Mensch würde, wie es in den Träumen geschieht, verschwinden oder sich in irgendeine andere Person verwandeln.
Sie berührte nur den Puls, und als sie ihn heftig schlagen fühlte, erinnerte sie sich, das beste Mittel, diese überlästigen Erscheinungen verschwinden zu machen, wäre zu trinken. Die Frische des Getränkes, das in der Absicht bereitet war, die Aufregungen, über welche sich Valentine bei dem Doktor beklagt, zu beruhigen, linderte das Fieber und bewirkte eine Erneuerung der Empfindungen des Gehirns; wenn sie getrunken hatte, litt sie für einen Augenblick weniger.
Valentine streckte also die Hand aus, um ihr Glas von der kristallnen Trinkschale zu nehmen; doch während sie ihren zitternden Arm ausstreckte, machte die Erscheinung abermals und noch lebhafter als zuvor zwei Schritte gegen das Bett und gelangte so nahe zu Valentine, daß sie ihren Hauch hörte und den Druck ihrer Hand zu fühlen glaubte. Diesmal überstieg die Illusion oder vielmehr die Wirklichkeit alles, was Valentine bis dahin erfahren hatte; sie fing an, sich für völlig erwacht und ganz lebendig zu halten; sie hatte das Bewußtsein, daß sie bei voller Vernunft war, und bebte.
Der Druck, den Valentine gefühlt, hatte zum Zweck, ihren Arm zurückzuhalten.
Dann nahm diese Gestalt, von der sich ihr Blick nicht losmachen konnte und die überdies mehr beschützend als bedrohlich zu sein schien, das Glas, hielt es an die Nachtlampe und beschaute den Trank, als ob sie seine Klarheit und Durchsichtigkeit beurteilen wollte.
Doch die erste Probe genügte nicht. Dieser Mensch, oder vielmehr dieses Gespenst, denn er ging so leise, daß der Teppich

das Geräusch seiner Tritte erstickte, dieser Mensch schöpfte einen Löffel voll aus dem Glas und schluckte ihn.
Valentine schaute das, was vor ihren Augen vorging, mit einem Gefühl tiefen Erstaunens an. Sie glaubte wohl, dies alles würde bald verschwinden, um einem andern Gemälde Platz zu machen; doch statt wie ein Schatten zu entweichen, trat dieser Mensch näher zu ihr und sagte, Valentine das Glas reichend, mit erschütterter Stimme: »Nun, trinken Sie!«
Valentine bebte. Es war das erstemal, daß eine von ihren Erscheinungen mit diesem lebendigen Klang zu ihr sprach. Sie öffnete den Mund, um einen Schrei auszustoßen.
Der Mensch legte einen Finger auf seine Lippen.
»Der Herr Graf von Monte Christo!« murmelte sie.
An dem Schrecken, der sich in den Augen von Valentine ausprägte, an dem Zittern ihrer Hände, an der raschen Gebärde, mit der sie sich unter ihre Tücher steckte, konnte man den letzten Kampf des Zweifels gegen die Überzeugung erkennen; doch die Gegenwart von Monte Christo zu einer solchen Stunde, sein phantastischer, geheimnisvoller, unerklärlicher Eintritt durch eine Wand, erschienen als Unmöglichkeiten für das erschütterte Gehirn von Valentine.
»Rufen Sie nicht, erschrecken Sie nicht«, sagte der Graf; »haben Sie nicht im Grunde Ihres Herzens den Blitz eines Verdachtes oder den Schatten einer Unruhe: Der Mann, den Sie vor sich sehen, ist der ehrfurchtsvollste Freund, von dem Sie nur immer träumen konnten.«
Valentine fand keine Antwort; sie hatte eine so gewaltige Furcht vor dieser Stimme, die ihr die wirkliche Gegenwart des Sprechenden enthüllte, daß sie ihre Stimme nicht damit zu verbinden wagte; doch ihr erschrockener Blick wollte sagen: »Wenn Ihre Absichten rein sind, warum befinden Sie sich hier?«
Mit seinem wunderbaren Scharfsinn begriff der Graf alles, was in dem Herzen des Mädchens vorging.
»Hören Sie mich«, sagte er, »oder vielmehr schauen Sie mich an: Sie sehen meine geröteten Augen und mein ungewöhnlich bleiches Gesicht; seit vier Nächten habe ich nicht eine Sekunde lang ein Auge geschlossen; seit vier Nächten wache ich über Sie,

beschütze ich Sie, erhalte ich Sie unserem Freund Maximilian.«
Eine Woge freudigen Bluts stieg rasch in die Wangen der Kranken; denn der von dem Grafen ausgesprochene Name erstickte den Rest des Mißtrauens, den er ihr eingeflößt.
»Maximilian...«, wiederholte Valentine, so süß kam es ihr vor, diesen Namen auszusprechen; »Maximilian! Er hat Ihnen also alles gestanden?«
»Alles. Er hat mir gesagt, Ihr Leben wäre das seinige, und ich versprach ihm, Sie würden leben.«
»Sie versprachen ihm, ich würde leben?«
»Ja.«
»In der Tat, mein Herr, Sie sagten vorhin ein paar Worte von Wachen und Schutz. Sind Sie denn ein Arzt?«
»Ja, der beste, den Ihnen der Himmel in diesem Augenblick schicken kann, das mögen Sie mir glauben.«
»Sie sagten, Sie hätten gewacht?« fragte Valentine unruhig; »wo denn? Ich habe Sie nicht gesehen.«
Der Graf streckte die Hand in der Richtung der Bibliothek aus.
»Ich war hinter jener Tür verborgen«, sagte er, »jene Tür führt in das anstoßende Haus, das ich gemietet habe.«
Valentine wandte mit einer Bewegung schamhaften Stolzes die Augen ab und sagte voll Schrecken: »Mein Herr, was Sie getan haben, ist beispiellos wahnsinnig, und der Schutz, den Sie mir gewähren, gleicht ungemein einer Beleidigung.«
»Valentine«, antwortete der Graf, »während der langen Nachtwachen sah ich nur, welche Leute zu Ihnen kamen, welche Nahrungsmittel man Ihnen bereitete, welche Getränke man Ihnen vorsetzte; erschienen mir diese Getränke gefährlich, so trat ich ein, wie ich soeben eingetreten bin, leerte Ihr Glas und setzte an die Stelle des Giftes ein wohltätiges Getränk, das statt des Todes, den man Ihnen bereitet hatte, das Leben in Ihren Adern kreisen ließ.«
»Gift! Tod!« rief Valentine, die sich abermals unter der Herrschaft einer fieberhaften Halluzination glaubte; »was sagen Sie da, mein Herr?«
»Still, mein Kind«, erwiderte Monte Christo, einen Finger auf seine Lippen legend, »ich habe gesagt Gift, ich habe gesagt Tod und wiederhole das Wort Tod; doch trinken Sie zuerst hiervon

(der Graf zog aus seiner Tasche ein Fläschchen, das einen roten Saft enthielt, und goß ein paar Tropfen davon in ein Glas), und wenn Sie getrunken haben werden, nehmen Sie diese Nacht nichts mehr.«

Valentine streckte die Hand aus; doch kaum hatte sie das Glas berührt, als sie die Hand voll Schrecken wieder zurückzog.

Monte Christo nahm das Glas, trank die Hälfte davon, reichte es Valentine, und diese verschluckte lächelnd den Inhalt.

»Oh, ja«, sagte sie, »ich erkenne den Geschmack meiner nächtlichen Getränke, den Geschmack dieses Wassers, das meiner Brust ein wenig Frische, meinem Gehirn ein wenig Ruhe verlieh. Ich danke, mein Herr, ich danke.«

»So haben Sie seit vier Nächten gelebt, Valentine«, sprach der Graf. »Doch wie lebte ich? Oh, welche grausame Stunden ließen Sie mich durchmachen? Welche furchtbaren Qualen ließen Sie mich ausstehen, als ich in Ihr Glas das tödliche Gift gießen sah, als ich zitterte, sie hätten Zeit, es zu trinken, ehe ich Zeit gehabt, es in den Kamin zu schütten!«

»Sie sagen, mein Herr«, sagte Valentine, im höchsten Maße erschrocken, »Sie sagen, Sie haben tausend Qualen ausgestanden, als man in mein Glas das tödliche Gift gegossen? Doch wenn Sie Gift in mein Glas gießen sahen, so mußten Sie auch die Person sehen, die es hineingegossen?«

»Ja.«

Valentine richtete sich auf, zog über ihre schneebleiche Brust den gestickten Batist, der noch feucht war von dem kalten Schweiß des Fiebers, mit dem sich der noch viel eisigere Schweiß des Schreckens zu vermischen anfing, und wiederholte: »Sie haben sie gesehen?«

»Ja«, sprach zum zweitenmal der Graf.

»Was Sie mir da sagen, ist gräßlich, mein Herr, denn Sie wollen mich irgend etwas Höllisches glauben machen. Wie! In dem Haus meines Vaters! In meinem Zimmer! Auf meinem Schmerzenslager fährt man fort, mich zu ermorden? Oh! Entfernen Sie sich, mein Herr, Sie führen mein Gewissen in Versuchung, Sie schmähen die Güte Gottes! Es ist unmöglich, es kann nicht sein.«

»Sind Sie denn die erste, welche diese Hand schlägt? Haben Sie nicht in Ihrer Umgebung Herrn von Saint-Meran, Frau von Saint-Meran, Barrois sterben sehen? Hätten Sie nicht Herrn Noirtier sterben sehen, wäre sein Körper nicht durch die regelmäßige Aufnahme von Gift gegen die Wirkung gefeit?«

»Oh, mein Gott! Deshalb also verlangt der gute Papa seit einem Monat von mir, daß ich alle seine Getränke teile?«

»Und diese Getränke«, rief Monte Christo, »nicht wahr, sie haben einen bitteren Geschmack, wie halb getrocknete Orangenschalen?«

»Ja, mein Gott, ja!«

»Oh, das erklärt mir alles«, sprach Monte Christo; »er weiß auch, daß man hier vergiftet, und vielleicht, wer hier vergiftet. Er hat Sie, sein vielgeliebtes Kind, gegen die tödliche Substanz verwahrt, und die tödliche Substanz hat sich an diesem Anfang einer Gewohnheit abgestumpft; deshalb leben Sie noch, was ich mir nicht erklären konnte, nachdem man Ihnen vor vier Tagen ein Gift beigebracht, das gewöhnlich unerbittlich ist.«

»Aber wer ist denn der Meuchler, der Mörder?«

»Ich frage Sie ebenfalls: Haben Sie nie jemand in der Nacht in Ihr Zimmer eintreten sehen?«

»Doch wohl. Oft kam es mir vor, als sähe ich Schatten erscheinen, sich nähern, sich entfernen, verschwinden; doch ich hielt sie für Ausgeburten meines Fiebers, und soeben, als Sie selbst eintraten, glaubte ich lange, ich hätte entweder das Fieber oder ich träumte.«

»Also kennen Sie die Person nicht, die Ihnen das Leben nehmen will?«

»Nein«, antwortete Valentine. »Warum sollte jemand meinen Tod wünschen?«

»Sie werden sie kennenlernen«, versetzte Monte Christo horchend.

»Wie dies?« fragte Valentine, voll Schrecken umherschauend.

»Weil Sie heute abend weder das Fieber noch das Delirium haben, weil Sie vollkommen wach sind, weil es soeben Mitternacht schlägt und dies die Stunde der Mörder ist.«

»Mein Gott, mein Gott!« rief Valentine, mit der Hand den Schweiß abtrocknend, der auf ihrer Stirn perlte.

Es schlug in der Tat langsam und traurig zwölf Uhr; es war, als

ob jeder Schlag des eisernen Hammers auf das Herz des Mädchens träfe.
»Valentine«, fuhr der Graf fort, »rufen Sie alle Ihre Kräfte zu Hilfe, drängen Sie Ihr Herz in Ihre Brust zurück, halten Sie Ihre Stimme in Ihrer Kehle fest, stellen Sie sich eingeschlafen, und Sie werden sehen.«
Valentine faßte den Grafen bei der Hand und sagte: »Es scheint mir, ich höre Geräusche, entfernen Sie sich!«
»Leben Sie wohl, oder vielmehr auf Wiedersehen«, sagte der Graf. Dann kehrte er mit einem so traurigen und so väterlichen Lächeln, daß das Herz des Mädchens davon durchdrungen war, zu der Tür der Bibliothek zurück. Doch sich noch einmal umwendend, ehe er sie hinter sich schloß, flüsterte er: »Keine Gebärde, kein Wort; man halte Sie für eingeschlafen; sonst würde man Sie vielleicht töten, ehe ich Zeit hätte herbeizulaufen.«
Nach dieser furchtbaren Ermahnung verschwand der Graf hinter der Tür, die sich still hinter ihm schloß.

6. Corusta

Valentine blieb allein; zwei Pendeluhren schlugen kurz nacheinander Mitternacht. Dann verfiel alles, abgesehen von ein paar Wagen, die man in der Entfernung rollen hörte, in Todesstille.
Sie fing an, die Sekunden zu zählen, und bemerkte, daß sie um das Doppelte langsamer waren als die Schläge ihres Herzens. Aber dennoch zweifelte sie. Die harmlose Valentine konnte sich nicht einbilden, es wünsche irgend jemand ihren Tod. Warum? In welcher Absicht? Was hatte sie Böses getan, um sich einen Feind zuzuziehen?
Ein Gedanke, ein einziger, furchtbarer Gedanke hielt ihren Geist gespannt: Der Gedanke, es sei eine Person auf der Welt, welche sie zu ermorden versucht habe und es abermals versuchen würde. Wenn diese Person, der Unwirksamkeit des Giftes müde, diesmal, wie es der Graf von Monte Christo gesagt, ihre Zuflucht zum Eisen nehmen würde! Wenn der Graf nicht mehr Zeit hatte herbeizueilen. Wenn sie ihrem letzten Augenblick nahe stände, wenn sie Morel nicht mehr wiedersehen sollte!
Bei diesem Gedanken, der sie zugleich mit Leichenblässe und

mit eisigem Schweiß bedeckte, war Valentine nahe daran, nach der Glockenschnur zu greifen und um Hilfe zu rufen.
Doch kam es ihr vor, als sähe sie durch die Tür der Bibliothek das Auge des Grafen funkeln, dieses Auge, das auf ihrer Erinnerung lastete und sie, wenn sie daran dachte, mit solcher Scham niederdrückte, daß sie sich fragte, ob es je der Dankbarkeit gelingen würde, die peinliche Wirkung der indiskreten Freundschaft des Grafen zu verwischen.
Zwanzig Minuten, zwanzig Ewigkeiten verliefen so, dann noch zehn andere Minuten; endlich schlug die Pendeluhr einmal auf das hellklingende Glöckchen.
In demselben Augenblick offenbarte Valentine ein unmerkliches Kratzen des Nagels an dem Holz der Bibliothek, daß der Graf wachte und ihr zu wachen empfahl.
Auf der entgegengesetzten Seite, nämlich in der Richtung des Zimmers von Eduard, glaubte Valentine wirklich den Boden knirschen zu hören: Sie horchte, ihren beinahe erstickten Atem zurückhaltend; der Drücker des Schlosses knirschte, und die Tür drehte sich auf ihren Angeln.
Valentine hatte sich auf ihren Ellenbogen erhoben: Es blieb ihr kaum noch Zeit, sich auf ihr Bett zurückfallen zu lassen und ihre Augen unter ihrem Arm zu verbergen. Dann wartete sie zitternd, erschüttert, das Herz von einer unsäglichen Angst zusammengeschnürt.
Es näherte sich jemand dem Bett und streifte die Vorhänge. Valentine raffte alle ihre Kräfte zusammen und ließ das regelmäßige Gemurmel des Atems vernehmen, das einen ruhigen Schlaf andeutet.
»Valentine!« flüsterte ganz leise eine Stimme.
Dasselbe Stillschweigen: Valentine hatte nicht zu erwachen versprochen.
Dann blieb alles unbeweglich: Valentine hörte nur das beinahe unmerkliche Geräusch einer Flüssigkeit, die in das Glas fiel, das sie geleert hatte.
Nun wagte sie es, unter dem Wall ihres ausgestreckten Armes halb ihr Augenlid zu öffnen. Sie sah eine Frau in weißem Nachtkleid, die aus einer Phiole in ihr Glas eine Flüssigkeit leerte. Während dieses kurzen Augenblicks hielt Valentine vielleicht

ihren Atem zurück, oder sie machte ohne Zweifel irgendeine Bewegung, denn die Frau schaute unruhig auf und neigte sich über ihr Bett, um nachzusehen, ob sie wirklich schliefe: es war Frau von Villefort.

Als Valentine ihre Stiefmutter erkannte, wurde sie von einem so jähen Schauer ergriffen, daß sich ihr Bett bewegte.

Frau von Villefort drückte sich sogleich an die Wand, und durch den Bettvorhang beschützt, beobachtete sie hier stumm, aufmerksam, die geringste Bewegung von Valentine.

Diese erinnerte sich der furchtbaren Worte von Monte Christo; es war ihr vorgekommen, als hätte sie in der Hand, welche die Phiole nicht hielt, eine Art von langem, scharfem Messer glänzen sehen, und sie rief ihre ganze Willenskraft zu Hilfe, um die Augen zu schließen.

Durch die Stille, in der sich das gleichmäßige Geräusch des Atemholens von Valentine wieder hören ließ, versichert, diese schliefe, streckte Frau von Villefort abermals den Arm aus und goß, halb verborgen hinter dem oben am Bett zusammengezogenen Vorhang, den Inhalt der Phiole vollends in das Glas von Valentine.

Dann entfernte sie sich, ohne daß das geringste Geräusch ihren Abgang offenbarte. Es läßt sich nicht ausdrücken, was Valentine während dieser anderthalb Minuten empfunden, welche Frau von Villefort in ihrem Zimmer geblieben war.

Das Kratzen des Nagels an der Bibliothek entzog Valentine ihrer Betäubung, die einer völligen Starrheit ähnlich war.

Sie hob den Kopf mit großer Anstrengung in die Höhe. Die stille Tür drehte sich abermals auf ihren Angeln, und der Graf von Monte Christo erschien wieder.

»Nun!« fragte er, »zweifeln Sie immer noch daran?«

»Oh, mein Gott!« murmelte das Mädchen.

»Sie haben sie erkannt?«

Valentine stieß einen Seufzer aus und erwiderte: »Ja, doch ich kann nicht daran glauben.«

»Sie wollen also lieber sterben und Maximilian sterben lassen?«

»Mein Gott, mein Gott!« rief das Mädchen beinahe von Sinnen, »kann ich denn nicht das Haus verlassen, fliehen?«

»Valentine, die Hand, welche Sie verfolgt, wird Sie überall

treffen: Mit Gold verführt man Ihre Diener, und der Tod bietet sich Ihnen unter allen Gestalten verkleidet, im Wasser, das Sie an der Quelle trinken, in der Frucht, die Sie vom Baume pflükken.«

»Aber sagten Sie denn nicht, die Vorsicht des guten Papas habe mich gegen das Gift beschützt?«

»Gegen ein Gift, das nicht einmal in starker Dosis angewendet wurde; man wird das Gift verändern oder die Dosis vermehren.«

Er nahm das Glas und benetzte seine Lippen.

»Ah, sehen Sie«, sagte er, »es ist bereits geschehen. Man vergiftet Sie nicht mehr mit Brucin, sondern mit einem einfachen narkotischen Mittel. Ich erkenne den Geschmack des Alkohols, in dem man es hat auflösen lassen. Hätten Sie getrunken, was Ihnen Frau von Villefort in dieses Glas gegossen, Valentine, Sie wären bereits verloren.«

»Mein Gott! Warum verfolgt sie mich denn auf diese Art?« rief das junge Mädchen.

»Wie! Sie sind so sanft, so gut, Sie glauben so wenig an das Böse, daß Sie nicht begriffen haben, Valentine?«

»Nein, ich habe ihr nie etwas Schlimmes zugefügt.«

»Doch Sie sind reich, Valentine, Sie haben 200000 Franken Rente, und diese 200000 Franken entziehen Sie ihrem Sohn.«

»Wieso? Mein Vermögen ist nicht das seinige: Es kommt mir von meinen Großeltern zu.«

»Allerdings, und deshalb sind Herr und Frau von Saint-Meran gestorben: Es geschah, damit Sie Ihre Großeltern beerbten: deshalb war Herr Noirtier verurteilt, sobald er Sie zu seiner Erbin eingesetzt hatte; deshalb endlich sollen Sie sterben, damit Ihr Vater von Ihnen erbt und Ihr Bruder, einziger Sohn geworden, von Ihrem Vater erbt.«

»Eduard! Armes Kind, für ihn begeht man alle diese Verbrechen?«

»Ah! Sie begreifen endlich.«

»Mein Gott! Wenn nur nicht dies alles auf ihn zurückfällt!«

»Sie sind ein Engel, Valentine!«

»Doch mein Großvater, hat man darauf Verzicht geleistet, ihn umzubringen?«

»Man hat überlegt, daß, wenn Sie tot wären, das Vermögen, falls keine Enterbung stattfände, natürlich auf ihren Bruder übergehen würde, und man dachte, die Verübung des Verbrechens, insofern dieses unnütz wäre, müßte doppelt gefährlich sein.«

»Und in dem Geist einer Frau ist eine solche Kombination geboren worden! Oh, mein Gott, mein Gott!«

»Denken Sie an Perugia, an die Laube im Gasthaus zur Post, an den Mann mit dem braunen Mantel, den Ihre Mutter über die Aqua Tosana befragte: Nun, seit jener Zeit reiste der ganze höllische Plan in ihrem Gehirn.«

»Oh, mein Herr«, rief das sanfte Mädchen, in Tränen zerfließend, »ich sehe wohl, daß ich zum Sterben verurteilt bin, wenn es so ist.«

»Nein, Valentine, nein, denn ich habe alle diese Komplotte vorhergesehen; nein, denn unsere Feindin ist besiegt, weil sie erkannt ist; nein, Sie werden leben, Valentine, um zu lieben und geliebt zu sein, Sie werden leben, um glücklich zu sein und ein edles Herz glücklich zu machen; doch um zu leben, Valentine, müssen Sie Vertrauen zu mir haben.«

»Befehlen Sie, mein Herr, was soll ich tun?«

»Sie müssen blindlings nehmen, was ich Ihnen geben werde.«

»Oh, Gott ist mein Zeuge«, rief Valentine, »wenn ich allein wäre, so würde ich lieber sterben.«

»Sie werden niemand vertrauen, selbst nicht einmal Ihrem Vater?«

»Nicht wahr, mein Vater hat keinen Anteil an diesem furchtbaren Komplott?«

»Nein, und dennoch muß Ihr Vater, der an juristische Bezichtigungen gewöhnte Mann, vermuten, daß alle die Todesfälle, welche Ihr Haus treffen, nicht natürlich sind. Ihr Vater hätte über Ihnen wachen sollen, er sollte zu dieser Stunde an dem Platz sein, den ich einnehme; er sollte bereits dieses Glas ausgeleert haben; er müßte sich gegen den Mörder erhoben haben. Gespenst gegen Gespenst«, murmelte er ganz leise, seinen Satz vollendend.

»Mein Herr«, sprach Valentine, »ich werde alles tun, um zu leben, denn es gibt zwei Wesen auf der Welt, die mich so lieben,

daß sie sterben würden, wenn mich der Tod träfe: mein Großvater und Maximilian.«
»Ich werde über sie wachen, wie ich Sie bewache.«
»Wohl, mein Herr, verfügen Sie über mich«, sagte Valentine. Dann sagte sie mit leiser Stimme: »Oh, mein Gott, mein Gott! Was wird mir widerfahren?«
»Valentine, was Ihnen auch widerfahren mag, erschrecken Sie nicht; wenn Sie leiden, wenn Sie das Gesicht, das Gehör, das Gefühl verlieren, fürchten Sie nichts. Wenn Sie erwachen, ohne zu wissen, wo Sie sind, haben Sie nicht Angst, und sollten Sie sich in einem Grabgewölbe oder in einem Sarg finden; sammeln Sie sogleich Ihren Geist und sagen Sie sich: In diesem Augenblick wacht ein Freund, ein Vater, ein Mann, der mein Glück und das von Maximilian will, über mir.«
»Ach, ach! Welch eine gräßliche Notwendigkeit!«
»Valentine, wollen Sie lieber Ihre Stiefmutter anzeigen?«
»Ich wollte lieber hundertmal sterben! Ah, ja, sterben!«
»Nein, Sie werden nicht sterben, und was Ihnen auch geschehen mag, Sie werden nicht klagen, sondern hoffen, das versprechen Sie mir.«
»Ich werde an Maximilian denken.«
»Sie sind meine vielgeliebte Tochter; ich allein kann Sie retten und werde Sie retten.«
Valentine faltete im höchsten Schrecken die Hände, denn sie fühlte, daß der Augenblick gekommen war, Gott um Mut anzuflehen; sie richtete sich auf, um zu beten, murmelte Worte ohne Sinn und vergaß dabei, daß ihre weißen Schultern keinen andern Schleier hatten als ihr reiches Haar und daß man ihr Herz unter der feinen Spitze ihres Nachtgewandes schlagen sah.
Der Graf legte sachte die Hand auf den Arm von Valentine, zog ihre Sammetdecke bis zum Hals herauf und sprach mit einem väterlichen Lächeln: »Meine Tochter, glauben Sie an meine Zuneigung, wie Sie an die Güte und an die Liebe von Maximilian glauben.«
Valentine heftete einen Blick voll Dankbarkeit auf ihn und blieb gelehrig wie ein Kind. Da zog der Graf aus seiner Westentasche die kleine Büchse von Smaragd, nahm ihren goldenen Deckel ab und schüttelte in die Hände von Valentine eine runde

Pastille von der Größe einer Erbse. Valentine nahm sie mit der andern Hand und schaute den Grafen aufmerksam an; es lag in den Zügen dieses unerschütterlichen Beschützers ein Widerschein der göttlichen Macht und Majestät. Valentine befragte ihn offenbar mit dem Blick.
»Ja«, antwortete er.
Valentine schob die Pastille in den Mund und verschluckte sie.
»Und nun auf Wiedersehen, mein Kind«, sprach der Graf, »ich will es versuchen zu schlafen, denn Sie sind gerettet.«
»Gehen Sie«, sagte Valentine, »was mir auch begegnen mag, ich verspreche Ihnen, mich nicht zu fürchten.«
Monte Christo hielt lange seine Augen auf das Mädchen geheftet, das besiegt durch die Macht des narkotischen Mittels, welches ihr der Graf gegeben, allmählich entschlummerte.
Nun nahm er das Glas, leerte es auf dreiviertel in den Kamin, damit man glauben könnte, Valentine habe das Fehlende getrunken, und stellte es wieder auf den Nachttisch; dann kehrte er zur Tür der Bibliothek zurück und verschwand, nachdem er einen letzten Blick auf Valentine geworfen hatte, die mit dem Vertrauen und der Reinheit eines zu den Füßen des Herrn liegenden Engels einschlief.

7. Valentine

Die Nachtlampe brannte immer noch auf dem Kamin von Valentine und verzehrte die letzten Tropfen Öl: Ein trauriges Licht färbte mit einem matten Widerschein die weißen Vorhänge und die Bettücher des Mädchens. Alles Geräusch der Straße war für jetzt erloschen, und im Innern herrschte eine furchtbare Stille.
Die Tür des Zimmers von Eduard öffnete sich jetzt, und ein Kopf, den wir bereits gesehen, erschien in dem der Tür gegenüber angebrachten Spiegel: Es war Frau von Villefort, die zurückkehrte, um die Wirkung des Trankes zu beobachten.
Sie blieb auf der Schwelle stehen und ging dann sachte auf den Nachttisch zu, um zu sehen, ob das Glas von Valentine leer wäre.
Es war, wie gesagt, noch zum vierten Teile voll.

Frau von Villefort nahm es und leerte es in die Asche, welche sie mit dem Fuß umrührte, um die Einsaugung der Flüssigkeit zu erleichtern; dann schwenkte sie sorgfältig den Kristall, wischte ihn mit ihrem eigenen Sacktuch aus und stellte ihn wieder auf den Nachttisch.

Wer imstande gewesen wäre, in das Innere dieses Zimmers zu schauen, würde gesehen haben, wie Frau von Villefort zögerte, ihre Augen auf Valentine zu heften und sich ihrem Bett zu nähern.

Dieser düstere Schimmer, dieses Stillschweigen, diese furchtbare Poesie der Nacht hatten sich ohne Zweifel mit der gräßlichen Poesie ihres Gewissens verbunden; die Giftmischerin fürchtete sich vor ihrem Tun.

Endlich faßte sie Mut, schob den Vorhang auf die Seite, stützte sich auf das Kopfkissen und neigte sich über Valentine.

Valentine atmete nicht mehr; halb geöffnet ließen ihre Zähne keinen Hauch durch, der das Leben verrät. Ihre weißen Lippen hatten zu zittern aufgehört; in einen violetten Dunst getaucht, der sich unter die Haut gezogen zu haben schien, bildeten ihre Augen dort, wo der Augapfel das Augenlid wölbte, einen weißen Vorsprung, und ihre langen schwarzen Wimpern durchfurchten eine bereits wachsartig matte Haut.

Frau von Villefort beschaute dieses Gesicht mit einem in seiner Unbeweglichkeit beredten Ausdruck: Sie hob dann keck die Decke auf und legte ihre Hand auf das Herz des Mädchens. Es war stumm und eisig.

Was unter ihrer Hand schlug, das war die Arterie ihrer Finger: Sie zog ihre Hand mit einem Schauer zurück. Der Arm von Valentine hing über das Bett herab.

Die Nägel waren an der Wurzel blau.

Für Frau von Villefort gab es keinen Zweifel mehr, alles war vorbei; das furchtbare Werk, das letzte, das sie zu vollbringen hatte, war vollbracht. Die Giftmischerin hatte nichts mehr in diesem Zimmer zu tun; sie wich so behutsam zurück, daß sie offenbar das Geräusch ihrer Füße auf dem Teppich fürchten mußte; doch während sie zurückwich, hielt sie noch den Vorhang aufgehoben und verschlang das Schauspiel des Todes, das eine unwiderstehliche Anziehungskraft in sich trägt, solange der Tod nicht Zersetzung, sondern nur Unbeweglichkeit ist, solange er das Geheimnis bleibt und nicht Ekel wird.

Die Minuten vergingen, Frau von Villefort schien diesen Vorhang, welchen sie wie ein Leichentuch über dem Haupt von Valentine hielt, nicht loslassen zu können. Sie bezahlte ihren Tribut der Träumerei; die Träumerei des Verbrechens muß der Gewissensbiß sein.

In diesem Augenblick verdoppelte sich das Geknister der Nachtlampe. Frau von Villefort bebte bei diesem Geräusch und ließ den Vorhang fallen. Dann erlosch die Nachtlampe, und das Zimmer versank in eine furchtbare Dunkelheit.

In dieser Dunkelheit erwachte die Pendeluhr und schlug halb vier. Erschrocken über diese aufeinander folgenden Bewegungen erreichte die Giftmischerin tappend die Tür und kehrte, den Angstschweiß auf der Stirn, in ihr Zimmer zurück.

Die Dunkelheit dauerte noch zwei Stunden.

Allmählich drang ein bleicher Tag durch die Zwischenräume der Läden, und das Licht wurde nach und nach stärker und gab den Gegenständen und Körpern Farbe und Form zurück.

Um diese Zeit ertönte das Husten der Krankenwärterin auf der Treppe, und diese Frau trat, eine Tasse in der Hand, ein.

Für einen Vater, für einen Geliebten würde der erste Blick entscheidend gewesen sein: Valentine war tot; für die Wärterin war sie nur eingeschlafen.

»Gut!« sagte sie, sich dem Nachttisch nähernd, »sie hat einen Teil ihres Trankes getrunken, das Glas ist auf zwei Drittel leer.«

Dann ging sie an den Kamin, zündete Feuer an, setzte sich in ihren Lehnstuhl und benützte, obgleich sie erst aus ihrem Bett kam, den Schlaf von Valentine, um noch einige Augenblicke zu schlummern. Die Pendeluhr weckte die Wärterin, als sie acht Uhr schlug. Erstaunt über den hartnäckigen Schlaf, in welchem Valentine verharrte, erschrocken über den aus dem Bett hängenden Arm, ging sie auf das Bett zu, und jetzt erst bemerkte sie die kalten Lippen und die eisige Brust.

Sie wollte den Arm zum Körper heraufziehen; doch mit jener furchtbaren Steifheit, in der sich eine Krankenwärterin nicht täuschen konnte, widerstand der Arm.

Sie stieß einen furchtbaren Schrei aus, lief an die Tür und rief: »Zu Hilfe! Zu Hilfe!«
»Wie! Zu Hilfe?« entgegnete unten von der Treppe die Stimme von Herrn d'Avrigny.
Es war die Stunde, zu der der Doktor gewöhnlich kam.
»Wie! Zu Hilfe!« rief Herr von Villefort, aus seinem Kabinett stürzend, »Doktor, haben Sie nicht um Hilfe rufen hören?«
»Ja, ja, gehen Sie rasch hinauf, es ist bei Valentine«, antwortete d'Avrigny.
Doch ehe der Arzt und der Vater hinaufkamen, waren die Diener, welche sich in den Zimmern und Gängen auf demselben Boden befanden, bei Valentine eingetreten, und als sie diese bleich und unbeweglich auf ihrem Bett sahen, hoben sie die Hände zum Himmel empor und wankten wie vom Schwindel erfaßt.
»Ruft Frau von Villefort! Weckt Frau von Villefort!« schrie der Staatsanwalt vor der Tür des Zimmers, in das er, wie es schien, nicht einzutreten wagte.
Doch statt zu antworten, schauten die Diener Herrn d'Avrigny an, der auf Valentine zugelaufen war und sie in seinen Armen aufhob.
»Auch diese...«, murmelte er und ließ sie zurückfallen. »Oh, mein Gott, mein Gott! Wann wirst du müde werden?«
Villefort stürzte in das Zimmer.
»Was sagen Sie?« rief er, die Hände zum Himmel emporstrekkend. »Doktor! Doktor...«
»Ich sage, daß Valentine tot ist«, antwortete d'Avrigny mit feierlichem und in seiner Feierlichkeit schrecklichen Ton.
Herr von Villefort sank zusammen, wie wenn seine Beine gebrochen wären, und fiel mit dem Kopf auf das Bett von Valentine.
Bei den Worten des Doktors, bei dem Geschrei des Vaters entflohen die Diener voll Schrecken und unter dumpfen Verwünschungen. Man hörte auf den Treppen und in den Gängen hastig Tritte – dann war alles vorbei, der Lärm erlosch; von dem ersten bis zum letzten hatten sie insgesamt das verfluchte Haus verlassen.

In diesem Augenblick hob Frau von Villefort, den Arm halb in ihr Morgengewand gehüllt, den Türvorhang auf; einen Augenblick blieb sie auf der Schwelle, scheinbar die Anwesenden befragend und ein paar rebellische Tränen zu Hilfe rufend. Plötzlich machte sie, die Arme gegen den Nachttisch ausgestreckt, einen Schritt oder vielmehr einen Sprung vorwärts. Sie hatte gesehen, wie sich d'Avrigny neugierig über diesen Tisch beugte und das Glas nahm, von dem sie gewiß wußte, daß sie den Inhalt in die Asche geschüttet.

Hätte sich das Gespenst von Valentine vor der Giftmischerin erhoben, es könnte keine solche Wirkung auf sie hervorgebracht haben.

Es ist die Farbe der Flüssigkeit, die sie in das Glas von Valentine gegossen und welche Valentine getrunken hat; es ist dieses Gift, welches das Auge von Herrn d'Avrigny nicht täuschen kann, und Herr d'Avrigny betrachtet es aufmerksam; es ist ein Wunder, das Gott ohne Zweifel getan, damit, trotz der Vorsichtsmaßregeln der Mörderin, eine Spur, ein Beweis, eine Anzeige des Verbrechens zurückbleibe.

Während Frau von Villefort unbeweglich wie die Bildsäule des Schreckens dastand, während Villefort, den Kopf verborgen in den Tüchern des Sterbebettes, nichts von dem sah, was um ihn her vorging, näherte sich d'Avrigny dem Fenster, um den Inhalt des Glases zu prüfen, und kostete einen Tropfen, den er mit dem Ende des Fingers nahm.

»Ah!« murmelte er, »das ist nicht mehr Brucin; wir wollen sehen, was es ist.«

Dann lief er nach einem der Schränke im Zimmer von Valentine, den man in eine Apotheke verwandelt hatte, zog ein Fläschchen mit Salpetersäure hervor und ließ ein paar Tropfen in das Milchweiß der Flüssigkeit fallen, die sich alsbald blutrot färbte.

»Ah!« machte d'Avrigny mit dem Schrecken des Richters, dem sich die Wahrheit enthüllt, vermischt mit der Freude des Gelehrten, welchem sich ein Problem entschleiert.

Frau von Villefort drehte sich einen Augenblick um sich selbst, ihre Augen schleuderten Flammen, dann erloschen sie; wankend suchte sie mit der Hand die Tür und verschwand.

Einen Augenblick nachher hörte man das entfernte Geräusch eines auf den Boden fallenden Körpers. Doch niemand merkte darauf. Die Wärterin war damit beschäftigt, der chemischen Analyse zuzuschauen; Villefort war immer noch vernichtet. Herr d'Avrigny allein folgte mit den Augen Frau von Villefort und bemerkte ihren raschen Abgang.

Er hob den Türvorhang des Zimmers von Valentine auf, und durch das von Eduard konnte sein Blick in das Gemach von Frau von Villefort dringen, die er ohne Bewegung auf dem Boden ausgestreckt sah.

»Stehen Sie Frau von Villefort bei«, sagte er zu der Wärterin; »Frau von Villefort befindet sich unwohl!«

»Doch Fräulein Valentine?« stammelte die Wärterin.

»Fräulein Valentine bedarf keiner Hilfe mehr, denn sie ist tot«, sagte d'Avrigny.

»Tot! Tot!« seufzte Villefort im Paroxysmus eines um so gräßlicheren Schmerzes, als er für dieses eherne Herz neu, unbekannt, unerhört war.

»Tot sagen Sie«, rief eine dritte Stimme, »wer sagt, Valentine wäre tot?«

Die zwei Männer wandten sich um und erblickten an der Tür Morel, bleich, verstört, furchtbar.

Morel hatte sich zu seiner gewöhnlichen Stunde durch die kleine Tür, welche zu Noirtier führte, eingefunden.

Gegen die Gewohnheit fand er die Tür offen; er hatte also nicht nötig zu läuten und trat ein. Im Vorhaus wartete er einen Augenblick und rief einem Bedienten, der ihn bei dem alten Noirtier einführen sollte. Doch niemand antwortete; die Diener hatten, wie man weiß, das Haus verlassen.

Es war bei Morel an diesem Tag kein besonderer Grund zur Unruhe vorhanden; er hatte das Versprechen von Monte Christo, Valentine würde leben, und bis jetzt war das Versprechen getreu gehalten worden. Jeden Abend gab ihm der Graf gute Nachrichten, die ihm Noirtier am andern Morgen bestätigte. Diese Einsamkeit kam ihm indessen seltsam vor; er rief zum zweiten-, zum drittenmal – dasselbe Stillschweigen.

Da entschloß er sich, hinaufzugehen.

Die Tür von Noirtier war offen wie die andern Türen.

Das erste, was er sah, war der Greis in seinem Lehnstuhl und an seinem gewöhnlichen Platz; doch die erweiterten Augen von Noirtier schienen einen inneren Schrecken auszudrücken, welchen noch die über seine Züge ausgebreitete seltsame Blässe bestätigte.

»Wie geht es Ihnen, mein Herr?« fragte der junge Mann mit gepreßtem Herzen.

»Gut!« machte der Greis mit den Augen blinzelnd, »gut!« Doch sein Gesicht schien an Unruhe zuzunehmen.

»Sie sind unruhig«, fuhr Morel fort, »Sie brauchen etwas. Soll ich jemand von Ihren Leuten rufen?«

»Ja«, machte Noirtier.

Morel hing sich gleichsam an eine Klingelschnur, doch er mochte immerhin bis zum Anschlag ziehen, niemand kam. Er wandte sich gegen Noirtier um: Die Blässe und die Angst traten immer stärker auf dem Antlitz des Greises hervor.

»Mein Gott, mein Gott!« rief Morel, »warum kommt man denn nicht? Ist jemand krank im Haus?«

Die Augen von Noirtier schienen nahe daran, aus ihren Höhlen hervorzuspringen.

»Aber was haben Sie denn?« fuhr Morel fort, »Sie erschrecken mich. Valentine! Valentine!«

»Ja, ja«, machte der Greis.

Maximilian öffnete den Mund, um zu sprechen, doch seine Zunge vermochte keinen Ton zu artikulieren: Er wankte und hielt sich am Gesims.

Dann streckte er die Hand nach der Tür aus.

»Ja! Ja! Ja!« fuhr der Greis fort.

Maximilian stürzte nach der kleinen Treppe, über die er in zwei Sprüngen setzte, während Noirtier ihm mit den Augen zuzurufen schien: »Schneller, schneller!«

Eine Minute genügte für den jungen Mann, um durch mehrere Zimmer zu eilen, die wie das übrige Haus verlassen waren, und bis an das von Valentine zu gelangen.

Er brauchte keine Tür aufzustoßen, denn sie stand weit offen. Ein Schluchzen war das erste Geräusch, das er hörte. Er sah wie durch eine Wolke eine kniende und in einem verworrenen Haufen von weißen Draperien verlorene schwarze Gestalt. Die

Angst, die gräßliche Angst fesselte ihn an die Schwelle. Da hörte er eine Stimme sagen: »Valentine ist tot.«

8. Maximilian

Villefort stand beinahe beschämt darüber auf, daß er sich bei dem Anfall dieses Schmerzes hatte überraschen lassen. Das furchtbare Gewerbe, das er seit mehr als 25 Jahren trieb, hatte am Ende mehr als einen Menschen aus ihm gemacht.

Sein anfangs irres Auge heftete sich auf Morel, und er sagte: »Wer sind Sie, mein Herr, der Sie vergessen, daß man nicht so in ein Haus eintritt, das der Tod bewohnt? Entfernen Sie sich!«

Doch Morel blieb unbeweglich; er konnte seine Augen nicht von dem furchtbaren Schauspiel des in Unordnung gebrachten Bettes und des darauf liegenden bleichen Gesichtes losmachen.

»Entfernen Sie sich, hören Sie!« rief Villefort, während d'Avrigny vorschritt, um Morel weggehen zu heißen.

Morel aber schaute mit verstörter Miene diesen Leichnam, dieses Zimmer an, schien einen Augenblick zu zögern, öffnete den Mund, fand jedoch, trotz der zahllosen unseligen Gedanken, welche sein Gehirn bestürmten, keine Worte, fuhr mit den Händen in die Haare, kehrte auf der Stelle um und eilte hinaus, so daß Villefort und d'Avrigny, nachdem sie ihm nachgeschaut hatten, einen Blick austauschten, welcher sagen wollte: »Er ist ein Narr!«

Doch ehe fünf Minuten abgelaufen waren, hörte man die Treppe unter einer beträchtlichen Last seufzen, und man sah Morel, der, mit übermenschlicher Kraft den Lehnstuhl von Noirtier in seinen Armen haltend, den Greis in den ersten Stock des Hauses trug. Oben auf der Treppe setzte Morel den Stuhl zu Boden und rollte ihn rasch in das Zimmer von Valentine. Dieses ganze Manöver wurde mit einer durch die wahnsinnige Überspannung des jungen Mannes verzehnfachten Kraft ausgeführt. Eines aber war besonders gräßlich, das Antlitz von Noirtier, wie dieser, von Morel fortgeschoben, gegen das Bett von Valentine vorrückte, das Antlitz von Noirtier, worin der Verstand alle seine Mittel entwickelte, worin die Augen ihre ganze Macht vereinigten, um die anderen Sinne zu ersetzen.

Dieses bleiche Gesicht mit dem entflammten Blick war auch für

Villefort eine furchtbare Erscheinung. Sooft er mit seinem Vater in Berührung gekommen war, hatte sich etwas Schreckliches ereignet.

»Sehen Sie, was sie getan haben!« rief Morel, eine Hand noch auf die Lehne des Stuhles gestützt, den er bis zum Bett fortschob, und die andere gegen Valentine ausgestreckt, »sehen Sie! Mein Vater, sehen Sie!«

Villefort wich einen Schritt zurück und schaute mit Erstaunen den ihm beinahe unbekannten jungen Mann an, der Herrn Noirtier seinen Vater nannte.

In dieser Sekunde schien die ganze Seele des Greises in seine Augen überzugehen, welche sich zuerst mit Blut unterliefen; dann schwollen die Halsadern an, eine bläuliche Farbe wie die, welche die Haut des Epileptischen überzieht, bedeckte seinen Hals, seine Wangen und seine Schläfe: Diesem inneren Ausbruch des ganzen Wesens fehlte nur ein Schrei.

D'Avrigny eilte auf den Greis zu und ließ ihn an einem Fläschchen riechen, das ein kräftiges Ableitungsmittel enthielt.

»Mein Herr«, rief nun Morel, die träge Hand des Gelähmten ergreifend, »man fragt mich, wer ich sei und welches Recht ich habe, hier zu sein. Oh, Sie, der Sie es wissen, sagen Sie es!«

Und die Stimme des jungen Mannes erlosch in Schluchzen. Ein keuchender Atem schüttelte die Brust des Greises. Man hätte glauben sollen, er wäre einer von den heftigen Bewegungen preisgegeben, die dem Todeskampf vorhergehen.

Endlich entstürzten Tränen den Augen von Noirtier, der glücklicher war als der junge Mann, denn dieser schluchzte ohne zu weinen.

»Sagen Sie«, fuhr Morel mit gepreßter Stimme fort, »sagen Sie, daß es meine Verlobte war! Sagen Sie, daß es meine edle Freundin, meine einzige Liebe auf Erden war! Sagen Sie, sagen Sie, daß dieser Leichnam mir gehört!«

Und der junge Mann bot das furchtbare Schauspiel einer brechenden Kraft und stürzte schwerfällig vor das Bett, das seine krampfhaften Finger mit aller Heftigkeit preßten.

Dieser Schmerz war so ergreifend, daß d'Avrigny sich abwandte, um seine Rührung zu verbergen, und daß Villefort, ohne eine andere Erklärung zu fordern, durch den Magnetismus angezogen, der uns zu den Menschen hintreibt, welche diejenigen geliebt haben, die wir beweinen, dem jungen Mann die Hand reichte.

Doch Morel sah nichts; er hatte die eisige Hand von Valentine ergriffen, und da er nicht weinen konnte, biß er brüllend in die Bettücher.

Eine Zeitlang hörte man in diesem Zimmer nur Schluchzen, Verwünschungen und Gebete.

Endlich nahm Villefort, der noch am meisten seiner Herr war, nachdem er eine Zeitlang Maximilian gleichsam den Platz abgetreten hatte, das Wort und sprach zu diesem: »Mein Herr, Sie liebten Valentine, sagten Sie; Sie waren ihr Verlobter, ich wußte nichts von dieser Verbindung; aber dennoch vergebe ich Ihnen, ich, ihr Vater, denn ich sehe, Ihr Schmerz ist groß und wahr. Überdies ist bei mir der Schmerz auch zu groß, als daß in meinem Herzen Raum für den Zorn bleiben könnte. Doch Sie sehen, der Engel, auf den Sie hofften, hat die Erde verlassen. Valentine kann von den Menschen nur noch angebetet werden, sie, die zu dieser Stunde den Herrn anbetet; nehmen Sie Abschied von der traurigen Hülle, welche sie unter uns gelassen hat, ergreifen Sie zum letztenmal ihre Hand, die Sie erwarteten, und trennen Sie sich auf immer von ihr; Valentine bedarf jetzt nur noch des Priesters, der sie segnen soll.«

»Sie täuschen sich, mein Herr«, rief Morel, sich auf ein Knie erhebend, das Herz durchbohrt von einem Schmerz, der schärfer war als alle Schmerzen, die er bis jetzt empfunden; »Sie täuschen sich: Gestorben, wie sie gestorben ist, bedarf Valentine nicht nur eines Priesters, sondern auch eines Rächers. Herr von Villefort, schicken Sie nach dem Priester, ich werde der Rächer sein.«

»Was wollen Sie damit sagen, mein Herr?« murmelte Villefort, zitternd bei dieser neuen Eingebung des Fieberwahnes von Morel.

»Ich will damit sagen«, antwortete Morel, »daß in Ihnen zwei Menschen sind: Der Vater hat genug geweint, der Staatsanwalt beginne sein Amt.«

Die Augen von Noirtier funkelten, d'Avrigny trat näher hinzu.

»Mein Herr«, fuhr der junge Mann fort, während er mit dem

Blick alle Gefühle sammelte, die sich auf den Gesichtern der Anwesenden offenbarten, »ich weiß, was ich sage, und Sie wissen ebensogut wie ich, was ich sagen will: Valentine ist ermordet worden!«

Villefort neigte das Haupt; d'Avrigny trat noch einen Schritt näher; Noirtier machte mit den Augen ja.

»Mein Herr«, fuhr Morel fort, »ein Geschöpf, und wäre es auch nicht jung, wäre es auch nicht schön, wäre es auch nicht anbetungswürdig, wie Valentine, ein Geschöpf verschwindet in unserer Zeit nicht durch Gewalt aus der Welt, ohne daß man Rechenschaft über sein Verschwinden verlangt. Auf, Herr Staatsanwalt«, fügte Morel mit wachsender Heftigkeit bei, »kein Mitleid! Ich zeige Ihnen das Verbrechen an, suchen Sie den Mörder!«

Und sein unversöhnliches Auge fragte Villefort, der mit dem Blick bald Noirtier, bald d'Avrigny anflehte.

Doch statt Hilfe bei seinem Vater und bei dem Doktor zu finden, fand er in ihren Gesichtern nur einen ebenso unbeugsamen Ausdruck, wie in dem von Morel.

»Ja!« machte der Greis.

»Gewiß!« sagte d'Avrigny.

»Mein Herr«, versetzte Villefort, der noch gegen diesen dreifachen Willen und gegen seine eigene Erschütterung zu kämpfen suchte, »mein Herr, Sie täuschen sich, es werden keine Verbrechen in meinem Haus begangen; das Unglück trifft mich: Gott prüft mich, das ist ein furchtbarer Gedanke, aber man ermordet niemand!«

Die Augen von Noirtier flammten, d'Avrigny öffnete den Mund, um zu sprechen, Morel streckte Stillschweigen befehlend den Arm aus und rief mit einer Stimme, welche sank, ohne etwas von ihrem furchtbaren Klang zu verlieren: »Und ich sagen Ihnen, daß man hier tötet. Ich sage Ihnen, daß dies das vierte Opfer ist, welches seit vier Monaten getroffen wird! Ich sage Ihnen, daß man vor vier Tagen bereits einmal Valentine zu vergiften versucht hat, was nur infolge der Vorsichtsmaßregeln von Herrn Noirtier scheiterte. Ich sage Ihnen, daß man die Dosis verdoppelt oder die Natur des Giftes verändert hat und daß es diesmal gelungen ist! Ich sage Ihnen endlich, daß Sie dies alles so gut wie ich wissen, denn dieser Herr hat Sie als Arzt und als Freund davon in Kenntnis gesetzt.«

»Oh, Sie sprechen im Fieberwahn, mein Herr!« sagte Villefort, der sich vergebens in dem Kreis, in welchem er sich gefangen fühlte, zu sträuben suchte.

»Ich im Fieberwahn!« rief Morel; »wohl, ich berufe mich auf Herrn d'Avrigny. Fragen Sie ihn, mein Herr, ob er sich noch der Worte erinnerte, die er in Ihrem Garten gesprochen, im Garten dieses Hauses, an dem Abend, wo Frau von Saint-Meran starb; als Sie im Glauben, Sie wären allein, eine Unterredung über diesen tragischen Tod pflogen, bei dem das Unglück, von dem Sie sprechen, und Gott, den Sie ungerechterweise anklagen, nur für eines verantwortlich sind, nämlich dafür, daß sie den Mörder von Valentine geschaffen haben.«

Villefort und d'Avrigny schauten sich an.

»Ja, ja! Erinnern Sie sich«, rief Morel, »denn die Worte, die Sie nur der Stille und der Einsamkeit preisgegeben zu haben glaubten, sind in mein Ohr gefallen. Allerdings hätte ich, die frevelhafte Nachsicht des Herrn von Villefort für die Seinigen wahrnehmend, schon an jenem Abend der Behörde alles entdecken sollen, und dann wäre ich in diesem Augenblick nicht mitschuldig an deinem Tod, Valentine! Meine vielgeliebte Valentine! Doch der Mitschuldige wird dein Rächer werden; dieser vierte Mord ist offenkundig und aller Augen sichtbar, und wenn dein Vater dich verläßt, Valentine, so werde ich den Mörder verfolgen, das schwöre ich dir.«

Und diesmal, als hätte die Natur endlich Mitleid mit dieser mächtigen Organisation, welche nahe daran war, durch ihre eigene Kraft zu brechen, erloschen die letzten Worte von Morel in seiner Kehle, seine Brust strömte ein Schluchzen aus, seine so lange Zeit widerspenstigen Tränen entstürzten seinen Augen, er wankte, fiel auf sein Knie und weinte an dem Bett vor Valentine.

Nun war die Reihe an d'Avrigny.

»Auch ich«, sagte er mit fester Stimme, »auch ich verbinde mich mit Herrn Morel, um Gerechtigkeit für das Verbrechen zu verlangen, denn mein Herz empört sich bei dem Gedanken, daß meine feige Nachgiebigkeit den Mörder ermutigt hat!«

»Oh, mein Gott!« murmelte Villefort vernichtet.
Morel hob das Haupt empor und sagte, in den Augen des Greises lesend, welche übernatürliche Flammen schleuderten:
»Seht, seht! Herr Noirtier will sprechen.«
»Ja«, machte Noirtier mit einem um so furchtbareren Ausdruck, als alle Fähigkeiten dieses armen, ohnmächtigen Greises in seinem Blick konzentriert waren.
»Sie kennen den Mörder?« fragte Morel.
»Ja«, erwiderte Noirtier.
»Und Sie wollen uns leiten?« rief der junge Mann. »Hören Sie, Herr d'Avrigny, hören Sie!«
Noirtier richtete an den unglücklichen Morel jenes sanfte Lächeln der Augen, welches Valentine so oft glücklich gemacht hatte, und fesselte dadurch seine Aufmerksamkeit. Als er die Augen von Maximilian gleichsam an die seinigen befestigt hatte, wandte er diese der Tür zu.
»Ich soll mich entfernen, mein Herr?« rief Morel mit schmerzlichem Ton.
»Ja«, machte Noirtier.
»Ach, ach! Mein Herr, haben Sie Mitleid mit mir.«
Die Augen des Greises blieben unbarmherzig auf die Tür geheftet.
»Darf ich wenigstens zurückkommen?« fragte Morel.
»Ja.«
»Soll ich allein gehen?«
»Nein.«
»Wen soll ich mitnehmen, den Herrn Staatsanwalt?«
»Nein.«
»Den Doktor?«
»Ja.«
»Sie wollen mit Herrn von Villefort allein bleiben?«
»Ja.«
»Oh!« rief Villefort, beinahe freudig, daß die erste Untersuchung unter vier Augen vor sich gehen sollte.
D'Avrigny nahm Morel beim Arm und führte ihn in das anstoßende Zimmer.
Es herrschte sodann im ganzen Haus eine Todesstille.
Nach Verlauf einer Viertelstunde hörte man wankende Schrit-

te, und Villefort erschien auf der Schwelle des Zimmers, in welchem sich Morel und d'Avrigny, der eine stöhnend, der andere in Gedanken versunken, befanden.

»Kommen Sie«, sagte er.

Und er führte sie zu dem Stuhl von Noirtier zurück.

Morel schaute nun Villefort aufmerksam an. Das Gesicht des Staatsanwalts war leichenblaß; breite, rostfarbige Flecken durchfurchten seine Stirn, zwischen seinen Fingern krachte eine vielfach gekrümmte Feder, in Fetzen sich auszackend.

»Meine Herren«, sprach er mit gepreßter Stimme, »meine Herren, Ihr Ehrenwort, daß das furchtbare Geheimnis unter uns begraben bleibt?«

Die zwei Männer machten eine Bewegung.

»Ich beschwöre Sie!« fuhr Villefort fort.

»Doch der Schuldige!« rief Morel, »der Mörder, der Meuchler!«

»Seien Sie unbesorgt, mein Herr, es soll Gerechtigkeit geübt werden«, entgegnete Villefort. »Mein Vater hat mir den Namen des Schuldigen genannt: Meinen Vater dürstet nach Rache, wie Sie, und dennoch beschwört Sie mein Vater, wie ich, das Geheimnis des Verbrechens zu bewahren. Nicht wahr, mein Vater?«

»Ja«, antwortete Noirtier entschlossen.

Morel machte eine Bewegung des Abscheus und des Unglaubens.

»Oh!« rief Villefort, Maximilian am Arm zurückhaltend, »oh, mein Herr, wenn mein Vater, der unbeugsame Mann, den Sie kennen, diese Bitte an Sie richtet, so weiß er, seien Sie unbesorgt, daß Valentine furchtbar gerächt werden wird. Nicht wahr, mein Vater?«

Der Greis machte ein bejahendes Zeichen.

Villefort fuhr fort: »Er kennt mich, und ich habe ihm mein Wort verpfändet. Beruhigen Sie sich also, meine Herren; drei Tage, nur drei Tage verlange ich von Ihnen, das ist weniger, als das Gericht von Ihnen verlangen würde, und in drei Tagen wird die Rache, die ich für die Ermordung meines Kindes genommen habe, bis in der tiefsten Tiefe des Herzens die gleichgültigsten Menschen erzittern machen. Nicht wahr, mein Vater?«

Und während er diese Worte sprach, knirschte er mit den Zähnen und schüttelte die gelähmte Hand des Greises.

»Wird alles, was versprochen ist, gehalten werden?« fragte Morel.

»Ja«, machte Noirtier mit einem Blick finsterer Freude.

»Schwören Sie also, meine Herren«, sprach Villefort, die Hände von d'Avrigny und von Morel zusammenlegend, »schwören Sie, daß Sie Mitleid mit der Ehre meines Hauses haben und mir die Rache überlassen werden?«

D'Avrigny wandte sich ab und murmelte ein sehr schwaches Ja. Morel aber riß seine Hand aus der des Staatsbeamten, stürzte nach dem Bett, drückte seine Lippen auf die eisigen Lippen von Valentine und entfloh mit dem langen Seufzer einer Seele, die sich in Verzweiflung versenkt.

Die Diener waren, wie gesagt, insgesamt verschwunden. Herr von Villefort sah sich also genötigt, Herrn d'Avrigny zu bitten, die so zahlreichen und so zarten Schritte zu übernehmen, die in unsern großen Städten der Tod, und besonders der Tod unter so verdächtigen Umständen nach sich zieht.

Was Noirtier betrifft, so waren sein Schmerz ohne Bewegung, seine Verzweiflung ohne Gebärden, seine Tränen ohne Stimme furchtbar anzuschauen.

Villefort kehrte in sein Kabinett zurück; d'Avrigny holte den Totenbeschauer.

Noirtier wollte seine Enkelin nicht verlassen.

Nach einer Viertelstunde kehrte Herr d'Avrigny mit einem Kollegen zurück; man hatte die Tür nach der Straße geschlossen, und da der Portier mit den andern Dienern verschwunden war, so mußte Villefort selbst öffnen.

Doch er blieb auf dem Vorplatz stehen, denn er hatte nicht mehr den Mut, in das Sterbezimmer zu treten.

Die zwei Doktoren gingen allein zu Valentine.

Noirtier saß bei dem Bett, bleich wie der Tod, unbeweglich und stumm wie er.

Der Totenarzt näherte sich mit der Gleichgültigkeit des Menschen, der die Hälfte seines Lebens mit Leichnamen zubringt, hob das Tuch auf, mit welchem das Mädchen bedeckt war, und öffnete nur ein wenig die Lippen.

»Oh!« sagte d'Avrigny seufzend, »die Arme, sie ist tot.«
»Ja«, antwortete lakonisch der Arzt und ließ das Tuch wieder fallen, wonach das Gesicht von Valentine abermals bedeckt war; dann schrieb er und entfernte sich, sobald diese Förmlichkeit erfüllt war, vom Doktor zurückbegleitet.
Villefort hörte sie hinabgehen und erschien wieder an der Tür seines Kabinetts. Mit einigen Worten dankte er dem Arzt und sagte sodann, sich an d'Avrigny wendend: »Und nun den Priester; gehen Sie zu dem nächsten.«
»Der nächste«, sprach der Arzt, »ist ein guter italienischer Abbé, der seit kurzem in dem angrenzenden Haus wohnt. Soll ich ihn im Vorbeigehen benachrichtigen?«
»D'Avrigny«, sprach Villefort, »ich bitte Sie, begleiten Sie diesen Herrn. Hier ist der Schlüssel, damit Sie nach Belieben aus- und eingehen können. Sie bringen den Priester zurück und führen ihn in das Zimmer meines armen Kindes.«
»Wünschen Sie ihn zu sprechen, mein Freund?«
»Ich wünsche, allein zu sein. Nicht wahr, Sie werden mich entschuldigen? Ein Priester muß alle Schmerzen begreifen, selbst den väterlichen Schmerz.«
Hiernach gab Herr von Villefort Herrn d'Avrigny einen Schlüssel, grüßte den fremden Doktor zum letztenmal und kehrte in sein Kabinett zurück, wo er zu arbeiten anfing.
Als sie auf die Straße kamen, sahen sie einen Mann in einer Soutane auf der Schwelle des nächsten Hauses stehen.
D'Avrigny ging auf den Geistlichen zu und sprach zu ihm: »Mein Herr, wären Sie geneigt, einem unglücklichen Vater, der soeben seine Tochter verloren, dem Herrn Staatsanwalt von Villefort, einen großen Dienst zu leisten?«
»Ah, mein Herr«, antwortete der Priester mit stark italienischem Akzent, »ja, ich weiß, der Tod ist in seinem Haus.«
»Dann brauche ich Sie nicht zu belehren, welchen Dienst er von Ihnen zu erwarten wagt.«
»Ich wollte mich soeben anbieten, mein Herr«, sagte der Priester; »es ist unsere Aufgabe, unsern Pflichten entgegenzukommen.«
»Es handelt sich um ein junges Mädchen.«
»Ja, ich weiß dies. Die Bedienten, die ich aus dem Haus entflie-

hen sah, haben es mir gesagt. Ich habe erfahren, daß sie Valentine hieß, und betete für sie.«

»Ich danke, mein Herr«, sprach d'Avrigny, »und da Sie schon Ihr heiliges Amt zu versehen angefangen, so haben Sie die Güte, es fortzusetzen. Nehmen Sie Ihren Platz bei der Toten, und eine in Trauer versunkene Familie wird Ihnen dankbar sein.«

»Ich gehe, mein Herr«, antwortete der Abbé, »und ich wage sogar zu behaupten, daß nie ein Gebet glühender gewesen sein wird als das meinige.«

D'Avrigny nahm den Abbé bei der Hand und führte ihn, ohne Villefort zu begegnen, der in seinem Kabinett eingeschlossen war, bis in das Zimmer von Valentine, deren sich die Totengräber erst in der folgenden Nacht bemächtigen sollten.

Als man in dieses Zimmer trat, traf der Blick von Noirtier den des Abbés, und ohne Zweifel glaubte er etwas Seltsames darin zu lesen, denn er ließ ihn nicht mehr aus den Augen.

D'Avrigny empfahl dem Priester nicht nur die Tote, sondern auch den Lebenden, und der Priester versprach, seine Gebete Valentine und seine Sorge Noirtier zu weihen.

Der Abbé machte sich feierlich dazu anheischig und schloß ohne Zweifel, damit er in seinen Gebeten und Noirtier in seinem Schmerz nicht gestört würde, sobald Herr d'Avrigny das Zimmer verlassen hatte, nicht nur den Riegel der Tür, durch die der Doktor weggegangen war, sondern auch die Riegel von derjenigen, welche zu Frau von Villefort führte.

9. Danglars' Unterschrift

Der Morgen des nächsten Tages erhob sich traurig und wolkig. Man hatte während der Nacht den auf dem Bett liegenden Körper in das Schweißtuch genäht.

Im Verlauf des Abends hatten zu diesem Behufe herbeigerufene Männer Noirtier aus dem Zimmer Valentines in das seinige getragen, und der Greis machte, gegen alle Erwartungen, keine Schwierigkeiten, sich von dem Leichnam seines Kindes zu trennen.

Der Abbé Busoni hatte bis zum Morgen gewacht und sich, ohne jemand zu rufen, mit Tagesanbruch zurückgezogen.

Gegen acht Uhr morgens kam d'Avrigny wieder. Er begegnete Villefort, der zu Noirtier ging, und begleitete ihn, um zu erfahren, wie der Greis die Nacht zugebracht. Sie fanden ihn in seinem großen Lehnstuhl, der ihm als Bett diente, ruhend in sanftem Schlummer und beinahe lächelnd. Beide blieben erstaunt auf der Schwelle stehen.

»Sehen Sie«, sagte d'Avrigny zu Villefort, der seinen entschlummerten Vater betrachtete, »sehen Sie, die Natur weiß die heftigsten Schmerzen zu stillen; man wird gewiß nicht sagen, Herr Noirtier habe seine Enkelin nicht geliebt, und dennoch schläft er.«

»Ja, Sie haben recht«, sagte Villefort, »er schläft, und das ist seltsam, denn der geringste Verdruß hält ihn sonst die ganze Nacht hindurch wach.«

»Der Schmerz hat ihn niedergeschmettert«, versetzte d'Avrigny.

Und beide kehrten nachdenkend in das Kabinett des Staatsanwalts zurück.

»Sehen Sie, ich habe nicht geschlafen«, sprach Villefort, auf sein unberührtes Bett deutend; »der Schmerz schmettert mich nicht nieder; ich habe zwei Nächte nicht geschlafen; dagegen schauen Sie mein Bureau an: mein Gott! Wie habe ich diese zwei Tage und diese zwei Nächte hindurch geschrieben! Wie habe ich diese Papiere durchwühlt und die Anklageakte des Mörders Benedetto mit Noten versehen! Oh, Arbeit, Arbeit! Meine Leidenschaft, meine Freude, meine Wut, deine Sache ist es, alle meine Schmerzen niederzuschlagen!«

Und er drückte d'Avrigny krampfhaft die Hand.

»Bedürfen Sie meiner?« fragte der Doktor.

»Nein«, entgegnete Villefort, »ich bitte Sie nur, um elf Uhr zurückzukommen; zur Mittagsstunde findet die Abfahrt statt. Mein Gott! Mein armes Kind, mein armes Kind!«

Und wieder Mensch werdend, schlug der Staatsanwalt die Augen zum Himmel auf und stieß einen Seufzer aus.

»Sie werden sich also im Empfangszimmer aufhalten?«

»Nein, ich habe einen Vetter, der diese traurige Ehre übernimmt. Ich gedenke zu arbeiten, Doktor; wenn ich arbeite, verschwindet alles.«

Der Doktor war in der Tat noch nicht vor der Tür, als sich der Staatsanwalt bereits wieder zur Arbeit gesetzt hatte.

Um elf Uhr rollten die Wagen auf dem Pflaster des Hofes, und die Rue du Faubourg Saint-Honoré ertönte von dem Gemurmel der auf die Freude wie auf die Trauer der Reichen gleich begierigen Menge.

Allmählich füllte sich der Trauersaal, und man sah zuerst einen Teil von unseren alten Freunden, nämlich Debray, Chateau-Renaud, Beauchamp; dann die berühmten Namen des Parquets und des Advokatenstandes, der Literatur und der Armee; denn Herr von Villefort nahm weniger durch seine gesellschaftliche Stellung als durch sein persönliches Verdienst eine der ersten Rangstufen der Pariser Welt ein. Diejenigen, welche sich kannten, winkten sich mit dem Blick und versammelten sich in Gruppen. Eine von diesen Gruppen bestand aus Debray, Chateau-Renaud und Beauchamp.

»Armes Mädchen!« sagte Debray, diesem schmerzlichen Ereignis, wie es beinahe unwillkürlich jeder tat, einen Tribut bezahlend; »armes Mädchen! So reich, so schön! Hätten Sie das gedacht, Chateau-Renaud, als wir vor drei Wochen zusammenkamen, um jenen Vertrag zu unterzeichnen, der nicht unterzeichnet wurde?«

»Meiner Treu, nein«, erwiderte Chateau-Renaud.

»Kannten Sie Fräulein von Villefort?«

»Ich habe einige Male mit ihr gesprochen, sie kam mir reizend vor, obgleich etwas schwermütigen Geistes. Wo ist die Stiefmutter? Wissen Sie es nicht?«

»Haben Sie von diesem Tod in Ihrer Zeitung gesprochen?«

»Der Artikel ist nicht von mir«, erwiderte Beauchamp; »doch man hat davon gesprochen; ich zweifle sogar, ob es Herrn von Villefort angenehm sein dürfte. Es ist, glaube ich, gesagt, wenn vier aufeinander folgende Todesfälle anderswo, als in dem Haus des Herrn Staatsanwalts, stattgefunden hätten, so würde der Herr Staatsanwalt sicherlich gewaltiger dadurch in Bewegung gesetzt worden sein.«

»Der Doktor d'Avrigny, der der Arzt meiner Mutter ist, behauptet überdies, er sei sehr in Verzweiflung«, sagte Chateau-Renaud. »Doch was suchen Sie, Debray?«

»Ich suche Herrn von Monte Christo.«

»Ich habe ihn unterwegs auf dem Boulevard getroffen; ich glaube, er ist im Begriff, abzureisen, denn er ging zu seinem Bankier.«

»Zu seinem Bankier? Ist sein Bankier nicht Danglars?« fragte Chateau-Renaud.

»Ich glaude, ja«, erwiderte der Geheimsekretär mit einer leichten Unruhe. »Doch Monte Christo fehlt nicht allein hier, ich sehe Morel auch nicht.«

»Morel! Kannte er sie?« fragte Chateau-Renaud.

»Ich glaube, er ist ihr einmal vorgestellt worden.«

»Gleichviel, er hätte kommen müssen«, sprach Debray; »wovon wird er heute abend sprechen? Diese Beerdigung ist die Neuigkeit des Tages; doch still! Dort kommt der Herr Justizminister.«

Beauchamp hatte wahr gesprochen; als er sich zu der Trauerfeierlichkeit begab, begegnete er Monte Christo, der sich seinerseits nach dem Hotel des Lougres von Danglars wandte.

Der Bankier sah von seinem Fenster aus den Grafen im Hof erscheinen und ging ihm rasch entgegen.

»Nun, Graf«, sagte er, Monte Christo mit einem halb trübseligen, halb höflichen Gesicht die Hand reichend, »Sie kommen, um mir Ihr Beileid zu bezeigen. In der Tat, das Unglück ist in meinem Haus dergestalt, daß ich mich, als ich Sie gewahrte, selbst fragte, ob ich nicht dem armen Morcerf Böses gewünscht habe, wodurch sich das Sprichwort: Wer Böses will, dem widerfährt Böses, bestätigt hätte. Ach! Hüten Sie sich vor den Leuten unserer Generation... Doch verzeihen Sie, Sie gehören nicht zu unserer Generation, Sie sind zu jung... Die Leute von unserer Generation sind nicht glücklich in diesem Jahr: Beispiel hiervon unser Puritaner von einem Staatsanwalt, der heilige Villefort, der nun auch seine Tochter verloren hat. Wir wollen es einmal durchgehen: Villefort verliert, wie gesagt, auf eine seltsame Weise seine ganze Familie; Morcerf entehrt und getötet; ich lächerlich gemacht durch die Verworfenheit dieses Benedetto, und dann...«

»Was dann?« fragte der Graf.

»Ach! Sie wissen nicht, daß uns Eugenie verlassen hat?«

»Oh, mein Gott, was Sie mir da sagen!«
»Sie konnte die Schmach nicht ertragen, die ihr dieser Elende angetan, und bat mich um Erlaubnis, reisen zu dürfen.«
»Und sie ist mit Madame Danglars abgereist?«
»Nein, mit einer Verwandten... Doch wir werden darum die liebe Eugenie nicht minder verlieren; denn ich zweifle, ob sie bei ihrem mir wohlbekannten Charakter je einwilligt, wieder nach Frankreich zurückzukehren!«
»Was wollen Sie, mein lieber Baron?« versetzte Monte Christo, »Familienkummer ist ein niederschmetternder Kummer für einen armen Teufel, dessen Kind sein einziges Vermögen wäre, doch noch zu ertragen für einen Millionär. Die Philosophen haben gut sprechen, die praktischen Menschen werden sie hierin immer Lügen strafen; das Geld tröstet über vielerlei Dinge, und Sie müssen schneller getröstet sein als irgend jemand, wenn Sie die Macht dieses souveränen Balsams zulassen, Sie, der König der Finanzen.«
Danglars warf einen schiefen Blick auf den Grafen, um zu sehen, ob er spottete oder im Ernst spräche.
»Ja«, sagte er, »es ist wahr, wenn das Vermögen tröstet, so bin ich getröstet; ich bin reich.«
»So reich, mein lieber Baron, daß Ihr Vermögen den Pyramiden gleicht; wollte man sie zerstören, so würde man es doch nicht wagen; würde man es wagen, so vermöchte man es nicht.«
Danglars lächelte über dieses gutmütige Zutrauen des Grafen und erwiderte: »Dies erinnert mich, daß ich bei Ihrem Eintritt damit beschäftigt war, fünf kleine Anweisungen zu machen. Zwei hatte ich bereits unterzeichnet; wollen Sie mir erlauben, auch die andern drei vollends auszufertigen?«
»Tun Sie das, mein lieber Baron.«
Es trat ein kurzes Stillschweigen ein, währenddessen man die Feder des Bankiers kritzeln hörte.
»Spanische Bons, haitische Bons, Bons auf Neapel?« fragte Monte Christo.
»Nein«, antwortete Danglars mit seinem anmaßenden Lachen, Anweisungen *au porteur,* Anweisungen auf die Bank von Frankreich. Hören Sie«, fügte er bei, »mein Herr Graf, Sie, der Sie der Kaiser der Finanzen sind, wie ich ihr König, haben Sie

viele Papierfetzen von dieser Größe, jeden in Wert von einer Million, gesehen?«

Monte Christo nahm die fünf Papierfetzen, die ihm Danglars stolz darreichte, in die Hand, als wollte er sie abwägen, und las:

»Der Herr Regent der Bank beliebe bezahlen zu lassen an meine Ordre und auf die von mir hinterlegten Fonds die Summe von einer Million, Wert in Rechnung.«

»Eins, zwei, drei, vier, fünf«, sagte Monte Christo, »fünf Millionen! Teufel! Wie Sie zu Werke gehen, Herr Krösus.«

»So treibe ich die Geschäfte«, sprach Danglars.

»Das ist wunderbar, besonders wenn diese Summe, woran ich nicht zweifle, bar bezahlt wird.«

»Sie wird es«, versetzte Danglars.

»Es ist schön, einen solchen Kredit zu haben; in der Tat, dergleichen Dinge sieht man nur in Frankreich, fünf Papierfetzen im Wert von fünf Millionen, und man muß es glauben.«

»Sie sagen das mit einem Ton ... Hören Sie, machen Sie sich das Vergnügen, begleiten Sie meinen Kommis zur Bank, und Sie werden ihn mit Anweisungen auf den Staatsschatz für dieselbe Summe herauskommen sehen.«

»Nein«, erwiderte Monte Christo, die fünf Billetts zusammenlegend, »die Sache ist zu interessant, und ich will selbst den Versuch machen. Mein Kredit bei Ihnen war sechs Millionen, ich habe 900 000 bei Ihnen genommen, und Sie sind mir folglich noch fünf Millionen und 100 000 Franken schuldig. Ich nehme Ihre fünf Papierfetzen, die ich schon bei dem Anblick ihrer Unterschrift allein für gut halte, und gebe Ihnen hier einen allgemeinen Schein für sechs Millionen, wodurch unsere Rechnung sich abschließt. Ich habe den Schein schon vorher geschrieben, denn ich muß Ihnen sagen, daß ich heute durchaus Geld brauche.«

Und mit einer Hand steckte Monte Christo die fünf Billetts in seine Tasche, während er mit der andern dem Bankier seinen Empfangsschein reichte.

Hätte der Blitz zu den Füßen von Danglars eingeschlagen, sein Schrecken könnte nicht größer gewesen sein.

»Wie?« stammelte er, »wie, Herr Graf, Sie nehmen dieses

Geld? Verzeihen Sie, es ist Geld, das ich den Hospitälern schuldig bin, ein Depositum, welches ich heute morgen zu bezahlen versprochen habe.«

»Ah!« sprach Monte Christo, »das ist etwas anderes; es ist mir nicht viel an diesen fünf Billetts gelegen, bezahlen Sie mich in anderen Werten; ich nahm diese nur aus Neugierde, um in der ganzen Welt sagen zu können, ohne fünf Minuten Frist von mir zu verlangen, habe mir das Haus Danglars fünf Millionen bar bezahlt! Das wäre merkwürdig gewesen! Doch hier sind Ihre Werte, ich wiederhole Ihnen, geben Sie mir andere.«

Und er reichte die fünf Papiere Danglars, der zuerst seine Hand ausstreckte, wie ein Geier die Klauen durch die Stangen seines Käfigs ausstreckt, um das Fleisch zu halten, das man ihm entreißen will.

Plötzlich besann er sich eines andern, und er bezwang sich mit einer mächtigen Anstrengung. Dann sah man ein Lächeln allmählich seine verstörten Gesichtszüge runden und er sprach:

»Im ganzen ist Ihr Empfangsschein Geld.«

»Oh, mein Gott, ja! Und wenn Sie in Rom wären, würde das Haus Thomson und French keine Schwierigkeit machen, Sie zu bezahlen, was Sie selbst nicht getan haben.«

»Verzeihen Sie, Herr Graf, verzeihen Sie!«

»Ich kann also dieses Geld behalten?«

»Ja«, erwiderte Danglars, den Schweiß abtrocknend, der an der Wurzel seiner Haare perlte, »behalten Sie es.«

Monte Christo steckte die fünf Billetts ein, mit jener unübersetzbaren Gesichtsbewegung, welche sagen will: »Denken Sie bei Gott nach; wenn Sie es bereuen, ist es noch Zeit.«

»Nein, nein, behalten Sie meine Unterschriften«, sagte Danglars. »Sie wissen, nichts ist förmlicher als ein Geldmensch. Ich bestimmte diese Summe für die Hospitäler und hätte sie zu bestehlen geglaubt, wenn ich Ihnen nicht gerade dieses Geld gegeben haben würde, als ob nicht ein Taler so viel wert wäre als der andere.«

Und er brach in ein geräuschvolles Gelächter aus, wobei eine Nervenanstrengung nicht zu verkennen war.

»Ich entschuldige und stecke ein«, erwiderte auf das freundlichste Monte Christo.

Und er legte die Anweisungen in sein Portefeuille.
»Doch wir haben noch eine Summe von 100000 Franken«, sagte Danglars.
»Oh! Bagatelle. Das Agio muß sich auf diese Summe belaufen, behalten Sie dieselbe, und wir sind quitt.«
»Graf«, rief Danglars, »sprechen Sie im Ernst?«
»Ich scherze nie mit den Bankiers«, antwortete Monte Christo mit einem an Hochmut grenzenden Ernst. Und er ging auf die Tür zu, als eben der Diener meldete: »Herr von Boville, Generaleinnehmer der Hospitäler.«
»Meiner Treu«, sprach Monte Christo, »es scheint, ich bin zu rechter Zeit angelangt, um mich Ihrer Unterschriften zu erfreuen, denn man macht sich dieselben streitig.«
Danglars erbleichte zum zweitenmal und nahm schleunigst von dem Grafen Abschied.
Der Graf von Monte Christo wechselte eine zeremoniöse Begrüßung mit Herrn von Boville, der im Wartesaal stand und unmittelbar, nachdem Monte Christo vorübergegangen war, in das Kabinett von Herrn Danglars eingeführt wurde. Man hätte das so ernste Gesicht des Grafen beim Anblick des Portefeuilles, das der Herr Generaleinnehmer der Hospitäler in der Hand hielt, durch ein vorübergehendes Lächeln sich erleuchten sehen können. Vor der Tür fand er seinen Wagen; er ließ sich auf der Stelle nach der Bank führen.
Während dieser Zeit kam Danglars, jede Aufregung unterdrückend, dem Generaleinnehmer entgegen.
»Guten Morgen, mein lieber Gläubiger«, sagte er, »denn ich wollte wetten, der Gläubiger kommt zu mir.«
»Sie haben richtig erraten, Herr Baron«, sprach Herr von Boville, »die Hospitäler erscheinen in meiner Person; die Witwen und Waisen verlangen durch meine Hände ein Almosen von fünf Millionen von Ihnen.«
»Und man sagt, die Waisen seien zu beklagen!« versetzte Danglars, den Scherz ausspinnend, »arme Kinder!«
»Ich komme also in ihrem Namen; Sie müssen meinen Brief gestern erhalten haben?«
»Ja.«
»Hier ist mein Empfangsschein.«

»Mein lieber Herr von Boville, Ihre Witwen und Waisen werden wohl die Güte haben, 24 Stunden zu warten, in Betracht, daß Herr von Monte Christo, den Sie wohl weggehen sahen, Ihre fünf Millionen fortgenommen hat.«

»Wieso?«

»Der Graf hatte einen unbeschränkten Kredit auf mich, einen Kredit eröffnet durch das Haus Thomson und French in Rom; er kam zu mir und verlangte eine Summe von fünf Millionen auf einmal, und ich gab ihm eine Anweisung auf die Bank: Dort sind meine Fonds niedergelegt, und Sie begreifen, wenn ich an einem Tag aus den Händen des Herrn Regenten zehn Millionen zurückzöge, so möchte dies seltsam erscheinen. In zwei Tagen, das ist etwas anderes«, fügte Danglars lächelnd bei.

»Gehen Sie doch«, rief Herr von Boville mit dem Ton des vollkommensten Unglaubens; »fünf Millionen dem Herrn, der soeben wegging und mich grüßte, als ob ich ihn kennen würde?«

»Vielleicht kennt er Sie, ohne daß Sie ihn kennen; Herr von Monte Christo kennt jedermann.«

»Fünf Millionen?«

»Hier ist sein Empfangsschein, machen Sie es wie der heilige Thomas: sehen Sie und berühren Sie.«

Herr von Boville nahm das Papier, das ihm Danglars reichte, und las:

»Empfangen von Herrn Baron von Danglars die Summe von fünf Millionen hunderttausend Franken, die er sich nach Belieben in Anweisungen auf das Haus Thomson und French in Rom zurückbezahlen lassen wird.«

»Es ist meiner Treu wahr!« rief Herr von Boville, »doch kennen Sie das Haus Thomson und French?«

»Eines der besten Häuser Europas«, versetzte Danglars und warf den Empfangsschein, den er wieder an sich genommen hatte, nachlässig auf seinen Schreibtisch.

»Und er hatte nur auf Sie allein fünf Millionen? Ah, dieser Graf von Monte Christo muß ein wahrer Nabob sein.«

»Meiner Treu! Ich weiß nicht, wie das ist; doch er hatte drei unbeschränkte Kredite: einen auf Rothschild, einen auf mich und einen auf Laffitte, und«, fügte Danglars nachlässig bei, »er gab, wie Sie sehen, mir den Vorzug, wobei er mir hunderttausend Franken für das Agio ließ.«

Es waren alle Zeichen der größten Verwunderung an Herrn von Boville wahrnehmbar, und er erwiderte: »Das gefällt mir; ich muß ihn besuchen und eine fromme Stiftung für uns erlangen.«

»Oh, es ist, als ob Sie dieselbe bereits hätten, seine Almosen allein belaufen sich monatlich auf 20000 Franken.«

»Das ist herrlich! Übrigens werde ich ihm das Beispiel der Frau von Morcerf und ihres Sohnes anführen, die ihr ganzes Vermögen den Hospitälern geschenkt haben.«

»Welches Vermögen?«

»Ihr Vermögen, das Vermögen des verstorbenen Generals von Morcerf, weil sie nichts von einem so schmählich erworbenen Gut wollten.«

»Wovon werden sie leben?«

»Die Mutter zieht sich in die Provinz zurück, und der Sohn nimmt Dienste.«

»Ah, das nenne ich Skrupel! Wieviel besaßen sie?«

»Oh, nicht sehr viel, etwa eine und eine Viertelmillion. Doch kommen wir auf unsere Angelegenheit zurück!«

»Gern«, versetzte Danglars mit dem natürlichsten Ton; »Sie haben also große Eile mit Ihrem Geld?«

»Allerdings, die Visitation unserer Kassen findet morgen statt.«

»Morgen! Warum sagten Sie mir das nicht sogleich! Morgen ist ein Jahrhundert! Um welche Stunde?«

»Um zwei Uhr.«

»Schicken Sie um zwölf Uhr zu mir«, versetzte Danglars mit feinem Lächeln.

Herr von Boville antwortete nicht viel, er machte Ja mit dem Kopf und schüttelte sein Portefeuille.

»Doch wenn ich bedenke«, sagte Danglars, »Sie können noch etwas Besseres tun.«

»Was soll ich tun?«

»Der Empfangsschein von Herrn von Monte Christo ist Geld wert! Zeigen Sie diesen Schein bei Rothschild oder bei Laffitte, sie nehmen Ihnen denselben auf der Stelle ab.«

»Obgleich zurückzahlbar auf Rom?«

»Gewiß; es kostet Sie nur einen Diskonto von fünf- bis sechstausend Franken.«

Der Einnehmer machte einen Sprung rückwärts und rief:

»Meiner Treu, nein, ich will lieber bis morgen warten. Wie schnell Sie zu Werke gehen!«

»Ich glaubte einen Augenblick, verzeihen Sie mir«, sagte Danglars mit der höchsten Unverschämtheit, »ich glaubte, Sie hätten ein kleines Defizit zu decken.«

»Ah!« machte der Einnehmer.

»Hören Sie, das hat man schon gesehen, und in einem solchen Fall bringt man ein Opfer.«

»Gott sei Dank, nein.«

»Morgen also, nicht wahr, mein lieber Einnehmer?«

»Morgen; ich werde selbst kommen.«

Sie drückten sich die Hand.

»Doch sagen Sie«, sprach Herr von Boville, »gehen Sie nicht zu dem Leichenbegängnis von Fräulein von Villefort? Ich habe es auf dem Boulevard gesehen.«

»Nein, ich bin noch etwas lächerlich seit der Geschichte von Benedetto und halte mich verborgen.«

»Bah! Sie haben unrecht; sind Sie an der ganzen Sache schuld?«

»Hören Sie, mein lieber Einnehmer, wenn man einen fleckenlosen Namen trägt wie ich, so ist man etwas empfindlich.«

»Jedermann beklagt Sie, das dürfen Sie überzeugt sein, und besonders beklagt jedermann Fräulein Danglars.«

»Arme Eugenie!« rief Danglars mit einem tiefen Seufzer. »Sie wissen, daß sie in ein Kloster tritt?«

»Nein.«

»Ach, es ist leider nur zu wahr. Am Morgen nach dem Ereignis entschloß sie sich, mit einer ihr befreundeten Nonne abzureisen; sie sucht ein sehr strenges Kloster in Italien oder Spanien.«

»Oh, das ist furchtbar.«

Nach diesem Ausruf entfernte sich Herr von Boville unter tausend Beileidsbezeigungen.

Doch er war nicht sobald außen, als Danglars mit einer energischen Gebärde ausrief: »Dummkopf!«

Und die Quittung von Monte Christo in sein kleines Porte-

feuille schiebend, fügte er bei: »Komm morgen um Mittag, komm nur, und ich werde fern sein.«
Dann schloß er sich doppelt ein, leerte alle Behälter seiner Kasse, sammelte etwa 50000 Franken in Banknoten, verbrannte verschiedene Papiere, legte andere so, daß sie in die Augen fielen, und fing an, einen Brief zu schreiben; sobald er ihn geschrieben hatte, versiegelte er ihn auch und setzte darauf die Adresse: »An die Frau Baronin Danglars.«
Dann zog er einen Paß aus seiner Schublade und sagte: »Gut! Er ist noch für zwei Monate gültig.«

10. Der Kirchhof Père la Chaise

Herr von Boville war wirklich dem Leichenzug begegnet, der Valentine zu ihrer letzten Ruhestätte geleitete.
Herr von Villefort, ein Vollblut-Pariser, betrachtete den Friedhof Père la Chaise als den einzig würdigen, die sterbliche Hülle einer Pariser Familie aufzunehmen. Nur auf dem Père la Chaise konnte ein Hingeschiedener der guten Gesellschaft anständig wohnen. Er hatte hier für ewige Zeiten einen Raum erkauft, auf dem sich das so schnell durch alle Mitglieder seiner ersten Familie bevölkerte Denkmal erhob. Man las an dem Giebel des Mausoleums: die *Familien Saint-Meran und Villefort*; denn dies war der letzte Wunsch der armen Renée, der Mutter von Valentine, gewesen.
Der prunkhafte Leichenzug fuhr durch ganz Paris, sodann durch den Faubourg du Temple und über die äußeren Boulevards bis zu dem Friedhof. Mehr als fünfzig Herrenwagen folgten den zwanzig Trauerwagen, und hinter diesen fünfzig Wagen marschierten noch mehr als fünfhundert Personen zu Fuß.
Es waren beinahe lauter junge Leute, die von dem Tod Valentines wie vom Blitz getroffen, trotz des eisigen Dunstes des Jahrhunderts und des prosaischen Charakters der Zeit sich unter den poetischen Einfluß dieser schönen, dieser keuschen, dieser anbetungswürdigen, in ihrer Blüte entführten Jungfrau schmiegten.
Am Ausgang von Paris sah man ein Gespann von vier Pferden erscheinen, es war Herr von Monte Christo. Der Graf stieg aus

und mischte sich in die Menge, welche zu Fuß dem Leichenwagen folgte. Chateau-Renaud erblickte ihn; er stieg sogleich aus seinem Kupee und ging auf ihn zu. Beauchamp verließ ebenfalls sein Kabriolett. Der Graf schaute aufmerksam durch alle Zwischenräume, welche die Menge offen ließ. Er suchte merklich irgend jemand. Endlich fragte er: »Wo ist Morel? Weiß einer von Ihnen, meine Herren, wo er ist?«

»Wir haben diese Frage schon bei dem Sterbehaus gestellt«, sagte Chateau-Renaud, »denn niemand von uns hat ihn bemerkt.«

Endlich gelangte man auf den Friedhof. Das durchdringende Auge von Monte Christo durchforschte mit einem Blick die Eiben- und Fichtengebüsche; ein Schatten schlüpfte unter den schwarzen Hecken hin, und Monte Christo erkannte ohne Zweifel, was er suchte.

Monte Christo beobachtete, wie dieser Schatten rasch über den Platz hinter dem Grab von Heloise und Abälard schritt und zu dem für das Begräbnis gewählten Ort gelangte.

Zweimal trat der Graf aus den Reihen hervor, um zu sehen, ob die Hände dieses Menschen nicht etwas unter seinen Kleidern Verborgenes suchten.

In dem Schatten erkannte man, als der Zug anhielt, Morel, der mit seinem schwarzen, bis oben zugeknöpften Rock, mit seiner leichenbleichen Stirn, seinen hohlen Wangen und seinem durch krampfhafte Hände zerknitterten Hut sich an einen Baum angelehnt und auf einem das Mausoleum beherrschenden Hügel so aufgestellt hatte, daß er nicht den geringsten Umstand von der Begräbniszeremonie verlieren konnte.

Alles ging wie gewöhnlich vor sich. Einige Herren hielten Reden. Die einen beklagten diesen frühzeitigen Tod; die andern breiteten sich über den Schmerz des Vaters aus; einige waren geistreich genug, zu behaupten, Valentine habe mehr als einmal bei Herrn von Villefort Bitten für die Schuldigen eingelegt, über deren Haupt er das Schwert der Gerechtigkeit gehalten; kurz man erschöpfte sich in blumenreichen Metaphern und schmerzlichen Wendungen.

Monte Christo hörte nichts, sah nichts, oder er sah vielmehr nur Morel, dessen Ruhe und Unbeweglichkeit ein furchtbares

Schauspiel für denjenigen waren, welcher allein zu lesen vermochte, was im Innersten des jungen Mannes vorging.

»Sieh da«, sprach plötzlich Beauchamp zu Debray, »dort ist Morel! Wo zum Teufel mag er gesteckt haben?«

Und sie zeigten ihn Chateau-Renaud.

»Wie bleich er aussieht!« sagte dieser erschrocken.

»Es wird ihn frieren«, versetzte Debray.

»Nein«, entgegnete langsam Chateau-Renaud, »ich glaube, er ist erschüttert. Maximilian ist ein für Eindrücke sehr empfänglicher Mensch.«

»Bah!« rief Debray; »er kannte Fräulein von Villefort kaum. Sie haben es selbst gesagt.«

»Es ist wahr. Doch ich erinnere mich, daß er auf dem Ball der Frau von Morcerf dreimal mit ihr getanzt hat; Sie wissen, Graf, auf dem Ball, wo Sie eine so große Wirkung hervorbrachten?«

»Nein, es ist mir nicht bekannt«, antwortete Monte Christo, ohne eigentlich zu wissen, auf was und wem er antwortete, so sehr war er damit beschäftigt, Morel zu überwachen, dessen Wangen sich belebten.

»Die Reden sind beendigt, Gott befohlen, meine Herren«, sprach plötzlich der Graf. Und er gab das Zeichen zum Aufbruch und verschwand. Die Begräbnisfeierlichkeit war vorüber, die Anwesenden schlugen wieder den Weg nach Paris ein.

Nur Chateau-Renaud suchte einen Augenblick Morel mit den Augen; doch während sein Blick dem wegeilenden Grafen gefolgt war, hatte Morel seinen Platz verlassen, und Chateau-Renaud ging, nachdem er ihn vergebens gesucht, Debray und Beauchamp nach.

Monte Christo hatte sich in ein Gebüsch begeben und beobachtete hinter einem großen Grabmal verborgen jede Bewegung von Morel, der sich allmählich dem Mausoleum näherte. Morel schaute irre umher; Monte Christo konnte sich abermals zehn Schritte nähern, ohne gesehen zu werden.

Der junge Mann kniete nieder.

Den Hals gestreckt, das Auge starr und weit geöffnet, die Knie gebogen, um auf das erste Zeichen vorzustürzen, näherte sich der Graf Morel immer mehr

Morel beugte seine Stirn bis auf den Stein, umfaßte das Gitter mit seinen Händen und murmelte: »Oh, Valentine!«
Das Herz des Grafen brach bei dem Ausbruch dieser zwei Worte, er machte noch einen Schritt, klopfte Morel auf die Schulter und sprach: »Sie, mein lieber Freund, Sie suchte ich.«
Monte Christo erwartete eine Aufwallung, Vorwürfe, Beschuldigungen: Er täuschte sich. Morel wandte sich um und sagte mit scheinbarer Ruhe: »Sie sehen, ich betete!«
Der forschende Blick des Grafen betrachtete den jungen Mann von oben bis unten. Nach dieser Prüfung schien er ruhiger. »Soll ich Sie nach Paris zurückführen?« sagte Monte Christo.
»Nein, ich danke.«
»Wünschen Sie irgend etwas?«
»Lassen Sie mich beten.«
Der Graf entfernte sich ohne eine Erwiderung, doch nur um einen neuen Posten einzunehmen, von wo aus er keine Gebärde von Morel verlor. Dieser erhob sich endlich, wischte seine durch den Stein weiß gewordenen Knie ab und schlug wieder den Weg nach Paris ein, ohne ein einziges Mal den Kopf umzuwenden. Er ging langsam die Rue de la Roquette hinab. Der Graf folgte ihm auf hundert Schritte.
Maximilian ging über den Kanal und kehrte auf den Boulevards nach der Rue Meslai zurück. Fünf Minuten nachdem sich die Tür hinter Maximilian geschlossen hatte, öffnete sie sich wieder für Monte Christo.
Julie befand sich am Eingang des Gartens und schaute Penelou zu, der im Garen arbeitete.
»Ah! Herr Graf von Monte Christo«, rief sie mit jener Freude, welche jedes Mitglied der Familie Morel kundgab, wenn Monte Christo einen Besuch in der Rue Meslai machte.
»Nicht wahr, Madame, Maximilian ist soeben nach Hause gekommen?« fragte der Graf.
»Ja, ich glaube, ich habe ihn vorübergehen sehen«, erwiderte die junge Frau, »doch ich bitte, rufen Sie Emanuel.«
»Verzeihen Sie, Madame, ich muß sogleich zu Maximilian hinaufgehen, ich habe ihm eine Sache von der größten Wichtigkeit mitzuteilen.«

»Gehen Sie«, sprach sie, den Grafen mit ihrem reizenden Lächeln begleitend, bis er an der Treppe verschwunden war.
Monte Christo hatte bald die Stufen der zwei Stockwerke hinter sich, die das Erdgeschoß von der Wohnung Maximilians trennten; auf dem Vorplatz horchte er: Es ließ sich kein Geräusch vernehmen. An dieser Glastür fand sich kein Schlüssel; Maximilian hatte sich von innen eingeschlossen, aber man konnte unmöglich durch die Tür sehen, da hinter den Scheiben ein Vorhang von roter Seide angebracht war.
Die Angst des Gafen verriet sich durch eine lebhafte Röte, ein bei diesem unempfindlichen Mann höchst selten vorkommendes Symptom.
»Was ist zu tun?« murmelte er. Und er dachte einen Augenblick nach. »Läuten?« fuhr der Graf fort; »oh, nein! Oft beschleunigt der Schall einer Glocke, das heißt eines Besuches, den Entschluß derjenigen, welche sich in der Lage befinden, in der Maximilian in diesem Augenblick sein muß, und dann antwortet auf den Lärm der Glocke ein anderer Lärm.«
Monte Christo schauerte vom Scheitel bis zu den Zehen, und da bei ihm der Entschluß die Raschheit des Blitzes hatte, so stieß er mit dem Ellenbogen eine von den Scheiben der Glastür ein, hob den Vorhang auf und sah Morel, wie er, an seinem Schreibtisch sitzend, beim Geräusch der zerbrochenen Scheibe von seinem Stuhl aufsprang.
»Es ist nichts«, sagte der Graf, »ich bitte tausendmal um Vergebung, mein lieber Freund, ich bin ausgeglitten und habe dabei an das Fenster gestoßen: Da es zerbrochen ist, so will ich dies benützen, um bei Ihnen einzutreten; bemühen Sie sich nicht.«
Und der Graf streckte den Arm durch die zerbrochene Scheibe und öffnete die Tür.
Morel erhob sich offenbar ärgerlich und ging dem Grafen entgegen, doch weniger um ihn zu empfangen, als um ihm den Weg zu versperren.
»Sind Sie verwundet, mein Herr?« fragte Morel kalt.
»Ich weiß es nicht. Doch was machten Sie denn da? Sie schrieben?«
»Es ist wahr«, antwortete Morel, »ich schrieb; das begegnet mir zuweilen, obschon ich Militär bin.«

Monte Christo machte einige Schritte im Zimmer, Morel mußte den Grafen vorüberlassen, folgte ihm jedoch.
»Sie schrieben?« versetzte Monte Christo mit einem ermüdend festen Blick, dann schaute er umher.
»Ihre Pistolen neben dem Schreibzeug?« sagte er, auf die Waffen deutend, die auf dem Schreibtisch lagen.
»Ich mache eine Reise«, antwortete Maximilian trotzig.
»Mein Freund!« sagte Monte Christo mit einer Stimme voll unendlicher Weichheit, »mein lieber Maximilian, keine heftigen Entschlüsse, ich bitte Sie!«
»Ich, heftige Entschlüsse«, versetzte Morel, die Achseln zukkend; »ich frage Sie, in welcher Beziehung ist eine Reise ein heftiger Entschluß?«
»Maximilian«, sprach Monte Christo, »legen wir jeder die Maske beiseite, die wir tragen. Maximilian, Sie täuschen mich ebensowenig durch diese geheuchelte Ruhe, als ich mich mit meiner oberflächlichen Teilnahme täusche. Nicht wahr, Sie begreifen, um getan zu haben, was ich getan, um Scheiben einzustoßen, um das Geheimnis des Zimmers eines Freundes zu verletzen, Sie begreifen, hierzu mußte ich von einer wirklichen Unruhe oder vielmehr von einer furchtbaren Überzeugung erfaßt sein? Morel, Sie wollen sich töten.«
»Gut!« versetzte Morel schauernd. »Woher nehmen Sie denn diese Gedanken, mein Herr Graf?«
»Ich sage Ihnen, daß Sie sich töten wollen«, fuhr der Graf mit demselben Ton fort, »hier ist der Beweis.«
Und er trat zu dem Schreibtisch, hob das weiße Blatt auf, das der junge Mann auf einem angefangenen Brief geworfen hatte, und nahm diesen Brief.
Morel stürzte auf ihn zu, um das Papier seinen Händen zu entreißen. Doch Monte Christo sah diese Bewegung vorher und kam ihm zuvor, indem er ihn beim Handgelenk faßte und zurückhielt.
»Sie sehen, daß Sie sich töten wollten, Morel«, sagte der Graf, »es ist geschrieben!«
»Nun wohl!« rief Morel, mit einem Sprung vom Anscheine der Ruhe zum Ausdruck der Heftigkeit übergehend; »nun wohl, wenn dem so wäre, wenn ich beschlossen hätte, gegen mich den

Pistolenlauf zu richten, wer würde mich hindern, wer hätte den Mut, mich zu hindern? Wenn ich sage: Alle meine Hoffnungen sind zertrümmert, mein Herz ist gebrochen, mein Leben ist erloschen, es gibt nur noch Trauer und Ekel um mich her! Wenn ich sage: Es ist Mitleid, mich sterben zu lassen) denn wenn Ihr mich nicht sterben laßt, so verliere ich den Verstand und werde wahnsinnig, sprechen Sie, mein Herr, wenn ich dies sage und man sieht, daß ich es mit der Angst und den Tränen meines Herzens sage, wird man mir antworten: Du hast unrecht? Wird man mich hindern, nicht mehr der Unglücklichste zu sein? Sprechen Sie, mein Herr, haben Sie den Mut hierzu?«

»Ja, Morel«, erwiderte Monte Christo mit einer Stimme, deren Ruhe seltsam mit der Aufregung des jungen Mannes im Widerspruch stand; »ja, ich habe den Mut.«

»Sie!« rief Morel mit einem wachsenden Ausdruck von Zorn und Vorwurf; »Sie, der Sie mich mit einer törichten Hoffnung kirrten; Sie, der Sie mich mit leeren Versprechungen zurückhielten, einschläferten, während ich durch einen äußersten Entschluß sie vielleicht hätte retten oder wenigstens in meinen Armen sterben sehen können – Sie, der Sie alle Mittel des Geistes, alle Kräfte der Materie zu besitzen vorgeben; Sie, der Sie auf der Erde die Rolle der Vorsehung spielen oder zu spielen sich den Anschein verleihen und nicht einmal die Macht besitzen, einem vergifteten Mädchen ein Gegengift zu geben! Ah! In der Tat, mein Herr, Sie würden mir Mitleid einflößen, flößten Sie mir nicht Abscheu ein!«

»Morel...«

»Ja, Sie haben mir gesagt, wir wollen die Masken ablegen, wohl, Sie sollen befriedigt werden, ich lege sie ab. Ja, als Sie mir nach dem Kirchhof folgten, antwortete ich Ihnen noch, denn ich bin gutmütig; als Sie hier eintraten, ließ ich Sie bis zu dieser Stelle kommen... Doch da Sie Mißbrauch von meiner Güte machen, da Sie mir sogar in diesem Zimmer trotzen, in welches ich mich als in mein Grab zurückgezogen habe, da Sie mir eine neue Qual bringen, mir, der ich alle erschöpft zu haben glaubte, Graf von Monte Christo, mein angeblicher Wohltäter; Graf von Monte Christo, allgemeiner Retter, seien Sie zufrieden, Sie werden Ihren Freund sterben sehen.«

Und das Lächeln der Verrücktheit auf den Lippen, stürzte Morel zum zweitenmal nach den Pistolen.
Bleich wie ein Gespenst, aber mit blitzenden Augen streckte Monte Christo die Hand nach den Waffen aus und rief: »Und ich wiederhole Ihnen, Sie werden sich nicht töten!«
»Hindern Sie mich doch!« versetzte Morel mit einem letzten Sprung, der sich, wie der erste, an dem stählernen Arm des Grafen brach.
»Ich werde Sie hindern.«
»Doch wer sind Sie denn, daß Sie sich dieses Recht über freie und denkende Geschöpfe anmaßen?« rief Maximilian.
»Wer ich bin?« wiederholte Monte Christo. »Hören Sie: Ich bin der einzige Mensch auf der Welt, der berechtigt ist, Ihnen zu sagen: Morel, ich will nicht, daß der Sohn deines Vaters heute stirbt!«
Und majestätisch, erhaben, ging Monte Christo mit gekreuzten Armen auf den zitternden jungen Mann zu, der, unwillkürlich durch das göttliche Wesen dieses Menschen besiegt, einen Schritt zurückwich.
»Warum sprechen Sie von meinem Vater?« stammelte er, »warum mischen Sie die Erinnerung an meinen Vater in das, was mir heute begegnet?«
»Weil ich derjenige bin, der deinem Vater eines Tages das Leben gerettet hat, als er sich töten wollte, wie du dich heute töten willst; weil ich der Mann bin, der deiner jungen Schwester die Börse und dem alten Morel die Pharao geschickt hat; weil ich Edmond Dantes bin, der dich als Kind auf seinem Schoß spielen ließ!«
Morel machte wankend, keuchend noch einen Schritt rückwärts, dann verließen ihn seine Kräfte, und er stürzte mit einem gewaltigen Schrei zu den Füßen von Monte Christo nieder.
Plötzlich ging in dieser bewunderungswürdigen Natur eine Bewegung rascher, vollständiger Wiedergeburt vor: Er stand auf, sprang aus dem Zimmer, eilte auf die Treppe und rief mit der ganzen Macht seiner Stimme: »Julie! Julie! Emanuel!«
Monte Christo wollte ebenfalls hinauseilen; doch Maximilian hätte sich lieber töten lassen, als daß er von den Angeln der Tür gewichen wäre, die er gegen den Grafen zurückdrückte.

Auf das Geschrei von Maximilian liefen Julie, Emanuel, Penelon und einige Diener erschrocken herbei.
Morel faßte sie bei den Händen, öffnete die Tür wieder und rief mit einer durch das Schluchzen zusammengepreßten Stimme: »Auf die Knie! Auf die Knie! Es ist der Wohltäter, es ist der Retter unseres Vaters! Es ist...«
Er wollte sagen: Es ist Edmond Dantes! Doch der Graf hielt ihn zurück.
Julie stürzte auf die Hand des Grafen, Emanuel umfaßte ihn wie einen Schutzgott, Morel fiel zum zweitenmal auf die Knie und schlug mit der Stirn auf den Boden.
Da fühlte der eherne Mann, wie sein Herz sich in seiner Brust erweiterte, die verzehrende Flamme stieg von seiner Kehle in seine Augen, er neigte das Haupt und weinte!
Es fand einige Augenblicke lang in diesem Zimmer ein Zusammenklang von erhabenen Tränen und Seufzern statt, das dem geliebtesten Engel des Herrn harmonisch vorgekommen sein müßte.
Julie hatte sich kaum von ihrer tiefen Erschütterung erholt, als sie hinausstürzte, die Treppe hinabeilte, mit einer kindischen Freude in den Salon lief und die kristallene Kugel aufhob, welche die ihr von dem Unbekannten der Allées de Meillan geschenkte Börse beschützte.
Während dieser Zeit sagte Emanuel mit erschütterter Stimme zu dem Grafen: »Oh, mein Herr Graf, wie konnten Sie, der Sie uns so oft von unserem unbekannten Wohltäter sprechen hörten, der Sie uns ein Andenken mit so viel Dankbarkeit und Anbetung umfassen sahen, wie konnten Sie bis heute warten, ohne sich uns zu offenbaren? Oh, das ist eine Grausamkeit gegen uns, und ich möchte beinahe sagen, Herr Graf, gegen Sie selbst.«
»Hören Sie, mein Freund«, erwiderte der Graf, »so kann ich Sie nennen, denn ohne es zu vermuten, sind Sie mein Freund seit elf Jahren: Die Entdeckung dieses Geheimnisses ist durch ein großes Ereignis herbeigeführt worden, das Sie nicht kennen sollen. Gott ist mein Zeuge, ich wollte es mein ganzes Leben hindurch im Grunde meiner Seele begraben halten; Ihr Schwager Maximilian hat es mir durch eine Heftigkeit entrissen, die er, ich bin es fest überzeugt, bereut.«

Dann schaute er Maximilian an, der sich, obgleich auf den Knien verharrend, gegen einen Lehnstuhl gewendet hatte, und fügte ganz leise Emanuel auf eine bezeichnende Weise die Hände drückend bei: »Wachen Sie über ihn.«
»Warum dies?« fragte der junge Mann erstaunt.
»Ich kann es Ihnen nicht sagen; doch wachen Sie über ihn.«
Emanuel schaute rings im Zimmer umher und erblickte die Pistole von Morel. Seine Augen hefteten sich erschrocken auf diese Waffen, die er Monte Christo, langsam den Finger erhebend, bezeichnete.
Monte Christo neigte das Haupt.
Emanuel machte eine Bewegung gegen die Pistolen.
»Lassen Sie«, sprach der Graf.
Dann ging er auf Morel zu und faßte ihn bei der Hand; die stürmischen Bewegungen, welche einen Augenblick das Herz des jungen Mannes geschüttelt, hatten einem tiefen Erstaunen Platz gemacht.
Julie kam wieder herauf; sie hielt in der Hand die seidene Börse, und zwei glänzende, freudige Tränen rollten wie zwei Tropfen Morgentau über ihre Wangen. »Das ist die Reliquie«, sprach sie; »glauben Sie nicht, daß sie mir minder teuer ist, seitdem sich der Retter uns geoffenbart hat.«
»Mein Kind«, antwortete Monte Christo errötend, »erlauben Sie mir, diese Börse zurückzunehmen; nun da Sie die Züge meines Gesichtes kennen, will ich in Ihre Erinnerung nur durch die Zuneigung zurückgerufen werden, die Sie mir auf meine Bitte gewähren werden.«
»Oh, nein, nein, ich flehe Sie an«, sagte Julie, die Börse an ihr Herz drückend, »denn eines Tages könnten Sie uns verlassen, denn eines Tages werden Sie uns leider verlassen: nicht wahr?«
»Sie haben richtig erraten, Madame«, erwiderte Monte Christo lächelnd: »in acht Tagen bin ich von diesem Land entfernt, wo so viele Leute, die des Himmels Rache verdient hätten, glücklich lebten, während mein Vater vor Hunger und Schmerz starb.«
Seine nahe bevorstehende Abreise ankündigend, heftete Monte Christo seine Augen auf Morel, und er bemerkte, daß diese Worte, ohne Maximilian seiner Lethargie zu entziehen, vor-

übergingen; er begriff, daß er einen letzten Kampf mit dem Schmerz seines Freundes aushalten mußte; der Graf nahm die Hände von Julie und Emanuel, vereinigte sie in den seinigen und sprach mit der sanften Würde eines Vaters: »Meine lieben Freunde, ich bitte Euch, laßt mich mit Maximilian allein.«
Dies war ein Mittel für Julie, die kostbare Reliquie wegzubringen, von welcher der Graf von Monte Christo zu sprechen vergaß.
»Lassen wir sie«, sagte sie und zog rasch ihren Gatten fort.
Der Graf war allein mit Morel, der unbeweglich blieb wie eine Bildsäule.
»Laß hören«, sagte der Graf, die Schulter Maximilians mit seinem glühenden Finger berührend, »wirst du endlich wieder ein Mensch, Maximilian?«
»Ja, denn ich fange an zu leiden.«
Die Stirn des Grafen faltete sich unter einem düstern Zögern.
»Maximilian! Maximilian!« sprach er, »die Gedanken, in welche du dich versenkst, sind eines Christen unwürdig.«
»Oh! Beruhigen Sie sich, Freund«, sagte Morel, das Haupt erhebend und dem Grafen ein Lächeln voll unaussprechlicher Traurigkeit zeigend, »ich werde den Tod nicht mehr suchen.«
»Also keine Waffen, keine Verzweiflung mehr?«
»Nein, denn ich habe etwas Besseres, um mich von meinem Schmerz zu heilen, als den Lauf einer Pistole oder die Spitze eines Messers.«
»Armer Narr! Was hast du denn?«
»Ich habe meinen Schmerz, der mich töten wird.«
»Freund«, sprach Monte Christo mit derselben Schwermut wie Maximilian, »höre mich. Eines Tages wollte ich im Augenblick einer Verzweiflung, die der deinigen gleichkam, da sie einen ähnlichen Entschluß herbeiführte, wollte ich mich, sage ich, wie du, töten; ebenso in Verzweiflung, wollte sich eines Tages auch dein Vater töten. Wenn man deinem Vater in dem Augenblick, wo er den Pistolenlauf gegen seine Stirn richtete, wenn man mir in dem Augenblick, wo ich von meinem Bett das Brot des Gefangenen wegschob, das ich seit drei Tagen nicht berührt, wenn man endlich uns beiden in diesem äußersten Augenblick gesagt

hätte: Lebt, es kommt ein Tag, wo ihr glücklich sein und das Leben segnen werdet: von welcher Seite auch die Stimme hörbar geworden wäre, wir würden sie mit der Angst des Zweifels oder mit dem Bangen des Unglaubens aufgenommen haben, und wie oft hat dennoch dein Vater, dich umarmend, das Leben gesegnet, wie oft habe ich selbst...«

»Ah!« rief Morel, den Grafen unterbrechend, »Sie hatten nichts verloren als Ihre Freiheit; mein Vater hatte nichts verloren als sein Vermögen, und ich, ich habe Valentine verloren.«

»Schau mich an, Morel«, sagte Monte Christo mit jener Feierlichkeit, die ihn bei gewissen Veranlassungen so groß und überzeugend machte; »schau mich an, ich habe weder Tränen in den Augen noch Fieber in den Adern, noch düstere Schläge im Herzen; ich sehe dich jedoch leiden, Maximilian, dich, den ich liebe, wie ich meinen Sohn lieben würde; nun, sagt dir das nicht, Morel, daß der Schmerz ist wie das Leben und daß es stets etwas Unbekanntes jenseits gibt? Wenn ich dich zu leben bitte, wenn ich dir zu leben befehle, so geschieht es in der Überzeugung, du wirst mir eines Tages dafür danken, daß ich dir das Leben erhalten habe.«

»Mein Gott!« rief der junge Mann, »mein Gott! Was sagen Sie mir da, Graf? Nehmen Sie sich in acht! Sie haben vielleicht nie geliebt?«

»Kind!« rief der Graf.

»Mit der Liebe, die ich meine«, versetzte Morel. »Sehen Sie, seitdem ich ein Mensch bin, bin ich Soldat, ich habe das 29. Jahr erreicht, ohne zu lieben, denn keines von den Gefühlen, die sich bis dahin in mir regten, verdiente den Namen Liebe. Mit 29 Jahren sah ich Valentine; ich liebte sie folglich seit beinahe zwei Jahren; seit zwei Jahren konnte ich alle Tugenden des Mädchens und der Frau mit meinen Augen wie in einem offenen Buch lesen, die Gott in ihr Herz geschrieben hat. Graf, in Valentine lag für mich ein unendliches, unermeßliches, unbekanntes Glück, ein Glück, ein Glück, zu groß, zu vollständig, zu göttlich für diese Welt, da es mir diese Welt nicht gegeben hat; Graf, damit sage ich Ihnen, daß es ohne Valentine für mich auf der Welt nur Trostlosigkeit und Verzeiflung gibt.«

»Ich hieß Sie hoffen, Morel«, wiederholte der Graf.

»Nehmen Sie sich in acht, sage ich Ihnen noch einmal, Sie suchen mich zu überzeugen und wenn Sie mich überzeugen, machen Sie, daß ich den Verstand verliere, denn Sie lassen mich glauben, ich könne Valentine wiedersehen.«

Der Graf lächelte.

»Mein Freund, mein Vater!« rief Morel in höchster Begeisterung, »nehmen Sie sich in acht, sage ich Ihnen zum drittenmal, denn die Herrschaft, die Sie über mich gewinnen, erschreckt mich; wägen Sie den Sinn Ihrer Worte ab, denn meine Augen beleben sich wieder, mein Herz entzündet sich wieder, wird wiedergeboren; nehmen Sie sich in acht, denn Sie lassen mich an übernatürliche Dinge glauben. Ich würde gehorchen, wenn Sie mich den Stein von dem Grab, das die Tochter Jairi bedeckt, aufheben hießen; ich würde auf den Wellen gehen, wenn Sie mich mit einem Zeichen der Hand auf den Wellen gehen hießen, ich würde gehorchen.«

»Hoffe, mein Freund«, wiederholte der Graf.

»Ah!« rief Morel, von der ganzen Höhe seiner Begeisterung in den Abgrund seiner Traurigkeit zurückfallend; »ah! Sie spotten meiner: Sie machen es wie die guten Mütter, oder vielmehr wie die selbstsüchtigen Mütter, welche mit honigsüßen Worten den Schmerz ihres Kindes stillen, weil sein Geschrei sie ermüdet. Nein, mein Freund, nein, ich hatte unrecht, Ihnen zu sagen, Sie mögen sich in acht nehmen; nein, befürchten Sie nichts, ich werde meinen Schmerz so sorgfältig in der Tiefe meiner Brust bewahren, ich werde ihn so dunkel, so geheim machen, daß Sie nicht einmal mehr Mitleid zu haben brauchen. Gott befohlen, mein Freund, Gott befohlen.«

»Im Gegenteil«, erwiderte der Graf, »von dieser Stunde an, Maximilian, wirst du bei mir und mit mir leben, du wirst mich nicht mehr verlassen, und in acht Tagen haben wir Frankreich hinter uns.«

»Und Sie heißen mich immer noch hoffen?«

»Ich heiße dich hoffen, weil ich ein Mittel kenne, das dich heilen wird.«

»Graf, Sie machen mich, wenn es möglich ist, noch trauriger. Sie betrachten als die Folge des Schlags, der mich trifft, nur einen alltäglichen Schmerz und glauben mich durch ein alltägliches Mittel, durch Reisen, heilen zu können.« Und Morel schüttelte den Kopf mit verächtlichem Unglauben.

»Was soll ich dir sagen?« versetzte der Graf. »Ich habe Zutrauen zu meinen Versprechungen, laß mich den Versuch machen.«

»Graf, Sie verlängern nur meinen Todeskampf.«

»Schwaches Herz, du hast also nicht die Kraft, deinem Freund einige Tage zu seiner Probe zu geben! Weißt du, was der Graf von Monte Christo zu vollführen fähig ist? Weißt du, daß er genug Glauben an Gott hat, um Wunder von demjenigen zu verlangen, welcher gesagt hat, mit dem Glauben könne der Mensch Berge versetzen? Nun, dieses Wunder, auf das ich hoffe, erwarte es, oder...«

»Oder...?« erwiderte Morel.

»Oder nimm dich in acht, Morel, ich werde dich einen Undankbaren nennen.«

»Haben Sie Mitleid mit mir, Graf.«

»Ich habe dergestalt Mitleid mit dir, Maximilian, höre mich wohl, dergestalt Mitleid, daß ich dich, wenn ich dich nicht in einem Monat, auf den Tag, auf die Stunde, heile, selbst vor die geladene Pistole und vor einem Becher des sichersten Giftes von Italien stelle, vor ein Gift, das sicherer und rascher wirkt, glaube mir, als das, welches Valentine getötet hat.«

»Sie versprechen mir bei Ihrer Ehre, wenn ich in einem Monat nicht getröstet bin, lassen Sie mich frei über mein Leben schalten, und was ich auch tun mag, Sie werden mich keinen Undankbaren nennen?«

»In einem Monat, auf den Tag, Maximilian; in einem Monat auf die Stunde, und der Tag ist heilig, Maximilian, ich weiß nicht, ob du daran gedacht hast, es ist heute der 5. September, heute vor zehn Jahren habe ich deinen Vater gerettet, als er sterben wollte.«

Morel ergriff die Hände des Grafen und küßte sie; der Graf ließ ihn gewähren, als begriffe er, man wäre ihm diese Anbetung schuldig.

»In einem Monat hast du an dem Tisch, wo wir beide sitzen werden, gute Waffen und einen sanften Tod. Doch dagegen versprichst du mir, bis dahin zu warten und zu leben?«

»Oh, ich schwöre Ihnen ebenfalls!« rief Morel.
Monte Christo zog den jungen Mann an sein Herz und hielt ihn lange umfangen.
»Und nun«, sagte er zu ihm, »von heute an wohnst du bei mir; du nimmst die Zimmer von Haydee, und meine Tochter wird wenigstens durch meinen Sohn ersetzt.«
»Haydee! Was ist aus Haydee geworden?«
»Sie ist gestern nacht abgereist.«
»Um Sie zu verlassen?«
»Um mich zu erwarten... Halte dich bereit, in der Rue der Champs-Elysées zu mir zu kommen, und laß mich von hier weggehen, ohne daß man mich sieht.«
Maximilian neigte das Haupt und gehorchte wie ein Kind.

11. Die Teilung

In dem Haus der Rue Saint-Germain-des-Prés, das Albert von Morcerf für seine Mutter und sich gewählt hatte, war der erste Stock, bestehend aus einer kleinen Wohnung, an eine sehr geheimnisvolle Person vermietet.
Diese Person war ein Mann, dessen Gesicht, ob er aus- oder einging, selbst der Portier nie hatte sehen können; denn stets steckte er sein Kinn in eine hohe Halsbinde. Gegen alles Herkommen wurde dieser Hausbewohner von niemand bespäht, und das Gerücht, sein Inkognito verberge eine sehr hochgestellte Person, die »gar lange Arme« habe, verschaffte seiner geheimnisvollen Erscheinung allen möglichen Respekt. Seine Besuche waren gewöhnlich bestimmt; beinahe immer nahm er gegen vier Uhr Besitz von seiner Wohnung, in der er nie eine Nacht zubrachte.
Zwanzig Minuten nach ihm hielt ein Wagen vor dem Haus; eine schwarzgekleidete, stets aber in einen großen Schleier gehüllte Frau stieg aus, schwebte wie ein Schatten vor der Loge vorüber und ging rasch die Treppe hinauf. Im ersten Stock kratzte sie auf eine besondere Weise an einer Tür; diese öffnete sich und verschloß sich dann wieder hermetisch.
Verließ man das Haus, so fand dasselbe Manöver statt wie beim Eintritt. Die Unbekannte ging, stets verschleiert, zuerst hinaus, und stieg wieder in ihren Wagen, der bald an dem einen Ende

der Straße, bald an dem andern verschwand; zwanzig Minuten nachher entfernte sich auch der Unbekannte.

An dem Tag nach dem, wo der Graf von Monte Christo Danglars einen Besuch gemacht hatte und Valentine beerdigt worden war, kam der geheimnisvolle Bewohner gegen zehn Uhr morgens, statt wie sonst gegen vier Uhr nachmittags zu erscheinen.

Beinahe sogleich und ohne den gewöhnlichen Zwischenraum zu beobachten, fuhr ein Fiaker herbei, und die verschleierte Dame stieg rasch die Treppe hinauf. Die Tür öffnete sich und schloß sich.

Doch ehe sich die Tür wieder schloß, rief die Dame: »Oh, Lucien! Oh, mein Freund!«

Und so erfuhr der Portier, der diesen Ausruf gehört hatte, zum erstenmal, daß sein Mietsmann Lucien hieß.

»Nun! Was gibt es denn, teure Freundin?« fragte Lucien, dessen Namen die Unruhe der verschleierten Frau enthüllt hatte, »sprechen Sie geschwind.«

»Mein Freund, kann ich auf Sie zählen?«

»Gewiß, das ist Ihnen bekannt, doch was gibt es? Ich war ganz bestürzt über Ihr Billett von heute morgen. Diese Hast, diese unordentliche Schrift... beruhigen Sie mich, oder erschrecken Sie mich ganz und gar!«

»Lucien, ein großes Ereignis!« sprach die Dame, einen fragenden Blick auf Lucien heftend: »Herr Danglars ist heute nacht abgereist.«

»Herr Danglars abgereist! Und wohin?«

»Ich weiß es nicht.«

»Wie! Sie wissen es nicht? Er ist also abgereist, um nicht mehr zurückzukommen?«

»Allerdings! Um zehn Uhr abends brachten ihn seine Pferde an die Barriere von Charenton; hier sagte er zu seinem Kutscher, er führe nach Fontainebleau.«

»Nun! Was sagten Sie dazu?«

»Warten Sie, mein Freund. Er ließ mir einen Brief zurück. Da lesen Sie.«

Die Baronin zog aus ihrer Tasche einen entsiegelten Brief und bot ihn Debray, der einen Augenblick zögerte, ehe er ihn las.

Folgendes war der Inhalt des Billetts, das eine so große Unruhe in das Gemüt von Madame Danglars gebracht hatte:

»Madame und sehr teure Gemahlin!
Wenn Sie diesen Brief empfangen, haben Sie keinen Gatten mehr! Oh, erschrecken Sie darüber nicht zu sehr; Sie haben keinen Gatten mehr, wie Sie keine Tochter mehr haben; nämlich ich werde auf einer von den dreißig Straßen sein, die aus Frankreich führen.
Ich bin Ihnen Erläuterungen schuldig, und da Sie ganz die Frau sind, um zu begreifen, so will ich sie Ihnen geben: Eine Zahlung von fünf Millionen kam mir heute früh unversehens, ich habe sie bewerkstelligt; eine andere von derselben Summe sollte beinahe unmittelbar darauf folgen; ich vertage sie auf morgen und reise heute ab, um dieses Morgen zu vermeiden, das mir höchst unerträglich wäre.
Nicht wahr, Sie begreifen dies, Madame und sehr kostbare Gemahlin? Ich sage: Sie begreifen dies, weil Sie ebensogut wie ich meine Angelegenheiten kennen. Sie kennen sie sogar noch besser als ich, denn wenn es sich darum handelte, anzugeben, wohin eine gute Hälfte meines jüngst noch so schönen Vermögens gekommen ist, so vermöchte ich dies nicht, während Sie im Gegenteil, davon bin ich fest überzeugt, vollständig zu antworten wüßten.
Die Frauen haben Instinkte von unfehlbarer Sicherheit; sie erklären durch eine nur Ihnen allein bekannte Algebra sogar das Wunderbare; ich, der ich nur meine Zahlen kannte, wußte nichts mehr von dem Tag an, wo mich meine Zahlen täuschten.
Haben Sie zuweilen die Schnelligkeit meines Sturzes bewundert, Madame? Waren Sie ein wenig geblendet durch das weißglühende Schmelzen meiner Goldstangen? Ich meinerseits gestehe, daß ich nur das Feuer dabei gesehen habe; wir wollen hoffen, daß Sie etwas Gold in der Asche fanden.
Mit dieser tröstlichen Hoffnung entferne ich mich, Madame und sehr kluge Gemahlin, ohne daß mir mein Gewissen den geringsten Vorwurf darüber macht, daß ich Sie verlasse; es bleiben Ihnen Freunde, die fragliche Asche und, um Ihr Glück vollzumachen, die Freiheit, die ich Ihnen wiederzugeben mich beeile.
Es ist indessen der Augenblick gekommen, Madame, hier ein Wort vertraulicher Erklärung einfließen zu lassen. So lange ich hoffte, Sie arbeiteten für die Wohlfahrt unseres Hauses, für das Vermögen Ihrer Tochter, machte ich philosophisch die Augen zu; da Sie aber aus diesem Haus eine große Ruine gemacht haben, so will ich nicht als Grundlage für das Vermögen eines andern dienen. Ich habe Sie reich, aber wenig geehrt genommen. Verzeihen Sie mir, daß ich so offenherzig mit Ihnen

spreche, insofern ich aber ohne Zweifel nur für uns beide spreche, sehe ich nicht ein, warum ich die Worte mit einer Schminke bestreichen sollte… Ich habe unser Vermögen vermehrt, und es nahm fünfzehn Jahre lang zu, bis zu dem Augenblick, wo unbekannte und für mich noch unbegreifliche Katastrophen es um den Leib faßten und niederwarfen, ohne daß ich, das darf ich wohl sagen, die geringste Schuld daran habe. Sie, Madame, Sie haben nur für Vermehrung des Ihrigen gearbeitet, was Ihnen gelungen ist, davon bin ich überzeugt. Ich lasse Sie also, wie ich Sie genommen habe, reich, aber wenig ehrenwert.

Leben Sie wohl. Von heute an gedenke ich auch für meine Rechnung zu arbeiten. Glauben Sie mir, daß ich Ihnen sehr dankbar für das Beispiel bin, das Sie mir gegeben haben und das ich befolgen werde.

Ihr
sehr ergebener Gatte
Baron Danglars.«

Die Baronin folgte Debray mit den Augen während dieser langen, peinlichen Lesung; sie sah den jungen Mann, trotz seiner großen Selbstbeherrschung, wiederholt die Farbe wechseln.

Als er geendet hatte, faltete er das Papier langsam zusammen und nahm eine nachdenkende Haltung an.

»Nun?« fragte Madame Danglars mit einer leicht begreiflichen Angst, »welchen Gedanken flößt Ihnen dieser Brief ein?«

»Das ist ganz einfach, Madame, er flößt mir den Gedanken ein, daß Herr Danglars mit einem Verdacht abgereist ist.«

»Sicherlich; doch ist das alles, was Sie mir zu sagen haben?«

»Ich begreife nicht«, versetzte Debray mit einer eisigen Kälte.

»Er ist abgereist, um nie wiederzukommen!«

»Oh, glauben Sie das nicht!« rief Debray.

»Nein, sage ich Ihnen, er wird nicht wiederkommen; ich kenne ihn, er ist ein unerschütterlicher Mann in allen Entschlüssen, die seinem Interesse entfließen. Hätte er mich zu etwas nütze geglaubt, so würde er mich mitgenommen haben, er läßt mich hier, weil unsere Trennung seinen Plänen dienlich sein kann: sie ist also unwiderruflich, und ich bin für immer frei«, fügte Madame Danglars mit demselben fragenden Ausdruck bei.

Doch statt zu antworten, ließ sie Debray in dieser angstvollen Forschung des Gedankens und des Blickes.

»Wie!« sagte sie endlich, »Sie antworten mir nicht?«

»Ich habe Sie nur eines zu fragen: Was gedenken Sie zu tun?«

»Das wollte ich Sie fragen«, erwiderte die Baronin mit einem pochenden Herzen, »ich verlange einen Rat von Ihnen.«
»Wenn Sie einen Rat wollen«, entgegnete der junge Mann kalt, »so rate ich Ihnen zu reisen. – Sie sind, wie Herr Danglars gesagt hat, reich und frei. Eine Abwesenheit von Paris wird, wenigstens wie ich glaube, nach dem doppelten Lärm über die abgebrochene Heirat von Fräulein Eugenie und das Verschwinden von Herrn Danglars, durchaus notwendig sein. Es ist wichtig, daß die ganze Welt Sie verlassen glaubt und für arm hält; denn man würde der Frau des Bankerottiers ihren Reichtum und ihren großen Hausstand nicht verzeihen. Für den ersten Punkt genügt es, daß Sie nur vierzehn Tage in Paris bleiben und jedermann wiederholen, Sie seien verlassen, daß Sie Ihren besten Freundinnen, die es in der Gesellschaft ausbreiten, erzählen, wie dieses Verlassen stattgefunden hat. Darum entfernen Sie sich von Ihrem Haus, nehmen Sie Ihre Juwelen nicht mit und leisten auf Ihr Wittum Verzicht, und alle Welt wird Ihre Uneigennützigkeit rühmen und Ihr Lob singen. Man weiß hernach, daß Sie verlassen sind und hält Sie für arm, denn ich allein kenne Ihre finanzielle Lage und bin bereit, Ihnen als redlicher Associé Rechenschaft abzulegen.«
Die Baronin hatte, bleich, niedergeschmettert, diese Rede mit um so mehr Schrecken und Verzweiflung angehört, als Debray völlig ruhig und gleichgültig zu erscheinen bemüht gewesen war.
»Verlassen?« wiederholte sie, »oh, sehr verlassen… Ja, Sie haben recht, mein Herr, und niemand wird meine Verlassenheit bezweifeln.« Das waren die einzigen Worte, welche die so stolze und so heftig verliebte Frau zu stammeln vermochte.
»Aber reich, sehr reich sogar«, fuhr Debray fort, einige Papiere, die er sodann wieder einschloß, aus seinem Portefeuille ziehend und auf dem Tisch ausbreitend.
Nur bemüht, die Schläge ihres Herzens zu ersticken und die Tränen zurückzuhalten, die am Rand ihrer Augenlider hervorbrechen wollten, ließ ihn Madame Danglars gewähren.
Endlich aber gewann das Gefühl der Würde bei der Baronin die Oberhand; wenn es ihr nicht gelang, ihr Herz zu bewältigen, so gelang es ihr wenigstens, keine Träne zu vergießen.

»Madame«, sagte Debray, »wir sind ungefähr seit sechs Monaten assoziiert. Sie haben eine Einlage von 100000 Franken geliefert. Im Monat April dieses Jahres hat unsere Assoziation stattgefunden. Im Mai begannen unsere Operationen, und wir gewannen sofort 450000 Franken. Im Juni belief sich der Nutzen auf 900000 Franken. Im Juli fügten wir 1700000 Franken bei; Sie wissen, das ist der Monat der spanischen Bons. Am Anfang des Monats August verloren wir 300000 Franken; doch am 15. erholten wir uns wieder, und am Ende des Monats waren wir entschädigt, denn unsere Rechnungen, die immer auf das pünktlichste geführt wurden, sind gestern von mir abgeschlossen worden und geben ein Aktivum von 2400000 Franken, das heißt, von 1200000 Franken für jedes von uns. Ich bin nun vorgestern so vorsichtig gewesen, Ihr Geld beweglich zu machen; Sie sehen, es ist noch nicht lange her, und man könnte glauben, ich hätte vermutet, ich würde bald gerufen werden, Ihnen Rechenschaft abzulegen. Ihr Geld ist hier, halb in Banknoten, halb in Anweisungen au porteur. Nun, Madame«, fügte Debray, einen Schrank öffnend, bei, »hier sind achthundert Scheine, jeder von tausend Franken, dann hier eine Anweisung auf Sicht auf meinen Bankier, und da mein Bankier nicht Herr Danglars ist, so können Sie sich darauf verlassen, daß die Anweisung bezahlt werden wird.«

Madame Danglars nahm mechanisch die Anweisung und die zusammengebundenen Banknoten. Dieses ungeheure Vermögen erschien so auf dem Tisch ausgebreitet als sehr wenig. Madame Danglars faßte es mit trockenen Augen, aber die Brust von Schluchzen aufgeschwollen, zusammen und erwartete bleich, stumm, ein Wort von Debray, das sie trösten würde. Doch sie wartete vergebens.

»Nun haben Sie ein herrliches Dasein, Madame«, sagte Debray, »so ungefähr 60000 Livres Renten, was für eine Frau, die wenigstens ein Jahr lang kein Haus führen kann, ungeheuer ist. Sie dürfen allen Phantasien, die Ihnen in den Kopf kommen, ungescheut nachgeben, abgesehen davon, daß Sie, in Rücksicht auf die Vergangenheit, die Ihnen entgeht, aus meinem Vermögen schöpfen können, Madame; ich bin geneigt, Ihnen, oh, wohl verstanden, als Anlehen, alles anzubieten, was ich besitze, nämlich eine Million und 60 000 Franken.«

»Ich danke, mein Herr, ich danke, Sie begreifen, daß Sie mir da viel mehr übergeben, als eine arme Frau braucht, welche lange Zeit nicht mehr in der Welt zu erscheinen gedenkt.«

Debray war einen Augenblick erstaunt; doch er beruhigte sich und machte eine Gebärde, die sich, wenn man seine Gedanken durch die höflichste Form ausdrücken wollte, in die Worte übersetzen ließ: »Wie es Ihnen beliebt, Madame.«

Madame Danglars hatte vielleicht bis dahin noch etwas gehofft; als sie aber seine gleichgültige Gebärde bemerkte, als sie seine tiefe Verbeugung und das darauf folgende bezeichnende Schweigen wahrnahm, richtete sie sich hoch auf, öffnete die Tür und eilte, ohne Wut, aber auch ohne Zögern nach der Treppe, und ohne Debray eines letzten Grußes zu würdigen.

»Bah!« sagte Debray, als sie fort war, »lauter schöne Vorsätze, sie wird in ihrem Haus bleiben, Romane lesen und Lanzknecht spielen, da sie nicht mehr an der Börse spielen kann.«

Und er nahm sein Notizbuch und strich pünktlich die Summen aus, die er bezahlt hatte.

»Es bleiben mir 1060000 Franken«, sagte er. »Welch ein Unglück, daß Fräulein von Villefort gestorben ist! Sie hätte in jeder Beziehung meinen Wünschen entsprochen, und ich würde sie geheiratet haben.«

Und er wartete phlegmatisch, seiner Gewohnheit gemäß, noch zwanzig Minuten, um ebenfalls zu gehen.

Unter dem Zimmer, wo Debray mit Madame Danglars zwei und eine halbe Million geteilt hatte, war ein anderes Zimmer durch einen merkwürdigen Zufall ebenfalls bewohnt von Personen unserer Bekanntschaft: In diesem Zimmer waren Mercedes und Albert.

Mercedes hatte sich seit ein paar Tagen sehr verändert – nicht als ob sie die Armut bedrückt hätte; Mercedes hatte sich verändert, weil ihr Auge nicht mehr glänzte, weil ihr Mund nicht mehr lächelte, weil eine beständige Verlegenheit das rasche Wort, das einst ein stets bereiter Geist von sich gab, auf ihren Lippen zurückhielt.

Nicht die Armut hatte den Geist von Mercedes welk gemacht,

es war nicht der Mangel an Herzhaftigkeit, was ihr die Armut drückend erscheinen ließ. Aus der Mitte herabgestiegen, in der sie lebte, verloren in der neuen Sphäre, die sie sich gewählt, wie Personen, die sich aus einem glänzend erleuchteten Salon entfernen, um rasch in die Finsternis überzugehen, war Mercedes wie eine aus ihrem Palast in eine Hütte herabgesunkene Königin, die, auf das notwendigste beschränkt, sich weder an dem tönernen Geschirr, das sie selbst auf die Tafel setzen muß, noch an dem ärmlichen Lager erkennt, das die Stelle ihres Bettes einnimmt.

Die schöne Gräfin hatte in der Tat weder ihren stolzen Blick noch ihr reizendes Lächeln mehr; denn wenn sie ihre Augen auf ihre Umgebung heftete, sah sie nur kümmerliche Gegenstände: ein Zimmer mit einer grauen Tapete, einen Boden ohne Teppich; Möbel, die den Blick auf die Armseligkeit eines falschen Luxus zu heften zwangen, lauter Dinge, die durch ihre schreienden Töne die für Augen so notwendige Harmonie unterbrachen, welche an eine elegante Gesamtheit gewöhnt sind.

Frau von Morcerf lebte hier, seitdem sie ihr Haus verlassen hatte; es schwindelte ihr bei diesem ewigen Stillschweigen, wie es dem Reisenden am Rande eines Abgrundes schwindelt.

Albert aber fühlte sich beunruhigt, unbehaglich und beengt durch einen Rest von Luxus, der ihn verhinderte, seiner gegenwärtigen Lage zu entsprechen; er wollte ohne Handschuhe ausgehen und fand seine Hände zu weiß; er wollte zu Fuß umherlaufen und fand seine Stiefel zu lackiert.

Diesen zwei so edeln und verständigen, unauflöslich durch das Band der mütterlichen und kindlichen Liebe vereinigten Wesen war es indessen gelungen, sich zu verstehen, ohne von etwas zu sprechen, und alle Rücksichten zu nehmen, die man sich unter Freunden schuldig ist, um die materielle Wahrheit festzustellen, von der das Leben abhängt.

Albert konnte am Ende, ohne sie erbleichen zu machen, zu Mercedes sagen: »Meine Mutter, wir haben kein Geld mehr.«

Nie hatte Mercedes die Armut wirklich gekannt, obgleich sie bei den Kataloniern Mangel an tausend Dingen hatte. Solange die Netze gut waren, fing man Fische, solange man Fische verkaufte, hatte man Garn, um die Netze zu flicken.

Und dann, von der Freundschaft getrennt, nur eine Liebe hegend, welche bei den materiellen Einzelheiten der Lage von keinem Gewicht war, dachte man an sich, jedes an sich, nur an sich. Mercedes machte von dem Wenigen, was sie hatte, ihren Teil so großmütig als möglich: heute hatte sie zwei Teile zu machen, und zwar mit nichts.

Der Winter nahte heran: Mercedes hatte in diesem kahlen und bereits kalten Zimmer kein Feuer; sie, für die einst ein Ofen mit tausend Röhren das ganze Haus von den Vorzimmern bis zu den Boudoirs erwärmte; sie hatte nicht einmal ein armseliges Blümchen, sie, deren Vorhang, deren Wohnung ein mit fürstlichen Kosten unterhaltenes Treibhaus gewesen war!

Aber sie hatte ihren Sohn.

»Meine Mutter«, sagte Albert in demselben Augenblick, wo Madame Danglars die Treppe hinabging, »wir wollen ein wenig, wenn es Ihnen beliebt, alle unsere Reichtümer zählen; ich muß die ganze Summe wissen, um meine Pläne aufzubauen.«

»Summe: nichts«, erwiderte Mercedes mit schmerzlichem Lächeln.

»Summe: einmal 3000 Franken, und ich bin so anmaßend, zu behaupten, daß ich uns mit diesen 3000 Franken ein anbetungswürdiges Leben verschaffen werde.«

»Kind!« seufzte Mercedes.

»Ach, meine gute Mutter«, sprach der junge Mann, »ich habe Ihnen leider genug Geld verbraucht, um dessen Wert zu kennen; hören Sie, 3000 Franken, das ist ungeheuer, und ich baue auf diese Summe eine wunderbare Zukunft von ewiger Sicherheit.«

»Du sagst das, mein Freund«, entgegnete die arme Mutter; »doch vor allem, nehmen wir diese 3000 Franken an?« fragte Mercedes errötend.

»Mir scheint, das ist abgemacht«, erwiderte Albert mit festem Ton; »wir nehmen sie um so mehr an, als wir sie nicht haben, denn sie sind, wie Sie wissen, im Garten des kleinen Häuschens in den Allées de Meillan in Marseille vergraben.«

»Mit 200 Franken«, sagte Albert, »kommen wir beide nach Marseille. Diese 200 Franken sind hier, und noch weitere 200. Ich habe meine Uhr und meine Kette verkauft.«

»Doch sind wir etwas in diesem Haus schuldig.«
»Dreißig Franken, ich bezahle sie von dem Geld. Doch, das ist noch nicht alles, was sagen Sie hierzu, meine Mutter?« Albert zog aus einem kleinen Notizbuch mit goldenem Schloß ein Billett von tausend Franken.
»Was ist das?« fragte Mercedes.
»1000 Franken, meine Mutter.«
»Woher hast du diese tausend Franken?«
»Hören Sie und geraten Sie nicht zu sehr in Bewegung.«
Und Albert stand auf und küßte seine Mutter wiederholt und hielt nur inne, um ihr in das Gesicht zu schauen.
»Sie können sich gar nicht denken, meine Mutter, wie schön ich Sie finde!« sagte der junge Mann mit einem tiefen Gefühl kindlicher Liebe: »Sie sind in der Tat die schönste, wie Sie die edelste der Frauen sind, die ich je gesehen habe.«
»Teures Kind!« sprach Mercedes, vergebens bemüht, eine Träne zurückzuhalten.
»In der Tat, Sie mußten nur noch unglücklich werden, daß sich meine Liebe in Anbetung verwandelte.«
»Ich bin nicht unglücklich, solange ich meinen Sohn habe.«
»Ganz richtig; doch hier fängt die Prüfung an, meine Mutter! Sie wissen, was verabredet ist?«
»Ist denn etwas zwischen uns verabredet?« fragte Mercedes.
»Ja, daß Sie in Marseille wohnen und daß ich nach Afrika abreise, wo ich mir für den Namen, den ich aufgegeben, den Namen machen werde, den ich angenommen habe.«
Mercedes stieß einen Seufzer aus.
»Nun, meine Mutter, seit gestern bin ich bei den Spahis eingereiht«, fügte der junge Mann, die Augen mit einer gewissen Scham niederschlagend, bei – denn er wußte selbst nicht, was in seiner Erniedrigung Erhabenes lag – »ich glaubte, mein Körper gehörte mir und ich könnte ihn verkaufen; seit gestern bin ich Stellvertreter von irgend jemand. Ich habe mich verkauft, wie man sagt, und«, fügte er bei, indem er zu lächeln suchte, »um eine größere Summe, als ich wert zu sein glaubte, nämlich um 2000 Franken.«
»Also diese 1000 Franken?« fragte Mercedes bebend.

»Sind die Hälfte der Summe, meine Mutter, die andere Hälfte kommt in einem Jahr.«

Mercedes schlug die Augen mit einem unbeschreiblichen Ausdruck zum Himmel auf, und ihre Tränen überströmten unter der inneren Aufregung ihre Wangen.

»Der Preis seines Blutes!« murmelte sie.

»Ja, wenn ich getötet werde«, erwiderte Albert. »Aber ich versichere Ihnen, gute Mutter, daß ich im Gegenteil die Absicht habe, meine Haut grausam zu verteidigen; ich habe nie so viel Lust zu leben in mir gefühlt, als gegenwärtig.«

»Mein Gott, mein Gott!« rief Mercedes.

»Überdies, warum soll ich getötet werden, meine Mutter? Ist Morel, den wir kennen, getötet worden? Bedenken Sie doch, welche Freude, wenn Sie mich mit einer gestickten Uniform zurückkommen sehen! Ich erkläre Ihnen, daß ich herrlich darin auszusehen hoffe und dieses Regiment aus Eitelkeit gewählt habe.«

Mercedes seufzte, während sie zu lächeln versuchte, diese fromme Mutter begriff, daß es schlimm von ihr wäre, ihr Kind die ganze Last des Opfers tragen zu lassen.

»Sie sehen also, meine Mutter«, fuhr Albert fort, »es sind bereits mehr als 4000 Franken für Sie gesichert; mit dieser Summe werden Sie zwei volle Jahre leben.«

»Glaubst du?« versetzte Mercedes.

Diese Worte entschlüpften der Gräfin mit einem so tiefen Schmerz, daß ihr wahrer Sinn Albert nicht entging; er fühlte, wie sein Herz sich zusammenschnürte, nahm die Hand seiner Mutter, drückte sie zärtlich und sprach: »Ja, Sie werden leben.«

»Ich werde leben«, rief Mercedes, »aber nicht wahr, du wirst nicht abreisen?«

»Meine Mutter, ich werde reisen«, sagte Albert mit ruhiger, fester Stimme; »Sie lieben mich zu sehr, um mich müßig und unnütz bei sich zu lassen; überdies habe ich unterzeichnet.«

»Du magst nach deinem Willen handeln, mein Sohn.«

»Nicht nach meinem Willen, meine Mutter, sondern nach den Geboten der Vernunft und der Notwendigkeit. Nicht wahr, wir sind zwei verzweifelte Geschöpfe? Was ist heute das Leben für Sie; Nichts. Was ist das Leben für mich? Sehr wenig ohne Sie, meine Mutter, das glauben Sie mir; denn ohne Sie, das schwöre ich Ihnen, hätte dieses Leben an dem Tag aufgehört, wo ich an meinem Vater zweifelte und seinen Namen verleugnete! Ich lebe, wenn Sie mir noch zu hoffen versprechen; überlassen Sie mir die Sorge für Ihr zukünftiges Glück, so verdoppeln Sie meine Kräfte. Ich werde dort den Gouverneur von Algerien aufsuchen, er ist ein redliches Soldatenherz, ich erzähle ihm meine traurige Geschichte, ich bitte ihn, von Zeit zu Zeit die Augen dahin zu wenden, wo ich sein werde, und wenn er mir Wort hält, wenn er mich handeln sieht, so bin ich vor sechs Monaten Offizier oder tot. Bin ich Offizier, so ist Ihr Schicksal gesichert, meine Mutter, denn ich habe Geld für Sie und für mich, und überdies einen neuen Namen, auf den wir beide stolz sein können, denn es wird Ihr Name sein. Werde ich getötet... nun wohl! Werde ich getötet, liebe Mutter, so sterben Sie, wenn es Ihnen beliebt, und dann hat unser Unglück sein Ziel gerade in seinem Übermaß gefunden.«

»Es ist gut«, sprach Mercedes mit ihrem edeln, beredten Blick; »du hast recht, mein Sohn: Beweisen wir gewissen Leuten, die uns beobachten, daß wir wenigstens des Beklagens würdig sind.«

»Keine traurigen Gedanken, teure Mutter«, rief der junge Mann; »ich schwöre Ihnen, daß wir glücklich sind oder wenigstens glücklich werden können. Einmal im Dienst, bin ich reich; einmal im Haus von Herrn Dantes, sind Sie ruhig. Versuchen wir es, ich bitte Sie, meine Mutter.«

»Ja, versuchen wir es, mein Sohn, denn du sollst leben, du sollst glücklich sein.«

»Unsere Teilung ist also gemacht«, fügte der junge Mann, sich den Anschein großen Wohlbehagens gebend, bei. »Wir können noch heute reisen.«

»Gut, es sei, reisen wir!« sagte Mercedes, sich in den einzigen Schal hüllend.

Albert sammelte hastig seine Papiere, klingelte, um die dreißig Franken zu bezahlen, die er dem Hausmeister schuldig war, bot seiner Mutter den Arm und stieg die Treppe hinab.

Es ging jemand vor ihnen; als er das Streifen eines seidenen Kleides an dem Geländer hörte, wandte er sich um.

»Debray!« murmelte Albert.
»Sie, Morcerf!« erwiderte der Sekretär des Ministers.
Die Neugierde trug bei Debray den Sieg über das Verlangen, sein Inkognito zu bewahren, davon; überdies sah er sich erkannt. Es bot in der Tat etwas Anziehendes, in diesem Haus den jungen Mann wiederzufinden, dessen unglückliches Abenteuer ein so großes Aufsehen in Paris erregt hatte.
»Morcerf«, wiederholte Debray.
Dann in dem Halbdunkel die Gestalt und den schwarzen Schleier der Frau von Morcerf wahrnehmend, fügte er lächelnd bei: »Ah, verzeihen Sie, ich entferne mich, Albert.«
Albert begriff den Gedanken von Debray und sagte, sich gegen Mercedes umwendend: »Meine Mutter, dies ist Herr Debray, Sekretär des Ministers des Innern, ein ehemaliger Freund von mir.«
»Wie, ehemalig!« stammelte Debray; »was wollen Sie damit sagen?«
»Ich sage dies, Herr Debray, weil ich heute keine Freunde mehr habe und keine mehr haben soll. Ich danke Ihnen, daß Sie mich zu erkennen so gütig waren.«
Debray stieg zwei Stufen zurück, gab Albert einen kräftigen Händedruck und sagte mit aller Rührung, welcher er fähig war: »Glauben Sie, mein lieber Albert, daß ich einen innigen Anteil an Ihrem Unglück genommen habe und daß Sie in jeder Beziehung über mich verfügen können.«
»Ich danke, mein Herr«, erwiderte Albert lächelnd; »doch mitten in unserem Unglück sind wir reich genug geblieben, um zu niemand unsere Zuflucht nehmen zu müssen; wir verlassen Paris, und es bleiben uns nach Bezahlung unserer Reise noch 5000 Franken.«
Schamröte übergoß die Stirn von Debray, der eine Million in seinem Portefeuille trug, und so wenig poetisch dieser Geist auch war, so konnte er doch nicht umhin, zu bedenken, daß dasselbe Haus noch vor wenigen Augenblicken zwei Frauen enthielt, von denen die eine, mit Recht entehrt, arm mit 1500000 Franken unter den Falten ihres Mantels wegging, während die andere, ungerecht geschlagen, aber erhaben in ihrem Unglück, mit wenigen Pfennigen reich war.

Diese Überlegung störte ihn in seinen Höflichkeitsphrasen; er stammelte ein paar allgemeine Worte und ging rasch die Treppe hinab.

An diesem Tag hatten die ihm untergeordneten Schreiber des Ministeriums viel von seiner verdrießlichen Laune zu ertragen.

Doch am Abend kaufte er sich ein schönes, auf dem Boulevard de la Madeleine liegendes Haus, dessen Rente sich auf 50 000 Franken belief.

Am andern Tag, zur Stunde, wo Debray die Urkunde unterzeichnete, um fünf Uhr abends, stieg Frau Morcerf, nachdem sie ihren Sohn zärtlich umarmt hatte und zärtlich von ihm umarmt worden war, in das Kupee der Diligence.

Ein Mann stand verborgen im Hof der Messagerie Laffitte hinter einem von den gewölbten Fenstern, welche jenes Bureau überragen: er sah Mercedes in den Wagen steigen; er sah die Post wegfahren, er sah Albert sich entfernen.

Dann fuhr er mit der Hand über seine vom Zweifel durchfurchte Stirn und sprach: »Ach! Durch welches Mittel vermag ich diesen zwei Unschuldigen das Glück zurückzugeben, das ich ihnen genommen habe?«

12. Der Löwengraben

Eines der Quartiere der Force, das die gefährlichsten Gefangenen enthält, heißt die Cour de Saint-Bernand. Die Gefangenen haben ihm in ihrer kräftigen Sprache den Namen Löwengraben gegeben, ohne Zweifel, weil sie Zähne haben, die häufig in die Gitterstangen, und zuweilen auch die Wächter beißen.

Es ist ein Gefängnis im Gefängnis, die Mauern haben die doppelte Dicke der andern. Jeden Tag untersucht ein Kerkerknecht sorgfältig die massiven Gitter, und an der herkulischen Gestalt, an den kalten, einschneidenden Blicken der Wächter erkennt man, daß diese gewählt worden sind, um über ihr Volk durch den Schrecken und die Tätigkeit des Geistes zu herrschen.

Der Grasplatz dieses Quartiers ist umgeben von ungeheuren Mauern, über welche die Sonne nur schräg hereinfällt. Hier irren von der Stunde des Aufstehens an sorgenvoll, abgemagert, bleich wie Schatten, die Menschen umher, welche die Gerechtigkeit unter dem Messer gebeugt hält, das sie schärft für dieselben. Man sieht sie an der Mauer lehnen, die am meisten von der Wärme einzieht und zurückbehält. Hier verweilen Sie, zwei und zwei plaudernd, öfter noch allein, das Auge unablässig auf die Tür geheftet, die sich öffnet, um einen von den Bewohnern dieses finsteren Aufenthaltes zu rufen oder um in den Schlund eine neue aus dem Schmelztigel der Gesellschaft ausgeworfene Schlacke zu speien.

Dieser Hof hat sein eigenes Sprechzimmer; es ist ein langes Viereck, in zwei Teile durch zwei auf drei Fuß voneinander parallel laufende Gitter geteilt, so daß der Besuch dem Gefangenen nicht die Hand geben oder ihm etwas zuschieben kann. Dieses Sprechzimmer ist düster, feucht und in jeder Hinsicht fürchterlich.

So gräßlich aber auch der Ort ist, so ist er doch ein Paradies, wo sich in einer ersehnten Gesellschaft diese Menschen, deren Tage gezählt sind, wieder stärken; denn selten verläßt man den Löwengraben, um anderswohin zu gehen als aufs Schafott, in das Bagno oder in das Zellengefängnis.

In dem, eine kalte Feuchtigkeit ausschwitzenden Hof ging, die Hände in den Rocktaschen, ein junger Mensch auf und ab, der mit großer Neugierde von den Bewohnern des Grabens betrachtet wurde.

Nach dem Schnitt seiner Kleider hätte man ihn für einen eleganten Mann halten können, wären diese Kleider nicht zerfetzt gewesen. Sie sahen indessen auch nicht abgetragen aus, fein und weich an den unberührten Stellen, nahm das Tuch leicht seinen Glanz unter der streichelnden Hand des Gefangenen an, der ein neues Gewand daraus zu machen suchte. Er wandte dieselbe Sorgfalt an, um ein Batisthemd zu schließen, das seit seinem Eintritt in das Gefängnis bedeutend seine Farbe geändert hatte, und fuhr über seine lackierten Stiefel mit der Ecke eines Sacktuches, worauf Anfangsbuchstaben mit einer heraldischen Krone gestickt waren.

Einige Kostgänger des Löwengrabens betrachteten mit auffallendem Interesse die Toilette des Gefangenen.

»Sieh da, der Prinz macht sich schön«, sagte einer von den Dieben.

»Er ist von Natur sehr schön«, bemerkte ein anderer, »und wenn er nur einen Kamm und Pomade hätte, so würde er alle die Herren mit den weißen Handschuhen verdunkeln.«

»Sein Kleid muß sehr neu gewesen sein, und seine Stiefel glänzen gar hübsch. Es ist schmeichelhaft für uns, daß wir so stattliche Kollegen haben; und diese Spitzbuben von Gendarmen sind gemeine Burschen. Die Neidischen! Daß sie einen solchen Putz zerfetzt haben!«

»Es scheint, das ist ein Berüchtigter«, sprach ein dritter, »er hat alles getan... und zwar in der großen Art... er kommt noch so jung von dort her! Oh, das ist herrlich!«

Und der Gegenstand dieser häßlichen Bewunderung schien dieses Lob mit Behagen einzuschlürfen. Als seine Toilette beendigt war, näherte er sich einer Tür, an der ein Gefangenenwärter lehnte.

»Hören Sie, mein Herr«, sagte er zu diesem, »leihen Sie mir 20 Franken, Sie bekommen sie bald wieder, bei mir laufen Sie keine Gefahr. Bedenken Sie, daß ich Verwandte habe, welche mehr Millionen besitzen, als Sie Franken. Geben Sie mir 20 Franken, ich bitte Sie, damit ich mir einen Schlafrock kaufen kann. Ich leide furchtbar, daß ich immer im Frack und in Stiefeln sein muß... Und welch ein Frack für einen Prinzen Cavalcanti!«

Der Wächter drehte ihm den Rücken zu und zuckte die Achseln.

»Gehen Sie«, sprach Andrea, »Sie sind ein Mensch, der kein Herz im Leibe hat, und ich werde veranlassen, daß Sie Ihren Platz verlieren.«

Jetzt erst drehte sich der Gefangenenwärter um und brach in ein schallendes Gelächter aus.

Nun näherten sich die Gefangenen und machten einen Kreis.

»Ich sage Ihnen«, fuhr Andrea fort, »daß ich mir mit dieser elenden Summe einen Rock und ein Zimmer verschaffen kann, um auf eine anständige Weise den erhabenen Besuch zu empfangen, den ich jeden Tag erwarte.«

»Er hat recht! Er hat recht!« riefen die Gefangenen, »bei Gott, man sieht, daß er ein ganzer Mann ist.«

»Nun, so leiht ihm die 20 Franken!« sprach der Wärter, sich mit seiner kolossalen Schulter an die Wand sützend; »seid Ihr das einem Kameraden nicht schuldig?«

»Ich bin nicht der Kamerad dieser Leute«, entgegnete stolz der junge Mann; »beleidigen Sie mich nicht, Sie haben nicht das Recht dazu!«

»Hört Ihr ihn?« rief der Wärter mit einem schlimmen Lächeln, »er behandelt Euch hübsch, leiht ihm doch 20 Franken!«

Die Verbrecher schauten sich mit dumpfem Gemurmel an, und ein mehr durch den Wärter als durch die Worte von Andrea hervorgerufener Sturm fing an, sich über dem aristokratischen Gefangenen zu sammeln

Bereits näherten sich die Verbrecher Andrea; die einen sagten: »Die Schlappe! Die Schlappe!«

Es ist dies eine grausame Operation, wobei ein bei diesen Herren in Ungnade gefallener Kollege mit Schuhen, welche mit Eisen beschlagen sind, geprügelt wird. Andere trugen auf den Aal an: Bei dieser Unterhaltung füllen sie mit Sand und Kieselsteinen ein gedrehtes Sacktuch, das die Henker sodann wie einen Dreschflegel auf den Schultern und dem Kopf des Missetäters arbeiten lassen! »Peitschen wir den schönen Herrn, den ehrlichen Mann!« sagten einige.

Doch Andrea wandte sich gegen sie um, blinzelte mit einem Auge, schwellte die Backe mit seiner Zunge auf und ließ jenes Schnalzen der Lippen hören, das tausend Zeichen des Verständnisses unter Gefangenen gleichkommt, die zu schweigen genötigt sind.

Es war ein Maurerzeichen, das ihm Caderousse mitgeteilt hatte. Sie erkannten einen der ihrigen.

Sogleich fielen die Sacktücher wieder; die mit Eisen beschlagene Schlappe kehrte an den Fuß des Haupthenkers zurück. Man hörte einige Stimmen verkündigen, der Herr hätte recht, der Herr könnte nach Belieben ehrlich sein, und die Gefangenen wollten ein Beispiel von Gewissensfreiheit geben.

Die Meuterei legte sich. Der Gefangenenwärter war darüber dergestalt erstaunt, daß er sogleich Andrea bei den Händen faßte und zu durchsuchen anfing, denn er schrieb irgendeiner bezeichnenderen Kundgebung, als einer einfachen Verblendung, den raschen Wechsel der Bewohner des Löwengrabens zu.

Andrea ließ ihn machen, jedoch nicht ohne Einsprache zu tun. Plötzlich erscholl eine Stimme an der Pforte, und ein Aufseher rief: »Benedetto!«
Der Wärter stellte seine Durchsuchung ein.
»Man ruft mich!« sagte Andrea.
»In das Sprechzimmer!« rief die Stimme.
»Hören Sie, man will mir einen Besuch abstatten! Ah! Mein lieber Herr, Sie werden sehen, ob man einen Cavalcanti wie einen gewöhnlichen Menschen behandeln darf!«
Und wie ein schwarzer Schatten in den Hof schlüpfend, eilte Andrea durch die halbgeöffnete Pforte und ließ seine Genossen und sogar den Gefangenenwärter in Verwunderung zurück.
Man rief ihn in der Tat in das Sprechzimmer, und darüber dürfte man sich nicht weniger wundern als Andrea selbst; denn statt wie die Leute von Alltagsschlag von der gewährten Wohltat des Schreibens Gebrauch zu machen, um sich reklamieren zu lassen, hatte der junge Mann seit seinem Eintritt in die Force das stoischste Stillschweigen beobachtet.
»Ich bin offenbar von irgendeinem Mächtigen beschützt«, sagte er, »alles beweist mir dies: das plötzliche Vermögen, die Leichtigkeit, mit der ich alle Hindernisse beseitigt habe, eine improvisierte Familie, ein mein Eigentum gewordener berühmter Name, das Gold bei mir regnend, die herrlichsten Verbindungen meiner Eitelkeit verheißend. Eine unglückliche Vergessenheit meines Gestirns, eine Abwesenheit meines Beschützers hat mich zugrunde gerichtet, doch nicht gänzlich, nicht für immer! Die Hand hat sich für einen Augenblick zurückgezogen, sie muß sich wieder gegen mich ausstrecken und mich in der Minute festhalten, wo ich in den Abgrund zu stürzen auf dem Punkt sein werde. Warum sollte ich einen unklugen Schritt wagen? Ich würde mir vielleicht meinen Beschützer abhold machen. Es gibt für ihn zwei Wege, mich aus der Klemme zu ziehen, entweder eine geheimnisvolle Entweichung durch Gold zu erkaufen oder den Richter zu einer Freisprechung zu nötigen. Warten wir, um zu reden, um zu handeln, bis es mir bewiesen ist, daß ich ganz verlassen bin, und dann...«
Andrea hatte einen Plan ersonnen, den man für geschickt halten darf; der Bösewicht war unerschrocken beim Angriff und

hartnäckig bei der Verteidigung. Er hatte das Elend des gemeinschaftlichen Kerkers, die Entbehrungen aller Art ertragen.

Allmählich gewann aber seine Natur, oder vielmehr die Gewohnheit wieder die Oberhand; Andrea litt dadurch, daß er nackt, daß er schmutzig, daß er hungrig war; die Zeit dauerte ihm zu lang.

In diesem Augenblick des Überdrusses rief ihn die Stimme des Aufsehers in das Sprechzimmer.

Andrea fühlte sein Herz vor Freude springen. Es war zu früh, als daß es der Untersuchungsrichter sein konnte, und zu spät für einen etwaigen Ruf von seiten des Gefängnisdirektors oder des Arztes: es mußte also der erwartete Besuch sein.

Hinter dem Gitter des Sprechzimmers erblickte er mit seinen durch eine heftige Neugierde weit aufgesperrten Augen das düstere, verständige Gesicht von Bertuccio, der ebenfalls mit schmerzlichem Erstaunen die Gitter, die verriegelten Türen und den Schatten betrachtete, der sich hinter den gekreuzten Stangen bewegte.

»Ah!« machte Andrea, im Herzen getroffen.

»Guten morgen, Benedetto«, sagte Bertuccio mit seiner hohlen Stimme.

»Sie«, sagte der junge Mann, voll Schrecken umherschauend.

»Du erkennst mich nicht, unglückliches Kind!« entgegnete Bertuccio.

»Still! Still doch!« flüsterte Andrea, der das feine Gehör der Wände kannte; »mein Gott, sprechen Sie nicht so laut!«

»Nicht wahr, du würdest gern mit mir allein reden?«

»Oh, ja!«

Bertuccio griff in seine Tasche, machte einem Wärter, den man hinter der Scheibe der Pforte erblickte, ein Zeichen und sagte zu ihm: »Lesen Sie.«

»Was ist das?« fragte Andrea.

»Der Befehl, dich in ein Zimmer zu führen und mich mit dir sprechen zu lassen.«

»Ah! Ah!« machte Andrea, hüpfend vor Freude, dann sagte er zu sich: »Abermals der unbekannte Beschützer! Man vergißt mich nicht! Man sucht die Heimlichkeit, da man in einem abge-

sonderten Zimmer mit mir sprechen will. Ich habe sie... Bertuccio ist vom Beschützer abgeschickt!«
Der Wärter besprach sich einen Augenblick mit einem Oberen, öffnete sodann die zwei vergitterten Türen und führte Andrea, der vor Freude außer sich war, in ein Zimmer des ersten Stokkes, das bot Aussicht auf den Hof.
Das Zimmer war getüncht, wie dies bei Gefängnissen gebräuchlich ist, und bot einen heiteren Anblick, der dem Gefangenen strahlend vorkam: ein Ofen, ein Bett, ein Stuhl, ein Tisch bildeten die kostbare Ausstattung.
Bertuccio setzte sich auf den Stuhl. Andrea warf sich auf das Bett. Der Wärter entfernte sich.
»Laß hören, was du mir zu sagen?« sprach der Intendant.
»Und Sie?« versetzte Andrea.
»Sprich du zuerst...«
»Oh, nein, Sie haben mir viel mitzuteilen, da Sie mich aufsuchten!«
»Wohl, es sei. Du hast deine Verworfenheiten fortgesetzt; du hast gestohlen, du hast gemordet.«
»Wenn Sie mich in ein besonderes Zimmer führen, um mir nur diese Dinge zu sagen, mein Herr, so hätten Sie sich lieber gar keine Mühe gemacht. Es gibt andere Dinge, die ich nicht weiß, sprechen wir von diesen, wenn es Ihnen beliebt. Wer hat Sie geschickt?«
»Sie gehen sehr rasch, Herr Benedetto.«
»Nicht wahr? Und gerade aufs Ziel. Ersparen wir uns alle unnützen Worte. Wer schickt Sie?«
»Niemand.«
»Woher wissen Sie, daß ich im Gefängnis bin?«
»Ich habe dich längst in dem fashionablen frechen Burschen erkannt, der so zierlich sein Pferd auf den Champs-Elysées tummelte.«
»Die Champs-Elysées... Ah, ah! Wir brennen, wie man bei den Kinderspielen sagt... die Champs-Elysées! Sprechen wir ein wenig von meinem Vater, wenn's beliebt!«
»Wer bin denn ich?«
»Sie, mein braver Herr, sind mein Adoptivvater... Doch ich denke, Sie haben nicht zu meinen Gunsten über 100000 Fran-

ken verfügt, die ich in vier bis fünf Monaten verzehrte; Sie haben mir nicht einen italienischen Vater und Edelmann geschmiedet; Sie haben mich nicht in die Welt eingeführt und zu einem gewissen Mittagsmahl, das ich noch zu genießen glaube, nach Auteuil mit der besten Gesellschaft von Paris eingeladen, namentlich mit einem gewissen Staatsanwalt, dessen Bekanntschaft nicht zu pflegen ich unrecht hatte, denn sie könnte mir in diesem Augenblick nützlich sein. Sie waren es endlich nicht, der mich für ein paar Millionen versicherte, als mir die unselige Geschichte mit der Entdeckung eines gewissen Geheimnisses begegnete… Vorwärts, sprechen Sie, ehrenwerter Korse…«

»Was soll ich dir sagen?«

»Auf den Champs-Elysées wohnt ein sehr reicher Herr.«

»Bei dem du gestohlen und gemordet hast, nicht wahr?«

»Ich glaube, ja.«

»Der Herr Graf von Monte Christo?«

»Sie haben ihn genannt. Soll ich mich in seine Arme werfen und ausrufen: Mein Vater! Mein Vater!«

»Scherzen wir nicht«, erwiderte Bertuccio mit ernstem Ton, »ein solcher Name soll nicht ausgesprochen werden, wie du ihn auszusprechen wagst.«

»Bah!« rief Andrea, etwas verblüfft durch die feierliche Haltung von Bertuccio, »warum nicht?«

»Weil der, welcher diesen Namen führt, zu sehr vom Himmel begünstigt ist, um der Vater eines Elenden deiner Art zu sein.«

»Oh! Große Worte…«

»Und große Wirkungen, wenn du dich nicht in acht nimmst!«

»Drohungen! Ich fürchte sie nicht… ich werde sagen…«

»Glaubst du es mit Pygmäen, wie du bist, zu tun zu haben?« sagte Bertuccio mit so ruhigem Ton und mit so sicherem Blick, daß Andrea im Innersten erschüttert wurde, »glaubst du es mit geübten Missetätern des Bagno oder mit Toren, wie man sie gewöhnlich in der Welt trifft, zu tun zu haben? – Benedetto, du bist in einer furchtbaren Hand, diese Hand will sich dir öffnen: benütze es.«

»Mein Vater… ich will wissen, wer mein Vater ist«, sagte der Eigensinnige; »ich will darüber sterben, wenn es sein muß, aber ich werde es erfahren. Was kümmere ich mich um den Skandal?

Für mich ist er wohltätig, er macht mir Ruf, er verleiht mir Ansehen, er empfiehlt mich. Doch Ihr Leute von der großen Welt habt trotz Eurer Millionen und Eurer Wappen beim Skandal immer etwas zu verlieren... Nun, wer ist mein Vater?«

»Ich bin gekommen, um es dir zu sagen.«

»Ah!« rief Benedetto mit Freude funkelnden Augen.

In dieser Sekunde öffnete sich die Tür, und der Gefangenenwärter sprach, sich an Bertuccio wendend: »Verzeihen Sie, der Untersuchungsrichter erwartet den Gefangenen.«

»Das ist der Schluß meines Verhörs«, sagte Andrea zu dem würdigen Intendanten... zum Teufel mit dem Überlästigen!«

»Ich werde morgen wiederkommen«, versetzte Bertuccio.

»Gut!« sagte Andrea. Meine Herren Gendarmen, ich bin ganz zu Ihren Diensten... Ah! Lieber Herr, lassen Sie doch ein Dutzend Taler in der Kanzlei zurück, daß man mir hier gibt, was ich brauche.«

»Es soll geschehen«, erwiderte Bertuccio.

Andrea reichte ihm die Hand; Bertuccio behielt die seinigen in der Tasche und ließ nur ein paar Goldstücke darin klingen.

»Das wollte ich sagen«, sprach Andrea mit einer lächelnden Grimasse, jedoch ganz überwältigt durch die seltsame Ruhe von Bertuccio.

»Sollte ich mich getäuscht haben?« sagte er zu sich selbst, in den länglichen und vergitterten Wagen steigend, den man den Salatkorb nennt. »Wir werden sehen! Morgen also!« fügte er, sich gegen Bertuccio umwendend, bei.

»Morgen!« antwortete der Intendant.

13. Der Richter

Man erinnert sich, daß der Abbé Busoni allein bei Noirtier im Sterbezimmer geblieben war und daß sich der Greis und der Priester zu Wächtern der Leiche des Mädchens gemacht hatten. Vielleicht waren es die christlichen Ermahnungen des Abbés, vielleicht war es das überzeugende Wort, was dem Greis den Mut zurückgab; denn seit dem Augenblick der Besprechung, die er mit dem Priester gehabt, kündigte bei Noirtier statt der Verzweiflung, die sich anfangs seiner bemächtigt, eine große

Ruhe an, die bei seiner tiefen Liebe und Zuneigung für Valentine besonders überraschend war.
Herr von Villefort hatte den Greis seit dem Morgen des Todes nicht wiedergesehen. Das ganze Haus war erneuert worden; man hatte einen anderen Kammerdiener für ihn, einen anderen Bedienten für Noirtier angeworben; zwei Kammerfrauen waren in den Dienst von Frau von Villefort eingetreten: Alle, bis auf den Portier und den Kutscher, boten neue Gesichter, welche sich gleichsam zwischen den verschiedenen Gebieten dieses verfluchten Hauses erhoben und die unter denselben bereits bestehenden Kälte als noch mehr durch herrschend erscheinen ließen. Überdies eröffneten die Schwurgerichte in ein paar Tagen, und, in sein Kabinett eingeschlossen, verfolgte Villefort mit fieberhafter Tätigkeit den gegen den Mörder von Caderousse eingeleiteten Prozeß. Diese Angelegenheit machte, wie alle andern, mit denen der Graf von Monte Christo vermengt war, großes Aufsehen in der Pariser Welt. Die Beweise waren nicht überzeugend, weil sie auf einigen Worten, geschrieben von einem sterbenden Galeerensklaven, einem ehemaligen Bagnogenossen des Angeklagten, beruhten, der seinen Gefährten aus Haß oder aus Rache anschuldigen konnte; nur das Bewußtsein des Beamten hatte sich festgelegt: Der Staatsanwalt hatte die furchtbare Überzeugung gewonnen, Benedetto wäre schuldig, und es sollte ihm aus diesem schwierigen Sieg einer von jenen Genüssen der Eitelkeit erwachsen, welche allein einigermaßen die Fibern seines vereisten Herzens erweckten.
Der Prozeß nahm also infolge der rastlosen Arbeit von Villefort seinen raschen Gang. Mehr als je war er genötigt, sich zu verbergen, um eine Erwiderung auf die ungeheure Menge von Bitten zu vermeiden, die man an ihn richtete, um Audienzkarten zu erhalten.
Und dann war nur erst so kurze Zeit vorüber, seitdem man die arme Valentine zu Grabe getragen, der Schmerz des Hauses war noch so neu, daß niemand darüber staunte, wenn man den Vater so ganz in seine Pflichterfüllung als in die einzige Zerstreuung, die er für seinen Kummer finden konnte, versunken sah.
Ein einziges Mal, und zwar an dem Tag, nachdem Benedetto

den zweiten Besuch von Bertuccio empfangen, bei welchem dieser ihm den Namen seines Vaters hatte nennen sollen, war Villefort Herrn Noirtier zu Gesicht gekommen: Es geschah dies in dem Augenblick, wo der Beamte, durch die Anstrengung entkräftet, in den Garten seines Hauses hinabging.

Wiederholt war er bis an den Hintergrund des Gartens, bis an das bekannte, nach dem verlassenen Gehege führende Gitter gegangen, als er zufällig nach dem Haus schaute, in dem er mit großem Geräusch seinen Sohn spielen hörte, der aus seiner Pension zurückgekommen war, um den Sonntag und Montag bei seiner Mutter zuzubringen.

Bei dieser Gelegenheit sah er an einem der offenen Fenster Herrn Noirtier, der sich bis an den Kreuzstock hatte rollen lassen, um sich der letzten Strahlen einer noch warmen Sonne zu erfreuen.

Das Auge des Greises war auf einen Punkt gerichtet, den Villefort nur unvollkommen gewahrte. Dieser Blick von Noirtier war so haßerfüllt, so wild, zeugte so sehr von heftiger Ungeduld, daß der Staatsanwalt, der alle Eindrücke dieses ihm so genau bekannten Gesichtes mit voller Gewandtheit auffaßte, von der Linie, die er durchlief, abging, um zu sehen, auf was oder auf wen der gewichtige Blick fiel.

Da bemerkte er unter einer Gruppe von Linden mit beinahe entblätterten Ästen Frau von Villefort, die, ein Buch in der Hand, auf einer Bank saß und sich von Zeit zu Zeit im Lesen unterbrach, um ihrem Sohn zuzulächeln oder ihm seinen elastischen Ball zuzuwerfen, den er hartnäckig vom Salon in den Garten schleuderte.

Villefort erbleichte, denn er verstand, was der Greis sagen wollte.

Noirtier schaute stets denselben Gegenstand an; doch plötzlich ging sein Blick von der Frau auf den Mann über, und Villefort hatte selbst den Angriff dieser blitzenden Augen auszuhalten, die nichts von ihrem drohenden Ausdruck verloren. Man las in der Tat in diesem Blick zugleich einen blutigen Vorwurf und eine furchtbare Drohung. Dann schlug Noirtier die Augen zum Himmel auf, als ob er seinen Sohn an einen vergessenen Schwur erinnern wollte.

»Es ist gut«, sprach Villefort unten vom Hof herauf, »fassen Sie noch einen Tag Geduld; was ich gesagt habe, ist gesagt.«
Noirtier schien durch diese Worte beruhigt, und seine Augen wandten sich einer andern Seite zu.
Villefort fuhr mit der bleichen Hand über seine Stirn und kehrte in sein Kabinett zurück.
Die Nacht ging kalt und ruhig vorüber; jedermann begab sich zu Bett und schlief wie gewöhnlich in diesem Haus. Nur Villefort legte sich nicht zugleich mit den andern nieder; er arbeitete bis fünf Uhr morgens, durchlas die am Abend vorher von dem Untersuchungsbeamten vorgenommenen Verhöre, verglich die Aussagen der Zeugen und brachte seine Anklageakte, eine der schärfsten und kräftigsten, die er je abgefaßt, vollends ins reine.
Am folgenden Tag sollte die erste Sitzung des Schwurgerichts stattfinden. Villefort sah diesen Tag, einen Montag, blaß und düster anbrechen, und sein bläulicher Schimmer ließ die auf dem Papier mit roter Tinte geschriebenen Zeilen erglänzen.
Der Staatsanwalt öffnete sein Fenster; die feuchte Luft der Morgendämmerung übergoß das Haupt von Villefort und erfrischte sein Gedächtnis.
»Heute wird es geschehen«, sagte er mit einer gewissen Anstrengung; »heute muß der Mann, der das Schwert der Gerechtigkeit in der Hand hält, überallhin schlagen, wo sich die Schuldigen befinden.«
Allmählich erwachte alles. Villefort hörte von seinem Kabinett aus die aufeinanderfolgenden Geräusche, welche das Leben des Hauses bilden: die in Bewegung gesetzten Türen, das Klingeln der Glocke von Frau von Villefort, die ihre Kammerjungfer rief, das erste Geschrei des Kindes, das freudig aufstand, wie man gewöhnlich in seinem Alter aufsteht.
Villefort läutete ebenfalls. Sein neuer Kammerdiener trat ein, brachte ihm die Zeitungen und eine Tasse Schokolade.
»Ich habe das nicht verlangt. Wer gibt sich diese Mühe mit mir?«
»Madame; sie sagt, der Herr Staatsanwalt würde ohne Zweifel bei dem Ermordungsprozeß viel sprechen und müßte Kräfte sammeln.«

Und der Diener stellte die Tasse auf den mit Papieren überladenen Tisch.
Viellefort schaute die Tasse einen Augenblick mit einer düstern Miene an, dann ergriff er sie plötzlich mit einer nervigen Bewegung und leerte ihren Inhalt mit einem Zug. Man hätte glauben sollen, er hoffte, dieser Trank wäre tödlich, und er riefe den Tod herbei, der ihn von einer Pflicht befreien sollte, die ihm etwas Schwierigeres als das Sterben befahl. Die Schokolade war aber harmlos, und Herr von Villefort empfand nichts.
Als die Frühstücksstunde gekommen war, erschien Herr von Villefort nicht bei Tisch.
Der Kammerdiener kehrte in sein Kabinett zurück und meldete: »Madame läßt dem Herrn Staatsanwalt sagen, es habe elf geschlagen, und die Sitzung sei auf zwölf Uhr bestimmt.«
»Nun! Und dann?« rief Villefort.
»Madame hat ihre Toilette gemacht: sie ist bereit und läßt fragen, ob sie den Herrn Staatsanwalt in den Justizpalast begleiten kann, da sie sehr wünsche, dieser Sitzung beizuwohnen.«
»Ah, sie wünscht das!« versetzte Villefort mit einem beinahe schrecklichen Ton.
Der Kammerdiener wich einen Schritt zurück und erwiderte: »Will der Herr Staatsanwalt allein dahin fahren, so werde ich es der Madame sagen.«
Villefort blieb einen Augenblick stumm, er grub mit seinen Nägeln in seiner bleichen Wange, von der sein ebenholzschwarzer Bart stark abstach, ehe er erwiderte: »Sagen Sie Madame, ich wünsche sie zu sprechen und bitte sie, mich in ihrem Zimmer zu erwarten.«
»Gut, mein Herr.«
»Dann kommen Sie zurück, um mich zu rasieren und anzukleiden.«
»Auf der Stelle.«
Der Kammerdiener verschwand und erschien sofort wieder, rasierte Villefort und kleidete ihn feierlich schwarz an. Als er dieses Geschäft beendigt hatte, sagte er: »Madame hat gesagt, sie erwarte den Herrn Staatsanwalt, sobald er angekleidet wäre.« »Ich komme«, versetzte Villefort und wandte sich, die Akten unter dem Arm, den Hut in der Hand, nach der Wohnung seiner Frau.

Frau von Villefort saß auf einer Ottomane und blätterte mit Ungeduld in den Zeitungen und Broschüren, die der junge Eduard zu seiner Belustigung in Stücke zerriß, ehe seine Mutter Zeit gehabt hatte, ihre Lektüre zu vollenden.
Sie war völlig zum Ausgehen gekleidet; ihr Hut erwartete sie, auf einem Fauteuil liegend, und sie hatte bereits die Handschuhe angezogen.
»Ah! Hier sind Sie, mein Herr«, sagte sie mit ihrer natürlichen, ruhigen Stimme, »mein Gott! Wie bleich sehen Sie aus! Sie haben also abermals die ganze Nacht hindurch gearbeitet? Nun! Nehmen Sie mich mit, oder werde ich allein mit Eduard gehen?«
Frau von Villefort hatte die Fragen vervielfacht, um eine Antwort zu erhalten; aber bei allen diesen Fragen blieb Herr von Villefort kalt und stumm wie eine Bildsäule.
»Eduard«, sagte Villefort, einen gebieterischen Blick auf das Kind heftend, »spiele im Garten, ich muß mit deiner Mutter sprechen.«
Frau von Villefort bebte, als sie dieses kalte Wesen, diesen entschiedenen Ton wahrnahm. Eduard schaute seine Mutter an; als er sah, daß sie den Befehl von Herrn von Villefort nicht bestätigte, fing er an, seinen bleiernen Soldaten die Köpfe abzuschneiden.
»Eduard«, rief Herr von Villefort mit so hartem Ausdruck, daß das Kind auf den Boden sprang, »verstehst du mich? Vorwärts!«
An eine solche Behandlung nicht gewöhnt, richtete sich das Kind auf, erbleichte und entfernte sich.
Herr von Villefort folgte ihm bis zur Tür und schloß diese, als er hinausgegangen war, mit dem Riegel.
»Oh, mein Gott!« rief die junge Frau, ihrem Gatten bis in die Tiefe der Seele schauend und ein Lächeln versuchend, das die Unempfindlichkeit von Villefort vereiste, »was wollen Sie denn?«
»Madame, wo verwahren Sie das Gift, dessen Sie sich gewöhnlich bedienen?« sprach scharf und ohne Übergang der zwischen seiner Frau und der Tür stehende Beamte.
Frau von Villefort empfand, was die Lerche empfinden muß,

wenn sie den Hühnergeier seine mörderischen Kreise über ihrem Kopf immer enger ziehen sieht.
Ein heiserer, gebrochener Ton, der weder ein Schrei noch ein Seufzer war, kam aus der Brust von Frau von Villefort hervor, und leichenblaß erwiderte sie: »Mein Herr… ich verstehe Sie nicht.«
Dann erhob sie sich in einem Anfall des Schreckens – doch in einem zweiten Anfall, der noch heftiger war als der erste, fiel sie alsbald wieder auf die Kissen ihrer Ottomane zurück.
»Ich fragte sie«, fuhr Herr von Villefort mit vollkommen ruhigem Ton fort, »ich fragte Sie, wo Sie das Gift verbergen, mit dessen Hilfe sie meinen Schwiegervater, Herrn von Saint-Meran, meine Schwiegermutter, Barrois und meine Tochter Valentine umgebracht haben?«
»Oh, mein Herr«, rief Frau von Villefort, die Hände faltend, »was sagen Sie da?«
»Sie haben mich nicht zu fragen, sondern nur zu antworten.«
»Habe ich dem Richter oder dem Gatten zu antworten?« stammelte Frau von Villefort.
»Dem Richter, Madame, dem Richter.«
Es war ein furchtbares Schauspiel, die Blässe dieser Frau, die Angst in ihren Blicken, das Zittern ihres ganzen Körpers.
»Ah, mein Herr!« murmelte sie, »ah, mein Herr!«
»Sie antworten nicht, Madame!« rief der furchtbare Frager. Dann fügte er mit einem Lächeln bei, das noch schrecklicher war als sein Zorn: »Sie leugnen also nicht!«
Frau von Villefort machte eine Bewegung.
»Und Sie könnten auch nicht leugnen«, fügte Herr von Villefort bei, indem er die Hand ausstreckte, als wollte er sie im Namen der Gerechtigkeit festnehmen. »Sie haben diese verschiedenen Verbrechen mit einer unverschämten Geschicklichkeit verübt, die jedoch nur Leute täuschen konnte, die durch Liebe geneigt waren, Ihnen gegenüber blind zu sein. Seit dem Tod von Frau von Saint-Meran wußte ich, daß ein Giftmischer in meinem Haus war, Herr d'Avrigny hatte mich davon in Kenntnis gesetzt; nach dem Tod von Barrois fiel mein Verdacht, Gott verzeihe es mir, auf jemand, auf einen Engel, mein Verdacht, der selbst da, wo kein Verbrechen obwaltet, im Grunde meines

Herzens unablässig angezündet Wache hält. Doch nach dem Tod von Valentine gab es keinen Zweifel mehr für mich, Madame, und nicht allein für mich, sondern auch für andere: So wird Ihr Verbrechen, nur mehr zwei Personen bekannt, öffentlich werden; und es ist, wie ich Ihnen soeben sagte, Madame, nicht mehr der Gatte, der zu Ihnen spricht, sondern ein Richter.«

Ihr Gesicht in ihren Händen verbergend, stammelte die junge Frau: »Oh, Herr, ich flehe Sie an, glauben Sie nicht dem Schein!«

»Sollten Sie feig sein?« rief Villefort mit verächtlichem Ton. »In der Tat, ich habe stets wahrgenommen, daß die Giftmischer feig sind. Sollten Sie feig sein, Sie, die Sie den gräßlichen Mut gehabt haben, zwei Greise und ein junges Mädchen, von Ihnen ermordet, vor Ihren Augen verscheiden zu sehen?«

»Herr! Herr!«

»Sollten Sie feig sein«, fuhr Villefort mit wachsender Heftigkeit fort, »Sie, die Sie die Minuten von vier Todeskämpfen eine um die andere gezählt; Sie, die Sie mit einer so wunderbaren Geschicklichkeit und Genauigkeit Ihre höllischen Pläne entworfen und Ihre schändlichen Getränke eingerührt haben? Sie, die Sie alles so gut berechnet, sollten eines nicht berechnet haben, nämlich, wohin Sie die Enthüllung Ihrer Verbrechen führen konnte? Oh, das ist unmöglich, und Sie haben ein Gift, süßer, feiner, tödlicher als die anderen, aufbewahrt, um der Ihnen gebührenden Bestrafung zu entgehen... Sie haben dies getan, wenigstens hoffe ich es.«

Frau von Villefort rang ihre Hände und fiel auf die Knie.

»Ich weiß es wohl... ich weiß es wohl«, sprach Herr von Villefort, »Sie gestehen, doch ein Geständnis den Richtern abgelegt, ein Geständnis im letzten Augenblick, ein Geständnis, wenn man nicht mehr leugnen kann, ein solches Geständnis mildert in keiner Beziehung die Strafe, die sie über den Schuldigen verhängen!«

»Die Strafe!« rief Frau von Villefort, »Strafe! Es ist schon das zweitemal, daß Sie dieses Wort aussprechen!«

»Allerdings. Glaubten Sie zu entkommen, weil Sie viermal schuldig waren? Glaubten Sie, weil Sie die Frau dessen sind, welcher die Strafe fordert, würde diese Strafe ausbleiben? Nein, Madame, nein! Die Giftmischerin, wer sie auch sein mag, erwartet das Schafott, besonders Sie, wie ich Ihnen soeben sagte, die nicht dafür besorgt gewesen ist, einige Tropfen von ihrem sichersten Gift aufzubewahren!«

Frau von Villefort stieß einen wilden Schrei aus, und der häßliche, unbezähmbare Schrecken bemächtigte sich ihrer verstörten Gesichtszüge.

»Oh, fürchten Sie das Schafott nicht, Madame«, sagte der Staatsanwalt, »ich will Sie nicht entehren, denn das hieße mich selbst entehren; nein, im Gegenteil, wenn Sie mich gut gehört haben, müssen Sie begreifen, daß Sie nicht auf einem Schafott sterben können.«

»Nein, ich habe nicht begriffen, was wollen Sie sagen?« stammelte völlig niedergeschmettert die unglückliche Frau.

»Ich will sagen, daß die Frau des ersten Beamten der Hauptstadt einen fleckenlos gebliebenen Namen nicht mit ihrer Schande belasten und nicht mit demselben Schlag ihren Gatten und ihr Kind entehren wird.«

»Nein, oh, nein!«

»Wohl, Madame, das wird eine gute Handlung von Ihnen sein, und für diese gute Handlung danke ich Ihnen.«

»Sie danken mir, und wofür?«

»Für das, was Sie gesagt haben.«

»Was habe ich gesagt? Mein Kopf ist verwirrt; mein Gott! Mein Gott! Ich begreife nichts mehr.«

Und sie erhob sich mit aufgelösten Haaren und schäumenden Lippen.

»Sie beantworteten die Frage noch nicht, welche ich bei meinem Eintritt machte: Wo ist das Gift, dessen Sie sich gewöhnlich bedienen, Madame?«

Frau von Villefort streckte die Arme zum Himmel empor und schlug krampfhaft die Hände aneinander.

»Nein, nein«, schrie sie, »Sie wollen das nicht!«

»Ich will nicht, daß Sie auf dem Schafott sterben, Madame, hören Sie?« antwortete Villefort.

»Oh, Gnade, Herr!«

»Es ist mein Wille, daß Gerechtigkeit geschehe. Ich bin auf der

Erde, um zu strafen, Madame«, fügte er mit einem stammelnden Blick bei; »jeder andern Frau, und wäre es einer Königin, würde ich den Henker schicken, gegen Sie werde ich barmherzig sein. Ihnen sage ich: Nicht wahr, Madame, Sie haben einige Tropfen von Ihrem süßesten, schnellsten und sichersten Gift aufbewahrt?«

»Verzeihen Sie mir, lassen Sie mich leben!«

»Sie ist feig«, sagte Villefort.

»Bedenken Sie, daß ich Ihre Frau bin!«

»Sie sind eine Giftmischerin.«

»Im Namen des Himmels!«

»Nein.«

»Im Namen der Liebe, die Sie für mich gehabt haben!«

»Nein, nein!«

»Im Namen unseres Kindes! Unserem Kind zuliebe lassen Sie mich leben.«

»Nein, nein, sage ich Ihnen, ließe ich Sie leben, so würden Sie eines Tages das Kind so gut töten wie die andern.«

»Ich, mein Kind töten!« rief in höchster Leidenschaft diese Mutter, auf Villefort zustürzend; »ich meinen Eduard töten?«

Und ein gräßliches Gelächter, das Lachen einer Wahnsinnigen vollendete den Satz und verlor sich in einem Geröchel.

Frau von Villefort stürzte zu den Füßen ihres Gatten nieder.

Villefort näherte sich ihr und sprach: »Bedenken Sie wohl, Madame, ist bei meiner Rückkehr nicht Gerechtigkeit geschehen, so zeige ich Sie mit meinem eigenen Mund an, verhafte ich Sie mit meinen eigenen Händen.«

Sie hörte keuchend, vernichtet; nur ihr Auge lebte in ihr und brannte in einem düsteren furchtbaren Feuer.

»Sie verstehen mich«, sagte Villefort, »ich gehe, um die Todesstrafe gegen einen Mörder zu fordern. Finde ich Sie noch lebend, so ist heute nacht der Kerker Ihre Wohnung.«

Frau von Villefort stieß einen Seufzer aus, ihre Nerven wurden schlaff, sie wälzte sich gebrochen auf dem Boden.

Der Staatsanwalt schien eine Regung des Mitleids zu fühlen, er schaute sie minder streng an, verbeugte sich leicht vor ihr und sprach langsam: »Gott befohlen, Madame.«

Dieser Abschied fiel wie das Messer des Todes auf Frau von Villefort. Sie wurde ohnmächtig.
Der Staatsanwalt entfernte sich und schloß hinausgehend die Tür doppelt.

14. Das Schwurgericht

Die Affäre Benedetto, wie man damals in Paris und in der Gesellschaft sagte, machte ein ungeheures Aufsehen. Ein täglicher Gast des Café de Paris, des Boulevard de Gand und des Bois de Boulogne, hatte der falsche Cavalcanti während seines Aufenthaltes in Paris und während der paar Monate, die sein Glanz gedauert, eine Menge von Bekanntschaften gemacht. Die Zeitungen erzählten von den verschiedenen Stellungen des Angeklagten in seinem eleganten Leben und in seinem Leben im Bagno; hieraus erfolgte die größte Neugierde besonders bei den persönlichen Bekannten des Grafen Cavalcanti; diese beschlossen auch, alles daran zu setzen, um Herrn Benedetto, den Mörder seines Kettenkameraden, auf der Bank der Angeklagten zu sehen.
Für viele war Benedetto, wenn nicht ein Opfer, doch wenigstens ein Irrtum der Justiz; man hatte Herrn Cavalcanti Vater in Paris gesehen, und man erwartete, er würde abermals erscheinen, um seinen erhabenen Sprößling zu reklamieren. Alle Welt lief also zu der Gerichtssitzung. Von morgens um sieben Uhr drängte man sich am Gitter, und eine Stunde vor Eröffnung der Sitzung war der Saal bereits voll von Bevorzugten.
Beauchamp, der zu den Königen der Presse gehörte und folglich seinen Thron überall hatte, lorgnierte rechts und links. Er erblickte Chateau-Renaud und Debray, die sich die Gunst eines Stadtsergeanten erworben und diesen bestimmt hatten, sich hinter sie zu stellen, statt sie zu maskieren, wie es sein Recht war. Der würdige Agent hatte den Sekretär des Ministers und den Millionär gerochen; er benahm sich voll Rücksicht gegen seine edlen Nachbarn und erlaubte ihnen, mit dem Versprechen, ihre Plätze aufzubewahren, Beauchamp einen Besuch zu machen.
»Nun! Wir werden also unsern Freund sehen!« sagte Beauchamp.

»Ei, mein Gott, ja!« erwiderte Debray, »dieser würdige Prinz! Der Teufel sei mit dem italienischen Prinzen!«
»Adel des Stricks«, bemerkte phlegmatisch Chateau-Renaud.
»Nicht wahr, er wird verurteilt werden?« fragte Debray Beauchamp.
»Ei, mein Lieber«, erwiderte der Journalist, »mir scheint, das muß man Sie fragen: Sie wissen besser als wir, wie es im Bureau aussieht; haben Sie den Präsidenten bei der letzten Soirée Ihres Ministers gesprochen?«
»Ja.«
»Was hat er Ihnen gesagt?«
»Etwas, was Sie in Erstaunen setzen wird.«
»Ah! Sprechen Sie geschwind, ich habe schon lange nichts dergleichen mehr gehört.«
»Wohl! Er hat gesagt, Benedetto, den man für einen Phönix der Feinheit, für einen Riesen der Schlauheit halte, sei nur ein untergeordneter, einfältiger Schuft und ganz unwürdig der Versuche, die man nach seinem Tod an seinen phrenologischen Organen machen werde.«
»Bah!« rief Beauchamp, »er spielte den Prinzen gar nicht übel.«
»Doch wenn ich mit dem Präsidenten gesprochen«, sagte Debray zu Beauchamp, »so müssen Sie mit dem Staatsanwalt gesprochen haben?«
»Unmöglich; seit acht Tagen verbirgt sich Herr von Villefort, und das ist ganz natürlich; diese Reihenfolge von häuslichen Unglücksfällen, denen der nicht minder seltsame Tod seiner Tochter die Krone aufsetzte...«
»Der seltsame Tod! Was sagen Sie da, Beauchamp?«
»Ah, ja, spielen Sie den Unwissenden, unter dem Vorwand, dies alles ereigne sich bei dem Adel der Robe«, sagte Beauchamp.
»Halt!« sagte Beauchamp, »ich täusche mich nicht.«
»Was denn?«
»Sie ist es. Man sagte doch, sie sei abgereist.«
»Fräulein Eugenie?« fragte Chateau-Renaud, »sollte sie zurückgekommen sein?«
»Nein, ihre Mutter.«

»Unmöglich«, rief Chateau-Renaud; »zehn Tage nach der Flucht ihrer Tochter, drei Tage nach dem Bankerott ihres Mannes!«
Debray errötete leicht und folgte der Richtung des Blickes von Beauchamp.
»Gehen Sie doch!« sagte er, »es ist eine verschleierte Frau, eine unbekannte Dame, vielleicht die Mutter des Fürsten Cavalcanti; aber mir scheint, Sie wollten uns sehr interessante Dinge mitteilen, Beauchamp?«
»Ich?«
»Ja. Sie sprachen von dem seltsamen Tod von Valentine.«
»Wohl!« versetzte Beauchamp, »sind Sie nicht neugierig zu erfahren, warum man so plötzlich in dem Haus von Villefort stirbt?«
»Meiner Treu!« sagte Debray, »ich verliere dieses seit drei Monaten mit Trauer behängte Haus nicht aus dem Auge, und noch vorgestern, bei Veranlassung des Todes von Valentine, sprach Madame *** mit mir darüber.«
»Meine Herren«, fuhr Beauchamp fort, »wenn man in dem Haus von Villefort so plötzlich stirbt, so geschieht es, weil ein Mörder dort ist.«
Die zwei jungen Leute bebten, denn es war ihnen mehr als einmal derselbe Gedanke gekommen.
»Und wer ist dieser Mörder?« fragten sie gleichzeitig.
»Der junge Eduard.«
Ein schallendes Gelächter der zwei Zuhörer brachte den Redner durchaus nicht aus der Fassung, und er fuhr fort: »Ja, meine Herren, der junge Eduard, ein Kind, das man als ein Phänomen zu betrachten hat, denn es bringt bereits alles um.«
»Das ist ein Scherz.«
»Keineswegs; ich habe gestern einen Bedienten angenommen, der bei Villefort ausgetreten ist. Morgen schicke ich ihn wieder fort, denn er ißt ungeheuer, um sich von dem Fasten zu erholen, das er sich dort aus Schrecken auferlegt hatte. Nun, es scheint, dieses Kind hat sich eines Fläschchens mit einer Arznei bemächtigt und bedient sich dieses Stoffes von Zeit zu Zeit gegen diejenige, welche ihm nicht gefallen. Zuerst mißfielen ihm der gute Papa und die gute Mama Saint-Meran, und er flößte ihnen drei Tropfen von seinem Elixier ein: drei Tropfen genügen.

Dann war es der brave Barrois, ein alter Diener des guten Papa Noirtier, der bisweilen den liebenswürdigen Jungen hart anließ: Der liebenswürdige Junge gab ihm drei Tropfen von seinem Elixier. Dann kam die Reihe an Valentine, diese ließ ihn zwar nicht hart an, aber er war eifersüchtig auf sie: Er flößte ihr drei Tropfen ein, und für sie, wie für die andern, war alles vorbei.«

»Aber was zum Teufel erzählen Sie uns denn da?« sagte Chateau-Renaud.

»Ja, nicht wahr, ein Märchen aus der andern Welt!« entgegnete Beauchamp.

»Das ist abgeschmackt«, sagte Debray.

»Ah! Sie suchen bereits verzögernde Mittel!« entgegnete Beauchamp. »Fragen Sie meinen Bedienten oder vielmehr denjenigen, welcher morgen nicht mehr mein Bedienter sein wird; es herrschte dieses Gerücht im ganzen Haus.«

»Doch das Elixier, wo ist es? Was ist es?«

»Verdammt! Das Kind verbirgt es.«

»Wo hat es dasselbe genommen?«

»Weiß ich es? Sie stellen da Fragen an mich, wie ein Staatsanwalt. Ich wiederhole nur, was man mir gesagt hat; ich nenne Ihnen meine Quelle, mehr kann ich nicht tun. Der arme Teufel von einem Bedienten aß vor Angst nicht mehr.«

»Das ist unglaublich.«

»Nein, mein Lieber, das ist durchaus nicht unglaublich: Sie haben gesehen, wie sich im vorigen Jahr jenes Kind der Rue Richelieu damit belustigte, daß es seine Brüder und Schwestern umbrachte, indem es ihnen, während sie schliefen, eine Nadel in das Ohr steckte. Die auf uns folgende Generation ist sehr frühreif, mein Lieber!«

»Mein Freund«, sagte Chateau-Renaud, »ich wette, Sie glauben nicht ein Wort von dem, was Sie uns da erzählen? Doch ich sehe den Grafen von Monte Christo nicht; warum ist er nicht hier?«

»Er ist solcher Szenen überdrüssig«, sagte Debray; »auch wird er nicht vor der Welt erscheinen wollen, nachdem er sich von allen diesen Cavalcanti hat betören lassen; sie kamen, wie es scheint, mit falschen Beglaubigungsschreiben zu ihm, und er hat nur für 500000 Franken Hypotheken auf das Fürstentum.«

»Ah! Es fällt mir ein, der Graf von Monte Christo kann nicht in den Saal kommen!« sprach Beauchamp.
»Warum dies?«
»Weil er bei diesem Drama handelnde Person ist.«
»Hat er auch jemand ermordet?« fragte Debray.
»Nein, man wollte im Gegenteil ihn ermorden. Sie wissen, daß der gute Herr von Caderousse, als er von dem Haus des Grafen wegging, von seinem Freund Benedetto ermordet worden ist. Sie wissen, daß man bei Monte Christo die berüchtigte Weste gefunden hat, in der der Brief war, durch welchen die Unterzeichnung des Vertrages gestört wurde. Sehen Sie die berüchtigte Weste? Sie liegt dort ganz blutig als Beweisstück auf dem Tisch.«
»Ah! Sehr gut.«
»Still, meine Herren, der Gerichtshof erscheint; gehen wir an unsere Plätze.«
Man vernahm ein gewaltiges Geräusch im Gerichtssaal; der Stadtsergeant machte seine zwei Schützlinge durch ein kräftiges He! aufmerksam, und der Gerichtsdiener rief, auf der Schwelle des Beratungssaales erscheinend: »Meine Herren, der Gerichtshof!«

15. Die Anklageschrift

Die Richter traten mitten unter dem tiefsten Stillschweigen ein; die Geschworenen nahmen ihre Plätze; Herr von Villefort, der Gegenstand der allgemeinen Aufmerksamkeit, wir möchten beinahe sagen Bewunderung, setzte sich bedeckt in seinen Lehnstuhl und schaute ruhig umher.
Jeder betrachtete mit Erstaunen das ernste strenge Antlitz, über dessen Unempfindlichkeit die persönlichen Schmerzen keine Gewalt zu haben schienen, und man sah mit einem gewissen Schrecken diesen den Regungen der Menschlichkeit fremden Mann an.
»Gendarme«, sagte der Präsident, »führt den Angeklagten vor.«
Bei diesen Worten wurde die Aufmerksamkeit des Publikums lebhafter, und aller Augen waren auf die Tür gerichtet, durch welche Benedetto eintreten sollte.

Bald öffnete sich diese Tür, und der Angeklagte erschien.
Der Eindruck war bei jedermann der gleiche, niemand täuschte sich in dem, was in seinem Gesicht zu lesen war.
Seine Züge trugen nicht das Gepräge jener tiefen Aufregung, welche das Blut zum Herzen zurückdrängt und die Stirn und die Wangen entfärbt. Seine Hände, die eine zierlich auf den Hut, die andere in die Öffnung seiner Weste von weißem Piqué gelegt, wurden von keinem Schauer geschüttelt, sein Auge war ruhig und glänzend. Kaum war er im Saal, als der Blick des jungen Mannes alle Reihen der Richter und der Anwesenden durchlief und länger auf dem Präsidenten und besonders auf dem Staatsanwalt haftenblieb.
Neben Andrea setzte sich der von Amts wegen gewählte Advokat; ein junger Mensch mit blonden Haaren und einem Gesicht, das hundertmal mehr durch die Aufregung gerötet war als das des Angeklagten.
Der Präsident verlangte die Vorlesung der durch die so geschickte und unversöhnliche Feder von Villefort abgefaßten Anklageschrift.
Während dieser langanhaltenden Vorlesung war die öffentliche Aufmerksamkeit unablässig auf Andrea gerichtet, der deren Gewicht mit der Seelenheiterkeit eines Spartaners ertrug.
Nie vielleicht war Villefort so scharf, so beredt gewesen. Das Verbrechen wurde unter den lebhaftesten Farben dargestellt; die früheren Verhältnisse des Angeklagten, seine Verwandlung, die Verkettung seiner Handlungen seit einem ziemlich zarten Alter wurden mit dem ganzen Talent auseinandergesetzt, welches die Lebenspraxis und die Kenntnis des menschlichen Herzens einem so erhabenen Geiste, wie es der des Staatsanwalts war, zu gewähren vermochten.
Schon durch den Eingang allein war Benedetto auf ewig in der öffentlichen Meinung verloren, bis ihn das Gesetz auf eine materiellere Weise bestraft haben würde.
Andrea schenkte diesen aufeinanderfolgenden Anklagen nicht die geringste Aufmerksamkeit. Herr von Villefort schaute ihn oft prüfend an und setzte an ihm ohne Zweifel die physiologischen Studien fort, die er häufig an den Angeklagten machte.
Endlich war die Verlesung vorüber.

»Angeklagter«, sprach der Präsident, »Ihr Name und Ihr Vorname?«

Andrea stand auf und sagte: »Verzeihen Sie, Herr Präsident, ich sehe, Sie belieben eine Ordnung der Fragen, in der ich Ihnen nicht folgen kann. Ich werde es mir später zur Aufgabe machen, die Behauptung zu rechtfertigen, daß ich eine Ausnahme von den gewöhnlichen Angeklagten bin. Wollen Sie mir also erlauben, einer abweichenden Ordnung folgend zu antworten; ich werde darum nicht minder alles beantworten.«

Der Präsident schaute erstaunt die Geschworenen an, die ihrerseits den Staatsanwalt anschauten. Eine große Verwunderung offenbarte sich in der ganzen Versammlung. Doch Andrea schien keineswegs darüber in Bewegung zu geraten.

»Ihr Alter?« fragte der Präsident; »werden Sie diese Frage beantworten?«

»Ich bin 21 Jahre alt, oder vielmehr ich werde es erst in einigen Tagen, denn ich bin in der Nacht vom 27. auf den 28. September im Jahre 1817 geboren.«

Herr von Villefort, der eben damit beschäftigt war, eine Notiz zu machen, hob bei diesem Datum rasch den Kopf empor.

»Wo sind Sie geboren?« fragte der Präsident.

»In Auteuil, bei Paris«, antwortete Benedetto.

Herr von Villefort hob den Kopf abermals empor, schaute Benedetto an, als ob er das Haupt der Meduse erblickt hätte, und wurde leichenblaß.

Benedetto aber fuhr anmutig über seine Lippen mit den gestickten Zipfeln seines Sacktuches von feinem Batist.

»Ihr Gewerbe?« fragte der Präsident.

»Anfangs war ich Fälscher«, erwiderte Andrea auf das allerruhigste, »dann wurde ich Dieb, und in der jüngsten Zeit habe ich mich zum Mörder gemacht.«

Ein Gemurmel, oder vielmehr ein Sturm der Entrüstung brach in allen Teilen des Saales los; die Richter selbst schauten ihn erstaunt an und gaben den größten Ekel gegen die Schamlosigkeit kund, die man so wenig von einem so eleganten Mann erwartet hatte.

Herr von Villefort drückte eine Hand auf seine Stirn, die, an-

fangs bleich, plötzlich rot und feurig geworden war: Es fehlte ihm an Luft.
»Suchen Sie etwas, Herr Staatsanwalt?« fragte Benedetto mit seinem höflichsten Lächeln.
Herr von Villefort antwortete nicht, sondern setzte sich oder sank vielmehr auf seinen Stuhl zurück.
»Und nun, Angeklagter, willigen Sie ein, Ihren Namen zu sagen?« fragte der Präsident. »Die rohe Eitelkeit, mit der Sie Ihre verschiedenen Verbrechen, die Sie als Ihr Gewerbe bezeichnen, aufgezählt haben; die Ehre, die Sie in dieses Gewerbe setzen, während der Gerichtshof im Namen der Moral und der Achtung, die man der Menschheit schuldig ist, Sie hierüber auf das strengste tadeln muß, sind vielleicht der Grund, aus dem Sie sich zu nennen zögern. Sie wollen vielleicht diesen Namen durch die ihm vorhergehenden Titel hervorheben.«
»Es ist unglaublich, Herr Präsident«, erwiderte Benedetto mit dem anmutigsten Ton, »wie Sie im Grunde meines Geistes lesen; ich habe Sie in der Tat in dieser Absicht gebeten, die Reihenfolge der Fragen zu verkehren.«
Das Erstaunen erreichte den höchsten Grad; es lag in den Worten des Angeklagten weder mehr Prahlerei noch Schamlosigkeit; das bewegte Auditorium hatte das Vorgefühl, daß aus dieser düstern Wolke ein Blitz hervorbrechen mußte.
»Nun!« sagte der Präsident, »Ihr Name?«
»Ich bin nicht imstande, Ihnen meinen Namen zu nennen, denn ich weiß ihn nicht; doch ich weiß den meines Vaters und kann Ihnen denselben sagen.«
Ein schmerzhafter Schwindel blendete Villefort und ließ von seinen Wangen rasch hintereinander Tropfen herben Schweißes auf das Papier fallen, das er mit krampfhafter Hand schüttelte.
»So sagen Sie den Namen Ihres Vaters«, sagte der Präsident.
Kein Hauch, kein Atemzug störte das Stillschweigen dieser Versammlung; jedermann wartete.
»Mein Vater ist Staatsanwalt«, antwortete ruhig Andrea.
»Staatsanwalt!« rief der Präsident bestürzt und ohne die Verstörung zu bemerken, die in den Gesichtszügen von Herrn von Villefort vorging; »Staatsanwalt!«

»Ja, und da Sie seinen Namen wissen wollen, so will ich Ihnen denselben nennen: Er heißt Villefort.«
Der so lange aus Achtung vor der Würde des Gerichtshofes zurückgehaltene Ausbruch erfolgte jetzt wie ein Donner aus der Brust von allen Anwesenden; der Gerichtshof selbst dachte nicht daran, diese Bewegung der Menge zu unterdrücken. Die an Benedetto gerichteten Vorwürfe und Schmähungen, die kräftigen Gebärden, die Bewegungen der Gendarme, das Hohngelächter jenes schmutzigen Teiles, der bei jeder Versammlung in den Augenblicken der Unruhe und des Skandals auf die Oberfläche steigt, alles dies dauerte fünf Minuten, ehe Gerichtsdiener das Stillschweigen wiederherzustellen vermochten.
Mitten unter diesem Lärm hörte man den Präsidenten rufen: »Sie spotten des Gerichtes, Angeklagter; sollten Sie es wagen, Ihren Mitbürgern das Schauspiel einer Verdorbenheit zu geben, welche in einer Zeit, die in dieser Hinsicht doch nichts zu wünschen übrigläßt, ihresgleichen nicht hätte?«
Zehn Personen drängten sich um den auf seinem Stuhl halb niedergeschmetterten Staatsanwalt und boten ihm Tröstungen, Ermutigungen, Beteuerungen ihres Eifers und ihres Mitgefühls.
Die Ruhe war im Saal wiederhergestellt, mit Ausnahme eines einzigen Punktes, wo eine ziemlich zahlreiche Gruppe sich gebärdete und flüsterte. Eine Frau war, wie man sagte, in Ohnmacht gefallen; man hatte sie an Salzen riechen lassen, und sie war wieder zu sich gekommen.
Andrea wandte während dieses ganzen Tumults sein lächelndes Gesicht der Versammlung zu, dann stützte er sich mit der anmutigsten Haltung auf das eichene Geländer seiner Bank und sprach: »Meine Herren, Gott bewahre mich, daß ich den Gerichtshof zu beleidigen und in Gegenwart dieser ehrenwerten Versammlung einen unnützen Skandal zu machen suche. Man fragt mich, wie alt ich sei, ich sage es; man fragt mich, wo ich geboren sei, ich antworte; man fragt mich nach meinem Namen, ich kann ihn nicht nennen, weil meine Eltern mich verlassen haben. Doch ohne meinen Namen zu nennen, da ich keinen habe, kann ich den meines Vaters nennen: Ich wiederhole also, mein

Vater ist Herr von Villefort, und ich bin bereit, es zu beweisen.«
Der Ton des jungen Mannes hatte das Gepräge einer Gewißheit, einer Überzeugung, einer Energie, wodurch der Aufruhr zum Stillschweigen gebracht wurde. Die Blicke richteten sich allgemein auf den Staatsanwalt, der auf seinem Sitz die Unbeweglichkeit eines Menschen beobachtete, welchen der Blitz in eine Leiche verwandelt hat.

»Meine Herren«, fuhr Andrea, durch die Gebärde und durch die Stimme Stillschweigen heischend, fort, »meine Herren, ich bin Ihnen den Beweis und die Erklärung meiner Worte schuldig.«

»Aber Sie haben bei der Untersuchung erklärt, Sie hießen Benedetto«, rief heftig der Präsident, »Sie haben gesagt, Sie wären eine Waise und nannten Korsika als Ihr Vaterland.«

»Ich habe bei der Untersuchung gesagt, was mir zu sagen beliebte, denn der feierliche Klang, den ich meinen Worten geben wollte, sollte nicht geschwächt oder gehemmt werden.

Ich wiederhole Ihnen, daß ich in Auteuil in der Nacht vom 27. auf den 28. September des Jahres 1817 geboren wurde und der Sohn des Herrn Staatsanwalts von Villefort bin. Wollen Sie nun die Einzelheiten wissen? Ich werde sie Ihnen sagen: Ich wurde geboren im ersten Stock des Hauses Nr. 28, Rue de la Fontaine, in einem mit rotem Damast austapezierten Zimmer. Mein Vater sagte meiner Mutter, ich wäre tot, nahm mich in seine Arme, wickelte mich in eine mit einem H. und mit 15 bezeichnete Serviette und trug mich in den Garten, wo er mich lebendig begrub.«

Ein Schauer durchlief alle Anwesenden, als sie sahen, daß die Sicherheit des Angeklagten mit dem Schrecken des Herrn von Villefort wuchs.

»Doch woher wissen Sie diese einzelnen Umstände?« fragte der Präsident.

»Ich will es Ihnen sagen, Herr Präsident. In den Garten, wo mich mein Vater begraben, hatte sich in dieser Nacht ein Mensch geschlichen, der ihn auf den Tod haßte und seit langer Zeit auf ihn lauerte, um eine korsische Rache an ihm zu vollziehen. Dieser Mensch war in einem Gesträuch verborgen; er sah meinen Vater ein Kistchen in die Erde vergraben und brachte ihm einen Messerstich mitten in seiner Arbeit bei; im Glauben, das Kistchen enthielte einen Schatz, öffnete er das Grab und fand mich noch am Leben. Dieser Mensch trug mich in das Hospital der Findelkinder, wo ich unter der Nummer 37 eingeschrieben wurde. Drei Monate nachher machte seine Schwägerin die Reise von Rogliano nach Paris, um mich zu holen, forderte mich als ihren Sohn zurück und brachte mich nach Hause. Deshalb bin ich, obgleich in Auteuil geboren, doch in Korsika erzogen worden.«

Es herrschte einen Augenblick ein so tiefes Stillschweigen, daß man den Saal hätte für leer halten können.

»Fahren Sie fort«, sprach der Präsident.

»Ich konnte allerdings glücklich sein bei den braven Leuten, die mich anbeteten; aber meine verkehrte Natur trug den Sieg über alle Tugenden davon, die meine Adoptivmutter in mein Herz zu pflanzen suchte. Ich wuchs im Schlechten und gelangte zum Verbrechen. Eines Tages, als ich Gott verfluchte, daß er mich so böse gemacht und mir ein so abscheuliches Geschick gegeben, kam mein Adoptivvater zu mir und sprach: Lästere nicht, Unglücklicher! Denn Gott hat dir das Tageslicht ohne Zorn verliehen, das Verbrechen kommt von deinem Vater und nicht von dir, von deinem Vater, der dich der Hölle weihte, wenn du sterben, dem Elend, wenn ein Wunder dich dem Leben zurückgeben würde. Von da an hörte ich auf, Gott zu lästern, aber ich verfluchte meinen Vater; und darum ließ ich hier die Worte vernehmen, die Sie mir vorgeworfen, Herr Präsident; darum habe ich den Skandal veranlaßt, über den diese Versammlung noch bebt. Ist dies ein Verbrechen mehr, so bestrafen Sie mich, habe ich Sie jedoch überzeugt, daß von meiner Geburt an mein Schicksal ein unseliges, schmerzliches, bitteres war, so beklagen Sie mich!«

»Doch Ihre Mutter?« fragte der Präsident.

»Meine Mutter hielt mich für tot; meine Mutter ist nicht schuldig. Ich wollte ihren Namen nicht wissen und kenne ihn nicht.«

In diesem Augenblick ertönte ein schriller Schrei, der in einem Schluchzen endigte, mitten aus einer Gruppe, die, wie gesagt, eine Frau umgab. Diese Frau hatte einen heftigen Nervenanfall und wurde aus dem Gerichtssaal weggetragen; während man sie

wegtrug, verschob sich der dicke Schleier, der ihr Gesicht verbarg, und man erkannte Madame Danglars.
Trotz des Drucks, der auf seinen geschwächten Sinnen lastete, trotz des Gesummes, das sein Ohr erfüllte, trotz des Wahnsinns, der sein Gehirn durchtobte, erkannte sie Herr von Villefort ebenfalls und stand auf.
»Die Beweise? Die Beweise?« fragte der Präsident, »Angeklagter, erinnern Sie sich, daß dieses Gewebe von Greueln durch die untrüglichsten Beweise unterstützt werden muß.«
»Die Beweise?« versetzte Benedetto lachend, »die Beweise wollen Sie haben? Wohl! Schauen Sie Herrn von Villefort an, und verlangen Sie noch einmal die Beweise.«
Jedermann wandte sich gegen den Staatsanwalt um, der unter dem Gewicht von tausend auf ihn gehefteten Blicken, wankend, die Haare in Unordnung, das Gesicht hochrot, in den Kreis des Tribunals trat.
Die ganze Versammlung ließ ein langes Gemurmel des Erstaunens vernehmen.
»Man verlangt die Beweise von mir, mein Vater«, sprach Benedetto; »soll ich sie geben?«
»Nein, nein«, stammelte Herr von Villefort mit gepreßter Stimme, »nein, es ist unnötig.«
»Wie, unnötig?« rief der Präsident, »was wollen Sie damit sagen?«
»Ich will damit sagen«, entgegnete der Staatsanwalt, »daß ich mich vergebens unter dem tödlichen Druck, der mich niederwirft, zerarbeiten würde. Meine Herren, ich erkenne es, ich bin in der Hand des rächenden Gottes. Keine Beweise! Es bedarf deren nicht: Alles, was dieser junge Mensch gesagt hat, ist wahr.«
Ein düsteres, schwer lastendes Stillschweigen, wie das, welches den Katastrophen der Natur vorhergeht, hüllte in seinen bleiernen Mantel alle Anwesende.
»Wie, Herr von Villefort«, rief der Präsident, »Sie weichen nicht der Macht eines Anfalles von Irrsinn! Wie! Sie besitzen Ihre Fähigkeiten im ganzen Umfang! Es ließe sich leicht begreifen, wenn eine so seltsame, so unvorhergesehene, so furchtbare Anklage Ihren Geist gestört hätte; auf, Herr von Villefort, beruhigen Sie sich!«

Der Staatsanwalt schüttelte den Kopf. Seine Zähne schlugen heftig aufeinander, wie die eines Menschen, der vom Fieber verzehrt wird, und dennoch war er bleich wie der Tod.

»Ich bin ganz und gar bei Sinnen«, sprach er; »der Körper allein leidet, und das läßt sich begreifen. Ich erkenne mich schuldig alles dessen, was dieser junge Mensch gegen mich vorgebracht hat, und ich halte mich von dieser Stunde an in meinem Haus zur Verfügung des Herrn Staatsanwalts, meines Nachfolgers.«

Nachdem er diese Worte mit dumpfer, beinahe erstickter Stimme gesprochen hatte, ging Herr von Villefort wankend auf die Tür zu, die ihm mit einer mechanischen Bewegung der Diener öffnete.

Die ganze Versammlung blieb stumm durch diese Offenbarung und durch dieses Geständnis, wodurch eine so furchtbare Entwicklung den rätselhaften Erscheinungen verliehen wurde, die seit vierzehn Tagen die hohe Pariser Gesellschaft in Bewegung setzten.

»Man sage noch einmal, das Drama liege nicht in der Natur!« sagte Beauchamp.

»Meiner Treu«, versetzte Chateau-Renaud, »ich würde noch lieber wie Herr von Morcerf endigen; ein Pistolenschuß erscheint sanft gegen eine solche Katastrophe.«

»Und dann tötet er«, bemerkte Beauchamp.

»Und ich, der ich einen Augenblick den Gedanken hatte, seine Tochter zu heiraten!« sagte Debray. »Das arme Kind hat wohl daran getan, daß es gestorben ist.«

»Die Sitzung ist aufgehoben, meine Herren, und die Sache auf die nächste Session verschoben«, sprach der Präsident. »Der Prozeß muß aufs neue eingeleitet und einem anderen Beamten anvertraut werden.«

Andrea verließ den Saal, stets gleich ruhig und noch viel interessanter als zuvor, geleitet von Gendarmen, die ihm unwillkürlich eine gewisse Achtung zollten.

»Nun, was denken Sie davon, mein braver Mann?« fragte Debray den Stadtsergeanten, indem er ihm einen Louisd'or in die Hand drückte.

»Es werden mildernde Umstände obwalten!« antwortete dieser.

16. Die Sühne

Villefort schritt durch die Reihen der Zuschauer, der Wachen, der Leute des Palastes, und entfernte sich, durch sein eigenes Geständnis als schuldig erkannt, aber beschützt durch seinen Schmerz. Es wäre schwierig, den Zustand der Betäubung zu nennen, in dem sich Herr von Villefort befand, als er den Palast verließ, das Fieber zu schildern, das jede Arterie schlagen, jede Faser seines Leibes erstarren machte, jede Vene zum Zerspringen anschwellte und jeden Punkt seines Körpers in Millionen von Leiden zerschnitt.

Villefort schleppte sich, nur geleitet durch die Gewohnheit, die Gänge entlang; er warf die Toga des Beamten von seinen Schultern, weil sie für ihn jetzt eine niederdrückende Last geworden war. Er kam wankend bis zu der Cour Dauphine, erblickte seinen Wagen, öffnete selbst den Schlag und sank, mit dem Finger die Richtung des Faubourg Saint-Honoré andeutend, auf die Kissen.

Das ganze Gewicht seines zusammengestürzten Glückes war auf sein Haupt gefallen; dieses Gewicht drückte ihn nieder, ohne daß er genau die Folgen davon kannte; er hatte diese nicht ermessen, er fühlte sie; er setzte sich nicht sein Gesetzbuch auseinander, wie der kalte Mörder, der einen bekannten Artikel erläutert. Er hatte Gott im Grunde seines Herzens.

»Gott!« murmelte er, ohne zu wissen, was er sagte.

Er sah nur Gott hinter dem Einsturz, der ihn soeben getroffen hatte.

Der Wagen rollte rasch fort; heftig sich auf den Kissen hin und her bewegend, fühlte Villefort einen Gegenstand, der ihn belästigte, es war ein Fächer, den Frau von Villefort zwischen den Kissen des Wagens hatte liegen lassen; dieser Fächer erweckte eine Erinnerung, und diese Erinnerung war wie ein Blitz mitten in der Nacht.

Villefort dachte an seine Frau.

»Oh, oh!« rief er, als ob ein glühendes Eisen sein Herz durchdränge.

Seit einer Stunde hatte er in der Tat nur eine Seite seines Unglücks in den Augen, und nun bot sich seinem Geist plötzlich eine andere, nicht minder furchtbare.

Diese Frau! Er war gegen sie kurz zuvor als unerbittlicher Richter verfahren, er hatte sie zum Tode verurteilt. Und vom Schrecken ergriffen, von den Gewissensbissen niedergeschmettert, in den Abgrund der Schande gestürzt, den er durch die Beredsamkeit seiner vorwurfsfreien Tugend vor ihr geöffnet hatte, schwach und wehrlos gegen eine unumschränkte oberste Gewalt, schickte sich die arme Frau in diesem Augenblick vielleicht an zu sterben!

Eine Stunde war seit ihrer Verurteilung abgelaufen. Ohne Zweifel durchging sie in dieser Minute in ihrem Gedächtnis alle ihre Verbrechen, bat Gott um Gnade und schrieb einen Brief, um auf den Knien die Verzeihung ihres tugendhaften Gatten anzuflehen, eine Verzeihung, die sie mit ihrem Tod erkaufte.

Villefort stieß ein zweites Gebrüll des Schmerzes und der Wut aus.

»Ah!« rief er, sich auf dem Atlaskissen seiner Karosse wälzend, »diese Frau ist nur Verbrecherin geworden, weil sie mich berührt hat. Ich schwitze das Verbrechen aus, und sie hat es geerbt, wie man den Typhus, die Cholera, die Pest erbt, und ich bestrafe sie! Oh, nein, nein! Sie wird leben ... sie wird mir folgen ... Wir fliehen, verlassen Frankreich und wandern fort und fort, solange uns die Erde trägt. Ich sprach zu ihr vom Schafott! Großer Gott! Wie konnte ich es wagen, dieses Wort auszusprechen! Auch mich erwartet das Schafott ... Wir werden fliehen ... Ja, ich will ihr beichten; ja, jeden Tag will ich mich demütigen, ihr sagen, daß ich auch ein Verbrechen begangen habe. Herrliche Verbindung des Tigers und der Schlange! Würdige Frau eines Mannes, wie ich bin! Sie soll leben, meine Schande soll die ihrige erbleichen lassen!«

Villefort stieß heftig das Vorderfenster seines Kupees herab und rief mit einer Stimme, die den Kutscher auf seinem Sitz auffahren machte: »Vorwärts! Geschwinder! Geschwinder!«

Von der Furcht angetrieben, flogen die Pferde bis an sein Haus.

»Ja, ja«, wiederholte sich Villefort, während er sich seiner Wohnung näherte, »ja, diese Frau soll leben, sie soll bereuen und meinen Sohn erziehen, mein armes Kind, das einzige Wesen, das nebst dem unzerstörbaren Greis der Vernichtung meiner Familie entgangen ist. Sie liebte den Knaben; für ihn hat sie alles getan. Man darf nie an dem Herzen einer Mutter verzweifeln, die ihr Kind liebt; sie wird bereuen, und niemand wird erfahren, daß sie schuldig war. Die in meinem Haus verübten Verbrechen werden mit der Zeit vergessen; oder erinnern sich ihrer einige Feinde, so nehme ich sie auf in die Liste meiner Frevel. Einer, zwei, drei mehr, was ist daran gelegen! Meine Frau wird sich, Geld und besonders ihren Sohn mitnehmend, fern von dem Abgrund flüchten, in den, wie es mir scheint, die ganze Welt mit mir zu stürzen im Begriff ist. Sie wird leben, sie wird noch glücklich sein, weil sich ihre ganze Liebe in ihrem Sohn zusammendrängt und ihr Sohn sie nicht verläßt. Ich werde eine gute Handlung verrichtet haben, und das erleichtert das Herz.« Und der Staatsanwalt atmete freier, als er es seit langer Zeit getan. Der Wagen hielt im Hof des Hauses an.

Villefort stürzte von dem Fußtritt auf die Freitreppe; er sah, wie die Diener darüber staunten, daß er so schnell zurückkam. Er las nichts anderes auf ihrem Antlitz; keiner richtete das Wort an ihn; man blieb vor ihm stehen, wie gewöhnlich, um ihn vorbeigehen zu lassen – mehr nicht.

Er kam an dem Zimmer von Noirtier vorüber und erblickte durch die halboffene Tür etwas wie zwei Schatten; doch er bekümmerte sich nicht um die Person, die bei seinem Vater war: Seine Unruhe trieb ihn mächtig vorwärts.

»Gut«, sagte er, die kleine Treppe hinaufsteigend, welche zu dem Vorplatz führte, auf den die Wohnung seiner Frau und das leere Zimmer von Valentine gingen, »gut, es hat sich hier nichts geändert.«

Er schloß vor allem die Tür des Vorplatzes.

»Niemand darf uns stören«, sagte er; »ich muß frei mit ihr sprechen, mich vor ihr anklagen, ihr alles mitteilen können.«

Er näherte sich der Tür, legte die Hand auf den kristallnen Knopf, die Tür gab nach.

»Nicht geschlossen! Oh, gut, sehr gut!« murmelte er und umfaßte mit einem Blick den ganzen Salon.

»Niemand«, sagte er; »ohne Zweifel ist sie in ihrem Schlafzimmer.«

Er eilte nach der Tür. Hier war der Riegel vorgeschoben.

Schauernd blieb er stehen und rief: »Heloise!«

Es kam ihm vor, als verrückte man einen Schrank.
»Heloise!« wiederholte er.
»Wer ist da?« fragte die Stimme der Gerufenen.
Er glaubte, diese Stimme wäre schwächer als gewöhnlich.
»Öffnen Sie, öffnen Sie«, rief Villefort, »ich bin es.«
Doch trotz dieses Befehls, trotz des ängstlichen Tons, mit dem er gegeben wurde, öffnete man nicht.
Villefort stieß die Tür mit einem Fußtritt ein.
Am Eingang des Zimmers, das in ihr Boudoir ging, stand Frau von Villefort, bleich, das Gesicht zusammengezogen, und schaute ihn mit furchtbar starren Augen an.
»Heloise!« rief er, »was haben Sie, sprechen Sie!«
Die junge Frau streckte ihre starre, leichenblasse Hand gegen ihn aus.
»Es ist geschehen, mein Herr«, sprach sie mit einem Röcheln, das ihren Schlund zu zerreißen schien; »was wollen Sie noch mehr von mir?«
Und sie stürzte von ihrer ganzen Höhe auf den Boden.
Villefort lief auf sie zu und faßte sie bei der Hand, in der sie krampfhaft ein kristallnes Fläschchen hielt.
Frau von Villefort war tot.
Außer sich vor Schrecken wich Villefort bis auf die Schwelle des Zimmers zurück und schaute die Leiche an.
»Mein Sohn!« rief er plötzlich, »wo ist mein Sohn? Eduard! Eduard!«
Und er stürzte aus dem Zimmer und schrie nach Eduard mit einem solchen Ton der Angst, daß die Bedienten herbeiliefen.
»Mein Sohn! Wo ist mein Sohn?« fragte Villefort, »man entferne ihn von dem Haus, er soll nicht sehen...«
»Herr Eduard ist nicht unten«, antwortete der Kammerdiener.
»Er spielt ohne Zweifel im Garten; seht nach, seht nach!«
»Nein, Herr Staatsanwalt, Madame hat ihren Sohn vor ungefähr einer halben Stunde gerufen; Herr Eduard ist zu Madame hineingegangen und seitdem nicht mehr herausgekommen.«
Ein eiskalter Schweiß überströmte die Stirn von Villefort; seine Füße strauchelten, seine Gedanken fingen an, sich wie das in Unordnung gebrachte Räderwerk einer zerbrochenen Uhr in seinem Kopf zu drehen.

»Zu Madame!« murmelte er, »zu Madame!« Und er kehrte langsam um und wischte sich mit einer Hand den Schweiß ab, während er sich mit der andern an der Wand stützte.

In das Zimmer zurückkehrend, mußte er abermals den Leichnam der unglücklichen Frau sehen.

Um Eduard zu rufen, mußte er das Echo dieses in einen Sarg verwandelten Gemaches wecken; sprechen hieß die Stille des Grabes verletzen.

Villefort fühlte seine Zunge in seinem Mund gelähmt.

»Eduard! Eduard!« stammelte er.

Das Kind antwortete nicht; wo mochte das Kind sein, das nach der Aussage der Diener zu seiner Mutter hineingegangen und nicht wieder herausgekommen war?

Villefort machte einen Schritt vorwärts.

Der Leichnam von Frau von Villefort lag quer vor der Tür des Boudoirs, in dem sich Eduard notwendig befinden mußte; dieser Leichnam schien mit starren, offenen Augen, mit einer gräßlichen, geheimnisvollen Ironie auf den Lippen an der Schwelle zu wachen.

Hinter dem Leichnam ließ der halbaufgehobene Türvorhang einen Teil des Boudoirs, ein Klavier und das Ende eines Diwans von blauem Atlas erschauen.

Villefort machte ein paar Schritte vorwärts und sah auf dem Sofa sein Kind liegen. Es schlief ohne Zweifel.

Er nahm das Kind in seine Arme, preßte es, schüttelte es, rief es: Das Kind antwortete nicht. Er drückte seine gierigen Lippen auf dessen Wangen; diese Wangen waren bleich und eisig; er rieb seine starren Glieder, er legte seine Hand auf sein Herz – das Herz schlug nicht mehr. Das Kind war tot.

Ein zusammengelegtes Papier fiel aus der Brust von Eduard. Wie vom Blitz getroffen, sank Villefort auf seine Knie; das Kind entschlüpfte seinen schlaffen Armen und rollte an die Seite seiner Mutter.

Villefort hob das Papier auf, erkannte die Schrift seiner Frau und las es gierig. Es enthielt folgende Worte: »Sie wissen, daß ich eine gute Mutter war, da ich mich für meinen Sohn zur Verbrecherin gemacht habe. Eine gute Mutter reist nicht ohne ihren Sohn!«

Villefort wollte seinen Augen nicht trauen, seiner Vernunft nicht glauben; er schleppte sich zu dem Körper von Eduard und untersuchte ihn noch einmal mit ängstlicher Aufmerksamkeit, und ein herzzerreißender Schrei drang aus seiner Brust hervor. »Gott!« murmelte er immer, »Gott!«

Diese zwei Opfer erschreckten ihn; er fühlte, wie sich der Schauer der von zwei Leichnamen bewohnten Einsamkeit seiner bemächtigte. Villefort beugte sich auf seine Knie, schüttelte seine von Schweiß feuchten, vor Schrecken emporstarrenden Haare – und Villefort, der nie Mitleid mit jemand gehabt hatte, suchte den Greis, seinen Vater, auf, um in seiner Schwäche jemand zu haben, dem er sein Unglück erzählen, bei dem er weinen könnte.

Noirtier schien aufmerksam, freundlich auf den wie gewöhnlich ruhigen und kalten Abbé Busoni zu hören.

Als Villefort den Abbé erblickte, fuhr er mit der Hand nach seiner Stirn. Die Vergangenheit kehrte zu ihm zurück; er erinnerte sich des Besuches, den er dem Abbé zwei Tage nach dem Mittagsmahl in Auteuil gemacht, und des Besuches, den der Abbé ihm am Todestag von Valentine gemacht hatte.

»Sie hier, mein Herr!« sagte er; »Sie erscheinen also immer nur in diesem Haus, um den Tod zu geleiten?«

Busoni richtete sich auf. Als er die verstörten Gesichtszüge des Beamten, den wilden Glanz seiner Augen wahrnahm, begriff er, oder glaubte er zu begreifen, daß die Szene vor dem Schwurgericht in Erfüllung gegangen war; das übrige wußte er nicht.

»Ich bin damals gekommen, um bei dem Leichnam Ihrer Tochter zu beten«, antwortete Busoni.

»Und warum kommen Sie heute hierher?«

»Ich komme, um Ihnen zu sagen, daß Sie Ihre Schuld hinreichend bezahlt haben, und daß ich von diesem Augenblick an Gott bitten werde, er möge zufrieden sein, wie ich.«

»Mein Gott!« rief Villefort, Schrecken auf der Stirn und zurückweichend, »diese Stimme ist nicht die des Abbés Busoni!«

»Nein.«

Der Abbé riß eine falsche Tonsur ab, schüttelte den Kopf, und seine langen, schwarzen Haare fielen, vom Zwang befreit, auf seine Schultern herab und umrahmten sein männliches Antlitz.

»Es ist das Gesicht von Herrn von Monte Christo«, rief Villefort mit stieren Augen.

»Auch das ist es nicht, Herr Staatsanwalt, suchen Sie besser und ferner.«

»Diese Stimme! Diese Stimme! Wo habe ich sie zum erstenmal gehört?«

»Sie haben sie zum erstenmal gehört in Marseille vor 21 Jahren, am Tag Ihrer Verlobung mit Fräulein von Saint-Meran. Suchen Sie in Ihren Akten!«

»Sie sind nicht Busoni? Sie sind nicht Monte Christo? Mein Gott, Sie sind jener verborgene Todfeind! Ich habe in Marseille etwas gegen Sie getan, oh, wehe mir!«

»Ja, du hast recht«, sagte der Graf, die Arme über seiner breiten Brust kreuzend; »suche, suche!«

»Aber was habe ich dir denn getan?« rief Villefort, dessen Geist bereits auf der Grenze schwebte, wo sich Vernunft und Unvernunft vermengen und der Wahnsinn droht, »was habe ich dir getan? Sag! Sprich!«

»Sie haben mich zu einem langsamen, abscheulichen Tod verurteilt, Sie haben meinen Vater getötet, Sie haben mir die Liebe mit der Freiheit und das Glück mit der Liebe geraubt!«

»Wer sind Sie? Mein Gott! Wer sind Sie denn?«

»Ich bin das Gespenst eines Unglücklichen, den Sie in den Kerker des Schlosses If begraben haben. Diesem aus seinem Grab hervorgegangenen Gespenst hat Gott die Maske des Grafen von Monte Christo gegeben, er hat es mit Diamanten und Gold bedeckt, damit Sie es erst heute erkennen würden.«

»Ah! Ich erkenne dich, ich erkenne dich!« sagte der Staatsanwalt; »du bist...«

»Ich bin Edmond Dantes!«

»Du bist Edmond Dantes!« rief der Staatsanwalt, den Grafen beim Handgelenk fassend, »so komm.«

Und er zog ihn nach der Treppe, zu der ihm Monte Christo erstaunt, ohne zu wissen, wohin ihn der Staatsanwalt führte, aber eine neue Katastrophe ahnend, folgte.

»Sieh, Edmond Dantes«, sagte er, dem Grafen den Leichnam seiner Frau und den Körper seines Sohnes zeigend; »sieh hierher! Bist du gerächt?«

Monte Christo erbleichte bei diesem furchtbaren Schauspiel; er begriff, daß er die Rechte der Rache überschritten hatte; er begriff, daß er nicht mehr sagen konnte: Gott ist für mich und mit mir.
Er warf sich mit einer Empfindung unaussprechlicher Angst auf den Körper des Kindes, öffnete seine Augen, befühlte seinen Puls, und stürzte mit ihm in das Zimmer von Valentine, das er doppelt schloß.
»Mein Kind«, rief Villefort, »er trägt den Leichnam meines Kindes fort! Fluch! Unglück! Tod über dich!«
Und er wollte Monte Christo nachstürzen; aber er fühlte seine Füße wie in einem Traum Wurzel fassen: seine Augen erweiterten sich, als wollten sie ihre Höhlen sprengen. Die Adern seiner Schläfen schwollen an.
Diese Starrheit dauerte mehrere Minuten, bis die gräßliche Umwälzung der Vernunft vollbracht war.
Dann stieß er einen Schrei aus, schlug ein langes Gelächter auf und stürzte nach der Treppe.
Eine Viertelstunde nachher öffnete sich das Zimmer von Valentine wieder, und der Graf von Monte Christo erschien auf der Schwelle. Er war bleich, sein Auge finster, seine Brust gepreßt. Alle Züge dieses sonst so ruhigen Gesichtes waren vom Schmerz verstört.
Er hielt in seinen Armen das Kind, dem keine Hilfe das Leben hatte zurückgeben können.
Der Graf setzte ein Knie auf die Erde und legte den Knaben mit frommer Gebärde neben seine Mutter so nieder, daß sein Kopf auf ihrer Brust ruhte.
Dann stand er auf, ging hinaus und fragte einen Bedienten:
»Wo ist Herr von Villefort?«
Der Bediente streckte, ohne zu antworten, die Hand nach dem Garten aus. Monte Christo stieg die Treppe hinab, schritt auf den bezeichneten Ort zu, und sah mitten unter seinen Dienern Villefort, der, einen Spaten in der Hand, die Erde mit einer Art durchwühlte, und vor sich hinmurmelte: »Es ist noch nicht hier, es ist noch nicht hier!«
Monte Christo näherte sich ihm und sprach ganz leise, mit bei-

nahe demütigem Ton: »Mein Herr, Sie haben einen Sohn verloren; doch...«
Villefort unterbrach ihn; er hatte weder gehört noch gesehen. »Oh! Ich werde ihn wiederfinden«, sagte er; »Sie mögen immerhin behaupten, er sei nicht da, ich werde ihn wiederfinden, und müßte ich bis zum Tag des Jüngsten Gerichts suchen.«
Monte Christo wich voll Schrecken zurück. »Ha, er ist wahnsinnig«, murmelte er. Und als hätte er befürchtet, die Mauern des verfluchten Hauses könnten über ihm einstürzen, lief er auf die Straße, zum erstenmal zweifelnd, ob er das Recht gehabt, zu tun, was er getan.
»Genug, genug damit«, sagte er, »retten wir den letzten.«
Monte Christo kam nach Hause und traf Morel, der in dem Hotel der Champs-Elysées umherirrte, schweigsam wie ein Schatten, der den von Gott bestimmten Augenblick, um in sein Grab zurückzukehren, erwartet.
»Treffen Sie Ihre Vorkehrungen, Maximilian«, sagte er mit einem Lächeln zu ihm, »wir verlassen morgen Paris.«
»Haben Sie nichts mehr hier zu tun?« fragte Morel.
»Nein«, antwortete Monte Christo, »und Gott wolle, daß ich nicht zu viel getan habe.«
Am andern Tag reisten sie wirklich, nur von Baptistin begleitet ab. Haydee hatte Ali mitgenommen, Bertuccio blieb bei Noirtier.

17. Die Abreise

Diese Ereignisse beschäftigten ganz Paris. Emanuel und seine Frau erzählten sich dieselben mit einem ganz natürlichen Erstaunen in ihrem kleinen Salon der Rue Meslay; sie stellten diese drei ebenso plötzlichen als unerwarteten Katastrophen von Morcerf, Danglars und Villefort zusammen. Maximilian, der ihnen einen Besuch machte, hörte ihnen zu.
»Wie viele Unglücksfälle!« sagte Emanuel, an Morcerf und Danglars denkend.
»Welche Leiden!« rief Julie, sich Valentines erinnernd, die sie aus ihrem weiblichen Instinkt nicht in Gegenwart ihres Bruders nennen wollte.
»Wenn Gott sie geschlagen hat«, sprach Emanuel, »so geschah

es, weil Gott in der Vergangenheit dieser Leute nichts fand, was eine Milderung dieser Strafe verdiente, weil diese Leute verflucht waren.«
Kaum hatte er diese Worte gesprochen, als das Geräusch der Glocke ertönte. Und beinahe in demselben Augenblick öffnete sich die Tür, und der Graf von Monte Christo erschien auf der Schwelle.
Ein doppelter Freudenschrei drang aus dem Mund der jungen Leute.
»Maximilian«, sagte der Graf, ohne daß es schien, als bemerkte er die verschiedenen Eindrücke, welche seine Gegenwart auf seine Wirte hervorbrachte »Maximilian, ich komme, um Sie zu holen.«
»Mich holen?« fragte Maximilian, wie aus einem Traum erwachend.
»Ja, ist es nicht unter uns verabredet, daß ich Sie mitnehme, und habe ich Ihnen nicht gestern gesagt, Sie mögen sich bereithalten?«
»Hier bin ich«, sagte Maximilian, »ich ging nur hierher, um von ihnen Abschied zu nehmen.«
»Und wohin reisen Sie, Herr Graf?« fragte Julie.
»Zuerst nach Marseille, Madame.«
»Nach Marseille?« wiederholten die beiden.
»Ja, und ich nehme Ihnen Ihren Bruder.«
»Ach! Herr Graf«, erwiderte Julie, »geben Sie ihn uns geheilt zurück.«
Morel wandte sich ab, um eine lebhafte Röte zu verbergen.
»Ich werde es versuchen«, versetzte der Graf.
»Ich bin bereit, mein Herr«, sprach Maximilian. »Lebt wohl, Gott befohlen, Emanuel, Gott befohlen, Julie!«
»Wie! Lebt wohl?« rief Julie, »du reist also auf der Stelle, ohne Vorbereitung, ohne Paß?«
»Das sind Dinge, die den Kummer der Trennung verdoppeln«, sagte Monte Christo, »und ich bin fest überzeugt, Maximilian ist meiner Empfehlung gemäß so vorsichtig gewesen, für alles zu sorgen.«
»Ich habe meinen Paß, und mein Koffer ist gepackt«, sprach Morel mit seiner eintönigen Ruhe.

»Sehr gut«, versetzte Monte Christo lächelnd, »man erkennt hierin die Pünktlichkeit eines guten Soldaten.«
»Und Sie verlassen uns auf diese Art?« fragte Julie, »Sie verlassen uns auf der Stelle, Sie schenken uns nicht einen Tag, nicht eine Stunde?«
»Mein Wagen steht vor der Tür, Madame; ich muß in fünf Tagen in Rom sein.«
»Doch Maximilian geht nicht nach Rom!« entgegnete Emanuel.
»Ich gehe, wohin es dem Grafen mich zu führen belieben wird«, sprach Morel mit einem traurigen Lächeln; »ich gehöre ihm noch für einen ganzen Monat.«
»Oh, mein Gott, wie er das sagt, Herr Graf.«
»Maximilian begleitet mich«, sprach der Graf mit seiner überzeugenden Freundlichkeit, »beruhigen Sie sich also über Ihren Bruder.«
»Gott befohlen, meine Schwester!« wiederholte Morel; »lebe wohl, Emanuel.«
»Er verwundet mir das Herz mit seiner Gleichgültigkeit«, sagte Julie; »oh, Maximilian, du verbirgst uns etwas?«
»Bah!« rief Monte Christo, »Sie werden ihn lachend und freudig zurückkommen sehen.«
Maximilian schleuderte Monte Christo einen beinahe verächtlichen, beinahe zornigen Blick zu.
»Vorwärts!« sagte der Graf.
»Ehe Sie von uns gehen, Herr Graf«, sagte Julie, »erlauben Sie uns, alles das auszudrücken, was einst...«
»Madame«, erwiderte der Graf, sie bei beiden Händen fassend, »alles, was Sie mir sagen würden, käme nicht dem gleich, was ich in Ihren Augen lese: Was Ihr Herz gedacht, hat das meinige empfunden. Wie die Wohltäter der Romane, hätte ich, ohne Sie wiederzusehen, abreisen müssen; doch diese Tugend ging über meine Kräfte, weil ich ein schwacher und eitler Mensch bin, weil der feuchte, freudige, zärtliche Blick von meinesgleichen mir wohltut... Nun reise ich ab, ich treibe die Selbstsucht so weit, daß ich sage: Meine Freunde, vergeßt mich nicht, denn Ihr werdet mich wahrscheinlich nie wiedersehen.«
»Nicht wiedersehen!« rief Emanuel, während zwei schwere

Tränen über die Wangen von Julie rollten; »nicht wiedersehen?«
Und an seine Lippen die Hand von Julie drückend, die sich in seine Arme stürzte, reichte Monte Christo die andere Hand Emanuel; dann entriß er sich diesem Haus, einem weichen Nest, dessen Wirt das Glück war, und zog durch ein Zeichen den seit dem Tod von Valentine stets unempfindlichen, leidenden, in tiefe Gedanken versunkenen Maximilian nach sich.
»Geben Sie meinem Bruder die Freude wieder!« flüsterte Julie Monte Christo zu.
Monte Christo drückte ihr die Hand, wie er sie ihr elf Jahre vorher auf der Treppe, die zu dem Kabinett von Morel führte, gedrückt hatte.
»Vertrauen Sie Simbad dem Seefahrer?« fragte sie lächelnd der Graf.
»Oh, ja.«
»Wohl! So schlafen Sie im Frieden und im Glauben an den Herrn.«
Unten an der Freitreppe wartete Ali, das Gesicht von Schweiß glänzend; er schien von einem langen Gang zu kommen.
»Nun?« fragte ihn der Graf in arabischer Sprache, »bist du bei dem Greis gewesen?«
Ali machte ein bejahendes Zeichen.
»Und du hast ihm den Brief vor die Augen gelegt, wie ich dir befohlen?«
»Ja«, machte ehrfurchtsvoll der Sklave.
»Und was hat er gesagt, oder vielmehr getan?«
Ali stellte sich so unter das Licht, daß ihn sein Herr sehen konnte, und schloß, mit seinem so treuen Verstand das Gesicht des Greises nachahmend, die Augen, wie dies Noirtier tat, wenn er ja sagen wollte.
»Gut! Er nimmt es an«, sagte Monte Christo; »brechen wir auf.«
Kaum hatte er dieses Wort entschlüpfen lassen, als bereits der Wagen rollte und die Pferde aus dem Pflaster eine Funkenmasse hervorspringen machten.
Maximilian legte sich in seine Ecke, ohne ein Wort zu sprechen.
Es verging eine halbe Stunde: der Wagen hielt plötzlich an; der

Nubier stieg ab und öffnete den Schlag. Die Nacht funkelte von Sternen. Man war oben an der Anhöhe von Villedejuif, auf der Hochebene, von wo aus Paris wie ein düsteres Meer seine Millionen von Lichtern bewegt, die phosphoreszierende Wellen zu sein scheinen.

Der Graf blieb allein, und auf ein Zeichen fuhr der Wagen ein paar Schritte weiter. Lange betrachtete er mit gekreuzten Armen diesen Schmelzofen, in dem sich alle die Ideen vermengen, krümmen, drehen und gestalten, alle diese Ideen, die aus dem kochenden Schlund hervorstürzen, um die Welt in Bewegung zu setzen. Als er seinen mächtigen Blick auf dieses Babylon geheftet hatte, sprach er, den Kopf neigend und die Hände wie zum Gebet faltend:

»Große Stadt! Es sind weniger als sechs Monate, daß ich durch deine Tore eingetreten bin. Ich glaube, daß mich der Geist Gottes zu dir geführt hat, triumphierend führt er mich von dir zurück. Das Geheimnis meiner Gegenwart in deinen Mauern habe ich diesem Gott anvertraut, der allein in meinem Herzen zu lesen vermochte; er allein weiß, daß ich mich ohne Haß und ohne Stolz, doch nicht ohne Bedauern entferne! Er allein weiß, daß ich nicht meinetwegen und nicht um eitler Ursache willen von der Macht, die er mir anvertraut, Gebrauch gemacht habe. Große Stadt! In deinem zitternden Schoß habe ich gefunden, was ich suchte; ein geduldiger Gräber, durchwühlte ich deine Eingeweide, um das Böse daraus hervorzutreiben; nun ist mein Werk erfüllt, meine Sendung beendigt; nun kannst du mir weder mehr Freude noch Schmerzen bieten, Gott befohlen, Paris!«

Sein Blick schwebte noch einmal wie der eines Geistes bei Nacht über die Ebene hin. Dann fuhr er mit der Hand nach der Stirn, stieg wieder in seinen Wagen, der bald auf der andern Seite der Anhöhe in einem Wirbel von Staub und Geräusch verschwand.

18. Das Haus in den Allées de Meillan

Sie legten zehn Stunden zurück, ohne ein Wort zu sprechen, Morel träumte, Monte Christo schaute den Träumer an.

»Morel«, sagte der Graf endlich zu ihm, »sollten Sie es bereuen, daß Sie mir gefolgt sind?«

»Nein, Herr Graf, doch Paris verlassen...«
»Hätte ich geglaubt, das Glück erwarte Sie in Paris, so würde ich Sie dort gelassen haben.«
»In Paris ruht Valentine, und von Paris scheiden heißt sie zum zweitenmal verlieren.«
»Maximilian«, sprach der Graf, »Freunde, welche wir verloren haben, ruhen nicht in der Erde; sie sind in unserem Herzen begraben, und Gott hat es so gewollt, damit wir stets begleitet wären. Ich habe zwei Freunde, die mich auf diese Art beständig begleiten: der eine ist der, welcher mir das Leben, der andere der, welcher mir den Verstand gegeben hat. Der Geist von beiden lebt in mir. Ich befrage sie im Zweifel, und wenn ich etwas Gutes getan, so habe ich es ihren Ratschlägen zu verdanken. Beraten Sie sich mit der Stimme Ihres Herzens, Morel, und fragen Sie, ob Sie mir fortwährend dieses böse Gesicht machen wollen.«
»Mein Freund«, entgegnete Morel, »die Stimme meines Herzens ist sehr traurig und verheißt mir nur Unglück.«
»Es ist das Eigentümliche geschwächter Geister, daß sie alle Dinge nur durch einen schwarzen Flor sehen. Es ist die Seele, die sich selbst ihre Horizonte bildet: Ihre Seele ist düster, und sie ist es, die Ihnen einen stürmischen Himmel macht.«
»Das mag wahr sein«, sagte Maximilian; und er verfiel wieder in seine Träumerei.
Die Reise ging mit der wunderbaren Schnelligkeit vor sich, welche in der Macht des Grafen lag; die Städte zogen wie Schatten auf ihrem Weg vorüber. Am andern Morgen kamen sie in Chalons an, wo sie das Dampfboot des Grafen erwartete; ohne einen Augenblick zu verlieren, wurde der Wagen an Bord gebracht; die zwei Reisenden waren bereits eingeschifft.
Das Fahrzeug war vortrefflich für rasche Fahrt gebaut; seine zwei Räder schienen zwei Flügel, mit denen es das Wasser streifte wie ein Wasservogel. Morel selbst empfand jenen Rausch der Geschwindigkeit, und zuweilen war der Wind, der seine Haare flattern machte, nahe daran, für einen Augenblick die Wolken von seiner Stirn zu zerstreuen.
Was den Grafen betrifft, so schien ihn, je mehr er sich von Paris entfernte, eine beinahe übermenschliche Heiterkeit wie eine

Glorie zu umgeben; es war, als kehrte ein Verbannter in sein Vaterland zurück.

Marseille, weiß, warm, lebendig; Marseille, die jüngere Schwester von Tyrus und Karthago, die ihnen in der Herrschaft auf dem mittelländischen Meer folgte; Marseille, immer jünger, je mehr es altert, erschien bald vor ihren Augen. Dieser runde Turm, dieses Fort Saint-Nicolas, das Stadthaus, der Hafen mit den Kais von Backsteinen, wo beide als Kinder gespielt hatten, boten den Reisenden einen an Erinnerungen fruchtbaren Anblick.

Beide blieben auf der Cannébiere stehen.

Ein Schiff ging nach Algier ab. Die Ballen, die auf dem Verdeck sich drängenden Passagiere, die Menge der Verwandten, der Freunde, die hier Abschied nahmen, weinten und schrien; ein stets rührendes Schauspiel, selbst für diejenigen, welche demselben jeden Tag beiwohnen; diese ganze Bewegung vermochte Maximilian einem Gedanken nicht zu entreißen, einem Gedanken, der ihn ergriff, sobald er den Fuß auf die breiten Platten des Kai setzte. »Sehen Sie«, sagte er, Monte Christo beim Arm fassend, »dies ist der Ort, wo mein Vater stand, als die Pharao in den Hafen einlief. Hier warf sich der brave Mann, den Sie vom Tod und von der Schande erretteten, in meine Arme; ich fühle noch seine Tränen auf meinem Antlitz, und er weinte nicht allein, sondern es weinten noch viele Leute, die uns sahen.«

Monte Christo lächelte und sprach, auf eine Straßenecke deutend: »Ich war dort.«

Als er dies sagte, hörte man in der von ihm angegebenen Richtung ein schmerzliches Seufzen, und man sah eine Frau, die einem Passagier des abgehenden Schiffes Zeichen machte. Diese Frau war verschleiert; Monte Christo schaute sie mit einer Erschütterung an, welche Morel leicht wahrgenommen hätte, wären seine Augen nicht auf das Schiff geheftet gewesen.

»Oh, mein Gott!« rief Morel, »ich täusche mich nicht!, Jener junge Mann mit der Epaulette des Unterleutnants ist Albert von Morcerf!«

»Ja«, sagte Monte Christo, »ich habe ihn erkannt.«

»Wie kann dies sein? Sie schauten auf die entgegengesetzte Seite.«

Der Graf lächelte, wie er es machte, wenn er nicht antworten wollte. Und seine Augen kehrten zu der verschleierten Frau zurück, die an der Straßenecke verschwand. Dann wandte er sich um und sagte zu Maximilian: »Lieber Freund, haben Sie nichts in dieser Gegend zu tun?«

»Ich habe auf dem Grab meines Vaters zu weinen«, antwortete Morel mit dumpfem Ton.

»Es ist gut, gehen Sie und erwarten Sie mich dort, ich werde Sie abholen.«

»Sie verlassen mich?«

»Ja... ich habe auch einen frommen Besuch zu machen.«

Monte Christo ließ Maximilian weggehen und blieb auf derselben Stelle, bis er verschwunden war; dann erst wanderte er nach den Allées de Meillan, um das kleine Haus aufzusuchen, mit dem unsere Leser am Anfang dieser Geschichte vertraut worden sind.

Es erhob sich noch im Schatten der großen Lindenallee, die den müßigen Marseillern als Spazierweg dient, tapeziert mit großen Vorhängen von Weinreben, die auf dem durch die glühende Sonne des Südens vergilbten Gestein ihre geschwärzten und durch das Alter ausgezackten Arme kreuzten.

Dieses trotz seines Alters reizende, trotz seiner scheinbaren Armseligkeit heitere Haus war dasselbe, welches einst der Vater Dantes' bewohnte. Nur bewohnte der Greis die Mansarde, während der Graf das ganze Haus zur Verfügung von Mercedes gestellt hatte.

Hier trat die Frau mit dem langen Schleier ein, die Monte Christo von dem abgehenden Schiff sich entfernen sah.

Für ihn waren die ausgetretenen Stufen vor der Tür alte Bekannte; er verstand es besser als irgend jemand, diese Tür zu öffnen, deren innere Klinke ein Nagel mit breitem Kopf hob. Er trat auch ein, ohne zu klopfen, ohne sich melden zu lassen, wie ein Freund, wie ein Gast.

Am Ende eines mit Backsteinen gepflasterten Ganges öffnete sich, reich an Wärme, an Sonne und an Licht, ein kleiner Garten; derselbe, wo an dem bezeichneten Ort Mercedes die Summe gefunden hatte, deren Verwahrung der Graf aus Zart-

gefühl 24 Jahre zurückdatierte. Von der Schwelle der Haustür erblickte man die ersten Bäume des Gartens.
Auf die Schwelle gelangt, hörte Monte Christo ein Seufzen, das einem Schluchzen glich. Dieses Seufzen leitete seinen Blick, und unter einer Laube von dickem Blätterwerk gewahrte er Mercedes, mit gesenktem Kopf und weinend auf einer Bank sitzend.
Monte Christo machte einige Schritte, der Sand knisterte unter seinen Füßen.
Mercedes hob das Haupt und stieß einen Schrei des Schreckens aus, als sie einen Mann vor sich sah.
»Madame«, sprach der Graf, »es liegt nicht mehr in meiner Gewalt, Ihnen das Glück zu bringen; doch ich biete Ihnen den Trost: wollen Sie ihn als von einem Freund kommend annehmen?«
»Ich bin in der Tat sehr unglücklich«, erwiderte Mercedes; »allein auf der Welt... Ich besaß nur meinen Sohn, und der hat mich verlassen.«
»Und er hat wohl daran getan, Madame, Ihr Sohn ist ein edles Herz«, versetzte der Graf. »Er hat begriffen, daß jeder Mensch dem Vaterland einen Tribut schuldig ist: die einen ihre Talente, die andern ihren Gewerbsfleiß; diese ihre Nachtarbeiten, jene ihr Blut. Bei Ihnen verweilend, würde er sein unnütz gewordenes Leben verbraucht haben; er hätte sich an Ihre Schmerzen nicht gewöhnen können. Er wäre feindselig durch Ohnmacht geworden; im Kampf gegen sein Mißgeschick, das er sicherlich in Glück verwandelt, wird er groß und stark werden. Lassen Sie ihn Ihrer beider Zukunft wiederherstellen, Madame; ich wage Ihnen zu versprechen, daß sie in sicheren Händen ist.«
»Oh, dieses Glück«, sagte die arme Frau, traurig den Kopf schüttelnd, »dieses Glück, das ich ihm zu bewilligen Gott aus dem Grunde meines Herzens bitte, werde ich nicht genießen. Es sind so viele Dinge in mir und um mich her in Trümmer gegangen, daß ich mich meinem Grab nahe fühle. Sie haben wohl daran getan, Herr Graf, mich an einen Ort zu versetzen, wo ich so glücklich gewesen bin. Da, wo man glücklich gewesen ist, muß man sterben.«
»Ach! Alle Ihre Worte, Madame, fallen bitter und brennend in

mein Herz, um so bitterer und um so brennender, als sie recht haben, wenn Sie mich hassen: Ich habe Ihr ganzes Unglück verursacht. Warum werfen Sie mir meine Schuld nicht vor, warum klagen Sie mich nicht an?«

»Sie hassen, Sie anschuldigen! Sie, Edmond... den Mann, der meinem Sohn das Leben gerettet hat, hassen, anklagen! Denn nicht wahr, es ist Ihre unselige, blutige Absicht gewesen, Herrn von Morcerf den Sohn zu töten, auf den er so stolz war? Oh! Schauen Sie mich an, und Sie werden sehen, ob an mir auch nur ein Schein von Vorwurf wahrzunehmen ist.«

Der Graf schlug seine Augen auf und betrachtete Mercedes, welche, halb stehend, ihre Hände gegen ihn ausstreckte.

»Schauen Sie mich an«, fuhr sie mit einem Gefühl tiefer Schwermut fort; »man kann den Glanz meiner Augen heute ertragen, es ist nicht mehr die Zeit, wo ich Edmond Dantes zulächelte, der mich dort an dem Fenster jener von seinem alten Vater bewohnten Mansarde erwartete... Seit damals sind viele schmerzliche Tage vergangen und haben einen Abgrund zwischen mir und jener Zeit gegraben. Sie anklagen, Edmond, Sie hassen, mein Freund, nein! Mich klage ich an, mich hasse ich! Oh! Ich Elende!« rief sie die Hände faltend und die Augen zum Himmel aufschlagend. »Wie bin ich bestraft worden! Ich hatte die Religion, die Unschuld, die Liebe, dieses dreifache Glück, das die Engel bildet, und ich Elende zweifelte an Gott.«

Monte Christo ging einen Schritt auf sie zu und reichte ihr schweigend die Hand.

»Nein«, sprach sie, sachte die ihrige zurückziehend, »nein, mein Freund, berühren Sie mich nicht. Sie haben mich verschont, und dennoch war ich von allen denjenigen, welche Sie geschlagen, die Schuldigste. Alle anderen haben aus Haß, aus Habgier, aus Selbstsucht gehandelt, ich handelte aus Feigheit; sie wurden von Begierden getrieben, und mich trieb die Furcht. Nein, drücken Sie meine Hand nicht, Edmond. Sie sinnen auf ein liebevolles Wort, ich fühle dies; sagen Sie es nicht, behalten Sie es für eine andere, ich bin dessen nicht würdig. Sehen Sie (sie entblößte ihr Gesicht), sehen Sie, das Unglück hat meine Haare grau gemacht; meine Augen haben so viele Tränen vergossen, daß sie von blauen Adern umzogen sind; meine Stirn

runzelt sich. Sie, Edmond, sind im Gegenteil immer jung, immer schön, immer stolz. Das kommt daher, daß Sie den Glauben, daß Sie die Kraft gehabt haben, daß Sie auf Gott bauten, daß Gott Sie unterstützte. Ich bin feig gewesen, ich habe Gott verleugnet, Gott hat mich verlassen, und so bin ich nun.«
Mercedes zerfloß in Tränen; das Herz der Frau brach unter dem gewaltigen Stoß der Erinnerungen.
Monte Christo nahm ihre Hand und küßte sie ehrfurchtsvoll; aber sie fühlte selbst, daß dieser Kuß ohne Glut war, wie der, den der Graf auf die marmorne Hand der Bildsäule einer Heiligen gedrückt hätte.
»Es gibt prädestinierte Wesen«, fuhr sie fort, »Wesen, deren ganze Zukunft ein erster Fehler zertrümmert. Ich hielt Sie für tot und hätte sterben sollen; denn wozu nützte es, daß ich die Trauer um Sie ewig in meinem Herzen trug? Nur dazu, daß aus einer Frau von neununddreißig Jahren eine Frau von fünfzig wurde. Wozu hat es genützt, daß ich Sie allein unter allen erkannte und allein meinen Sohn rettete? Mußte ich nicht den Mann, den ich als Gatten angenommen, so schuldig er auch war, ebenfalls retten? Doch ich ließ ihn sterben; mein Gott! Was sage ich, ich trug durch meine feige Unempfindlichkeit, durch meine Verachtung zu seinem Tod bei, indem ich mich nicht erinnerte, nicht erinnern wollte, daß er sich meinetwegen zum Verräter und Meineidigen gemacht hatte! Wozu nützt es endlich, daß ich meinen Sohn bis hierher begleitet habe, da ich mich hier von ihm trenne, da ich ihn allein abreisen lasse, da ich ihn dem verzehrenden Boden von Afrika preisgebe! Ich bin feig gewesen, sage ich Ihnen, ich habe meine Liebe verleugnet und bringe, wie die Abtrünnigen, allem, was mich umgibt, Unglück.«
»Nein, Mercedes«, rief Monte Christo, »nein! Fassen Sie eine bessere Meinung von sich selbst. Nein, Sie sind eine edle, fromme Frau und haben mich durch Ihren Schmerz entwaffnet; doch unsichtbar, unbekannt, aufgebracht, war hinter mir ein Gott, in dessen Auftrag ich handelte, und der den Blitz, welchen ich geschleudert hatte, nicht zurückhalten wollte. Oh! Ich beschwöre diesen Gott, zu dessen Füßen ich mich seit zehn Jahren jeden Tag niederwerfe, ich rufe diesen Gott zum Zeugen an,

daß ich Ihnen dieses Leben, und mit diesem Leben die Pläne, die damit verbunden waren, zum Opfer gebracht hatte. Doch ich sage es mit Stolz, Mercedes, Gott bedurfte meiner, und ich starb nicht. Prüfen Sie die Vergangenheit, prüfen Sie die Gegenwart, suchen Sie die Zukunft zu erraten, und sehen Sie, ob ich nicht das Werkzeug des Herrn bin; das gräßlichste Unglück, die grausamsten Leiden, der Abfall aller derjenigen, welche mich liebten, die Verfolgung der Menschen, die mich nicht kannten, dies ist der erste Teil meines Lebens. Dann plötzlich, nach der Gefangenschaft, nach der Einsamkeit, nach dem Elend die Luft, die Freiheit, ein so glänzendes, so wunderbares, so maßloses Glück, daß ich, ohne blind zu sein, denken mußte, Gott habe es mir in großen Absichten geschickt. Von da an erschien mir dieses Glück als ein Priestertum; von da an war nicht ein Gedanke mehr in mir für dieses Leben, dessen Süßigkeit Sie, arme Frau, zuweilen genossen haben; keine Stunde der Ruhe, nicht eine einzige; ich fühlte mich fortgetrieben wie die feurige Wolke, welche am Himmel hinzieht, um die verfluchten Städte in Asche zu legen. Wie jene abenteuerlichen Kapitäne, die sich zu einer gefahrvollen Reise einschiffen und auf eine gewagte Expedition sinnen, kaufte ich den Proviant ein, lud ich die Gewehre, häufte ich die Mittel zum Angriff und zur Verteidigung auf; gewöhnte ich meinen Körper an die heftigsten Anstrengungen, meine Seele an die härtesten Dinge, unterrichtete meinen Arm im Töten, meine Augen im Leidensehen, meinen Mund im Lächeln bei dem gräßlichsten Anblick. Früher gut, vertrauensvoll, vergessend, machte ich mich rachsüchtig, heuchlerisch, böse, oder vielmehr unempfindlich, wie das taube und blinde Verhängnis. Dann warf ich mich auf den mir geöffneten Pfad, ich durchschnitt den Raum, ich berührte das Ziel: Wehe denen, die ich auf meinem Weg traf!«

»Genug!« sagte Mercedes, »genug, Edmond; glauben Sie mir, daß diejenige, welche Sie allein zu erkennen vermochte, auch allein Sie verstehen konnte. Edmond, hätten Sie diejenige, welche Sie zu erkennen, zu begreifen vermochte, auf Ihrem Weg getroffen und wie Glas zerbrochen, sie hätte Sie bewundern müssen, Edmond! Wie eine Kluft zwischen mir und der Vergangenheit befestigt ist, so besteht auch eine Kluft zwischen Ihnen und den andern Menschen: und meine schmerzlichste Qual, ich sage es Ihnen, ist es zu vergleichen; denn es gibt nichts auf der Welt, was Ihnen an Wert gleichkommt, nichts, was Ihnen ähnlich ist. Nun, sagen Sie mir Lebewohl, Edmond, und trennen wir uns.«

»Ehe ich Sie verlasse: Was wünschen Sie, Mercedes?« fragte Monte Christo.

»Ich wünsche nur eines, Edmond, daß mein Sohn glücklich werde.«

»Bitten Sie den Herrn, der allein das Dasein der Menschen in seinen Händen hält, er möge den Tod von ihm entfernen, das übrige sei meine Sorge.«

»Ich danke, Edmond.«

»Doch Sie, Mercedes?«

»Ich brauche nichts, ich lebe zwischen zwei Gräbern; das eine ist das von Edmond Dantes, der vor langer Zeit gestorben; ich liebte ihn! Dieses Wort steht nicht mehr zu meiner verwelkten Lippe, doch mein Herz erinnert sich noch dessen, und um keinen Preis der Welt möchte ich dieses Andenken meines Herzens verlieren. Das andere ist das eines Menschen, den Edmond Dantes getötet hat, ich billige die Tat, aber ich muß für den Toten beten.«

»Ihr Sohn wird glücklich werden«, wiederholte der Graf.

»Dann werde ich so glücklich sein, als ich sein kann.«

»Doch was gedenken Sie... am Ende... zu tun?«

Mercedes lächelte traurig.

»Wollte ich Ihnen sagen, ich werde in dieser Gegend leben, wie die Mercedes von ehemals, das heißt arbeiten, so würden Sie mir nicht glauben; ich vermag nur noch zu beten, doch ich bedarf der Arbeit nicht. Der von Ihnen vergrabene kleine Schatz hat sich an dem bezeichneten Ort gefunden; man wird forschen, wer ich bin, man wird fragen, was ich mache, man wird nicht wissen, wovon ich lebe; was liegt daran? Das ist eine Angelegenheit zwischen Gott, Ihnen und mir.«

»Mercedes«, sprach der Graf, »ich mache Ihnen keinen Vorwurf, doch Sie haben das Opfer übertrieben, indem Sie das ganze von Herrn von Morcerf angehäufte Vermögen Fremden überließen, während die Hälfte von Rechts wegen Ihrer Sparsamkeit und Wachsamkeit zukam.«

»Ich sehe, was Sie mir vorschlagen wollen, doch ich kann es nicht annehmen, mein Sohn würde es mir verbieten.«

»Ich werde mich auch wohl hüten, etwas für Sie zu tun, was nicht die Billigung von Herrn Albert von Morcerf hätte. Ich werde seine Ansichten erforschen und mich denselben unterwerfen. Doch machen Sie sich anheischig, wenn er das was ich tun will, annimmt, ihn ohne Widerstreben nachzuahmen?«

»Sie wissen, Edmond, daß ich kein denkendes Geschöpf mehr bin; ich habe keine Entschließung, wenn nicht die, mich nie mehr zu entschließen. Gott schüttelte mich dergestalt in seinen Stürmen, daß ich den Willen verloren habe. Ich bin wie ein Sperling in den Klauen des Adlers. Gott will nicht, daß ich sterbe, da ich lebe. Schickt er mir Hilfe, so wird er dies wollen, und ich werde sie annehmen.«

»Seien Sie auf Ihrer Hut, Madame«, sprach Monte Christo, »so betet man Gott nicht an! Gott will, daß man ihn versteht und sich seine Macht klar macht: deshalb hat er uns den freien Willen gegeben.«

»Unglücklicher!« rief Mercedes, »sprechen Sie nicht so zu mir: wenn ich glaubte, Gott hätte mir den freien Willen gegeben, was bliebe mir, um mich vor der Verzweiflung zu retten?«

Monte Christo erbleichte leicht und neigte das Haupt, niedergebeugt durch die Heftigkeit des Schmerzes.

»Wollen Sie mir nicht auf Wiedersehen sagen?« sagte er, ihr die Hand reichend.

»Oh, ja, ich sage Ihnen auf Wiedersehen und beweise damit, daß ich noch hoffe«, antwortete Mercedes, feierlich auf den Himmel deutend.

Und nachdem sie die Hand des Grafen mit ihrer bebenden Hand berührt, stürzte Mercedes nach der Treppe und verschwand aus seinen Augen.

Monte Christo verließ langsam das Haus und schlug den Weg nach dem Hafen ein.

Doch Mercedes sah nicht, wie er sich entfernte, obgleich sie in dem kleinen Zimmer des Vaters von Dantes an dem Fenster

stand. Ihre Augen suchten in der Ferne das Schiff, das ihren Sohn nach dem weiten Meer forttrug.
Wohl murmelte ihre Stimme gleichsam unwillkürlich und ganz leise: »Edmond! Edmond! Edmond!«

19. Die Vergangenheit

Der Graf ging mit wundem Herzen aus dem Haus, wo er Mercedes zurückließ, um sie aller Wahrscheinlichkeit nach nie mehr zu sehen.
Seit dem Tod des kleinen Eduard war eine gewaltige Veränderung in Monte Christo vorgegangen. Auf dem Gipfel seiner Rache angelangt, zu dem er auf einem steilen und gekrümmten Pfad hinaufgestiegen war, hatte er auf der anderen Seite des Berges den Abgrund des Zweifels erblickt. Mehr noch: Das Gespräch, das soeben zwischen ihm und Mercedes stattgefunden, hatte so viele Erinnerungen in seinem Herzen erweckt, daß diese Erinnerungen selbst bekämpft werden mußten.
Ein Mann von der mächtigen Beschaffenheit des Grafen konnte nicht lange in dieser Schwermut schweben, die erhabene Seelen tötet. Der Graf sagte sich, insofern es beinahe dahingekommen, daß er sein eigenes Benehmen mißbilligt hätte, müßte sich ein Irrtum in seine Überlegungen eingeschlichen haben.
»Ich betrachte die Vergangenheit in einem falschen Licht«, sprach er, »ich kann mich nicht so sehr getäuscht haben.«
»Wie!« fuhr er fort, »der Zweck, den ich mir vorgesetzt, wäre ein unsinniger Zweck gewesen! Wie! Ich hätte seit zehn Jahren einen falschen Weg verfolgt! Wie! Eine Stunde hätte genügt, um dem Architekten zu beweisen, das Werk aller seiner Hoffnungen wäre ein, wenn nicht unmögliches, doch wenigstens gotteslästerliches Werk!
Ich will mich an diesen Gedanken nicht gewöhnen, er würde mich verrückt machen. Was meinem Urteil von heute fehlt, ist die genaue Würdigung der Vergangenheit, weil ich diese Vergangenheit vom andern Ende des Horizonts ansehe. In der Tat, je mehr man fortschreitet, desto mehr verschwindet die Vergangenheit nach dem Maßstab der Entfernung, der Landschaft ähnlich, die man durchwandert. Es begegnet mir, was den Leuten begegnet, die sich im Traum verwundet haben: sie sehen

und fühlen ihre Wunde und erinnern sich nicht, dieselbe bekommen zu haben.
Vorwärts, Wiedergeborener! Vorwärts, unermeßlich Reicher! Vorwärts, allmächtiger Seher! Vorwärts, unbesiegbarer Millionär! Nimm für diesen Augenblick wieder die traurige Perspektive deines elenden, hungrigen Lebens, durchwandere wieder die Wege, auf die dich das Verhängnis gestoßen und das Unglück geführt, wo die Verzweiflung dich aufgenommen hat! Es strahlen heute zu viel Diamanten, zu viel Gold, zu viel Glück auf den Gläsern des Spiegels, worin Monte Christo Dantes betrachtet; verbirg diese Diamanten, beschmutze dieses Geld, vertilge diese Strahlen! Reicher, suche die Armen auf; Freier, suche den Gefangenen auf; Wiedererweckter, suche den Leichnam auf!«
Während Monte Christo so mit sich sprach, folgte er der Rue de la Caisserie. Es war die Straße, durch die ihn vierundzwanzig Jahre vorher eine schweigsame, nächtliche Wache geführt hatte; diese Häuser mit dem lachenden, belebten Anblick waren in jener Nacht düster, stumm und geschlossen.
»Es sind dennoch dieselben«, murmelte Monte Christo; »nur war es damals Nacht, und heute ist es heller Tag, die Sonne beleuchtet dies alles, die Sonne macht alles freudig.«
Er ging auf dem Kai hinab durch die Rue Saint-Laurent, und wanderte nach der Consigne: Dies war der Punkt des Hafens, wo man ihn eingeschifft hatte. Ein zu Spazierfahrten bestimmtes Schiff kam vorüber; Monte Christo rief dem Patron, der sogleich mit Eifer auf ihn zufuhr.
Das Wetter war herrlich, die Fahrt war ein Fest. Am Horizont stieg die Sonne rot und flammend in die Wellen hinab. In der Ferne sah man, weiß und anmutig wie die Wandermöwen, die Fischerbarken, die sich nach den Martigues begaben, und die für Korsika oder Spanien geladenen Schiffe hinziehen.
Trotz dieses schönen Himmels, trotz dieser Barken, trotz des goldenen Lichts, das die Landschaft übergoß, erinnerte sich der Graf, in seinen Mantel gehüllt, hintereinander aller der einzelnen Umstände dieser furchtbaren Fahrt: Das einzige Licht, das bei den Kataloniern brannte, der Anblick des Kastells If, der ihn belehrte, wohin er geführt wurde; der Kampf mit den Gen-

darmen, als er sich in das Meer stürzen wollte; seine Verzweiflung, da er sich besiegt sah, und die kalte Empfindung des Karabinerlaufs, der sich wie ein eiserner Ring an seinen Schlaf drückte: Alles dies trat lebhaft vor sein Gedächtnis.
Und allmählich fühlte der Graf von Monte Christo die alte ausgetretene Galle quellen, die einst das Herz von Edmond Dantes überströmt hatte. Für ihn gab es von nun an keinen schönen Himmel, keine anmutigen Barken, kein glühendes Licht mehr; der Himmel umzog sich mit einem Trauerflor, und die Erscheinung des schwarzen Riesen, den man das Kastell If nennt, machte ihn beben, als ob plötzlich das Gespenst eines Todfeindes vor ihn getreten wäre.
Man kam an Ort und Stelle. Instinktmäßig wich der Graf bis an das Ende der Barke zurück. Der Patron mochte immerhin mit seinem freundlichsten Ton sagen: »Wir landen, mein Herr.«
Monte Christo erinnerte sich, daß er auf derselben Stelle, auf demselben Felsen von seinen Wachen fortgeschleppt worden war, daß man ihn, mit der Spitze eines Bajonetts in seine Seite stechend, diese steile Treppe hinaufzusteigen genötigt hatte.
Der Weg war Dantes sehr lang vorgekommen; Monte Christo hatte ihn sehr kurz gefunden; jeder Ruderschlag ließ eine Million von Gedanken und Erinnerungen emporspringen.
Seit der Julirevolution waren keine Gefangenen mehr im Kastell If; ein Posten, bestimmt, das Schmuggeln zu verhindern, bewohnte allein seine Wachstuben; der Hausmeister erwartete die Fremden an der Tür, um ihnen dieses Denkmal des Schrekkens zu zeigen.
Und obgleich er von allen diesen Einzelheiten unterrichtet war, bemächtigte sich doch, als er unter das Gewölbe trat und die schwarze Treppe hinabstieg, eine kalte Blässe seiner Stirn, deren eisiger Schweiß bis an sein Herz zurückgedrängt wurde. Der Graf erkundigte sich, ob noch irgendein Gefangenenwärter aus der Zeit der Restauration vorhanden wäre. Alle waren entlassen oder zu anderen Ämtern übergegangen. Der Hausmeister, der ihm das Kastell zeigte, war erst seit 1830 da.
Man führte ihn in seinen eigenen Kerker.
Er sah wieder das bleiche Licht durch das enge Luftloch drin-

gen, er sah den Platz, wo einst sein, seitdem weggenommenes, Bett stand, und hinter dem Bett, obgleich verstopft, doch immer noch durch die neuren Steine sichtbar, die von dem Abbé Faria gemachte Öffnung.

Monte Christo fühlte, wie seine Beine wankten; er nahm einen hölzernen Schemel und setzte sich darauf.

»Erzählt man auch noch andere Geschichten von dem Kastell, außer der von der Einkerkerung von Mirabeau?« fragte der Graf; »gibt es irgendeine Sage über diese finsteren Kerker, von denen man glauben kann, es sei ein Mensch lebendig darin eingeschlossen gewesen?«

»Ja, mein Herr«, antwortete der Hausmeister, »und gerade von diesem Kerker hat mir der Gefangenenwärter Antoine eine Geschichte mitgeteilt.«

Monte Christo bebte. Der Gefangenenwärter Antoine war sein Wärter gewesen. Er hatte seinen Namen und sein Gesicht beinahe vergessen; doch als man ihm denselben nannte, sah er ihn wieder vor sich, wie er war, mit seinem dicken Bart, seinem braunen Wams und seinem Schlüsselbund, dessen Klirren er noch zu hören glaubte.

»Soll ich dem Herrn die Geschichte erzählen?« fragte der Hausmeister.

»Ja«, erwiderte Monte Christo, »sprechen Sie.«

Und erschrocken darüber, daß er seine eigene Geschichte erzählen hören sollte, legte er die Hand auf seine Brust, um ein heftiges Schlagen des Herzens zurückzudrängen.

»Dieser Kerker«, sagte der Hausmeister, »war vor langer Zeit von einem sehr gefährlichen Menschen bewohnt, von einem Menschen, den man um so mehr für gefährlich zu halten hatte, als er voll Gewandtheit und Schlauheit war. Gleichzeitig mit ihm bewohnte ein anderer Mensch das Kastell; dieser war nicht bösartig, sondern nur ein armer, närrischer Priester.«

»Ah! Ja, und worin bestand seine Narrheit?«

»Er bot Millionen, wenn man ihn frei ließe.«

Monte Christo schlug die Augen zum Himmel auf, doch er sah den Himmel nicht; es war ein steinerner Schleier zwischen ihm und dem Firmament. Er bedachte, daß ein nicht minder dichter Schleier zwischen den Augen von denjenigen, welchen der

Abbé seine Schätze bot, und diesen Schätzen selbst gewesen war.

»Konnten sich die Gefangenen sehen?« fragte Monte Christo.

»Oh, nein, mein Herr, das war ausdrücklich verboten; doch sie vereitelten das Verbot, indem sie eine Galerie von einem Kerker zum andern aushöhlten.«

»Wer von beiden machte die Galerie?«

»Sicherlich der junge Mann«, sprach der Hausmeister, »der junge Mann war erfinderisch und stark, der alte Abbé aber alt und schwach; überdies war sein Geist zu schwankend, als daß er einen Gedanken hätte verfolgen können.«

»Die Blinden!« murmelte Monte Christo.

»Soviel ist gewiß«, fuhr der Hausmeister fort, »der junge Mann höhlte eine Galerie aus; womit? Das weiß man nicht; aber er höhlte sie aus, und zum Beweis dient, daß man noch die Spur davon sieht. Sehen Sie.«

Und er hielt die Fackel an die Wand.

»Ah, ja, in der Tat«, sprach Monte Christo mit erschütterter Stimme.

»Daraus ging hervor, daß die Gefangenen miteinander in Verbindung standen. Wie lange diese Verbindung dauerte, weiß man nicht. Eines Tages wurde nun der alte Gefangene krank und starb. Erraten Sie, was der junge tat?« fragte der Hausmeister, sich unterbrechend.

»Sprechen Sie.«

»Er trug den Gestorbenen fort, legte ihn mit der Nase gegen die Wand in sein eigenes Bett, kehrte in den leeren Kerker zurück, verstopfte das Loch und schlüpfte in den Sack des Toten. Haben Sie je von einem solchen Gedanken gehört?«

Monte Christo schloß die Augen und durchwanderte alle Eindrücke, die er empfunden, als ihm die grobe Leinwand, welche noch die Kälte des Leichnams an sich hatte, das Gesicht streifte.

Der Hausmeister fuhr fort: »Hören Sie, was sein Plan war: Er glaubte, man begrabe die Toten im Kastell If, und so dachte er die Erde mit seinen Schultern aufzuheben; doch zum Unglück herrschte in dem Kastell If ein anderer Brauch, man beschränkte sich darauf, dem Toten eine Kugel an die Füße zu binden und ihn in das Meer zu schleudern, was auch geschah.

Unser Mann wurde oben von der Galerie in das Wasser geworfen. Am andern Tag fand man den wahren Toten in seinem Bett, und man erriet alles, denn die Totengräber sagten nun, was sie bis dahin nicht zu sagen gewagt hatten, nämlich: sie hätten in dem Augenblick, wo sie den Körper in die Luft geschleudert, einen furchtbaren Schrei gehört, der auf der Stelle durch das Wasser, in dem er verschwunden, erstickt worden wäre.«

Der Graf atmete schmerzlich, der Schweiß lief von seiner Stirn, die Vergangenheit schnürte sein Herz zusammen.

»Nein!« murmelte er, »nein! Der Zweifel, der sich in mir regte, war ein Anfang des Vergessens; doch hier höhlt sich das Herz abermals aus und wird wieder hungrig nach Rache. Und der Gefangene?« fragte er, »man hat nie von ihm sprechen hören?«

»Nie, gar nie; Sie begreifen, es sind nur zwei Fälle möglich: entweder ist er platt gefallen, und da er fünfzig Fuß hinabstürzte, so wird er auf der Stelle tot gewesen sein.«

»Sie sagten, man habe ihm eine Kugel an die Füße gebunden, folglich wird er senkrecht gefallen sein.«

»Oder er ist senkrecht gefallen«, fuhr der Hausmeister fort, »dann hat ihn die Kugel auf den Grund des Meeres hinabgezogen, wo der arme Mensch geblieben ist.«

»Sie beklagen ihn?«

»Meiner Treu, ja! Obgleich er in seinem Element war.«

»Was wollen Sie damit sagen?«

»Es ging das Gerücht, dieser Unglückliche sei seinerzeit Marineoffizier gewesen und als eifriger Bonapartist gefangen gehalten worden.«

»Wahrheit«, murmelte der Graf, »Gott hat dich gemacht, um oben auf den Wellen und Flammen zu schwimmen. Also lebt der arme Seemann in der Erinnerung von einigen Erzählern; man teilt sich seine Geschichte an der Ecke eines Herdes mit und schauert in dem Augenblick, wo er die Luft durchschneidet, um in dem tiefen Meer zu versinken! – Man hat nie seinen Namen erfahren?« fragte laut der Graf.

»Ah! Jawohl – wie denn?« versetzte der Hausmeister, »er war nur unter dem Namen Nr. 34 bekannt.«

»Villefort! Villefort!« murmelte Monte Christo, »das mußtest du dir oftmals sagen, wenn dich mein Gespenst in schlaflosen Nächten verfolgte.«

»Will der Herr seinen Besuch fortsetzen?« fragte der Hausmeister.

»Ja, besonders wenn Sie mir das Zimmer des armen Abbés zeigen wollen.«

»Ah, des Nr. 27?«

»Ja, des Nr. 27«, wiederholte Monte Christo.

Und es kam ihm vor, als höre er noch die Stimme Farias, wie dieser ihm die Nummer durch die Mauer zurief.

»Folgen Sie mir.«

»Warten Sie«, sprach Monte Christo, »lassen Sie mich einen letzten Blick auf alle Teile dieses Kerkers werfen.«

»Das ist mir lieb«, versetzte der Führer, »ich habe den Schlüssel des andern vergessen.«

»Holen Sie ihn.«

»Ich lasse die Fackel hier zurück.«

»Nein, nehmen Sie die Fackel mit.«

»Doch Sie werden ohne Licht bleiben.«

»Ich sehe in der Nacht.«

»Gerade wie er.«

»Wer, er?«

»Die Nr. 34. Man sagt, er habe sich dergestalt an die Dunkelheit gewöhnt, daß er eine Nadel in dem finsteren Winkel seines Kerkers hätte sehen können.«

»Er brauchte zehn Jahre, um dazu zu gelangen«, murmelte der Graf.

Der Führer entfernte sich mit der Fackel.

Der Graf hatte wahr gesprochen: Kaum war er ein paar Minuten in der Finsternis, als er alles wie am hellen Tag unterschied. »Ja«, sagte er, »dies ist der Stein, auf welchem ich saß! Dies ist die Spur meiner Schultern, welche ihren Eindruck in der Mauer zurückließen! Dies ist die Spur des Blutes, das von meiner Stirn floß, als ich mir eines Tages den Schädel an der Wand zerschmettern wollte! Oh, diese Zahlen... ich erinnere mich deren... ich machte sie eines Tages, als ich das Alter meines Vaters berechnete, um zu wissen, ob ich ihn lebendig wiederfinden

würde, und das Alter von Mercedes, um zu wissen, ob ich sie frei wiedersehen sollte. Ich hatte einen Augenblick Hoffnung, nachdem ich diese Berechnung gemacht... Ich rechnete ohne den Hunger und ohne die Untreue!«
Und ein bitteres Lachen entströmte dem Mund des Grafen. Er hatte wie in einem Traum seinen Vater nach dem Grab führen... Mercedes zum Altar schreiten sehen!
Auf der andern Wand traf eine Inschrift seinen Blick. Sie hob sich noch weiß aus der grünlichen Wand hervor: »*Mein Gott, erhalte mir das Gedächtnis*«, las der Graf. »Oh, ja«, rief er, »das war das einzige Gebet meiner letzten Zeit; ich verlangte nicht die Freiheit, ich verlangte das Gedächtnis, ich befürchtete, ein Narr zu werden und zu vergessen; mein Gott, du hast mir das Gedächtnis erhalten, und ich habe mich erinnert. Dank, Dank, mein Gott!«
In diesem Augenblick spiegelte das Licht der Fackel auf den Wänden. Der Führer stieg herab und ohne daß man nötig hatte, wieder an den Tag hinaufzusteigen, ließ er Monte Christo durch ein unterirdisches Gewölbe wandern, das zu einem andern Eingang führte. Auch hier wurde Monte Christo von einer Welt voll Gedanken ergriffen. Vor allem fiel ihm der an der Wand gezogene Meridian in die Augen, mit dessen Hilfe der Abbé Faria die Stunden zählte; dann sah er die Überreste des Bettes, auf dem der arme Gefangene gestorben war.
Statt der Beklemmung, die der Graf in seinem Kerker empfunden hatte, erfüllte sein Herz bei diesem Anblick ein höheres zärtliches Gefühl, ein Gefühl der Dankbarkeit, und zwei Tränen rollten aus seinen Augen hervor.
»Hier«, sprach der Führer, »hier war der verrückte Abbé, durch dieses Loch kam der junge Mensch zu ihm«, und er zeigte Monte Christo die Öffnung der Galerie, die man auf dieser Seite nicht verstopft hatte. »An der Farbe des Steines«, fuhr er fort, »erkannte ein Gelehrter, daß die zwei Gefangenen ungefähr zehn Jahre miteinander in Verbindung gestanden haben dürften. Die armen Leute müssen sich während dieser zehn Jahre viel gelangweilt haben.«
Dantes nahm ein paar Louisd'or aus seiner Tasche und reichte seine Hand dem Mann, der ihn zum zweitenmal beklagte, ohne

ihn zu kennen. Der Hausmeister nahm sie, im Glauben, er erhalte einige Stücke Silbermünze; doch bei dem Schein der Fackel erkannte er den Wert der Summe, die ihm der Fremde gab.

»Mein Herr«, sagte er zu ihm, »Sie haben sich getäuscht.«

»Wieso?«

»Sie haben mir Gold gegeben.«

»Ich weiß es wohl.«

»Und ich kann es mit gutem Gewissen behalten?«

»Ja.«

Der Hausmeister schaute Monte Christo mit Erstaunen an.

»Ehrlichkeit!« murmelte der Graf wie Hamlet.

»Mein Herr«, sagte der Hausmeister, der nicht an sein Glück zu glauben wagte, »mein Herr, ich begreife Ihre Großmut nicht.«

»Sie ist doch leicht zu begreifen, mein Freund«, versetzte der Graf: »ich bin Seemann gewesen und Eure Geschichte mußte mich mehr rühren als Euch.«

»Mein Herr«, sagte der Führer, »da Sie so großmütig sind, so verdienen Sie, daß ich Ihnen etwas anbiete.«

»Was habt Ihr mir anzubieten, mein Freund? Muscheln, Stroharbeiten? Ich danke.«

»Nein, mein Herr, nein; einen Gegenstand, der sich auf die soeben erzählte Geschichte bezieht.«

»In der Tat!« rief der Graf, »was ist es denn?«

»Hören Sie«, sprach der Hausmeister, »hören Sie, wie das gekommen ist: Ich sagte mir, man findet immer etwas in einem Zimmer, in welchem ein Gefangener fünfzehn Jahre geblieben ist, und ich fing an, die Wände zu sondieren.«

»Ah!« rief Monte Christo, sich des doppelten Verstecks des Abbés erinnernd.

»Nach langem Nachsuchen«, fuhr der Hausmeister fort, »entdeckte ich, daß es oben am Bett und unter dem Herd des Kamins hohl klang.«

»Ja«, sprach Monte Christo, »ja.«

»Ich nahm die Steine weg und fand...«

»Eine Strickleiter, Werkzeug!« rief der Graf.

»Woher wissen Sie das?« fragte der Hausmeister voll Erstaunen.

»Ich weiß es nicht, ich errate es nur; man findet gewöhnlich dergleichen Dinge in den Verstecken der Gefangenen.«
»Ja, mein Herr«, sagte der Führer, »eine Strickleiter, Werkzeug.«
»Und Ihr habt diese Gegenstände noch?«
»Nein, mein Herr, ich verkaufte sie an Besucher, denn sie waren sehr seltsam; doch es blieb mir noch etwas anderes.«
»Was denn?« fragte der Graf ungeduldig.
»Es blieb mir eine Art von Buch auf Leinwandstreifen geschrieben.«
»Oh!« rief Monte Christo, »Ihr habt dieses Buch?«
»Ich weiß nicht, ob es ein Buch ist, aber ich habe noch, was ich sage.«
»Holt es mir, mein Freund, geht«, sprach der Graf, »und wenn es das ist, was ich glaube, so seid unbesorgt.«
Der Führer ging hinaus.
Dann kniete der Graf frommerweise vor den Überresten des Bettes nieder, aus dem der Tod für ihn einen Altar gemacht hatte und sagte: »Oh, mein zweiter Vater, du, der du mir die Freiheit, das Wissen, den Reichtum gegeben hast! Du, der du, ähnlich den Wesen von einer höheren Art, Kenntnis des Bösen und des Guten hattest, wenn in dem Grund des Grabes etwas von uns übrig ist, was bei der Stimme derjenigen bebt, welche auf der Erde geblieben sind; wenn nach der Umwandlung, die der Leichnam erduldet, etwas Belebtes an den Orten schwebt, wo wir viel geliebt und viel gelitten haben – edles Herz, erhabener Geist, tiefe Seele! So benimm mir durch ein Wort, durch ein Zeichen, durch irgendeine Offenbarung diesen Rest von Zweifel, der, wenn er sich nicht in Überzeugung verwandelt, ein Gewissensbiß werden wird.«
Der Graf neigte das Haupt und faltete die Hände.
»Sehen Sie, mein Herr«, sprach eine Stimme hinter ihm.
Monte Christo bebte und wandte sich um.
Der Hausmeister reichte ihm die Leinwandstreifen, auf denen der Abbé Faria alle Schätze seines Geistes ausgebreitet hatte.
Dieses Manuskript war das große Werk des Abbés Faria über das Königtum in Italien.

Der Graf bemächtigte sich desselben mit dem größten Eifer, seine Augen fielen zuerst auf die Überschrift, und er las: »Du wirst dem Drachen die Zähne ausreißen und die Löwen mit Füßen treten, sagt der Herr.«

»Ah!« rief er, »das ist die Antwort, ich danke, mein Vater, ich danke!«

Und er zog aus seiner Tasche ein kleines Portefeuille, das zehn Banknoten, jedes von tausend Franken enthielt.

»Nehmt dieses Portefeuille«, sagte er.

»Sie schenken es mir?«

»Ja, doch unter der Bedingung, daß Ihr erst hineinschaut, wenn ich weggegangen bin.«

Und an seiner Brust die wiedergefundene Reliquie bewahrend, die für ihn den Wert des reichsten Schatzes hatte, eilte er aus dem unterirdischen Gewölbe fort, bestieg wieder seine Barke und rief: »Nach Marseille!«

Während sich das Fahrzeug von dem Kastel If entfernte, sprach er, die Augen auf das düstere Gefängnis geheftet: »Wehe denen, die mich in diesem finsteren Kerker einsperren ließen, und denen, welche vergaßen, daß ich darin eingesperrt war!«

Als der Graf wieder an den Kataloniern vorüberkam, wandte er sich ab und murmelte, sein Haupt in den Mantel hüllend, den Namen einer Frau.

Der Sieg war vollständig, der Graf hatte zweimal den Zweifel niedergeschlagen.

Der Name, den er mit einem Ausdruck der Zärtlichkeit, beinahe der Liebe aussprach, war der von Haydee.

Als Monte Christo den Fuß wieder auf die Erde setzte, wanderte er nach dem Kirchhof, wo er Morel zu finden wußte.

Auch er hatte zehn Jahre vorher ein Grab auf dem Friedhof gesucht, und vergebens gesucht. Er, der nach Frankreich mit Millionen zurückkam, hatte das Grab seines vor Hungers gestorbenen Vaters nicht finden können. Morel hatte ein Kreuz darauf setzen lassen, doch dieses Kreuz war gefallen, und der Totengräber hatte Feuer damit gemacht.

Der würdige Handelsmann war glücklicher gewesen. In den Armen seiner Kinder gestorben, wurde er, von diesen geleitet, neben seiner Frau niedergelegt, die ihm um zwei Jahre in die Ewigkeit vorangegangen war. Zwei große Marmorplatten, auf denen ihre Namen geschrieben standen, waren nebeneinander in einem kleinen Gehege ausgebreitet, das durch ein eisernes Geländer geschlossen, von vier Zypressen überschattet wurde. Maximilian lehnte an einem von diesen Bäumen und heftete seine matten Augen auf die zwei Gräber. Sein Schmerz war tief, beinahe der Schmerz eines Irrsinnigen.

»Maximilian«, sprach der Graf zu ihm, »nicht dorthin müssen Sie schauen, sondern hierher!«

»Die Toten sind überall«, erwiderte Morel. »Ist es nicht das, was Sie mir sagten, als Sie mich Paris zu verlassen bewogen?«

»Maximilian, Sie drückten auf der Reise das Verlangen aus, sich einige Tage in Marseille aufzuhalten; ist dies noch Ihr Wunsch?«

»Ich habe keinen Wunsch mehr, Graf; nur kommt es mir vor, ich werde weniger quälend in Marseille als anderswo warten.«

»Desto besser, Maximilian, denn ich verlasse Sie und nehme Ihr Wort mit, nicht wahr?«

»Ah! Ich werde es vergessen, Graf, ich werde es vergessen!«

»Nein, Morel, Sie werden es nicht vergessen, weil Sie vor allem ein Mann von Ehre sind, weil Sie geschworen haben, weil Sie noch einmal schwören werden.«

»Oh, Graf, haben Sie Mitleid mit mir! Graf, ich bin so unglücklich!«

»Ich habe einen Menschen gekannt, der unglücklicher war als Sie, Morel.«

»Unmöglich! Was gibt es Unglücklicheres, als einen Menschen, der das einzige Gut, welches er auf der Welt begehrte und liebte, verloren hat?«

»Hören Sie, Morel, und lassen Sie einen Augenblick Ihren Geist auf dem haften, was ich Ihnen sagen werde. Ich habe einen Menschen gekannt, bei dem alle seine Hoffnungen auf Glück, wie bei Ihnen, auf einer Frau beruhten. Dieser Mensch war jung, er hatte einen alten Vater, den er liebte, eine Braut, die er anbetete; er war eben im Begriff, sie zu heiraten, als plötzlich eine von den Launen des Schicksals ihm seine Freiheit, seine Geliebte und die Zukunft raubte, die er träumte und für

die seinige hielt, um ihn in die Tiefe eines Kerkers zu stürzen.«
»Ah!« entgegnete Morel, »man verläßt einen Kerker nach Verlauf von acht Tagen, von einem Monat, von einem Jahr.«
»Er blieb vierzehn Jahre dort, Morel«, sagte der Graf, seine Hand auf die Schulter des jungen Mannes legend.
Maximilian bebte und er murmelte: »14 Jahre!«
»Vierzehn Jahre«, wiederholte der Graf. »Auch er hatte während dieser vierzehn Jahre viele Augenblicke der Verzweiflung, auch er hielt sich, wie Sie, Morel, für den Unglücklichsten der Menschen und wollte sich töten.«
»Nun?«
»Nun! Im äußersten Augenblick enthüllte sich ihm Gott durch ein menschliches Mittel, denn Gott tut keine Wunder mehr; ganz am Anfang begriff er vielleicht nicht die unendliche Barmherzigkeit des Herrn; endlich aber faßte er Geduld und wartete. Eines Tags kam er wie durch ein Wunder aus seinem Grab, verwandelt, reich, mächtig; sein erster Schrei galt seinem Vater – sein Vater war tot.«
»Mein Vater ist auch tot«, sprach Morel.
»Ja, aber Ihr Vater starb in Ihren Armen, unter Freunden, glücklich, geehrt, reich; sein Vater starb arm, hoffnungslos, an Gott verzweifelnd. Und als zehn Jahre nach seinem Tod der Sohn sein Grab suchte, da war sogar sein Grab verschwunden, und niemand konnte ihm sagen: Hier ruht im Herrn das Herz, das dich so sehr geliebt.«
»Oh!« seufzte Morel.
»Dieser war also ein unglücklicherer Sohn als Sie, Morel, denn er wußte nicht einmal, wo er das Grab seines Vaters wiederfinden sollte.«
»Aber es blieb ihm doch wenigstens die Frau, die er so sehr geliebt hatte.«
»Sie täuschen sich, Morel, diese Frau...«
»Sie war tot?« rief Morel.
»Noch schlimmer als dies: Sie war untreu geworden, sie hatte einen von den Verfolgern ihres Bräutigams geheiratet. Sie sehen also, daß dieser Mensch in seiner Liebe unglücklicher war als Sie.«
»Und ihm hat Gott den Trost geschickt?« fragte Morel.

»Er hat ihm wenigstens die Ruhe geschickt.«
»Und dieser Mensch wird noch glücklich sein können?«
»Ich hoffe es, Maximilian.«
Der junge Mann ließ sein Haupt auf seine Brust sinken.
»Sie haben mein Versprechen«, sagte er nach kurzem Stillschweigen, Monte Christo die Hand reichend; »nur erinnern Sie sich...«
»Am 5. Oktober, Morel erwarte ich Sie auf der Insel Monte Christo. Am 4. holt Sie eine Jacht im Hafen von Bastia ab; diese Jacht heißt Eurus, Sie nennen sich dem Patron, und er führt Sie zu mir. Nicht wahr, das ist abgemacht, Maximilian?«
»Es ist abgemacht, und ich werde tun, was gesagt ist; nur erinnern Sie sich des 5. Oktobers. Wann reisen Sie?«
»Auf der Stelle; das Dampfboot erwartet mich, in einer Stunde bin ich fern von Ihnen.«
Morel begleitete Monte Christo bis zum Hafen: bereits wirbelte der Rauch aus der schwarzen Röhre hervor. Bald lief das Schiff aus, und eine Stunde nachher durchstreifte dieselbe Wolke von weißlichem Rauch, kaum noch sichtbar, den durch die ersten Nebel verdüsterten östlichen Horizont.

20. Peppino

In demselben Augenblick, wo das Dampfschiff des Grafen hinter dem Kap Morgiou verschwand, hatte ein Mann, der mit Extrapost auf der Straße von Florenz nach Rom reiste, das Städtchen Aquapendente passiert. In einen Oberrock gekleidet, der ein glänzendes Band der Ehrenlegion sehen ließ, mußte dieser Mann nicht allein an diesem Zeichen, sondern auch an dem Akzent, in welchem er mit dem Postillon sprach, als ein Franzose erkannt werden.
In Gegenwart der ewigen Stadt fühlte der Reisende durchaus nicht die Regung enthusiastischer Neugierde, die jeden Fremden antreibt, sich aus seinem Wagen zu erheben und den Dom von St. Peter zu erschauen, den man lange vorher gewahrt, ehe man etwas anderes unterscheidet.
Nein, er zog nur sein Portefeuille aus seiner Tasche, und aus seinem Portefeuille ein zusammengelegtes Papier, das er entfaltete und mit einer Aufmerksamkeit, welche der Ehrfurcht glich,

wieder zusammenlegte; dann sagte er: »Gut! ich habe es immer noch.«

Der Wagen fuhr durch die Porta del Popolo, schlug den Weg links ein und hielt vor dem Gasthof zur Stadt London an.

Meister Pastrini, unser alter Bekannter, empfing den Reisenden, den Hut in der Hand, auf der Schwelle seines Hauses. Der Reisende stieg aus, befahl ein gutes Mittagsmahl, und erkundigte sich nach der Adresse des Hauses Thomson und French, die ihm sogleich genannt wurde, denn dieses Haus war eines der bekanntesten in Rom. Es lag auf der Via dei Banchi bei St. Peter.

Als der Ankömmling nach dem Essen mit dem Führer den Gasthof verließ, machte sich ein Mensch aus einer Gruppe von Neugierigen los, und, ohne von dem Reisenden bemerkt zu werden, ohne daß es schien, als gewahrte ihn sein Führer, diesem mit einer Geschicklichkeit folgte, wie es nur ein Agent der Pariser Polizei hätte tun können. Der Franzose hatte große Eile, seinen Besuch bei dem Haus Thomson und French zu machen.

Man kam an Ort und Stelle; der Franzose trat ein und ließ seinen Führer im Vorzimmer. Dieser knüpfte sogleich ein Gespräch mit einigen von jenen Gewerbsleuten ohne Gewerbe oder vielmehr mit tausend Gewerben an, die sich in Rom vor den Türen der Bankiers, der Kirchen, der Ruinen, der Museen oder der Theater aufhalten.

Gleichzeitig mit dem Franzosen trat der Mensch ein, der sich von der Gruppe der Neugierigen getrennt hatte. Der Franzose läutete an der Tür des Bureaus und ging in das erste Zimmer; sein Schatten tat dasselbe.

»Finde ich hier die Herren Thomson und French?« fragte der Fremde.

Ein Lakai erhob sich und fragte, wen er zu melden habe, indem er dem Fremden voranzugehen sich anschickte.

»Den Herrn Baron von Danglars«, antwortete der Reisende.

»Kommen Sie«, sagte der Lakai.

Eine Tür öffnete sich, der Lakai und der Baron verschwanden durch diese Tür. Der Mensch, der hinter Danglars eingetreten war, setzte sich auf eine Wartebank. Außerdem befand sich in dem Zimmer nur ein Kommis, der ungefähr fünf Minuten lang ruhig schrieb; während dieser Zeit beobachtete der sitzende Mensch das tiefste Stillschweigen und die strengste Unbeweglichkeit. Dann kritzelte die Feder des Kommis nicht mehr auf dem Papier; er schaute auf, sah aufmerksam umher und sagte, nachdem er sich überzeugt hatte, daß er mit dem Sitzenden allein war: »Ah! Ah! Du hier, Peppino.«

»Ja«, antwortete dieser lakonisch.

»Du hast etwas Gutes bei dem dicken Menschen gewittert?«

»Es ist bei dem kein großes Verdienst, wir sind benachrichtigt.«

»Du weißt also, was er hier macht, Neugieriger?«

»Bei Gott! Er kommt, um Geld zu beziehen; nur muß man erst wissen, welche Summe.«

»Man wird es dir sogleich sagen, Freund.«

»Sehr gut. Doch ich rate dir, mir nicht eine falsche Nachricht zu geben.«

»Gut, ich will gleich in mein Observatorium gehen, der Franzose könnte sonst sein Geschäft abmachen, ohne daß ich die Summe bestimmt erführe.«

Peppino machte ein bejahendes Zeichen, zog einen Rosenkranz aus seiner Tasche und murmelte ein paar Gebete, während der Kommis durch dieselbe Tür verschwand, die dem Lakai und dem Baron Eingang gewährt hatte. Nach ungefähr zehn Minuten kam der Kommis strahlend zurück.

»Nun?« fragte Peppino seinen Freund.

»Hurtig!« sagte der Kommis; »die Summe ist rund.«

»Nicht wahr, fünf bis sechs Millionen?«

»Ja; du weißt die Zahl?«

»Auf einen Schein des Grafen von Monte Christo.«

»So ist es«, rief der Kommis; »woher bist so gut unterrichtet?«

»Ich habe dir gesagt, wir wären im voraus davon benachrichtigt worden.«

»Warum wendest du dich dann an mich?«

»Um sicher zu sein, daß es der Mensch ist, mit dem wir zu tun haben.«

»Er ist es... fünf Millionen. Nicht wahr, eine hübsche Summe, Peppino?«

»Ja, und wir bekommen einige Brocken davon«, erwiderte Peppino philosophisch.
»Still! Unser Mann kommt.«
Der Kommis nahm wieder seine Feder und Peppino seinen Rosenkranz: der eine schrieb, der andere betete, als die Tür sich öffnete. Danglars erschien strahlend, begleitet von dem Bankier, der ihn bis zur Tür zurückführte.
Hinter Danglars entfernte sich Peppino.
Der Wagen wartete vor dem Haus. Der Führer hielt den Kutschenschlag geöffnet. Danglars sprang leicht wie ein Jüngling von zwanzig Jahren in den Wagen. Der Führer schloß den Schlag und stieg zum Kutscher hinauf. Peppino stieg auf den Hintersitz.
»Will Seine Exzellenz St. Peter sehen?« fragte der Führer.
»Warum dies?« entgegnete der Baron; »ich bin nicht nach Rom gekommen, um zu sehen«, dann fügte er leise und seinem habgierigen Lächeln bei: »Ich bin gekommen, um einzusacken.«
Und er betastete in der Tat sein Portefeuille, in dem er einen Brief verschlossen hatte.
»Casa Pastrini«, sagte der Führer zu dem Kutscher.
Und der Wagen entfernte sich rasch wie ein Herrengefährt.
Zehn Minuten später war der Baron wieder in seinem Zimmer, und Peppino setzte sich auf der an der Wand vor dem Gasthof angebrachten Bank fest, nachdem er ein paar Worte einem Betteljungen zugeflüstert hatte, welcher mit aller Schnelligkeit seiner Beine den Weg nach dem Kapitol einschlug.
Danglars war müde, zufriedengestellt. Er legte sich nieder, steckte sein Portefeuille unter sein Kopfkissen und entschlummerte.
Peppino hatte Zeit übrig; er spielte Mora mit den Facchini, verlor drei Taler und trank, um sich zu trösten, eine Flasche Orvietowein.
Am andern Morgen erwachte Danglars spät, obgleich er sich früh zu Bett gelegt hatte. Er frühstückte reichlich, und da er sich wenig darum bekümmerte, die Schönheiten der Stadt zu sehen, so verlangte er auf die Mittagsstunde Postpferde.
Doch er hatte nicht mit der italienischen Unpünktlichkeit und den Förmlichkeiten der Polizei gerechnet. Die Pferde kamen

erst um zwei Uhr, und der Führer brachte den visierten Paß erst um drei Uhr.

»Welche Straße?« fragte der Postillon italienisch.

»Straße nach Ancona«, antwortete der Baron.

Meister Pastrini übersetzte die Frage und die Antwort, und der Wagen verließ den Gasthof im Galopp.

Danglars wollte nach Venedig reisen und dort einen Teil seines Vermögens einziehen, sodann sich von Venedig nach Wien begeben, wo er den Rest zu realisieren gedachte. Seine Absicht war, sich in dieser Stadt niederzulassen, die man ihm als eine Stadt der Vergnügungen geschildert hatte.

Kaum hatte er drei Stunden in der Campagna von Rom zurückgelegt, als die Nacht auszubrechen begann. Danglars hatte nicht so spät abzureisen geglaubt, sonst wäre er geblieben. Er fragte den Postillon, wieviel Zeit man noch brauchte, um die nächste Stadt zu erreichen.

»*Non capisco!*« antwortete der Postillon.

Danglars machte eine Bewegung mit dem Kopf, die sagen wollte: »Sehr gut!«

Der Wagen setzte seinen Weg fort.

»Bei der ersten Post werde ich anhalten«, sagte Danglars zu sich selbst. Danglars fühlte noch einen Rest jenes Wohlbehagens vom vorhergehenden Tag, das ihm eine so gute Nacht verschafft hatte. Die Station war, wie er wußte, sieben Stunden entfernt. Was tun, wenn man Bankier ist und einen glücklichen Bankerott gemacht hat? Danglars dachte an seine in Paris zurückgebliebene Frau, an seine Tochter, die sich mit Fräulein d'Armilly in der Welt umhertrieb; dann dachte er auch an seine Gläubiger und die Art und Weise, wie er sein Geld anwenden würde. Als er an nichts mehr zu denken hatte, schloß er die Augen und schlief ein.

Bei einem heftigeren Stoß öffnete er zuweilen seine Augen wieder für eine Sekunde und fühlte sich stets mit derselben Geschwindigkeit durch die Campagna von Rom mit ihren zahllosen zertrümmerten Wasserleitungen fortgezogen. Doch die Nacht war kalt, düster und regnerisch, und es war viel besser für einen halb entschlummerten Menschen, im Hintergrund seiner Chaise mit geschlossenen Augen zu bleiben, als den Kopf aus

dem Kutschenschlag zu strecken und einen Postillon, der nichts zu antworten wußte als: *non capisco,* zu fragen, wo er sich befände.
Danglars sagte sich, es wäre auf der Station immer noch Zeit zu erwachen, und setzte seinen Schlaf fort.
Der Wagen hielt an; Danglars dachte, er habe das ersehnte Ziel erreicht. Er öffnete die Augen, schaute durch die Scheiben, in der Erwartung, sich mitten in einer Stadt oder wenigstens in einem Dorf zu finden, doch er sah nur eine Art von vereinzeltem Mauerwerk und drei bis vier Menschen, die wie Schatten hin- und hergingen.
Danglars wartete einen Augenblick, er glaubte, der Postillon würde nach zurückgelegter Station nun kommen und das Postgeld von ihm verlangen; er gedachte die Gelegenheit zu benützen, um sich von seinem neuen Führer Auskunft geben zu lassen; doch die Pferde wurden ausgespannt und durch andere ersetzt, ohne daß jemand Geld von dem Reisenden forderte. Erstaunt öffnete Danglars den Wagenschlag, doch eine kräftige Hand stieß ihn sogleich zurück, und der Wagen rollte fort.
Voll Verwunderung erwachte der Baron gänzlich.
»He!« sagte er zu dem Postillon, *»he, mio caro!«*
Doch *mio caro* antwortete nicht. Danglars öffnete nun das Fenster und fragte, den Kopf durch die Öffnung streckend: »He, Freund! Wohin fahren wir?«
»Dentro la testa!« rief eine gebieterische Stimme, begleitet von einer drohenden Gebärde.
Danglars begriff, daß *dentro la testa:* den Kopf zurück hieß. Er gehorchte nicht ohne eine gewisse Unruhe, und da diese Unruhe von Minute zu Minute zunahm, so war sein Geist nach einigen Augenblicken erfüllt von einer Menge von Gedanken, die immer mehr geeignet waren, das Interesse eines Reisenden, und besonders eines Reisenden in der Lage von Danglars, wachzuhalten.
Seine Augen nahmen in der Finsternis jenen Grad von Schärfe an, den im ersten Augenblick scharfe Aufregungen verleihen, während er sich später infolge zu großer Übung abstumpft. Danglars sah einen Menschen, der in einen Mantel gehüllt an dem Schlag rechts galoppierte.

»Ein Gendarm!« sagte er. »Sollte ich durch die französischen Telegraphen den päpstlichen Behörden bezeichnet worden sein?« Er beschloß, sich in dieser Angst Licht zu verschaffen. »Wohin führt Ihr mich?« fragte er.

»*Dentro la testa!*« wiederholte dieselbe Stimme mit dem drohenden Ausdruck.

Danglars wandte den Kopf nach dem Kutschenschlag links. Ein anderer Reiter galoppierte an dem Schlag links.

»Ich bin offenbar gefangen«, sagte Danglars mit schweißtriefender Stirn zu sich selbst. Und er warf sich in den Hintergrund seiner Kalesche zurück, diesmal nicht um zu schlafen, sondern um nachzudenken.

Einen Augenblick später ging der Mond auf.

Aus dem Grund seines Wagens heraus tauchte er nun seinen Blick in die Campagna. Er sah abermals die großen Wasserleitungen, steinerne Gespenster, die er im Vorüberfahren bemerkt hatte; nur waren sie jetzt, statt zu seiner Rechten, zu seiner Linken. Er begriff, daß man den Wagen hatte eine halbe Wendung machen lassen und ihn nach Rom zurückführte.

»Oh, ich Unglücklicher«, murmelte er, »man hat sicherlich die Auslieferung bewirkt!«

Der Wagen rollte mit einer furchtbaren Schnelligkeit fort. Eine Stunde verging in gräßlichster Angst, denn bei jedem neuen Zeichen seines Weges erkannte der Flüchtling, daß man ihn zurückführte. Endlich erblickte er eine düstere Masse, er glaubte, der Wagen müßte sich daran stoßen; doch der Wagen wandte sich ab und fuhr an dieser düsteren Masse hin, welche nichts anderes war, als der Wallgürtel, der Rom umzieht.

»Oh, oh!« murmelte Danglars, »wir kehren nicht in die Stadt zurück, folglich ist es nicht die Justiz, die sich meiner bemächtigt. Guter Gott! Ein anderer Gedanke – sollten es etwa …?«

Seine Haare sträubten sich.

Er erinnerte sich jener interessanten Geschichten von römischen Banditen, die, in Paris sonst wenig Glauben findend, von Albert Morcerf Madame Danglars und Eugenie erzählt worden waren.

»Vielleicht Räuber!« murmelte er.

Plötzlich rollte der Wagen auf etwas Härterem, als der Boden eines Sandweges zu sein pflegt. Danglars wagte einen Blick auf beide Seiten der Straße; er gewahrte Monumente von seltsamer Form, und mit der Erzählung von Morcerf beschäftigt, die sich ihm nun in allen Einzelheiten darstellte, sagte ihm sein Geist, er müßte auf der Via Appia sein.

Links von dem Wagen, in einem Tal, sah er eine kreisförmige Aushöhlung. Das war der Zirkus von Caracalla.

Auf ein Wort des Mannes, der rechts vom Wagen galoppierte, hielt dieser an und der Kutschenschlag links öffnete sich.

»*Scendi!*« befahl eine Stimme.

Danglars stieg sogleich aus und schaute mehr tot als lebendig umher.

Vier Männer umgaben ihn, den Postillon nicht zu rechnen.

»*Di quà!*« sagte einer von den vier Männern, den Fußpfad hinabsteigend, der von der Via Appiana in die unebenen Gründe der Campagna von Rom führte. Danglars folgte dem Mann ohne Widerspruch und brauchte sich nicht umzuwenden, um zu wissen, daß ihm die drei andern Männer folgten. Es kam ihm indessen vor, als ob diese Männer wie Schildwachen in ungefähr gleichen Entfernungen anhielten.

Nach einem Marsch von etwa zehn Minuten, während Danglars nicht ein Wort mit seinem Führer ausgetauscht hatte, befand er sich zwischen einem kleinen Hügel und einem Gebüsch; drei Männer, die stumm da standen, bildeten ein Dreieck, dessen Mittelpunkt er war. Er wollte sprechen, seine Zunge verwirrte sich.

»Vorwärts! Vorwärts!« sagte dieselbe Stimme mit dem kurzen, gebieterischen Ton.

Diesmal begriff Danglars doppelt; er begriff durch das Wort und durch die Gebärde, denn der Mensch, der hinter ihm ging, trieb ihn so heftig vorwärts, daß er beinahe auf seinen Führer stieß.

Dieser Führer war unser Freund Peppino, der durch eine Krümmung in das hohe Gras drang.

Peppino blieb vor einem, von dichtem Buschwerk überragten Felsen stehen, in dessen Spalten er verschwand.

Der Mann, welcher Danglars folgte, ermutigte diesen durch Wort und Gebärde, dasselbe zu tun. Es unterlag keinem Zwei-

fel mehr, der französische Bankerottier war in den Händen von römischen Banditen.
Danglars gab sich hin, wie ein zwischen zwei furchtbare Gefahren gestellter Mensch, den die Angst mutig macht. Trotz seines Bauches schob er sich hinter Peppino durch, ließ sich, die Augen schließend, hinabgleiten und fiel auf seine Füße. Als er die Erde berührte, öffnete er die Augen.
Der Weg war breit, aber schwarz. Peppino, der nun, da er zu Hause war, sich nicht mehr zu verbergen hatte, schlug Feuer und zündete eine Fackel an.
Zwei andere Männer stiegen, die Nachhut bildend, hinter Danglars herab; sie stießen diesen wie durch einen Zufall, wenn er stehenblieb, vorwärts und trieben ihn so auf einem sanftem Abhang bis zu dem Mittelpunkt eines Kreuzweges von finsterem Aussehen. In übereinandergesetzten Nischen, in Form von Särgen ausgegraben, schienen die Wände unter dem weißen Gestein schwarze, tiefe Augen zu öffnen, wie man dies bei den Totenköpfen bemerkt. Eine Schildwache schlug mit der linken Hand an den Kolben ihres Karabiners und rief sodann: »Wer da?«
»Freunde! Freunde!« sagte Peppino. »Wo ist der Kapitän?«
»Dort«, antwortete die Schildwache, über ihre Schulter auf einen aus dem Felsen ausgehöhlten Saal deutend, aus dem das Licht durch große gewölbte Öffnungen in den Gang drang.
»Gute Beute, Kapitän, gute Beute!« rief Peppino italienisch.
Und er nahm Danglars bei dem Kragen seines Oberrocks und führte ihn zu einer Öffnung, die einer Tür glich; durch diese Öffnung gelangte man in den Saal, aus dem der Kapitän seine Wohnung gemacht zu haben schien.
»Ist es der Mensch?« fragte der Kapitän, der aufmerksam das Leben Alexanders im Plutarch las.
»Er selbst, Kapitän, er selbst.«
»Sehr gut, zeigt ihn mir.«
Auf diesen durchaus nicht höflichen Befehl hielt Peppino so rasch seine Fackel an das Gesicht von Danglars, daß dieser lebhaft zurückwich, um nicht versengte Augenbrauen zu bekommen. Sein verstörtes Gesicht bot alle Symptome eines bleichen, häßlichen Schreckens.

»Der Mann ist müde«, sagte der Kapitän, »man führe ihn zu seinem Bett.«
»Oh! Dieses Bett!« murmelte Danglars; »wahrscheinlich ist es einer von den Särgen, die aus der Mauer ausgehöhlt sind, und dieser Schlaf ist der Tod, den mir einer von den Dolchen, die ich im Schatten funkeln sehe, bereiten wird.«
Man erblickte in der Tat in den düstern Tiefen des ungeheuren Saales, auf ihren Lagern von getrockneten Kräutern oder von Wolfshäuten, die Gefährten des Mannes sich erheben, den Albert von Morcerf bei den Kommentaren von Cäsar gefunden hatte und Danglars das Leben von Alexander lesend fand.
Der Bankier stieß einen dumpfen Seufzer aus und folgte seinem Führer; er versuchte es weder zu bitten noch zu schreien. Er hatte keine Kraft, keinen Willen, keine Gewalt, kein Gefühl mehr; er ging, weil man ihn fortzog. Er stieß an eine Stufe, begriff, daß er eine Treppe vor sich hatte, und hob mechanisch vier- bis fünfmal den Fuß auf. Dann öffnete sich eine niedrige Tür vor ihm; er bückte sich instinktartig, um nicht die Stirn anzustoßen, und befand sich in einer aus dem Felsgestein ausgehauenen Zelle. Diese Zelle war reinlich, wenn auch kahl, trokken, obgleich tief unter der Erde liegend.
Ein Bett von getrocknetem Gras, bedeckt mit Ziegenhäuten, war in einer Ecke dieser Zelle ausgebreitet. Als Danglars dasselbe erblickte, murmelte er: »Oh, Gott sei gelobt! Es ist ein wirkliches Bett!«
Es war zum zweitenmal, daß er in einer Stunde den Namen Gottes anrief; dies hatte sich seit zehn Jahren nicht bei ihm ereignet.
»*Ecco*«, sprach der Führer.
Und er stieß Danglars in die Zelle und schloß die Tür hinter ihm. Ein Riegel klirrte; Danglars war gefangen.
Wäre indessen auch kein Riegel dagewesen, so hätte er doch der heilige Peter sein und zum Führer einen Engel des Himmels haben müssen, um mitten durch die Garnison zu kommen, welche die Katakomben von San Sebastiano besetzt hielt und um ihren Führer gelagert war, in dem unsere Leser sicherlich den berüchtigten Luigi Vampa erkannt haben.

Danglars hatte diesen Banditen, an dessen Dasein er nicht glauben wollte, als ihm Morcerf davon erzählte, ebenfalls erkannt. Er hatte nicht nur ihn, sondern auch die Zelle erkannt, in der Morcerf eingeschlossen gewesen war, und die aller Wahrscheinlichkeit nach den Fremden gewöhnlich als Wohnung diente.

Diese Erinnerungen, bei denen Danglars mit einer gewissen Freude verweilte, verliehen ihm wieder die Ruhe. Sobald ihn die Banditen nicht auf der Stelle getötet, hatten sie überhaupt nicht die Absicht, ihn zu töten. Man hatte ihn festgenommen, um ihn zu plündern, da er aber nur einige Louisd'or bei sich trug, so würde man darauf Verzicht leisten.

Er erinnerte sich, daß Morcerf zu ungefähr viertausend Taler angeschlagen worden war: da er sich ein viel gewichtigeres Aussehen zugestand, als Morcerf, so bestimmte er sein Lösegeld in seinem Geist auf achttausend Taler.

Achttausend Taler machten achtundvierzigtausend Franken.

Es blieben ihm so etwa fünf Millionen und fünfzigtausend Franken. Damit kommt man überall durch.

Mit diesem beruhigenden Gedanken streckte er sich auf seinem Lager aus und entschlummerte bald.

21. Luigi Vampas Speisekarte

Danglars erwachte.

Für einen Pariser, der an seidene Vorhänge, an Wände mit Sammet überzogen, an den Wohlgeruch, der von dem Holz im Kamin aufsteigt und von den atlassenen Gewölben herabströmt, gewöhnt ist, muß das Erwachen in einem Felsen wie ein Traum von schlechtem Gehalt sein. Seine Vorhänge von Bockshäuten berührend, mußte Danglars glauben, es träume ihm von Samojeden oder Lappländern; doch unter solchen Umständen genügt eine Sekunde, um den mächtigsten Zweifel in Gewißheit zu verwandeln

»Ja, ja«, murmelte er, »ich bin in den Händen von Banditen, von denen uns Albert von Morcerf erzählt hat.«

Seine erste Bewegung war, zu atmen, um sich Gewißheit zu verschaffen, daß er nicht verwundet sei. Dies war ein Mittel, das er im Don Quixote gefunden, in dem einzigen Buch, von dem er, wenn er es auch nicht ganz gelesen, doch wenigstens etwas behalten hatte.

»Nein«, sagte er, »sie haben mich weder umgebracht noch verwundet, aber sie haben mich vielleicht bestohlen.«

Und er fuhr rasch mit seinen Händen nach seinen Taschen. Sie waren unberührt: Die hundert Louisd'or, die er sich vorbehalten hatte, um seine Reise von Rom nach Venedig zu machen, waren noch in der Tasche seiner Beinkleider, und das Portefeuille, in welchem er den Kreditbrief von fünf Millionen und fünfzigtausend Franken aufbewahrt hatte, fand sich in seiner Rocktasche.

»Sonderbare Banditen, die mir meine Börse und mein Portefeuille lassen!« sagte er zu sich selbst. »Sie werden mich, wie ich es mir gestern abend gedacht habe, auf Lösegeld setzen. Halt! Ich habe auch meine Uhr! Wir wollen ein wenig sehen, wie spät es ist.«

Die Repetieruhr von Danglars schlug halb sechs Uhr morgens. Ohne sie wäre Danglars in völliger Ungewißheit über die Stunde gewesen, denn der Tag drang nicht in die Zelle.

Sollte er eine Erklärung von den Banditen verlangen, sollte er geduldig warten, bis sie ihn auffordern würden? Die letzte Alternative war die klügere: Danglars wartete.

Er wartete bis um die Mittagsstunde. Während dieser Zeit ging eine Schildwache an seiner Tür auf und ab. Um acht Uhr morgens war die Wache abgelöst worden. Danglars hatte um diese Zeit Lust bekommen, zu sehen, durch wen er bewacht würde. Er bemerkte, daß Lichtstrahlen, von der Lampe herrührend, durch die schlecht zusammengefügten Bretter der Tür drangen. Er näherte sich einer von den Öffnungen in dem Augenblick, wo der Bandit gerade ein paar Schlucke Branntwein aus einem ledernen Schlauch trank.

Zur Mittagsstunde wurde der Branntweinmann von einer andern Wache abgelöst; Danglars war begierig, seinen neuen Wächter zu sehen; er näherte sich abermals der Spalte.

Der neue Wächter war ein athletischer Bandit, ein Goliath mit großen Augen, dicken Lippen und eingedrückter Nase! Sein rotes Haar hing auf seine Schultern in gedrehten Zöpfen wie eine Anzahl von Schlangen herab.

»Oh, oh!« sagte Danglars, »dieser gleicht mehr einem Werwolf als einem menschlichen Geschöpf; in jedem Fall bin ich alt und gehörig zäh, und dieses Fleisch ist nicht gut beißen.«
Man sieht, Danglars hatte noch ziemlich viel Geistesgegenwart, daß er scherzen konnte. In demselben Augendlick setzte sich sein Wächter, als wollte er ihm beweisen, er wäre kein Werwolf, der Tür seiner Zelle gegenüber, zog aus seinem Schnappsack schwarzes Brot, Zwiebeln und Käse, und fing an, mit großem Appetit diese Dinge zu verzehren.
»Der Teufel soll mich holen«, sagte Danglars, indem er durch die Spalte seiner Tür einen Blick auf das Mahl des Banditen warf: »Der Teufel soll mich holen, wenn ich begreife, wie man solchen Unrat essen kann.«
Doch Danglars mochte machen, was er wollte, die Geheimnisse der Natur sind unerforschlich, und es liegt eine Beredsamkeit in gewissen materiellen Einladungen.
Danglars fühlte plötzlich, daß sein Abscheu in diesem Augenblick keinen Grund hatte, der Mensch kam ihm weniger häßlich, das Brot weniger schwarz, der Käse frischer vor. Die rohen Zwiebeln endlich, ein abscheuliches Nahrungsmittel des Wilden, erinnerten ihn an gewisse Brühen von Robert und an gewisse Mirotons, die sein Koch auf eine ausgezeichnete Weise bereitete, wenn Danglars zu ihm sagte: »Herr Deniseau, machen Sie mir für heute ein gutes Canaille-Plättchen.«
Er stand auf und klopfte an die Tür. – Der Bandit hob den Kopf empor. Danglars sah, daß man ihn gehört hatte und verdoppelte sein Klopfen.
»*Che cosa?*« fragte der Bandit.
»Sagen Sie doch, Freund«, rief Danglars, mit seinen Fingern an die Tür trommelnd, »es scheint mir, es wäre Zeit, daß man daran dächte, mir auch zu essen zu geben.«
Doch mag es nun sein, daß er ihn nicht verstand, mag es keinen Befehl in Beziehung auf die Speisung von Danglars gehabt haben, der Riese setzte sein Mahl fort.
Danglars fühlte seinen Stolz gedemütigt, und da er sich nicht weiter mit diesem Tier einlassen wollte, so legte er sich auf seine Bockshäute nieder und sagte kein Wort mehr.
Es vergingen abermals vier Stunden; der Riese wurde durch ei-

nen anderen Banditen ersetzt. Danglars, der ein furchtbares Zerren im Magen fühlte, stand sachte auf, hielt sein Auge wieder an die Spalten seiner Tür, und erkannte das kluge Gesicht seines Führers.

Es war in der Tat Peppino, der die friedliche Wache bezog, sich der Tür gegenüber niederließ und zwischen seine Beine einen irdenen Topf, warme, duftende Kichererbsen mit Speck enthaltend, niedersetzte. Neben diese Kichererbsen stellte Peppino noch ein hübsches Körbchen mit Trauben und eine Flasche Orvietowein. Peppino war offenbar ein Leckermaul.

Als Danglars diese gastronomischen Vorbereitungen sah, lief ihm das Wasser im Mund zusammen.

»Ah, ah! Wir wollen ein wenig sehen, ob dieser traktabler sein wird als die andern.«

Und er klopfte sachte an seine Tür.

»*On y va*«, sagte der Bandit, der, das Haus von Meister Pastrini besuchend, das Französische bis auf seine Eigentümlichkeiten gelernt hatte.

Danglars erkannte in ihm wirklich denjenigen, welcher ihm auf eine so wütende Weise *Dentro la testa* zugerufen. Doch es war nicht die Stunde zu Vorwürfen, er nahm im Gegenteil sein freundlichstes Gesicht an und sagte mit einem anmutigreichen Lächeln: »Verzeihen Sie, mein Herr, wird man mir nichts zum Mittagsmahl geben?«

»Wie denn?« rief Peppino, »sollten Eure Exzellenz zufällig Hunger haben?«

»Zufällig, das ist herrlich!« murmelte Danglars; »es sind gerade vierundzwanzig Stunden, daß ich nichts mehr gegessen habe. Allerdings, mein Herr«, fügte er mit lauter Stimme bei, »ich habe Hunger, und sogar sehr großen Hunger.«

»Und Eure Exzellenz will essen?«

»Auf der Stelle, wenn es möglich ist.«

»Nichts kann leichter sein«, sprach Peppino, »man verschafft sich hier alles, was man haben will, wenn man bezahlt, wie dies bei allen ehrlichen Christen der Brauch ist.«

»Das versteht sich«, rief Danglars, »obgleich die Leute, die einen verhaften und einsperren, ihre Gefangenen wenigstens auch nähren sollten.«

»Auf der Stelle, Exzellenz, was wünschen Sie?«
Peppino setzte seinen Napf so auf die Erde, daß der Dampf unmittelbar Danglars in die Nase stieg.
»Sie haben also Küchen hier?« fragte der Bankier.
»Wie! Ob wir Küchen haben? Vollkommene Küchen!«
»Und Köche?«
»Vortreffliche!«
»Wohl! Ein Huhn, einen Fisch, Wildpret, gleichviel was, wenn ich nur zu essen bekomme.«
»Ganz nach dem Belieben Eurer Exzellenz; wir wollen sagen ein Huhn, nicht wahr?«
»Ja, ein Huhn.«
Peppino richtete sich auf und schrie mit lauter Lunge: »Ein Huhn für seine Exzellenz!«
Die Stimme von Peppino widerhallte noch unter den Gewölben, als bereits ein hübscher, schlanker, wie die antiken Fischerträger halb nackter, junger Mensch erschien. Er trug das Huhn auf einer silbernen Platte.
»Man sollte glauben, man wäre im Café de Paris«, murmelte Danglars.
»Hier, Exzellenz!« sagte Peppino, das Huhn aus den Händen des jungen Banditen nehmend, und auf einen wurmstichigen Tisch setzend, der nebst einem Schemel und dem Bett von Bockshäuten die ganze Ausstattung der Zelle bildete.
Danglars forderte ein Messer und eine Gabel.
»Hier, Exzellenz!« rief Peppino und bot ihm ein kleines stumpfes Messer und eine Gabel von Buchs.
Danglars nahm Messer und Gabel und schickte sich an, das Huhn zu zerschneiden.
»Verzeihen Sie, Exzellenz«, sagte Peppino, eine Hand auf die Schulter des Bankiers legend, »hier bezahlt man, ehe man ißt: man könnte beim Weggehen nicht zufrieden sein.«
»Ah, ah!« murmelte Danglars, »das ist nicht mehr wie in Paris, abgesehen davon, daß sie mich wahrscheinlich schinden werden; doch wir wollen die Sache großartig treiben. Mein Freund, ich habe immer von der Wohlfeilheit des Lebens in Italien reden hören; ein Huhn muß in Rom zwölf Sous kosten: hier«, fügte er, Peppino einen Louisd'or zuwerfend, zu.

Peppino hob den Louisd'or auf. Danglars näherte das Messer dem Huhn.
»Einen Augenblick, Exzellenz«, sagte Peppino sich erhebend; »ah! Eure Exzellenz ist mir noch etwas schuldig.«
»Ich sagte doch, sie würden mich schinden!« murmelte Danglars.
Dann fragte er, entschlossen, diese Auspressung zu benutzen: »Lassen Sie hören, wieviel ist man Ihnen noch für dieses schwindsüchtige Huhn schuldig?«
»Eure Exzellenz hat mir einen Louisd'or auf Abschlag gegeben.«
»Einen Louisd'or auf Abschlag bei einem Huhn?«
»Eure Exzellenz ist mir noch viertausendneunhundertundneunundneunzig Louisd'or schuldig.«
Danglars riß die Augen bei diesem riesigen Scherz ungeheuer auf. »Ah! Sehr drollig«, murmelte er, »in der Tat, äußerst drollig.«
Und er wollte wieder zum Werke schreiten und das Huhn zerlegen; doch Peppino hielt ihm die rechte Hand und sprach: »Erst das Geld, mein Herr.«
»Wie, Sie scherzen nicht?« sagte Danglars.
»Wir scherzen nie, Exzellenz«, erwiderte Peppino ernsthaft.
»Wie, hunderttausend Franken für dieses Huhn?«
»Exzellenz, es ist unglaublich, wie viel Mühe man hat, um Geflügel in diesen verfluchten Grotten aufzuziehen.«
»Gehen Sie, gehen Sie! Ich finde das sehr komisch, in der Tat äußerst belustigend; doch da ich Hunger habe, lassen Sie mich essen. Hier ist noch ein Louisd'or für Sie.«
»Dann macht es noch viertausendneunhundertundachtundneunzig Louisd'or«, sprach Peppino mit derselben Gleichgültigkeit: »mit Geduld werden wir zum Ziel gelangen.«
»Oh!« versetzte Danglars empört über diesen beharrlichen Spott, »was das betrifft, niemals. Gehen Sie zum Teufel, Sie wissen nicht, mit wem Sie zu tun haben.«
Peppino machte ein Zeichen und der junge Mensch nahm rasch das Huhn weg. Danglars warf sich auf sein Bett. Peppino schloß wieder die Tür und fing an, seine Erbsen mit Speck zu essen. Danglars kam sein Magen selbst durchlöchert wie das Faß der

Danaiden vor, er konnte nicht glauben, daß es ihm je gelingen würde, ihn zu füllen.
Er faßte übrigens noch eine halbe Stunde Geduld; doch es ist nicht zu leugnen, daß ihm diese halbe Stunde wie ein Jahrhundert vorkam. Dann stand er auf, ging abermals nach der Tür und sprach: »Hören Sie, mein Herr, lassen Sie mich nicht länger schmachten, sagen Sie mir sogleich, was man von mir will.«
»Exzellenz, sagen Sie vielmehr, was Sie von uns wollen. Geben Sie ihre Befehle, und wir werden sie ausführen.«
»So öffnen Sie vor allem.«
Peppino öffnete.
»Ich will«, sagte Danglars, »bei Gott! Ich will essen.«
»Sie haben Hunger?«
»Sie wissen es wohl.«
»Was wünscht Eure Exzellenz zu essen?«
»Ein Stück trockenes Brot, da die Hühner in diesen verfluchten Höhlen so ungeheuer teuer sind.«
»Brot! Es sei«, rief Peppino. »Holla! Brot!«
Der junge Mensch brachte ein kleines Brot.
»Hier!« sagte Peppino.
»Wieviel?« fragte Danglars.
»Viertausendneunhundertachtundneunzig Louisd'or. Ich habe zwei Louisd'or Vorschuß.«
»Wie! Ein Brot hunderttausend Franken?«
»Hunderttausend Franken!« erwiderte Peppino; »wir bedienen nicht nach der Karte, sondern zu festen Preisen. Ob man wenig, ob man viel ißt, ob man zehn Schüsseln verlangt oder eine einzige, das macht immer dieselbe Summe.«
»Abermals dieser Scherz, mein lieber Freund, ich erkläre Ihnen, daß das einfältig, daß das albern ist! Sagen Sie mir auf der Stelle, daß ich vor Hunger sterben soll, es wird schneller geschehen sein.«
»Nein, Exzellenz, Sie wollen sich selbst um das Leben bringen. Bezahlen Sie, und essen Sie.«
»Womit bezahlen, dreifaches Tier?« sagte Danglars außer sich; »glaubst du, man trägt hunderttausend Franken bei sich?«

»Sie haben fünf Millionen und fünfzigtausend Franken in Ihrer Tasche, Exzellenz«, erwiderte Peppino; »das macht fünfzig Hühner zu hunderttausend Franken und ein halbes Huhn zu fünfzigtausend Franken.«
Danglars schauerte; die Binde fiel ihm von den Augen: Das war allerdings immer noch ein Scherz, aber er begriff ihn endlich.
»Hören Sie«, sagte er, »wenn ich Ihnen diese hunderttausend Franken gebe, werden Sie sich dann wenigstens für bezahlt erklären und mich nach Belieben essen lassen?«
»Allerdings«, antwortete Peppino.
»Doch wie soll ich sie Ihnen geben?« versetzte Danglars, freier atmend.
»Nichts leichter; Sie haben einen offenen Kredit auf Thomson und French, Via dei Banchi in Rom; geben Sie mit eine Anweisung von viertausendneunhundertachtundneunzig Louisd'or auf diese Herren, unser Bankier wird sie uns abnehmen.«
Danglars wollte sich wenigstens das Verdienst des guten Willens geben, nahm die Feder, die ihm Peppino nebst Papier reichte, schrieb den Zettel und unterzeichnete.
»Hier«, sagte er, »hier ist Ihre Anweisung *au porteur*.«
»Und hier ist Ihr Huhn.«
Danglars zerschnitt seufzend das Huhn; es kam ihm sehr mager für eine so fette Summe vor.
Peppino aber las aufmerksam das Papier, steckte es in seine Tasche und aß wieder von seinen Kichererbsen.

22. Die Vergebung

Am andern Morgen hatte Danglars abermals Hunger; die Luft dieser Höhle war im höchsten Maße appetitanregend; der Gefangene glaubte, an diesem Tag müßte er keine Ausgabe machen; als sparsamer Mann hatte er die Hälfte von seinem Huhn und ein Stück von seinem Brot in eine Ecke seiner Zelle versteckt. Doch er hatte kaum gegessen, als er Durst bekam; darauf hatte er nicht gerechnet.
Er kämpfte gegen den Durst, bis zu dem Augenblick, wo er fühlte, daß sich seine vertrocknete Zunge an seinem Gaumen anklebte. Als Danglars dem verzehrenden Feuer nicht mehr widerstehen konnte, rief er.

Eine Wache öffnete die Tür; es war ein neuer Bandit.
Er dachte, es wäre für ihn mehr wert, wenn er es mit einem alten Bekannten zu tun hätte und rief Peppino.
»Hier bin ich, Exzellenz«, sagte Peppino, mit einem Eifer herbeieilend, den Danglars als ein gutes Vorzeichen betrachtete, »was wünschen Sie?«
»Zu trinken«, sprach der Gefangene.
»Exzellenz, Sie wissen, daß der Wein in der Gegend von Rom übermäßig teuer ist.«
»So geben Sie mir Wasser«, erwiderte Danglars, der den Stoß zu parieren suchte.
»Exzellenz, das Wasser ist noch viel seltener als der Wein; es herrscht gegenwärtig eine große Trockenheit.«
»Gehen Sie doch, Sie fangen wieder an, wie es scheint!« sagte Danglars lächelnd, um sich den Anschein zu geben, als scherzte er. Der Unglückliche fühlte, wie der Schweiß seine Schläfe befeuchtete.
»Nun, mein Freund«, fuhr er fort, als er sah, daß Peppino unempfindlich blieb, »ich bitte Sie um ein Glas Wein! Werden Sie es mir abschlagen?«
»Ich habe Ihnen bereits gesagt, Exzellenz, daß wir den Wein nicht im kleinen verkaufen«, erwiderte Peppino ernst.
»Wohl! So geben Sie mir eine Flasche vom billigsten.«
»Sie haben alle denselben Preis.«
»Und was ist dieser Preis?«
»Fünfundzwanzigtausend Franken die Flasche.«
»Sagen Sie«, rief Danglars mit einer Bitterkeit, welche nur Harpagon allein im Umfang der menschlichen Stimme mit Noten zu bezeichnen imstande gewesen wäre, »sagen Sie, Sie wollen mich ganz und gar ausziehen; das wird schneller geschehen sein, als wenn Sie mich so Fetzen für Fetzen auffressen.«
»Es ist dies möglicherweise der Plan des Herrn.«
»Wer ist dieser Herr?«
»Derjenige, zu welchem man Sie vorgestern geführt hat.«
»Und wo ist er? Machen Sie daß ich ihn sehen kann.«
»Das ist leicht.«
Einen Augenblick nachher stand Luigi Vampa vor Danglars.
»Sie rufen mich?« fragte er den Gefangenen.

»Sie, mein Herr, sind der Anführer der Personen, die mich hierher gebracht haben?«
»Ja, Exzellenz.«
»Wieviel verlangen Sie Lösegeld von mir? Sprechen Sie.«
»Ganz einfach die fünf Millionen, welche Sie bei sich tragen.«
Danglars fühlte einen unangenehmen Krampf sein Herz zermalmen.
»Ich habe nur dieses auf der Welt, mein Herr, es ist der Rest eines ungeheuren Vermögens; wenn Sie mir es nehmen, so nehmen Sie mir mein Leben.«
»Es ist uns verboten, Ihr Blut zu vergießen, Exzellenz.«
»Und durch wen ist Ihnen dies verboten?«
»Durch denjenigen, welchem wir gehorchen.«
»Ich glaubte, Sie wären selbst der Führer?«
»Ich bin der Führer dieser Menschen, doch ein anderer ist mein Führer.«
»Und dieser Führer gehorcht auch jemand?«
»Ja.«
»Wem?«
»Gott.«
Danglars blieb einen Augenblick nachdenkend und sprach sodann: »Ich begreife Sie nicht.«
»Das ist möglich.«
»Und dieser Führer hat Ihnen gesagt, Sie sollen mich so behandeln?«
»Ja.«
»Was ist sein Zweck?«
»Ich weiß es nicht.«
»Aber meine Börse wird sich erschöpfen.«
»Das ist wahrscheinlich.«
»Hören Sie, wollen Sie eine Million?«
»Nein.«
»Zwei Millionen?«
»Nein.«
»Drei Millionen? … Vier? … Hören Sie, vier? Ich gebe sie Ihnen unter der Bedingung, daß Sie mich gehen lassen.«
»Warum bieten Sie uns vier Millionen für das, was fünf wert

ist«, versetzte Vampa; »das ist Wucher, Herr Bankier, oder ich verstehe mich nicht darauf.«
»Nehmen Sie alles! Nehmen Sie alles! sage ich Ihnen, und töten Sie mich!« rief Danglars.
»Still! Still! Beruhigen Sie sich, Exzellenz, Sie peitschen Ihr Blut dergestalt untereinander, daß Sie einen Appetit bekommen, bei dem Sie eine Million täglich verzehren; Mord und Tod! Seien Sie sparsamer, lieber Herr.«
»Doch wenn ich kein Geld mehr besitze, um Sie zu bezahlen, mein Herr?« rief Danglars in Verzweiflung.
»Dann werden Sie Hunger haben.«
»Ich werde Hunger haben?« fragte Danglars erbleichend.
»Das ist wahrscheinlich..«, antwortete Vampa phlegmatisch.
»Aber Sie sagen, Sie wollen mich nicht töten? Und dennoch wollen Sie mich Hungers sterben lassen?«
»Das ist nicht dasselbe.«
»Wohl! Ihr Elenden«, rief Danglars, »ich werde Eure schändlichen Berechnungen vereiteln; soll ich einmal sterben, so will ich lieber sogleich ein Ende machen; laßt mich leiden, martert mich, tötet mich, doch Ihr sollt meine Unterschrift nicht bekommen.«
»Wie es Ihnen beliebt, Exzellenz«, sagte Vampa.
Und er verließ die Zelle.
Danglars warf sich brüllend auf seine Bocksfelle.
Wer waren diese Menschen? Wer war dieser sichtbare Führer? Wer war der unsichtbare Führer? Welche Pläne verfolgten sie gegen ihn? Und wenn die ganze Welt sich loskaufen konnte, warum vermochte er allein dies nicht?
Allerdings der Tod, ein rascher und gewaltsamer Tod war ein gutes Mittel, diese erbitterten Feinde zu hintergehen, welche eine unbegreifliche Rache gegen ihn zu verfolgen schienen.
Ja, aber sterben! Zum erstenmal vielleicht in seiner ganzen Laufbahn dachte Danglars an den Tod zugleich mit dem Verlangen und der Furcht, zu sterben. Doch die Stunde war für ihn gekommen, seinen Blick auf das unversöhnliche Gespenst zu heften, das im Innern jedes Geschöpfes lebt und bei jedem Pulsschlag des Herzens zu ihm sagte: Du wirst sterben.

Danglars glich jenen wilden Tieren, welche die Jagd aufregt, in Verzweiflung bringt, und denen es durch die Gewalt der Verzweiflung zuweilen gelingt, sich zu retten.

Danglars dachte an die Flucht.

Doch die Mauern waren die Felsen selbst, und vor dem einzigen Ausgang, der aus der Zelle führte, lag ein Mensch; hinter diesem Menschen sah man mit Flinten bewaffnete Schatten hin und her gehen.

Sein Entschluß, nicht zu unterzeichnen, dauerte zwei Tage, dann verlangte er Nahrungsmittel und bot eine Million. Man trug ihm ein vortreffliches Abendbrot auf und nahm seine Million.

Von da an war das Leben des unglücklichen Gefangenen eine beständige Ausschweifung. Er hatte so viel gelitten, daß er sich keinen weiteren Leiden mehr aussetzen wollte und sich allen Forderungen unterzog. Nach Verlauf von acht Tagen machte er eines Nachmittags, als er wie in den schönen Tagen seines Glückes gespeist hatte, seine Rechnung und bemerkte, daß er so viele Anweisungen *au porteur* abgegeben, daß ihm nur noch fünfzigtausend Franken übrigblieben.

Da ging eine seltsame Umwandlung in ihm vor. Er, der fünf Millionen hingegeben hatte, suchte die fünfzigtausend Franken zu retten, die ihm blieben; er beschloß, eher ein Leben der Entbehrungen wieder aufzunehmen, als diese fünfzigtausend Franken herzugeben. Der Unglückliche nährte einen Schimmer von Hoffnung, der an Wahnsinn grenzte: Er, der seit so langer Zeit Gott vergessen hatte, dachte an ihn, um sich zu sagen, Gott hätte zuweilen Wunder getan; diese Höhle könnte versinken; die päpstlichen Carabinieri könnten diesen verfluchten Aufenthaltsort entdecken und ihm zu Hilfe kommen; dann würden ihm noch fünfzigtausend Franken bleiben; fünfzigtausend Franken wären eine hinreichende Summe, um einen Menschen vor dem Hungertod zu schützen. Er bat Gott, ihm diese fünfzigtausend Franken zu erhalten, und indem er bat, weinte er.

So vergingen drei Tage, während welcher der Name Gottes beständig, wenn nicht in seinem Herzen, doch auf seinen Lippen war. In Zwischenräumen hatte er Augenblicke des Irrsinns, in denen er durch die Fenster, in einer armseligen Kammer einen Greis im Todeskampf auf einem elenden Lager zu erblicken glaubte. Dieser Greis starb auch vor Hunger.

Am vierten Tag war er kein Mensch mehr, sondern ein lebendiger Leichnam; er hatte auf dem Boden die letzten Krümchen seiner früheren Mahle zusammengerafft und fing an das Stroh zu verzehren, mit dem der Boden bedeckt war.

Dann flehte er Peppino an, wie man einen Schutzengel anfleht, ihm etwas Speise zu geben; er bot ihm tausend Franken für einen Mund voll Brot. Peppino antwortete nicht.

Am fünften Tag schleppte er sich vor den Eingang der Zelle. »Ihr seid also kein Christ?« sagte er, sich auf seine Knie erhebend; »Ihr wollt einen Menschen töten, der Euer Bruder vor Gott ist?«

Und er fiel mit dem Gesicht auf die Erde.

Dann fuhr er plötzlich wieder auf und rief: »Der Führer!«

»Hier bin ich!« sagte, sogleich erscheinend, Vampa, »was wünschen Sie noch?«

»Nehmen Sie mein letztes Geld«, stammelte Danglars, ihm sein Portefeuille reichend, »nehmen Sie es und lassen Sie mich in dieser Höhle; ich verlange meine Freiheit nicht mehr, ich verlange mein Leben nicht mehr.«

»Sie leiden also sehr?« fragte Vampa.

»Oh, ja, ich leide grausam.«

»Es gibt jedoch Menschen, die mehr gelitten haben.«

»Ich glaube es nicht.«

»Doch! Diejenigen, welche vor Hunger gestorben sind.«

Danglars dachte an den Greis, den er während der Stunde seines Irrsinns durch die Fenster seiner armseligen Kammer auf seinem Lager ächzen sah. Er schlug mit der Stirn auf die Erde und stieß einen Seufzer aus.

»Ja«, sagte er, »es ist wahr; es gibt Leute, die mehr gelitten haben als ich, aber diese waren Märtyrer.«

»Sie bereuen wenigstens?« sprach eine düstere, feierliche Stimme, welche die Haare auf dem Haupt von Danglars sich sträuben machte.

Sein geschwächter Blick suchte die Gegenstände zu unterscheiden, und er sah hinter dem Banditen einen Mann in einen Man-

tel gehüllt, und vom Schatten eines steinernen Pilasters bedeckt.
»Was soll ich bereuen?« stammelte Danglars.
»Das Böse, das Sie getan haben«, sprach dieselbe Stimme.
»Oh, ja, ich bereue es, ich bereue es«, rief Danglars.
Und er schlug mit seiner abgemagerten Faust an seine Brust.
»Dann vergebe ich Ihnen«, sprach der Unbekannte, seinen Mantel abwerfend und vorschreitend, um sich in das Licht zu stellen.
»Der Graf von Monte Christo!« rief Danglars, bleicher vor Schrecken, als er es einen Augenblick zuvor vor Hunger und Elend gewesen war.
»Sie täuschen sich; ich bin nicht der Graf von Monte Christo.«
»Und wer sind Sie denn?«
»Ich bin derjenige, welchen Sie verkauft, preisgegeben, entehrt haben; ich bin derjenige, dessen Braut Sie mit Schmach bedeckten; ich bin derjenige, auf welchen Sie traten, auf dem Sie fortschritten, um sich zum Glück aufzuschwingen; ich bin derjenige, dessen Vater Sie vor Hunger sterben ließen, den Sie verurteilt hatten, ebenfalls vor Hunger zu sterben, und der Ihnen dennoch vergibt, weil er selbst der Vergebung bedarf; ich bin Edmond Dantes.«
Danglars stieß einen Schrei aus und stürzte mit dem ganzen Leib auf die Erde nieder.
»Stehen Sie auf«, sagte der Graf, »Ihr Leben bleibt unverletzt; ein solches Glück ist Ihren zwei Genossen nicht widerfahren: der eine ist wahnsinnig, der andere ist tot. Behalten Sie die 50 000 Franken, die Sie noch haben, ich mache sie Ihnen zum Geschenk. Die fünf Millionen, die Sie den Hospitälern gestohlen, sind diesen bereits von einer unbekannten Hand wiedererstattet worden.
Und nun essen und trinken Sie; für heute abend mache ich Sie zu meinem Gast.
Vampa, wenn dieser Mensch sich beruhigt hat, lassen Sie ihn frei.«
Danglars blieb auf der Erde liegen, bis sich der Graf entfernte; als er das Haupt erhob, sah er nur noch einen im Gang verschwindenden Schatten, vor dem sich die Räuber verbeugten.

Danglars wurde dem Befehl des Grafen gemäß von Vampa bedient, der ihm den besten Wein und die besten Früchte Italiens bringen ließ. Als er seinen Hunger gestillt hatte, ließ ihn der Anführer der Banditen in einen Wagen steigen, begleitete ihn eine Strecke weit und lehnte ihn dann unfern von der Straße an einen Baum.

Hier blieb er bis zum Anbruch des Tages, ohne zu wissen, wo er war.

Beim Morgenlicht bemerkte er, daß er sich in der Nähe eines Baches befand; er hatte Durst und schleppte sich bis zu diesem Bach.

Als er sich neigte, um daraus zu trinken, sah er, daß seine Haare weiß geworden waren.

23. Der fünfte Oktober

Es war ungefähr sechs Uhr abends; ein opalfarbiges Licht, das eine schöne Herbstsonne mit ihren goldenen Strahlen durchdrang, fiel auf das bläuliche Meer. Auf diesem ungeheuren Gewässer, das sich von Gibraltar bis zu den Dardanellen und von Tunis bis nach Venedig ausdehnt, glitt eine leichte Jacht von reiner, zierlicher Form in dem ersten Dunst des Abends hin. Nach und nach verschwanden am westlichen Horizont die letzten Strahlen der Sonne. Die Jacht rückte rasch vor, obgleich scheinbar der Wind kaum stark genug war, um das Lockenhaar eines Mädchens flattern zu machen.

Auf dem Vorderteil stehend, sah ein Mann von hoher Gestalt, brauner Gesichtsfarbe und mit großem Auge das Land unter der Gestalt einer düsteren, kegelförmigen Masse auf sich zukommen, die gleich einem ungeheuren katalonischen Hut sich aus den Wellen erhob.

»Ist das Monte Christo?« fragte mit einer ernsten, von tiefer Traurigkeit zeugenden Stimme der Reisende, dessen Befehlen die Jacht für den Augenblick unterworfen war.

»Ja, Exzellenz«, antwortete der Patron, »wir kommen sogleich dahin.«

»Wir kommen dahin!« murmelte der Reisende mit einem Ausdruck unsäglicher Schwermut. Dann fügte er mit leiser Stimme bei: »Ja, dort wird der Hafen sein.«

Und er versenkte sich wieder in seine Gedanken, die sich durch ein Lächeln, trauriger als Tränen gewesen wären, kundgaben. Zehn Minuten nachher geite man die Segel auf und warf den Anker fünfhundert Schritte von einem kleinen Hafen.

Das Boot war bereits mit den Ruderern und dem Lotsen auf dem Meer. Der Reisende stieg hinab und blieb, statt sich auf das für ihn mit einem blauen Teppich geschmückte Vorderteil zu setzen, mit gekreuzten Armen stehen.

Die Ruderer warteten, ihre Ruder halb in die Höhe gehoben, wie Vögel, welche ihre Flügel trocknen lassen.

»Vorwärts!« rief der Reisende.

Die acht Ruderer setzten mit einem Schlag an; dann glitt die Barke, dem Antrieb gehorchend, rasch dem Ufer zu.

In einem Augenblick befand man sich in der kleinen Bucht, die hier durch einen natürlichen Ausschnitt gebildet wurde. Die Barke berührte einen Grund von feinem Sand. Der junge Mann stieg aus und suchte mit seinen Augen um sich her den Weg, denn es war bereits völlig Nacht.

In dem Augenblick, wo er den Kopf umwandte, ruhte eine Hand auf seiner Schulter und eine Stimme machte ihn beben.

»Guten Abend, Maximilian«, sagte diese Stimme, »Sie sind sehr pünktlich, und ich danke Ihnen.«

»Sind sind es, Graf!« rief der junge Mann mit einer freudigen Bewegung und mit seinen beiden Händen die Hand von Monte Christo drückend.

»Ja, wie Sie sehen, nicht minder pünktlich; doch Sie triefen, mein lieber Freund. Sie müssen die Kleider wechseln, es findet sich hier eine für Sie bereit gehaltene Wohnung, in der Sie Müdigkeit und Kälte vergessen werden«, sagte Monte Christo lächelnd.

Maximilian schaute den Grafen voll Erstaunen an.

»Wie«, sagte er, »Sie sind hier nicht mehr derselbe, der Sie in Paris waren?«

»Warum dies?«

»Ja, hier lächeln Sie.«

Die Stirn von Monte Christo verdüsterte sich plötzlich, und er sprach: »Sie haben recht, daß Sie mich an mich selbst erinnern,

Maximilian; Sie wiederzusehen war ein Glück für mich und ich vergaß, daß jedes Glück vorübergehend ist.«

»Oh, nein, nein, Graf«, rief Morel, abermals die beiden Hände seines Freundes ergreifend; »lachen Sie im Gegenteil, seien Sie glücklich und beweisen Sie mir durch Ihre Gleichgültigkeit, daß das Leben nur für die Leidenden schlecht ist. Oh, Sie sind menschenfreundlich, Sie sind gut, Sie sind groß, mein Freund, und um mir Mut zu verleihen, heucheln Sie diese Heiterkeit.«

»Sie täuschen sich, Morel«, erwiderte Monte Christo, »ich war in der Tat glücklich.«

»Dann vergessen Sie mich desto besser!«

»Wie dies?«

»Ja, denn Sie wissen, Freund, wie der Gladiator in den Zirkus tretend zu dem erhabenen Kaiser sagte, so sage ich zu Ihnen: Der den Tod erleiden wird, grüßt dich.«

»Sie sind nicht getröstet?« fragte Monte Christo mit einem seltsamen Blick.

»Haben Sie wirklich geglaubt, ich könnte es sein?« rief Morel mit einem Ton voll Bitterkeit.

»Hören Sie«, sprach der Graf, »nicht wahr, Maximilian, Sie verstehen den Sinn meiner Worte ganz wohl? Sie halten mich nicht für einen gewöhnlichen Menschen, nicht für eine Klapper, die unbestimmte, sinnlose Töne von sich gibt? Wenn ich Sie frage, ob Sie getröstet seien, so spreche ich als ein Mann, für den das menschliche Herz keine Geheimnisse mehr hat. Nun wohl, Morel, steigen wir miteinander in die Tiefe Ihres Herzens hinab und erforschen wir es. Ist es noch die heftige Ungeduld des Schmerzes, der den Körper springen macht, wie der von einem Moskito gestochene Löwe springt? Ist es immer noch der verzehrende Durst, der nur im Grab erlischt? Ist es jene Idealität des Kummers, welche den Lebenden aus dem Leben schleudert und der Verfolgung des Todes preisgibt? Oder ist es nur die Niederbeugung des erschöpften Mutes, der Ärger, der den Hoffnungsstrahl erstickt, welcher gern glänzen möchte? Ist es der Verlust des Gedächtnisses, der die Ohnmacht der Tränen zur Folge hat? Oh! Mein lieber Freund, wenn es dies ist, wenn Sie nicht mehr weinen können, wenn Sie Ihr erstarrtes Herz für tot halten, wenn Sie nur noch Kraft in Gott, nur noch Blicke für den Himmel haben, Freund, dann lassen wir die Worte beiseite, welche zu eng sind für den Sinn, den ihnen unsere Seele gibt – Maximilian, Sie sind getröstet, klagen Sie nicht mehr.«

»Graf«, sagte Morel mit seiner weichen und zugleich festen Stimme, »Graf, hören Sie mich, wie man einen Mann hört, der den Finger gegen die Erde ausgestreckt und die Augen zum Himmel aufgeschlagen spricht: Ich bin zu Ihnen gekommen, um in den Armen eines Freundes zu sterben. Allerdings gibt es Menschen, die ich liebe: ich liebe meine Schwester Julie, ich liebe ihren Gatten Emanuel; aber für mich ist es Bedürfnis, daß man mir starke Arme öffnet, daß man mir in meinen letzten Augenblicken zulächelt. Meine Schwester würde in Tränen zerfließen und ohnmächtig werden; ich würde sie leiden sehen und habe selbst genug gelitten; Emanuel würde mir die Waffe aus den Händen reißen und das Haus mit seinem Geschrei erfüllen. Sie, Graf, dessen Wort ich habe, Sie, der Sie mehr als ein Mensch sind, Sie werden mich sanft und zärtlich bis zu den Pforten des Todes geleiten?«

»Freund«, entgegnete der Graf, »es bleibt mir nur ein Zweifel: sollten Sie so wenig Kraft haben, daß Sie einen Stolz darein setzen, Ihren Schmerz auszuleben?«

»Nein, sehen Sie, ich bin einfach«, sagte Morel, dem Grafen die Hand reichend, »und mein Puls schlägt nicht stärker und nicht langsamer als gewöhnlich. Nein, ich fühle mich am Ende der Reise; nein, ich werde nicht weitergehen. Sie sprachen mir von Hoffen und Warten; wissen Sie, was Sie getan haben, unglücklicher Weiser? Ich habe einen Monat gewartet, das heißt, ich habe einen Monat gelitten! Ich habe gehofft, was? Ich weiß es nicht, etwas Unbekanntes, Albernes, Wahnsinniges! Ein Wunder… was für ein Wunder? Gott allein vermag es zu sagen, er, der in unsere Vernunft eine Torheit gemischt hat, die man Hoffnung nennt. Ja, ich habe gewartet; ja, ich habe gehofft, Graf, und seit einer Viertelstunde, die wir hier sprachen, haben Sie hundertmal, ohne es zu wissen, mein Herz gequält, gebrochen; denn jedes von Ihren Worten bewies mir, daß nichts mehr für mich zu hoffen war. Oh, Graf, wie sanft und wollüstig werde ich im Tod ruhen!«

Morel sprach diese letzten Worte mit einem Ausdruck von Energie, der den Grafen beben machte.

»Mein Freund«, fuhr Morel fort, als er sah, daß der Graf schwieg, »Sie haben mir den fünften Oktober als das Ende der Frist bezeichnet, die Sie von mir verlangen... Mein Freund, heute ist der fünfte Oktober...«

Morel zog seine Uhr.

»Es ist neun Uhr, ich habe noch drei Stunden zu leben.«

»Es sei!« sagte Monte Christo, »kommen Sie.«

Morel folgte mechanisch dem Grafen, und sie waren bereits in der Grotte, ehe es Maximilian bemerkte.

Er fand Teppiche unter seinen Füßen, eine Tür öffnete sich, Wohlgerüche umhüllten ihn, ein lebhaftes Licht traf seine Augen. Morel zögerte, weiterzugehen, und blieb stehen; er mißtraute den entnervenden Sinnenreizen, die ihm umgaben.

Monte Christo zog ihn sanft vorwärts und sprach: »Geziemt es sich nicht, daß wir die drei Stunden, die uns noch bleiben, wie die alten Römer verwenden, welche von Nero, ihrem Kaiser und Erben, zum Tode verurteilt, sich mit Blumen bekränzt zu Tisch setzten und den Tod mit dem Wohlgeruch von Heliotropen und Rosen einatmeten?«

Morel lächelte.

»Wie Sie wollen«, sprach er; »der Tod bleibt immer der Tod, das heißt die Ruhe, das heißt die Abwesenheit des Lebens und folglich des Schmerzes.« Er setzte sich, Monte Christo nahm seinen Platz ihm gegenüber.

Man befand sich in dem wundervollen, bereits von uns beschriebenen Speisesaal, wo Marmorstatuen auf ihren Häuptern stets mit Blumen und Früchten gefüllte Körbchen trugen.

Morel hatte alles flüchtig angeschaut und ohne Zweifel nichts gesehen. »Reden wir wie Männer«, sagte er mit einem Blick auf den Grafen.

»Sprechen Sie.«

»Graf, Sie sind der Inbegriff aller menschlichen Kenntnisse, und Ihr Wesen macht den Eindruck auf mich, als kämen Sie von einer Welt her, welche weiter vorgerückt und reicher ist, als die unsrige.«

»Es ist etwas Wahres daran, Morel«, sagte der Graf mit jenem schwermütigen Lächeln, das ihn so schön erscheinen ließ; »ich bin von einem Planeten herabgestiegen, den man den Schmerz nennt.«

»Ich glaube alles, was Sie mir sagen, ohne daß ich den Sinn davon zu ergründen suche. Zum Beweis hierfür mag dienen: Sie hießen mich leben, und ich lebte; Sie hießen mich hoffen, und ich hoffte beinahe. Ich wage es daher, Graf, Sie zu fragen, als ob Sie schon einmal tot gewesen wären: Graf, tut das weh?«

Monte Christo schaute Morel mit unbeschreiblicher Zärtlichkeit an und erwiderte: »Ja allerdings, es tut sehr weh. Wenn Sie auf eine rohe Weise die sterbliche Hülle zerreißen, die hartnäkkig zu leben verlangt; wenn Sie Ihr Fleisch unter den unmerklichen Zähnen eines Dolches kreischen machen; wenn Sie mit einer unverständigen Kugel Ihr Hirn durchbohren, das bei dem geringsten Stoß von Schmerzen befallen wird – so werden Sie sicherlich leiden und mit Widerwillen das Leben verlassen, das Sie mitten unter Ihrem verzweiflungsvollen Todeskampf immer noch schöner finden, als eine so teuer erkaufte Ruhe.«

»Ja, ich begreife«, sprach Morel; »der Tod hat wie das Leben seine Geheimnisse des Schmerzes und der Wollust, und es kommt nur darauf an, sie kennenzulernen.«

»Ganz richtig, Maximilian, Sie haben das große Wort ausgesprochen. Der Tod ist, je nachdem wir dafür besorgt sind, uns gut oder schlimm mit ihm zu stellen, entweder ein Freund, der uns ebenso sanft wiegt, als eine Amme, oder ein Feind, der uns mit Gewalt die Seele aus dem Leibe reißt. Eines Tags, wenn unsere Welt noch tausend Jahre gelebt, wenn man sich aller der zerstörenden Kräfte der Natur bemeistert haben wird, um sie der allgemeinen Wohlfahrt der Menschheit dienstbar zu machen; wenn der Mensch einmal, wie Sie soeben sagten, die Geheimnisse des Todes kennt – dann wird dieser ebenso sanft, ebenso wollüstig sein, als der Schlummer in den Armen unserer Geliebten.«

»Und wenn Sie sterben wollten, wüßten Sie so zu sterben?«

»Ja.«

Morel reichte ihm die Hand und sagte: »Ich begreife nun, warum Sie mich hierher beschieden haben, auf diese einsame Insel, mitten in den Ozean, in diesen unterirdischen Palast...

ein Grab, das den Neid eines Pharao erregt haben dürfte; es geschah dies, weil Sie mich liebten, nicht wahr, Graf? Weil Sie mich hinreichend lieben, um mir eine von den Todesarten zu geben, von denen Sie soeben sprachen, einen Tod ohne Kampf, einen Tod, der mir, den Namen Valentine aussprechend und Ihnen die Hand drückend, zu sterben gestattet?«

»Ja, Sie haben richtig erraten, Morel«, sagte der Graf mit einfacher Betonung, »dies war meine Absicht.«

»Ich danke; die Hoffnung, daß ich morgen nicht mehr leben werde, ist so süß für mein armes Herz.«

»Bedauern Sie keinen Verlust?« fragte Monte Christo.

»Nein!« antwortete Morel.

»Bedauern Sie es nicht, von mir scheiden zu müssen?« fragte der Graf mit tiefer Rührung.

Morel hielt inne. Sein so reines Auge trübte sich plötzlich und glänzte dann wieder in ungewöhnlichem Feuer, eine große Träne strömte hervor und rollte an seiner Wange herab.

»Wie!« rief der Graf, »Sie beklagen den Verlust von irgend etwas auf Erden und wollen sterben?«

»Oh, ich flehe Sie an!« rief Morel mit mattem Ton, »kein Wort mehr, verlängern Sie meine Qualen nicht, Graf.«

Der Graf glaubte, Morel werde schwach werden.

Dieser Glaube erweckte in ihm abermals den furchtbaren, bereits einmal im Kastell If niedergeschlagenen Zweifel.

»Ich beschäftige mich damit, diesem Menschen dem Glück zurückzugeben«, sagte er zu sich selbst, »ich betrachtete diese Wiedererstattung als ein Gewicht in die Waage geworfen, in Rücksicht auf die andere Schale, in welche ich das Übel habe fallen lassen. Wenn ich mich nun täusche, wenn dieser Mensch nicht unglücklich genug wäre, um das Glück zu verdienen, ach! Was würde aus mir werden, der ich das Böse nur vergessen kann, indem ich mir das Gute wieder vorzeichne?«

»Hören Sie, Morel«, sprach er: »Ihr Schmerz ist ungeheuer, das sehe ich; aber dennoch glauben Sie an Gott und wollen das Heil Ihrer Seele nicht wagen.«

Morel lächelte traurig und erwiderte: »Graf, Sie wissen, daß ich nicht mit kaltem Herzen Poesie treibe; aber ich schwöre Ihnen, meine Seele gehört nicht mehr mir.«

»Hören Sie, Morel, ich habe keine Verwandten auf der Welt, ich habe mich daran gewöhnt, Sie als meinen Sohn zu betrachten; um meinen Sohn zu retten, würde ich mein Leben und noch viel mehr mein Vermögen opfern.«
»Was wollen Sie damit sagen?«
»Ich will damit sagen, Morel, daß Sie das Leben verlassen, weil Sie nicht alle Genüsse kennen, die es einem großen Vermögen verheißt. Morel, ich besitze hundert Millionen: mit einem solchen Vermögen können Sie jedes Ziel erreichen, das Sie sich vorsetzen. Sind Sie ehrgeizig? Jede Laufbahn ist Ihnen geöffnet. Setzen Sie die Welt in Aufruhr, geben Sie sich den wahnsinnigen Streichen hin, seien Sie ein Verbrecher, wenn es sein muß, aber leben Sie.«
»Graf, ich habe Ihr Wort«, erwiderte Morel kalt und fügte er seine Uhr ziehend bei, »es ist halb zwölf Uhr.«
»Morel! Bedenken Sie auch, unter meinen Augen, in meinem Haus?«
»Dann lassen Sie mich gehen«, sagte Morel düster, »oder ich glaube, Sie lieben mich nicht meinetwegen, sondern Ihretwegen!« Und er stand auf.
»Es ist gut«, sagte Monte Christo, dessen Gesicht sich bei diesen Worten aufklärte; »Sie wollen es, Morel, und sind unbeugsam. Ja! Sie sind tief unglücklich, und es könnte Sie, wie Sie gesagt haben, nur ein Wunder heilen; setzen Sie sich, Morel, und warten Sie.«
Morel gehorchte. Monte Christo stand ebenfalls auf und holte aus einem sorgfältig verschlossenen Schrank, dessen Schlüssel er an einer goldenen Kette an sich hängen hatte, ein kleines silbernes, wunderbar gearbeitetes Kästchen, dessen Ecken vier Figuren darstellten, Figuren von Frauen, Symbolen von Engeln, welche zum Himmel aufstreben.
Er stellte dieses Kästchen auf den Tisch, öffnete es und zog eine kleine goldene Kapsel daraus hervor, deren Deckel sich durch den Druck einer Feder hob.
Diese Kapsel enthielt eine salbenartige, halbfeste Substanz. Der Graf schöpfte eine kleine Quantität davon mit einem goldenen Löffel und bot sie Morel mit einem langen Blick.
Man konnte nun sehen, daß diese Substanz grünlich war.

»Das ist es, was Sie von mir verlangten«, sagte er, »das ist es, was ich Ihnen versprochen habe.«

»Noch lebend«, erwiderte der junge Mann, den Löffel aus den Händen von Monte Christo nehmend, »noch lebend danke ich Ihnen aus dem Grunde meines Herzens.«

Der Graf nahm einen zweifen Löffel und schöpfte abermals aus der goldenen Kapsel.

»Was wollen Sie machen, Freund?« fragte Morel, seine Hand zurückhaltend.

»Meiner Treu, Morel«, erwiderte er lächelnd, »Gott vergebe mir! Ich glaube, ich bin des Lebens so müde, als Sie, und da sich eine Gelegenheit bietet...«

»Halten Sie ein!« rief der junge Mann. »Sie, der Sie lieben, den man liebt, der Sie den Glauben und die Hoffnung haben, tun Sie nicht, was ich zu tun im Begriffe bin! Von Ihrer Seite wäre es ein Verbrechen. Gott befohlen, mein edler und hochherziger Freund! Gott befohlen! Ich werde Valentine alles sagen, was Sie für mich getan haben.«

Und ohne ein anderes Zögern, als einen langen Druck der linken Hand, die er dem Grafen reichte, schlürfte Morel die geheimnisvolle Substanz.

Dann schwiegen beide. Ali brachte still und aufmerksam den Tabak und die persischen Pfeifen, trug den Kaffee auf und verschwand. Allmählich erbleichten die Lampen in den Händen der Marmorstatuen, und der Geruch der Räucherflammen kam Morel minder durchdringend vor.

Ihm gegenübersitzend, schaute Monte Christo Maximilian aus der Tiefe des Schattens an, während Morel nur die Augen des Grafen glänzen sah.

Ein ungeheurer Schmerz bemächtigte sich des jungen Mannes; er fühlte die Pfeife seinen Händen entschlüpfen; die Gegenstände verloren unmerklich ihre Form und ihre Farbe; seinen getrübten Augen kam es vor, als öffneten sich die Türen und Vorhänge in der Wand.

»Freund«, sprach er, »ich fühle, daß ich sterbe – Dank!«

Er machte eine Anstrengung, um dem Grafen zum letztenmal die Hand zu reichen; aber diese Hand fiel kraftlos an seiner Seite nieder.

Dann kam es ihm vor, als lächelte Monte Christo, nicht mit seinem seltsamen, furchtbaren Lächeln, das ihn wiederholt die Geheimnisse dieser tiefen Seele im Halbdunkel hatte erschauen lassen, sondern mit einem wohlwollenden Mitleid, welches die Väter für ihre kleinen Kinder offenbaren, wenn sie unvernünftige Dinge sprechen.

Zu gleicher Zeit wuchs der Graf in seinen Augen: Seine beinahe verdoppelte Gestalt trat auf den roten Tapeten hervor; er hatte seine schwarzen Haare zurückgeworfen und erschien aufrecht und stolz, wie einer von jenen Engeln, mit denen man die Bösen am Tage des Jüngsten Gerichts bedroht.

Gelähmt, gebändigt, warf sich Morel in seinen Stuhl zurück: Eine sanfte Erstarrung durchdrang jede von seinen Adern. Liegend, entkräftet, fühlte Morel nichts Lebendes mehr in sich, als diesen Traum: Es kam ihm vor, als liefe er mit vollen Segeln in den schwankenden Irrwahn ein, der dem unbekannten Dunkel vorhergeht, das man den Tod nennt. Noch einmal versuchte er es, dem Grafen seine Hand zu geben; diesmal aber rührte sich seine Hand nicht mehr. Er wollte ein letztes Lebewohl aussprechen; doch seine Zunge wälzte sich schwerfällig in seinen Mund umher, wie ein Stein, der ein Grab verstopfen soll.

Seine mit betäubender Schlafsucht belasteten Augen schlossen sich unwillkürlich; hinter seinen Augenlidern aber bewegte sich ein Bild, das er erkannte, trotz der Dunkelheit, mit der er sich umhüllt glaubte. Es war der Graf, der eine Tür öffnete.

Sogleich übergoß eine unermeßliche, aus einem anstoßenden mit unendlicher Pracht ausgeschmückten Gemach hervorstrahlende Klarheit den Saal, in dem sich Morel seinem süßen Todeskampf hingab.

Da sah er auf der Schwelle dieses Saales und auf die Grenze der beiden Gemächer eine Frau von wunderbarer Schönheit treten. Bleich und sanft lächelnd, schien sie der Engel der Barmherzigkeit, den Engel der Rache beschwörend.

»Öffnet sich schon der Himmel für mich?« dachte der Sterbende; »dieser Engel gleicht denjenigen, welchen ich verloren habe.«

Monte Christo bezeichnete mit dem Finger der jungen Frau das Sofa, auf dem Morel ruhte.

Sie ging auf ihn zu, die Hände gefaltet und ein Lächeln auf den Lippen.
»Valentine! Valentine!« rief Morel aus dem Grunde seiner Seele.
Aber sein Mund brachte keinen Ton hervor, und er stieß, als wären alle seine Kräfte in dieser inneren Bewegung vereinigt, einen Seufzer aus und schloß die Augen.
Valentine stürzte auf ihn zu.
Die Lippen von Morel machten abermals eine Bewegung.
»Er ruft Sie«, sagte der Graf, »er ruft Sie aus der Tiefe seines Schlummers, er, dem Sie Ihr Schicksal anvertraut hatten, und von dem Sie der Tod trennen wollte! Aber zum Glück war ich da; und ich habe den Tod besiegt! Valentine, fortan sollt Ihr Euch auf Erden nicht mehr trennen; denn damit Ihr einander wiederfändet, stürzte er sich in das Grab. Ohne mich wäret Ihr beide gestorben; ich gebe Euch einander zurück; möge Gott Rechnung tragen für das doppelte Dasein, das ich rette!«
Valentine ergriff die Hand von Monte Christo und drückte sie in einem Erguß unwiderstehlicher Freude an ihre Lippen.
»Oh, danken Sie mir sehr«, sprach der Graf. »Wiederholen Sie mir, ohne des Wiederholens müde zu werden, daß ich Sie glücklich gemacht habe; Sie ahnen nicht, wie sehr ich dieser Gewißheit bedarf.«
»Oh, ja, ja, ich danke Ihnen von ganzer Seele«, rief Valentine, »und wenn Sie an der Aufrichtigkeit meines Dankes zweifeln, so fragen Sie Haydee, die mich seit unserer Abreise von Frankreich bewog, von Ihnen sprechend, den glücklichen Tag, der heute für mich erglänzt, geduldig zu erwarten.«
»Sie lieben also Haydee?« fragte Monte Christo mit einer Rührung, die er vergebens zu verbergen bemüht war.
»Von ganzer Seele!«
»Nun wohl, so hören Sie«, sprach der Graf, »ich habe mir eine Gunst von Ihnen zu erbitten.«
»Von mir? Großer Gott! Bin ich so glücklich?«
»Ja. Sie haben Haydee Ihre Schwester genannt, möge Sie in der Tat Ihre Schwester sein, Valentine; geben Sie ihr alles zurück, was Sie mir schuldig zu sein glauben, beschützen Sie mit Morel

die arme Haydee, denn sie wird fortan allein auf der Welt sein…«

»Allein auf der Welt!« wiederholte eine Stimme hinter dem Grafen; »und warum?«

Monte Christo wandte sich um.

Haydee stand da, bleich und in Eis verwandelt, und schaute den Grafen mit einer Gebärde tödlicher Starrheit an.

»Weil du morgen frei sein wirst, meine Tochter«, antwortete der Graf; »weil du in der Welt den dir gebührenden Platz einnehmen wirst; weil mein Verhängnis das deinige nicht verdunkeln soll. Fürstentochter! Ich gebe dir die Reichtümer und den Namen deines Vaters zurück!«

Haydee erbleichte, öffnete ihr durchsichtigen Hände, wie es die Jungfrau tut, die sich Gott befiehlt, und sprach mit einer von Tränen heiseren Stimme: »Also du verläßt mich, Herr?«

»Haydee! Du bist jung, du bist schön; vergiß mich bis auf meinen Namen und sei glücklich.«

»Es ist gut«, sagte Haydee, »deine Befehle sollen vollzogen werden, mein Herr, ich werde dich bis auf deinen Namen vergessen und glücklich sein.« Und sie machte einen Schritt rückwärts, um sich zu entfernen.

»Oh, mein Gott!« rief Valentine, während sie den erstarrten Kopf von Morel auf ihre Schulter hob, »sehen Sie nicht, wie bleich sie ist? Begreifen Sie nicht, was sie leidet?«

Haydee entgegnete mit einem herzzerreißenden Ausdruck: »Warum soll er mich begreifen? Er ist mein Herr, und ich bin seine Sklavin; er hat das Recht, nichts zu sehen.«

Der Graf bebte bei den Tönen dieser Stimme, die selbst die geheimsten Fibern seines Herzens erweckte; seine Augen begegneten denen des jungen Mädchens und konnten den Glanz derselben nicht ertragen.

»Mein Gott! Mein Gott!« rief Monte Christo, »was ich ahnen durfte, wäre also wahr, Haydee, du wärest glücklich, wenn ich dich nicht verlassen würde?«

»Ich bin jung«, antwortete sie mit sanftem Ton; »ich liebe das Leben, das du mir stets so süß gemacht hast, und würde es beklagen, wenn ich sterben müßte.«

»Damit willst du mir sagen, wenn ich dich verließe, Haydee…«

»So würde ich sterben, Herr, ja!«
»Du liebst mich also?«
»Oh! Valentine, er fragt, ob ich ihn liebe! Valentine, sage ihm doch, ob du Maximilian liebst!«
Der Graf fühlte, wie seine Brust sich weitete und sein Herz sich ausdehnte; er öffnete seine Arme und Haydee fiel ihm, einen Schrei ausstoßend, um den Hals.
»Ja, ich liebe dich!« sprach sie, »ich liebe dich, wie man seinen Vater, seinen Bruder, seinen Gatten liebt, ich liebe dich, wie man sein Leben, seinen Gott liebt, denn du bist für mich das Schönste, das Beste und das Größte der geschaffenen Wesen.«
»Also geschehe, wie du willst, mein geliebter Engel«, sagte der Graf. »Gott, der mich gegen meine Feinde angetrieben und mich zu ihrem Sieger gemacht hat, Gott will nicht diese Reue an das Ende meines Sieges setzen, das sehe ich. Ich wollte mich bestrafen, Gott will mir verzeihen. Liebe mich also, Haydee! Wer weiß? Deine Liebe wird mich vielleicht vergessen lassen, was ich vergessen muß.«
»Aber was sprichst du denn, Herr?« fragte das junge Mädchen.
»Ich sage, daß ein Wort von dir, Haydee, mich mehr erleichtert hat, als zwanzig Jahre meiner langsamen Weisheit; ich habe nur dich auf dieser Welt; durch dich kann ich leiden, durch dich kann ich glücklich sein.«
»Hörst du, Valentine?« rief Haydee, »er sagt, durch mich könne er leiden, durch mich, die ich mein Leben für ihn geben würde!«
Der Graf sammelte sich einen Augenblick und sprach: »Habe ich die Wahrheit erschaut? Oh, mein Gott, gleichviel, Belohnung oder Strafe, ich nehme diese Bestimmung an. Komm, Haydee, komm...«
Seinen Arm um den Hals des Mädchens legend, drückte er Valentine die Hand und verschwand.
Es verging ungefähr eine Stunde, während der Valentine stöhnend, ohne Stimme, die Augen starr, bei Morel verharrte. Allmählich fühlte sie sein Herz schlagen, ein unmerklicher Atem öffnete seine Lippen, und dieses leichte, die Rückkehr des Lebens verkündende Beben durchlief den ganzen Leib des jungen Mannes.

Endlich öffneten sich seine Augen, aber starr und wie in Irrwahn; dann kehrte das Gesicht zurück, und mit dem Gesicht das Gefühl, mit dem Gefühl der Schmerz.

»Oh!« rief er im Ton der Verzweiflung, »ich lebe noch, der Graf hat mich getäuscht!« Und er streckte die Hand nach dem Tisch aus und griff nach einem Messer.

»Freund«, sprach Valentine mit ihrem wunderbaren Lächeln, »erwache und schaue mich an.«

Morel stieß einen gewaltigen Schrei aus und fiel mit irrem Gesicht, voll Zweifel, geblendet wie von einer himmlischen Erscheinung auf seine Knie nieder...

Am andern Morgen, bei den ersten Strahlen des Tages, gingen Morel und Valentine Arm in Arm am Gestade hin. Valentine erzählte Morel, wie Monte Christo in ihrem Zimmer erschienen, wie er ihr alles entschleiert, wie er sie das Verbrechen mit dem Finger hatte berühren lassen, und sie endlich auf eine wunderbare Weise, indem er die Leute auf dem Glauben ließ, sie wäre wirklich gestorben, vom Tod errettet.

Sie hatten die Tür der Grotte offen gefunden und waren hinausgetreten; der Himmel ließ in seinem Morgenazur die letzten Gestirne der Nacht erglänzen.

Da erblickte Morel in dem Halbschatten einer Gruppe von Felsen einen Menschen, der auf ein Zeichen wartete, um herbeizukommen; es war Jacopo, der Kapitän der Jacht.

Mit einer Gebärde rief Valentine ihn zu sich und Maximilian fragte ihn: »Ihr habt uns etwas zu sagen?«

»Ich habe Ihnen einen Brief vom Grafen zu übergeben.«

»Vom Grafen!« murmelten gleichzeitig die jungen Leute.

»Ja, lesen Sie.«

Morel öffnete den Brief und las:

»Mein lieber Maximilian.

Eine Feluke liegt für Sie vor Anker. Jacopo wird Sie nach Livorno führen, wo Herr Noirtier seine Enkelin erwartet, die er segnen will, ehe Sie Ihnen zum Altar folgt. Alles, was sich in dieser Grotte findet, mein Freund, mein Haus in den Champs-Elysées und mein kleines Schloß in Treport sind Hochzeitsgeschenke von Edmond Dantes für den Sohn seines Patrons Morel. Fräulein von Villefort wird die Güte haben, die Hälfte davon zu nehmen, denn ich bitte sie, den Armen von Paris das

ganze Vermögen zu schenken, das ihr von ihrem Vater, der wahnsinnig geworden, und von seiten ihres Bruders, der im vorigen September mit ihrer Stiefmutter verschieden ist, zukommt.
Sagen Sie dem Engel, der über Ihrem Leben wachen wird, Morel, er möge zuweilen für einen Menschen beten, welcher sich wie Satan einen Augenblick für Gott gehalten, aber mit aller Demut eines Christen erkannt hat, daß in den Händen Gottes allein die oberste Macht und die unbegrenzte Weisheit liegen. Diese Gebete werden vielleicht die Gewissensbisse mildern, die er im Grunde seines Herzens mit sich trägt.
Was Sie betrifft, Morel, hören Sie das ganze Geheimnis meines Benehmens gegen Sie. Es gibt weder Glück noch Unglück auf dieser Welt, es gibt nur eine Vergleichung eines Zustandes mit einem anderen, und mehr nicht. Derjenige allein, welcher das äußerste Unglück erfahren hat, ist geeignet, die höchste Glückseligkeit zu empfinden. Man muß die Nähe des Todes empfunden haben, Maximilian, um zu wissen, wie schön das Leben ist.
Lebt also und seid glücklich, geliebte Kinder meines Herzens und vergeßt es nie: bis zu dem Tage, wo es Gott gefallen wird, den Menschen die Zukunft zu enthüllen, besteht die ganze menschliche Weisheit in den zwei Worten:

Warten und Hoffen!

Euer Freund
Edmond Dantes,
Graf von Monte Christo.«

Während Maximilian diesen Brief las, der sie von dem Wahnsinn ihres Vaters und dem Tod ihres Bruders in Kenntnis setzte, wovon sie nicht unterrichtet war, erbleichte Valentine; ein schmerzlicher Seufzer entschlüpfte ihrer Brust, und stille, aber darum nicht minder brennende Zähren rollten an ihren Wangen herab. Ihr Glück war teuer erkauft.
Morel schaute unruhig umher und sprach: »In der Tat, der Graf übertreibt seine Großmut, Valentine würde sich mit meinem bescheidenen Vermögen begnügt haben. Wo ist der Graf, mein Freund? Führt mich zu ihm.«
Jacopo streckte die Hand nach dem Horizont aus.
Die Augen der jungen Leute folgten der durch den Seemann angegebenen Richtung: und auf einer dunkelblauen Linie, die am Horizont den Himmel vom Meere trennte, erblickten sie ein kleines weißes Segel.

»Abgereist!« rief Morel; »abgereist! Gott befohlen, mein Freund! Fahre wohl, mein Vater.«

»Abgereist!« rief Valentine; »Gott befohlen, meine Freundin! Fahre wohl, meine Schwester!«

»Wer weiß, ob wir sie je wiedersehen werden!« sagte Morel, eine Träne trocknend.

»Mein Freund!« sprach Valentine, »hat uns der Graf nicht gesagt, die ganze menschliche Weisheit bestehe in den zwei Worten: Warten und Hoffen!«

Ende

Zu dieser Ausgabe

insel taschenbuch 3060: Der Text dieser Ausgabe folgt dem insel taschenbuch 266: Alexandre Dumas, Der Graf von Monte Christo. Nach einer alten Übersetzung aus dem Französischen von Meinhard Hasenbein. Mit Illustrationen von Pavel Brom und Dagmar Bromova. © Insel Verlag Frankfurt am Main 1978. Die französische Originalausgabe *Le comte de Monte-Christo* erschien 1845/56 in Paris. Umschlagfoto: © Michael Ventura.

Von Insel zu Insel im insel taschenbuch

Von Insel zu Insel

Ein Lesebuch · Ausgewählt von Lothar Meier
it 3054. 288 Seiten

Daniel Defoe · Robinson Crusoe

Aus dem Englischen von Hannelore Novak
it 3055. 416 Seiten

George Sand · Ein Winter auf Mallorca

Aus dem Französischen von Maria Dessauer
it 3056. 224 Seiten

Robert Louis Stevenson · Die Schatzinsel

Aus dem Englischen von Karl Lerbs
it 3057. 304 Seiten

Jonathan Swift · Gullivers Reisen

Aus dem Englischen von Franz Kottenkamp
it 3058. 480 Seiten

D.H. Lawrence · Der Mann, der Inseln liebte

Aus dem Englischen von Martin Beheim-Schwarzbach
it 3059. 96 Seiten

Alexandre Dumas · Der Graf von Monte Christo

Bearbeitung einer alten Übersetzung
von Meinhard Hasenbein
it 3060. 1216 Seiten

Klassiker der Weltliteratur des 19. Jahrhunderts im Insel Verlag Eine Auswahl

Werkausgaben

Hans Christian Andersen. Märchen, Briefe, Geschichten. Ausgewählt und kommentiert von Johan de Mylius. Übersetzt von Ulrich Sonnenberg. 432 Seiten. Gebunden

Honoré de Balzac. Die Menschliche Komödie. Die großen Romane und Erzählungen. Herausgegeben von Eberhard Wesemann. 20 Bände in Kassette. it 1901-1920. 7312 Seiten

Arthur Rimbaud. Sämtliche Werke. Französisch und deutsch. Übertragen von Sigmar Löffler und Dieter Tauchmann. Mit Erläuterungen zum Werk und einer Chronologie zum Leben Arthur Rimbauds, neu durchgesehen von Thomas Keck. it 1398. 478 Seiten

Oscar Wilde. Sämtliche Werke in sieben Bänden. Herausgegeben von Norbert Kohl. it 2644 und Leinen. 1888 Seiten

Einzelausgaben

Elizabeth von Arnim
- Christine. Übersetzt von Angelika Beck. it 2211. 223 Seiten
- Elizabeth und ihr Garten. Übersetzt von Adelheid Dormagen. it 1293. 131 Seiten
- Jasminhof. Übersetzt von Helga Herborth. it 2292. 402 Seiten
- Die Reisegesellschaft. Übersetzt von Angelika Beck. it 1763. 372 Seiten
- Vera. Übersetzt von Angelika Beck. it 1808. 335 Seiten

NF 3/1/10.02

- Verzauberter April. Übersetzt von Adelheid Dormagen. it 1538. 274 Seiten

Charles Dickens
- David Copperfield. Mit Illustrationen von Phiz. it 468. 1245 Seiten
- Nikolaus Nickleby. Mit Illustrationen von Phiz. it 1304. 1022 Seiten
- Oliver Twist. Übersetzt von Reinhard Kilbel. Mit einem Nachwort von Rudolf Marx und 24 Illustrationen von George Cruikshank. it 242. 607 Seiten
- Die Pickwickier. Mit Illustrationen von Robert Seymour, Robert William Buss und Phiz. it 896. 1006 Seiten

Fjodor Michailowitsch Dostojewski
- Aufzeichnungen aus einem Totenhause. it 966. 415 Seiten
- Der Spieler. Aus den Aufzeichnungen eines jungen Mannes it 968. 198 Seiten
- Der Idiot. Roman. it 970. 951 Seiten
- Die Brüder Karamasow. Dritter und vierter Teil. Zwei Bände. it 974. 1324 Seiten

Gustave Flaubert
- Bouvard und Pécuchet. it 1361. 448 Seiten
- Lehrjahre des Gefühls. Geschichte eines jungen Mannes. Übertragen von Maria Dessauer. it 2776. 627 Seiten
- Madame Bovary. Übersetzt von Maria Dessauer. it 2861. 464 Seiten und Leinen. 415 Seiten
- Salammbô. Herausgegeben und mit einem Nachwort versehen von Monika Bosse und André Stoll. Übersetzt von Georg Brustgi. it 342. 448 Seiten

Nikolai Wassiljewitsch Gogol
- Aufzeichnungen eines Wahnsinnigen. Erzählungen. it 1513. 183 Seiten

NF 3/2/10.02

- Der Mantel. Und andere Erzählungen. Übersetzt von Ruth Fritze-Hanschmann. Mit einem Nachwort von Eugen Häusler und Frank Häusler. Mit Illustrationen von András Karakas. it 241. 359 Seiten
- Die Nacht vor Weihnachten. Mit Illustrationen von Monika Wurmdobler. it 584. 93 Seiten
- Die toten Seelen. Übersetzt von Hermann Röhl. it 987. 527 Seiten

Victor Hugo
- Der Glöckner von Notre-Dame. Übersetzt von Else von Schorn. Mit zeitgenössischen Illustrationen. it 1781. 554 Seiten

Edgar Allan Poe
- Der Bericht des Arthur Gordon Pym. Erzählungen. Übertragen von Ruprecht Willnow. it 1449. 270 Seiten
- Grube und Pendel. Schaurige Erzählungen. Übersetzt von Erica Gröger und Heide Steiner. Großdruck. it 2351. 188 Seiten
- Der Untergang des Hauses Usher. Meistererzählungen. Übertragen von Barbara Cramer-Nauhaus, Erika Gröger und Heide Steiner. it 1373. 182 Seiten
- Sämtliche Erzählungen. Vier Bände in Kassette. Im insel taschenbuch. 1544 Seiten

Alexander Puschkin
- Der eherne Reiter. Petersburger Erzählungen. Ausgewählt und mit einem Nachwort versehen von Rolf-Dietrich Keil. Mit Illustrationen. it 2872. 200 Seiten
- Erotische Gedichte. Ausgewählt und übersetzt von Michael Engelhard. it 2526. 120 Seiten

NF 3/3/10.02

- Die Gedichte. Russisch und deutsch. Übersetzt von Michael Engelhard. Herausgegeben, kommentiert und mit einem Nachwort versehen von Rolf-Dietrich Keil. 1100 Seiten. Leinen
- Jewgeni Onegin. Roman in Versen. it 2524. 272 Seiten

George Sand
- Indiana. Übersetzt von A. Seubert. Mit einem Essay von Annegret Stopczyk. it 711. 321 Seiten
- Ein Winter auf Mallorca. Übersetzt von Maria Dessauer. it 2102. 220 Seiten
- Lélia. Übersetzt von Anna Wheill. Mit einem Essay von Nike Wagner. it 737. 289 Seiten
- Lucrezia Floriani. Roman. Übersetzt von Anna Wheill. it 858. 198 Seiten

Stendhal
- Die Kartause von Parma. Vollständige Ausgabe. Übersetzt von Arthur Schurig. Bearbeitet von Hugo Beyer. Mit einem Nachwort von Uwe Japp. it 1222. 637 Seiten
- Rot und Schwarz. Zeitbild von 1830. Vollständige Ausgabe. Übersetzt von Arthur Schurig. Bearbeitet von Hugo Beyer. Mit einem Nachwort von Uwe Japp. it 1210. 630 Seiten
- Über die Liebe. Vollständige Ausgabe. Übersetzt und mit einer Einleitung von Walter Hoyer. it 124. 430 Seiten

Leo N. Tolstoj
- Anna Karenina. Herausgegeben von Gisela Drohla. Mit Illustrationen von Theodor Eberle. it 308. 1205 Seiten
- Die Kreutzersonate. Erzählung. Übersetzt von Arthur Luther. Mit Illustrationen von Hugo Steiner-Prag it 763. 176 Seiten

NF 3/4/10.02

- Krieg und Frieden. Zwei Bände in Kassette. Übersetzt von Hermann Röhl. Übertragung des zweiten Teils des Epilogs von Wolfgang Kasack. Mit Illustrationen von Theodor Eberle. it 2757. 2112 Seiten

Iwan Turgenjew
- Ein Adelsnest. Übersetzt von Herbert Wotte. it 1809. 234 Seiten
- Erste Liebe. Und andere Novellen. Übersetzt von Ena von Baer und Ekkehard Jäkel. Mit einem Nachwort von Friedrich Schwarz. it 257. 343 Seiten
- Väter und Söhne. it 64. 299 Seiten

Oscar Wilde
- Das Bildnis des Dorian Gray. Deutsch von Hedwig Lachmann und Gustav Landauer. Mit einem Essay, einer Auswahlbibliographie und einer Zeittafel herausgegeben von Norbert Kohl. it 843 und it 2860. 326 Seiten
- Bunbury oder Wie wichtig es ist, ernst zu sein. Ein leichtes Stück für ernsthafte Leute. Übersetzt von Christine Hoeppener. Herausgegeben von Norbert Kohl. Mit Abbildungen. it 2235. 161 Seiten
- Die Erzählungen und Märchen. Mit Illustrationen von Heinrich Vogeler. Übersetzt von Felix Paul Greve und Franz Blei. it 5. 255 Seiten

NF 3/5/10.02

Klassische französische Literatur
im insel taschenbuch
Eine Auswahl

Gustave Flaubert

- Romane und Erzählungen. 8 Bände. it 1861-1868. 2752 Seiten
- Bouvard und Pécuchet. it 1861. 448 Seiten
- Drei Erzählungen. it 1862. 288 Seiten
- Lehrjahre des Gefühls. it 1863. 496 Seiten
- Madame Bovary. it 1864. 432 Seiten
- November. it 1865. 160 Seiten
- Reise in den Orient. it 1866. 464 Seiten
- Salammbô. it 1867. 464 Seiten
- Die Versuchung des heiligen Antonius. it 1868. 272 Seiten

Edmond de Goncourt/Jules de Goncourt

Tagebücher. Aufzeichnungen aus den Jahren 1851-1870. Ausgewählt, übertragen und herausgegeben von Justus Franz Wittkop. Mit zeitgenössischen Abbildungen.
it 1834. 447 Seiten

George Sand

- Geschichte meines Lebens. Aus ihrem autobiographischen Werk. Auswahl und Einleitung von Renate Wiggershaus. Mit Abbildungen und Fotografien. it 313. 254 Seiten
- Indiana. Übersetzt von A. Seubert. Mit einem Essay von Annegret Stopczyk. it 711. 321 Seite
- Lélia. Übersetzt von Anna Wheill. Mit einem Essay von Nike Wagner. it 737. 289 Seiten
- Lucrezia Floriani. Roman. Übersetzt von Anna Wheill. it 858. 198 Seiten
- Ein Winter auf Mallorca. Übersetzt von Maria Dessauer. it 2102. 220 Seiten

- George Sand. Leben und Werk in Texten und Bildern. Von Gisela Schlientz. it 565. 407 Seiten

Emile Zola

- Das Geld. Übersetzt von Leopold Rosenzweig. it 1749. 554 Seiten
- Germinal. Übersetzt von Armin Schwarz. Mit Illustrationen von Renate Sendler-Peters. it 720. 587 Seiten
- Nana. Übersetzung und Nachwort von Erich Marx. Mit Illustrationen von Renate Sendler-Peters. it 398. 533 Seiten
- Thérèse Raquin. Roman. Übersetzt von Ernst Hardt. it 1146. 274 Seiten

NF 29/2/6.00

Märchen und illustrierte Bücher im insel taschenbuch Eine Auswahl

Indianermärchen. Nach amerikanischen und deutschen Quellen herausgegeben und erläutert von Hugo Kunike. it 764. 144 Seiten

Irische Elfenmärchen. In der Übertragung der Brüder Grimm. it 988. 276 Seiten

Märchen der Romantik. Herausgegeben von Maria Dessauer. Mit zeitgenössischen Illustrationen. Zwei Bände. it 285. 789 Seiten

Russische Märchen. Nacherzählt von Elisabeth Borchers. Mit Illustrationen von Ivan Bilibin. it 1608. 126 Seiten

Die Erzählungen aus den Tausendundein Nächten. Vollständige deutsche Ausgabe. Übertragen von Enno Littmann. Einleitung von Hugo von Hofmannsthal. Mit farbigen Miniaturen in Schmuckkassette. 12 Bände. it 224. 4924 Seiten

Erzählungen aus Tausendundein Tag. Vermehrt um andere morgenländische Geschichten. Herausgegeben von Paul Ernst. Übersetzt von Paul Greve. Zwei Bände. it 1001. 1505 Seiten

Hans Christian Andersen. Märchen. Übersetzt von Eva-Maria Blühm. Mit Illustrationen von Vilhelm Pedersen und Lorenz Frølich. Drei Bände. it 133. 1129 Seiten

NF 22/1/4.00

- Nikolaus Nickleby. Mit Illustrationen von Phiz. it 1304. 1022 Seiten

- Oliver Twist. Übersetzt von Reinhard Kilbel. Mit Illustrationen von George Cruikshank. it 242. 607 Seiten

- Die Pickwickier. Mit Illustrationen von Robert Seymour, Robert William Buss und Phiz. it 896. 1006 Seiten

- Weihnachtserzählungen. Mit Illustrationen von Leech, Stanfield, Stone u.a. it 358. 504 Seiten

Almut Gernhardt/Robert Gernhardt. Ein gutes Schwein bleibt nicht allein. 7 Geschichten von Robert Gernhardt und 66 Bilder von Almut Gernhardt. it 2012. 72 Seiten

Almut Gernhardt/Robert Gernhardt. Was für ein Tag. Eine Geschichte von Robert Gernhardt mit Bildern von Almut Gernhardt. it 544. 40 Seiten

Jacob Grimm/Wilhelm Grimm. Grimms Märchen und Sagen. Mit Illustrationen von Otto Ubbelohde. Fünf Bände in Kassette. it 2151. 1688 Seiten

Deutsche Sagen. Herausgegeben von den Brüdern Grimm. Mit Illustrationen von Otto Ubbelohde. Zwei Bände im Schuber. it 481. 704 Seiten

Kinder- und Hausmärchen, gesammelt durch die Brüder Grimm. In drei Bänden. Mit Zeichnungen von Otto Ubbelohde und einem Vorwort von Ingeborg Weber-Kellermann. it 829. 991 Seiten

NF 22/3/4.00

Hermann Hesse. Kindheit des Zauberers. Ein autobiographisches Märchen. Handgeschrieben und illustriert von Peter Weiss. it 67. 124 Seiten

Hermann Hesse. Vogel. Ein Märchen. Mit Illustrationen von Gunter Böhmer. it 2399. 60 Seiten

Hermann Hesse. Die Märchen. it 2349. 428 Seiten

Bohumil Hrabal. Die Katze Autitschko. Erzählung. Übersetzt von Karl-Heinz Jähn. Mit Illustrationen von Hans-Jörg Brehm. it 2656. 144 Seiten

NF 22/4/4.00

»Das Leben lieben«

Anthologien
im insel taschenbuch

Glück. Erkundigungen, eingeholt von Gottfried Honnefelder. it 1459. 377 Seiten

Einsamkeiten. Ein Lesebuch. Herausgegeben von Ilma Rakusa. it 1691. 230 Seiten

Gedanken zur Nacht. Ausgewählt von Rainer Weiss. it 2737. 176 Seiten

Das Leben lieben. Ausgewählt von Rainer Weiss. it 2634. 176 Seiten

Orte der Seele. Gedanken über das Jenseits. Herausgegeben von Hans-Joachim Simm. it 2238. 327 Seiten

Vom Abschied. Eine Gedichtsammlung. Herausgegeben von Margot Litten. it 694. 177 Seiten

Über die Freundschaft. Herausgegeben von Hans-Ulrich Müller-Schwefe. it 1783. 227 Seiten

Vom Geheimnis der alltäglichen Dinge. Gedanken, Betrachtungen und Erfahrungen. Herausgegeben von Johannes Werner. it 2172. 193 Seiten

Vom Mitleid. Die heilende Kraft. Herausgegeben von Ulrich Kronauer. it 2503. 208 Seiten

Von der Gelassenheit. Texte zum Nachdenken. Herausgegeben von Hans-Joachim Simm. it 2105. 170 Seiten

NF 18/1/5.02